三州太平寺蔵

雪叟紹立

雪叟詩集 訓注

芳澤勝弘編著

思文閣出版

心月孤圓一万嘯由盤山示衆誰宗歛衲僧錯莫認天上白已昊光夜々秋
盤山氣宇有誰論心月孤圓照本源光境倶亡疑蕩的胸中天地轉嶺々
盤山氣宇是何物心月孤圓眼裡埃白已昊光高寒外錯言並包化轉元来
支、樹重、

鳴虫説禅

説妙説玄千万重鳴虫鳴々起吾宗秋風收夜言猶耳以且斬絃續弁望
一夜鳴虫一万劫缺説禅何更近家澄望何唱以林曲天下衲僧誤斬腸
葉養鳴虫作産生説玄説妙大分明工夫蒲破同參夜鳴々寒望一十丙老気
不道無禅作産生鳴虫語得天然明兒孫幾代尚直曼妙直指第何鳴々々老
説玄説妙甚家數葉養鳴虫一三々了更衲僧頃之聴澄望鳴々回同參
多少鳴虫直指禅分明説了他言證工夫蒲破終何用鳴々澄望是別何
冬、共外吴遠意

仰山枕子

仰山枕子法身邊黒漆崑崙閉眼眠閑却牟尼天上言又須前推出大潙前
枕子推来昧正宗仰山手段一恩情惊法身話多饒譫語實相深談屋後去
枕子元来是何物仰山推出与人看大潙直下無言答未必禅家有老安
仰山當是不開舍枕子示来渉正耶有底須前推出後大潙一言趁易花
枕子指將置祖庭仰山手段大叮嚀餘殃万劫一場多年樹根来猶未醒
合眼黄昏獨寐語仰山枕子葛藤窠多中語多法身佛有底須前小秋也
芸佗了之松仙

讀覺範辭寒具頌

補破遮寒直道人着来覺範紙織塵重々紙襖示須漫鉢擁聽松風劫外春
寒具辨来秀满昊惠忠手段是何因衣袍錯用垂帰佛一氣元来一万國春
寒々具雖修覺範老圖庵中破雪乘々道人締絡果何用蓋無未有昔繊露衣
景德高量有誰論今之宗々具辭衣袍錯修締絡垂帰紅一寄裡物衣眼力高
這老之洪世大雑論當宗具大無辨衆須漫鉢道人為得破衣袍同看々
覺範風不足論雑修具是何因無衆辭破衣衲之看中有道人何同一具
芸佗中頌

趙州臥雲

看々趙州老古錐一回臥雲渉多岐無端埋却了六花庭栢樹庭前落葉飛　夫
趙老枕老絶訣端果然臥雲鉄心肝不移一毫終何用洋積全身毛骨寒々　才
趙州以雲落枕先八十牙根破亦禅契殺屋室寒徹骨寒風吹起老南泉　云
趙州八十歎二爻々臥雲枕鋒々又峯散保老翁寒来徹庭前栢樹起無宗祖
趙州気宇三看如何錯臥雲中昧自化忽解髭身六花庭庭前栢樹咲可々矣

佯逃佛陀一貼雖黄点々者十首々内批之者一首雖然起束一句未穏者乎全點一首
点合両句一首称餘者合句唯一句耳吁々杜老寸錦之下飢寒々難堪者乎毎首
吟来了頁荊非他全在山僧身灸許顔哉

臘月蓮華　重一字廿五日課

臘月蓮華白異殊境香風西海吐奇芬分懐中又静無餘　甚十里西湖一様雲
雖然如此点句吟来了一再篇迭一首外四十

色香元是撼塵氣分臘月蓮華何難君寒殺曾門無閑処五湖袖子半團雲　実
臘月蓮華根処閑無端生水総塵気分山々寒来々々香風起十里西湖一片雲　頭
臘天雪白好時節前看々蓮華惟與薫十里西湖一色々々曾業風吹冬月無雲　由
臘月蓮華生水薫枝々開処白紛々臘雪香三冬々雪十里西湖一様雲　丰
臘雪無端回首看蓮華開処雪紛々一又根五湖上花有業風月々無雲　甫
難君至四月又冈勤臘月天地閑蓮華無岩象中紅拂々生涯端的幸従雲　芸
出耶未出枕難分臘月蓮華労根筋寒殺如門無語枝翩々為雪五湖雲　慰
臘月蓮華根処閑出涯端的三分熱莫出谷出前紅灼雪十里西湖一様雲　芸

蓮華之貫華一貼和雪呂枝懶翁凡案閑中臘梅而見之矣然復日者而以謂之者可謂易辨哉
係之而稱好者十六首就中秀者三首矣嗚呼老懶衰溢而無云奥全不辨感不足々々詩然　々々

緑弥勒

朶々青山嫩緑新吹成弥勒是何因下生忽蓋四襟去一樹重生千丈身

雪叟

序

豊橋市指定文化財当山所蔵の『雪叟詩集』は当山住持雪叟紹立和尚の自筆とありますが、雪叟の詩を中心とした弟子たちの覚書と推測されます。

昭和五十年代『豊橋市史』出版にあたり『豊橋市史史料叢書』として出版すべく、愛知大学の田中清氏と当山先代槐安和尚が書き直してありましたが、市の都合で出版されないままになってしまっていました。小衲、当山住職として最後の事業として出版すべく、花園大学の芳澤勝弘教授に活字化、校正をお願いしたところ、読み下さないと正しい校正が出来ないと、読み下し文をつけた本書となりました。

雪叟和尚は妙心寺霊雲派下、特芳禅傑―大休宗休―東菴宗暾の法を嗣いだ和尚であり、当山には大休禅師自讃の頂相があります。又、雪叟和尚は戸田一族の出身であり、高縄城の戸田宗次が下田に転封になり、伊豆下田につれていかれ、泰平寺（現建長寺派）を開創されましたが、一年後に示寂されたと伝えられています。後、戸田氏は三河田原藩に転封され、そこに蔵王山英巌寺を開き、雪叟紹立を開山としました。英巌寺は後、戸田家が高田藩に転封になり越後高田に移りました。白隠禅師が高田の英巌寺の鐘の音を聞いて悟られたと伝えられる英巌寺は、この蔵王山英巌寺です。後、戸田家は宇都宮に転封となり英巌寺も移りましたが、幕末戸田家は官軍につき、神道となり英巌寺も報恩寺に吸収され廃寺となりました。

当山は後、大原派下の雲龍善祥禅師が中興となり、その法系を嗣いでいる為、前の住持の資料がなく、よく解らないのが実情です。

本書は雪叟和尚以外のものが多くおさめられている為、江戸以前の林下の研究に、後人が役立ててくれれば幸いに存じます。

尚、本書出版に当たり、花園大学芳澤勝弘教授の功に深甚の謝意を表します。

太平寺第十七世　香林宗丘

凡例

※原本の丁数は、その丁の最初の項目番号の下に附した。
※虫クイ、破損部分は□で表記した。
※原本の異体字、省字は正字にした。
※校訂は傍注に［ ］で示した。
※原本の誤記は極力訂したが、なお不明なものが残った。その場合は注で「不審」と記した。
※省略部分を補った場合は（ ）で表記した。
※原本に脱していると思われるものは△で記し傍注に［ ］で補った。
※亂丁と思われる箇所は注で記した。
※振り仮名のうち、カタカナで示したものは原本にあるものである。
※原本では同種の偈の冒頭に△もしくは▲の記号が記されているが、記述の方針に必ずしも統一性が見えないので、翻刻では省いた。
※注釈は極力簡便をこころがけ、禅宗史の基本事項などははぶき、室町禅林文芸に特有なもの、また校訂の根拠を示すものを中心にした。
※目次を立てるべきであるが、原本の配列に必ずしも規則性が見られないので、不可能と判断してとりやめた、その代わりに人名・寺名、詩題・項目、そして注釋語彙の三種の索引を巻末に附した。
※原本の画像を、花園大学国際禅学研究所ＨＰの「電子達磨」に搭載した。そこでは全文検索することができるので、索引替りに利用いただきたい。

雪叟紹立　雪叟詩集訓注

【一―一】原本一丁

宗貞大姉者、海禪堂頭大和尚之慈母也。今茲天卯秋之仲、俄然而逝矣。聴訃音、識與不識、無弗嗟嘆。予亦叨依尊韵、以吊慰之儀云、伏冀慈斤。周仙［大元］九拝
從聴訃音鬢雪吹、秋風聲冷荻蘆涯。
無亦啼鳥助哀語、人世百年保者誰。

宗貞大姉は、海禪堂頭《かいぜんどうちょう》大和尚の慈母《じぼ》なり。今茲《ことし》天卯秋の仲、俄然《がぜん》として逝く。訃音《ふいん》を聴いて、識ると識らざると、嗟嘆《さたん》せざるは無し。予も亦た叨《みだ》りに尊韵《そんいん》に依って、以て吊慰《ちょうい》の儀とすと云う。伏して冀わくは慈斤《じきん》。周仙［大元］九拝
從聴《さもあらば》あれ、訃音《ふいん》の鬢雪《びんせつ》に吹くことを、
秋風、聲は冷し、荻蘆《てきろ》の涯。
亦た啼鳥《ていちょう》も助哀《じょあい》の語無からんや、
人世百年、保つ者は誰ぞ。

○天卯＝天正七年（一五七九）か十九年（一五九一）。○無亦＝難解。「亦」字、猶未穏在、「心」か。『漢語大詞典』に「委婉的反問語気」とし、「不亦」に同じとする。

【一―二】

蓬左海禪堂上大和尚之萱堂、久染沈痾、醫之無妙術、祈之無神助、一日泊然而逝矣。越《コヽニヲイテ》捴見堂頭老師、賦祇夜被追悼之。諸彦有扣。予亦謹攀尊韻、以充生蒭云、伏乞改削。禪棟九拝
曲唱涅槃一任吹、秋風月白海南涯。
青楓未染早辭世、此地見花是阿誰。

蓬左《ほうさ》の海禪《かいぜん》堂上大和尚の萱堂《けんどう》、久しく沈痾《ちんあ》に染《そ》み、之を醫するに妙術《みょうじゅつ》無く、之を祈るに神助無し。一日、泊然《はくぜん》として逝く。越《ここにお》いて、捴見堂頭老師《どうちょうろうし》、祇夜《ぎや》を賦して之を追悼《ついとう》さる。諸彦《しょげん》、扣《こう》有り。予も亦た謹んで尊韻《そんいん》に攀《よ》ぢて、以て生蒭《せいすう》に充つと云う。伏して乞う、改削《かいさく》。禪棟九拝
曲、涅槃《ねはん》を唱う、吹くに一任す、
秋風月は白し、海南《かいなん》の涯。

青楓未だ染まざるに、早く世を辭す、
此の地、花を見るは是れ阿誰《あた》ぞ。

【一―三】

謹依△△〔尊韻〕追悼之、尊韻以爲涙之從云、伏希慈削。祥俊九拜

雲近蓬萊烟浪吹、訃音忽告惱殘涯。
滿城風雨別離涙、不待黄花先者誰。

謹んで尊韻《そんいん》に依って之を追悼《ついとう》して、以て涙の從《そえもの》と爲すと云う。伏して希わくは、慈削《じさく》。祥俊九拜

雲は蓬萊《ほうらい》に近く、烟浪《えんろう》吹く、
訃音《ふいん》忽ち告げて、殘涯《ざんがい》を惱ます。
滿城《まんじょう》の風雨、別離《べつり》の涙、
黄花《こうか》を待たず先ゆく者は誰そ。

○涙之從＝後出[三七七][七三八―二]。

【一―四】

生死涅槃風緩吹、滿襟離思更無涯。
元來子母不相識、誤使人愁汝是誰。

生死涅槃《しょうじねはん》、風緩《ゆる》やかに吹け、
滿襟《まんきん》の離思《りし》、更に涯無し。
元來《がんらい》、子母も相識らず、
誤って人をして愁えしむ、汝は是れ誰そ。

○子母不相識＝『碧巖録』一六則、頌、「子母不相知、是誰同啐啄」。

【一―五】

碧落風搖萬木吹、訃音遠至海東涯。
秋來君去掩明鏡、月照閨中今爲誰。

碧落《へきらく》、風吹いて、萬木を搖らす、
訃音《ふいん》遠く至る、海東《かいとう》の涯。
秋來《しゅうらい》、君去って、明鏡《めいきょう》を掩う、
月、閨中《けいちゅう》を照らす、今誰とか爲す。

【一―一】

者希過二趣行辰、久守孤燈妋女身。
不謂俄逢西吹悪、萬年松葉落成塵。　大林

者希《しゃき》を過ぐること二、行《こう》に趣くの辰、
久しく孤燈を守る、妋女の身。
謂《おも》わざりき、俄《にわ》かに西吹《せいすい》の悪しきに逢わんとは、
萬年の松葉、落ちて塵と成る。

○者希過二＝七十二歳。「者希」は古稀。○妋女身＝「妋」字、『諸橋』に「国字で、せうと。妹に對して、夫兄の意」とするが、義不通。婦女身か。○西吹＝秋風のことか。『翰林五鳳集』英甫の「新秋曉」に、「宮漏將沈枕簟傍、颼々西吹報新涼」。

【一―二】

龍珠大和尚、賦禪詩一篇、以見餞松嶽宗貞大姉之行色。
予亦攀尊韻、△［充］惜離情云。　玄佐九拜　普天
訃音萬里告來辰、涙雨蕭々無限身。
追悼和篇以何記、芭蕉紙破硯吹塵。

龍珠大和尚、禪詩一篇を賦して、以て松嶽宗貞大姉の行色《こうしき》に餞《はなむけ》せらる。予も亦た尊韻《そんいん》に攀《よ》ぢて、惜離《せきり》の情に充つと云う。玄佐九拜　普天

訃音《ふいん》、萬里《ばんり》告げ來たるの辰、
涙雨《るいう》蕭々《しょうしょう》、限り無き身。
追悼《ついとう》の和篇、何を以てか記さん、
芭蕉《ばしょう》の紙は破れ、硯に塵を吹く。

○芭蕉紙破＝『翰林五鳳集』驢雪の「芭蕉題詩圖」に「芭蕉和露映窓紗、寫得新詩作紙耶。一句好題僧字去、秋風葉破似袈裟」。懐素は、家が貧しかったので、芭蕉萬種を植え、その葉を紙がわりにしたという（『海録碎事』）。

【三】

鐘鳴漏盡月西流、感別春風空白頭。
昨夜奪人如是境、山花澗水一場愁。［如是境、直指追悼］南化

鐘鳴漏《ろう》盡きて、月、西のかたに流る、
別かれに感じて、春風《しゅんぷう》、空しく白頭《はくとう》。

昨夜、人の是《かく》の如き境を奪う、
山花澗水《かんすい》、一塲《いちじょう》の愁。［如是境は、追悼《ついとう》を直指す］

【四―一】

逸巖世俊秀才大祥諱、半齋回向了而示衆云、山僧即今無燒香之語。因齋慶讃底、諸衲試道將一轉語來看。各着語了而云。山僧代以一偈。

一別三年烟雨昏、愁膓易碎鐵崑崙。
炎天六月梅花蘂、拈向博山作返魂。　策甫

逸巖世俊秀才の大祥諱、半齋回向《えこう》了って、衆に示して云く、山僧《さんぞう》、即今、燒香《しょうこう》の語無し。齋に因って慶讃《けいさん》する底《てい》、諸衲《しょのう》、試みに一轉語《いってんご》を道い將ち來たり看よ。各おの着語《じゃくご》し了って云く、山僧《さんぞう》、代わって一偈を以てせん。

一別《いちべつ》三年、烟雨《えんう》昏し、
愁膓《しゅうちょう》碎き易し、鐵崑崙《てつこんろん》。
炎天《えんてん》六月、梅花《ばいか》の蘂《ずい》、
博山《はくざん》に拈向《ねんこう》して、返魂《はんごん》と作す。

【四―二】

一點紅爐雪欲昏、梅花鑄出黒崑崙。
吹添萬恨三年留、鐵作行人聽斷魂。　和　案

一點《いってん》、紅爐《こうろ》、雪昏ぜんと欲す、
梅花《ばいか》鑄《い》出《い》だす、黒崑崙《こくこんろん》。
萬恨を吹き添えて、三年留む、
鐵作《てつさ》の行人《こうじん》も聽いて斷魂《だんこん》。

【四―三】

別來寫恨已晨昏、紙束虚空筆鶻崙。
惟德惟馨晩風上、蓮華出水舊精魂。　濟

別來《べつらい》、恨みを寫し、已に晨昏《しんこん》、
紙束は虚空《こくう》、筆は鶻崙《こつろん》。
惟《こ》れ德惟《こ》れ馨《かお》る、晩風《ばんぷう》の上、
蓮華出水《れんげしゅっすい》、舊精魂《きゅうぜいこん》。

【四―四】

光景三年陰未昏、齋筵嚼鐵紫昆崙。
炎塵凝雨翠帷下、聞麼一聲望帝魂。悦

光景《こうけい》三年、陰未だ昏ならず、
齋筵《さいえん》、鐵を嚼《か》む、紫昆崙《しこんろん》。
炎塵《えんじん》、雨を凝らす、翠帷《すいい》の下、
聞くや、一聲《いっせい》、望帝《ぼうてい》の魂。

○望帝魂＝蜀王杜宇は望帝と號す、死後、化して杜鵑となったという。『太平寰宇記』。

【四―五】

涙雨瀟［蕭］々月亦昏、那時雲外走崑崙。
三年鐵笛愁多少、不使紅顔入夢魂。栢

涙雨《るいう》蕭々《しょうしょう》として、月も亦た昏《こん》、
那時《なじ》か、雲外に崑崙《こんろん》を走らす。
三年の鐵笛《てってき》、愁い多少ぞ、
紅顔《こうがん》をして夢魂《むこん》に入らしめず。

○三年鐵笛＝「三年笛」は三回忌の縁語。『景川録』の「竹庭居士忌日上堂」に「三年笛裏寫愁腸」など。もとづくところは、杜甫「洗兵馬行」の「三年笛裏關山月」。

【四―六】

着眼看時作暗昏、炎天戴雪箇崑崙。
枕無生死涅槃夢、昨夜三更叫杜魂。棟

眼を着けて看る時、暗昏《あんこん》と作《な》る、
炎天《えんてん》に雪を戴く、箇の崑崙《こんろん》。
枕に生死涅槃《しょうじねはん》の夢無し、
昨夜三更、杜魂《とこん》と叫ぶ。

【四―七】

鵑雨蕭々吹愈昏、香烟爐上鑄昆崙。
三年笛裡一朝涙、無限愁人暗駭魂。二

鵑雨《けんう》蕭々《しょうしょう》、吹いて愈《いよ》いよ昏し、

香烟爐上《こうえんろじょう》、昆崙《こんろん》を鑄《い》る。
三年の笛裡《てきり》、一朝の涙、
限り無き愁人《しゅうじん》、暗に魂を駭《おどろ》かす。

【四―八】

朦朧宿霧欲朝昏、爐上香烟耳鶻崙。
細雨蕭々天亦涙、一聲望帝弄幽魂。會

朦朧《もうろう》たる宿霧《しゅくむ》、朝昏ならんと欲す、
爐上《ろじょう》の香烟《こうえん》、耳鶻崙《にこつろん》。
細雨蕭々《さいうしょうしょう》、天も亦た涙す、
一聲《いっせい》、望帝《ぼうてい》、幽魂《ゆうこん》を弄す。

【四―九】

榮辱昇沈槿合昏、法身堅固是渾崙。
三年笛裡言猶耳、吹裂梅花鐵作魂。温

榮辱昇沈《えいじょくしょうちん》、槿《きん》、合《まさ》に昏なるべし、
法身堅固《ほっしんけんご》、是れ渾崙《こんろん》。
三年笛裡《てきり》、言猶お耳にあり、
梅花《ばいか》を吹裂《すいれつ》す、鐵作《てつさ》の魂。

○槿合昏＝夕方のムクゲを暝槿、暮槿といい、衰滅に瀕したものに譬える。

【四―一〇】

離思滿襟日已昏、還郷曲也象昆崙。
一塲夢覺三年笛、傾盡愁腸又苦魂。金

離思滿襟《りしまんきん》、日已に昏し、
還郷《かんきょう》の曲や、昆崙《こんろん》を象《かたど》る。
一塲《いちじょう》の夢は覺《さ》む、三年の笛、
愁腸《しゅうちょう》を傾け盡くして、又た苦魂《くこん》。

【四―一一】

涙雨蕭々天鑑昏、愁腸百結髣崑崙。
杜鵑聲裡勸歸後、啼向瀟湘喪膽魂。呂

涙雨蕭々《るいうしょうしょう》、天鑑《てんかん》昏し、

愁腸百結《しゅうちょうひゃっけつ》、崑崙《こんろん》を劈《つんざ》く。
杜鵑聲裡《とけんせいり》、歸るを勸めて後、
瀟湘《しょうしょう》に向かって啼き、膽魂《たんこん》を喪《そう》す。

【五】

サリシソノ　ヲモカケミエシ　タキモノ、ケムリノウチ
ニ　カエスタマシイ　矢嶋

【六―一】

悼太年座元不時行脚矣。

四十餘年扣予室、分明的々鐵牛機。

幷呑臨濟清涼散、消得炎天苦熱歸。　傑山

太年座元《ぞげん》の不時の行脚《あんぎゃ》を悼む
四十餘年、予が室を扣《たた》いて、
分明的々《ふんみょうてきてき》なり、鐵牛《てつぎゅう》の機。
臨濟《りんざい》の清涼散《せいりょうさん》を幷呑《へいどん》し、
炎天《えんてん》の苦熱《くねつ》を消得《しょうとく》して歸る。

【六―二】

有被追悼太年和尚之尊偈。予亦依其韵末。伏乞定中點頭。

宗勝九拜

太年和尚を追悼《ついとう》さるる尊偈《そんげ》有り。予も亦た其の韵末に依る。伏して乞う、定中《じょうちゅう》に點頭《てんとう》せんことを。

宗勝九拜

○偈なし。あるいは亂丁か。

【七】原本二丁

三年
箇無縫墖插長空、不借魯般繩墨工。

宰木三霜歷三處、江西洛北又江東。

夫以維時天正十九年仲冬念五日、了菴世因禪定門大祥忌之辰也。預於仲秋時正日、營辨伊蒲塞、造立率都婆。如何是三處宰木。代云、溪山雖異雲月維同。咄。某甲誌旃。

同

三年

箇の無縫塔《むほうとう》、長空に插す、
魯般《ろはん》が縄墨《じようぼく》の工を借らず。
宰木三霜《さいぼくさんそう》、三處《さんしよ》を歴《ふ》、
江西洛北、又た江東。

夫《そ》れ以《おも》みれば、維れ時天正十九年仲冬《ちゆうとう》念五日は、了菴世因禪定門が大祥忌の辰なり。預め仲秋時正日に於いて、伊蒲塞《いぼそく》を營辨《えいべん》し、窣都婆《そとば》を造立《ぞうりゆう》す。如何なるか是れ三處宰木《さんしよさいぼく》。代わって云く、溪山異ると雖も雲月は維《こ》れ同じ。咄《とつ》。某甲《ぼうこう》、旃《これ》を誌す。

○宰木三霜＝三回忌の縁語。宰木は墓に植えた目印の木。

【八】

半百光陰一夢中、木羊金兎走怱怱。
松風吹致萬年祝、子葉孫枝幾永隆。

夫以龍集辛卯季秋念五日者、興菴永隆禪定門遠諱之辰也。就于天德精舍、設供佛施僧法筵之次、漸寫妙典七軸、加之開甘露門、營伊蒲塞、彫刻箇塔樣、以充法供養之儀云。即今、永隆舊面底作麼生。代云、曉天依舊一輪紅。咄。桑門某甲誌焉。

半百《はんばく》の光陰《こういん》、一夢の中、
木羊金兎《ぼくようきんと》、走ること怱怱。
松風《しようふう》吹いて萬年の祝を致す、
子葉孫枝《しようそんし》、幾《いくば》くか永隆。

夫《そ》れ以《おも》みれば、龍《ほし》辛卯に集う季秋念五日は、興菴永隆禪定門が遠諱の辰なり。天德精舍に就いて、供佛施僧《くぶつせそう》の法筵《ほうえん》を設くるの次いで、妙典七軸を漸《ぜん》寫《しや》、加之《しかのみならず》、甘露門《かんろもん》を開いて、伊蒲塞《いぼそく》を營み、箇の塔樣《とうよう》を彫刻して、以て法供養《ほうくよう》の儀に充つると云う。即今、永隆の舊面底《きゆうめんてい》、作麼生《そもさん》。代わって云く、曉天《ぎようてん》、舊《きゆう》に依《よ》って一輪紅《くれない》なり。咄《とつ》。桑《そう》門某甲《もんぼうこう》、焉《これ》を誌《しる》す。

【九】

三年忌

甘露門開迎大祥、箇無縫塔聳潭湘。
因齋慶讃花時節、二月勝三月正當。〔彼岸取越〕策三年忌

甘露門《かんろもん》開いて、大祥《だいしょう》を迎う、
箇の無縫塔《むほうとう》、潭湘《たんしょう》に聳ゆ。
齋《さい》に因《よ》って慶讃《けいさん》す、花の時節《じせつ》、
二月、三月の正當《しょうとう》に勝る。

【一〇】

一周忌

肝膽狼毒舌龍泉、罵倒諸方〔杜撰〕□□禪。
〔贏〕勝得先師無此語、風清月白法堂前。

明叔一周忌　悦岡一周忌

肝膽《かんたん》は狼毒《ろうどく》、舌は龍泉《りゅうせん》、
諸方の杜撰《ずさん》の禪を罵倒《ばとう》す。
贏《か》ち得たり、先師に此の語無きことを、
風は清く月は白し、法堂《はっとう》前。

○天恩寺舊藏『葛藤集』に「肝腸狼毒舌龍泉、罵倒諸方杜撰禪。贏得先師無此話、風清月白法堂前。希」とある。

【一一】

逆修

人世百年夢一場、當來苦報沒商量。
預修功德無耶有、漏泄春光梅花香。

夫以、薩訶△〔世〕界瞻部洲大□〔日〕本國關東道遠江州豊田郡濱松庄居住、奉三寶弟子七分全得主芳嶽宗葩信女、預懼當來苦報逆修沒後善因。是故、書大乘妙典七軸、開甘露妙供一會、設供佛齋僧之法筵之次、營辨功德聚一基、以充法供養之儀。伏願憑茲善利、現世安穩、後生善處者必矣。咄。

〔石女之曲〕

逆修

人世百年、夢一場《ゆめいちじょう》、
當來《とうらい》の苦報《くほう》、沒商量《もつしょうりょう》。
預修《よしゅう》の功德《くどく》、無きや有りや、
春光を漏泄《ろぜつ》して、梅《ばい》花《か》香《かんば》し。

夫《そ》れ以《おもん》みれば、薩訶世界瞻部洲《さつかせかいせんぶしゅう》、大日本國關東道、遠江州豊田郡濱松の庄居住の、三寶《さんぼう》を奉ずる弟子、七分全得の主、芳嶽宗葩信女、預め當來《とうらい》の苦報《くほう》を懼《おそ》れ、沒後《もつご》の善因を逆修《ぎやくしゅ》す。是の故に、大乘の妙典七軸を書し、甘露《かんろ》の妙供一會《みようぐいちえ》を開いて、供佛齋僧《くぶつさいそう》の法筵《ほうえん》を設くるの次いで、功德聚《くどくじゅ》一基を營辨《えいべん》して、以て法供養《ほうくよう》の儀に充つ。伏して願わくは、茲《こ》の善利に憑《よ》って、現世安穩《げんせあんのん》、後生《ごしよう》善處なる者必《ひつ》せんことを。咄《とつ》。［石女之曲］

【一二】

十三年

十三迎忌辰、塔様一基新。
不隱舊時面、扶桑大日輪。

十三年

十三、忌辰《きしん》を迎え、塔様《とうよう》一基、新たなり。
舊時《きゅうじ》の面を隠さず、扶桑《ふそう》の大日輪《だいにちりん》。

【一三】

十七年

十有七年烏兎忽、忌齋特設梵王宮。
今朝如要看眞面、依舊桃花三月紅。　策甫

十七年

十有七年、烏兎《うと》忽《いそがわ》し、
忌齋《きさい》、特に設く梵王宮《ぼんおうきゅう》。
今朝、如《も》し眞面《しんめん》を看んと要せば、
舊《きゅう》に依《よ》って、桃花《とうか》、三月紅《くれない》なり。

【一四】

六十六部勸進聖《ヒヂリ》請之

妙法心蓮遍界香、扶桑國裡叫弘藏。
炳然六萬九千字、看々平沙鴈數行。

夫以、法華者靈山虚空二處三會之説、從本師釋迦牟尼金口出。其時者日輪當午、其味者醍醐上味也。于茲東關常陸州佐竹庄住僧弘藏沙門者、密宗徒也、修法華三昧、扣檀門十方者有年矣。日本六十餘州、毎一州納一部、而到六十六部。積功累德、盡善盡美。厥意趣者、現世安穏、後生善處、如金口説者必矣。又經中不言乎、今此三界、皆是我有、其中衆生悉是吾子矣。佛是衆生之父、衆生是佛之子也。誰敢不瞻仰乎。雖然如此、未能演其供養之儀、是弘藏願力未足故也。于時於遠江州濱松庄有信心之士。其名稱田中善衞門。感弘藏願海之深、而設法供養之儀。仍命工雕刻木浮圖一基、就于山野需其銘。不克拒辭、作一偈書于上。

深哉沙門之願海、大哉衞門之檀度。
妙中妙、奇中奇。不可思議、不可稱量。
積善家必有餘慶。祝々。
維時天正二十年龍集壬辰小春如意寶珠日、野釋某甲誌旃。
策甫

六十六部勸進聖《かんじんひじり》、之を請う
妙法《みょうほう》の心蓮《しんれん》、遍界《へんかい》香る、
扶桑國裡《ふそうこくり》、弘藏と叫ぶ。
炳然《へいぜん》たり、六萬九千字、
看よ看よ、平沙《へいしゃ》、鴈の數行。

夫《そ》れ以《おもん》みれば、法華《ほっけ》は靈山虚空《りょうぜんこくう》、二處三會《さんね》の説にして、本師釋迦牟尼《しゃかむに》の金口《こんく》より出づ。其の時たるや日輪當午《にちりんとうご》、其の味たるや醍醐《だいご》の上味なり。茲《ここ》に東關《とうかん》常陸州佐竹の庄に住する、僧弘藏沙門は、密宗《みっしゅう》の徒なり。法華三昧《ほっけさんまい》を修し、檀門を十方に扣《たた》く者、年有り。日本六十餘州、一州毎《ごと》に一部を納めて六十六部に到る。功を積み德を累ぬ、善を盡くし美を盡くせり。厥《そ》の意趣は現世安穏、後生《ごしょう》善處、金口《こんく》の説の如くなる者必《ひっ》せん。又た經中に言わずや、今此の三界《さんがい》、皆な是れ我が有《う》なり、其の中の衆生《しゅじょう》は悉く是れ吾が子なり、と。佛は是れ衆生《しゅじょう》の父なり、衆生《しゅじょう》は是れ佛の子なり。誰か敢えて瞻仰《せんぎょう》せざらんや。然《しか》も此《かく》の如《ごと》くなりと雖も、未だ能く其の供養の儀を演《の》べず、是れ弘藏の願力、未だ足らざるが故なり。時に遠江州濱松の庄に信心の士有あり。其の名は田中善衞門と稱す。

弘藏の願海《がんかい》の深きを感じて、法供養《ほうくよう》の儀を設く。仍って工に命じて木浮圖《ぼくふと》一基を雕刻し、山野《さんや》に就いて其の銘を需《もと》む。拒辭することを克《え》ず、一偈を作って上に書す。

深いかな、沙門《しゃもん》の願海《がんかい》、
大なるかな、衞門の檀度《だんど》。
妙中の妙、奇中の奇。
不可思議《ふかしぎ》、不可稱量《ふかしょうりょう》。
積善《せきぜん》の家に必ず餘慶《よけい》有り。祝々。
維時天正二十年、龍《ほし》、壬辰に集う小春如意寶珠《にょいほうしゅ》の日、野釋某甲《やしゃくぼうこう》、旃《これ》を誌す。策甫

【一五】

七年忌
七年光景須臾事、直向眞前薦塞蒲。
四月吹香天上桂、雲斤削出一浮圖。傑山

七年忌
七年の光景《こうけい》、須臾《しゅゆ》の事《じ》、
直に眞前《しんぜん》に向かって塞蒲《そくほ》を薦《せん》す。
四月、香を吹く、天上《てんじょう》の桂、
雲斤《うんきん》、一浮圖《ふと》を削り出だす。傑山

【一六】原本三丁

收吾掌握瑠璃界、鐵拄杖頭挑日輪。
今歳東光有祥瑞、梅花吐出八千春。以安
吾が掌握《しょうあく》に收む、瑠璃《るり》界、
鐵拄杖頭《てつしゅじょうとう》、日輪《にちりん》を挑《かか》ぐ。
今歳、東光に祥瑞《しょうずい》有り、
梅花《ばいか》、吐出《としゅつ》す、八千春。

【一七】

甲馬營中□□清、惟年丁亥賀新正。
春王登極告花去、黄鳥三呼萬歳聲。普天
甲馬營中、□□清し、

惟《こ》れ年丁亥、新正を賀す。
春王《しゅんおう》、極に登って、花に告げて去る、
黄鳥三呼《こうちょうさんこ》す、萬歳《ばんざい》の聲。

【一八】

叢林依舊德香新、四皓梅開々旦辰。
天子仁風如惠帝、扶桑花亦漁家春。　海晏

叢林《そうりん》、舊《きゅう》に依《よ》って、德香《とくこう》新たなり、
四皓《しこう》、梅は開く、開旦《かいたん》の辰《しん》。
天子の仁風、惠帝の如し、
扶桑《ふそう》、花も亦た漁家の春。

【一九】

去年梅北野尤物、今歳柳東面好逑、
杖拄杖頭

去年の梅、北野の尤物《ゆうぶつ》、
今歳の柳、東面の好逑《こうきゅう》、
杖拄杖頭

○後ろを欠く。

【二〇】

一衆三玄競指神、蓬丘雲霽□光新。
慇懃默禱花知否、能護吾山億萬春。　仁峯　於海國

一衆三玄《さんげん》、競って神を指す、
蓬丘《ほうきゅう》、雲霽《は》れて□光新たなり。
慇懃《いんぎん》に默禱《もくとう》す、花知るや否《いな》や、
能く吾が山を護《ご》せ、億萬春《おくまんしゅん》。

【二一―一】

今祝新年古梵宮、禪床角上起宗風。
着花拄杖接龍象、春穩太平法窟中。　雪叟

今、新年を祝う、古梵宮《こぼんきゅう》、
禪床角上《ぜんしょうかくじょう》、宗風《しゅうふう》を起こす。
花を着くる拄杖《しゅじょう》、龍象《りゅうぞう》を接す、

春穏かなり、太平《たいへい》の法窟《ほつくつ》中。

【二一―二】

今歳恩綸出漢宮、師翁徳色得春風。
叢林盛事太平雨、瑞世花開禪院中。圭

今歳、恩綸《おんりん》、漢宮《かんきゅう》より出づ、
師翁《しおう》の徳色《とくしょく》、春風《しゅんぷう》を得たり。
叢林《そうりん》の盛事《せいじ》、太平《たいへい》の雨、
瑞世《ずいせい》の花は開く、禪院の中。

【二一―三】

烏藤七尺震龍宮、消得春來多少風。
佛法新年有新定、雲門天子現僧中。良

烏藤《うとう》七尺、龍宮を震わす、
春來《しゅんらい》、多少の風をか消得《しょうとく》す。
佛法新年、新定《しんじょう》有り、
雲門《うんもん》天子、僧中に現ず。

【二一―四】

匡徒領衆梵王宮、佛法新年起道風。
林際堂前門境備、長松春久主山中。甫

匡徒領衆《きょうとりょうしゅう》、梵王宮《ぼんおうきゅう》、
佛法新年、道風を起こす。
林際《りんざい》堂前、門境備わる、
長松《ちょうしょう》、春は久し、山中を主《つかさど》る。

【二一―五】

萬歳三呼祝帝宮、匡徒領衆舊家風。
烏藤花發禪床角、春在雲門掌握中。喜

萬歳三呼《ばんざいさんこ》、帝宮《ていきゅう》を祝す、
匡徒領衆《きょうとりょうしゅう》、舊家風《きゅうかふう》。
烏藤《うとう》の花は發《ひら》く、禪床角《ぜんしょうかく》、
春は雲門《うんもん》の掌握《しょうあく》の中に在り。

【二一―六】

長祝令端萬歳宮、新年無處不堯風。

滿堂花醉太平日、九十春光一盞中。昌

長《とこし》えに令端《れいたん》を祝す、萬歳宮《ばんざいきゅう》、

新年、處として堯風《ぎょうふう》ならざるは無し。

滿堂《まんどう》、花に酔う、太平《たいへい》の日、

九十春光、一盞《いっさん》の中。

【二一―七】

佛法新年祝紫宮、五湖四海盡東風。

春王天下太平雨、紅白花開萬木中。愈

佛法新年、紫宮《しきゅう》を祝す、

五湖四海《ごこしかい》、盡く東風《とうふう》。

春王《しゅんおう》の天下、太平《たいへい》の雨、

紅白の花は開く、萬木の中。

【二一―八】

僧鳳人龍集故宮、雲門扶起老禪風。

烏藤條上花開也、一劃回春萬國中。育

僧鳳人龍《そうほうじんりゅう》、故宮に集う、

雲門《うんもん》扶起《ふき》す、老禪風《ろうぜんぷう》。

烏藤條上《うとうじょうじょう》、花開けり、

一劃、春を回《かえ》す、萬國《ばんこく》の中。

【二一―九】

仰祝春王梵刹宮、乃翁道德起門風。

新年看待太平風、啣瑞世花出禁中。弗

仰ぎ祝す春王《しゅんおう》、梵刹宮《ぼんせつきゅう》、

乃翁《だいおう》の道德、門風を起こす。

新年、太平《たいへい》の風を看待《かんたい》す、

瑞世《ずいせい》の花を啣《くわ》えて、禁中を出づ。

【二一〇】

紫詔召師侍禁宮、新年徳色有光風。
春王來也周天下、禮樂花開三代中。干

紫詔《ししょう》、師を召して、禁宮に侍す、
新年の徳色《とくしょく》、光風有り。
春王來也《しゅんおうらいや》、周の天下、
禮樂《れいがく》の花は開く、三代の中。

【二一一】

僧徒今日祝皇宮、佛法新年匡舊風。
無限道香正月桂、九昌々也少林中。信

僧徒、今日、皇宮を祝す、
佛法新年、舊風《きゅうふう》を匡《ただ》す。
限り無き道香《どうこう》、正月の桂、
九昌々也《きゅうしょうしょうや》、少林の中。

【二一二】

萬福聲高三代宮、緇衣禮樂仰皇風。
他時必賜簾前紫、催瑞世花春雨中。淅

萬福《まんぷく》の聲は高し、三代の宮、
緇衣《しえ》の禮樂《れいがく》、皇風を仰ぐ。
他時《たじ》、必ず簾前《れんぜん》に紫《し》を賜わらん、
瑞世《ずいせい》の花を催す、春雨の中。

【二一三】

依舊新年祝聖宮、祇今塊雨與條風。
道香徳色遍天下、拄杖花開丈室中。乙

舊《きゅう》に依《よ》って新年、聖宮を祝す、
祇今《しこん》、塊雨《かいう》と條風《じょうふう》と。
道香徳色《どうこうとくしょく》、天下に遍し、
拄杖《しゅじょう》の花は開く、丈室《じょうしつ》の中。

○塊雨與條風＝土塊を壊さぬ程度の雨。樹の枝を揺らすほどではない、ほどよい風。「風不鳴條、雨不破塊」。

【二一―一四】

仰祝師翁萬福宮、道香正月木犀風。
新年佛法稜禪客、七箇蒲團在眼中。永

仰ぎ祝す師翁《しおう》、萬福宮《まんぷくきゅう》、
道は香《かんば》し、正月木犀《もくせい》の風。
新年の佛法、稜禪客《りょうぜんかく》、
七箇の蒲團《ふとん》、眼中に在り。

【二一―一五】

瓊樓玉殿水晶宮、禮樂叢林起祖風。
瞻仰新年住持佛、雲門臨濟百花中。叔

瓊樓玉殿《けいろうぎょくでん》、水晶宮《すいしょうきゅう》、
禮樂《れいがく》の叢林《そうりん》、祖風を起こす。
瞻仰《せんぎょう》す、新年の住持佛《じゅうじぶつ》、
雲門臨濟《うんもんりんざい》、百花《ひゃっか》の中。

【二一―一六】

春王天下太平宮、吹不鳴條堯舜風。
佛法新年無外事、鶯歌花舞祖園中。慰

春王《しゅんおう》の天下、太平宮《たいへいきゅう》、
吹いて條《じょう》を鳴らさず、堯舜《ぎょうしゅん》の風。
佛法新年、外事無し、
鶯歌花舞《おうかかぶ》、祖園の中。

【二一―一七】

佛法新年祝法宮、匡徒領衆振威風。
吾春林際栽松後、子葉孫枝祖苑中。臨

佛法新年、法宮を祝す、
匡徒領衆《きょうとりょうしゅう》、威風《いふう》を振るう。
吾が春、林際《りんざい》、松を栽えてより後、
子葉孫枝《しようそんし》、祖苑の中。

【二一—八】

匪干角徵匪商宮、近聽風尊遙聽風。
妙指妙音何曲調、長松吹度祖門中。

角徵《かくてつ》に干《かん》するに匪《あら》ず、商宮《しようきゆう》に匪《あら》ず、
近く聽けば風は尊し、遙かに風を聽く。
妙指妙音《みようしみようおん》、何の曲調《きよくちよう》ぞ、
長松《ちようしよう》、吹き度《わた》る、祖門《そもん》の中。

【二二】

澤山深處孟春寒、昨日今朝不兩般。
堪笑人來賀新歳、松風江月舊時看。　仁峯

澤山《たくざん》深き處、孟春《もうしゆん》寒し、
昨日今朝、兩般《りようはん》ならず。
笑うに堪えたり、人來たって新歳を賀するを、
松風《しようふう》江月、舊時《きゆうじ》の看《かん》。

【二三】

珍重袈裟茶禮三、八千龍象活伽藍。
富輝正月牡丹紫、瑞現道人烏鉢曇。　南室

珍重《ちんちよう》す、袈裟《けさ》、茶禮三《されいさん》、
八千の龍象《りゆうぞう》、活伽藍《かつがらん》。
富輝の正月、牡丹《ぼたん》紫なり、
瑞現の道人《どうにん》、烏鉢曇《うはつどん》。

○茶禮三＝『虎穴録』心宗禅師百年忌、南化、「清茶一琖禮三拜」。

【二四—一】

新年佛法價千金、四海禪院妙理深。
陌上桃花春滿樹、少林消息古來今。　瑤林

新年の佛法、價千金《あたいせんきん》、
四海《しかい》の禪院、妙理深し。
陌上《はくじよう》の桃花《とうか》、春、樹に滿つ、
少林の消息《しようそく》、古來今《こらいこん》。

【二四―二】

上在黄鸝衣自金、聲々啼處樹深々。
條風春穩花天下、雨露新恩聖代今。和雪叟

上に黄鸝《こうり》在り、衣自ずから金、
聲々《せいせい》啼く處、樹深々《しんしん》。
條風《じょうふう》、春穩かなり、花の天下、
雨露の新恩、聖代《せいだい》の今。

【二五―一】

高上宗風吹起隆、禮紅樂綠鉅禪叢。
新年佛法花開也、春在黄鶯一咄中。瑤林

高く宗風《しゅうふう》を上げ、吹き起こして隆し、
禮紅樂綠《れいこうがくりょく》、鉅禪叢《きょぜんそう》。
新年の佛法、花開けり、
春は黄鶯一咄《こうおういっとつ》の中に在り。

【二五―二】

堂々意氣尚隆々、天下名高列聖叢。
臨濟兒孫千萬也、春來餘喝作家中。雪叟　和

堂々たる意氣、尚お隆々、
天下に名高し、列聖叢《れっせいそう》。
臨濟《りんざい》の兒孫《じそん》、千萬なり、
春來《しゅんらい》、喝を餘す、作家《さっけ》の中。

【二五―三】

孫枝子葉祖宗隆、續少林絃天下叢。
一曲萬年吹不盡、小松風度主山中。キ

孫枝子葉《そんししよう》、祖宗隆し、
少林の絃を續《つ》ぐ、天下叢《てんかそう》。
一曲萬年、吹けども盡きず、
小松、風は度《わた》る、主山の中。

【二六一―一】

梅杏吹開湖上春、香風四海盡平均。
黄鶯相見呵々笑、花是新上舊故人。雪叟

梅杏吹き開く、湖上の春、
香風《こうふう》四海《しかい》、盡く平均。
黄鶯《こうおう》相見《しょうけん》して、呵々《かか》と笑う、
花は是れ新上、舊故人《きゅうこじん》。

○『延寶傳燈録』巻三十一、京兆妙心雪叟紹立禪師章に「常居參州太平寺。歳旦偈曰。梅杏交開湖上春、香風四海盡平均。黄鶯相見定應笑、道貌依然舊日人」。

【二六一―二】

桃紅李白牡丹春、盡是洞客下未均。
愧我學而時未習、問花早晩作詩人。仙君

桃紅李白《とうこうりはく》、牡丹《ぼたん》の春、
盡く是れ洞客、下るも未だ均しからず。
愧ずらくは、我れ學んで時に未だ習わざることを、
花に問う、早晩《そうばん》、詩人と作《な》るかを。

○下未均＝不審。○學而時未習＝『論語』學而、「學而時習之、不亦説乎」。

【二六一―三】

七尺烏藤億萬春、道香德色物皆均。
梅花方丈漢天下、師亦寛仁大度人。甫

七尺の烏藤《うとう》、億萬春《おくまんしゅん》、
道香徳色《どうこうとくしょく》、物皆な均し。
梅花方丈《ばいかほうじょう》、漢の天下、
師も亦た寛仁、大度の人。

○梅花方丈從漢天下＝一字多い。「從」を衍字とした。

【二六一―四】

新年佛法祖園春、古格叢林禮樂均。
師德惟馨正月桂、東風吹起幾薰人。勝

新年の佛法、祖園の春、

古格の叢林《そうりん》、禮樂《れいがく》均し。
師の徳、惟《こ》れ馨る、正月の桂、
東風《とうふう》吹き起こして、幾くか人を薫ず。

【二六—五】

醉月坐花倶祝春、新年佛法萬民均。
山河增瑞太平雨、舜德堯仁天下人。長

月に醉い花に坐し、倶《とも》に春を祝う、
新年の佛法、萬民均し。
山河《せんが》、瑞を増す、太平《たいへい》の雨、
舜徳堯仁《しゅんとくぎょうじん》、天下の人。

【二六—六】

七尺烏藤滿面春、師翁禪與義玄均。
長松覆蔭山門境、子葉孫枝千萬人。祝

七尺の烏藤《うとう》、滿面《まんめん》の春、
師翁《しおう》の禪、義玄《ぎげん》と均し。
長松覆蔭《ちょうしょうふいん》す、山門の境、
子葉孫枝《しようそんし》、千萬人。

【二六—七】

堯風舜日太平春、聖代祇今萬國均。
始識天恩多雨露、從斯四海幾蘇人。才

堯風舜日《ぎょうふうしゅんにち》、太平《たいへい》の春、
聖代祇今《せいだいしこん》、萬國《ばんこく》均し。
始めて識る、天恩、雨露多きことを、
斯《これ》より四海《しかい》、幾《いくば》くか人を蘇らす。

【二六—八】

萬歳聲高天下春、東皇德澤國家均。
檐前花卉有和氣、安樂至哉吾主人。祐

萬歳《ばんざい》の聲は高し、天下の春、
東皇《とうこう》の徳、澤《うるお》して國家均し。
檐前《えんぜん》の花卉《かき》、和氣有り、

安樂《あんらく》至れるかな、吾が主人。

聞麼三呼萬歳春、祇今聖代雨聲均。
東皇羽翼已成日、梅發商山四老人。愈

【二六―九】

聞くや三呼《さんこ》、萬歳《ばんざい》の春、
祇今聖代《しこんせいだい》、雨聲《うせい》均し。
東皇《とうこう》、羽翼《うよく》已に成る日、
梅は發《ひら》く、商山《しょうざん》の四老人。

【二六―一〇】

東風一夜挽回春、四海皆花雨露均。
聖代祇今有祥瑞、牡丹誇富太平人。

東風《とうふう》一夜、春を挽回《ばんかい》す、
四海《しかい》皆な花ひらいて、雨露均し。
聖代《せいだい》祇今《しこん》、祥瑞《しょうずい》有り、
牡丹《ぼたん》、富を誇る、太平《たいへい》の人。

【二七】

烏藤花發曉鐘天、海上禪叢春萬年。
珍重吾家無盡藏、士峯雪白々鷗前。鐵山

烏藤《うとう》花發《ひら》く、曉鐘《ぎょうしょう》の天、
海上の禪叢《ぜんそう》、春萬年。
珍重《ちんちょう》す、吾が家の無盡藏《むじんぞう》、
士峯《しほう》、雪は白し、白鷗《はくおう》の前。

【二八】

鷗鷺當門梅映湖、禪叢從此祝皇都。
山中雨露是天賜、拈作太平護國珠。大輝

鷗鷺《おうろ》、門に當たって、梅湖に映《は》ゆ、
禪叢《ぜんそう》、此より皇都を祝す。
山中の雨露、是れ天賜、
拈じて太平護國《たいへいごこく》の珠と作す。

【二九―一】

新正何曾容俗談、箇條拄杖舊同參。
春皇賦瑞花天下、一曲黄鸝萬歳三。一宙

新正、何ぞ曾て俗談《ぞくだん》を容れん、
箇の條拄杖《じょうしゅじょう》、舊同參《きゅうどうさん》。
春皇《しゅんおう》、瑞を賦す、花の天下、
一曲黄鸝《こうり》、萬歳三《ばんざいさん》。

【二九―二】

鶯々侍者對花談、佛法南方今始參。
合作一人甚希有、雜華知識五十三。淳巖　和

鶯々侍者《おうおうじしゃ》、花に對して談ず、
佛法は南方、今始めて參ず。
合して一人と作す、甚だ希有《けう》、
雜華《ざつけ》の知識、五十三。

【三〇】

物換星移鷄旦辰、單丁住院一回新。
吾山亦効黄金地、七寶華開億萬春。瑞龍寺海晏

物換り星移る、鷄旦《けいたん》の辰、
單丁住院《たんていじゅういん》、一回新たなり。
吾が山も亦た黄金地《おうごんち》に効《なら》う、
七寶《しっぽう》華開く、億萬春《おくまんしゅん》。

○物換星移＝王勃の「滕王閣序」に、「物換星移幾度秋」。

【三一】

遊手民間歌厥樂、太平無日不唐虞。
梅花小字歐陽筆、寫出春王世次圖。淳巖

遊手の民間、厥《そ》の樂を歌う、
太平《たいへい》、日として唐虞《とうぐ》ならざるは無し。
梅花《ばいか》小字、歐陽《おうよう》の筆、
春王《しゅんおう》を寫し出だす、世次の圖。

○遊手＝遊んでいて正業を勤めぬ者。○唐虞＝唐虞（堯舜）の淳化。
○世次圖＝未詳。

【三一―一】原本四丁

新年事不渉般〔繁〕詞、但祝三元酒一巵。
觜接春風條拄杖、海棠花下罵黄鸝。仁峯

新年の事、繁詞に渉らず、
但だ祝う、三元の酒一巵《さけいっし》。
觜《くちばし》、春風《しゅんぷう》に接す、條拄杖《じょうしゅじょう》、
海棠《かいどう》花下、黄鸝《おうり》を罵る。

【三一―二】

長賀烏藤不盡詞、萬年猶酌萬年巵。
山門依舊春風寺、松有鶴兮花有鸝。大川和

長《とこし》えに烏藤《うとう》を賀して、詞を盡くさず、
萬年猶お酌む、萬年の巵《さかずき》。
山門、舊《きゅう》に依《よ》って春風《しゅんぷう》の寺、
松に鶴有り、花に鸝有り。

【三三】

山呼萬歳雪千秋、皇化回春六十州。
一轉東風管仲力、九重花亦合諸侯。南化

山は呼ぶ萬歳《ばんざい》、雪千秋《せんしゅう》、
皇化、春を回す、六十州。
東風《とうふう》を一轉す、管仲《かんちゅう》の力、
九重の花も亦た諸侯に合す。

○管仲力＝『論語』憲問、「管仲微《な》かっせば、吾れ其れ髪を被り衽を左にせん」。

【三四】

春雲出谷伴安閑、是我天恩不可攀。
吹作新年新雨露、山中餘瀝滿人間。仁峯

春雲、谷を出でて、伴って安閑《あんかん》、
是れ我が天恩、攀《よ》づ可からず。

吹いて新年、新たな雨露と作《な》る、
山中の餘瀝《よれき》、人間《じんかん》に滿つ。

【三五―一】

白髪蒼顔六十三、百花開處我伽藍、
歳君千萬世祥瑞、林際回春優鉢曇。策甫　辰年旦

白髪蒼顔《はくはつそうがん》、六十三、
百花《ひやつか》開く處、我が伽藍《がらん》、
歳君《さいくん》千萬、世の祥瑞《しょうずい》、
林際《りんざい》春を回す、優鉢曇《うはつどん》。

【三五―二】

謹依堂頭大禪佛元旦尊韻。慈悲改削宗億九拜和
王母蟠桃千歳三、師翁豈改這精藍。
陽浮霧散春風國、日月盛明天不曇。

謹んで堂頭《どうちょう》大禪佛が元旦の尊韻《そんいん》に依る。慈悲改
削　宗億九拜　和

王母《おうぼ》が蟠桃《ばんとう》、千歳三、
師翁《しおう》、豈に這《こ》の精藍《せいらん》を改めんや。
陽浮霧散《ようふむさん》す、春風國《しゅんぷうこく》、
日月盛明にして、天曇らず。

【三五―三】

正夏殷周從此三、禮紅樂綠在僧藍。
金童開口對花道、今日和闍老釋曇。源

正に夏殷周《かいんしゅう》、此の三よりす、
禮紅樂綠《れいこうがくりょく》、僧藍《そうらん》に在り。
金童、口を開いて、花に對《むか》って道う、
今日和闍《わじゃ》、老釋曇《ろうしゃくどん》。

○夏殷周＝治世の根本たる禮樂が理想的に実現されていた三代の王朝。

【三五―四】

李白桃紅落二三、簇花尊偈賀精藍。

新年高舞舊栖鶴、師壽鄔波尼殺曇。濟

李白桃紅《りはくとうこう》も、一二三に落つ、
花を簇《むらが》らす尊偈《そんげ》、精藍《せいらん》を賀す。
新年高く舞う、舊栖《きゆうせい》の鶴、
師の壽は、鄔波尼殺曇《うぱにさつどん》。

○鄔波尼殺曇＝ウパニサッドの音譯。數の極。無窮。

【三五―五】

尊偈一篇春賀三、東君從此住東藍。
和尚德色花之瑞、白々紅々濁世曇。案

尊偈《そんげ》一篇、春賀三、
東君《とうくん》、此より東藍《とうらん》に住す。
和尚の德色《とくしょく》、花の瑞、
白々紅々、濁世《じょくせ》の曇《どん》。

○濁世曇＝濁世曇華。

【三五―六】

斷絶衆流第二三、曹溪一派碧於藍。
月移花影纖塵外、明鏡非臺豈可曇。碧代

衆流《しゅる》を斷絶するも、第二三、
曹溪《そうけい》の一派、藍よりも碧し。
月、花影《かえい》を移ろわす、纖塵《せんじん》の外、
明鏡《めいきょう》、臺に非ず、豈に曇る可けんや。

【三五―七】

雲霞出海曙元三、春水春山青似藍。
今學鷲峯頭一會、鶻鬧末世活瞿曇。亨闕

雲霞《うんか》海より出づ、曙元三《しょげんさん》、
春水春山、青きこと藍に似たり。
今、鷲峯頭《じゅほうとう》の一會《いちえ》に學ぶ、
鶻鬧末世、活瞿曇《かっくどん》。

○鶻鬧＝未詳。

【三五―八】

佛法新年三藐三、叢林盛事在斯藍。
師翁德色光明藏、擧世皆言蜀寶曇。南洲

佛法新年、三藐三《さんみやくさん》、
叢林《そうりん》の盛事《せいじ》、斯《こ》の藍に在り。
師翁《しおう》の德色《とくしょく》、光明藏《こうみようぞう》、
世を擧げて皆な言う、蜀寶曇《しょくほうどん》と。

【三六】

四達皇々伽藍界、新年佛法道彌高。
滿堂花醉三千歲、先祝春王々母桃。〔妙心寺歲旦〕東漸

四《よも》に達して皇々たり、伽藍界《がらんかい》、
新年の佛法、道彌《いよ》いよ高し。
滿堂《まんどう》、花に醉う、三千歲《さんぜんさい》、
先ず春王《しゅんおう》を祝す、王母《おうぼ》の桃。

【三七】

臨濟春從大樹回、毒華毒果一時開。
山門大衆活龍象、棒雨喝雷盈耳哉。〔江南從大樹寺退院、明年ノ△△〔歲旦〕〕

臨濟《りんざい》の春、大樹より回る、
毒華毒果《どくげどくか》、一時に開く。
山門の大衆、活龍象《かつりゅうぞう》、
棒雨喝雷《ぼううかつらい》、耳に盈《み》つるかな。

【三八】

今茲癸巳三陽交泰令辰、漫賦伽佗□□〔一篇〕説文字禪、開示一會清淨海衆、以充闔札鴻休云。請各擊節。
樂綠禮紅新歲濃、萬堯億舜喜遭□〔逢〕。
烏藤開口賀王者、四海五湖叫瑞龍。
前住妙心瑞龍當住策甫老衲書焉。〔印二ツ〕

今茲《ことし》癸巳、三陽交泰《さんようこうたい》の令辰《れいしん》、漫《みだ》りに伽佗《かだ》一篇を賦し、文字禪《もじぜん》を説き、一會清淨《いちえしょうじょう》の海衆《かいしゅう》に開示し

て以て闥札鴻休《たつさつこうきゅう》に充つと云う。請う各おの撃節《げきせつ》。
樂緑禮紅《がくりょくれいこう》、新歳濃《こまや》かなり、
萬堯億舜《まんぎょうおくしゅん》、喜んで遭い逢う。
烏藤《うとう》、口を開いて、王者を賀す、
四海五湖《しかいごこ》、瑞龍《ずいりょう》と叫ぶ。

○闥札鴻休＝「札闥洪休」とも。殊更に難解な言辭を弄することを諷していう語。『瑯邪代醉篇』巻三十五、「宋の景文公、唐史を修す。好んで艱深の辭を以て、淺易の説を文《つく》る。歐公、以て之を諷する有らんことを思い、一日、其の壁に大書して曰く〈宵寐匪貞、札闥洪休〉と。宋、之を見て曰く〈夜、不祥を夢みて門に大吉を題するに非ずや。何ぞ必ずしも異を求めて此の如くなる〉。歐公曰く〈李靖が傳に云く、震雷、聰を掩うに暇無しと。亦た是の類なり〉と。宋公慙じて退く。今、所謂る震霆耳を掩うに及ばざる者は再び改むるに係る」。

【三九】

匠斧聲高經始忙、帝京西矣御園傍。
脩正脩月新方丈、中有梅花爲主張。〔妙心歳旦〕仁峯

匠斧《しょうふ》、聲は高く、經始《けいし》忙わし、
帝京の西、御園《ぎょえん》の傍。
脩正脩月《しゅしょうしゅうげつ》、新方丈《しんほうじょう》、
中に梅花《ばいか》有って主張と爲る。

○經始＝土木を興こす。○脩月＝一句とあわせて修月斧の故事。後出〔八九九―一〕に「修月斧」あり、参照。

【四〇】

斬新開闢梵王家、年亦改元月亦加。
洛隔東西春不別、御園移得一枝花。〔祥雲院〕南化

斬新に開闢《かいびゃく》す、梵王家《ぼんおうけ》、
年も亦た改元、月も亦た加う。
洛、東西を隔つるも、春は別ならず、
御園《ぎょえん》移し得たり、一枝《いっし》の花。

【四一】

佛法新年和氣加、雲霞出開映袈裟。

吾家一滴寶泉水、濺發蓬萊三萬花。［寶泉寺］忠嶽

佛法新年、和氣加う、
雲霞《うんか》出でて開き、袈裟《けさ》に映ず。
吾が家の一滴《いってき》、寶泉《ほうせん》の水、
濺《そそ》いで發《ひら》く、蓬萊《ほうらい》三萬の花。

【四二】

松老雲閑蓬島曉、龜齡鶴算祝正來。
祖門祖域共珍重、日々斟花擧壽盃。大林

松《しょう》老雲閑《ろううんかん》、蓬島《ほうとう》の曉、
龜齡鶴算《きれいかくさん》、正を祝し來たる。
祖門祖域《そもんそいき》、共に珍重《ちんちょう》、
日々花に斟《く》んで、壽盃《じゅはい》を擧ぐ。

【四三】

今年八十老衰增、獨向江南鷗作朋。
萬事不治被花嘆、飛來天地一閑僧。東谷

今年八十、老衰《ろうすい》增す、
獨り江南《こうなん》に向かって、鷗を朋《とも》と作《な》す。
萬事《ばんじ》治せず、花に嘆かれん、
飛來す、天地の一閑僧《いちかんそう》。

【四四】

文祿五年丙申鷄旦令辰、隨叢社舊例、修正看經。今也遇太平無事日、若緘口過三元佳辰者、恐被鶯花咲。仍唱禪詩一篇、以賀新歲君云。大輝

天下禪林云樂辰、雲霞出海物咸新。
黃鶯居我語乎汝［汝乎］、萬福花開南浦春。

文祿五年丙申鷄旦《けいたん》の令辰《れいしん》、叢社の舊例に隨って修《しゅ》正看經《しょうかんきん》。今也《ま》た太平《たいへい》無事の日に遇う。若し口を緘《とざ》して三元の佳辰《かしん》を過ごさば、恐らくは鶯花《おうか》に咲《わら》われん。仍って禪詩一篇を唱えて以て新歲君《しんさいくん》を賀すと云う。

天下の禪林、樂を云う辰、

雲霞《うんか》、海より出でて、物咸《み》な新たなり。
黄鶯《こうおう》、居れ我れ汝に語らんといわんか、
萬福《まんぷく》、花は開く、南浦《なんぽ》の春。

○居我語汝乎＝『禮記』樂記、「居吾語汝」。『論語』陽貨「居吾語女（居れ、吾れ女《なんじ》に語らん）」。

【四五】

一瓣拈來北面香、朝望帝闕祝天長。
新年殊覺生涯別、富牡丹春虚白堂。南化

一瓣《べん》拈じ來たって、北面に香る、
朝、帝闕《ていけつ》を望んで、天長《てんちょう》を祝す。
新年、殊に覺ゆ、生涯《しょうがい》別なることを、
富牡丹《ふぼたん》の春、虚白堂《きょはくどう》。

【四六】原本六丁

直自關山過九重、人言此境是王宮。
逢君欲語帝家事、又伴烏藤歸海東。

直に關山《かんざん》より九重を過ぐ、
人は言う、此の境是れ王宮と。
君に逢い帝家の事を語らんと欲するも、
又た烏藤《うとう》を伴って海東《かいとう》に歸る。

【四七】

從來祖佛不瞞人、纔涉黑唯〔思惟〕眼裡塵。
直下掀飜海嶽看、從來祖佛△滿人〔不瞞人〕。

從來、祖佛、人を瞞ぜず、
纔《わず》かに思惟《しゆい》に涉れば、眼裡《がんり》の塵。
直下《じきげ》に海嶽《かいがく》を掀飜《きんぽん》し看よ、
從來、祖佛、人を瞞ぜず。

【四八】

自在乾坤宇宙間、思量却作萬重關。
是猶離見這消息、自在乾坤宇宙間。

自在乾坤《じざいけんこん》、宇宙《うちゅう》の間、

思量《しりよう》せば却って萬重《ばんじゆう》の關と作《な》る。
是れ猶お見を離る、這《こ》の消息《しようそく》、
自在乾坤《じざいけんこん》、宇宙《うちゆう》の間。

【四九―一】原本七丁

無端吹落釋迦紅、雙樹林間彼已窮。
丈六金身春一夢、覺來花外涅槃風。雪叟

端無《はしな》くも吹き落とす、釋迦紅《しやかこう》、
雙樹林間《そうじゆりんかん》、彼已に窮す。
丈六《じようろく》の金身《こんじん》、春一夢、
覺め來たれば、花外、涅槃《ねはん》の風。

【四九―二】

纔見開紅又幻紅、阿難迦葉思非窮。
靈山四十九年夢、一夜吹醒花外風。圭

纔《わず》かに紅の開くと見れば、又た幻紅《げんこう》、
阿難迦葉《あなんかしよう》、思い窮まるに非ず。
靈山《りようぜん》四十九年の夢、
一夜吹き醒《さ》ます、花外の風。

【四九―三】

失却美人顏色紅、阿難離思不曾窮。
感時二月涅槃會、涙濺雨兮心駭風。干

美人顏色《がんしよく》の紅を失却し、
阿難《あなん》の離思《りし》、曾て窮まらず。
時に感ず、二月涅槃《ねはん》の會《え》、
涙、雨に濺《そそ》ぎ、心、風に駭《おどろ》く。

【四九―四】

西有美人面不紅、正當十六此身窮。
夜來滅却[西]先施佛、般涅槃宮楊柳風。長代

西に美人有り、面紅ならず、
正當《しようとう》十六、此の身窮まる。
夜來滅却《やらいめつきやく》す、西施佛《せいしぶつ》、

般涅槃宮《はつねはんきゆう》、楊柳《ようりゆう》の風。

○西施佛＝『枯崖漫録』上、「臨安府浄慈の肯堂充禪師、……即心即佛に頌して云く、美なることは西施の金闕を離るる如く、嬌なるは楊妃の玉樓を下るに似たり」。天恩寺舊藏『葛藤集』［四四］佛降生に、「……南閻浮提加毘羅國淨飯大王の家に生まる。後來、之を名づけて西方美人佛と曰い、亦た或いは西施佛と呼び、或いは楊妃佛と稱す。即今、諸衲に咨問《しもん》す、吾が佛は甚に因てか美人の稱有る。各おの請う、判じ看よ」。

【四九—五】

花飛蝶駭涙添紅、一別多情豈可窮。
枝上黄鶯涅槃會、依俙似曲囀春風。才

花飛び蝶駭《おどろ》き、涙、紅を添う、
一別多情《いちべつたじよう》、豈に窮まる可けんや。
枝上《しじよう》の黄鶯《こうおう》、涅槃《ねはん》の會《え》、
依俙《いき》たり、曲に似て春風《しゆんぷう》に囀《さえず》ることを。

【四九—六】

鶴林泣血杜鵑紅、早促歸來奈命窮。
春半必秋涅槃會、離情懶似落梧風。璠

鶴林《かくりん》、血に泣いて、杜鵑《とけん》紅なり、
早く歸り來たることを促すも、命窮まるを奈《いかん》せん。
春半ばなるに秋なること必《ひつ》せん、涅槃《ねはん》の會《え》、
離情《りじよう》懶《ものう》くして、梧を落とす風に似たり。

【四九—七】

人天百萬涙啼紅、春半必秋意匹窮。
昨夜魔軍忽然起、金身丈六落花風。弗

人天《にんでん》百萬、涙、啼紅《ていこう》、
春半ばなるに秋なること必せん、意、窮まるに匹《に》たり。
昨夜、魔軍《まぐん》、忽然《こつねん》として起こる、

金身《こんじん》丈六《じょうろく》、落花《らっか》の風。

【四九―八】

感時別後濺花紅、々粉佳人恨不窮。
一種此聲無限意、涅槃妙曲落梅風。永

時に感ず、別後、花に濺《そそ》ぐ紅、
紅粉《こうふん》の佳人《かじん》、恨み窮まらず。
一種此の聲、限り無き意、
涅槃《ねはん》の妙曲《みょうきょく》、落梅《らくばい》の風。

【四九―九】

猛烟今日亘天紅、丈六金身此裡窮。
鶴樹花飛無可落、三春閑却一簾風。良

猛烟、今日、天に亘って紅なり、
丈六《じょうろく》の金身《こんじん》、此の裡《うち》に窮まる。
鶴樹《かくじゅ》、花飛んで、落つ可き無し、
三春、一簾の風を閑却《かんきゃく》す。

【四九―一〇】

人天惜別涙吹紅、説滅説生説未窮。
八萬多羅言尚耳、葉婆門外有松風。叔

人天《にんでん》、別かれを惜しんで、涙《なんだ》紅を吹く、
滅と説き生と説き、説けども未だ窮まらず。
八萬の多羅《たら》、言、尚お耳にあり、
葉婆《しょうば》門外、松風《しょうふう》有り。

【四九―一一】

恨別感時涙映紅、葉婆慶喜思難窮。
人天何事哭泥曰、月亦浮雲花亦風。珍

別かれを恨み時に感じ、涙、紅を映ゆ、
葉婆慶喜《しょうばけいき》、思い窮まり難し。
人天《にんでん》、何事ぞ泥曰《ないわつ》を哭す、
月も亦た浮雲《ふうん》、花も亦た風。

○泥曰＝泥洹《ないおん》。涅槃。

【四九―一一二】

世尊三昧火如紅、滅却心頭伎倆窮。
迦葉笑兮阿難哭、鶴林樹下馬牛風。愈

世尊《せそん》の三昧《さんまい》、火紅の如し、
心頭《しんとう》を滅却《めつきやく》して、伎倆《ぎりよう》窮まる。
迦葉《かしよう》は笑い、阿難《あなん》は哭す、
鶴林樹下《かくりんじゆげ》、馬牛風《ばぎゆうふう》。

○馬牛風＝牛馬風とも。遠く隔たっていること。『琅邪代醉編』巻十二「風牛馬」に、風に対して牛は順風にむかって走り、馬は逆風に向かって走る。よって両者は遠く相隔たるとする。楊萬里「和張寺丞功父八絶句」の八に「一生海内金石友、萬事人間牛馬風」。

【四九―一一三】

八十餘年朝槿紅、人天百萬思寧窮。
何愁忽失西方美、月有陰兮花有風。慰

八十餘年、朝槿《ちようきん》紅なり、
人天《にんでん》百萬、思い寧《なん》ぞ窮まらん。
何ぞ愁えん、忽ち西方の美を失することを、
月に陰《かげ》有り、花に風有り。

【四九―一一四】

一滴濺花涙亦紅、阿難別恨豈應窮。
涅槃經卷新飜譯、百萬人天馬耳風。惠

一滴《いつてき》、花に濺《そそ》いで、涙も亦た紅なり、
阿難《あなん》の別恨《べつこん》、豈に應《まさ》に窮まるべけんや。
涅槃《ねはん》の經卷《きようがん》、新飜譯《しんほんやく》、
百萬の人天《にんでん》、馬耳《ばじ》の風。

【四九―一一五】

紅粉佳人涙雨紅、離愁別恨更無窮。
等閑吹起涅槃會、梅落樓臺一笛風。喜

紅粉《こうふん》の佳人《かじん》、涙雨《るいう》、紅なり、
離愁別恨《りしゆうべつこん》、更に窮まる無し。
等閑《なおざり》に吹き起こす、涅槃《ねはん》の會《え》、

梅、樓臺《ろうだい》に落つ、一笛の風。

【四九―一六】

李失白兮桃失紅、滿襟離思不相窮。
無端吹倒沙羅樹、五竺乾坤皆業風。臨

李は白を失い、桃は紅を失う、
滿襟《まんきん》の離思《りし》、相窮まらず。
端無《はしな》くも、沙羅樹《さらじゅ》を吹倒《すいとう》す、
五竺《ごじく》の乾坤《けんこん》、皆な業風《ごっぷう》。

【四九―一七】

蘭佛夜來皆落紅、娑婆八十有年窮。
一超直入涅槃路、脚尾脚頭歩々風。孝代

蘭佛、夜來《やらい》、皆な落紅《らくこう》、
娑婆《しゃば》八十、年の窮まる有り。
一超《いっちょう》に直入《じきにゅう》す、涅槃《ねはん》の路、
脚尾脚頭《きゃくびきゃくとう》、歩々の風。

○蘭佛＝この語未見。

【四九―一八】

西方有美失顏紅、高擧金棺薄命窮。
百萬人天鼻功德、涅槃梅綻起香風。

西方に美有り、顏紅《がんこう》を失す、
高く金棺《きんかん》を擧げて、命窮《めいきゅう》に薄《せま》る。
百萬の人天《にんでん》、鼻功德《びくどく》、
涅槃《ねはん》の梅は綻び、香風《こうふう》を起こす。

【五〇】

葉婆慶喜斷愁腸、雙袖龍觴涙萬行。
鶴樹花飛春二月、涅槃一曲舞山香。雪叟

葉婆《しょうば》、慶喜《けいき》、愁腸《しゅうちょう》を斷つ、
雙袖龍觴《そうしゅうりゅうしょう》、涙萬行。
鶴樹《かくじゅ》、花は飛ぶ、春二月、
涅槃《ねはん》の一曲、舞山香《ぶざんこう》。

○舞山香＝舞楽の名。唐高宗のときの作。終わりの舞。

【五一】

金棺高上舞空中、百萬人天恨別窮。
鳥驚心□涅槃岸、一株毒樹落花風。仁峯

金棺《きんかん》高く上がって、空中に舞う、
百萬の人天《にんでん》、恨別窮まる。
鳥驚心□、涅槃《ねはん》の岸、
一株の毒樹、落花《らっか》の風。

○鳥驚心□＝杜甫「春望」に「感時花濺涙、恨別鳥驚心」。「鳥亦驚心」か。

【五二】

示滅雙林老比丘、人天百萬一時愁。
年々二月打花雨、疑是靈山涙未收。

滅を雙林《そうりん》に示す、老比丘《ろうびく》、
人天《にんでん》百萬、一時に愁う。
年々二月、花を打つ雨、
疑うらくは是れ靈山《りょうぜん》の涙未だ收まらざるか。

【五三―一】

尸羅城裏涅槃門、開示世雄兩足尊。
一會靈山花二月、黄鸝八萬四千言。策甫

尸羅城裏《しらじょうり》、涅槃《ねはん》の門、
開示す、世雄の兩足尊《りょうそくそん》。
一會《いちえ》靈山《りょうぜん》、花の二月、
黄鸝《こうり》、八萬四千言。

【五三―二】

竺乾猛將出王門、入涅槃城叫世尊。
百萬魔軍追北處、臣僧誰是吐忠言。和源

竺乾《じくけん》の猛將《もうしょう》、王門を出づ、
涅槃城《ねはんじょう》に入って、世尊《せそん》と叫ぶ。
百萬の魔軍《まぐん》、北《に》ぐるを追う處、

臣僧《しんそう》、誰か是れ忠言を吐く。

【五三―三】

百萬人天閉法門、鶴林示滅大雄尊。濟
松風月白涅槃岸、豎説横談在耳言。

百萬の人天《にんでん》、法門《ほうもん》を閉づ、
鶴林《かくりん》に滅を示す、大雄尊《だいおうそん》。
松風《しようふう》月は白し、涅槃《ねはん》の岸、
豎説横談《じゆせつおうだん》、耳に言在り。

【五三―四】

無端入得八方門、一路涅槃老釋尊。
説滅説生鸚鵡佛、便遭關鎮有能言。案

端無《はしな》くも八方門に入得《につとく》す、
一路涅槃《いちろねはん》、老釋尊《ろうしやくそん》。
滅と説き生と説く、鸚鵡佛《おうむぶつ》、
便ち關鎮に遭えば、能言有り。

○遭關鎮有能言＝據あるか未詳。

【五三―五】

餘殃萬劫及家門、惑亂人天唯獨尊。
大藏五千損君徳、元來功是在無言。温

餘殃《よおう》、萬劫《まんごう》、家門に及ぶ、
人天《にんでん》を惑亂《わくらん》して、唯だ獨り尊し。
大藏五千、君徳を損す、
元來《がんらい》、功は是れ無言に在り。

【五三―六】

鶴樹花飛微妙門、涅槃夢覺法三尊。
分身百億漆園老、唱滅説生捴寓言。棟

鶴樹《かくじゆ》、花は飛ぶ、微妙《みみよう》の門、
涅槃《ねはん》、夢は覺《さ》む、法三尊。
分身百億、漆園老《しつえんろう》、
滅と唱え生と説くも、捴に寓言。

○漆園老＝莊子。○寓言＝『莊子』寓言に「寓言十九、重言十七」。寓言、事物に言寄せて言う。

【五三—七】

此箇乾坤解脱門、下無可賤上無尊。
十方一路涅槃岸、諸佛衆生共絶言。滿代

此箇《しこ》の乾坤《けんこん》、解脱門《げだつもん》、
下、賤しむ可き無く、上、尊ぶ無し。
十方一路《いちろ》、涅槃《ねはん》の岸、
諸佛衆生《しゅじょう》、共に言を絶す。

【五四】

本有如來無變易、尸羅城裡誤咨嗟。
滅耶不滅風流佛、千百億身春在花。策甫［巳年］

本有《ほんぬ》の如來《にょらい》、變易《へんい》無し、
尸羅城裡《しらじょうり》、誤って咨嗟《しさ》す。
滅するか滅せざるか、風流佛《ふうりゅうぶつ》、
千百億の身、春は花に在り。

【五五】

五々百年涅槃會、山々花亦鶴林花。
容顔若是楊妃佛、二月中旬先進瓜。南化

五々百年、涅槃《ねはん》の會《え》、
山々、花も亦た鶴林《かくりん》の花。
容顔《ようがん》、若し是れ楊妃佛《ようひぶつ》ならば、
二月中旬、先に瓜《うり》を進ぜん。

○楊妃佛＝『枯崖漫録』上、「臨安府淨慈の肯堂充禪師、……即心即佛に頌して云く、美なることは西施の金闕を離るる如く、嬌なるは楊妃の玉樓を下るに似たり」。天恩寺舊藏『葛藤集』佛降生に、「……南閻浮提加毘羅國淨飯大王の家に生まる。後來、之を名づけて西方美人佛と曰い、亦た或いは西施佛と呼び、或いは楊妃佛と稱す。即今、諸衲に咨問《しもん》す、吾が佛は甚に因てか美人の稱有る。各おの請う、判じ看よ」。
○二月進瓜＝釋尊涅槃と楊妃の死を併せ詠うもの。王建の「宮前早春（一に華清宮）」詩に「酒幔高樓一百家、宮前楊柳寺前花。内園分得温湯水、二月中旬已進瓜」。「二月進瓜」は、寒中なのに、晝夜、温熱を加えて時節はずれの瓜を實らせて、天子に獻上したこと。『佛祖統紀』巻三十五、始皇の條に、「始皇密令冬月種瓜、於驪山硎谷温處。瓜實乃使人上書。瓜冬有實。詔博士諸生説之。人人各異則皆使往視之、而爲伏機。諸生方相論難、因發機填之以土[漢書傳注]」。

【五六】

河沙聖衆涙如雨、埋玉西方一美人。怡天

河沙《がしゃ》の聖衆《せいしゅう》、涙、雨の如し、
玉《ぎょく》を埋む、西方の一美人。

【五七—一】原本一〇丁

佛生日之野偈一篇、謹便于爐薫云。
渠是藍園惡芽孽、禍胎昨夜毒華生。
無憂樹下一條路、七歩黄梅雨裡行。雪叟

佛生日の野偈《やげ》一篇、謹んで爐薫《ろくん》に便すと云う。
渠《かれ》は是れ藍園《らんえん》の惡芽孽《あくげげつ》、
禍胎《かたい》、昨夜、毒華《どくげ》生ず。
無憂樹下《むゆうじゅげ》、一條《いちじょう》の路、
七歩、黄梅雨裡《おうばいうり》に行く。

【五七—二】

百億分身果何益、獨尊作畧鈍□[遅]生。
縱然七歩指天地、若遇雲門不許行。和圭

百億の分身、果して何の益ぞ、
獨尊《どくそん》の作畧《さりやく》、鈍遅生《どんちせい》。
縦然《たと》い七歩して天地を指すも、
若し雲門《うんもん》に遇わば、行くこと許さじ。

○雲門＝世尊初生を拈じて、「我れ當時《そのかみ》、若し見ば、一棒に打殺して狗子《くし》に與えて喫却せしめ、天下太平なるを貴圖《ほっ》したらんに」。

【五七—三】

一盆香水銀盤水、今日瞿曇弄化生。
出浴孩兒打無益、雲門正令不虚行。良

一盆の香水、銀盤《ぎんばん》の水、
今日、瞿曇《くどん》、化生《けしょう》を弄す。
浴を出づる孩兒《がいじ》、無益を打す、
雲門《うんもん》の正令《しょうれい》、虚《みだ》りに行ぜず。

【五七―四】

脱出母胎纔七歩、指天指地動群生。
香湯不用白鷗佛、直向江南水際行。　璠

母胎《ぼたい》を脱出して、纔《わず》かに七歩し、
天を指し地を指して、群生《ぐんじょう》を動ず。
香湯《こうとう》用いず、白鷗佛《はくおうぶつ》、
直に江南《こうなん》の水際に向かって行く。

【五七―五】

妃子佛耶西子佛、藍園今日美人生。
出胎七歩通宵路、不向雲門行處行。　慰

妃子佛《ひしぶつ》か、西子佛《せいしぶつ》か、
藍園《らんえん》、今日、美人生ず。
胎を出でて七歩、通宵《つうしょう》の路、
雲門《うんもん》の行ずる處に向かって行かざれ。

○妃子佛耶西子佛＝楊貴佛、西施佛。前出〔四九―四〕〔五五〕。

【五七―六】

笑他錯用杓頭水、不向香盆寄此生。
洗出湖山清淨佛、白鷗具眼舊同行。　甫

笑う、他が錯って杓頭《しゃくとう》の水を用い、
香盆《こうぼん》に向かって、此の生を寄せざることを。
洗い出だす、湖山、清淨佛《しょうじょうぶつ》、
白鷗《はくおう》眼を具す、舊同行《きゅうどうあん》。

【五七―七】

孩兒忽出母胎後、指地指天讎尚生。
黄鳥笑言殺風景、四維七歩踏花行。　遷

孩兒《がいじ》忽ち母胎《ぼたい》を出でて後、

地を指し天を指して、讎尚《あだ》お生ず。
黄鳥《こうちょう》笑って言わん、殺風景《さっぷうけい》なりと、
四維《しゆい》に七歩し、花を踏んで行く。

○殺風景＝李商隠『雑纂』巻上の「殺風景」の項に、清泉濯足、花上晒褌、背山起楼、焼琴煮鶴、對花啜茶、松下喝道などとあるが、「七歩踏花」もその類という含み。

【五七―八】

唯我獨尊開乳口、毘藍園裡叫胎生。
魔軍拍手呵々笑、指地指天七歩行。信

唯我獨尊《ゆいがどくそん》と、乳口《にゅうく》を開く、
毘藍園裡《びらんえんり》、胎生《たいしょう》と叫ぶ。
魔軍《まぐん》、手を拍って、呵々《かか》と笑う、
地を指し天を指して、七歩行く。

【五七―九】

指天指地兩般意、錯叫獨尊修幾生。
跳出摩耶一胎内、四維七歩自由行。

天を指し地を指す、兩般《りょうはん》の意、
錯って獨尊《どくそん》と叫ぶ、幾生をか修す。
摩耶《まや》が一胎内《たいない》を跳出《ちょうしゅつ》して、
四維《しゆい》七歩、自由に行く。

【五八―一】

點［黠］兒昨夜産毘藍、柳髪花顔笑戯談。
得一西方美人佛、楊妃落二茜［西］施三。雪叟和上

黠兒《かつじ》、昨夜、毘藍《びらん》に産まる、
柳髪花顔《りゅうはつかがん》、笑って戯談《げだん》す。
一西方美人佛《せいほうびじんぶつ》を得て、
楊妃《ようひ》は二に落ち、西施《せいし》は三。

【五八―二】

錯認獨尊精舍藍、松風澗水自横談。
雲門手段今猶在、雨打薔薇一棒三。圭

錯って獨尊《どくそん》を認む、精舍藍《しょうじゃらん》、

松風澗水《しょうふうかんすい》、自ずから横談《おうだん》。
雲門《うんもん》の手段《しゅだん》、今猶お在り、
雨、薔薇《そうび》を打つこと、一棒三。

【五八―三】

小兒灌沐大諸[精]藍、正法從然《ママ》付口談。
即佛出興獨尊佛、看々星遶月宮三。永

小兒灌沐《しょうにかんもく》す、大精藍《だいせいらん》、
正法《しょうぼう》、從然《ママ》口談《くだん》に付す。
即ち佛出興《しゅっこう》、獨尊佛《どくそんぶつ》、
看よ看よ、星、月宮を遶ること三。

○從然《ママ》＝不審。○星遶月宮三＝心の字謎。廣惠璉の偈に「節有り竹に干わるに非ず、三星、月宮を偃る、一人、日下に居る、衆人と同じきに弗ず」。即心是佛。

【五八―四】

蟠屈千峯色似藍、誰言甘蔗是眞談。
黄梅洗出綠陰雨、一杓香湯落二三。良

蟠屈《ばんくつ》せる千峯《せんぽう》、色、藍に似たり、
誰か言う、甘蔗《かんしょ》は是れ眞談と。
黄梅《おうばい》洗い出だす、綠陰《りょくいん》の雨、
一杓の香湯《こうとう》、二三に落つ。

【五八―五】

毒花生也舊精藍、指地指天皆妄談。
只有文殊識唯獨、前三々矣後三三。播

毒花《どくげ》生ぜり、舊精藍《きゅうせいらん》、
地を指し天を指す、皆な妄談《もうだん》。
只だ文殊《もんじゅ》のみ有って、唯獨《ゆいどく》を識る、
前三々、後三々。

【五八―六】

雨後青々澗水藍、夏山洗出絶言談。
請看天地獨尊佛、法報應身分現三。臨

雨後、青々として、澗水《かんすい》藍し、

夏山《かさん》洗い出だして、言談を絶す。
請う看よ、天地の獨尊佛《どくそんぶつ》、
法報應身、分かれて三を現ず。

【五八―七】

雨後澗流湛若藍、汲爲香水絶論談。
紅桃白李綠荷佛、天地獨尊從此三。□

雨後の澗流《かんりゅう》、湛えて藍の若し、
汲んで香水と爲さば、論談を絶す。
紅桃《こうとう》、白李《はくり》、綠荷佛《りょくかぶつ》、
天地獨尊《どくそん》、此の三よりす。

【五八―八】

渡人海上活名藍、唯我獨尊錯妙談。
不借杓頭白鷗佛、一盆香水茜[西]湖三。本

渡人海上、活名藍《かつめいらん》、
唯我獨尊《ゆいがどくそん》、錯って妙談す。
杓頭《しゃくとう》を借らず、白鷗佛《はくおうぶつ》、
一盆の香水、西湖《せいこ》三。

○渡人＝不審。

【五八―九】

毘藍園裏活伽藍、高叫獨尊捻亂談。
狗子喫殘子孫禍、佛之一字問祇三。慰

毘藍園《びらんえん》裏の活伽藍《かつがらん》、
高く獨尊《どくそん》と叫ぶも、捻に亂談。
狗子《くし》、喫し殘す、子孫の禍、
佛の一字、問祇三。

○問祇三＝未詳。

【五八―一〇】

南朝四百八十藍、七歩周行落草談。
唯我獨尊□點額、九龍噴水禹門三。喜

南朝《なんちょう》、四百八十藍、
七歩周行《しゅうこう》、落草《らくそう》の談。
唯我獨尊《ゆいがどくそん》、□點額《てんがく》、
九龍水を噴く、禹門《うもん》の三。

【五八―一一】

生也毘藍園裏藍、法身出現自空談。
強稱唯我耳猶汚、灌佛一經七五三。弗

生ぜり、毘藍園裏《びらんえんり》の藍、
法身《ほっしん》出現するも、自ずから空談《くうだん》。
強いて唯我《ゆいが》と稱すも、耳猶お汚る、
灌佛《かんぶつ》一經、七五三。

【五八―一二】

指地指天清淨藍、周行七歩有多談。
〔仰〕郷高第一青山佛、若叫獨尊一又三。才

地を指し天を指す。清淨藍《しょうじょうらん》、
周行《しゅうこう》七歩、多談有り。
仰げば高し、第一青山佛《だいいちせいざんぶつ》、
若し獨尊《どくそん》と叫ばば、一又た三。

【五八―一三】

拍手呵々列聖藍、法王出世又虚談。
天然妙相青山佛、若叫獨尊倒退三。智

手を拍って呵々《かか》す、列聖藍《れっせいらん》、
法王出世、又た虚談《きょだん》。
天然《てんねん》の妙相《みょうそう》、青山佛《せいざんぶつ》、
若し獨尊《どくそん》と叫ばば、倒退《とうたい》すること三。

【五八―一四】

忽出娘胎圓覺藍、度群生又打深談。
香湯四月寒巖雨、一朶花開春色三。愈

忽ち娘胎《にょうたい》を出づ、圓覺藍《えんがくらん》、
群生《ぐんじょう》を度して、又た深談《しんだん》を打す。

香湯《こうとう》、四月、寒巖《かんがん》の雨、
一朶《いちだ》花は開く、春色三。

○圓覺藍＝『圓覺經』「以大圓覺爲我伽藍」。

【五八―一五】

甘蔗現來四百藍、指天指地捻虚談。
端嚴妙相新荷佛、擎出一華三十三。叔

甘蔗《かんしよ》現じ來たる、四百藍、
天を指し地を指すも、捻に虚談《きよだん》。
端嚴《ずいごん》の妙相《みようそう》、新荷佛《しんかぶつ》、
擎《ささ》げ出だす、一華三十三。

【五八―一六】

綠樹陰濃青等藍、指天指地叫高談。
朝來洗出釋迦院、雨後牡丹紅十三。昌

綠樹、陰濃《こまや》かにして、青、藍に等し、
天を指し、地を指して、高談を叫ぶ。

朝來《ちようらい》、洗い出だす、釋迦《しやか》の院、
雨後の牡丹《ぼたん》、紅十三《こうじゆうさん》。

○紅十三＝十三は餘閏、閏月、すなわち十三月をいい、この十三に、牡丹の名に多く付けられる紅の字をつけ(『牡丹賦』など)、牡丹のことをいったもの。平年に十二生じるものが、閏年には十三生じるとの俗説は古くからあった(『續博物志』、『月令廣義』)。十三紅の語、中國の文獻に未見だが、『翰林五鳳集』などには頻出する。

【五九―一】

五逆兒孫憂患始、摩耶胎内出身機。
藍園昨夜黄梅雨、一洗獨尊萬事非。雪叟

五逆《ごぎやく》の兒孫《じそん》、憂患《ゆうかん》の始め、
摩耶胎内《まやたいない》、出身の機。
藍園《らんえん》、昨夜、黄梅《おうばい》の雨、
一洗す、獨尊《どくそん》の萬事非《ばんじ》なるを。

【五九―二】

日種出胎不覆藏、山河照破紫毫光。　策甫
金軀誤借九龍水、露洗薔薇滿院香。

日種《にっしゅ》胎を出でて、覆藏《ふぞう》せず、
山河照破《せんがしょうは》す、紫毫光《しごうこう》。
金軀《こんく》、誤って九龍の水を借る、
露、薔薇《そうび》を洗って、滿院《まんいん》香る。

【五九―三】

東海鯉魚打一棒、青天白日雨傾盆。
無端洗出三千界、吐水九龍喪膽魂。　虎哉　於妙心

東海《とうかい》の鯉魚《りぎょ》、打すこと一棒、
青天白日《せいてんはくじつ》、雨、盆を傾くる。
端無《はしな》くも、洗い出だす三千界、
吐水の九龍、膽魂《たんこん》を喪す。

【五九―四】

産指乾坤力囲希、紫麻金色放光輝。
棒頭有眼言打殺、是此雲門新定機。　傑山

産まれて乾坤《けんこん》を指す、力囲希《りきかき》、
紫麻金色《しまこんじき》、光を放って輝く。
棒頭《ぼうとう》に眼有って、打殺《たさつ》せんと言う、
是れ此は雲門新定《うんもんしんじょう》の機。

【六〇】原本一三丁

誰知落處祖師禪、面壁掛弓纔九年。
看々廓然那一箭、朝飛東土暮西天。　仁峯

誰か落處《らくしょ》を知る、祖師禪《そしぜん》、
面壁《めんぺき》、弓を掛くること、纔《わず》かに九年。
看よ看よ、廓然《かくねん》の那一箭《ないっせん》、
朝は東土《とうど》に飛び、暮は西天《さいてん》。

【六一】

直指單傳密室風、神光三拜一時通。
九年弓影少林月、五逆兒孫遊轂中。雪叟

直指單傳《じきしたんでん》、密室の風、
神光三拜《じんこうさんぱい》して、一時に通ず。
九年の弓影《きゅうえい》、少林の月、
五逆《ごぎゃく》の兒孫《じそん》、轂中《こうちゅう》に遊ぶ。

○九年弓＝『禪林方語』「只だ勞して功無きのみ」。九年間、全身全霊をかけて弓を作った話は、『文選』三十一、鮑明遠「擬古詩」の李善注に「宋景公、工人をして弓を爲らしむ。九年にして乃ち成る。公曰く、何ぞ其れ遲きや。工人對《こた》えて曰く、臣、復た君に見えじ。臣の精、此に弓に盡くせり。弓を獻じて歸り、三日にして死す。景公、虎圈の臺に登り、弓を援いて東面して之を射る。矢は西霜の山を踰え、彭城《ほうじょう》の東に集《いた》る。其の餘力逸勁にして猶お羽を石梁に飲むごとし」。

【六二】

可香一隻西歸履、蔥嶺楓飛楚地花。

香る可し、一隻西歸《せいき》の履、
蔥嶺《そうれい》、楓は飛ぶ、楚地《そち》の花。

○同じもの、後出[六五]。○楚地花＝蘇軾「僧」詩、「笠重呉山雪、鞋香楚地花」。「履」にかけて用う。

【六三】

隻履空棺子期去、少林一曲白[伯]牙絃。梅心

隻履空棺《せきりくうかん》、子期《しき》去る、
少林の一曲、伯牙《はくが》の絃。

【六四】

面壁功成留不住、手攜隻履又西歸。
少林昨夜楓林錦、染出梁王花袞衣。淳巖

面壁《めんぺき》、功成って、留めども住まらず、
手に隻履《せきり》を攜えて、又た西歸《せいき》す。
少林、昨夜、楓林《ふうりん》の錦、
染め出だす、梁王《りょうおう》が花の袞衣《こんい》。

【六六五】

五百性[生]狐閑達磨、懷無三字思無邪。
可香一隻西歸履、葱嶺楓飛楚地花。悦岡

五百生の狐、閑達唐《かんだるま》、
懷に三字無し、思い邪《よこしま》無し。
香る可し、一隻西歸《せいき》の履、
葱嶺《そうれい》、楓は飛ぶ、楚地《そち》の花。

【六六六】

這野狐精陷虎機、九年面壁一禪扉。
風霜染出梁王賜、楓錦重々華衰衣。雪叟

這《こ》の野狐精《やこぜい》、陷虎《かんこ》の機、
九年面壁《めんぺき》、一禪扉《ぜんぴ》。
風霜《ふうそう》、染め出だす、梁王《りょうおう》の賜、
楓錦《ふうきん》重々、華の袞衣《こんい》。

【六七―一】

達磨忌　鵑之字

面壁九年意氣全、張弓架箭達磨禪。
一寒徹骨少林雪、斷臂神光啼血鵑。本

面壁《めんぺき》九年、意氣全し、
弓を張って箭を架す、達磨《だるま》の禪。
一寒、骨に徹す、少林の雪、
斷臂《だんぴ》の神光《じんこう》、血に啼く鵑。

【六七―二】

分皮分髓有誰傳、價直半文直指禪。
説夢胡僧果然覺、流支光統夜來鵑。クン

分皮分髓《ぶんぴぶんずい》、誰有ってか傳う、
價直《げじき》半文、直指《じきし》の禪。
夢を説く胡僧《こそう》、果然《かぜん》として覺む、
流支光統《るしこうとう》、夜來《やらい》の鵑。

【六七—三】

兒孫昔日錯單傳、達磨元來不會禪。
碧眼胡僧縱作夢、流支光統五更鵑。イ

兒孫《じそん》、昔日《そのかみ》、錯って單傳《たんでん》す、
達磨《だるま》、元來《がんらい》、禪を會《え》せず。
碧眼《へきがん》の胡僧《こそう》、縱《たと》い夢を作《な》すも、
流支光統《るしこうとう》、五更の鵑。

【六七—四】

風吹落葉少林禪、面壁多疑八九年。
説夢西來閑達磨、果然喚醒一聲鵑。忠

風、落葉《らくよう》を吹く、少林の禪、
面壁《めんぺき》、多くは疑う八九年かと。
夢を説く、西來《せいらい》の閑達磨《かんだるま》、
果然《かぜん》として喚び醒《さ》ます、一聲《いっせい》の鵑。

【六七—五】

月白西來直指禪、一宗不盡一千年。
少林有箇長松樹、九尾野狐半夜鵑。甫

月は白し、西來直指《せいらいじきし》の禪、
一宗盡きず、一千年。
少林に箇の長松樹《ちょうしょうじゅ》有り、
九尾《きゅうび》の野狐《やこ》、半夜の鵑。

【六七—六】

達磨面壁八九年、忽逢梁武惡因緣。
詐攜隻履歸端的、這野狐精亦杜鵑。末

達磨面壁《だるまめんぺき》、八九年、
忽ち梁武《りょうぶ》に逢う、惡因緣《あくいんねん》。
詐《いつわ》って隻履《せきり》を攜えて歸る端的《たんてき》、
這《こ》の野狐精《やこぜい》も亦た杜鵑《とけん》。

【六七―七】

満面慙惶直指傳、楞伽四巻半文銭。

安心斷臂似啼血、立雪神光冬日鵑。才

満面《まんめん》の慙惶《ざんこう》、直指《じきし》の傳、

楞伽《りょうが》の四巻も半文銭《はんもんせん》。

安心斷臂《あんじんだんぴ》、啼血《ていけつ》に似たり、

立雪《りっせつ》の神光《じんこう》、冬日《とうじつ》の鵑。

【六七―八】

錯誑群生叫別傳、祖師心印野狐禪。

這閑達磨早歸去、啼血聲尊彭澤鵑。佐

錯って群生《ぐんじょう》を誑《たぶらか》して、別傳《べつでん》と叫ぶ、

祖師の心印《しんいん》、野狐禪《やこぜん》。

這《こ》の閑達磨《かんだるま》、早く歸し去る、

啼血《ていけつ》の聲は尊し、彭澤《ほうたく》の鵑。

【六七―九】

野狐變躰〔態〕到驢年、一箇疑團杜撰禪。

忽爾神光三拜了、刀頭啼血斷膓鵑。芸

野狐《やこ》の變態《へんたい》、驢年《ろねん》に到る、

一箇の疑團《ぎだん》、杜撰《ずさん》の禪。

忽爾《こつじ》として、神光三拜《じんこうさんぱい》し了って、

刀頭、血に啼いて膓《はらわた》を斷つ鵑。

【六七―一〇】

錯認髓皮斷臂仙、翩々隻履過西天。

達磨公案無人會、分付長松樹上鵑。三

錯って髓皮《ずいひ》を認む、斷臂《だんぴ》の仙、

翩々《へんぺん》として、隻履《せきり》もて西天《さいてん》に過ぐ。

達磨《だるま》の公案《こうあん》、人の會《え》する無し、

分付す、長松樹上《ちょうしょうじゅじょう》の鵑に。

【六七―一一】

祖師心印惡因緣、見解野狐機不全。

隻履擕來早歸去、梁王魏主恨啼鵑。惠

祖師の心印《しんいん》、惡因緣《あくいんねん》、

見解《けんげ》野狐《やこ》、機全からず。

隻履《せきり》、擕え來たって、早く歸り去る、

梁王《りょうおう》魏主《ぎしゅ》、恨み啼鵑《ていけん》。

【六七―一二】

坐久成勞繞路禪、神光傳得惡因緣。

九年面壁工夫睡、喚醒嵩陽寺裏鵑。キ

坐久成勞《ざきゅうじょうろう》、繞路《にょうろ》の禪、

神光《じんこう》傳え得たり、惡因緣《あくいんねん》。

九年面壁《めんぺき》、工夫《くふう》して睡るを、

喚び醒《さ》ます、嵩陽《すうよう》寺裏《じり》の鵑。

【六七―一三】

這閑達磨叫單傳、末葉初枝直下禪。

掛九年弓松上月、果然遊轂一宵鵑。由

這《こ》の閑達磨《かんだるま》、單傳《たんでん》と叫ぶ、

末葉初枝《まつようしょし》、直下《じきげ》の禪。

九年の弓を掛く、松上の月、

果然《かぜん》として轂《こう》に遊ぶ、一宵の鵑。

【六七―一四】

隻履空棺恁麼還、嵩陽鐘度夕陽邊。

神光三拜杜陵老、這野狐精望帝鵑。樹

隻履空棺《せきりくうかん》、恁麼《いんも》に還る、

嵩陽《すうよう》の鐘は度《わた》る、夕陽《せきよう》の邊。

神光三拜《じんこうさんぱい》す、杜陵老《とりょうろう》、

這《こ》の野狐精《やこぜい》、望帝《ぼうてい》の鵑。

【六七―一五】

這閑達磨野狐禪、疑殺人天機不全。
直過葱山我何怪、勸歸叫斷仲冬鵑。

這《こ》の閑達磨《かんだるま》、野狐《やこ》禪、
人天《にんでん》を疑殺《ぎさつ》して、機全からず。
直に葱山《そうざん》を過ぐ、我れ何ぞ怪しまん、
歸ることを勸めて叫斷《きょうだん》す、仲冬《ちゅうとう》の鵑。

【六七―一六】

十月小春花在鵑、歸心無處不啼鵑。
果然魏主開棺見、熊耳野狐涪萬鵑。　代　岑

十月小春、花、鵑に在り、
歸心《きしん》、處として啼鵑《ていけん》ならざるは無し。
果然《かぜん》、魏主《ぎしゅ》、棺を開き見る、
熊耳《ゆうじ》の野狐《やこ》、涪萬《ほうまん》の鵑。

○涪萬鵑＝杜甫「杜鵑詩」詩の序に「西川有杜鵑、東州無杜鵑、涪萬無杜鵑、雲南有杜鵑」。

【六七―一七】

熊耳峯頭啼月鵑、兒孫些意恨鵑々。
神光三拜昧宗旨、千載眼高臣甫鵑。　上□

熊耳峯頭《ゆうじほうとう》、月に啼く鵑、
兒孫些《じそんいささ》かの意、恨み鵑々。
神光三拜《じんこうさんぱい》して、宗旨《しゅうし》を昧ます、
千載《せんざい》、眼は高し、臣甫《しんほ》の鵑。

○臣甫鵑＝杜甫「杜鵑詩」詩。

【六八】

五百生狐閑達磨、懷無三字思無邪。
應香一隻西歸履、葱嶺楓飛楚地花。　悅岡

五百生の狐、閑達磨《かんだるま》、
懷に三字無く、思い邪《よこしま》無し。
香る可し、一隻西歸《せいき》の履、
葱嶺《そうれい》楓は飛ぶ、楚地《そち》の花。

【六九】

狗亦不食九龍水、金身浴出瀾泥團。　天桂

狗《く》も亦た食わず、九龍の水、
金身《こんじん》浴み出でて、瀾泥團《らんでいだん》。

【七〇―一】

兒孫今古想風標、面壁九年示寂寥。
隻履西歸絶消息、少林花木雨蕭々。　虎哉

兒孫《じそん》、今古、風標《ふうひょう》を想う、
面壁《めんぺき》九年、寂寥《せきりょう》を示す。
隻履西歸《せきりせいき》、消息《しょうそく》を絶す、
少林の花木、雨蕭々《しょうしょう》。

【七〇―二】

達磨一宗的々標、此中出覺範參寥。
惜哉不會祖師意、夙世梁皇共氏蕭。　南化　和

達磨《だるま》の一宗、的々《てきてき》の標、
此の中、覺範《かくはん》と參寥《しんりょう》を出だす。
惜しい哉、祖師の意會《え》せざること、
夙世《しゅくせい》、梁皇《りょうこう》と氏の蕭《しょう》を共にす。

○覺範參寥＝覺範慧洪と道潛（號、參寥子）。

【七〇―三】

咄箇宗枝蠱毒標、震檀［旦］花謝去寥々。
総持肉暖神光血、萬事如碁梁王蕭。　鐵山

咄《とつ》、箇の宗枝《しゅうし》、蠱毒《こどく》の標、
震旦《しんたん》、花謝し去って寥々《りょうりょう》たり。
総持《そうじ》の肉は暖し、神光《じんこう》の血、
萬事《ばんじ》、碁の如し、梁王《りょうおう》の蕭。

【七〇―四】

五逆摩宵僧道標、一宗破夏釋參寥。
單傳落葉蘭亭棗、後代兒孫錯姓蕭。

五逆摩宵《ごぎゃくましょう》、僧の道標、

一宗、夏《げ》を破る、釋參寥《しゃくしんりょう》。
單傳落葉《たんでんらくよう》、蘭亭《らんてい》の棗《なつめ》、
後代の兒孫《じそん》、錯って蕭と姓す。

○五逆摩霄＝五逆彌天に同じ。摩霄は摩天。○蘭亭棗＝王羲之「蘭亭帖」に眞筆がないこと。棗木は質が堅いので碑文の翻刻に用いる。また「蘭亭棗木梅花」などともいう。梅花は「蘭亭帖」には出ないから、あれば、それは偽物。横川景三『補菴京華前集』、「北磵（敬叟居簡）曰、近時直指、似蘭亭棗木梅花、總不眞。叢林凋謝、一葉報秋。直指蘭亭、眞贋無辨焉」。

【七〇―五】

賣弄神光放庭雪、這胡種賊假銀蕭。

神光《じんこう》を賣弄《まいろう》して、庭雪《ていせつ》に放つ、
這《こ》の胡種賊《こしゅぞく》、假銀《かぎん》の蕭。

○假銀蕭＝『碧巖録』四十三則、本則下語「蕭何賣却假銀城」。漢の蕭何が單于と戰った時、銀城を贈ると言って口車に乗せ、一網打尽にしたという。霍光の話ともいうが、ともに巷説。『祖庭事苑』「假銀城」に、「霍光漢人。書傳無賣城易角之説。蓋出於委巷之劇談。禪人往往資以爲口實。不亦謬乎」。

【七〇―六】

無端拗折郭[廓]然箭、天下置安梁主蕭。

端《はし》無くも、廓然《かくねん》の箭を拗折《ようせつ》し、
天下を安に置く、梁主《りょうしゅ》の蕭。

○梁主蕭＝梁武帝。俗姓は蕭。

【七一―一】

菊在籬邊梅在溪、人無祖意辨瑞倪。
單傳落葉埋歸路、十萬里程斜日西。策甫

菊は籬邊《りへん》に在り、梅は溪に在り、
人の祖意の瑞倪《たんげい》を辨ずる無し。
單傳落葉《たんでんらくよう》、歸路を埋む、
十萬里程、斜日の西。

【七一―二】

四巻楞伽廣舌溪、達磨來也帶經倪。
手攜隻履歸那處、月白風清葱嶺西。　和　源

四巻の楞伽《りょうが》、廣舌《こうぜつ》の溪、
達磨來也《だるまらいや》、經を帶ぶる倪《げい》。
手に隻履《せきり》を攜えて、那處《なしょ》にか歸る、
月は白く風は清し、葱嶺《そうれい》の西。

○帶經倪＝『漢書』兒《げい》寛傳、「帶經而鋤、休息輒讀誦」。蘇軾「清遠舟中寄耘老」詩に、「倪生枉欲帶經鋤」。

【七一―三】

十萬里程雪漲溪、寒梅的々是天倪。
別無直指單傳旨、月落空棺隻履西。　濟

十萬里程、雪溪《せっけい》に漲る、
寒梅的々《かんばいてきてき》、是れ天倪《てんげい》。
別に直指單傳《じきしたんでん》の旨無し、
月は落つ、空棺隻履《くうかんせきり》の西。

【七一―四】

掃單傳葉少林溪、辨得一宗端與倪。
熊耳峯頭轉身路、空棺隻履忽歸西。

單傳《たんでん》の葉を掃く、少林の溪、
辨じ得たり、一宗の端《たん》と倪《げい》とを。
熊耳峯頭《ゆうじほうとう》、轉身《てんしん》の路、
空棺隻履《くうかんせきり》、忽ち西に歸る。

【七一―五】

祖意明々月一溪、照乾端又照坤倪。
飜然隻履空歸去、震旦東兮身毒西。　案

祖意明々《めいめい》、月一溪《つきいっけい》、
乾端《けんたん》を照らし、又た坤倪《こんげい》を照らす。
飜然《ほんぜん》として隻履《せきり》空しく歸り去る、
震旦《しんたん》は東、身毒《しんどく》は西。

【七一―六】

直指單傳落葉溪、這胡臊老是耄倪。
少林密旨藏彌露、一笛聲寒殘夜西。仙

直指單傳《じきしたんでん》、落葉《らくよう》の溪、
這《こ》の胡臊老《こそうろう》、是れ耄倪《もうげい》。
少林の密旨《みっし》、藏せば彌《いよ》いよ露わる、
一笛聲《いってきせい》は寒し、殘夜《ざんや》の西。

○耄倪＝老少（老人と子供）の義だが、ここでは意不通。倪に傲の義あり。次項の例を参照。老いぼれで傲慢。

【七一―七】

青松積翠出幽溪、這老達磨耄又倪。
萬劫餘殃少林笛、等閑吹起夕陽西。理

青松積翠《せいしょうせきすい》、幽溪《ゆうけい》を出づ、
這《こ》の老達磨《ろうだるま》、耄《もう》にして又た倪《げい》。
萬劫《まんごう》の餘殃《よおう》、少林の笛、
等閑《なおざり》に吹き起こす、夕陽《せきよう》の西。

【七一―八】

的々寒梅一朶溪、少林消息自然倪。
九年面壁工夫睡、鐘鼓喚醒殘月西。信

的々《てきてき》、寒梅一朶《かんばいいちだ》の溪、
少林の消息《しょうそく》、自然《じねん》の倪。
九年面壁《めんぺき》、工夫《くふう》し睡る、
鐘鼓《しょうく》喚び醒《さ》ます、殘月《ざんげつ》の西。

【七一―九】

單傳葉落滿山溪、不辨端兮不辨倪。
十萬八千歸路遠、履穿衣蔽［弊］五天西。棟

單傳葉落《たんでんようらく》、山溪に滿つ、
端を辨ぜず、倪を辨ぜず。
十萬八千、歸路遠し、
履は穿《うが》ち衣は弊《へい》す、五天の西。

【七一―一〇】

少室山前黄落溪、明々祖意任天倪。
莫言夜壑藏舟去、月白風清淺水西。良

少室《しょうしつ》山前、黄落《こうらく》の溪、
明々《めいめい》たる祖意、天倪《てんげい》に任す。
言うこと莫かれ、夜壑《よるたに》に舟を藏し去ると、
月は白く風は清し、淺水《せんすい》の西。

○夜壑藏舟＝『莊子』大宗師、「夫藏舟於壑、藏山於澤、謂之固矣」。今は單に「死」をいう。

【七一―一一】

雪白千山與萬溪、神光心地奈端倪。
九年弓影掛天上、寒鴈驚飛彎月西。栢

雪は白し、千山と萬溪と、
神光《じんこう》の心地、端倪《たんげい》を奈《いかん》せん。
九年の弓影《きゅうえい》、天上《てんじょう》に掛く、
寒鴈驚飛《かんがんきょうひ》す、彎月の西。

【七二】

庚辰年

隆準龍顏雙碧瞳、有何見性更來東。
々漂西泊都無益、衣弊履穿一葦風。策甫

隆準龍顏《りゅうじゅんりゅうがん》、雙碧瞳《そうへきどう》、
何の見性《けんしょう》有ってか、更に東に來たる。
東漂西泊《とうひょうせいはく》、都《す》べて益無し、
衣は弊し履は穿つ、一葦《いちい》の風。

【七三】

野狐跳出鳳凰臺、早被梁王勘破來。
拈作瓣香呼不返、少林春遠一枝梅。仁峯〔妙心寺〕

野狐《やこ》、鳳凰臺《ほうおうだい》に跳出《ちょうしゅつ》し、
早《つと》に梁王《りょうおう》に勘破《かんぱ》せられ來たる。
拈じて瓣香《べんこう》と作《な》す、呼べども返らず、

少林の春は遠し、一枝《いっし》の梅。

【七四】原本一四丁

衲僧鼻孔曾拈得、五葉花開遍界香。
父子不傳眞妙訣、密房［蜜蜂］桶裡有腔羊。泰秀敷

衲僧《のうそう》の鼻孔《びくう》、曾て拈得《ねんとく》す、
五葉《ごよう》花開いて、遍界《へんかい》香し。
父子《ふし》不傳《ふでん》、眞の妙訣《みようけつ》、
蜜蜂桶裡《みつほうつうり》に、腔羊《こうよう》有り。

○蜜蜂桶裡有腔羊＝『貞和集』巻一、松坡宗憩「佛鑑塔」に、「落頼家私都掃盡、蜜蜂桶裏有腔羊」。腔羊は羔羊とも。『論語』子路、「其父攘羊、而子證之」。『少林無孔笛』「孝子具蜂桶腔羊之機」「證羊蜂桶寧馨兒」。

【七五】

欺誑魏梁許［詐］死忙、賊身已露太郎當。
空棺隻履與人看、這野狐精賣狗羊。瑤林

魏梁《ぎりよう》を欺誑《ぎおう》して、詐死《さし》して忙し、
賊身《ぞくしん》、已に露われて、太《はなは》だ郎當《ろうとう》。
空棺隻履《くうかんせきり》、人に與えて看せしむ、
這《こ》の野狐精《やこぜい》、賣狗羊《まいくよう》。

○詐死忙＝『五家正宗賛』達磨大師章、「詐死忙攜隻履歸」。

【七六】原本一六丁

風流未必在珍御、莫渉思帷［惟］如是經。
別々梅花佛成道、眼高看不至明星。希菴

風流《ふうりゆう》は未だ必ずしも珍御《ちんぎよ》に在らず、
思惟《しゆい》に渉ること莫かれ、如是經《によぜきよう》。
別々《べつべつ》、梅花佛成道《ばいかぶつじようどう》、
眼高くして看て明星《みようじよう》に至らず。

【七七】

夜深因被寒星照、引得虚名滿世間。天眞

夜深けて、寒星に照らさるるに因って、

虚名《きよめい》の世間に滿つることを引き得たり。

【七八―一】

六年冷坐雪花飛、垢面郎當下翠微。
一箇星兒兩般意、瞿曇出世子陵歸。南溪

六年冷坐《れいざ》、雪花《せっか》飛ぶ、
垢面郎當《くめんろうとう》、翠微《すいび》を下る。
一箇の星兒《せいじ》、兩般《りょうはん》の意、
瞿曇《くどん》は出世し、子陵《しりょう》は歸る。

○温庭筠「磻溪」詩、「呂公は榮達し、子陵は歸る」(『錦繡段』收)。

【七八―二】

親上兩肩烏鵲飛、六年端坐夕陽微。
瞿曇恐被明星賺、黑漆崑崙跣足歸。和

親しく兩肩《りょうけん》に上って、烏鵲《うじゃく》飛ぶ、
六年端坐《たんざ》、夕陽《せきよう》微なり。
瞿曇《くどん》、恐るらくは明星《みょうじょう》に賺《すか》されん、
黑漆《こくしつ》の崑崙《こんろん》、跣足《せんそく》にして歸る。

○親上兩肩烏鵲飛＝釋迦苦行の縁を「肩巣烏鵲」という。

【七八―三】

莫道明星穿眼飛、工夫終不到玄微。
雪山吹斷山陰雪、今日瞿曇興盡歸。和

道うこと莫かれ、明星《みょうじょう》、眼を穿って飛ぶと、
工夫《くふう》、終《つい》に玄微《げんび》に到らず。
雪山《せっさん》吹き斷つ、山陰の雪、
今日瞿曇《くどん》、興盡きて歸る。

○興盡歸＝『蒙求』に「子猷尋戴」。王子猷が、雪夜に興に乘じて、戴逵を訪うたが、興盡きて會わずに船をかえしたこと。

【七九】

瞿曇今日出山來、成道無端叫快哉。
雪苦霜辛何似處、郊寒島瘦一枝梅。南溪

瞿曇《くどん》今日、山を出で來たる、

成道《じょうどう》、端無《はしな》くも快哉《かいさい》と叫ぶ。
雪苦霜辛《せっくそうしん》、何に似たる處ぞ、
郊寒島痩《こうかんとうそう》、一枝《いっし》の梅。

○郊寒島痩＝孟郊の詩風は寒乞、賈島は枯痩。蘇軾「祭柳子玉文」に「元輕白俗、郊寒島痩」。

【八〇】

諸峯雖秀雪山靈、頭戴鵲巣身鶴形。
咄々瞿曇胡亂後、教人誤認五更星。　景川

諸峯秀づと雖も、雪山《せっさん》靈なり、
頭《こうべ》に鵲巣《じゃくそう》を戴せ、身は鶴形《かくぎょう》。
咄々《とつとつ》、瞿曇《くどん》胡亂《うろん》にしてより後、
人をして誤って五更の星を認めしむ。

○胡亂後＝馬祖云「自從胡亂後三十年、不曾闕鹽醬」。この「胡亂」は苟且《かりそめ》の義。

【八一】

僞入山中慕帝城、無明未斷万〔可〕憐生、
夜深一片歸竺月、夢醒六年風雪情。　速傳

僞って山中に入って、帝城を慕う、
無明《むみょう》未だ斷ぜず、可憐生《かれんせい》、
夜深けて、一片《いっぺん》、竺に歸る月、
夢は醒《さ》む、六年風雪《ふうせつ》の情。

【八二】

不戰功成正法城、架初頓箭屈人兵。
魔軍百萬如兒戲、一會華嚴細柳營。　希菴

戰わずして功成る、正法城《しょうぼうじょう》、
初頓《しょとん》の箭《や》を架して、人兵を屈す。
魔軍《まぐん》百萬、兒戲の如し、
一會《いちえ》の華嚴《けごん》、細柳營《さいりゅうえい》。

○初頓箭＝初頓華嚴を箭になぞらえる。○細柳營＝漢の周亞夫、細柳（地名）に陣し、號令嚴明。文帝がこれを嘆賞して細柳營と言った。

【八三】

三更迷路老瞿曇、星自青天不指南。
錯々山中六年雪、一朝冬暖牡丹菴。速傳

三更、路に迷う、老瞿曇《ろうくどん》、
星は青天《せいてん》よりして、南を指さず。
錯々《しゃくしゃく》、山中六年の雪、
一朝、冬暖かし、牡丹《ぼたん》の菴。

【八四】

入山幾已出山來、々往風塵白髮催。
冬暖雜花紅富貴、無人不道牡丹開。希菴

山に入って、幾已《すで》に山を出で來たる、
風塵《ふうじん》に來往《らいおう》して、白髮《はくはつ》催す。
冬暖かにして、雜花、紅富貴《こうふうき》なり、
人として牡丹《ぼたん》開くと道《い》わざるは無し。

【八五】

佛成道［得刀之一字］

漫稱成道利鉛刀、箇鈍瞿曇刁力刀。
司馬灰寒靈山頂、梅花門戸卯金刀。鐵山

佛成道《ぶつじょうどう》、［刀の一字を得たり］
漫《みだ》りに成道《じょうどう》と稱し、鉛刀《えんとう》を利す、
箇の鈍瞿曇《どんくどん》、刁力刀《ちょうりきとう》。
司馬《しば》、灰のごとく寒し、靈山《りょうぜん》の頂、
梅花《ばいか》の門戸《もんこ》、卯金刀《ぼうきんとう》。

○刁力刀＝刁刀の誤。似て非なり。刁刀相似、魯魚參差。○司馬灰……卯金刀＝黄庭堅「宿舊彭澤懷陶令」に「司馬寒如灰、禮樂卯金刀」。卯金刀は劉氏。

【八六】

思唯［惟］三七華嚴海、網住人天百萬魚。淳巖

思惟《しゆい》すること三七、華嚴海《けごんかい》、
人天《にんでん》百萬の魚を網住《もうじゆう》す。

【八七—一】

破曉出山迷半途、明星一點作先驅。
香南雪北瞿曇渡、用汝爲舟穿膝蘆。淳嚴

破曉《はぎよう》、山を出でて、半途に迷う、
明　星一點《みようじよういってん》、先驅と作す。
香南雪北《こうなんせつほく》、瞿曇《くどん》の渡、
汝を用いて舟と爲す、膝を穿つの蘆。

○香南雪北＝天竺の香醉山の南と、大雪山の北。

【八七—二】

凍雲合處出無途、瘦骨稜々難得驅。
穿膝瞿曇不前馬、藍關風雪々山蘆。永

凍雲《とううん》、合する處、出づるに途無し、
瘦骨《そうこつ》、稜々《りようりよう》として、驅《か》ること得難し。
膝を穿つ瞿曇《くどん》、前《すす》まざる馬、
藍關《らんかん》の風雪《ふうせつ》、雪山《せつさん》の蘆。

○不前馬、藍關風雪＝韓愈詩に「雪擁藍關馬不前」。

【八七—三】

明星一見失前途、今日出山那處驅。
三七思唯［惟］釋迦厂［麼］、華嚴海上似啣蘆。昌

明　星《みようじよう》を一見して、前途を失す、
今日山を出でて、那處《なしよ》にか驅《か》らん。
三七思惟《しゆい》の釋迦《しやか》なりや、
華嚴《けごん》海上、蘆を啣《ふく》むに似たり。

○啣蘆＝『淮南子』脩務訓、「鴈銜蘆而翔、以備矰繳」。

【八七—四】

瞿曇昨夜出迷途、一見明星恁麼驅。
兀坐六年何以比、恰依俙鈍鳥栖蘆。

瞿曇《くどん》、昨夜、迷途《めいと》を出づ、
明星《みょうじょう》を一見して、恁麼《いんも》に驅《か》る。
兀坐《ごつざ》六年、何を以てか比せん、
恰《あた》か依俙《いり》たり、鈍鳥《どんちょう》の蘆に栖むに。

○鈍鳥栖蘆＝「困魚止濼、鈍鳥棲蘆」。小を得て足れりとする。

【八八】

雪掩千山五天竺、瞿曇今去入誰家。快川

雪、千山を掩う、五天竺、
瞿曇《くどん》、今去って、誰が家にか入る。

【八九】

不耐六年飢與寒、含羞亦要出人間。
早知伎倆只如此、何似當初莫入山。徑山無準出山頌

六年の飢と寒とに耐えず、
含羞《がんしゅう》するも亦た人間《じんかん》に出でんと要す。
早く伎倆《ぎりょう》只だ此の如くなることを知らば、
何ぞ似《し》かん、當初《そのかみ》、山に入ること莫からんには。

【九〇】

失曉出山前路幽、蓬頭垢面轉風流。
梅花一笑々何事、笑殺瞿曇不識羞。桃隱

失曉《しつぎょう》に山を出づれば、前路幽なり、
蓬頭垢面《ほうとうくめん》、轉《うた》た風流《ふうりゅう》。
梅花《ばいか》一笑、何事をか笑う、
瞿曇《くどん》の羞を識らざるを笑殺《しょうさつ》す。

【九一―一】

老倒疎慵大法王、六年飢凍鬢吹霜。
如今又出人間世、却指雪山是故郷。雪叟

老倒疎慵《ろうとうそよう》、大法王、
六年の飢凍《きとう》、鬢《びん》、霜を吹く。
如今《にょこん》、又た人間世《じんかんせい》に出で、
却って雪山《せっさん》は是れ故郷と指す。

【九一―二】

一見明星黄面王、六年冷坐歴氷霜。

出山忽被老婆咲、大小瞿曇馬祖郷。圭

明《みょうじょう》星を一見す、黄面王《おうめんおう》、

六年冷坐《れいざ》、氷霜を歴《ふ》。

山を出でて、忽ち老婆《ろうば》に咲《わら》わる、

大小の瞿曇《くどん》、馬祖《ばそ》の郷。

○馬祖郷＝馬祖還郷。郷人喧迎之。渓邊婆子云、將謂有何奇特、元是馬簸箕家小子。

【九一―三】

梅花可笑法身王、痩骨稜々白髪霜。

老倒瞿曇難進歩、滿山一夜六花郷。永

梅花《ばいか》笑う可し、法身王《ほっしんおう》、

痩骨《そうこつ》、稜々《りょうりょう》として、白髪《はくはつ》の霜。

老倒《ろうとう》たる瞿曇《くどん》、歩を進め難し、

滿山《まんざん》一夜、六花《りっか》の郷。

【九一―四】

華嚴富貴牡丹王、冬日着花不畏霜。

若喚瞿曇成島佛、香南雪北亦吟郷。乙

華嚴富貴《けごんふうき》、牡丹王《ぼたんおう》、

冬日《とうじつ》、花を着けて、霜を畏れず。

若し瞿曇《くどん》を喚んで島佛《とうぶつ》と成さば、

香南雪北《こうなんせっぽく》、亦た吟郷《ぎんきょう》。

○島佛＝唐の詩人賈島のこと。李洞が尊敬して像を作って「賈島佛」と呼んだという。

【九一―五】

六年飢凍大仙王、空費工夫鬢有霜。

縦出雪山誑天地、雲門手段涅槃郷。弗

六年の飢凍《きとう》、大仙王《だいせんおう》、

空しく工夫《くふう》を費して、鬢《びん》に霜有り。

縦《たと》い雪山《せっさん》を出でて天地を誑《たぶらか》すも、
雲門《うんもん》の手段《しゅだん》、涅槃《ねはん》の郷。

【九一―六】

雪山吼破狻獅王、凛々威風掬氷霜。
昨夜一聲成道曲、等閑吹醒黑甜郷。良

雪山吼破《せっさんこうは》す、狻獅王、
凛々《りんりん》たる威風《いふう》、氷霜を掬《きく》す。
昨夜一聲《いっせい》、成道《じょうどう》の曲、
等閑《なおざり》に吹き醒《さ》ます、黑甜《こくてん》の郷。

【九一―七】

曉出雪山兩足王、袈裟角上帶風霜。
自從一見明星後、六白工夫皆夢郷。叔

曉に雪山《せっさん》を出づ、兩足王《りょうそくおう》、
袈裟《けさ》角上《かくじょう》、風霜《ふうそう》を帶ぶ。
明星《みょうじょう》を一見してより後、
六白《ろっぱく》の工夫《くふう》、皆な夢郷《むきょう》。

【九一―八】

這活瞿曇大象王、々々行處脚跟霜。
清風一歩歸來路、回首雪山萬里郷。慰

這《こ》の活瞿曇《かっくどん》、大象王《だいぞうおう》、
象王《ぞうおう》の行く處、脚跟《きゃっこん》の霜。
清風《せいふう》一歩、歸來の路、
首《こうべ》を回らせば、雪山萬里《せっさんばんり》の郷。

【九一―九】

層巒遥出獨尊王、脚下雪深頭上霜。
再出人間強可咲、馬師道是莫歸郷。育

層巒《そうらん》、遥かに出づ、獨尊王《どくそんおう》、
脚下《きゃっか》、雪は深く、頭上は霜。
再び人間《じんかん》に出づ、強いて咲《わら》う可し、
馬師《ばし》、是を道《い》う、歸郷すること莫かれと。

【九一一〇】

痩骨稜々甘蔗王、出山形相滿頭霜。
一寒如此袈裟角、冷坐六年氷雪郷。昌

痩骨稜々《そうこつりようりよう》たり、甘蔗王《かんしよおう》、
出山の形相《ぎようそう》、頭に滿つる霜。
一寒、此の如し、袈裟角《けさかく》、
冷坐《れいざ》六年、氷雪《ひようせつ》の郷。

【九一一一】

雪山曉出大雄王、若遇雲門日下霜。
徒費工夫鈍痴漢、六年兀坐一寒郷。千

雪山《せつさん》、曉に出づ、大雄王、
若し雲門《うんもん》に遇わば、日下の霜。
徒らに工夫《くふう》を費す、鈍痴漢《どんちかん》、
六年兀坐《ごつざ》、一寒の郷。

【九一一二】

甘蔗元來其位王、六年何事口含霜。
最初三日華嚴説、饒舌瞿曇鸚鵡郷。浙

甘蔗《かんしよ》、元來《がんらい》、其の位の王、
六年、何事ぞ、口、霜を含む。
最初の三日、華嚴《けごん》の説、
饒舌《じようぜつ》の瞿曇《くどん》、鸚鵡《おうむ》の郷。

○其位王＝不審。○鸚鵡郷＝『頌古聯珠通集』楊無爲、「念維摩經」の偈に、「鸚鵡故郷歸不得、大都言語太分明」。

【九一一三】

這釋子獅百獸王、雪山藏爪六年霜。
一場富貴華嚴會、如啞如聾聞郷。信

這《こ》の釋子獅《しやくしし》、百獸の王、
雪山《せつさん》に爪を藏す、六年の霜。
一場《いちじよう》の富貴《ふうき》、華嚴會《けごんえ》、

啞《あ》の如く聾《ろう》の如し、聲聞《しょうもん》の郷。

【九一―一四】

瞿曇堪笑大醫王、六白工夫兩鬢霜。
垢面蓬頭果何用、臘鶯報道莫還郷。愈

瞿曇《くどん》、笑うに堪えたり、大醫王《だいいおう》、
六白《ろっぱく》の工夫《くふう》、兩鬢《りょうびん》の霜。
垢面蓬頭《くめんほうとう》、果たして何の用ぞ、
臘鶯《ろうおう》、報じて道《い》う、郷に還ること莫かれと。

○六白＝六年。

【九一―一五】

見星成道法中王、垢面蓬頭經六霜。
強出人間果何用、雪山深處是閑郷。播

見星成道《けんせいじょうどう》、法中の王、
垢面蓬頭《くめんほうとう》、六霜を經る。
強いて人間《じんかん》に出でて、果たして何の用ぞ、
雪山《せっさん》深き處、是れ閑郷《かんきょう》。

【九一―一六】

六年端坐法輪王、凍損全身一片霜。
再出人間亦何事、雪山到處是家郷。才

六年端坐《たんざ》、法輪王《ほうりんおう》、
全身を凍損《とうそん》す、一片《いっぺん》の霜。
再び人間《じんかん》に出でて、亦た何事ぞ、
雪山《せっさん》到る處、是れ家郷《かきょう》。

【九一―一七】

錯叫發明大覺王、嚴寒徹骨冷於霜。
工夫枉用別無事、端坐六年一睡郷。惠

錯って發明と叫ぶ、大覺王《だいがくおう》、
嚴寒《げんかん》、骨に徹して、霜よりも冷し。
工夫《くふう》、枉《むだ》に用うるも、別に事無し、
端坐《たんざ》六年、一睡の郷。

【九一―一八】

六年投老紫金王、堪笑兩眉八字霜。

再出人間回首看、雪山深處白雲郷。甫

六年、老を投ず、紫金王《しこんおう》、

笑うに堪えたり、兩眉八字の霜。

再び人間《じんかん》に出でて、首《こうべ》を回らして看れば、

雪山《せっさん》深き處、白雲の郷。

【九一―一九】

堪笑紫磨金色王、六年辛苦雪兼霜。

如聾如啞最初説、三七華嚴富貴郷。

笑うに堪えたり、紫磨金色王《しまこんじきおう》、

六年の辛苦、雪と霜と。

聾《ろう》の如く啞《あ》の如し、最初の説、

三七の華嚴《けごん》、富貴《ふうき》の郷。

【九二】原本一七丁

佛成道 再出也

貪看明星誤成道、出山只要論一功。

梅花眼力高多少、大小瞿曇立下春。

明星《みょうじょう》を貪り看て、誤って成道《じょうどう》す、

出山、只だ一功を論ぜんことを要す。

梅花《ばいか》の眼力、高きこと多少ぞ、

大小の瞿曇《くどん》も、下に立つ春。

○再出也＝再出ではない。

【九三―一】

明星出現是空花、大小瞿曇莫眼花。

成道若論功第一、黄金只合梅花春。南室

明星《みょうじょう》の出現、是れ空花《くうげ》、

大小の瞿曇《くどん》、眼花《がんか》すること莫かれ。

成道《じょうどう》、若し功第一《こうだいいち》を論ぜば、

黄金《おうごん》、只だ合《まさ》に梅花《ばいか》の春なるべし。

【九三―二】

再出人間烏鉢花、稜々霜骨似梅花。
山神昨夜點頭笑、六歴工夫鬢已花。雪叟和

再び人間《じんかん》に出づ、烏鉢花《うはつか》、
稜々《りょうりょう》たる霜骨《そうこつ》、梅花《ばいか》に似たり。
山神《さんじん》、昨夜、點頭《てんとう》して笑う、
六歴の工夫《くふう》、鬢《びん》、已に花。

○六歴＝六年。歴は暦に通ず。

【九四―一】

六白工夫雪一團、七條半破不堪寒。
蓬頭垢面出山相、却彼〔被〕梅花冷眼看。雪叟

六白《ろっぱく》の工夫《くふう》、雪一團《いちだん》、
七條、半ば破れて、寒に堪えず。
蓬頭垢面《ほうとうくめん》、出山の相、
却って梅花《ばいか》に冷眼《れいがん》に看らる。

【九四―二】

雪山昨夜雪團々、這老瞿曇難禦寒。
瞎却眼睛天下暗、明星一點霧中看。存

雪山昨夜、雪團々《ゆきだんだん》、
這《こ》の老瞿曇《ろうくどん》、寒を禦《ふせ》ぎ難し。
眼睛《がんぜい》を瞎却《かつきゃく》して、天下暗し、
明星一點《みょうじょういってん》、霧中の看。

【九四―三】

工夫枉用破蒲團、雪嶺六年毛骨寒。
再出人間相識少、逢梅只作舊時看。需

工夫《くふう》、枉《むだ》に用ゆ、破蒲團《はぶとん》、
雪嶺《せつれい》六年、毛骨《もうこつ》寒し。
再び人間《じんかん》に出づれば、相識《そうしき》少し、
梅に逢えば、只だ舊時《きゅうじ》の看《かん》を作す。

【九四―四】

空費工夫鈍鐵團、六年未徹一番寒。
蒼顔白髪出興佛、認作梅花雪後看。　喜

空しく工夫《くふう》を費す、鈍鐵團《どんてつだん》、
六年未だ徹せず、一番の寒。
蒼顔白髪《そうがんはくはつ》、出興佛《しゆつこうぶつ》、
認めて梅花《ばいか》と作す、雪後に看よ。

【九五―一】

見星悟道山人去、鶴恨猿驚昨夜風。

見星悟道《けんせいごどう》、山人去る、
鶴は恨み猿は驚く、昨夜の風。

【九五―二】

飢凍六年寒不徹、鵲噪蛙[鴉]鳴蘆葦風。　南化

飢凍《きとう》六年、寒不徹《かんふてつ》、
鵲噪鴉鳴《じやくそうあめい》、蘆葦《ろい》の風。

【九五―三】

去々無彈成道曲、衲僧門下有松風。　快川

去れ去れ、成道《じようどう》の曲を彈くこと無かれ、
衲僧《のうそう》門下、松風《しようふう》有り。

【九六】

雪嶺聽時九鼎重、明星見後一毫輕。
今朝縱叫[是叫]與成道、猶有梅花老主兄。　大休

雪嶺《せつれい》に聽く時、九鼎《きゆうてい》重し、
明星《みようじよう》を見て後、一毫《いちごう》輕し。
今朝縱《たと》い是れ成道《じようどう》と叫ぶも、
猶お梅花《ばいか》の老主兄《ろうしゆひん》有り。

○天恩寺舊藏『葛藤集』に「雪嶺聞時九鼎重、明星見後一毫輕。瞿曇縱是叫成道、先有梅花老主兄」とあり。ただし大休ではなく「□圓」とする。

【九七—一】

佛成道之拙偈一篇、攀舊例云。紹立九拝
六白工夫兩鬢凋、瞿曇頭上不曾饒。
夜深雨絶雪山静、一點明星照寂寥。

佛成道《じょうどう》の拙偈一篇、舊例《きゅうれい》に攀《よ》づと云う。紹立九拝
六白《ろっぱく》の工夫《くふう》、兩鬢《りょうびん》凋《おとろ》う、
瞿曇《くどん》頭上、曾て饒《あま》さず。
夜深くして、雨絶えて、雪山《せっさん》静かなり、
一點《いってん》の明星《みょうじょう》、寂寥《せきりょう》を照らす。

【九七—二】

工夫未熟鬢花凋、曰悟曰迷妄語饒。
昨夜見星成道後、雪山寂々又寥々。

工夫《くふう》、未だ熟さず、鬢花《びんか》凋《おとろ》う、
悟と曰い迷と曰い、妄語《もうご》饒《おお》し。
昨夜、星を見て成道《じょうどう》して後、
雪山寂々《せっさんじゃくじゃく》、又た寥々《りょうりょう》。

【九七—三】

空費工夫鬢已凋、一身寥［寒］在五更饒。
六年飢凍滿山雪、隻麥單麻難慰寥。

空しく工夫《くふう》を費して、鬢《びん》、已に凋《おとろ》う、
一身の寒、五更に在って饒《あま》す。
六年の飢凍《きとう》、滿山《まんざん》の雪、
隻麥單麻《せきばくたんま》、寥《りょう》を慰《い》し難し。

○隻麥單麻＝一日一麻一麥。

【九七—四】

痩骨稜々顔色凋、六年端坐大疑饒。
山神昨夜點頭笑、誤認明星望碧寥。

痩骨稜々《そうこつりょうりょう》、顔色《がんしょく》凋《おとろ》う、
六年端坐《たんざ》、大疑《だいぎ》、饒《あま》す。
山神《さんじん》、昨夜、點頭《てんとう》して笑う、

誤って明星《みようじよう》を認めて、碧寥《へきりよう》を望むと。

【九八】

松風蘿月深山雪、三七華嚴血吐人。天桂

松風蘿月《しようふうらげつ》、深山の雪、
三七華嚴《さんしちけごん》、血吐《けつと》の人。

【九九—一】

周有夷齊晉有樵、只終身莫出山來。
梅花一笑知何事、老倒瞿曇不忍飢。策甫

周に夷齊《いせい》有り、晉《しん》に樵《しよう》有り、
只だ身を終うるまで、山を出で來たること莫《な》し。
梅花《ばいか》一笑、何事をか知る、
老倒《ろうとう》の瞿曇《くどん》、飢えに忍びず。

○周有夷齊＝伯夷叔齊。○晉有樵＝晉樵とも。『述異記』「晉時、樵者王質入山、見二童子棋、斧柯爛」。

【九九—二】

只將三七華嚴富、忘却六年麻麥飢。雪叟

只だ三七華嚴《さんしちけごん》の富を將て、
六年麻麥《まばく》の飢えを忘却《ぼうきやく》す。

【一〇〇—一】

道已雖成功未成、竺乾猛將豈虚名。
忍之一字雪山雪、□伏魔宮百萬兵。仁峯

道《どう》已に成ると雖も、功は未だ成らず、
竺乾《じくけん》の猛將《もうしよう》、豈に虚名《きよめい》ならんや。
忍の一字、雪山《せつさん》の雪、
□伏す、魔宮百萬の兵。

【一〇〇—二】

工夫未熟道難成、昨夜出山又利名。
三七華嚴胡説後、竺乾猛將屈人兵。和

工夫《くふう》、未だ熟さず、道、成り難し、

昨夜、出山するも、又た利名《りみょう》。
三七《さんしち》華嚴《けごん》、胡説《うせつ》の後、
竺乾《じくけん》の猛將《もうしょう》、人兵を屈す。

【一〇一―一】

烏鵲不知出雪村、曉庭却遶脚下跟。
縱然今日叫成道、未必瞿曇一夜尊。清菴

烏鵲《うじゃく》は知らず、雪村を出づることを、
曉庭《ぎょうてい》、却って遶る、脚下跟《きゃっかこん》。
縱然《たと》い今日、成道《じょうどう》と叫ぶも、
未だ必ずしも、瞿曇《くどん》一夜の尊ならず。

【一〇一―二】

檀特山中荒野村、拾薪設食轉塵跟。
無端瞎却見星眼、暗度人天三界尊。和

檀特《だんとく》山中、荒野の村、
薪を拾って食《じき》を設くれば、轉《うた》た塵跟《じんこん》。
端無《はしな》くも瞎却《かつきゃく》す、見星《けんせい》の眼、
暗に度《わた》る、人天三界《にんでんさんがい》の尊。

【一〇二―一】

佛成道［得露一字］

見星悟道閑家具、端坐六年株待兔。
何事癯然錯出山、名高不朽身朝露。鐵山

見星悟道《けんせいごどう》も、閑家具《かんかぐ》、
端坐《たんざ》六年、株《くいぜ》に兔を待つ。
何事ぞ癯然《くぜん》として、錯って山を出づ、
名は高くして不朽なれども、身は朝露《ちょうろ》。

【一〇二―二】

法身無相元堅固、錯認明星空染汚。
洗到林漸［慚］又不清、雪山一霎薔薇露。同代

法身無相《ほっしんむそう》、元より堅固《けんご》、
錯って明星《みょうじょう》を認め、空しく染汚《せんお》す。

洗って林慚《りんざん》に到るも、又た清からず、
雪山一霎《せっさんいっしょう》、薔薇《そうび》の露。

○林慚＝『北山移文』「故に其の林は慚じて盡くる無く、澗は媿じて歇《や》まず」。

【一〇三一—一】

老倒疎慵白髪新、六年兀坐鈍痴人。
雪山亦是晩唐躰、島痩郊寒一佛身。雪叟

老倒疎慵《ろうとうそよう》、白髪《はくはつ》新たなり、
六年兀坐《ごつざ》、鈍痴《どんち》の人。
雪山《せっさん》も亦た是れ、晩唐《ばんとう》の躰、
島痩郊寒《とうそうこうかん》、一佛身《いちぶつしん》。

○島痩郊寒＝孟郊の詩風は寒乞、賈島は枯痩。前出[七九]。

【一〇三一—二】

六年端坐白頭新、空費工夫閑道人。
今日振威釋獅子、雪山深處解黐身。甫

六年端坐《たんざ》、白頭《はくとう》新たなり、
空しく工夫《くふう》を費す、閑道人《かんどうにん》。
今日、威を振う、釋獅子《しゃくしし》、
雪山《せっさん》深き處、身を黐すことを解《よ》くす。

【一〇三一—三】

白髪年來日々新、雪山冷坐熱瞞人。
明星換却娘生眼、一見功成早掣身。愈

白髪《はくはつ》年來、日々に新たなり、
雪山冷坐《せっさんれいざ》、人を熱瞞《ねつまん》す。
明星《みょうじょう》、娘生《じょうしょう》の眼を換却《かんきゃく》す、
一見して功成り、早く身を掣す。

○一見功成早掣身＝呂仲見「范蠡」詩に「一戦功成早掣身」（『錦繍段』収）。

【一〇三一—四】

六年冷坐鬢霜新、枉費工夫垢面人。

縱出雪山多澗愧、瞿曇老也彥倫身。祝

六年冷坐《れいざ》、鬢霜《びんそう》新たなり、
枉《むだ》に工夫《くふう》を費す、垢面《くめん》の人。
縱《たと》い雪山《せっさん》を出づるも、澗愧《かんき》多し、
瞿曇《くどん》老いたり、彥倫《げんりん》の身。

○澗愧＝俗物をを棲ませたと、澗溪が愧じること。孔稚珪『北山移文』に「故に其の林は慚じて盡くる無く、澗は媿じて歇《や》まず」。
○彥倫＝南朝宋の周顒、字は彥倫。始め鍾山に隠れたが、のちに出て縣令となった。孔稚珪が「北山移文」で「彥倫鶴怨」と記した。

【一〇三―五】

今日出山舊面新、工夫枉用是非人。
忽然昨夜見星眼、々裡無塵淨法身。長

今日出山、舊面《きゅうめん》新たなり、
工夫《くふう》、枉《むだ》に用ゆ、是非《ぜひ》の人。
忽然《こつねん》として昨夜、見星《けんせい》の眼、
眼裡《がんり》塵無し、淨法身《じょうほっしん》。

【一〇三―六】

六年端坐一寒新、忽見明星疑殺人。
雪苦霜辛成道佛、梅花枝上現全身。勝

六年端坐《たんざ》、一寒新たなり、
忽ち明星《みょうじょう》を見て、人を疑殺《ぎさつ》す。
雪苦霜辛《せっくそうしん》、成道佛《じょうどうぶつ》、
梅花枝上《ばいかしじょう》、全身を現ず。

【一〇三―七】

來往風塵鬢雪新、山中舊宅更無人。
六年端坐果何用、空作五天一老身。才

風塵《ふうじん》に來往《らいおう》して、鬢雪《びんせつ》新たなり、
山中の舊宅《きゅうたく》、更に人無し。
六年端坐《たんざ》、果たして何の用ぞ、
空しく五天の一老身と作《な》る。

【一〇三─八】

忽出世間事々新、工夫未徹一閑人。
六年風雪寒如此、慚愧闍梨白髪身。　儉

忽ち世間に出でて、事々《じじ》新たなり、
工夫《くふう》、未だ徹せず、一閑人《いちかんじん》。
六年の風雪《ふうせつ》、寒きこと此の如し、
慚愧《ざんき》す、闍梨《じゃり》白髪《はくはつ》の身。

【一〇四─一】

二千五百歳之先、鈍殺他公案未圓。
成道果然遲八刻、一枝梅蘂祖生鞭。　策甫

二千五百歳の先、
他を鈍殺《どんさつ》して、公案《こうあん》未だ圓《まど》かならず。
成道《じょうどう》するも、果然《かぜん》として遲八刻《ちはっこく》、
一枝《いっし》の梅蘂《ばいずい》、祖生《そせい》の鞭。

○祖生鞭＝「先を争う、先んずる」の意。祖生は晉の祖逖。『晉書』の劉琨傳に「范陽の祖逖と友たり。逖が用いられると聞いて、親故の書を與うるに曰く、吾れ戈を枕にして旦を待つ、逆虜を梟せんと志して、常に祖生が吾に先んじて鞭を著けんことを恐ると」。釈迦の悟道に先んじて梅花が開いている。

【一〇四─二】

梅是先耶佛是先、自然成道性猶圓。
瞿曇馬亦孟郊馬、雪嶺見花及第鞭。　和棟

梅が是れ先か、佛が是れ先か、
自然《じねん》に成道《じょうどう》して、性猶お圓《まど》かなり。
瞿曇《くどん》の馬も亦た孟郊《もうこう》が馬、
雪嶺《せつれい》に花を見る、及第《きゅうだい》の鞭。

○孟郊馬＝孟郊「登科後」詩に「昔日の齷齪、誇るに足らず、今朝、放蕩、思い涯無し。春風に意を得て馬蹄疾し、一日に看盡くす、長安の花」。

【一〇四─三】

今出雪山猶禍先、明星一點影清圓。

離肩烏鵲不前馬、境似藍關忽着鞭。周

今、雪山《せつさん》を出づるは、猶お禍《わざわい》の先、明星《みようじよう》一點《いつてん》、影清圓《かげせいえん》。

肩を離るる烏鵲《うじやく》、前《すす》まざる馬、境は藍關《らんかん》に似て、忽ち鞭を着く。

○離肩烏鵲＝釋迦苦行の縁を「肩巣烏鵲」という。○不前馬、境似藍關＝韓愈詩に「雪擁藍關馬不前」。

【一〇四―四】

瞿曇老不出山先、一點明星落眼圓。

若將工夫比儒道、九年端坐讀書鞭。信

瞿曇《くどん》老いたり、山を出でざる先に、一點《いつてん》の明星《みようじよう》、眼に落ちて圓《まど》かなり。

若し工夫《くふう》を將て儒道に比さば、九年の端坐《たんざ》、讀書《どくしよ》の鞭。

【一〇四―五】

果滿微塵累劫先、不知八教別耶圓。

休々成道新黐曲、門外松風着一鞭。濟

果滿つるも微塵《みじん》、累劫《るいこう》の先、八教の別《べち》か圓《えん》かを知らず。

休《や》みね休みね、成道《じようどう》、新黐《しんぽん》の曲、門外の松風《しようふう》、一鞭を着く。

○着一鞭＝松風のほうが先、先鞭をつけている。前出［一〇四―二］「祖生鞭」。

【一〇四―六】

眼睛換却曉天先、一見明［星］夜々圓。

雪擁藍關雪山雪、釋迦馬亦不前鞭。源

眼睛換却《がんぜいかんきやく》す、曉天《ぎようてん》の先、明星《みようじよう》を一見して、夜々圓なり。

雪、藍關《らんかん》を擁す、雪山《せつさん》の雪、

釋迦《しやか》の馬も亦た前《すす》まざれば鞭。

莫認明星一天先、元來福智二倶圓。
可憐生出雪山後、四十九年掣電鞭。仙

【一〇四―七】

明星《みようじよう》を認むること莫かれ、一天の先、
元來《がんらい》、福智、二つながら倶《とも》に圓《まど》かなり。
可憐生《かれんせい》、雪山《せつさん》を出でて後、
四十九年、掣電《せいでん》の鞭。

【一〇五】原本一八丁

[普天　取立坊主なり]

總持主盟昌林茂公首座、起病床。俄然而附木。予赴祠場之次、卒賦悼偈一篇、以供靈前。陽山瑞恕九拜 [忠嶽]

可惜斯人歸去後、總持文字有誰論。
夜來首座轉身處、三萬弱波月一痕。

総持《そうじ》主盟《しゆめい》昌林《しようりん》茂公首座《しゆそ》、病床より起って、俄然《がぜん》として附木《ふぼく》す。予、祠場《しじよう》に赴くの次いで、卒に悼《とう》偈《げ》一篇を賦して以て靈前に供う。陽山瑞恕九拜

[忠嶽]

惜しむ可し、斯《こ》の人、歸り去って後、
総持《そうじ》の文字、誰有ってか論ず。
夜來《やらい》、首座《しゆそ》、身を轉ずる處、
三萬の弱波《じやくは》、月一痕《いつこん》。

○附木＝依草附木の精靈となること。つまり死ぬこと。○三萬弱波＝遠く離れていること。弱水は禹貢にある河。

【一〇六】

昌林茂公首座者、總持主宰、而濃之禪源和尚之師也。天正辛卯小春十九烏、俄然唱滅矣。總見堂上大禪佛、作偈被哀慟。予亦諷經之次、不獲止、謹依尊韻者一絶、書以從和尚之別涙云。伏希靈鑑。玄勝九拜　策甫

永合保蓬萊鶴算、他方行脚絶言論。
總持甘露連宵雨、和尚袈裟留涙痕。

昌林《しょうりん》の茂公首座《しゅそ》は総持《そうじ》の主宰にして濃《じょう》の禪源《ぜんげん》和尚の師なり。天正辛卯小春十九烏《う》、俄然《がぜん》として滅を唱う。總見堂上大禪佛、偈を作って哀慟《あいどう》せらる。予も亦た諷經《ふぎん》の次いで、止むことを獲ず、謹んで尊韻《そんいん》に依る者一絶、書して以て和尚の別涙《べつるい》に従《そ》うと云う。伏して希わくは靈鑑《れいかん》。玄勝九拝　策甫

永えに合《まさ》に蓬萊《ほうらい》の鶴算《かくさん》を保《ほ》すべきに、
他方《たほう》への行脚《あんぎゃ》、言論を絶す。
総持《そうじ》の甘露《かんろ》、連宵《れんしょう》の雨、
和尚の袈裟《けさ》に、涙痕《るいこん》を留む。

【一〇七―一】

總見堂頭大和尚、賦禪詩、被餞小隱之行色。謹依尊韻、致鴉臭之賀。伏乞唾擲。

人生八十一場夢、誰共離情子細論。
尊偈助哀問衰老、破茅月漏舊栖痕。玄佐九拝［普天］

總見堂頭《どうちょう》大和尚、禪詩を賦して小隱の行色に餞《はなむけ》せらる。謹んで尊韻《そんいん》に依って鴉臭《あしゅう》の賀を致す。伏して乞う唾擲《だてき》。

人生八十、一場《いちじょう》の夢、
誰と共にか、離情《りじょう》を子細《しさい》に論ぜん。
尊偈《そんげ》、哀《あい》を助け、衰老《すいろう》を問う、
破茅《はぼう》、月は漏る、舊栖痕《きゅうせいこん》。

【一〇七―二】

斯人看盡蓬山景、夜嶽［壑］藏舟絶理論。
一箇自由活三昧、浮雲風散不留痕。紹偉［大林］

斯《こ》の人、蓬山《ほうざん》の景を看盡くして、
夜、壑《たに》に舟を藏して、理論を絶す。
一箇自由の活三昧《かつざんまい》、
浮雲《ふうん》、風散らして痕《あと》を留めず。

○夜嶽壑舟＝『莊子』大宗師の「藏舟於壑」。ここでは死をいう。

【一〇七―三】

蓬山元是風流地、公去今無雪月論。
莫道碧梧黄落盡、鳳凰猶記舊巣痕。　周仙〔大元〕

蓬山《ほうざん》、元より是れ風流《ふうりゅう》の地、
公去って、今は雪月《せつげつ》の論無し。
道うこと莫かれ、碧梧黄落《へきごこうらく》し盡くすと、
鳳凰《ほうおう》、猶お舊巣《きゅうそう》の痕《あと》を記す。

【一〇七―四】

袈裟獨立前村雪、別後風流誰共論。
首座梅花化身去、暗香留得一枝痕。　禪棟――

袈裟《けさ》獨立す、前村の雪、
別れて後、風流《ふうりゅう》、誰と共にか論ぜん。
首座《しゅそ》、梅花《ばいか》と化身し去る、
暗香《あんこう》留め得たり、一枝《いっし》の痕《あと》。

【一〇七―五】

年光八十電光裡、生死涅槃倶不論。
暗獻清茶着心聽、夜來風雨打花痕。　紹良――

年光八十、電光の裡《うち》、
生死涅槃《しょうじねはん》、倶《とも》に論ぜず。
暗に清茶《せいちゃ》を獻げて、心を着けて聽く、
夜來《やらい》の風雨、花を打つ痕《あと》。

【一〇七―六】

閻浮八十二年樂、石火光中不足論。
四大分離那處去、涅槃床上夢無痕。　祖栢――

閻浮《えんぶ》、八十二年の樂、
石火光中、論ずるに足らず。
四大分離して、那處《なしょ》にか去る、
涅槃床上《ねはんしょうじょう》、夢に痕《あと》無し。

【一〇七―七】

打破涅槃明鏡看、法身無相更難論。
人生八十沒交渉、寂々院中留筆痕。紹坡――

涅槃《ねはん》の明鏡《めいきょう》を打破《だは》し看よ、
法身無相《ほっしんむそう》、更に論じ難し。
人生八十、沒交渉《もっきょうしょう》、
寂々《じゃくじゃく》たる院中、筆痕《ひっこん》を留む。

【一〇七―八】

看々百年如一夢、涅槃生死豈應論。
空房君去無人至、只有晩風掃蘚痕。宗才――

看よ看よ、百年一夢の如し、
涅槃生死《ねはんしょうじ》、豈に應《まさ》に論ずるべけんや。
空房《くうぼう》、君去って人の至る無く、
只だ晩風《ばんぷう》の蘚痕《せんこん》を掃うのみ有り。

【一〇七―九】

忽聽訃音別恨多、袈裟滴涙絶言論。
門前不改舊時路、幾掃青苔見履痕。宗珊――

忽ち訃音《ふいん》を聽いて、別恨《べっこん》多し、
袈裟《けさ》、涙を滴《した》でて、言論を絶す。
門前、舊時《きゅうじ》の路を改めず、
幾たびか青苔《せいたい》を掃って履痕《りこん》を見る。

【一〇七―一〇】

一朝聞訃涙如海、離恨千般不足論。
雪擁梅門掃何益、此人去後履無痕。宗甫――

一朝、訃を聞いて、涙、海の如し、
離恨千般《りこんせんぱん》、論ずるに足らず。
雪、梅門を擁す、掃うも何の益ぞ、
此の人去って後、履《くつ》に痕《あと》無し。

【一〇七一一】

一別涅槃時感〔感時〕別、茫々離思耐談論。
松風澗水還郷曲、萬事夢醒記月痕。宗全ーー

一別涅槃《いちべつねはん》、時に感じて別なり、
茫々たる離思《りし》、談論に耐う。
松風澗水《しょうふうかんすい》、還郷《かんきょう》の曲、
萬事《ばんじ》、夢は醒《さ》めて、月痕《げっこん》を記す。

【一〇七一二】

蓬萊縱有頤神藥、難免長生不死論。
昨夜藏身雲霧裡、南山老虎一斑痕。宗李ー

蓬萊《ほうらい》、縦《たと》い頤神《いしん》の藥有るも、
長生《ちょうせい》不死の論を免れ難し。
昨夜、身を藏す、雲霧《うんむ》の裡《うち》、
南山の老虎、一斑の痕《あと》。

【一〇七一三】

八十年來風月友、以詩評矣以文論。
袈裟立盡北邙路、夕日歸鴉落墨痕。祥俊〔伊勢叢林衆〕

八十年來、風月の友、
詩を以て評し、文を以て論ず。
袈裟《けさ》、立ち盡くす、北邙《ほくぼう》の路、
夕日の歸鴉《きあ》、落墨《らくぼく》の痕《あと》。

【一〇七一四】

此人逝矣多遺恨、于月于花不用論。
追悼和篇散材櫟、洪慈斤鑿請留痕。宗□ーー

此の人逝《ゆ》けり、遺恨《いこん》多し、
月に花に、論ずるを用いず。
追悼《ついとう》の和篇、散材《さんざい》の櫟《れき》、
洪慈斤鑿《こうじきんさく》、請う痕《あと》を留めよ。

【一〇七―一五】

感時涙雨濕袈角、生死涅槃難異論。
十月寒梅花似夢、色空々色水無痕。守佐ーー

時に感じて、涙雨《るいう》、袈角《さかく》を濕す、
生死涅槃《しょうじねはん》、論を異にし難し。
十月の寒梅《かんばい》、花、夢に似たり、
色空々色《しきくうくうしき》、水に痕《あと》無し。

【一〇七―一六】

生死涅槃無二路、臨行一句豈評論。
千般離恨不曾隱、襟上斑々涙有痕。宗信ーー

生死涅槃《しょうじねはん》、二路無し、
臨行の一句、豈に評論せんや。
千般《せんぱん》の離恨《りこん》、曾て隱さず、
襟上斑々《きんじょうはんぱん》として、涙痕《るいこん》有り。

【一〇七―一七】

堂中首座相歸後、禪板蒲團誰共論。
落木空山人不見、埋殘黄葉莓苔痕。玄珠ーー

堂中の首座《しゅそ》、相歸って後、
禪板蒲團《ぜんぱんふとん》、誰と共にか論ぜん。
落木の空山《くうざん》、人見えず、
黄葉《こうよう》を埋め殘す、莓苔《まいたい》の痕《あと》。

【一〇八】

追悼東菴和尚之頌［天正十九辛卯年五月十五日。於妙心寺］
辛卯之五月既望、長慶老禪示寂之辰也。予老涙之餘、綴村偈一絶、伏奉追悼云。道昭。惠稜九拜［伯蒲和上］
長慶春歸新緑暗、老禪戢化杜鵑哀。
驀平呑熱鐵丸了、吐作炎天五月梅。

東菴和尚を追悼《ついとう》する頌［天正十九辛卯年五月十五日。妙心寺に於てす］
辛卯の五月既望は、長慶老禪《ちょうけいろうぜん》示寂の辰なり。予、

老涙《ろうるい》の餘、村偈一絶を綴って、伏して追悼《ついとう》し奉る
と云う。道昭。恵稜九拜［伯蒲和上］

長慶《ちょうけい》、春歸って、新緑《しんりょく》暗し、
老禪《ろうぜん》、化を戢《おさ》めて、杜鵑《とけん》哀しむ。
驀《まく》に熱鐵丸《ねってつがん》を平呑《へいどん》し了って、
吐いて炎天《えんてん》五月の梅と作《な》す。

［欄外］
長慶寺ハ駿州藤枝ノ奥花倉村、東菴所住地、太原之塔アリ。

【一〇九】

天正第十九辛卯五月十五日、東菴大禪佛、俄然而戢化。
暮齢與余同者也。聽訃

天正第十九辛卯五月十五日、東菴大禪佛、俄然《がぜん》と
して化を戢《おさ》む。暮齢《ぼれい》、余と同じ者なり。聽訃

○後ろを欠く。

【一一〇】原本一九丁

今日出山已的當、霜辛雪苦六年強。
鶏鳴早矣明星未、昨夜瞿曇後孟嘗。［妙心寺］東漸

今日出山、已に的當《てきとう》、
霜辛雪苦《そうしんせつく》、六年強。
鶏鳴《けいめい》は早し、明星《みょうじょう》は未だし、
昨夜、瞿曇《くどん》、孟嘗《もうしょう》に後《おく》る。

○孟嘗＝鶏鳴で敵を欺いて函谷関を通り抜けた故事。『史記』孟嘗君伝。

【一一一】

［太］大極以前成道梅、三千刹界發香來。
飢寒六歳都閑事、一點明星眼裏埃。策甫

太極《たいきょく》以前、成道《じょうどう》の梅、
三千刹界《さんぜんせっかい》、香を發し來たる。
飢寒《きかん》六歳、都《す》べて閑事《かんじ》、

一點《いってん》の明星《みょうじょう》、眼裏《がんり》の埃。

【一一二】

雪北香南一老翁、菩提樹下路頭通。
人天耀富雜華會、春在六年寒餓中。　仁峯［妙心寺］

雪北香南《せっぽくこうなん》、一老翁《いちろうおう》、
菩提樹下《ぼだいじゅげ》、路頭《ろとう》通ず。
人天《にんでん》、富を耀かす、雜華會《ざっけえ》、
春は六年、寒餓《かんが》の中に在り。

【一一三―一】原本二〇丁

堪慟堪哭、飮氣呑聲矣。然予不才無能、加以老衰、胸襟一點無雪月、不知所以裁之也。苔蘚蝕翰墨之場、荊棘埋風騷之域。嗚呼、天之將喪斯乎。曰彼曰此、愁涙粘睫稍千行萬行。於茲、靈雲堂上大和尚、作華偈見獻祖堂。謹依尊韻以寓。非敢後尊不進之老懷。云爾。伏乞運斤。正法當住［直指］老衲宗諤和南

日夜東流菴前水、認何性無喜無哀。
祖生先我着鞭去、走馬燈殘挑盡梅。

慟するに堪えたり、哭するに堪えたり、氣を飲み聲を呑む。然れども、予、不才にして無能、加うるに老衰《ろうすい》を以てす。胸襟《きょうきん》、一點《いってん》の雪月《せつげつ》も無し、以て之を裁する所を知らず。苔蘚《たいせん》、翰墨《かんぼく》の場を蝕《むしば》み、荊棘《けいきょく》、風騷《ふうそう》の域を埋む。嗚呼《ああ》、天の將《まさ》に斯《これ》を喪せんか。彼と曰い此と曰い、愁涙《しゅうるい》、睫《しょう》稍《しょう》に粘ずること千行萬行。茲《ここ》に於いて、靈雲《れいうん》堂上大和尚、華偈《かげ》を作って祖堂に獻げらる。謹んで尊韻《そんいん》に依って、以て寓《よ》す。後尊不進の老懐を敢えてするに非ずと、爾《しか》云う。伏して乞う運斤《うんきん》。正《しょう》法《ぼう》當住［直指］老衲宗諤和南

日夜、東流す、菴前の水、
何の性をか認めて、喜《き》も無く哀《あい》も無き。
祖生《そせい》、我に先んじて鞭を着け去る、
走馬燈《そうまとう》殘って、梅を挑《かか》げ盡くす。

○前を欠く。
○非敢後尊不進之老懐＝不審。

【一一三―二】

靈雲堂上大和尚、賦華偈一章、式被追悼艮菴和尚大禪佛。
謹依芳韻、助諸弟之哀云。伏乞道昭。天猷和尚
昨夜崑崙告訃時、四來雲衲助其哀。
青天白日棒頭雨、五月送人耶送梅。

靈雲《れいうん》堂上大和尚、華偈《かげ》一章を賦して、式《もつ》て艮菴《ごんあん》和尚大禪佛を追悼《ついとう》せらる。謹んで芳韻に依って諸弟の哀《あい》を助くと云う。伏して乞う道昭《どうしょう》。天猷和尚
昨夜、崑崙《こんろん》、訃を告ぐる時、
四來《しらい》の雲衲《うんのう》、其の哀《あい》を助く。
青天白日《せいてんはくじつ》、棒頭《ぼうとう》の雨、
五月、人を送るか、梅を送るか。

【一一三―三】

謹奉依東菴《フシン》堂頭大和尚悼偈之尊韻。昭鑑。九天和上
萬事夢醒影堂曉、鐘鳴月落暗堪哀。
天生不受人間暑。荷葉衣涼常大梅。大輝和上

謹んで東菴堂頭《どうちょう》大和尚悼偈《とうげ》の尊韻《そんいん》に依り奉る。
昭鑒《しょうかん》。九天和上
萬事《ばんじ》、夢は醒《さ》む、影堂《えいどう》の曉、
鐘鳴って月は落つ、暗に哀しむに堪えたり。
天生には人間《じんかん》の暑を受けず、
荷葉《かよう》の衣は涼し、常大梅《じょうだいばい》。

【一一三―四】

謹奉依靈雲大和尚尊偈之韻末、以奉追悼龍雲堂頭大禪佛云。伏乞定中點頭。
他方戢化龍雲佛、四海禪徒皆擧哀。
痛棒聲殘爲人處、家々涼雨打黄梅。

謹んで靈雲《れいうん》大和尚が尊偈《そんげ》の韻末に依り奉って、以て龍雲堂頭《どうちょう》大禪佛を追悼《ついとう》し奉ると云う。伏して乞う、定中《じょうちゅう》に點頭《てんとう》せられんことを。

他方《たほう》に化《け》を戢《おさ》む、龍雲佛、
四海《しかい》の禪徒《ぜんと》、皆な哀《あい》を擧《こ》す。
痛棒《つうぼう》の聲は殘る、爲人《いにん》の處、
家々涼雨《りょうう》、黄梅《おうばい》を打す。

【一一三―五】

謹奉依東菴和尚追悼之尊韻云。虎山和上
白髮殘僧感時淚、袈裟濕却幾多哀。
等閑吹起闗山笛、五月江城此落梅。

謹んで東菴和尚追悼《ついとう》の尊韻《そんいん》に依り奉ると云う。虎山和上
白髮《はくはつ》の殘僧《ざんそう》、時に感ずる涙、
袈裟《けさ》濕却《しつきやく》す、幾多の哀ぞ。
等閑《なおざり》に吹き起こす、闗山《かんざん》の笛、
五月江城《こうじょう》、此の落梅《らくばい》。

【一一三―六】

謹奉依追悼華偈之尊韻　功澤和上
遷化佗方這老禪、何圖今日助餘哀。
一枝拈作香林去、五月秋寒黄落梅。

謹んで追悼華偈《ついとうかげ》の尊韻《そんいん》に依り奉る。功澤和上
化《け》を佗方《たほう》に遷す、這《こ》の老禪《ろうぜん》、
何ぞ圖らん、今日、餘哀《よあい》を助けんとは。
一枝《いっし》、拈じて香林《きょうりん》と作し去る、
五月の秋は寒し、黄落《こうらく》の梅。

【一一三―七】

天卯夏五、東菴大禪師俄然而唱滅。山頽梁懷［壞］之嘆罔指矣。粵靈雲堂頭大和尚賦華偈、被追悼之。予亦謹奉依尊韻、以助諸徒之擧哀云。伏乞照□［鑑］。仁叔
一宵清話今難忘、暗寫愁腸致擧哀。
忽聽訃音時節子、家々淚雨洗黄梅。

天卯の夏五、東菴大禪師、俄然《がぜん》として滅を唱う。

山頽梁壊《さんたいりょうかい》の嘆、指す罔《な》し。粤《ここ》に靈雲堂頭《れいうんどうちょう》大和尚、華偈《かげ》を賦し之を追悼《ついとう》せらる。予も亦た謹んで尊韻《そんいん》に依って以て諸徒の擧哀《こあい》を助け奉ると云う。伏して乞う照鑑。仁叔

一宵の清話、今に忘じ難し、
暗に愁腸《しゅうちょう》を寫し、擧哀《こあい》を致す。
忽ち訃音《ふいん》を聴く、時節子《じせつし》、
家々、涙を雨ふらして黄梅《おうばい》を洗う。

○山頽梁壊＝山頽梁摧、山頽木壊とも。泰山が頽れ梁木が壊れる（ほどの悲しみ）。孔子が没したときの語。『礼記』檀弓。

【一一三―八】

謹依追悼東菴大和尚之尊韻。仙林
法旆俄然徙他去、宗門垂晩耐愁哀。
鐵腸爛却黄金涙、濺及炎天一朶梅。

謹んで東菴大和尚を追悼《ついとう》する尊韻《そんいん》に依る。仙林
法旆《ほうはい》、俄然《がぜん》として他に徙《うつ》り去る、
宗門垂晩《すいばん》、愁哀《しゅうあい》に耐えたり。
鐵腸《てっちょう》も爛却《らんきゃく》す、黄金《おうごん》の涙、
濺《そそ》いで、炎天一朶《えんてんいちだ》の梅に及ぶ。

【一一三―九】

謹依見追悼東菴和尚之尊韻。笑翁
這老作家遷化去、時人錯莫嘆而哀。
利生接物番々也、終楝花兮先始梅。

謹んで東菴和尚を追悼《ついとう》する尊韻《そんいん》に依る。笑翁
這《こ》の老作家《ろうさっけ》、化《け》を遷し去る、
時の人、錯って嘆いて哀しむこと莫かれ。
利生接物《りしょうせつもつ》、番々なり、
楝花《れんか》終り、先に梅に始まる。

○楝花、梅＝二十四番花信風の最後が楝花、一番が梅花。

【一一三―一〇】

七十七年生鐵面、威風凜烈絶悲哀。

化龍呑却乾坤了、毒氣衝人老大梅。軒室

七十七年、生鐵《さんてつ》の面、
威風凜烈《いふうりんれつ》、悲哀を絶す。
龍と化して、乾坤《けんこん》を呑却《どんきゃく》し了る、
毒氣《どくき》、人を衝《つ》く、老大梅《ろうだいばい》。

【一一三―一一】

謹依梅字之尊韻、追悼艮菴堂頭大和尚。伏乞定中點頭。
鰲山
天下名高定光佛、一朝聽訃幾人哀。
誰知花亦師其跡、子葉孫枝傳法梅。

謹んで梅字の尊韻《そんいん》に依って、艮菴堂頭《ごんあんどうちょう》大和尚を追悼《ついとう》す。伏して乞う、定中《じょうちゅう》に點頭《てんとう》せられんことを。
天下に名は高し、定光佛《じょうこうぶつ》、
一朝、訃を聽いて、幾人か哀しむ。
誰か知る、花も亦た其の跡を師とすることを、
子葉孫枝《しようそんし》、傳法《でんぽう》の梅。

【一一三―一二】

七十人生如夢幻、存亡慣見不曾哀。
吾宗語句自今絶、可惜文詩歐與梅。芳澤

七十の人生、夢幻の如し、
存亡、見るに慣れて、曾て哀しまず。
吾が宗、語句、今より絶す、
惜しむ可し、文詩、歐《おう》と梅《ばい》と。

○歐與梅＝歐梅。歐陽修と梅堯臣。

【一一三―一三】

平生四海大禪佛、法旆俄然難助哀。
跳出諸方虀甕裡、宗門鼎内作鹽梅。山堂

平生《へいぜい》、四海《しかい》の大禪佛、
法旆《ほうはい》、俄然《がぜん》として、哀を助け難し。

諸方の韲甕裡《せいおうり》より跳出《ちょうしゅつ》して、
宗門の鼎内《ていない》、鹽梅《あんばい》を作す。

○諸方韲甕＝その家ごとの味を持った漬物樽を、諸方の家風になぞらえる。『五灯會元』巻六、洛浦元安章に「(臨濟)云く、臨濟門下に箇の赤梢鯉魚有り、頭《こうべ》を揺らし尾を擺って南方に向かって去る。知らず誰が家の韲甕裡に向かってか淹殺されんかを」。

【一一三—一四】

影堂月落人不見、夜半鐘聲枕上哀。
這老玄機惟傳說、而今爲誰作鹽梅。海門

影堂《えいどう》、月落ちて、人見えず、
夜半《やはん》の鐘聲《しょうせい》、枕上《ちんじょう》の哀。
這《こ》の老《ろう》の玄機《げんき》、惟《こ》れ傳說《でんせつ》す、
而今《にこん》、誰が爲にか鹽梅《あんばい》を作す。

【一一三—一五】

離世間相白鷗佛、一塵不立不生哀。
九旬破夏行春令、花發江南野水梅。滿首座

世間相《せけんそう》を離る、白鷗佛《はくおうぶつ》、
一塵も立せず、哀を生ぜず。
九旬《きゅうじゅん》破夏《はげ》、春令《しゅんれい》を行ず、
花は發《ひら》く、江南《こうなん》野水《やすい》の梅。

【一一四】原本二一丁

銀椀裡盛雪

直把乾坤作銀椀、夜來盛得雪漫々。
[孤]孤峯不白千山外、大小雲門下口難。大徳正□

直に乾坤《けんこん》を把《と》って銀椀《ぎんわん》と作《な》し、
夜來《やらい》、盛り得て雪漫々《まんまん》。
孤峯《こほう》不白《ふはく》、千山の外、
大小の雲門《うんもん》も、口を下すこと難し。

【一一五—一】

林際栽松

巖谷栽松細雨春、钁頭邊事重千鈞。
流鶯語盡山門境、他日蔭凉天下人。南溟

巖谷《がんこく》に松を栽う、細雨《さいう》の春、
钁頭邊《かくとうへん》の事《じ》、重きこと千鈞《せんきん》。
流鶯《りゅうおう》、語り盡くす、山門の境、
他日、天下の人を蔭凉《いんりょう》せん。

【一一五—二】

巖谷栽松老義玄、後人標榜可興禪。雪叟
深根固蔕蒼髯叟、護一山門億萬年。

巖谷《がんこく》に松を栽う、老義玄《ろうぎげん》、
後人《こうじん》の標榜《ひょうぼう》、禪を興こす可し。
根を深うし蔕《ほぞ》を固うす、蒼髯叟《そうぜんそう》、
一山の門を護ること、億萬年《おくまんねん》。

○蒼髯叟＝松の異名。

【一一五—三】

門境松青巖谷間、看々臨濟活機關。
钁頭斸地栽培力、一寸根苗一簣山。菊代

門境の松は青し、巖谷《がんこく》の間、
看よ看よ、臨濟《りんざい》の活機關《かっきかん》。
钁頭《かくとう》、地を斸《き》る、栽培《さいばい》の力、
一寸の根苗《こんびょう》、一簣《き》の山。

【一一五—四】

林際自栽終不凋、一株松是後人標。
他時定化蒼龍去、忽向山門養寸苗。

林際《りんざい》自ら栽えて、終《つい》に凋まず、
一株の松、是れ後人《こうじん》の標。
他時《たじ》定めて蒼龍《そうりゅう》と化し去らん、
忽ち山門に向って寸苗《すんびょう》を養う。

【一一五—五】

巖谷栽松正恁麼、山門境地看如何。
明々説與蒼髯叟、禪葉宗枝日轉多。

巖谷《がんこく》に松を栽う、正恁麼《しょういんも》、

山門の境地、如何《いかん》とか看る。
明々《めいめい》に説與《せつよ》す、蒼髯叟《そうぜんそう》、
禪葉宗枝《ぜんようしゅうし》、日びに轉《うた》た多し。

【一一五—六】

巖谷栽松興我禪、萬年計在钁頭邊。
寸苗養得蒼髯叟、昨夜叫門風永扇。

巖谷《がんこく》に松を栽え、我が禪を興こす、
萬年の計は、钁頭邊《かくとうへん》に在り。
寸苗《すんびょう》養い得たり、蒼髯叟《そうぜんそう》、
昨夜、門風永えに扇《あお》ぐと叫ぶ。

【一一六】

贊天神　宜竹周麟
海上禪叢遠訪師、傳衣夜半只天知。
龍淵月淡浮梅蕚、右近馬場花落時。

海上の禪叢《ぜんそう》に、遠く師を訪う、
傳衣夜半《でんねやはん》、只だ天のみ知る。
龍淵《りょうえん》の月は淡く、梅蕚《ばいがく》を浮かぶ、
右近の馬場《ばば》、花の落つる時。

【一一七】

法燈二百年忌之頌
嬾〔嫩〕桂叢林二百年、法燈挑起兩朝天。
一從橫主丈東海、回首大唐無復禪。　東陽

嫩桂《どんけい》の叢林《そうりん》、二百年、
法燈、兩朝の天に挑起《ちょうき》す。
一たび主丈《しゅじょう》を東海《とうかい》に横たえてより、
首《こうべ》を回らせば、大唐、禪の復する無し。

○『少林無孔笛』「法燈國師二百年忌拈香」に「嫩桂叢林二百年、法燈猶耀九重天。一從拄杖過東海、回首大唐無復禪」。

【一一八—一】

八月梅花地獄種、拈成一炷妙兜盧。明叔年忌之頌　悅岡〔崗〕

八月の梅花《ばいか》、地獄《じごく》の種、
拈じて一炷《いっしゅ》の妙兜盧《みょうとろ》と成す。

【一一八―二】

所甜三祇百代劫、松青師祖一甘棠。同

甜う所は、三祇百代劫《さんぎひやくだいごう》、
松は青し、師祖の一甘棠《いちかんどう》。

○天恩寺舊藏『葛藤集』悦崗の「明叔十七回」に、「魔宮佛界匪封疆、坐了鐵圍十七霜。所□三祇百大劫、松青師祖一甘棠」。○一甘棠＝『詩經』召南、甘棠に「蔽芾たる甘棠、剪ること勿かれ、伐つこと勿かれ、召伯の茇《やど》りし所」。

【一一八―三】

卅三天後億千歳、主丈門風叫永扇。明叔三十年之頌　同

卅三天《さんじゅうさんてん》の後、億千歳《おくせんざい》、
主丈《しゅじょう》、門風、永えに扇《あお》ぐと叫ぶ。

○天恩寺舊藏『葛藤集』悦崗「明叔尊忌」に、「舊物西天竺木棉、師翁欟〔ママ〕直指單傳。卅三歳後億千載、拄杖門風叫永扇」。

【一一九―一】

山居偶作

青山幾度變黃山、世事紛紜總不干《アヅカラ》。
眼裏有塵三界窄、心頭無事一床寬。夢窓

青山《せいざん》、幾度か黄山《こうざん》に變ず、
世事《せいじ》の紛紜《ふんぬん》、總に干《かかわ》らず。
眼裏《がんり》に塵有れば、三界《さんがい》も窄《すぼ》し、
心頭《しんとう》に事無ければ、一床も寬《ひろ》し。

○『夢窓録』、第二句を「浮世紛紜總不干」に作る。

【一一九―二】

深卜山居老即休、更無塵事掛心頭。
世人不識雲林樂、一把茅檐萬戸侯。雪叟

深く山居を卜《ぼく》して、老ゆれば即ち休《きゅう》す、
更に塵事《じんじ》の心頭《しんとう》に掛くる無し。

世人は雲林の樂を識らず、
一把茅檐《いっぱぼうえん》、萬戸侯《ばんここう》。

【一一九―三】

閑居却喜舊知稀、吾老生涯樂翠微。
逃得人間是非界、眠雲臥月掩柴扉。南

閑居《かんきょ》、却って喜ぶ、舊知《きゅうち》の稀《まれ》なることを、
吾が老生涯《ろうしょうがい》、翠微《すいび》を樂しむ。
人間是非《じんかんぜひ》の界を逃れ得て、
雲に眠り月に臥して、柴扉《さいひ》を掩う。

【一一九―四】

栖老柴門流水邊、拾薪汲澗思悠然。
瓊樓玉殿無斯樂、茅屋山中煨芋烟。喜

栖み老ゆ、柴門《さいもん》、流水《りゅうすい》の邊、
薪《たきぎ》を拾い 澗《たにがわ》を汲んで、思い悠然《ゆうぜん》。
瓊樓玉殿《けいろうぎょくでん》に、斯《こ》の樂無し、
茅屋《ぼうおく》、山中、芋を煨《や》く烟。

【一一九―五】

白髮樂山吾隱淪、而今逃得利名塵。
十分高價無人識、澗水松風百萬隣。全

白髮《はくはつ》、山を樂しむ、吾が隱淪《いんりん》、
而今《にこん》、利名《りみょう》の塵を逃れ得たり。
十分の高價《こうげ》、人の識る無し、
澗水松風《かんすいしょうふう》、百萬の隣。

○百萬隣＝『南史』呂僧珍傳、「百萬買宅、千萬買隣」。

【一一九―六】

深卜山居樂至哉、點無濁世□塵埃。
雲埋老樹故人少、日夜柴門閉不關。昌

深く山居を卜《ぼく》す、樂、至れるかな、
點として濁世《じょくせ》□塵埃《じんあい》無し。
雲、老樹を埋め、故人少《まれ》なり、

日夜、柴門《さいもん》、閉めて關せず。

【一一九―七】

□翁是我老同參、此地卜居無俗談。

野水三升雲七五、生涯樂至舊□□。緊堅

□翁は是れ我が老同參《ろうどうさん》、

此の地に卜居《ぼくきょ》して、俗談《ぞくだん》無し。

野水《やすい》三升、雲七五、

生涯、樂至れり、舊□□。

【一一九―八】

山々囲得老生涯、白髮殘僧樂至時。

身在閑雲幽石上、人間世事不曾知。

山々囲み得たり、老生涯《ろうしょうがい》、

白髮《はくはつ》の殘僧《ざんそう》、樂至れる時。

身は閑雲幽石《かんうんゆうせき》の上に在って、

人間《じんかん》の世事《せいじ》、曾て知らず。

【一二〇―一】

佛法如一隻船

這是汾陽的骨孫、隻舩泛處道猶存。

慈明宗旨波瀾上、高掛一帆過海門。雪叟

這《これ》は是れ汾陽的骨《ふんにようてきこつ》の孫《そん》、

隻舩泛《せきせんうか》べる處、道、猶お存す。

慈明《じみょう》の宗旨《しゅうし》、波瀾《はらん》の上、

高く一帆《いっぱん》を掛けて、海門《かいもん》を過ぐ。

【一二〇―二】

隻舩泛處萬波流、佛法商量得自由。

隻舩泛《せきせんうか》べる處、萬波《まんぱ》流る、

佛法の商量《しょうりょう》、自由を得たり。

【一二一―一】

獅子菊

遊蜂戯蝶驚飛去、哮吼一聲風雨枝。仁峯

遊蜂戯蝶《ゆうほうぎちょう》、驚いて飛び去る、
哮吼一聲《こうくいっせい》、風雨の枝。

【一二一―二】

慈明弄與淵明採、成一樣看九日花。梅心

慈明《じみょう》の弄すると、淵明《えんめい》の採ると、
一様の看を成す、九日の花。

【一二一―三】

文殊大士欲相跨、化作黄花不露牙。雲巖

文殊《もんじゅ》大士、相跨らんと欲して、
化して黄花《こうか》と作《な》るも、牙を露わさず。

【一二二―一】

辛未菊月十有二日、叡山嬰兵燹、三□[千]院一炬焦土。慨□[嘆]之餘、綴川八一篇以記焉。

法衰比叡大中堂、歎息丙災焦上蒼《土倉》［御倉《ミクラ》］。
天子願輪縣日月、山王權現歴星霜。
湯温廿四群[郡]湖水、灰冷三千刹道場。
曾有白鬚神託在、七看東海變爲桑。龜隱謙齊周良

辛未菊月十有二日、叡山《えいざん》、兵燹《へいせん》に嬰《かか》って、三院、一炬《こ》に焦土。慨嘆《がいたん》の餘、川八《せんはち》一篇を綴って以て焉《これ》を記す。

法衰うる、比叡《ひえい》の大中堂、
歎息す、丙災《へいさい》、土蒼［御倉《ミクラ》］を焦すことを。
天子の願輪《がんりん》、日月に縣く、
山王の權現《ごんげん》、星霜《せいそう》を歴る。
湯は温かし、廿四郡の湖水《こすい》、
灰は冷し、三千刹の道場。
曾て白鬚《しらひげ》の神《かみ》の託する有る在り、
七たび看る、東海《とうかい》變じて桑と爲ることを。

○『翰林五鳳集』巻五十三「法衰比叡大中堂、嘆息丙災焦土蒼。天子願輪懸日月、山王權現曆星霜。湯温廿四郡湖水、灰冷三千刹道場。曾有白鬚神託在、七看東海變爲桑。元龜二年辛未菊月十有二日、叡山嬰兵燹。三千院一炬焦土矣。慨嘆之餘、綴川八篇

以記焉」。

【一二二―二】

依天龍妙智堂上老師川之韵云。
兵囲台嶺陣堂々、冠《カウ／アタ也》火無由禱彼蒼［御倉］。
意柿算《法性坊尊意慧算上人》梅枯似旱、澄桃海李《最澄傳教空海弘法》冷於霜。
魔軍百萬勢十倍、從［徒］衆三千哭一場。
將謂山河毫末盡、朝暾依舊掛扶桑。希菴和上和韻

天龍妙智堂上老師が川の韵に依ると云う。
兵、台嶺を囲んで、陣堂々、
冠火無由禱彼蒼［御倉］。
意柿算梅《いしさんばい》、枯れて旱に似たり、
澄桃海李《ちょうとうかいり》、霜よりも冷し。
魔軍《まぐん》百萬、勢い十倍、
徒衆《としゅう》三千、哭一場《こくいちじょう》。
將《まさ》に謂《おも》えり、山河毫末《せんがごうまつ》盡くと、
朝暾《ちょうとん》、舊《きゅう》に依《よ》って扶桑《ふそう》に掛く。

【一二三―一】

夜雨待月
夜雨月遲心轉勞、生憎雲霧使光韜。
遶檐點滴三千歳、天上桂花王母桃。良藏主

夜雨《やう》、月は遲く、心、轉《うた》た勞す、
生憎《あなにく》し、雲霧《うんむ》、光をして韜《つつ》ましむるを。
檐《のき》を遶る點滴《てんてき》、三千歳《さんぜんさい》、
天上《てんじょう》の桂花《けいか》、王母《おうぼ》の桃。

【一二三―二】

秋雨蕭々無月天、夜來立盡玉欄前。
廣寒變作黄河否、點滴聲裡五百年。湖南

秋雨蕭々《しょうしょう》、無月《むげつ》の天、
夜來《やらい》、立ち盡くす、玉欄《ぎょくらん》の前。
廣寒《こうかん》、變じて黄河《こうが》と作《な》るや否《いな》や、
點滴聲裡《てんてきせいり》、五百年。

【一二四―一】

希菴十三年忌之頌

慚愧闍梨杜撰禪、猶思業債十三年。
胸中五逆紅爐雪、吐出梅花一炷烟。　梅心

慚愧《ざんき》す、闍梨杜撰《じゃりずさん》の禪、
猶お業債《ごっさい》を思う、十三年。
胸中《きょうちゅう》の五逆《ごぎゃく》、紅爐《こうろ》の雪、
梅花《ばいか》を吐き出だす、一炷《いっしゅ》の烟。

【一二四―二】原本二二丁

斗瞻明覺作家禪、流翰苑芳萬々年。
更上龍門底龍子、舌如霹靂氣雲烟。　和　仁峯

斗瞻明覺《とせんみょうかく》、作家《さっけ》の禪、
翰苑《かんえん》の芳を流《つた》う、萬々年。
更に龍門《りゅうもん》を上る底《てい》の龍子《りゅうし》、
舌は霹靂《へきれき》の如く、氣は雲烟《うんえん》。

【一二四―三】

仰高覺範道人禪、慶徳院中過老年。
今日遠山鬱曇鉢、眞前挾[插]向當香烟。

仰げば高し、覺範道人《かくはんどうにん》の禪、
慶徳院中《けいとくいんちゅう》、老年を過ごす。
今日、遠山《えんざん》の鬱曇鉢《うどんはつ》、
眞前《しんぜん》に插向《そうこう》して、香烟《こうえん》に當つ。

【一二四―四】

無端瞞却老婆禪、具打爺機幾度年。
酬徳報恩功第一、々篇尊偈上凌烟。

端無《はしな》くも、瞞却《まんきゃく》せらる、老婆禪《ろうばぜん》、
打爺《たや》の機を具して、幾たびか年を度《わた》る。
徳に酬い恩に報ず、功第一《こうだいいち》、
一篇の尊偈《そんげ》、凌烟《りょうえん》に上る。

○凌烟＝凌烟閣。唐の太宗が二十四人の勲臣像を描かしめた樓閣。

勲功の象徴。

【一二四―五】

烏鉢道人再相見、安山不隔遠山烟。

烏鉢道人《うはつどうにん》、再び相見ゆ、
安山《あんざん》、遠山《えんざん》の烟を隔てず。

【一二五】

東山漸號頌

春光到處勢巍々、盡天地人望翠微。
下視嵩衡恒華頂、高懸朝日一峯輝。

春光到る處、勢い巍々《ぎぎ》、
盡天地《じんてんち》の人、翠微《すいび》を望む。
嵩衡恒華《すうこうこうか》の頂を下視して、
高く朝日を懸けて一峯輝く。

○嵩衡恒華＝嵩山、衡山、恒山、華山。

【一二六】

太年號

萬松山下起宗猷、凜々威風六十州。
東海兒孫滑崙鐵、烏藤依舊幾千秋。

萬松山下《ばんしょうさんか》、宗猷《そうゆう》を起こす、
凜々《りんりん》たる威風《いふう》、六十州。
東海《とうかい》の兒孫《じそん》、滑崙《こつろん》の鐵、
烏藤《うとう》、舊《きゅう》に依《よ》って幾千秋《いくせんしゅう》。

【一二七】

春峯　小松原正作道號　瑤林

正作首座者、吾玉岫老之諱弟也。因董其好、就予需雅稱再三。雖峻拒請不已。書春峯二字塞其責、題伽陀一篇、以祝遠者大者云。

轉東皇第一之機、天曉雲霞嶺上飛。
柳展懽眉花笑面、青山無處不光輝。年號月日

正作首座《しゅそ》は、吾が玉 岫老《ぎょくしゅうろう》の諱弟なり。其の好《よしみ》

を董《あつ》くするに因って、予に就いて雅稱を需むること再三。峻拒《しゅんきょ》すると雖も、請うて已まず。春峯の二字を書して其の責めを塞ぎ、伽陀《かだ》一篇を題して以て遠なる者大なる者を祝すと云う。

東皇第一《とうこうだいいち》の機を轉じて、
天曉の雲霞《うんか》、嶺上に飛ぶ。
柳は懽眉《かんび》を展べ、花は笑面《しょうめん》、
青山《せいざん》、處として光輝ならざるは無し。

【一二八―一】

飛錫解兩陣戰

或時拈杖倒禪床、又振錫驚伍々行。
東散干戈沒交涉、隱峯掌内轉輪王。清菴

錫を飛ばして兩陣の戰を解く

或る時は杖を拈じて禪床《ぜんしょう》を倒す、
又た錫を振って驚伍々行。
東散干戈《かんか》、沒交涉《もつきょうしょう》、
隱峯《いんぽう》、掌内《しょうない》に輪王を轉ず。

○飛錫＝隱峯が五臺山で錫を飛ばして、官軍と賊軍の戰いをおさめたこと。『五燈會元』巻三、隱峯禪師章、「唐の元和中、荐《かさ》ねて五臺に登らんとして、路、淮西に出づ。呉元濟が兵を阻《たの》んで王命に違拒し、官軍、賊軍と鋒《ほこさき》を交え、未だ勝負を決せざるに屬《あ》う。師曰く、吾れ當に去って其の患を解くべし。乃ち錫を空中に擲《なげう》って、身を飛ばして過ぐ。兩軍の將士、仰ぎ觀る。……」。○驚伍々行＝不審。○東散＝不審。

【一二八―二】

作家慣戰五臺雲、飛錫虛空通兩軍。
若比漢朝止戈略、隱峯掌内是昭君。

作家《さっけ》、戰いに慣れたり、五臺《ごだい》の雲、
錫を虛空《こくう》に飛ばして、兩軍に通ず。
若し漢朝《かんちょう》が止戈の略に比さば、
隱峯《いんぽう》が掌内《しょうない》、是れ昭君《しょうくん》。

○止戈＝「武」字の析字。

【一二八―三】

飛錫五臺絶比倫、神通妙用即非眞。
作家手段天然別、掃盡兵塵點[轉]法輪。

錫を五臺《ごだい》に飛ばして、比倫《ひりん》を絶す、
神通妙用《じんずうみょうゆう》は即ち眞に非ず。
作家《さっけ》の手段《しゅだん》、天然《てんねん》別なり、
兵塵《へいじん》を掃い盡くして、法輪《ほうりん》を轉ず。

【一二九―一】

趙州臥雪

一回被這僧三顧、八十翁々起々[我]宗。快川

一回、這《こ》の僧に三顧《さんこ》せられて、
八十翁々《おうおう》、我が宗を起こす。

○趙州臥雪＝趙州臥雪中云、相救相救。時有僧、便來趙州身邊臥。州便起去。

【一二九―二】

攢霧挐雲這一冬、趙州臥雪起吾宗。
堂々意氣六花底、八十老翁諸葛龍。雪叟

霧を攢《つか》み雲を挐《つか》む、這《こ》の一冬、
趙州臥雪《じょうしゅうがせつ》、吾が宗を起こす。
堂々たる意氣、六花底《りくかてい》、
八十老翁、諸葛《しょかつ》の龍。

○諸葛龍名＝隠遁していたときの諸葛孔明が臥龍と呼ばれたこと。

【一二九―三】

臥雪趙州也太奇、嚴寒徹骨老生涯。
一心只在六花上、凍損闍梨也不知。甫

雪に臥す趙州《じょうしゅう》、也太奇《やたいき》、
嚴寒《げんかん》、骨に徹す、老生涯《ろうしょうがい》。
一心は只だ六花《りくか》の上に在り、
闍梨《じゃり》を凍損《とうそん》するも也《ま》た知らず。

【一二九―四】

臥雪趙州作麼生、宗風振處長威獰。
老翁若是化龍去、錯被呼人諸葛名。

雪に臥す趙州《じょうしゅう》、作麼生《そもさん》、
宗風《しゅうふう》振るう處、威獰《いにょう》を長ず。
老翁、若し是れ龍に化し去らば、
錯って人に諸葛《しょかつ》の名を呼れん。

【一三〇】

暾典座謝上堂
吾肥典座叫鍋兒、蒸五臺雲作飲〔飯〕時。
大地都盧無底鉢、盛黄梅七百高僧來。大休

吾が肥典座《てんぞ》、鍋兒《かじ》と叫んで、
五臺《ごだい》の雲を蒸して飯と作す時。
大地都盧《だいちとろ》、無底《むてい》の鉢、
黄梅《おうばい》七百の高僧を盛り來たる。

○『見桃録』の「謝暾典座夏齋上堂」。

【一三一】

東菴宗暾首座
吠瑠璃界一封疆、坐斷孤峯不下床。
佛日再來明歴々、眼頭高掛在扶桑。同

吠瑠璃界《べいるりかい》、一封疆《ほうきょう》、
孤峯《こほう》を坐斷《ざだん》して、床を下らず。
佛日再來《さいらい》す、明歴々《めいれきれき》、
眼頭高く掛けて、扶桑《ふそう》に在り。

○『見桃録』は第三句を「佛日再暾明歴歴」に作る。

【一三二】

妙心寺法堂安土地神
撥轉如來正法輪、祠山大帝現全身。
自今汝作金鈴去、護一枝花億萬春。大休

如來《にょらい》の正法輪《しょうぼうりん》を撥轉《はってん》して、

祠山大帝《しざんだいてい》、全身を現ず。
今より汝、金鈴《きんれい》と作り去って、
一枝《いっし》の花を億萬春《おくまんしゅん》に護せよ。

○『見桃録』に見えず。○金鈴＝鳥から花を護るための鈴。『開元天寶遺事』「花上金鈴」に「春時に至って、後園の中に於いて紅絲を結んで縄と爲して、密に金鈴を綴って花梢の上に繫けて、烏鵲の翔《かけ》り集まる有る則《とき》んば、園吏をして鈴の索を掣《ひ》いて以て之を驚かしむ」。

【一三三】

獻白山　於犬山
移廟龍峯詔降天、威神護法萬斯年。
白山般若如々體、秋菊春蘭易地然。南溟

廟を龍峯《りゅうほう》に移して、詔《みことのり》、天より降る、
威神、法を護る、萬斯年《まんしねん》。
白山《はくさん》の般若《はんにゃ》、如々《にょにょ》の體、
秋菊春蘭《しゅうきくしゅんらん》、地を易《か》うるも然り。

【一三四】

法華銘
孝心一點也太奇、此土西天不隔關。
昨夜毫頭吞巨海、今朝吐出鷲峯山。栢悦

孝心一點《こうしんいってん》、也太奇《やたいき》、
此土西天《しどさいてん》、關を隔てず。
昨夜、毫頭《ごうとう》、巨海《こかい》を呑み、
今朝、鷲峯山《じゅほうさん》を吐き出だす。

【一三五】

天龍河橋供養頌
天龍直下三千尺、渡馬渡驢又渡人。秀峯　天桂和上御點削也

天龍直下《ちょっか》、三千尺、
馬を渡し驢を渡し、又た人を渡す。

○直下三千尺＝李白「望廬山瀑布」詩、「飛流直下三千尺、疑是銀河落九天」。

【一三六】
奈良大鐘供養
南朝四百八十寺、多少樓臺無此聲。景南　南禪寺
南朝《なんちよう》、四百八十寺、
多少の樓臺《ろうだい》、此の聲無し。

【一三七】
遠山截流橋頌
不進履兮不題柱、往來人具截流機。希菴
履《り》を進めず、柱に題せず、
往來《おうらい》の人、截流《せつる》の機を具す。
○不進履兮不題柱＝張良進履と相如題柱。

【一三八―一】
走馬燈
不借從前汗馬功、機輪轉處是追風。
惜哉過去燃燈佛、來入驢胎馬腹中。東福寺
從前汗馬《じゆうぜんかんば》の功を借らず、
機輪《きりん》轉ずる處、是れ追風《ついふう》。
惜しいかな、過去燃燈佛《かこねんとうぶつ》、
來たって、驢胎馬腹《ろたいばふく》の中に入る。

【一三八―二】
千里追風々在下、夜來沿壁上天台。仁峯
千里追風《せんりついふう》も、風下に在り、
夜來《やらい》、壁に沿うて天台《てんだい》に上る。
○沿壁上天台＝『虛堂録』「僧問、栽松道者借路周氏之家、後來爲第五祖、此意如何。師云、燈籠沿壁上天台」。

【一三九】
大曉百年忌
虛空托出大圓鑑、佛現祖來捻是塵。
照見道人眞面目、遠山無限碧鱗皴。景南
虛空《こくう》、托出《たくしゆつ》す、大圓鑑《えんかん》、

佛現じ祖來たるも、捴に是れ塵。
照らし見る、道人《どうにん》の眞面目《しんめんもく》、
遠山《えんざん》眼り無き、碧鱗皴《へきりんしゅん》。

【一四〇】

般若坊還俗之時、寮々口張テ書頌［是ハ義天和上取立］
一遭和尚罷參禪、賣袈納衣買鐵船。
［遮］舍莫波瀾起平地、朝歸東土暮西天。［般若坊是ヲ唱テ、了念佛、大鐘夕、ク］

般若坊、還俗《げんぞく》の時、寮々《ママ》と口張テ頌を書す［是ハ義天和上取立］
一たび和尚に遭って、禪を罷參《はさん》す、
袈納衣《けのうえ》を賣って、鐵船《てっせん》を買う。
遮莫《さもあらば》あれ、波瀾《はらん》平地に起こることを、
朝は東土《とうど》に歸り、暮は西天《さいてん》。［般若坊、是ヲ唱テ、了念佛、大鐘夕、ク］

○寮々＝不審。

【一四一】

吊太年法印下火頌
桃李若言我先問、誰云北斗裏藏身。
桃李《とうり》若し言《ものい》わば、我れ先に問わん、
誰か云う、北斗裏《ほくとり》に身を藏すと。

【一四二】原本二三丁

大曉二百年忌
二百年來春不老、遠山日々鉢曇華。希菴
二百年來、春老いず、
遠山《えんざん》、日々鉢曇華《はつどんげ》。

【一四三】

小伽陀一章、奉攀仲山單寮賀頌
仲山老禪表卒、於花園之名藍。伏乞雲斤。宗勝九拜［印二ツ］
小伽陀《しょうかだ》一章、仲山單寮が賀頌に攀《よ》ぢ奉る

仲山老禪《ろうぜん》、花園《かえん》の名藍《めいらん》に於いて表卒す。
伏して乞う雲斤《うんきん》。宗勝九拜［印二ツ］

○表卒＝表率。自らてほんとなって衆を率いる。

【一四四―一】

半座分來起祖風、人天眼目巨禪叢。
待看藤杖着花日、々本雲門可比翁。　策

半座分かち來たって、祖風を起こす、
人天眼目《にんでんげんもく》、巨禪叢《きよぜんそう》。
待ち看ん、藤杖《とうじょう》の花を着くる日を、
日本の雲門《うんもん》、翁を比す可し。

【一四四―二】

堂中首座振禪風、聲價彌高古格叢、
喝下花開棒頭月、他時正法住山翁。　和　濟

堂中の首座《しゅそ》、禪風《ぜんぷう》を振う、
聲價《せいか》、彌《いよ》いよ高し、古格叢《こかくそう》、
喝下《かっか》、花開く、棒頭《ぼうとう》の月、
他時《たじ》、正法住山《しょうぼうじゅうざん》の翁ならん。

【一四四―三】

黼黻宗猷起舊風、從來古格一叢々。
機關向上無人會、今日堂中張氏翁。　栢

宗猷《そうゆう》を黼黻《ほふつ》して、舊風《きゅうふう》を起こす、
從來、古格の一叢々《いちそうそう》。
機關向上《きかんこうじょう》、人の會《え》する無し、
今日堂中、張氏翁《ちょうしおう》。

○張氏翁＝雲門文偃、姓張氏。

【一四四―四】

韶陽手裏起香風、拄杖花開萬古叢、
表卒宗門立宗旨、人天眼目活師翁。　案

韶陽手裏《しょうようしゅり》、香風《こうふう》を起こす、
拄杖《しゅじょう》花開く、萬古《ばんこ》の叢、

宗門に表卒して、宗旨《しゅうし》を立す、
人天《にんでん》の眼目《げんもく》、活師翁《かつしおう》。

【一四四―五】

謹奉謝天徳堂頭大和尚賀頌之尊韻　宗甫九拝和

身在祖門不起風、羨他囲繞子獅叢。
梅花一咲知何事、料知後生呼老翁。

謹んで天徳堂頭《どうちょう》大和尚が賀頌の尊韻《そんいん》を謝し奉る。

身は祖門《そもん》に在って、風を起こさず、
羨むらくは、他の子獅《しし》に囲繞《いにょう》せらるる叢。
梅花一咲《ばいかいっしょう》、何事をか知る、
料り知る、後生《こうせい》、老翁と呼ぶことを。

【一四四―六】

光昭前烈董宗風、詒訓後來禮樂叢。
新定活機今尚在、堂中首座一禪翁。

前烈《ぜんれつ》を光昭《こうしょう》して、宗風《しゅうふう》を董す、
訓を後來《こうらい》に詒《のこ》す、禮樂《れいがく》の叢。
新定《しんじょう》の活機《かつき》、今尚お在り、
堂中の首座《しゅそ》、一禪翁《ぜんおう》。

○光昭前烈、詒訓後來＝『敕修清規』云、「前堂首座。表率叢林。人天眼目。分座説法。……吾宗睦州於黄檗、雲門於靈樹、光昭前烈詒訓後來」。

【一四五―一】

大元單寮之賀頌

不競碧桃紅杏時、叢床表卒始風姿。
眼高見到秋江上、正法芙蓉第一枝。　仁峯

碧桃《へきとう》を競わず、紅杏の時、
叢床の表卒、始めて風姿《ふうし》。
眼高くして、見て秋江上《しゅうこうじょう》に到る、
正法《しょうぼう》の芙蓉《ふよう》、第一枝《いっし》。

○叢床＝不審。叢林か。

【一四五—二】

首座堂中當板時、風標瀟灑鷺鷥姿。
叢林盛事幾千歳、栢樹庭前法嗣枝。　策甫

首座《しゅそ》堂中、當板の時、
風標瀟灑《ふうひょうしょうしゃ》たり、鷺鷥《ろじ》の姿。
叢林《そうりん》の盛事《せいじ》、幾千歳、
栢樹庭前《はくじゅていぜん》、法を嗣ぐの枝。

【一四六】

龍潭入寺

七十餘春白髪慚、烏藤花開久[舊]同參。
機前呑却乾坤了、直作活龍蟠碧潭。　傑山

七十餘春、白髪《はくはつ》慚づ、
烏藤《うとう》、花開く、舊同參《きゅうどうさん》。
機前《きぜん》に乾坤《けんこん》を呑却《どんきゃく》し了って、
直に活龍《かつりゅう》と作って、碧潭《へきたん》に蟠《わだかま》る。

【一四七】

達磨茶

盧仝三百篇公案、點檢將來石上麻。　淳巖

盧仝《ろどう》が三百篇の公案《こうあん》、
點檢《てんけん》し將ち來たれば、石上《せきじょう》の麻《ま》。

○盧仝＝號玉川子の茶歌。○石上麻＝磨字。

【一四八】

臨濟寺入寺

手提三尺金剛劍、先入關中臨濟王。　東谷

手に三尺の金剛劍《こんごうけん》を提《ひっさ》げ、
先に關中《かんちゅう》に入る、臨濟王《りんざいおう》。

【一四九】

臨濟禪如夏

恁麼汗出鐵牛機、寒殺闍梨力[力]希。
昨夜大龍拗折角、蔭涼樹下雪花飛。　南溟

臨濟《りんざい》の禪は夏の如し
恁麽《いんも》に汗出だす、鐵牛《てつぎゆう》の機、
闍梨《じやり》を寒殺《かんさつ》す、力[囗力]希《りきかき》。
昨夜、大龍、角を拗折《ようせつ》して、
蔭凉樹下《いんりようじゆげ》、雪花《せつか》飛ぶ。

【一五〇】

暾典座上堂賀頌
這肥典座叫鍋兒、蒸五臺雲成飯時、
大地都盧無底鉢、盛横［黃］梅七百僧來。大休

吾が肥典座《てんぞ》、鍋兒《かじ》と叫んで、
五臺《ごだい》の雲を蒸して、飯と作す時。
大地都盧《だいちとろ》、無底《むてい》の鉢、
黄梅《おうばい》七百の高僧を盛り來たる。

○前出[一三〇]に同じ。

【一五一】

明月清風二三合、供他千五百人來。和　東菴

明月清風《めいげつせいふう》、二三合、
他の千五百人に供え來たる。

【一五二】

正法樹
靈山會上錯拈花、正法元來那樹花。
三十棒矣三十棒、破顔微笑趙昌花。東菴

靈山會上《りようぜんえじよう》、錯って花を拈ず、
正法元來《しようぼうがんらい》、那《な》の樹の花ぞ。
三十棒、三十棒、
破顔微笑《はがんみしよう》も、趙昌《ちようしよう》の花。

○趙昌花＝美なりと雖も眞に非ず。『圖繪寶鑑』三、「趙昌、字は昌之、廣漢の人、善く花果を畫いて、名は一時に重し」。

【一五三―一】

無字經

無字經題作麼生、都盧大地太分明。
五千餘卷新飜看、不記落花流水聲。雪叟

無字經《むじきよう》、題すること作麼生《そもさん》、
都盧大地《とろだいち》、太《はなは》だ分明《ふんみよう》。
五千餘卷、新たに飜し看よ、
落花流水《らっかりゆうすい》の聲を記さず。

○無字經＝盡大地《じんだいち》これ無字經。

【一五三―二】

此經無字有誰傳、非藏通兮非別圓。
這箇妙音着意聽、海潮今日欲重宣。純

此の經は字無し、誰有ってか傳えん、
藏通《ぞうつう》に非ず、別圓《べちえん》に非ず。
這箇《しやこ》の妙音《みようおん》、意を着けて聽け、
海潮《かいちよう》、今日、重ねて宣《の》べんと欲す。

【一五三―三】

無字經聲聽□□、人天欹耳碎心肝。
松風亦似摸稜手、説別説圓持兩端。存

無字經《むじきよう》の聲、聽□□、
人天《にんでん》耳を欹《そばだ》つるも、心肝《しんかん》を碎く。
松風《しようふう》も亦た摸稜《もりよう》の手に似たり、
別《べち》と説き圓《えん》と説いて、兩端《りようたん》を持す。

○摸稜手＝是非決せず曖昧なこと。摸稜は唐の蘇味道のこと。宰相となるも兩端を持して事を明白にしなかった。

【一五三―四】

無字經聲猶在耳、已今當也是同流。
松風蘿月虚空説、不假瞿曇廣舌頭

無字經《むじきよう》の聲、猶お耳に在り、
已今當《いこんとう》、也《ま》た是れ同流《どうる》。

松風《しょうふう》蘿月《らげつ》、虚空《こくう》説く、
瞿曇《くどん》が廣舌頭《こうぜつとう》を假らず。

【一五三―五】

無字經王説了也、非當非已又非今。
多羅藏裡不曾記、十里松風一妙音。　喜

無字經王《むじきょうおう》、説き了れり、
當《とう》に非ず已《い》に非ず、又た今《こん》に非ず。
多羅藏裡《たらぞうり》、曾て記さず、
十里の松風《しょうふう》、一妙音《みょうおん》。

【一五三―六】

深々功徳正耶邪、無字經聲大梵家。
鳥弄眞如松般若、妄談虚説口吧々。

深々《しんしん》たる功徳《くどく》、正か邪か、
無字經《むじきょう》の聲、大梵家《だいぼんけ》。
鳥、眞如《しんにょ》を弄し、松は般若《はんにゃ》、
妄談《もうだん》虚説、口吧々《はは》たり。

【一五四―一】

松風説法

眞談實相無人會、夜半子規來上聽。　鐵山

眞に實相《じっそう》を談ずるも、人の會《え》する無し、
夜半《やはん》、子規《しき》來たり上って聽く。

○夜半子規來上聽＝沙門靈一の「山中」詩に、「野人自愛山中宿、況是葛洪丹井西。庭前有箇長松樹、夜半子規來上啼」。

【一五四―二】

不知一教別耶通、微妙法門松有風。
是可華嚴最初説、上枝猿鶴聽如聾。　淳巖

知らず、一教、別《べち》か通《つう》かを、
微妙《みみょう》の法門《ほうもん》、松に風有り。
是れ華嚴《けごん》の最初の説なる可し、
枝に上る猿鶴《えんかく》、聽くも聾の如し。

【一五四―三】

虚空借口蒼髯叟、一大藏中無此聲。虚菴

虚空《こくう》に口を借る、蒼髯叟《そうぜんそう》、
一大藏中、此の聲無し。

○蒼髯叟＝松の異名。

【一五五】［欄外］

玄沙獄

蹈破釣魚船上月、天堂地獄暗昏々。淳巖

釣魚船上《ちょうぎょせんじょう》の月を蹈破《とうは》して、
天堂地獄《てんどうじごく》、暗昏々《あんこんこん》。

○玄沙獄＝玄沙地獄。出家前、漁師だった玄沙（謝三郎）が、舟から落ちた父を救うことができなかった。そのために地獄に堕ちたという話。『大慧普説』巻二。

【一五六】

悟溪一周忌

山中寂寞秋風晩、菊似去年吹露香。

山中、寂寞《せきばく》として、秋風晩《おそ》し、
菊は去年、露香《ろこう》を吹くに似たり。

【一五七】原本二四丁

妙心寺開山忌授翁上

甘露之門天授翁、一昭一穆祖師風。
御園二百年春面、花映扶桑日出紅。

甘露《かんろ》の門、天授翁《てんじゅおう》、
一昭一穆《いっしょういちぼく》、祖師の風。
御園《ぎょえん》、二百年の春面、
花、扶桑《ふそう》に映じ、日出でて紅なり。

【一五八】

妙心開山忌

微笑頭陀正法輪、大檀越有力王臣。
挽之前矣推之後、轉入花園別是春。

微笑《みしょう》する頭陀《ずだ》、正法輪《しょうぼうりん》、
大檀越《だいだんのつ》、有力《うりき》の王臣。
之を前に挽き、之を後に推し、
轉じて花園《かえん》に入れば、別に是れ春。

【一五九】

冬至

剝盡群陰來覆[復]陽、更無可佛法商量。
放開一線未通氣、日月三千添箇長。

群陰《ぐんいん》を剝盡《はくじん》し、來復陽《らいふくよう》、
更に佛法の商量《しょうりょう》す可き無し。
一線を放開《ほうかい》して、未だ氣を通ぜず、
日月三千、箇の長を添う。

【一六〇】

大蟲號頌

這是宗門老菸菟、爪牙備處自斑々。
一聲高嘯南山月、凜々威風不可攀。

這《これ》は是れ宗門の老菸菟《ろうおと》、
爪牙《そうげ》備わる處、自ずから斑々《はんぱん》。
一聲《いっせい》高く嘯《うそぶ》く、南山の月、
凜々《りんりん》たる威風《いふう》、攀《よ》づ可からず。

【一六一】

無油燈

直把乾坤成短檠、又將日月作燈明。
夜來倒掛九天上、一箇人無暗裡行。

直に乾坤《けんこん》を把《と》って、短檠《たんけい》と成し、
又た日月を將て、燈明《とうみょう》と作す。
夜來《やらい》、倒《さかし》まに九天の上に掛く、
一箇として、人の暗裡《あんり》に行く無し。

【一六二】

贊天神　持梅也

夢裡明々頓契機、遠過洋海扣禪扉。
只將一朶小梅蘂、換得萬年符印歸。策彥

夢裡明々《むりめいめい》として、頓《とん》に機に契う、
遠く洋海を過ぎて、禪扉《ぜんぴ》を扣《たた》く。
只だ一朶《いちだ》の小梅蘂《ばいずい》を將って、
萬年の符印《ふいん》に換え得て歸る。

【一六三】

杖頭日月

信手拈來挑日月、烏藤七尺一禪床。
化龍若是起雲霧、〔暘〕暘谷廣寒暗掩光。雪叟

手に信《まか》せて拈じ來たって、日月を挑《かか》ぐ、
烏藤《うとう》七尺、一禪床《ぜんしょう》。
龍と化して、若し是れ雲霧《うんむ》を起こさば、
暘谷廣寒《ようこくこうかん》、暗に光を掩わん。

○暘谷廣寒＝日に月も。暘谷は、日が出て來る所。『書經』堯典。
廣寒は、月にある廣寒宮。

【一六四―一】

杖頭日月點無塵、祖道光暉從此新。
玉兔金烏相照處、雲門挑上黑粼皴。存

杖頭《じょうとう》の日月、點として塵無し、
祖道の光暉《こうき》、此より新たなり。
玉兔金烏《ぎょくときんう》、相照らす處、
雲門挑《うんもんかか》げ上げて、黑粼皴《こくりんしゅん》。

【一六四―二】

杖頭日月不曾藏、祖道光輝盡十方。
信手拈來與人看、烏飛兔走一禪床。需

杖頭《じょうとう》の日月、曾て藏さず、
祖道の光輝、盡十方《じんじっぽう》。
手に信《まか》せて拈じ來たって、人に看せしむ、
烏飛兔走《うひとそう》す、一禪床《ぜんしょう》。

【一六四―三】

信手拈來勢有餘、杖頭日月看何如。
化龍若躍禹門浪、玉兔金烏點額魚。　喜

手に信《まか》せて拈じ來たれば、勢い餘り有り、
杖頭《じょうとう》の日月、何如《いかん》とか看る。
龍と化して、若し禹門《うもん》の浪に躍らば、
玉兔金烏《ぎょくときんう》も、點額《てんがく》の魚。

【一六四―四】

玉兔金烏西又東、杖頭挑出鉅禪叢。
衲僧直下拈來看、暘［暘］谷廣寒掌握中。　昌　代

玉兔金烏《ぎょくときんう》、西又た東、
杖頭《じょうとう》に挑《かか》げ出だす、鉅禪叢《きょぜんそう》。
衲僧《のうそう》、直下《じきげ》に拈じ來たり看よ、
暘谷廣寒《ようこくこうかん》、掌握《しょうあく》の中。

【一六四―五】

杖頭日月露堂々、佛祖位中不覆藏。
玉兔金烏恁麼看、雲門手裡共爭光。

杖頭《じょうとう》の日月、露堂々《ろどうどう》、
佛祖位中《ぶっそいちゅう》、覆藏《ふぞう》せず。
玉兔金烏《ぎょくときんう》、恁麼《いんも》に看る、
雲門手裡《うんもんしゅり》、共に光を爭う。

【一六四―六】［欄外］

悟溪廿五年忌
思君不寢紗窓月、廿［二十］五聲秋點長。

君を思うて寢《い》ねず、紗窓《しゃそう》の月、
二十五聲、秋點《しゅうてん》長ず。

【一六五】

正法芙蓉
解語芙蓉叫正法、靈山密付楚辭梅。

破顔微笑成何事、只合終死心未開。鐵山

語を解する芙蓉《ふよう》、正法《しょうぼう》と叫ぶ、
靈山《りょうぜん》の密付《みっぷ》、楚辭《そじ》の梅。
破顔微笑《はがんみしょう》、何事をか成ず、
只だ合《まさ》に終《つい》に死心未だ開かざるべし。

○解語芙蓉＝『開元天寶遺事』「解語花」に、「明皇、秋八月、太液池に千葉の白蓮の數枝の盛んに開ける有り。帝、貴戚と宴して賞す。左右皆な嘆羨すること之を久しうす。帝、貴妃を指して左右に示して曰く、爭でか我が解語の花には如かん」。

【一六六】

床脚下栽菜

耡床頭一片荒園、手自栽培野菜根。
法雨所濡期萬劫、大莖大葉長兒孫。東谷

床頭《しょうとう》に耡《す》く、一片《いっぺん》の荒園《こうえん》、
手ずから自ら野菜根《やさいこん》を栽培す。
法雨《ほうう》濡す所、萬劫《まんごう》を期す、
大莖大葉《だいきょうだいよう》、兒孫《じそん》を長ず。

○床脚下栽菜＝黄龍南禪師、衆に示して云く、鐘樓上に念讚し、床脚下に菜を種うる時は如何。

【一六七―一】

黄龍手段作麼生、問着宗枝以菜鳴。
了事衲僧何用種、同根天地半升鐺。鐵山

黄龍《おうりょう》の手段《しゅだん》、作麼生《そもさん》、
宗枝《しゅうし》を問着《もんじゃく》すれば、菜を以て鳴る。
了事《りょうじ》の衲僧《のうそう》、何ぞ種《う》うるを用いん、
天地と同根、半升《はんしょう》の鐺《しょう》。

【一六七―二】

床脚跟栽一菜莖、惡芽葉々太多生。
爲他幾下黄龍窟、拈作春風椀裡羹。大輝

床脚跟《しょうきゃっこん》に、一菜莖《いっさいきょう》を栽う、
惡芽葉々《あくがようよう》、太多生《たいたせい》。

他の爲に、幾たびか黄龍《おうりよう》の窟に下る、
拈じて春風椀裡《しゅんぷうわんり》の羹《あつもの》と作す。

【一六七—三】

鰲山成道

悟道元來陷鑊湯、鰲山店下錯承當。
一回隔雪無明眼、纔見楊花也斷腸。　鐵山

悟道《ごどう》、元來《がんらい》、鑊湯《かくとう》に陷つ、
鰲山店下《ごうざんてんか》、錯って承當《じょうとう》す。
一回、雪に隔たる無明《むみょう》の眼、
纔《わず》かに楊花《ようか》を見れば、也《ま》た斷腸《だんちょう》。

【一六八】

橋供養頌

一橋高聳故山東、匠者工夫益［蓋］代功。
萬里連雲億千歲、北來南去起西風。　速傳

一橋《いっきょう》、高く聳ゆ、故山の東、
匠者《しょうしゃ》の工夫《くふう》、蓋代《がいだい》の功。
萬里《ばんり》、雲に連なる、億千歲、
北來南去《ほくらいなんきょ》、西風を起こす。

【一六九】

佛日眞照禪師百年忌　妙心寺ニテ、六月ヲ二月トリコス

佛日高輝盡摶桑、百年光影露堂々。
春風合取崑崙耳、不待炎天梅蘂香。　天猶

佛日、高く盡摶桑《じんふそう》に輝く、
百年の光影、露堂々《ろどうどう》。
春風《しゅんぷう》、合《まさ》に崑崙耳《こんろんに》を取るべし、
炎天梅蘂《えんてんばいずい》の香を待たず。

【一七〇—一】

百年事變海成桑、佛日曾居明月堂。
兜率瘴郷寧易地、炎天梅蘂吐春香。　和　東菴

百年、事變じて、海、桑と成る、

佛日曾て居す、明月堂。
兜率《とそつ》の瘴郷《しょうきょう》、寧《なん》ぞ地を易《か》えんや、
炎天《えんてん》の梅蘂《ばいずい》、春香《しゅんこう》を吐く。

【一七〇―二】

聽鶯悟道

黄鸝日永梵王空［宮］、眼處聞聲轉法華。
若喚太原枕上夢、遷喬一曲落梅花。南溟

黄鸝《こうり》、日は永し、梵王宮《ぼんおうきゅう》、
眼處《げんしょ》に聲を聞く、法華《ほっけ》を轉ず。
若し太原枕上《たいげんちんじょう》の夢と喚ばば、
遷喬《せんきょう》の一曲、落梅花《らくばいか》。

【一七一―一】

花街柳巷香嚴境、一曲綿蠻撃竹聲。同

花街柳巷《かがいりゅうこう》、香嚴《きょうげん》の境、
一曲の綿蠻《めんばん》、撃竹《げきちく》の聲。

【一七一―二】

聽鵑悟道

古徳聞鶯侍者蟬、風流爭及藏司鵑。
豁然大悟與人看、月上長松夜半天。快川

古徳は鶯を聞き、侍者《じしゃ》は蟬、
風流《ふうりゅう》、爭でか藏司《ぞうす》が鵑に及ばん。
豁然大悟《かつねんたいご》、人に與えて看せしむ、
月、長松《ちょうしょう》に上る、夜半《やはん》の天。

【一七二―一】

支枕禪床聽始驚、杜鵑叫月二三更。
一機頓發患聾者、燕語鶯啼無此聲。雪叟

禪床《ぜんしょう》に支枕して、聽いて始めて驚く、
杜鵑《とけん》、月に叫ぶ、二三更。
一機《いっき》、頓《とん》に發す、患聾《げんろう》の者、

燕語《えんご》鶯啼《おうてい》、此の聲無し。

○支枕＝『錦繍段』、陸游「聽雨戯作」詩二の二、「支枕幽齋聽始奇」。

【一七二―二】

杜鵑只在不聞中、頓發一機萬事空。
欹耳猶聽蜀山曉、聲々月白自玲瓏。岐

杜鵑《とけん》、只だ不聞の中に在り、
頓《とん》に一機《いっき》を發して、萬事《ばんじ》空ず。
耳を欹《そばだ》てて猶お聽く、蜀山《しょくざん》の曉、
聲々《せいせい》、月は白く自ずから玲瓏《れいろう》。

【一七二―三】

昨夜聞鵑藏主清、豁然大悟作麼生。
長松月白香嚴境、一度千聲撃竹聲。存

昨夜、鵑を聞いて、藏主《ぞうす》清らかなり、
豁然大悟《かつねんたいご》、作麼生《そもさん》。
長松《ちょうしょう》、月は白し、香嚴《きょうげん》の境、
一度千聲、撃竹《げきちく》の聲。

【一七二―四】

藏主聞鵑作麼生、忽然大悟自分明。
空舲灘上太原境、啼血千聲畫角聲。喜

藏主《ぞうす》、鵑を聞く、作麼生《そもさん》、
忽然大悟《こつねんたいご》、自ずから分明《ふんみょう》。
空舲灘上《くうれいだんじょう》、太原《たいげん》の境、
啼血《ていけつ》の千聲、畫角《がかく》の聲。

【一七二―五】

啼血杜鵑度翠微、夜來聞得轉全機。
一聲月白長松曉、了事衲僧掩耳歸。甫

啼血《ていけつ》の杜鵑《とけん》、翠微《すいび》を度《わた》る、
夜來《やらい》、聞き得て、全機《ぜんき》を轉ず。
一聲《いっせい》、月は白し、長松《ちょうしょう》の曉、
了事《りょうじ》の衲僧《のうそう》、耳を掩うて歸る。

【一七二―六】

拍手呵々笑點頭、杜鵑聞得萬機休。
忽然一洗是非耳、啼血聲中成許由。代

手を拍って呵々《かか》と笑って點頭《てんとう》す、
杜鵑《とけん》、聞き得て、萬機《ばんき》休《きゅう》す。
忽然《こつねん》として、是非の耳を一洗し、
啼血聲中《ていけつせいちゅう》、許由《きょゆう》と成る。

【一七二―七】

昨夜聞鵑老苾蒭、死工夫作活工夫。
聲々啼血緑陰雨、迷倒衆生一箇無。同

昨夜、鵑を聞く、老苾蒭《ろうびっしゅ》、
死工夫《しくふう》を活工夫《かつくふう》と作す。
聲々啼血《せいせいていけつ》、緑陰《りょくいん》の雨、
迷倒《めいとう》の衆生《しゅじょう》、一箇も無し。

【一七二―八】

歸去來兮杜宇鳴、藏主聽得太分明。
燕山月白初三夜、萬事夢醒第一聲。

歸去來《かえりなんいざ》、杜宇《とう》鳴く、
藏主《ぞうす》聽き得て、太《はなは》だ分明《ふんみょう》。
燕山《えんざん》、月は白し、初三《しょさん》の夜、
萬事《ばんじ》、夢は醒《さ》む、第一聲《だいいっせい》。

【一七二―九】［欄外］

須彌燈
若裂藕絲容百億、香林室内暗昏々。鐵山

若し藕絲《ぐうし》を裂いて、百億を容れれば、
香林室内《きょうりんしつない》、暗昏々《あんこんこん》。

【一七三】

深奥山開山香語
遠山無限楓林暮、勝似御園第一花。太年

遠山《えんざん》限り無し、楓林《ふうりん》の暮、
御園《ぎょえん》の第一花《だいいちか》より勝れり。

【一七四】原本二五丁

橋頌

龍不是龍虹不虹、長橋高架跨虛空。
往來出［一字欠］△　閻浮海、入得慧林率卒《兜率》宮。快川

龍是れ龍ならず、虹虹ならず、
長橋高く架けて、虚空《こくう》に跨る。
往來出△、閻浮海《えんぶかい》、
入り得たり、慧林《えりん》の兜率宮《とそつきゅう》。

【一七五】

拈弄紙燭吹滅話

瞎却德山雙眼睛、龍潭與燭太分明。
若無吹滅威風會、爭有孤峯頂上名。説三

德山《とくさん》の雙眼睛《そうがんぜい》を瞎却《かつきやく》す、
龍潭《りょうたん》、燭を與う、太《はなは》だ分明《ふんみょう》。
若無吹滅威風會、
爭でか孤峯頂上《こほうちょうじょう》の名有らん。

○威風會＝不審。

【一七六】

破草鞋

祖師玄旨作麼生、草鞋［二字欠］△△何指呈。
被索閻羅還價去、脚頭蹈破許多程。同

祖師の玄旨、作麼生《そもさん》、
草鞋《そうあい》△△、何か指呈《してい》す。
閻羅《えんら》に價を還すことを索められ去って、
脚頭《きゃくとう》、許多程《いかほど》をか蹈破《とうは》せん。

【一七七】

春雪嘉瑞

春雪領春吾甲兵、八州獻捷畏威名。

東君定策六花曉、出谷黃鶯趙則平。高山

春雪、春を領す、吾が甲兵《こうへい》、
八州、捷《しょう》を獻げ、威名《いめい》を畏る。
東君《とうくん》、策を定む、六花《りくか》の曉、
谷を出づる黃鶯《こうおう》、趙則平《ちょうそくへい》。

○獻捷＝戦勝を報告する。○趙則平＝宋の趙普。太祖が雪夜に趙普を訪い、國事を相談した。

【一七八】

臨濟燈

心燈點出骨毛寒、無位眞人赤肉團。
興化機前一吹滅、都盧大地黑漫々。雪岑

心燈《しんとう》、點出《てんしゅつ》して、骨毛《こつもう》寒し、
無位《むい》の眞人《しんにん》、赤肉團《しゃくにくだん》。
興化《こうけ》、機前《きぜん》に一吹に滅して、
都盧大地《とろだいち》、黑漫々《こくまんまん》。

【一七九】

投宿山中止々菴、青燈半盞話江南。
夜來忽亦清風起、落葉鳴秋一二三。義堂

宿を山中に投ず、止々菴《ししあん》、
青燈半盞《せいとうはんさん》、江南《こうなん》を話《かた》る。
夜來《やらい》、忽ち亦た清風《せいふう》起こる、
落葉《らくよう》、秋を鳴らす、一二三。

【一八〇】

臨濟半夏上黃蘗山

臨濟圖南九萬鵬、檗山頭半夏飛騰。
熱瞞黑豆老禾上、吐出黃河六月氷。南溟

臨濟《りんざい》、南を圖《はか》る九萬の鵬、
檗山頭《ばくざんとう》、半夏《はんげ》に飛騰《ひとう》す。
黑豆《こくず》の老禾上《ろうおしょう》を熱瞞《ねつまん》して、
黃河《こうが》六月の氷を吐出《としゅつ》す。

○圖南九萬鵬＝『莊子』逍遥遊、大鵬の南冥。

【一八一―一】

風顚破夏等閑還、驀直蹈飜黄檗山。
不若爲他行一棒、尋常黒豆老痴頑。大休

風顚《ふうてん》、夏《げ》を破って、等閑《なおざり》に還る、
驀直《まくじき》に黄檗山《おうばくさん》を蹈飜《とうほん》す。
若《し》かず、他の爲に一棒を行ぜんには、
尋常《よのつね》、黒豆《こくず》の老痴頑《ろうちがん》。

【一八一―二】

天下蔭涼林際松、蘗山半夏立吾宗。
這風顚漢禪商量、六月雪飛十二峯。雪

天下の蔭涼《いんりょう》、林際《りんざい》の松、
蘗山《ばくざん》、半夏《はんげ》、吾が宗を立す。
這《こ》の風顚漢《ふうてんかん》、禪の商量《しょうりょう》、
六月雪は飛ぶ、十二峯。

【一八一―三】

却回黄檗舊時看、擧覺商量赤肉團。
辭斷際來這風漢、炎天飛雹逼人寒。岐

黄檗《おうばく》に却回《きやうい》するも、舊時《きゅうじ》の看、
擧覺《こかく》商量《しょうりょう》す、赤肉團《しゃくにくだん》。
斷際《だんざい》を辭し來たる、這《こ》の風漢《ふうかん》、
炎天《えんてん》に雹を飛ばして、人に逼って寒し。

【一八一―四】

驀上檗山老義玄、恁麽破夏活機先。
風顚意氣逼希運、一劍霜寒六月天。存

驀《まく》に檗山《ばくざん》に上る、老義玄《ろうぎげん》、
恁麽《いんも》に夏《げ》を破る、活機《かっき》の先。
風顚《ふうてん》の意氣、希運《きうん》に逼り、
一劍、霜は寒し、六月の天。

【一八一―五】

炎天飛雹起宗風、黄檗山頭活路通。
意氣逼人夏臨濟、熱瞞黑豆老禪翁。　甫

炎天《えんてん》に雹を飛ばし、宗風《しゆうふう》を起こす、
黄檗山頭《おうばくさんとう》、活路《かつろ》通ず。
意氣、人に逼る、夏の臨濟《りんざい》、
黑豆《こくず》の老禪翁《ろうぜんおう》を熱瞞《ねつまん》す。

【一八一―六】

驀上檗山林際□、炎天雪雹與人看。
這風顚漢禪如夏、黑豆和闍被熱瞞。　喜

驀《まく》に檗山《ばくざん》に上る、林際《りんざい》□、
炎天《えんてん》の雪雹《せつぽう》、人に與えて看せしむ。
這《こ》の風顚漢《ふうてんかん》、禪は夏の如し、
黑豆《こくず》の和闍《わじや》、熱瞞《ねつまん》せらる。

【一八一―七】

半夏攀登太快哉、蘖山頂上老臨才。
子獅哮吼白拈賊、黑豆和闍腦裂來。　代

半夏《はんげ》、攀登《はんとう》す、太《はなは》だ快なるかな、
蘖山頂上《ばくざんちようじよう》の老臨才《ろうりんざい》。
子獅《しし》哮吼《こうく》す、白拈賊《びやくねんぞく》、
黑豆《こくず》の和闍《わじや》を、腦裂《のうれつ》し來たる。

【一八一―八】

格外會禪臨濟王、蘖山半夏要商量。
熱瞞黑頭〔豆〕風顚漢、凛々威雄振十方。

格外《かくがい》に禪を會《え》す、臨濟王《りんざいおう》、
蘖山《ばくざん》、半夏《はんげ》、商量《しようりよう》を要す。
黑豆《こくず》を熱瞞《ねつまん》す、風顚漢《ふうてんかん》、
凛々《りんりん》たる威雄、十方に振るう。

【一八一―九】

擧智門蓮花話

蓮華荷葉是同耶、問訊智門老作家。
誰會兩重舊公案、出兼未出一池花。雪叟

蓮華荷葉《れんげかよう》、是れ同か、
問訊《もんじん》す、智門《ちもん》の老作家《ろうさつけ》。
誰か會《え》す、兩重《りょうじゅう》の舊公案《きゅうこうあん》、
出づると未だ出でざると、一池《いっち》の花。

【一八二―一】

借問智門大歇場、擧蓮花話要商量。
驀參老祚底端的、淨□出泥拂々香。岐

借問《しゃもん》す、智門《ちもん》の大歇《だいけつ》の場《じょう》、
蓮花《れんげ》の話《わ》を擧《こ》して、商量《しょうりょう》せんことを要す。
驀《まく》に老祚《ろうそ》に參ずる底《てい》の端的《たんてき》、
淨□、泥を出でて、拂々《ほっほつ》として香る。

【一八二―二】

擧智門蓮花話來、參詳天下活闍梨。
祖師心印若相問、笑指清香露一枝。存

智門蓮花《ちもんれんげ》の話《わ》を擧《こ》し來たって、
參詳《さんしょう》す、天下の活闍梨《かつじゃり》。
祖師の心印《しんいん》、若し相問わば、
笑って指す、清香《せいこう》露の一枝《いっし》。

【一八二―三】

荷葉蓮花向上機、智門佛法雨霏々。
弄花參得一池畔、四海禪徒香滿衣。喜

荷葉蓮花《かようれんげ》、向上《こうじょう》の機、
智門《ちもん》の佛法、雨霏々《ひひ》たり。
花を弄して、參得《さんとく》す、一池《いっち》の畔《ほとり》、
四海《しかい》の禪徒《ぜんと》、香、衣に滿つ。

【一八二—四】

消得智門多少風、蓮花香渡鉅禪叢。
鑑湖三百里佳景、巻入祖翁一室中。代

智門《ちもん》、多少の風を消得《しょうとく》して、
蓮花《れんげ》の香は渡る、鉅禪叢《きょぜんそう》。
鑑湖《かんこ》三百里の佳景《かけい》、
巻いて祖翁《そおう》が一室の中に入る。

【一八二—五】

只以蓮花驀示吾、智門坐斷破團蒲。
晩風吹處着心看、德色道香不道無。同

只だ蓮花《れんげ》を以て驀《まく》に吾に示す、
智門《ちもん》、破團蒲《はだんふ》を坐斷《ざだん》す。
晩風《ばんぷう》吹く處、心を着けて看よ、
德色道香《とくしょくどうこう》、無しとは道わず。

【一八二—六】

妙心寺退院

好去烏藤舊栖地、江南野水白鷗前。江南

好《よ》し去れ、烏藤《うとう》、舊栖《きゅうせい》の地に、
江南《こうなん》の野水《やすい》、白鷗《はくおう》の前。

【一八三—一】

芒鞋竹杖鬢斑々、江北江南信脚還。
一片白雲眞道〔一字欠〕△、瘦藤桃盡下關山。南化

芒鞋竹杖《ぼうあいちくじょう》、鬢斑々《びんはんぱん》、
江北江南《こうほくこうなん》、脚に信《まか》せて還る。
一片《いっぺん》の白雲、眞道△、
瘦藤《そうとう》、桃げ盡くして、關山《かんざん》を下る。

【一八三—二】

妙心寺退院

野僧徵起幾愧顏、惹得虛名滿世間。

牀角烏藤好歸去、向山有月亦闕山。天猷

野僧《やそう》、幾愧顔《いくきがん》をか徴起す、
惹き得たり、虚名《きよめい》の世間に滿つるを。
牀角《しょうかく》の烏藤《うとう》、好《よ》し歸り去るに、
山に向かえば、月有り、亦た闕山《かんざん》。

【一八三―三】

飛雪巖

只箇雪巖冠古今、三千尺瀑掛胸襟。
飛流漲作文章浪、四海名高十翰林。南化

只だ箇の雪巖《せつがん》のみ、古今に冠たり、
三千尺の瀑《ばく》、胸襟《きょうきん》に掛く。
飛流《ひりゅう》、漲って、文章の浪と作《な》る、
四海《しかい》に名は高し、十翰林《じっかんりん》。

【一八四】

一喝如秋月

姮娥若觸風顚漢、天上桂花亦落花。同

一喝《いっかつ》、秋月の如し
姮娥《こうが》、若し風顚漢《ふうてんかん》に觸れなば、
天上《てんじょう》の桂花《けいか》も亦た落花《らっか》せん。

【一八五】

參智門蓮花話　於妙心寺

來問智門那箇僧、蓮花荷葉立宗乘。
香林放出遼天鶻、飛入藕絲追大鵬。南化

來たって智門《ちもん》に問うは、那箇《なこ》の僧ぞ、
蓮花荷葉《れんげかよう》、宗乘《しゅうじょう》を立す。
香林《きょうりん》、遼天《りょうてん》の鶻《こつ》を放出し、
飛んで藕絲《ぐうし》に入って、大鵬《たいほう》を追う。

【一八六―一】

這老智門物不齊、蓮花荷葉賺闍梨。
出耶未出更道々、正眼看來土上泥。同

這《こ》の老智門《ろうちもん》、物齊《ひと》しからず、
蓮花荷葉《れんげかよう》、闍梨《じゃり》を賺《すか》す。
出づるか未だ出でざるか、更に道え道え、
正眼《しょうげん》に看來たれば、土上の泥。

【一八六―二】

曹溪話月

禪徒誤認廣寒宮、月在曹溪夜話中。
活祖門庭香世界、言端吐出木犀風。雪叟

禪徒《ぜんと》、誤って廣寒宮《こうかんきゅう》を認む、
月は曹溪夜話《そうけいやわ》の中に在り。
活祖《かつそ》の門庭《もんてい》、香世界《こうせかい》、
言端《ごんたん》に吐出《としゅつ》す、木犀《もくせい》の風。

【一八七―一】

今宵話月坐西樓、瞻仰曹溪老比丘。
接得祖宗門下客、明々説與洞庭秋。代

今宵《こんしょう》、月を話《かた》って、西樓《せいろう》に坐す、
瞻仰《せんぎょう》す、曹溪《そうけい》の老比丘《ろうびく》。
祖宗門下の客を接得して、
明々《めいめい》に説與《せつよ》す、洞庭《どうてい》の秋。

【一八七―二】

千古曹溪一道場、今宵話月坐禪床。
祖師門下廣寒殿、三寸舌頭桂子香。代

千古、曹溪《そうけい》の一道場、
今宵《こんしょう》、月を話《かた》って、禪床《ぜんしょう》に坐す。
祖師門下、廣寒殿《こうかんでん》、
三寸の舌頭《ぜっとう》、桂子《けいし》香る。

【一八七―三】

今夜無雲三五秋、曹溪話月起宗猷。
々々不盡領徒衆、八萬廣寒一舌頭。私

今夜、雲無し、三五の秋、

曹溪《そうけい》、月を話《かた》って、宗猷《そうゆう》を起こす。
宗猷《そうゆう》盡きず、徒衆《としゅう》を領す、
八萬の廣寒《こうかん》、一舌頭《ぜっとう》。

【一八七―四】

瑞龍寺退院　五月
歸程成伴杖相隨、駕與瑞龍不解騎。
再代諸翁、十日住山、德布補亡詩　虚菴

歸程《きてい》、伴を成して、杖相隨う、
瑞龍《ずいりょう》を駕與《かよ》するも、騎ることを解《よ》くせず。
再び諸翁に代わる、十日住山《じゅうざん》、德布補亡詩　虚菴

【一八八―一】

薄福住山愧再見、進無僕馬還無車。
烏藤獨化葛龍去、五月渡瀘歸草廬。淳巖

薄福《はくふく》の住山《じゅうざん》、再び見えることを愧づ、
進むに僕馬《ぼくば》無く、還た車も無し。
烏藤《うとう》、獨り葛龍と化して去る、
五月、瀘《ろ》を渡って、草廬に歸る。

○五月渡瀘歸草廬＝諸葛孔明「出師表」。

【一八八―二】

杜鵑榜
山河流血亦何事、只合作花止〔一字欠〕△啼。虚菴

山河《せんが》に血を流す、亦た何事ぞ、
只だ合《まさ》に花と作って、△啼を止むべし。

【一八九】

人心別在郷思有、崇福鐘聲亦式微。普天

人心、別に郷思《きょうし》の有る在り、
崇福《すうふく》の鐘聲《しょうせい》も、亦た式微《しきび》。

○式微＝『詩經』邶風の篇名。その内容は、その臣が黎侯に歸國を勧めるもの。

【一九〇】

悟溪第三忌頌和　宿藏主

金烏玉兔互推移、三見秋風入菊吹。

今朝煉作報恩句、露香重九以前枝。

金烏玉兔《きんうぎよくと》、互いに推移《すいい》し、

三たび秋風の菊に入って吹くを見る。

今朝、煉って報恩《ほうおん》の句と作す、

露は香し、重九《ちようきゆう》以前の枝。

【一九一】

淳巖號

古釋迦傳迦葉波、靈山佛法至此土。

眞丹雖闊無橫枝、少室峯前唯一路。

爲玄朴首座書　永綠甲子［七年］小春初五日　前妙心快川叟

紹喜

古、釋迦《しやか》、迦葉波《かしようば》に傳え、

靈山《りようぜん》の佛法、此土《しど》に至る。

眞丹《しんたん》、闊《ひろ》しと雖も、橫枝《おうし》無し、

少室峯前《しようしつほうぜん》、唯だ一路《いちろ》。

【一九二】

橋供養

即今不恐江波嶮、車馬往來楊柳風。信叔

即今、江波の嶮しきを恐れず、

車馬往來《おうらい》す、楊柳《ようりゆう》の風。

○天恩寺舊藏『葛藤集』、信叔の「木曾橋供養」に「三百高欄千尺虹、一條活路與天通。即今不恐浩波急、車馬往來楊柳風」。

【一九三】原本二六丁

夜深雨斷影堂靜、萬壑松風五十絃。高安

夜深けて雨斷え、影堂《えいどう》靜かなり、

萬壑《まんがく》の松風《しようふう》、五十絃。

【一九四】

邯鄲五十年光景、夢覺秋鶯琴一絃。和淳巖

邯鄲《かんたん》、五十年の光景《こうけい》、

夢は覺《さ》む、秋鶯《しゅうおう》の琴一絃。

○邯鄲五十年＝盧生邯鄲夢五十年榮。

【一九五】

禮關山塔

荒草不鋤乃祖玄、涅槃正法妙心禪。

杜鵑叫落關山月、誰在花園躑躅前。一休

荒草《こうそう》、鋤かず、乃祖《だいそ》の玄、

涅槃正法《ねはんしょうぼう》、妙心の禪。

杜鵑《とけん》、叫び落とす、關山《かんざん》の月、

誰か花園躑躅《かえんてきちょく》の前に在る。

○『狂雲集』「拜關山和尚塔」。

【一九六】

雪庭號

暗香漏泄西來意、不待神光立雪時。横川

暗香《あんこう》、西來意《せいらいい》を漏泄《ろぜつ》す、

神光立雪《じんこうりつせつ》の時を待たざれ。

○横川『補菴京華續集』の「雪庭號」に、「慶曆郎官字是誰、月移花影入窓來。暗香漏泄西來意、莫待神光立雪時」。慶曆郎官は梅聖兪。

【一九七】

聽虚堂天河詩悟道

是非已落牛郎耳、倒挽天河洗不清。南溟

是非、已に牛郎《ぎゅうろう》の耳に落つ、

倒《さかし》まに天河《てんが》を挽いて、洗うも清からず。

○『虚堂録』巻十、行状、「十六歳に至って、……一日、杜工部が天河の詩の、常時顯晦に任す、秋至って最も分明《ふんみょう》。縦《たと》い微雲《びうん》に掩わるるも、終《つい》に能く永夜清し、と誦するを聞いて、忽ち警發有り。親を辞して郷を出づ」。

【一九八】

大心院殿七年忌拈香之頌

大心高士鎮扶桑、凛々威風不可當。
夜雨七年一場夢、炎天梅蘂醒猶香。　松嶽

大心の高士、扶桑《ふそう》を鎮す、
凛々《りんりん》たる威風《いふう》、當たる可からず。
夜雨《やう》七年、一場《いちじょう》の夢、
炎天《えんてん》の梅蘂《ばいずい》、醒《さ》むるも猶お香し。

【一九九】

悟溪廿五年忌和韻

龍子龍孫遍天下、滿山松竹倚雲長。　同

龍子龍孫《りゅうしりゅうそん》、天下に遍し、
滿山《まんざん》の松竹、雲に倚って長ず。

【二〇〇】

景川卅三年忌

那伽三十有三年、舌上龍泉衝斗躔。
莫道先師無此語、黄鶯啼破緑楊烟。　同

那伽《なが》、三十有三年、
舌上の龍泉《りゅうせん》、斗を衝いて躔《まつわ》る。
道うこと莫かれ、先師に此の語無しと、
黄鶯啼《こうおうてい》破《は》す、緑楊《りょくよう》の烟。

【二〇一】

天縦贊　西川

西川古佛、東海兒孫。繼瑞龍徳、全扶吾門。

西川《せいせん》の古佛、東海《とうかい》の兒孫《じそん》。
瑞龍《ずいりょう》の徳を繼《つ》いで、全く吾が門を扶く。

【二〇二】

西川贊　心宗

不離虎穴、再董龍寶。曲彔枝頭、松聲愈好。
虎穴《こけつ》を離れず、再び龍寶《りゅうほう》を董す。
曲彔《きょくろく》枝頭《しとう》、松聲《しょうせい》、愈《いよ》いよ好《よ》し。

【二〇三】［欄外］
仁岫二十五年忌
六月梅香出三界、二十五有落花風。快川
六月の梅は香って、三界《さんがい》を出づ、
二十五有《う》、落花《らっか》の風。

【二〇四】
天與壽長保下火
不比龜齡鶴算長、朝遊此土暮他方。
々々此土非應保、畢竟看來夢一場。淳巖
龜齡鶴算《きれいかくさん》の長きに比せず、
朝は此土《しど》に遊び、暮は他方《たほう》。
他方此土《たほうしど》、應保に非ず、
畢竟《ひっきょう》、看來たれば、夢一場《いちじょう》。
○應保＝不審。

【二〇五】
梅菴道鐵
一樹梅花轉鐵來、無陰陽地立生涯。
若論時節沒交涉、大［太］極以前抽此枝。同
一樹の梅花《ばいか》、鐵に轉じ來たって、
無陰陽地《むいんようち》に生涯《しょうがい》を立す。
若し時節《じせつ》を論ずるも、沒交涉《もつきょうしょう》、
太極《たいきょく》以前に此の枝を抽《ぬき》んず。

【二〇六】
二祖立雪
少林昨夜雪糢糊、斷臂詩僧立半途。
放下屠刀回首看、風流都在灞橋驢。桃隱
少林、昨夜、雪、糢糊《もこ》たり、

斷臂《だんぴ》の詩僧《しそう》、半途に立つ。
屠刀《ととう》を放下《ほうげ》して、首《こうべ》を回らして看よ、
風流《ふうりゅう》は都《す》べて灞橋《はきょう》の驢《ろ》に在り。

○灞橋驢＝『全唐詩話』五、鄭綮「詩思在灞橋風雪中驢子上」。

【二〇七】

天神賛

我是烏頭氏子孫、聞曾相丞［丞相］扣其門。
梅花記否通家好、日暮送飛香過村。　横川

我は是れ烏頭《うず》氏の子孫、
聞く、曾て丞相《じょうしょう》、其の門を扣《たた》くと。
梅花《ばいか》、記するや否《いな》や、通家の好みを、
日暮れて、飛香を送って村に過ぐ。

○『翰林五鳳集』横川の「菅廟看梅」に「我是烏頭子遠孫、憶曾丞相扣其門。梅花不忘通家舊、一夜飛香送出村」。

【二〇八】

妙心開山香語

開山誰也三十棒、本有圓成月一輪。　快川

開山は誰ぞ、三十棒、
本有圓成《ほんぬえんじょう》、月一輪。

【二〇九】

天滿大自在天神參徑山佛鑑禪師像賛

説文曰、神者天神、引出萬物、故字從示從申、々即引也、天主降氣、以感萬物、故言引萬物也。昔在海之西裔、而不蒔不根而飛梅花於紫塞也。斯豈非別也。義哉。作偈旌之云爾、
正續室中聞木犀、密傳佛鑑破伽梨。
神々容易運神力、勾引梅花落海西。
文安五年戊辰首夏日、前龍山愚極七十九齢

天滿大自在天神、徑山《きんざん》の佛鑑禪師に參ずる像の賛

説文に曰く、神は天神なり、萬物を引き出だす。

故に字は示に從い申に從う。申は即ち引なり。天主氣を降して以て萬物を感ず。故に萬物を引くと言う。昔、海の西裔《せいえい》に在って、蒔かず根せずして、飛梅《ひばい》、紫塞《しさい》に於て花さく。斯れ豈に別に非ざらんや。義なる哉。偈を作って之を旌わすと爾《し》か云う。

正續室中《しょうぞくしつちゅう》、木犀《もくせい》を聞く、
密傳《みつでん》す、佛鑑《ぶつかん》の破伽梨《はぎゃり》。
神々、容易に神力を運《めぐ》らし、
梅花《ばいか》を勾引《こういん》して、海西に落とす。
文安五年戊辰首夏の日、前龍山愚極七十九齡

○西裔＝西の邊境。

【二一〇―一】

贊松達磨

億萬年松閑達磨、宗風不盡活伽藍。
一枝禪熟少林月、夜半子規來上叅。雪叟

億萬年の松、閑達磨《かんだるま》、
宗風《しゅうふう》盡きず、活伽藍《かつがらん》。
一枝《いっし》、禪は熟す、少林の月、
夜半《やはん》、子規《しき》來たって上り叅ず。

○夜半子規來上叅＝沙門靈一の「山中」詩に、「庭前有箇長松樹、夜半子規來上啼」。

【二一〇―二】

碧眼胡僧氣宇全、神光分得一枝禪。
少林有箇長松樹、四海宗風億萬年。純

碧眼《へきがん》の胡僧《こそう》、氣宇《きう》全し、
神光《じんこう》、分かち得たり、一枝《いっし》の禪。
少林に箇の長松樹《ちょうしょうじゅ》有り、
四海《しかい》の宗風《しゅうふう》、億萬年。

【二一〇―三】

澗壑清風吹起時、箇松達磨渉多岐。
耶溪縱現少林相、巧匠斧斤光統支。圭

澗壑《かんがく》の清風《せいふう》、吹き起こる時、
箇の松達磨《しょうだるま》、多岐《たき》に渉る。
耶溪《やけい》、縦《たと》い少林の相を現ずるも、
巧匠《こうしょう》の斧斤《ふきん》、光統支《こうとうし》。

○光統支＝光統は北齊の慧光律師、支は魏の菩提流支。譯經家。

【二一〇—四】

松是西來閑達麻〔磨〕、風聲十里一冤家。良
斧斤若到少林上、未必宗枝長惡芽。

松は是れ西來《せいらい》の閑達磨《かんだるま》、
風聲《ふうせい》十里、一冤家《おんけ》。
斧斤《ふきん》、若し少林上に到らば、
未だ必ずしも宗枝《しゅうし》に惡芽《あくが》を長ぜず。

【二一〇—五】

出壑蒼髯西又東、箇閑達磨興禪風。
少林不隔山門境、碧眼胡僧十八公。甫

壑を出づる蒼髯《そうぜん》、西又た東す、
箇の閑達磨《かんだるま》、禪風《ぜんぷう》を興こす。
少林、山門の境を隔てず、
碧眼《へきがん》の胡僧《こそう》、十八公《じゅうはちこう》。

○蒼髯＝松の異名。○十八公＝松の析字。

【二一〇—六】

箇松達磨興禪風、竺土西兮日本東。
來上子規如在彀、一枝殘月九年弓。昌

箇の松達磨《しょうだるま》、禪風《ぜんぷう》を興こす、
竺土《じくど》は西、日本は東。
來たって上る子規《しき》、彀《こう》に在るが如し、
一枝《いっし》の殘月《ざんげつ》、九年の弓。

○來上子規＝沙門靈一の「山中」詩に、「庭前有箇長松樹、夜半子規來上啼」。

【二一〇―七】原本二七丁

松是西來碧眼睛、一宗不盡四時榮。
等閑吹起少林曲、出壑蒼髯樹々聲。浙

松は是れ西來《せいらい》の碧眼睛《へきがんぜい》、
一宗盡きず、四時に榮ゆ。
等閑《なおざり》に吹き起こす、少林の曲、
壑《たに》を出づる蒼髯《そうぜん》、樹々の聲。

【二一〇―八】

出壑青松碧眼胡、禪風吹起盡都盧。
流支毒藥耶溪斧、末葉初枝一箇無。代

壑《たに》を出づる青松《せいしょう》、碧眼《へきがん》の胡、
禪風《ぜんぷう》吹き起こす、盡都盧《じんとろ》。
流支《るし》の毒藥《どくやく》、耶溪《やけい》の斧、
末葉初枝《まつようしょし》、一箇も無し。

○耶溪斧＝『貞和集』斷江覺恩「嘆大元斫樹木」に「萬木森森截盡時、青山無處不傷悲。斧斤若到耶溪上、留箇長松啼子規」。

【二一〇―九】

松是少林磨大師、盛哉子葉又孫枝。
神光分髓摠持肉、十里風聲伴與誰。代

松は是れ少林の磨大師、
盛んなる哉、子葉《しよう》又た孫枝《そんし》。
神光《じんこう》は髓を分かち、摠持《そうじ》は肉、
十里の風聲《ふうせい》、誰にか伴う。

○十里風聲＝松濤。

【二一一―一】

達磨一燈

慧能忽借春風手、挑出曹溪鏡裏花。高山

慧能《えのう》、忽ち春風《しゅんぷう》の手を借って、
挑《かか》げ出だす、曹溪鏡裏《そうけいきょうり》の花。

【二一一―二】

只箇一燈萬劫殃、神光何事錯承當。
到今熊耳峯頭月、纔入紗窓亦斷腸。鐵山

只だ箇の一燈、萬劫《まんごう》の殃《わざわい》、
神光《じんこう》、何事ぞ錯って承當《じょうとう》す。
今に到るまで、熊耳峯頭《ゆうじほうとう》の月、
纔《わず》かに紗窓《しゃそう》に入って、亦た斷腸《だんちょう》。

【二一一―三】

眞丹雖廣無人會、達磨一燈續者誰。
魏主梁王高着眼、神光三拜太明私。代

眞丹《しんたん》、廣しと雖も、人の會《え》する無し、
達磨《だるま》の一燈、續《つ》ぐ者は誰ぞ。
魏主梁王《ぎしゅりょうおう》、高く眼を着く、
神光三拜《じんこうさんぱい》、太明私。

○太明私＝不審。後出［二八五―四］にも。

【二一一―四】

不須錯按須彌筆、雪裏芭蕉七軸高。經銘
鐵山

錯って須彌《しゅみ》の筆を按ずることを須いざれ、
雪裏《せつり》の芭蕉《ばしょう》、七軸高し。

【二一二】

藕絲竅大鵬

四海香風從此涼、藕絲竅裡大鵬揚。
南圖飮〔斂〕翼蓮方丈、三萬不容獅子床。南溟

四海《しかい》の香風《こうふう》、此よりして涼し、
藕絲竅裡《ぐうしきょうり》、大鵬《たいほう》揚がる。
南圖《なんと》、翼を斂《おさ》む、蓮方丈《れんほうじょう》、
三萬容れず、獅子床《ししじょう》。

○天恩寺舊藏『葛藤集』「四海香風從此涼、藕絲竅裡大鵬揚。南圖斂翼蓮方丈、三萬不容師子床」。

【二一三—一】

臨濟大鵬

天下名高臨濟翁、鯤鵬出海震威雄。
大愚腦裂蘗山碎、一喝機先九萬風。雪叟

天下に名は高し、臨濟翁《りんざいおう》、
鯤鵬《こんほう》、海を出でて、威雄《いゆう》を震う。
大愚《だいぐ》は腦裂《のうれつ》し、檗山《ばくざん》碎く、
一喝《いっかつ》の機先《きせん》、九萬の風。

【二一三—二】

臨濟大鵬展翅□〔辰〕、威風凜々絶比倫。
無端被打殺黄蘗、一擧圖南脚下塵。圭

臨濟《りんざい》の大鵬《たいほう》、翅を展ぶる辰、
威風凜々《いふうりんりん》として、比倫《ひりん》を絶す。
端無《はしな》くも、黄檗《おうばく》に打殺《たさつ》せられ、
一擧《いっこ》、南を圖《はか》る、脚下《きゃっか》の塵。

【二一三—三】

臨濟將軍蓋代功、大鵬九萬起宗風。
羽毛涵在禪波底、河北流兼北海通。永

臨濟將軍《りんざいしょうぐん》、蓋代《がいだい》の功、
大鵬《たいほう》九萬、宗風《しゅうふう》を起こす。
羽毛《うもう》、涵《ひた》して禪波の底に在り、
河北《かほく》の流れと、北海に通ずると。

【二一三—四】

大鵬意氣小廝兒、振起宗風動四維。
縱出南溟摶北海、黄門手裡有鉗槌〔鎚〕。良

大鵬《たいほう》の意氣、小廝兒《しょうしじ》、
宗風《しゅうふう》を振起《しんき》して、四維《しゆい》を動ず。
縱《たと》い南溟《なんめい》に出でて、北海を摶《う》つも、
黄門手裡《しゅり》に鉗鎚《けんつい》有り。

【二一三—五】

九萬大鵬也太奇、宗風振起小厮兒。
無端被一鎚々殺、跳出黄門入藕絲。甫

九萬の大鵬《たいほう》、也太奇《やたいき》、
宗風振起《しゅうふうしんき》す、小厮兒《しょうしじ》。
端《はし》無《な》くも一鎚に鎚殺せられて、
黄門を跳出《ちょうしゅつ》して、藕絲《ぐうし》に入る。

【二一三—六】

臨濟大鵬刷羽儀、堂々意氣四坤維。
風顛易地十洲上、直把江南置藕絲。播

臨濟《りんざい》の大鵬《たいほう》、羽儀《うぎ》を刷《ととの》う、
堂々たる意氣、四坤維《こんい》。
風顛《ふうてん》、地を十洲《じっしゅう》の上に易《か》え、
直に江南《こうなん》を把《と》って藕絲《ぐうし》に置く。

【二一三—七】

多少龍王一口呑、大鵬臨濟動乾坤。
即今跳出藕絲竅、翼蔽三玄三要門。喜

多少の龍王、一口《いっく》に呑む、
大鵬《たいほう》の臨濟《りんざい》、乾坤《けんこん》を動ず。
即今、藕絲竅《ぐうしきょう》を跳出《ちょうしゅつ》して、
翼、三玄三要《さんげんさんよう》門を蔽う。

【二一三—八】

臨濟門下大鵬揚、從此威雄震十方。
莫道風顛搏九萬、藕絲竅裡一封疆。慰

臨濟《りんざい》門下、大鵬《たいほう》揚がる、
此より威雄《いゆう》、十方に震う。
道うこと莫かれ、風顛《ふうてん》九萬を搏《う》つと、
藕絲竅裡《ぐうしきょうり》、一封疆《ほうきょう》。

【二一三―九】

臨濟大鵬西又東、無端翼蔽盡虛空。
看々顚漢震威烈、一擧名高九萬風。齊

臨濟《りんざい》の大鵬《たいほう》、西又た東す、
端無《はしな》くも、翼、盡虛空《じんこくう》を蔽う。
看よ看よ、顚漢《てんかん》、威烈を震う、
一擧《いっこ》、名は高し、九萬の風。

【二一三―一〇】

臨濟威雄盡十方、大鵬一擧露堂々。
無端翼蔽乾坤去、振起宗風成蔭凉。□

臨濟《りんざい》の威雄《いゆう》、盡十方《じんじっぽう》、
大鵬一擧《たいほういっこ》して、露堂々《ろどうどう》。
端無《はしな》くも、翼、乾坤《けんこん》を蔽《おお》い去って、
宗風《しゅうふう》を振起《しんき》して、蔭凉《いんりょう》と成す。

【二一四】

芭蕉袈裟

衲僧肩上無愁雨、擘破持來一葉秋。

衲僧《のうそう》の肩上、愁雨《しゅうう》無し、
擘破《ひっぱ》し持ち來たる、一葉の秋。

【二一五】

黃落瞿曇

波旬一黨清風急、吹落紫磨金色身。

波旬《はじゅん》の一黨《いっとう》、清風《せいふう》急なり、
吹き落とす、紫磨金色身《しまこんじきしん》。

【二一六】

天神贊

室内自來這聖人、徑山佛法重千鈞。
舊時天上一雲客、今作梅花樹下神。南□

室内《しつない》に這《こ》の聖人の來たってより、

徑山《きんざん》の佛法、重きこと千鈞《せんきん》。
舊時《きゅうじ》、天上《てんじょう》の一雲客《うんかく》、
今、梅花樹下《ばいかじゅげ》の神と作《な》る。

【二一七】［欄外］

果然被業風吹滅、立雪神光暗裡文。鐵山

果然《かぜん》として、業風《ごっぷう》に吹滅《すいめつ》せられ、
立雪《りっせつ》の神光《じんこう》、暗裡《あんり》の文。

○暗裡文＝暗中文彩未全彰。

【二一八】

紫福寺退院

十有餘年霜雪寒、單丁住院鐵心肝。
果然今日出門去、七尺烏藤天下寛。虎哉

十有餘年、霜雪《そうせつ》寒し、
單丁住院《たんていじゅういん》、鐵心肝《てっしんかん》。
果然《かぜん》として、今日、門を出で去る、
七尺の烏藤《うとう》、天下寛し。

【二一九—一】

退院　鐵山

去々同行木上坐［座］、士峯雪白故郷山。

去れ去れ、同行《どうあん》の木上座《ぼくじょうざ》、
士峯《しほう》、雪は白し、故郷の山。

【二一九—二】

又

床角烏藤先我説、士峯雪白托［摘］楊花。同

床角《しょうかく》の烏藤《うとう》、我に先んじて説く、
士峯《しほう》、雪は白し、摘楊花《てきようか》。

【二二〇—一】

日本雲門

雲門日本理宗盟、氣宇如王修幾生。
將謂黐身藏北斗、海東若木掛威名。仁峯

雲門《うんもん》日本、宗盟《しゅうめい》を理す、
氣宇《きう》、王の如し、幾生をか修す。
將《まさ》に謂《おも》えり、身を飜し北斗《ほくと》に藏ると、
海東《かいとう》の若木《じゃくぼく》に、威名《いめい》を掛く。

○海東若木＝若木は、中國では、日の沒するところにある樹のこと。『山海經』『淮南子』など。李白「上雲樂」「西海栽若木、東溟植扶桑」。しかし、五山では、「搏桑若木暾」「日出扶桑若木東」「陽烏上若木之曉」などとあるように、日が登る所にある扶桑の樹と結びつけて用いられる。策彦詩の「中華若木莫言遠」の例のように、若木は日本のことをいう。また、『中華若木詩抄』は、中國と日本の禪僧の詩を集めたもの。

【二二〇―二】

易地談禪老跛師、宗門潤色卓紅旗。
極扶桑國頌三句、不比杜陵遺恨詩。　雪叟

地を易《か》えて禪を談ず、老跛師《ろうはし》、
宗門潤色《じゅんしょく》して、紅旗《こうき》を卓つ。
扶桑《ふそう》の國を極むる頌三句、
杜陵《とりょう》が遺恨《いこん》の詩に比せず。

○杜陵遺恨詩＝杜甫「壯遊」詩に、「東下姑蘓臺、已具浮海航。到今有遺恨、不得窮扶桑」。

【二二〇―三】

韶石詞鋒惡辣緣、扶桑國裡活機全。
無端截斷衆流後、東海禪徒跛脚禪。　郁

韶石《しょうせき》の詞鋒《しほう》、惡辣《あくらつ》の緣、
扶桑國裡《ふそうこくり》、活機《かっき》全し。
端無《はしな》くも、衆流《しゅる》を截斷《せつだん》して後、
東海《とうかい》の禪徒《ぜんと》、跛脚《はきゃく》の禪。

【二二一―一】

蚌殼觀音

手眼千々同一般、儼然蚌殼鐵團欒。
要知廿五圓通理、剖取胎中珠玉看。　仁峯

手眼千々、同一般、

儼然《ごんぜん》たる蚌殻《ぼうかく》、鐵團欒《てつだんらん》。
廿五圓通《えんずう》の理を知らんと要せば、
胎中《たいちゅう》の珠玉を剖取《ぼうしゅ》し看よ。

【二二一―二】

昨夜觀音門豁開、現形蚌殻也奇哉。
胎中珠作寶陀月、呈示圓通境界來。雪叟

昨夜、觀音《かんのん》の門、豁開《かつかい》し、
形を蚌殻《ぼうかく》に現ず、也《ま》た奇なる哉。
胎中《たいちゅう》の珠、寶陀《ほうだ》の月と作り、
圓通《えんずう》の境界《きょうがい》を呈示し來たる。

【二二一―三】

觀世靈光東海濱、現形蚌殻照沙塵。
開虚空口含明月、吐作金剛大士身。忍

觀世《かんぜ》の靈光《れいこう》、東海《とうかい》の濱、
形を蚌殻《ぼうかく》に現じて、沙塵を照らす。
虚空《こくう》の口を開いて、明月《めいげつ》を含み、
吐いて金剛《こんごう》大士の身と作す。

【二二二―一】

拄杖子口吧々

口吧々地動山河、拄杖伴歸終奈何。
更靠禪床角上後、佛來罵矣祖來呵。仁峯

口吧々地《ははじ》、山河《せんが》を動ず、
拄杖《しゅじょう》伴って歸るも、終《つい》に奈何《いかん》せん。
更に禪床角上《ぜんしょうかく》に靠《よせか》けて後、
佛來たれば罵り、祖來たれば呵す。

【二二二―二】

禪床角上衆威存、聽々口吧地言。
七尺烏藤獅子吼、無端腦裂老雲門。雪叟

禪床角上《ぜんしょうかく》、衆威存す、
聽け聽け、口吧地にして言う。

七尺の烏藤《うとう》、獅子吼《ししく》し、
端無《はしな》くも、老雲門《ろううんもん》を脳裂《のうれつ》す。

【二二三―一】

桂花數珠

一百八丸何磨礱、桂花吹要自玲瓏。
天香萬斛摩尼寶、慱取秋風入手中。仁峯

一百八丸、何の磨礱《まろう》ぞ、
桂花《けいか》吹要、自ずから玲瓏《れいろう》。
天香萬斛《まんごく》、摩尼寶《まにほう》、
秋風を慱取《だんしゅ》して、手中に入る。

○桂花數珠＝『錦繡段』に洪舜愈の「木犀花數珠」詩あり、「搗成一百八丸黄、入手能令熱惱涼。金粟如來身已化、蕊珠仙子骨猶香」。『由的抄』に「桂花ヲツキカタメテ百八丸トナスゾ。桂花ヲ珠數ニコシラエタル故ニ色ハ黄ナリ。此ノ珠數ハ風露ヲ含ム故ニ手ニ入レバ即チ人間ノ熱惱ヲ除イテ清涼ヲ得ルナリ。……此ノ珠數ハ金粟如來ノ化身ニテ有ルベシ。サナクバ蕊珠宮ノ仙人ガ屍解シ去ッテ、其ノ骨殘シテ香シキモノナラント」。○吹要＝不審。○慱取＝慱は團に通ず。まるめる。

【二二三―二】

三世如來日々呼、桂香度處念南謨。
山風吹盡黄金蘂、百八摩尼一顆無。雪叟

三世《さんぜ》の如來《にょらい》、日々に呼ぶ、
桂香度《けいこうわた》る處、南謨《なむ》と念ず。
山風、吹き盡くす、黄金《おうごん》の蘂、
百八摩尼《まに》、一顆《いっか》も無し。

【二二四―一】

犀牛扇　七夕

松篷蒲葵風馬牛、手中一柄破犀牛。
不知昨夜跨跳去、天上銀河觸女牛。南溟

松篷蒲葵《しょうそうほき》、風馬牛《ふうばぎゅう》、
手中の一柄《いっぺい》、破犀牛《はさいぎゅう》。
知らず、昨夜、跨跳し去って、

天上《てんじょう》の銀河《ぎんが》に、女牛《じょぎゅう》に觸るることを。

○松箑＝箑は、うちわ。松の樹皮を柔らかくし、それで編んだもの。高麗産が有名だった。『翰林五鳳集』巻四三に、村菴の「高麗松扇」詩がある。○蒲葵＝蒲葵（檳榔の一種）の葉で作ったうちわ。○風馬牛＝牛馬風とも。遠く隔たって關係ないこと。

【二二四―二】

頭角崢嶸勘侍收、熱時用得破犀牛。
鹽官手裡清風起、冷似芭蕉一柄秋。　同代人

頭角崢嶸《ずかくそうこう》として、侍收《じしゅう》を勘す、
熱時、用い得たり、破犀牛《はさいぎゅう》。
鹽官《えんかん》が手裡《しゅり》に清風《せいふう》起こり、
芭蕉一柄《ばしょういっぺい》の秋より冷かなり。

○侍收＝侍衣。

【二二五―一】［欄外］

蚊子咬鐵牛　點取

性命難存潙嶠老、夏天白鳥虎狼秦。天猷及第

性命存し難し、潙嶠老《いきょうろう》、
夏天の白鳥、虎狼《ころう》の秦。天猷及第《きゅうだい》

【二二五―二】［欄外］

看他蚊子活機［一字欠］△、咬殺鐵牛風味新。是八一二

看よ、他の蚊子活機△、
鐵牛《てつぎゅう》を咬殺して、風味新たなり。

【二二六―一】

臘月扇子

扇子拈來無用處、雖宜夏日不宜冬。
天工如繪滿枝雪、一柄素紈萬壑松。　心聞

扇子《せんす》拈じ來たるも、用處《ゆうじょ》無し、
夏日に宜しと雖も、冬には宜しからず。
天工、繪《えが》くが如し、枝に滿つる雪、
一柄《いっぺい》の素紈《そがん》、萬壑《まんがく》の松。

【二二六—二】原本二八丁

這扇子従那裡求、匪芭蕉矣匪犀牛。
鹽官若有應縮頸、一柄風寒四百州。潔堂

這《こ》の扇子《せんす》、那裡《なり》よりか求む、
芭蕉《ばしょう》に匪《あら》ず、犀牛《さいぎゅう》に匪《あら》ず。
鹽官《えんかん》、若し縮頸《しゅくけい》に應ずる有らば、
一柄《いっぺい》の風は寒し、四百州。

【二二六—三】

夏日失之冬日得、手中一柄楚人弓。

夏日に之を失し、冬日《とうじつ》に得る、
手中の一柄《いっぺい》、楚人《そじん》の弓。

○楚人弓＝『孔子家語』好生、「楚王失弓、楚人得之、又何求之」。失ったものをまた得ること。「得夫楚人弓」などという。

【二二七—一】

扇上書佛之字

佛字書來洞山老、輕羅扇上起倭風。
々々不隔五天竺、丈六金身一柄中。

佛字を書し來たる、洞山老《とうざんろう》、
輕羅《けいら》扇上、倭風《わふう》を起こす。
倭風《わふう》、五天竺を隔てず、
丈六《じょうろく》の金身《こんじん》、一柄《いっぺい》の中。

○『洞山録』「師於扇上書佛字。雲巖見却書不字。師又改作非字。雪峯見乃一時除却。

【二二七—二】

錯書扇上佛之字、堪笑洞山機不全。
寫在素紈無用處、元來渠是汚心田。雪叟

錯って扇上に佛の字を書す、
笑うに堪えたり、洞山《とうざん》の機全からざることを。
素紈《そがん》に寫在《しゃざい》するも、用處《ゆうじょ》無し、
元來《がんらい》、渠《かれ》は是れ心田《しんでん》を汚す。

【二二七―三】

佛字笑他書扇上、雪峯除却活機輪。
素紈若觸波旬手、丈六金身眼裡塵。永

佛字、他が扇上に書するを笑う、
雪峯《せっぽう》、活機輪《かつきりん》を除却《じょきゃく》す。
素紈《そがん》、若し波旬《はじゅん》が手に觸れれば、
丈六《じょうろく》の金身《こんじん》も、眼裡《がんり》の塵。

【二二七―四】

團扇家々殃有餘、錯書佛字看何如。
波旬一黨秋風起、大小瞿曇亦婕妤。良

團扇《だんせん》、家々殃《わざわ》い餘り有り、
錯って佛字を書す、何如《いかん》とか看る。
波旬《はじゅん》の一黨《いっとう》、秋風起こす、
大小の瞿曇《くどん》も亦た婕妤《しょうよ》。

○婕妤＝漢の班婕妤が君寵を失って團扇の詩を作った。婕妤怨。秋扇。

【二二七―五】

扇子拈來書佛字、人間溽暑不曾知。
輕羅若觸波旬手、丈六金身累卵基〔危〕。甫

扇子《せんす》、拈じ來たって、佛字を書す、
人間《じんかん》の溽暑《じょくしょ》、曾て知らず。
輕羅《けいら》、若し波旬《はじゅん》が手に觸れれば、
丈六《じょうろく》の金身《こんじん》、累卵《るいらん》の危。

【二二七―六】

扇子放開現相辰、佛之一字錯迷人。
素紈忽觸雲門手、大小瞿曇眼裡塵。弗

扇子《せんす》、放開《ほうかい》して、相を現ずる辰、
佛の一字、錯って人を迷わす。
素紈《そがん》、忽ち雲門《うんもん》が手に觸れれば、
大小の瞿曇《くどん》も、眼裡《がんり》の塵。

【二二七―七】

佛字看來眼裡塵、錯書扇上是何因。
素紈一柄虛欞月、寫出世尊面目眞。　喜　代

佛字、看來たれば、眼裡の塵、
錯って扇上に書す、是れ何の因ぞ。
素紈《そがん》一柄《いっぺい》、虛欞《きょれい》の月、
寫し出だす、世尊《せそん》が面目眞《めんもくしん》。

【二二七―八】

信手拈來小扇中、錯書佛字洞山翁。
素紈既破全身滅、一柄風成泥曰風。　孝　代

手に信《まか》せて拈じ來たる、小扇《しょうせん》の中、
錯って佛字を書す、洞山翁《とうざんおう》。
素紈《そがん》、既に破れて、全身滅し、
一柄《いっぺい》の風は、泥曰《ないわつ》の風と成る。

【二二七―九】

扇上書來洞山老、佛之一字與人看。
金身縱現素紈裡、若觸秋風般涅槃。　長　代

扇上に書し來たって、洞山老《とうざんろう》、
佛の一字を人に與えて看せしむ。
金身《こんじん》、縱《たと》い素紈《そがん》の裡《うち》に現ずるも、
若し秋風に觸れれば、般涅槃《はつねはん》。

【二二七―一〇】

扇上出來佛字新、洞山弄得舊精神。
秋風若比婕妤躰、可弃西方一美人。　芳　代

扇上に出で來たって、佛字新たなり、
洞山《とうざん》弄し得たり、舊精神《きゅうせいしん》。
秋風、若し婕妤《しょうよ》が躰に比さば、
西方の一美人を弃つ可し。

【二二七—一一】

手裡清風從此起、扇頭書佛亂耶胡。
素紈縱現法身相、正眼看來一點無。　慰

手裡《しゅり》の清風《せいふう》、此より起こる、
扇頭に佛を書すは、亂か胡か。
素紈《そがん》、縱《たと》い法身《ほっしん》の相を現ずるも、
正眼《しょうげん》に看來たれば、一點《いってん》も無し。

【二二八】［欄外］

扇子上説法
縱跳三十三天去、還我韶陽一句來。

縱《たと》い三十三天に跳び去るも、
我に韶陽《しょうよう》の一句を還し來たれ。

【二二九】

雲門燒楓香
撒向爐中作家手、滿山紅葉黑崑崙。

爐中《ろちゅう》に撒向《さっこう》す、作家《さっけ》の手《しゅ》、
滿山《まんざん》の紅葉《こうよう》、黑崑崙《こくこんろん》。

【二三〇】

芙蓉觀音
蝸牛背上秋風轉、頭角花開初日紅。　潔堂

蝸牛背上《かぎゅうはいじょう》、秋風轉ず、
頭角《ずかく》に花開く、初日の紅。

○初日紅＝初日芙蓉。後出［一〇一五—一］。

【二三一】

雲門佛法如水中月
無端截斷衆流看、八萬廣寒眼裡花。

端《はし》無《な》くも、衆流《しゅる》を截斷《せつだん》し看れば、
八萬の廣寒《こうかん》、眼裡《がんり》の花。

【二三二—一】

瓜皮獄

地獄天堂畢竟空、蹈瓜皮破夜來風。

當頭陷四百人了、阿鼻無間硎谷中。　虎哉

地獄天堂《じごくてんどう》も、畢竟《ひっきょう》は空、

瓜皮《かひ》を蹈破《とうは》す、夜來《やらい》の風。

當頭《とうとう》に、四百人を陷れ了る、

阿鼻無間《あびむげん》、硎谷《けいこく》の中。

○瓜皮獄＝『梵網経疏』二に「毘尼中、有一比丘、夜踏瓜皮、謂殺蝦蟆、死入惡道」。○硎谷＝『佛祖統紀』巻三十五、始皇の條に、「始皇密令冬月種瓜、於驪山硎谷溫處。瓜實乃使人上書。瓜冬有實。詔博士諸生説之。人人各異則皆使往視之、而爲伏機。諸生方相論難、因發機填之以土［漢書傳注］」。

【二三二—二】

認取毘尼失本來、手忙脚亂蹈瓜皮。

衲僧若把青門削、八萬無間先副之。　末宗

毘尼《びに》を認取《にんしゅ》して、本來を失す、

手忙脚亂《しゅぼうきゃくらん》、瓜皮《かひ》を蹈む。

衲僧《のうそう》、若し青門《せいもん》を把《と》って削らば、

八萬の無間《むげん》も、先に之を副《さ》かん。

○青門＝青門瓜。漢の邵平が青門外に種えた瓜。東陵瓜とも。○削＝瓜の皮をむくことを削瓜という。『禮記』曲禮上、「天子の爲に瓜を削るには、之を副し、巾《おお》うに絺を以てす」。「副」は「さく、わる、やぶる」意。縦に四割りにし横に切って八つにする。

【二三二—三】

瓜皮地獄在其中、八萬四千杖沸銅。

一蹈々飜青混沌、刀山劍樹落花風。　龍門

瓜皮《かひ》、地獄《じごく》は其の中に在り、

八萬四千の杖沸銅《じょうふつどう》。

一蹈に蹈飜《とうほん》す、青混沌《せいこんとん》、

刀山劍樹《とうざんけんじゅ》、落花《らっか》の風。

○杖沸銅＝刀杖地獄、沸屎地獄、洋銅地獄。

○青混沌＝宜竹の「青混沌」詩に「鑿開混沌見羲皇。在上爲玄在下黄。青出自藍摠虚語。一枚雞卵大如囊」。

【一三三二—四】

蹈破瓜皮阿鼻腥、脚痕生事太叮嚀。

陷蝦蟆窟泥犂獄、正眼看來混沌青。普天

瓜皮《かひ》を蹈破《とうは》して、阿鼻《あび》腥《なまぐさ》し、

脚痕《きゃっこん》、事《じ》を生ず、太《はなは》だ叮嚀《ていねい》。

蝦蟆《がま》の窟に陷る、泥犂《ないり》の獄《ごく》、

正眼《しょうげん》に看來たれば、混沌青《こんとんせい》。

【一三三三】

鐵拄杖

烏藤縱使化龍去、不出作家爐鞴中。

天下衲僧難拗折、黄金鑄出黒鄰皴。回雲

烏藤《うとう》、縱使《たと》い龍と化し去るも、

作家《さっけ》爐鞴《ろはい》の中を出でず。

天下の衲僧《のうそう》も拗折《ようせつ》し難し、

黄金《おうごん》鑄《い》出《い》だす、黒鄰皴《こくりんしゅん》。

【一三三四】

佛面拄杖

若道同行拗折了、黄頭千古汚心田。鐵山

若し同行《どうあん》と道わば、拗折《ようせつ》し了らん、

黄頭《おうず》、千古、心田《しんでん》を汚す。

【一三三五—一】

茶星　七夕

是應天上三辰次《ヤドリ》、蟹眼光寒一啜中。同

是れ應《まさ》に天上《てんじょう》三辰の次《ヤドリ》、

蟹眼《かいがん》、光は寒し、一啜《いっせつ》の中。

○三辰＝日月星。○蟹眼＝湯の沸き立つ泡。

【二三五―二】

試聽今夜破鐺底、煎作西流河漢聲。先照

試みに聽け、今夜、破鐺底《はしょうてい》に、
煎じて西流河漢《かかん》の聲と作すを。

○西流河漢聲＝李白「同諸公登慈恩寺塔」詩に、「七星在北戸、河漢聲西流」。

【二三五―三】

數點茶星陸羽泉、松外鐺内自相煎。
月團今夜忽罷畢、料識明朝是雨天。雪叟

數點の茶星《ちゃせい》、陸羽《りくう》の泉、
松外、鐺内《しょうない》に自ら相煎す。
月團《げつだん》、今夜、忽ち罷畢、
料り識る、明朝は是れ雨天ならんことを。

○罷畢＝意不通。

【二三五―四】

茶星今夜樂如何、一啜供來風味多。
數點光芒禪榻畔、半升鐺内煮銀河。永

茶星《ちゃせい》、今夜、樂如何、
一啜《いっせつ》供え來たって、風味多し。
數點の光芒《こうぼう》、禪榻《ぜんとう》の畔《ほとり》、
半升《はんしょう》の鐺内《しょうない》、銀河《ぎんが》を煮る。

【二三五―五】

女牛今夜恨應多、入半升鐺空獨過。
忽到這溪作何事、終身只合在銀河。播

女牛《じょぎゅう》、今夜、恨み應《まさ》に多かるべし、
半升《はんしょう》の鐺《しょう》に入って、空しく獨り過ぐ。
忽ち這《こ》の溪に到らば、何事をか作す、
身を終うるまで、只だ合《まさ》に銀河《ぎんが》に在るべし。

【一二三五―六】

閑向爐邊情更情、銀河漲落半升鐺。

赤銅茗椀試來看、中有牽牛織女盟。弗

閑に爐邊《ろへん》に向えば、情更に情、

銀河《ぎんが》、漲り落つ、半升《はんしょう》の鐺《しょう》。

赤銅《しゃくどう》の茗椀《めいわん》、試み來たれ看ん、

中に牽牛織女《けんぎゅうしょくじょ》の盟有り。

【一二三五―七】

胸襟從此更無塵、數點茶星味最眞。

一鼎今宵兩般意、半煎北斗半南辰。喜

胸襟《きょうきん》、此より更に塵無し、

數點の茶星《ちゃせい》、味、最も眞なり。

一鼎《いってい》、今宵《こんしょう》、兩般《りょうはん》の意、

半ばは北斗《ほくと》を煎じ、半ばは南辰《なんしん》。

【一二三五―八】

數點雖連影不分、赤銅茗椀雨紛々。

女牛憶是可遺恨、北焙風烟河漢雲。孝代

數點、連なると雖も、影、分かたず、

赤銅《しゃくどう》の茗椀《めいわん》、雨紛々《ふんぷん》たり。

女牛《じょぎゅう》、憶うに是れ恨みを遺す可し、

北焙《ほくばい》の風烟《ふうえん》、河漢《かかん》の雲。

○北焙＝茶の異名。

【一二三五―九】

終日茶僧事品評、殘星數點泛曾院。

女牛影落半鐺底、蟹眼聲成河漢聲。臨

終日、茶僧、品評を事とす、

殘星《ざんせい》數點、曾院に泛かぶ。

女牛《じょぎゅう》、影は落つ、半鐺底《はんしょうてい》、

蟹眼《かいがん》、聲は成る、河漢《かかん》の聲。

○曾院＝不審。

【二三五―一〇】

數點殘星一椀茶、今宵煎盡慰生涯。
女牛忽被微雲掩、又出銀河入葉家。干

數點の殘星《ざんせい》、一椀《いちわん》の茶、
今宵《こんしよう》、煎じ盡くして、生涯《しようがい》を慰む。
女牛《じよぎゆう》、忽ち微雲《びうん》に掩わるれば、
又た銀河《ぎんが》を出でて、葉家《しようけ》に入る。

○葉家＝建溪の名茶を「葉家白」「葉家春」という。

【二三六―一】

趙州石橋

久響石橋定要津、趙州手談[段]更無論。
衲僧活路乾坤闊、渡馬渡驢又渡人。私

久しく響く、石橋《しやつきよう》、要津《ようしん》を定むと、
趙州《じようしゆう》の手段、更に論ずる無し。
衲僧《のうそう》の活路《かつろ》、乾坤闊《けんこんひろ》し、
馬を渡し驢を渡し、又た人を渡す。

【二三六―二】

五逆兒孫傳不傳、石橋公案趙州禪。
々徒今日渡來看、千尺虹霓脚下邊。紹立

五逆《ごぎやく》の兒孫《じそん》、傳か不傳か、
石橋《しやつきよう》の公案《こうあん》、趙州《じようしゆう》の禪。
禪徒、今日、渡り來たれ看ん、
千尺の虹霓《こうげい》、脚下《きやつか》の邊。

【二三六―三】

趙老家風著眼看、石橋邊事絶言端。
渡驢渡馬接徒處、天下衲僧行路難。圭

趙老《じようろう》の家風《かふう》、眼を著けて看よ、
石橋邊《しやつきようへん》の事、言端《ごんたん》を絶す。
渡驢渡馬《とろとば》、徒を接する處、

天下の衲僧《のうそう》、行路難《こうろなん》。

【一二三六—四】

大小趙州興祖風、石橋久響鉅禪叢。

渡驢渡馬幾多少、四□[海]名高八十翁。永

大小の趙州《じょうしゅう》、祖風を興こす、

石橋《しゃっきょう》、久しく響く、鉅禪叢《きょぜんそう》。

渡驢渡馬《とろとば》、幾多少《いくたしょう》ぞ、

四海《しかい》に名は高し、八十翁。

【一二三六—五】

被瞞衲子趙州老、畧彴石橋作麼生。

曾聞渡驢還渡馬、看來古佛一毫輕。良

衲子《のっす》に瞞ぜらる、趙州老《じょうしゅうろう》、

畧彴石橋《りゃくしゃくしゃっきょう》、作麼生《そもさん》。

曾て聞く、驢を渡し還た馬を渡すと、

看來たれば、古佛、一毫《いちごう》輕し。

【一二三六—六】

錯認石橋杜撰禪、趙州用處活機先。

誰知古佛舊公案、正眼看來脚下邊。甫

錯って石橋《しゃっきょう》を認む、杜撰《ずさん》の禪、

趙州《じょうしゅう》の用處《ゆうじょ》、活機《かっき》の先。

誰か知る、古佛の舊公案《きゅうこうあん》、

正眼《しょうげん》に看來たれば、脚下《きゃっか》の邊。

【一二三六—七】

趙老石橋高著眼、如何天下活闍梨。

誰歟渡去了公案、人跡在霜東院西。豐代

趙老《じょうろう》の石橋《しゃっきょう》、高く眼を著けよ、

如何せん、天下の活闍梨《かつじゃり》。

誰なるか、渡り去って公案《こうあん》を了ずるは、

人跡《じんせき》、霜に在り、東院の西。

○人跡在霜＝温庭筠「商山早行」、「晨起、征鐸を動かす、客行、

故郷を悲しむ。鶏聲、茅店の月、人跡、板橋の霜」。

【二三七】

雪達磨

少室峯前向暖時、箇閑達磨命懸絲。
空棺隻履虚檐滴、當午日輪光統師。鐵山

少室峯前《しょうしつほうぜん》、暖に向かう時、
箇の閑達磨《かんだるま》、命、懸絲《けんし》。
空棺隻履《くうかんせきり》、虚檐《きよえん》の滴、
當午《とうご》の日輪《にちりん》、光統師《こうとうし》。

【二三八】

聞荷花悟道

出水荷花也太奇、庭堅悟處更無疑。
見桃撃竹沒交渉、撲鼻清香露一枝。雪叟

水を出づる荷花《かか》、也太奇《やたいき》、
庭堅《ていけん》の悟處《ごしょ》、更に疑う無し。
見桃撃竹《けんとうげきちく》、沒交渉《もつきようしよう》、
鼻を撲《う》つ清香《せいこう》、露一枝《いっし》。

○庭堅悟處＝木犀の香を聞いて悟った黄庭堅。『羅湖野録』上。

【二三九】

一溪號

雲門關矣林才瞎〔喝〕、澗水松風無自他。
萬法歸之元不二、廣長錯會老東坡。鐵山

雲門《うんもん》の關、林才《りんざい》の喝、
澗水松風《かんすいしょうふう》、自他無し。
萬法《まんぼう》之に歸す、元と不二《ふに》、
廣長《こうちょう》、錯って會《え》す、老東坡《ろうとうば》。

○廣長錯會老東坡＝蘇東坡の投機偈、「溪聲便ち是れ廣長舌、山色豈に清浄身に非ざらんや」。

【二四〇】

□□賀頌

百萬人天水三昧、大開浴室活機關。
擧揚妙觸宣明話、新緑吹添雨後山。南化

百萬人天《にんでん》、水三昧《さんまい》、
大きく浴室を開く、活機關《かっきかん》。
擧揚《こよう》す、妙觸宣明《みょうそくせんみょう》の話《わ》、
新緑《しんりょく》吹き添う、雨後の山。

○妙觸宣明の話＝『碧巌録』七十八則、十六開士入浴。

【二四一―一】原本二九丁

泥牛吼月
叱這泥牛作麼生、欄邊吼月二三更。
夜來聽得廣寒影、頭角崢嶸不惜聲。

叱《しつ》、這《こ》の泥牛《でいぎゅう》、作麼生《そもさん》、
欄邊《らんへん》、月に吼ゆる、二三更。
夜來《やらい》、聽き得たり、廣寒《こうかん》の影、
頭角崢嶸《ずかくそうこう》、聲を惜しまず。

【二四一―二】

三更昨夜吼秋空、一箇泥牛明月中。
直向廣寒高叫吽、黄金角上桂花風。雪叟

三更、昨夜、秋空に吼ゆ、
一箇の泥牛《でいぎゅう》、明月《めいげつ》の中。
直に廣寒《こうかん》に向って、高く吽《ごう》と叫ぶ、
黄金《おうごん》の角上、桂花《けいか》の風。

【二四一―三】

今夜泥牛心眼明、秋天吼月動群生。
披毛戴角活機用、八萬廣寒破一聲。圭

今夜、泥牛《でいぎゅう》、心眼明らかなり、
秋天、月に吼えて、群生《ぐんじょう》を動ず。
披毛戴角《ひもうたいかく》、活機用《かっきゆう》、
八萬の廣寒《こうかん》、破一聲《はいっせい》。

【二四一―四】

泥牛吼月動坤帷〔維〕、駕與牧童不解騎。
縱向姮娥叫牟去、庖丁手段命懸絲。弗

泥牛《でいぎゅう》月に吼え、坤維《こんい》を動ず、
牧童《ぼくどう》に駕與《かよ》するも、騎ることを解《よ》くせず。
縱《たと》い姮娥《こうが》に向かって、牟《ぼう》と叫び去るも、
庖丁《ほうちょう》の手段《しゅだん》、命、懸絲《けんし》。

○庖丁手段＝『莊子』養生主、庖丁解牛の話。

【二四一―五】

兩角崢嶸鶩一頭、今宵吼月老泥牛。
無端驚落廣寒桂、高向天邊莫叫牟。代臨

兩角崢嶸《そうこう》、鶩一頭、
今宵《こんしょう》、月に吼ゆ、老泥牛《ろうでいぎゅう》。
端無《はしな》くも、廣寒《こうかん》の桂を驚落《きょうらく》せん、
高く天邊《てんぺん》に向かって、牟《ぼう》と叫ぶこと莫かれ。

○鶩一頭＝不審。

【二四一―六】

泥牛高吼震威雄、戴角擎頭明月中。
今夜叫牟底端的、四蹄蹈破廣寒宮。代

泥牛《でいぎゅう》、高く吼えて、威雄《いゆう》を震う、
角を戴き頭《こうべ》を擎《ささ》ぐ、明月《めいげつ》の中。
今夜、牟《ぼう》と叫ぶ底《てい》の端的《たんてき》、
四蹄蹈破《していとうは》す、廣寒宮《こうかんきゅう》。

【二四一―七】

吼月泥牛騎得穩、森々頭角骨稜々。
聞麼蟾桂婆娑影、高叫潙山某甲僧。代

月に吼ゆる泥牛《でいぎゅう》、騎り得て穩かなり、
森々《しんしん》たる頭角《ずかく》、骨稜々《こつりょうりょう》。
聞くや、蟾桂《せんけい》の婆娑《ばしゃ》たる影に、
高く叫ぶ、潙山某甲《いさんぼうこう》の僧と。

【二四一―八】

吼月泥牛頭角彰、廣寒宮裡好風光。
一鳴吽吽桂娥影、叱這畜生鼻孔長。代

月に吼ゆる泥牛《でいぎゅう》、頭角《ずかく》彰わる、
廣寒宮裡《こうかんきゅうり》、好風光《こうふうこう》。
一鳴《いちめい》、吽《ごう》と叫ぶ、桂娥《けいが》の影、
叱《しっ》、這《こ》の畜生《ちくさん》、鼻孔《びくう》長ず。

【二四二―一】

室内一盞燈

香林室内一燈花、天下禪徒錯眼花。
咄々々何曾續焰、挑來元是趙昌花。大輝

香林室内《きょうりんしつない》、一燈の花、
天下の禪徒《ぜんと》、錯って眼花《がんか》す。
咄《とつ》々々、何ぞ曾て焰を續《つ》がん、
挑《かか》げ來たるも、元と是れ趙昌《ちょうしょう》の花。

○趙昌花＝前出［一五二］。

【二四二―二】

看々山堂無月夜、士峯白雪暗中明。鐵山

看よ看よ、山堂無月《さんどうむげつ》の夜、
士峯《しほう》の白雪《はくせつ》、暗中の明。

【二四三―一】

虛堂一椀燈　元宵

一椀燈花眼裏埃、虛堂老也錯挑來。
聯芳續焰果何用、東海兒孫南浦梅。雪叟

一椀燈《いちわんとう》の花、眼裏《がんり》の埃、
虛堂老《きどうろう》や、錯って挑《かか》げ來たる。
聯芳續焰《れんぽうぞくえん》、果たして何の用ぞ、
東海《とうかい》の兒孫《じそん》、南浦《なんぽ》の梅。

○虛堂一椀燈＝『虛堂録』元宵上堂。「僧問、香林因僧問、如何是室内一椀燈。林云、三人證龜成鼈、意旨如何。師云、奴見婢殷勤。

僧云、學人禮謝去也。師云、承虚接響」。

【二四三―二】

挑出虚堂老骨檛、青燈一椀惡冤家。
萬松錯點無明焔、東海兒孫莫眼花。圭

挑《かか》げ出だす、虚堂《きどう》の老骨檛《ろうこつた》、
青燈一椀《せいとういちわん》、惡冤家《あくおんけ》。
萬松《ばんしよう》、錯って無明《むみよう》の焔を點ず、
東海《とうかい》の兒孫《じそん》、眼花《がんか》すること莫かれ。

【二四三―三】

虚堂爐鞴遍河沙、焼却青燈味眼華。
煉出春風無盡焔、百年東海鐵梅花。良

虚堂《きどう》の爐鞴《ろはい》、遍河沙《へんがしや》、
青燈《せいとう》を焼却して、眼華《がんか》を味《くら》ます。
煉り出だす、春風《しゆんぷう》無盡の焔、
百年、東海《とうかい》、鐵梅花《てつばいか》。

【二四三―四】

此是虚堂未了果、青燈一椀百燈分。
業風昨夜忽吹滅、東海兒孫暗裏文。弗

此は是れ虚堂《きどう》が未了《みりよう》の果、
青燈一椀《せいとういちわん》、百燈に分かつ。
業風《ごつぷう》、昨夜、忽ち吹滅《すいめつ》す、
東海《とうかい》の兒孫《じそん》、暗裏の文。

【二四三―五】

挑起虚堂一椀燈、聯芳續焔錯相承。
業風吹滅徑[山]頂、五逆兒孫只暗登。キ

虚堂一椀《きどういちわん》の燈を挑起《ちようき》して、
聯芳續焔《れんぽうぞくえん》、錯って相承す。
業風吹滅《ごつぷうすいめつ》す、徑山《きんざん》の頂、
五逆《ごぎやく》の兒孫《じそん》、只だ暗に登る。

【二四三―六】

直下挑來老息耕、青燈一椀長無明。
崑崙開口忽吹滅、東海兒孫暗裡行。育

直下《じきげ》に挑《かか》げ來たる、老息耕《ろうそつこう》、
青燈一椀《せいとういちわん》、長《とこし》えに無明《むみょう》。
崑崙《こんろん》口を開いて、忽ち吹滅《すいめつ》す、
東海《とうかい》の兒孫《じそん》、暗裡《あんり》に行く。

【二四三―七】

四海才高老息耕、燈々挑起太明々。
聯芳續焔兒孫禍、七翰林花春一檠。仙君代

四海《しかい》に才は高し、老息耕《ろうそつこう》、
燈々挑起《ちょうき》して、太《はなは》だ明々《めいめい》。
聯芳續焔《れんぽうぞくえん》、兒孫《じそん》の禍、
七翰林《しちかんりん》の花、春一檠《いっけい》。

【二四三―八】

請看虛堂面目眞、青燈照徹刹塵々。
靈光不滅依然在、挑出萬松月一輪。

請う看よ、虛堂《きどう》の面目眞《めんもくしん》、
青燈照徹《せいとうしょうてつ》す、刹塵々《せつじんじん》。
靈光《れいこう》滅せず、依然《いぜん》として在り、
挑《かか》げ出だす、萬松《ばんしょう》の月一輪。

【二四三―九】

新定機關春一般、平生肝膽與人看。
東風國裡韶陽境、花發秦時轆轢鑽。澤彦

新定《しんじょう》の機關《きかん》、春一般、
平生《へいぜい》の肝膽《かんたん》、人に與えて看せしむ。
東風國裡《とうふうこくり》、韶陽《しょうよう》の境、
花發《ひら》くも、秦時《しんじ》の轆轢鑽《たくらくさん》。

【二四四】

炎天牡丹

牡丹當夏行春令、天地同根無正邪。
熱殺南泉指不許、菫風六月一株花。鐵山

牡丹《ぼたん》、夏に當たって春令《しゅんれい》を行ず、
天地同根、正邪無し。
南泉《なんせん》を熱殺《ねっさつ》して、指すことを許さず、
菫風六月、一株の花。

【二四五—一】

梅花佛

雪裡梅花獨尊佛、香風吹起盡都盧。
横枝忽觸波旬手、百億分身一箇無。

雪裡《せつり》の梅花《ばいか》、獨尊佛《どくそんぶつ》、
香風《こうふう》吹き起こす、盡都盧《じんとろ》。
横枝、忽ち波旬《はじゅん》が手に觸れれば、
百億の分身、一箇も無けん。

【二四五—二】

梅佛出興劫外春、乾坤枝上現金身。
此花縦化獨尊去、一陣狂風悪派〔波〕旬。乙

梅佛出興《ばいぶつしゅっこう》す、劫外《こうがい》の春、
乾坤枝上《けんこんしじょう》、金身《こんじん》を現ず。
此の花、縦《たと》い獨尊《どくそん》に化し去るも、
一陣の狂風、悪波旬《あくはじゅん》。

【二四五—三】

一尊梅佛鬱曇花、百萬人天莫眼花。
拗折横枝子細看、紫金光聚趙昌花。甫

一尊の梅佛《ばいぶつ》、鬱曇花《うつどんげ》、
百萬の人天《にんでん》、眼花《がんか》すること莫かれ。
横枝《おうし》を拗折《ようせつ》して、子細《しさい》に看よ、
紫金光聚《しこんこうじゅ》も、趙昌《ちょうしょう》の花。

○趙昌花＝前出［一五二］。

【二四五―四】

四海香風從此吹、梅花古佛出興時。
孤山消息靈山會、百億分身現一枝。圭

四海《しかい》の香風《こうふう》、此より吹く、
梅花古佛《ばいかこぶつ》、出興《しゅっこう》の時。
孤山《こざん》の消息《しょうそく》、靈山《りょうぜん》の會《え》、
百億の分身、一枝《いっし》に現ず。

【二四五―五】

百萬人天鼻孔竅、寒梅花發現金軀。
前村深雪活埋了、三世如來一箇無。良

百萬の人天《にんでん》、鼻孔竅《びくうが》つ、
寒梅《かんばい》、花發いて、金軀《こんく》を現ず。
前村の深雪に、活埋《かつまい》し了る、
三世《さんぜ》の如來《にょらい》、一箇も無し。

【二四五―六】

今佛梅開太快哉、容顔奇妙不投胎。
丹霞特地若焼却、三處西湖一箇灰。愈

今、佛梅《ぶつばい》開く、太《はなは》だ快なる哉、
容顔奇妙《ようがんきみょう》、胎に投ぜず。
丹霞特地《たんかどくち》に、若し焼却せば、
三處の西湖《せいこ》、一箇の灰。

【二四五―七】

人天拍手叫希有、梅佛出興深雪中。
昨夜前村金色滅、波旬一黨落花風。永

人天《にんでん》拍手して、希有《けう》と叫ぶ、
梅佛出興《ばいぶつしゅっこう》、深雪の中。
昨夜、前村に金色《こんじき》滅す、
波旬《はじゅん》の一黨《いっとう》、落花《らっか》の風。

【二四五―八】

今佛出興深雪裡、梅花何事渉多岐。前村昨夜金身現、萬劫餘殃只一枝。弗

今、佛出興《しゅっこう》す、深雪の裡、
梅花《ばいか》、何事ぞ多岐《たき》に渉る。
前村、昨夜、金身《こんじん》現ず、
萬劫《まんごう》の餘殃《よおう》、只だ一枝《いっし》。

【二四五―九】

雪裡梅花出興佛、端嚴妙相與人看。氷肌玉骨恁麼碎、一陣狂風亦一聲。喜

雪裡《せつり》の梅花《ばいか》、出興佛《しゅっこうぶつ》、
端嚴《ずいごん》の妙相《みょうそう》、人に與えて看せしむ。
氷肌玉骨《ひょうきぎょっこつ》、恁麼《いんも》に碎く、
一陣の狂風、亦た一聲《いっせい》。

【二四五―一〇】

梅佛出興渠是誰、前村昨夜暗香吹。端嚴妙相今猶在、丈六金身花一枝。昌

梅佛出興《ばいぶつしゅっこう》、渠《かれ》は是れ誰そ、
前村、昨夜、暗香《あんこう》吹く。
端嚴《ずいごん》の妙相《みょうそう》、今、猶お在り、
丈六《じょうろく》の金身《こんじん》、花一枝《いっし》。

【二四五―一一】

雪裡梅花新發辰、呼成假佛絶凡塵。前村昨夜靈山會、一朶暗香百億身。惠

雪裡《せつり》の梅花《ばいか》、新たに發《ひら》く辰、
呼んで假佛《けぶつ》、凡塵を絶すと成す。
前村、昨夜、靈山《りょうぜん》の會《え》、
一朶《いちだ》の暗香《あんこう》、百億の身。

【二四六】

瑞泉創建百年忌香語

攪動禪源爲大濟、餘流致遠溢叢林。
百年嚴忌永嘉末、一曲黄鶯正始音。　先照和上

禪源《ぜんげん》を攪動《かくどう》して、大濟と爲す、
餘流《よりゅう》、遠きに致って、叢林《そうりん》を溢す。
百年の嚴忌、永嘉《ようか》の末、
一曲の黄鶯《こうおう》、正始《しょうし》の音。

○正始音＝三國魏の齊王芳の正始年間、士大夫は競って清談を貴んだ。これを正始の風という。

【二四七―一】

芙蓉観音

只箇芙蓉觀自在、水中別是立生涯。
秋江縱有圓通現、正眼看來下第花。　陽巖

只だ箇の芙蓉《ふよう》、觀自在《かんじざい》、
水中、別に是れ生涯《しょうがい》を立す。
秋江《しゅうこう》、縱《たと》い圓通《えんずう》の現ずる有るも、
正眼《しょうげん》に看來たれば、下第《げだい》の花。

【二四七―二】

看々観音古梵宮、芙蓉一朶即圓通。
蝸牛背上秋風轉、頭角花開初日紅。　潔堂

看よ看よ、觀音《かんのん》の古梵宮《こぼんきゅう》、
芙蓉一朶《ふよういちだ》、即ち圓通《えんずう》。
蝸牛背上《かぎゅうはいじょう》、秋風轉じ、
頭角《ずかく》の花は開く、初日の紅。

【二四八】

桃核観音

一核々中千歩沙、玄都觀亦補陀迦。
大慈現相蟠桃實、腸斷春風不刻花。　快川

一核核中、千歩沙《せんぽしゃ》、
玄都觀《げんとかん》も亦た補陀迦《ほだか》。

大慈、相を現ず、蟠桃《はんとう》の實、
腸《はらわた》は斷つ、春風《しゅんぷう》、花を刻まず。

○玄都観＝劉禹錫「戯に看花の君子に贈る」詩に、「紫陌紅塵、面を払うて来たる、人の花を看て回ると道わざる無し。玄都観裏、桃千樹、尽く是れ劉郎が去って後に栽ゆ」。○千歩沙＝淅江省定海縣、普陀山の東海岸一帯の沙濱。

【二四九】

微笑観音

微笑観音第一名、金剛正躰太分明。
白華巌上靈山會、看々破顔迦葉兄。喜〔悦山〕

微笑観音《みしょうかんのん》、第一《だいいち》名、
金剛《こんごう》の正躰、太《はなは》だ分明《ふんみょう》。
白華巌上、靈山《りょうぜん》の會《え》、
看よ看よ、破顔《はがん》せる迦葉兄《かしょうひん》。

【二五〇】

観音菊

昨夜蝸牛化蝶去、出圓通又入東籬。東山

昨夜、蝸牛《かぎゅう》、蝶に化し去って、
圓通《えんずう》を出でて、又た東籬《とうり》に入る。

【二五一－一】原本三〇丁

賛牡丹観音

観世容顔自儼然、牡丹春色好因縁。
無量福聚薫〔熏〕天富、花耀索多慈眼前。雪叟

観世《かんぜ》の容顔《ようがん》、自ずから儼然《ごんぜん》、
牡丹《ぼたん》の春色、好因縁《こういんねん》。
無量《むりょう》の福聚《ふくじゅ》、天を熏ずる富、
花は耀《かがや》く、索多慈眼《さくたじげん》の前。

○熏天富＝『希叟録』「熏天富貴、一陣西風丹桂香」。○索多＝薩埵。

【二五一－二】

只箇牡丹妙観世、春風國裡叫南無。
圓通境界如相問、笑指庭前花一株。永

只だ箇の牡丹《ぼたん》、妙観世《みょうかんぜ》、
春風國裡《しゅんぷうこくり》、南無と叫ぶ。
圓通《えんずう》の境界《きょうがい》、如《も》し相問わば、
笑って庭前《ていぜん》の花一株を指す。

【二五一―三】

只箇牡丹亦惡芽、観音何事々豪奢。
普門楊柳花之王、錯出補陀入魏家。良

只だ箇の牡丹《ぼたん》も亦た惡芽《あくが》、
観音《かんのん》、何事ぞ豪奢《ごうしゃ》を事とす。
普門《ふもん》の楊柳《ようりゅう》、花の王、
錯って補陀《ほだ》を出でて、魏家《ぎけ》に入る。

○事豪奢＝羅鄴「牡丹」詩に「落盡春紅始見花、花時比屋事豪奢」。

【二五一―四】

即現牡丹観世音、靈光不盡古猶今。
姚家紅與魏家紫、大士一身兩様心。作代

即ち牡丹《ぼたん》と現ず、観世音《かんぜおん》、
靈光《れいこう》盡きず、古も猶お今も。
姚家《ようけ》の紅、魏家《ぎけ》の紫、
大士の一身、兩様《りょうよう》の心。

【二五一―五】

雨後牡丹大士身、圓通境界刹塵々。
只將一朶花王紫、染出南無金甲神。キ

雨後の牡丹《ぼたん》、大士の身、
圓通《えんずう》の境界《きょうがい》、刹塵々《せつじんじん》。
只だ一朶花王《いちだかおう》の紫を將て、
染め出だす、南無金甲神《なむきんこうしん》。

【二五一―六】

観世牡丹吐蘂新、容顔奇妙絶比倫。
花王三十二身相、多少圓通別是春。孝代

観世《かんぜ》牡丹《ぼたん》、蘂を吐いて新たなり、

容顔奇妙《ようがんきみょう》、比倫《ひりん》を絶す。
花王《かおう》、三十二身の相、
多少の圓通《えんずう》、別に是れ春。

【二五一―七】

牡丹観世別生涯、三十二身現一枝。
錯出圓通宿花下、蝸牛昨夜睡貓兒。齊

牡丹観世《ぼたんかんぜ》、別生涯《べつしょうがい》、
三十二身、一枝《いっし》に現ず。
錯って圓通《えんずう》を出でて、花下に宿す、
蝸牛《かぎゅう》、昨夜、睡貓兒《すいみょうじ》。

○睡貓兒＝『禅林方語』「牡丹花下睡貓兒」。

【二五一―八】

牡丹叢裡現全身、大士神通時節因。
此一株花菩薩面、普門境界洛陽春。長代

牡丹叢裡《ぼたんそうり》、全身を現ず、
大士の神通《じんずう》、時節《じせつ》の因。
此の一株花、菩薩の面、
普門《ふもん》の境界《きょうがい》、洛陽《らくよう》の春。

【二五一―九】

只箇牡丹観自在、出姚家又入圓通。
補陀巖畔翠楊柳、變作花王一日紅。乙

只だ箇の牡丹《ぼたん》、観自在《かんじざい》、
姚家《ようけ》を出でて、又た圓通《えんずう》に入る。
補陀巖畔《ほだがんはん》の翠楊柳《すいようりゅう》、
變じて花王《かおう》と作《な》る、一日の紅。

【二五一―一〇】

問着春風姚魏家、牡丹観世正耶邪。
普門境界薫〔熏〕天富、三十二身其一花。祐代

春風《しゅんぷう》に問着《もんじゃく》す、姚魏家《ようぎけ》、
牡丹観世《ぼたんかんぜ》、正か邪か。

普門《ふもん》の境界《きょうがい》、天に熏ずる富、
三十二身、其れ一花。

【二五一―一二】

福聚無量惟德馨、直移補落牡丹庭。
姚紅魏紫大慈相、莫認春風楊柳青。仙代

福聚無量《ふくじゅむりょう》、惟《こ》れ德馨る、
直に補落《ほらく》を移す、牡丹《ぼたん》の庭。
姚紅魏紫《ようこうぎし》、大慈の相、
春風楊柳《しゅんぷうようりゅう》の青と認むること莫かれ。

【二五二―一】

雲門禪如春

禪風凛々以春加、只這雲門長惡芽。
新定活機與人看、一條拄杖忽生花。良愈

禪風《ぜんぷう》、凛々《りんりん》たるに、春を以て加う、
只だ這《こ》の雲門《うんもん》、惡芽《あくが》を長ず。
新定《しんじょう》の活機《かつき》、人に與えて看せしむ、
一條《いちじょう》の拄杖《しゅじょう》、忽ち花を生ず。

【二五二―二】

禪氣如春文偃老、香風吹起活伽藍。
烏藤拍手叫希有、轆轤生花一二三。良

禪氣、春の如し、文偃老《ぶんえんろう》、
香風《こうふう》、吹き起こす、活伽藍《かつがらん》。
烏藤《うとう》、手を拍って、希有《けう》と叫ぶ、
轆轤《たくらく》に花を生ず、一二三。

【二五二―三】

春行萬國老韶陽、四海宗風從此香。
一劃花開條拄杖、僧中天子亦東皇。、

春、萬國《ばんこく》に行ず、老韶陽《ろうしょうよう》、
四海《しかい》の宗風《しゅうふう》、此の香よりす。
一劃、花開く、條拄杖《じょうしゅじょう》、

僧中の天子も亦た東皇《とうこう》。

【二五二―四】

這老雲門行春令、禪之一字是耶非。
衲僧手段與人看、拄杖花開新定機。浙

這《こ》の老雲門《ろううんもん》、春令《しゅんれい》を行ず、
禪の一字、是か非か。
衲僧《のうそう》の手段《しゅだん》、人に與えて看せしむ、
拄杖《しゅじょう》花開く、新定《しんじょう》の機。

【二五二―五】

四海禪徒莫眼花、雲門春繪趙昌花。
露之一字與人看、七尺烏藤天下花。齊

四海《しかい》の禪徒《ぜんと》、眼花《がんか》すること莫かれ、
雲門《うんもん》の春繪も趙昌《ちょうしょう》の花。
露の一字、人に與えて看せしむ、
七尺の烏藤《うとう》、天下の花。

○趙昌花＝前出［一五二二］。

【二五二―六】

春風國裡欲參禪、韶石元來不會禪。
瞞却僧中天子去、黄鶯唱起百花開。弗

春風國裡《しゅんぷうこくり》、禪に參ぜんと欲す、
韶石《しょうせき》、元來《がんらい》、禪を會《え》せず。
僧中の天子を瞞却《まんきゃく》し去って、
黄鶯《こうおう》、唱え起こして、百花《ひゃっか》開く。

【二五二―七】

韶陽和氣也奇哉、禪以三春接四來。
手裡香風從此起、一條拄杖百花開。干

韶陽《しょうよう》の和氣、也《ま》た奇なる哉、
禪、三春を以て四來《しらい》を接す。
手裡《しゅり》の香風《こうふう》、此より起こる、
一條《いちじょう》の拄杖《しゅじょう》、百花《ひゃっか》開く。

【一二五三―一】

大慧竹篦

九旬禁足是耶非、横按竹篦呈活機。
洋嶼商量猶在耳、薫風一掃十三徽。天桂

九旬《きゅうじゅん》の禁足《きんそく》、是か非か、
横に竹篦《しっぺい》を按じて、活機《かっき》を呈す。
洋嶼《ようしょ》の商量《しょうりょう》、猶お耳に在り、
薫風一掃《くんぷういっそう》す、十三徽《じゅうさんき》。

○洋嶼商量＝大慧は泉州洋嶼の雲門菴で、一夏にして十三人が発明したこと。『大慧年譜』。○十三徽＝琴の音節の十三の規準。

【一二五三―二】〔欄外〕

竹篦拳下策功動、一十三人只出群。
洋嶼菴中行正令、等閑撥亂五峯雲。清齊歟

竹篦拳下《しっぺいけんか》に功動《こうくん》を策《た》つ、
一十三人、只だ群を出づ。
洋嶼菴中《ようしょあんちゅう》、正令《しょうれい》を行じ、
等閑《なおざり》に五峯《ごほう》の雲を撥亂《はつらん》す。

【一二五三―三】〔欄外〕

泰瞻斗仰罵天禪、曾竄衡梅十七年。
獨有筠蛇餘毒氣、半成瘴霧半蠻烟。仁峯

泰瞻斗仰《たいせんとぎょう》、罵天《ばてん》の禪、
曾て衡梅《こうばい》に竄《かく》るること十七年。
獨り筠蛇《いんだ》有って、毒氣《どくき》を餘す、
半ばは瘴霧《しょうむ》と成り、半ばは蠻烟《ばんえん》。

【一二五四】

竹篦

霜前截斷蒼龍角、背觸分明驗正邪。
直下兩頭俱透脱、出林猛虎皷唇牙。大休

霜前、蒼龍《そうりゅう》の角を截斷《せつだん》して、
背觸《はいそく》、分明《ふんみょう》に正邪を驗す。

直下《じきげ》に兩頭《りょうとう》倶《とも》に透脱《とうだつ》す、
林を出づる猛虎《もうこ》、唇牙《しんげ》を皷す。

○大休＝『見桃録』になし。『貞和集』巻八、大休「竹篦」偈「霜前截斷蒼龍角、背觸分明驗正邪。直下兩頭倶透脱、出林猛虎皷唇牙」。

【二五五】

頌竹篦背觸話、寄龍安老兄
竹篦背觸不遮□〔一字欠〕、放出金毛師子兒。
百怪千妖倶喪盡、威風凛々四坤維。桃隱

竹篦背觸《しっぺいはいそく》の話《わ》を頌して、龍安老兄《ろうひん》に寄す
竹篦背觸《しっぺいはいそく》、不遮□、
金毛《きんもう》の師子兒《ししじ》を放出す。
百怪千妖《ひゃっかいせんよう》、倶《とも》に喪盡《そうじん》、
威風凛々《いふうりんりん》たり、四坤維《しこんい》。

【二五六―一】

擧竹篦背觸話
背觸竹篦多少風、無端商量鉅禪叢。
衲僧用處與人看、三尺黑蛇一室中。

背觸竹篦《はいそくしっぺい》、多少の風、
端《はし》無《な》くも商量《しょうりょう》す、鉅禪叢《きょぜんそう》。
衲僧《のうそう》の用處《ゆうじょ》、人に與えて看せしむ、
三尺の黑蛇《こくだ》、一室の中。

【二五六―二】

錯行正令接痴頑、背觸竹篦笏室間。
直下拈來領徒衆、首山一拶兩重關。雪叟

錯って正令《しょうれい》を行じ、痴頑《ちがん》を接す、
背觸竹篦《はいそくしっぺい》、笏室《しゃくしつ》の間。
直下《じきげ》に拈じ來たって徒衆《としゅう》を領す、
首山《しゅざん》の一拶《いっさつ》、兩重《りょうじゅう》の關。

【二五六―三】

竹篦背觸惡寃讎、直至于今示法猷。

三尺黑蚖一商量、首山縱打不回頭。永

竹篦《しっぺい》背觸《はいそく》、惡寃讎《あくおんしゅう》、
直に今に至るまで、法猷《ほうゆう》を示す。
三尺の黑蚖《こくがん》、一商量《しょうりょう》、
首山《しゅざん》、縱《たと》い打すも、頭《こうべ》を回らさず。

【一二五六―四】

亂打胡揮驗正邪、擧揚背觸惡寃家。
無端歸省遭拗折、三尺筠蛇成死蛇。良

亂打胡揮《らんだこき》、正邪を驗す、
背觸《はいそく》を擧揚《こよう》す、惡寃家《あくおんけ》。
端無《はしな》くも、歸省《きせい》して拗折《ようせつ》せらる、
三尺の筠蛇《いんだ》、死蛇《しだ》と成る。

【一二五六―五】

領衆匡徒捴亂揎、擧揚背觸竹篦禪。
首山毒氣今猶在、依舊黑蚖暗室眼。ハン

領衆匡徒《りょうしゅうきょうと》、捴に亂揎《らんせん》、
擧揚《こよう》す、背觸竹篦《はいそくしっぺい》の禪。
首山《しゅざん》の毒氣《どくき》、今猶お在り、
舊《きゅう》に依《よ》って、黑蚖暗室《こくがんあんしつ》の眼。

○揎＝セン。打つ。

【一二五六―六】

背觸竹篦興我宗、誰當葉縣活機鋒。
無端拗折抛階下、三尺黑蛇兩處龍。キ

背觸竹篦《はいそくしっぺい》、我が宗を興こす、
誰か葉縣《しょうけん》の活機鋒《かっきほう》に當たる。
端無《はしな》くも拗折《ようせつ》して階下に抛つ、
三尺の黑蛇《こくだ》、兩處の龍。

【一二五六―七】

背觸竹篦力𡆶希、首山拈得振全威。
黑蚖毒氣避無地、四海禪徒殺活機。代孝

背觸竹篦《はいそくしっぺい》、力囗力希《りきかき》、
首山拈得《しゅざんねんとく》して、全威《ぜんい》を振う。
黒蚖《こくがん》の毒氣《どくき》、避くるに地無し、
四海《しかい》の禪徒《ぜんと》、殺活《せっかつ》の機。

【二五六―八】

正令當行也大[太]奇、竹篦背觸首山師。
兩重公案無人會、直下拈來打着誰。代祐

正令當行《しょうれいとうぎょう》、也太奇《やたいき》、
竹篦背觸《しっぺいはいそく》、首山《しゅざん》師。
兩重《りょうじゅう》の公案《こうあん》、人の會《え》する無し、
直下《じきげ》に拈じ來たって、誰をか打着《たじゃく》す。

【二五六―九】

擧揚背觸錯承當、三尺竹篦萬劫殃。
直下葉縣遭拗折、首山公案沒商量。弗

背觸《はいそく》を擧揚《こよう》して、錯って承當《じょうとう》す、
三尺の竹篦《しっぺい》、萬劫《まんごう》の殃《わざわい》。
直下《じきげ》に葉縣《しょうけん》に拗折《ようせつ》せらる、
首山《しゅざん》の公案《こうあん》、沒商量《もっしょうりょう》。

【二五七―一】

西來菊

祖師心印是金英、化作西來五字城。
達磨淵明同一墜、東籬花亦野狐精。快川

祖師の心印《しんいん》、是れ金英《きんえい》、
化して、西來《せいらい》の五字城《ごじじょう》と作《な》る。
達磨淵明《だるまえんめい》、同一に墜つ、
東籬《とうり》の花も亦た野狐精《やこぜい》。

○天恩寺舊藏『葛藤集』、第三四句を「達磨渕明同一隊、東籬花和野狐精」に作る。○五字城＝五言城ともいう、五言詩のこと。宋、張侃『梁湖夜望』「偶來又得詩中計、久矣難成五字城」。ここでは「祖師西來意」、そしてまた東坡詩の「採菊東籬下」を言う。

【二五七―二】
西來祖意滿籬笆、重九々昌端的加。
庭栢寒梅落三二、放開第一達磨花。
西來《せいらい》の祖意、籬笆《りは》に滿つ、
重九《ちょうきゅう》、九昌《きゅうしょう》、端的《たんてき》加わる。
庭栢《ていはく》、寒梅《かんばい》も、三二に落つ、
放開《ほうかい》す、第一達磨《だいいちだるま》の花。
○九昌＝久昌に同じ。般若多羅尊者の讖、「二株嫩桂久昌昌」。○第一達磨花＝陶淵明の菊花。

【二五八―一】
點茶三昧
若認南幷[屏]第二頭、點茶三昧一浮漚。
棒爐神咲作聽勢、萬嶽[壑]松風響趙州。南化
若し南屏《なんぺい》を認めば、第二頭《だいにとう》、
點茶三昧《てんちゃさんまい》、一浮漚《いちふおう》。
棒爐神《ぼうろじん》、咲《わら》って聽く勢いを作す、
萬嶽《まんがく》の松風《しょうふう》、趙州《じょうしゅう》に響く。
○南屏＝西湖邉の山。龍井茶を産す。

【二五八―二】
曉出南屏老作家、曾煎北焙慰生涯。
活三昧矣活三昧、萬嶽松風一啜茶。一宗
曉に南屏《なんぺい》を出づ、老作家《ろうさっけ》、
曾て北焙《ほくばい》を煎じて生涯《しょうがい》を慰む。
活三昧《かつざんまい》、活三昧、
萬嶽《まんがく》の松風《しょうふう》、一啜《いっせつ》の茶。
○北焙＝茶の異名。建溪《けんけい》の茶。

【二五九―一】
達磨茶
少室單傳是我家、松風摘得一籃茶。
盧同[仝]三百篇公案、點檢將來石上麻。淳巖

少室單傳《しょうしつたんでん》、是れ我が家、
松風《しょうふう》摘み得たり、一籃《いちらん》の茶。
盧仝《ろどう》が三百篇の公案《こうあん》、
點檢《てんけん》し將ち來たれば、石上《せきじょう》の麻《ま》。

○石上麻＝達磨の磨字。

【二五九―二】

四來衲子茶三昧、摘以西天末葉歸。

四來《しらい》の衲子《のっす》、茶三昧《さんまい》、
西天《さいてん》の末葉《まつよう》を摘み以て歸る。

【二六〇】

趙州布衫

青州一領無人會、栢樹庭前笑點頭。

青州《せいしゅう》の一領《いちりょう》、人の會《え》する無し、
栢樹庭前《はくじゅていぜん》、笑って點頭《てんとう》。

【二六一】

元來一箇鐵崑崙、劈破崑崙作返魂。
燒了反魂回首看、扶桑日月耀兒孫。　拈香頌淳嚴

元來《がんらい》、一箇の鐵崑崙《てつこんろん》、
崑崙《こんろん》を劈破《ひっぱ》して返魂《へんこん》と作す。
反魂《はんごん》を燒き了って、首《こうべ》を回らして看れば、
扶桑《ふそう》の日月、兒孫《じそん》を耀かす。

【二六二―一】原本三一丁

達磨茶之偈頌、句々有禪味、言々有吟味。譬諸趙州之一味乎、且又類風穴之三巡乎。列祖瑞草魁連根苦。會中之雲衲、大刀三十口、珍重、歇。

這達磨茶沒滋味、無端喫却老禪翁。
曾坑雪矣建溪水、都在少林一鼎中。本

達磨茶《だるまちゃ》の偈頌《げじゅ》、句々禪味《ぜんみ》有り、言々吟味《ぎんみ》有り。諸《これ》を趙州《じょうしゅう》の一味に譬うるか、且つ又た風穴《ふけつ》の三巡に類するか。列祖、瑞草《ずいそう》の魁《さきがけ》、根に連なって苦

なり。會中《えちゆう》の雲衲《うんのう》、大刀三十口《だいとうさんじつこう》。珍重《ちんちよう》、歇《けつ》。
這《こ》の達磨茶《だるまちや》、没滋味《もつじみ》、
端無《はしな》くも喫却す、老禪翁《ろうぜんおう》。
曾坑《そこう》の雪、建溪《けんけい》の水、
都《す》べて少林一鼎《いつてい》の中に在り。

○瑞草魁＝茶の異名。○曾坑、建溪＝ともに福建の地名。茶所。
○譬諸＝譬于之。○大刀三十口＝喫の謎字。

【二六二一二】

達磨茶樹渉多端、支竺扶桑一様看。
疑殺神光添意氣、野狐變躰〔態〕亦龍團。弗

達磨茶《だるまちや》の樹、多端《たたん》に渉る、
支竺扶桑《しじくふそう》、一様の看。
神光《じんこう》を疑殺《ぎさつ》して、意氣を添う、
野狐《やこ》の變態《へんたい》も亦た龍團《りゆうだん》。

【二六二一三】

摘達磨茶西又東、初枝末葉起宗風。
九年面壁舊公案、都在盧仝一椀中。浙

達磨茶《だるまちや》を摘む、西又た東、
初枝末葉《しよしまつよう》、宗風《しゆうふう》を起こす。
九年面壁《めんぺき》、舊公案《きゆうこうあん》、
都《す》べて盧仝《ろどう》が一椀《いちわん》の中に在り。

【二六二一四】

這閑達磨茶三昧、日々摘來起宗風。
忽被衲僧活手觸、西天末葉一盌中。昌

這《こ》の閑達磨《かんだるま》、茶三昧《ちやさんまい》、
日々摘み來たって、宗風《しゆうふう》を起こす。
忽ち衲僧《のうそう》の活手《かつしゆ》に觸れらる、
西天《さいてん》の末葉《まつよう》、一盌の中。

【二六二—五】

騰茂少林達磨茶、衲僧摘得結寃家。
莫言掃土一宗盡、末葉初枝長揀芽。良

騰茂《とうも》す、少林の達磨茶《だるまちゃ》、
衲僧《のうそう》、摘み得て、寃家《おんけ》を結ぶ。
言うこと莫かれ、土を掃って一宗盡くと、
末葉初枝《まつようしょし》、揀芽《れんが》を長ず。

【二六二—六】

數箇達磨摘得辰、西天東土祖風新。
初枝末葉揔禪味、一盞點來又醉人。智

數箇の達磨《だるま》、摘み得る辰、
西天東土《さいてんとうど》、祖風新たなり。
初枝末葉《しょしまつよう》、揔に禪味《ぜんみ》、
一盞《いっさん》、點じ來たって、又た人を醉わす。

【二六二—七】

承當公案鉅禪叢、試達磨茶日本東。
明眼衲僧被呑盡、一宗掃地一甌中。喜

公案《こうあん》を承當《じょうとう》す、鉅禪叢《きょぜんそう》、
達磨茶《だるまちゃ》を試む、日本の東。
明眼《みょうげん》の衲僧《のうそう》も、呑盡《どんじん》されん、
一宗、地を掃って、一甌《いちおう》の中。

【二六二—八】

看々西來閑達磨、試茶端的別生涯。
初枝末葉兒孫禍、摘作諫[揀]芽長惡芽。ハン

看よ看よ、西來《せいらい》の閑達磨《かんだるま》、
茶を試むる端的《たんてき》、別生涯《べつしょうがい》。
初枝末葉《しょしまつよう》、兒孫《じそん》の禍、
摘んで揀芽《れんが》と作し、惡芽《あくが》を長ず。

【二六二―九】

新茶數箇長芽辰、看々達磨面目眞。
莫道少林消息斷、一花五葉建溪春。　愈

新茶數箇、芽を長ずる辰、
看よ看よ、達磨《だるま》の面目眞《めんもくしん》。
道うこと莫かれ、少林消息《しょうそく》を斷つと、
一花五葉《いっけごよう》、建溪《けんけい》の春。

【二六二―一〇】

這達磨茶供一啜、承當公案活闍梨。
半舛鐺内盡禪味、煎向少林憶建溪。

這《こ》の達磨茶《だるまちゃ》、一啜《いっせつ》を供う、
公案《こうあん》を承當《じょうとう》す、活闍梨《かつじゃり》。
半舛《はんしょう》の鐺内《しょうない》、禪味《ぜんみ》を盡くす、
少林に向かって煎じ、建溪《けんけい》を憶う。

○半舛鐺内＝呂洞賓の句に「一粒粟中に世界を藏め、半升鐺内に山川を煮る」（『五燈會元』呂巖眞人章）。

【二六三―一】

參荷長老

的々相承作麼生、這荷長老惹虚名。
一枝正法弄泥漢、洗到禪河也不清。

的々相承《てきてきそうしょう》、作麼生《そもさん》、
這《こ》の荷長老《かちょうろう》、虚名《きょめい》を惹く。
一枝《いっし》の正法《しょうぼう》、泥を弄する漢、
洗って禪河《ぜんが》に到るも、也《ま》た清からず。

【二六三―二】

參荷長老要商量、四海道風從此香。
葉是竹篦枝拄杖、鑑湖三百一禪床。　雪叟

荷長老《かちょうろう》に參じて、商量《しょうりょう》を要す、
四海《しかい》の道風《どうふう》、此より香る。
葉は是れ竹篦《しっぺい》、枝は拄杖《しゅじょう》、

鑑湖《かんこ》三百、一禪床《ぜんしょう》。

○鑑湖三百＝鑑湖は鏡湖とも。紹興の南。李白「子夜四時歌夏歌」に、「鏡湖三百里、菡萏發荷花。五月西施采、人看隘若邪」。

【二六三―三】

參荷長老正耶邪、綠揆紅挨稱作家。

了事衲僧舉來看、一枝禪熟滿地花。永

荷長老《かちょうろう》に參ず、正か邪か、

綠揆紅挨《りょくさつこうあい》、作家《さっけ》と稱す。

了事《りょうじ》の衲僧《のうそう》、舉《こ》し來たれ看ん、

一枝《いっし》、禪は熟す、地に滿つる花。

【二六三―四】

荷葉團々生惡芽、這新長老正耶邪。

翠微二十五公案、點檢看來泥裡花。良

荷葉團々《かようだんだん》、惡芽《あくが》を生ず、

這《こ》の新長老《しんちょうろう》、正か邪か。

翠微《すいび》、二十五の公案《こうあん》、

點檢《てんけん》し看來たれば、泥裡《でいり》の花。

【二六三―五】

四海禪徒莫眼花、這荷長老鉢曇花。

強作商量鷗應笑、元是拖泥帶水花。甫

四海《しかい》の禪徒《ぜんと》、眼花《がんか》すること莫かれ、

這《こ》の荷長老《かちょうろう》、鉢曇花《はつどんげ》。

強いて商量《しょうりょう》と作《な》さば、鷗も應《まさ》に笑うべし、

元と是れ拖泥帶水《だでいたいすい》の花。

【二六三―六】

這荷長老起香風、綠揆紅挨西又東。

四海禪徒參得看、報恩一句藕花中。播

這《こ》の荷長老《かちょうろう》、香風《こうふう》を起こす、

綠揆紅挨《りょくさつこうあい》、西又た東。

四海《しかい》の禪徒《ぜんと》、參得《さんとく》し看よ、

報恩《ほうおん》の一句、藕花《ぐうか》の中。

【二六三―七】

這荷長老示玄微、公案現成其活機。
入得鑑湖三萬［百］里、衲僧襟裡帶香歸。弗

這《こ》の荷長老《かちょうろう》、玄微《げんび》を示す、
公案現成《こうあんげんじょう》、其れ活機《かっき》。
鑑湖《かんこ》三百里に入得《にっとく》し、
衲僧《のうそう》、襟裡《きんり》に香を帯びて帰る。

○鑑湖三百里＝李白詩。前出［二六三―二］。

【二六三―八】

德色道香新長老、荷花十里現烏曇。
一枝禪熟西湖雨、只有鴛鴦密々參。喜

德色道香《とくしょくどうこう》、新長老《しんちょうろう》、
荷花《かか》十里、烏曇《うどん》を現ず。
一枝《いっし》、禪は熟す、西湖《せいこ》の雨、
只だ鴛鴦《えんおう》のみ有って、密々《みつみつ》に參ず。

【二六三―九】

這荷長老舊相看、正令當行絶語端。
藕竅移來衙内境、盧陂風穴共泥團。智

這《こ》の荷長老《かちょうろう》、舊相看《きゅうしょうかん》、
正令當行《しょうれいとうぎょう》、語端《ごたん》を絶す。
藕竅《ぐうきょう》、衙内《がない》の境に移し來たる、
盧陂風穴《ろひふけつ》、共に泥團《でいだん》。

【二六三―一〇】

四海香風鼻孔竅、這荷長老贋浮屠。
滿地葉々兩公案、翡翠蹈飜一箇無。才

四海《しかい》の香風《こうふう》、鼻孔竅《びくうが》つ、
這《こ》の荷長老《かちょうろう》、贋浮屠《がんふと》。
地に滿つる葉々《ようよう》、兩公案《りょうこうあん》、
翡翠蹈飜《ひすいとうほん》して、一箇も無し。

【二六三―一一】

這荷長老是耶非、一蹈々飜翡翠飛。
要識藕花無盡藏、袈裟角上帯香歸。 慰

這《こ》の荷長老《かちょうろう》、是か非か、
一蹈《いっとう》に蹈飜《とうほん》して、翡翠《ひすい》飛ぶ。
藕花無盡藏《ぐうかむじんぞう》を識らんと要さば、
袈裟《けさ》角上《かくじょう》に香を帯びて歸れ。

【二六三―一二】

忽喚新荷爲長老、祖師心印正耶邪。
盧陂元是鐵牛状、這漢拖泥帯水花。 樹

忽ち新荷《しんか》を喚んで長老《ちょうろう》と爲す、
祖師の心印《しんいん》、正か邪か。
盧陂《ろひ》、元と是れ鐵牛《てつぎゅう》の状、
這《こ》の漢、拖泥帯水《だでいたいすい》の花。

【二六三―一三】

這水因縁難會得、參荷長老熱閙梨。
池邊具眼白鷗佛、若認清香土上泥。 本

這《こ》の水因縁《すいいんねん》、會得《えとく》し難し、
荷長老《かちょうろう》に參ず、熱閙梨《ねつじゃり》。
池邊《ちへん》には、具眼《ぐげん》の白鷗佛《はくおうぶつ》、
若し清香《せいこう》を認めば、土上《どじょう》の泥《でい》。

【二六三―一四】

縱在淤泥清淨身、這荷長老點無塵。
一華擎出善知識、罵倒五湖四海人。 孝

縱《たと》い淤泥《おでい》に在るも、清淨身《しょうじょうしん》、
這《こ》の荷長老《かちょうろう》、點として塵無し。
一華擎《ささ》げ出だす、善知識《ぜんちしき》、
五湖四海《ごこしかい》の人を罵倒《ばとう》す。

【二六三―一五】

新荷長老現曇花、四海禪徒錯眼花。齊
若認清香了公案、千鈞大法一池花。

新荷長老《しんかちょうろう》、曇花《どんげ》を現ず、
四海《しかい》の禪徒《ぜんと》、錯って眼花《がんか》す。
若し清香《せいこう》を認めば、公案《こうあん》を了ず、
千鈞《せんきん》の大法、一池《いっち》の花。

【二六三―一六】

杜撰禪和不足論、這荷長老闡宗源。信
池頭縱稱花知識、翡翠無端一蹈飜。

杜撰《ずさん》の禪和《ぜんな》、論ずるに足らず、
這《こ》の荷長老《かちょうろう》、宗源《しゅうげん》を闡《あき》らかにす。
池頭《ちとう》、縱《たと》い花知識《かちしき》と稱するも、
翡翠《ひすい》、端無《はしな》くも一蹈に飜す。

【二六三―一七】

參荷長老亂耶胡、認得清香到鑑湖。長代
々上會花公案否、鴛鴦翡翠水工夫。

荷長老《かちょうろう》に參ず、亂《らん》か胡《こ》か、
清香《せいこう》を認得して、鑑湖《かんこ》に到る。
湖上、花の公案《こうあん》を會《え》するや否《いな》や、
鴛鴦翡翠《えんおうひすい》、水の工夫《くふう》。

【二六三―一八】

荷葉團々點不埃、這新長老出頭來。昌
要知教外別傳旨、多少工夫露一盃。

荷葉團々《かようだんだん》、點として埃《あい》せず、
這《こ》の新長老《しんちょうろう》、出頭し來たる。
教外別傳《きょうげべつでん》の旨を知らんと要せば、
多少の工夫《くふう》、露一盃《いっぱい》。

【二六三―一九】

荷長老禪露一池、紅挨緑掺別生涯。
清香吹起花知識、悟道庭堅法嗣枝。印代

荷長老《かちょうろう》の禪、露一池《いっち》、
紅挨緑掺《こうあいりょくさつ》、別生涯《べっしょうがい》。
清香《せいこう》吹き起こす、花知識《かちしき》、
悟道《ごどう》の庭堅《ていけん》、法を嗣ぐ枝。

○悟道庭堅＝木犀の香を聞いて悟った黄庭堅。『羅湖野録』上。

【二六四―一】

船尾文殊

船尾隨波亙十方、文殊境界露堂々。
逆風把柂擘滄海、三尺兒童金翅王。雪叟

船尾《せんび》、波に隨って、十方に亙る、
文殊《もんじゅ》の境界《きょうがい》、露堂々《ろどうどう》。
逆風に柂《かじ》を把《と》って、滄海《そうかい》を擘《つんざ》く、
三尺の兒童、金翅王《こんじおう》。

【二六四―二】

取橈舞棹海門東、船尾坐來活艮童。
智劍截流萬波穩、蒲衣輕動一帆風。仙代

橈《かい》を取り棹《さお》を舞わす、海門《かいもん》の東、
船尾《せんび》に坐し來たる、活艮童《かっこんどう》。
智劍《ちけん》もて截流《せつる》し、萬波《まんぱ》穩かなり、
蒲衣《ほい》輕く動く、一帆《いっぱん》の風。

○艮童＝文殊のこと。艮童は艮男とも。少男、小男、つまり童子のこと。「普賢は長男、文殊《もんじゅ》は小男（童子）」という。

【二六四―三】

文殊出興蘆葦叢、船頭船尾要論功。
艮男若具張帆手、未必海門待順風。永

文殊出興《もんじゅしゅっこう》す、蘆葦叢《ろいそう》、
船頭船尾《せんとうせんび》、功を論ぜんと要す。

艮男《こんなん》、若し張帆《ちょうはん》の手《しゅ》を具せば、
未だ必ずしも海門《かいもん》に順風を待たず。

【二六四—四】

［把檝］檝把逆風行順風、坐船尾斷叱牛翁。
莫言一夏度三處、孤帆未過智海中。良

檝《かじ》を逆風に把《と》って、順風を行ず、
船尾《せんび》を坐斷《ざだん》す、叱牛翁《しつぎゅうおう》。
言うこと莫かれ、一夏《いちげ》に三處を度《わた》ると、
孤帆《こはん》未だ過ぎず、智海《ちかい》の中。

【二六四—五】

船尾文殊七佛師、仰瞻四海老闍梨。
篷窓縱有妙尊現、若觸業風累卵基［危］。甫

船尾《せんび》の文殊《もんじゅ》、七佛の師、
四海《しかい》を仰ぎ瞻る、老闍梨《ろうじゃり》。
篷窓《ほうそう》、縱《たと》い妙尊《みょうそん》の現ずる有るも、

若し業風《ごっぷう》に觸れれば、累卵《るいらん》の危《き》。

【二六四—六】

順風張帆逆風檝、船尾文殊問水濱。
智者元來活獅子、無端海上解飜身。ハン

順風に帆を張り、逆風に檝《かじ》とる、
船尾《せんび》の文殊《もんじゅ》、水濱《すいひん》を問う。
智者、元來活獅子《がんらいかつしし》、
端無《はしな》くも、海上に飜身《ほんしん》を解《よ》くす。

【二六四—七】

船尾文殊□水涯、幾回濟溺度生來。
深々智海順風起、一葉張帆七佛師。弗

船尾《せんび》の文殊《もんじゅ》、□水涯、
幾回か溺るるを濟《すく》い、度生《どしょう》し來たる。
深々《しんしん》たる智海《ちかい》、順風に起こる、
一葉、帆を張る、七佛の師。

【二六四—八】

隨波逐浪策功動、船尾文殊勢出群。
智慧海中度凡聖、一帆輕動五臺雲。智

隨《ずい》波《は》逐浪《ちくろう》、功動《こうくん》を策《た》つ、
船尾《せんび》の文殊《もんじゅ》、勢い群を出づ。
智慧《ちえ》海中《かいちゅう》、凡聖《ぼんしょう》を度す、
一帆《いっぱん》輕く動ず、五臺《ごだい》の雲。

【二六四—九】

元來難遁是非塵、船尾文殊百億身。
智海縱深猶不信、皆言劍去刻舷人。孝代

元來《がんらい》、是非の塵を遁れ難し、
船尾《せんび》の文殊《もんじゅ》、百億の身。
智海《ちかい》、縱《たと》い深きも、猶お信ぜず、
皆な言う、劍去って舷《ふなべり》を刻む人と。

【二六四—一〇】

船尾文殊慧海濱、逆風把楫度凡人。
五臺亦與灘頭似、百億分身一葉身。叔

船尾《せんび》の文殊《もんじゅ》、慧海《えかい》の濱、
逆風に楫《かじ》を把《と》って、凡人を度す。
五臺《ごだい》も亦た灘頭《だんとう》と似たり、
百億の分身、一葉の身。

【二六四—一一】

船尾文殊也太奇、把橈舞棹度生來。
轉身一路風帆上、四海名高七佛師。長代

船尾《せんび》の文殊《もんじゅ》、也《や》太奇《たいき》、
橈《かい》を把《と》り棹《さお》を舞わし、度生《どしょう》し來たる。
轉身《てんしん》の一路《いちろ》、風帆《ふうはん》の上、
四海《しかい》に名は高し、七佛の師。

【二六四―一二】

船尾坐來龍種尊、分身百億到今存。
一帆高掛萬波上、智劍截流過海門。印代

船尾《せんび》に坐し來たる、龍種《りゅうしゅ》の尊、
分身百億、今に到って存す。
一帆《いっぱん》高く掛く、萬波《まんぱ》の上、
智劍截流《ちけんせつる》して、海門《かいもん》を過ぐ。

【二六四―一三】

文殊出現萬波間、船尾船頭任往還。
請看逆風把柂去、一帆輕載五臺山。

文殊《もんじゅ》出現す、萬波《まんぱ》の間、
船尾船頭《せんびせんとう》、往還《おうかん》に任す。
請う看よ、逆風に柂《かじ》を把《と》り去るを、
一帆《いっぱん》輕く載す、五臺山《ごだいさん》。

【二六五―一】

臨濟樹

續翠聯芳長子孫、看々天地是同根。
郢公縱到滹沲上、一樹恐無斤斧痕。大蟲

續翠聯芳《ぞくすいれんぽう》、子孫を長ず、
看よ看よ、天地是れ同根。
郢公《えいこう》、縱《たと》い滹沲《こだ》の上に到るも、
一樹、恐らくは斤斧《きんぷ》の痕《あと》無けん。

○郢公＝『莊子』徐無鬼の郢匠。「郢人運斤」。

【二六五―二】

仰彌高矣鑽彌堅、一樹蔭涼益大千。
松老雲閑手栽處、化龍枝葉翠參天。同

仰げば彌《いよ》いよ高し、鑽《き》れば彌《いよ》いよ堅し、
一樹の蔭涼《いんりょう》、大千を益す。
松老雲閑《しょうろううんかん》、手づから栽うる處、

龍と化す枝葉《しよう》、翠《みどり》參天《さんてん》。

【二六六】原本三二丁

天下蔭涼樹

那一株天下蔭涼、深根震旦蔕扶桑。

仰高千萬世臨濟、花實相兼風亦香。東菴

那《な》一株《いっしゅ》、天下の蔭涼《いんりょう》、

深く震旦《しんたん》に根し、蔕《ほぞ》は扶桑《ふそう》。

仰げば高し、千萬世の臨濟《りんざい》、

花實《かじつ》相兼ね、風も亦た香る。

【二六七―一】

落花陀羅尼

落花片々棢多藏、不惜瞿曇廣舌長。

桃杏李梨□□□、法音變作舞山香。雪叟

落花片々《らっかへんぺん》、棢多藏《ばいたぞう》、

惜しまず、瞿曇《くどん》の廣舌《こうぜつ》の長きを。

桃杏李梨《とうきょうりり》□□□、

法音變じて、舞山香《ぶざんこう》と作《な》る。

○舞山香＝舞樂の名。前出〔五〇〕。

【二六七―二】

蔓説枝辭聽始奇、春風國裡落花時。

群紅吹散今耶已、問着黄鶯揔不知。

蔓説《まんせつ》枝辭《しじ》、聽いて始めて奇なり、

春風國裡《しゅんぷうこくり》、花の落つる時。

群紅《ぐんこう》吹き散ず、今《こん》か已《い》か、

黄鶯《こうおう》に問着《もんじゃく》するも、揔に知らず。

【二六七―三】

生音微妙落花天、見耳處兮聞眼前。

説盡五千餘寒外、三分春色任流轉。

音を生じて微妙《みみょう》なり、落花《らっか》の天、

耳處《にしょ》に見、眼前に聞く。

五千を説き盡くす、餘寒《よかん》の外、
三分の春色、流轉《るてん》に任す。

【二六七―四】
只這落花別有情、眼中功德説縱橫。
深紅吹散那經卷、風動枝頭是誦聲。

只だ這《こ》の落花《らっか》、別に情有り、
眼中の功德《くどく》、説いて縱橫《じゅうおう》。
深紅《しんこう》吹き散ず、那《な》の經卷《きょうがん》、
風、枝頭《しとう》を動ず、是れ誦聲《じゅせい》。

【二六七―五】
微妙法音西又東、已今當也落花風。
瞿曇止々不須説、八萬多羅一點紅。

微妙《みみょう》の法音、西又た東、
已今當《いこんとう》も也《ま》た落花《らっか》の風。
瞿曇《くどん》、止みね止みね、説くことを須いざれ、
八萬の多羅《たら》、一點紅《いってん》なり。

【二六七―六】
片々落花無説々、人天錯莫認那凾。
五千大藏果何用、桃李春風共對談。

片々《へんぺん》たる落花《らっか》、無説《むせつ》の説、
人天《にんでん》、錯って那《な》の凾を認むること莫かれ。
五千の大藏、果たして何の用ぞ、
桃李春風《とうりしゅんぷう》、共に對談《たいだん》。

【二六八―一】
天下蔭涼樹
看々天下老闍梨、一樹蔭涼也大[太]奇。
林際宗風不吹盡、後人標榜萬年枝。

看よ看よ、天下の老闍梨《ろうじゃり》、
一樹の蔭涼《いんりょう》、也太奇《やたいき》。
林際《りんざい》の宗風《しゅうふう》、吹き盡きず、

後人《こうじん》の標榜《ひょうぼう》、萬年の枝。

【二六八―二】

古來固蔕且深根、看々蔭涼結惡寃。
林際門庭仰彌大、一株鬱蜜〔密〕蓋乾坤。　樹

古來、蔕《ほぞ》を固うし、且つ根を深くす、
看よ看よ、蔭涼《いんりょう》、惡寃《あくおん》を結ぶを。
林際《りんざい》の門庭《もんてい》、仰げば彌《いよ》いよ大なり、
一株、鬱密《うつみつ》として、乾坤《けんこん》を蓋う。

【二六八―三】

普天普地本同根、大樹蔭涼支祖門。
廣廈棟梁臨濟老、宗枝鬱蜜〔密〕蓋乾坤。　智

普天普地《ふてんふち》、本と同根、
大樹の蔭涼《いんりょう》、祖門《そもん》を支う。
廣廈《こうか》の棟梁《とうりょう》たり、臨濟老《りんざいろう》、
宗枝《しゅうし》、鬱密《うつみつ》として、乾坤《けんこん》を蓋う。

【二六八―四】

箇陰〔蔭〕涼樹蓋乾坤、子葉孫枝今尚存。
林際宗風不吹盡、萬年松久一山門。　喜

箇の蔭涼樹《いんりょうじゅ》、乾坤《けんこん》を蓋う、
子葉孫枝《しようそんし》、今尚お存す。
林際《りんざい》の宗風《しゅうふう》、吹き盡きず、
萬年の松は久し、一山の門。

【二六八―五】

仰高天下蔭涼樹、葉々枝々興我宗。
五逆兒孫無熱惱、禪風吹度濟門松。　甫

仰げば高し、天下の蔭涼樹《いんりょうじゅ》、
葉々枝々《ようようしし》、我が宗を興こす。
五逆《ごぎゃく》の兒孫《じそん》、熱惱《ねつのう》無し、
禪風《ぜんぷう》吹き度《わた》る、濟門《さいもん》の松。

【二六八—六】

天下蔭涼今尚存、一株大樹長兒孫。
松風颼々山門境、即是衲僧無熱軒。イ

天下の蔭涼《いんりょう》、今尚お存す、
一株の大樹、兒孫《じそん》を長ず。
松風颼々《しょうふうひょうひょう》たり、山門の境、
即ち是れ衲僧《のうそう》が無熱軒《むねつけん》。

○無熱軒＝大慧に參じた向侍郎の所居にこの名あり。

【二六八—七】

蔭涼樹下別生涯、固蔕深根億萬斯。
巖谷栽松林際茂、乾坤無處不宗枝。干

蔭涼樹下《いんりょうじゅげ》、別生涯《べつしょうがい》、
蔕《ほぞ》を固うし根を深うす、億萬斯《おくまんし》。
巖谷《がんこく》に松を栽え、林際《りんざい》茂る、
乾坤《けんこん》、處として宗枝《しゅうし》ならざるは無し。

【二六八—八】

一樹蔭涼看奈何、無端蓋覆盡山河。
明々説與義玄老、門葉宗枝日轉多。キ

一樹の蔭涼《いんりょう》、奈何《いかん》とか看る、
端《はし》無くも、盡山河《じんせんが》を蓋覆《がいふ》す。
明々《めいめい》に説與《せつよ》す、義玄老《ぎげんろう》、
門葉宗枝《もんようしゅうし》、日びに轉《うた》た多からん。

【二六八—九】

天下蔭涼看若何、深根固蔕盡山河。
昔年林際種松後、子葉孫枝日轉多。昌

天下の蔭涼《いんりょう》、若何《いかん》とか看る、
根を深くし蔕《ほぞ》を固うす、盡山河《じんせんが》。
昔年《そのかみ》、林際《りんざい》、松を種えてより後、
子葉孫枝《しようそんし》、日びに轉《うた》た多し。

【二六九―一】

雲門扇子

若跳三十三天去、熱殺閻浮下界人。南溟

若し三十三天に跳び去らば、
閻浮下界《えんぶげかい》の人を熱殺《ねつさつ》せん。

【二六九―二】

雲門六月振全威、信手拈來扇子機。天猷
骨痩面皮天下白、團々風戰雪如飛。

雲門《うんもん》、六月、全威《ぜんい》を振う、
手に信《まか》せて拈じ來たる、扇子《せんす》の機。
骨痩《こつそう》の面皮《めんぴ》、天下白《てんかはく》、
團々《だんだん》、風に戰《そよ》いで、雪飛ぶが如し。

【二六九―三】

韶陽扇子踍跳颺、回避炎塵氣若商。
一柄清風誰不愛、人間天上仰彌涼。

韶陽《しょうよう》の扇子《せんす》、踍跳《ぼつちょう》して颺《あ》がる、
炎塵《えんじん》を回避して、氣、商《しょう》の若し。
一柄《いっぺい》の清風《せいふう》、誰か愛せざらん、
人間天上《じんかんてんじょう》、仰げば彌《いよ》いよ涼し。

○氣若商＝秋風を商氣という。

【二六九―四】

堪笑雲門大丈夫、倒拈扇子定寰區。
看々三十三天外、明月清風何處無。

笑うに堪えたり、雲門《うんもん》の大丈夫《だいじょうぶ》、
倒《さかし》まに扇子《せんす》を拈じて、寰區《かんく》を定む。
看よ看よ、三十三天の外、
明月清風《めいげつせいふう》、何れの處にか無けん。

【二七〇―一】

説禪扇子

拈來天下董叢規、扇子説禪廣慧師。

一柄風涼言句上、機先參得熱鬧梨。紹立
拈じ來たって、天下、叢規《そうき》を董す、
扇子《せんす》、禪を説く、廣慧《こうえ》師。
一柄《いっぺい》の風は涼し、言句の上、
機先《きせん》に參得《さんとく》せよ、熱鬧梨《ねつじゃり》。

【二七〇―二】

扇子説禪優鉢曇、衲僧拍手叫同參。
拈來商量宗乘事、一柄清風越祖談。仙代
扇子《せんす》、禪を説く、優鉢曇《うはつどん》、
衲僧《のうそう》、手を拍って、同參《どうさん》と叫ぶ。
拈じ來たって、宗乘《しゅうじょう》の事を商量《しょうりょう》す、
一柄《いっぺい》の清風《せいふう》、越祖《おっそ》の談。

【二七〇―三】

廣慧拈來毛骨寒、鉅禪扇子與人看。
如今又了衲僧事、却挽清風是素紈。
廣慧《こうえ》、拈じ來たって、毛骨《もうこつ》寒し、
鉅禪《きょぜん》の扇子《せんす》、人に與えて看せしむ。
如今《にょこん》、又た衲僧《のうそう》の事を了じ、
却って清風《せいふう》を挽くは、是れ素紈《そがん》。

【二七〇―四】

四海宗風從此新、説禪扇子掃炎塵。
無端擘破素紈看、中有衲僧面目眞。甫
四海《しかい》の宗風《しゅうふう》、此より新たなり、
禪を説いて扇子《せんす》、炎塵《えんじん》を掃う。
端無《はしな》くも、素紈《そがん》を擘破《ひっぱ》し看よ、
中に衲僧《のうそう》の面目眞《めんもくしん》有り。

【二七〇―五】

瞞雲門矣罵瞿曇、扇子説禪落草談。
了事衲僧商量聽、手中一柄叫同參。弗
雲門《うんもん》を瞞じ、瞿曇《くどん》を罵る、

扇子《せんす》、禪を説く、落草《らくそう》の談。
了事《りようじ》の衲僧《のうそう》、商量《しようりよう》して聽く、
手中の一柄《いつぺい》、同參《どうさん》と叫ぶ。

【二七〇—六】

扇子説禪古道場、機先猶是要商量。
妄餘言教誑徒衆、一柄素紈萬劫殃。喜

扇子《せんす》、禪を説く、古道場《こどうじよう》、
機先《きせん》、猶お是れ商量《しようりよう》を要す。
妄《みだ》りに言教を餘し、徒衆《としゆう》を誑《たぶらか》す、
一柄《いつぺい》の素紈《そがん》、萬劫《まんごう》の殃《わざわい》。

【二七〇—七】

直下説禪也太奇、輕羅小扇渉多岐。
素紈一柄胡耶亂、問着清風捴不知。イ

直下《じきげ》に禪を説く、也太奇《やたいき》、
輕羅《けいら》の小扇《しようせん》、多岐《たき》に渉る。
素紈一柄《そがんいつぺい》、胡か亂か、
清風《せいふう》に問着《もんじやく》するも、捴に知らず。

【二七〇—八】

罵倒釋迦呵碧瞳、説禪扇子起宗風。
少林直指靈山會、都在輕羅一柄中。琉

釋迦《しやか》を罵倒《ばとう》し、碧瞳《へきどう》を呵す、
禪を説く扇子《せんす》、宗風《しゆうふう》を起こす。
少林の直指《じきし》、靈山《りようぜん》の會《え》、
都《す》べて輕羅一柄《けいらいつぺい》の中に在り。

【二七〇—九】

扇子拈來示衆時、説禪端的別生涯。
素紈商量無人會、手裡清風付與誰。昌

扇子《せんす》、拈じ來たって、衆に示す時、
禪を説く端的《たんてき》、別生涯《べつしようがい》。
素紈《そがん》の商量《しようりよう》、人の會《え》する無し、

手裡《しゅり》の清風《せいふう》、誰にか付與せん。

【二七〇―一〇】

請看格外又機先、扇子説來廣慧禪。
誰道吾宗無語句、素紈一柄涉言詮。

請う看よ、格外《かくがい》又た機先《きせん》、
扇子《せんす》、説き來たる、廣慧《こうえ》の禪。
誰か道う、吾が宗に語句無しと、
素紈一柄《そがんいっぺい》、言詮《ごんせん》に涉る。

【二七一】

關山號

鎖斷路頭難透處、閑雲長帶翠巒峯。
韶陽一字藏機去、正眼看來隔萬重。

路頭《ろとう》を鎖斷《さだん》して、透り難き處、
閑雲《かんうん》、長《とこし》えに帶ぶ、翠巒峯《すいらんほう》。
韶陽《しょうよう》の一字、機を藏し去る、
正眼《しょうげん》に看來たれば、萬重《ばんじゅう》を隔つ。

【二七二―一】

南泉一隻箭

普願商量活機用、只茲隻箭孰當鋒。
鄭州境與少林似、射倒天涯興我宗。

普願《ふがん》の商量《しょうりょう》、活機用《かっきゆう》、
只だ茲《こ》の隻箭《せきせん》、孰《たれ》か鋒《ほこさき》に當たらん。
鄭州《ていしゅう》の境、少林と似たり、
天涯《てんがい》に射倒《しゃとう》して、我が宗を興こす。

【二七二―二】

法戰場中功已成、南泉隻箭太麁生。
未勞沒羽虚弓勢、四海禪徒落鴈聲。　雪叟

法戰場中《ほっせんじょうちゅう》、功已に成る、
南泉《なんせん》の隻箭《せきせん》、太麁生《たいそせい》。
未だ沒羽《もつう》を勞せず、虚弓の勢い、

四海《しかい》の禪徒《ぜんと》、落鴈《らくがん》の聲。

○勞沒羽＝『史記』李廣傳、石を虎と見誤って射た故事。「射虎不眞、徒勞沒羽」。○虚弓＝矢をつがえずに弦を鳴らすだけで鳥を落とすこと。『戦国策』巻五に「虚發下鳥」。

【二七二―三】

架箭南泉活衲衣、千鈞弦［弩弦］振全威。
法筵龍象皆鼷鼠、一鏃機先莫發機。仙君

箭《や》を架す南泉《なんせん》、活衲衣《かつのうえ》、
千鈞《せんきん》の弩弦《どげん》、全威《ぜんい》を振う。
法筵《ほうえん》の龍象《りゆうぞう》、皆な鼷鼠《けいそ》、
一鏃《いちぞく》の機先《きせん》、機を發すること莫かれ。

【二七二―四】

南泉用處與人看、拽得禪弓笏室間。
馬祖門庭發機去、無端一鏃破三關。永

南泉《なんせん》の用處《ゆうじよ》、人に與えて看せしむ、
禪弓《ぜんきゆう》を拽き得たり、笏室《しやくしつ》の間。
馬祖門庭《ばそもんてい》、機を發し去って、
端無《はしな》くも、一鏃三關《いちぞくさんかん》を破す。

【二七二―五】

天下禪徒近傍看、南泉隻箭發威雄。
老師手段返回勢、大小趙州遊彀中。ハン

天下の禪徒《ぜんと》、近傍《きんぼう》し看よ、
南泉《なんせん》の隻箭《せきせん》、威雄《いゆう》を發す。
老師《ろうし》の手段《しゆだん》、返回《へんかい》の勢い、
大小の趙州《じようしゆう》も彀中《こうちゆう》に遊ぶ。

【二七二―六】

南泉手段振威雄、隻箭離弦西又東。
直下老師遭射倒、轉身吐氣趙州翁。キ

南泉《なんせん》の手段《しゆだん》、威雄《いゆう》を振う、
隻箭《せきせん》、弦《つる》を離れ、西又た東。

直下《じきげ》に、老師《ろうし》射倒《しゃとう》せられ、
身を轉じて氣を吐く、趙州翁《じょうしゅうおう》。

【二七二―七】

隻箭有誰當一機、南泉用處是耶非。
無端射得趙州老、法戰場中拗折歸。　愈

隻箭《せきせん》、誰有ってか一機《いっき》に當たらん、
南泉《なんせん》の用處《ゆうじょ》、是か非か。
端《は》無《しな》くも、趙州老《じょうしゅうろう》を射得《しゃとく》し、
法戰場中《ほっせんじょうちゅう》、拗折《ようせつ》して歸る。

【二七二―八】

看々南泉活祖風、只將隻箭要論功。
一機未發千鈞弩、四海禪徒遊彀中。　代長

看よ看よ、南泉活祖《なんせんかっそ》の風《ふう》、
只だ隻箭《せきせん》を將って功を論ぜんと要す。
一機《いっき》未だ千鈞《せんきん》の弩《ど》を發せざるに、
四海《しかい》の禪徒《ぜんと》、彀中《こうちゅう》に遊ぶ。

【二七二―九】

五逆兒孫解轉身、南泉隻箭勢無倫。
千鈞強弩離弦去、射倒鄭州多少人。　代印

五逆《ごぎゃく》の兒孫《じそん》、轉身《てんしん》を解《よ》くす、
南泉《なんせん》の隻箭《せきせん》、勢い倫《たぐい》無し。
千鈞《せんきん》の強弩《きょうど》、弦《つる》を離れ去って、
鄭州《ていしゅう》多少の人をか射倒《しゃとう》す。

【二七三―一】

天衣悟道井

天衣悟道沒商量、匾擔折來清井傍。
格外玄機曾瞥轉、轆轤聲斷甃苔蒼。　澤彦

天衣《てんね》の悟道《ごどう》、沒商量《もっしょうりょう》、
匾擔《へんたん》折り來たる、清井《せいせい》の傍。
格外《かくがい》の玄機《げんき》、曾て瞥轉《べってん》、

轆轤《ろくろ》の聲は斷って、甃苔《しゅうたい》蒼し。

【二七三―二】

天衣悟道底何如、正是井梧葉戰初。
頓發一機擔頭水、中容冲本秀夫魚。雪叟

天衣《てんね》の悟道底《ごどうてい》、何ぞ如かん、
正に是れ井梧《せいご》に葉戰《そよ》ぐの初め。
頓《とん》に一機《いっき》を發す、擔頭《たんとう》の水、
中に容る、冲本秀夫《ちゅうほんしゅうふ》の魚。

○葉戰＝葉戰風。戰は、そよぐ。○冲本秀夫＝天衣の四哲。若冲、宗本、法本秀、應夫。『五家正宗贊』の天衣義懷章、楊無爲の贊に「冲本秀夫、四碧眼胡」。

【二七三―三】

悟道井中洗是非、清泉汲得老天衣。
衲僧不認陳遵轄、引月轆轤瞥轉機。仙君代

悟道井中《ごどうせいちゅう》、是非を洗う、
清泉、汲み得たり、老天衣《ろうてんね》。
衲僧《のうそう》は陳遵《ちんじゅん》の轄《かつ》を認めず、
月を引く轆轤《ろくろ》、瞥轉《べってん》の機。

○陳遵轄＝『蒙求』陳遵投轄。

【二七三―四】

悟道天衣太快哉、井清信手汲將來。
一機發得轆轤斷、百尺寒泉生綠苔。良

悟道《ごどう》の天衣《てんね》、太《はなは》だ快なる哉、
井は清し、手に信《まか》せて汲み將ち來たる。
一機《いっき》發し得て、轆轤《ろくろ》斷つ、
百尺《ひゃくしゃく》の寒泉《かんせん》、綠苔《りょくたい》を生ず。

【二七三―五】

依井天衣悟道底、無端格外轉玄機。
轆轤索斷擔頭折、笑指石林空手歸。甫

井に依って、天衣《てんね》悟道《ごどう》する底《てい》、

端《はし》無《な》くも、格外《かくがい》に玄機《げんき》を轉ず。
轆轤《ろくろ》、索《なわ》は斷ち擔頭《たんとう》折れ、
笑って石林を指して、空手《くうしゅ》にして歸る。

【二七三—六】原本三三丁

天衣悟道作麼生、百尺井泉古甃清。
若認蛙鳴沒交渉、一機頓發轆轤聲。ハン

天衣《てんね》の悟道《ごどう》、作麼生《そもさん》、
百尺《ひゃくしゃく》の井泉《せいせん》、古甃《こしゅう》清し。
若し蛙鳴《あめい》を認めば、沒交渉《もっきょうしょう》、
一機頓《いっきとん》に發す、轆轤《ろくろ》の聲。

【二七三—七】

天衣沒溺看如何、悟道井中萬丈波。
匾擔折來底端的、水頭拍手笑呵々。オ

天衣《てんね》沒溺《もつでき》す、如何《いかん》とか看る、
悟道井中《ごどうせいちゅう》、萬丈《ばんじょう》の波。
匾擔《へんたん》、折れ來たる底《てい》の端的《たんてき》、
水頭、手を拍って、笑い呵々《かか》。

【二七三—八】

天衣悟道脱羅籠、匾擔折來曉井中。
認作衲僧轉身句、轆轤聲度一欄東。長

天衣《てんね》悟道《ごどう》、羅籠《らろう》を脱す、
匾擔《へんたん》、折れ來たる、曉井《ぎょうせい》の中。
認めて衲僧轉身《のうそうてんしん》の句と作す、
轆轤《ろくろ》の聲は度《わた》る、一欄《いちらん》の東。

【二七三—九】

驀引轆轤力叵希、井邊悟去老天衣。
兩頭擔折空諸有、百尺寒泉發一機。

驀《まく》に轆轤《ろくろ》を引く、力叵希《りきかき》、
井邊《せいへん》に悟り去る、老天衣《ろうてんね》。
兩頭《りょうとう》の擔《たん》折れて、諸有《しょう》を空ず、

百尺《ひやくしやく》の寒泉《かんせん》、一機《いつき》を發す。

【二七四―一】

贊冬臨濟

這裡何須春夏秋、參冬臨濟立宗猷。
嚴寒徹骨活商量、一喝雪飛四百州。雪叟

這裡《しやり》、何ぞ春夏秋《はるなつあき》を須いん、
冬臨濟《ふゆりんざい》に參じて、宗猷《そうゆう》を立す。
嚴寒《げんかん》、骨に徹す、活商量《かつしようりよう》、
一喝《いつかつ》、雪は飛ぶ、四百州。

【二七四―二】

臨濟宗風子細看、忽行冬令太無端。
漫天白雪金剛劍、存奘慧然毛骨寒。仙君代

臨濟《りんざい》の宗風《しゆうふう》、子細《しさい》に看よ、
忽ち冬令《とうれい》を行じて、太《はなは》だ端無《はしな》し。
漫天《まんてん》の白雪《はくせつ》、金剛劍《こんごうけん》、
存奘《そんしよう》、慧然《えねん》、毛骨《もうこつ》寒し。

【二七四―三】

宗旨冬嚴臨濟爺、堂々意氣別生涯。
這風顚漢雪獅子、寒殺闍梨張爪牙。永

宗旨《しゆうし》は冬嚴《とうげん》、臨濟爺《りんざいや》、
堂々たる意氣、別生涯《べつしようがい》。
這《こ》の風顚漢《ふうてんかん》、雪獅子《ゆきしし》、
闍梨《じやり》を寒殺《かんさつ》して、爪牙《そうげ》を張る。

【二七四―四】

臨濟冬嚴赤肉團、四來雲衲近傍難。
青松雪白山門境、五逆兒孫日轉寒。喜

臨濟冬嚴《りんざいとうげん》、赤肉團《しやくにくだん》、
四來《しらい》の雲衲《うんのう》、近傍《きんぼう》し難し。
青松《せいしよう》雪は白し、山門の境、
五逆《ごぎやく》の兒孫《じそん》、日びに轉《うた》た寒し。

【二七四—五】

請看臨濟大龍王、冬日威雄震十方。
活祖門庭無別事、朝挨暮拶雪商量。恕代

請う看よ、臨濟大龍王《りんざいだいりゅうおう》、
冬日《とうじつ》の威雄《いゆう》、十方に震う。
活祖《かつそ》の門庭《もんてい》、別事無し、
朝挨暮拶《ちょうあいぼさつ》、雪の商量《しょうりょう》。

【二七四—六】

冬臨濟老震威雄、正令當行西又東。
一劍霜寒千萬世、到今天下起禪風。

冬臨濟老《ふゆりんざいろう》、威雄《いゆう》を震う、
正令當行《しょうれいとうぎょう》、西又た東。
一劍、霜は寒し、千萬世、
今に到るまで、天下、禪風《ぜんぷう》を起こす。

【二七五—一】

單傳落葉

忽爾單傳葉轉鳴、雨耶不雨作麼生。
衲僧難睡少林下、一夜風前黃落聲。芳

忽爾《こつじ》として單傳《たんでん》、葉轉《うた》た鳴る、
雨か雨ならざるか、作麼生《そもさん》。
衲僧《のうそう》、睡り難し、少林の下、
一夜、風前、黃落《こうらく》の聲。

【二七五—二】

直指單傳葉落時、溪邊攜箒老闍梨。
少林消息無人會、付與秋風自在吹。弗

直指單傳《じきしたんでん》、葉落つる時、
溪邊《けいへん》に箒を攜う、老闍梨《ろうじゃり》。
少林の消息《しょうそく》、人の會《え》する無し、
秋風に付與して、自在に吹かしむ。

【二七五―三】

單傳落葉奈宗猷、明眼衲僧會則休。
五逆兒孫沒商量、西風吹盡少林秋。才

單傳落葉《たんでんらくよう》、宗猷《そうゆう》を奈《いかん》せん、
明眼《みょうげん》の衲僧《のうそう》、會《え》せば則ち休《きゅう》す。
五逆《ごぎゃく》の兒孫《じそん》、沒商量《もっしょうりょう》、
西風吹き盡くす、少林の秋。

【二七五―四】

單傳直指一宗乘、落葉鳴秋終不勝。
識得少林消息旨、溪邊掃盡夕陽僧。愈

單傳直指《たんでんじきし》、一宗乘《しゅうじょう》、
落葉《らくよう》、秋を鳴らして、終《つい》に勝《た》えず。
少林の消息《しょうそく》の旨を識得《しきとく》す、
溪邊《けいへん》、掃い盡くす、夕陽《せきよう》の僧。

【二七五―五】

看々山川葉落時、單傳錯會活闍梨。
信言掃土一宗盡、昨夜宗風光統師。珍

看よ看よ、山川葉落《さんせんようらく》の時、
單傳《たんでん》、錯って會《え》す、活闍梨《かつじゃり》。
土を掃って一宗盡くと言うを信ず、
昨夜、宗風《しゅうふう》、光統師《こうとうし》。

【二七五―六】

葉是單傳葩直指、達磨公案涉多岐。
九年摸象寒更雨、今日開門解大疑。干

葉は是れ單傳《たんでん》、葩《はな》は直指《じきし》、
達磨《だるま》の公案《こうあん》、多岐《たき》に涉る。
九年、象を摸《も》す、寒更《かんこう》の雨、
今日、門を開いて、大疑《だいぎ》を解く。

【二七五—七】

初枝末葉祖庭晩、片々飛西又落東。
掃地少林消息斷、流支毒藥一秋風。良

初枝末葉《しょしまつよう》、祖庭《そてい》の晩、
片々《へんぺん》、西に飛び、又た東に落つ。
地を掃って、少林の消息《しょうそく》斷つ、
流支《るし》の毒藥《どくやく》、一秋風《いちしゅうふう》。

【二七五—八】

達磨宗風眼處聽、單傳從此葉凋零。
夕陽僧作少林客、不掃溪邊掃祖庭。叔

達磨《だるま》の宗風《しゅうふう》、眼處《げんしょ》に聽く、
單傳《たんでん》、此より、葉、凋零《ちょうれい》す。
夕陽《せきよう》の僧、少林の客と作って、
溪邊《けいへん》を掃わず、祖庭《そてい》を掃う。

【二七五—九】

索々秋風吹度辰、單傳落葉刹塵々。
衲僧用處寒爐底、掃向少林燒作薪。

索々《さくさく》たる秋風、吹き度《わた》る辰、
單傳落葉《たんでんらくよう》、刹塵々《せつじんじん》。
衲僧《のうそう》の用處《ゆうじょ》、寒爐底《かんろてい》、
少林を掃向《そうこう》して、燒いて薪と作す。

【二七五—一〇】

衲僧擁葉叫單傳、的々相承機不全。
無限秋風無柄箒、一時掃盡少林禪。

衲僧《のうそう》、葉を擁して、單傳《たんでん》と叫ぶ、
的々相承《てきてきそうしょう》、機全からず。
無限の秋風、無柄《むへい》の箒、
一時に掃い盡くす、少林の禪。

【二七六】
橋供養
河上梁穿過碧落、水中柱透徹黃泉。
人々脚下活三昧、蹈着虚空虹一邊。物外

河上の梁は、碧落《へきらく》を穿過《せんか》し、
水中の柱は、黄泉《こうせん》に透徹《とうてつ》す。
人々脚下《にんにんきやつか》、活三昧《かつざんまい》、
虚空《こくう》を蹈著《とうじやく》す、虹一邊《にじいつぺん》。

【二七七―一】
入室梅
梅花入室起宗猷、第一枝禪四百州。
這老維摩鼻功德、毘耶城裡暗香浮。

梅花入室《ばいかにつしつ》して、宗猷《そうゆう》を起こす、
第一枝《だいいつし》の禪、四百州。
這《こ》の老維摩《ろうゆいま》、鼻功德《びくどく》、
毘耶城裡《びやじようり》、暗香《あんこう》浮かぶ。

【二七七―二】
入室梅花興我宗、報恩端的暗香濃。
林逋恐可□〔有〕遺愛、直到龍淵化作龍。

入室《につしつ》の梅花《ばいか》、我が宗を興こす、
報恩《ほうおん》の端的《たんてき》、暗香濃《あんこうこまや》かなり。
林逋《りんぽ》、恐らくは遺愛《いあい》有る可し、
直に龍淵《りようえん》に到って、化して龍と作す。

【二七七―三】
只這梅兄不辨邪、毘耶室内結寃家。
無端帶得前村雪、寒殺維摩昨夜花。

只だ這《こ》の梅兄《ばいけい》、邪を辨ぜず、
毘耶室内《びやしつない》に、寃家《おんけ》を結ぶ。
端無《はしな》くも、前村の雪を帶び得て、
維摩《ゆいま》を寒殺《かんさつ》す、昨夜の花。

【二七七—四】

入室梅花也太奇、前村昨夜漏春時。
無端參得維摩老、直下化龍一兩枝。 勝

入室《にっしつ》の梅花《ばいか》、也太奇《やたいき》、
前村、昨夜、春を漏らす時。
端無《はしな》くも、維摩老《ゆいまろう》に參得《さんとく》し、
直下《じきげ》に龍と化す、一兩枝《いちりょうし》。

【二七七—五】

直入得香林室内、梅兄特地長宗芽。
青燈一盞無明焰、煉出前村昨夜花。 愈

直に香林室内《きょうりんしつない》に入得《にっとく》して、
梅兄《ばいけい》、特地《どくち》に宗芽《しゅうげ》を長ず。
青燈一盞《せいとういっさん》、無明《むみょう》の焰、
煉り出だす、前村昨夜の花。

【二七七—六】

梅兄入室興宗時、公案現成也太奇。
忽被暗香禪寂破、工夫空費老闍梨。 甫

梅兄《ばいけい》、入室《にっしつ》して、宗を興こす時、
公案現成《こうあんげんじょう》、也太奇《やたいき》。
忽ち暗香《あんこう》に禪寂《ぜんじゃく》を破られて、
工夫《くふう》、空しく費す、老闍梨《ろうじゃり》。

【二七七—七】

梅兄入室是耶非、借問維摩活衲衣。
我若共花參得去、袈裟角上帶香歸。 祝

梅兄《ばいけい》の入室《にっしつ》、是か非か、
借問《しゃもん》す、維摩活衲衣《ゆいまかつのうえ》。
我れ若し花と共に參得《さんとく》し去らば、
袈裟角《けさかく》上、香を帯びて歸らん。

【二七七―八】

梅兄入室呈公案、從此枝々興我宗。
花亦參禪要商量、機先一句暗香浮。　愈

梅兄入室《ばいけいにっしつ》、公案《こうあん》を呈す、
此より、枝々《しし》、我が宗を興こす。
花も亦た禪に參ず、商量《しょうりょう》を要す、
機先《きせん》の一句、暗香《あんこう》浮かぶ。

【二七八―一】

頌靈雲見桃話
呵々大笑豁然時、觸發春風桃一枝。
打失娘生本來眼、靈雲亦證〔暗證〕暗禪師。　大休

呵々《かか》大笑、豁然《かつねん》の時、
觸發《そくはつ》す、春風《しゅんぷう》、桃一枝《いっし》。
娘生《にょうしょう》本來の眼を打失す、
靈雲《れいうん》も亦た暗證《あんしょう》禪師。

○『見桃録』に「呵呵大笑豁然時、觸發春風桃一枝、打失孃生本來眼、靈雲亦暗證禪師」。

【二七八―二】

香風四海一桃花、大小靈雲莫眼花。
今日出當〔頭〕天外看、武陵春色趙昌花。　東菴

香風四海《こうふうしかい》、一桃花《とうか》、
大小の靈雲《れいうん》、眼花《がんか》すること莫かれ。
今日出頭して、天外に看よ、
武陵《ぶりょう》の春色も、趙昌《ちょうしょう》の花。

○趙昌花＝前出［一五二］。

【二七八―三】

桃下靈雲春幾回、認香逐色鈍痴獃。
見花眼裡蘭亭帖、實悟實參棗木梅。　雪叟

桃下の靈雲《れいうん》、春幾回ぞ、
香を認め色を逐う、鈍痴獃《どんちがい》。

花を眼裡《がんり》に見る、蘭亭帖《らんていぢょう》、
實悟實參《じつごじつさん》も、棗木梅《そうぼくばい》。

○蘭亭帖、棗木梅＝王羲之の「蘭亭帖」に眞筆がないように似非。前出［七〇―四］。

【二七八―四】

靈雲見處活機先、千樹桃紅三月天。
換却眼睛發深省、武陵花不道無禪。仙壽

靈雲《れいうん》が見處《けんじょ》、活機《かっき》の先、
千樹、桃は紅なり、三月の天。
眼睛《がんぜい》を換却《かんきやく》して、深省《しんせい》を發す、
武陵《ぶりよう》の花に、禪無しとは道わず。

【二七九―一】

安居雨
白髪殘僧眠不得、安居閑處雨聲敲。
蒲團半破三間漏、多少工夫一把茅。德

白髪《はくはつ》の殘僧《ざんそう》、眠ること得ず、
安居《あんご》の閑處《かんしょ》、雨聲《うせい》敲《たた》く。
蒲團《ふとん》半ば破れ、三間《さんげん》漏る、
多少の工夫《くふう》、一把茅《いちはぼう》。

【二七九―二】

三月安居以雨鳴、袈裟白髪到心清。
團蒲坐穩山房夜、老去同參檐滴聲。、

三月の安居《あんご》、雨を以て鳴る、
袈裟白髪《けさはくはつ》、心清に到る。
團蒲《だんぷ》坐して穩かなり、山房《さんぼう》の夜、
老い去って、同參《どうさん》は檐滴《えんてき》の聲。

○老去同參檐滴聲＝『錦繡段』、陸游「聽雨戲作」詩二の一、「老去同參唯夜雨、焚香臥聽畫簾聲」。

【二七九―三】

一把茅檐惱此生、安居雨冷二三更。

定僧蒲破無人問、老去同參點滴聲。佐
一把茅檐《いっぱぼうえん》、此の生を惱ます、
安居《あんご》、雨は冷かなり、二三更。
定僧《じょうそう》、蒲破れて、人の問う無し、
老去って、同參《どうさん》は點滴《てんてき》の聲。

【二七九―四】

安居禁足鐵心肝、清夜同參涼雨寒。
老去定僧茅屋漏、蜀山萬里一蒲團。昌
安居禁足《あんごきんそく》、鐵心肝《てつしんかん》、
清夜、同參《どうさん》の涼雨《りょうう》は寒し。
老い去って、定僧《じょうそう》、茅屋《ぼうおく》漏る、
蜀山萬里《しょくざんばんり》、一蒲團《ふとん》。

【二七九―五】

山雨蕭々夜自涼、安居深處要商量。
破蒲團上三間隔、鐵鑄定僧也斷腸。忠
山雨蕭々《しょうしょう》、夜、自ずから涼、
安居《あんご》深き處、商量《しょうりょう》を要す。
破蒲團《はぶとん》上、三間《さんげん》隔つ、
鐵鑄《てっちゅう》の定僧《じょうそう》も也《ま》た斷腸《だんちょう》。

【二七九―六】

三月安居々不安、夜深雨絶徹心肝。
工夫蒲破簷聲冷、白髮定僧夢亦酸。熏
三月安居《あんご》、居安からず、
夜深けて雨は絶え、心肝《しんかん》に徹す。
工夫《くふう》蒲破れ、簷聲《えんせい》冷やかなり、
白髮《はくはつ》の定僧《じょうそう》、夢も亦た酸《す》し。

【二七九―七】

涼雨蕭々吹未晴、安居禁足昧凡情。
定僧坐靜山房夜、老去同參點滴聲。、
涼雨蕭々《りょううしょうしょう》、吹いて未だ晴れず、

安居《あんご》禁足《きんそく》、凡情《ぼんじょう》を味ます。
定僧《じょうそう》、坐して静かなり、山房《さんぼう》の夜、
老い去って、同參《どうさん》は點滴《てんてき》の聲。

【二七九―八】

安居雨之聲律洋々乎、盈耳者捻計十首之内、楚批幷二聯。伏舊雨云乎、今雨云乎。餘虚簷占滴而未愜翁心聞者乎。伏望守窓螢、以到重吟始見厥功耳。思旃哉々々々。鐵山和上御點。

安居《あんご》、雨の聲律《せいりつ》、洋々乎《ようようこ》として耳に盈《み》つる者、捻計十首の内、楚批《そひ》幷せて二聯。舊雨《きゅうう》と云わんか、今雨《こんう》と云わんか。餘は虚簷《きょえん》に滴《した》づるを占めて、未だ懶翁《らんおう》の心聞に愜《かな》わざる者か。伏して望むらくは、窓螢《そうけい》を守って、以て重吟に到って始めて厥《そ》の功を見んのみ。旃《これ》を思う哉、旃《これ》を思う哉。鐵山和上御點

○楚批＝刈楚批點。楚《すわえ》を刈り、批點をつける。詩を批評して朱墨で點をつけること。

【二八〇―一】原本三四丁

半夏臨濟

臨濟威風太熱瞞、無端破夏老顚干〔漢〕。
大龍佛也雷行也、黄檗山頭平地瀾。芸

臨濟《りんざい》の威風《いふう》、太《はなは》だ熱瞞《ねつまん》、
端無《はしな》くも夏《げ》を破る、老顚漢《ろうてんかん》。
大龍佛也《だいりょうぶつや》、雷行ず、
黄檗山頭《おうばくさんとう》、平地の瀾。

【二八〇―二】

等閑破夏昧宗猷、這老風顚禿比丘。
錯上檗山作何事、只終身合在曹州。陸

等閑《なおざり》に夏《げ》を破って、宗猷《そうゆう》を味ます、
這《こ》の老風顚《ろうふうてん》、禿比丘《とくびく》。
錯って檗山に上って、何事をか作す、

只だ身を終うるまで、合《まさ》に曹州《そうしゅう》に在るべし。

○曹州＝臨濟、名義玄、曹州南華人也。

【二八〇—三】

林才半夏等閑還、驀地踏飜盡大千。

若上檗山無喫棒、宗風高不到青天。佐

林才、半夏《はんげ》にして、等閑《なおざり》に還る、

驀地《まくち》に踏飜《とうほん》す、盡大千《じんだいせん》。

若し檗山《ばくざん》に上らば、棒を喫すること無けん、

宗風《しゅうふう》高くして、青天《せいてん》に到らず。

【二八〇—四】

半夏興宗臨濟老、如來禁網不相關。

看々顚漢活三昧、倒跨大鵬上檗山。甫

半夏《はんげ》、宗を興こす、臨濟老《りんざいろう》、

如來《にょらい》の禁網《きんもう》、相關わらず。

看よ看よ、顚漢《てんかん》の活三昧《かつざんまい》、

倒《さかし》まに大鵬《たいほう》に跨って、檗山《ばくざん》に上る。

【二八〇—五】

這老風顚意氣全、無端破夏等閑還。

忽焉駕與大龍去、黄檗山頭脚下邊。而

這《こ》の老風顚《ろうふうてん》、意氣全し、

端無《はしな》くも、夏《げ》を破って、等閑《なおざり》に還る。

忽焉《こつえん》として、大龍に駕與《かよ》し去る、

黄檗山頭《おうばくさんとう》、脚下《きやつか》の邊。

【二八〇—六】

請看臨濟鐵心肝、六月雪飛赤肉團。

驀地攀登大龍佛、檗山頂上起波瀾。甫

請う看よ、臨濟《りんざい》の鐵心肝《てつしんかん》、

六月、雪は飛ぶ、赤肉團《しゃくにくだん》。

驀地《まくち》に、大龍佛《だいりようぶつ》に攀登《はんとう》し、

檗山頂上《ばくざんちようじよう》、波瀾《はらん》を起こす。

【二八〇―七】

林才破夏底端的、忽振大機優鉢曇。

直上檗山投活處、金龍全不守寒潭。收

林才《りんざい》夏《げ》を破る底《てい》の端的《たんてき》、

忽ち大機を振るう、優鉢曇《うはつどん》。

直に檗山《ばくざん》に上って、活處に投ず、

金龍《きんりゅう》、全く寒潭《かんたん》を守らず。

【二八〇―八】

無端破夏叫優曇、這老風顚滿面慚。

強上檗山果何用、金龍終不守寒潭。陸

端《はし》無《な》くも夏《げ》を破って、優曇《うどん》と叫ぶ、

這《こ》の老風顚《ろうふうてん》、滿面《まんめん》の慚。

強いて檗山《ばくざん》に上るも、果たして何の用ぞ、

金龍《きんりゅう》、終《つい》に寒潭《かんたん》を守らず。

【二八〇―九】

黄檗門頭老臨濟、恁麼破夏別生涯。

炎天飛雪白拈賊、五逆兒孫錯眼花。喜

黄檗門頭《おうばくもんとう》、老臨濟《ろうりんざい》、

恁麼《いんも》に夏《げ》を破る、別生涯《べつしょうがい》。

炎天《えんてん》に雪を飛ばす、白拈賊《びゃくねんぞく》、

五逆《ごぎゃく》の兒孫《じそん》、錯って眼花《がんか》す。

【二八〇―一〇】

漫點十有二首之内刈楚者二、稱批者一首矣、巧拙問著管城子、以可知之乎。

漫《みだ》りに十有二首を點ずるの内、楚《すわえ》を刈る者二、批に稱う者一首。巧拙は管城子《かんじょうし》に問着《もんじゃく》せば、以て之を知る可し。

○刈楚＝詞林刈楚。○稱批＝「批」は批點。詩を批評して朱墨で點をつけること。略して「楚批」ともいう。詩を批評したり改めることを「批抹」という。

【二八一―一】

善財持荷葉

荷葉持來誑衆徒、善財手段亂耶胡。
即今瀉下清香露、百一十城一箇無。

荷葉《かよう》、持ち來たって、衆徒《しゅうと》を誑《たぶらか》す、
善財《ぜんざい》の手段《しゅだん》、亂か胡か。
即今、瀉ぎ下す、清香《せいこう》の露、
百一十城、一箇も無し。

【二八一―二】

荷葉持來佛祖讎、善財手段掠虚頭。
果然翡翠蹈飜去、五十三人風馬牛。芸

荷葉《かよう》持ち來たる、佛祖《ぶっそ》の讎《あだ》、
善財《ぜんざい》の手段《しゅだん》、掠虚頭《りゃっきょとう》。
果然《かぜん》、翡翠《ひすい》、蹈飜《とうほん》し去る、
五十三人、風馬牛《ふうばぎゅう》。

【二八一―三】

出水云荷正法芽、善財持得思無邪。
看々不用一枝草、三萬太湖手裡花。堅

出水云荷正法芽、
善財《ぜんざい》持ち得て、思い邪《よこしま》無し。
看よ看よ、一枝《いっし》草を用いず、
三萬の太湖、手裡《しゅり》の花。

○出水云荷正法芽＝出水云何正法芽か。

【二八一―四】

請看善財活三昧、團々荷葉手中擎。
只將瀉下清香露、洗出南方一百城。甫

請う看よ、善財《ぜんざい》の活三昧《かつざんまい》、
團々《だんだん》たる荷葉《かよう》、手中に擎《ささ》ぐ。
只だ將に清香《せいこう》の露を瀉ぎ下して、
南方の一百城《いっぴゃくじょう》を洗い出だすべし。

【二八一―五】

荷葉持來絶正邪、善財氣宇別生涯。
手中一朶眞消息、五十三人眼裏花。佐

荷葉《かよう》、持ち來たって、正邪を絶す、
善財《ぜんざい》の氣宇《きう》、別生涯《べつしょうがい》。
手中の一朶《いちだ》、眞の消息《しょうそく》、
五十三人、眼裏《がんり》の花。

【二八一―六】

荷葉持來結悪寃、善財手段到今存。
若兼翡翠參尋去、五十三人一蹈飜。キ

荷葉《かよう》、持ち來たって、悪寃《あくおん》を結ぶ、
善財《ぜんざい》の手段《しゅだん》、今に到るまで存す。
若し翡翠《ひすい》と兼ねて參尋《さんじん》し去らば、
五十三人、一蹈《いっとう》に飜せん。

【二八一―七】

荷葉持來涼似秋、善財手段轉風流。
錯抛靈藥墮香惑、翡翠蹈飜笑點頭。イ

荷葉《かよう》持ち來たって、秋よりも涼し、
善財《ぜんざい》の手段《しゅだん》、轉《うた》た風流《ふうりゅう》。
錯って靈藥《れいやく》を抛って、香惑《こうわく》に墮《だ》す、
翡翠蹈飜《ひすいとうほん》し、笑って點頭《てんとう》す。

【二八一―八】

看々善財那一莖、持來荷葉味人情。
無端彌勒門開也、翡翠蹈飜彈指聲。策

看よ看よ、善財《ぜんざい》の那一莖《ないっきょう》、
荷葉《かよう》を持ち來たって、人情を味ます。
端無《はしな》くも、彌勒《みろく》の門開く、
翡翠蹈飜《ひすいとうほん》す、彈指《だんし》の聲。

【二八一―九】

荷葉團々清似梅、善財到此惹塵埃。
拈來靈藥無人會、翡翠蹈翻露一盃。陸

荷葉團々《かようだんだん》、梅よりも清し、
善財《ぜんざい》、此に到って塵埃《じんあい》を惹く。
靈藥《れいやく》を拈じ來たるも、人の會《え》する無し、
翡翠蹈翻《ひすいとうほん》す、露一盃《いっぱい》。

【二八二―一】

多福一叢竹

一叢脩竹盡三千、多福商量養子緣。
把定清風分曲直、竿頭問話老婆禪。芸

一叢《いっそう》の脩竹《しゅうちく》、盡三千《じんさんぜん》、
多福《たふく》の商量《しょうりょう》、養子《ようし》の緣。
清風《せいふう》を把定《はじょう》して、曲直《きょくちょく》を分かつ、
竿頭《かんとう》の問話《もんな》、老婆禪《ろうばぜん》。

【二八二―二】

多福元來也大難、錯將叢竹使人謾。
即今欲識一莖旨、把定清風問着看。佐

多福《たふく》、元來《がんらい》、也《ま》た大難、
錯って叢竹《そうちく》を將て人をして謾ぜしむ。
即今、一莖《いっきょう》の旨を識らんと欲せば、
清風《せいふう》を把定《はじょう》して、問着《もんじゃく》し看よ。

【二八二―三】

青々翠竹太參差、多福一叢長惡芽。
拗折千竿子細看、祖師心頭趙昌花。キ

青々たる翠竹《すいちく》、太《はなは》だ參差《しんさ》、
多福《たふく》の一叢《いっそう》、惡芽《あくが》を長ず。
千竿《せんかん》を拗折《ようせつ》して、子細《しさい》に看よ、
祖師の心頭《しんとう》も、趙昌《ちょうしょう》の花。

○趙昌花＝前出［一五二］。

【二八二―四】

翠竹一叢萬劫殃、元來多福惡商量。
兩莖直下與人看、從此宗風細々香。惠

翠竹一叢《すいちくいっそう》、萬劫《まんごう》の殃《わざわい》、
元來《がんらい》、多福《たふく》の惡商量《あくしょうりょう》。
兩莖《りょうきょう》、直下《じきげ》に人に與えて看せしむ、
此より宗風《しゅうふう》、細々香る。

【二八二―五】

看々多福惡芽孽、萬劫禍根竹一叢、
莫話三莖四莖曲、渭川千畝自清風。才

看よ看よ、多福《たふく》の惡芽孽《あくげげつ》、
萬劫《まんごう》の禍根《かこん》、竹一叢《いっそう》、
話《かた》る莫かれ、三莖四莖曲《さんきょうしきょう》と、
渭川《いせん》の千畝《せんぼ》、自ずから清風《せいふう》。

【二八二―六】

多福□枝作麼生、錯將叢竹昧凡情、
釣竿截盡捴虚語、萬劫禍根一兩莖。而

多福《たふく》□枝、作麼生《そもさん》、
錯って叢竹《そうちく》を將て凡情《ぼんじょう》を昧ます、
釣竿截盡《ちょうかんせつじん》す、捴に虚語《きょご》、
萬劫《まんごう》の禍根《かこん》、一兩莖《いちりょうきょう》。

【二八三―一】

蓮華方丈

水上蓮華高着眼、丈方室内古今閑。
淤泥亦是淨慈境、一葉香風五百間。廣

水上の蓮華《れんげ》、高く眼を着けよ、
丈方室内《じょうほうしつない》、古今閑なり。
淤泥《おでい》も亦た是れ淨慈《じんず》の境、
一葉の香風《こうふう》、五百間。

【二八三―二】

紅蓮出水是何物、方丈花開現鬱曇。
若認毘耶沒交渉、鑑湖三百一伽藍。而

紅蓮《ぐれん》、水を出づる、是れ何物ぞ、
方丈《ほうじょう》、花開いて、鬱曇《うどん》を現ず。
若し毘耶《びや》を認めば、沒交渉《もつきょうしょう》、
鑑湖《かんこ》三百、一伽藍《がらん》。

○鑑湖三百＝李白詩。前出［二六三―二］。

【二八三―三】

蓮華方丈別生涯、天下宗枝長道芽。
具眼白鷗掉頭去、西湖十里一毘耶。佐

蓮華《れんげ》方丈《ほうじょう》、別生涯《べつしょうがい》、
天下の宗枝《しゅうし》、道芽《どうげ》を長ず。
具眼《ぐげん》の白鷗《はくおう》、頭《こうべ》を掉《ふる》って去る、
西湖《せいこ》十里、一毘耶《びや》。

【二八三―四】

蓮華方丈自生涼、月撈風挨吹暗香。
若認毘耶沒交渉、西湖十里一禪床。昌

蓮華《れんげ》方丈《ほうじょう》、自ずから涼を生ず、
月撈風挨《げっさつふうあい》、暗香《あんこう》を吹く。
若し毘耶《びや》を認めば、沒交渉《もつきょうしょう》、
西湖《せいこ》十里、一禪床《ぜんしょう》。

【二八三―五】

看看四海舊同參、方丈蓮華現鬱曇。
十里西湖得其一、毘耶落二淨慈三。

看よ看よ、四海《しかい》の舊同參《きゅうどうさん》、
方丈蓮華《ほうじょうれんげ》、鬱曇《うどん》を現ず。
十里の西湖《せいこ》、其の一を得て、
毘耶《びや》は二に落ち、淨慈《じんず》は三。

【二八三―六】

四海香風吹又吹、蓮華方丈現斯時。
西湖十里毘耶室、一對鴛鴦三萬獅。元

四海《しかい》の香風《こうふう》、吹いて又た吹く、
蓮華《れんげ》方丈《ほうじょう》、斯《こ》の時に現ず。
西湖《せいこ》の十里、毘耶《びや》の室、
一對の鴛鴦《えんおう》、三萬の獅。

【二八三―七】

蓮華方丈勢嵯峨、四海香風從此多。
翡翠蹈飜獅子座、文殊何必問維摩。廣

蓮華方丈、勢い嵯峨たり、
四海の香風、此より多し。
翡翠蹈飜す、獅子座、
文殊何ぞ必しも維摩に問わん。

【二八三―八】

蓮華方丈貫華一軸、摩老眼以閲之畢矣。管城侯點頭者廿又三首。就中批者二首。句之巧拙、意之臧否、恰露意外者也。默而可知之耳。鑑

蓮華《れんげ》方丈《ほうじょう》の貫華《かんげ》一軸、老眼を摩して以て之を閲し畢る。管城侯《かんじょうこう》、點頭《てんとう》する者廿又三首。中に就いて、批する者二首。句の巧拙、意の臧否《ぞうひ》、恰《あた》か意外に露わる者なり、默して之を知る可きのみ。

鑑

【二八四―一】

擧翠巖夏末語

兄弟商量滿口霜、翠巖夏末施生薑。
雲門關棙沒交渉、八尺眉毛覆大唐。芸

兄弟《ひんでい》商量《しょうりょう》するも、滿口《まんく》の霜、
翠巖《すいがん》、夏末《げまつ》、生薑《しょうきょう》を施す。
雲門《うんもん》の關棙《かんれい》、沒交渉《もっきょうしょう》、

八尺の眉毛《びもう》、大唐を覆う。

【一八四―二】

看々翠巌那一叢、初秋夏末錯成功。
爲兄弟説揔無用、梧有雨聲松有風。甫

看よ看よ、翠巌《すいがん》の那一叢《ないっそう》、
初秋夏末《しょしゅうげまつ》、錯って功を成す。
兄弟《ひんでい》の爲に説くは、揔に無用、
梧に雨聲《うせい》有り、松に風有り。

【一八四―三】

錯示眉毛機不全、翠巌手段惡因縁。
爲兄弟説汚其口、落葉鳴蟲清淨禪。佐

錯って眉毛《びもう》を示す、機全からず、
翠巌《すいがん》の手段《しゅだん》、惡因縁《あくいんねん》。
兄弟《ひんでい》の爲に説かば、其の口を汚す、
落葉鳴蟲《らくようめいちゅう》、清淨《しょうじょう》の禪。

【一八四―四】

夏末示徒翠巌老、眉毛生也惡寃讎。
爲兄弟又是何用、説到驢年不點頭。キ

夏末《げまつ》、徒に示す、翠巌老《すいがんろう》、
眉毛生也《びもうしょうや》、惡寃讎《あくおんしゅう》。
兄弟《ひんでい》の爲にするも、又た是れ何の用ぞ、
説いて驢年《ろねん》に到るも、點頭《てんとう》せじ。

【一八四―五】

看々翠巌格外機、忽將夏末示玄微。
眉毛頷下藏狼毒、賺殺滿堂兄弟歸。末

看よ看よ、翠巌《すいがん》が格外《かくがい》の機、
忽ち夏末《げまつ》を將て、玄微《げんび》を示す。
眉毛《びもう》、頷下《がんか》、狼毒《ろうどく》を藏し、
滿堂《まんどう》の兄弟《ひんでい》を賺殺《れんさつ》して歸らしむ。

【二八五―一】

盤山心月

這老盤山行道處、孤圓心月昧宗源。
光呑萬象領徒衆、普化一人兩箇猻。

這《こ》の老盤山《ろうばんざん》、道を行ずる處、
孤圓心月《こえんしんげつ》、宗源《しゅうげん》を昧ます。
光、萬象《ばんしょう》を呑み、徒衆《としゅう》を領す、
普化《ふけ》一人、兩箇《りょうこ》の猻《そん》。

【二八五―二】

忽向西江示心月、藏身露影這盤山。
三星囲繞廣寒殿、普老疑團放白鷴。芸

忽ち西江《せいこう》に向かって心月《しんげつ》を示す、
身を藏し、影を露わす、這《こ》の盤山《ばんざん》。
三星囲繞《さんせいいにょう》す、廣寒殿《こうかんでん》、
普老《ふろう》の疑團《ぎだん》、白鷴《はっかん》を放つ。

○三星囲繞廣寒殿＝心の謎字。

【二八五―三】

心月孤圓無用處、盤山氣宇昧宗乘。
馬師容汝沒交渉、錯發靈光日午燈。佐

心月孤圓《しんげつこえん》、用處《ゆうじょ》無し、
盤山《ばんざん》の氣宇《きう》、宗乘《しゅうじょう》を昧ます。
馬師《ばし》、汝を容るるも、沒交渉《もつきょうしょう》、
錯って靈光を發するも、日午《にちご》の燈。

【二八五―四】

盤山氣宇別生涯、心月孤圓會者誰。
普化恁麼着眼看、光含萬象太明私。喜

盤山《ばんざん》の氣宇《きう》、別生涯《べつしょうがい》、
心月孤圓《しんげつこえん》、會《え》する者は誰そ。
普化《ふけ》、恁麼《いんも》に眼を着けて看る、
光、萬象《ばんしょう》を含む、太明私。

○太明私＝前出〔二一一―三〕にも。

【二八五―五】原本三五丁

心月孤圓萬境幽、盤山示衆昧宗猷。
衲僧錯莫認天上、自己靈光夜々秋。末

心月孤圓《しんげつこえん》、萬境《ばんきょう》幽なり、
盤山《ばんざん》の示衆、宗猷《そうゆう》を昧ます。
衲僧《のうそう》、錯って天上《てんじょう》を認むること莫かれ、
自己の靈光、夜々の秋。

【二八五―六】

盤山氣宇有誰論、心月孤圓照本源。
光境俱亡底端的、胸中天地暗昏々。樹

盤山《ばんざん》の氣宇《きう》、誰有ってか論ず、
心月孤圓《しんげつこえん》、本源を照らす。
光境《こうきょう》俱亡底《ぐぼうてい》の端的《たんてき》、
胸中《きょうちゅう》の天地、暗昏々《あんこんこん》。

【二八五―七】

盤山氣宇是何物、心月孤圓眼裡埃。
自己靈光廣寒外、錯言普化暗頭來。熏

盤山《ばんざん》の氣宇《きう》、是れ何物ぞ、
心月孤圓《しんげつこえん》も、眼裡《がんり》の埃。
自己の靈光、廣寒《こうかん》の外、
錯って言う、普化《ふけ》暗頭來《あんとうらい》と。

【二八六―一】

鳴蟲説禪

説妙説玄千萬重、鳴蟲喞々起吾宗。
秋風昨夜言猶耳、少室斷絃續者蛩。圓

妙と説き玄と説く、千萬重《せんばんじゅう》、
鳴蟲喞々《めいちゅうしつしつ》、吾が宗を起こす。
秋風昨夜、言猶お耳にあり、
少室《しょうしつ》の斷絃《だんげん》、續《つ》ぐ者は蛩《きょう》。

【二八六―二】

一夜鳴蟲萬劫殃、説禪何事近禪床。
陰蛩傳唱少林曲、天下衲僧誤斷腸。弗

一夜、鳴蟲《めいちゅう》、萬劫《まんごう》の殃《わざわい》、
禪を説くは何事ぞ、禪床《ぜんしょう》に近し。
陰蛩《いんきょう》傳え唱う、少林の曲、
天下の衲僧《のうそう》、誤って斷腸《だんちょう》。

【二八六―三】

葉底鳴蟲作麼生、説玄説妙太分明。
工夫蒲破同參夜、喞々寒蛩一兩聲。叔

葉底《ようてい》の鳴蟲《めいちゅう》、作麼生《そもさん》、
玄と説き妙と説いて、太《はなは》だ分明《ふんみょう》。
工夫《くふう》蒲破る、同參《どうさん》の夜、
喞々《しつしつ》たる寒蛩《かんきょう》、一兩聲《いちりょうせい》。

【二八六―四】

不道無禪作麼生、鳴蟲説得哭禪鳴。
兒孫後代皆憂始、直指單傳喞々聲。堅

禪無しとは道わず、作麼生《そもさん》、
鳴蟲《めいちゅう》説き得て、禪を哭して鳴く。
兒孫《じそん》、後代、皆な憂うるの始め、
直指單傳《じきしたんでん》、喞々《しつしつ》の聲。

○憂始＝蘇軾「石蒼舒醉墨堂」詩、「人生識字憂患始」。

【二八六―五】

説玄説妙甚痴憨、葉底鳴蟲一二三。
了事衲僧傾意聽、陰蛩喞々舊同參。遠

玄と説き妙と説くも、甚だ痴憨《ちかん》、
葉底《ようてい》の鳴蟲《めいちゅう》、一二三。
了事《りょうじ》の衲僧《のうそう》、意を傾けて聽く、
陰蛩喞々《いんきょうしつしつ》、舊同參《きゅうどうさん》。

【二八六—六】

多少鳴蟲直指禪、分明説了絶言詮。
工夫蒲破終何用、喞々陰蛩是別傳。廣

多少の鳴蟲《めいちゅう》、直指《じきし》の禪、
分明《ふんみょう》に説き了って、言詮《ごんせん》を絶す。
工夫《くふう》蒲破るるも、終《つい》に何の用ぞ、
喞々《しつしつ》たる陰蛩《いんきょう》、是れ別傳《べつでん》。

【二八七—一】

仰山枕子

仰山枕子法身邊、黒漆崑崙開眼眠。
閑却卒陀天上夢、須彌推出大潙前。芸

仰山《きょうざん》の枕子《ちんす》、法身邊《ほっしんへん》、
黒漆《こくしつ》の崑崙《こんろん》、眼を開いて眠る。
卒陀天上《そつだてんじょう》の夢を閑却《かんきゃく》して、
須彌《しゅみ》、推出《すいしゅつ》す、大潙《だいい》の前。

【二八七—二】

枕子推來昧正宗、仰山手段悪情悰。
法身説夢饒譫語、實相深談屋後松。佐

枕子《ちんす》推し來たって、正宗《しょうじゅう》を昧ます、
仰山《きょうざん》の手段《しゅだん》、悪情悰《あくじょうそう》。
法身《ほっしん》、夢を説いて、譫語《せんご》を饒《あま》す、
實相《じっそう》の深談《しんだん》、屋後《おくご》の松。

【二八七—三】

枕子元來是何物、仰山推出與人看。
大潙直下無容汝、未必禪床有泰安。イ

枕子《ちんす》元來《がんらい》、是れ何物ぞ、
仰山《きょうざん》、推出《すいしゅつ》して、人に與えて看せしむ。
大潙《だいい》、直下《じきげ》に汝を容す無し、
未だ必ずしも禪床《ぜんしょう》に泰安《たいあん》有らず。

【二八七—四】

仰山啻是不開晱、枕子示來渉正邪。クン
百億須彌推出後、大潙一夢趙昌花。

仰山《きょうざん》、啻《た》だ是れ晱《あらた》を開くのみならず、
枕子《ちんす》示し來たって、正邪に渉る。
百億の須彌《しゅみ》、推出《すいしゅつ》して後、
大潙《だいい》の一夢も、趙昌《ちょうしょう》の花。

○趙昌花＝前出［一五二］。

【二八七—五】

枕子拈將置祖庭、仰山手段太叮嚀。
餘殃萬劫一場夢、茶樹撼來猶未醒。桃

枕子《ちんす》、拈じ將って、祖庭《そてい》に置く、
仰山《きょうざん》の手段《しゅだん》、太《はなは》だ叮嚀《ていねい》。
餘殃萬劫《よおうまんごう》、一場《いちじょう》の夢、
茶樹《ちゃじゅ》、撼《うご》かし來たるも、猶お未だ醒《さ》めず。

【二八七—六】

合眼黄昏猶寐語、仰山枕子葛藤窠。仙
夢中説夢法身佛、百億須彌小釋迦。

眼を合すれば黄昏《こうこん》、猶お寐語《みご》、
仰山《きょうざん》の枕子《ちんす》、葛藤窠《かっとうか》。
夢中に夢を説く、法身佛《ほっしんぶつ》、
百億の須彌《しゅみ》、小釋迦《しょうしゃか》。

【二八八—一】

讀覺範辨寒具頌
補破遮寒眞道人、着來覺範絶纖塵。
重々紙襖亦優鉢、擁聽松風劫外春。芸

破を補って寒を遮る、眞の道人《どうにん》、
着け來たって、覺範《かくはん》、纖塵《せんじん》を絶す。
重々たる紙襖《しおう》も、亦た優鉢《うはつ》、
擁して松風《しょうふう》を聴けば、劫外《こうがい》の春。

○覺範慧洪「謝諸道友辨寒具」頌、「幽人十月猶絺綌、萬瓦霜清木葉號、賴有西鄰念衰冷、夜窓叢手辨衣袍」。

【二八八―二】

寒具弁來雪滿旻〔鬢〕、慧洪手段是何因。
衣袍錯用垂鬚佛、一氣元來萬國春。佐

寒具《かんぐ》弁じ來たって、雪、鬢《びん》に滿つ、
慧洪《えこう》の手段《しゅだん》、是れ何の因ぞ。
衣袍《えほう》、錯って用ゆ、垂鬚佛《すいしゅぶつ》、
一氣元來《がんらい》、萬國《ばんこく》の春。

【二八八―三】

寒具難修覺範老、團蒲半破雪霏々。
道人絺綌果何用、黃葉青苔禦臘衣。キ

寒具《かんぐ》、修し難し、覺範老《かくはんろう》、
團蒲《だんぷ》、半ば破れて、雪霏々《ひひ》たり。
道人《どうにん》の絺綌《ちげき》、果たして何の用ぞ、
黃葉青苔《こうようせいたい》、禦臘《ぎょろう》の衣。

○絺綌＝葛布の衣。○禦臘衣＝禦寒衣。

【二八八―四】

景德商量有誰會、看々寒具辨衣袍。
錯修絺綌垂鬚佛、雪裡梅花眼力高。イ

景德の商量《しょうりょう》、誰有ってか會《え》す、
看よ看よ、寒具《かんぐ》衣袍《えほう》を辨ず。
錯って絺綌《ちげき》を修す、垂鬚佛《すいしゅぶつ》、
雪裡《せつり》の梅花《ばいか》、眼力高し。

【二八八―五】

這老□〔慧〕洪也大難、辨營寒具太無端。
欲知優鉢道人旨、劈破衣袍問着看。碩

這《こ》の老慧洪《ろうえこう》、也《ま》た大難、
寒具《かんぐ》を辨營《べんえい》して、太《はなは》だ端無《はしな》し。
優鉢道人《うはつどうにん》の旨を知らんと欲せば、

衣袍《えほう》を劈破《ひっぱ》して問着《もんじゃく》し看よ。

【二八八―六】

覺□〔範〕家風不足論、強修寒具是何因。
無端劈破衣袍看、中有道人面目眞。

覺範《かくはん》の家風《かふう》、論ずるに足らず、
強いて寒具《かんぐ》を修するは、是れ何の因ぞ。
端無《はしな》くも、衣袍《えほう》を劈破《ひっぱ》し看よ、
中に道人《どうにん》の面目眞《めんもくしん》有らん。

【二八九―一】

趙州臥雪

看々趙州老古錐、一回臥雪渉多岐。
無端埋却六花底、栢樹庭前活奈犂。末

看よ看よ、趙州《じょうしゅう》の老古錐《ろうこすい》、
一回、雪に臥して、多岐《たき》に渉る。
端無《はしな》くも、六花《りくか》に埋却《まいきゃく》する底《てい》、
栢樹庭前《はくじゅていぜん》、活奈犂《かつなり》。

【二八九―二】

趙老機先絶語端、果然臥雪鐵心肝。
布衫一領終何用、凍損全身毛骨寒。才

趙老《じょうろう》、機先《きせん》に語端《ごたん》を絶す、
果然《かぜん》、雪に臥す、鐵心肝《てつしんかん》。
布衫一領《ふさんいちりょう》、終《つい》に何の用ぞ、
全身を凍損《とうそん》して、毛骨《もうこつ》寒し。

【二八九―三】

趙州臥雪活機先、八十牙根破竹禪。
熱殺虚空寒徹骨、春風吹起老南泉。芸

趙州《じょうしゅう》、雪に臥す、活機《かっき》の先、
八十、牙根《げこん》、破竹《はちく》の禪。
虚空《こくう》を熱殺《ねっさつ》して、寒骨に徹す、
春風《しゅんぷう》吹き起こす、老南泉《ろうなんせん》。

○八十牙根破竹禪＝八十翁翁牙根堅。

【二八九―四】

趙州八十勢三冬、臥雪機鋒萬刄〔仞〕峯。
敢保老翁寒未徹、庭前栢樹起吾宗。仙

趙州《じょうしゅう》八十、勢い三冬《さんとう》、
雪に臥す機鋒《きほう》、萬仞《ばんじん》の峯。
敢えて保す、老翁、寒未だ徹せざることを、
庭前《ていぜん》の栢樹《はくじゅ》、吾が宗を起こす。

【二八九―五】

趙州氣宇看如何、錯臥雪中味自他、
忽解飜身六花底、庭前栢樹咲呵々。策

趙州《じょうしゅう》の氣宇《きう》、如何とか看る、
錯って雪中に臥し、自他を味ます。
忽ち飜身《ほんしん》を解《よ》くす、六花底《りくかてい》、
庭前《ていぜん》の栢樹《はくじゅ》、咲《わら》い呵々《かか》。

【二八九―六】

件之伽陀一貼、雌黄點頭者十首之内、批之者一首。雖然起承兩句未穏者乎。全點一首、點合兩句一首、厥餘皆合句、唯一句耳。吁々、野寺綿蕝之下、飢寒難堪者乎。毎首吟未了。負荊非他、全在山僧身矣。汗顔哉。

件の伽陀《かだ》一貼、雌黄《しおう》、點頭《てんとう》する者十首の内、之を批する者一首。然りと雖も、起承の兩句、未だ穏かならざる者か。全點一首、點合兩句一首、厥《そ》の餘は皆な合句、唯だ一句のみ。吁々、野寺綿蕝《やじめんぜつ》の下、飢寒《きかん》堪え難き者か。毎首吟未了《ぎんみりょう》、荊を負うは他に非ず、全く山僧《さんぞう》が身に在り。顔に汗する哉。

【二九〇―一】

臘月蓮華　雲一字、廿五日課

臘月蓮華鼻功德、香風四海吐奇芬。
帳中冬靜無餘事、十里西湖一穂雲。
雖然如此、點句吟未了、再煉以着力可乎。

臘月《ろうげつ》の蓮華《れんげ》、鼻功徳《びくどく》、
香風《こうふう》、四海《しかい》に奇芬《きふん》を吐く。
帳中、冬静かにして餘事無し、
十里の西湖《せいこ》、一穂《いっすい》の雲。
然《しか》も此の如くなりと雖も、點句吟未了《ぎんみりょう》、再煉して
以て力を着けて可ならんか。

【二九〇―二】
色香元是捴塵氛、臘月蓮華何報君。
寒殺智門無問處、五湖衲子半閑雲。廣

色香、元と是れ捴に塵氛《じんふん》、
臘月《ろうげつ》の蓮華《れんげ》、何をか君に報ず。
寒殺《かんさつ》す、智門《ちもん》が無問の處、
五湖《ごこ》の衲子《のっす》、半ば閑雲《かんうん》。

【二九〇―三】
臘月蓮華眼處聞、無端出水絶塵氛。
歳寒未盡香風起、十里西湖一片雲。碩

臘月《ろうげつ》の蓮華《れんげ》、眼處《げんしょ》に聞く、
端無《はしな》くも、水を出でて、塵氛《じんふん》を絶す。
歳寒《さいかん》、未だ盡きざるに、香風《こうふう》起こる、
十里の西湖《せいこ》、一片《いっぺん》の雲。

【二九〇―四】
臘天雪白好時節、看々蓮華從此薫。
十里西湖一冬底、業風吹盡月無雲。由

臘天《ろうてん》、雪白し、好時節《こうじせつ》、
看よ看よ、蓮華《れんげ》、此より薫る。
十里の西湖《せいこ》、一冬底《いっとうてい》、
業風《ごっぷう》、吹き盡くして、月に雲無し。

【二九〇―五】
臘月蓮華出水薫、枝々開處雨〔雪〕紛々。
晩風香《金香爐下》雲三冬底、十里西湖一穂雲。キ

臘月《ろうげつ》の蓮華《れんげ》、水を出でて薫る、
枝々《しし》開く處、雪紛々《ふんぷん》。
金香爐下《きんこうろか》、三冬底《さんとうてい》、
十里の西湖《せいこ》、一穗《いっすい》の雲。

【二九〇―六】

臘底無端回首看、蓮華開處雪紛々。
一冬多恨《餘殃萬劫》五湖上、花有業風《風霜》月無雲。甫

臘底《ろうてい》、端無《はしな》くも、首《こうべ》を回らして看れば、
蓮華《れんげ》開く處、雪紛々《ふんぷん》。
餘殃萬劫《よおうまんごう》、五湖《ごこ》の上、
花に風霜《ふうそう》有り、月に雲無し。

【二九〇―七】

報君玉骨又風筋、臘月蓮華天地聞。
無垢界中紅拂々、出泥端的率陀雲。芸

君に報ず、玉骨《ぎょっこつ》又た風筋、
臘月《ろうげつ》の蓮華《れんげ》、天地聞く。
無垢界中《むくかいちゅう》、紅拂々《ほつほつ》、
泥を出づる端的《たんてき》、率陀《そつだ》の雲。

○風筋＝不審。

【二九〇―八】

出耶未出捴難分、臘月蓮華勞眼筋。
寒殺智門無話柄、翩々爲雪五湖雲。慰

出づるか未だ出でざるか、捴に分かち難し、
臘月《ろうげつ》の蓮華《れんげ》、眼筋《がんきん》を勞す。
寒殺《かんさつ》す、智門《ちもん》の話柄《わへい》無きを、
翩々《へんぺん》として雪と爲る、五湖《ごこ》の雲。

【二九〇―九】

臘月蓮華眼處聞、出泥端的立功勳。
崑崙歳暮紅爐雪、十里西湖一穗雲。芸

臘月《ろうげつ》の蓮華《れんげ》、眼處《げんしょ》に聞く、

泥を出づる端的《たんてき》、功勳《こうくん》を立す。
崑崙《こんろん》、歳暮《せいぼ》、紅爐《こうろ》の雪、
十里の西湖《せいこ》、一穗《いっすい》の雲。

【二九〇―一〇】

蓮華之貫華一貼、和雪以投懶翁几案、不思臘杪而見之矣。然復日居而以課之者、可謂勗旃哉。恁麼之内稱好者十六首、就中秀者三首矣。嗚呼、老懶衰墮而年云暮、全不辨臧否、各々請恕々々。

蓮華《れんげ》の貫華《かんげ》一貼、雪に和して以て懶翁《らんおう》が几案《きあん》の間に投ぜらる。不思臘杪而之を見る。然《しか》も復た日居にして以て之を課する者、謂っつ可し旃《これ》に勗《つと》めたりと。恁麼《いんも》の内、好と稱する者十六首、中に就いて秀でたる者三首。嗚呼《ああ》、老懶衰墮《ろうらんすいだ》して、年云《ここ》に暮れ、全く臧否《ぞうひ》を辨ぜず、各おの請う恕《じょ》せよ、請う恕せよ。

○不思臘杪而之＝不審。

【二九一―一一】

綠彌勒

朶々青山嫩綠新、喚成彌勒是何因。雪叟下生忽蓋四隣去、一樹重陰千尺身。

朶々《だだ》たる青山《せいざん》、嫩綠《どんりょく》新たなり、
喚んで彌勒《みろく》と成す、是れ何の因ぞ。
下生《あしょう》して、忽ち四隣《しりん》を蓋い去る、
一樹、重陰、千尺の身。

○蓋四隣、重陰＝王維の句に「緑樹重陰蓋四鄰」。

【二九一―一二】原本三六丁

自然弥勒別生涯、嫩綠枝頭長惡芽。
數箇黄鶯三會説、成蔭夏木亦龍華。仙代

自然《じねん》の彌勒《みろく》、別生涯《べつしょうがい》、
嫩綠枝頭《どんりょくしとう》、惡芽《あくが》を長ず。
數箇の黄鶯《こうおう》、三會《さんね》の説、

蔭を成す夏木《かぼく》も、亦た龍華《りゆうげ》。

【二九一―三】

彌勒形模現綠陰、而今待得未來心。
下生經卷新飜譯、隔葉黄鸝一妙音。悅代

彌勒《みろく》の形模《ぎようも》、綠陰《りよくいん》を現ず、
而今《にこん》、待ち得たり、未來の心。
下生《あしよう》の經卷《きようがん》、新飜譯《しんほんやく》、
葉を隔つる黄鸝《こうり》、一妙音《みようおん》。

【二九一―四】

新綠成陰地亦靈、自然出現逸多形。
當來佛也驀相見、樓閣門前樹々青。眞代

新綠《しんりよく》、陰を成して、地も亦た靈、
自然《じねん》に出現す、逸多《いつた》の形。
當來佛《とうらいぶつ》也《や》、驀《まく》に相見《しようけん》、
樓閣《ろうかく》門前、樹々青し。

【二九一―五】

彌勒應身新綠鮮、四隣即是率陀天。
樹陰深處龍華說、度得黄鶯又杜鵑。許代

彌勒《みろく》の應身《おうじん》、新綠《しんりよく》鮮かなり、
四隣《しりん》即ち是れ率陀天《そつだてん》。
樹陰《じゆいん》深き處、龍華《りゆうげ》の說、
度し得たり、黄鶯《こうおう》又た杜鵑《とけん》。

【二九一―六】

嫩綠枝々盡發萌、自然彌勒惹虛名。
成陰夏木卒陀境、上有黄鸝叫下生。忍代

嫩綠枝々《どんりよくしし》、盡く萌を發す、
自然《じねん》の彌勒《みろく》、虛名《きよめい》を惹く。
陰を成す夏木《かぼく》、卒陀《そつだ》の境、
上に黄鸝《こうり》有って、下生《あしよう》と叫ぶ。

【二九二—一】

賛牡丹維摩

大小維摩意快哉、牡丹壇上絶塵埃。
洛陽城裡毘耶室、花下睡猫一默雷。淳

大小の維摩《ゆいま》、意、快なる哉、
牡丹《ぼたん》壇上、塵埃《じんあい》を絶す。
洛陽城裡《らくようじようり》、毘耶《びや》の室、
花下《かか》の睡猫《すいみよう》、一默雷《いちもくらい》。

○花下睡猫＝牡丹花下睡猫兒。前出［二五一—七］。

【二九二—二】

牡丹開處現全身、只箇維摩捻眼塵。
千紫萬紅飛入室、毘耶城裏洛陽春。祐

牡丹《ぼたん》開く處、全身を現ず、
只だ箇の維摩《ゆいま》、捻に眼塵《げんじん》。
千紫萬紅《せんしばんこう》、飛んで室に入る、
毘耶城裡《びやじようり》、洛陽《らくよう》の春。

【二九二—三】

牡丹元是老維麻〔摩〕、子細看來長惡芽。
千古眼高猫不睡、一欄花下一毘耶。眞

牡丹《ぼたん》、元と是れ老維摩《ろうゆいま》、
子細《しさい》に看來たれば、惡芽《あくが》を長ず。
千古、眼は高し、猫睡らず、
一欄《いちらん》の花下《かか》、一毘耶《いちびや》。

【二九二—四】

這維摩詰正耶邪、默作牡丹春色加。
居士心肝與人看、法門不二一株花。

這《こ》の維摩詰《ゆいまきつ》、正か邪か、
默って牡丹《ぼたん》と作って、春色加う。
居士の心肝《しんかん》、人に與えて看せしむ、
法門不二《ほうもんふに》、一株花《いっしゅか》。

【二九三―一】

榴花佛

榴花開處惡因縁、一佛出興五月天。
疑是丹霞燒却去、紅噴火矣緑含烟。

榴花《りゅうか》開く處、惡因縁《あくいんねん》、
一佛出興《しゅっこう》、五月の天。
疑うらくは是れ、丹霞《たんか》、燒却し去るか、
紅は火を噴き、緑は烟を含む。

【二九三―二】

瑞榴擘出釋迦紅、境與靈山會上同。
五月花開微妙相、莫吹生死涅槃風。雪叟

瑞榴《ずいりゅう》擘《さ》げ出だす、釋迦紅《しゃかこう》、
境は靈山會上《りょうぜんえじょう》と同じ。
五月花開く、微妙《みみょう》の相、
吹くこと莫かれ、生死涅槃《しょうじねはん》の風。

【二九三―三】

移安石國梵王家、五月榴開一釋迦。
嫩緑枝頭高着眼、端嚴妙相趙昌花。代齢

安石國《あんせきこく》を移す、梵王家《ぼんおうけ》、
五月の榴《りゅう》は開く、一釋迦《しゃか》。
嫩緑枝頭《どんりょくしとう》、高く眼を着けよ、
端嚴《ずいごん》の妙相《みょうそう》も、趙昌《ちょうしょう》の花。

○安石國＝元稹「感石榴」詩に「何年安石國、萬里貢榴花」。漢騫が西域の安石國で得て持ち歸ったという。○趙昌花＝前出[一五二]。

【二九三―四】

枯木榴開劫外春、錯言淨佛鈍痴人。
薫風五月向花問、渠是化身耶應身。代許

枯木に榴《りゅう》開く、劫外《こうがい》の春、
錯って言う、淨佛《じょうぶつ》、人を鈍痴《どんち》すと。
薫風《くんぷう》五月、花に向かって問う、

渠《かれ》は是れ化身なるか、應身《おうじん》なるか。

【二九三—五】

元來一佛涉多端、五月榴花着眼看。代眞
嫩綠枝頭呈瑞像、丹英變作赤栴檀。

元來《がんらい》一佛なるに、多端《たたん》に涉る、
五月の榴花《りゅうか》、眼を着けて看よ。
嫩綠枝頭《どんりょくしとう》、瑞像《ずいぞう》を呈す、
丹英《たんえい》變じて、赤栴檀《しゃくせんだん》と作《な》る。

【二九三—六】

錯指紅榴成淨佛、不知渠是亂耶胡。
一枝花吐無烟火、煉出全身大丈夫。代爲

錯って紅榴《こうりゅう》を指して、淨佛《じょうぶつ》と成す、
知らず、渠《かれ》は是れ亂か胡か。
一枝《いっし》の花は吐く、無烟《むえん》の火、
煉り出だす、全身、大丈夫《だいじょうぶ》。

【二九四—一】

鐵梅花

鐵樹梅花也太奇、山河大地暗香吹。
橫斜烟水紅爐底、鑄出江南春一枝。

鐵樹《てつじゅ》の梅花《ばいか》、也《や》太奇《たいき》、
山河大地《せんがだいち》、暗香《あんこう》吹く。
橫斜烟水《おうしゃえんすい》、紅爐底《こうろてい》、
鑄《い》出だす、江南《こうなん》の春一枝《いっし》。

【二九四—二】

鎔鐵囲山鑄本根、作家爐鞴早梅村。
鉗鎚影動橫斜月、暗起香風黑滑崙。策甫

鐵囲山《てっちせん》を鎔《とか》して、本根を鑄《い》る、
作家《さっけ》の爐鞴《ろはい》、早梅《そうばい》の村。
鉗鎚《けんつい》、影は動く、橫斜《おうしゃ》の月、
暗に香風《こうふう》を起こす、黑滑崙《こくこつろん》。

【二九四—三】

穿崑崙鼻鐵梅斜、却以尋常色不加。
向上鉗鎚々碎看、江南萬里一條花。源

崑崙《こんろん》の鼻を穿《うが》って、鐵梅《てつばい》斜めなり、
却って尋常《よのつね》の色を以て加えず。
向上《こうじょう》の鉗鎚《けんつい》、鎚碎《ついさい》し看よ、
江南萬里《こうなんばんり》、一條《いちじょう》の花。

【二九四—四】

三千刹界暗香吹、鐵樹花開梅一枝。
大地元來活爐鞴、横斜終不費鉗鎚。信

三千刹界《さんぜんせつかい》、暗香《あんこう》吹く、
鐵樹《てつじゅ》花開く、梅一枝。
大地元來《だいちがんらい》、活爐鞴《かつろはい》、
横斜《おうしゃ》、終《つい》に鉗鎚《けんつい》を費さず。

【二九四—五】

梅開萬里一條鐵、時節不論春又別。
疎影横斜天地爐、當陽鑄出花三絶。代琳

梅は開く、萬里《ばんり》一條《いちじょう》の鐵、
時節《じせつ》、春か又た別なるかを論ぜず。
疎影横斜《そえいおうしゃ》、天地の爐、
當陽《とうよう》に鑄出《いい》だす、花三絶《さんぜつ》。

【二九五—一】

燈明佛　十五日

忽撃碎黄金佛看、燈明照徹涉多端。
即令吹滅本光瑞、一陣春風亦一韓

忽ち黄金佛《おうごんぶつ》を撃碎《げきさい》し看よ、
燈明照徹《とうみょうしょうてつ》して、多端《たたん》に涉る。
即ち本光の瑞を吹滅《すいめつ》せしむ、
一陣の春風《しゅんぷう》も亦た一韓《いっかん》。

○一韓＝一韓摧佛。

【二九五―二】

呼過去佛號燈明、各々維同二萬名。
拈起雲門那一棒、無端打殺暗中行。策甫

過去佛《かこぶつ》を呼んで燈明《とうみよう》と號す、
各々維《こ》れ同じ、二萬の名。
拈起《ねんき》す、雲門《うんもん》の那一棒《ないちぼう》、
端無《はしな》くも打殺《たさつ》す、暗中の行。

【二九五―三】

三千日月隨闌干、即是燈明古佛壇。
又向虚空出興去、都盧大地白漫々。源

三千日月、隨って闌干《らんかん》、
即ち是れ燈明古佛《とうみようこぶつ》の壇。
又た虚空《こくう》に向かって出興《しゅっこう》し去る、
都盧大地《とろだいち》、白漫々《はくまんまん》。

○闌干＝ここでは、きらめくさま。

【二九五―四】

這燈明佛絶論量、大地山河放瑞光。
別認出興沒交渉、人天眼目露堂々。濟

這《こ》の燈明佛《とうみようぶつ》、論量《ろんりよう》を絶す、
大地山河《だいちせんが》、瑞光を放つ。
別に出興《しゅっこう》を認めば、沒交渉《もつきようしよう》、
人天眼目《にんでんげんもく》、露堂々《ろどうどう》。

【二九五―五】

燈明佛也活生涯、照破山河萬朶來。
縱到驢年挑不盡、三千日月遶須彌。案

燈明佛《とうみようぶつ》や、活生涯《かつしようがい》、
山河萬朶《せんがまんだ》を照破《しようは》し來たる。
縱《たと》い驢年《ろねん》に到るも、挑不盡《ちようふじん》、
三千日月、須彌《しゅみ》を遶る。

【二九五―六】

二萬燈明佛以前、梅花照徹刹三千。
衲僧別有本光瑞、日月高挑拄杖邊。滿代

二萬の燈明佛《とうみょうぶつ》以前、
梅花《ばいか》照徹《しょうてつ》す、刹三千《せつさんぜん》。
衲僧《のうそう》、別に本光の瑞有り、
日月高く挑《かか》ぐ、拄杖邊《しゅじょうへん》。

【二九六―一】

拄杖頭獅子

掌握中擒獅子兒、鋸牙鉤爪未曾施。
當陽解駕是何物、七尺烏藤七佛師。策甫

掌握《しょうあく》の中に、獅子兒《ししじ》を擒《とら》う、
鋸牙《きょげ》鉤爪《こうそう》、未だ曾て施さず。
當陽《とうよう》に駕することを解《よ》くするは、是れ何物ぞ、
七尺の烏藤《うとう》、七佛の師。

【二九六―二】

白雲拈出接時人、拄杖頭邊獅子嗔。
忽起風雷化龍去、金毛何處解飜身。源

白雲、拈じ出だして、時人《じじん》を接す、
拄杖頭邊《しゅじょうとうへん》、獅子《しし》嗔る。
忽ち風雷《ふうらい》を起こして、龍と化し去る、
金毛《きんもう》、何れの處にか飜身《ほんしん》を解《よ》くす。

【二九六―三】

一條拄杖活機關、獅子振威宇宙間。
千億曼朱歸掌握、禪床坐見五臺山。濟

一條《いちじょう》の拄杖《しゅじょう》、活機關《かつきかん》、
獅子《しし》、威を振う、宇宙《うちゅう》の間。
千億の曼朱《まんじゅ》、掌握《しょうあく》に歸す、
禪床《ぜんしょう》、坐して見る、五臺山《ごだいさん》。

【二九六―四】

拄杖頭之活狩獅、白雲手裡露牙來。
金毛只在烏藤上、百億滿濡不解騎。案

拄杖頭《しゅじょうとう》の活狩獅《かつしし》、
白雲手裡《しゅり》、牙を露わし來たる。
金毛《きんもう》、只だ烏藤《うとう》上に在り、
百億の滿濡《まんじゅ》も、騎ることを解せず。

【二九六―五】

拄杖子頭獅子兒、威風凛々董叢規。
一聲哮吼禪床角、惱〔腦〕裂滿堂龍象來。琳代

拄杖子頭《しゅじょうすとう》の獅子兒《ししじ》、
威風凛々《いふうりんりん》として、叢規《そうき》を董す。
一聲哮吼《いっせいこうく》す、禪床角《ぜんしょうかく》、
滿堂《まんどう》の龍象《りゅうぞう》を腦裂《のうれつ》し來たる。

【二九七】

巖谷栽松　於妙心寺

信手栽松巖谷中、刹那覆蔭盡虚空。
一曲不下蒼龍種、濟水波瀾無逆風。南化

手に信《まか》せて松を栽う、巖谷《がんこく》の中、
刹那《せつな》に覆蔭《ふいん》す、盡虚空《じんこくう》。
一曲下さず、蒼龍《そうりゅう》の種、
濟水《さいすい》の波瀾《はらん》、逆風無し。

【二九八】

白雲堆裡有巖谷、數寸松苗手自栽。
無柄钁頭打地叫、山門萬歳棟梁材。太圭

白雲堆裡、巖谷《がんこく》有り、
數寸の松苗《しょうびょう》、手づから自ら栽う。
無柄《むへい》の钁頭《かくとう》、地を打って叫ぶ、
山門萬歳《ばんざい》、棟梁《とうりょう》の材。

【二九九】

臨濟樹

這林際樹蓋天來、黄檗山頭曾手栽。
子葉孫枝秋暮矣、叢林又莫棟梁材。江南

這《こ》の林際《りんざい》の樹、蓋天《がいてん》し來たる、
黄檗山頭《おうばくさんとう》、曾て手づから栽う。
子葉孫枝《しようそんし》、秋暮れぬ、
叢林《そうりん》、又た棟梁《とうりよう》の材莫《な》し。

【三〇〇―一】

臨濟栽松

黄檗山頭臨濟王、栽松特地定封疆。
能爲萬像[象]主時節、冬保歳寒夏蔭涼。策甫

黄檗山頭《おうばくさんとう》、臨濟王《りんざいおう》、
松を栽え、特地《どくち》に封疆《ほうきよう》を定む。
能く萬象《ばんしよう》の主たる時節《じせつ》、
冬は歳寒《さいかん》を保ち、夏は蔭涼《いんりよう》。

【三〇〇―二】

臨濟栽松禍孽抽、枝々葉々立宗猷。
後人標榜山門境、捻在風顚一钁頭。源

臨濟《りんざい》松を栽えて、禍孽抽《かげつぬき》んず、
枝々葉々《ししようよう》、宗猷《そうゆう》を立す。
後人《こうじん》の標榜《ひようぼう》、山門の境、
捻に風顚《ふうてん》の一钁頭《かくとう》に在り。

【三〇〇―三】

臨濟栽松事若何、後人標榜蓋山河。
一株大樹化龍瑞、四海禪徒意氣多。濟

臨濟栽松《りんざいさいしよう》、事若何《じいかん》、
後人《こうじん》の標榜《ひようぼう》、山河《せんが》を蓋う。
一株の大樹、龍と化する瑞、
四海《しかい》の禪徒《ぜんと》、意氣多し。

【三〇〇—四】

栽松覆蔭盡乾坤、臨濟正宗長子孫。
激起乾濤化龍日、禹門易地一山門。案

松を栽えて、盡乾坤《じんけんこん》を覆蔭《ふいん》す、
臨濟正宗《りんざいしょうじゅう》、子孫を長ず。
乾濤《けんとう》を激起《げきき》して、龍と化する日、
禹門《うもん》、地を易《か》う、一山門。

【三〇〇—五】

臨濟栽松示境不、巨禪叢裡本宗猷。
苗而若有大龍勢、四海五湖一钁頭。温

臨濟《りんざい》、松を栽えて、境を示すや不《いな》や、
巨禪叢裡《きょぜんそうり》、本と宗猷《そうゆう》。
苗にして、若し大龍の勢い有らば、
四海五湖《しかいごこ》、一钁頭《かくとう》。

【三〇〇—六】

臨濟栽松立祖猷、孫枝子葉幾長脩。
山門境致大唐國、一钁頭邊四百州。不

臨濟《りんざい》松を栽えて、祖猷《そゆう》を立す、
孫枝子葉《そんししよう》、幾くか長脩。
山門の境致、大唐國、
一钁頭邊《かくとうへん》、四百州。

【三〇〇—七】原本三七丁

臨濟春栽帶雨松、钁頭在手露機鋒。
山河增瑞山門境、高廣廈梁興祖宗。代滿

臨濟《りんざい》、春に栽う、雨を帯ぶる松、
钁頭《かくとう》、手に在って、機鋒《きほう》を露わす。
山河《せんが》、瑞を増す、山門の境、
高廣《こうこう》の廈梁《かりょう》、祖宗を興こす。

【三〇一―一】

楊岐祥麟一角

天縦《ユルセル》楊岐宗大綱、得麟一角要商量。策甫

毛蟲之長四靈首、臨濟八傳王者祥。

天縦の楊岐《ようぎ》、宗の大綱、

麟の一角《いっかく》を得、商量《しょうりょう》を要す。

毛蟲《もうちゅう》の長、四靈《しれい》の首《かしら》、

臨濟《りんざい》八傳して、王者祥なり。

【三〇一―二】

這老楊岐僅得人、看來禪苑是祥麟。

無端蹈倒象龍頂、一角五蹄矩歩新。源

這《こ》の老楊岐《ろうようぎ》、僅かに人を得たり、

看來たれば、禪苑《ぜんえん》は是れ祥麟《しょうりん》。

端無《はしな》くも蹈倒《とうとう》す、象龍《ぞうりゅう》の頂、

一角五蹄《いっかくごてい》、矩歩《くほ》新たなり。

【三〇一―三】

看々楊岐是正傳、祥麟一角五蹄全。濟

單丁住院周郊藪、直下得人百獸先。

看よ看よ、楊岐《ようぎ》は是れ正傳《しょうでん》、

祥麟一角《しょうりんいっかく》、五蹄《ごてい》全し。

單丁住院《たんていじゅういん》、周の郊藪《こうすう》、

直下《じきげ》に人を得る、百獸の先。

○周郊藪＝『漢書』公孫弘傳、「麟鳳在郊藪」。

【三〇一―四】

祥麟一角是楊岐、意氣堂々也太奇。

牛尾馬蹄現其瑞、單丁住院得人時。案

祥麟一角《しょうりんいっかく》、是れ楊岐《ようぎ》、

意氣堂々たり、也太奇《やたいき》。

牛尾馬蹄《ぎゅうびばてい》、其の瑞を現ず、

單丁住院《たんていじゅういん》、人を得る時。

【三〇一―五】

曾與祥麟一角同、楊岐手段活威風。
衲僧亦是仲尼獲、呈瑞金剛栗棘蓬。温

曾て祥麟一角《しょうりんいっかく》と同じ、
楊岐《ようぎ》の手段《しゅだん》、活威風《かついふう》。
衲僧《のうそう》も亦た是れ、仲尼《ちゅうじ》の獲《かく》、
瑞を呈す、金剛栗棘蓬《こんごうりつきょくほう》。

○仲尼獲＝孔子が麒麟を獲て、『春秋』を著わした「獲麟」の故事。

【三〇二―一】

林際與釋迦不別　臨濟録講談了、此題アリ

際北宗乘老釋迦、諸方禿子看如何。
我今難解妄談罪、邢氏語言根兎〔多〕羅。策甫

際北《さいほく》の宗乘《しゅうじょう》、老釋迦《ろうしゃか》、
諸方の禿子《とくす》、如何とか看る。
我れ今解し難し、妄談《もうだん》の罪、
邢氏《けいし》の語言、根多羅《ばいたら》。

【三〇二―二】

釋迦林際一同塵、應化都來誑幾人。
萬劫兒孫皆色惑、白拈賊亦紫金身。呂

釋迦林際《しゃかりんざい》、一同の塵、
應化《おうけ》、都來《とらい》、幾人をか誑《たぶらか》す。
萬劫《まんごう》の兒孫《じそん》、皆な色惑《しきわく》せらる、
白拈賊《びゃくねんぞく》も亦た紫金身《しこんじん》。

【三〇二―三】

如來禪與祖師禪、見處通時易地然。
河府靈山一般眼、清風明月本同天。栢

如來禪《にょらいぜん》と祖師禪《そしぜん》と、
見處《けんじょ》通ずる時、地を易《か》うるも然り。
河府靈山《かふりょうぜん》、一般の眼、
清風明月《せいふうめいげつ》、本と同天。

【三〇二―四】

咄這臨才見處通、釋門祖域一如同。
聞麼四十九年説、黄檗山頭松有風。濟

咄《とつ》、這《こ》の臨才《りんざい》、見處《けんじょ》通ず、
釋門祖域《しゃくもんそいき》、一如同《いちにょどう》。
聞くや、四十九年の説、
黄檗山頭《おうばくさんとう》、松に風有り。

【三〇二―五】

臨濟活機同釋迦、無端格外辨龍蛇。
白拈手段奪人境、忽把靈山指滹陀。悦

臨濟《りんざい》の活機《かっき》、釋迦《しゃか》に同じ、
端無《はしな》くも、格外《かくがい》に龍蛇《りゅうだ》を辨ず。
白拈《びゃくねん》の手段《しゅだん》、人境《にんきょう》を奪う、
忽ち靈山《りょうぜん》を把《と》って、滹陀《こだ》と指さす。

【三〇二―六】

臨濟釋迦無異流、今來古往本宗猷。
同根天地一株樹、葉蓋靈山枝鎭州。金

臨濟釋迦《りんざいしゃか》、異流《いりゅう》無し、
今來古往《こんらいこおう》、本と宗猷《そうゆう》。
同根天地、一株の樹、
葉は靈山《りょうぜん》を蓋い、枝は鎭州《ちんしゅう》。

【三〇二―七】

臨濟不別大雄尊、直到如今長子孫。
丈六金身一莖草、蔭涼樹本是同根。案

臨濟《りんざい》、大雄尊《だいおうそん》に別ならず、
直に如今《にょこん》に到るまで、子孫を長ず。
丈六《じょうろく》の金身《こんじん》、一莖草《いっきょうそう》、
蔭涼樹《いんりょうじゅ》、本と是れ同根。

【三〇二一八】

林際釋迦一等風、依然不別立全功。
太平賊與白拈賊、河北西天千里同。温

林際釋迦《りんざいしやか》、一等の風、
依然《いぜん》として、別に全功《ぜんこう》を立てず。
太平《たいへい》の賊と白拈賊《びやくねんぞく》と、
河北西天《かほくさいてん》、千里《せんり》同じ。

【三〇二一九】

林際元來老釋迦、依然結得惡冤家。
同根天地蔭凉樹、拈作靈山會上華。會

林際《りんざい》は元來《がんらい》、老釋迦《ろうしやか》、
依然《いぜん》として惡冤家《あくおんけ》を結び得たり。
同根天地、蔭凉樹《いんりようじゆ》、
拈じて靈山會上《りようぜんえじよう》の華と作す。

【三〇二二〇】

臨才時夏熱瞞難、眼與釋迦同一般。
喝下如冬雪山雪、炎天六月使人寒。代洋

臨才《りんざい》の時は夏、熱瞞《ねつまん》の難、
眼は釋迦《しやか》と同じく一般。
喝下《かつか》、冬の如し、雪山《せつさん》の雪、
炎天《えんてん》六月、人をして寒からしむ。

【三〇二二一】

見桃花

三十年來尋作家、靈雲眼處賊心耶。
見桃悟道是何物、未徹老兄應咲花。傑山

三十年來、作家《さつけ》を尋ぬ、
靈雲《れいうん》の眼處《げんしよ》、賊心《ぞくしん》なるか。
見桃悟道《けんとうごどう》、是れ何物ぞ、
未徹《みてつ》の老兄《ろうひん》、應《まさ》に花を咲かすべし。

【三〇三―二】

春風問著祖師園、悟道桃花終不言。
白日青天落紅雨、靈雲眼處暗昏々。案

春風《しゅんぷう》、祖師の園に問着《もんじゃく》するも、
悟道桃花《ごどうとうか》、終《つい》に言わず。
白日青天《はくじつせいてん》、落紅《らくこう》の雨、
靈雲《れいうん》の眼處《げんしょ》、暗昏々《あんこんこん》。

【三〇四―一】

大慧聞薫風句悟道

□□拈來老作家、薫風句下裹袈裟。
微涼殿閣冷如水、不覺全身觸木瓜。傑山

□□拈じ來たる、老作家《ろうさつけ》、
薫風《くんぷう》の句下、袈裟《けさ》を裹《つつ》む。
微涼殿閣《びりょうでんかく》、水よりも冷かなり、
覺えず、全身、木瓜に觸る。

【三〇四―二】

奚氏眼睛已活開、薫風句下也奇哉。
心空露出竹篦子、一夏十三打發來。宗壽

奚氏《けいし》の眼睛《がんぜい》、已に活開《かっかい》、
薫風《くんぷう》の句下、也《ま》た奇なる哉。
心空《しんくう》じて露出《ろしゅつ》す、竹篦子《しっぺいす》、
一夏《いちげ》十三、打發《たはつ》し來たる。

○奚氏＝大慧の俗姓。

【三〇四―三】

悟道惺々翁罵天、聞薫風句活機前。
工夫蒲破竹篦子、這自南來北斗禪。案

悟道《ごどう》惺々たり、翁罵天《おうばてん》、
薫風《くんぷう》の句を聞く、活機《かっき》の前。
工夫《くふう》、蒲破る、竹篦子《しっぺいす》、
這《こ》の自南來《じなんらい》、北斗《ほくと》の禪。

【三〇五―一】
聞虚堂杜甫天河詩悟道
永夜清宵月色圓、退欄坐讀杜陵篇。天河只在南樓上、一滴流成東海禪。南
永夜《えいや》の清宵《せいしよう》、月色《げつしよく》圓かなり、
退欄《たいらん》に坐して、杜陵《とりよう》の篇を讀む。
天河《てんが》、只だ南樓《なんろう》の上に在り、
一滴《いつてき》の流れ、東海《とうかい》の禪と成る。
○聞虚堂杜甫天河詩悟道＝前出〔一九七〕。

【三〇五―二】
錯借天河那一滴、着花東海鐵崑崙。大休
錯って天河《てんが》の那《な》一滴《いつてき》を借って、
花を着く、東海《とうかい》の鐵崑崙《てつこんろん》。
○『見桃録』に見えない。

【三〇六】原本三八丁
維時慶長四年、屠維大淵獻、中呂□易、玉光院殿淨雲玄清禪定門、聽杜鵑俄然起病床、趣枌里故園。嗚呼、胡爲臻斯極矣。惜哉。夫戰則施武藝、而胸貯數萬甲兵、看謀略於龍蛇、陣上、擊英雄之心。攻則振意氣、而手輪三尺寶劍、唱凱歌於猇狼。夕烽馳強將之譽、誰敢賞祿有功乎。予訃音滿耳、堪慟堪哭。愁淚餘、爲助親屬之悲哀、漫綴悼偈一章、以奉獻靈前云爾。靈鑑
人道功成英傑名、五十餘歳夢中榮。杜鵑告別痛腸淚、啼向空山不惜聲。瑤林本韻
維れ時、慶長四年、屠維大淵獻の中呂□易、玉光院殿淨雲玄清禪定門、杜鵑を聽いて、俄然《がぜん》として病床を起って、枌里《ふんり》の故園に趣く。嗚呼《ああ》、胡爲《なんそれ》ぞ斯《こ》の極に臻《いた》る。惜しい哉。夫れ戰うときは則ち武藝を施して、胸に數萬の甲兵《こうへい》を貯え、謀略を龍蛇《りゆうだ》に看、陣上、英雄《えいゆう》の心を擊る。攻むるときは則ち意氣を振って、手に三尺の寶劍を輪し、凱歌《がいか》を猇

狼に唱う。夕烽、強將の譽れを馳す、誰か敢えて祿を功有るものに賞せんや。予、訃音《ふいん》耳に滿ち、慟するに堪えず哭するに堪えず。愁涙の餘、親屬の悲哀を助けんが爲に、漫《みだ》りに悼偈《とうげ》一章を綴って、以て靈前に獻げ奉ると、爾《し》か云う。靈鑒《れいかん》

人は道う、功成って英傑の名ありと、
五十餘歳、夢中の榮。
杜鵑《とけん》別かれを告ぐ、痛腸《つうちょう》の涙、
空山《くうざん》に向かって啼いて聲を惜しまず。

○屠維＝己。○大淵獻＝亥。○中呂＝四月。

【三〇七】

于時慶四夏之孟、玉ｌｌ門、俄然唱無生三昧之曲、忽示寂滅場。呼武門三棟梁、已擢者也。人皆換手搥胸、慟天哭地、不堪哀惜之情矣。奥［粤］大應堂頭大和尚、製花偈、以見追慕之。諸彥皆爲和。予亦謹奉依尊韻、以助餘哀云。伏乞昭諟［鑑］。菊潭　和。

可惜功成雖遂名、槿花半照暫時榮。閻浮五十餘年夢、呼覺籬邊越鳥聲。

時に慶四夏の孟、玉ｌｌ門、俄然《がぜん》として無生三昧《さんまい》の曲を唱え、忽ち寂滅場《じゃくめつじょう》を示す。武門の三棟《とう》梁《りょう》と呼ばれ、已に擢《ぬき》んづる者なり。人皆な手を換え胸を搥て、天に慟し地に哭し、哀惜《あいせき》の情に堪えず。粤《ここ》に大應堂頭《どうちょう》大和尚、花偈《かげ》を製して、以て之を追慕せらる。諸彥《しょげん》皆な和を爲す。予も亦た謹んで尊韻《そんいん》に依り奉って、以て餘哀《よあい》を助くと云う。伏して乞う昭鑒《しょうかん》。菊潭　和。

惜しむ可し、功成って名を遂ぐると雖も、
槿花《きんか》半ば照らす、暫時《ざんじ》の榮。
閻浮《えんぶ》五十餘年の夢、
呼び覺ます、籬邊《りへん》の越鳥《えっちょう》の聲。

【三〇八】

謹奉依大應堂上大和尚見追悼玉ｌｌ門尊韻云爾。伏希慈

斤。龜溪

身後彌高蓋代名、生前富貴槿花榮。
感時恨別底端的、夏木森々黄鳥聲。

謹んで大應堂上大和尚が玉ーー門を追悼《ついとう》せらるる尊韻《そんいん》に依り奉ると、爾《し》か云う。伏して希わくは慈《じ》斤《きん》。

身後彌《いよ》いよ高し、蓋代《がいだい》の名、
生前の富貴《ふうき》も、槿花《きんか》の榮《えい》。
時に感じて別を恨む底《てい》の端的《たんてき》、
夏木森々《かぼくしんしん》たり、黄鳥《こうちょう》の聲。

【三〇九】

不覺忌辰夜雨中、搥胸換手拜靈空。
報恩一炷晩梅雪、吹作爐薫彼岸風。慶安三年七月　一溪和尚

覺えず、忌辰夜《きしんやう》雨の中、
胸を搥《う》ち手を換え、靈空《れいくう》を拜す。
報恩《ほうおん》の一炷《いっしゅ》、晩梅《ばんばい》の雪、
吹いて爐薫《ろくん》と作す、彼岸《ひがん》の風。

【三一〇】原本三九丁

□［インバン］喜泉理春信女預請下炬以炬打一圓相云、
春是落花秋落葉、百年世事不留蹤。
生天自有通宵路、月白涅槃堂裡鐘。
到這裡、
理春善女還會麼。若又不會得更聽。丙丁童子擧吾宗矣。
抛炬云、
看々野火燒無盡、依舊青山綠萬重。
天正十八庚寅七月初三日良辰、
前正法山主見臨濟鐵山叟授之。印二ツ

□［インバン］喜泉理春信女預請下炬
炬を以て一圓相《いちえんそう》を打して云く、
春は是れ落花《らっか》、秋は落葉《らくよう》、
百年の世事《せいじ》、蹤を留めず。

天に生ずるに、自ずから通宵《つうしょう》の路有り、
月は白し、涅槃堂裡《ねはんどうり》の鐘。
這裡《しゃり》に到って、理春善女、還って會《え》すや。若し又た會得《えとく》せずんば、更に聽け。丙丁童子《へいていどうじ》、吾が宗を擧《こ》せん。
炬を抛って云く、看よ看よ、野火燒いて盡くること無し、舊《きゅう》に依《よ》って、青山《せいざん》綠萬重《ばんじゅう》。
天正十八庚寅七月初三日良辰、
前正法山主《ぜんしょうほうざんしゅ》、見臨濟鐵山叟、之を授く。印二ツ

【三一一】

關山忌

放出圓成佛妙模、枝々撐月碧珊瑚。
報恩一句天然別、割鐵崑崙插寶爐。於妙心寺仁峯

放出して圓成《えんじょう》す、佛の妙模《みょうぼ》、
枝々《しし》、月を撐《ささ》ぐ、碧珊瑚《へきさんご》。
報恩《ほうおん》の一句、天然《てんねん》別なり、
鐵崑崙《てつこんろん》を割いて、寶爐《ほうろ》に插《さしばさ》む。

【三一二】

景德首座需別稱。字之曰乾岫。係以小伽陀、爲左證祝遠大云、
常樂元亨德兩得、壽山高聳萬斯年。
法王法位須彌外、九五飛龍已在天。
永祿第五壬戌佛成道日、前妙心澤彥野衲漫書旃。

景德首座《しゅそ》、別稱を需む。之に字して乾岫《けんしゅう》と曰う。係くるに小伽陀《しょうかだ》を以てし、左證《さしょう》と爲して遠大を祝すと云う、
常樂元亨《じょうらくげんきょう》、德、兩《ふた》つながら得たり、
壽山《じゅざん》高く聳ゆ、萬斯年《まんしねん》。
法王の法位、須彌《しゅみ》の外、
九五飛龍《ひりゅう》、已に天に在り。
永祿第五壬戌、佛成道の日、前妙心澤彥野衲、漫《みだ》りに旃《これ》を書す。

○九五飛龍＝『易経』乾、文言、「九五、飛龍、天に在り。大人を見るに利《よろ》し」。

【三一三】

宗俊首座需別稱、命之曰傑山。聊制野偈、以爲證云。
這碧孱顏高眼看、非華非岱又非嵩。
一峯突兀出天外、八萬須彌立下風。

宗俊首座《しゅそ》、別稱を需む、之に命《なづ》けて傑山と曰う。
聊か野偈《やげ》を制して、以て證と爲すと云う。
這《こ》の碧孱顏《へきせんがん》、高眼に看よ、
華《か》に非ず岱《たい》に非ず、又た嵩《すう》に非ず。
一峯、突兀《とつこつ》として天外に出づ、
八萬の須彌《しゅみ》も、下風《あふう》に立つ。

【三一四―一】

悼功澤和尚
闡佛心宗東海源、々高流遠溢兒孫。
瑞龍昨夜卷波瀾去、潭底空餘月一痕。

佛心宗《ぶっしんしゅう》を闡《あきら》かにす、東海《とうかい》の源、
源高く流れは遠し、兒孫《じそん》溢る。
瑞龍《ずいりょう》、昨夜、波瀾《はらん》を卷いて去る、
潭底《たんてい》、空しく餘す、月一痕《いっこん》。

【三一四―二】

其遠流從其浚源、遮[庶]幾德澤及孫々。
影堂今日名空在、認得丹青一筆痕。　和　南化

其の遠流は其の浚源《しゅんげん》よりす、
庶幾《こいねが》わくは、德澤《とくたく》、孫々に及ばんことを。
影堂《えいどう》、今日、名空しく在り、
認め得たり、丹青《たんせい》一筆の痕《あと》。

【三一五】

悼大圭和尚　淳巖
親侍影堂禮三拜、北山秋晚巨禪叢。
吹擢道樹動天地、前輩凋零昨夜風。

悼大圭和尚淳巖

親しく影堂《えいどう》に侍して、禮三拜《さんぱい》、
北山《ほくざん》の秋晩《しゅうばん》、巨禪叢《きょぜんそう》。
道樹《どうじゅ》を吹き摧《くじ》いて、天地を動ず、
前輩凋零《ぜんぱいちょうれい》す、昨夜の風。

【三一六―一】

前住長母乾岫和尚大禪師、去歳臘月念七、俄然唱滅。謹賦野偈一章、以供一穗云。伏乞定中昭鑑。宗勝九拜印二ツ

酒翁俄戢化佗方、杳望影堂拈一香。
三十年來互來往、胡爲使我斷愁腸。

前住長母乾岫《けんしゅう》和尚大禪師、去歳臘月《ろうげつ》念七、俄然《がぜん》として滅を唱う。謹んで野偈《やげ》一章を賦して、以て一穗《いっすい》を供うと云う。伏して乞う、定中昭鑑《じょうちゅうしょうかん》。
宗勝九拜印二ツ

酒翁《だいおう》、俄《にわ》かに化を佗方《たほう》に戢む、
杳《はる》かに影堂《えいどう》を望んで、一香を拈ず。
三十年來、互いに來往《らいおう》す、
胡爲《なんそれ》ぞ、我をして愁腸《しゅうちょう》を斷たしむ。

【三一六―二】

忽聽訃音望遠方、慇懃三拜一爐香。
樓西月落涅槃曲、別恨離愁碎鐵腸。和濟

忽ち訃音《ふいん》を聽いて、遠方を望む、
慇懃《いんぎん》に三拜《さんぱい》す、一爐の香。
樓西《ろうせい》、月は落とす、涅槃《ねはん》の曲、
別恨離愁《べっこんりしゅう》、鐵腸《てっちょう》を碎く。

【三一六―三】

法幢俄捲去那方、三拜已加一炷香。
涅日城中春夜雨、打花吹斷鐵心腸。栢

法幢《ほうどう》、俄《にわ》かに捲いて、那方《なほう》に去る、
三拜《さんぱい》、已に加う、一炷《いっしゅ》の香。
涅日城中《でいわつじょうちゅう》、春夜の雨、

花を打って、鐵心《てつしん》の腸《はらわた》を吹き斷つ。

○涅日＝泥日に同じ。涅槃。

【三一六―四】

老禪氣宇已超方、七十餘年發道香。今日親侍影堂去、未消三拜惱肝腸。清巖

老禪《ろうぜん》の氣宇《きう》、已に超方《ちょうほう》、七十餘年、道香《どうこう》を發す。今日親しく影堂《えいどう》に侍し去って、未だ三拜《さんぱい》を消せざるに、肝腸《かんちょう》を惱ます。

【三一七】

悼偈一篇、謹拜上乾岫老師大禪佛影堂下。伏希慈照。永善九拜［仁峯］

運濟江湖來往徒、業風轉處失船艫。兒孫猶有千金重、東海中流得一壺。

悼偈《とうげ》一篇、謹んで乾岫老師《けんしゅうろうし》大禪佛影堂《えいどう》下に拜上す。伏して希わくは慈照。永善九拜［仁峯］

江湖來往《ごうこらいおう》の徒を運濟《うんさい》し、業風《ごっぷう》轉ずる處、船艫《せんろ》を失す。兒孫《じそん》、猶お千金《せんきん》の重き有り、東海《とうかい》の中流に、一壺を得たり。

【三一八―一】原本四〇丁

悼物

河沙聖衆花濺淚、白日青天雨滴聲。悼和南化

河沙《がしゃ》の聖衆《せいしゅう》、花にも淚を濺《そそ》ぐ、白日青天《はくじつせいてん》、雨滴《うてき》の聲。

○花濺淚＝杜甫「春望」に「感時花濺淚、恨別鳥驚心」。

【三一八―二】

退皷聲高夜來雨、殘僧白髮叫蒼天。同虎哉

退皷《たいく》、聲は高し、夜來《やらい》の雨、殘僧白髮《ざんそうはくはつ》、蒼天《そうてん》と叫ぶ。

【三一九】

平生東海一禪翁、八十虚堂徳爵同。
將謂神龍移窟去、瑞雲依舊在山中。　悼江南希菴

平生《へいぜい》、東海《とうかい》の一禪翁《ぜんおう》、
八十の虚堂《きどう》と、徳爵《とくしゃく》同じ。
將《まさ》に謂《おも》えり、神龍《しんりゅう》、窟に移り去ると、
瑞雲《ずいうん》、舊《きゅう》に依《よ》って、山中に在り。

【三二〇―一】

一箇禪床盡大千、岐山秀出聳青天。
無端蹈斷虚空去、跨瞎驢兒痛著鞭。　悼岐秀庭□

一箇の禪床《ぜんしょう》、盡大千《じんだいせん》、
岐山秀出《きざんしゅうしゅつ》して、青天《せいてん》に聳ゆ。
端無《はしな》くも、虚空《こくう》を蹈斷《とうだん》し去って、
瞎驢兒《かつろじ》に跨って、痛く鞭を著く。

【三二〇―二】

接人轉處活機千[先]、掩室杜詞寒月天。
追悼和篇遲八刻、藍關風雪不前鞭。　和天桂

人を接して轉ずる處、活機先《かっきせん》、
室を掩い詞を杜《と》づ、寒月の天。
追悼《ついとう》の和篇も、遲八刻《ちはっこく》、
藍關《らんかん》の風雪《ふうせつ》、前《すす》まざるに鞭。

【三二一】

千百億文殊再來、去時倒跨犽獅兒。
關門不鎖梅花室、佛法南方誰主持。　悼梅室南溟

千百億の文殊再來《もんじゅさいらい》、
去る時、倒《さかし》まに犽獅《しし》兒《じ》に跨る。
關門《かんもん》鎖さず、梅花《ばいか》の室、
佛法南方、誰か主持す。

【三二二】

維時天十一未秋之仲、前住妙心玉岫和尚大禪師、卒然唱滅於松原山。吁、天也命也。寔大厦摧棟梁、巨川失舟楫者乎。湖海衲子無不爲之哀慟乎。昔日息耕老師曰、正脈將沈、法門凋瘵矣。今在耳而已。感嘆之餘、謹綴拙偈一篇、以備定中之笑具云。伏希昭鑒。紹立九拜

喝雷棒雨活機關、驚動人天那處還。
臨濟宗風滅不滅、萬年松久一家山。

維れ時天十一未秋之仲、前住妙心玉岫《ぎょくしゅう》和尚大禪師、卒然として滅を松原山に唱う。吁、天なり命なり。寔《まこと》に大厦《たいか》の棟梁《とうりょう》を摧《くじ》き、巨川《きょせん》の舟楫《しゅうしゅう》を失する者か。湖海《こかい》の衲子《のっす》、之が爲に哀慟《あいどう》せざるは無し。昔日《そのかみ》、息耕老師《そっこうろうし》曰く、正脈《しょうみゃく》將に沈まんとし、法門凋瘵《ほうもんちょうさい》す、と。今、耳に在る而已《のみ》。感嘆の餘、謹んで拙偈一篇を綴って、以て定中《じょうちゅう》の笑具《しょうぐ》に備うと云う。伏して希わくは昭鑒《しょうかん》。紹立九拜

喝雷棒雨《かつらいぼうう》、活機關《かっきかん》、
人天《にんでん》を驚動《きょうどう》して、那處《なしょ》にか還る。
臨濟《りんざい》の宗風《しゅうふう》、滅か滅せざるか、
萬年松は久し、一家山《いちかさん》。

【三二三—一】

謹呈一偈、以備定中之咲具云。追悼明齊和尚之偈。

阿鼻無間遊戲場、果然今日化他方。
廣漢宮五百丈桂、斫作眞前沒後香。悅岡

謹んで一偈を呈して、以て定中《じょうちゅう》の咲具《しょうぐ》に備うと云う。明齊和尚を追悼《ついとう》するの偈。

阿鼻無間《あびむげん》、遊戲《ゆげ》の場、
果然《かぜん》、今日、他方《たほう》に化す。
廣漢宮《こうかんきゅう》、五百丈の桂、
斫って、眞前沒後《しんぜんもつご》の香と作す。

【三二三―二】

謹依興聖法兄尊韻者一絶、奉呈上吾翁之塔下、而需定中軒渠。靈鑑

四海龍門明覺場、拗頭角折去無方。

黄金鑄出崑崙耳、鈍殺南豐一瓣香。和希菴

謹んで興聖法兄《こうしょうほうひん》の尊韻《そんいん》に依る者一絶、吾が翁の塔下に呈上し奉って、定中《じょうちゅう》に軒渠《けんきょ》せられんことを需む。靈鑑《れいかん》

四海《しかい》の龍門《りゅうもん》、明覺の場、

頭角《ずかく》を拗折《ようせつ》して、去るに無方。

黄金《おうごん》鑄出《いい》だす、崑崙耳《こんろんに》、

鈍殺《どんさつ》す、南豐《なんぽう》の一瓣香《べんこう》。

【三二三―三】

熱喝嗔拳乃祖場、爲人處席卷諸方。

不遷光景山門境、子葉孫枝吹又香。

熱喝嗔拳《ねつかつしんけん》、乃祖《だいそ》の場、

爲人《いにん》の處、諸方を席卷《せっけん》す。

光景《こうけい》は遷さず、山門の境、

子葉孫枝《しようそんし》、吹いて又た香し。

【三二三―四】

笑一場時哭一場、西來佛法滅東方。

叮嚀以辨伊蒲塞、嶺上晴雲別甑香。

笑一場《しょういちじょう》の時、哭一場《こくいちじょう》、

西來《せいらい》の佛法、東方に滅す。

叮嚀《ていねい》に以て伊蒲塞《いほそく》を辨ず、

嶺上の晴雲、別甑《べっそう》に香し。

【三二四―一】

維時天正十一癸已〔未〕之秋、前住妙心玉岫和尚大禪師、唱滅於松原丈室。聞之者識之與不識、無不爲之哀慟。吁、吾門不幸也。蒼者天々々々。訃音至則不覺袈裟角上濺涙而已。於是、雪叟和尚、以悼偈一篇、見獻呈影前。予亦謹奉△〔依〕尊韻云。伏乞尊昭。壽保九拜。

機先透過趙州關、佛法商量行得還。
子葉孫枝日彌茂、松風吹起萬年山。

維れ時、天正十一癸未之秋、前住妙心玉岫《ぎょくしゅう》和尚大禪師、滅を松原の丈室《じょうしつ》に唱う。之を聞く者、之を識ると識らざると、之が爲に哀慟《あいどう》せざるは無し。吁、吾が門の不幸なり。蒼者天《そうしゃてん》、々々々。訃《ふ》音《いん》至る則《とき》んば、覺えず袈裟角《けさかく》上に涙を濺《そそ》ぐ而已《のみ》。是に於いて、雪叟和尚、悼偈《とうげ》一篇を以て、影前に獻呈《けんてい》せらる。予も亦た謹んで尊韻《そんいん》に依り奉ると云う。伏して乞う、尊昭。壽保九拜。

機先《きせん》に透過《とうか》す、趙州《じょうしゅう》の關、
佛法商量《しょうりょう》、行じ得て還る。
子葉孫枝《しょうそんし》、日びに彌《いよ》いよ茂る、
松風《しょうふう》吹き起こす、萬年山《まんねんざん》。

【三二四―二】

擊碎千關與萬關、烏藤擔取一肩還。
此翁意氣若相比、龍得水兮虎靠山。

擊碎《げきさい》す、千關と萬關と、
烏藤《うとう》、一肩に擔取《たんしゅ》して還る。
此の翁の意氣、若し相比さば、
龍、水を得、虎、山に靠《よ》る。

【三二四―三】

今茲秋之仲、前住妙心玉岫和尚大禪師、唱滅於松原正寢。見者聞者、傷心慘目、誰敢不爲之感嘆乎。吁、惜哉、誠宗門不幸也。於是、雪叟和尚、依宗盟不淺、賦一偈見獻呈眞前。予亦綴野章一篇、以謹奉汚尊韻云。伏乞靈鑒。
永存九拜
脚跟驀直過禪關、百尺竿頭進歩還。
後代兒孫續得妙、高名千古重於山。

今茲《ことし》秋之仲、前住妙心玉岫《ぎょくしゅう》和尚大禪師、滅を松原の正寢《しょうしん》に唱う。見る者聞く者、心を傷め目を慘ましむ。誰か敢えて之が爲に感嘆せざらんや。

吁、惜しい哉、誠に宗門の不幸なり。是に於いて、雪叟和尚、宗盟《しゅうめい》浅からざるに依って、一偈を賦して眞前《しんぜん》に獻呈《けんてい》せらる。予も亦た野章一篇を綴って、以て謹んで尊韻《そんいん》を汚し奉ると云う。伏して乞う、靈鑒《れいかん》。永存九拜

脚跟《きゃっこん》、驀直《まくじき》に禪關《ぜんかん》を過ぎて、
百尺竿頭《ひゃくしゃくかんとう》に歩を進めて還る。
後代の兒孫《じそん》、續《つ》ぎ得て妙なり、
高名は千古、山より重し。

【三二四—四】

天正十一歳在癸未仲秋之初前住妙心玉岫和尚大禪佛、俄然逝矣。四海禪流、識之不識、無不感傷。嗚呼、吾門陵夷也。蒼者天々々々。越雪叟和尚、賦一偈被追悼。予亦謹依尊韻、便△△［奉供］于影前一穗云。伏乞靈鑒。

影前燒盡江南物、八月梅花一博山。永喜九拜

天正十一、歳、癸未に在る仲秋の初め、前住妙心玉岫《ぎょくしゅう》和尚大禪佛、俄然《がぜん》として逝けり。四海《しかい》の禪《ぜん》流《る》、之を識ると識らざると、感傷せざるは無し。嗚呼《ああ》、吾が門の陵夷《りょうい》なり。蒼者天《そうしゃてん》、々々。越《ここにお》いて、雪叟和尚、一偈を賦して追悼《ついとう》せらる。予も亦た謹んで尊韻《そんいん》に依って、便ち影前の一穗《いっすい》に供え奉ると云う。伏して乞う、靈鑒《れいかん》。

影前に燒き盡くす、江南《こうなん》の物、
八月の梅花《ばいか》、一博山《はくざん》。

○二句を欠く。

【三二四—五】

俄捲法幢閉祖關、那伽定裏轉機還。
凜然臨濟大鵬勢、起北海兮挾泰山。

俄《にわ》かに法幢《ほうどう》を捲いて、祖關を閉づ、
那伽定裏《ながじょうり》、機を轉じて還る。
凜然《りんぜん》たる臨濟《りんざい》、大鵬《たいほう》の勢い、

北海に起こり、泰山《たいざん》を挾む。

【三二五—一】

被追悼玉岫和尚　南溪

廣大慈悲正法明、松挨竹摋度群生。
揶揄浮世無爲境、六十餘霜脱化城。

廣大の慈悲、正法《しょうぼう》明らかなり、
松挨竹摋《しょうあいちくさつ》、群生《ぐんじょう》を度す。
浮世無爲《ふせいむい》の境を揶揄《やゆ》して、
六十餘霜にして、化城《けじょう》を脱す。

【三二五—二】

還鄉時節月明々、拄杖同行作麽生。
夜裏崑崙不遷化、人間誤道涅槃城。和韻　亨闕

還鄉《かんきょう》の時節《じせつ》、月明《めいめい》々、
拄杖同行《しゅじょうどうあん》、作麽生《そもさん》。
夜裏《やり》、崑崙《こんろん》、化を遷さず、
人間《じんかん》、誤って道う、涅槃城《ねはんじょう》と。

【三二五—三】

花有清香月在明、説何滅矣説何生。
那伽定裏偸閑去、不謂梅花沈水城。巨首座

花に清香《せいこう》有り、月に明在り、
何の滅とか説き、何の生とか説かん。
那伽定裏《ながじょうり》、閑を偸《ぬす》み去る、
謂わず、梅花沈水城《ばいかじんすいじょう》と。

【三二五—四】

天然意氣照無明、滅却心燈〔頭〕死亦生。
看々錦榮楓葉晩、還鄉時節洛陽城。甫藏主

天然《てんねん》の意氣、無明《むみょう》を照らす、
心頭《しんとう》を滅却《めっきゃく》すれば、死も亦た生なり。
看よ看よ、錦榮楓葉《きんえいふうよう》の晩、
還鄉《かんきょう》の時節《じせつ》、洛陽城《らくようじょう》。

【三二五―五】

親侍影前燈火明、袈裟滴涙可憐生。
貫華尊偈秋風句、八月芙蓉正法城。　瑤琳

親しく影前に侍す、燈火明らかなり、
袈裟《けさ》に涙を滴《した》づ、可憐生《かれんせい》。
貫華《かんげ》の尊偈《そんげ》、秋風の句、
八月の芙蓉《ふよう》、正法城《しょうぼうじょう》。

【三二五―六】

驢邊不滅太分明、臨濟宗風從此生。
後代兒孫有祥瑞、鳳凰覽德鳳凰城。存

驢邊《ろへん》に滅せざること、太《はなは》だ分明《ふんみょう》、
臨濟《りんざい》の宗風《しゅうふう》、此より生ず。
後代の兒孫《じそん》、祥瑞《しょうずい》有り、
鳳凰《ほうおう》、德を覽《み》る、鳳凰城《ほうおうじょう》。

【三二五―七】

看々禪風祖月明、秋林際老太麁生。
莫言向瞎驢邊滅、今□傳來正法城。　喜

看よ看よ、禪風《ぜんぷう》、祖月《そげつ》明らかなり、
秋林際老《あきりんざいろう》、太麁生《たいそせい》。
言うこと莫かれ、瞎驢邊《かつろへん》に向かって滅すと、
今□、傳え來たる、正法城《しょうぼうじょう》。

【三二五―八】原本四一丁

月在松山吹處明、涅槃妙曲太高生。
河沙聖衆一塲哭、共叫蒼天寂滅城。雪叟

月は松山の吹處に在って明らかなり、
涅槃《ねはん》の妙曲《みょうきょく》、太高生《たいこうせい》。
河沙《がしゃ》の聖衆《せいしゅう》、一塲《いちじょう》の哭《こく》、
共に蒼天《そうてん》と叫ぶ、寂滅城《じゃくめつじょう》。

【三二五—九】

吹毛匣裡冷光明、林際將軍太險生。
此老威風活獅子、無端腦裂野狐城。

吹毛匣裡《すいもうこうり》、冷光明らかなり、
林際將軍《りんざいしょうぐん》、太險生《たいけんせい》。
此の老《ろう》の威風《いふう》、活獅子《かつしし》、
端《はし》無《な》くも腦裂《のうれつ》す、野狐城《やこじょう》。

【三二六】

色即是空爲假名、法身不向這邊行。
猶餘寶積楓林雨、腸斷春山花落聲。悼和　淳巖

色即是空《しきそくぜくう》、假名《けみょう》と爲し、
法身《ほっしん》、這邊《しゃへん》に向かって行かず。
猶お餘す、寶積《ほうしゃく》、楓林《ふうりん》の雨、
腸《はらわた》は斷つ、春山に花落つる聲。

【三二七】

仰在九天乾德龍、熱時降雨暗吾宗。
那伽定裡定珍重、句々清風百煉鋒。和悼　春國

仰げば九天に在り、乾德《けんとく》の龍、
熱時に雨を降らす、暗吾宗。
那伽定裡《ながじょうり》、定めて珍重《ちんちょう》、
句々清風《せいふう》、百煉《ひゃくれん》の鋒《ほこさき》。

○暗吾宗＝不審。

【三二八—一】

悼天澤
禪河教海波瀾闊、不釣金鱗上一竿。仁峯

禪河教海《ぜんがきょうかい》、波瀾闊《はらんひろ》し、
金鱗《きんりん》を釣らざれども、一竿に上る。

【三二八—二】

法戰功成早歸去、一條拄杖五湖竿。和眞聞

法戦《ほっせん》功成って、早に帰り去る、
一條《いちじょう》の拄杖《しゅじょう》、五湖《ごこ》の竿。

【三二九―一】

悼坤藏主

他是叢林一睡虎、機然〔前〕踢到〔倒〕涅槃宮。
猶餘文字五千巻、黄葉吹残昨夜風。五峯

他は是れ叢林《そうりん》の一睡虎《すいこ》、
機前《きぜん》に踢倒《てきとう》す、涅槃宮《ねはんきゅう》。
猶お餘す、文字五千巻、
黄葉《こうよう》、吹き残す、昨夜の風。

【三二九―二】

芙蓉即是還郷錦、分袂秋江八月風。

芙蓉《ふよう》は即ち是れ還郷《かんきょう》の錦、
袂を分かつ、秋江《しゅうこう》八月の風。

【三二九―三】

藏主蒼顔今似見、南山出竹暮樓風。和

藏主《ぞうす》の蒼顔《そうがん》、今、見るに似たり、
南山、竹を出づれば、暮樓《ぼろう》の風。

○天恩寺舊藏『葛藤集』に「従斑虎一醒瞌睡、拄杖秋寒十二宮。藏主蒼顔尚如見、南山出竹暮樓風」。○南山出竹＝三體詩、劉得仁の「宿宣義池亭」に「暮色遶柯亭、南山出竹青」。

【三二九―四】

閻浮是不君行履、巻衲驀歸兜率宮。
別後近床紅蟋蟀、一聲々似怨秋風。龍谷

閻浮《えんぶ》は是れ、君が行履《あんり》にあらず、
衲を巻いて、驀《まく》に兜率宮《とそつきゅう》に歸れ。
別後、床に近し、紅蟋蟀《こうしつしゅつ》、
一聲々《いちせいせい》、秋風を怨むに似たり。

【三三〇】
香林賢桂菴主下火
昨夜枕子叫心空、六十餘年殘夢中。
白日青天人不見、一聲杜宇落花風。南化

昨夜、枕子《ちんす》、心空《しんくう》と叫ぶ、
六十餘年、殘夢《ざんむ》の中。
白日青天《はくじつせいてん》、人見えず、
一聲《いっせい》の杜宇《とう》、落花《らっか》の風。

【三三一】
九州ノ九藏主下火
九州四海、選佛場中。心空端的、明月清風。同
九州四海《しかい》、選佛場《せんぶつじょう》の中。
心空《しんくう》の端的《たんてき》、明月清風《めいげつせいふう》。

【三三一―一】
悼景聰
這風顚漢寒山子、打手呵々大笑還。高菴
這《こ》の風顚漢《ふうてんかん》、寒山子《かんざんし》、
手を打って、呵々《かか》大笑して還る。

【三三一―二】
竺土大仙八十年、端居道樹度人天。
一機轉作活獅子、百億須△[彌]咬破還。和
竺土《じくど》の大仙《だいせん》、八十年、
道樹《どうじゅ》に端居《たんご》して、人天《にんでん》を度す。
一機《いっき》、轉じて活獅子《かっしし》と作し、
百億の須彌《しゅみ》、咬破《こうは》して還る。

【三三二】
夢窓山居
此頌、古先度唐之時、中峯和上ニ閑談。
中峯展坐具禮拜。即謂日本禮。快川
隔絶囂塵晝掩關、市中買得沃州山。

娘生口裡不含血、掛在乾坤宇宙間。

夢窓山居

此の頌、古先、唐に度《わた》る時、中峯和上ニ閑談。中峯、坐具《ざぐ》を展べて禮拜。即ち日本の禮と謂う。

囂塵《ごうじん》を隔絶《かくぜつ》して、晝、關を掩う、
市中、買い得たり、沃州《よくしゅう》の山。
娘生口裡《にょうしょうくり》、血を含まず、
掛在《かざい》す、乾坤宇宙《けんこんうちゅう》の間。

○『夢窓録』では、第一句を「寓舍囂塵晝掩關」とする。

【三三四】

明巖道號

白日青天人不見、猿抱子兮鳥啣花。天桂

白日青天《はくじつせいてん》、人見えず、
猿は子を抱き、鳥は花を啣《ふく》む。

【三三五】

塵々無垢界成道、月白梅花八月枝。希菴女ノ保下火

塵々《じんじん》、無垢界成道《むくかいじょうどう》、
月は白し、梅花《ばいか》八月の枝。

【三三六】

怡菴道號

秋來喜色蒲〔滿〕門闌〔欄〕、半啓紗窓子細看。
八月梅花也奇快、暗香吹送破蒲團。南室

秋來《しゅうらい》、喜色《きしょく》、門欄《もんらん》に滿つ、
半ば紗窓《しゃそう》を啓《ひら》いて、子細《しさい》に看よ。
八月の梅花《ばいか》、也《ま》た奇快《きかい》、
暗香《あんこう》吹き送る、破蒲團《はぶとん》。

【三三七】

月櫺號

開自松杉風外看、清光如畫碧層巒。

不含西嶺千秋雪、掛在天色玉一團。物外
開いて自ら松杉風外《しょうさんふうがい》に看よ、
清光、畫の如し、碧層巒《へきそうらん》。
西嶺千秋《せいれいせんしゅう》の雪を含まず、
掛在《かざい》す、天色、玉一團《ぎょくいちだん》。

○松杉風外、亂山青＝三體詩、儲嗣宗の「小樓」に「松杉風外亂山青」。○西嶺千秋雪＝杜甫の「絶句」四首の三の「窓含西嶺千秋雪、門泊東呉萬里船」。

【三三八―一】

五峯悼

我家敢不道無禪、久結寃讎四十年。
大力量人難網住、活龍行處浪衝天。一傳

我が家、敢えて禪無しとは道わず、
久しく寃讎《おんしゅう》を結ぶ、四十年。
大力量《だいりきりょう》の人、網住《もうじゅう》し難し、
活龍《かつりゅう》の行く處、浪衝天《しょうてん》。

【三三八―二】

南風吹落五峯雪、不待岐陽九月天。和仁峯

南風、吹き落とす、五峯《ごほう》の雪、
岐陽《きよう》、九月の天を待たず。

【三三九】

悼希菴和上

好箇眞知四十年、君家古曲太新鮮。
猶輕易水悲風指、難把鸞膠續斷絃。東菴

好箇《こうこ》の眞知、四十年、
君が家の古曲、太《はなは》だ新鮮《しんせん》。
猶お易水悲風《えきすいひふう》の指を輕んじ、
鸞膠《らんこう》を把《と》って、斷絃《だんげん》を續《つ》ぎ難し。

○『虚堂録』「易水悲風輕按指、鸞膠難續斷腸人」。

【三四〇】

悼月航和上

寂滅海深秋一涯、孤帆高載月航之。
御園花矣雪鰲雪、傾盡愁腸説向誰。同

寂滅海《じゃくめつかい》深し、秋一涯《いちがい》、
孤帆《こはん》、高く月を載せて之を航《ふなわたり》す。
御園《ぎょえん》の花、雪鰲《せつごう》の雪、
愁腸《しゅうちょう》を傾け盡くして、誰に向かってか説く。

○『延寶傳燈録』巻三十一、京兆妙心東菴宗暾禪師章にあり、御園を花園に作る。「寂滅海深秋一涯。孤帆高載月航之。花園花矣雪鰲雪。傾盡愁腸説向誰」。

【三四一】

悼材嶽和上

涅槃堂裡一聲鐘、萬事夢醒月在峯。
夜半如何早歸去、杜鵑啼不上長松。南化

涅槃堂裡《ねはんどうり》、一聲《いっせい》の鐘、
萬事《ばんじ》、夢醒《さ》めて、月は峯に在り。
夜半《やはん》、如何《いかん》かして早く歸り去る、
杜鵑《とけん》、啼いて長松《ちょうしょう》に上らず。

【三四二】

新荷佛

洗出新荷如是相、若言假佛爛泥團。
波旬一黨微風起、瀉下清香露涅般〔槃〕。鐵山

洗い出だす、新荷《しんか》の是《かく》の如き相、
若し假佛《けぶつ》と言わば、爛泥團《らんでいだん》。
波旬《はじゅん》の一黨《いっとう》、微風《びふう》起こる、
瀉ぎ下す、清香《せいこう》、露の涅槃《ねはん》。

【三四三】

筆頭轉出金剛眼、照破人天鬼畜脩。地藏開眼　希菴

筆頭《ひっとう》に金剛眼《こんごうげん》を轉出し、
人天《にんでん》鬼畜《きちく》の脩を照破《しょうは》す。

○人天鬼畜脩＝人天鬼畜趣か。

【三四四】

眞俗不二、兄弟急難、活埋了也、塞鴈聲寒。下火頌　松嶽

眞俗不二《しんぞくふに》、兄弟急難《ひんでいきゆうなん》、
活埋了也《かつまいりようや》、塞鴈《さいがん》の聲は寒し。

【三四五】

劍樹刀山若黃落、十三徽上雨聲秋。道鐵下火　天桂

劍樹刀山《けんじゆとうざん》、若し黃落《こうらく》せば、
十三徽上《じゆうさんきじよう》、雨聲《うせい》の秋。

【三四六】

密宗心印藏彌露、鐵樹花開四月春。送聖堂上　同

密宗心印《みつしゆうしんいん》、藏せば彌《いよ》いよ露わる、
鐵樹《てつじゆ》花開く、四月の春。

【三四七】

忽聽訃音花亦泣、助哀胡蝶叫蒼天。若衆ノ下火　大蟲

忽ち訃音《ふいん》を聽いて、花も亦た泣く、
哀を助く胡蝶《こちよう》、蒼天《そうてん》と叫ぶ。

【三四八】

訃音遠告三千里、月落長安半夜鐘。悼月航同

訃音《ふいん》遠く告ぐ、三千里、
月は長安《ちようあん》に落つ、半夜の鐘。

【三四九】

悼岐岫

元來老漢眼無筋、百是百非渾不分。
若道報恩沒交渉、香烟一炷士峯雲。虎哉〔岐岫年忌孔方ヲ相添送ラル時頌〕

元來《がんらい》、老漢《ろうかん》、眼に筋無し、
百是百非《ひやくぜひやつぴ》、渾《すべ》て分かたず。

若し報恩《ほうおん》と道わば、没交渉《もつきょうしょう》、
香烟一炷《こうえんいっしゅ》、士峯《しほう》の雲。

【三五〇】

大機轉處三十棒、打五須彌作一塵。〔亡靈夕、ル時ノ頌〕悅岡〔崗〕

大機轉ずる處、三十棒、
五須彌《しゅみ》を打して、一塵と作す。

【三五一】

淨正下火

七十餘齡春一夢、業風吹醒思無邪。
涅槃生死兩條路、纔見開花又落花。〔正月〕雪叟

七十餘齡、春一夢、
業風《ごっぷう》吹き醒《さ》まして、思い邪《よこしま》無し。
涅槃生死《ねはんしょうじ》、兩條の路、
纔《わず》かに開花を見れば、又た落花《らっか》。

【三五二】

筠室號　遠州衆　雪叟

元清公、遠寄楮生求道稱。峻拒再三、雖然相責不輟。稱之曰筠室。仍野偈一篇、以爲左證云。

葉々清風從此興、當軒大坐避炎蒸。
夜深雨斷竹窓靜、桃盡香林一盞燈。

元清公、遠く楮生《ちょせい》を寄せて道稱を求む。峻拒すること再三、然りと雖も相責めて輟《や》まず。之を稱して筠室《いんしつ》と曰う。仍って野偈《やげ》一篇、以て左證《さしょう》と爲すと云う。

葉々清風《ようようせいふう》、此より興こる、
當軒大坐《とうけんだいざ》、炎蒸《えんじょう》を避く。
夜深け雨斷えて、竹窓《ちくそう》靜かなり、
桃げ盡くす、香林《きょうりん》の一盞燈《いっさんとう》。

【三五三】

松嶺

遠之佐濱郷有信女、就予需法諱幷雅號。以妙蒼爲諱、以松嶺爲字。因綴拙偈一章、證厥義云。
栽十八公巖谷間、峯前峯後暮雲閑。
萬年枝上一輪月、□照須彌百億山。同

遠の佐濱郷に信女有り、予に就いて法諱幷びに雅號を需む。妙蒼を以て諱と爲し、松嶺を以て字と爲す。因って拙偈一章を綴って厥《そ》の義を證すと云う。
十八公《じゅうはちこう》を栽う、巖谷《がんこく》の間、
峯前峯後《ほうぜんほうご》、暮雲《ぼうん》閑なり。
萬年枝上《しじょう》、一輪の月、
□照、須彌《しゅみ》百億の山。

【三五四―一】原本四二丁
謹賦野偈一篇、追悼前住當山用玄大和尚。伏需昭鑑。音
生前身後活三昧、獨脱無依那處歸。
百萬人天難網住、龍泉一劍化龍飛。玄輿九拜　南化

生前身後、活三昧《かつざんまい》、
獨脱無依《どくだつむい》、那處《なしょ》にか歸る。
百萬人天《にんでん》、網住《もうじゅう》し難し、
龍泉《りゅうせん》の一劍、龍と化して飛ぶ。

【三五四―二】
脚痕下事難尋覓、不是河南正北歸。
能用玄々々處了、炎天六月雪花飛。宗暾［東菴］
脚痕下《きゃつこんか》の事、尋覓《じんみゃく》し難し、
是れ河南にあらずんば、正に北歸。
能く玄々々處《げんげんげんしょ》を用い了って、
炎天《えんてん》六月、雪花《せっか》飛ぶ。

【三五四―三】
横提三尺龍泉劍、護國功成不［何］處歸。
天下衲僧難着眼、活機先電轉星飛。宗諤［直指］
横ざまに提《ひっさ》ぐ、三尺龍泉《りゅうせん》の劍、

護國《ごこく》、功成って、何れの處にか歸る。
天下の衲僧《のうそう》、眼を着け難し、
活機《かっき》の先、電轉じ星飛ぶ。

【三五四―四】

這風顚漢活機用、今日瓢〔飄〕然萬里歸。
名翼蓋天夏臨濟、藕絲竅裏大鵬飛。宗瑞〔九天〕

這《こ》の風顚漢《ふうてんかん》、活機用《かつきゆう》、
今日、飄然《ひょうぜん》として、萬里《ばんり》に歸る。
名翼《みょうよく》、天を蓋う、夏の臨濟《りんざい》、
藕絲竅裡《ぐうしきょうり》、大鵬《たいほう》飛ぶ。

【三五四―五】

這翁稱護國三藏、早向西天萬里歸。
半夜鐘聲驚一夢、長安月落杜鵑飛。慧稜〔伯蒲〕

這《こ》の翁、護國三藏《ごこくさんぞう》と稱す、
早く西天萬里《さいてんばんり》に向かって歸る。
半夜の鐘聲《しょうせい》、一夢を驚かす、
長安《ちょうあん》、月落ちて杜鵑《とけん》飛ぶ。

【三五四―六】

一顆珠長合護國、韜光何事等閑歸。
機前拂袖出端的、五月梅花々自飛。士印〔單傳〕

一顆《いっか》の珠長じて、合《まさ》に國を護るべきに、
光を韜《つつ》んで、何事ぞ等閑《なおざり》に歸る。
機前《きぜん》に拂袖《ほつしゅう》して出づる端的《たんてき》、
五月の梅花《ばいか》、花自ずから飛ぶ。

【三五四―七】

終身合盡一盃酒、何事今朝拂袖歸。
松老雲閑人不見、杜鵑枝上暮鴉飛。景存〔鰲山〕

身を終うるまで、合《まさ》に一盃《いっぱい》の酒を盡くすべきに、
何事ぞ、今朝、拂袖《ほつしゅう》して歸る。
松老雲閑《しょうろううんかん》、人見えず、

杜鵑《とけん》枝上《しじょう》、暮鴉《ぼあ》飛ぶ。

【三五四―八】

一機瞥轉活機用、九萬里風乘得歸。
四海五湖留不住、妙心金翅出雲飛。東默［一宙］

一機瞥轉《いっきべってん》、活機用《かっきゆう》、
九萬里の風に、乘り得て歸る。
四海五湖《しかいごこ》、留むれども住まらず、
妙心の金翅《こんじ》、雲を出でて飛ぶ。

【三五四―九】

飜身彷彿大鵬擧、躍出溟南溟北歸。
可惜吾宗門羽䎗、別來雌伏失雄飛。宗省三莫

身を飜して、大鵬《たいほう》の擧がるに彷彿《ほうふつ》たり、
溟南《めいなん》を躍出《やくしゅつ》して、溟北《めいほく》に歸る。
惜しむ可し、吾が宗門の羽䎗《うよく》、
別來《べつらい》、雌伏《しふく》、雄を失って飛ぶ。

【三五四―一〇】

閃電難追行脚事、白雲萬里刹那歸。
僧中鸞鳳欠其一、千仭翺翔不羽飛。祖恩［芳澤］

閃電《せんでん》も追い難し、行脚《あんぎゃ》の事、
白雲萬里《ばんり》、刹那《せつな》に歸る。
僧中の鸞鳳《らんほう》、其の一を欠く、
千仭《せんじん》の翺翔《こうしょう》、羽飛《うひ》にあらず。

【三五四―一一】

金剛正躰無變色、西不來矣東不歸。
挾䎗南山護國虎、今朝出窟振威飛。宗滿

金剛《こんごう》の正躰《しょうたい》、變色《へんしょく》無し、
西より來たらず、東より歸らず。
䎗《つばさ》を挾《さしばさ》む、南山護國《ごこく》の虎、
今朝、窟を出でて、威を振るって飛ぶ。

【三五四―一二】

生死涅槃無別路、蕭々細雨濕襟歸。
杜鵑亦識此時意、啼向空山一度飛。禪桃

生死涅槃《しょうじねはん》、別路無し、
蕭々《しょうしょう》たる細雨《さいう》、襟を濕して歸る。
杜鵑《とけん》も亦た識る、此の時の意、
空山《くうざん》に向かって啼き、一度に飛ぶ。

【三五四―一三】

看々涅槃那一路、羅籠不住掉頭歸。
翅翎有力安居鳥、劈破滿天網子飛。宗單

看よ看よ、涅槃《ねはん》の那一路《ないちろ》、
羅籠《らろう》すれども住まらず、頭《こうべ》を掉《ふる》って歸る。
翅翎《しれい》、力有り、安居《あんご》の鳥、
滿天の網子《もうす》を劈破《ひっぱ》して飛ぶ。

【三五四―一四】

蹈破涅槃那一路、羅籠不住向空歸。
炎天梅蘂夜來雨、鳥亦驚飛花亦飛。宗奎

涅槃《ねはん》の那一路《ないちろ》を蹈破《とうは》して、
羅籠《らろう》すれども住まらず、空に向かって歸る。
炎天《えんてん》の梅蘂《ばいずい》、夜來《やらい》の雨、
鳥も亦た驚き飛び、花も亦た飛ぶ。

【三五四―一五】

生死涅槃夢初醒、杜鵑聲裏決然歸。
碧梧忽被毘嵐觸、五月如秋一葉飛。明棟

生死涅槃《しょうじねはん》、夢初めて醒《さ》む、
杜鵑聲裏《とけんせいり》、決然《けつぜん》として歸る。
碧梧《へきご》、忽ち毘嵐《びらん》に觸れらる、
五月、秋の如し、一葉飛ぶ。

【三五四―一六】

這老元來閑達磨、空棺隻履已西歸。
薫風吹起炎天雪、又似蘆花片々飛。 玄良［信州］

這《こ》の老《ろう》、元來《がんらい》、閑達磨《かんだるま》、
空棺隻履《くうかんせきり》、已に西歸《せいき》す。
薫風《くんぷう》吹き起こす、炎天《えんてん》の雪、
又た似たり、蘆花《ろか》の片々《へんぺん》と飛ぶに。

【三五四―一七】

來鳳護國千竿竹、離巣今日負雲歸。
涅槃一曲一聲笛、五月梅花亂落飛。 宗廓［甲州］

護國《ごこく》に來鳳《らいほう》す、千竿《せんかん》の竹、
巣を離れ、今日、雲を負うて歸る。
涅槃《ねはん》の一曲、一聲《いっせい》の笛、
五月の梅花《ばいか》、亂れ落ちて飛ぶ。

【三五四―一八】

埋光護國珠一顆、五月炎天拂袖歸。
寒殺闍梨不熱殺、死灰如雪向風飛。 宗覺

光を護國《ごこく》に埋む、珠一顆《たまいっか》、
五月の炎天《えんてん》、拂袖《ほっしゅう》して歸る。
闍梨《じゃり》を寒殺《かんさつ》して、熱殺《ねっさつ》せず、
死灰《しかい》、雪の如し、風に向かって飛ぶ。

【三五四―一九】

熱殺闍黎端的底、涼風得意恁麼歸。
夜深雨絶影堂靜、一點山螢照寂飛。 玄澄

闍黎《じゃり》を熱殺《ねっさつ》する端的底《たんてきてい》、
涼風《りょうふう》に意を得て、恁麼《いんも》に歸る。
夜深け雨絶えて、影堂《えいどう》靜かなり、
一點《いってん》の山螢《さんけい》、寂を照らして飛ぶ。

【三五四―一〇】

金剛脚下崑崙鐵、有路泥丸去不歸。
今日出頭天外看、離巣一鳥負雲飛。　紹倹

金剛脚下《こんごうきゃつか》、崑崙鐵《こんろんてつ》、
路有り、泥丸《ないがん》、去って歸らず。
今日、天外に出頭し看よ、
巣を離るる一鳥、雲を負うて飛ぶ。

【三五四―一一】

親侍影堂涙如雨、這翁何事等閑歸。
合修護國鳳凰德、鈍鳥離巣那處飛。　玄學〔夫雲〕

親しく影堂《えいどう》に侍す、涙、雨の如し、
這《こ》の翁、何事ぞ、等閑《なおざり》に歸る。
合《まさ》に護國鳳凰《ごこくほうおう》の德を修すべきに、
鈍鳥、巣を離れて、那處《なしょ》にか飛ぶ。

【三五四―一二】

俄頃出離巾瓶裡、蹈飜護國寶珠歸。
烏藤何事先吾去、昨夜虚空展翼飛。　天猷

俄頃《にわか》に巾瓶裡《きんぺいり》を出離し、
護國《ごこく》の寶珠《ほうじゅ》を蹈飜《とうほん》して歸る。
烏藤《うとう》、何事ぞ、吾に先んじて去る、
昨夜、虚空《こくう》、翼を展べて飛ぶ。

【三五五】

妙心下火　二月

人間萬事本來空、□□□□□□□。
生死涅槃春一夢、三從五障落花風。　雪叟

人間萬事《じんかんばんじ》、本來空《ほんらいくう》、
□□□□□□□。
生死涅槃《しょうじねはん》、春一夢、
三從五障《さんじゅうごしょう》、落花《らっか》の風。

【三五六】

遙入吾師行道門、速《ス》香一炷足酬恩、
七年未覺梅花夢、雨打薔薇也斷魂。快川七年忌。秀□淳
□

遙かに吾が師が行道の門に入って、
速香《すこう》一炷《いっしゅ》、恩を酬うるに足る、
七年、未だ覺めず、梅花《ばいか》の夢、
雨、薔薇《そうび》を打って、也《ま》た斷魂《だんこん》。

○速香＝香の名、眞臘に出る。ただし、ここでは『下學集』にある「スカウ。惡香速消盡、故云速香」という意味。

【三五七―一】

悼細川六郎桓國公
遠者呑聲近者悲、回頭冬日影西移。
牡丹一閏春如夢、王老庭前召陸時。

遠き者は聲を呑み、近き者は悲しむ、
頭《こうべ》を回らせば、冬日《とうじつ》の影、西に移る。
牡丹一閏《ぼたんいちじゅん》、春、夢の如し、
王老《おうろう》の庭前《ていぜん》、陸と召す時。

○『見桃録』「悼光翁亘公大禪定門、細川六郎殿」として載る。

【三五七―二】

人生今日已堪悲、十八年間一夢移。
滄海縱然枯作土、豈其別涙有乾時。道永

人生今日、已に悲しむに堪えたり、
十八年間、一夢移る。
滄海《そうかい》、縱然《たと》い枯れて土と作《な》るも、
豈に其れ別涙《べつるい》の乾く時有らんや。

○『翰林五鳳集』に、熙春の「細川六郎殿十八歳逝悼之」として載る。

【三五七―三】

梅動離愁月促悲、哀吟今昨不知移。
案頭覩物思人切、書葉風吹如在時。禪昌

梅は離愁《りしゆう》を動じ、月は悲しみを促す、
哀吟《あいぎん》、今昨、移ることを知らず。
案頭《あんとう》に物を覩れば、人を思うこと切なり、
書葉《しよよう》、風吹いて、在《まし》ます時の如し。

○書葉＝書物。黄山谷「平原宴坐」詩に「北窓風來擧書葉、猶自勸人勤讀書」。

【三五七―四】

平生行樂不知悲、世事忽隨雲雨移。綠髮紅顏猶在目、柳邊試馬日殘時。月舟

平生《へいぜい》の行樂、悲しみを知らず、
世事《せいじ》、忽ち雲雨《うんう》に隨って移ろう。
綠髮紅顏《りよくはつこうがん》、猶お目に在り、
柳邊《りゆうへん》に馬を試む、日殘の時。

【三五七―五】

濟川失望萬人悲、誰使藏舟夜壑移。想見香山白居士、欲題崔字淚垂時。常菴

濟川《さいせん》に望みを失って、萬人悲しむ、
誰か舟を藏して、夜、壑に移らしむ。
想い見る、香山《こうざん》の白居士、
崔字《さいじ》を題せんと欲して、淚垂るるの時。

○崔字＝白居易「初喪崔兒報微之晦叔」詩に「書報微之晦叔知、欲題崔字淚先垂。世間此恨偏敦我、天下何人不哭兒」。

【三五七―六】

遠者皆驚近者悲、猶思懷惠似家移。鐘聲扣破閻浮夢、半夜長安月落時。河清

遠き者は皆な驚き、近き者は悲しむ、
猶お思う、慧に懷いて家を移すに似たるを。
鐘聲《しようせい》、扣破《こうは》す、閻浮《えんぶ》の夢、
半夜、長安《ちようあん》、月の落つる時。

○懷惠似家移＝劉商の「送元使君自楚移越」詩に、「露冕行春向若耶、

野人懷惠欲移家。東風二月淮陰郡、唯見棠梨一樹花」。「懷惠」は恩惠を受けることに安んじ樂しむ。『論語』里仁、「君子懷刑、小人懷惠」。

【三五七―七】

君去無心猿鶴悲、此情想可北山移。
霑衣欲温萬行涙、準擬人看似雨〔舊〕時。　宗器

君去って、心無き猿鶴《えんかく》も悲しむ、
此の情、想うに北山《ほくざん》の移《い》なる可し。
衣を霑して温まらんと欲す、萬行の涙、
準擬《じゅんぎ》す、人の看て舊時《きゅうじ》に似んことに。

○北山移＝「北山移文」に「蕙帳空兮夜鶴怨、山人去兮曉猿驚」。
○劉得仁「舊宮人」詩に、「曾縁玉貌君王寵、準擬人看似舊時」。『三體詩由的抄』に「昔、前朝ノ時、君王ノ御目ヲカケラレテ、寵愛ヲ得タル其心傚ヒニ依テ、今モ人ノ我ヲ看テ舊時ノ如クニ準擬スルトナリ」。「準擬」はナゾラヘハカル。「雨」では意を成さないので、「舊」に訂す。

【三五七―八】

天爲悲號風爲悲、別來物換又星移。
何圖不幸早辭世、似見顏淵十八時。　雲頂

天は悲號を爲し、風は悲を爲す、
別來《べつらい》、物換り、又た星移る。
何ぞ圖らん、不幸にして早く世を辭すとは、
顏淵《がんえん》が十八の時を見るに似たり。

○物換又星移＝王勃の「滕王閣序」に、「物換星移幾度秋」。

【三五七―九】

人世尋常歡與悲、一彈指頃古今移。
碧紗窓外月深後、唯有寒梅似舊時。　近衛御方　淳巖

人世、尋常《よのつね》、歡びと悲しみと、
一彈指頃《だんしけい》、古今移る。
碧紗窓外《へきしゃそうがい》、月深けて後、
唯だ寒梅《かんばい》のみ有って、舊時《きゅうじ》に似たり。

【三五八】

鐵山當面勢巍々、擊碎將來絶是非。
冬日杜鵑涅槃岸、雪埋老樹不如歸。一鐵宗勢居士下火
淳巖

鐵山《てつざん》、當面《とうめん》、勢い巍々《ぎぎ》たり、
擊碎《げきさい》し將ち來たって、是非を絶す。
冬日《とうじつ》の杜鵑《とけん》、涅槃《ねはん》の岸、
雪、老樹を埋む、歸らんには如かず。

【三五九】

月溪妙秋信女活下火　大休
秋風昨夜動乾坤、葉落樹凋歸本根。
和却心空那一火、黄金鑄出鐵崑崙。
摩耶爲千佛之母、則天稱三會之尊。共惟某、美玉無價、
赤條[繩]定婚。生死涅槃、翡翠蹈飜荷葉雨。眞如實相、玉兔
挨開碧落門。抛火把、喝一喝。

秋風、昨夜、乾坤《けんこん》を動ず、
葉落ち樹凋み、本根に歸す。
心空《しんくう》を和却す、那一火《ないっか》、
黄金鑄出《おうごんいい》だす、鐵崑崙《てつこんろん》。
摩耶《まや》、千佛の母たり、則天、三會《さんね》の尊と稱す。共
しく惟みれば、某、美玉無價《むげ》、赤繩《せきじょう》婚を定む。
生死涅槃《しょうじねはん》、翡翠蹈飜《ひすいとうほん》す、荷葉《かよう》の雨。眞如實相《しんにょじつそう》、
玉兔《ぎょくと》挨開す、碧落《へきらく》の門。火把《かは》を抛って、喝一喝《かついっかつ》。

○『見桃録』「月溪妙秋信女下火預請」にあり、左の傍点部分を脱す。
「秋風昨夜動乾坤、葉落樹凋歸本根。和却心空那一火、黄金鑄出
鐵崑崙。夫惟、月溪妙秋信女。美玉無價、赤繩定婚。摩耶爲千
佛之母。則天稱三會之尊。生死涅槃。翡翠蹈翻荷葉雨。眞如實相。
玉兔挨開碧落門」。

【三六〇】

宗眞信女活下火　同
試看娘生面目眞、窓中眉黛遠山新。
無端打破曹溪鏡、放出天邊月一輪。
夫以唱南無佛、効西子顰。隨縁眞如不變眞如、翠竹風冷。

觀照般若實相般若、黄花露匀。
如金如玉、不緇不磷。雖然恁麼、從門入者不是、那箇是
自家珍。［拋火］。針鋒頭翹足、火焰裡△［藏］身。咄。

試みに看よ、娘生《にようしよう》の面目眞《めんもくしん》、
窓中の眉黛《びたい》、遠山《えんざん》新たなり。
端《はし》無くも、曹溪《そうけい》の鏡を打破《だは》し、
放出す、天邊《てんぺん》の月一輪。
夫《そ》れ以《おもん》みれば、南無佛《なむぶつ》を唱え、西子《せいし》の顰《ひそみ》に效《なら》う。
隨縁眞如《ずいえんしんによ》、不變眞如《ふへんしんによ》、翠竹《すいちく》風冷かなり。觀照般若《はんにや》、
實相般若《じつそうはんにや》、黄花《こうか》露匀《ひと》し。金の如く玉の如く、緇《くろ》まず磷《うすろ》がず。然《しか》も恁麼《いんも》なりと雖も、門より入る者は不是、那箇《なこ》か是れ自家の珍。［火を拋って］。針鋒《しんぽう》頭《とう》に足を翹《つまだ》て、火焰裡《かえんり》に身を藏す。咄《とつ》。

○宗眞信女活下火＝『見桃録』「宗眞信女下火預請」に「試看孃生面目眞、窓中眉黛遠山新。無端打破曹溪鏡、放出天邊月一輪。夫惟、宗眞信女、唱南無佛、効西子顰。隨縁眞如不變眞如、翠竹風冷。觀照般若實相般若、黄花露韻。如金如玉、不緇不磷。雖然恁麼、從門入者不是。那箇是自家珍。拋火把。鍼峯頭翹足、火焰裏藏身。喝一喝」

【三六一】原本四三丁

妙□下火　二月

人間五十一須臾、今日覺來夢裡軀。
花落花開涅槃路、天堂地獄叫無々。雪叟

人間五十一、須臾《しゆゆ》たり、
今日覺め來たれば、夢裡《むり》の軀。
花落ち花開く、涅槃《ねはん》の路、
天堂地獄《てんどうじごく》、無々と叫ぶ。

【三六二】

蘭澤妙秀下火　五月三日

五障三從揔是非、丈夫眞女轉全機。
一聲杜宇涅槃岸、帶得滿山新綠歸。同

五障三從《ごしようさんじゆう》、揔に是非、

丈夫の眞女、全機《ぜんき》を轉ず。
一聲《いっせい》の杜宇《とう》、涅槃《ねはん》の岸、
滿山《まんざん》の新緑《しんりょく》を帶び得て歸る。

【三六三】

吊全忠沙彌自害頌

三界無安見機去、涅槃一路白雲層。
杜鵑枝上風吹斷、新緑雨懸自縛繩。同

三界《さんがい》に安無し、機を見て去る、
涅槃《ねはん》の一路《いちろ》、白雲層《はくうんそう》。
杜鵑枝上《とけんしじょう》、風吹き斷つ、
新緑《しんりょく》の雨は懸く、自縛《じばく》の繩。

【三六四】

妙看老婆子預請秉炬法語

趙州門下有婆子、菴主膝下有婆子。或勘破、或燒菴。吾宗門下有婆子。不墮恁麼窠窟。只向山僧却後、問訊入涅槃門。予答云、乾峯和尚云、十方薄伽（梵、一路涅槃門、未審路頭在甚麼處。峯拈拄杖劃一劃云、在者裡矣。婆子々々、這裡即是涅槃一路也。莫認別路矣。更有一偈爲汝説話矣。能聽取、以却後臨終之時節、活脱自由去。

莫論兜率與泥犂、生死涅槃路不迷。
説法談空耳功德、松風蘿月住居西。［喝一喝］

天正第九辛巳夏五十有二蓂□嶽小苾蒭雪叟紹立漫記焉

趙州《じょうしゅう》門下に婆子《ばす》有り、菴主《あんじゅ》が膝下《しっか》に婆子《ばす》有り。或いは勘破《かんぱ》し、或いは菴を燒く。吾が宗門下に婆《ば》子《す》有り。恁麼《いんも》の窠窟《かくつ》に墮さず。只だ山僧《さんぞう》却後に向かって、問訊《もんじん》して涅槃《ねはん》門に入る。予答えて云く、乾峯《けんぽう》和尚云く、十方薄伽梵《ばかぼん》、一路涅槃門《いちろねはんもん》、未審《いぶかし》、路頭《ろとう》、甚麼《いずれ》の處にか在る。峯、拄杖《しゅじょう》を拈じて劃《かく》一劃《いっかく》して云く、者裡《しゃり》に在り、と。婆子《ばす》々々、這裡《しゃり》即ち是れ涅槃《ねはん》の一路《いちろ》なり。別路を認むること莫かれ。更に一偈有り、汝が爲に説話《せつわ》せん。能く聽《ちょう》取《しゅ》して、以て却後、臨終《りんじゅう》の時節《じせつ》、活脱自由にし去れ。

兜率《とそつ》と泥犁《ないり》とを論ずること莫かれ、
生死涅槃《しようじねはん》、路迷わず。
法を説き空を談ず、耳の功徳《くどく》、
松風蘿月《しようふうらげつ》、住居の西。［喝一喝《かついつかつ》］
天正第九辛己夏五十有二蓂　□嶽小苾蒭雪叟
紹立《じようりゆう》、漫《みだ》りに記す

【三六五】

薫風殿閣、諸佛出身。看他入處、杜鵑緑新。宗薫童子下
火　四月　策甫

薫風殿閣《くんぷうでんかく》、諸佛出身。
他の入處《につしよ》を看よ、杜鵑《とけん》、緑新たなり。

【三六六】

惜哉合唱我家曲、吹落風前十八花。
聽叫十八ニテ死下火。十八花ハ曲也。江南

惜しい哉、合《まさ》に我が家の曲を唱うべきに、
吹き落とす、風前の十八花。

○天恩寺舊藏『葛藤集』にあり。「眞月宗詮侍者、隨老僧侍者有年矣。其爲人、温潤好學無倦也。今茲甲寅春之仲、觸造化小兒逝矣。嗚呼、胡爲令我臻斯極乎。嗟嘆而不足。於是、賦山詩一章吐盡愁腸者、以供牌前香烟云。不是龍年不是蛇、令人何也作咨嗟。惜哉合唱我家曲、落地無聲十八花。［吹落風前十八花］」。

【三六七】

今日春荒赤甲城、憶君收國愛蒼生。
屋後青山不會佛、任他風雨打花聲。
機山《シンゲン》玄公大居士十三年香　同

今日春荒るる、赤甲城《せきこうじよう》、
憶う君、國を收めて蒼生《そうせい》を愛せしことを。
屋後《おくご》の青山《せいざん》、佛を會《え》せず、
任他《さもあらば》あれ、風雨、花を打つ聲。

○赤甲城＝十一代武田信成の居城。

【三六八―一】

子規夜半喚名啼、一夢三年覺不迷。
人法倶亡別無事、關山月白笛聲西。
岡藏主三年忌香語　鐵山

子規夜半《しきやはん》、名を喚んで啼く、
一夢三年、覺めて迷わず。
人法倶《にんぽうとも》に亡じて、別に事無し、
關山《かんざん》、月は白し、笛聲《てきせい》の西。

【三六八―二】

一別三年不止啼、師翁直示悟兼迷。
斯人今則趙州老、栢樹空殘東院西。元猷一宗

一別《いちべつ》三年、啼くを止めず、
師翁《しおう》の直示、悟と迷と。
斯《こ》の人、今則ち趙州老《じょうしゅうろう》、
栢樹《はくじゅ》、空しく殘る、東院の西。

【三六八―三】

月色朦朧蜀魄啼、三年光景意昏迷。
片岡易地涅槃岸、隻履遠攜葱嶺西。芸

月色朦朧《げっしょくもうろう》として、蜀魄《しょくはく》啼く、
三年の光景《こうけい》、意昏迷《こんめい》。
片岡《へんこう》、地を易《か》う、涅槃《ねはん》の岸、
隻履《せきり》、遠く攜う、葱嶺《そうれい》の西。

【三六八―四】

越鳥感時幾寄啼、聲々夢覺更無迷。
三年光景須臾事、朝槿花脞［脆］日已西。堅

越鳥《えっちょう》、時に感じて、幾たびか啼を寄す、
聲々《せいせい》、夢覺めて、更に迷う無し。
三年の光景《こうけい》、須臾《しゅゆ》の事、
朝槿花《ちょうきんか》は脆《もろ》し、日已に西。

○朝槿花脞＝「脞」は、こまかい、肉のこま切れ。意不通。「脆哉

朝槿」の語あり、「脆」に訂した。天恩寺舊藏『葛藤集』に「槿花紅脆夕陽前」。

【三六八—五】

袈裟角上盡情啼、月白風清心欲迷。
一別三年兩行涙、夜來成雨杜鵑西。甫

袈裟《けさ》角上《かくじょう》、情を盡くして啼く、
月は白く風は清し、心迷わんと欲す。
一別《いちべつ》三年、兩行の涙、
夜來《やらい》、雨と成る、杜鵑《とけん》の西。

【三六八—六】

袈裟獨向夕陽啼、涙雨蕭々使我迷。
沈水爐頭不勞炷、池蓮香度晩風西。佐

袈裟《けさ》、獨り夕陽《せきよう》に向かって啼く、
涙雨《るいう》蕭々《しょうしょう》、我をして迷わしむ。
沈水爐頭《じんすいろとう》、炷《た》くを勞せず、
池蓮《ちれん》の香は度《わた》る、晩風《ばんぷう》の西。

【三六八—七】

山鳥野花感舊啼、袈裟隔涙意猶迷。
三年光景一場夢、杜宇呼醒殘月西。キ

山鳥野花《さんちょうやか》も、舊を感じて啼く、
袈裟《けさ》、隔涙《きゃくるい》、意猶お迷う。
三年の光景《こうけい》、一場《いちじょう》の夢、
杜宇《とう》、呼び醒《さ》ます、殘月《ざんげつ》の西。

○隔涙＝鐵山『金鐵集』「旭首座一周忌」語に「袈裟隔涙薦頻蘩」。
○感舊＝懐舊。

【三六八—八】

感時恨別匹[叵]堪啼、七十殘生心尚迷。
一路轉身那處好、夕陽元是住居西。末

時に感じて別かれを恨み、啼くに堪えず、
七十の殘生《ざんせい》、心尚お迷う。

一路轉身《いちろてんしん》、那處《なしょ》か好からん、
夕陽《せきよう》、元と是れ住居の西。

【三六八―九】

杜宇一聲告別啼、朦朧涙眼到今迷。
三年夢覺回頭看、月白風清殘夜西。慰

杜宇《とう》一聲《いっせい》、別かれを告げて啼く、
朦朧《もうろう》たる涙眼《るいがん》、今に到るも迷う。
三年、夢覺めて、頭《こうべ》を回らし看れば、
月白く風は清し、殘夜《ざんや》の西。

【三六八―一〇】

今日忌辰杜宇啼、蕭々涙雨使吾迷。
三年光景回頭看、月在青天影落西。碩

今日忌辰《きしん》、杜宇《とう》啼く、
蕭々《しょうしょう》たる涙雨《るいう》、吾をして迷わしむ。
三年の光景《こうけい》、頭《こうべ》を回らし看れば、
月は青天《せいてん》に在って、影は西に落つ。

【三六八―一一】

一別天涯濺血啼、愁深似海恨蘇迷。
昔時涙雨今猶在、濕却袈裟杜宇西。廣

一別天涯《いちべつてんがい》、血を濺《そそ》いで啼く、
愁深きことは海に似、恨みは蘇迷《そめい》。
昔時《そのかみ》の涙雨《るいう》、今猶お在り、
袈裟《けさ》を濕却《しつきゃく》す、杜宇《とう》の西。

○蘇迷＝蘇迷盧。須彌山。

【三六八―一二】

涙雨朦朧啼又啼、三年夢覺破群迷。
言猶在耳還郷曲、杜宇聲々墓樹西。陸

涙雨《るいう》朦朧《もうろう》、啼いて又た啼く、
三年の夢は覺めて、群迷《ぐんめい》を破す。
言猶お耳に在り、還郷《かんきょう》の曲、

杜宇《とう》聲々《せいせい》、墓樹《ぼじゅ》の西。

【三六八―一三】

一別天涯濺涙啼、忌辰今日令人迷。
如何道々生耶死、杜宇不聲破曉西。本

一別天涯《いちべつてんがい》、涙を濺《そそ》いで啼く、
忌辰《きしん》の今日、人をして迷わしむ。
如何、道え道え、生か死か、
杜宇《とう》聲あらず、破曉《はぎょう》の西。

【三六八―一四】

風飜涙葉數行啼、心地如秋情轉迷。
梅亦驚兮月亦落、三年笛裡海山西。而

風、涙葉《るいよう》を飜して、數行啼く、
心地は秋の如し、情、轉《うた》た迷う。
梅も亦た驚き、月も亦た落つ、
三年の笛裡《てきり》、海山の西。

○涙葉＝晉の王裒、父の死を悲しんで墓邊で朝夕に泣き、柏樹に攀じて痛哭したところ、涙が樹葉について、樹が枯れたという故事。『晉書』孝友傳、王裒。

【三六八―一五】

夜來忽爾杜鵑啼、愁雨蕭々心暗迷。
別後三年人不見、影堂月白蜀山西。由

夜來《やらい》、忽爾《こつじ》として杜鵑《とけん》啼く、
愁雨蕭々《しゅうううしょうしょう》として、心暗迷《あんめい》。
別後三年、人見えず、
影堂《えいどう》、月は白し、蜀山《しょくざん》の西。

【三六八―一六】

助哀越鳥數聲啼、萬事夢醒意愈迷。
獨向清風多感槩〔慨〕、槿花露碎夕陽西。忠

哀を助けて、越鳥《えっちょう》、數聲啼く、
萬事《ばんじ》、夢醒《さ》めて、意、愈《いよ》いよ迷う。

獨り清風《せいふう》に向かって、感慨《かんがい》多し、
槿花《きんか》の露は砕く、夕陽《せきよう》の西。

【三六八―一七】

槿花半照鳥空啼、胡越天涯夢亦迷。
光景三年雙月暗、生離死別夜郎西。策

槿花《きんか》、半ば照らして、鳥空しく啼く、
胡越《こえつ》の天涯《てんがい》、夢も亦た迷う。
光景《こうけい》三年、雙月《そうげつ》暗し、
生離死別、夜郎《やろう》の西。

○夜郎＝西南の夷國。

【三六八―一八】

定離會者使鶯啼、塚樹枝頭琴意迷。
本躰如然再相見、夕陽依舊在吾西。收

定離《じょうり》會《え》者《しゃ》、鶯をして啼かしむ、
塚樹《ちょうじゅ》枝《し》頭《とう》、琴《きん》意《い》迷う。
本躰如然《ほんたいにょねん》、再び相見えん、
夕陽《せきよう》、舊《きゅう》に依《よ》って、吾が西に在り。

【三六八―一九】

越鳥聲中花亦啼、人生七十幾癡迷。
存亡慣見無怨恨、紅槿露乾斜日西。昌

越鳥聲中《えっちょうせいちゅう》、花も亦た啼く、
人生七十、幾たびか癡迷《ちめい》す。
存亡、見るに慣れて、怨恨無し、
紅槿《こうきん》の露は乾く、斜日の西。

【三六八―二〇】

感時恨別錯成啼、此去元來無悟迷。
杜宇一聲人不見、暮樓鐘鼓月流西。才

時に感じて別かれを恨み、錯って啼を成す、
此より去って、元來《がんらい》、悟迷《ごめい》無し。
杜宇《とう》一聲《いっせい》、人見えず、

暮樓《ぼろう》の鐘鼓《しょうく》、月、西に流る。

【三六八―二一】

三年一別感時啼、涙雨蕭々心地迷。
叫落杜鵑殘夜月、斷腸猶在叡峯西。味

三年一別《いちべつ》、時に感じて啼く、
涙雨《るいう》蕭々《しょうしょう》として、心地迷う。
叫落《きょうらく》す、杜鵑《とけん》、殘夜《ざんや》の月、
斷腸《だんちょう》、猶お叡峯《えいほう》の西に在り。

【三六八―二二】

別恨離愁滴涙啼、存亡慣見又何迷。
等閑吹起三年笛、梅落江城五月西。

別恨離愁《べっこんりしゅう》、涙を滴《した》でて啼く、
存亡見るに慣らう、又た何ぞ迷わん。
等閑《なおざり》に吹き起こす、三年の笛、
梅は落つ、江城《こうじょう》五月の西。

【三六九】原本四四丁

下火頌
只住人間二十七、我〔俄〕然今日夢醒來。
炎天梅蘂涅槃曲、吹折黄昏月一枝。〔六月男〕雪叟

只だ人間に住すること二十七、
俄然《がぜん》として、今日、夢醒《さ》め來たる。
炎天《えんてん》の梅蘂《ばいずい》、涅槃《ねはん》の曲、
吹き折る、黄昏《こうこん》の月一枝《いっし》。

○只住人間＝韋莊「悼楊氏妓琴弦」詩、「魂歸寥廓魄歸煙、只住人間十八年」。

【三七〇】

月虎ノ號
跳出南山雲霧裏、一聲吼破廣寒宮。大休

南山雲霧《うんむ》の裏《うち》を跳出《ちょうしゅつ》して、
一聲《いっせい》に吼破《こうは》す、廣寒宮《こうかんきゅう》。

○『見桃録』「月虎號」の頌に「毛群三百六十長、兔子懷胎産大蟲、跳出南山雲霧裏、一聲吼破廣寒宮」。

【三七一】

桑菴玄柴禪定門下炬法語

以火把打一圓相云、
是君家學得柴桑、八九分秋一菊鄉。
槃［般］涅槃門壁開看、東籬花發即重陽。
共惟、新物故桑菴玄柴禪定門、元無偏黨、唯有此郎。百發百中、石鞏一張弓矢。或指或掌、林際三尺金剛。加之、見世故於枕上胡蝶、付佛法被底鴛鴦。恁麼不恁麼、赤洒々無窠旧［臼］。不恁麼恁麼、淨裸々絶承當。更向上轉去、聽眞正擧揚。抛火把云、叱掛角羺羊、喝一喝。東菴

火把《かは》を以て一圓相《いちえんそう》を打して云く、
是れ君家、柴桑《さいそう》を學び得て、
八九分の秋、一菊鄉《いちきくきょう》。
般涅槃門《はつねはんもん》、壁開《ひっかい》し看よ、
東籬《とうり》、花發けば、即ち重陽《ちょうよう》。

共しく惟みれば、新物故桑菴玄柴禪定門、元と偏《へん》黨《とう》無し、唯だ此の郎のみ有り。百發百中、石鞏《せっきょう》が一張の弓矢。或いは指し或いは掌す、林際《りんざい》が三尺の金剛《こんごう》。加之《しかのみならず》、世故を枕上《ちんじょう》の胡蝶《こちょう》に見、佛法を被底《ひてい》の鴛鴦《えんおう》に付す。恁麼《いんも》不恁麼《ふいんも》、赤洒々《しゃくしゃしゃ》、窠臼《かきゅう》無し。不恁麼恁麼《ふいんもいんも》、淨裸々《じょうらら》、承當《じょうとう》を絶す。更に向上《こうじょう》に轉じ去らん、眞正の擧揚《こよう》を聽け。火把《かは》を抛って云く、叱《しつ》、掛角《かかく》の羺羊《れいよう》、喝一喝《かついっかつ》。

○被底鴛鴦＝『開元天寶遺事』「五月五日、明皇、暑を避けて興慶池に遊ぶ。妃子と與《とも》に晝、水殿の中に寢ぬ。宮嬪の輩、欄に憑り檻に倚って、爭って雌雄の二鸂鶒の水中に戯るを看る。帝時に貴妃を綃帳の内に擁して、宮嬪に謂いて曰く、爾等は水中の鸂鶒《けいちょく》を愛す、爭でか如かん、我が被底の鴛鴦には」。○柴桑＝陶淵明のこと。柴桑はその歸隱した地名。

【三七二】

大地都盧遊戯場、脚頭到處定封疆。
秋風節後孩兒菊、吹入涅槃城裏香。［二ツニナル男子也］雪

大地《だいち》都盧《とろ》、遊戯《ゆげ》の場、
脚頭《きやくとう》到る處、封疆《ほうきよう》を定む。
秋風、節後《せつご》、孩兒《がいじ》の菊、
吹いて涅槃城裡《ねはんじようり》に入って香し。

【三七三】

不認西兮不認東、涅槃路自脚跟通。
閻浮七十餘年夢、一夜吹醒黄落風。［名ハ道慧禪男］雪

西を認めず、東を認めず、
涅槃《ねはん》の路、自ずから脚跟《きやつこん》通ず。
閻浮《えんぶ》、七十餘年の夢、
一夜、吹き醒《さ》ます、黄落《こうらく》の風。

【三七四】

此老祇園須達也、瑞雲山裡側金來。
涅槃一路善光月、照破昏衢千萬枝。淨雲［善光寺］高山

此の老《ろう》、祇園《ぎおん》の須達《しゆだ》なり、
瑞雲《ずいうん》山裡に金を側《ふ》せ來たる。
涅槃《ねはん》の一路《いちろ》、善光の月、
昏衢《こんく》を照破《しようは》す、千萬枝。

○側金＝側は伏。須達を側金長者という。

【三七五】

佛之一字汚心田、莫認西方萬八千。
此去天堂脚痕下、江南月白々鷗前。［念佛ヲモウシテ死男子］
鐵山

佛の一字、心田《しんでん》を汚す、
西方萬八千を認むること莫かれ。
此より去って、天堂《てんどう》は脚痕下《きやつこんか》、
江南《こうなん》、月は白し、白鷗《はくおう》の前。

【三七六】

綠髮紅顏胡地塵、惜哉天命亦無仁。
槿花雖脆幾朝夕、又有何謀看此人。［十五二二ナル人］南化

綠髮紅顔《りょくはつこうがん》、胡地《こち》の塵、
惜しい哉、天命も亦た無仁《むじん》。
槿花《きんか》脆《もろ》しと雖も、幾朝夕《いくちょうせき》ぞ、
又た何の謀みか有って、此の人を看る。

【三七七】

芳惠院殿郭雲純宗奇童子者、岐陽賢大守鳳凰兒也。非衆雛凡鳥之企所及也。他時異日、羽翼已成而翼蔽天下國家、則附其翼者不知幾千萬人也。今茲、永祿庚甲夏之孟日之十、吁、不幸短命而化去。於是、耆婆拱手、醫王攢眉。是故、日月星辰失其明、山川草木喪其色、昆蟲鳥獸呑其聲、況於人倫不哀。惜乎、合國各如喪吾子。東坡先生哭其子詩曰、仍將恩愛刄、割此衰老腸。其斯謂乎。賢守之離情不言而可知耳。因之、識與不識、詠倭歌賦唐詩、以追悼之。數日有客來而傳此事。蓋詩歌共忘之。唯香之字、悼偈一篇、記以示予。不覺老涙垂胸矣、豈涕無從乎。盥手薔薇露、漫和香字、遙燒一香、聊述吊禮云。崇福山主紹喜野衲和南

合續岐陽賢守光、惜哉昨夜掩紅妝。
苗而不秀孩兒菊、更有晉波風露香。

芳惠院殿郭雲純宗奇童子は、岐陽《きよう》の賢大守の鳳凰《ほうおう》兒《じ》なり。衆雛凡鳥《しゅうすうぼんちょう》の企て及ぶ所に非ず。他時異日《たじいじつ》、羽翼《うよく》已に成って、翼、天下國家を蔽うときは、則ち其の翼を附する者、知らず幾千萬人なるかを。今茲《ことし》、永祿庚甲夏の孟日の十、吁、不幸短命にして化し去る。是に於いて、耆婆《ぎば》も手を拱《たんだく》し、醫王《いおう》も眉を攢《あつ》む。是の故に、日月星辰も其の明を失し、山川草木《さんせんそうもく》も其の色を喪し、昆蟲鳥獸《こんちゅうちょうじゅう》も其の聲を呑む、況んや人倫に於いて哀しまざらんや。惜しいかな、合國《かっこく》、各おの吾が子を喪するが如し。東坡《とうば》先生、其の子を哭する詩に曰く、仍《シキ》りに恩愛の刄を將て此の衰老《すいろう》の腸《はらわた》を割く、と。其れ斯《こ》の謂か。賢守の離情《りじょう》、言わずして知る可し。之に因って、識ると識らざると、倭歌《わか》を詠じ唐詩を賦

して以て之を追悼《ついとう》す。數日、客有り來たって此の事を傳う。蓋《けだ》し詩歌共に之を忘ず。唯だ香の字、悼偈《とうげ》一篇のみ記して以て予に示さる。覺えず老涙《ろうるい》胸に垂る。豈に涕《なみだ》に従《ソヘモノ》無からんや。手を薔薇《そうび》の露に盥って、漫《みだ》りに香字を和し、遙かに一香を燒き、聊か吊禮を述ぶと云う。崇福山主《すうふくざんしゅ》紹喜野衲和南

合《まさ》に岐陽《きよう》賢守の光を續《つ》ぐべきに、
惜しい哉、昨夜、紅妝《こうしょう》を掩う。
苗にして秀でず、孩兒《がいじ》の菊、
更に晉波《しんは》有って、風露《ふうろ》香し。

○天恩寺舊藏『葛藤集』に「合續岐陽賢守光、惜哉昨夜掩紅粧。苗而不秀孩兒菊、更有晉波風露香。悼菊千代。岐之治部大輔息男」と。

【三七八】

前駿州太守剛叔玄勝禪定門肖像賛

源家後裔、清和仍孫。百戰百勝、功名喧宇宙。一文一武、威雄振乾坤。咦。阿爺面目儼然在、寫出梅花月一痕。令嗣光延、命工繪肖像、求賛詞。不獲固辭焉。係贅語於其上云。永祿第二己未季春下浣日、前妙心孤岫叟宗峻、書于瑞甲山下。

前駿州太守剛叔玄勝禪定門肖像賛

源家の後裔《こうえい》、清和の仍孫《じょうそん》。百戰百勝、功名《こうみょう》、宇《う》宙《ちゅう》に喧し。一文一武、威雄《いゆう》、乾坤《けんこん》を振るう。咦《い》。阿爺《あや》が面目《めんもく》、儼然《ごんぜん》として在り、寫し出だす、梅花《ばいか》月一痕《いっこん》。令嗣光延、工に命じて肖像を繪かしめ、贊詞を求む。固辭することを獲ず、贅語《ぜいご》を其の上に係くと云う。永祿第二己未季春下浣日、前妙心孤岫叟宗峻、瑞甲山下《さんか》に于いて書す。

【三七九】

此鍛金師老飮光、惡鉗鎚下沒商量。
涅槃生死百雜碎、一掃黄塵雨亦涼。［鍛冶下火］東菴

此の鍛金師《たんきんし》、老飲光《ろうおんこう》、
悪鉗鎚下《あくけんついか》、沒商量《もつしようりよう》。
涅槃生死《ねはんしようじ》、百雜碎《ひやくざつさい》、
黄塵《こうじん》を一掃《いつそう》して、雨も亦た涼し。

【三八〇】

松風蘿月影堂曉、聽有魚山梵貝聲。［雲外和尚悼和］單傳

松風蘿月《しようふうらげつ》、影堂《えいどう》の曉、
聽けば、魚山梵貝《ぎよざんぼんばい》の聲有り。

○魚山＝梵貝の一種。魏の陳思王曹植が魚山で、空中の梵天の音律を聞いて創作したという。

【三八一】

八十年間捴是非、無端脱却轉全機。
涅槃生死一條路、脚下光明帶月歸。［淨瑞下火］雪叟

八十年間、捴に是れ非、
端無《はしな》くも脱却《だつきやく》して、全機《ぜんき》を轉ず。
涅槃生死《ねはんしようじ》、一條《いちじよう》の路、
脚下《きやつか》の光明、月を帶びて歸る。

【三八二】

出壑青松自在吹、還郷曲調大家知。
秋風不待重陽節、花落涅槃菊一枝。［九月三日］同

壑を出づる青松《せいしよう》、自在《じざい》に吹く、
還郷《かんきよう》の曲調《きよくちよう》、大家《たいけ》知る。
秋風、重陽《ちようよう》の節を待たず、
花は落つ、涅槃《ねはん》の菊一枝《いつし》。

【三八三】

永公下火［濃州人也　十月］

截斷人間萬事非、金剛寶劍震全威。
涅槃一路袈裟角、帶得岐陽風雪歸。同

人間萬事《じんかんばんじ》の非を截斷《せつだん》して、
金剛寶劍《こんごうほうけん》、全威《ぜんい》を震るう。

涅槃《ねはん》の一路《いちろ》、袈裟角《けさかく》、
岐陽《きよう》の風雪《ふうせつ》を帯び得て歸る。

【三八四】原本四五丁

明津號

蟾桂團々映葦間、浩波起處白鷗閑。
扁舟昨夜重多少、稛載三□〔川〕風月還。棘菴

蟾桂團々《せんけいだんだん》、葦間《いかん》に映ゆ、
浩波《こうは》起こる處、白鷗《はくおう》閑なり。
扁舟《へんしゅう》、昨夜、重きこと多少ぞ、
三川《さんせん》の風月を稛載《こんさい》して還る。

○三□＝三川か。三河。

【三八五】

爲妙初禪尼臨終預請秉炬法語

擧火把云、乾峯和尚因僧問、十方薄伽梵、一路涅槃門、未審路頭在甚麼處。峯拈起拄杖、劃一劃云、在者裡矣。禪尼々々、者裡即是涅槃一路也、莫認別路。更有一偈、為汝臨終預述之云。

涅槃一路叫歸歟、杜宇一聲啼月初。
地獄天堂無異土、嵩雲深處大安居。〔保下火〕

擲火把云、咄。

天正十一年癸未四月十五蓂　□陽野釋雪叟紹立記之

火把《かは》を擧《こ》して云く、乾峯《けんぽう》和尚、因みに僧問う、十方薄伽梵《ばかぼん》、一路《いちろ》涅槃《ねはん》門、未審《いぶかし》、路頭《ろとう》甚麼《いずれ》の處にか在る。峯、拄杖《しゅじょう》を拈起《ねんき》して、劃一劃《かくいっかく》して云く、者裡《しゃり》に在り。禪尼々々、者裡《しゃり》即ち是れ涅槃《ねはん》の一路《いちろ》なり、別路を認むること莫かれ。更に一偈有り、汝が臨終《りんじゅう》の爲に預め之を述ぶと云う。

涅槃《ねはん》の一路《いちろ》、歸らんかと叫ぶ、
杜宇一聲《とういっせい》、月に啼くの初め。
地獄天堂《じごくてんどう》、異土無し、
嵩雲《すううん》深き處、大安居《あんご》。

火把《かは》を擲《なげう》って云く、咄《とつ》。

天正十一年癸未四月十五蓂　□陽野釋雪叟紹立記
之

【三八六】

擧火把云、
人間萬事本來空、七十餘年多少風。
不守寒潭驀直去、瑞龍奮迅白雲中。雪叟
龍源宗珠首座、離名利垢、出是非叢。脚頭脚底、活脱自由、何畏泥犁獄。夢熟夢醒、畢竟恁麼。忽入涅槃宮。迷則有南有北、悟則無西無東。荷葉蓮華、一根清淨諸根淨。［集句分ー］
松風蘿月、一法圓融萬法融。十方明々歴々、八面玲々瓏々。正與麼時、首座有承當之分麼。更有一句子、爲汝説話、以克厥終。［八月四日］
烈焰堆中轉身去、同參一箇丙丁童。咄。

火把《かは》を擧《こ》して云く、
人間萬事《じんかんばんじ》、本來空《ほんらいくう》、
七十餘年、多少の風。
寒潭《かんたん》を守らず、驀直《まくじき》に去る、
瑞龍奮迅《ずいりようふんじん》、白雲の中。
龍源の宗珠首座《しゆそ》、名利《みようり》の垢を離れ、是非の叢を出づ。脚頭脚底《きやくとうきやくてい》、活脱自由。何ぞ泥犁《ないり》の獄を畏れん。夢熟し夢醒《さ》む、畢竟恁麼《ひつきよういんも》。忽ち涅槃《ねはん》宮に入る。迷うときは則ち南有り北有り、悟るときは則ち西無く東無し。荷葉蓮華《かようれんげ》、一根清淨《しようじよう》なれば、諸根淨し。［集句分ー］
松風蘿月《しようふうらげつ》、一法圓融《えんゆう》なれば、萬法《まんぼう》融す。十方明々歴々《めいめいれきれき》、八面玲々瓏々《れいれいろうろう》。正與麼《しようよも》の時、首座《しゆそ》、承當《じようとう》の分有りや。更に一句子《いつくす》有り、汝が爲に説《せつ》話し、以て厥《そ》の終を克《よ》くせん。［八月四日］
烈焰堆中《れつえんたいちゆう》に身を轉じ去って、
同じく參ず、一箇の丙丁童《へいていどう》。咄《とつ》。

【三八七】

洋乎生死涅槃曲、眼處聞耶耳處聞。

七十年間連夜雨、清風一片拂迷雲。［遠嶽道久下火　八月三日］雪叟

洋乎《ようこ》たり、生死涅槃《しょうじねはん》の曲、
眼處《げんしょ》に聞くや、耳處《にしょ》に聞くや。
七十年間、連夜《れんや》の雨、
清風一片《せいふういっぺん》、迷雲《めいうん》を拂う。

【三八八】

不動脚頭涉兩岐、境同兜率與泥犂。
人生八十只如此、瀉下清香露一籬。［法溪紹音下火　七月］同

脚頭《きゃくとう》を動かさず、兩岐《りょうき》に涉る、
境は同じ、兜率《とそつ》と泥犂《ないり》と。
人生八十、只だ此の如し、
清香《せいこう》を瀉ぎ下す、露一籬《いちり》。

【三八九】

心空一路轉全身、八十光陰薄命人。
五障三從拋擲去、幻生幻滅落花塵。［二月十九］雪叟

心空一路《しんくういちろ》、全身を轉ず、
八十の光陰《こういん》、薄命《はくめい》の人。
五障三從《ごしょうさんじゅう》、拋擲《ほうてき》し去って、
幻生幻滅、落花《らっか》の塵。

【三九〇】

夫以、德陽妙馨ー尼、其心如月、惟德有隣。松風蘿月、微妙法音、譯多羅藏。桃紅李白、自然佛性、觀時節因。異有同々有異、眞亦僞々亦眞。禪定尼々々、會得轉身一句麼。若未會得、更有向上一著子、爲汝指陳矣。
紅爐焰裡與人看、濁世優曇一朶新。咄。

夫《そ》れ以《おも》みれば、德陽妙馨ー尼、
其の心は月の如し、惟《こ》れ德隣有り。
松風蘿月《しょうふうらげつ》、微妙《みみょう》の法音、多羅藏《たらぞう》を譯す。
桃紅李白《とうこうりはく》、自然《じねん》の佛性《ぶっしょう》、時節《じせつ》の因を觀ず。

異に同有り、同に異有り、眞も亦た僞、僞も亦た眞。

禪定尼、禪定尼、轉身《てんしん》の一句を會得《えとく》するや。若し未だ會得《えとく》せずんば、更に向上《こうじょう》の一著子《いちじゃくす》有り、汝が爲に指陳《しちん》せん。

紅爐焰裡《こうろえんり》、人に與えて看せしむ、
濁世《じょくせ》の優曇《うどん》、一朶《いちだ》新たなり。咄《とつ》。

【三九一】

慶實藏主百年後活下火

實相眞如躰本然、百年三萬六千遷。
無端觸着棒頭去、東海鯉魚跳上天。大休
實藏主々々々、涅言不生、翡翠蹈飜荷葉雨。
實藏主々々々、槃言不滅、杜鵑啼破綠楊烟。
拋火云、向上一路、佛祖不傳。喝一喝。

實相眞如躰本然《じっそうしんにょたいほんねん》、百年三萬六千遷。
端《はし》無《な》くも棒頭《ぼうとう》に觸着《そくじゃく》し去って、東海《とうかい》の鯉魚《りぎょ》、跳って天に上る。實藏主、實藏主、涅は不生を言う、翡翠《ひすい》蹈飜《とうほん》す、荷葉《かよう》の雨。實藏主、實藏主、槃は不滅を言う、杜鵑《とけん》啼破《ていは》す、綠楊《りょくよう》の烟。火を拋って云く、向上《こうじょう》の一路《いちろ》、佛祖《ぶっそ》不傳《ふでん》。喝一喝《かついっかつ》。

【三九二】

不期七々移、齋會已探支、
拈作天然墖、漏春梅一枝。［七々日取越塔婆］策甫

七々の移るを期せず、
齋會《さいえ》、已に探支《たんし》す、
拈じて天然《てんねん》の墖《とう》と作す、
春を漏らす梅一枝《いっし》。

○探支＝『葛原詩話糾繆』巻三、「探、探借也。支、度支之支、支稠之也。……預借《サキガリスル》之義」。前もって執り行うこと。

【三九三】

一別已三年、塔様聳九天、

孝哉兄與弟、特地設齋筵。三年忌　同

一別《いちべつ》、已に三年、
塔様《とうよう》、九天に聳ゆ、
孝なる哉、兄と弟と、
特地《どくち》に齋筵《さいえん》を設く。

【三九四】

童子告歸父母慈、不期七々已探支。
爲君拈作自然塔、五月花開梅一枝。［七々日取越］同

童子《どうじ》、歸を告ぐ、父母の慈、
七々を期せず、已に探支《たんし》す。
君が爲、拈じて自然《じねん》の塔と作す、
五月花開く、梅一枝《いっし》。

【三九五】

烏兎推移已一回、齋僧供佛法筵開。

烏兎推移《うとすいい》して、已に一回、
齋僧供佛《さいそうくぶつ》、法筵《ほうえん》開く。

【三九六―一】原本四六丁

塔婆頌

塔様高擎報乳恩、孝子孝者箇兒孫。
阿娘面目依然在、三十三天月一痕。［三十三年女］雪叟

塔様《とうよう》高く擎《ささ》げ、乳恩《にゆうおん》を報ゆ、
孝子孝なる者、箇の兒孫《じそん》。
阿娘《あじよう》が面目《めんもく》、依然《いぜん》として在り、
三十三天、月一痕《いっこん》。

【三九六―二】

潭北湘南與人看、巍然塔様拄雲林。
悲華經卷新飜譯、萬嶽松風一妙音。［梅菴宗林禪女］

潭《たん》の北、湘《しょう》の南、人に與えて看せしむ、
巍然《ぎぜん》たる塔様《とうよう》、雲林を拄う。

悲華《ひか》の經巻《きょうがん》、新飜譯《しんほんやく》、
萬嶽《まんがく》の松風《しょうふう》、一妙音《みょうおん》。

○悲華經巻＝藏中の悲華經の名を借りて大悲を言う。

【三九六—三】

三歳暫須臾、忌辰供苾蒭。
芙蓉秋一朶、拈作木浮圖。［八月男子］

三歳、暫く須臾《しゅゆ》、忌辰《きしん》、苾蒭《びっしゅ》に供う。
芙蓉《ふよう》、秋一朶《いちだ》、拈じて木浮圖《ぼくふと》と作す。

【三九六—四】

劍樹刀山若黄落、十三徽上雨聲秋。［道鐵十三忌］天桂

劍樹刀山《けんじゅとうざん》、若し黄落《こうらく》せば、
十三徽上《じゅうさんきじょう》、雨聲《うせい》の秋。

○前出［三四五］に同じ。

【三九六—五】

浮圖文字巍然立、鴈列湘南雪一峯。［百箇日］同

浮圖《ふと》の文字、巍然《ぎぜん》として立つ、
鴈は列ぬ、湘南《しょうなん》、雪の一峯。

【三九六—六】

一念更無佗、深々功德多。
梅花眞古佛、別莫認彌陀。［時講供養霜月］

一念、更に佗無し、深々《しんしん》として功德《くどく》多し。
梅花《ばいか》、眞の古佛、別に彌陀を認むること莫かれ。

【三九六—七】

七回唯暫時、物換又星移。
拈作塔婆様、梅花雪一枝。［七年男子］同

七回も唯だ暫時《ざんじ》、物換り又た星移る。
拈じて塔婆《とうば》の様と作す、梅花《ばいか》、雪一枝《いっし》。

【三九六―八】

三十三歳塔婆銘、寫出悲華那一經。

佛母堂前人不見、湘潭雲盡暮山青。〔希菴爲母〕速傳

三十三歳、塔婆《とうば》の銘、

寫し出だす、悲華《ひか》の那一經《ないつきよう》。

佛母堂前《ぶつぼどうぜん》、人見えず、

湘潭《しようたん》、雲盡きて暮山《ぼざん》青し。

【三九六―九】

廿三一刹那、阿母看如何。

雪裡梅花佛、拈成木塔婆。〔廿三年忌女子霜月日〕雪叟

廿三も一刹那《せつな》、阿母《あぼ》、如何とか看る。

雪裡《せつり》の梅花佛《ばいかぶつ》、拈じて木塔婆《もくとうば》と成す。

【三九六―一〇】

一塔露全身、阿爺遠忌辰。

預伸廣供養、何待四月春。〔道仙廿七年〕東菴

一塔、全身を露わす、阿爺《あや》が遠忌の辰。

預め廣供養を伸ぶ、何ぞ四月の春を待たん。

【三九六―一一】

爲爺修善來、擧首十三回。

塔樣與人看、探支臘月梅。〔道領十三忌〕同

爺が爲に、善を修し來たる、

首《こうべ》を擧すれば、十三回。

塔樣《とうよう》、人に與えて看せしむ、

探支《たんし》す、臘月《ろうげつ》の梅。

○探支＝前出［三九二］。

【三九七】

直得純清絶點時、霜星三十有三移。

無端打破鏡來看、月白臘梅春一枝。〔純一妙清三十三年〕東菴

直に得たり、純清絶點《じゆんせいぜつてん》の時、

霜星《そうせい》、三十有三移る。

端《はし》無《な》くも、鏡を打破《だは》し來たって看れば、
月は白し、臘梅《ろうばい》春一枝《いっし》。

【三九八】

那伽三十有三年、舌上龍泉銜斗躔。
莫道先師無此語、黄鶯啼破綠楊烟。［景川三十三香語］妙心當住松嶽

那伽《なが》、三十有三年、
舌上の龍泉《りゅうせん》、斗を銜いて躔《めぐ》る。
道うこと莫かれ、先師に此の語無しと、
黄鶯啼破《こうおうていは》す、綠楊《りょくよう》の烟。

○前出［二〇〇］に同じ。

【三九九】

與我元來無一法、即今何以合酬君。
此香近自蓬萊出、不向江南求寶薫。［五七日香語］天眞

我に與うるに、元來《がんらい》一法も無し、
即今、何を以てか、合《まさ》に君に酬うべき。
此の香、近く蓬萊《ほうらい》より出づ、
江南《こうなん》に向かって寶薫《ほうくん》を求めず。

【四〇〇】

蒼天々々。一回被賺殺。惡脚手漢。腸斷于今、喪却獨朗天眞。尺七尺八、酌茗惡水澆驀頭。報恩了也太慇懃。咄々。

蒼天《そうてん》々々。一回、賺殺《れんさつ》せらる、惡脚手《あくきゃくしゅ》の漢に。
腸《はらわた》は今に斷つ、獨朗天眞《どくろうてんしん》を喪却《そうきゃく》す。尺七尺八、
茗《めい》を酌んで、惡水《あくすい》、驀頭《まくとう》に澆ぐ。恩を報い了れり、
太《はなは》だ慇懃《いんぎん》。咄《とつ》々。

【四〇一】

佛日高懸在大梁、光陰荏苒廿三霜。
吾家舊物臭皮襪、拈作爐中一瓣香。［佛日廿三回香語］天陰

佛日、高く懸けて、大梁に在り、
光陰《こういん》、荏苒《じんぜん》たり、廿三霜。

吾が家の舊物《きゅうもつ》、臭皮韈《しゅうひべつ》、
拈じて爐中《ろちゅう》一瓣《べん》の香と作す。

【四〇二】

阿鼻無間焰亙天、日償口業已三年。
平呑熱鐵數枚了、吐作栴檀一炷烟。［日峯第三香語］義天

阿鼻無間《あびむげん》、焰、天に亙る、
日びに口業《くごう》を償って、已に三年。
熱鐵《ねってつ》數枚を平呑《へいどん》し了って、
吐いて栴檀一炷《せんだんいっしゅ》の烟と作す。

【四〇三】

滅吾正法瞎驢漢、頂上鐵枷三百斤。
一炷爐香阿鼻種、業風吹作北山雲。［特芳卅三年］大休

吾が正法《しょうぼう》を滅す、瞎驢《かつろ》の漢、
頂上《ちょうじょう》の鐵枷《てつか》、三百斤。
一炷《いっしゅ》の爐香《ろこう》、阿鼻《あび》の種《しゅ》、
業風《ごっぷう》吹いて、北山の雲と作《な》る。

○『見桃録』「特芳和尚三十三回忌香語、天文六年」、「滅吾正法瞎驢漢、頂上鐵枷三百斤、一炷爐香阿鼻種、業風吹作北山雲」。

【四〇四】

江上梅春色濃、東風陣々吹紅。
去年今月今日、疎影暗香是同。［春庭道江一周忌］

江上の梅、春色濃《こまや》かなり、
東風陣々《とうふうじんじん》、紅を吹く。
去年今月今日、
疎影暗香《そえいあんこう》、是れ同じ。

【四〇五】

法身無相、塔婆費功。強把斤斧、似彫虚空。南溟

法身無相《ほっしんむそう》、塔婆《とうば》、功を費す。
強いて斤斧《きんぷ》を把《と》って、虚空《こくう》を彫るに似たり。

【四〇六】

高々峯頂、深々海底。珊瑚樹枝、佛塔同躰。同

高々たる峯頂《ほうちょう》、深々《しんしん》たる海底。
珊瑚樹枝《さんごじゅし》、佛塔《ぶっとう》同躰。

【四〇七】

佛國乾坤、塔様突兀。若認湘潭、肝膽楚越。同

佛國乾坤《ぶっこくけんこん》、塔様突兀《とうようとっこつ》。
若し湘潭《しょうたん》を認めば、肝膽楚越《かんたんそえつ》。

【四〇八】

五七三十五日辰、塔前和涙展炊巾。
夜深一片梅花月、寫出吾翁面目眞。南溟

五七三十五日の辰、
塔前、涙に和して炊巾《すいきん》を展ぶ。
夜は深し、一片梅花《いっぺんばいか》の月、
寫し出だす、吾が翁の面目眞《めんもくしん》。

【四〇九】

黄金鑄出影團々、一塔七年□雨参。
彼岸花開□□□、□□和涙立欄干。南溟

黄金《おうごん》鑄出《いい》だして、影團々《だんだん》、
一塔七年□雨参。
彼岸《ひがん》、花開く□□□、
□□涙に和して欄干《らんかん》に立つ。

【四一〇】

百日不期紅更新、機先一喝着花辰。
分明八萬四千外、臘雪團々梅漏春。［二月ヲトリコス百箇日阿育王塔八萬四千丈歟］淳巌

百日、紅の更に新たなるを期せず、
機先《きせん》の一喝《いっかつ》、花を着くる辰。
分明《ふんみょう》なり、八萬四千の外、

蘆雪團々《ろうせつだんだん》、梅、春を漏らす。

【四一一】

寶塔高擎吊忌辰、深々功徳刹塵々。
落花枝上黄鸝語、百日光陰一夢春。雪叟

寶塔《ほうとう》高く擎《ささ》ぐ、吊忌《ちょうき》の辰、
深々《しんしん》たる功徳《くどく》、刹塵々《せつじんじん》。
落花枝上《らっかしじょう》、黄鸝《こうり》の語、
百日の光陰《こういん》、一夢の春。

【四一二】

光景推移十七年、袈裟憶着涙憯然。
夜來認作報恩句、萬嶽松風一塔邊。同 ［親父十七年忌］

光景推移《こうけいすいい》す、十七年、
袈裟《けさ》、憶着《おくじゃく》す、涙憯然《さんぜん》たることを。
夜來《やらい》、認めて報恩《ほうおん》の句と作す、
萬嶽《まんがく》の松風《しょうふう》、一塔の邊。

【四一三】

孝子孝哉、施門活開。好箇塔様、二月晩梅。虎才

孝子、孝なる哉、施門活開《せもんかっかい》。
好箇《こうこ》の塔様《とうよう》、二月の晩梅《ばんばい》。

【四一四―一】

絶有爲羈鎖、出無明蓋纏。分開頑石了、立塔寺門前。［輝宗門前立石塔時ノ頌］ 虎才

有爲《うい》の羈鎖《きさ》を絶し、無明《むみょう》の蓋纏《がいてん》を出づ。
頑石《がんせき》を分開し了って、塔を寺門の前に立つ。

【四一四―二】

新廟美哉彫琢功、蘋蘩蘊藻薦吾公。
香烟一炷腰間劍、離思滿襟墓樹風。同 ［立卯塔時頌］

新廟《しんびょう》、美なる哉、彫琢《ちょうたく》の功、
蘋蘩蘊藻《ひんぱんうんそう》、吾が公に薦《すす》む。
香烟一炷《こうえんいっしゅ》、腰間《ようかん》の劍、

離思《りし》、襟に滿つ、墓樹《ぼじゅ》の風。

【四一五】

塞鴈來時訃音至、滿襟離思涙龍鍾。
慈明手段蘿窓外、月掛銀盆半夜鐘。〔虎哉母義一周忌頌〕

塞鴈《さいがん》來たる時、訃音《ふいん》至る、
滿襟《まんきん》の離思《りし》、涙、龍鍾《りゅうしょう》。
慈明《じみょう》の手段《しゅだん》、蘿窓《らそう》の外、
月、銀盆《ぎんぼん》を掛く、半夜の鐘。

○龍鍾＝涙を流すさま。

【四一六】

忽設齋筵吊忌辰、巍然塔樣點無塵。
一輪三十三天月、照見阿孃面目眞。〔湯得母三十三年〕雪叟

忽《ゆるが》せに齋筵《さいえん》を設く、吊忌《ちょうき》の辰、
巍然《ぎぜん》たる塔樣《とうよう》、點として塵無し。
一輪、三十三天の月、
照らし見る、阿孃《あじょう》が面目眞《めんもくしん》。

【四一七】

不待正當五月天、探支今日設齋筵。
虛空説法耳功德、萬嶽松風一塔前。〔四月探支五月〕同

正當《しょうとう》五月の天を待たず、
探支《たんし》して、今日、齋筵《さいえん》を設く。
虛空説法《こくうせっぽう》、耳の功德《くどく》、
萬嶽《まんがく》の松風《しょうふう》、一塔の前。

○探支＝前もって行う。前出〔三九二〕。

【四一八】

亡靈祈禱施餓鬼供養塔婆文也
歷然不昧是因果、罪業元來在爾躬。
錯向邪途作何事、脚頭到處率陀宮。
夫以、這箇靈魂不得轉、一機何故作障礙。爲救汝惡業、開甘露門、集苾蒭衆、以伸供養。加之、造立一基、記以一偈。又經曰、一見率都婆、永離三惡道。何況造立者、

必生安樂國者也。靈魂々々、止々、莫生邪念。咄。天正十八年庚寅七月廿七日

歴然《れきぜん》として味まさず、是の因果《いんが》、
罪業《ざいごう》、元來爾《がんらいなんじ》が躬《み》に在り。
錯って邪途《じゃと》に向かって何事をか作す、
脚頭到《きゃくとう》る處、率陀宮《そつだきゅう》。

夫《そ》れ以《おもん》みれば、這箇《しゃこ》の靈魂《れいこん》、轉ずることを得ず、一機《いっき》、何が故ぞ障礙《しょうげ》を作す。汝が惡業を救わんが爲に、甘露門《かんろもん》を開き、苾蒭《びっしゅ》衆を集めて以て供養を伸ぶ。加之《しかのみならず》、一基を造立《ぞうりゅう》し、記すに一偈を以てす。又た經に曰く、率都婆《そとば》を一見すれば、永に三惡道《さんまくどう》を離ると。何ぞ況んや造立《ぞうりゅう》する者をや、必ず安樂國《あんらくこく》に生ずる者なり。靈魂《れいこん》々々、止みね止みね、邪念を生ずること莫かれ。咄《とつ》。天正十八年庚寅七月廿七日

【四一九】

廿三年

二十三年回首看、湘南潭北暮雲青。
塔前夜々耳功德、蘿月松風無字經。雪叟

二十三年、首《こうべ》を回らして看よ、
湘《しょう》の南潭《たん》の北、暮雲《ぼうん》青し。
塔前、夜々、耳の功德《くどく》、
蘿月松風《らげつしょうふう》、無字經《むじきょう》。

【四二〇】

三年

三年唯一夢、回首忽醒來。
拈作塔婆樣、梅花雪一枝。

三年、唯だ一夢、首《こうべ》を回らせば、忽ち醒《さ》め來たる。
拈じて塔婆《とうば》の樣と作す、梅花《ばいか》、雪一枝《いっし》。

【四二一】

廿七年

巍然塔様太分明、二十七回一夢驚。
阿母聰々耳功德、松風澗水誦經聲。

巍然《ぎぜん》たる塔様《とうよう》、太《はなは》だ分明《ふんみよう》、
二十七回、一夢驚く。
阿母《あぼ》、聰々たり、耳の功德《くどく》、
松風澗水《しようふうかんすい》、經を誦する聲。

【四二二】

卅七年忌

歸依三寶、
三十年來又七年、探支忌景設齋筵、
秋風八月芙蓉墖、片雨添紅色轉鮮。
夫以、來歳龍集壬辰春孟十有六日者、實丁梅岑世馨禪定門遠忌之辰、預於仲秋時正之日、供佛施僧之次、造立箇高顯、以資嚴冥福云。咄。桑門策甫

歸依三寶《きえさんぼう》、
三十年來又た七年、
探支《たんし》して、忌景の齋筵《さいえん》を設く、
秋風八月、芙蓉《ふよう》の墖《とう》、
片雨《へんう》、紅を添えて、色轉《うた》た鮮かなり。
夫《そ》れ以《おもん》みれば、來歳、龍《ほし》、壬辰に集う、春孟十有六日は、實に梅岑世馨禪定門が遠忌の辰に丁《あた》る。預め仲秋時正の日に於いて、供佛施僧《くぶつせそう》の次いで、箇の高顯《こうけん》を造立《ぞうりゅう》して以て冥福を資嚴《しごん》すると云う。
咄《とつ》。桑門策甫

○高顯＝高顯處とも。塔のこと。

【四二三―一】原本四七丁

記得、古語云、吞雲夢八九於胸中、曾無芥蔕、漲蜀江三千舌上、儘有波瀾矣。謹咨詢滿座諸衲子、漲蜀江三千舌上底、各請下覩來。代云、口門廣大無邊際。［希菴和上代、嘗千嘗萬］

記得《きとく》す、古語に云く、雲夢《うんぼう》八九を胸中《きょうちゅう》を呑んで、曾て芥蔕《かいたい》無し、蜀江《しょくこう》三千を舌上に漲らして、儘《はなは》だ波瀾《はらん》有り、と。謹んで満座《まんざ》の諸衲子《しょのっす》に咨詢《しじゅん》す、蜀江《しょくこう》三千を舌上に漲らす底《てい》、各おの請う、觜を下し來たれ。代わって云く、口門廣大にして邊際無し。［希菴和上代わって、嘗千嘗萬］

【四二三一二】

記得、古語云、文殊張帆、普賢把柂、勢至觀音、共相唱和矣。謹咨問滿座諸禪德、件々束高閣、作麼生是文殊張帆底、諸衲請一着。代云、將龍泉三尺劍ｌｌ水。

記得《きとく》す、古語に云く、文殊《もんじゅ》帆を張り、普賢柂《ふげんかじ》を把《と》り、勢至觀音《せいしかんのん》、共に相唱和す、と。謹んで満座《まんざ》の諸禪德《しょぜんとく》に咨問《しもん》す、件々は束《つか》ねて高く閣《さしお》く、作麼《そも》生《さん》か是れ文殊《もんじゅ》帆を張る底《てい》、諸衲《しょのう》、請う一着《いちじゃく》せよ。代わって云く、將龍泉三尺劍ｌｌ水。

○將龍泉三尺劍ｌｌ水＝未詳。

【四二三一三】

記得、古語云、釋迦莽鹵、達磨顢頇。ｌｌ（諸衲請一）着。代（云）、罵佛駡［呵］祖。

記得《きとく》す、古語に云く、釋迦《しゃか》は莽鹵《ぼうろ》、達磨《だるま》は顢頇《まんかん》、と。諸衲《しょのう》、請う一着《いちじゃく》せよ。代わって云く、罵佛《ばぶつ》呵祖《かそ》。

【四二三一四】

記得、南泉普願禪師云、山下有一菴主、人謂曰、近日南泉和上出世、何不去禮拜。△［主］曰、非但南泉出世、直饒千佛出興、我亦不去。謹咨問滿座諸禪衲、直饒千佛出興、我亦不去道底、各請一着。代云、人々領畧釋迦、又不慕諸聖、不重巨［己］靈。

記得《きとく》す、南泉普願《なんせんふがん》禪師云く、山下《さんか》に一菴主《あんじゅ》有り。人謂いて曰く、近日南泉《なんせん》和上出世す、何ぞ去って禮拜せざる。主曰く、但だ南泉《なんせん》出世のみに非ず、直饒《たと》い千佛出興《しゅっこう》するも、我は亦た去らず、と。

謹んで満座《まんざ》の諸禪衲《しょぜんのう》に咨問《しもん》す、直饒《たと》い千佛出興《しゅっこう》するも、我は亦た去らずと道う底《てい》、各おの請う一《いち》着《じゃく》せよ。代わって云く、人々《にんにん》、釋迦《しゃか》を領畧《りょうりやく》するも、又た、諸聖《しょしょう》を慕わず己靈《これい》を重んぜず。

【四二三―五】

[九月一日] 記得、潭州興化紹清禪師上堂曰、祖師門下、佛法不存、善法堂前、仁義休説。謹咨問滿座諸衲、作麼生是佛法不存意旨、各一着。代云、達磨不會禪。

[九月一日] 記得《きとく》す、潭州興化《たんしゅうこうけ》紹清禪師、上堂《じょうどう》して曰く、祖師門下、佛法存せず、善法堂《ぜんほうどう》の前、仁義を説くことを休《や》めよ、と。謹んで満座《まんざ》の諸衲《しょのう》に咨問《しもん》す、作麼生《そもさん》か是れ佛法存せざる意旨、各おの一着《いちじゃく》せよ。代わって云く、達磨《だるま》、禪を會《え》せず。

【四二三―六】

[同十五] 記得、彭州永福院延昭禪師、僧問、如何是彭州境。師曰、人馬合雜。(云、如何是境中人)。僧以手作拽弓勢。師拈棒。僧擬議。師便打。僧以手作拽弓勢〔この部分衍字〕。諸衲請一着。代云、七事隨身、天下在轂。

[同十五] 記得《きとく》す、彭州永福院延昭禪師、僧問う、如何なるか是れ彭州の境。師曰く、人馬合雜す。云く、如何なるか是れ境中の人。僧、手を以て弓を拽く勢いを作す。師、棒を拈ず。僧、擬議《ぎぎ》す。師、便ち打つ。諸衲《しょのう》、請う一着《いちじゃく》せよ。代わって云く、七事隨身《しちじずいしん》、天下、轂《こう》に在り。

【四二三―七】

[十月十五] 記得、修多羅經曰、以釋迦丈六衣、纏彌勤[勒]千尺身矣。即今問諸衲、釋迦丈六衣、因甚纏彌勤[勒]千尺身。各請下語。代云、藕絲竅裡騎大鵬、等閑推落天邊月。

[十月十五] 記得《きとく》す、修多羅經《しゅだら》に曰く、釋迦丈六《しゃかじょうろく》の衣を以て、彌勒《みろく》千尺の身に纏う。即今、諸衲《しょのう》に問う、釋迦丈六《しゃかじょうろく》の衣、甚に因てか彌勒《みろく》千尺の身に

纏う。各おの請う下語《あぎょ》せよ。代わって云く、藕絲《ぐうし》竅裡《きょうり》、大鵬《たいほう》に騎り、等閑《なおざり》に天邊《てんぺん》の月を推落《すいらく》す。

【四二三―八】

記得、潙山示衆云、仲冬嚴寒年々事、光陰推遷。仰山香嚴無答矣。即今、咨問滿座諸禪德、仲冬嚴寒年々事、因甚仰山香嚴不答話。各請剖判來。代云、不是少林客、―（難爲話雪）庭。

記得《きとく》す、潙山《いさん》、衆に示して云く、仲冬嚴寒《ちゅうとうげんかん》、年々の事、光陰推遷《こういんすいせん》す。仰山香嚴《きょうざんきょうげん》、答え無し。即今、滿座《まんざ》の諸禪德《しょぜんとく》に咨問《しもん》す、仲冬嚴寒《ちゅうとうげんかん》、年々の事、甚に因てか、仰山香嚴《きょうざんきょうげん》、答話せざる。各おの請う、剖判《ぼうはん》し來たれ。代わって云く、是れ少林の客にあらずんば、爲に雪庭《せってい》を話《かた》り難し。

【四二三―九】［欄外］

記得、仰山臥次有僧問、法身還解説法也無。師云、我説不得、別有一人説得。僧曰、説得底人在什△[麼]處。師推出枕子矣。謹咨詢諸禪德、作麼生是解説法底枕子。各請下語。代云、碧眼黄頭皆爲夢。又、晨雞催不起、擁被聞松風。

記得《きとく》す、仰山《きょうざん》臥す次いで、僧有り問う、法身《ほっしん》還って解く法を説くや也《ま》た無しや。師云く、我れ説き得ず、別に一人有って説き得。僧曰く、説き得る底《てい》の人、什麼《いずれ》の處にか在る。師、枕子《ちんす》を推《すい》出《しゅつ》す。謹んで諸禪德《しょぜんとく》に咨詢《しじゅん》す、作麼生《そもさん》か是れ法を説くことを解《よ》くする底《てい》の枕子《ちんす》。各おの請う下語《あぎょ》せよ。代わって云く、碧眼黄頭《へきがんおうず》、皆な夢を爲す。又、晨雞《しんけい》催せども起きず、被《ひ》を擁して松風《しょうふう》を聞く。

【四二三―一〇】

記得、古人除夜納涼矣。端的在那裏。各――。代云、六月火邊坐、三冬水裡行。

記得《きとく》す、古人、除夜《じょや》に涼を納る。端的《たんてき》、那裡《なり》にか在る。各ーー。代わって云く、六月、火邊に坐し、三冬《さんとう》、水裡に行く。

【四二三―一一】

謹咨問諸衲、山僧主丈子、昨日翔七金山、今日靠十笏室。端的在那裡。各請下語。代云、一點水墨、ー（兩處成）龍。

謹んで諸衲《しょのう》に咨問《しもん》す、山僧《さんぞう》が主丈子《しゅじょうす》、昨日、七金山に翔《かけ》り、今日、十笏の室に靠《よせか》く。端的《たんてき》、那《な》裡《り》にか在る。各おの請う下語《あぎょ》せよ。代わって云く、一點《いってん》の水墨《すいぼく》、兩處に龍と成る。

【四二三―一二】

記得、教意是達磨骨髓、持楞迦四卷、建立吾宗。即今ーー。代云、八萬四千毛竅ー（內、如來禪與祖師）禪。

記得《きとく》す、教意は是れ達磨《だるま》の骨髓《こつずい》、楞迦《りょうが》四卷を持して吾が宗を建立《こんりゅう》す。即今ーー。代わって云く、八萬四千の毛竅《もうきょう》の內、如來禪《にょらいぜん》と祖師禪《そしぜん》と。

【四二三―一三】

記得、吾悉達太子、四月初八日降誕、周行七步、指天指地、叫天上天下唯我獨尊矣。即今、咨問ーー、已是衲［初］生孩兒、因甚七步周行。各請ーー。山僧代以一偈云、七步周行閑伎倆、果然脚力鈍於蛙。閻浮四月春來也、芍藥花開紅釋迦。又、渥洼其犇ー千里（渥洼麒麟兒、墮地志千里）

記得《きとく》す、吾が悉達太子《しっだたいし》、四月初八日に降誕《ごうたん》し、周行《しゅうこう》七步し、天を指し地を指して、天上天下唯《ゆい》我獨尊《がどくそん》と叫ぶ。即今、咨問ーー、已に是れ初生の孩兒《がいじ》、甚に因てか七步周行《しゅうこう》す。各おの請うーー。山僧《さんぞう》代わって一偈を以て云く、七步周行《しゅうこう》、閑伎《かんぎ》倆《りょう》、果然《かぜん》、脚力、蛙よりも鈍なり。閻浮《えんぶ》四月、春來たれり、芍藥《しゃくやく》花開く、紅釋迦《こうしゃか》。又、渥洼《あくあい》の麒麟兒《きりんじ》、地に墮ちて千里《せんり》を志す。

【四二三―一四】

記得、玄沙備禪師、馳書上雪峯、々々上堂云、開緘是三帳白紙、乃呈似大衆云、會麼。良久曰、不見道、君子千里同風矣。即今、咨問ー、玄沙封三帳白紙上雪峯、是什麼心行。各ーー。代云、暗裡施文彩、ーー（明中不見）蹤。

記得《きとく》す、玄沙《げんしゃ》の備禪師、書を馳せて雪峯《せっぽう》に上《のぼ》す。雪峯上堂《せっぽうじょうどう》して云く、開緘《かいかん》すれば是れ三帳の白紙。乃ち大衆に呈似して云く、會《え》すや。良久して曰く、道うことを見ずや、君子は千里同風《せんりどうふう》と。即今、咨問ー、玄沙《げんしゃ》、三帳の白紙を封じて雪峯《せっぽう》に上《のぼ》す、是れ什麼《なん》の心行ぞ。各ーー。代わって云く、暗裡《あんり》に文彩《もんさい》を施し、明中に蹤を見ず。

【四二三―一五】

記得、吾宗門古曲、有少林一曲、有雲門一曲、有關山一曲、這裡有伊州一曲矣。即今、少林一曲、雲門一曲、關山一曲、伊州一曲、那箇是正音端的。各ーー。代云、始作翕如也、從之純如也、皦如也、鐸〔繹〕如也、以成矣。

記得《きとく》す、吾が宗門の古曲に少林の一曲有り、雲門《うんもん》の一曲有り、關山《かんざん》の一曲有り、這裡《しゃり》に伊州《いしゅう》の一曲有り。即今、少林の一曲、雲門《うんもん》の一曲、關山《かんざん》の一曲、伊州《いしゅう》の一曲、那箇《なこ》か是れ正音《しょういん》の端的《たんてき》。各ーー。代わって云く、始めて作《おこ》すに翕如《きゅうじょ》たり、之を從《ユル》すに純如《じゅんにょ》たり、皦如《きょうじょ》たり、繹如《えきじょ》たり、以て成る。

○始作翕如也＝『論語』八佾。

【四二三―一六】

記得、文殊三處度夏、山僧二處度夏。即今咨ーー、三處度夏與二處度夏、是同耶、是別耶。各ーー。代云、若把西湖比西施、ーー（濃抹兩相）宜。

記得《きとく》す、文殊《もんじゅ》三處に夏を度《わた》る、山僧《さんぞう》二處に夏を度《わた》る。即今咨ーー、三處度夏《どげ》と二處度夏《どげ》と、是れ同か是れ別か。各ーー。代わって云く、若し西湖《せいこ》を把《と》って西施《せいし》に比さば、濃抹《のうまつ》兩《ふた》つながら相宜し。

【四二三―一七】［欄外］

記得、古語云、有時獨立孤峯頂、有時閙市裡横身。謹咨詢滿座諸禪衲、作麼生是有時－－端的。各請下語、代云、青山何管爾閑事。

記得《きとく》す、古語に云く、有る時は孤峯頂《こほうちょう》に獨立し、有る時は閙市裡《にょうしり》に身を横たう。謹んで滿座《まんざ》の諸禪衲《のう》に咨詢《しじゅん》す、作麼生《そもさん》か是れ、有る時は孤峯頂《こほうちょう》に獨立し、有る時は閙市裡《にょうしり》に身を横たうるの端的《たんてき》。各おの請う下語《あぎょ》せよ、代わって云く、青山《せいざん》、何ぞ爾《なんじ》が閑事《かんじ》に管せん。

【四二三―一八】

記得、王常侍、一日訪臨濟於僧堂前問曰、這一堂僧、還看經麼。濟曰、不看經。侍曰、還學禪麼。濟曰、不學禪。侍曰、學經又不看、禪也不學、畢竟作這什麼。濟曰、総教伊成佛作祖去矣。即今咨－－、既是經也不看、禪也不學、爲甚成佛作祖去矣。各－－－。代云、路遠夜長休把火。

記得《きとく》す、王常侍《おうじょうじ》、一日、臨濟《りんざい》を訪い、僧堂前に於いて問うて曰く、這《こ》の一堂の僧、還って看經《かんきん》するや。濟曰く、看經《かんきん》せず。侍曰く、還って禪を學ぶや。濟曰く、禪を學ばず。侍曰く、經も又た看ず、禪も也《ま》た學ばず、畢竟《ひっきょう》、這《こ》の什麼《なに》をか作す。濟曰く、総に伊をして佛と成り祖と作らしめ去る。即今咨－－、既に是れ經も也《ま》た看ず、禪も也《ま》た學ばず、甚《なん》と爲《し》てか佛と成り祖と作り去る。各－－－。代わって云く、路遠く夜長し、火を把《と》ることを休《や》めよ。

【四二三―一九】原本四八丁

記得、圓悟禪師曰、今夏諸庄顆粒不收、不以爲憂、其可憂者、一堂數百衲子、一夏無一人透得箇狗子無佛性話矣。即今－－－、圓悟端的在那裡、各請－－－。代云、百尺竿頭天欲暮、急須進歩問曹溪。又、傾盡寶山寶、全身入荒草。

記得《きとく》す、圓悟禪師曰く、今夏、諸庄顆粒《しょしょうかりゅう》收めざるを以て憂いと爲さず、其れ憂う可きは、一堂數百の衲子《のっす》、一夏《いちげ》、一人として箇の狗子無佛性《くしむぶっしょう》の話《わ》に透得する無きなり。即今ーーー、圓悟の端的《たんてき》、那裡《なり》にか在る、各おの請うーーー。代わって云く、百尺竿頭《ひゃくしゃくかんとう》、天暮れんと欲す、急に須らく歩を進めて、曹溪《そうけい》に問うべし。又、寶山《ほうざん》の寶を傾け盡くして、全身、荒草《こうそう》に入る。

【四二三—二〇】

記得、古語云、參詩如參禪矣。政謂黃山谷稱詩達磨、謂杜子美稱臨濟、蓋夫詩中具眼之謂也。即今ーー、如何是詩中眼、各ーー。代云、露從今夜白。

記得《きとく》す、古語に云く、詩に參ずるは禪に參ずるが如し。政に黃山谷《こうさんこく》を謂いて詩達磨《しだるま》と稱し、杜子美《としび》を謂いて臨濟《りんざい》と稱す、蓋《けだ》し夫れ詩中に眼を具するの謂なり。即今ーー、如何なるか是れ詩中の眼、各ーー。代わって云く、露、今夜より白し。

【四二三—二一】

記得、諦觀四教儀曰、天然釋迦、天然彌勤〔勒〕矣。即今咨問ーー、如何是天然釋迦。代云、溪聲廣長舌、ーー（山色清淨）身。又、夜深一片虛欞月、ーー（寫出梅花面目）眞。

記得《きとく》す、諦觀四教儀に曰く、天然の釋迦《しゃか》、天然の彌勒《みろく》、と。即今咨問ーー、如何なるか是れ天然の釋迦《しゃか》。代わって云く、溪聲廣長舌《けいせいこうちょうぜつ》、山色清淨《さんしょくしょうじょう》身《しん》。又、夜深けて、一片虛欞《いっぺんきょれい》の月、寫し出だす梅《ばい》花《か》の面目眞《めんもくしん》。

【四二三—二二】

記得、古語云、舊歲今宵去、新年明日來矣。即今這裡還有渉新舊底麼、各ーー。代云、徳山木上座、臨濟金剛王。

記得《きとく》す、古語に云く、舊歳今宵《こんしょう》去り、新年明日來たる、と。即今、這裡《しゃり》還って新舊に渉る底《てい》有りや、各ーー。代わって云く、徳山木上座《とくさんぼくじょうざ》、臨濟金《りんざいこん》剛王《ごうおう》。

【四二三―二三】

記得、古徳云、天得一以清、地得一以寧矣。即今咨問ーー、天地底且措、衲僧得一時如何。各ーー。代云、林際入門便喝、徳山入門便棒。

記得《きとく》す、古徳云く、天は一を得て以て清く、地は一を得て以て寧し、と。即今咨問ーー、天地底《てい》は且らく措《お》く、衲僧《のうそう》、一を得る時は如何。各ーー。代わって云く、林際《りんざい》は門に入れば便ち喝し、徳山《とくさん》は門に入れば便ち棒。

【四二三―二四】

記得、南臺安禪師、僧問、人々盡有長安路、如何得到矣。即今ーー、如何是人々長安の路、各ーー蹈著來。代云、先入關者王。又、心王不妄動、ーー（六國一時）通。

記得《きとく》す、南臺《なんだい》の安禪師、僧問う、人々《にんにん》盡く長安《ちょうあん》の路有り、如何か到ることを得ん。即今ーー、如何なるか是れ人々《にんにん》が長安《ちょうあん》の路、各ーー蹈著《とうじゃく》し來たれ。代わって云く、先に關に入る者は王。又、心王、妄りに動ぜず、六國一時に通ず。

【四二三―二五】

謹咨問滿堂衲子、天上月且措、如何是僧中月。各ーー。代云、紫金光聚ーー（照山河、天上人間意氣）多。又、人穿鼻孔ーー睛。

謹んで滿堂《まんどう》の衲子《のっす》に咨問《しもん》す、天上《てんじょう》の月は且らく措《お》く、如何なるか是れ僧中の月。各ーー。代わって云く、紫金光聚《しこんこうじゅ》、山河《せんが》を照らす、天上人間《てんじょうじんかん》、意氣多し。又、人穿鼻孔｜｜睛。

○人穿鼻孔｜｜睛＝穿鼻孔換却眼睛か。

【四一三―一二六】

記得、六祖大師因僧問、黄梅意旨甚人得。師曰、會佛法人得。僧曰、和尚得也否。師云、我不得。僧曰、和尚爲什麼不得。師△[云]不會佛法矣。即今｜｜、六祖已不會佛法、因甚得黄梅衣鉢。各｜｜。代云、嫫母衣錦、西子負薪。

記得《きとく》す、六祖大師、因みに僧問う、黄梅《おうばい》の意旨、甚人《なんぴと》か得る。師曰く、佛法を會《え》す人得る。僧曰く、和尚得るや也《ま》た否《いな》や。師云く、我れ得ず。僧曰く、和尚、什麼《なん》と爲《し》てか得ざる。師云く、佛法を會《え》せず。即今｜｜、六祖已に佛法を會《え》せず、甚に因てか黄梅《おうばい》の衣鉢《えはつ》を得たる。各｜｜。代わって云く、嫫母《もぼ》、錦を衣《き》、西子《せいし》、薪を負う。

○嫫母衣錦、西子負薪＝嫫母は醜女。

【四一三―一二七】

記得、虚堂和尚結夏上堂云、諸方以期取効、時刻不忘、吾者裡、山邊水邊、從便走作矣。即今｜｜、吾者裡、山邊水邊、從便走作、虚堂端的在那裡。各｜｜。代云、高々峯頂立、深々海底行。又、仁者見之智者｜｜智（仁者見之謂之仁。智者見之謂之智）。

記得《きとく》す、虚堂《きどう》和尚、結夏上堂《けつげじょうどう》に云く、諸方、期を以て効を取り、時刻忘ぜず、吾が者裡《しゃり》、山邊水邊、便《たより》に從って走作《そうさ》。即今｜｜、吾が者裡《しゃり》、山邊水邊、便に從って走作《そうさ》、虚堂《きどう》の端的《たんてき》、那裡《なり》にか在る。各｜｜。代わって云く、高々たる峯頂《ほうちょう》に立ち、深々《しんしん》たる海底に行く。又、仁者は之を見て之を仁と謂い、智者は之を見て之を智と謂う。

【四一三―一二八】

[月旦] 記得、世尊因自恣日、文殊過夏來至靈山。迦葉問云、仁者今夏何處安居。文殊云、一月在祇園精舍、一月在童

子學堂、一月在婬坊酒肆。迦葉云、何得住這不如法處。遂白佛欲擯出文殊矣。即今ーー、文殊七佛師、因甚一月在婬妨酒肆、各ーー。代云、金毛跳入野狐窟。

[月旦] 記得《きとく》す、世尊《せそん》因みに自恣の日、文殊《もんじゅ》、夏を過ごし來たって靈山《りょうぜん》に至る。迦葉《かしょう》問うて云く、仁者、今夏、何れの處にか安居《あんご》す。文殊《もんじゅ》云く、一月は祇園精舎《ぎおんしょうじゃ》に在り、一月は童子《どうじ》の學堂《がくどう》に在り、一月は婬坊酒肆《いんぼうしゅし》に在り。迦葉《かしょう》云く、何ぞ這《こ》の不如《ふにょ》法《ほう》の處に住することを得んや。遂に佛に白して文《もん》殊《じゅ》を擯出《ひんしゅつ》せんと欲す。即今ーー、文殊《もんじゅ》は七佛の師、甚に因てか、一月、婬坊酒肆《いんぼうしゅし》に在る、各ーー。代わって云く、金毛《きんもう》、野狐《やこ》の窟に跳入《ちょうにゅう》す。

【四二三—二九】

[冬至] 記得、吾龍寶大燈國師冬至上堂、拈主丈云、只箇片田地、四時不消長、古今爲如此、古今一陽生矣。即今咨ーー、拈主丈生陽時如何。代云、化成龍吞却乾坤了也。又、鐵樹抽枝、ー（枯木著）花。

[冬至] 記得《きとく》す、吾が龍寶《りゅうほう》大燈國師冬至上堂《じょうどう》に、主丈《しゅじょう》を拈じて云く、只だ箇の片田地《へんでんち》、四時に消長せず、古今、此の如くなる爲に、古今、一陽生ず。即今咨ーー、主丈《しゅじょう》を拈じて陽を生ずる時如何。代わって云く、化して龍と成り、乾坤《けんこん》を吞《どん》却《きゃく》し了れり。又、鐵樹《てつじゅ》、枝を抽《ぬき》んで、枯木、花を著く。

【四二三—三〇】

記得、伏龍山禪師、僧問、隨縁認菓、如何是菓。師曰、雪内牡丹花矣。即今咨ーー。雪内牡丹、爲菓子而却喫得乎。代、富嫌千口少。

記得《きとく》す、伏龍山《ふくりゅうざん》禪師、僧問う、縁に隨って菓を認む、如何なるか是れ菓。師曰く、雪内の牡丹花《ぼたんか》。即今咨ーー。雪内の牡丹《ぼたん》、菓子と爲って、却って喫し得るや。代わって、富んでは千口《せんこう》も少しと嫌う。

【四二三―三一】

[月旦] 記得、回萬里近高安沙門至。天隱聰達博贍、禪熟文熟詩熟矣。即今｜｜作麼生是禪熟文熟詩熟底。代云、電眸虎齒｜｜（霹靂）舌。又、咄々々。

[月旦] 記得《きとく》す、回萬里、近ごろ高安沙門至る。天隱、聰達博贍《そうたつはくせん》、禪熟文熟詩熟《ぜんじゆくぶんじゆくしじゆく》せり。即今｜｜、作麼生《そもさん》か是れ禪熟文熟詩熟《ぜんじゆくぶんじゆくしじゆく》する底《てい》。代わって云く、電眸虎齒《でんぼうこし》、霹靂《へきれき》の舌。又、咄《とつ》々々。

【四二三―三二】原本四九丁

謹咨問、圓悟編碧巖集、大慧燒碧巖集、是同耶是別耶、各｜｜。代云、雨前初見花間葉、雨｜｜（後兼無葉底）花。

謹んで咨問《しもん》す、圓悟、碧巖集《へきがんしゅう》を編み、大慧《だいえ》、碧《へき》巖集《がんしゅう》を燒く、是れ同か是れ別か、各｜｜。代わって云く、雨前には初めて見る、花間の葉、雨後には兼ねて葉底《ようてい》の花無し。

【四二三―三三】

[月旦] 記得、三世諸佛胡亂說、歷代祖師胡亂說、天下老和尚胡亂說矣。各｜｜。代云、落花三月睡初醒、｜｜（碧眼黃頭皆作）夢。

[月旦] 記得《きとく》す、三世《さんぜ》の諸佛、胡亂《うろん》に說き、歷代の祖師、胡亂《うろん》に說き、天下の老和尚、胡亂《うろん》に說く。各｜｜。代わって云く、落花《らっか》三月、睡り初めて醒《さ》む、碧眼黃頭《へきがんおうず》、皆な夢を作す。

【四二三―三四】

記得、洞山扇子上書佛字、雲巖又染不字、雪峯見之一時除却矣。即今｜｜、三大老端的作麼生、各｜｜。代云、功德天、黑暗女、有智主人、二俱不受。學者云、經入藏、｜｜（禪歸海、只有普願獨超）物外。

記得《きとく》す、洞山《とうざん》、扇子《せんす》上に佛字を書す、雲巖《うんがん》、又た不字を染む、雪峯《せっぽう》之を見て一時に除却《じょきゃく》す。即今ーー、三大老の端的《たんてき》作麼生《そもさん》、各ーー。代わって云く、功德天《くどくてん》、黑暗女《こくあんじょ》、有智の主人、二つながら倶《とも》に受けず。學者云く、經は藏に入り、禪は海に歸す、只だ普願《ふがん》のみ有って、物外《もつがい》に獨超《どくちょう》す。

【四二三—三五】

古語云、四巻楞迦、達磨大藏矣。如何是達磨大藏、各ーー。

代云、狗子鼻〔尾〕巴ーー（書梵字、野狐窟宅梵王）宮。

古語に云く、四巻の楞迦《りょうが》、達磨《だるま》の大藏、と。如何なるか是れ達磨《だるま》の大藏、各ーー。代わって云く、狗子尾巴《くしびは》に梵字《ぼんじ》を書す、野狐《やこ》の窟宅《くったく》、梵王宮《ぼんおうきゅう》。

【四二三—三六】

〔冬至〕古語云、冬至在月頭、則賣被買牛、冬至在月尾、則賣牛買被矣。即今ーー、今年冬至月朔、不勞賣被、人々一頭水牯牛、如何牧得。代云、三尺兒童騎得穩。

〔冬至〕古語に云く、冬至、月頭に在るときは、則ち被を賣って牛を買い、冬至、月尾に在るときは、則ち牛を賣って被を買う。即今ーー、今年、冬至月朔、被を賣ることを勞せず、人々《にんにん》一頭の水牯牛《すいこぎゅう》、如何か牧得せん。代わって云く、三尺の兒童、騎り得て穩かなり。

【四二三—三七】

記得、洞山昔日請泰首座喫菓子次、商量動用中事。山僧今宵大衆喫菓子次、無更一字可商量矣。即今ーー、洞山底即是、山僧底即是、各請剖判來。代云、牛飲水ーー（成乳、蛇飲水成）毒。

記得《きとく》す、洞山《とうざん》、昔日《そのかみ》、泰首座《しゅそ》を請じて菓子を喫する次いで、動用中の事を商量《しょうりょう》す。山僧今宵《さんぞうこんしょう》、大衆と菓子を喫する次いで、更に一字の商量《しょうりょう》す可き無し。即今ーー、洞山底《とうざんてい》が即ち是か、山僧底《さんぞうてい》が即ち是か、各おの請う、剖判《ぼうはん》し來たれ。代わって云く、牛、水を飲めば乳と成り、蛇、水を飲めば毒と成る。

【四二三―三八】

謹咨問諸大老、如何是臘月扇子。各請拈出來。代云、如今抛擲西湖裡、――（下載清風付與）誰。

謹んで諸大老に咨問《しもん》す、如何なるか是れ臘月《ろうげつ》の扇《せん》子《す》。各おの請う、拈出《ねんしゅつ》し來たれ。代わって云く、如今抛擲《にょこんほうてき》す、西湖《せいこ》の裡《うち》、下載《あさい》の清風《せいふう》、誰にか付與せん。

【四二四―三九】

記得、趙州一日於雪中臥曰、相救々々。即今咨問諸衲、趙州臥雪意旨如何。代云、一心只有梅花上、凍損吟身又不知。

記得《きとく》す、趙州《じょうしゅう》、一日、雪中に臥して曰く、相救え、相救え。即今、諸衲《しょのう》に咨問《しもん》す、趙州《じょうしゅう》雪に臥す意旨如何。代わって云く、一心、只だ梅花《ばいか》の上に有り、吟身《ぎんしん》を凍損《とうそん》するも又た知らず。

【四二三―四〇】

冬行春令。代云、不待東風着力吹、暗香只在梅花上。

冬、春令《しゅんれい》を行ず。代わって云く、東風《とうふう》に力を着て吹くを待たず、暗香《あんこう》、只だ梅花《ばいか》の上に在り。

【四二三―四一】

記得、古徳云、馬祖下八十四員善知識、箇々看來、阿轆々地、只有歸宗較些子矣。古徳恁麼道端的在那裡。各――。代云、衆花盡處松千尺、群鳥喧時鶴一聲。又、嫩緑枝頭紅一點、驚人春色不用多。

記得《きとく》す、古徳云く、馬祖《ばそ》下八十四員の善知識《ぜんちしき》、箇々《ここ》看來たれば、阿轆々地《あろくろくち》、只だ歸宗《きす》のみ有って、些子《しゃし》に較《あた》れり。古徳恁麼《いんも》に道う端的《たんてき》、那裡《なり》にか在る。各――。代わって云く、衆花盡くる處、松千尺、群鳥喧しき時、鶴一聲《いっせい》。又、嫩緑枝頭《どんりょくしとう》、紅一點《いってん》、人を驚かす春色、多きを用いず。

○天恩寺舊藏『葛藤集』〔八三〕。

【四二三―四二】

記得、脩多羅云、盂蘭貧〔盆〕、慈〔茲〕飜解倒懸器矣。即今｜｜、解倒懸器底、衲僧分上之事、各｜｜將來。代云、危嶮崖頭通活路。又、咄看脚下。

記得《きとく》す、脩多羅《しゅだら》に云く、盂蘭盆《うらぼん》、茲《ここ》に倒懸《とうけん》を解く器と翻《ほん》す。即今｜｜、倒懸を解く器底、衲僧《のうそう》分上の事、各｜｜將ち來たれ。代わって云く、危嶮崖《きけんがい》頭《とう》、活路《かつろ》を通ず。又、咄《とつ》、看脚下《かんきゃっか》。

○天恩寺舊藏『葛藤集』〔八一〕。

【四二三―四三】

記得、徑山佛鑑禪師結夏上堂、拈拄杖示衆云、盡山河大地、草木叢林、情與無情、盡在主丈頭上、安居禁足矣。即今｜｜、在主丈頭上安居底、各請｜｜。代云、佛來也打、祖來也打。

記得《きとく》す、徑山《きんざん》の佛鑑《ぶっかん》禪師結夏上堂《けつげじょうどう》、拄杖《しゅじょう》を拈じて衆に示して云く、盡山河大地《じんせんがだいち》、草木叢林《そうもくそうりん》、情と無情と、盡く主丈頭上《しゅじょうとうじょう》に在って安居禁足《あんごきんそく》す。即今｜｜、主丈《しゅじょう》頭上に在って安居《あんご》する底《てい》、各おの請う｜｜。代わって云く、佛來たるも也《ま》た打ち、祖來たるも也《ま》た打つ。

【四二三―四四】

記得、備用清規云、眞歇了禪師住徑山時、始製楞嚴會回向矣。即今｜｜、眞歇了禪師、洞山十世之的孫也、因甚麼吾林際宗門亦學曹洞禮樂。各｜｜。代云、他家自有通宵路。又、有條攀條、無｜｜（條攀）例。

記得《きとく》す、備用清規《びようしんぎ》に云く、眞歇《しんけつ》の了禪師、徑山《きんざん》に住せし時、始めて楞嚴會回向《りょうごんええこう》を製す、と。即今、諸大德に咨問《しもん》す、眞歇《しんけつ》の了禪師は洞山《とうざん》十世の的孫《てきそん》なり。甚に因ってか、吾が林際《りんざい》の宗門に、亦た曹《そう》洞《とう》の禮樂《れいがく》を學ぶや。各おの請う、判じ看よ。代わって云く、他家自ずから通宵《つうしょう》の路有り。又、條有れば條を攀《よ》づ、條無くんば例を攀《よ》づ。

○天恩寺舊藏『葛藤集』〔八七〕。

【四二三―四五】

謹咨問滿堂初〔諸〕禪德、如何是敲氷古佛。各ーー。代云、倚天長劍逼人寒。又、六月火邊坐、三冬水裡行。

謹んで滿堂《まんどう》の諸禪德《しょぜんとく》に咨問《しもん》す、如何なるか是れ敲氷古佛。各ーー。代わって云く、天に倚る長劍、人に逼って寒し。又、六月火邊に坐し、三冬《さんとう》水裡に行く。

○天恩寺舊藏『葛藤集』〔八八〕。

【四二三―四六】

記得、趙州古佛云、諸人被使十二時中、老僧使得十二時中。即今ーー、趙州使得十二時中底、各請ーー。代云、杖頭挑日月。

記得《きとく》す、趙州《じょうしゅう》古佛云く、諸人は十二時の中に使わる、老僧は十二時の中を使い得たり。即今ーー、趙州《じょうしゅう》、十二時の中を使い得る底《てい》、各おの請うーー。代わって云く、杖頭《じょうとう》に日月を挑《かか》ぐ。

【四二三―四七】原本五〇丁

謹咨問諸ーー、世界恁麼熱、試點清涼散來。代云、萬嶽松風供一啜、白籠雙袖水邊行。

謹んで諸ーーに咨問《しもん》す、世界恁麼《いんも》に熱す、試みに清涼散《せいりょうさん》を點じ來たれ。代わって云く、萬嶽《まんがく》の松《しょう》風《ふう》、一啜《いっせつ》を供す、白籠雙袖《はくろうそうしゅう》、水邊に行く。

○天恩寺舊藏『葛藤集』〔六五〕に「六月望。謹んで諸の禪德に咨問《しもん》す。世界恁麼《せかいいんも》に熱す、試みに清涼散《せいりょうさん》を點じ來たれ。代る、萬壑の松風《しょうふう》、〔一啜を〕供う、〔白籠雙袖〕水邊に行く。時に江湖集を誦談す」。

【四二三―四八】

記得、僧問洞山、寒暑到來如何回避。洞山云、向無寒暑之處去矣。即今如何是無寒暑處。代云、雪裡芭蕉――（摩詰畫、炎天梅蕊簡齋）詩。

記得《きとく》す、僧、洞山《とうざん》に問う、寒暑《かんじょ》到來、如何か回避せん。洞山《とうざん》云く、寒暑《かんじょ》無き處に向かって去れ。即今、如何なるか是れ無寒暑處《むかんじょしょ》。代わって云く、雪《せつ》裡《り》の芭蕉《ばしょう》、摩詰《まきつ》の畫、炎天《えんてん》の梅蘂《ばいずい》、簡齋《かんさい》が詩。

○天恩寺舊藏『葛藤集』［七八］。

【四二三―四九】

［解夏］記得、天澤師祖解夏上堂曰、護鵝戒如雪、守臘行若氷、也是田單火牛。即今――、護鵝戒如雪、因甚喩田單火牛。各――。代云、寰中天子勅、――（塞外將軍）令。

［解夏］記得《きとく》す、天澤師祖、解夏上堂《かいげじょうどう》に曰く、護《ご》鵝《が》の戒は雪の如く、守臘《しゅろう》の行は氷の若くなるも、也《ま》た是れ田單《でんたん》が火牛《かぎゅう》。即今――、護鵝《ごが》の戒、雪の如くなるに、甚に因ってか田單《でんたん》の火牛に喩う。各――。代わって云く、寰中《かんちゅう》は天子の勅、塞外《さいがい》は將軍《しょうぐん》の令。

○天恩寺舊藏『葛藤集』［六六］。

【四二三―五〇】

［冬夜］記得、虛堂老師冬夜小參、因僧問、黑黑豆未芽時如何。師云、黑鄰皴地。僧云、芽後如何。師云、黑鄰皴地。僧云、芽與未芽時如何。師云、黑鄰皴地。僧云、若與麼有甚分曉。師云、向無分曉（處）識取黑鄰皴地。即今――、虛堂老師因甚從始至（終）答以黑鄰皴地、各――。代云、錦上鋪花三四重、又、大冶精金――（無變）色。

［冬夜］記得《きとく》す、虛堂老師冬夜小參《きどうろうしとうやしょうさん》、因みに僧問う、黑豆《こくず》未だ芽《めば》えざる時如何。師云く、黑鄰皴地《こくりんしゅんち》。僧云く、芽えて後如何。師云く、黑鄰皴地《こくりんしゅんち》。僧云く、芽えると未だ芽えざる時と如何。師云く、

黒鄰《こくりん》皴地《しゅんち》。僧云く、若し與麼《よも》ならば甚だ分暁なること有り。師云く、無分暁《むふんぎょう》の處に向かって黒鄰《こくりん》皴《しゅん》地《ち》を識取せよ。即今ーー、虚堂老師《きどうろうし》、甚に因ってか、始めより終に至るまで答うるに黒鄰《こくりん》皴地《しゅんち》を以てす、各ーー。代わって云く、錦上に花を鋪く、三四重、又、大冶精金《たいやせいきん》、變色《へんしょく》無し。

○天恩寺舊藏『葛藤集』[三六]。

【四二三―五一】

記得、二祖慧可大師、少林一夜立雪、得安心法門。山僧這裡只有吟雪。僧〔総〕無立雪之徒。即今ーー、立雪底與吟雪底、是同耶是別耶。各ーー。代云、達磨眼睛捴不會、尋常呼作一連詩。

記得《きとく》す、二祖慧可《えか》大師、少林一夜立雪《りっせつ》、安心《あんじん》の法《ほう》門《もん》を得たり。山僧《さんぞう》が這裡《しゃり》、只だ雪を吟ずる有って、総に立雪《りっせつ》の徒無し。即今ーー、立雪底《りっせつてい》と吟雪底《ぎんせつてい》と、是れ同か是れ別か。各ーー。代わって云く、達磨《だるま》の眼睛《がんぜい》、捴に不會《ふえ》、尋常《よのつね》呼んで一連の詩と作す。

○天恩寺舊藏『葛藤集』にあるも、作者不明。○吟雪底＝『大惠武庫』に、「圓通秀禪師、因みに雪下るに云う、雪下るに三種の僧有り。上等底は僧堂中に坐禪、中等は墨を磨し筆を點じ、雪の詩を作る、下等は爐を圍んで食を説く」。

【四二三―五二】

謹咨問滿座諸禪德、人々有箇無病藥、善財採之無術、耆域言之無方矣。敢咨問諸ーー、如何是無病藥、各ーー。代云、八角通紅鐵丹〔彈〕丸、ーー（衲僧未咬齒先）寒。

謹んで滿座《まんざ》の諸禪德《しょぜんとく》に咨問《しもん》す、人々《にんにん》、箇の無病の藥有り、善財《ぜんざい》も之を採るに術無く、耆域《ぎいき》も之を言うに方無し。敢えて諸ーーに咨問《しもん》す、如何なるか是れ無病の藥、各ーー。代わって云く、八角通紅《つうこう》、鐵彈丸《てつだんがん》、衲僧《のうそう》未だ咬まざるに、齒先に寒し。

○耆域＝インド王舍城の良医。その因縁を述べたものが『耆域因縁經』。

【四二三―五三】

記得、虚堂老師住寶林禪寺日、重九上堂曰、採菊東籬下、悠然見南山、陶靖節雖是箇俗人、却有此衲僧説話矣。即今｜｜、已是陶靖節之兩句、因甚有衲僧説話、各剖△［判］看。代云、達磨來也。

記得《きとく》す、虚堂老師《きどうろうし》、寶林禪寺《ほうりんぜんじ》に住する日、重九《ちょうきゅう》上堂に曰く、菊を採る、東籬《とうり》の下、悠然《ゆうぜん》として南山を見る。陶靖節《とうせいせつ》、是れ箇の俗人なりと雖も、却って此の衲僧《のうそう》の説話《せつた》有り。即今、諸衲《しょのう》に咨詢《しじゅん》す、已に是れ陶靖節《とうせいせつ》が兩句、甚に因てか衲僧《のうそう》の説話《せつた》有る、各おの剖判《ぼうはん》し看よ。代わって云く、達磨來也《だるまらいや》。

○天恩寺舊藏『葛藤集』［三三二］「……代、達磨來也。又、只將補袞調羹手、撥轉如來正法輪」。

【四二三―五四】

記得、劉元城語録云、禪一字於六經中有理、但不謂之禪、至達磨此話大行矣。即今｜｜、作麼生是六經中禪、各｜｜。代云、不讀東土△［書］、安知西來意。

記得《きとく》す、劉元城《りゅうげんじょう》語録に云く、禪の一字、六經《りくけい》の中に此の理有り、但だ禪と謂わず、達磨《だるま》に到って、此の話《わ》大いに行わる、と。即今、諸衲《しょのう》に問う、作《そ》麼生《もさん》か是れ六經《りくけい》の中の禪。各おの請う答話せよ。代わって云く、東土《とうど》の書を讀まずんば、安《いずく》んぞ西來《せいらい》の意を知らん。

○天恩寺舊藏『葛藤集』［三三一］。

【四二三―五五】

記得、古徳云、從文殊門入者、牆壁瓦礫、爲汝發機、從觀音門入者、蝦蟆蚯蚓、爲汝發機、從普賢門入者、不動歩而至。敢問、從文殊門入便是、從觀音門入便是、從普賢門△［入］便是。各｜｜。代云、巧笑倩兮、美目盼兮、素以爲絢。

記得《きとく》す、古徳云く、文殊《もんじゅ》の門より入る者は、牆《しょう》壁瓦礫《へきがりやく》、汝が爲に機を發せん、觀音《かんのん》の門より入る者は、蝦蟆蚯蚓《がまきゆういん》、汝が爲に機を發せん、普賢《ふげん》の門より入る者は、歩を動かさずして至る。敢えて問う、文殊《もんじゆ》の門より入るが便ち是か、觀音《かんのん》の門より入るが便ち是か、普賢《ふげん》の門より入るが便ち是か。各ーー。代わって云く、巧笑《こうしょう》は倩《せん》、美目《びもく》は盼《へん》、素《そ》以て絢《あや》と爲す。

○天恩寺舊藏『葛藤集』［三二二］。○巧笑倩ー＝『論語』八佾。

【四二三―五六】

記得、大宋僧史會要曰、隋大臣楊公遊嵩山、見畫壁。指門〔問〕道士云、是何像。道士對曰、老子化胡成佛圖。楊公云、何不化胡成道、而及成佛取〔衍字〕耶矣。即今成道與成佛、還有優劣麼。各ーー。代云、梅須遜雪三分白、雪亦輸梅一段香。

記得《きとく》す、大宋僧史會要に曰く、隋の大臣楊公《ようこう》、嵩《すう》山《ざん》に遊んで畫壁《がへき》を見る。指して道士に問うて云く、是れ何の像ぞ。道士對《こた》えて曰く、老子《ろうし》、胡を化して成佛《じようぶつ》せしむる圖なり。楊公《ようこう》云く、何ぞ胡を化して道を成ぜずしてしめずして成佛《じようぶつ》に及ぶや、と。即今、成道《じようどう》と成佛《じようぶつ》と、還って優劣《ゆうれつ》有りや。各ーー。代わって云く、梅は須らく雪に三分の白を遜《ゆず》るべし、雪も亦た梅に一段の香を輸《ま》く。

○僧史會要＝この話『林間録』に引く。

【四二三―五七】

記得、孟東野及第詩云、春風得意ーー（馬蹄疾、看盡長安一日）花矣。吾花園門下客、有看盡長安花分麼、各ーー呈見解來。代云、雙眸掛在青嶂外、澗水松風共對談。

記得《きとく》す、孟東野《もうとうや》が及第《きゆうだい》の詩に云く、春風《しゆんぷう》に意を得て馬蹄《ばてい》疾し、看盡くす、長安《ちようあん》一日の花、と。吾が花園《かえん》門下の客、長安《ちようあん》の花を看盡くす分有りや、各ーー見解《けんげ》を呈し來たれ。代わって云く、雙《そう》眸掛在《ぼうかざい》す、青嶂《せいしよう》の外、澗水松風《かんすいしようふう》、共に對談《たいだん》。

【四二三—五八】

記得、古語云、釋迦貧彌勒富矣。端的在那裡。各ーー。代云、一錢不直鄭[程]衛尉、萬事ーー（稱好司馬公）。

記得《きとく》す、古語に云く、釋迦《しやか》は貧、彌勒《みろく》は富、と。端的《たんてき》、那裡《なり》にか在る。各ーー。代わって云く、一錢にも直《あた》らず、程衛《ていえい》尉、萬事《ばんじ》好と稱す、司馬《しば》公。

○一錢不直＝黄庭堅「次韻任道食荔支有感」詩に「一錢不直程衛尉、萬事稱好司馬公」。

【四二三—五九】

記得、馬祖一禪師、百丈南泉西堂三人隨侍、翫月次、師問、正當與麼時如何。西堂云、正好供養、百丈[云]△正好修行、南泉拂袖便去矣。即今ーー。百丈南泉西堂三人、端的在那裡、各ーー。代云、巧笑倩ーー（倩兮、美目盼兮、素以爲）絢。

記得《きとく》す、馬祖《ばそ》の一禪師、百丈《ひやくじよう》、南泉《なんせん》、西堂《せいどう》の三人隨侍して、翫月《がんげつ》する次いで、師問う、正當與《しようとうよ》麼《も》の時如何。西堂《せいどう》云く、正に好《よ》し供養するに。百丈《ひやくじよう》云く、正に好《よ》し修行するに。南泉《なんせん》、拂袖《ほつしゆう》して便ち去る。即今ーー。百丈南泉西堂《ひやくじようなんせんせいどう》の三人、端的《たんてき》、那裡《なり》にか在る、各ーー。代わって云く、巧《こう》笑《しよう》は倩《せん》たり、美目《びもく》は盼《へん》たり、素《そ》以て絢《あや》と爲す。

○巧笑倩ー＝『論語』八佾。

【四二三—六〇】

記得、虚堂老師除夜小參曰、衲僧家各有一片田地、自年頭至年尾、在裡許作活計、端的在那裡。各ーー。代、春有百花秋有月、夏有涼風冬有雪。

記得《きとく》す、虚堂老師《きどうろうし》、除夜小參《じよやしようさん》に曰く、衲僧家《のうそうけ》、各おの一片《いつぺん》の田地有り、年頭より年尾に至るまで、裡許《りこ》に在って活計《かつけい》を作す、端的《たんてき》、那裡《なり》にか在る。各ーー。代わって、春に百花《ひやつか》有り、秋に月有り、夏に涼風《りようふう》有り、冬に雪有り。

【四二三―六一】原本五一丁

記得、僧問鏡清、新年頭却有佛法也無。清云、有。僧云、如何是新年頭佛法。山僧代衆一偈云、東風着力入吾門、々葉△［宗］枝日轉繁、花講叔孫綿蕝禮、祖園春色漢乾坤。

記得《きとく》す、僧、鏡清《きょうしょう》に問う、新年頭、却って佛法有りや也《ま》た無しや。清云く、有り。僧云く、如何なるか是れ新年頭の佛法。山僧《さんぞう》、衆に代わって、一偈して云く、東風《とうふう》に力を着て吾が門に入る、門《もん》葉宗枝《ようしゅうし》、日びに轉《うた》た繁る、花は講ず、叔孫《しゅくそん》が綿《めん》蕝《ぜつ》の禮、祖園の春色、漢の乾坤《けんこん》。

○叔孫綿蕝禮＝禮儀叔孫、律令蕭何。

【四二三―六二】

［二月］記得、古德云、一有多種、二無兩般矣。即今ーー、爲甚二無兩般。各ーー。代云、日月照臨不到、天地蓋覆不盡。

［二月］記得《きとく》す、古德云く、一に多種有り、二に兩般《りょうはん》無し、と。即今ーー、甚《なん》と爲《し》てか二に兩般《りょうはん》に無し。各ーー。代わって云く、日月も照臨し到らず、天地も蓋覆《がいふ》し盡くさず。

【四二三―六三】

記得、雪峯存禪師、用三箇木毬接人。上根人來、則輥出三箇。中根人來、則輥出兩箇。下根人來、則輥出一個矣。即今ーー、雪峯用三箇木毬接人意旨如何。代云、咄々々、力韋希。

記得《きとく》す、雪峯《せっぽう》の存禪師、三箇の木毬《もっきゅう》を用いて人を接す。上根の人來たるときは、則ち三箇を輥《こん》出《しゅつ》す。中根の人來たるときは、則ち兩箇を輥出《こんしゅつ》す。下根の人來たるときは、則ち一個を輥出《こんしゅつ》す。即今ーー、雪峯《せっぽう》、三箇の木毬《もっきゅう》を用いて人を接する意旨如何。代わって云く、咄《とつ》々々、力韋希《りきいき》。

【四二三―六四】

謹咨問堂中衲子、六祖慧能大師、是新州百姓子、元來如〔衍字〕不識字、爲甚作偈頌傳衣鉢、説檀經應群機。各｜｜。代云、一毫端現法王刹、｜｜（微塵裏轉大法）輪。又、嫫母衣錦、西施負薪。

謹んで堂中の衲子《のっす》に咨問《しもん》す、六祖慧能《えのう》大師は是れ新州の百姓の子、元來《がんらい》、字を識らず、甚《なん》と爲《し》てか偈頌《げじゅ》を作って衣鉢《えはつ》を傳え、檀經《だんきょう》を説いて群機に應ず。各｜｜。代わって云く、一毫端《いちごうたん》に法王刹《ほうおうさつ》を現じ、微塵裏《みじんり》に大法輪《だいほうりん》を轉ず。又、嫫母《もぼ》、錦を衣、西施《せいし》、薪を負う。

【四二三―六五】

記得、李淳風曰、北斗七星化作七星僧矣。即今｜｜、天上北斗爲甚下在僧中。各｜｜。代云、尋常人家翠楊柳、｜｜（移入宮牆別是）春。

記得《きとく》す、李淳風《りじゅんふう》曰く、北斗《ほくと》七星、化して七星僧と作る、と。即今｜｜、天上《てんじょう》の北斗《ほくと》、甚《なん》と爲《し》てか僧中に下在す。各｜｜。代わって云く、尋常《よのつね》、人家の翠楊柳《すいようりゅう》、移って宮牆《きゅうしょう》に入って別に是れ春。

○李淳風＝『太平廣記』巻七十六。

【四二三―六六】

啓建楞嚴勝會、諷誦楞嚴神咒矣。謹咨問大衆上座、別有這秘密咒、代上座各請一句。代云、鵲噪鴉鳴無了時。

楞嚴《りょうごん》の勝會《しょうえ》を啓建し、楞嚴《りょうごん》の神咒《しんじゅ》を諷誦《ふうじゅ》す。謹んで大衆上座に咨問《しもん》す、別に這《こ》の秘密咒《ひみつじゅ》有り、上座に代わって各おの請う一句。代わって云く、鵲噪鴉鳴《じゃくそうあめい》、了ずる時無し。

【四二三―六七】

古德云、結夏十日了也、寒山子作麼生。又結夏十日了也、水牯牛作麼生往來矣。人々水牯牛往來底、且止、如道寒

山子作麼生。上坐亦云、結夏十日了也、寒山子作麼生〔この部分あるいは衍字か〕。
代云、千年茄串〔子〕根。又、奉帚平明金殿開、且以〔將〕團扇共徘徊。
古徳云く、結夏《けつげ》十日し了れり、寒山子《かんざんし》作麼生《そもさん》。又た、結夏《けつげ》十日し了れり、水牯牛《すいこぎゅう》作麼生《そもさん》か往來《おうらい》す、と。人々《にんにん》の水牯牛往來底《すいこぎゅうおうらいてい》は且らく止く、寒山子《かんざんし》作《そ》麼生《もさん》と道うが如きんば、（各おの請う一句）。代わって云く、千年の茄子根《きやすこん》。又、帚を平明に奉じて金殿《きんでん》開く、且らく團扇《だんせん》を將て共に徘徊す。

○奉帚平明金殿開＝王昌齢「長信怨詞」。收三体詩。

【四二三―六八】

記得、古典曰、冬至有月頭賣被買牛矣。即今｜｜、今年冬至有月頭、若贖牛、則先須繙一卷相牛經、詳頭角四蹄、皮肉筋骨、如方皐相馬。如何是相牛經。各｜｜。代云、莫寫潙山僧某甲、恐人誤作祖師圖。

記得す、古典に曰く、冬至、月頭に有れば、被を賣り牛を買う。即今｜｜、今年、冬至月頭に有り、若し牛を贖《あがな》う則《とき》んば、先に須らく一卷の相牛《そうぎゅう》經《きょう》を繙《ひもと》いて、頭角四蹄《ずかくしてい》、皮肉筋骨《ひにくきんこつ》を詳らかにすること方皐《ほうこう》が馬を相《み》るが如くなるべし、と。如何なるか是れ相牛經《そうぎゅうきょう》。各｜｜。代わって云く、潙山の僧某甲と寫すこと莫かれ、恐らくは人の誤って祖師の圖と作さんことを。

【四二三―六九】

記得、黄蘗斷際禪師云、一子出家九族生天、若不生天諸佛妄語。即今｜｜、一字出家九族生天、端的｜｜。代云、臥龍纔奮迅、丹鳳亦高翔。

記得《きとく》す、黄蘗斷際《おうばくだんざい》禪師云く、一子出家すれば九《きゅう》族《ぞく》天に生ず、若し天に生ぜずんば、諸佛妄語《もうご》す。即今｜｜、一字出家すれば九族《きゅうぞく》天に生ずる端《たん》的《てき》｜｜。代わって云く、臥龍纔《がりゅうわず》かに奮迅《ふんじん》すれば、丹鳳《たんほう》も亦た高く翔《かけ》る。

【四二三—七〇】

欲佛性義理〔識佛性義〕、須觀時節因緣。如何是時節因緣。各｜｜。代云、暮春者春服已成得〔衍字〕、冠者五六人、童子六七人、浴于沂、風于｜｜（舞雩、詠而）歸。

佛性《ぶっしょう》の義を識らんと欲せば、須らく時節因縁《じせついんねん》を觀るべし、と。如何なるか是れ時節因縁《じせついんねん》。各｜｜。代わって云く、暮春《ぼしゅん》には春服《しゅんぷく》已に成る、冠者《かんじゃ》五六人、童子《どうじ》六七人、沂《き》に浴し、舞雩《ぶう》に風《ふう》じ、詠じて歸らん。

【四二三—七一】

記得、老子經曰、爲學日益、爲道日損矣。即今｜｜、老聃恁麽道、端的｜｜、各｜｜。代云、雨前初見花間葉、｜｜（雨後兼無葉底）花。又、有意氣｜｜（時添意氣、不風流處也）風流。

記得《きとく》す、老子經《ろうしきょう》に曰く、學を爲せば日に益し、道を爲せば日に損す、と。即今｜｜、老聃恁麽《ろうたんいんも》に道う端的《たんてき》｜｜、各｜｜。代わって云く、雨前には初めて見る、花間の葉、雨後には兼ねて葉底《ようてい》の花無し。又、意氣有る時は意氣を添う、風流《ふうりゅう》ならざる處、也《ま》た風流《ふうりゅう》。

【四二三—七二】

記得、虚堂和尚結夏上堂云、天下禪和、今日入野狐窟裡成伎倆。如何是野狐窟裡伎倆。各｜｜。代云、大疑下有大悟。

記得《きとく》す、虚堂《きどう》和尚、結夏《けつげ》上堂に云く、天下の禪和《ぜんな》、今日、野狐窟裡《やこくつり》に入って伎倆《ぎりょう》を成す、と。如何なるか是れ野狐窟裡《やこくつり》の伎倆《ぎりょう》。各｜｜。代わって云く、大疑《だいぎ》の下に大悟《たいご》有り。

【四二三—七三】

古德云、臨濟禪如夏矣。端的｜｜、各｜｜。代云、門外金剛汗出。又、坐熱鐵床喫熱鐵、石頭南嶽下兒孫。

古徳云く、臨済《りんざい》の禪は夏の如し、と。端的《たんてき》ーー、各ーー。代わって云く、門外の金剛《こんごう》、汗出だす。又、熱鐵床《ねってつしょう》に坐して熱鐵《ねってつ》を喫す、石頭南嶽下《せきとうなんがくか》の兒孫《じそん》。

【四二三―七四】

記得、息耕老師曰、有一人日消萬兩黃金、同此聖制矣。即今消萬兩黃金、而〔同〕聖制底、各請道將來。代云、傾盡寶山寶、全身入荒草。

記得《きとく》す、息耕老師《そっこうろうし》曰く、一人有り、日に萬兩《まんりょう》の黃金《おうごん》を消す、此の聖制に同じうす、と。即今、萬《まん》兩《りょう》の黃金《おうごん》を消して、聖制に同じうする底《てい》、各おの請う、道い將ち來たれ。代わって云く、寶山《ほうざん》の寶を傾け盡くして、全身、荒草《こうそう》に入る。

○天恩寺舊藏『葛藤集』〔四七〕。

【四二三―七五】原本五二丁

記得、有我家曲調、有少林一曲、有雲門一曲、有關山一曲矣。少林雲門曲高束閣、如何是關山一曲。各乞賞音來。代云、黃鶴樓前吹玉笛、ーー（江城五月落）梅花。

記得《きとく》す、我が家の曲調《きょくちょう》有り、少林の一曲有り、雲門《うんもん》の一曲有り、關山《かんざん》の一曲有り、と。少林、雲《うん》門《もん》の曲は高く束《つか》ねて閣《さしお》く、如何なるか是れ關山《かんざん》の一曲。各おの乞う、賞音《しょういん》し來たれ。代わって云く、黃鶴樓前《こうかくろうぜん》、玉笛《ぎょくてき》を吹く、江城《こうじょう》五月、落梅《らくばい》花《か》。

【四二三―七六】

記得、古語云、屈原以今日死、田文以今日生矣。即今ーー、爲什麼一箇死、一箇生。各ーー。代云、豹藏南山霧、ーー（鵬摶北海）風。

記得《きとく》す、古語に云く、屈原《くつげん》、今日を以て死し、田《でん》文《ぶん》、今日を以て生く、と。即今ーー、什麼《なん》と爲《し》てか一箇は死に一箇は生く。各ーー。代わって云く、豹《ひょう》は南山の霧に藏《かく》れ、鵬《ほう》は北海の風を搏《う》つ。

【四二三—七七】

記得、資福寶禪師拈起蒲團示衆云、諸佛菩薩皆出這裡矣。敢問大衆、諸佛菩薩因甚蒲團上出。各ーー。代云、一毛頭上現全身。

記得《きとく》す、資福《しふく》の寶禪師、蒲團《ふとん》を拈起《ねんき》して衆に示して云く、諸佛菩薩、皆な這裡《しやり》より出づ、と。敢えて大衆に問う、諸佛菩薩、甚に因ってか蒲團《ふとん》上より出づ。各ーー。代わって云く、一毛頭上《いちもうとうじょう》、全身を現ず。

【四二三—七八】

記得、龐居士看經次、僧問、何不具威儀。居士翹一足。僧無語矣。敢問諸ーー、因甚不具威儀而翹一足。各ーー。代云、人々脚痕下、有一坐具地。

記得《きとく》す、龐居士《ほうこじ》看經《かんきん》の次いで、僧問う、何ぞ威儀《いぎ》を具せざる。居士、一足を翹《そばだ》つ。僧無語、と。敢えて諸ーーに問う、甚に因ってか威儀《いぎ》を具せずして一足を翹《そばだ》つ。各ーー。代わって云く、人々《にんにん》脚痕下《きゃっこんか》、一坐具地《いちざぐち》有り。

○天恩寺舊藏『葛藤集』〔二一八〕。

【四二三—七九】

記得、修多羅云、極速△〔一〕七、極遲七々、極善極兩〔惡〕、無有中有矣。即今ーー、不渉遲速善惡、直便〔使〕景前宗護大定門生天成道底之一句、各ーー。代云、隱顯存亡是何物、黄ーー（金鑄出鐵崑）崙。

記得《きとく》す、修多羅《しゅだら》に云く、極速一七、極遲七々、極善極惡、中有有ること無し、と。即今ーー、遲速善惡に渉らず、直に景前宗護大定門をして生天《しょうてん》成道《じょうどう》せしむる底《てい》の一句、各おの請う、下語《あぎょ》せよ。代わって云く、隱顯在亡《おんけんそんぼう》、是れ何物ぞ、黄金鑄出《いい》だす鐵崑崙《てつこんろん》。

○天恩寺舊藏『葛藤集』〔三四〕。

【四二三―八〇】

記得、仰山因（僧）問、法身却解説法也無。仰山云、我説不得、別有一人説得。僧云、説得底之人、在什處。仰山推出枕子矣。即今仰山推出枕子端的ーー、各ーー。代云、落花三月睡初醒ーー、（碧眼黄頭皆作）夢。

記得《きとく》す、仰山《きょうざん》因みに僧問う、法身《ほっしん》却って説法を解《よ》くするや也《ま》た無しや。仰山《きょうざん》云く、我れ説き得ず、別に一人有って説き得。僧云く、説き得る底《てい》の人、什れの處にか在る。仰山《きょうざん》、枕子《ちんす》を推出《すいしゅつ》す、と。即今、仰山枕子《きょうざんちんす》を推出《すいしゅつ》する端的《たんてき》ーー、各ーー。代わって云く、落花《らっか》三月、睡り初めて醒《さ》む、碧眼黄頭《へきがんおうず》、皆な夢を作す。

○天恩寺舊藏『葛藤集』〔四一〕。

【四二三―八一】

記得、石頭和上敢白參玄人、光陰莫空度矣。謹咨ーー、光陰莫空度矣〔六字衍字〕、石頭恁麼道端的、ーー。代云、只恐夜深花睡去、高燒銀燭照□〔紅〕妝。

記得《きとく》す、石頭《せきとう》和上、敢えて參玄の人に白す、光陰《こういん》、空しく度《わた》ること莫かれ、と。謹咨ーー、石頭恁麼《せきとういんも》に道う端的《たんてき》、ーー。代わって云く、只だ夜深けて花の睡り去るを恐れて、高く銀燭《ぎんしょく》を焼いて紅妝《こうしょう》を照らす。

【四二三―八二】

記得、虚堂老師結夏小參云、缺齒老胡十萬里、帶得箇沒滋味禪△〔來〕、流布天下叢林、使一箇々而〔面〕不厠〔厮〕覷矣。即今ーー、如何是沒滋味禪、各ーー。代云、山頭日掛雲門餠、屋後松煮趙州茶。

記得《きとく》す、虚堂老師《きどうろうし》、結夏小參《けつげしょうさん》に云く、缺齒《けっし》の老胡、十萬里、箇の沒滋味《もつじみ》の禪を帶び得來たって、天下の叢林《そうりん》に流布《るふ》して、一箇々《いちここ》をして面《まの》あたりに廝《あ》い覷《み》せざらしむ、と。即今ーー、如何なるか是れ没滋味《もつじみ》の禪、各ーー。代わって云く、山頭《さんとう》、日は掛く雲門《うんもん》の餅、屋後《おくご》、松は煮る趙州《じょうしゅう》の茶。

○天恩寺舊藏『葛藤集』［四六］。

【四二三ー八三】

記得、息耕老師結夏上堂云、有一人日銷萬兩黃金、同此聖制、只是諸人不認得。若有人認得、却許伊日銷萬兩黃金矣。即今ーー、作麼生是日銷萬兩黃金底人。各ーー。代云、抱妻罵釋迦、ーー（醉酒打）彌勒。又、富貴中富貴、ーー（作家中作）家

記得《きとく》す、息耕老師《そつこうろうし》、結夏上堂《けつげじょうどう》に曰く、一人有って、日に萬兩《まんりょう》の黃金《おうごん》を銷して、此の聖制に同ず。只だ是れ諸人は認得せず。若し人有って認得せば、却って伊が日に萬兩《まんりょう》の黃金《おうごん》を銷することを許す、と。即今、ーー、作麼生《そもさん》か是れ日に萬兩《まんりょう》の黃金《おうごん》を銷する底《てい》の人。各おのーー。代わって云く、妻を抱いて釋迦《しゃか》を罵り、酒に醉うて彌勒《みろく》を打つ。又、富貴《ふうき》中の富貴《ふうき》、作家《さつけ》中の作家《さつけ》。

○天恩寺舊藏『葛藤集』［四七］。

【四二三ー八四】

記得、法行經△［云］、儒童菩薩彼稱孔子。即今ーー、既是儒童菩薩、因什麼下一等、稱孔仲尼。各ーー。代云、却將錦樣鶯花地、變作元暉水墨圖。又、法王法一般。

記得《きとく》す、法行經に云く、儒童《じゅどう》菩薩、彼《かしこ》に孔子《こうし》と稱す、と。即今、ーー、既に是れ儒童《じゅどう》菩薩、什麼《なに》に因ってか一等を下って、孔仲尼《こうちゅうじ》と稱する。各おのーー。代わって云く、却って錦樣鶯花《きんようおうか》の地を將て、變じて元暉《げんき》が水墨《すいぼく》の圖と作す。又、佛法は王法と一般。

○天恩寺舊藏『葛藤集』［四八］。○却將錦樣鶯花地、變作元暉水墨圖＝『唐宋聯珠詩格』卷二、葉苔磯「西湖値雨」詩の三四句。

【四二三―八五】

記得、古語云、長生不可學、請長不老長生〔學長不死〕。作麼生是長不老。各｜｜。代云、六花蒼蔔林間佛、九節菖蒲石上仙。又、林際金剛王、徳山｜｜（木上）座。

記得す、古語に云く、長生は學ぶ可からず、請う長じて死せざるを學べ、と。作麼生《そもさん》か是れ長じて老いざる。各｜｜。代わって云く、六花蒼蔔林間《りくかせんぷくりんかん》の佛、九節菖蒲石上《きゅうせつしょうぶせきじょう》の仙。又た、林際金剛王《りんざいこんごうおう》、徳山木上座《とくさんぼうじょうざ》。

○天恩寺舊藏『葛藤集』〔四九〕ではつぎのようになっている。記得、古語曰、長生不可學、請學長不死。長生不問、作麼生是長不死。代、六花蒼蔔林間佛、九節〔菖蒲石上〕仙。又、臨濟金剛王、徳山木上坐」。

【四二三―八六】

記得、金剛經曰、是法平等、無有高下矣。即今｜｜、如何是平等法。代云、扇子踍跳｜｜（上三十三）天（筑著帝釋鼻孔）、東海｜｜（鯉魚打一棒）雨似傾盆。

記得《きとく》す、金剛經《こんごうきょう》に云く、是の法は平等にして高《こう》下《げ》有ること無し、と。即今、｜｜、如何なるか是れ平等の法。代わって云く、扇子《せんす》踍跳《ぼっちょう》して三十三天に上り、帝釋《たいしゃく》の鼻孔《びくう》を筑著《ちくじゃく》す、東海《とうかい》の鯉魚《りぎょ》、打つこと一棒、雨、盆を傾くるに似たり。

○天恩寺舊藏『葛藤集』〔五〇〕。

【四二三―八七】

記得、巴陵鑒多口云、祖意經意、是同耶是別耶。（即今問諸衲、祖意經意、是同是別）。各（｜｜）將來。代云、晉文公譎不正、齊桓公正不譎。

記得《きとく》す、巴陵《はりょう》の鑑多口《かんたく》云く、祖意と經意と、是れ同か是れ別か、と。即今、諸衲《しょのう》に問う、祖意と經意と、是れ同か是れ別か、各おの請う、謂い將ち來たれ。代わって云く、晉《しん》の文公《ぶんこう》譎《いつわ》って正しからず、齊《せい》の桓公《かんこう》正しうして譎《いつわ》らず。

○天恩寺舊藏『葛藤集』[七七]。

【四二三─八八】

記得、陰陽書云、八月一日天中節、赤口白舌隨節滅矣。因甚八月一日天中節、赤口白舌隨節滅。各ーー。代云、四海狼烟斷ーー（九天鳳瑞）新。又、家有白澤圖、ーー（、無如此妖）快[怪]。

記得《きとく》す、陰陽《いんよう》の書に云く、八月一日天中節《てんちゅうせつ》、赤口白舌《しゃつくはくぜつ》、節に隨って滅す、と。甚に因ってか、八月一日天中節《てんちゅうせつ》、赤口白舌《しゃつくはくぜつ》、節に隨って滅す。各おのーー。代わって云く、四塞狼烟《しさいろうえん》斷つ、九天鳳瑞《ほうずい》新たなり。又、家に白澤《はくたく》の圖有り、此の如きの妖怪《ようかい》無し。

○天恩寺舊藏『葛藤集』[六七]。

【四二三─八九】原本五三丁

記得、修多羅經曰、以釋迦丈六衣、纏彌勤[勒]千尺身矣。即今ーー、釋迦丈六衣、因甚纏彌勤[勒]千尺身。各ーー。代云、藕絲竅裡騎大鵬、等閑推落天邊月。

記得《きとく》す、修多羅經《しゅだらきょう》に曰く、釋迦丈六《しゃかじょうろく》の衣を以て、彌勒《みろく》千尺の身に纏《まと》う、と。即今ーー、釋迦丈六《しゃかじょうろく》の衣、甚に因てか彌勒《みろく》千尺の身に纏《まと》う。各ーー。代わって云く、藕絲竅裡《ぐうしきょうり》、大鵬《たいほう》に騎し、等閑《なおざり》に天《てん》邊《ぺん》の月を推落《すいらく》す。

【四二三─九〇】

記得、潙山示衆云、仲冬嚴寒、年々事光陰推遷。仰山香嚴無答矣。即今ーー、仲冬嚴寒年々事、因甚仰山香嚴不答話。代云、不是少林客、ーー（難爲話雪）庭。

記得《きとく》す、潙山《いさん》、衆に示して云く、仲冬嚴寒《ちゅうとうげんかん》、年々の事、光陰推遷《こういんすいせん》す。仰山香嚴《きょうざんきょうげん》、答え無し。即今、ーー、仲冬嚴寒《ちゅうとうげんかん》、年々の事、甚に因てか仰山香嚴《きょうざんきょうげん》、答話せざる。代わって云く、是れ少林の客にあらずんば、爲に雪庭《せってい》を話《かた》り難し。

【四二三—九一】

記得、古德曰、舊歳今夜盡、新歳明日來矣。即今ーー、不渡[渉]新舊一句、道將來。代云、打中間底。又、花須連夜發、莫待ーー（曉風）吹。

記得《きとく》す、古德曰く、舊歳今夜盡き、新歳明日來たる、と。即今ーー、新舊に渉らざる一句、道い將ち來たれ。代わって云く、中間底《てい》を打す。又、花は須らく連夜《れんや》に發《ひら》くべし、曉風《ぎょうふう》の吹くを待つこと莫かれ。

【四二三—九二】

記得、梁有胡達磨、晉有陶達磨、宋有黃達磨、抑亦雪竇有常達磨。即今咨ーー西來現數[幾]箇達磨。各ーー。代云、庭前栢樹子、一二三四五。又、九尾野狐ーー（多變）躰[態]。

記得《きとく》す、梁に胡達磨《こだるま》有り、晉《しん》に陶達磨《とうだるま》有り、宋に黃達磨《こうだるま》有り、抑《そもそ》も亦た雪竇《せっちょう》に常達磨《じょうだるま》有り。即今、咨ーー、西來《せいらい》、幾箇の達磨《だるま》をか現ず。各ーー。代わって云く、庭前《ていぜん》の栢樹子《はくじゅし》、一二三四五。又、九尾《きゅうび》の野狐《やこ》、變態《へんたい》多し。

○陶達磨＝陶淵明。○黃達磨＝黃山谷。○常達磨＝雪竇の常首座。

【四二三—九三】

記得、古德結夏上堂云、衲僧家氣宇如王、祖佛俱不容、今朝因甚坐在如來（二千年前）影子裡矣。即今ーー、衲僧家氣宇如王、爲什麼坐在如來影子裡。各ーー。代云、三皇五帝是何物、辛苦曾經二十年。又、陋巷不騎金色馬。

記得《きとく》す、古德、結夏上堂《けつげじょうどう》に云く、衲僧家《のうそうけ》、氣宇《きう》王の如し、祖佛俱《とも》に容さず、今朝、甚に因てか如《によ》來《らい》二千年前の影子裡《ようすり》に坐在《ざざい》す、と。即今ーー、衲《のう》僧家《そうけ》、氣宇《きう》王の如し、什麼《なん》と爲《し》てか如來影子裡《にょらいようすり》に坐在《ざざい》す。各ーー。代わって云く、三皇五帝、是れ何物ぞ、辛苦、曾て二十年を經。又、陋巷《ろうこう》、金色《こんじき》の馬に騎らず。

【四二三―九四】

記得、風穴沼禪師曰、聰敏者多見性△［者］少矣。即今ーー、聰敏底且措、如何是見性者。各ーー。代云、碎佛祖玄關、ーー（瞎人天眼）目。又、達磨來也。

記得《きとく》す、風穴《ふけつ》の沼禪師曰く、聰敏《そうびん》の者は多く、見性《けんしょう》の者は少し、と。即今ーー、聰敏底《そうびんてい》は且らく措《お》く、如何なるか是れ見性《けんしょう》の者。各ーー。代わって云く、佛祖《ぶっそ》の玄關《げんかん》を碎き、人天《にんでん》の眼目を瞎《かっ》す。又、達磨來也《だるまらいや》。

【四二三―九五】

記得、古德云、佛法如水中月。端的在那裡。代云、蕭何賣却ーー（假銀）城。又、莫眼花。

記得《きとく》す、古德云く、佛法は水中の月の如し、と。端的《たんてき》、那裡《なり》にか在る。代わって云く、蕭何賣却《しょうかばいきゃく》す、假銀城《かぎんじょう》。又、眼花《がんか》すること莫かれ。

【四二三―九六】

記得、鴈山羅漢寺證首座、見道明白、每朝以掃地爲佛事。有僧問曰、眞淨界中本無一塵、掃地作麼生。證首座豎起苕帚示之矣。即今咨ーー、以掃地爲佛事端的、各ーー。代云、微塵裡轉大法輪。又、壒墢［坺］堆頭現丈六金身［ーーヲ掃ウタレバ、金身ガアルト云心］。

記得《きとく》す、鴈山羅漢寺《らかんじ》の證首座《しゅそ》、見道明白なり、每朝、掃地を以て佛事と爲す。僧有って問うて曰く、眞淨界中、本と一塵も無し、地を掃って、作麼生《そもさん》。證首座《しゅそ》、苕帚《ちょうそう》を豎起《じゅき》して之に示す、と。即今咨ーー、掃地を以て佛事と爲す端的《たんてき》、各ーー。代わって云く、微塵裡《みじんり》に大法輪《だいほうりん》を轉ず。又、壒坺《あいきゅう》堆頭《たいとう》に丈六《じょうろく》の金身《こんじん》を現ず［ーーヲ掃ウタレバ、金身《こんじん》ガアルト云心］。

【四二三―九七】

記得、潙山大圓禪師、初參百丈。夜深侍立次、百丈曰、看爐中有火否。師撥之曰、無。丈、起身深撥之、得少火、擧示之曰、汝道無、者箇聻。丈、大悟矣。即今咨ーー、潙山見火大悟端的、各ーー。代云、坐熱鐵床喫熱鐵、石頭南嶽下兒孫。

記得《きとく》す、潙山《いさん》大圓禪師、初め百丈《ひゃくじょう》に參ず。夜深けて侍立《じりゅう》する次いで、百丈《ひゃくじょう》曰く、看よ爐中《ろちゅう》に火有りや否《いな》や。師、之を撥して曰く、無し。丈、身を起こして深く之を撥して少火を得て、之に擧示《こじ》して曰く、汝道う無しと、者箇《しゃこ》、聻《にい》。丈、大悟《たいご》す、と。即今咨ーー、潙山《いさん》、火を見て大悟《たいご》する端的《たんてき》、各ーー。代わって云く、熱鐵床《ねってつしょう》に坐して熱鐵《ねってつ》を喫す、石頭南嶽《せきとうなんがく》下の兒孫《じそん》。

【四二三―九八】

記得、枯崖和上曰、破菴參禪、如韓信軍孤在水上必死、無二志所以勝也。即今枯崖恁麼道端的、各ーー。代云、囮。

記得《きとく》す、枯崖《こがい》和上曰く、破菴《ほあん》の參禪《さんぜん》は、韓信《かんしん》が軍、孤にして水上に在って必死、二志無し、所以に勝てり。即今、枯崖恁麼《こがいいんも》に道う端的《たんてき》、各ーー。代わって云く、囮《か》。

【四二三―九九】

記得、古語云、文殊當十一月瑞世。即今咨ーー、文殊是七佛師、因什麼當十一月、特地瑞世。各ーー。代云、從前汗馬無人識、ーー（只要重論蓋代）功。又、黃金色上ーー（更添）黃。

記得《きとく》す、古語に云く、文殊《もんじゅ》、十一月に當たって瑞《ずい》世《せい》す、と。即今咨ーー、文殊《もんじゅ》は是れ七佛の師、什《な》麼《に》に因ってか、十一月に當たって特地《どくち》に瑞世《ずいせい》す。各ーー。代わって云く、從前汗馬《じゅうぜんかんば》、人の識る無し、只だ重ねて蓋代《がいだい》の功を論ぜんことを要。又、黄金色上《おうごん》、更に黄を添う。

【四二三―一〇〇】

記得、大覺世尊、臘月八夜、見明星成道。二祖慧可大師、臘月九日、立雪安心。即今ーー、成道與安心、相去多少。各ーー。代云、喩如黼錦機、背面倶是花。

記得《きとく》す、大覺世尊《だいがくせそん》は臘月《ろうげつ》八の夜に明星《みょうじょう》を見て成道《じょうどう》。二祖慧可《えか》大師は臘月《ろうげつ》九日に雪に立って安《あん》心《じん》す。即今ーー、成道《じょうどう》と安心《あんじん》と、相去ること多少ぞ。各ーー。代わって云く、喩えば錦機《きんき》を黼すが如し、背面倶《はいめんとも》に是れ花。

【四二三―一〇一】

記得、古語云、放過一着、落在第二矣。謹問ーー、放過一着底且措、如何是第二頭。代云、神光三拜後、熊耳一峯高。

記得《きとく》す、古語に云く、一着《いちじゃく》を放過《ほうか》すれば、第二に落在《らくざい》す、と。謹問ーー、一着《いちじゃく》を放過《ほうか》する底《てい》は且らく措《お》く、如何なるか是れ第二頭。代わって云く、神光三拜《じんこうさんぱい》して後、熊耳《ゆうじ》の一峯高し。

【四二三―一〇二】

香嚴澄照禪師、因僧問、如何是初三月。師云、太半人不見矣。即今ーー、已是今夜月當空、因甚麼太半人不見。各ーー。代云、曲不藏直。

香嚴《きょうげん》澄照禪師、因みに僧問う、如何なるか是れ初三の月。師云く、太半の人は見ず、と。即今ーー、已に是れ今夜、月空に當たる、甚麼《なに》に因ってか太半の人は見ざる。各ーー。代わって云く、曲、直を藏さず。

【四二三―一〇三】

記得、南嶽方廣の照禪師、淳素鄙朴、而以罵詈作佛事。學者憚之。即今ーー、以罵詈作佛事端的ーー、各ーー。代云、舌上有龍泉。

記得《きとく》す、南嶽《なんがく》方廣の照禪師、淳素鄙朴《じゅんそひぼく》にして、罵《ば》詈《り》を以て佛事と作す。學者、之を憚る。即今ーー、罵詈《ばり》を以て佛事と作す、端的《たんてき》ーー、各ーー。代わって云く、舌上に龍泉《りゅうせん》有り。

○出『枯崖漫録』。

【四二三—一〇四】原本五四丁

劉朔齋曰、文公朱夫子、篋中所攜惟孟子一冊、大慧語録一部耳矣。即今ーー、朱文公是老儒生、因甚惟攜大慧語録一部。各ーー。代云、舊時愛菊陶彭澤、今作梅花樹下僧。又、詩巻隨身四十年、忙中參得竹篦禪。

劉朔齋《りゅうさくさい》曰く、文公朱夫子、篋中《きょうちゅう》に攜うる所は、惟《た》だ孟子《もうし》一冊、大慧語録《だいえごろく》一部のみ、と。即今ーー、朱文公は是れ老儒生《ろうじゅせい》なるに、甚に因てか惟だ大慧語録一部を攜う。各ーー。代わって云く、舊時菊《きゅうじ》を愛す陶彭澤《とうほうたく》、今、梅花樹下《ばいかじゅげ》の僧と作《な》る。又、詩巻身に隨うこと四十年、忙中《ぼうちゅう》參じ得たり、竹篦《しっぺい》の禪。

○劉朔齋＝『石溪録』劉震孫序。朔齋は號。

【四二三—一〇五】

記得、古徳云、雲門禪如春行萬國矣。端的ーー。代云、秦時轆轢鑽生花。

記得《きとく》す、古徳云く、雲門《うんもん》の禪は、春の萬國《ばんこく》を行くが如し、と。端的《たんてき》ーー。代わって云く、秦時《しんじ》の轆《たく》轢鑽《らくさん》、花を生ず。

【四二三—一〇六】

[除夜]記得、古徳云、靡不有初、鮮克有終。正當臘月三十夜、可謂有終矣。即今ーー、作麼生是有始有終底。代云、雪向寅前凍、花從子後春。

[除夜]記得《きとく》す、古徳云く、初め有らざること靡《な》し、克《よ》く終有ること鮮し。正當臘月《しょうとうろうげつ》三十夜、謂っつ可し、終有ると。即今ーー、作麼生《そもさん》か是れ始有り

終有る底《てい》。代わって云く、雪は寅前《いんぜん》に向かって凍り、花は子後《しご》より春なり。

○靡不有初＝詩經、大雅、蕩。○雪向寅前凍＝韋莊「歳除對王秀才作」詩。

【四二三―一〇七】

記得、短篷遠禪師、平生不設臥具、晝夜枯坐、得遠鐵橛〔之稱〕△△矣。謹咨｜｜、遠禪師因甚不設臥具、晝夜枯坐。各｜｜。代云、達磨來也。又、窟寐亙一。

記得《きとく》す、短篷《たんほう》の遠禪師、平生《へいぜい》、臥具《がぐ》を設けず、晝夜枯坐《こざ》す。遠鐵橛《おんてつけつ》の稱を得たり。謹咨｜｜、遠禪師、甚に因てか臥具《がぐ》を設けず、晝夜枯坐《こざ》す。各｜｜。代わって云く、達磨來也《だるまらいや》。又、窟寐亙一《ごみごういつ》。

【四二三―一〇八】

記得、周易云、一陰一陽矣。端的｜｜。各｜｜。代云、昨日雨今日晴。又、山帶新晴雨、谷留閏月花。

記得《きとく》す、周易に云く、一陰一陽と。端的《たんてき》｜｜。各｜｜。代わって云く、昨日は雨、今日は晴。又、山は新晴の雨を帶び、谷は閏月の花を留む。

【四二三―一〇九】

記得、古語云、向上一路、〔千聖〕先生不傳矣。謹咨｜｜。作麼生是向上一路。各｜｜。代云、咄、看脚下。又、象王行處落花紅。又、透金剛圈、呑栗棘蓬。

記得《きとく》す、古語に云く、向上《こうじょう》の一路《いちろ》、千聖不傳《せんしょうふでん》、と。謹咨｜｜。作麼生《そもさん》か是れ向上《こうじょう》の一路《いちろ》。各｜｜。代わって云く、咄《とつ》、看脚下《かんきゃっか》。又、象王《ぞうおう》の行く處、落花《らっか》紅なり。又、金剛圈《こんごうけん》を透り、栗棘蓬《りつきょくほう》を呑む。

【四二三―一一〇】

記得、唐大中天子、避武宗難潛遁、周遊天下後、至鹽官會中。鹽官請大中天子作書記。即今｜｜、鹽官因什麼請大中。代云、行脚蹈穿無耳履、未應容易掛龍床。學者、撲落帝釋冠、却是寒山箒。

記得《きとく》す、唐の大中天子、武宗《ぶそう》の難を避れて潜遁《せんとん》す。天下を周遊《しゅうゆう》して後、鹽官《えんかん》の會中《えちゅう》に至る。鹽官《えんかん》、大中天子を請じて書記と作す。即今ーー、鹽官《えんかん》、什麼《なに》に因てか大中を請ず。代わって云く、行脚《あんぎゃ》、蹈穿《とうせん》す無耳《むに》の履、未だ容易に龍床に掛くべからず。學者、帝釋《たいしゃく》の冠を撲落《はくらく》す、却て是れ寒山《かんざん》の箒。

○行脚蹈穿無耳履＝江湖風月集、月庭忠の「人之江西」詩。

【四二三―一一一】

記得、古徳云、馬祖道如春。端的在那裡。各ーー。代云、一口吸盡西江水、洛陽牡丹新吐蘂。

記得《きとく》す、古徳云く、馬祖《ばそ》の道は春の如し、と。端《たん》的《てき》、那裡《なり》にか在る。各ーー。代わって云く、一口《いっく》に吸盡《きゅうじん》す、西江《せいこう》の水、洛陽《らくよう》の牡丹《ぼたん》、新たに蘂《ずい》を吐く。

【四二三―一一二】

謹咨問ーー、一佛未出世、一法未成立時、人々向甚處行履。代、大丈夫先天爲心祖。

謹んでーーに咨問《しもん》す、一佛未だ出世せず、一法未だ成立せざる時、人々《にんにん》、甚れの處に向かってか行《あん》履《り》せん。代わって、大丈夫《だいじょうぶ》、天に先んじて心祖と爲る。

【四二三―一一三】

世尊今夜至五更、見明星悟道。即今ーー、明星未現以前、却有悟道底麼。各ーー。代云、不待東風着力吹、暗香只在梅花上。又、暗裡施文彩。

世尊《せそん》今夜、五更に至って、明星《みょうじょう》を見て悟道《ごどう》す。即今ーー、明星《みょうじょう》未だ現ぜざる以前、却って悟道《ごどう》底《てい》有りや。各ーー。代わって云く、東風《とうふう》に力を着て吹くを待たず、暗香《あんこう》は只だ梅花《ばいか》の上に在り。又、暗裡《あんり》に文彩《もんさい》を施す。

【四二三―一一四】

記得、黄達磨曰、探請東皇第一機、水邊風日笑横枝矣。即今ーー。作麼生是東皇第一機。各ーー。代云、花須連夜發、莫待曉風吹。

記得《きとく》す、黄達磨《こうだるま》曰く、東皇《とうこう》の第一機《だいいっき》を探請《たんしょう》して、水邊の風日、横枝《おうし》を笑む。即今ーー。作麼生《そもさん》か是れ東皇《とうこう》の第一機《だいいっき》。各ーー。代わって云く、花は須らく連夜《れんや》に發《ひら》くべし、曉風《ぎょうふう》の吹くを待つこと莫かれ。

○黄達磨曰＝黄山石の「劉邦直送早梅水仙花」詩。

【四二三―一一五】

記得、甘蔗氏從得六通以降、西天四七、東土二三、乃至五家七宗之諸祖、過去現在未來三世之事、皆盡知之。即今過去現在之二世且措、知未來事底〔底事〕、各乞ーー。代云、小樓一夜聽春雨、深巷明朝賣杏花。

記得《きとく》す、甘蔗《かんしょ》氏、六通を得てより以降、西天《さいてん》四七、東土《とうど》二三、乃至、五家七宗の諸祖、過去現在未來三世《さんぜ》の事、皆な盡く之を知る。即今、過去現在の二世は且らく措《お》く、未來を知る底《てい》の事、各乞ーー。代わって云く、小樓一夜、春雨を聽く、深巷《しんこう》明朝、杏花《きょうか》を賣る。

【四二三―一一六】

記得、薦福古塔主、雲門示寂一百年之後、始稱嗣法矣。即今古塔主、因甚雲門遷化一百年之後稱嗣法。各ーー。代云、誰知席帽下、ーー（有箇斷腸）人。△〔又〕、疎影横斜烟水遠、一枝留得舊風流。

記得《きとく》す、薦福《せんぷく》の古塔主《こたつしゅ》、雲門《うんもん》示寂一百年の後、始めて嗣法《しほう》と稱す。即今、古塔主、甚に因てか、雲《うん》門遷化《もんせんげ》一百年の後に嗣法《しほう》を稱す。各ーー。代わって云く、誰か知る、席帽《せきもう》の下に、箇の斷腸《だんちょう》の人有ることを。又、疎影横斜《そえいおうしゃ》、烟水《えんすい》遠し、一枝《いっし》留め得たり、舊風流《きゅうふうりゅう》。

【四二三―一一七】

記得、大通本禪師、臨衆三十年、未嘗笑矣。即今大通本、臨衆三十年、爲什麼未嘗笑。各ーー。代云、吹毛匣裡冷光寒、ーー（外道天魔皆拱）手。又、心不負人、面無慚色。

記得《きとく》す、大通の本禪師、衆に臨むこと三十年、未だ嘗て笑わず。即今、大通の本、衆に臨むこと三十年、什麼《なん》と爲《し》てか未だ嘗て笑わざる。各ーー。代わって云く、吹毛匣裡《すいもうこうり》、冷光寒し、外道天魔《げどうてんま》、皆な手を拱《たんだく》す。又、心、人に負わざれば、面に慚ずる色無し。

【四二三―一一八】

記得、洞山問雲居膺禪師曰、吾聞、南嶽思大和上生倭國爲王矣、虚耶實耶。即今ーー、南嶽思大和上、因甚生倭國爲王。各ーー。代云、佛祖位中留不住、ーー（夜來依舊宿蘆）花。

記得《きとく》す、洞山《とうざん》、雲居《うんご》の膺《よう》禪師に問うて曰く、吾れ聞く、南嶽思大《なんがくしだい》和上、倭國《わこく》に生まれて王と爲ると、虚か實か。即今ーー、南嶽思大《なんがくしだい》和上、甚に因てか倭國《わこく》に生まれて王と爲る。各ーー。代わって云く、佛祖位中《ぶつそいちゆう》、留めども住らず、夜來《やらい》、舊《きゅう》に依《よ》って蘆花《ろか》に宿す。

【四二三―一一九】

記得、林際大師云、思衣羅綺千里［重］、思食百味具足矣。即今ーー、羅綺千里［重］底且措、作麼生是百味具足底。各ーー。代云、山頭月掛雲門餅、屋後松者［煮］趙州茶。又、鐵鋑［酸］餡。

記得《きとく》す、林際《りんざい》大師云く、衣《え》を思えば羅綺千重《らきせんじゅう》、食《じき》を思えば百味具足《ひゃくみぐそく》、と。即今ーー、羅綺千重《らきせんじゅう》底《てい》は且らく措《お》く、作麼生《そもさん》か是れ百味具足底《ひゃくみぐそくてい》。各ーー。代わって云く、山頭《さんとう》、月は掛く、雲門《うんもん》の餅、屋後《おくご》、松は煮る趙州《じょうしゅう》の茶。又、鐵酸餡《てつさんあん》。

【四二三―一二〇】原本五五丁

記得、慈明圓禪師問僧云、行脚須知有行脚事、須具行脚眼。即今｜｜。作麼生是行脚眼。各｜｜。代云、五月臨平山下路、｜｜（藕花無數繞汀）洲。又、達磨來也。

記得《きとく》す、慈明《じみよう》の圓禪師、僧に問うて云く、行脚《あんぎや》して、須らく行脚《あんぎや》の事有ることを知るべし、須らく行脚《あんぎや》の眼を具すべし、と。即今｜｜。作麼生《そもさん》か是れ行脚《あんぎや》の眼。各｜｜。代わって云く、五月、臨平《りんぺい》山下《さんか》の路、藕花《ぐうか》無數、汀洲《ていしゆう》を繞る。又、達磨來《だるまらい》也《や》。

【四二三―一二一】

記得、無文印曰、胸中有廬山、筆有廬山、窓下有廬山、眼中有廬山。筆下廬山、窓下廬山。眼中廬山、束高閣、如何是胸中廬山、各｜｜。代云、石房秋晩歸來日、滿面風霜五老寒。又、無人知此心、令我憶淵明。

記得《きとく》す、無文の印曰く、胸中《きようちゆう》に廬山《ろざん》有り、筆に廬山《ろざん》有り、窓下《そうか》に廬山《ろざん》有り、眼中に廬山《ろざん》有り、と。筆下《ひつか》の廬山《ろざん》、窓下《そうか》の廬山《ろざん》、眼中の廬山《ろざん》は束《つか》ねて高く閣《さしお》く、如何なるか是れ胸中《きようちゆう》の廬山《ろざん》、各｜｜。代わって云、石房《せきぼう》、秋晩《しゆうばん》、歸り來たる日、滿面《まんめん》の風霜《ふうそう》、五老《ごろう》寒し。又、人の此の心を知る無す、我をして淵明《えんめい》を憶わしむ。

【四二三―一二二】

記得、廣慧璉禪師曰、尋常説禪、如手中扇子矣。即今｜｜、廣慧璉禪師、因甚如手中扇子。各｜｜。代云、龍吟雲起、｜｜（虎嘯風）生。又、拈來天下｜｜（與人）看。
〔又〕△、把住清風一問看。又、凛々｜｜（威風逼人）寒。

記得《きとく》す、廣慧《こうえ》禪師曰く、尋常《よのつね》、禪を説くは手中の扇子《せんす》の如しと。即今｜｜、廣慧《こうえ》の璉禪師、甚に因てか手中の扇子《せんす》の如くなる。各｜｜。代わって云く、龍吟ずれば雲起こし、虎嘯けば風生ず。又、拈じ來たって天下、人に看せしむ。又、清風《せいふう》を把《は》住《じゅう》して一問し看よ。又、凛々《りんりん》たる威風《いふう》、人に逼って寒し。

○『僧寶傳』、我尋常説禪、如手中扇子、舉起便有風、不舉一點也無。

【四二三一一二三】

[七月旦] 記得、臨濟大師曰、求佛求法即是造地獄業、求菩薩亦是造業、看經看教亦是造業矣。即今ーー、看經看教亦是造業、端的、各ーー。代云、辨王庫刀、振塗毒鼓。又、見佛祖如寃家。

[七月旦] 記得《きとく》す、臨濟《りんざい》大師曰く、佛を求め法を求むるは、即ち是れ造地獄業《ぞうじごくごう》、菩薩を求むるも亦た是れ造業《ぞうごう》、看經《かんきん》看教《かんきょう》も亦た是れ造業《ぞうごう》、と。即今ーー、看經《かんきん》看教《かんきょう》も亦た是れ造業《ぞうごう》と、端的《たんてき》、各ーー。代わって云く、王庫《おうこ》の刀を辨じ、塗毒鼓《ずどくこ》を振るう。又、佛祖《ぶっそ》を見ること寃家《おんけ》の如し。

【四二三一一二四】

解制令辰、伏惟、滿堂龍象學般若菩薩、各々道躰起居萬福。因咨ーー、如何是解制草〔底〕。代云、萬斛天香非世有、十分秋色至今存。又、也勝秋露滴芙蕖。

解制《かいせい》の令辰《れいしん》、伏して惟みれば、滿堂《まんどう》の龍象《りゅうぞう》、學《がく》般若《はんにゃ》の菩薩、各々《おのおの》道躰《どうたい》、起居萬福《ききょまんぷく》。因咨ーー、如何なるか是れ解制底《かいせいてい》。代わって云く、萬斛《まんごく》の天香《てんこう》、世の有に非ず、十分の秋色、今に至って存す。又、也《ま》た勝れり、秋露《しゅうろ》の芙蕖《ふきょ》に滴るに。

【四二三一一二五】

記得、長慶稜道者、捲簾大悟。端的ーー。代云、不出門庭三五歩、看盡江山千萬里〔重〕。

記得《きとく》す、長慶《ちょうけい》の稜道者、簾を捲いて大悟《たいご》す。端《たん》的《てき》ーー。代わって云く、門庭《もんてい》を出でざること三五歩、看盡くす、江山《こうざん》の千萬重《せんばんじゅう》。

【四二三―一二六】

記得、古人除夜納涼矣。端的在那裡。各ーー。代云、雞寒上木、鴨寒下水。

記得《きとく》す、古人、除夜《じょや》に涼を納る。端的《たんてき》、那裡《なり》にか在る。各ーー。代わって云く、雞は寒ければ木に上り、鴨は寒ければ水に下る。

【四二三―一二七】

記得、仰山開畬、歸宗拽石矣。端的在那裡、各乞下語。代云、打鼓普請看。

記得《きとく》す、仰山《きょうざん》畬《た》を開き、歸宗《きす》石を拽く。端的《たんてき》、那裡《なり》にか在る、各おの乞う下語《あぎょ》せよ。代わって云く、鼓《く》を打って普請《ふしん》して看よ。

【四二三―一二八】

記得、石頭云、光陰莫空度矣。端的在那裡、各乞下語。代云、看箭。又、日新々々日々新。

記得《きとく》す、石頭《せきとう》云く、光陰《こういん》空しく度《わた》ること莫かれ、と。端的《たんてき》、那裡《なり》にか在る、各おの乞う下語《あぎょ》せよ。代わって云く、箭を看よ。又、日に新たに、日に新たに、日々に新たなり。

【四二三―一二九】

記得、臨濟半夏上黄蘗、見和尚看經、師云、我將謂是箇人、元來揞黑豆老和尚矣。即今ーー、臨濟恁麼道端的、在那裡。各ーー。代云、國清才子貴、家富小兒驕。又、辨王庫刀、ーー（振塗毒）皷。又、子有打爺拳。學、虎生三日、有食朱[牛]機。

記得《きとく》す、臨濟《りんざい》、半夏《はんげ》、黄蘗《おうばく》に上る。和尚の看經《かんきん》するを見て、師云く、我れ將《まさ》に謂《おも》えり、是れ箇の人と、元來《がんらい》、揞黑豆《あんこくず》の老和尚、と。即今ーー、臨濟《りんざい》恁麼《いんも》に道う、端的《たんてき》、那裡《なり》にか在る。各ーー。代わって云く、國清くして才子貴し、家富んで小兒《しょうに》驕る。又、王庫《おうこ》の刀を辨じ、塗毒皷《ずどくこ》を振るう。又、子に打爺《たや》の拳《けん》有り。學、虎生まれて三日、牛を食らう機有り。

【四二三〇】

記得、大慧住徑山、見二十衆囲繞、與衡陽梅陽謫居、唯是一等而和氣如春也矣。即今咨問滿堂諸禪衲、因甚見徑山二十衆囲繞、與衡陽梅陽謫居一等。各乞剖判來。代云、懷州牛喫禾、益州馬腹脹。學、兜率與泥犁同境。

記得《きとく》す、大慧《だいえ》、徑山《きんざん》に住し、二十衆に囲繞《いにょう》せられ、衡陽梅陽謫居《こうようばいようたくきょ》、唯だ是れ一等にして和氣春の如し、と。即今、滿堂《まんどう》の諸禪衲《しょぜんのう》に咨問《しもん》す、甚に因てか、徑山《きんざん》二十衆に囲繞《いにょう》せられ、衡陽梅陽謫居《こうようばいようたくきょ》と一等なる。各おの乞う、剖判《ぼうはん》し來たれ。代わって云く、懷州《かいしゅう》の牛、禾《いね》を喫すれば、益州《えきしゅう》の馬、腹脹《ふく》る。學、兜率《とそつ》と泥犁《ないり》と同境。

【四二三一】

記得、洞山夏末示衆云、初秋夏末、兄弟東去西去、直須向萬里無寸草處去矣。即今咨問諸衲子、洞山俾江湖兄弟、向萬里無寸草處去、端的在那裡。各乞下語。代云、參天荊棘横官路、那箇行人不掛衣。

記得《きとく》す、洞山《とうざん》、夏末《げまつ》、衆に示して云く、初秋夏末、兄弟《ひんでい》東去西去、直に須らく萬里《ばんり》寸草無き處に向かって去るべし、と。即今、諸衲子《しょのっす》に咨問《しもん》す、洞《とう》山《ざん》、江湖《ごうこ》の兄弟《ひんでい》をして萬里《ばんり》寸草無き處に向かって去らしむ、端的《たんてき》、那裡《なり》にか在る。各おの乞う下語《あぎょ》せよ。代わって云く、參天《さんてん》の荊棘《けいきょく》、官路《かんろ》に横たう、那箇《なこ》の行人か衣を掛けざる。

【四二三二】

記得、思省菴結夏上堂云、以大圓覺牛角馬角、爲我伽藍瓜藍菜藍矣。即今｜｜、以大圓覺牛角馬角、各｜｜。代云、狗子鼻巴[尾]書梵字、｜｜（野狐窟宅梵王）宮。學、披毛從此得、｜｜（作佛亦從）他。

記得《きとく》す、思省菴、結夏上堂《けつげじょうどう》に云く、大圓覺《だいえんがく》牛角馬角を以て、我が伽藍《がらん》瓜藍《からん》菜藍《さいらん》と爲す、と。即今ーー、大圓覺《だいえんがく》牛角馬角を以て、各ーー。代わって云く、狗子尾巴《くしびは》に梵字《ぼんじ》を書す、野狐《やこ》の窟宅《くったく》、梵《ぼん》王宮《おうきゅう》。學、披毛《ひもう》も此より得、作佛《さぶつ》も亦た他よりす。

○思省菴結夏上堂＝『山菴雜録』。

【四二三―一三三】

［除夜］記得、北禪烹露地白牛分歳、山僧今夜煮趙州茶分歳矣。謹咨問大衆、北禪底與山僧底、是同耶是別耶。各乞下語。代云、天寒日短、兩人共一椀。

［除夜］記得《きとく》す、北禪《ほくぜん》は露地《ろじ》の白牛《びゃくご》を烹て分歳《ぶんすい》す、山僧《さんぞう》は今夜、趙州《じょうしゅう》の茶を煮て分歳《ぶんすい》す。謹んで大衆に咨問《しもん》す、北禪底《ほくぜんてい》と山僧底《さんぞうてい》と、是れ同か是れ別か。各おの乞う下語《あぎょ》せよ。代わって云く、天寒日《てんかんじつ》短《たん》、兩人共に一椀《いちわん》。

【四二三―一三四】

僧寶人々秘在、一尺白璧地靈、歩々側布萬兩黄金。因記、智門觀禪師、因僧問、新年頭還有佛法也否。師曰、無。即今咨問諸禪衲、新年頭佛法、有什麽靈驗。各代云。山僧此一偈。代衆云、閻魔嵩呼萬歳三、新年佛法祝名藍、春風無限遠山緑、染出道人烏鉢曇。

僧寶《そうぼう》、人々《にんにん》秘在《ひざい》す、一尺の白璧《はくへき》、地靈《ちれい》なり、歩々側布《そくふ》す、萬兩の黄金《おうごん》。因って記す、智門《ちもん》の觀禪師、因みに僧問う、新年頭、還って佛法有りや也《ま》た否《いな》や。師曰く、無し。即今、諸禪衲《しょぜんのう》に咨問《しもん》す、新年頭の佛法、什麽《なん》の靈驗《れいげん》か有る。各おの代わって云え。山僧《さんぞう》が此の一偈、衆に代わって云く、閻魔嵩《えんますう》呼《こ》す、萬歳三《ばんざいさん》、新年の佛法、名藍《めいらん》を祝す。春風《しゅんぷう》、限り無き遠山《えんざん》の緑、染め出だす、道人《どうにん》の烏鉢曇《うはつどん》。

【四二三―一三五】原本五六丁

謹咨問滿堂諸衲、如何是第一句。各ーー。代云、臨濟入門便喝、徳山入門便棒。

謹んで滿堂《まんどう》の諸衲《しょのう》に咨問《しもん》す、如何なるか是れ第一句。各ーー。代わって云く、臨濟《りんざい》は門に入れば便ち喝す、徳山《とくさん》は門に入れば便ち棒す。

【四二三―一三六】

謹咨問滿堂諸衲、如何是第二句。各ーー。代云、達磨眼睛總不會、尋常喚△[作]一連詩。

謹んで滿堂《まんどう》の諸衲《しょのう》に咨問《しもん》す、如何なるか是れ第二句。各ーー。代わって云く、達磨《だるま》の眼睛《がんぜい》、總に不會《ふえ》、尋常《よのつね》喚んで一連の詩と作す。

【四二三―一三七】

記得、雲門偃禪師曰、日本國裡説禪、三十三天上、有箇人出來喚云、吽々矣。即今ーー、如何是日本國裡禪。各ーー。代云、いろはにほへと。又、片岡山下老狐精。

記得《きとく》す、雲門《うんもん》の偃禪師曰く、日本國裡《こくり》に禪を説けば、三十三天上に箇の人有って、出で來たって喚んで云わん、吽々《こうこう》と。即今ーー、如何なるか是れ日本國裡《こくり》の禪。各ーー。代わって云く、いろはにほへと。又、片岡山下《へんこうさんか》の老狐精《ろうこぜい》。

【四二三―一三八】

記得、古典云、東坡前身是盧行者矣。謹咨問大衆、呼盧行者、則不識一字、稱蘇知識、則弄七世文章。是什麼諸訛。各ーー別來。代云、爲道日損、爲學日益。又、先以定動、後△△△[以智拔]。

記得《きとく》す、古典に云く、東坡《とうば》が前身は是れ盧行者《ろあんじゃ》と。謹んで大衆に咨問《しもん》す、盧行者《ろあんじゃ》と呼ぶときは則ち一字も識らず、蘇知識《そちしき》を稱するときは則ち七世文章を弄す。是れ什麼《なん》の諸訛《ごうか》ぞ。各ーー別來。代わって云く、學を爲せば日に益し、道を爲せば日に損す。又、先に定を以て動かし、後に智を以て拔く。

【四二三―一三九】

記得、吾大覺尊在靈山會上、拈一枝金波羅華示衆。是時人天百萬衆、皆罔［罔］措、唯迦葉尊者破顔微笑。即今ーー。這箇一枝、梨花耶、李花耶、梅花耶、杏花耶。各剖判來。代云、春風無限深々意、不得黄鶯説向誰。又、大似春意。

記得《きとく》す、吾が大覺尊《だいがくそん》、靈山會上《りょうぜんえじょう》に在って、一枝《いっし》の金波羅華《こんぱらげ》を拈じて衆に示す。是の時、人天《にんでん》百萬衆、皆な措《お》く罔《な》し、唯だ迦葉尊者《かしょうそんじゃ》のみ破顔微笑《はがんみしょう》す。即今ーー。這箇《しゃこ》の一枝《いっし》、梨花《りか》か李花《りか》か、梅花《ばいか》か杏花《きょうか》か。各おの剖判《ぼうはん》し來たれ。代わって云く、春風《しゅんぷう》限り無し深々《しんしん》の意、黄鶯《こうおう》を得ずんば、誰にか説向せん。又、大いに春意《しゅんい》に似たり。

【四二三―一四〇】

記得、大藏云、吾竺乾猛將、降伏八萬四千魔軍、然後成道矣。即今ーー。作麼生是竺乾猛將降伏魔軍底。各ーー。代云、太平難［誰］整閑戈甲、王庫初無如此刀。又、現世怨敵、皆起慈心。

記得《きとく》す、大藏に云く、吾が竺乾《じくけん》の猛將《もうしょう》、八萬四千の魔軍《まぐん》を降伏《ごうぶく》し、然して後に成道《じょうどう》す、と。即今ーー。作麼生《そもさん》か是れ竺乾《じくけん》の猛將《もうしょう》、魔軍《まぐん》を降伏《ごうぶく》する底《てい》。各ーー。代わって云く、太平《たいへい》、誰か閑戈《かんか》甲《こう》を整えん、王庫《おうこ》、初めより此の如き刀無し。又、現世の怨敵《おんてき》、皆な慈心を起こす。

【四二三―一四一】

記得、古語云、年來老大渾無力、偸得忙中些子閑矣。謹咨問、如何是忙中些子閑。各ーー。代云、長安市上酒家眠。

記得《きとく》す、古語に云く、年來老大《ろうだい》、渾《すべ》て無力、偸《ぬす》み得たり、忙中些子《ぼうちゅうしゃし》の閑。謹んで咨問《しもん》す、如何なるか是れ忙中些子《ぼうちゅうしゃし》の閑。各ーー。代わって云く、長安《ちょうあん》市上、酒家《しゅか》に眠る。

【四二三―一四二】

記得、古語云、一韓摧佛、々何不推[摧]、三武滅僧、々[何]不滅矣。謹咨ーー。韓退之推[摧]佛端的在那裡。各ーー。代云、丈夫自有衝天氣、不向如來行處行。

記得《きとく》す、古語に云く、一韓摧佛《いっかんさいぶつ》、佛何ぞ摧《くじ》かざる、三武滅僧《さんぶめっそう》、僧何ぞ滅せざる。謹んでーーに咨す。韓退之《かんたいし》の摧佛《さいぶつ》、端的《たんてき》、那裡《なり》にか在る。各ーー。代わって云く、丈夫自ずから衝天《しょうてん》の氣有り、如來《にょらい》の行處に向かって行かず。

【四二三―一四三】

記得、吾瞿曇代[衍字]云、佛法付屬國王大臣有力檀那矣。端的在那裡。各請下語。代云、祇陀茉莉[末利]、唯酒唯戒。

記得《きとく》す、吾が瞿曇《くどん》云く、佛法は國王大臣、有力《うりき》の檀那《だんな》に付屬《ふしょく》す、と。端的《たんてき》、那裡《なり》にか在る。各おの請う下語《あぎょ》せよ。代わって云く、祇陀末利《ぎだまつり》、唯酒唯戒《ゆいしゅゆいかい》。

○祇陀茉莉、唯酒唯戒＝『摩訶止觀』二、「祇陀末利、唯酒唯戒」。

【四二三―一四四】

記得、曩哲云、顔回孔門第二位知識矣。即今咨問諸衲、顔回已是孔門儒生、因甚稱知識。各ーー語。代云、如紅△△[爐上]一點雪。

記得《きとく》す、曩哲《のうてつ》云く、顔回《がんかい》は孔門《こうもん》第二位の知識なり、と。即今、諸衲《しょのう》に咨問《しもん》す、顔回《がんかい》、已に是れ孔門《こうもん》の儒生《じゅせい》なるに、甚《なに》に因てか知識と稱す。各ーー語。代わって云く、紅爐上一點《こうろじょういってん》の雪の如し。

【四二三―一四五】

記得、古德云、説法有所得名野干鳴、説法無所得名獅子吼矣。即今咨問、説法有所得名野于鳴底且措、因甚説法無所得名獅子吼。各請下語。代云、曾勅文殊領徒衆、毘耶城裏問維摩。又、溪聲ーー（廣長舌、山色清淨）身。

記得《きとく》す、古德云く、法を説いて所得有れば野干鳴《やかんめい》と名づく、法を説いて所得無ければ、獅子吼《ししく》と名づく。即今咨問《しもん》す、法を説いて得有れば野干鳴《やかんめい》と名づくる底《てい》は且らく措《お》く、甚に因てか、法を説いて所得無きを獅子吼《ししく》と名づく。各おの請う下語《あぎょ》せよ。代わって云く、曾て文殊《もんじゅ》に勅して徒衆《としゅう》を領し、毘耶城裡《びやじょうり》、維摩《ゆいま》に問わしむ。又、溪聲廣長舌《けいせいこうちょうぜつ》、山色清淨身《さんしょくしょうじょうしん》。

【四二三―一四六】

記得、裴相國到石霜、々拈起笏云、在天子手中作圭[珪]、在官人手中作笏、在衲僧手中喚作甚麼。裴無對。霜乃留下笏子。諸禪德、代裴無語處、試下一轉語。代云、七尺主丈、三尺竹篦。又、臨濟金剛王、德山木上座。

記得《きとく》す、裴相國《はいしょうこく》、石霜《せきそう》に到る。霜、笏《しゃく》を拈起《ねんき》して云く、天子が手中に在っては珪と作り、官人が手中に在っては笏と作り、衲僧《のうそう》が手中に在っては、喚んで甚麼《なに》とか作す。裴無對。霜乃ち笏子を留下す。諸禪德《しょぜんとく》、裴が無語の處に代わって、試みに一《いっ》轉語《てんご》を下せ。代わって云く、七尺の主丈《しゅじょう》、三尺の竹篦《しっぺい》。又、臨濟金剛王《りんざいこんごうおう》、德山木上座《とくさんぼくじょうざ》。

【四二三―一四七】

一見率兜婆、瞎。永離三惡道、錯。何況造立者、果然。必生安樂國、點。

一見率兜婆《そとば》、瞎《かつ》。永に三惡道《さんまくどう》を離る、錯《しゃく》。何ぞ況んや造立《ぞうりゅう》する者をや、果然《かぜん》。必ず安樂國《あんらくこく》に生ぜん、點《てん》。

【四二三―一四八】

記得、一年之曆數、算之則三百六十餘日也。今年加一閏、而算之則三百八十餘日也。尋常雖曰臘月三十日、今年之臘月小盡二十九、而猶欠一日在矣。即今咨問諸衲、曆數因甚有餘不足。各｜｜。代云、嶺梅先破玉、江柳未搖金。又、天否泰通塞、地窮達損益。

記得《きとく》す、一年の暦數、之を算するときは則ち三百六十餘日なり。今年、一閏《いちじゅん》を加えて、之を算するときは則ち三百八十餘日なり。尋常《よのつね》、臘月《ろうげつ》三十日と曰うと雖も、今年の臘月《ろうげつ》小盡二十九にして、猶お一日を欠くこと在り。即今、諸衲《しょのう》に咨問《しもん》す、暦數、甚に因てか餘り有り、足らざる。各ーー。代わって云く、嶺梅、先に玉を破し、江柳、未だ金を搖らさず。又、天、否泰通塞《ひたいつうそく》、地、窮達損益《きゅうたつそんえき》。

【四二三―一四九】原本五七丁

古徳云、今日初一、明日初二、達磨大師在脚底。今日已過、明日未來、那箇是脚底達磨。代云、趙州躍〔趯〕出一隻履。又、脚頭點開燦迦羅眼。

古徳云く、今日初一、明日初二、達磨《だるま》大師、脚底《きゃくてい》に在り。今日已に過ぎ、明日未だ來たらず、那箇《なこ》か是れ脚底《きゃくてい》の達磨《だるま》。代わって云く、趙州趯《じょうしゅうてき》出《しゅっ》す、一隻履《せきり》。又、脚頭《きゃくとう》點じ開く、燦迦羅眼《しゃからげん》。

【四二三―一五〇】

一箇蒲團上、有一口利劍、如何坐斷。代云、凛々孤風自不誇、ーー（端居寰海定龍）蛇。學、嶮。

一箇の蒲團《ふとん》上、一口《いっこう》の利劍《りけん》有り、如何か坐斷《ざだん》せん。代わって云く、凛々《りんりん》たる孤風《こふう》、自ら誇らず、寰海《かんかい》に端居《たんご》して龍蛇《りゅうだ》を定む。學、嶮。

【四二三―一五一】

無邊風月眼中眼。代云、暗裡施文彩、ーー（明中不見）蹤。

無邊《むへん》の風月、眼中の眼。代わって云く、暗裡《あんり》に文彩《もんさい》を施す、明中、蹤を見ず。

【四二三―一五二】

謹咨ーー、金色釋迦、銀色迦葉、相去多少。代云、兩箇黄鸝鳴垂柳。

謹んでーーに咨す、金色《こんじき》の釋迦《しやか》、銀色の迦葉《かしよう》、相去ること多少ぞ。代わって云く、兩箇の黃鸝《こうり》、垂柳《すいりゆう》に鳴く。

【四二三―一五三】

古德云、冬至月頭賣被買牛、冬至月尾賣牛買被矣。即今ーー。今年冬至在月中旬、賣却牛、賣却被。各ーー。代云、有利無利、不離行市。

古德云く、冬至月頭ならば、被《ひ》を賣って牛を買う、冬至月尾ならば、牛を賣って被《ひ》を買う。即今ーー。今年冬至、月の中旬に在り、牛を賣却《ばいきやく》するか、被《ひ》を賣却《ばいきやく》するか。各ーー。代わって云く、有利《うり》無利《むり》、行市《こうし》を離れず。

【四二三―一五四】

維摩之丈室、以日月不明、未審以何爲明。代云、天鑑無私。景川

維摩《ゆいま》の丈室《じようしつ》、日月を以て明ならず、未審《いぶかし》、何を以てか明と爲す。代わって云く、天鑑無私《てんかんむし》。

【四二三―一五五】

記得、律管吹灰、綺文添線矣。衲僧以什麼爲現[驗]。各ーー。代云、欲知無限傷春意、盡△[在]停針不語時。悅岡[尚]

記得《きとく》す、律管《りつかん》、灰を吹き、綺文《きもん》、線を添う。衲僧《のうそう》、什麼《なに》を以てか驗と爲す。各ーー。代わって云く、限り無き傷春《しようしゆん》の意を知らんと欲せば、盡く針を停めて語らざる時に在り。

【四二三―一五六】

露從今夜白矣。衲僧家至此有轉處△[麼]。各ーー。代云、三更紅日黑漫々。

露は今夜より白し、と。衲僧家《のうそうけ》、此に至って轉處《てんじよ》有りや。各ーー。代わって云く、三更、紅日、黑《こく》漫々《まんまん》。

【四二三―一五七】

瞿曇成道與梅花成道、是同耶是別耶。各ーー。代云、山河増[生]瑞氣、ーー（日月増光）輝。

瞿曇成道《くどんじょうどう》と梅花成道《ばいかじょうどう》と、是れ同か是れ別か。各ーー。代わって云く、山河瑞氣《せんがずいき》を生じ、日月光輝を増す。

【四二三―一五八】

放過一着、落在第二。如何是第二頭。代云、錦上添花別是春。

一着《いちじゃく》を放過《ほうか》すれば、第二に落在《らくざい》す。如何なるか是れ第二頭。代わって云く、錦上に花を添う、別に是れ春。

【四二三―一五九】

以平等大心、待嗣[四方]法衲子。如何是平等大心答云、一點梅花蘂、三千刹界香。希菴　景堂參暇之問也

平等大心《びょうどうだいしん》を以て、四方の衲子《のっす》を待す。如何なるか是れ平等大心《びょうどうだいしん》。答えて云く、一點梅花《いってんばいか》の蘂《ずい》、三千刹界《さんぜんせつかい》香し。

【四二三―一六〇】

住山鐵[鉏]斧、再歸和尚手裡時如何。答云、黄金色上更添黄。希菴　天宗和上へ參暇

住山《じゅうざん》の鉏斧《とっぷ》、再び和尚の手裡《しゅり》に歸する時は如何。答えて云く、黄金《おうごん》色上、更に黄を添う。

【四二三―一六一】

如何是第一機。代云、天上天下唯我獨尊。景堂　又、希菴。達磨來也。

如何なるか是れ第一機《だいいっき》。代わって云く、天上天下唯我獨尊《ゆいがどくそん》。又、達磨來也《だるまらいや》。

【四二三―一六二】

希菴問雲嶽云、昨日信州海棠、今日洛陽牡丹、是同耶是

別耶。嶽答云、吹開紅紫還吹謝、一様春風兩様心。菴云、別々。嶽云、珊瑚枝々撑着月。喝。嶽、喝。

希菴《きあん》、雲嶽《うんがく》に問うて云く、昨日、信州の海棠《かいどう》、今日、洛陽《らくよう》の牡丹《ぼたん》、是れ同か是れ別か。嶽答えて云く、紅紫《こうし》を吹開《すいかい》し、還た吹謝《すいしゃ》す、一様の春風《しゅんぷう》、兩様《りようよう》の心。菴云く、別々《べつべつ》。嶽云く、珊瑚《さんご》枝々《しし》、月を撑着《とうじゃく》す。喝す。嶽、喝す。

【四二三―一六三】

如何是無字經。代云、溪聲廣長舌、｜｜（山色清淨）身。又、眼盲口啞。

如何なるか是れ無字經《むじきょう》。代わって云く、溪聲廣《けいせいこう》長舌《ちょうぜつ》、山色清淨身《さんしょくしょうじょうしん》。又、眼盲口啞。

【四二三―一六四】

庭前栢樹子、一二三四五。□至此有轉處。各｜｜。代云、五四三二一。景川

庭前《ていぜん》の栢樹子《はくじゅし》、一二三四五。□至此有轉處。各｜｜。代わって云く、五四三二一。

【四二三―一六五】

雪齏。各乞下語。代云、凛々威風逼人寒。又、［景堂］十方無虛空、｜｜（大地無寸）土。

雪、齏《にい》。各おの乞う下語《あぎょ》せよ。代わって云く、凛々《りんりん》たる威風《いふう》、人に逼って寒し。又、［景堂］十方虛空《こくう》無し、大地《だいち》寸土無し。

【四二三―一六六】

如何是關。代云、海棠春在未開枝。

如何なるか是れ關。代わって云く、海棠《かいどう》の春は未だ開かざる枝に在り。

【四二三―一六七】

釋迦老師在雪山苦行六年矣。曉見明星悟道。爾來、諸方禪將隨例入僧堂裡、一向坐禪。山僧此間、圍爐擁被、高

臥安眠、不修禪定。即今咨問堂中諸禪德、諸方底即是、山僧底即是。各乞甄判來。代云、曹溪波浪如相似、ｌｌ(無限平人被陸)沈。

釋迦老師《しゃかろうし》、雪山《せっさん》に在って苦行《くぎょう》すること六年。曉に明星《みょうじょう》を見て悟道《ごどう》す。爾來《しかつしよりこのかた》、諸方の禪將《ぜんしょう》、例に随って僧堂裡に入って一向に坐禪す。山僧《さんぞう》が此間《すかん》、爐を囲み被を擁して、高臥安眠《こうがあんみん》して禪定を修せず。即今、堂中の諸禪德《しょぜんとく》に咨問《しもん》す、諸方底《しょほうてい》が即ち是なるか、山僧底《さんぞうてい》が即ち是なるか。各おの乞う、甄判《けんぱん》し來たれ。代わって云く、曹溪《そうけい》の波浪《はろう》、如《も》し相似《あいに》たらば、限り無き平人、陸沈《りくちん》せられん。

【四二三―一六八】

文殊三處度夏、山僧二處度夏。還有優劣麼。代云、獅子窟中無異獸。

文殊《もんじゅ》は三處に夏を度《わた》る、山僧《さんぞう》は二處に夏を度《わた》る。還って優劣《ゆうれつ》有りや。代わって云く、獅子窟中《ししくっちゅう》、異獸《いじゅう》無し。

【四二三―一六九】

記得、五祖演云、大衆若作禪會、謗經、若作經會、謗禪。即今不作禪會、不作經會、一句速道看。代云、春宵一刻直千金。又、花有清香ｌｌ(月有)陰。又、針頭削鐵、ｌｌ(鷺股割)肉。

記得《きとく》す、五祖演云く、大衆若し禪の會《え》を作さば經を謗ず、若し經の會《え》を作さば禪を謗ず。即今、禪の會《え》を作さず、經の會《え》を作さず、一句、速かに道い看よ。代わって云く、春宵《しゅんしょう》一刻、直千金《あたいせんきん》。又、花に清香《せいこう》有り月に陰有り。又、針頭《しんとう》に鐵を削り、鷺股《ろこ》に肉を割く。

【四二三―一七〇】

記得、長慶稜禪師、拈主丈示衆云、識得這箇、一生參學△[事]了畢。謹咨問參學衲子、却識得主丈麼。各呈露看。代云、信手拈來着々親。又、南山鼈鼻要人驚。
記得《きとく》す、長慶《ちょうけい》の稜禪師、主丈《しゅじょう》を拈じて衆に示して云く、這箇《しゃこ》を識得《しきとく》せば、一生參學《さんがく》の事了畢《りょうひつ》す。謹んで參學《さんがく》の衲子《のっす》に咨問《しもん》す、却って主丈《しゅじょう》を識得《しきとく》すや。各おの呈露《ていろ》し看よ。代わって云く、手に信《まか》せて拈じ來たれば、着々親し。又、南山の鼈鼻《べつび》、人を驚かさんと要す。

【四二三―一七二】原本五八丁

記得、雲居膺禪師、因衆僧夜參、侍者持燈來、見影在壁上。有僧便問、兩箇相似時如何。師云、一箇是影。恁麼話柄、如何領畧。代云、夜深一片虚欞月、||（寫出梅花面目）眞。
記得《きとく》す、雲居《うんご》の膺《よう》禪師、因みに衆僧夜參。侍者《じしゃ》、燈を持し來たり、影を壁上に見る。僧有り便ち問う、兩箇相似たる時如何。師云く、一箇は是れ影、と。恁麼《いんも》の話柄《わへい》、如何か領畧《りょうりゃく》せん。代わって云く、夜深けて、一片虚欞《いっぺんきょれい》の月、寫し出だす、梅花《ばいか》の面目眞《めんもくしん》。

【四二三―一七二】

雲門鑄一箇鐘。今日山僧亦造花鯨。是同耶是別耶。代云、黄金打就玉鸚鵡、||（一聲聲作鷓鴣啼）。
雲門、一箇の鐘を鑄る。今日、山僧《さんぞう》も亦た花鯨《かげい》を造る。是れ同か是れ別か。代わって云く、黄金打《おうごんた》就《しゅう》す、玉鸚鵡《ぎょくおうむ》、一聲々《せいせい》、鷓鴣《しゃこ》の啼を作す。

【四二三―一七三】

北院通禪師、僧問、如何是大富貴底人。師云、如輪寶藏。云、如何是泰[赤]貧窮底人。師云、如酒店腰帯。大富貴底人與泰[赤]貧窮底人。相去多少。各||。代云、梅痩占春少、庭寛得月多。
北院の通禪師、僧問う、如何なるか是れ大富貴底《だいふっきてい》の人。師云く、輪寶藏《りんほうぞう》の如し。云く、如何なるか是れ赤貧窮底《せきひんきゆうてい》の人。師云く、酒店《しゆてん》の腰帯《ようたい》の如し。大富貴底《だいふつきてい》の人と赤貧窮底《せきひんきゆうてい》の人と、相去ること多少ぞ。各ーー。代わって云く、梅瘦せて春を占むること少く、庭寬くして月を得ること多し。

【四二三—一七四】

芬陀梨經云、是不可思議現希有事。如經云作麼生是現希有事。代云、日出乾坤輝。

芬陀梨經《ふんだりきよう》に云く、是れ不可思議《ふかしぎ》、希有《けう》の事を現ず。經に云うが如きんば、作麼生《そもさん》か是れ希有《けう》を現ずる事。代わって云く、日出でて乾坤《けんこん》輝く。

【四二三—一七五】

記得、北禪賢禪師、除夜小參曰、歲窮臘盡、吾這裡無可分歲、煮露地白牛、炊黍米飯、煮野菜羹、向榾柮火、唱村田樂。何故△△［免見］倚人門倚人牆、兒見［二字トル］被人呼成郎。北禪分歲且措、吾正宗這裡、以何分歲。各ーー。代云、山頭月掛雲門餅、ーー（屋後松煮趙州）茶。

記得《きとく》す、北禪《ほくぜん》の賢禪師、除夜小參《じよやしようさん》に曰く、歲窮まり臘盡く、吾が這裡《しやり》、分歲《ぶんすい》す可き無し、露地《ろじ》の白牛《びやくご》を煮、黍米飯《しよべいはん》を炊き、野菜羹《やさいこう》を煮、榾柮火《こつとつか》に向かって、大いに村田樂《そんでんがく》を唱う。何が故ぞ。人の門に倚り人の牆《かき》に倚って、人に郎と成ると呼ばれんことを免れん。北禪《ほくぜん》の分歲《ぶんすい》は且らく措《お》く、吾が正宗《しようじゆう》が這裡《しやり》、何を以てか分歲《ぶんすい》せん。各ーー。代わって云く、山頭《さんとう》、月は掛く雲門《うんもん》の餅、屋後《おくご》、松は煮る趙州《じようしゆう》の茶。

【四二三—一七六】

黃龍和尚、因僧問、舊歲已去新歲到來。不涉二途、請師指示。龍曰、東方甲乙木。即今黃龍道底、的々在那裡。各ーー。代云、日出乾坤輝。又、四海香風ーー（從此）起。

黃龍《おうりよう》和尚、因みに僧問う、舊歲已に去り、新歲到來す。二途に渉らず、請う師、指示せよ。龍曰く、東方甲乙木《とうほうこうおつぼく》。即今、黄龍《おうりよう》が道う底《てい》、的々《てきてき》、那裡《なり》にか在る。各ーー。代わって云く、日出でて乾坤《けんこん》輝く。又、四海《しかい》の香風《こうふう》、此より起こる。

○東方甲乙木＝春のこと。『史記・八書』天官書に「日月の行を察し、以て歳星の順逆を揆《はか》る。曰く、東方は木、春を主《つかさど》る」。

【四二三―一七七】

丹霞焼木佛、意旨如何。各ーー。代云、摧邪顯正。

丹霞《たんか》、木佛を燒く、意旨如何。各ーー。代わって云く、摧邪顯正《さいじやけんせい》。

【四二三―一七八】

我見燈明佛、本光瑞如此。如何是本光瑞。代云、醉來黑漆ーー（黑漆屛風上、草寫盧仝月蝕詩）。

我見燈明佛《がけんとうみようぶつ》、本光瑞如此《ほんこうずいによし》。如何なるか是これ本光の瑞。代わって云く、醉い來たって黑漆屛風《こくしつびようぶ》の上に、盧仝《ろどう》が月蝕《げつしよく》の詩を草寫《そうしや》す。

【四二三―一七九】

既呵佛罵祖底衲僧、爲甚七日不定。代云、舊時愛菊陶彭澤、今ーー（作梅花樹下）僧。

既に呵佛罵祖底《かぶつばそてい》の衲僧《のうそう》、甚《なん》と爲《し》てか七日不定。代わって云く、舊時《きゆうじ》菊を愛す陶彭澤《とうほうたく》、今、梅花樹下《ばいかじゆげ》の僧と作《な》る。

【四二三―一八〇】

記得、吾本師釋迦牟尼大覺世尊、入槃涅槃日、迦葉最後至。世尊於堂中、露雙趺。即今ーー、露雙趺意旨如何。各ーー。△△[代云]、欲知無限傷春意、ーー（盡在停針不語時。又、掀飜四大海、趯倒△[五]須彌。

記得《きとく》す、吾が本師釋迦牟尼大覺世尊《しやかむにだいがくせそん》、槃涅槃《はつねはん》に入るの日、迦葉《かしよう》、最後に至る。世尊《せそん》、堂中に於いて雙趺《そうふ》を露わす。即今ーー、雙趺《そうふ》を露わす意旨如何。

各ーー。代わって云く、限り無き傷春《しょうしゅん》の意を知らんと欲せば、盡く針を停めて語らざる時に在り。又、四大海を掀翻《きんぽん》し、五須彌《しゅみ》を趯倒《てきとう》す。

【四二三―一八一】

記得、文殊令善財採藥。善財云、盡大地△[無]不藥者。文殊云、不△[是]藥者採藥△[來]。善財拈一莖草、度與文殊。々々提起云、此藥亦能殺人亦能活人也。文殊善財恁麼酬對、的々在那裏。各ーー。代云、獅子窟中無異獸。又、薝蔔林裡沒餘香。

記得《きとく》す、文殊《もんじゅ》、善財《ぜんざい》をして藥を採らしむ。善財《ぜんざい》云く、盡大地《じんだいち》、藥ならざる者無し。文殊《もんじゅ》云く、是れ藥なる者を採り來たれ。善財《ぜんざい》、一莖草《いっきょうそう》を拈じて文殊《もんじゅ》に度與《どよ》す。文殊《もんじゅ》提起《ていき》して云く、此の藥も亦た能く人を殺し、亦た能く人を活す、と。文殊善財《もんじゅぜんざい》、恁麼《いんも》に酬對《しゅうたい》す、的々《てきてき》、那裡《なり》にか在る。各ーー。代わって云く、獅子窟中《ししくっちゅう》、異獸《いじゅう》無し。又、薝蔔《せんぷく》林裡《りんり》、餘香《よこう》沒《な》し。

【四二三―一八二】

開旦令辰。伏以、滿堂清淨大衆、思食百味具足、思衣羅綺千里[重]。其福莊嚴者、實以足矣。其慧莊嚴也、猶爲未足。全非自門入者、秘在自己胸襟。修則現前、不修則雖歷萬劫不現、如石含玉。大衆此時不現、則待何時乎。各々道躰、起居萬福。因記、雲門曰、乾坤之內、宇宙之間、乃△[中有]一寶。山僧即今秘在吾這裡。大衆請指點來。代頌。

開旦《かいたん》の令辰《れいしん》。伏して以みれば、滿堂《まんどう》の清淨《しょうじょう》の大衆、食を思えば百味具足《ひゃくみぐそく》、衣を思えば羅綺千重《らきせんじゅう》。其の福莊嚴《ふくしょうごん》する者、實に以て足れり。其の慧莊《えしょう》嚴《ごん》も也《ま》た猶お未だ足らずと爲す。全く門より入る者に非ず、自己の胸襟《きょうきん》に秘在《ひざい》す。修するときは則ち現前す、修せざるときは則ち萬劫《まんごう》を歷ると雖も現ぜず、石の玉を含むが如し。大衆、此の時に現ぜずんば、則ち何れの時をか待たん。各々道躰《おのおのどうたい》、起居萬福《ききょまんぷく》。因って記す、雲門《うんもん》曰く、乾坤《けんこん》の内、宇《う》宙《ちゅう》の間、中に一寶有りと。山僧《さんぞう》、即今、吾が這《しゃ》裡《り》に秘在《ひざい》す。大衆請う、指點《してん》し來たれ。代わって頌す。

【四二三―一八三】

大慧禪師曰、上等僧一向坐禪、中等僧染翰題詩、下等僧跨爐談食。雖然恁麼、還有僧不差別也否。大衆直下吐露所分來。代云、倒跨須彌一二三。又、酥酪醍醐攪成一味、餅盤釵釗[釧]鎔成一金。

大慧《だいえ》禪師曰く、上等の僧は一向に坐禪し、中等の僧は翰を染め詩を題し、下等の僧は爐に跨って食《じき》を談ず。然《しか》も恁麼《いんも》なりと雖も、還って僧の差別せざる有りや也《ま》た否《いな》や。大衆、直下《じきげ》に所分を吐露《とろ》し來たれ。代わって云く、倒《さかし》まに須彌《しゅみ》に跨る、一二三。又、酥酪醍醐《そらくだいご》、攪《か》いて一味と成す、餅盤釵《へいばんさい》釧《せん》、鎔《と》かして一金と成す。

【四二三―一八四】

古德云、人々脚痕下有一坐具地。敢問、諸人一坐具作麼生。直下呈露來。代云、擧坐具云、只這是。

古德云く、人々脚痕下《にんにんきゃっこんか》、一坐具地《いちざぐち》有り。敢えて問う、諸人の一坐具《ざぐ》、作麼生《そもさん》。直下《じきげ》に呈露《ていろ》し來たれ。代わって云く、坐具《ざぐ》を擧《こ》して云く、只だ這《こ》れ是《こ》れ。

【四二三―一八五】

佛世尊會裡、迦葉雖師兄還貧、阿難雖侍者還富。大衆、貧富相去多少。各ーー。代云、待案山子點頭去、向諸人道。

佛世尊會裡《ぶっせそんえり》、迦葉《かしょう》、師兄《すひん》なりと雖も還って貧し、阿難《あなん》、侍者《じしゃ》たりと雖も還って富む。大衆、貧富相去ること多少ぞ。各ーー。代わって云く、案山子《あんざんし》が點頭《てんとう》し去るを待って、諸人に向かって道わん。

【四二三―一八六】

古德云、雲門臨濟百花春。大衆直下斷看。代云、別々、珊瑚枝々撐着月。

古徳云く、雲門臨濟《うんもんりんざい》、百花《ひやっか》の春。大衆、直下《じきげ》に斷じ看よ。代わって云く、別々《べつべつ》、珊瑚枝々《さんごしし》、月を撐着《とうじゃく》す。

【四二三一一八七】原本五九丁

結制令辰、伏惟、山門兩序鴈行鵠立、各々道躰、起居萬福。因告曰、孔夫子有謂、無人[人無]而遠慮則必有近憂。大衆、今日不栽善根、他日何以取善果。縱一回雖修、不勤則亦複難得。譬如耕者春種之、夏不芸、入泥曳水、植杖不耘、則秋必不實。思之々々。這箇且措、即今有人向諸衲子問道、已是向脚痕下掀飜大海躍[踢]倒須彌底活衲僧、爲甚一夏禁足、三月安居。正當恁麼時、作麼生祇對他。各乞答話。

代云、久雨猶未晴。

結制の令辰《れいしん》、伏して惟んみるに、山門兩序《さんもんりょうじょ》、鴈《がん》行鵠立《こうこくりつ》、各々道躰《おのおのどうたい》、起居萬福《ききょまんぷく》。因みに告げて曰く、孔夫子《こうふうし》謂えること有り、人、遠き慮《おもんぱか》り無ければ、則ち必ず近き憂い有りと。大衆、今日善根《ぜんこん》を栽えざれば、他日何を以てか善果《ぜんか》を取らん。縱《たと》い一回修すと雖も、勤めざれば則ち亦複《ま》た得難し。譬えば耕す者は春に之を種え、夏に芸《くさぎ》らず、泥に入り水を曳き、杖を植てて耘《くさぎ》らざれば、則ち秋に必ず實らざるが如し。之を思え、之を思え。這箇《しゃこ》は且らく措《お》く、即今人有って諸衲子《しょのっす》に向かって道を問わば、已に是れ脚痕下《きゃっこんか》に向かって大海を掀飜《きんぽん》し須彌《しゅみ》を踢倒《てきとう》する底《てい》の活衲僧《かつのうそう》、甚《なん》と爲《し》てか一《いち》夏禁足《げきんそく》し、三月安居《あんご》するや。正當恁麼《しょうとういんも》の時、作《そ》麼生《もさん》か他に祇對《したい》せん。各おの答話を乞う。代って云く、久雨猶お未だ晴れず。

○植杖不耘＝『論語』微子。

【四二三一一八八】

冬節今辰。伏惟、滿堂清淨鷺[學]般若諸菩薩、鴈行鵠立。就中有箇雛僧、始塔[搭]伽黎侍立住持佛、譬如靈山會上、百萬大衆之中、有文殊普賢、黐獅子衫、乘象王駕、輔世尊左右。如兩僧歳猶少壯、機已峭峻。不懈必及右顧。山僧麁行短才、薄福單丁、自配世尊、似螢火與日月爭光。不是非之耻乎。因記、至節、疎山仁禪師、僧問、如何是冬來意。師曰、京師出大黄。敢問大衆、端的在那裡。子細斷來。代云、侍者點平胃散一盞來。

冬節今辰。伏して惟んみるに、滿堂《まんどう》の清淨《しょうじょう》の學《がく》般若《はんにゃ》の諸菩薩、鴈行鵠立《がんこうこくりつ》す。中に就いて、箇の雛《すう》僧《そう》有りて、始めて搭伽黎《とうぎやり》、住持佛に侍立《じりゅう》すること、譬えば靈山會上《りょうぜんえじょう》、百萬大衆の中に、文殊普賢《もんじゅふげん》有って、獅子衫《ししさん》を黐じ、象王《ぞうおう》駕に乘りて、世尊《せそん》の左右を輔けるが如し。兩僧の如きんば、歳、猶お少壯にして、機、已に峭峻《しょうしゅん》なり。懈《おこた》らざれば必ず右顧に及ばん。山僧《さんぞう》、麁行短才《そぎょうたんさい》、薄福單丁《はくふくたんてい》にして、自らを世尊《せそん》に配するは、螢火《けいか》、日月と光を争うに似たり。是れ耻に非ざることなきや。因みに記す、至節、疎山《そざん》の仁禪師、僧問う、如何なるか是れ冬來《とうらい》の意。師曰く、京師《けいし》に大黄《だいおう》を出だす。敢えて大衆に問う、端的那裡《たんてきなり》にか有る。子細《しさい》に斷じ來たれ。代って云く、侍者《じしゃ》、平胃散一盞《へいいさんいっさん》を點じ來たれ。

【四二三―一八九】

開旦令辰。伏惟、山門西［兩］序、△［東］班諸位禪師、西班諸位禪師、慧莊嚴、福莊嚴、紫金光聚照山河、時成就底成就。烏藤杖頭挑日月。所願、掃却桀紂于戈於三千里外、行得唐虞禮樂於二六時中。然興臨濟正宗於四海。各々道躰、起居萬福。

因記、宋太宗皇帝入寺、觀僧看經、問曰、是什麼經。僧云、仁王經、帝曰、已是寡人經、爲什麼在卿手裡。僧無語。即今咨ーー。恁麼端的、試下一轉語。代云、酥酪醍醐攪成一味。又、達磨元來觀自在、淨名元是老維摩。

開旦《かいたん》の令辰《れいしん》。伏して惟みれば、山門兩序《さんもんりょうじょ》、東班《とうはん》諸位禪師《しょいぜんじ》、西班諸位《せいはんしょい》禪師、慧莊嚴《えしょうごん》、福莊嚴《ふくしょうごん》、紫《し》金光聚《こんこうじゅ》、山河《せんが》を照らし、時に成就底成就《じょうじゅていじょうじゅ》。烏藤《うとう》杖頭《じょうとう》、日月を挑《かか》ぐ。願う所は、桀紂《けっちゅう》の干戈《かんか》を三千里外に掃却し、唐虞《とうぐ》の禮樂《れいがく》を二六時中に行い得、然して臨濟正宗《りんざいしょうじゅう》、四海《しかい》に興こさんことを。各々《おのおの》道躰《どうたい》、起居萬福《ききょまんぷく》。

因みに記す、宋の太宗皇帝、寺に入り、僧の看經《かんきん》するを観て、問うて曰く、是れ什麼《なん》の經ぞ。僧云く、仁王經《にんのうきょう》なり。帝曰く、已に是れ寡人《かじん》の經、什麼《なん》と爲《し》てか卿の手裡《しゅり》在りや。僧無語。即今、滿《まん》座《ざ》の諸禪德《しょぜんとく》に咨問す、恁麼《いんも》の端的《たんてき》、試みに一轉語《いってんご》を下せ。代って云く、酥酪醍醐《そらくだいご》、攪《か》いて一味と成す。又た、達磨《だるま》、元來観自在《がんらいかんじざい》、淨名《じょうみょう》元と是れ老《ろう》維摩《ゆいま》。

【四二三―一九〇】

開旦令辰。伏惟、大圓覺活伽藍、輪奐美哉。五百間維摩方丈、學般若底菩薩、棒喝交馳。千萬世、臨濟正宗、檀越八吉祥、山門六成就。吁、盛哉。各々道躰、起居萬福。因記、妙芬陀莉花經曰、我本無心、有所希求、今此寶藏、自然而至。大衆要看我大法寶藏。直下酬一轉語來。吾與[諸]語人看。一衆着語後、山僧聻。新年頭無佛法、唯有一偈、聊施呈大衆、充代語云。

開旦《かいたん》の令辰《れいしん》、伏して惟みれば、大圓覺活伽藍《だいえんがくかつがらん》、輪《りん》奐《かん》、美なる哉。五百間の維摩方丈《ゆいまほうじょう》に、學般若底《がくはんにゃてい》の菩薩、棒喝《ぼうかつ》交馳す。千萬世の臨濟正宗《りんざいしょうじゅう》、檀越《だんのつ》八吉祥《きつしょう》、山門六成就《じょうじゅ》。吁《ああ》、盛んなる哉。各々《おのおの》道《どう》躰《たい》、起居萬福《ききょまんぷく》。

因みに記す、妙芬陀莉花經《みょうふんだりげ》に曰く、我れ本と心に希い求むる所有ること無かりしに、今、此の寶《ほう》藏《ぞう》、自然《じねん》にして至ると。大衆、我が大法寶藏《だいほうほうぞう》を看ることを要するや。直下《じきげ》に一轉語《いってんご》を酬い來たれ。吾れ諸人のために看ん。一衆、語を着けた後、山《さん》僧《ぞう》、聻《にい》。新年頭、佛法無し、唯だ一偈のみ有り、聊か大衆に施呈し代語に充つと云う。

【四二三—一九一】

經曰、有一世界各廿重、蓮華藏十三重、曰娑婆世界。敢問大衆、如何是華嚴界。試指點來。代云、莫眼花。

經に曰く、一世界《せかい》に各おの廿重、蓮華藏《れんげぞう》に十三重有りて、娑婆世界《しゃばせかい》と曰う。敢えて大衆に問う、如何なるか是れ華嚴界《けごんかい》。試みに指點《してん》し來たれ。代わって云く、眼花《がんか》すること莫かれ。

【四二三—一九二】

詩家臨濟曰、露從今夜白。與麼今夜已前不審爲甚麼色。大衆下語。代云、烏藤依舊黑ーー（鄰皴）。

詩家の臨濟《りんざい》曰く、露、今夜より白し、と。與麼《よも》ならば、今夜已前は、不審《いぶかし》、甚麼《なん》の色とか爲す。大衆下語《あぎょ》せよ。代って云く、烏藤《うとう》、舊に依って黑鄰《こくりん》皴《しゅん》。

○詩家臨濟曰、露從今夜白＝詩家臨濟は杜甫のこと。「月夜憶舍弟」詩に「露從今夜白、月是故鄉明」。

【四二三—一九三】

天澤師祖、除夜小參、因僧問、舊歲今夜去、新歲明日來、衲僧家、還有不被移寒暑底麼。師曰、有。僧曰、作麼生。師曰、階下雪獅子。敢問大衆、天澤答處意旨如何。代云、吹毛元（元不動、遍界髑髏寒）。

天澤師祖、除夜小參《じょやしょうさん》、因みに僧問う、舊歲今夜去り、新歲明日來たる、衲僧家《のうそうけ》、還って寒暑《かんじょ》を移ること被らざる底《てい》有りや。師曰く、有り。僧曰く、作麼生《そもさん》。師曰く、階下の雪獅子《ゆきしし》と。敢えて大衆に問う、天澤が答處《たっしょ》の意旨如何。代って云く、吹毛《すいもう》元と動かず、遍界《へんかい》、髑髏寒し。

【四二三—一九四】

記得、雪竇云、這裡還有祖麼。自云、有。喚來與老僧洗脚矣。即今ーー。如何是洗足達磨。各ーー。代云、縱然一夜風吹去、只蘆花淺水邊。
記得《きとく》す、雪竇《せっちょう》云く、這裡《しゃり》に還って祖有りや。自ら云く、有り、喚び來たれ、老僧の為に脚を洗わしめん。即今ーー。如何なるか是れ足を洗う達磨《だるま》。各ーー。代わって云く、縱然《たと》い一夜風吹き去るも、只だ蘆花《ろか》淺水《せんすい》の邊。

【四二三一一九五】原本六〇丁

記得、古德云、是非交結處、聖亦不能知、逆順縱橫時、佛亦不能辨矣。謹咨問滿座諸禪德、如何是々非交結處。各乞着語。代、逢花作花ーー（逢柳作）柳。凡聖同居、ーー（龍蛇混）雜。
記得《きとく》す、古德云く、是非交結の處、聖も亦た知ること能わず、逆順縱橫《ぎゃくじゅんじゅうおう》の時、佛も亦た辨ずること能わず、と。謹しんで滿座《まんざ》の諸禪德《しょぜんとく》に咨問《しもん》す、如何なるか是れ是非交結の處。各おの着語《じゃくご》を乞う。代って、花に逢うては花と作り、柳に逢うては柳と作《な》る。凡聖同居《ぼんしょうどうご》、龍蛇混雜《りゅうだこんざつ》す。

【四二三一一九六】

記得、濃州曉純禪師、嘗以木刻作一獸、獅子頭牛足馬身。每陞堂時、持出示衆云、喚作獅子矣。謹咨問滿座諸禪德、喚作獅子耶喚作什麼。各請着語。代云、意足不求ーー（顏色似、前身相馬九方）臯。是文殊非文殊。提起坐具云、左之右之、只這是。
記得《きとく》す、濃州の曉純禪師、嘗て木を以て刻し一獸を作る。獅子《しし》の頭、牛の足、馬の身なり。陞堂《しんどう》の時每に持ち出だして衆に示して云く、喚んで獅子《しし》と作すやと。謹んで滿座《まんざ》の諸禪德《しょぜんとく》に咨問《しもん》す、喚んで獅子《しし》と作すや、喚んで什麼と作すや。各おの請う、着語《じゃくご》せよ。代って云く、意足って、顏色《がんしょく》の似るを求めず、全身、馬を相す九方臯《きゅうほうこう》。是れ文《もん》殊《じゅ》にして文殊《もんじゅ》に非ず。坐具《ざぐ》を提起《ていき》して云く、左之《さし》右《う》之《し》、只だ這《こ》れ是《こ》れ。

【四二三—一九七】

記得、世尊一日見文殊在門外、世尊曰、文殊々々、何入門不來。文殊云、門外無一法、以什麽使吾入門矣。謹咨問滿座諸禪德、如何是門外文殊。各請着語。代、金毛獅子｜｜（奮威出）窟。水遶山囲｜｜出。劍爲不平｜｜（離寶）匣。

記得《きとく》す、世尊《せそん》、一日、文殊《もんじゅ》の門外に在るを見る、世尊《せそん》曰く、文殊《もんじゅ》々々、何ぞ門に入り來たらざる。文殊《もんじゅ》云く、門外に一法無し、什麽《なに》を以てか吾をして門に入らしむと。謹んで滿座《まんざ》の諸禪德《しょぜんとく》に咨問《しもん》す、如何なるか是れ門外の文殊《もんじゅ》。各おの請う、着語《じゃくご》せよ。代わって、金毛《きんもう》の獅子《しし》、威を奮って窟を出づ。水遶山囲｜｜出。劍は不平の爲に寶匣を離る。

○水遶山囲｜｜出＝未詳。

【四二三—一九八】

記得、臨濟老師到達磨塔頭。塔主云、長老先禮佛禮祖。師云、佛祖倶不禮矣。謹咨問滿座諸禪衲、佛祖倶不禮云意旨〔云何〕△△、各請一着。代云、釋迦彌勒猶是他奴、德山林際是何草芥。又、欺胡瞞漢。

記得《きとく》す、臨濟老師《りんざいろうし》、達磨《だるま》の塔頭《たっちゅう》に到る。塔主云く、長老《ちょうろう》、先に佛を禮するや、祖を禮するや。師云く、佛祖倶《ぶつそとも》に禮せずと。謹んで滿座《まんざ》の諸禪衲《しょぜんのう》に咨問《しもん》す、佛祖倶《ぶつそとも》に禮せざる意旨云何、各おの請う一着《いちじゃく》せよ。代って云く、釋迦彌勒《しゃかみろく》、猶お是れ他の奴、德山林際《とくさんりんざい》、是れ何の草芥《そうかい》ぞや。又た、胡を欺き漢を瞞ず。

【四二三—一九九】

記得、古句云、寒巖四月始知春矣。謹咨問滿座諸禪衲、如何是四月春。各請一着。代云、疎影横斜｜｜流。嫩綠枝頭一點紅。

記得《きとく》す、古句に云く、寒巖《かんがん》四月、始めて春を知る。謹んで満座《まんざ》の諸禪衲《しょぜんのう》に咨問《しもん》す、如何なるか是れ四月の春。各おの一着《いちじやく》せよ。代って云く、疎影横斜《そえいおうしゃ》――流。嫩綠枝頭《どんりよくしとう》、一點《いってん》紅なり。

○古句云＝『三體詩』方干の「題龍泉寺絶頂」に「古樹含風長帶雨、寒巖四月始知春」。

○疎影横斜――流＝未詳。

【四二三―二〇〇】

記得、古語云、雖在一毛頭上寛若大千沙界、雖居鑊湯爐炭中如在安樂國土矣。謹咨問滿座諸禪衲、一毛頭上事且措、居鑊湯爐炭中底端的、在那裏。各請着語。代云、坐熱鐵床――（喫熱鐵、石頭南嶽下兒）孫。可憐雪老弁韶石、燎却眉毛□□〔也不〕知。

記得《きとく》す、古語に云く、一毛頭上《いちもうとうじょう》に在りと雖も寛きこと大千沙界の如く、鑊湯爐炭《かくとうろたん》中に居すと雖も安樂國土《あんらくこくど》に在るが如しと。謹んで満座《まんざ》の諸禪衲《しょぜんのう》に咨問《しもん》す、一毛頭上《いちもうとうじょう》の事は且らく措《お》く、鑊湯爐炭《かくとうろたん》中に居する底《てい》の端的《たんてき》、那裡《なり》にか在る。各おの請う、着語《じやくご》せよ。代って云く、熱鐵床《ねってつしょう》に坐して熱鐵《ねってつ》を喫す、石頭南嶽《せきとうなんがく》下の兒孫《じそん》。憐れむべし、雪老《せつろう》弁びに韶石《しょうせき》、眉毛《びもう》を燎却《りょうきやく》するも也《ま》た知らざることを。

○古語云＝『碧巖録』二十五則、本則評唱。

【四二三―二〇一】

記得、僧問雲門、一口呑盡△〔時〕如何。門云、我汝在肚裡矣。謹咨問滿座諸禪德、如何是肚裡雲門。各請着語。代云、扇子上説法、――（燈籠裏藏）身。又、露。

記得《きとく》す、僧、雲門《うんもん》に問う、一口《いっく》に呑盡《どんじん》する時如何。門云く、我れ汝が肚裡《ずり》に在りと。謹んで満座《まんざ》の諸《しょ》禪德《ぜんとく》に咨問《しもん》す、如何なるか是れ肚裡《ずり》の雲門《うんもん》。各おの請う、着語《じやくご》せよ。代って云く、扇子《せんす》上に法を説き、燈籠裏《とうろうり》に身を藏す。又た、露。

【四二三―二〇二】

記得、廬山羅漢系南禪師云、天地爲爐鞴日月爲鉗鎚、烹清風兮成佛成祖、煉白雲兮有法有儀矣、謹咨問滿座諸禪衲、日月爲鉗鎚道意旨、各乞着語。代云、宇宙全歸掌握之中。又、打破虚空成七八片。

記得《きとく》す、廬山《ろざん》の羅漢《らかん》系南禪師云く、天地を爐鞴《ろはい》と爲し、日月を鉗鎚《けんつい》と為し、清風《せいふう》を烹《に》て佛と成し祖と成し、白雲を煉《ね》って法を有し儀を有すと。謹んで滿座《まんざ》の諸禪衲《しょぜんのう》に咨問《しもん》す、日月を鉗鎚《けんつい》と為すと道う意旨、各おの乞う、着語《じゃくご》せよ。代って云く、宇《う》宙《ちゅう》全く掌握《しょうあく》の中に帰す。又、虚空《こくう》を打破《だは》して七八片と成す。

【四二三―二〇三】

記得、汾陽有三訣、衲僧難辨別、更擬問如何、拄杖驀頭喫[楔]矣。謹咨問滿座諸禪衲、拄杖驀頭喫[楔]意旨如何。各請着語。代云、氣吞佛祖、舌上有龍泉。又、禪在口皮邊、――（換盡衲僧）眼。

記得《きとく》す、汾陽《ふんにょう》に三訣有り、衲僧《のうそう》辨別し難し。更に如何と問わんと擬せば、拄杖《しゅじょう》、驀頭《まくとう》に楔《せつ》せん。謹んで滿座《まんざ》の諸禪衲《しょぜんのう》に咨問《しもん》す、拄杖《しゅじょう》をもって驀《まく》頭《とう》に楔《せつ》する意旨、如何。各おの請う、着語《じゃくご》せよ。代って云く、氣、佛祖《ぶっそ》を吞み、舌上に龍泉《りゅうせん》有り。又た、禪は口皮邊《くひへん》に在り、衲僧《のうそう》の眼を換盡《かんじん》す。

【四二三―二〇四】

記得、白雲端禪師上堂云、白雲今日權將大地世界作[采]一面碁盤、先將南嶽泰山、東嶽衡山、西嶽華山、北嶽恒山中、嶽嵩山、定却五方、次將五臺峨嵋支提羅浮、以爲相助、左畔則斜飛鴈陣、右邊則虎口雙關。遂擧手云、且道、這一着落在甚麼處。若知落處、便爲敵手、若也未然、白雲試通消息。十九條平路、爭功勢未休、莫教一着錯、敗子卒難收矣。

謹咨詢滿座諸衲子、白雲恁麼道、一絡索即且置、如何是碁局盤上堂、各乞着語。代云、黒白未分前一着、五湖烟景有誰爭。又、慣戰作家。又、運閃電機、ーー（用霹靂）手。

記得《きとく》す、白雲の端禪師、上堂《じょうどう》に云く、白雲今日、權《かり》に大宋世界《せかい》を將って一面の碁盤《ごばん》と作す。先に南《なん》嶽泰山《がくたいざん》、東嶽衡山《とうがくこうざん》、西嶽華山《せいがくかざん》、北嶽恒山《ほくがくこうざん》、中嶽《ちゅうがく》嵩山《すうざん》を將って、五方を定却し、次に五臺《ごだい》、峨嵋《がび》、支提《してい》、羅浮《らふ》を將って、以て相助と爲す。左畔は則ち斜飛の鴈陣《がんじん》、右邊は則ち虎口雙關《ここうそうかん》。遂に手を擧《こ》して云く、且らく道え、這《こ》の一着《いちじゃく》、甚麼《いずれ》の處にか落在《らくざい》す。若し落處《らくしょ》を知らば、便ち敵手《てきしゅ》と爲る。若し也《ま》た未だ然らざれば、白雲試みに消息《しょうそく》を通ぜん。十九條の平路に功を爭って、勢い未だ休《や》まず。一着《いちじゃく》をして錯らしむること莫かれ、敗子《はいし》、卒に收め難しと。

謹んで滿座《まんざ》の諸衲子《しょのつす》に咨詢《しじゅん》す、白雲、恁麼《いんも》に道う、一絡索《らくさく》は即ち且らく置く、如何なるか是れ碁局盤《ごきょくばん》の上堂《じょうどう》、各おの乞う、着語《じゃくご》せよ。代って云く、黑白《こくびゃく》未だ分かれざる前の一着《いちじゃく》、五湖《ごこ》の烟景《えんけい》、誰か爭うこと有らん。又た、戰いに慣れたる作家《さっけ》。又た、閃電《せんでん》の機を運らし霹靂《へきれき》の手を用う。

【四二三—二〇五】

記得、洞山謂△△△〔雲居膺禪〕師曰、吾聞思大和生倭國作王、虛實。曰、若是思大、佛亦不作、況乎國王矣。謹咨詢滿座諸衲子、思大和尚生倭國作王云意旨、各請一着。代、眞俗不二、ーー如。又、袈裟影入禁池清。（又、）臨濟關中劉季。

記得《きとく》す、洞山《とうざん》、雲居《うんご》の膺《よう》禪師に謂いて曰く、吾れ聞く、思大《しだい》和尚、倭國《わこく》に生れて王と作《な》ると、虛なるや實なるや。曰く、若し是れ思大《しだい》ならば、佛にも亦た作らず、況んや國王をやと。謹んで滿座《まんざ》の諸衲子《しょのつす》に咨詢《しじゅん》す、思大《しだい》和尚、倭國《わこく》に生まれ王と作《な》ると云う意旨、各おの、一着《いちじゃく》せよ。代って、眞《しん》俗《ぞく》不二《ふに》、｜｜如。又た、袈裟《けさ》の影は禁池《きんち》に入って清し。又た、臨済《りんざい》、關中《かんちゅう》の劉季《りゅうき》。

○袈裟影入禁池清＝『三體詩』賈島「酬慈恩寺文鬱上人」。

【四二三―二〇六】原本六一丁

記得、古徳拈拄杖云、這主丈子不受諸方熱瞞、只到清涼國安居矣。謹咨問｜｜（滿座諸禪德）、主丈子安居清涼國底、各請一着。△△〔代云〕、龍得水添意氣。又、蒼龍｜｜（因水起雲）雷。別々、珊瑚｜｜（枝々撑着）月。

記得《きとく》す、古徳拄杖《しゅじょう》を拈じて云く、這《こ》の主丈子《しゅじょうす》、諸方の熱瞞《ねつまん》を受けず、只だ清涼國《せいりょうこく》に到りて安居《あんご》すと。謹んで滿座《まんざ》の諸禪德《しょぜんとく》に咨問《しもん》す、主丈子《しゅじょうす》、清涼國《せいりょうこく》に安居《あんご》する底《てい》、各おの請う一着《いちじゃく》せよ。代わって云く、水を得て意氣を添う。又、蒼龍《そうりゅう》、水に因って雲雷《うんらい》起こる。別々《べつべつ》、珊瑚枝々《さんごしし》、月を撑《とう》着《じゃく》す。

【四二三―二〇七】

〔冬至〕記得、伏龍山禪師、僧問、隨緣認菓〔果〕、如何是菓〔果〕。師云、雪内牡丹花矣。即今咨問諸禪德、雪内牡丹花爲菓〔果〕子、而却喫得乎。各請｜｜（一着）。代云、富嫌千口少。

〔冬至〕記得《きとく》す、伏龍山《ふくりゅうざん》禪師、僧問う、緣に隨って果を認む、如何なるか是れ果。師云く、雪内の牡丹花《ぼたんか》と。即今、諸禪德《しょぜんとく》に咨問《しもん》す、雪内の牡丹花《ぼたんか》を果子と爲して、却って喫し得るや。各おの請う、一着《いちじゃく》せよ。代って云く、富んでは千口《せんこう》も少しと嫌う。

【四二三―二〇八】

△△△△△△△△〔記得五祖法演禪師云〕、但只喫菓子、誰管樹曲彔。△△△△△〔後來息耕老〕師云、者無厭消〔生〕老翁、得與麼不知來處矣。謹咨｜｜（問滿座諸禪德）、如何是菓子來處。代云、兜率荔支、法昌橘子。又、白雲鐵酸｜｜（嗛、楊岐栗棘）蓬。

記得《きとく》す、五祖法演禪師云く、但だ只だ菓子を喫せよ、誰か樹の曲彔《きょくろく》を管せん。後來《こうらい》、息耕《そっこう》老師云く、者《こ》の無厭生《むえんせい》の老翁、與麽《よも》に來處《らいしょ》を得たることを知らずと。謹んで滿座《まんざ》の諸禪德《しょぜんとく》に咨問《しもん》す、如何なるか是れ菓子の來處《らいしょ》。代って云く、兜率《とそつ》の茘支《れいし》、法昌《ほうしょう》の橘子《きつす》。又た、白雲の鐵酸餡《てつさんあん》、楊岐《ようぎ》の栗棘《りつきょく》蓬《ほう》。

【四二三―二〇九】

[同] 記得、△△[虚堂]冬夜小參、群陰剝盡一陽生、又見東山水上行、冷笑雲門多口老矣。謹咨問｜｜(滿座諸禪德)、雲門多口老、各請一着。代云、拄杖又成獅子吼、驚起藏北斗。又、拄杖重々話歳寒。

[同] 記得《きとく》す、虛堂《きどう》冬夜《とうや》小參《しょうさん》に、群陰剝盡《ぐんいんはくじん》して一陽生ず、又た東山水上に行くを見る、冷笑す雲門《うんもん》多口《たく》の老《ろう》と。謹んで滿座《まんざ》の諸禪德《しょぜんとく》に咨問《しもん》す、雲門《うんもん》多口《たく》の老《ろう》、各おの請う一着《いちじゃく》せよ。代って云く、拄杖《しゅじょう》又成獅子吼、驚起藏北斗。又た、拄杖《しゅじょう》重々、歳寒《さいかん》を話《かた》る。

○拄杖又成獅子吼、驚起藏北斗＝不審。「拄杖頭作獅子吼」「驚起法身藏北斗」などの語がある。

【四二三―二一〇】

記得、經曰、以三毒爲田地、蒔業種子、以愛見無明水浸漑矣。謹咨問｜｜、如何是三毒地。代云、錯々々、徒名邈。又、過去心不可得、｜｜(現在心不可得、未來心不可)得。

記得《きとく》す、經に曰く、三毒を以て田地と爲し、業の種子を蒔《ま》き、愛見無明《あいけんむみょう》の水を以て浸漑《しんガイ》すと。謹んで滿座《まんざ》の諸禪德《しょぜんとく》に咨問《しもん》す、如何なるか是れ三毒の地。代って云く、錯々々《しゃくしゃくしゃく》、徒らに名邈《めいばく》す。又た、過去心不可得《かこしんふかとく》、現在心不可得《げんざいしんふかとく》、未來心不可得《みらいしんふかとく》。

【四二三―二一一】

息耕老師云、時康道泰、天清地寧、一人端拱無爲、萬物各得其處、巖間野客悉荷皇恩、唱太平歌、和村田樂、何

必麒麟現瑞、鳳凰來儀。△△△△△△△△［麒麟現瑞鳳凰來儀］底時節、諸衲請擧一句祝三元。野釋代一偈　雪叟

今祝新年古梵宮、禪床角上起宗風、著花拄杖接龍象、春穩太平法窟中。

息耕老師《そっこうろうし》云く、時康道泰、天清地寧、一人端拱《たんきょう》して無爲《むい》なれば、萬物各おの其の處を得たり、巖間の野客《やかく》も悉く皇恩《こうおん》を荷ない、太平《たいへい》の歌を唱え、村田樂《そんでんがく》を和す。何ぞ必ずしも麒麟《きりん》瑞を現じ、鳳凰《ほうおう》来儀《らいぎ》せん、と。麒麟《きりん》瑞を現じ、鳳凰来儀《ほうおうらいぎ》する底《てい》の時節《じせつ》、諸衲《しょのう》、請う一句を擧《こ》して三元を祝せ。野釋《やしゃく》代って一偈す。雪叟

今、新年を祝す、古梵宮《こぼんきゅう》、
禪床角《ぜんしょうかく》上に宗風《しゅうふう》を起こす、
花を著くる拄杖《しゅじょう》、龍象《りゅうぞう》を接す、
春穩やかなり、太平《たいへい》の法窟中《ほっくつちゅう》。

【四二三―二一二】

［七月一日］記得、希叟曇禪師示衆云、地僻雲深、秋高境寂、堂戸凄涼、無人面壁。雖然、淨地上誰肯狼藉矣。謹白徒衆、堂戸凄涼無人面壁、恁麼時節、以何爲驗。各請一句。代云、鳴蟲兼落葉、倶説無生禪［寒山子］。鐵山

［七月一日］記得《きとく》す、希叟《きそう》の曇禪師、衆に示して云く、地は僻に雲深し、秋高く境は寂なり、堂戸凄《どうこせい》涼《りょう》にして、人の面壁《めんぺき》する無し。然りと雖も、淨地上、誰か肯えて狼藉せんや、と。謹んで徒衆《としゅう》に白す、堂戸凄涼《どうこせいりょう》にして、人の面壁《めんぺき》する無し、恁《いん》麼《も》の時節《じせつ》、何を以てか驗と爲す。各おの一句を請う。代って云く、鳴蟲《めいちゅう》と落葉《らくよう》と、倶《とも》に無生禪《むしょうぜん》を説く、［寒山子］。

【四二三―二一三】

［解夏］記得、佛鑑懃禪師解夏上堂云、佛法也不會、世法也不會、一夏九十日、瞎驢隨大隊、且畢竟成得箇什麼。

乃云、不知矣。謹説話夏末兄弟、佛法也不會、世法也不會、好箇端的成得箇什麼。各請一句。代云、長廊｜｜（無事僧歸院、盡日門前獨看）松。［佛鑑録］同

［解夏］記得《きとく》す、佛鑑《ぶつかん》の懃禪師、解夏上堂《かいげじょうどう》に云く、佛法も也《ま》た會《え》さず、世法も也《ま》た會《え》さず、一夏《いちげ》九十日、瞎驢《かつろ》、大隊に隨う、且らく畢竟《ひっきょう》、箇の什麼《なに》をか成し得るや。乃ち云く、知らずと。謹んで夏《げ》末《まつ》に兄弟《ひんでい》に説話《せつた》す、佛法も也《ま》た會《え》さず、世法も也《ま》た會《え》さず、好箇《こうこ》の端的《たんてき》、箇の什麼《なに》をか成し得。各おの一句を請う。代わって云く、長廊《ちょうろう》、無事、僧院に歸し、盡日《じんじつ》、門前、獨り松を看る。［佛鑑録］

○長廊無事僧歸院、盡日門前獨看松＝『三體詩』李渉「題開聖寺」。

【四二三―二二四】

［八朔］擧坐具云、好箇一坐具、生八月烏鉢華、各請一句。代云、別々、｜｜、（珊瑚枝々撐着）月。同

［八朔］坐具《ざぐ》を擧《こ》して云く、好箇《こうこ》の一坐具《ざぐ》、八月の烏鉢華《うはつげ》を生ず、各おの一句を請う。代って云く、別々《べつべつ》、珊瑚枝々《さんごしし》、月を撐着《とうじゃく》す。

【四二三―二二五】

開爐上堂云、雪峯道、三世諸佛在火焔裏轉大法輪、雲門道、火焔爲三世諸佛説法、三世諸佛立地聽。横川録之、鷹蕩山雲巖禪寺録。

開爐上堂《かいろじょうどう》、云く、雪峯《せっぽう》道わく、三世《さんぜ》の諸佛、火《か》焔裏《えんり》に在って大法輪《だいほうりん》を轉ず、雲門《うんもん》道わく、火焔、三世《さんぜ》の諸佛の爲に法を説き、三世《さんぜ》の諸佛、立地に聽く。横川之を録す、鷹蕩山雲巖禪寺録。

【四二三―二二六】

［達磨［忌］△］記得、子湖道蹤禪師、因上堂、拈拄杖示衆云、達磨未來東土先、達磨在甚麼處。達磨已歸西天後、達磨在甚麼處。諸人還看麼。衆無對。師以拄杖劃一劃云、不知端的達磨。衆愕然。師即靠《ヨセカケテ》拄杖下座矣。謹咨問｜｜

（滿座諸禪德）、達磨已歸西天後、那箇是端的達［磨］△、各請一句。鐵山代云、多謝西風如過客、時吹落葉亂敲門。［風雅集五家録］

［達磨忌］記得《きとく》す、子湖道蹤《しこどうしょう》禪師、因みに上堂《じょうどう》、拄杖《しゅじょう》を拈じて衆に示して云く、達磨未だ東土《とうど》に來たらざる先、達磨甚麽《いずれ》の處にか在る。達磨已に西天《さいてん》に歸って後、達磨甚麽《いずれ》の處にか在る。諸人還って看るや。衆對うる無し。師、拄杖《しゅじょう》を以て劃一劃《かくいっかく》して云く、端的《たんてき》の達磨を知らずや。衆愕然《がくぜん》たり。師、即ち拄杖《しゅじょう》を靠《よせか》けて下座す、と。謹んで滿座《まんざ》の諸禪德《しょぜんとく》に咨問《しもん》す、達磨已に西天《さいてん》に歸って後、那箇《なこ》か是れ端的《たんてき》の達磨、各おの一句を請う。鐵山《てつざん》代って云く、多謝す、西風の過客の如く、時に落葉《らくよう》を吹いて、亂りに門を敲くことを。［風雅集五家録］

【四二三—二一七】

雲門昨日晝寢、夢乘一葉輕舟、泛東大洋海。代、佛祖位中ーー（留不住、夜來依舊宿蘆）花。又、四海浪平穩。［仁峯　續古尊宿］

雲門《うんもん》、昨日、晝寢し、夢に一葉の輕舟《けいしゅう》に乘って、東大洋海に泛かぶ。代って、佛祖位中《ぶっそいちゅう》に留めども住まらず、夜來《やらい》、舊に依って蘆花《ろか》に宿す。又た、四海《しかい》浪平らかに穩かなり。［仁峯　續古尊宿］

【四二四—一】原本六二丁

佛涅槃之□□偈一篇、以便于爐薰云
春半如秋鶴樹寒、毘嵐吹處示泥丸。
葉婆慶喜兩行淚、流作提河終不乾。雪

佛涅槃《ぶつねはん》の□□偈一篇、以て爐薰《ろくん》に便りすと云う、
春半ばにして秋の如く、鶴樹《かくじゅ》寒し、
毘嵐《びらん》吹く處、泥丸《ないがん》を示す。
葉婆《しょうば》、慶喜《けいき》、兩行の淚、

流れて提河《だいが》と作《な》って、終《つい》に乾かず。

【四二四―二】

鶴樹林間花亦寒、

鶴樹林間《かくじゆりんかん》、花も亦た寒し、

【四二四―三】

百萬人天洒花涙、成雨春無三日晴。

百萬の人天《にんでん》、花に洒《そそ》ぐ涙、
雨と成る、春に三日の晴無し。

【四二四―四】

毘嵐吹處北枝寒、梅是鑄成生鐵丸。
唱滅西方美人佛、濺花春涙點無乾。

毘嵐《びらん》吹く處、北枝《ほくし》寒し、
梅は是れ、鑄成《いな》せる生鐵丸《さんてつがん》。
滅を唱う、西方美人佛《せいほうびじんぶつ》、
花に濺《そそ》ぐ春涙《しゆんるい》、點として乾くこと無し。

【四二五】

百福莊嚴大覺皇、雪山飢凍六年強。
三千刹界梅花月、莫認明星一點光。　佛成道快川

百福莊嚴《ひやつぷくしようごん》、大覺皇《だいがくおう》、
雪山《せつさん》の飢凍《きとう》、六年強。
三千刹界《さんぜんせつかい》、梅花月《ばいかげつ》、
認むること莫かれ、明星一點《みようじよういつてん》の光。

【四二六】

黄鶯侍者阿難也、啼向春風不惜聲。　快川

黄鶯侍者《こうおうじしや》は、阿難《あなん》なり、
春風《しゆんぷう》に向かって啼き、聲を惜しまず。

【四二七―一】

佛誕生

雲門一棒落花雨、天地獨尊新綠枝。　南溟

雲門《うんもん》の一棒、落花《らっか》の雨、
天地獨尊《どくそん》、新綠《しんりょく》の枝。

【四二七―二】

馬腹驢胎知幾生、獨尊又出飯王城。
架頭打碎薔薇面、讓雨雲門一棒聲。江南

馬腹驢胎《ばふくろたい》、知んぬ幾生《いくしょう》ぞ、
獨尊《どくそん》、又た飯王《ぼんおう》の城を出づ。
架頭《かとう》、打碎《ださい》す、薔薇《そうび》の面、
雨に讓る、雲門《うんもん》一棒の聲。

【四二七―三】

今日西方甘蔗生、容顏奇妙已傾城。
毘藍園裡花清院、浴後楊妃唯我聲。

今日、西方の甘蔗《かんしょ》生まる、
容顏奇妙《ようがんきみょう》、已に傾城《けいせい》。
毘藍園裡《びらんえんり》、花清の院、
浴後《よくご》の楊妃《ようひ》、唯我《ゆいが》の聲。

○花清院＝華清池にあった長生殿。

【四二七―四】

龍吐水時傾大瀛、毘嵐園裏褐胎成。
釋迦念々出于世、不向王宮問降生。

龍、水を吐く時、大瀛《だいえい》を傾く、
毘嵐園裏《びらんえんり》、褐胎《かたい》成る。
釋迦《しゃか》、念々、世に出で、
王宮に向かって降生を問わず。

【四二七―五】

佛生日之拙偈一篇、攀舊例云、遠孫比丘雪叟宗立九拜
指天指地正耶邪、今日藍園長惡芽。
浴後楊妃那一佛、端嚴妙相海棠花。

天を指し地を指す、正か邪か、
今日、藍園《らんえん》に惡芽《あくが》を長ず。

浴後《よくご》の楊妃《ようひ》、那一佛《ないちぶつ》、
端嚴《ずいごん》の妙相《みょうそう》、海棠《かいどう》の花。

【四二七―六】

漫談正法思無邪、七歩周行甘蔗芽。
昨夜虚空叫希有、毘藍園裡現曇花。

漫《みだ》りに正法《しょうぼう》を談じて、思い邪《よこしま》無し、
七歩周行《しゅうこう》、甘蔗《かんしょ》の芽。
昨夜、虚空《こくう》、希有《けう》と叫ぶ、
毘藍園裡《びらんえんり》、曇花《どんげ》を現ず。

【四二七―七】

一株甘蔗梵王家、指地指天長惡芽。
浴後楊妃佛生也、端嚴妙相海棠花。雪後ニ□□

一株の甘蔗《かんしょ》、梵王家《ぼんおうけ》、
地を指し天を指して、惡芽《あくが》を長ず。
浴後《よくご》の楊妃《ようひ》、佛生ぜり、
端嚴《ずいごん》の妙相《みょうそう》、海棠《かいどう》の花。

【四二七―八】

七歩周行存国家、毘藍園裏惡萌芽。
即今別有一尊佛、洗出薔薇雨後花。

七歩周行《しゅうこう》、国家を存す、
毘藍園裏《びらんえんり》、惡萌芽《あくほうげ》。
即今、別に一尊佛有り、
薔薇《そうび》を洗い出だす、雨後の花。

【四二七―九】

一盆香水梵王家、今日何須浴釋迦。
別有現成出身佛、千山雨洗杜鵑花。淳巖

一盆の香水、梵王家《ぼんおうけ》、
今日、何ぞ釋迦《しゃか》を浴すことを須《もち》う。
別に現成《げんじょう》の出身佛《しゅつしんぶつ》有り、
千山、雨洗って、杜鵑《とけん》の花。

【四二八―一】

息耕老師、結夏上堂、拈主丈云、主丈子久靜思動、欲出來發揮古佛二千年以前底嚴規、要驗衲僧九十日之功用、左顧右聘、朝誦夕思、直教入林不動草、入水波不動波、□[以]表行脚従△[入]之德。卓主丈云、主丈子、你従上所説底法要、南山一々従之、九夏你底也把教定始得矣。件々束高閣、作麼生是主丈子所説底法、諸衲請一着。雪□[叟]結夏

息耕老師《そっこうろうし》、結夏上堂《けつげじょうどう》、主丈《しゅじょう》を拈じて云く、主《しゅ》丈子《じょうす》久しく靜かにして動かんことを思う、出で來たって古佛二千年以前底《てい》の嚴規《ごんき》を發揮せんことを欲し、衲僧九十日の功用、左顧右聘《さこうべん》、朝誦夕思《ちょうじゅせきし》をを驗せんと要す。直に教ゆ、入林不動草、入水波不動波と。以て行脚《あんぎゃ》之に従うの德を表す。主《しゅ》丈《じょう》を卓して云く、主丈子《しゅじょうす》、你、従上所説底《てい》の法要、南山、一々之に従う、九夏你底《なんじてい》、也《ま》た把教《さしお》定して始めて得てん。件々は束《ツカ》ねて高く閣く、作麼生《そもさん》か是れ主丈子所説底《しゅじょうすしょせってい》の法、諸衲《しょのう》、請う一《いち》着《じゃく》せよ。

【四二八―二】

記得、中阿含經云、給孤園布黄金高五寸、遍地置之、爲造佛寺矣。謹咨詢滿座諸禪衲、作麼生是給孤園側布金。代、不信但看八九月、紛々黄葉滿△[山川]△。

記得《きとく》す、中阿含經《ちゅうあごんきょう》に云く、給孤園《ぎつこおん》に黄金《おうごん》を布く、高さ五寸、遍地に之を置いて、造佛寺《ぞうぶつじ》と爲す。謹んで滿座《まんざ》の諸禪衲《しょぜんのう》に咨詢《しじゅん》す、作麼生《そもさん》か是れ給孤園《ぎつこおん》の側布金《そくふきん》。代わって、信ぜずんば、但だ八九月を看よ、紛々《ふんぷん》たる黄葉《こうよう》、山川《さんせん》に滿つ。

【四二八―三】

[臘八]記得、息耕老師臘八上堂、僧問、釋迦老子、棄金輪寶位、雪山苦行六年、於臘月八夜、忽覩明星悟去矣。謹咨問諸衲、釋迦老子、棄金輪寶位、雪山苦行六年底、各乞評判來。代、擊碎驪龍｜｜（頷下珠、敲出鳳凰五色）髓。

〔臘八〕記得《きとく》す、息耕老師《そつこうろうし》、臘八上堂《ろうはつじようどう》、僧問う、釋迦老子《しやかろうし》、金輪《こんりん》の寶位《ほうい》を棄て、雪山苦行《せつさんくぎよう》六年、臘《ろう》月《げつ》八夜に於いて、忽ち明星《みようじよう》を覩《み》て悟り去る。謹んで諸衲《しよのう》に咨問《しもん》す、釋迦老子《しやかろうし》、金輪《こんりん》の寶位《ほうい》を棄て、雪山苦行《せつさんくぎよう》六年底《てい》、各おの乞う、評判し來たれ。代わって、驪龍頷下《りりようがんか》の珠を撃碎《げきさい》し、鳳凰《ほうおう》五色の髓を敲き出だす。

【四二八―四】

〔除夜〕記得、寶林師祖除夜小參云、寒暑不到處、露柱證明、歳月無改遷、道人眼活。所以△〔一〕年有三百六十日、從年頭數到年尾、未嘗一日不作一日用矣。謹咨問滿座諸禪△〔衲〕、從年頭數到年尾、未嘗一日不作一日用云意旨、請各一着。

〔除夜〕記得《きとく》す、寶林師祖《ほうりんしそ》、除夜小參《じよやしようさん》に云く、寒《かん》暑《じよ》不到の處、露柱《ろちゆう》證明す、歳月改遷無し、道人《どうにん》の眼活す。所以に一年に三百六十日有り、年頭より數えて年尾に到って、未だ嘗て一日、一日の用と作すことあらず。謹んで滿座《まんざ》の諸禪衲《しよぜんのう》に咨問《しもん》す、年頭より數えて年尾に到って、未だ嘗て一日、一日の用と作すことあらずと云う意旨、請う各おの一着《いちじやく》せよ。

【四二八―五】

〔歳旦〕栢巖師祖正旦上堂云、一年又一年、循環數不足、本分面上、人猶如隔羅縠、惟有南極老人扣天鼓三下、望北闕而祝。何故。卓主丈、願我王萬福。

〔歳旦〕栢巖《はくがん》師祖、正旦上堂《じようどう》に云く、一年又た一年、循環して數え足らず、本分面上、人猶お羅縠《らこく》を隔つるが如し。惟だ南極《なんきよく》老人のみ有って天鼓《てんく》を扣《たた》くこと三下、北闕《ほつけつ》を望んで祝す。何が故ぞ。卓主《たくしゆ》丈《じよう》、願わくは我が王萬福《まんぷく》ならんことを。

【四二八―六】

〔四月一日〕記得、毘婆沙論云、佛法有二柱能持佛法、一者學問、二者坐禪矣。謹咨問滿座諸禪衲、吾這裡別有佛法二柱、請各一著。代云、□〔七〕尺□□〔柱杖〕、三尺竹篦。

［四月一日］記得《きとく》す、毘婆沙論《びばしゃろん》に云く、佛法に二柱有り、能く佛法を持つ。一は學問、二は坐禪なりと。謹んで滿座《まんざ》の諸禪衲《しょぜんのう》に咨問《しもん》す、吾が這裡《しゃり》、別に佛法の二柱有り、請う各おの一着《いちじゃく》せよ。代わって云く、七尺の柱杖《しゅじょう》、三尺の竹篦《しっぺい》。

【四二八―七】原本六三丁

記得、古德語曰、西覓普賢、北作〔討〕文殊矣。謹咨詢諸禪衲、西覓普賢底且置、作麼生□〔是〕北△〔討〕文殊。（代云）、利劍――（拂開天地靜、霜刀纔動）斗牛寒。

記得《きとく》す、古德の語に曰く、西に普賢《ふげん》を覓め、北に文殊《もんじゅ》を討《たず》ぬと。謹んで諸禪衲《しょぜんのう》に咨詢《しじゅん》す、西に普賢《ふげん》を覓むる底《てい》は且らく置く、作麼生《そもさん》か是れ北に文殊《もんじゅ》を討《たず》ぬ。代わって云く、利劍拂開《りけんほっかい》して天地靜かなり、霜刀纔《そうとうわず》かに動いて斗牛《とぎゅう》寒し。

【四二八―八】

［結夏］息耕老師結夏小參云、六祖因僧問、黃梅意旨是甚麼人得。祖云、會□〔佛〕法人得。僧云、和尚還得否。祖云、不得。僧云、爲甚不得。祖云、我不會佛法矣。謹咨詢滿座諸衲子、六祖不會佛法云意旨、各請一着。代、青原伯〔白〕家――（三盞酒、喫了猶言未濕）唇。

［結夏］息耕老師《そっこうろうし》、結夏《けつげ》小參《しょうさん》に云く、六祖因みに僧問う、黃梅《おうばい》の意旨、是れ甚麼人《なんぴと》か得る。祖云く、佛法を會《え》する人得る。僧云く、和尚還って得るや否《いな》や。祖云く、得ず。僧云く、甚《なん》と爲《し》てか得ざる。祖云く、我れ佛法を會《え》せず、と。謹んで滿座《まんざ》の諸《しょ》衲子《のっす》に咨詢《しじゅん》す、六祖佛法を會《え》さずと云う意旨、各おの請う一着《いちじゃく》せよ。代わって、青原白家《せいげんはっか》、三盞の酒、喫し了って猶お未だ唇を濕さずと言う。

【四二八―九】

［冬至］孝經云、冬至有三義、一曰陰極之至、二△〔曰〕陽氣始至、

三日行南至矣。即今陰極陽至底端的、各請一着。代云、
雲北嶺冷、梅南枝香。
［冬至］孝經に云く、冬至に三義有り、一に曰く、陰極まるの至り、二に曰く、陽氣始めて至る、三に曰く、南に行いて至ると。即今、陰極まり陽至る底《てい》の端的《たんてき》、各おの請う一着《いちじゃく》せよ。代わって云く、雲は北嶺《ほくれい》に冷かに、梅は南枝《なんし》に香し。

【四二八―一〇】

記得、息耕老師上堂、△△△△△△△△［夾山初住京口寺因］僧問、如何是法身。山云、法身無相。如何是法眼。山云、法眼無瑕。作麼生是法眼無瑕、各請下語。代、明珠絶點翳。
記得《きとく》す、息耕老師《そっこうろうし》上堂《じょうどう》、夾山《かっさん》初めて京口寺に住す。因みに僧問う、如何なるか是れ法身《ほっしん》。山云く、法身無相《ほっしんむそう》。如何なるか是れ法眼《ほうげん》。山云く、法眼無瑕《ほうげんむか》、と。作麼生《そもさん》か是れ法眼無瑕《ほうげんむか》、各おの請う下語《あぎょ》せよ。代わって、明珠《めいしゅ》、點翳《てんえい》を絶す。

【四二八―一一】

作麼生是夏不扇、（各請一）着。代、六月坐來不知暑。
［六月十五日］古人云、冬不爐夏不扇。△△［謹咨］詢△△△△△［滿座諸衲子］、
［六月十五日］古人云く、冬爐せず、夏扇せず。愼んで滿座《まんざ》の諸衲子《しょのっす》に咨詢《しじゅん》す、作麼生《そもさん》か是れ夏扇せず、各おの請う一着せよ。代わって、六月、坐し來たって、暑さを知らず。

【四二八―一二】

僧問雪峯、巓山巖崕、還有佛法也無。峯云、有。僧云、如何是巓山巖崕佛法。△［謹］咨詢滿座諸禪翁、作麼生是巓山巖崕佛法。請各下語。代、絶嶽蒼髯樹々風。
僧、雪峯《せっぽう》に問う、巓山巖崕《てんざんがんがい》、還って佛法有りや也《ま》た無しや。峯云く、有り。僧云く、如何なるか是れ巓山巖崕《てんざんがんがい》の佛法。謹んで滿座《まんざ》の諸禪翁《しょぜんおう》に咨詢《しじゅん》す、

作麼生《そもさん》か是れ巓山巖崕《てんざんがんがい》の佛法。請う各おの下語《あぎょ》せよ。代わって、絶嶽《ぜつがく》の蒼髯《そうぜん》、樹々の風。

【四二八―一三】

［結夏］謹咨問、安居雨有不霑地麼。若有不霑地、諸衲試呈露看。代、座具提起云、只這是□□□衲僧｜｜外。又、胸中｜｜（自有一靈）臺。

［結夏］謹んで咨問《しもん》す、安居《あんご》雨ふれば地を霑さざること有りや。若し地を霑さざること有らば、諸衲《しょのう》、試みに呈露《ていろ》し看よ。代わって、座具《ざぐ》を提起《ていき》して云く、只這是□□□衲僧｜｜外。又た、胸中《きょうちゅう》自ずから一靈臺有り。

【四二八―一四】

［六月一日］古語云、文殊頭白普賢頭黑。｜｜詢。代、臺山六月雪花飛。

［六月一日］古語に云く、文殊《もんじゅ》は頭白く、普賢《ふげん》は頭黑し。｜｜詢。代わって、臺山《だいさん》、六月、雪花《せっか》飛ぶ。

【四二八―一五】

［九月］雲門偃禪師示衆云、聞聲悟道、見色明心。作麼生是聞聲悟道、見色明心。乃△〔云〕觀音菩薩將錢來、買胡餅、放下手、元來却是△〔箇〕饅頭矣。謹咨詢滿座諸禪衲、件々△〔且〕措、作麼生是聞｜｜道、請各一著。代、妙音妙指發全功、絶嶽蒼髯樹々風。

［九月］雲門《うんもん》偃禪師、衆に示して云く、聞聲悟道《もんしょうごどう》、見色明心《けんしきめいしん》。作麼生《そもさん》か是れ聞聲悟道《もんしょうごどう》、見色明心《けんしきめいしん》。乃ち云く、觀音《かんのん》菩薩、錢を將ち來たって胡餅《こびょう》を買う、手を放下《ほうげ》せば、元來《がんらい》却って是れ箇の饅頭《まんじゅう》、と。謹んで滿座《まんざ》の諸禪衲《しょぜんのう》に咨詢《しじゅん》す、件々は且らく措《お》く、作麼生《そもさん》か是れ聞聲悟道《もんしょうごどう》、請う各おの一着《いちじゃく》せよ。代わって、妙音妙指《みょうおんみょうし》、全功《ぜんこう》を發す、絶嶽《ぜつがく》の蒼髯《そうぜん》、樹々の風。

【四二八―一六】

[十一月十一日] 記得、古徳語云、頭々現彌勒家風、歴々顯文殊境界。謹咨詢滿坐諸禪衲、作麼生是文殊境界。代云、水繞山圍――（獅子窟、赫赫金毛從此）出。

[十一月十一日] 記得《きとく》す、古徳の語に云く、頭々、彌《み》勒《ろく》の家風《かふう》を現じ、歴々《れきれき》、文殊《もんじゅ》の境界《きょうがい》を顯わす。謹んで滿坐《まんざ》の諸禪衲《しょぜんのう》に咨詢《しじゅん》す、作麼生《そもさん》か是れ文殊《もんじゅ》の境界《きょうがい》。代わって云く、水繞り山圍む、獅子窟《ししくつ》、赫々《かくかく》たる金毛《きんもう》、此より出づ。

【四二八―一七】

[冬至] 謹咨詢滿座諸禪衲、群陰剝盡一葉[陽]生。吾禪床角、復一葉[陽]來覆[復]底有麼。諸人還看麼。代、兔角杖邊疎影動、龜毛拂頭暗香浮。

[冬至] 謹んで滿座《まんざ》の諸禪衲《しょぜんのう》に咨詢《しじゅん》す、群陰剝盡《ぐんいんはくじん》して一陽《いちよう》生ず。吾が禪床角《ぜんしょうかく》も復た一陽來復底《いちようらいふくてい》有りや。諸人、還って看るや。代わって、兔角杖邊《とかくじょうへん》、疎影《そえい》動き、龜毛拂頭《きもうほっとう》、暗香《あんこう》浮かぶ。

【四二八―一八】

記得、潤州金山曇穎達觀禪師上堂云、諸方鈎又曲餌又香、奔湊猶如蜂抱王。因聖這裡又[衍]釣又直餌又無、猶△[如]水底捺葫蘆。擧拄杖作釣魚勢矣。謹咨詢滿座諸禪兄、件々束高閣、擧拄杖作釣魚勢底（曰、深水取魚長信命、不曾將酒祭江神）。各請一着。代云、將龍泉三尺劍――天。又、竿頭――（絲線從君弄、不犯清波意自）殊。

記得《きとく》す、潤州金山の曇穎達觀禪師、上堂《じょうどう》に云く、諸方は鈎も又た曲り餌も又た香しく、奔湊《ほんそう》すること猶お蜂の王を抱くが如し。因聖が這裡《しゃり》は釣も又た直に餌も又た無し、猶お水底に葫蘆《ころ》を捺《お》すが如し。拄杖《しゅじょう》を擧《こ》して魚を釣る勢いを作して曰く、深水に魚を取るは長《つね》に命に信《まか》す、曾て酒を將て江神を祭らず、と。謹んで滿座《まんざ》の諸禪兄《しょぜんひん》に咨詢《しじゅん》す、件々は束《つか》ねて高く閣《さしお》く、拄杖《しゅじょう》を擧《こ》して魚を釣る勢いを作す底《てい》、各おの請う一着《いちじやく》せよ。代わって云く、將龍泉三尺劍ーー天。又、竿頭《かんとう》の絲線、君が弄するに從す、清波《せいは》を犯さずんば、意自ずから殊なり。

【四二八―一九】

記得、朗州刺史李翺何〔衍〕仰慕藥山儼禪師道風久矣。屢請不趣。乃特入山致敬、肅裝客禮、直造座前。藥山端然看經、殊不顧視。李△△△△△△△〔乃云見面不如聞名〕、拂袖便行。藥山却召李。々回首。藥山云、何得貴耳而賤目。如何是貴耳而賤目聻。各請一轉語。代、聞時九鼎重、ーー（見後一毫）輕。

記得《きとく》す、朗州刺史の李翺《りこう》、藥山《やくさん》の儼禪師の道風を仰慕《ぎようぼ》すること久し。屢《しば》しば請ずれども趣かず。乃ち特に山に入って敬を致し、肅裝客禮す。直に座前に造《いた》る。藥山《やくさん》、端然《たんぜん》として看經《かんきん》して、殊に顧視《こし》せず。李、乃ち云く、面を見るは名を聞くに如かず、と。拂袖《ほつしゆう》して便ち行く。藥山《やくさん》却って李と召す。李、首《こうべ》を回らす。藥山《やくさん》云く、何ぞ耳を貴んで目を賤しむことを得たる、と。如何なるか是れ耳を貴んで目を賤しむ、聻《にい》。各おの請う一轉語《いってんご》せよ。代わって、聞く時は九鼎《きゆうてい》重く、見て後は一《いち》毫《ごう》輕し。

【四二八―二〇】

[六月一日] 記得、古語曰、雖居鑊湯爐炭中、如有〔在〕安樂國土、雖居七珍八寶中、如有〔在〕茅茨蓬蒿下。謹咨問滿座ーー（諸禪翁）、雖居鑊湯（爐炭中、如在安樂）國土、ーー（各請）一着。代云、炎々火聚即清涼。又、兜率ーー（與泥犁同境）。〔此語碧ニ有〕

[六月一日] 記得《きとく》す、古語に曰く、鑊湯爐炭《かくとうろたん》の中に居すると雖も、安樂國土《あんらくこくど》に在るが如く、七珍八寶《しつちんはつぽう》の中に居すると雖も、茅茨蓬蒿《ぼうしほうこう》の下に在るが如し。謹んで滿座《まんざ》の諸禪翁《ぜんおう》に咨問《しもん》す、鑊湯爐炭《かくとうろたん》の中に居すると雖も、安樂國土《あんらくこくど》に在るが如しと、各おの請

う一着《いちじやく》せよ。代わって云く、炎々たる火聚《かじゅ》、即ち清涼《せいりよう》。又、兜率《とそつ》、泥犁《ないり》と同境。［此語碧ニ有］

【四二八―一二一】

［同十五日］謹咨詢満座△［諸］禪衲、作麼生熱時一服清涼散。代云、喝石巖前夏呑氷。又、死中得活。

［同十五日］謹んで満座《まんざ》の諸禪衲《しょぜんのう》に咨詢《しじゅん》す、作麼生《そもさん》か熱時に清涼散《せいりようさん》を一服す。代わって云く、喝石巖前《かつせきがんぜん》、夏、氷を呑む。又た、死中に活を得たり。

【四二八―一二二】

記得、皷山珪十無頌曰、無影樹、無孔鎚、無孔笛、無縫塔、無底籃、無鬚鎖、無星枰［秤］、無底鉢、無絃琴、無底船矣。謹咨詢満座諸禪徳、件々策［束］高閣、無絃琴端的在那裡。各請下語。［代云、妙音妙指發全功、｜｜（絶嶽蒼髯樹々）風。又、風前瀑音、雨後溪聲。此語人天眼目］。

記得《きとく》す、皷山の珪が十無頌に曰く、無影樹《むようじゅ》、無孔《むく》鎚《つい》、無孔笛《むくてき》、無縫塔《むほうとう》、無底籃《むていらん》、無鬚鎖《むしゅさ》、無星秤《むせいびん》、無底鉢《むていはつ》、無絃琴《むげんきん》、無底船《むていせん》と。謹んで満座《まんざ》の諸禪徳《しょぜんとく》に咨詢《しじゅん》す、件々は束《つか》ねて高く閣《さしお》く、無絃琴《むげんきん》、端《たん》的那裡《てきなり》にか在る。各おの請う下語《あぎょ》せよ。代わって云く、妙音妙指《みようおんみようし》、全功《ぜんこう》を發す、絶嶽《ぜつがく》の蒼髯《そうぜん》、樹々の風。又た、風前の瀑音《ばくおん》、雨後の溪聲《けいせい》。此の語、人天眼目《にんでんげんもく》。

【四二八―一二三】

記｜｜（得、虚堂曰）、名實相當、行解兼備、以平等大心、待四方衲子、方可據曲彔牀。作麼生是平等大心。代云、萬山不隔中秋月。

記得《きとく》す、虚堂《きどう》曰く、名實相當《めいじつそうとう》、行解兼備《ぎょうげけんび》、平等《びょうどう》大心《だいしん》を以て四方の衲子《のつす》を待して、方めて曲彔牀《きょくろくしょう》に據る可しと。作麼生《そもさん》か是れ平等大心《びょうどうだいしん》。代わって云く、萬山、中秋の月を隔てず。

【四二八―二四】

［八月十五日］記得、古語云、禪苑麟龍、祖門龜鏡、示一教風生電捲、垂一語山崩海枯矣［宗鏡録］。謹咨詢滿座諸禪、作麼生是祖門龜鏡。代云、態士［熊耳］峯前月如晝。

［八月十五日］記得《きとく》す、古語に云く、禪苑《ぜんえん》の麟龍《りんりゅう》、祖門の龜鏡《ききょう》、一教を示せば、風生じ電捲き、一語を垂れれば、山崩れ海枯る［宗鏡録］。謹んで滿座《まんざ》の諸禪に咨詢《しじゅん》す、作麼生《そもさん》か是れ祖門の龜鏡《ききょう》。代わって云く、態耳峯前《ゆうじほうぜん》、月晝くが如し。

【四二九】原本六四丁

戀之詩

孟嘗門家三千客、不捨鶏鳴狗吠人。横川

孟嘗《もうしょう》門家、三千の客、
鶏鳴狗吠《けいめいくばい》の人を捨てず。

【四三〇―一】

故寺看櫻

片々風吹滿路深、山櫻爛熳古叢林。
玉雲金谷無斯境、花裡黃鶯白雪琴。云胡

片々《へんぺん》、風吹いて、路に滿ちて深し、
山櫻爛熳《さんおうらんまん》たり、古叢林《こそうりん》。
玉雲金谷《ぎょくうんきんこく》、斯《こ》の境無し、
花裡《かり》の黃鶯《こうおう》、白雪《はくせつ》の琴。

○玉雲＝建長寺玉雲菴。最勝園寺殿（北條貞時）が徳治二年に造營。櫻の名所。大鑑禪師（清拙正澄）玉雲櫻花偈云、「瓏璁一樹玉雲香、彷佛垂絲蜀海棠。雨過石巖春正暖、國師面目不曾忘」。

【四三〇―二】

故寺風光貫古今、詩僧幾箇指梅吟。
吟枝吹亂臙脂雪、中有蒼髯彈綠琴。

故寺の風光、古今を貫く、
詩僧《しそう》幾箇ぞ、梅を指して吟ず。

吟枝《ぎんし》、吹き亂す、臙脂《えんし》の雪、
中に蒼髯《そうぜん》有って、綠琴《りよくきん》を彈く。

【四三〇―三】

名藍境與玉堂同、爛熳白櫻春色濃。
金谷思應無此景、一欄花影月如弓。

名藍《めいらん》の境、玉堂《ぎよくどう》と同じ、
爛熳《らんまん》たる白櫻《はくおう》、春色濃《こまや》かなり。
金谷《きんこく》、思うに應《まさ》に此の景無かるべし、
一欄の花影《かえい》、月、弓の如し。

【四三一】

春遊先花

意足不求對花話、一盃春色九方公〔皐〕。

意足りて求めず、花に對して話《かた》ることを、
一盃《いっぱい》の春色、九方皐《きゅうほうこう》。

○意足不求＝陳簡齋「墨梅」詩、「含章簷下春風面、造化功成秋兔毫。意足不求顏色似、前身相馬九方皐」。

【四三二】

鐵牛

一箇鐵牛頭角完、人々驀直着心看。
作家爐鞴有天巧、鑄出春風黑牡丹。

一箇の鐵牛《てつぎゅう》、頭角《ずかく》完《まつた》し、
人々《にんにん》、驀直《まくじき》に心を着けて看よ。
作家《さつけ》の爐鞴《ろはい》、天巧《てんこう》有り、
鑄出《いい》だす、春風《しゅんぷう》の黑牡丹《こくぼたん》。

【四三三】

笠簷〔簷〕春暗花耶雪、鶯若不啼衣可寒。〔鶯ノコヘナカリセバ、雪キヘヌ。又、山サトニ、イカデ春ヲシルベシ。コノコ、ロヒタチシン藏主〕

笠簷《りゅうえん》、春は暗し、花か雪か、
鶯若し啼かずんば、衣、寒かる可し。

【四三四】

人日聴鶯

餘寒昨夜去天涯、人日鶯啼春意加。南溟
妝點含章檐下面、遷喬一曲落梅花。

餘寒《よかん》、昨夜、天涯《てんがい》に去る、
人日、鶯啼いて、春意《しゅんい》加う。
妝點《しょうてん》す、含章檐下《がんしょうえんか》の面、
遷喬《せんきょう》の一曲、梅花《ばいか》を落とす。

【四三五―一】

七夕　得鵬一字

銀河雨滴女牛涙、咫尺烏〔鵲〕橋萬里鵬。端英

銀河《ぎんが》の雨滴《うてき》、女牛《じょぎゅう》の涙、
咫尺《しせき》の鵲橋《じゃくきょう》、萬里《ばんり》の鵬。

○鵲橋＝七月七日、牽牛と織女が逢うときに、烏鵲がその羽根で天にかける橋。

【四三五―二】

天上人間殘暑菡〔蒸〕、槿花此夕霜纔承。
南溟傾倒銀河水、推落二星騎大鵬。同

天上人間《てんじょうじんかん》、殘暑蒸す、
槿花《きんか》、此の夕、霜纔《わず》かに承く。
南溟《なんめい》、銀河《ぎんが》の水を傾倒《けいとう》し、
二星を推落《すいらく》して、大鵬《たいほう》に騎る。

【四三六】

羯鼓催花

催花羯鼓報新晴、何處芳園紅不驚。
撃破驪宮海棠睡、春光好亦作虚聲。同

花を催す羯鼓《かっく》、新晴を報ず、
何れの處の芳園《ほうえん》か、紅に驚かざる。
驪宮《りきゅう》を撃破《げきは》して、海棠《かいどう》睡る、
春光好《しゅんこうこう》、亦た虚聲《きょせい》を作す。

○天恩寺舊藏『葛藤集』[三四五]。○羯鼓催花＝南卓の『羯鼓録』に、「明皇尤も羯鼓を愛す。嘗て二月の初め詰旦に宿雨晴るるに遇い、内庭の柳杏將に吐かんとす。覩て歎じて曰う、此の景物に對して、豈に他の與めに之を判斷せざるを得んや。力士、羯鼓《かっく》を取らしむ。上、軒に臨んで縦ままに撃つ。自ら一曲を製して、春好光と名づく。顧みるに及んで柳杏、皆な已に發坼す。上笑うて嬪御に謂いて曰く、此の一事、我を喚んで天公と作《な》さずして、可ならんや」。

【四三七】

重陽逢雨　得鷗一字

今雨登高惜昔遊、巨唐天下晉風流。
北窓滴々對黄菊、白髪陶公一臥鷗。同

今雨ふるに登高し、昔遊《せきゆう》を惜しむ、
巨唐《きょとう》の天下、晉《しん》の風流《ふうりゅう》。
北窓《ほくそう》、滴々として黄菊《こうきく》に對す、
白髪《はくはつ》の陶公《とうこう》、一《いち》臥鷗《がおう》。

【四三八】

南泉指庭前花

牡丹吐蘂自光新、王老庭前絶比倫。
召丈〔大〕夫還會麼、花飛蝶駭夢中春。江南

牡丹《ぼたん》、蘂を吐いて、自ずから光新たなり、
王老《おうろう》が庭前《ていぜん》、比倫《ひりん》を絶す。
大夫を召して、還って會《え》すやと、
花飛び蝶は駭《おどろ》く、夢中の春。

【四三九】

林際栽松

○ここに亂あり。[四五九―一]に続くか。

【四四〇】

倚花窓

請君有意指花看、那箇枝頭不帶春。

君に請う、意有って花を指し看よ、

那箇《なこ》の枝頭《しとう》か、春を帯びざる。

【四四一】

待紅葉

莊椿結實待楓意、一夜霜遲秋八千。大蟲

莊椿《そうちん》、實を結んで、楓を待つ意、

一夜、霜遲し、秋八千。

○この詩、後出[七九四]と同じ。

【四四二】

聽三月初三鵑

燕山一宿三千歲、杜宇聲中王母桃。

燕山《えんざん》一宿、三千歲《さんぜんさい》、

杜宇聲中《とうせいちゅう》、王母《おうぼ》の桃。

【四四三】

寒燈

窓前挑盡迎三白、匡衡鑿壁亦孫康。

窓前《そうぜん》に挑《かか》げ盡くして、三白を迎う、

匡衡《きょうこう》の鑿壁《さくへき》、亦た孫康《そんこう》。

○『蒙求』匡衡鑿壁、孫康映雪。

【四四四】

夢雪

笠重六花吹亂曉、邯鄲國裡呉天△[雪]。

笠は重し、六花《りくか》、吹き亂るる曉、

邯鄲國裡《かんたんこくり》、呉天《ごてん》の雪。

○『詩人玉屑』二十、闖僧可士の「送僧」詩、「笠重呉天雪、鞋香楚地華」。

【四四五】

雪夜訪僧

寺在梅花風雪邊、今宵僧侶奈寒天。

斜々整々更吹後、行問江湖白髪禪。雪叟

寺は梅花風雪《ばいかふうせつ》の邊に在り、
今宵《こんしょう》、僧侶、寒天を奈《いかん》せん。
斜々整々《しゃしゃせいせい》、更に吹いて後、
行いて問う、江湖白髪《ごうこはくはつ》の禪。

【四四六】

雪佛

唯我獨尊當午滅、日輪天子惡波旬。鐵山

唯我獨尊《ゆいがどくそん》も、當午《とうご》に滅す、
日輪《にちりん》天子、惡波旬《あくはじゅん》。

【四四七】

花菴牽牛

菴後菴前穎川水、花如巣父看堯時。策甫

菴後菴前、穎川《えいせん》の水、
花は巣父《そうほ》が堯を看る時の如し。

【四四八】

問花何事辭天去、河漢微雲荊國公。高山

花に問う、何事ぞ天を辭し去ると、
河漢《かかん》の微雲《びうん》、荊國公《けいこくこう》。

○荊國公＝王安石。

【四四九】

青苗不秀碧英秀、巨宋乾坤菴後秋。淳巖

青苗《せいびょう》秀でず、碧英《へきえい》秀づ、
巨宋《きょそう》の乾坤《けんこん》、菴後の秋。

【四五〇】

桃花茶

曾坑不隔玄都觀、兩地風光一椀中。芳栖

曾坑《そこう》、玄都觀《げんとかん》を隔てず、
兩地の風光、一椀《いちわん》の中。

○曾坑＝福建の茶の産地の名。轉じて茶の名。○玄都観＝前出［二四八］、劉禹錫「戯に看花の君子に贈る」詩に、「玄都観裏、桃千樹」。

【四五一―一】原本六五丁

弓勢梅

黄鶯投宿懸絲命、枝上乾坤羿彀中。鐵山

黄鶯《こうおう》、宿を投ぜば、懸絲《けんし》の命、
枝上《しじょう》の乾坤《けんこん》、羿《げい》が彀中《こうちゅう》。

【四五一―二】

林君去後無人射、枝上黄鶯遊彀中。

林君《りんくん》去りし後、人の射る無し、
枝上《しじょう》の黄鶯《こうおう》、彀中《こうちゅう》に遊ぶ。

【四五二】

飜攤卷中句、西出陽關多故人。［是ハ三體詩學文シテ歸九州ノ時之送行］

飜《かえ》って攤《ひら》けば、卷中の句、
西の方、陽關を出づれば、故人多し。

○王維「送元二使安西」詩、「勸君更盡一杯酒、西出陽關無故人」。

【四五三】

牽牛上竹

當年七夕化花去、不渡銀河渡渭川。信叔

當年の七夕、花に化し去って、
銀河《ぎんが》を渡らず、渭川《いせん》を渡る。

○牽牛＝あさがお。○天恩寺舊藏『葛藤集』天桂の「槿花上竹」に「牽牛昔日化花去、不渡銀河渡渭川」。なお、この詩題にいう槿花はムクゲではなくアサガオのこと。

【四五四】

讀晏李白桃李園序

人生無蔕奈流光、盃底山河傾大唐。

萬事春風唯一醉、桃紅李白俱亡羊。玉イン［鎌倉五山衆］

李白《りはく》の桃李園《とうりえん》に宴する序を讀む
人生無蔕《むてい》、流光《りゅうこう》を奈《いかん》せん、
盃底《はいてい》の山河《せんが》、大唐を傾く。
萬事春風《ばんじしゅんぷう》、唯だ一醉《いっすい》、
桃紅李白《とうこうりはく》、共に亡羊《ぼうよう》。

○讀晏李白桃李園序＝讀李白宴桃李園序。李白「春夜、桃季園に宴する序」に、「夫れ天地は萬物の逆旅、光陰は百代の過客にして、浮生は夢の若し、歡を爲すこと幾何ぞ」。○天恩寺舊藏『葛藤集』玉隱「李白宴桃李」に「人生無蔕奈流光、盃底山河傾大唐。萬事春風唯一醉、桃紅李白共亡羊。○無蔕＝引っかかりがなく、活動が自在なること。杜甫『解憂』詩に「呀坑瞥眼過、飛櫓本無蔕」。

【四五五】

新竹

若以叢林論漢室、子君世界莽乾坤。　淳巖

若し叢林《そうりん》を以て、漢室《かんしつ》を論ぜば、
子君の世界《せかい》も、莽乾坤《ぼうけんこん》。

○天恩寺舊藏『葛藤集』「新竹」に「半移渭子半湘孫、細細風吹遶一軒。若向叢林論漢室、此君世界□乾坤」。○莽乾坤＝天地を罵っていう語。亂れた世界。

【四五六】

梅花燈

餘光若落逋仙手、莫照漢家封禪書。　東福善長老

餘光《よこう》、若し逋仙《ほせん》が手に落ちなば、
漢家封禪《かんけほうぜん》の書を照らす莫かれ。

【四五七】

淵明洗足

一官若蹈寄奴國、雙脚塵泥洗不清。　九淵皦

一官、若し寄奴國《きどこく》を蹈まば、
雙脚《そうきゃく》の塵泥《じんでい》、洗えども清からず。

○淵明洗足＝『翰林五鳳集』淵明濯足圖、五首あり。陶淵明「歸田園居」に「人生似幻化。終當歸空無。悵恨獨策還。崎嶇歷榛曲。澗水清且淺。可以濯吾足。漉我新熟酒。隻鷄招近屬」。○寄奴＝

劉寄奴。菊科の藥草、おとぎり草のこと。寄奴は、南宋の高祖、劉裕の幼名。はじめ劉裕が、この草を採って病を治したことによって、この名がある。事は『南史、宋武帝記』に出る。また劉寄奴草ともいう。

【四五八】

四皓囲碁

呂公一起鬢斑々、無復磻溪把釣竿。四老安劉早歸去、山雲未濕舊碁盤。

呂公《りよこう》は一たび起って、鬢斑々《はんぱん》、復た磻溪《はんけい》に釣竿《ちようかん》を把《と》ること無し。四老は劉を安んじて早く歸り去る、山雲、未だ濕さず、舊碁盤《きゆうごばん》。

○天恩寺舊藏『葛藤集』慶仲「四皓圍碁圖」に「太公一起鬢斑々、不復磻溪把釣竿。四老安劉便歸去、山雲未濕舊碁盤」。○呂公＝呂尚、太公望。○四老安劉＝『鶴林玉露』地集、巻四「四老安劉」。劉氏すなわち漢室を安泰にする意。杜牧之「四老廟」詩に「四老安劉是滅劉」。

【四五九―一】

這林際樹蓋天來、黄檗山頭曾手栽。子葉孫枝秋暮矣、叢林無復棟梁材。林際樹前之題　南溟

這《こ》の林際《りんざい》の樹、天を蓋い來たる、黄檗山頭《おうばくさんとう》、曾て手ずから栽う。子葉孫枝《しようそんし》、秋暮れぬ、叢林《そうりん》、復た棟梁《とうりよう》の材無し。

○［四三九］に続くものか。

【四五九―二】

巖谷栽松細雨春、钁頭邊事重千鈞。流鶯語盡山門境、他日蔭涼天下人。

巖谷《がんこく》に松を栽う、細雨《さいう》の春、钁頭邊《かくとうへん》の事、重きこと千鈞《せんきん》。流鶯《りゆうおう》、語り盡くす、山門の境、他日、天下の人の蔭涼《いんりよう》たらん。

【四六〇】
死心靈滅却之頌
與汝看來面目眞、露堂々也刹塵々。江南
祇言莫向邪途去、成佛上天梅漏春。
汝が與《ため》に、面目眞《めんもくしん》を看來たる、
露堂々也《ろどうどうや》、刹塵々《せつじんじん》。
祇《た》だ言う、邪途《じゃと》に向かって去ること莫かれ、
成佛《じょうぶつ》して天に上ず、梅、春を漏らす。

【四六一】
景堂十三年忌
彷彿天宮醉彌勒、依俙華藏活瞿曇。
牡丹不待來年閏、雪裏新開紅十三。龜年
彷彿《ほうふつ》たり、天宮《てんきゅう》の醉彌勒《すいみろく》に、
依俙《いき》たり、華藏《けぞう》の活瞿曇《かつくどん》に。
牡丹《ぼたん》、來年の閏《うるう》を待たず、
雪裏《せつり》、新たに開く、紅十三《こうじゅうさん》。

【四六二】
花陣
枝上紅兼楚王弱、夜來風雨虎狼秦。三益
枝上《しじょう》の紅と楚王《そおう》の弱と、
夜來《やらい》の風雨、虎狼《ころう》の秦。

【四六三】
贊韓退之
李唐天下長應暗、北斗埋光秦嶺雲。
李唐《りとう》の天下、長く應《まさ》に暗かるべし、
北斗《ほくと》、光を埋む、秦嶺《しんれい》の雲。

【四六四】
月如書
開盡南窓好讀書、清光如晝五更初。
今宵背月若成寢、恐被傍人呼宰予。
南窓《なんそう》を開盡《かいじん》して、好《よ》し讀書《どくしょ》するに、

清光、晝の如し、五更の初め。
今宵《こんしょう》、月に背いて、若し寝を成さば、
恐らくは傍人《ぼうじん》に宰予《さいよ》と呼ばれん。

○宰予＝孔子の弟子。孔子が嚴しく叱責した。『論語』公冶長、「宰予、晝、寝す。子曰、朽木は雕る可からず。糞土の牆は朽《ぬ》る可からず。予に於いては何ぞ誅《せ》めん」。

【四六五】

樵路躑躅

風雨聲裡春已去、檐頭花亦不如歸。天桂

風雨聲裡《せいり》、春已に去る、
檐頭《えんとう》の花も亦た歸らんには如かず。

【四六六】

杜鵑花

山紅雨過夕陽微、花似杜鵑霞欲飛。
後五百年□望帝、一枝不道不如歸。同

山紅《さんこう》雨過ぎて、夕陽《せきよう》微なり、
花、杜鵑《とけん》に似て、霞飛ばんと欲す。
後五百年、□望帝、
一枝《いっし》、道わず、歸らんには如かずと。

【四六七—一】

脩羅入藕絲竅中

聞説脩羅勢力身、形模十六萬由旬。
敗軍時入藕絲竅、小大短長曾不眞。

聞《き》説くならく、脩羅《しゅら》の勢力身《せいりょくしん》、
形模《ぎょうも》、十六萬由旬《ゆじゅん》。
敗軍《はいぐん》、時に藕絲竅《ぐうしきょう》に入る、
小大短長、曾て眞ならず。

【四六七—二】

要知素洛動搖處、百萬甲戈風裏花。

素洛《そらく》動搖の處を知らんと要せば、

百萬の甲戈《こうか》、風裏の花。

○素洛＝阿素洛。阿修羅。○これ以下、亂丁。

【四六八】原本六六丁

日々干戈刀杖加、脩羅帝釋甚冤家。
要知王舍城中戰、問取臨平五月花。

日々干戈《かんか》、刀杖《とうじょう》加う、
脩羅《しゅら》帝釋《たいしゃく》、甚だ冤家《おんけ》。
王舍城中《おうしゃじょうちゅう》の戰を知らんと要せば、
臨平《りんぺい》五月の花に問取《もんしゅ》せよ。

○臨平五月花＝僧道潛「臨平道中」詩、「五月臨平山下路、藕花無數繞汀洲」。

【四六九】

翅翎好去涅槃岸、三界無安風雨枝。［シチウカラノ死スル頌］

天桂

翅翎《しれい》、好《よ》し去れ、涅槃《ねはん》の岸、
三界《さんがい》安きこと無し、風雨の枝。

【四七〇―一】

團扇放翁

素紈亦有楚騷恨、只畫放翁忘却梅。

素紈《そがん》、亦た楚騷《そそう》の恨み有り、
只だ放翁《ほうおう》を畫いて、梅を忘却《ぼうきゃく》す。

○楚騷恨＝「離騷」に梅花が載らぬこと。

【四七〇―二】

身在清風明月裏、人間溽暑不曾知。

身は清風明月《せいふうめいげつ》の裏《うち》に在り、
人間《じんかん》の溽暑《じょくしょ》、曾て知らず。

【四七一―一】

大慧黄楊木禪

盍念消災吉祥呪、黄楊木漢潤餘年。

盍《なん》ぞ消災吉祥呪《しょうさいきつしょうじゅ》を念ぜざる、
黄楊木《こうようぼく》の漢、潤餘年《じゅんよねん》。

【四七一―二】

縦然參得黄楊木、竟作僧中杞梓材。

縦然《たと》い黄楊木《こうようぼく》に參得《さんとく》するも、
竟《つい》には僧中の杞梓《きし》の材と作《な》る。

【四七一―三】

請看奚翁未了因、黄楊木也是前身。
宗枝縦有閏年厄、他日挽回臨濟春。

請う看よ、奚翁《けいおう》が未了《みりょう》の因、
黄楊木《こうようぼく》や、是れ前身。
宗枝《しゅうし》、縦《たと》い閏年《じゅんねん》の厄《やく》有るも、
他日、臨濟《りんざい》の春を挽回《ばんかい》せん。

○奚翁＝大慧。俗姓奚氏。

【四七二】

重陽賛達磨

從來達磨出陶家、節到重陽酒興加。
第一不然高遠意、東籬採菊作指花。

從來、達磨《だるま》は陶家《とうけ》に出づ、
節《せつ》、重陽《ちょうよう》に到って、酒興《しゅきょう》加う。
第一《だいいち》、然らずんば高遠《こうえん》の意、
東籬《とうり》に菊を採って、作指花。

○達磨出陶家＝陶淵明のことを第一達磨という。○作指花＝不審。

【四七三】

白地扇面槿花

人間晦朔曾不知、朝露落時花亦奇。
因思呉王宮裏事、西施白地掃娥眉。鳳□

人間《じんかん》の晦朔《かいさく》、曾て知らず、
朝露《ちょうろ》落つる時、花も亦た奇。

因って思う、呉王宮裏《ごおうきゆうり》の事、
西施《せいし》、白地《はくち》に娥眉《がび》を掃く。

○この詩、後出［五一九］［五八五］。

【四七四】

千百億文殊再來、去時倒跨狻獅兒。
闕門不鎖梅花室、佛法南方誰住持。梅室へ悼南溟

千百億の文殊再來《もんじゆさいらい》、
去る時、倒《さかし》まに狻獅兒《ししじ》に跨る。
闕門《かんもん》鎖さず、梅花《ばいか》の室、
佛法南方、誰か住持す。

○前出［三二一］。

【四七五】

草鞋竹枝破袈裟、曉出長安殘月家。
却怪此公先節去、淵明竟不肖黄花。送行大休

草鞋竹枝《そうあいちくし》、破袈裟《はげさ》、
曉に長安《ちようあん》を出づ、殘月《ざんげつ》の家。
却って怪しむ、此の公、節に先んじて去るを、
淵明《えんめい》、竟《つい》に黄花《こうか》に肖《に》ず。

【四七六】

落花漲盡江南雨、一夜閑鷗夢亦香。春漲

落花《らつか》、漲り盡くす、江南《こうなん》の雨、
一夜、閑鷗《かんおう》、夢も亦た香し。

【四七七】

一雨過時高幾許、掛猿枝撃［繋］往來船。

一雨過ぐる時、高さ幾許《いくばく》ぞ、
猿を掛くる枝に、往來《おうらい》の船を繫ぐ。

○後［八八九］に再出。また『翰林五鳳集』天隱「春潮」に「春潮挾月氣如秋。擘岸東風晩未收。一雨過時高幾尺。掛猿枝繫往來舟」。
○掛猿枝＝蘇軾「書李世南所畫秋景」に「人間斤斧日創夷、誰見龍

蛇百尺姿。不是溪山成獨往、何人解作掛猿枝」。

【四七八】

昨夜彗星《ホウキ星也》下天上、花王何處是蒙塵《天子郎當ノ底》。
掃花箒荊公句、慇懃掃花箒

昨夜、彗星《すいせい》、天上《てんじょう》より下る、
花王《かおう》、何れの處か是れ蒙塵《もうじん》。

○蒙塵＝天子が宮城を出て他國に流浪すること。

【四七九―一】

楓林鷓聲

滿林霜葉似花時、山鷓鴣聲聽始奇。
去々莫啼行不得、丹楓栖老鳳凰枝。快川

滿林《まんりん》の霜葉《そうよう》、花に似る時、
山鷓鴣《しゃこ》の聲、聽いて始めて奇なり。
去れ去れ、行不得《ぎょうふとく》と啼くこと莫かれ、
丹楓《たんぷう》、栖み老ゆ、鳳凰《ほうおう》の枝。

○行不得＝行不得也哥哥。山鷓鴣の鳴き聲。

【四七九―二】

紅葉多從秋後加、鷓鴣聲裡夕陽斜。
霜風縱冷不飛去、楓亦江南三月花。

紅葉《こうよう》は多く秋後より加う、
鷓鴣《しゃこ》聲裡《せいり》、夕陽《せきよう》斜めなり。
霜風《そうふう》、縱《たと》い冷く飛び去らずとも、
楓は亦た江南《こうなん》三月の花。

【四七九―三】

汝是燕山胡鴈壻、楓時何事約寒鴉。［鷓鴣ハ淅ノ鴈ムコト云也］

汝は是れ燕山《えんざん》胡鴈《こがん》の壻《むこ》、
楓の時、何事ぞ寒鴉《かんあ》と約す。

【四八〇】

雪詩

忽爾朝來得歡處、窓前折竹［雪］故郷山。天桂

忽爾《こつじ》として、朝來《ちょうらい》、歡を得る處、
窓前《そうぜん》の雪竹《せっちく》、故郷の山。

○天恩寺舊藏『葛藤集』天桂「喜雪」に「忽爾曉來得歡處、窓前雪竹故郷山」。

【四八一―一】

山居偶作

青山幾度遍［變］黄山、浮世竟［衍字］紛紜總不干。
眼裡有塵三界窄、心頭無事一床寛。ムサウ

青山《せいざん》、幾度か、黄山《こうざん》に變わる、
浮世《ふせい》の紛紜《ふんうん》、總に干せず。
眼裡《がんり》、塵有れば、三界《さんがい》も窄《すぼ》し、
心頭《しんとう》、事無ければ、一床も寛し。

○前出［一一九―二］。『夢窓録』によって訂す。

【四八一―二】

茅屋山中也太差、安眠高臥懶生涯。
工夫只在寒爐上、焼栗頻添榾柮柴。快川

茅屋《ぼうおく》、山中《さんちゅう》、也太差《やたいさ》、
安眠高臥《あんみんこうが》、懶生涯《らんしょうがい》。
工夫《くふう》、只だ寒爐上《かんろじょう》に在り、
栗を焼いて、頻りに榾柮《こっとつ》の柴を添う。

○頻添榾柮柴＝宝峰景淳藏主「山居詩」「愛暖頻添榾柮柴」。

【四八二】

重陽　孟嘉落帽圖

對菊方知酒有權、龍山落帽晩風前。
桓温九日黄花宴、千歳流芳孟萬年。云胡

菊に對して方に知る、酒に權《けん》有ることを、
龍山《りゅうざん》、帽を落とす、晩風《ばんぷう》の前。
桓温《かんおん》、九日、黄花《こうか》の宴、
千歳、芳を流《つた》う、孟萬年《もうまんねん》。

○孟嘉落帽＝『蒙求』。東晉桓温が龍山で宴を催した時、桓温の参軍の孟嘉は風で帽子を吹き飛ばされたのに気づかなかった。人からそれを詩で風刺されたが狼狽せず、かえって洒脱の文で即答したという風流談。○酒有權＝鄭谷「中年」詩に「情多最恨花無語、愁破方知酒有權」。酒には愁魔を降す威權がある。○孟萬年＝孟嘉の字。

【四八三】

聞鶯悟道

耳根忽被鶯聲觸、拍手呵々花欲飛。

耳根、忽ち鶯聲《おうせい》に觸れられて、手を拍って呵々《かか》、花飛ばんと欲す。

【四八四】

且自燕家重郭隗、黄金臺上得賢才。

請君不信指花看、春日野梅資始開。［繼細川六郎殿］策陽

且つ燕家《えんけ》、郭隗《かくかい》を重んじてより、黄金臺《おうごんだいじょう》上に賢才《けんさい》を得たり。

請う君、信ぜずんば花を指して看よ、春日《しゅんじつ》の野梅《やばい》、資《と》って始めて開く。

○自燕家重郭隗、黄金臺上得賢才＝原本の点は不可。

【四八五】

却寒簾

十二行中坐來暖、不知風雪到梅花。乾嶽

十二行中、坐し來たれば暖かなり、風雪《ふうせつ》の梅花《ばいか》に到るを知らず。

【四八六―一】原本六七丁

達磨忌

梁王長在鳳凰臺、隻履西飛竟未回。

達磨拈華只這是、小春含笑一枝梅。快川

梁王《りょうおう》、長く鳳凰臺《ほうおうだい》に在り、隻履西飛《せきりせいひ》して、竟《つい》に未だ回らず。

達磨拈華《だるまねんげ》、只だ這《こ》れ是《こ》れ、小春、笑を含む、一枝《いっし》の梅。

【四八六―二】

従殘月已落泉臺、熊耳峯頭雲晴回。
第一達磨再來也、淵明之海[梅]白鷗梅。

殘月《ざんげつ》、已に泉臺に落ちてより、
熊耳峯頭《ゆうじほうとう》、雲晴れて回る。
第一達磨《だいいちだるま》の再來《さいらい》なり、
淵明《えんめい》の梅、白鷗《はくおう》の梅。

○第一達磨＝陶淵明。

【四八六―三】

野狐跳入太平州、破却六宗誑俗流。
能[熊]耳峯高一痕月、空埋隻履不埋秋。

野狐跳入《やこちょうにゅう》す、太平州《たいへいしゅう》、
六宗を破却して、俗流を誑《たぶらか》す。
熊耳峯《ゆうじほう》高し、一痕《いっこん》の月、
空しく隻履《せきり》を埋めて、秋を埋めず。

【四八七】

禪詩一章、以慶雲徹二公、從温湯歸、擊節惟幸
還赴温泉入萬峯、秋風葉落又歸笻。
二僧出浴乾坤震、一默[點]梅花兩△[處]龍。快川

禪詩一章、以て雲徹の二公が温湯より歸るを慶す、
擊節《げきせつ》されれば惟《こ》れ幸い。
還って温泉に赴いて、萬峯に入る、
秋風葉落《ようらく》、又た歸笻《ききょう》。
二僧浴を出でて、乾坤《けんこん》震う、
一點の梅花《ばいか》、兩處の龍。

【四八八】

神光賊後叫單傳、面壁張弓八九年。
射透梁王功德鎧、廓[廓]△[然]一箭過西天。同

神光《じんこう》、賊後《ぞくご》に單傳《たんでん》と叫ぶ、
面壁《めんぺき》、弓を張る八九年。
梁王《りょうおう》が功德鎧《くどくがい》を射透して、

廓然《かくねん》の一箭《いっせん》、西天《さいてん》に過ぐ。

【四八九】

蹈破普通天下去、朝來笠履板橋霜。仁甫

普通の天下を蹈破《とうは》し去って、
朝來《ちょうらい》、笠履《じくり》、板橋《ばんきよう》の霜。

○板橋霜＝温庭筠「商山早行」、「鶏聲茅店月、人跡板橋霜」。

【四九〇】

隻履空棺土上泥、野狐見解令人迷。
一宗不盡三千歳、月白蘆花淺水西。天桂

隻履空棺《せきりくうかん》、土上の泥、
野狐《やこ》の見解《けんげ》、人をして迷わす。
一宗盡きず、三千歳《さんぜんさい》、
月は白し、蘆花《ろか》、淺水《せんすい》の西。

【四九一】

廻避流支毒藥方、早歸十萬里程鄉。
慇懃欲問西來意、一點寒梅滿口霜。

流支《るし》が毒藥《どくやく》の方を廻避して、
早く十萬里程の郷に歸る。
慇懃《いんぎん》に西來意《せいらいい》を問わんと欲す、
一點《いってん》の寒梅《かんばい》、滿口《まんく》の霜。

【四九二―一】

旅身不恐風霜惡、帶得梁王華衮歸。岐岫

旅身、風霜《ふうそう》の惡しきを恐れず、
梁王《りょうおう》の華衮《かこん》を帶び得て歸る。

【四九二―二】

十月小春梅蘂綻、達磨錦綉帶香歸。和

十月小春、梅蘂綻《ばいずい》ぶ、

達磨《だるま》、錦繍《きんしゅう》に香を帯びて歸る。

【四九三―一】

佛成道

修身煉行淡生涯、經過六年霜雪來。
成道何先梅與佛、堅牢神亦不曾知。岐岫

修身煉行《しゅうしんれんぎょう》、淡生涯《たんしょうがい》、
六年の霜雪《そうせつ》を經過し來たる。
成道《じょうどう》、何れか先なる、梅と佛と、
堅牢神《けんろうしん》も亦た曾て知らず。

○堅牢神＝地天。

【四九三―二】

狼毒肝腸這寧馨、鵲肩蘆膝鬢凋零。
秋風何事不成道、一點山螢一點星。仁甫

狼毒《ろうどく》の肝腸《かんちょう》、這《こ》の寧馨《ねいきょう》、
鵲肩蘆膝《じゃくけんろしつ》、鬢凋零《びんちょうれい》す。
秋風、何事ぞ成道《じょうどう》せざる、
一點《いってん》の山螢《さんけい》、一點《いってん》の星。

【四九三―三】

雪嶺六年寒與飢、何堪麻麥大佛師。
下山假使叫成道、可被梅花面目窺。

雪嶺《せつれい》六年、寒と飢と、
何ぞ麻麥《まばく》に堪うるや、大佛師。
山を下って、假使《たと》い成道《じょうどう》と叫ぶも、
梅花《ばいか》に面目《めんもく》を窺わる可し。

【四九三―四】

降魔一相道成辰、坐斷菩提樹下春。
將謂今朝出人世、吉祥草座又容身。淳巖

降魔《ごうま》一相、道成ずる辰、
菩提樹下《ぼだいじゅげ》の春を坐斷《ざだん》す。
將《まさ》に謂《おも》えり、今朝、人世に出づると、

吉祥草座《きつしょうそうざ》に又た身を容る。

【四九三―五】

縱到驢年不成道、工夫六白是耶非。
鳥栖冬樹雪山裡、彷彿春聲一度飛。同

縱《たと》い驢年《ろねん》に到るも、道を成ぜじ、
工夫六白《くふうろつぱく》、是か非か。
鳥、冬樹《とうじゅ》に栖む、雪山《せつさん》の裡《うち》、
彷彿《ほうふつ》たり、春聲一度に飛ぶに。

【四九四―一】

錯認明星忘萬機、六年端坐是耶非。
雲埋老樹雪山裡、烏鵲離肩一度飛。雪叟

錯って明星《みようじよう》を認めて、萬機《ばんき》を忘ず、
六年端坐《たんざ》、是か非か。
雲、老樹を埋む、雪山《せつさん》の裡、
烏鵲《うじやく》、肩を離れて、一度に飛ぶ。

【四九四―二】

明星一見發金[全]機、錯費工夫得是非。
昨夜瞿曇出無路、香南雪北六花飛。和喜

明星《みようじよう》一見、全機《ぜんき》を發す、
錯って工夫《くふう》を費し、是非を得。
昨夜、瞿曇《くどん》、出づるに路無し、
香南雪北《こうなんせつほく》、六花《りくか》飛ぶ。

【四九四―三】

雪山端坐似忘機、六白工夫萬事[衍字]事非。
一見明星叫成道、瞿曇昨夜眼花飛。

雪山端坐《せつさんたんざ》、機を忘ずるに似たり、
六白《ろつぱく》の工夫《くふう》、萬事《ばんじ》非なり。
明星《みようじよう》を一見して、成道《じようどう》と叫ぶ、
瞿曇《くどん》、昨夜、眼花《がんか》飛ぶ。

【四九四―四】

一見明星頓忘機、謂迷謂悟總非々。

兩肩烏鵲翅翎重、雪擁雪山不許飛。 純

明星《みようじよう》を一見して、頓《とん》に機を忘ず、

迷と謂い悟と謂うも、總に非々。

兩肩《りようけん》の烏鵲《うじやく》、翅翎《しれい》重し、

雪、雪山《せつさん》を擁して、飛ぶことを許さず。

【四九四―五】

一見明星點一機、夜來初識六年非。

此瞿曇老籠中鳥、今日雪山負雪飛。 怡

明星《みようじよう》を一見して、一機《いつき》を點ず、

夜來《やらい》、初めて六年の非を識る。

此の瞿曇老《くどんろう》、籠中《ろうちゆう》の鳥、

今日、雪山《せつさん》、雪を負うて飛ぶ。

【四九五】

螢之頌　盃之一字ヲエタリ

誦書臺上天如晝、別點青燈醉後盃。

誦書臺上《じゆしよだいじよう》、天、晝の如し、

別に青燈《せいとう》を點ずるも、醉後《すいご》の盃《はい》。

【四九六】

鶯宿梅

鶯化梅耶梅化鶯、隨呼千載得佳名。

一吟説與林徵士、鳥有清香花有聲。 常菴

鶯、梅に化するか、梅の鶯に化するか、

呼《い》に隨って、千載、佳名を得たり。

一吟《いちぎん》、林徵士《りんちようし》に説與《せつよ》す、

鳥に清香《せいこう》有り、花に聲有り。

○呼＝小聲でしゃべる。

【四九七】

夢梅

野橋殘雪水之涯、和夢折來氷玉姿。

一杵鐘聲誠有恨、月無疎影手無枝。　横川

野橋《やきょう》の殘雪《ざんせつ》、水の涯、

夢に和して折り來たる、氷玉《ひょうぎょく》の姿。

一杵《しょ》の鐘聲《しょうせい》、誠に恨み有り、

月に疎影《そえい》無く、手に枝無し。

【四九八】

題清白梅

乾坤枝上宜人物、楚有湘臣唐謫仙。　天桂

乾坤枝上《けんこんしじょう》、人物に宜し、

楚に湘臣《しょうしん》有り、唐には謫仙《たくせん》。

○楚有湘臣＝屈原。○謫仙＝李白。

【四九九】

餞燕

爲君不折都門柳、待得明年社雨前。

君が爲に、都門の柳を折らず、

待ち得ん、明年、社雨《しゃう》の前。

○『中華若木集』江西の「餞燕」詩、「舊國烏衣阻海天、簾風半捲惜離筵。爲君不折都門柳、留得明年社雨前」。

【五〇〇】

亞菊梅

胡蝶一飛花次第、又過彭澤入孤山。

胡蝶《こちょう》一飛、花次第《しだい》す、

又た彭澤《ぼうたく》を過ぎて、孤山《こざん》に入る。

○亞菊梅＝菊に亞《つ》ぐ梅。天恩寺舊藏『葛藤集』天桂の「亞菊梅」に「胡蝶一飛花次第、復過彭澤入孤山」。○彭澤＝陶淵明の任地。○孤山＝林逋（和靖）の住した地。

【五〇一】

梅杖

雨奇晴好西湖△〔景〕、投老歸歟扶此生。

雨奇晴好《うきせいこう》、西湖《せいこ》の景、
老に投じて歸らんか、此の生に扶《すが》って。

【五〇二―一】原本六八丁

歳旦

營構年々次第彰、巍然佛舍又僧房。
今春更是添新築、丈室中容獅子床。岐岫

構を營んで、年々、次第《しだい》に彰わる、
巍然《ぎぜん》たる佛舍《ぶつしゃ》、又た僧房《そうぼう》。
今春、更に是れ新築を添え、
丈室《じょうしつ》中、獅子床《ししじょう》を容る。

【五〇二―二】

龍袖指開全躰彰、雲門臨濟百花房。
上方萬二千獅子、何處普賢香象床。和　快川

龍袖《りゅうしゅう》、指して開けば、全躰彰わる、
雲門臨濟《うんもんりんざい》、百花《ひゃっか》の房。
上方、萬二千の獅子《しし》、
何れの處か、普賢香象《ふげんこうぞう》の床なる。

【五〇二―三】

大吉畫來新歳經、一香□覆祝朝廷。
豁開衆寶莊嚴城、山自水晶峯錦屛。希菴

大吉、畫し來たる、新歳の經、
一香□覆、朝廷を祝す。
衆寶《しゅうほう》を豁開《かっかい》す、莊嚴城《しょうごんじょう》、
山は自ずから水晶《すいしょう》、峯は錦屛《きんぺい》。

【五〇二―四】

新年崇福鉅禪叢、千佛閣開花柳濃、
息齊《フシン》普賢歌夜月、釋迦彌勒醉春風。快川

新年の崇福《すうふく》、鉅禪叢《きよぜんそう》、
千佛閣《せんぶつかく》開いて、花柳《かりゆう》濃《こまや》かなり、
□□普賢《ふげん》、夜月《やげつ》に歌い、
釋迦彌勒《しやかみろく》、春風《しゆんぷう》に酔う。

○息齊《フシン》普賢＝文殊普賢か。

【五〇二―五】

舊曆開端紀太平、叢規隨例祝新正。
慧林有箇少林笛、吹起萬年歡舊聲。策彥西堂於惠山

舊曆《きゆうれき》、端を開き、太平《たいへい》を紀す、
叢規《そうき》、例に隨って、新正を祝す。
慧林《えりん》に箇の少林の笛有り、
吹き起こす、萬年歡舊《まんねんかんきゆう》の聲。

【五〇二―六】

洛陽移得牡丹平、禮葉樂花三代正。
驚動大唐天下去、慧林春穏鳳凰聲。和　快川

洛陽《らくよう》に移し得て、牡丹《ぼたん》平らかなり、
禮葉樂花《れいようがくか》、三代正し。
大唐の天下を驚動《きようどう》し去って、
慧林《えりん》の春は穏かなり、鳳凰《ほうおう》の聲。

【五〇二―七】

東皇祥瑞遇時平、聖代祇今祝夏正。
春入慧林花萬福、黄鶯添得起居聲。同

東皇《とうこう》の祥瑞《しようずい》、時平に遇い、
聖代祇今《せいだいしこん》、夏正《かせい》を祝す。
春は慧林《えりん》に入って、花萬福《まんぷく》す、
黄鶯《こうおう》、添え得たり、起居《ききよ》の聲。

【五〇二―八】

被業風吹麁竹篦、三年三處接闍梨。
逢花猶道喫茶去、春在趙州東院西。快川

業風《ごつぷう》に吹かるる、麁竹篦《そしつぺい》、

三年三處、闍梨《じやり》を接す。
花に逢い、猶お道う、喫茶去《きつさこ》と、
春は趙州《じようしゆう》東院の西に在り。

【五〇二—九】

師翁三尺黒蚖篦、拈出新年飣坐梨。
四海春風從此起、滿堂花醉玉東西。

師翁《しおう》が三尺の黒蚖篦《こくがんへい》、
拈出《ねんしゆつ》す、新年の飣坐梨《ていざり》。
四海《しかい》の春風《しゆんぷう》、此より起こる、
滿堂《まんどう》、花に醉う、玉東西。

○飣坐梨＝釘坐梨とも。『漢語大詞典』に「席間供陳之梨」とする。供物のことか。

【五〇二—一〇】

室内横拈黒漆篦、簾前特賜紫伽梨。
接人不倦參堂夜、語盡山雲海月西。

室内《しつない》、横ざまに拈ず、黒漆篦《こくしつへい》、
簾前《れんぜん》、特に賜う、紫伽梨《しぎやり》。
人を接して倦《う》まず、參堂の夜、
語り盡くす、山雲海月《さんうんかいげつ》の西。

【五〇二—一一】

拄杖花開烏鉢曇、春風吹入活伽藍。
今朝嵩嶽飛來也、聽得吾山萬歳三。仁甫

拄杖《しゆじよう》、花開く、烏鉢曇《うはつどん》、
春風《しゆんぷう》吹いて入る、活伽藍《かつがらん》。
今朝、嵩嶽《すうがく》飛び來たれり、
聽き得たり、吾が山の萬歳三《ばんざいさん》を。

【五〇二—一二】

乾坤無處不門風、東海兒孫日轉隆。
昨夜金龍呑一氣、曉之吐出瑞雲紅。

乾坤《けんこん》、處として、門風ならざるは無し、

東海《とうかい》の兒孫《じそん》、日に轉《うた》た隆し。
昨夜、金龍《きんりゅう》、一氣を呑み、
曉之、瑞雲《ずいうん》の紅を吐出《としゅつ》す。

○曉之＝不審。

【五〇三】

林際曾栽巖谷松、年々積翠鎖千峯。
今朝有瑞也奇快、不假風雷盡化龍。住瑞泉時

林際《りんざい》、曾て巖谷《がんこく》に松を栽う、
年々、翠を積んで、千峯《せんぽう》を鎖す。
今朝、瑞有り、也《ま》た奇快《きかい》、
風雷《ふうらい》を假らず、盡く龍と化す。

【五〇四】

大鵬一擧妙香峯、扶起雲門林際宗。
這正法王添意氣、紫烟衣上絏春龍。快川

大鵬《たいほう》、妙香《みょうこう》の峯に一擧《いっこ》して、
雲門林際《うんもんりんざい》の宗を扶起《ふき》す。
這《こ》の正法王《しょうぼうおう》、意氣を添う、
紫烟衣上絏春龍。

○絏春龍＝不審。原本は「綆」に近いが、「綆」は、なわ。「絏」は、しばる。

【五〇五―一】

雪水烹茶

若非陸羽定盧仝、雪水煎來滋味濃。
瀑布谷簾無此興、茶烟輕颺六花風。

若し陸羽《りくう》に非ずんば、定めて盧仝《ろどう》、
雪水、煎じ來たって、滋味《じみ》濃《こまや》かなり。
瀑布谷簾《ばくふこくれん》も、此の興無し、
茶烟輕く颺《あ》ぐ、六花《りくか》の風。

○瀑布谷簾＝江西星子縣にある瀑布、谷簾泉のこと。

【五〇五―二】

扣氷烹茗也風流、禪榻今宵忘世憂。
從此孫康應廢學、六花消作一甌漚。

氷を扣《たた》いて茗《めい》を烹る、也《ま》た風流《ふうりゅう》、
禪榻《ぜんとう》、今宵《こんしょう》、世憂《せゆう》を忘ず。
此より、孫康《そんこう》も應《まさ》に學を廢すべし、
六花《りくか》、消して一甌《おう》の漚《あわ》と作す。

○孫康＝『蒙求』孫康映雪。

【五〇五―三】

芳茗應濃乘興煎、疎簾高捲剡溪前。
半甌雪水天甘露、不屑人間第一泉。

芳茗《ほうめい》、應《まさ》に濃《こまや》かなるべし、興に乘じて煎す、
疎簾《それん》高く捲く、剡溪《えんけい》の前。
半甌《はんおう》の雪水、天の甘露《かんろ》、
人間《じんかん》の第一泉《だいいちせん》を屑《もののかず》ともせず。

○剡溪＝『蒙求』子猷訪戴。前出[七八―三]。

【五〇六】

戀之詩

請君早解腰間劍、莫掛秋風暮樹寒。
延陵呉李[季]子持劍。徐君求之。

請う君、早く腰間《ようかん》の劍を解け、
秋風暮樹の寒に掛くること莫かれ。
延陵《えんりょう》の呉季子《ごきし》、劍を持つ。徐君《じょくん》、之を求む。

○延陵呉季子持劍。徐君求之＝『蒙求』季札桂劍。また、『史記』呉太伯世家に、「季札の初め使いするや、北のかた徐君に過る。徐君、季札の劍を好むも、口、敢えて言わず。季札、心に之を知る。上國に使いする爲に未だ獻ぜず。還るに徐に至る。徐君已に死す。是に於いて、乃ち其の寶劍を解いて、之を徐君の冢樹に繫けて去る。從者曰く、徐君、已に死せり、尚お誰に予うるか。季子曰く、然らず。始め吾が心、已に之を許せり、豈に死を以て吾が心に倍《そむ》かんや」。

【五〇七】

紅梅之詩

梅花一被離騷忘、遺恨年々紅滿顏。

梅花《ばいか》、一たび離騷《りそう》に忘れられ、
遺恨《いこん》年々、紅、顏に滿つ。

○被離騷忘＝「離騷」に梅花が載らぬこと。

【五〇八】

醉楊妃菊

明皇若△[有]可多恨、戲蝶遊蜂逢着花。江南

明皇《めいこう》若し有らば、恨み多かる可し、
戲蝶遊蜂《ぎちょうゆうほう》、花に逢着《ほうじゃく》す。

○後出「八一九」「楊妃菊」に同じ。

【五〇九】

女怨靈

鐵作心肝女丈夫、從今不可度邪途。
天堂地獄迷三界、正眼看來一點無。東菴

鐵作《てつさ》の心肝《しんかん》、女丈夫《じょじょうぶ》、
今よりは、邪途《じゃと》に度《わた》る可からず。
天堂地獄《てんどうじごく》、三界《さんがい》に迷う、
正眼《しょうげん》に看來たれば、一點《いってん》も無し。

【五一〇】

犬怨靈

曰無曰有趙州翁、佛性元來大脫空。
跳出這箇皮袋裏、生天路自脚跟通。江南

無と曰い有と曰う、趙州翁《じょうしゅうおう》、
佛性《ぶっしょう》、元來《がんらい》、大脫空《だいだつくう》。
這箇《しゃこ》の皮袋裏《ひたいり》を跳出《ちょうしゅつ》せよ、
生天《しょうてん》の路、自ずから脚跟《きゃっこん》通ぜん。

【五一一】

狐怨靈

因果明々終不昧、即今誤墮野狐疑。
依然百丈山頭月、五百生前汝是誰。同

因果《いんが》、明々《めいめい》として、終《つい》に昧まさず、
即今、誤って野狐《やこ》の疑《ぎ》に墮つ。
依然《いぜん》として、百丈山頭《ひゃくじょうさんとう》の月、
五百生前、汝は是れ誰ぞ。

【五一二―一】

褙梅城録

一部梅城自在天、不離鷲嶺入龍淵。
莫言萬事皆如夢、松戔[老]雲閑七百年。云胡

一部の梅城《ばいじょう》、自在天《じざいてん》、
鷲嶺《じゅれい》を離れずして、龍淵《りょうえん》に入る。
言うこと莫かれ、萬事《ばんじ》皆な夢の如しと、
松老雲閑《しょうろううんかん》、七百年。

○天恩寺舊藏『葛藤集』に「一部梅城自在天、不離鷲嶺入龍淵。莫言萬事皆夢如、松老雲閑八百年」。

【五一二―二】

一巻梅城褙得時、暗香吹送小黄枝。
昔年洗却龍淵水、四萬三千無要[用]詩。

一巻の梅城《ばいじょう》、褙得《はいとく》する時、
暗香《あんこう》、吹き送る、小黄枝《しょうこうし》。
昔年《そのかみ》、洗却す、龍淵《りょうえん》の水、
四萬三千、無用の詩。

○天恩寺舊藏『葛藤集』「褙梅城録」に「北野江南春色加、褙梅城録起菅家。詩歌四萬三千外、七字天封錦上花」。

【五一三】

不動賛

身ニカ、ル火サヘハラハヌ不動メカ思モヨラヌ悪魔降伏
一休

【五一四】原本六九丁

浴梅

爐邊定策半瓶底、取江南欲上一枝。横川

爐邊《ろへん》に策を定む、半瓶底《はんびようてい》、
江南《こうなん》を取って、一枝《いつし》に上《のぼ》せんと欲す。

【五一五】

西湖有三賢堂。白樂天、東坡、林和請、三人像安之。四賢祠、右三人外、加李白像。

蘇子曾栽數株柳、林君所管一枝梅。
樂天李白無遺愛、笑指西湖當酒盃。策彥

蘇子《そし》、曾て數株の柳を栽う、
林君《りんくん》、管する所は一枝《いつし》の梅。
樂天《らくてん》、李白《りはく》、遺愛《いあい》無く、
笑って西湖《せいこ》を指して、酒盃《しゆはい》に當つ。

【五一六】

慧林寺住之時マツワキリヤウニテ

水繞山囲樂至哉、洛城滿面是塵埃。
單丁住院不應愧、雪竹折腰向我來。同

水繞り山囲る、樂至れるかな、
洛城《らくじよう》、滿面《まんめん》、是れ塵埃《じんあい》。
單丁住院《たんていじゆういん》、應《まさ》に愧づべからず、
雪竹《せつちく》、腰を折って、我に向かって來たる。

【五一七】

立春三日前聽鶯

待春意似待坡老、一曲綿蠻李節推。

立春三日前に鶯を聽く

春を待つ意は、坡老《ばろう》を待つに似たり、
一曲綿蠻《めんばん》、李節推《りせつすい》。

○後出[九〇六]にも出る。○東坡の到着を待つ美青年の李節推。蘇東坡の「富陽の新城に往いて、李節推先に行くこと三日、風水洞に留まって待たる」詩。

【五一八】

春池遊魚

落花變作一團璧、水上金麟[鱗]秦趙年。三益

落花《らっか》、變じて一團《いちだん》の璧と作《な》る、
水上の金鱗《きんりん》、秦趙《しんちょう》の年。

○秦趙年＝趙の王が所持する和氏の璧を、秦王が十五城をもって取り替えようとしたが、使いの藺相如が無事にもち歸ったこと。

【五一九】

白地扇面槿花

人間晦朔曾不知、朝露落時花亦奇。
因思呉王舊[宮]裏事、西施白地掃娥眉。鳳□

人間《じんかん》の晦朔《かいさく》、曾て知らず、
朝露《ちょうろ》落つる時、花も亦た奇なり。
因って思う、呉王宮裏《ごおうきゅうり》の事、
西施《せいし》、白地《はくち》に娥眉《がび》を掃く。

○前出「四七三」。また後出「五八五」に第三句を「因想呉王宮裡事」に作る。

【五二〇―一】

金莖承露圖

渇望不蘇司馬卿、露臺何事貯金莖。
茂陵今日有餘滴、火德光寒秋雨聲。

渇望《かつぼう》蘇せず、司馬卿《しばきょう》、
露臺《ろだい》、何事ぞ金莖《きんけい》を貯う。
茂陵《もりょう》、今日、餘滴《よてき》有り、
火德《かとく》、光は寒し、秋雨の聲。

○渇望不蘇司馬卿＝漢の武帝の寵を得た司馬相如は消渇の病があった。○茂陵＝漢の武帝、承露盤に仙人掌を作り、天露を飲んで長生を願ったが、死して茂陵に葬られた。

【五二〇―二】

仙掌穿雲秋色寒、柏梁二十丈金盤。
三呼萬歳漢天下、露碎芙蓉玉一團。云胡

仙掌《せんしょう》、雲を穿って、秋色寒し、
柏梁《はくりょう》、二十丈の金盤《きんばん》。

萬歳《ばんざい》を三呼《さんこ》す、漢の天下、
露、芙蓉《ふよう》を砕く、玉一團《ぎょくいちだん》。

○柏梁＝漢の武帝が築いた柏梁臺。

【五二一】

氷雪鶯難到

昔日陵翁今日人、新詩賀得落梅花。
莫云氷雪鶯難到、花有叢林麟鳳春。云胡

昔日《そのかみ》の陵翁《りょうおう》、今日の人、
新詩、賀し得たり、落梅花《らくばいか》。
云うこと莫かれ、氷雪《ひょうせつ》、鶯到り難しと、
花は叢林麟鳳《そうりんりんほう》の春に有り。

○陵翁＝杜甫「人日」詩に「雪鶯難至、春寒花較遲」。

【五二二】

雪夜論詩

○ここで脱丁あり。

【五二三―一】

富士之詩

五須彌外有須彌、呼作士峯嗚是誰、
六月雪花寒徹骨、擘開芥子欲藏之。天隱

五須彌《ごしゅみ》の外に、須彌《しゅみ》有り、
呼んで士峯《しほう》と作すは、嗚《ああ》、是れ誰ぞ、
六月の雪花《せっか》、寒骨に徹す、
芥子《かいし》を擘開《ひっかい》して、之を藏さんと欲す。

○『翰林五鳳集』天隱「士峯畫」に「五須彌外有須彌、喚作士峯吁是誰。六月雪花寒徹骨、劈開芥子欲藏之」。

【五二三―二】

士峯若在支那國、奴隷華山臣泰山。江心

士峯《しほう》、若し支那《しな》の國に在らば、
華山《かざん》を奴隷《どれい》にし、泰山《たいざん》を臣とせん。

○天恩寺舊藏『葛藤集』江心の「富士」に「高一由旬不可攀、千秋白雪白雲間。士峯若在支那國、奴隷太華臣泰山」。

【五二四】

鳳翔看荷花

花如解語我應問、孰與坡仙岐下遊。五峯

花、如《も》し語を解《よ》くせば、我れ應《まさ》に問うべし、
坡仙《ばせん》が岐下《きか》の遊《ゆう》に孰與《いずれ》ぞと。

○坡仙岐下遊＝蘇軾「次韻子由岐下詩」二十一韻の序に「各爲一小池。……種蓮養魚於其中」。

【五二五】

金錢菊

揚州置△［錢］東籬否、十萬貫花秋一枝。勝巖

揚州《ようしゅう》には錢を東籬《とうり》に置くや否《いな》や、
十萬貫の花、秋一枝《いっし》。

○金錢菊＝黄菊のこと。○十萬貫＝「腰纏十萬貫、騎鶴下揚州」の語をふまえる。

【五二六】

紅葉化龍

禹門則是花門戸、水底錦鱗萬朶紅。同

禹門《うもん》は則ち是れ花の門戸《もんこ》、
水底の錦鱗《きんりん》、萬朶《まんだ》の紅。

○天恩寺舊藏『葛藤集』勝岩「化龍梅」に「梅化飛龍疎影斜、五湖四海起香風。禹門便是花門戸、三級金鱗萬朶紅」。

【五二七】

茘支菊

唐家免得貴妃汚、秋風籬落慕淵明、
關中丹實化金英、一騎紅塵蝶夢驚。雪嶺

關中《かんちゅう》の丹實《たんじつ》、金英《きんえい》と化す、
一騎の紅塵《こうじん》、蝶夢《ちょうむ》驚く。
唐家《とうけ》、免れ得たり、貴妃《きひ》の汚るるを、
秋風籬落《りらく》、淵明《えんめい》を慕う。

○『翰林五鳳集』雪嶺「茘芰菊」に「關中丹實化金英、一騎紅塵蝶夢驚、免得唐宮妃子汙、秋風籬落慕淵明」。韻から見ても、本詩の一二句と三四句は逆なるべし。○丹實＝赤い實、ここでは茘支。

【五二八】

牧童吹横笛圖軸

山色溟濛日半沈、牧童横笛出寒林。
豈圖疑〔凝〕碧管絃外、牛背斜陽有古音。　雪嶺

山色溟濛《めいばく》として、日半ば沈む、
牧童《ぼくどう》、横笛《おうてき》、寒林を出づ。
豈に圖らんや、碧、管絃《かんげん》の外に凝らんとは、
牛背《ぎゆうはい》、斜陽《しやよう》、古音有り。

○『翰林五鳳集』雪嶺「牧童横笛圖」、「山色溟濛日半沈、牧童横笛出寒林。豈圖凝碧管絃外、牛背斜陽有古音」。○凝碧＝王維詩に「凝碧池頭奏管弦」。

【五二九】

梅花枕

擇取園林雪後枝、裁爲眠具一般奇。
邯鄲五十年間樂、輸此羅浮昏月時。　同

園林、雪後の枝を擇び取って、
裁して眠具《みんぐ》と爲す、一般奇なり。
邯鄲《かんたん》、五十年間の樂しみも、
此の羅浮昏月《らふこんげつ》の時に輸《ま》けん。

○『翰林五鳳集』雪嶺の「梅花枕」詩に同じ。○邯鄲五十年＝盧生邯鄲夢五十年榮。

【五三〇】

鴛鴦梅

水禽魂化託花中、一朶猶餘兩翼紅。
陣〔陣〕々吹香昏月夜、春風亦是有雌雄。　同

水禽《すいきん》の魂、化して花中に託す、
一朶《いちだ》、猶お餘して、兩翼《りようよく》紅なり。
陣々《じんじん》と香を吹く、昏月《こんげつ》の夜、

春風《しゅんぷう》も亦た是れ雌雄《しゆう》有らん。

○『翰林五鳳集』雪嶺「鴛鴦梅」に「水禽魂化托花中、一朶猶餘兩翼紅。陣々吹香昏月夜、春風亦是有雌雄」。

【五三一―一】原本七〇丁

春山歸樵圖

若向仙家看碁局、擔頭不帶一枝花。瑞龍寺ニテ、天桂御批判、一枝春ガマシト、ヲセラレタ

若し仙家《せんけ》に向かって、碁局《ききょく》を看ば、
擔頭《たんとう》に一枝《いっし》の花を帶びず。

○仙家看碁局＝樵の王質が山中で童子（仙人）が碁をするのに見入っていたら、斧の柄（斧柯）が腐っていたという話。『述異記』。

【五三一―二】

山中只恐減春色、擔頭不帶一枝春。

山中、只だ恐らくは春色を減ぜん、
擔頭《たんとう》、一枝《いっし》の春を帶びず。

○擔頭不帶一枝春＝伯顏の「度梅關」詩に「擔頭不帶江南物、只插梅華一兩枝」。

【五三二】

牡丹憶是同年友、花十三吾亦十三。十三ノ人試筆

牡丹《ぼたん》は、憶うに是れ同年の友ならん、
花は十三、吾も亦た十三。

○わが五山の言葉で、牡丹を十三紅という。江月宗玩も十三歳のときに「十三紅」の詩を作っている。

【五三三】

看花馬

追風千里花無益、款段騎歸香滿衣。

追風千里《ついふうせんり》も、花は益無けん、
款段《かんだん》に騎って歸れば、香、衣に滿つ。

○看花馬＝『開元天寶遺事』「看花馬」に、「長安の俠少、春日に至る每に、黨を聯ねて各おの矮馬を置いて、飾るに錦韉金絡を以

てして、轡を花木の下に並べて、僕従をして酒盃を執って之に隨わしむ。好酒に遇うときは則ち馬を駐めて飲む」。○款段＝馬の歩みの遅いこと。轉じて小さな馬。

【五三四】

試筆

燈前細雨着花筆、未出巻天下春。鐵山

燈前《とうぜん》の細雨《さいう》、花を着くる筆、
未出巻天下春。

○着花筆＝筆頭生花の語あり。文章の美しいこと、また、文筆に秀でる兆し。『雲仙雜記』「李太白少《わか》きとき、筆頭花を生ずるを夢む。後、天才贍逸《せんいつ》にして、名、天下に聞こゆ」。○未出巻天下春＝一字欠。

【五三五】

待月軒

待盡待殘簾半破、何山以往有清光。乾岫

待ち盡くし、待ち殘して、簾半ば破る、
何れの山か、以往《いおう》、清光有る。

【五三六】

伴梅菊

菊是昨兮梅是今、兩花相對又何心。
一枝卜地横斜傍、野草秋風皆卯金。五峯

菊は是れ昨、梅は是れ今、
兩花相い對して、又た何の心ぞ。
一枝《いっし》、地に卜《ぼく》す、横斜《おうしゃ》の傍、
野草秋風、皆な卯金《ぼうきん》。

○天恩寺舊藏『葛藤集』五峯「伴梅菊」に「菊是昨兮梅是今、兩花相對又何心。一枝下地横斜側、埜草秋風皆卯金」。○卯金＝卯金刀、すなわち劉字。劉寄奴草。菊にあらざる野草をいう。前出［八五］。また後出［六七一―二］に「野草皆劉菊獨寒」。

【五三七】

螢入僧衣　恐遭打□

［檻］襴衫破衲光猶有、認作江湖夜雨燈。

檻衫破衲《らんさんはのう》、光猶お有り、
認めて江湖《ごうこ》夜雨《やう》の燈と作す。

○螢入僧衣＝劉得仁の「秋夜宿僧院」詩の「樹搖幽鳥夢、螢入定僧衣」をふまえる作。定僧は、坐禅入定している僧。『翰林五鳳集』巻十四、夏の部に「螢入僧衣」の題で六首あり。

【五三八】

薔薇茶

薔薇露滴半舛鐺、謝安去後無人問、花落松風萬壑聲。端英

薔薇《そうび》、露滴《した》づ、半升《はんしょう》の鐺《しょう》。
謝安《しゃあん》去って後、人の愛する無し、
花は落つ松風《しょうふう》、萬壑《まんがく》の聲。

○天恩寺舊藏『葛藤集』悦の「薔薇茶」に、「分破東山置雪坑、薔薇落滴半升鐺。謝安去後無人愛、花落松風萬壑聲」。○謝安＝東山の薔薇洞で風流を盡くした。

○ここに亂丁あるか。

【五三九】

挑盡寒燈天欲曉、吟殘窓下一枝梅。

寒燈《かんとう》を挑《かか》げ盡くして、天、曉ならんと欲す、
吟じ殘す、窓下《そうか》、一枝《いっし》の梅。

【五四〇】

窓南窓北雪之涯、燈下論文字々奇。竹是郊寒梅島痩、夜來評得晩唐詩。

窓南窓北《そうなんそうほく》、雪の涯、
燈下に文を論ず、字々奇なり。
竹は是れ郊寒《こうかん》、梅は島痩《とうそう》、
夜來《やらい》、評し得たり、晩唐《ばんとう》の詩。

○郊寒、島痩＝孟郊の詩風は寒乞、賈島は枯瘦。前出［七九］。

【五四一】

論詩題句宜先賞、定得東風無此花。

詩を論じ句を題す、宜しく先に賞すべし、
定め得たり、東風《とうふう》に此の花無きことを。

【五四二】

楊妃梅

早梅一朶看花辰、寫得共時楊太〔妃〕眞。
疎影横斜銀燭下、明皇誤作海棠春。

早梅一朶《そうばいいちだ》、花を看る辰、
寫し得て、時を共にす、楊妃《ようひ》の眞。
疎影横斜《そえいおうしゃ》、銀燭《ぎんしょく》の下、
明皇《めいこう》、誤って海棠《かいどう》の春と作す。

【五四三】

梅花無盡藏

太極以前香暗傳、梅花開闢刹三千。
到今△〔刻〕畫無鹽者、回向孤山詩一篇。

太極《たいきょく》已前、香、暗に傳う、
梅花《ばいか》、開闢《かいびゃく》す、刹三千。
今に到って、無鹽《むえん》を刻畫《こくが》する者、
孤山《こざん》に回向《えこう》す、詩一篇。

○天恩寺舊藏『葛藤集』江南「梅花無盡藏」に「太極已前香暗傳、梅花開闢刹三千。到今刻劃無鹽者、回向孤山詩一篇」。○刻畫無鹽＝『世説新語』輕詆、「無鹽を刻畫して、西施を唐突す」。醜女（無鹽）も以て美人（西施）に比す。比べ物にならない比喩。

【五四四―一】

雪竹

片々如飛又似翔、風前六出竹籬傍。
詩人眼界九方馬、認作千竿白鳳凰。

片々《へんぺん》、飛ぶが如く、又た翔《かけ》るに似たり、
風前、六出《りくしゅつ》、竹籬《ちくり》の傍。
詩人の眼界《がんかい》、九方《きゅうほう》が馬、
認めて、千竿《せんかん》の白鳳凰《はくほうおう》と作す。

○九方馬＝陳簡齋「墨梅」詩、「意足不求顔色似、前身相馬九方皐」。

【五四四―二】

整々斜々吹又飄、琅玕昨夜撒瓊瑤。
慇懃拜六出公否、翠袖佳人皆折腰。

整々斜々《せいせいしゃしゃ》、吹いて又た飄《ひるがえ》る、
琅玕《ろうかん》、昨夜、瓊瑤《けいよう》を撒《さつ》す。
慇懃《いんぎん》に六出公《りくしゅつこう》を拜するや否《いな》や、
翠袖《すいしゅう》の佳人《かじん》、皆な腰を折る。

○整々斜々＝黄山谷「詠雪」詩に、「夜聽疎疎還密密、曉看整整復斜斜」。○六出公＝雪を六出花という。

【五四五】

維時弘治貳年、歳次丙辰之秋、前住妙心五峯和尚大禪師、唱滅於崇福正寢。是吾□[門]識與不識、無不爲之哀慟者。無幾日而冬十月朔、又哭一傳法兄大和尚。嗚呼、蒼者天々々々。古曰、年在龍蛇、則賢人嗟矣。古人之言、若合符節矣。兩和尚與予相識、非一朝夕。訃音至則不覺老淚濕却袈裟而已。感概[慨]不已、終綴拙偈二章、呈上長興堂上快川老師大和尚法座下。蓋前篇獻五峯和尚塔下、後篇呈一傳法兄座前、而兼奉助堂上老師餘哀云。郢斤。大圓野衲玄蜜[密]九拜

于花于月幾經過、神護爪号[矣]崇福荷。
菊後梅前君不見、風光猶起舊時多。
夜來東海崑崙鐵、拄杖橫擔那處還。
將謂老龍移窟去、法泉依舊在深山。

維れ時弘治貳年歳次丙辰の秋、前住妙心五峯和尚大禪師、滅を崇福《すうふく》の正寢《しょうしん》に唱う。是に於いて、吾が門、識ると識らざると、之が爲に哀慟《あいどう》せざる者無し。幾ばく日も無くして、冬十月の朔《ついたち》、又た一傳法兄《ほうひん》大和尚を哭す。嗚呼《ああ》、蒼者天《そうしゃてん》、蒼者天《そうしゃてん》。古に曰う、年、龍蛇《りゅうだ》に在るときは、則ち賢人嗟すと。古人の言、符節《ふせつ》を合するが若し。兩和尚、予と相い識ること一朝夕に非ず。訃音《ふいん》至るときは、則ち覺えず、老淚《ろうるい》、袈裟《けさ》を濕却《しつきゃく》する而已《のみ》。感慨《かんがい》已まず、終《つい》に拙偈二章を綴って、長興堂上快川老《かいせんろう》

師《し》大和尚の法座の下に呈上す。蓋《けだ》し前篇は五峯和尚の塔下に獻じ、後篇は一傳法兄《ほうひん》の眞前《しんぜん》に呈して、兼ねて堂上老師《ろうし》の餘哀《よあい》を助け奉ると云う。郢斤《えいきん》。大圓野衲玄密九拜。

花に月に、幾たびか經過す、
神護の爪、崇福《すうふく》の荷。
菊後梅前《きくごばいぜん》、君見えず、
風光、猶お舊時《きゅうじ》を記すること多し。
夜來《やらい》、東海《とうかい》の崑崙鐵《こんろんてつ》、
拄杖《しゅじょう》、横ざまに擔《にな》って、那處《なしょ》にか還る。
將《まさ》に謂《おも》えり、老龍、窟を移し去ると、
法泉、舊《きゅう》に依《よ》って、深山に在る。

○天恩寺舊藏『葛藤集』に「維時弘治貳年、歳次丙辰之秋、前住妙心五峯和尚大禪師、唱滅於崇福正寢。於是吾門、識與不識、無不爲之哀慟者。無幾日而冬十月朔、又哭一傳法兄大和尚。嗚呼、蒼者天、蒼者天。古曰、年在龍蛇、則賢人嗟。古人之言、若合符節矣。兩和尚與予相識、非一朝夕。訃音至則不覺老涙濕却袈裟而已。感慨不已、終綴拙偈二章、呈上長興堂上快川老師大和尚法座下。蓋前篇獻五峯和尚塔下、後篇呈一傳法兄眞前、而兼奉助堂上老師余哀云。郢斤。大圓野衲玄密九拜。印二。
于花于月幾經過、神護爪矣崇福荷。
菊後梅前君不見、風光猶記舊時多。

【五四六】原本七一丁

今茲夏六月、同門五峯老師遷化。予千里外聞之。換手搥胸、而哀慟未止。冬十月、師兄一傳和尚戢化矣。目連鶖子在前後唱滅者乎。吾門陵式［夷］、佛法下衰、寔在此時。吁天喪我、々々々々。於□［是］、大圓堂上老師大和尚、以悼偈兩篇見示。謹依尊韻、聊述哀情。伏願鴻慈運斤。繼統野釋紹喜九拜
遠寄一村鷗鴈過、憶魯［曾］對影點銅荷、
寒更吹盡五峯雨、今日開門落葉多。
法泉變作黄金涙、生鐵崑崙膓九還。成道梅花無口叫、師兄昨夜出鰲山。巖勝

今茲《ことし》夏六月、同門の五峯老禪、化を遷す。予、千

里の外に之を聞く。手を換え胸を搥って、哀慟《あいどう》未だ止まず。冬十月、師兄《すひん》一傳和尚も亦た化を戢《おさ》む。目蓮鶖子、前後に在って滅を唱する者か。吾が門の陵夷《りょうい》、佛法の下衰、寔《まこと》に此の時に在り。吁、天は我を喪せり、天は我を喪せり。是に於いて、大圓堂上老師《ろうし》大和尚、悼偈《とうげ》兩篇を以て示さる。謹んで尊韻《そんいん》に依って、聊か哀情《あいじょう》を述ぶ。伏して願わくは鴻慈《こうじ》、斤を運らせ。繼統の野釋紹喜九拜。

遠く一封を寄せて、鴻鴈《こうがん》過ぐ、
憶う曾て、影に對して銅荷《どうか》を點ぜしことを。
寒更《かんこう》、吹き盡くす、五峯《ごほう》の雨、
今日、門を開けば、落葉《らくよう》多し。
法泉變じて黄金の涙と作《な》る、
生鐵《さんてつ》の崑崙《こんろん》、腸《はらわた》九還。
成道《じょうどう》の梅花《ばいか》、無口にして叫ぶ、
師兄《すひん》、昨夜、鰲山《ごうざん》を出づと。

○天恩寺舊藏『葛藤集』「今茲夏六月、同門五峯老禪遷化。予千里外聞之。換手搥胸而哀慟未止。冬十月、師兄一傳和尚亦戢化矣。目蓮鶖子、在前後唱滅者乎。吾門陵夷、佛法下衰、寔在此時。吁、天喪我天喪我。於是、大圓堂上老師大和尚、以悼偈兩篇見示。謹依尊韻、聊述哀情。伏願鴻慈運斤。繼統野釋紹喜九拜」。

【五四七】

遷喬鶯

大鵬萬里鳳千仞、豈奪黄鶯一囀先。

大鵬《たいほう》は萬里《ばんり》、鳳は千仞《せんじん》、
豈に黄鶯《こうおう》を一囀する先に奪わんや。

【五四八】

一詩掛當〔當掛〕季生劍、落日凄凉暮樹風。江南イタミノモノ

駿巖

一詩、當に季生《きせい》が劍を掛くべし、
落日凄凉《せいりょう》たり、暮樹の風。

○季生劍＝『蒙求』季札桂劍。前出［五〇六］。

【五四九】

見楓

滿山染出回文錦、青女今宵蘇若蘭。駿巖

滿山《まんざん》、染め出だす、回文《かいぶん》の錦、
青女《せいじょ》、今宵《こんしょう》、蘇若蘭《そじゃくらん》。

○青女＝霜。『淮南子』天文訓に「秋の三月に至り、……青女乃ち出でて、以て霜雪を降らす」。○蘇若蘭＝前秦の蘇蕙、字は若蘭。竇滔の妻。妾を寵愛する夫に五采文錦を織って回文詩を題して送った。

【五五〇】

夢窓二百年忌

七朝帝者仰瞻之、高丈[大]扶桑一國師。
二百餘年有其德、慧林栖老鳳凰枝。快

七朝帝なり、之を仰ぎ瞻る、
高大なり、扶桑《ふそう》の一國師。
二百餘年、其の德有り、
慧林《えりん》、栖み老ゆ、鳳凰《ほうおう》の枝。

○天恩寺舊藏『葛藤集』「七朝帝者仰瞻之、高大扶桑一國師。二百餘年有其德、惠林栖老鳳凰枝。惠林開山夢窓國師二百年忌。快。

【五五一】

旅中寒食

莫向杜鵑啼處宿、楚鄉寒食客思家。

杜鵑《とけん》啼く處に向かって、宿すること莫かれ、
楚鄉《そきょう》、寒食《かんじき》、客、家を思う。

【五五二―一】

戀之詩　短冊

成佛生天好任佗、挑燈何只覓吟哦。
于花于月千般思、一刻春宵白髮多。簑梅柳拜　情見于詞

成佛生天《じょうぶつしょうてん》、好《よ》し任佗《さもあらば》あれ、
燈を挑《かか》げて、何ぞ只だ吟哦《ぎんが》を覓む。
花に月に、千般《せんぱん》の思い、

一刻の春宵《しゅんしょう》、白髪《はくはつ》多し。

【五五二―二】

漫押多之字韻、呈上簑梅兄之旅窓下、式修再遊之盟云伏乞笑擲

一見清詩情不佗、欲攀高韻幾回哦。
四隣幸有勝花縁、若欠再遊遺恨多。

漫《みだ》りに多の字の韻を押して、簑梅《さばい》兄の旅窓下《りょそうか》に呈上して、式《もっ》て再遊の盟を修すと云う。伏して乞うらくは、笑って擲《なげう》て。

清詩を一見して、情、佗ならず、
高韻に攀《よ》ぢんと欲して、幾回か哦す。
四隣《しりん》、幸いに花に勝る縁有り、
若し再遊を欠かば、遺恨《いこん》多からん。

【五五二―三】

同

生天成佛闍思君、燈下吟詩痩十分。
有力秋風不掃可、胸間鎖斷越山雲。

生天成佛《しょうてんじょうぶつ》、闍思君
燈下の吟詩《ぎんし》、痩すること十分。
力有るも、秋風も掃う可からず、
胸間《きょうかん》、鎖斷《さだん》す、越山《えつざん》の雲。

○闍思君＝不審。

【五五三―一】

謝之詩

相送相迎月下門、一朝有恨一宵恩。
春風立盡緑苔路、幾掃落花見履痕。 横川

相い送り相い迎う、月下の門、
一朝、恨み有り、一宵の恩。
春風《しゅんぷう》に立ち盡くす、緑苔《りょくたい》の路、
幾たびか落花《らっか》を掃いて、履痕《りこん》を見る。

【五五三―二】

夢煖芙蓉帳中底、釣竿流下白鷗涘。同
回頭貪看初生月、不覺竹竿流下灘。是ハ古語、此意カ

夢は煖かし、芙蓉帳中底《ふようちょうちゅうてい》、
釣竿《ちょうかん》流れ下る、白鷗《はくおう》の涘《きし》。
頭《こうべ》を回らし、初生の月を貪り看て、
竹竿の灘に流れ下るを覺えず。是ハ古語、此意カ

○涘＝きし。○芙蓉帳＝白居易「長恨歌」、「芙蓉帳裏暖春宵」。○回頭貪看……＝『聯珠詩格』、盧溪の「漁翁」詩、「回首貧看初生月、不覺竹竿流下灘」。

【五五四―一】

戀之詩

不覺獨窓殘夜夢、假君同宿解愁情。
醒來枕上無人影、只聽曉天鐘一聲。天桂

覺えず、獨窓《どくそう》、殘夜《ざんや》の夢、
假に君と同宿して、愁情《しゅうじょう》を解く。
醒《さ》め來たれば、枕上《ちんじょう》に人影無し、
只だ聽く、曉天《ぎょうてん》の鐘一聲《いっせい》。

【五五四―二】

同

願作驪宮鳥、保比翼千秋。
此心吾若達、縱死有何愁。

願わくは、驪宮《りきゅう》の鳥と作って、
比翼《ひよく》、千秋《せんしゅう》を保たん。
此の心、吾れ若し達せば、
縱《たと》い死すとも、何の愁いか有らん。

○比翼＝白居易「長恨歌」、「在天願作比翼鳥」。

【五五四―三】

同

碧梧秋老愁人耳、彷彿千聲一葉飛。横川

碧梧《へきご》、秋老ゆ、愁人《しゅうじん》の耳、

彷彿《ほうふつ》たり、千聲、一葉飛ぶに。
○『中華若木詩抄』横川の「立秋寄人」に、「節序易逢春易違、西風吹恨洒吾衣。碧梧秋老愁人耳、髣髴千聲一葉飛」。

【五五四—四】

同

鬢是千莖白、燈其一點紅。
此心人不識、夜雨與秋風。五山衆

鬢《びん》は是れ千莖《せんきよう》白く、
燈は其れ一點《いつてん》紅なり。
此の心、人識らず、
夜雨《やう》と秋風と。

【五五四—五】

月入紗窓人不見、却疑別院有風流。快川
若僧ネン《念》シヤ《者》ノ、アンドンカキツケ、カヘラル、詩

月、紗窓《しやそう》に入って、人見えず、
却って疑う、別院に風流《ふうりゆう》有るかと。

【五五五—一】

謝之詩

烏紗巾上是青天、豈忘三生未了縁。
私語夜來人不識、梅花月白小樓前。

烏紗巾上《うしやきんじよう》、是れ青天《せいてん》、
豈に三生未了《さんしようみりよう》の縁を忘ぜんや。
私語《しご》、夜來《やらい》、人識らず、
梅花《ばいか》、月は白し、小樓の前。
○烏紗巾上是青天＝帽子の上の天を指さして自ら誓う語。司空圖「修史亭」に、「烏紗巾上是青天、檢束酬知四十年」。

【五五五—二】

此花解語向君道、呉有西施唐太眞。送若衆默堂

此の花、語を解せば、君に向かって道わん、
呉《ご》に西施《せいし》有り、唐《とう》には太眞《たいしん》と。

【五五五―三】

長公緇郎、二星佳會之夜、西風支枕帙〔秩〕初筵。是乃明皇誓貴妃之夕也。爾來々往憧々、陳雷情可知矣。一日憑仗仙翁諗曰、海上蓬萊弱水三萬里、歸期日何日乎哉。所希者

長公緇郎《しろう》、二星佳會《かえ》の夜、西風に枕を支え初筵を秩《ととの》う。是れ乃ち明皇《めいこう》、貴妃《きひ》に誓うの夕なり。爾來《しかつしよりこのかた》、來往すること憧々、陳雷《ちんらい》が情、知る可し。一日、仙翁《せんのう》に憑仗《ひようじよう》して諗《つ》げて曰く、海上、蓬萊弱水《ほうらいじやくすい》三萬里、歸期《きき》の日は何れの日ぞや。希う所の者は、

○秩初筵＝杜甫詩に「肅肅秩初筵」。○蓬萊弱水＝遠く相隔たることの譬え。弱水は西の果てにあるという河の名。○途中で切れている。脱丁か。

【五五六―一】原本七二丁

〔九月〕記得薦福古塔主、雲門示寂一百年之後、始稱嗣法矣。即今咨詢諸衲、古塔主因甚雲門遷化一百年後、稱嗣法、各請下語。代、菊殘猶｜｜（有傲）霜（枝）。

前大圓寺三十代

疎影横斜烟水遠｜｜（一枝留得舊）風流。

又、誰知｜｜｜（席帽下、元是昔愁）人。禪林｜抄カ

〔九月〕記得《きとく》す、薦福《せんぷく》の古塔主、雲門《うんもん》示寂一百年の後、始めて嗣法《しほう》と稱す。即今、諸衲《しよのう》に咨詢《しじゆん》す、古塔主、甚に因ってか、雲門遷化《うんもんせんげ》一百年後に嗣法《しほう》を稱す。各おの請う下語《あぎよ》せよ。代って、菊殘って猶お霜に傲《おご》る枝有り。

前大圓寺三十代、疎影横斜《そえいおうしや》、烟水《えんすい》遠し、一枝《いつし》留め得たり、舊風流《きゆうふうりゆう》。

又、誰か知る、席帽《せきもう》の下、元と是れ昔愁《せきしゆう》の人なることを。禪林｜抄カ

【五五六―二】

古德曰、一子出家九族生天矣。雖然恁麼、即今咨詢諸禪衲、一子不出家時如何。代云、丈夫自｜｜｜（有衝天氣、

不向如來行處）行。不塗△△［紅粉］自風流。氣吞佛祖ーー（眼蓋坤維）。不慕諸聖ーー（不重己靈）。前□大圓□、元自天然ーー（不勞雕琢）。

古徳曰く、一子出家すれば、九族《きゅうぞく》天に生ずと。然《しか》も恁麼《いんも》なりと雖も、即今、諸禪衲《しょぜんのう》に咨詢《しじゅん》す、一子出家せざる時は如何。

代わって云く、丈夫、自ずから衝天《しょうてん》の氣有り、
如來《にょらい》の行處に向かって行かず。
紅粉《こうふん》を塗らずとも、自ずから風流《ふうりゅう》。
氣、佛祖《ぶっそ》を呑み、眼、坤維《こんい》を蓋う。
諸聖《しょしょう》を慕わず、己靈《これい》を重んぜず。
前□大圓□
元と自ずから天然、雕琢《ちょうたく》を勞せず。

【五五六―三】

［端午］古徳曰、倒騎艾虎上高樓、背掛神符施妙訣、云々［中峯端午之頌］。代云、千妖百怏［怪］自無蹤、萬里長大一條鐵［松源端午頌］

［端午《たんご》］古徳曰く、倒《さかし》まに艾虎《がいこ》に騎って高樓《こうろう》に上る、背に神符《しんぷ》を掛けて妙訣《みょうけつ》を施す、云々［中峯端午の頌］。代わって云く、千妖百怪《せんようひゃっかい》、自ずから蹤無し、萬《ばん》里《り》長大、一條《いちじょう》の鐵［松源端午の頌］

【五五六―四】

［同十五］古語曰、君勿惡炎熱、々々如氷如積雪、君勿愛清涼、々々如火如沸湯。。勿惡勿愛△△△△△［未是逍遥處］矣。意旨各請下語。

代云、若無閑事掛心頭、即是人間好時節。

［同十五］古語に曰く、君、炎熱《えんねつ》を惡むこと勿かれ、炎熱《えんねつ》は氷の如く積雪《せきせつ》の如し、君、清涼《せいりょう》を愛すること勿かれ、清涼《せいりょう》は火の如く沸湯《ふっとう》の如し。愛すること勿く亦た惡むこと勿ければ、未だ是れ逍《しょう》遥《よう》の處にあらず、と。ーー意旨、各おの請う下語《あぎょ》

せよ。
代わって云く、若し閑事《かんじ》の心頭《しんとう》に掛くる無くんば、即ち是れ人間《じんかん》の好時節《こうじせつ》。

○虚堂上堂。君勿愛清涼、清涼如火如沸湯。君勿悪炎熱、炎熱如氷如積雪。勿愛亦勿悪、未是逍遥處。

【五五六―五】

[八月十五][記得]修多羅教如標月指、△△△△[若復見月]了知標所畢竟非月、謹咨問満座諸禪衲、了知標所畢竟非月意旨、各請下語。代云、頻呼小玉元無事、――(只要檀郎認得)聲。

[八月十五]記得《きとく》す、修多羅《しゅだら》の教えは月を標す指の如し、若し復た月を見て標す所を了知せば、畢《ひっ》竟《きょう》月に非ず、と。謹んで満座《まんざ》の諸禪衲《しょぜんのう》に咨問《しもん》す、標す所を了知せば、畢竟《ひっきょう》は月に非ずという意旨、各おの請う下語《あぎょ》せよ。代わって云く、頻りに小《しょう》玉《ぎょく》と呼ぶも元と無事、只だ檀郎《だんろう》が聲を認得することを要す。

○頻呼小玉元無事、只要檀郎認得聲＝圜悟が開悟した契機となった語。(深窓のお嬢様が邸内で)しきりに「小玉や、小玉」と下女の名を呼ぶのは、下女に用があるのではない。(表を歩いている)愛しい人に、自分の聲に氣づいて欲しいだけである。「無事」は、用がない、目的がない。言葉そのものに用はない、その奥底にある深意を見てとれ。『大恵武庫』。

【五五六―六】

[臘月十五]古語云、臘月十五天降雪、爲祥爲瑞無空闕、文殊露出廣長舌、普賢大士得一橛、文殊底且措、普賢得一橛底、各請一着。代云、雪團打々々々。[大慧語録]

[臘月十五]古語に云く、臘月《ろうげつ》十五、天雪を降らせば、祥と爲し瑞と爲して空闕《くうけつ》無し、文殊《もんじゅ》、廣長《こうちょう》舌《ぜつ》を露出《ろしゅつ》し、普賢《ふげん》大士、一橛《いっけつ》を得たり、と。文殊《もんじゅ》底《てい》は且らく措《お》く、普賢《ふげん》、一橛《いっけつ》を得る底《てい》、各おの請う一着《いちじゃく》せよ。
代わって云く、雪團打《せつだんだ》、雪團打。

【五五六―七】

〔五月二日〕記得、石林頌古云、三千刹界佛袈裟、不犯針鋒見作家矣、謹咨問諸禪德、不犯針鋒底佛袈裟、各請評判來。代云、五月臨平山下路、ーー（藕花無數繞汀）洲。

又云〔江湖集〕

〔五月二日〕記得《きとく》す、石林の頌古に云く、三千刹界《さんぜんせつかい》、佛袈裟《ぶつけさ》、針鋒《しんぽう》を犯さず、作家《さつけ》を見る、と。謹んで諸禪徳《しょぜんとく》に咨問《しもん》す、針鋒《しんぽう》を犯さざる底《てい》の佛袈裟《ぶつけさ》、各おの請う、評判し來たれ。

代わって云く、五月、臨平山下《りんぺいさんか》の路、藕花《ぐうか》無數、汀洲《ていしゅう》を繞る。

又云、〔江湖集〕

【五五六―八】

歸宗常禪師、以手指空中云、諸人今夜見月中拄杖子麼。有僧出、便望空中、禮拜。常云、莫眼花。僧於言下有省矣。如何是月中拄杖子、各ーー。代云、打破鏡來、ーー（與汝相）見。又、照用齊行〔仁峯〕。又學者、明頭來也明頭打。又、青天也ーー（須喫）棒。

歸宗《きす》の常禪師、手を以て空中を指して云く、諸人今夜、月中の拄杖子《しゅじょうす》を見るや。僧有り出でて、便ち空中を望んで、禮拜す。常云く、眼花《がんか》すること莫かれ。僧、言下に於いて省有り、と。如何なるか是れ月中の拄杖子《しゅじょうす》、各ーー。

代わって云く、鏡を打破《だは》し來たれ、汝と相見《しょうけん》せん。

又、照用齊しく行ず〔仁峯〕。

又、學者、明頭來也明頭打《みょうとうらいやみょうとうだ》。

又、青天《せいてん》も也《ま》た須らく棒を喫すべし。

【五五六―九】

〔除夜〕息耕老△〔師〕書雲夜參、僧問、北禪烹露地白牛、洞△〔山〕掇△〔退〕秦首座果卓、此意如何。師曰、鬪貧不鬪富。僧曰、還有優劣也無。師曰、優則同優、劣則同劣。僧曰、只△〔如〕

徑山今冬菓子貴、將什麼與諸人分冬。師云、鐵酸䭕矣。
南化

［除夜］息耕《そっこう》老師、書雲《しょううん》夜參、僧問う、北禪《ほくぜん》は露地《ろじ》の白牛《びゃくご》を烹る、洞山《とうざん》は泰首座《しゅそ》が果卓を掇退《てったい》す、此の意如何。師曰く、貧を鬪《きそ》って富を鬪《きそ》わず。僧曰く、還って優劣《ゆうれつ》有りや也《ま》た無しや。師曰く、優なるときは則ち同優、劣なるときは則ち同劣。僧曰く、只だ徑山《きんざん》の如きんば、今冬菓子貴し、什麼《なに》を將ってか諸人に與えて分冬せしめん。師云く、鐵《てつ》酸䭕《さんあん》。南化

【五五六―一〇】

記得、洞山昔日請泰首座喫菓子次、商量動用中事。山僧今宵請大衆喫菓子次、更無一字可商量矣。即今｜｜、洞山底即是、山僧底即是、各請剖判來。代、牛飲｜｜（水成乳、蛇飲水成）毒。希菴

記得《きとく》す、洞山昔日《とうざんそのかみ》、泰首座《しゅそ》に請うて菓子を喫する次いで、動用中の事を商量《しょうりょう》す。山僧《さんぞう》、今宵《こんしょう》、大衆に請うて菓子を喫する次いで、更に一字の商量《しょうりょう》す可きも無し。即今｜｜、洞山底《とうざんてい》が即ち是か、山僧底《さんぞうてい》が即ち是か、各おの請う剖判《ぼうはん》し來たれ。代わって、牛、水を飲めば乳と成り、蛇、水を飲めば毒と成る。

【五五六―一一】

記得、大慧云、隨緣赴感靡不周、而常處此菩提座、豈欺人、若以靜處爲是鬧處爲非、則是壞世間相而求實相、離生滅而求寂滅。好靜惡鬧時、正好着力矣。謹咨詢滿座諸衲子、好靜惡鬧道意旨、各評拌［判］來。代云、孤峯頂上嘯月眠雲、｜｜（大洋海中翻波走）浪。又、成僧只可居巖谷、國士筵中太不宜。

記得《きとく》す、大慧《だいえ》云く、緣に隨って感に赴けば周《あまね》からざること靡《な》し、而して常に此の菩提座《ぼだいざ》に處せば、豈に人を欺かんや。若し靜處《じょうしょ》を以て是と爲し、

閙處《にょうしょ》を非と爲すときは、則ち是れ、世間相《せけんそう》を壊して實相《じっそう》を求め、生滅を離れて寂滅《じゃくめつ》を求む。靜を好み閙を悪む時、正に好《よ》し力を着くるに、と。謹んで滿座《まんざ》の諸衲子《しょのっす》に咨詢《しじゅん》す、靜を好み閙を悪むと道う意旨、各おの評判し來たれ。

代わって云く、孤峯頂上《こほうちょうじょう》、月に嘯き雲に眠り、大洋海中、波に翻り浪に走る。

又、僧と成っては只だ巖谷《がんこく》に居す可し、國士筵《こくしえん》中《ちゅう》、太《はなは》だ宜しからず。

【五五六—一二】

結夏小參。此事如白日青天、無一絲頭許爲障爲礙、自是你諸人智眼不高、墮在區宇矣。謹咨問ーー、此事如白日青天道意旨、各請着語。代、人天正眼處々分明、佛祖妙心堂々露顯。

結夏小參《けつげしょうさん》。此の事は白日青天《はくじつせいてん》の如し、一絲頭許《いっしとうばか》りも障と爲り礙と爲るは無し、自ずから是れ你諸人、智眼高からざずして、區宇《くう》に墮在《だざい》す、と。謹んでーーに咨問《しもん》す、此の事は白日青天《はくじつせいてん》の如しと道う意旨、各おの請う着語《じゃくご》せよ。

代わって、人天《にんでん》の正眼《しょうげん》、處々に分明《ふんみょう》、佛祖《ぶっそ》の妙心、堂々と露顯《ろけん》す。

【五五六—一三】

記得、古語云、七佛之微言諸祖之奥旨、粲然備見乎、龍藏琅函〔集句分韵〕之間、謹咨問ーー、諸祖奥旨各請着語。

代云、少林獨坐乾坤闊、濟北三玄語路深。〔同集句分韵〕

記得《きとく》す、古語に云く、七佛の微言、諸祖の奥旨《おうし》、粲然《さんぜん》として、龍藏琅函《りゅうぞうろうかん》の間に備《つぶ》さに見ゆ、と。謹んでーーに咨問《しもん》す、諸祖の奥旨《おうし》、各おの請う着語《じゃくご》せよ。

代わって云く、少林の獨坐、乾坤闊《けんこんひろ》し、濟北《さいほく》の三《さん》玄《げん》、語路深し。

【五五六―一四】

記得、趙蕃詩話云、學詩渾似學參禪、要保心傳與耳傳、秋菊春蘭寧易地、清風明月本同天矣。雖是腐儒語、有衲僧家氣息。謹咨問滿座諸禪衲、學詩渾似學參禪道意旨、各請評判來。代云、東坡全[前]身是盧行者、句中有眼却方知

[集句ーー]

記得《きとく》す、趙蕃《ちょうばん》が詩話に云く、詩を學ぶは渾《すべ》て參《さん》禪《ぜん》を學ぶに似たり、心傳と耳傳とを保さんと要す。秋菊春蘭《しゅうきくしゅんらん》、寧《なん》ぞ地を易《か》えんや、清風明月《せいふうめいげつ》、本と同天、と。是れ腐儒《ふじゅ》の語と雖も、衲僧家《のうそうけ》の氣息有り。謹んで滿座《まんざ》の諸禪衲《しょぜんのう》に咨問《しもん》す、詩を學ぶは渾《すべ》て參禪《さんぜん》を學ぶに似たりと道う意旨、各おの請う評判し來たれ。

代わって云く、東坡《とうば》前身、是れ盧行者《ろあんじゃ》、句中に眼有って却って方《はじ》めて知らん。

【五五六―一五】

記得、大慧在雲門洋嶼菴、居衆纔五十三人也。擧竹篦示徒、結夏以來未經五十日、打發一十三人、教忠彌光禪人最初大悟、謂之禪狀元也、謹咨問ーー、大慧未經五十日、打發一十三人、我這裡

記得《きとく》す、大慧《だいえ》、雲門《うんもん》の洋嶼菴《ようしょあん》に在って、居衆、纔《わず》かに五十三人。竹篦《しっぺい》を擧《こ》して徒に示す、結夏《けつげ》以來、未だ五十日を經ざるに、一十三人を打發《たはつ》す。教忠彌光禪人、最初に大悟《たいご》す、之を禪狀元《ぜんじょうげん》と謂う、と。謹んでーーに咨問《しもん》す、大慧《だいえ》、未だ五十日を經ざるに一十三人を打發《たはつ》す、我が這裡《しゃり》

○禪狀元＝大慧門下の首席合格者。晦菴彌光のこと。狀元光とも。『叢林盛事』巻上、龜山光和尚の條。

○途中で終わっている。脱丁か。

【五五七―一】原本七三丁

花院書聲

小院晝閑桃李場、書生且喜寸陰長。
螢窓雪案無斯興、春誦和花字々香。

小院、晝閑なり、桃李《とうり》の場、
書生、且喜《しやき》すらくは、寸陰《すんいん》の長きことを。
螢窓雪案《けいそうせつあん》、斯《こ》の興無し、
春誦《しゆんじゆ》、花に和して、字々香る。

○螢窓雪案＝螢の光、窓の雪。『蒙求』孫康映雪と車胤聚螢。

【五五七―二】

獨和紅白撚吟鬚、小院書聲老腐儒。
暮史朝經陰可惜、百花春亦一須臾。

獨り紅白に和して、吟鬚《ぎんしゆ》を撚《ひね》る、
小院の書聲《しよせい》、老腐儒《ろうふじゆ》。
暮史朝經《ぼしちようけい》、陰、惜しむ可し、
百花《ひやつか》、春も亦た一須臾《しゆゆ》。

○撚吟鬚＝「撚鬚」は沈思吟哦のさま。蘇軾「和柳子玉喜雪次韻仍呈述古」詩に「一夜捻鬚吟喜雪」。

【五五七―三】

深院春閑學未成、唔咿努力舊書生。
四檐花影推遷處、一寸光陰萬卷書[衍字]聲。

深院、春閑にして、學未だ成らず、
唔咿《ごい》、努力《どりよく》す、舊書生《きゆうしよせい》。
四檐《しえん》の花影《かえい》、推し遷る處、
一寸の光陰《こういん》、萬卷《ばんかん》の聲。

○唔咿＝讀誦の聲。

【五五七―四】

春院群書日幾行、唔咿勒處及斜陽。
燈前學可名花譜、夜風聲中字々香。

春院、群書《ぐんしよ》、日に幾行ぞ、
唔咿《ごい》、勒《ろく》する處、斜陽《しやよう》に及ぶ。
燈前《とうぜん》、學ぶに可《よろ》し、名花譜《めいかふ》、

夜風聲中《せいちゅう》、字々香し。

【五五七―五】

小院不風花不飜、唔咿聲靜雨餘園。
一枝春色兩般意、鶯誦蒙求燕誦論。

小院、風あらず、花飜らず、
唔咿《ごい》の聲は靜かなり、雨餘《うよ》の園。
一枝《いっし》の春色、兩般《りょうはん》の意、
鶯は蒙求《もうぎゅう》を誦し、燕は論を誦す。

○鶯誦蒙求＝勸學院の雀は『蒙求』を囀る。『翰林五鳳集』にこの題で五首を載せる。○燕誦論＝燕は『論語』。その鳴き聲「呢喃」を讀誦の聲に見立てる。

【五五七―六】

春院攤書惜日居、紅遊紫會主人誰。
唔咿聲細經耶史、問着檐花總不知。

春院に書を攤《ひら》いて、日居を惜しむ、
紅遊紫會《こうゆうしえ》、主人は誰ぞ。
唔咿《ごい》の聲は細し、經《けい》か史《し》か、
檐花《えんか》に問着《もんじゃく》するも、總に知らず。

○攤書＝書物を開く。

【五五八】

細雨催花

催花細雨亦多情、恰似明皇羯△〔鼓〕聲。
三日不晴紅濕處、一枝春色錦宮城。

花を催す細雨《さいう》も、亦た多情《たじょう》、
恰《あたか》も似たり、明皇羯鼓《めいこうかっく》の聲に。
三日晴れず、紅濕《こうしつ》の處、
一枝《いっし》の春色、錦宮城《きんかんじょう》。

○明皇羯鼓＝前出［四三六］羯鼓催花。○紅濕＝雨の濡れた赤い花。杜甫「春夜喜雨」詩「曉看紅濕處、花重錦官城」。

【五五九】

鶯邊繫馬

亂后柳衰鶯亦迷、長廊繫馬雨凄々。

春風又遇昇平日、百囀聲中振鬣嘶。　天陰〔隱〕

亂后《らんご》、柳は衰え、鶯も亦た迷う、

長廊《ちょうろう》に馬を繫いで、雨凄々《せいせい》たり。

春風《しゅんぷう》、又た昇平《しょうへい》の日に遇わば、

百囀聲中《ひゃくてんせいちゅう》に、鬣《たてがみ》を振るって嘶《いなな》かん。

○鶯邊繫馬＝この詩、『翰林五鳳集』に天隱の作として載る。○長廊繫馬＝寺院に戰馬を繫ぐこと。『江湖風月集』横川珙の「寄石林」詩に、「佛法當今誰是主。長廊繫馬北風吹」。

【五六〇】

盡大地惟檀越家、春風得意皆光華。

新年佛法只依舊、纔看開花又杏花。　歲旦　東菴

盡大地《じんだいち》、惟れ檀越家《こだんのつけ》、

春風《しゅんぷう》に意を得て、皆な光華。

新年の佛法、只だ舊《きゅう》に依《よ》る、

纔《わず》かに花の開くを看れば、又た杏花《きょうか》。

【五六一】

贊應菴

不分桃花輕薄姿、虎丘門下領春來。

大唐上巳餘風景、今日扶桑在此枝。　仁濟

桃花輕薄《とうかけいはく》の姿を分かたず、

虎丘《くきゅう》門下に春を領し來たる。

大唐、上巳《じょうし》に風景を餘し、

今日、扶桑《ふそう》、此の枝に在り。

○應菴偈「人言洞裏桃花嫩、未必人間有此枝」。○桃花輕薄姿＝『中華若木詩抄』杜子美「漫興」詩に、「顚狂柳絮隨風舞、輕薄桃花逐水流」。

【五六二】

連理梅

沈香亭北牡丹開、一夜風吹度馬嵬。

猶泄餘妍託連理、長生私語定應梅。東沼

沈香亭《ちんこうてい》の北、牡丹《ぼたん》開く、
一夜、風、馬嵬《ばかい》に吹き度《わた》る。
猶お餘妍《よけん》を泄《もら》して、連理《れんり》に託す、
長生《ちょうせい》の私語《しご》、定めて應《まさ》に梅なるべし。

○沈香亭＝玄宗と楊貴妃が花を愛でたところ。李白「清平調詞」の三に、「名花傾國兩相歡、長得君王帶笑看。解釋春風無限恨、沈香亭北倚闌干」。○長生私語＝白居易「長恨歌」「七月七日長生殿、夜半無人私語時。在天願作比翼鳥、在地願爲連理枝。天長地久有時盡、此恨綿綿無盡期」。

【五六三】

夏木黄鸝

鳩啼芳歇永嘉末、夏木黄鸝正始音。三益

鳩《もず》啼いて芳《ほう》は歇《つ》く、永嘉《ようか》の末、
夏木《かぼく》の黄鸝《こうり》、正始《しょうし》の音。

○鳩啼芳歇＝百舌の惡聲。謝惠連「連珠」に「蓋聞春蘭早芳、實忌鳩鳴」。○永嘉末、正始音＝前出［二四六］。『晉書』の衞玠傳、「不謂永嘉末、又聞正始音」。亂世の永嘉の末に、あの魏の正始の音を聞こうとは。

【五六四―一】

點額梅

點額梅粧情不些、含章春色思無邪。
横枝忽被東風觸、落△[作]佳人面上花。雪代

點額《てんがく》の梅粧《ばいしょう》、情些《いささ》かならず、
含章《がんしょう》の春色、思い邪《よこしま》無し。
横枝《おうし》、忽ち東風《とうふう》に觸れられて、
落ちて佳人《かじん》が面上の花と作《な》る。

○點額梅粧＝梅花粧。『金陵志』に「宋の武帝の女、壽陽公主、人日、含章殿簷下に臥す。梅花額上に落ち、五出の花を成す。之を拂えども去らず。梅花妝と號す。宮人皆な之に效う」。

【五六四―二】

點額梅清君好逑、含章檐下一風流。

春情懐慕壽陽否、落到紅顔花許由。雪叟

點額《てんがく》の梅は清し、君が好逑《こうきゅう》、
含章檐下《がんしょうえんか》、一風流《ふうりゅう》。
春情《しゅんじょう》、壽陽《じゅよう》を懐慕《かいぼ》するや否《いな》や、
落ちて紅顔《こうがん》に到る、花の許由《きょゆう》。

○好逑＝よき連れ合い。『詩經』國風、周南、關雎に「窈窕淑女、君子好逑」。○花許由＝高潔なこと花世界の許由。正宗龍統「山茶梅鳥扇面」に、「花之如許由者、此梅精也」。

【五六五―一】

郝隆晒書

胸中書籍銀河水、愁殺牽牛織女星。仁岫

胸中《きょうちゅう》の書籍《しょじゃく》、銀河《ぎんが》の水、
愁殺《しゅうさつ》す、牽牛《けんぎゅう》と織女星《しょくじょせい》。

○郝隆晒書＝『蒙求』郝隆晒書、「郝隆七月七日、出日中仰臥。人問其故。曰、我晒腹中書也」。○天恩寺舊藏『葛藤集』郝隆晒書、「七夕古今誰不賞、況乎郝氏太叮嚀。腹中書籍銀河水、愁殺牽牛織女星」。

【五六五―二】

不知支腹經耶史、乞工樓前試吐看。五峯

知らず、腹に支《の》するは經《けい》か史《し》か、
乞工樓前《きっこうろうぜん》、試みに吐け看ん。

○乞巧樓＝七夕の祭壇。『開元天寶遺事』「乞巧樓」に、「宮中に錦を以て結んで樓殿を成す。高さ百尺、上、以て數十人に勝う可し。陳するに瓜果、酒炙を以てして、坐具を設けて以て牛女の二星を祀る。嬪妃各おの九孔の針、五色の線を執って、月に向かって之を穿つ。透る者は巧の候を得ると爲す。清商の曲を動じて、宴樂、且に達る。士民の家、皆な之に效う」。

【五六六】

餘寒勒花

東君漸欲放春妍、雪擁林梢馬不前。
寒意縦教桃杏殿、梅花已着祖生鞭。雪嶺

東君《とうくん》、漸く春妍《しゅんけん》を放たんと欲す、

雪、林梢《りんしょう》を擁して、馬前《すす》まず。
寒意《かんい》、縦《たと》い桃杏《とうきょう》をして殿《しんがり》ならしむるも、
梅花《ばいか》已に着く、祖生《そせい》の鞭。

○勒花＝春まだ寒く蕾は固いのに早く咲け、とせまる。勒は勒逼、「強いてせまる」の意。○祖生鞭＝前出［一〇四－一］。

【五六七】
淡墨芙蓉
芙蓉淡掃兩三枝、臙粉尤嫌汚沙〔妙〕姿。
畫似花耶花似畫、秋江烟雨墨淋灕。同

芙蓉《ふよう》、淡く掃う兩三枝、
臙粉《えんふん》、尤も嫌う、妙姿《みょうし》を汚すを。
畫、花に似たるか、花、畫に似たるか、
秋江《しゅうこう》の烟雨《えんう》、墨淋灕《りんり》。

○『翰林五鳳集』に雪嶺の作として収める。○汚沙姿＝『翰林五鳳集』では「瀉妙姿」に作るが意不通。

【五六八】
松間紅葉
路入松間山更幽、夕陽楓葉卜吟遊。
清風千里聽雖好、又恐霜紅不耐秋。三益

路、松間に入って、山、更に幽なり、
夕陽楓葉《せきようふうよう》、吟遊《ぎんゆう》を卜《ぼく》す。
清風《せいふう》千里、聽いて好《よ》しと雖も、
又た恐る、霜紅《そうこう》の秋に耐えざることを。

【五六九】
長春花
何人曾定花名字、削夏秋冬作一春。

何人ぞ、曾て花の名字《みょうじ》を定む、
夏秋冬を削って、一春と作す。

○長春花＝月月紅、月季花。庚申バラ、四季咲きイバラ。

【五七〇】原本七四丁

鶴放湖天非爲客、横斜欲月傍籬梅。横川

鶴、湖天に放つは、客の爲に非ず、
横斜《おうしゃ》、月ならんと欲す、籬に傍う梅。

○『翰林五鳳集』村菴「和靖放鶴圖」に「山童護屋獨徘徊。可怪先生晩未回。放鶴湖天非爲客。横斜欲月倚籬梅」。

【五七一】

賛春鶯尊者

轉教五千四八外、呂望非熊入那卷。鳳栖

轉教《てんきょう》五千四八の外、
呂望非熊《りょもうひゆう》、那《な》の巻にか入る。

○轉教＝第四般若時において、佛が須菩提などに般若經を代わって説かしむること。○呂望非熊＝『蒙求』呂望非熊。天恩寺舊藏『葛藤集』清叔の「鶯誦蒙求」に、「鶯兒恰似少年兒、一卷蒙求能口欺。呂望非熊日雖課、文王之囿花有窺」。

【五七二】

中秋無月

燈下吟語屢聽雨、今宵無月亦風流。江心

燈下の吟語《ぎんご》、屢《しば》しば雨を聽く、
今宵無月《こんしょうむげつ》、亦た風流《ふうりゅう》。

【五七三】

松苗

堪笑世間種花手、一年功業一朝紅。

笑うに堪えたり、世間の花を種うる手、
一年の功業も、一朝、紅なるのみ。

【五七四】

晩菊

錦袍奪賜宋員外、不道逡巡得句遲。九淵

錦袍《きんぽう》、賜を奪う、宋員外《そういんがい》、
逡巡《しゅんじゅん》して、句を得ること遲しとは道わず。

○『翰林五鳳集』雪嶺「十日菊」に「早菊金輪晩菊奇。籬邊愛此帶霜姿。宮袍奪賜宋員外。不道逡巡得句遲」。南江宗沅『漁菴小藁』「十日菊」に「早菊全輸晩菊奇、籬邊愛此帶霜姿、宮袍奪賜宋員外、不道逡巡得句遲」。宋員外（之問）は詩を作るのがもっとも遅かったが佳詩を稱られたこと。『禪林疎語考證』の「奪錦」に、「唐の武后、龍門に遊ぶ。群臣に命じて詩を賦せしむ。先に成る者に錦袍を賜う。東方虬、詩先ず成る。拜を設けて坐を賜わって未だ安ぜざるに、宋之問、詩成る。文理兼ねて美なり。左右、善しと稱せざる莫し。乃ち就いて錦袍を奪って之に衣す」。

【五七五】

梅竹扇贊

竹與梅花共合歡、新圖畫上墨吹殘。
可憐三友欠其一、何處山中松獨寒。

竹と梅花《ばいか》と、共に合歡《ごうかん》、
新圖《しんと》畫上《がじょう》、墨吹き殘す。
憐れむ可し、三友、其の一を欠くことを、
何れの處の山中にか、松獨り寒からん。

【五七六】

秋夜聽雨

月明不至低窓上、始信今宵是雨聲。村菴

月明、低窓《ていそう》の上に至らず、
始めて信ず、今宵《こんしょう》、是れ雨聲《うせい》なりと。

【五七七】

竹裡早梅

佳人翠袖綈袍意、遮掩一寒開此花。雪嶺

佳人《かじん》の翠袖《すいしゅう》、綈袍《ていほう》の意、
一寒を遮掩《しゃえん》して、此の花を開く。

○綈袍意＝綈袍戀戀。魏の須賀が范雎の寒苦を憐れんで衣服を與えた故事。旧恩を思うこと。

【五七八―一】

鳳凰集楓樹

翔集鳳凰霑雨衣、丹楓樹々雨霏々。

牧之坐莫停車愛、恐是靈禽驚起飛。
翔《かけ》り集まる鳳凰《ほうおう》、雨衣を霑す、
丹楓《たんぷう》樹々、雨は霏々《ひひ》たり。
牧之《ぼくし》、坐《そぞ》ろに車を停めて愛する莫し、
恐らくは是れ、靈禽《れいきん》、驚起《きようき》して飛ぶならん。
○牧之坐莫停車愛＝杜牧「山行」詩、「停車坐愛楓林晩、霜葉紅於二月花」。

【五七八—二】
聖代祇今罕見之、丹楓樹上鳳凰兒。
滿林霜葉羽毛冷、好去碧梧棲老枝。雪叟
聖代祇今《せいだいしこん》、罕《まれ》に之を見る、
丹楓樹上《たんぷうじゆじよう》、鳳凰兒《ほうおうじ》。
滿林《まんりん》の霜葉《そうよう》、羽毛《うもう》冷やかなり、
好《よ》し去れ、碧梧棲老《へきごせいろう》の枝に。

【五七八—三】
鳳凰千仞幾西東、聖代祇今集晩楓。
霜葉滿林栖可穩、梧邊雨冷竹邊風。
鳳凰千仞《ほうおうせんじん》、幾西東《いくせいとう》ぞ、
聖代祇今《せいだいしこん》、晩楓《ばんぷう》に集う。
霜葉滿林《そうようまんりん》、栖めば穩かなる可し、
梧邊《ごへん》、雨冷かなり、竹邊《ちくへん》の風。

【五七八—四】
鳳凰覽德聖朝閑、下到霜楓樹々間。
翠竹碧梧莫相慕、滿林紅葉是丹山。
鳳凰《ほうおう》、德を覽《み》る、聖朝《せいちよう》閑なり、
下、霜楓《そうふう》樹々の間に到る。
翠竹碧梧《すいちくへきご》、相慕うこと莫かれ、
滿林《まんりん》の紅葉《こうよう》、是れ丹山《たんざん》。

【五七八―五】

聖代祇今徳至乎、晩楓鳳集叫唐虞。

滿林霜葉不栖穏、只合終身在碧梧。

聖代祇今《せいだいしこん》、徳至れるかな、

晩楓《ばんぷう》に鳳集うて、唐虞《とうぐ》と叫ぶ。

滿林《まんりん》の霜葉《そうよう》、栖んで穏かならず、

只だ合《まさ》に身を終うるまで碧梧《へきご》に在るべし。

○唐虞＝唐は帝堯の號。虞は帝舜の號。理想の徳治の御代。

【五七九―一】

鶯邊繫馬

金狨繫馬最多情、眼底看花耳底鶯。

千里追風行不得、綿蠻一曲鷓鴣聲。雪

金狨《きんじゆう》、馬を繫ぐ、最も多情《たじよう》、

眼底《がんてい》に花を看、耳底《にてい》は鶯。

千里追風《せんりついふう》も、行くこと得ず、

綿蠻《めんばん》一曲、鷓鴣《しやこ》の聲。

○鶯邊繫馬、金狨繫馬＝黄山谷「次韻宋楙宗云々」詩に、「金狨繫馬曉鶯邊、不比春江上水船」。「金狨」は、狨の毛で造った鞍。転じて（貴人の馬をひく）馬匹。○千里追風＝名馬。

【五七九―二】

黄鳥啼邊何著鞭、金狨繫馬思悠然。

綿蠻一曲櫻花落、雪擁藍關似不前。

黄鳥《こうちよう》啼く邊、何ぞ鞭を著けん、

金狨《きんじゆう》、馬を繫ぎ、思い悠然《ゆうぜん》。

綿蠻《めんばん》一曲、櫻花《おうか》落つ、

雪、藍關《らんかん》を擁して、前《すす》まざるに似たり。

○雪擁藍關＝韓愈詩に「雪擁藍關馬不前」。

【五七九―三】

百囀聲中情豈些、詩人繫馬一吟加。

春遊不用著鞭去、只向鶯邊飽看花。

百囀聲中《ひゃくてんせいちゅう》、情、豈に些《いささ》かならんや、
詩人、馬を繋いで、一吟《いちぎん》加う。
春遊《しゅんゆう》、鞭を著くるを用いず去れ、
只だ鶯邊《おうへん》に向かって、飽くまで花を看よ。

【五七九―四】

一曲綿蠻聽始奇、馬蹄留得忘歸期。
金鞭掛在鶯梢上、千里追風繋者誰。

一曲綿蠻《めんばん》、聽いて始めて奇なり、
馬蹄《ばてい》、留め得て、歸期《きき》を忘る。
金鞭《きんべん》、掛在《かざい》す、鶯梢《おうしょう》の上、
千里追風《せんりついふう》、繋ぐ者は誰そ。

【五七九―五】

暫駐征鞍舊故人、滿庭榕葉亂啼辰。
鶯邊若是斷風去、可惜百花吹作塵。

暫らく征鞍《せいあん》を駐《とど》む、舊故人《きゅうこじん》、
滿庭《まんてい》の榕葉《ようよう》、亂れ啼く辰。
鶯邊《おうへん》、若し是れ風に斷《いな》き去らば、
惜しむ可し、百花《ひゃっか》吹いて塵と作《な》ることを。

○滿庭榕葉＝柳宗元の「柳州二月榕葉落盡偶題」に、「榕葉滿庭鶯亂啼」。榕はアコウ。クワ科の常緑樹だが、春、落葉し同時に新芽が出る。

【五七九―六】

百囀聲中留馬蹄、野村殘雨草萋々。
鶯邊不去志千里、只向春風振鬣嘶。

百囀聲中《ひゃくてんせいちゅう》、馬蹄《ばてい》を留む、
野村《やそん》の殘雨《ざんう》、草萋々《せいせい》。
鶯邊《おうへん》に去らず、千里を志さば、
只だ春風《しゅんぷう》に向かって、鬣《たてがみ》を振って嘶《いなな》け。

【五七九―七】

一曲綿蠻聽不酸、春光爛熳跨吟鞍。
鶯邊和雨花爭發、付與遊人班馬看。

一曲綿蠻《めんばん》、聴いて酸《す》からず、
春光爛熳《らんまん》、吟鞍《ぎんあん》に跨る。
鶯邊《おうへん》、雨に和して、花争って發《ひら》く、
遊人《ゆうじん》が班馬《はんば》に付與し看よ。

○聴不酸＝耳不酸。聞いて心地よい。酸は酸哀、悲しくつらい。

【五七九―八】

金狨繋馬曉鶯啼、曲渡小樓殘月西。
臘雪在時無斯興、綿蠻遷處振□□。

金狨《きんじゅう》馬を繋いで、曉鶯《ぎょうおう》啼く、
曲、小樓に渡る、殘月《ざんげつ》の西。
臘雪《ろうせつ》在る時、斯《こ》の興無し、
綿蠻《めんばん》遷る處、□□を振るう。

【五八〇―一】

夏鶯弄薔薇

薔薇滿架麗於霞、乍就黄鸝佳色加。
憶昔東山謝公妓、幽魂成鳥弄斯花。南溟

薔薇滿架《そうびまんか》、霞より麗し、
乍《たちま》ち黄鸝《こうり》に就いて、佳色《かしょく》加う。
憶う昔、東山謝公《しゃこう》の妓を、
幽魂《ゆうこん》、鳥と成って、斯《こ》の花を弄す。

○天恩寺舊藏『葛藤集』［四六五］に代人として「憶昔東山謝公妓、幽魂爲鳥弄斯花」。
○東山謝公妓＝謝安の風流。『晉書』謝安傳に、「安、雖放情丘壑、然毎游賞必以妓女從、既累辟不就」。

【五八〇―二】原本七五丁

啼到薔薇情更情、嫩紅新緑映黄鶯。
綿蠻曲自架頭度、今日花前不惜聲。某

啼いて薔薇《そうび》に到って、情更に情、
嫩紅新緑《どんこうしんりょく》、黄鶯《こうおう》に映ゆ。
綿蠻《めんばん》の曲、架頭《かとう》より度《わた》って、
今日、花前に聲を惜しまず。

【五八一】

冬日牡丹

牡丹冬暖氣如霞、喜見風光似洛涯。
開落先春氷雪底、誰言花信始梅花。

牡丹《ぼたん》、冬暖かにして、氣、霞の如し、
喜び見る、風光の洛涯《らくがい》に似たるを。
開落《かいらく》、春に先だつ、氷雪底《ひょうせってい》、
誰か言う、花信《かしん》は梅花《ばいか》に始まると。

【五八二】

涼館避暑

莫怪館中相約臻、近口[公]白雪夏涼人。
只須日々來消暑、閤下容吾入幕賓。

怪しむ莫かれ、館中に相約し臻《いた》るを、
公に近づけば白雪《はくせつ》のごとし、夏涼《かりょう》の人。
只だ須らく日々來たって暑を消すべし、
閤下《かっか》、吾に容《ゆる》せ、幕賓《ばくひん》に入ることを。

○近公白雪＝原本「近口白雪」では意不通。杜甫「大雲寺贊公房」の四に「近公如白雪、執熱煩何有」をふまえる。○夏涼人＝天恩寺舊藏『葛藤集』快川の「涼雨」に「四海、今、元裕の仁に歸す、瀟灑たり、一片夏涼の人」。○入幕賓＝機密に與る幕僚。『晉書』郗超傳。

【五八三】

春霜

霜花開似歳君新、今夜西樓日落辰。
因想秀州鴛瓦上、牡丹紅藥海棠春。

霜花《そうか》開いて、歳君《さいくん》の新たなるに似たり、
今夜、西樓《せいろう》、日落つる辰。
因って想う、秀州《しゅうしゅう》鴛瓦《えんが》の上、
牡丹《ぼたん》、紅藥《こうやく》、海棠《かいどう》の春。

○鴛瓦＝鴛瓦は鴛鴦瓦。對偶になった瓦。

【五八四】

題落花

明李暗桃風度時、只疑團雪起天涯。
咲吾無限惜春意、欲拾飛花上舊枝。

明李暗桃《めいりあんとう》、風の度《わた》る時、
只だ疑う、團雪《だんせつ》の天涯《てんがい》に起こるかと。
吾が限り無き春を惜しむ意を咲《わら》え、
飛花《ひか》上に舊枝《きゅうし》を拾わんと欲す。

【五八五】

賛白地扇子畫槿花

人間晦朔不曾知、朝露落時花亦奇。
因想呉王宮裡事、西施白地掃蛾眉。

人間《じんかん》の晦朔《かいさく》、曾て知らず、
朝露《ちょうろ》落つる時、花も亦た奇なり。
因って思う、呉王宮裡《ごおうきゅうり》の事、
西施《せいし》、白地《はくち》に娥眉《がび》を掃く。

○前出「四七三」「五一九」に二回出る。

【五八六】

嘲鵑

蜀魂空山倦飽聞、信言金彈不饒君。
聲々料識無嘲解〔諧〕、誰是後生〔世〕揚子雲。

蜀魂《しょくこん》、空山《くうざん》に聞くに倦《う》み飽く、
金彈《きんだん》、君を饒《ゆる》さずと言うことを信ず。
聲々《せいせい》、料り識るに、嘲諧《ちょうかい》無けん、
誰か是れ後世の揚子雲《ようしうん》なる。

○金彈不饒君＝『聯珠詩格』潘紫巖の「聞鵑」に「一聲啼破萬山雲、我正思歸卻喜聞。莫向貴人庭樹上、王孫金彈不饒君」。金彈は、韓嫣が鳥を撃ち落とすのに金彈を用いたこと（『西京雜記』）。景徐周麟「鶯近齋」に「人道王孫挾金彈、片時啼莫近宮花」。○後生揚子雲＝後世揚子雲、再生揚子雲、揚雄復生とも。漢の揚雄。韓昌黎「馮宿に與えて文を論ずる」書に「昔、揚子雲、太玄を著わす。人皆之を笑う。子雲が言に曰く、世が我を知らざるは害無し、後世、復た揚子雲有って必ず之を好《よみ》せん、と」。

【五八七—一】

讀杜甫端午賜衣詩

端午恩榮意不空、古今唯有杜陵忠。
唐家三百年天下、巻入雪羅風葛中。景

端午《たんご》の恩榮《おんえい》、意空しからず、
古今、唯だ杜陵《とりよう》の忠のみ有り。
唐家《とうけ》、三百年の天下、
巻いて雪羅風葛《せつらふうかつ》の中に入る。

○杜甫「端午日賜衣」詩、「宮衣亦有名、端午被恩榮。細葛含風軟、香羅疊雪輕。自天題處濕、當暑著來清。意内稱長短、終身荷聖情」。

【五八七—二】

杜老忠心輔李唐、端陽何幸沐恩光。
暑威吹醒香羅雪、風不涼人衣自涼。

杜老《とろう》の忠心《ちゅうしん》、李唐《りとう》を輔す、
端陽《たんよう》、何の幸いぞ、恩光《おんこう》に沐す。
暑威《しょい》、吹き醒《さ》ます、香羅《こうら》の雪、
風、人に涼しからざれども、衣は自ずから涼し。

【五八七—三】

工部平生無一歡、賜衣今日慰艱難。
君恩只爲香羅薄、不障草坐風雨寒。

工部、平生《へいぜい》、一歡《いっかん》も無し、
衣を賜わって今日、艱難《かんなん》を慰める。
君恩《くんおん》、只だ香羅《こうら》の薄き爲に、
障げず、草坐《そうざ》風雨の寒きを。

【五八七—四】

溽暑雖多都不識、葛風羅雪夏涼人。

溽暑《じょくしょ》多しと雖も、都《す》べて識らず、
葛風羅雪《かつふうらせつ》、夏涼《かりょう》の人。

【五八七―五】

宮衣披得事官遊、臣甫忠心猶在不。偶被恩榮多喜色、葛風吹掃一生愁。雪

宮衣《きゆうえ》披し得て、官遊《かんゆう》を事とす、臣甫《しんほ》の忠心《ちゆうしん》、猶お在りや不《いな》や。偶《たま》たま恩榮《おんえい》を被《こうむ》って喜色《きしよく》多し、葛風《かつふう》、吹き掃う、一生の愁。

【五八七―六】

宮衣披得慰殘涯、白髮千莖老拾遺。身在葛風羅雪裏、世間溽暑不曾知。

宮衣《きゆうえ》披し得て、殘涯《ざんがい》を慰む、白髮千莖《はくはつせんきよう》、老拾遺《ろうしゆうい》。身は葛風羅雪《かつふうらせつ》の裏に在り、世間の溽暑《じよくしよ》、曾て知らず。

【五八七―七】

忽着宮衣侍李唐、端陽佳節被恩光。杜陵翁亦温公政、風葛吹成五月涼。

忽《ゆるが》せに宮衣《きゆうえ》を着けて、李唐《りとう》に侍す、端陽《たんよう》の佳節《かせつ》、恩光《おんこう》を被《こうむ》る。杜陵翁《とりようおう》も亦た、温公《おんこう》の政《まつりごと》、風葛《ふうかつ》、吹き成す、五月の涼《りよう》。

○温公政＝『翰林五鳳集』江心の「五月牡丹」詩に「牡丹評品孰尤宜、好比温公報政時。元祐枝頭青未老、新涼五月傍花吹」。

【五八七―八】

賜衣披得杜陵翁、端午恩榮侍帝宮。溽暑吹醒天五月、香羅疊雪葛含風。

賜衣《しえ》披し得たり、杜陵翁《とりようおう》、端午《たんご》の恩榮《おんえい》、帝宮《ていきゆう》に侍す。溽暑《じよくしよ》、吹き醒《さ》ます、天五月、

香羅《こうら》、雪を畳み、葛《かつ》、風を含む。

【五八七―九】

忽被恩榮侍帝朝、衣涼何識暑威饒。
多年白髪千莖雪、細葛含風吹不消。

忽《ゆるが》せに恩榮《おんえい》を被って、帝朝《ていちょう》に侍す、
衣は涼し、何ぞ暑威《しょい》の饒《おお》きことを識らん。
多年の白髪《はくはつ》、千莖《せんきょう》の雪、
細葛《さいかつ》、風を含んで、吹けども消えず。

【五八七―一〇】

臣甫存忠侍禁闈、端陽佳賜古來稀。
雪羅風葛君恩重、何用從前一布衣。

臣甫《しんほ》、忠を存して禁闈《きんい》に侍す、
端陽《たんよう》の佳賜《かし》、古來稀《まれ》なり。
雪羅風葛《せつらふうかつ》、君恩《くんおん》重し、
何ぞ用いん、從前《じゅうぜん》の一布衣を。

【五八七―一一】

自天題處到端陽、忽被恩榮稱短長。
斯日忠臣不知暑、雪羅風葛着來涼。

天より題する處、端陽《たんよう》に到る、
忽《ゆるが》せに恩榮《おんえい》を被って短長を稱す。
斯《こ》の日、忠臣、暑を知らず、
雪羅風葛《せつらふうかつ》、着け來たって涼し。

【五八七―一二】

宮衣賜處最多情、端午恩榮慰此生。
細葛含風涼自到、掃除溷[溽]暑着來清。

宮衣《きゅうえ》賜う處、最も多情《たじょう》、
端午《たんご》の恩榮《おんえい》、此の生を慰む。
細葛《さいかつ》、風を含んで、涼自ずから到る、
溽暑《じょくしょ》を掃除《そうじょ》す、着け來たって清し。

【五八八―一】

上巳聴鵑

杜鵑雨濕不留飛、上巳古來聽漸稀。

蜀魄向金鱗報道、禹門浪惡不如歸。清菴

杜鵑《とけん》、雨に濕って、留められて飛ばず、

上巳《じょうし》、古來、聽くこと漸く稀《まれ》なり。

蜀魄《しょくはく》、金鱗《きんりん》に向かって報じて道う、

禹門《うもん》浪惡し、歸らんには如かじと。

【五八八―二】

上巳杜鵑渡翠微、關々昨夜不如歸。

松濤激〔起〕△桃花浪、彷彿錦鱗一度飛。

上巳《じょうし》の杜鵑《とけん》、翠微《すいび》を渡る、

關々《かんかん》、昨夜、歸らんには如かず。

松濤激起《げきき》す、桃花《とうか》の浪、

彷彿《ほうふつ》たり、錦鱗《きんりん》の一度に飛ぶに。

○關々＝鳥の和らぎ鳴く聲。

【五八九―一】

鐵梅花

生鐵梅花奪化工、崑崙那畔別春風。

枝頭若下鉗鎚去、合打就千億放翁。清菴

生鐵《さんてつ》の梅花《ばいか》、化工《かこう》を奪う、

崑崙那畔《こんろんなはん》、別に春風《しゅんぷう》。

枝頭《しとう》、若し鉗鎚《けんつい》を下し去らば、

合《まさ》に千億の放翁《ほうおう》と打就《な》るべし。

○千億放翁＝陸游『梅花絶句』に「聞説梅花拆曉風、雪堆遍滿四山中。何方可化身千億、一樹梅花一放翁」

【五八九―二】

這鐵梅開耶未開、到于今不費鉗鎚。

作家爐鞴青風起、花亦參禪入室來。

這《こ》の鐵梅《てつばい》、開くか未だ開かざるか、

今に到るまで鉗鎚《けんつい》を費さず。
作家《さつけ》の爐鞴《ろはい》、青風起こる、
花も亦た參禪入室《さんぜんにつしつ》し來たる。

【五九〇―一】

歳旦

掌握烏藤意氣加、何年寰海龍蛇新。
春光指△庭前看、添得八十寺裡花。同

烏藤《うとう》を掌握《しょうあく》して、意氣加う、
何れの年の寰海《かんかい》か、龍蛇《りゅうだ》新たなる。
春光指△庭前看、
添え得たり、八十寺裡の花。

【五九〇―二】

佛法新年從此加、拈來三尺黑蚖蛇。
道香德色與人看、拄杖枝頭一點□[花]。

佛法新年、此より加う、
拈じ來たる、三尺の黑蚖蛇《こくがんだ》。
道香德色《どうこうとくしょく》、人に與えて看せしむ、
拄杖枝頭《しゅじょうしとう》、一點《いってん》の花。

【五九一】原本七六丁

涵星硯

一泓秋色曉星移、聞昔蘇公久見持。
可是天文補殘石、墨雲斜掛斗牛箕。横川

一泓《いっこう》の秋色、曉星《ぎょうせい》移る、
聞く、昔、蘇公《そこう》久しく持たると。
是れ天文《てんもん》を補うの殘石《ざんせき》なる可し、
墨雲《ぼくうん》、斜めに掛く、斗牛《とぎゅう》の箕。

○横川『小補集』に一句を「一泓秋色曙星移」に作る。○蘇公久見持＝蘇軾に「軾近以月石硯屛、獻子功中書公、復以涵星硯、獻純父侍講。子功有詩、純父未也。復以月石風林屛贈之。謹和子功詩、幷求純父數句」と題するものがある。○天文補殘石＝女媧煉石補天。『列子』湯問篇、「昔、女媧氏、五色の石を錬って以て其の闕を補い、鼇の足を斷って以て四極を立つ」。

【五九二】

七星硯

不須磨墨夜添油、星斗分光書案頭。
天亦會昌年遠事、七僧下作石卿侯。

墨を磨することを須いざれ、夜、油を添えれば、
星斗《せいと》、光を分かつ、書案頭《しょあんとう》。
天も亦た會昌年遠《えしょうねんおん》の事、
七僧下って、石卿侯《せききょうこう》と作《な》る。

○石卿侯＝離石卿侯。硯の異名。『雲仙雜記』「薛稷爲硯、封九錫、拝離石卿侯」。

【五九三―一】

涵星硯

△△△△星彩寒、半泓倒蘸影闌干。
翰林胸墨不磨盡、要見銀河點滴乾。

△△△△星彩寒し、
半泓《はんこう》、倒《さかし》まに蘸《ひた》して、影闌干《らんかん》。
翰林《かんりん》の胸墨《きょうぼく》、磨し盡くさず、
銀《ぎん》河《が》の點滴《てんてき》乾くを見んと要す。

○闌干＝星のきらめくさま。

【五九三―二】

同

今夜星々落硯池、染毫濡墨可磨之。
石泓涵影辰耶斗、問着坡翁捴不知。雪

今夜、星々、硯池《けんち》に落つ、
毫《ふで》を染め墨に濡《ぬ》らして、之を磨す可し。
石泓《せっこう》の涵影《かんえい》、辰か斗か、
坡翁《ばおう》に問着《もんじゃく》するも、捴に知らず。

【五九三―三】

借問翰林學士蘇、袖中東海蘸星平。
石泓忽被墨雲掩、數點光芒一點無。

借問《しゃもん》す、翰林學士《かんりんがくし》の蘇《そ》、

袖中《しゅうちゅう》の東海《とうかい》、星を蘸《ひた》して平らかなり。
石泓《せっこう》、忽ち墨雲《ぼくうん》に掩われて、
數點の光芒《こうぼう》、一點《いってん》も無し。

○袖中東海＝『翰林五鳳集』に用例多し。壮大な詩想。また、その詩を生み出す墨池を東海になぞらえる。

【五九三―四】

今夜秋風星彩寒、硯池涵彰起波瀾。
光芒一點石泓底、滴盡銀河墨未乾。

今夜秋風、星彩《せいさい》寒し、
硯池《けんち》に彰《あや》を涵《ひた》して、波瀾《はらん》を起こす。
光芒一點《こうぼういってん》、石泓底《せっこうてい》、
銀河《ぎんが》を滴《した》で盡くして、墨未だ乾かず。

【五九三―五】

硯池波起我文房、今夜涵星興不常。
輕把銀河置書案、一泓秋色女牛光。

硯池《けんち》、波起こる、我が文房《ぶんぼう》、
今夜、星を涵《ひた》して、興、常ならず。
輕く銀河《ぎんが》を把《と》って、書案《しょあん》に置く、
一泓《いっこう》の秋色、女牛《じょぎゅう》の光。

【五九三―六】

磨硯書窓到夜闌、曙星涵影落欄干。
坡翁染筆半泓上、傾倒銀河墨未乾。

硯を磨す書窓《しょそう》、夜に到って闌《たけなわ》なり、
曙星《しょせい》、影を涵《ひた》して、欄干《らんかん》に落つ。
坡翁《ばおう》、筆を染む、半泓《はんこう》の上、
銀河《ぎんが》を傾倒《けいとう》して、墨未だ乾かず。

【五九四―一】

盂蘭結縁之頌
大法門開甘露淋、施恒沙衆小叢林。
衲僧不具看經眼、澗水松風皆妙音。雪

大法の門開いて、甘露《かんろ》淋《そそ》ぐ、
恒沙《ごうしゃ》の衆に施す、小叢林《しょうそうりん》。
衲僧《のうそう》は具せず、看經《かんきん》の眼、
澗水松風《かんすいしょうふう》、皆な妙音《みょうおん》。

【五九四―二】

甘露大千手以淋、鬼神衆也聚禪林。
落花流水自然説、一滴浪々放水音。

甘露《かんろ》大千、手づから以て淋《そそ》ぐ、
鬼神衆《きじんしゅう》、也《ま》た禪林に聚まる。
落花流水《らっかりゅうすい》、自然《じねん》に説く、
一滴《いってき》浪々、水を放つ音。

【五九五―一】

林際禪如春
林際金剛劍莫耶、分開頑石亦塵沙。
堂々氣宇幾春色、門葉宗枝生毒花。

林際《りんざい》の金剛劍《こんごうけん》は莫耶《ばくや》、
頑石《がんせき》を分開せば、亦た塵沙《じんしゃ》。
堂々たる氣宇《きう》、幾春色《いくしゅんしょく》、
門葉宗枝《もんようしゅうし》、毒花《どくげ》を生ず。

【五九五―二】

林際風顚絶比倫、豁開正法支無塵。
花園從是千紅外、天下叢林別置春。

林際《りんざい》の風顚《ふうてん》、比倫《ひりん》を絶す、
正法《しょうぼう》を豁開《かつかい》して、支無塵。
花園《かえん》、是より千紅《せんこう》の外、
天下の叢林《そうりん》、別に春を置く。

○支無塵＝點無塵か。

【五九五―三】

吹毛用了現金身、凛々威風寒逼人。
別問衲僧林際事、燈籠報曰百花春。

吹毛《すいもう》用い了って、金身《こんじん》を現ず、
凛々《りんりん》たる威風《いふう》、寒《すさま》じく人に逼る。
別して衲僧《のうそう》に林際《りんざい》の事を問わば、
燈籠《とうろう》報じて曰く、百花《ひやつか》の春と。

【五九五—四】

看々林際主中賓、凛烈威風愁殺人。
任手拈來一枝上、現成公案百花春。

看よ看よ、林際《りんざい》、主中《しゆちゆう》の賓《ひん》、
凛烈《りんれつ》たる威風《いふう》、人を愁殺《しゆうさつ》す。
手に任せて拈じ來たる、一枝《いつし》の上、
現成公案《げんじようこうあん》、百花《ひやつか》の春。

【五九五—五】

老林際眼蓋坤乾、緊握□[嗔]拳意氣全。
春色滿園鶯一喝、迅雷吼破四禪天。

老林際《ろうりんざい》の眼、坤乾《こんけん》を蓋う、
緊《きつ》く嗔拳《しんけん》を握って、意氣全し。
春色滿園《まんえん》、鶯一喝《いつかつ》、
迅雷吼《じんらいこう》破《は》す、四禪天《しぜんてん》。

【五九五—六】

滅却正宗劫定前、欺胡瞞漢瞎驢邊。
丈師室内春風國、主丈花開林際禪。

滅却正宗《めつきやくしようじゆう》、劫定の前、
胡を欺き漢を瞞ず、瞎驢邊《かつろへん》。
丈師室内《じようししつない》、春風國《しゆんぷうこく》、
主丈《しゆじよう》花開く、林際禪《りんざいぜん》。

【五九六—一】

夏山欲雨

推暑清風吹不常、夏山欲雨送斜陽。
陰雲只在孱顔上、定作人間一滴凉。雪叟

暑を推す清風《せいふう》、吹いて常ならず、

夏山《かさん》、雨ふらんと欲して、斜陽《しゃよう》を送る。
陰雲《いんうん》、只だ孱顔《せんがん》の上に在り、
定めて人間《じんかん》、一滴《いってき》の涼と作らん。

【五九六―二】

朦朧山色欲霏々、忽引清風消暑威。
雲覆奇峯蜀天暗、行人先著一蓑衣。

朦朧《もうろう》たる山色、霏々《ひひ》たらんと欲す、
忽ち清風《せいふう》を引いて、暑威《しょい》を消す。
雲、奇峯《きほう》を覆って、蜀天《しょくてん》暗し、
行人、先に一蓑衣《さえ》を著く。

【五九六―三】

獨對孱顔夏日長、陰雲曳々自舒張。
山々欲雨總虚語、不借人間一滴涼。

獨り孱顔《せんがん》に對して、夏日長ず、
陰雲曳々《いんうんえいえい》として、自ずから舒張《じょちょう》す。
山々、雨ふらんと欲するも、總に虚語《きょご》、
人間《じんかん》、一滴《いってき》の涼を借りず。

【五九六―四】

夏山欲雨晩涼浮、詩友催吟事勝遊。
萬丈嵯峨定全蜀、野村樹上有鳴鳩。

夏山《かさん》、雨ふらんと欲して、晩涼《ばんりょう》浮かぶ、
詩友、吟を催して、勝遊《しょうゆう》を事とす。
萬丈《ばんじょう》の嵯峨《さが》、定めて全蜀《ぜんしょく》、
野村樹上《やそんじゅじょう》、鳴鳩《めいきゅう》有り。

○鳴鳩＝鳴鳩喚雨。元好問の詩に「布穀勸耕鳩喚雨」。

【五九六―五】

山色朦朧欲雨天、清風推暑小窓前。
樵夫擔笠早歸去、一片浮雲定沛然。

山色朦朧《さんしょくもうろう》として、雨ふらんと欲する天、
清風《せいふう》、暑を推す、小窓の前。

樵夫《しょうふ》、笠を攜えて、早く歸り去る、
一片《いっぺん》の浮雲《ふうん》、定めて沛然《はいぜん》。
雲かかる、夏の山路の涼しくも、
ふもとのさとや、雨をまつらん

【五九七―一】

臨濟如秋
臨濟門頭無俗談、秋風颯々活伽藍。
機前一喝一輪月、春夏冬禪第二三。雪

臨濟門頭《りんざいもんとう》、俗談《ぞくだん》無し、
秋風颯々《さつさつ》、活伽藍《かつがらん》。
機前《きぜん》の一喝《いっかつ》、一輪の月、
春夏冬《はるなつふゆ》の禪は、第二三。

【五九七―二】

臨濟威雄振十方、秋風國裏要商量。
起吾宗旨金剛劍、凛烈機鋒寒似霜。

臨濟《りんざい》の威雄《いゆう》、十方に振るう、
秋風國裡《しゅうふうこくり》、商量《しょうりょう》せんことを要す。
吾が宗旨《しゅうし》を起こす、金剛劍《こんごうけん》、
凛烈《りんれつ》たる機鋒《きほう》、霜よりも寒し。

【五九七―三】

請看如秋臨濟老、正宗不滅至今存。
乾坤爽氣西風惡、吹入三玄三要門。

請う看よ、秋の如くなる臨濟老《りんざいろう》、
正宗《しょうじゅう》滅せず、今に至って存す。
乾坤《けんこん》の爽氣《そうき》、西風惡し、
吹いて三玄三要《さんげんさんよう》の門に入る。

【五九七―四】原本七七丁

秋寒天下鉅禪叢、正令當行――翁。
不滅吾宗千萬世、道香德色桂花風。

秋は寒し、天下の鉅禪叢《きょぜんそう》、

正令當行《しょうれいとうぎょう》、臨濟翁《りんざいおう》。
吾が宗を滅せず、千萬世、
道香德色《どうこうとくしょく》、桂花《けいか》の風。

【五九七―五】

四海禪徒着眼看、這ーー老太無端。
三玄門下秋風國、宗旨霜嚴徹骨寒。

四海《しかい》の禪徒《ぜんと》、眼を着けて看よ、
這《こ》の臨濟老《りんざいろう》、太《はなは》だ端無《はしな》し。
三玄《さんげん》門下、秋風國《しゅうふうこく》、
宗旨《しゅうし》、霜のごとく嚴にして、骨に徹して寒し。

【五九七―六】

臨濟商量絶比倫、秋來分得主兼賓。
乾坤爽氣吾宗旨、祖月禪風驚動人。

臨濟《りんざい》の商量《しょうりょう》、比倫《ひりん》を絶す、
秋來《しゅうらい》、分かち得たり、主と賓と。
乾坤《けんこん》の爽氣《そうき》、吾が宗旨《しゅうし》、
祖月禪風《そげつぜんぷう》、人を驚動《きょうどう》す。

【五九八―一】

隨月讀書

廣寒五百丈秋色、卷入六經三史中。淳巖

廣寒《こうかん》五百丈の秋色、
卷いて六經三史《りくけいさんし》の中に入る。

○天恩寺舊藏『葛藤集』に「映雪聚螢何論功、諷聲月白小樓東。廣寒五百丈秋色、卷入六經三史中」。

【五九八―二】

北窓聲對南窓影、劉項元來一箇無。同

北窓《ほくそう》の聲、南窓《なんそう》の影に對す、
劉項《りゅうこう》、元來《がんらい》一箇も無し。

○天恩寺舊藏『葛藤集』に「不奈月光清夜徂、唔咿萬卷與常殊。南窓色逐北窓影、劉項元來一箇無」。○劉項元來一箇無＝章碣「焚

書坑」に「竹帛烟消帝業虚、關河空鎖祖龍居。坑灰未冷山東亂、劉項元來不讀書（竹帛烟消して、帝業虚し、關河空しく鎖す、祖龍の居。坑灰、未だ冷かならざるに、山東亂る、劉項、元來、書を讀まず）」。

【五九八―三】

窓下秋涼書幌風、唔咿隨月小樓東。
車螢孫雪落某〔第〕二、江泌今宵第一功。雪

窓下《そうか》秋は涼し、書幌《しょこう》の風、
唔咿《ごい》、月を隨う、小樓《しょうろう》の東。
車螢孫雪《しゃけいそんせつ》も、第二に落つ、
江泌《こうひ》、今宵《こんしょう》、第一功《だいいちこう》。

○車螢孫雪＝『蒙求』孫康映雪と車胤聚螢。
○江泌＝『南齊書』江泌傳、「泌、少にして貧なり。晝日は屧を斫り、夜は書を讀む。月光に隨って卷を握り、屋に升る」。「映月讀書」という。

【五九八―四】

三五月明無等雙、今宵用作讀書釭。
只勤可遂〔逐〕姮娥影、休對十年螢雪窓。

三五の月明、等雙無し、
今宵《こんしょう》、用いて讀書《どくしょ》の釭《ともしび》と作す。
只だ勤めて、姮娥《こうが》の影を逐《お》う可し、
十年螢雪《けいせつ》の窓に對《むか》うことを休《や》めよ。

【五九八―五】

窓前可惜寸陰移、手有殘書隨月來。
映雪讀兼聚螢讀、爭如三五仲秋時。

窓前《そうぜん》、惜しむ可し、寸陰《すんいん》の移るを、
手に殘書《ざんしょ》有り、月を隨え來たる。
雪に映して讀むと、螢を聚めて讀むと、
爭でか如かん、三五仲秋の時には。

【五九八―六】

手把殘書到學黌、今宵隨□〔月〕老儒生。
唔咿努力經兼史、八萬廣寒吾一檠。

手に殘書《ざんしょ》を把《と》って、學黌《がっこう》に到る、
今宵《こんしょう》、月を隨う、老儒生《ろうじゅせい》。
唔咿《ごい》、努力《どりょく》せよ、經《けい》と史《し》と、
八萬の廣寒《こうかん》、吾が一檠《けい》。

【五九八―七】

唔咿隨月思悠々、萬里無雲三五秋。
手有殘書猶未了、東樓影暗上西樓。

唔咿《ごい》、月を隨え、思い悠々《ゆうゆう》、
萬里《ばんり》雲無し、三五の秋。
手に殘書《ざんしょ》の猶お未だ了ぜざる有り、
東樓《とうろう》影暗くして、西樓《せいろう》に上る。

【五九八―八】

坐來漸向五更鷄、經史所勤殘月低。
忽覺今宵琅誦久、樓東光影已樓西。

坐し來たって、漸く五更の鷄に向《なん》なんとす、
經史《けいし》、勤むる所、殘月《ざんげつ》低《た》る。
忽ち覺ゆ、今宵《こんしょう》、琅誦《ろうじゅ》久しきことを、
樓東《ろうとう》の光影、已に樓西《ろうせい》。

【五九八―九】

唔咿努力老儒生、三萬牙籤隨月明。
若以氷輪論趙璧、讀書窓下價連城。

唔咿《ごい》、努力《どりょく》せよ、老儒生《ろうじゅせい》、
三萬の牙籤《げせん》、月を隨えて明らかなり。
若し氷輪《ひょうりん》を以て趙璧《ちょうへき》を論ぜば、
讀書窓下《どくしょそうか》、價連城《あたいれんじょう》。

【五九九―一】

鼻祖忌之拙偈一篇、攀舊例云、末孫小比丘雪叟宗立九拝

九年面壁渾閑事、空費工夫立祖宗。
碧眼夢醒雲吐月、嵩陽寺裏一聲鐘。雪

九年の面壁《めんぺき》、渾《すべ》て閑事《かんじ》、
空しく工夫《くふう》を費して、祖宗を立す。
碧眼《へきがん》、夢醒《さ》めて、雲、月を吐く、
嵩陽寺裏《すうようじり》、一聲《いっせい》の鐘。

【五九九―二】

少林端坐九年後、只有神光興正宗。
莫道西來無意旨、慇懃爲説暮樓鐘。キ

少林端坐《たんざ》、九年の後、
只だ神光《じんこう》のみ有って、正宗《しょうじゅう》を興こす。
道うこと莫かれ、西來《せいらい》に意旨無しと、
慇懃《いんぎん》に爲に説く、暮樓《ぼろう》の鐘。

【五九九―三】

單傳落葉不吹盡、天下叢林磨一宗。
面壁九年夢中夢、慇懃呼醒幾回鐘。

單傳落葉《たんでんらくよう》、吹き盡くさず、
天下の叢林《そうりん》、磨《ま》の一宗。
面壁《めんぺき》九年、夢中の夢、
慇懃《いんぎん》に呼び醒《さ》ます、幾回の鐘。

【五九九―四】

今日相逢閑達磨、渡江得々起吾宗。
嵩陽寺亦寒山寺、一葦船中夜半鐘。

今日、閑達磨《かんだるま》に相逢う、
江を渡って、得々として吾が宗を起こす。
嵩陽《すうよう》の寺も亦た寒山寺《かんざんじ》、
一葦《いちい》の船中、夜半《やはん》の鐘。

【六〇〇】

寒林獨鳥圖

雪洒林端一鳥寒、如人落魄計身難。
驪宮比翼馬嵬骨、南内孤禽情可酸。

雪、林端《りんたん》に洒《そそ》いで、一鳥寒し、
人の落魄《らくはく》して身を計り難きが如し。
驪宮《りきゆう》の比翼《ひよく》、馬嵬《ばかい》の骨、
南内《なんだい》の孤禽《こきん》、情、酸《す》かる可し。

○南内孤禽＝楊貴妃。瑞溪「明皇貴妃泣笛圖」に「南内凄涼獨臥時」。
○比翼＝白居易「長恨歌」「在天願作比翼鳥、在地願爲連理枝」。

【六〇一】

右漢書高帝記

○この前で亂丁か。以下、二十四孝。

【六〇二―一】

孟宗

風雪今《キン》冬分外寒、孟宗泣竹涙無乾。
發生《ハッセイ》總角寧馨笋《シナ》、反哺好供慈母飡。　惟高和尚

風雪《ふうせつ》、今冬、分外に寒し、
孟宗《もうそう》、竹に泣いて、涙乾くこと無し。
發生す、總角寧馨《そうかくねいきよう》の笋《たかんな》、
反哺《はんぽ》、好《よ》し慈母《じぼ》の飡《さん》に供うるに。

○『楚国先賢伝』に「(孟)宗が母、筍を嗜む。冬節将に至らんとす。時に筍尚お未だ生ぜず。宗、竹林に入って哀嘆す。筍、之が為に出で、以て母に供することを得たり」。
○寧馨笋＝和諺に「竹の子の親まさり」。

【六〇二―二】

曾參《シン》

一唯幽微忠恕心、從師學道杏壇陰。
錯薪刈《カル》楚若攀例、二四孝中鄹《セイ》伯參《シン》。

一唯《いちい》の幽微《ゆうび》、忠恕《ちゆうじよ》の心、
師に從い道を學ぶ、杏壇《きようだん》の陰。

錯薪《さくしん》、楚《そ》を刈る、若し例を攀《よ》ぢば、
二四孝《にじゅうしこう》の中、郕伯參《せいはくしん》。

○杏壇＝孔子の教授堂。○一唯＝『論語』里仁、「子曰、參乎、吾道一以貫之。曾子曰、唯」。迅速に應諾して、まったく疑問をもたないこと。○錯薪刈楚＝雜木を刈る。『詩』周南、漢廣、「翹翹錯薪、言刈其楚」。○郕伯參＝元代に郕國宗聖公の謚號が與えられた。

【六〇二—三】

漢文帝

慈仁無似漢文皇、定省《テイセイ》晨昏奉北堂。
佐使君臣天下藥、孝心普施手親嘗《ラナム》。

慈仁は漢の文皇に似る無し、
定省晨昏《ていせいしんこん》、北堂《ほくどう》に奉ず。
佐使君臣《さしくんしん》、天下の藥、
孝心《こうしん》普く施し、手ずから親《みずか》ら嘗《な》む。

○漢文帝＝劉恒。母の薄太后の食事の毒見を自らした。○佐使君臣＝薬方の語で、主薬と補助薬のこと。

【六〇二—四】

楊香

威風凜々逼肌膚、惡獸來攻好保軀。
孝是木叉宜説授、尋聲廻去《エコ》猛於菟《ヲト》。

威風凜々《いふうりんりん》、肌膚《きふ》に逼る、
惡獸《あくじゅう》、來たり攻む、好《よ》し軀を保つに。
孝は是れ木叉《もくさ》、宜しく説授《せつじゅ》すべし、
聲を尋ねて廻去す、猛於菟《もうおと》。

○楊香＝虎に嚙まれそうになった父の代わりに自分が食べられようと念じた。○木叉＝波羅提木叉。戒律。○尋聲廻去＝『法華經』「念彼觀音力、尋聲自廻去」。

【六〇二—五】

閔子騫

孔門科哲德彌深、三子全因一子忱《マコト》。
誰道閔生蘆絮薄、孝名依被古來今。

孔門《こうもん》の科哲《かてつ》、德、彌《いよ》いよ深し、
三子全きは一子の忱《まこと》に因る。
誰か道う、閔生《びんせい》、蘆絮《ろじょ》薄しと、
孝名、依被す、古來今《こらいこん》。

○閔子騫＝『蒙求』閔損衣單。父が繼母と離縁するのを「母在一子單、去三子寒」と言ってとどめた。○依被＝右の訓は原本の點によるが、「孝名は被に依る」と訓ずるべきか。

【六〇二―六】

姜詩《キャウシ》

子母相思作兩全、甘飡進供禱延年。
魚吾所欲又江水、涌躍隨氷鯉與泉。

子母相思い、兩全を作す、
甘飡《かんさん》、供《く》を進めて、延年《えんねん》を禱《いの》る。
魚は吾が欲する所、又た江水、
涌躍《ゆうやく》、氷に隨う、鯉と泉と。

○『蒙求』姜詩躍鯉。泉が湧き、毎旦、双鯉魚が現れ、これを母に供した。

【六〇二―七】

丁蘭

蘭子孝心天地知、形容削作至今遺。
曾聞甘蔗群生母、復見金裝木刻《モッコク》姿。

蘭子《らんし》が孝心《こうしん》、天地知る、
形容《けいよう》削り作して、今に至って遺る。
曾て聞く、甘蔗群生《かんしょぐんじょう》の母と、
復た見る、金裝木刻《きんしょうもっこく》の姿。

○丁蘭＝兩親の木像をつくって祭った。

【六〇二―八】

王裒

哀々號泣耐呑聲、多歳倚廬偏惱情。
墓樹縱然枯悴去、蓼莪應有得春生。

哀々《あいあい》と號泣《ごうきゅう》して、聲を呑むに耐えたり、

多歳《たさい》、廬《かりや》に倚って、偏えに情を惱ます。
墓樹《ぼじゅ》、縱然《たと》い枯悴《こすい》し去るも、
蓼莪《りくが》、應《まさ》に春を得て生ずること有るべし。

○王裒＝父親の墓樹が枯れるほど殯《かりもがり》した。○蓼莪＝蓼莪之詩。孝養を盡くせなかった悲しみの詩。

【六〇二―九】

唐夫人

姑母老來無齒牙、如兒吸乳送年花。
慇懃奉養有陰德、陽報大興崔氏家。

姑母《こぼ》、老い來たって、齒牙《しげ》無し、
兒の如く乳を吸って、年花を送る。
慇懃《いんぎん》に奉養《ほうよう》して、陰德《いんとく》有り、
陽報《ようほう》、大いに興こる、崔氏《さいし》の家。

○『翰林五鳳集』に仁如の作として載る。唐夫人＝老いて齒のない姑に乳を與えた。

【六〇二―一〇】

大舜

孝心號泣仰旻天、舜日輝今億萬年。
鳥獸耕耘神聖德、村歌擊壤歷山田。

孝心號泣《こうしんごうきゅう》、旻天《びんてん》を仰ぐ、
舜日《しゅんにち》今に輝く、億萬年《おくまんねん》。
鳥獸《ちょうじゅう》、耕耘《こううん》す、神の聖德、
村歌、擊壤《げきじょう》して山田を歷る。

【六〇二―一一】

剡子

虞人感孝殺心休、剡子爲親深入幽。
異類群中求好味、衣皮只作鹿鳴呦。

虞人《ぐじん》、孝に感じて殺心休《や》む、
剡子《えんし》、親の爲に深く幽に入る。
異類群中《いるいぐんちゅう》、好味《こうみ》を求む、
皮を衣て、只だ鹿鳴《ろくめい》の呦《ゆう》を作す。

○『翰林五鳳集』仁如、「虞人感孝殺心休。欲養慈親深入幽。異類群中求乳味。衣皮唯作鹿鳴呦」。

【六〇二―一二】

陸績

陸績佳名已出群、偶然爲客至今聞。
孝兒懐橘念慈母、不比傳柑遺《ヲクル》細君。

陸績《りくせき》が佳名《かめい》、已に群を出づ、
偶然《ぐうぜん》として客と爲って、今に至って聞ゆ。
孝兒《こうじ》、橘《きつ》を懐いて慈母《じぼ》を念う、
傳柑《でんかん》の細君《さいくん》に遺《おく》るに比せず。

○『翰林五鳳集』仁如「陸績懐橘」。○傳柑＝上元の夜、互いに黄柑を送りあう風習。蘇軾「上元侍飲樓上」の三に、「歸來一盞殘燈在、猶有傳柑遺細君」。これは、天子から賜った柑を妻にわたすこと。

【六〇二―一三】原本七八丁

蔡順

蔡順忍飢忘我身、椹《シン》分兩色奉慈親。
賊心亦是憐純孝、斗米蹄羊却賑《ニキハ》貧。

蔡順《さいじゅん》、飢を忍んで我が身を忘る、
椹《くわのみ》、兩色を分かって、慈親《じしん》に奉ず。
賊心《ぞくしん》も亦た是れ純孝《じゅんこう》を憐れむ、
斗米《とべい》蹄羊《ていよう》、却って貧《ひん》を賑《にぎ》わす。

○『翰林五鳳集』仁如作。○蔡順＝後漢の蔡順の孝行物語。『蒙求』蔡順分椹。

【六〇二―一四】

董永

帝機《テイキ》憐孝費天工、償債三句[旬]隨董公。
織女凡間留不住、飄然歸去又乘風。

帝機《ていき》、孝を憐れんで、天工《てんこう》を費す、
債《さい》を償《つぐな》って、三旬《さんじゅん》、董公《とうこう》に隨う。
織女《しょくじょ》、凡間《ぼんかん》に留むれども住まらず、
飄然《ひょうぜん》と歸り去って、又た風に乘る。

○『蒙求』「董永自賣」。○凡間＝世間、人間。

【六〇二一―一五】

二陰〔張〕

風饕雪虐鶺鴒枝、不奈二陰〔張〕罹容〔害〕時。
兄弟急難誰救得、天令死〔怨〕賊起眞慈。

風饕雪虐《ふうとうせつぎゃく》、鶺鴒《せきれい》の枝、
二張《にちょう》、害に罹《かか》る時、奈《いかん》ともせず。
兄弟《ひんでい》の急難《きゅうなん》、誰か救い得ん、
天、怨賊《おんぞく》をして眞慈《しんじ》を起こさしむ。

○『翰林五鳳集』仁如「二張」題の詩ふたつあり、その一に、「風饕雪虐鶺鴒枝、不奈二張罹害時。兄弟急難誰救得、天令怨賊起眞慈」。○二張＝張孝と張禮の兄弟。

【六〇二一―一六】

朱壽昌

稚兒別母意茫然、懊惱求尋《グ》五十年。
親子便知天性義、相逢時節舊因緣。

稚兒《ちじ》、母に別れて、意茫然《ぼうぜん》。
懊惱《おうのう》、求尋《ぐじん》すること、五十年。
親子、便ち知る、天性の義。
相逢う時節《じせつ》、舊因緣《きゅういんねん》。

○『翰林五鳳集』仁如作。

【六〇二一―一七】

老萊

莫問斑衣起舞誰、老來〔萊〕老々學嬰兒。
弄鳥不是尋常戲、應念鳥中曾《ゾウ》子慈。　策彦和尚

斑衣《はんい》、起って舞うは誰そと問うこと莫かれ、
老萊《ろうらい》、老々として、嬰兒《えいじ》を學ぶ。
鳥を弄するは是れ尋常《よのつね》の戲《たわむれ》にあらず、
應《まさ》に鳥中の曾子《ぞうし》が慈を念《おも》うなるべし。

○老萊＝『蒙求』老萊斑衣。

【六〇二―一八】

王祥

天賦若慳《ケン》如爾何、寒魚赴感覺微和。
一従冷臥模氷後、千古令人呼孝何〔河〕。

天賦《てんぷ》、若し慳《おし》めば、爾《なんじ》を如何《いかん》、
寒魚《かんぎょ》、感に赴いて、微和《びわ》を覺う。
一たび冷臥《れいが》し、氷を模してより後、
千古、人をして孝河《こうが》と呼ばしむ。

○王祥＝『蒙求』王祥守柰。

【六〇二―一九】

三田

紫荊名樹屬田家、礬弟梅兄蔑以加。
天使枯榮感離合、三分春色一門花。

紫荊《しけい》の名樹、田家《でんけ》に屬す、
礬弟梅兄《はんていばいけい》も、以て加うる蔑《な》し。
天、枯榮《こえい》をして離合を感ぜしむ。
三分の春色、一門の花。

○『翰林五鳳集』では策彦の作。○三田＝田眞、田廣、田慶の兄弟。
○礬弟梅兄＝二十四番花信風では、「〔小寒〕一、梅花、二、山茶、三、水仙。〔大寒〕一、瑞香、二、蘭花、三、山礬……とつづく」。梅より後の水仙や山礬を弟という。黄山谷の「王充道送水仙花五十枝」詩に「山礬是弟梅是兄」。

【六〇二―二〇】

黄香《クワウキヤウ》

奉親扇枕又温床、暑往寒來思不忘。
孝道今人棄如土、桂花名上□黄香。

親に奉じて枕を扇《あお》ぎ、又た床を温《あたた》む、
暑往寒來《しょおうかんらい》、思って忘れず。
孝道、今の人、棄てて土の如し、
桂花名上□黄香。

○黄香＝『蒙求』黄香扇枕。

【六〇二一―一二一】

伯兪《ハクユ》

筋力漸衰笞力寛、萱親側畔涙闌干。
孝言是藥若延壽、却勝醫家忘杖丸。

筋力《きんりよく》漸く衰えて、笞力寛《ちりよくゆる》し、
萱親側畔《けんしんそくはん》、涙闌干《らんかん》。
孝言は是れ藥、若し壽《いのち》を延ばせば、
却って醫家《いか》の忘杖丸《ぼうじようがん》に勝らん。

○『翰林五鳳集』策彦作。○伯兪＝『蒙求』伯兪泣杖。○側畔＝傍邉。○闌干＝涙が流れるさま。○忘杖丸＝不老の藥。

【六〇二一―一二二】

庾黔婁《ユキンル》

越王嘗膽媚呉王、唯爲身謀柔勝剛。
爭若黔婁事親切、祈齡《ヨハイ》拜斗静焚香。

越王《えつおう》、膽《きも》を嘗めて、呉王《ごおう》に媚《こ》ぶ、
唯だ身の爲に、柔《じゆう》を謀って剛《ごう》に勝つ。
爭でか若《し》かん、黔婁《けんる》の親に事うることの切なるには、
齡《よわい》を祈り斗を拝して、静かに香を焚く。

○『翰林五鳳集』策彦作。○庾黔婁＝ユケンル。梁の人。

【六〇二一―一二三】

郭巨

文擧寧無惻隠心、埋兒養母耐抽忱。
釋鋤好當弄璋慶《ケイ》、天帝新頒一釜金。

文擧《ぶんきよ》、寧《なん》ぞ惻隠《そくいん》の心無からんや、
兒を埋《うず》み母を養って、忱《まこと》を抽《ぬき》んづるに耐えたり。
鋤《すき》を釋《す》てて、好《よ》し弄璋《ろうしよう》の慶に當つるに、
天帝、新たに一釜金《いちふきん》を頒かつ。

○『翰林五鳳集』策彦作。○郭巨＝『蒙求』郭巨將坑。○文擧＝郭文の字。『蒙求』郭文游山。同じ郭姓でもこの男は、父母が死んでも游山を事とした。○弄璋慶＝弄璋之喜。男兒出生の喜び。

【六〇二―二四】
呉猛
營々白鳥可憐宵《カレンセウ》、恐噬親無將扇搖。
誰信齊桓謂知禮、孝兒身上不曾饒。

營々たる白鳥、可憐宵《かれんしょう》、
親を噬《か》まんことを恐れて、扇を將ち搖らすこと無し。
誰か信ぜん、齊桓《せいかん》の禮を知れりと謂うことを、
孝兒身上《こうじしんじょう》、曾て饒《あま》さず。

○『翰林五鳳集』策彦作。○呉猛＝晉の人。至孝にして、蚊が親をささないように、自分だけが蚊にかまれた。○可憐宵＝愛でるべき宵。

【六〇三―一】
佛成道
山神拍手呵々笑、雪苦霜辛已白頭。
忽見明星猶就錯、眼中一點甲田由。

山神《さんじん》、手を拍って、呵々《かか》と笑う、
雪苦霜辛《せっくそうしん》、已に白頭《はくとう》。
忽ち明星《みょうじょう》を見るも、猶お錯《しゃく》に就く、
眼中の一點《いってん》、甲田由《こうでんゆ》。

○甲田由＝似て非なり。

【六〇三―二】
這老瞿曇鈍癡漢、六年垢面與蓬頭。
衲僧開口呵々笑、雪苦霜辛何有由。

這《こ》の老瞿曇《ろうくどん》、鈍癡漢《どんちかん》、
六年の垢面《くめん》と蓬頭《ほうとう》と。
衲僧《のうそう》、口を開いて呵々《かか》と笑う、
雪苦霜辛《せっくそうしん》、何の由か有る。

【六〇三―三】
六年端坐果何事、一見明星出嶺頭。
白髮瞿曇寒徹骨、袈裟裏雪独《ママ》來由。

六年端坐《たんざ》、果たして何事ぞ、
明星《みょうじょう》を一見して、嶺頭《れいとう》を出づ。
白髪《はくはつ》の瞿曇《くどん》、寒、骨に徹す、
袈裟《けさ》、雪を裹《つつ》む、独來由。

○独來由＝沒來由か。

【六〇三―四】

如聾如啞最初説、曳地瞿曇廣舌頭。
三七花嚴雨兼霧、衆生迷倒更無由。

聾の如く啞の如し、最初の説、
地に曳く、瞿曇《くどん》の廣舌頭《こうぜつとう》。
三七花嚴《けごん》、雨と霧と、
衆生迷倒《しゅじょうめいとう》す、更に由無し。

【六〇四】

維時天已秋之孟、蘆菴大和尚、示滅江福之正寢。於是、四海禪徒、識之與不識、無不爲之哀慟。吁、洞門之不幸也。蒼者天々々々。愚也派脈雖異、江談胡[湖]話之交、非一朝夕。曹溪水無謂[異]流之謂乎。訃音至則袈裟角上不覺濺涙、感嘆不止。漫綴野偈一篇、獻呈影前、以需定中軒渠云。□□[伏乞]靈鑑。雪叟紹立九稽顙

[是ハ曹洞宗へヲクラル、]

商量八十有餘年、五位功勳列祖禪。
曹洞宗風滅不滅、蘆花明月一菴前。

維れ時天已秋の孟、蘆菴大和尚、滅を江福の正《しょう》寢《しん》に示す。是に於いて、四海《しかい》の禪徒《ぜんと》、識ると識らざると之が爲に哀慟《あいどう》せざるは無し。吁《ああ》、洞門《とうもん》の不幸なり。蒼者天《そうしゃてん》、蒼者天《そうしゃてん》。愚や、派脈《はみゃく》異なりと雖も、江談湖話《ごうだんこわ》の交わり一朝夕に非ず。曹溪《そうけい》の水に異流《いりゅう》無しの謂か。訃音《ふいん》至るときは、則ち袈裟角《けさかく》上、覺えず涙を濺《そそ》ぎ、感嘆して止まず。漫《みだ》りに野偈《やげ》一篇を綴って影前に獻呈《けんてい》して、以て定中《じょうちゅう》に軒渠《けんきょ》せられんことを需むと云う。伏して乞う靈鑑《れいかん》。雪叟紹立、九稽顙《きゅうけいそう》

〔是ハ曹洞宗ヘヲクラル、〕
商量《しょうりょう》、八十有餘年、
五位の功勳《こうくん》、列祖の禪。
曹洞《そうとう》の宗風《しゅうふう》、滅か不滅か、
蘆花明月《ろかめいげつ》、一菴の前。

【六〇五―一】

新鴈

人不遠兮信不疎、一聲彷彿鴈來初。
鏡湖夜半漢天下、知是蘇卿飛帛書。　東菴

人遠からず、信疎ならず、
一聲《いっせい》、彷彿《ほうふつ》たり、鴈の來たる初めに。
鏡湖《きょうこ》、夜半《やはん》、漢の天下、
知んぬ是れ、蘇卿《そきょう》が帛書《はくしょ》を飛ばすならん。

○蘇卿飛帛書＝蘇武が匈奴の地から鴈の脚に手紙（帛書）を付けて送ったこと。『前漢書』蘇武傳。

【六〇五―二】

夢醒夜半鏡湖頭、欹枕聽時燈更幽。
千萬卷盡猶努力、飛來天地一聲秋。

夢は醒《さ》む、夜半《やはん》、鏡湖《きょうこ》の頭、
枕を欹《そばだ》てて聽く時、燈、更に幽なり。
千萬卷き盡くして、猶お努力《どりょく》、
飛來す、天地一聲《いっせい》の秋。

○一聲秋＝『頌古聯珠通集』萬菴柔「長空孤鴈一聲秋」。

【六〇五―三】

吹燈自上讀書樓、新鴈叫來愁更愁。
折葦枯荷舟不繫、雲飛水宿一聲秋。

燈を吹いて、自ら讀書樓《どくしょろう》に上る、
新鴈《しんがん》、叫び來たって、愁更に愁。
折葦枯荷《せついこか》、舟繫がず、
雲飛水宿《うんぴすいしゅく》、一聲《いっせい》の秋。

【六〇五―四】原本七九丁

夜來新鴈海門秋、々水月明蘆萩〔荻〕洲。
不是張良帷幄裡、來賓客有稲粱〔梁〕謀。

夜來《やらい》、新鴈《しんがん》、海門《かいもん》の秋、
秋水月明《しゅうすいげつめい》、蘆荻洲《ろてきしゅう》。
是れ張良《ちょうりょう》が帷幄《いあく》の裡《うち》にあらず、
來賓《らいひん》の客に稲粱《とうりょう》の謀《はかりごと》有り。

○張良帷幄裡＝「籌策を帷幄の中に運らして、勝を千里の外に決す」。『漢書』張良傳。○來賓客＝北から來た鴻鴈をいう。○稲粱謀＝食べ物を獲んとはかる。『韓愈』鴈詩に「天長地久棲鳥稀、風霜酸苦稲粱微」。杜甫「同諸公登慈恩寺塔」詩に、「君看隨陽雁、各有稲粱謀」。

【六〇五―五】

夜半聲々似起予、次燈欲讀萬金〔巻〕書。
鴈其來兮燕其去、一様秋風楚越如。

夜半《やはん》、聲々《せいせい》、予を起こすに似たり、
燈を次いで、讀まんと欲す、萬巻の書。
鴈は其れ來たり、燕は其れ去る、
一様の秋風なるに、楚越《そえつ》の如し。

○起予＝自分を啓發してくれる存在。『論語』八佾、「予を起こす者は商なり、始めて與に詩を言う可きのみ」。起は啓發する意。私が氣づかないところに氣づかせてくれたのは商（子夏）よ、あなただ。

【六〇五―六】

雲飛水宿一聲新、自起讀書燈稍親。
北魚沈後又南鴈、鏡湖夜半得來賓。

雲飛水宿《うんひすいしゅく》、一聲《いっせい》新たなり、
自ら起って書を讀む、燈、稍《や》や親し。
北魚《ほくぎょ》、沈んで後、又た南鴈《なんがん》、
鏡湖夜半《きょうこやはん》、來賓《らいひん》を得たり。

【六〇六―一】

佛法如水中月

元來佛法長無明、月在水中三四更。梅心
教海禪河休買〔賣〕却、廣寒宮裡假銀城。

元來《がんらい》、佛法、長《とこし》えに無明《むみょう》、
月は水中に在り、三四更。
教海禪河《きょうかいぜんが》、賣却《ばいきゃく》するを休《や》めよ、
廣寒宮裡《こうかんきゅうり》、假銀城《かぎんじょう》。

○假銀城＝前出［七〇—五］。蕭何賣却假銀城。

【六〇六—二】

佛法商量太鈍癡、水中認月老闍梨。
五湖四海無人會、影在波心説向誰。雪

佛法商量《しょうりょう》、太《はなは》だ鈍癡《どんち》、
水中に月を認む、老闍梨《ろうじゃり》。
五湖四海《ごこしかい》、人の會《え》する無し、
影は波心《はしん》に在って、誰に向かってか説く。

【六〇六—三】

古來佛法在誰家、月白風清楚水涯。
蹈破澄潭無一點、紫金光聚趙昌花。

古來、佛法、誰が家にか在る、
月白く風は清し、楚水《そすい》の涯。
澄潭《ちょうたん》を蹈破《とうは》するも、一點《いってん》も無し、
紫金光聚《しこんこうじゅ》も、趙昌《ちょうしょう》の花。

○趙昌花＝前出［一五二］。

【六〇六—四】

鹿園風色露堂々、月印教河不覆藏。
截斷衆流看正法、廣寒八萬眼中光。

鹿園《ろくおん》の風色《ふうしょく》、露堂々《ろどうどう》、
月、教河《きょうが》に印して、覆藏《ふぞう》せず。
衆流《しゅる》を截斷《せつだん》して、正法《しょうぼう》を看よ、
廣寒《こうかん》八萬、眼中の光。

【六〇六―五】

韶陽新定起秋風、月白清波透路中。
萬里無雲須喫棒、青天落水廣寒宮。

韶陽《しょうよう》の新定《しんじょう》、秋風を起こす、
月は白し、清波透路《せいはとうろ》の中。
萬里《ばんり》雲無きも、須らく棒を喫すべし、
青天《せいてん》、水に落つ、廣寒宮《こうかんきゅう》。

【六〇七―一】

仲冬杜鵑
一度千聲聽者嘆、仲冬消息似雲安。
庭前雪白長△[松]樹、夜來子規來上寒。雪

一度千聲、聽く者嘆ず、
仲冬《ちゅうとう》の消息《しょうそく》、雲安《うんあん》に似たり。
庭前《ていぜん》、雪は白し、長松樹《ちょうしょうじゅ》、
夜來《やらい》、子規《しき》來たり上って寒し。

○雲安＝杜甫「杜鵑」詩、「雲安有杜鵑」。○子規來上＝沙門靈一の「山中」詩に、「庭前有箇長松樹、夜半子規來上啼」。

【六〇七―二】

支枕禪房聽始奇、仲冬鵑泣雪飛時。
千聲彷彿嚴寒曉、鳥亦江西老馬師。

枕を禪房《ぜんぼう》に支えて、聽いて始めて奇なり、
仲冬《ちゅうとう》、鵑は泣く、雪の飛ぶ時。
千聲、彷彿《ほうふつ》たり、嚴寒《げんかん》の曉に、
鳥も亦た江西《こうぜい》の老馬師《ろうばし》。

○支枕＝『錦繡段』、陸游「聽雨戲作」詩二の二、「支枕幽齋聽始奇」。

【六〇七―三】

不意仲冬聽子規、千聲泣血忽飛來。
雪埋老梅羽毛冷、何處長松借一枝。

意《おも》わざりき、仲冬《ちゅうとう》に子規《しき》を聽かんとは、
千聲、血に泣き、忽ち飛び來たる。

雪に埋れる老梅《ろうばい》、羽毛《うもう》冷やかなり、
何れの處の長松《ちょうしょう》か、一枝《いっし》を借りん。

【六〇七―四】

仲冬自古此聲希、彷彿餘春一度飛。
雪掩羽毛無所避、子規啼斷不如歸。

仲冬《ちゅうとう》、古より此の聲、希なり、
彷彿《ほうふつ》たり、餘春一度に飛ぶに。
雪、羽毛《うもう》を掩って、避くる所無し、
子規啼斷《しきていだん》す、歸らんには如かずと。

【六〇七―五】

彷彿空山一子規、仲冬支枕罕聽之。
寒冷終夜杜陵老、啼血聲中再拜詩。

彷彿《ほうふつ》たり、空山《くうざん》、一子規《しき》、
仲冬《ちゅうとう》、枕を支えて、罕《まれ》に之を聽く。
寒冷《かんれい》、夜を終うる杜陵老《とりょうろう》、
血に啼く聲中《せいちゅう》、再拜の詩。

○再拜詩＝杜甫「杜鵑」に「我見常再拜、重是古帝魂」。黄山谷「書磨崖碑後」に、「臣甫杜鵑再拜詩、安知忠臣痛至骨」。鳥とはいえ、蜀帝の魄である杜鵑に再拝するの意。

【六〇八―一】

佛成道

漫攀舊例以述佛成道拙偈、伏乞昭鑒。雪叟焼香九拜
來往風塵勞脚力、瞿曇何處覓蹤由。
梅兄可笑出山相、雪苦霜辛一白頭。

漫《みだ》りに舊例《きゅうれい》に攀《よ》ぢて以て佛成道《ぶつじょうどう》の拙偈を述ぶ、
伏して乞う昭鑒《しょうかん》。雪叟焼香九拜
風塵《ふうじん》に來往《らいおう》して、脚力を勞す、
瞿曇《くどん》、何れの處にか、蹤由《しょうゆ》を覓めん。
梅兄《ばいけい》、笑う可し、出山《しゅっさん》の相を、
雪苦霜辛《せっくそうしん》、一白頭《いちはくとう》。

【六〇八―二】

一點明星眼花散、強云成道甲田由。
若將先子《ママ》比今佛、雪北香南呉越頭。

一點《いってん》の明星《みようじよう》、眼花《がんか》散るに、
強いて成道《じようどう》と云うは、甲田由《こうでんゆ》。
若し先子を將って今佛《きんぶつ》に比さば、
雪北香南《せつほくこうなん》、呉越頭《ごえつとう》。

○甲田由＝似たれども非なり。○雪北香南呉越頭＝雪の北地と花香る南方。共に相容れないこと呉越の如し。これから推せば「先子」は「西子」か。西施。

【六〇九】

綉梅

燈前滴涙綉成辰、造次於梅是妾身。
若問女工無盡藏、針端別置四時春。

燈前《とうぜん》に涙を滴《した》でて、綉し成す辰、
造次《ぞうじ》も梅に於いてす、是れ妾が身。
若し女工を問わば、無盡藏《むじんぞう》、
針端《しんたん》、別に四時の春を置く。

○造次於梅＝『論語』里仁、「造次必於是、顚沛必於是」。

【六一〇】

梅杖

三生有恨汨羅畔、縦使得風又不行。　鐵山

三生《さんしよう》、恨み有り、汨羅《べきら》の畔《ほとり》、
縦使《たと》い風を得るも、又た行かず。

【六一一】

敲氷煮茶

若認鯉魚成鬠[蟹]眼、王裒孝道玉泉[川]風。

若し鯉魚《りぎよ》を認めて蟹眼《かいがん》と成さば、
王裒《おうほう》の孝道《こうどう》、玉川《ぎよくせん》の風。

○敲氷煮茶＝『開元天寶遺事』「敲冰煮茗」に、「逸人王休、太白山下に居して、日びに僧道異人と往還す。冬時に至る毎に溪冰を取って其精瑩なる者を敲うて建茗を煮て、賓客と共に之を飲む」。○蟹眼＝湯がわくときの小さな泡。○王裒孝道＝前出［三六八－一四］。○玉川＝盧仝、號玉川子。

【六一二】

少林桃

九年面壁三千歳、達磨拈華王母花。

九年面壁《めんぺき》、三千歳《さんぜんさい》、
達磨《だるま》拈華《ねんげ》、王母《おうぼ》の花。

【六一三】

楓葉茶

北焙風烟落其二、五更秋色建溪春。

北焙《ほくばい》の風烟《ふうえん》も、其の二に落つ、
五更の秋色、建溪《けんけい》の春。

○北焙、建溪＝ともに名茶。

【六一四－一】

富士詩

縱向深林求白鷴、景廉［濂］吟境小籠間。
若將積雪塞天地、何處扶桑第一山。鐵山

縱《たと》い深林に向かって、白鷴《はくかん》を求むるも、
景濂《けいれん》が吟境《ぎんきょう》、小籠《しょうろう》の間。
若し積雪《せきせつ》を將って、天地を塞がば、
何れの處か、扶桑《ふそう》の第一山《だいいちさん》なる。

○白鷴＝白い雉。○景濂吟境＝明の宋濂（一三一〇～八一）、字は景濂。日本に来たことはないのに、「日東曲」十首をつくり、その第三首で富士山を詠じた。「絶入層宵富士岩、蟠根直圧三州間。六月雪花翻素毿、何処深林覓白鷴（層宵に絶入す富士の岩、蟠根直に三州の間を圧す。六月雪花、素毿を翻す、何れの処の深林にか白鷴を覓めん）」。

【六一四－二】

若採由旬論鬢雪、五湖四海鏡容波。同

若し由旬《ゆじゆん》を採って、鬢雪《びんせつ》を論ぜば、
五湖四海《ごこしかい》も、鏡容《きようよう》の波。

【六一四—三】

若以白鷴論白雪、扶桑六十一彫籠。三益

若し白鷴《はくかん》を以て、白雪《はくせつ》を論ぜば、
扶桑《ふそう》六十も、一彫籠《いちちようろう》。

【六一五】

八月梅

春日失之秋日得、疎影横斜楚人弓。策侍者

春日を之を失し、秋日に得、
疎影横斜《そえいおうしや》、楚人《そじん》の弓。

○楚人弓＝失ったものをまた得ること。前出［一二二六—三］。

【六一六】

探梅

行盡江南天未曉、暗中模索去年枝。高山

江南《こうなん》を行き盡くして、天未だ曉《あ》けず、
暗中に模索《もさく》す、去年の枝。

【六一七】

何人先我説堯禪、枝上乾坤無許由。鐵山

何人か我に先んじて堯禪《ぎようぜん》を説く、
枝上《しじよう》の乾坤《けんこん》、許由《きよゆう》無し。

○堯禪＝堯の禪讓。○許由＝讓りを斷った。

【六一八】

尋梅

尋春莫道山徑遠、若不逢花暮不歸。策彦

春を尋ぬるに、山徑《さんけい》遠しと道う莫かれ、
若し花に逢わずんば、暮るるとも歸らじ。

【六一九】
雪獅子
日輪當午全身滅、百億毛頭一點無。岐秀
日輪當午《にちりんとうご》、全身滅す、
百億毛頭《もうとう》、一點《いってん》も無し。

【六二〇】
桃林待月
三杜〔衍字〕、三生杜牧三祇劫、意在楓林月一輪。鐵山
三生《さんしょう》の杜牧《とぼく》、三祇劫《さんぎこう》、
意は楓林《ふうりん》の月一輪に在り。
○三生杜牧＝官を辭した杜牧が、鬱鬱として志を得ず、揚州に落拓し、好んで青樓通いをし、風流の名をほしいままにしたこと。杜牧の「遺懷」詩に「十年一覺揚州夢、贏得青樓薄倖名」とあるをふまえ、黄山谷が「過廣陵作」詩で、「春風十里、珠簾捲く、彷彿たり三生杜牧之」と詠ったことによる。

【六二一】
桃栽
寸根封植春猶淺、我避秦時花又紅。九淵
寸根《すんこん》、封植《ほうしょく》するも、春猶お淺し、
我れ秦を避くる時、花又た紅ならん。
○避秦＝陶潛『桃花源記』「先世、秦時の乱を避けて……」。

【六二二】
浴鶴
誤人被授大夫祿、亡國愁如不灌衣。九淵
誤って人に大夫の祿を授けらる、
亡國の愁いは、衣を灌《あら》わざるが如し。

【六二三】原本八〇丁
扇底殘暑
漢家四百年天下、收入炎雲〔運〕白羽中。宜竹

漢家《かんけ》四百年の天下、
炎運《えんうん》、収めて白羽の中に入る。

○『翰林五鳳集』宜竹の扇底残暑に「一洗人間溽暑空、古來扇底有清風。漢家四百年炎運、收入三軍白羽中」。○炎運＝帝業を興こす運。ことに漢家をいう。五行説では火徳がかかわるとする。○白羽＝白羽扇。諸葛孔明がこれを手にして三軍を指揮した。

【六二四】

蒲澗疎鐘

南遷波浪〔坡老〕鬢潘〔皤〕然、蒲澗供床暫就眠。
忽聽疎鐘有多看〔感〕、中原季運夕陽天。湖月

南遷《なんせん》の坡老《ばろう》、鬢皤然《びんはぜん》、
蒲澗《ほかん》に床を供し、暫く眠りに就く。
忽ち疎鐘《そしょう》を聴いて多感有り、
中原の季運《きうん》、夕陽《せきよう》の天。

○蒲澗疎鐘＝『翰林五鳳集』に「蒲磵疎鐘」題で二首あり。三益、「坡老曾成蒲磵游、疎鐘時出夕陽樓。鐺々喚醒是非夢、始是斯身在廣州」。茂彦、「蒲磵籠雲接瘴郷、疎鐘聲裡欲斜陽。春容耳熟海南寺、前世浮圖蘇玉堂」。いずれも蘇東坡詩をふまえる。蘇軾、「發廣州」に、「朝市日已遠、此身良自如。三杯軟飽后、一枕黒甜餘。蒲澗疎鐘外、黄灣落木初。天涯未覺遠、處處各樵漁」。○季運＝不審。

【六二五】

淡墨牽牛花

朝開暮落可虚語、寫入筆端猶未衰。熙春

朝に開き暮に落つるとは、虚語《きょご》なる可し、
写して筆端《ひったん》に入って、猶お未だ衰えず。

○牽牛花＝あさがお。○『翰林五鳳集』熙春の「屏上牽牛花竹」に、「竹裡牽牛日未曛、畫耶非畫見難分。朝開暮落摠虚語、永保紅顔約此君」。

【六二六】

二星有恨欠其一、織女佳期畫不成。

二星恨み有らん、其の一を欠く、

織女《しょくじょ》、佳期《かき》なるに畫き成らず。

【六二七】

船窓讀書

白鷗可笑別開卷、從古巴江學字流。鐵山

白鷗《はくおう》、笑う可し、別に卷を開くを、
古より巴江《はこう》は字を學んで流る。

○巴江學字流＝李遠の「送人入蜀」詩に、「杜宇呼名語、巴江學字流（杜宇、名を呼んで語り、巴江、字を學んで流る）」。杜宇が「謝豹」と自らの名を呼び、巴江の水は「巴」字のように流れる。

【六二八】

八景

惜哉八景欠其一、遠寺鐘聲畫不成。雪嶺

惜しい哉、八景、其の一を欠く、
遠寺《えんじ》の鐘聲《しょうせい》、畫けども成らず。

【六二九】

雪夜訪僧

隣鷄未拍凍鐘臥、折竹聲中扣寺門。天柱

隣鷄《りんけい》、未だ拍《う》たず、凍鐘《とうしょう》に臥す、
折竹聲中《せっちくせいちゅう》、寺門を扣《たた》く。

○隣鷄未拍凍鐘臥＝「凍鐘未拍隣鷄臥」を倒置したもの。○凍鐘＝冬夜鳴らぬ鐘をいう。天恩寺舊藏『葛藤集』、運首座の「凍鐘」詩に「爲鐘可炷辟寒香（鐘の爲に辟寒香を炷く可し）」。

【六三〇】

夢尋山色

千峯萬嶽一時破、夜半鐘聲亦巨靈。鐵山

千峯萬嶽《せんぼうまんがく》、一時に破す、
夜半《やはん》の鐘聲《しょうせい》、亦た巨靈《これい》。

【六三一】

喜雪

忽爾夜來得歡處、庭前折竹故郷山。天桂
忽爾《こつじ》として、夜來《やらい》、歡を得る處、
庭前《ていぜん》、竹を折る、故郷の山。

【六三二】
滄浪洗髪
一生終向江湖老、昨日少年今白鷗。鐵山
一生、終《つい》には江湖《ごうこ》に向かって老ゆ、
昨日の少年、今は白鷗《はくおう》。

【六三三】
鑷白
秋風笑改許渾句、昨日白頭今少年。三益
秋風笑って、許渾《きょこん》が句を改めん、
昨日の白頭《はくとう》、今は少年と。

○鑷白＝白髪をぬく。李白詩に「長吁望青雲、鑷白坐相看」。○許渾句＝「秋思」詩に、「高歌一曲掩明鏡、昨日少年今白頭」。

【六三四】
雪苦霜辛果何事、六年端坐更無由。
虚空拍手呵々笑、忽見明星出嶺頭。
雪苦霜辛《せっくそうしん》、果たして何事ぞ、
六年の端坐《たんざ》、更に由無し。
虚空《こくう》、手を拍って、呵々《かか》と笑う、
忽ち明星《みょうじょう》を見て、嶺頭《れいとう》を出づ。

【六三五―一】
歳旦
祇今聖代現麒麟、大地山河瑞氣新。
旦喜檐前朝莫[暮]雨、百花添得太平春。雪
祇今聖代《しこんせいだい》、麒麟《きりん》を現ず、
大地山河《だいちせんが》、瑞氣《ずいき》新たなり。
旦喜《しゃき》すらくは、檐前《えんぜん》、朝暮《ちょうぼ》の雨、
百花《ひゃっか》添え得たり、太平《たいへい》の春。

○檐前朝暮雨＝『三體詩』、秦系「題明慧上人房」詩に「簷前朝暮雨添花」。

【六三五―二】

異瑞奇祥鳳與麟、祇今聖代徳光新。
緇衣禮樂太平日、又看三皇五帝春。

異瑞奇祥《いずいきしょう》、鳳と麟と、
祇今聖代《しこんせいだい》、徳光新たなり。
緇衣《しえ》の禮樂《れいがく》、太平《たいへい》の日、
又た看る、三皇五帝の春。

【六三五―三】

忽現東皇祥瑞麟、新年佛法徳香新。
聽々呂望非熊語、一曲鶯歌億萬春。

忽ち現ず、東皇祥瑞《とうこうしょうずい》の麟、
新年の佛法、徳香《とくこう》新たなり。
聽け聽け、呂望非熊《りよもうひゆう》の語、
一曲の鶯歌《おうか》、億萬春。

○呂望非熊＝鶯誦蒙求。前出[五七一]。

【六三六】

賛王昭君

御床咫尺隔香閨、何況天涯去路迷。
認對氈毬[裘]情暗動、羌村月似掖花西。九淵

御床は咫尺《しせき》、香閨《こうけい》を隔つ、
何ぞ況んや、天涯《てんがい》に去る路に迷うをや。
認めて氈裘《せんきゅう》に對せば、情、暗動《あんどう》す、
羌村《きょうそん》の月は似たり、掖花《えきか》の西。

○この詩、九淵龍賝の『九淵遺稿』に、「單于昭君夜坐圖」の題で「江西有點」として載せる、「御床只尺隔香閨、何況天涯去路迷、忽對氈裘情暗動、羌村月似掖花西」。○氈裘＝氈毬は、毛織り布。氈裘は、匈奴が着る皮ごろも。○掖花＝掖庭(後宮)の花。ここでは後宮の意。

【六三七―一】

春寒花遲

餘寒八九分春色、花亦深衣司馬公。南溟

餘寒《よかん》、八九分の春色、
花も亦た深衣《しんえ》の司馬公《しばこう》。

○深衣司馬公＝惟肖得巖の「司馬温公畫像贊」に「深衣蟬冕忘身屈伸」。深衣は、上着と裳裾がつながった衣。

【六三七―二】

獨畏春寒有所思、鶯紅燕紫共遲々。
東風未散枝頭雪、花似宣尼去魯時。雪

獨り春寒《しゅんかん》を畏れて、所思《しょし》有り、
鶯紅燕紫《おうこうえんし》、共に遲々《ちち》。
東風《とうふう》、未だ枝頭《しとう》の雪を散せず、
花は似たり、宣尼《せんに》の魯《ろ》を去る時に。

○宣尼去魯時＝『孟子』盡心下、「孟子曰く、孔子の魯を去るや、曰く、遲遲として吾れ行くと」。

【六三七―三】

年後餘寒雪未融、一枝春色白耶紅。
凍鶯出谷歌來暮、花亦是兼〔廉〕叔度同。

年後餘寒《よかん》、雪未だ融けず、
一枝《いっし》の春色、白か紅か。
凍鶯《とうおう》、谷を出でて、來暮《らいぼ》を歌う、
花も亦た是れ廉叔度《れんしゅくど》に同じ。

○來暮＝「來何暮（來たること何ぞ暮《おそ》き）」。後漢の廉范（叔度）の徳をたたえた語。『後漢書』廉范傳。

【六三七―四】

臘雪吹殘春色中、花遲徧〔偏〕似待東風。
詩人可恨餘寒重、杖此〔枝北〕枝南猶未紅。

臘雪《ろうせつ》吹き殘す、春色の中、
花遲し、偏《ひと》えに東風《とうふう》を待つに似たり。

詩人恨む可し、餘寒《よかん》の重きことを、
枝北枝南《しほくしなん》、猶お未だ紅ならず。

【六三七—五】

清香未渡早春初、杖此［枝北］枝南寒有餘。
臘雪吹殘兔園雪、花其末至馬相如。

清香《せいこう》未だ渡らず、早春の初め、
枝北枝南《しほくしなん》、寒餘り有り。
臘雪《ろうせつ》吹き殘す、兔園《とえん》の雪、
花は、其の末に至る馬相如《ばそうじょ》。

○兔園雪、馬相如＝謝惠運の「雪賦」に「梁王、悦ばず、兎園に游ぶ。迺ち旨酒を置《もう》けて、賓友に命じ、鄒生を召し枚叟を延《まね》かしむ。相如、末に至って、客の右に居る」。

【六三七—六】

枝北枝南紅未新、餘寒凍損我吟身。
待花一刻三祇永、殘雪消時可識春。

枝北枝南《しほくしなん》、紅未だ新たならず、
餘寒《よかん》、我が吟身《ぎんしん》を凍損《とうそん》す。
花を待つこと一刻、三祇《さんぎ》の永き、
殘雪《ざんせつ》消ゆる時、春を識る可し。

【六三八】

對花啜茶

桃李園中人擧觴、誰知春入野茶香。
鶯邊一啜烏甌雪、花若可歌醒亦狂。

桃李園中《とうりえんちゅう》、人、觴《さかずき》を擧ぐ、
誰か知らん、春、野茶に入って香ることを。
鶯邊《おうへん》に一啜《いっせつ》す、烏甌《うおう》の雪、
花若し歌う可くんば、醒《さ》め亦た狂せん。

○對花啜茶＝殺風景。○横川『小補集』にあり。

【六三九】

武藏野ニ荻ノ有扇之贊

一叢花色々、此景豈無詩、
面白武蔵野、秋〔一字欠か〕風吹手。
一叢《いっそう》、花色々、此の景、豈に詩無からんや。
面白し、武蔵野、秋風吹手。

【六四〇―一】原本八一丁

讀皮日休桃花賦
久隠鹿門人不知、著桃花賦托餘悲。
李唐欲晩戰塵暗、亂落送春紅雨枝。
久しく鹿門《ろくもん》に隠れて、人知らず、
桃花賦《とうかふ》を著わして、餘悲《よひ》を托す。
李唐《りとう》、晩《く》れんと欲して、戰塵《せんじん》暗し、
亂れ落ちて春を送る、紅雨の枝。

○桃花賦＝『全唐文』巻七九六。○『翰林五鳳集』に天隠作として載る。

【六四〇―二】

日休昔日賦桃時、處々戰塵天下危。
身在鹿門花世界、李唐治亂不曾知。雪
日休《じっきゅう》、昔日《そのかみ》、桃を賦す時、
處々戰塵《せんじん》、天下危し。
身は鹿門《ろくもん》の花世界《せかい》に在って、
李唐《りとう》の治亂《ちらん》は、曾て知らず。

【六四〇―三】

此地賦桃情不些、鹿門山裡送生涯。
春風片々落紅雨、元是日休隠逸花。
此の地に桃を賦す、情些《いささ》かならず、
鹿門山裡《ろくもんさんり》、生涯《しょうがい》を送る。
春風《しゅんぷう》片々、落紅《らくこう》の雨、
元と是れ、日休隠逸《じっきゅういんいつ》の花。

【六四〇―四】

不醉則游皮日休、著桃花賦思悠々。

鹿門春色巳場景、燕紫鶯紅風馬牛。

酔わざるときは則ち游ぶ、皮日休《ひじつきゅう》、

桃花賦《とうかふ》を著わして、思い悠々《ゆうゆう》。

鹿門《ろくもん》の春色、巳場《しじょう》の景、

燕紫鶯紅《えんしおうこう》、風馬牛《ふうばぎゅう》。

【六四〇―五】

隱逸桃開朝露恩、日休遺愛至今存。

逢花欲問鹿門事、笑向春風終不言。

隱逸《いんいつ》の桃は開く、朝露《ちょうろ》の恩、

日休《じつきゅう》の遺愛《いあい》、今に至って存す。

花に逢い、鹿門《ろくもん》の事を問わんと欲するも、

笑って春風《しゅんぷう》に向かって、終《つい》に言わず。

【六四〇―六】

入賦深紅與淺紅、日休愛處笑春風。

鹿門逃得唐天下、身在桃花一簇中。

賦に入る、深紅《しんこう》と淺紅《せんこう》と、

日休《じつきゅう》の愛せし處、春風《しゅんぷう》に笑む。

鹿門《ろくもん》に逃れ得たり、唐の天下、

身は桃花一簇《とうかいちぞく》の中に在り。

【六四〇―七】

樹々桃紅奪晩霞、春來著賦思無邪。

酒民不管長安亂、深閉鹿門唯酌花。

樹々の桃紅《とうこう》、晩霞《ばんか》を奪う、

春來《しゅんらい》、賦を著わして、思い邪《よこしま》無し。

酒民《しゅみん》、長安《ちょうあん》の亂に管せず、

深く鹿門《ろくもん》を閉ざして、唯だ花に酌む。

○酒民＝皮日休の號。

【六四〇―八】
千樹帯霞春滿庭、賦桃卜隱此生寧。
花前日々酒民醉、紅雨和風吹不醒。

千樹、霞を帯びて、春滿庭《まんてい》、
桃を賦し隱《いん》を卜《ぼく》して、此の生寧《やす》し。
花前、日々、酒民《しゅみん》醉う、
紅雨、風に和して、吹けども醒《さ》めず。

【六四〇―九】
隱逸賦花情不恒、日休至樂日彌增。
鹿門佳景落紅雨、莫比桃源與武陵。

隱逸《いんいつ》、花を賦して、情、恒ならず、
日休《じっきゅう》の至樂《しらく》、日びに彌《いよ》いよ増す。
鹿門《ろくもん》の佳景《かけい》、落紅《らくこう》の雨を、
比すること莫かれ、桃源《とうげん》と武陵《ぶりょう》とに。

【六四一】
御前歡〔戳〕瞎舌頭眼、福慧兼幷一椀春。　圓昭本賜茶　澤彦

御前に戳瞎《たくかつ》す、舌頭《ぜっとう》の眼、
福慧《ふくえ》兼ね幷《あわ》す、一椀《いちわん》の春。

○戳＝さす、つく。

【六四二】
一炷心香二百年、白鼻崑崙點頭着、
花邊吹雨柳邊烟。　報恩忌二百年〔於定光寺〕東菴

一炷《いっしゅ》の心香、二百年、
白鼻《はくび》の崑崙《こんろん》、點頭着《てんとうじゃく》、
花邊《かへん》は雨を吹き、柳邊《りゅうへん》は烟。

【六四三】
紹立首座請以別號、々之曰雪叟、
六出花開鐵一團、因思二祖此心安。
斷臂没腰心已安、這英靈漢太無端。

縱經塵劫不消得、盡大地人毛骨寒。
天正七己卯小春如意珠日前三住花園東菴叟宗暾書

紹《じょう》　立首座《りゅうしゅそ》、請うに別號を以てす、之を號して雪叟と曰う、

六出《りくしゅつ》の花は開く、鐵一團《てついちだん》、
因って思う、二祖此に心安んずることを。
臂《ひじ》を斷ち腰を没して、心已に安んず、
這《こ》の英靈《えいれい》の漢、太《はなは》だ端無《はしな》し。
縱《たと》い塵劫《じんごう》を經るも、消得《しょうとく》せず、
盡大地《じんだいち》の人、毛骨《もうこつ》寒し。
天正七己卯小春如意珠《にょいしゅ》の日、前三住花園、東菴叟宗暾書す

【六四四―一】

五月菊
無限香風吹不乾、一籬一月露溥々。
黄花亦似模陵〔摸稜〕手、欲夏欲秋持兩端。

限り無き香風《こうふう》、吹けども乾かず、
一籬《いちり》一月《いちげつ》、露溥々《たんたん》たり。
黄花《こうか》も亦た摸稜《もりょう》の手に似たり、
夏ならんと欲し秋ならんと欲して、兩端《りょうたん》を持す。

○摸稜手＝どっちつかず。前出〔一五三―三〕。

【六四四―二】

五月菊開風露香、籬邊愛處不期△。
老圃秋容好一朶、猶宜△△夏日長。

五月、菊開いて、風露《ふうろ》香し、
籬邊《りへん》、愛する處、△を期せず。
老圃《ろうほ》の秋容《しゅうよう》、好一朶《こういちだ》、
猶宜△△夏日長。

【六四四―三】

五月菊開詩興加、一吟一詠思無邪、
陶翁遺愛温公政、涼雨吹添籬落花。

五月、菊開いて、詩興《しきよう》加う、
一吟一詠《いちぎんいちえい》、思い邪《よこしま》無し、
陶翁《とうおう》の遺愛《いあい》、温公《おんこう》の政、
涼雨《りようう》吹き添う、籬落《りらく》の花。

【六四四一四】

五月菊開情不些、清香一段小籬笆、
送梅雨似重陽雨、添得淵明隱逸花。

五月、菊開いて、情些《いささ》かならず、
清香《せいこう》一段、小籬笆《しようりは》、
送梅雨《そうばいう》は、重陽《ちようよう》の雨に似たり、
添え得たり、淵明《えんめい》が隱逸《いんいつ》の花。

○送梅雨＝おくりづゆ。梅雨あがりの雨。

【六四五一一】

花下待友
爲花待友玉欄東、興在一團和氣中。
他日若逢吾醜色、春來吹亂鬢絲風。大輝

花の爲に友を待つ、玉欄《ぎよくらん》の東、
興は一團《いちだん》の和氣の中に在り。
他日、若し吾が醜色《しゆうしよく》に逢わば、
春來《しゆんらい》、鬢絲《びんし》を吹き亂す風。

【六四五一二】

向花下又待君辰、幾共温公惱此身。
有約不來春欲晩、小車元是薄情人。豊山

花下に向かって、又た君を待つ辰、
幾たびか温公《おんこう》と共に、此の身を惱ます。
約有るも來たらず、春晩《く》れんと欲す、
小車《しようしや》、元と是れ薄情《はくじよう》の人。

○温公、有約不來、小車＝司馬温公と康節(邵雍、邵堯夫、安樂先生とも)との交友にもとづく。康節は外出するとき小車に乗ってこれを引かせた。『邵氏聞見前録』巻十八に、「(司馬温)公、一日、崇德閣に登り、康節と約するも久しく未だ至らず。詩有って曰く、……花外の小車、猶お未だ來たらず、と」。

【六四六】

花下待月

落花變作藍關雪、天上姮娥馬不前。天桂

落花《らっか》、變じて、藍關《らんかん》の雪と作《な》る、
天上《てんじょう》の姮娥《こうが》、馬前《すす》まず。

○藍關雪＝前出［八七―二］。韓愈詩に「雪擁藍關馬不前」。

【六四七】

落葉　得鷗一字

帚拂溪邊遠朝市、飛來天地一閑鷗。

帚、溪邊《けいへん》を拂い、朝市《ちょうし》を遠ざかる、
飛び來たる、天地の一閑鷗《いちかんおう》。

【六四八】

蘇家雛鳳［伊勢安國寺喝食念者］

僉曰蘇家羽族隗［魁］、得天下半少年才。
我窓種竹閑期鳳、若有殘遊伏竄來。

僉《みな》曰う、蘇家《そけ》羽族《うぞく》の魁《さきがけ》と、
天下の半を得たり、少年の才、
我れ窓に竹を種えて、閑に鳳を期す、
若し殘遊《ざんゆう》有らば、伏竄《ふくざん》し來たれ。

○蘇家羽族魁＝『翰林五鳳集』瑞巖の「五色雀」に「鳳鳥之徒羽族魁」。
○伏竄＝こっそり隱れて。

【六四九】

停車愛楓

同轍暮烟秋雨路、無人不道看花歸。建章

轍《てつ》を同じうす、暮烟秋雨《ぼえんしゅうう》の路、
花を看て歸らんと道わざる人は無し。

【六五〇】

雪裡牡丹

千般有恨夜來雪、魏紫姚紅今白頭。春澤
千般《せんぱん》恨み有り、夜來《やらい》の雪、
魏紫姚紅《ぎしようこう》、今、白頭《はくとう》。

【六五一―一】
竹籬桃花
胡越天涯一籬外、西王沈醉此君醒。大蟲
胡越《こえつ》、天涯《てんがい》、一籬《いちり》の外、
西王《せいおう》は沈醉《ちんすい》、此の君は醒《さ》む。
○西王＝西王母。曹唐「小遊仙詩」に「王母相留不放回、偶然沈醉臥瑤臺」。○此君＝竹の擬人化。

【六五一―二】
佳人自嫌清風急、翠袖々中藏此枝。瑞巖
佳人《かじん》、自ら嫌う、清風《せいふう》の急なるを、
翠袖々中《すいしゆうしゆうちゆう》、此の枝を藏す。

【六五二】
擊梧桐
連枝比翼總虛語、帝入蜀山妃馬嵬。雪嶺
連枝比翼《れんしひよく》、總に虛語《きよご》、
帝は蜀山《しよくざん》に入り、妃《ひ》は馬嵬《ばかい》。
○擊梧桐＝玄宗が小さい竹で梧を打って拍子をとるところ。『錦繡段』馮叔獻「明皇擊梧桐圖」。○連枝比翼＝白居易「長恨歌」「在天願作比翼鳥、在地願爲連理枝」。

【六五三】
十日菊
一枝露白兔園雪、末至相如節後花。大蟲
一枝《いつし》露は白し、兔園《とえん》の雪、
末に至る相如《しようじよ》、節後《せつご》の花。
○末至相如＝前出[六三七―五]。謝惠運の「雪賦」。

【六五四】 原本八二丁

繡梅

若問女工無盡藏、針端別置四時春。

若し女工を問わば、無盡藏《むじんぞう》、
針端《しんたん》、別に置く四時の春。

○前出［六〇九］「綉梅」に同じ。

【六五五】

贊李白

泥視君王爛醉中、錦袍色映牡丹紅。
開元天下一盃水、去跨鯨魚汗漫風。

君王を泥視《でいし》す、爛醉《らんすい》の中、
錦袍《きんぽう》の色、牡丹《ぼたん》の紅に映ず。
開元《かいげん》の天下、一盃《いっぱい》の水、
去って鯨魚《げいぎょ》に跨る、汗漫《かんまん》の風。

○『中華若木詩抄』、球書記の「李白騎鯨圖」に同じ。

【六五六】

竹窓聽雪

雪壓千竿我何恨、月移花影到窓前。

雪、千竿《せんかん》を壓す、我れ何をか恨まん、
月、花影《かえい》を移して窓前《そうぜん》に到る。

【六五七】

牡丹卯

啐啄同時春夜雨、一欄花作百歐揚〔陽〕。清叔

啐啄《そったく》同時、春の夜雨《やう》、
一欄の花、百歐陽《ひゃくおうよう》と作《な》る。

○百歐陽＝歐陽脩を百人重ねたほど（の才）。

【六五八】

白梅

雪耶非雪白於雪、怪是春風暗有香。恪首座

雪か雪に非ざるか、雪より白し、
怪しむらくは是れ、春風《しゅんぷう》、暗に香有るかと。

【六五九】

今茲天酉暮秋、爲雪叟禪翁伴侶、遊于觀音禪刹矣。雪翁示予曰、此山靈地而有佳境、往還人々吟詩詠歌、爲僧侶無詩者、爲風流罪也。予曰、頃舊梓騷屑以來、不道詩年久矣。堅辭強乞。不獲默、卒裁狂斐一章、以應尊命云。伏乞慈削。簑梅柳拜

遥上翠微佳景晴、海南萬里接天平。
古來何盡觀音力、風入松梢日夜鳴。

今茲《ことし》天の酉の暮秋《ぼしゅう》、雪叟禪翁の伴侶と爲って、觀音《かんのん》禪刹に遊ぶ。雪翁、予に示して曰く、此の山、靈地にして佳境《かきょう》有り、往還《おうかん》の人々《にんにん》、詩を吟じ歌を詠ず、僧侶と爲って詩無きは、風流《ふうりゅう》の罪と爲らん、と。予曰く、頃《このごろ》、舊梓騷屑以來《きゅうしそうせつよりこのかた》、詩を道わざること年久し、と。堅く辭するも強いて乞う。默《もだ》すこと獲ず、卒に狂斐《きょうひ》一章を裁して、以て尊命に應ずと云う。伏して乞う慈削《じさく》。簑梅柳拜

遥かに翠微《すいび》に上れば、佳景《かけい》晴る、
海南萬里《かいなんばんり》、天平に接ぐ。
古來、何ぞ觀音力《かんのんりき》を盡くす、
風、松梢《しょうしょう》に入って、日夜に鳴る。

○舊梓＝故郷。○騷屑＝擾亂。

【六六〇―一】

招涼珠

珠依消暑好磨成、殿閣微涼從此生。
一顆明々無點翳、清風總得價連城。雪

珠は消暑《しょうしょ》に依って、好《よ》し磨し成すに、
殿閣《でんかく》、微涼《びりょう》、此より生ず。
一顆《いっか》、明々《めいめい》として、點翳《てんえい》無し、
清風《せいふう》、總に得たり、價連城《あたいれんじょう》。

○招涼珠＝『太平廣記』巻四百二、燕昭王、「……昭王、常に懐に此の珠を握る。盛暑月に當たって、體自ずから輕涼。號して銷暑招涼珠と曰う」。○消暑＝消暑樓のこと。横川の「招涼珠」詩に「珠在昭王消暑樓」。

【六六〇―二】

燕家用處德彌彰、掃盡暑塵珠有光。
天下昭王不知價、磨來殿閣自生涼。元

燕家《えんけ》の用處《ゆうじょ》、德、彌《いよ》いよ彰わる、
暑塵《しょじん》を掃い盡くして、珠に光有り。
天下の昭王《しょうおう》、價を知らず、
磨し來たれば、殿閣《でんかく》自ずから涼を生ず。

○燕家＝燕昭王。

【六六〇―三】

［溽］濁暑消來珠以清、昭王磨出九重城。
蚌胎龍頷無斯價、一顆招涼十倍爭。

溽暑《じょくしょ》消し來たり、珠以て清し、
昭王《しょうおう》磨き出だす、九重《きゅうちょう》の城。
蚌胎龍頷《ぼうたいりゅうがん》、斯《こ》の價《あたい》無し、
一顆《いっか》の招涼《しょうりょう》、十倍を爭う。

【六六〇―四】

爲掃炎塵磨夜光、十分高價不尋常。
掌中珠似南樓月、落作昭王夏日涼。

炎塵《えんじん》を掃う爲に、夜光《やこう》を磨す、
十分の高價《こうげ》、尋常《よのつね》ならず。
掌中《しょうちゅう》の珠、南樓《なんろう》の月に似たり、
落ちて昭王《しょうおう》が夏日の涼と作《な》る。

【六六〇―五】

磨在燕家消暑不、坐來六月思悠々。
明珠若是比明月、今夜昭王涼似秋。

磨して燕家《えんけ》に在って、暑を消すや不《いな》や、

坐來《ざらい》、六月、思い悠々《ゆうゆう》。
明珠《めいしゅ》、若し是れ明月《めいげつ》に比さば、
今夜、昭王《しょうおう》、涼しきこと秋に似ん。

【六六〇―六】

昭王磨出本無疵、挽得清風吹又吹。
身在明珠涼世界、人間溽暑不曾知。

昭王《しょうおう》、磨き出だして、本と疵《きず》無し、
清風《せいふう》を挽き得て、吹いて又た吹く。
身は明珠《めいしゅ》の涼世界《りょうせかい》に在り、
人間《じんかん》の溽暑《じょくしょ》、曾て知らず。

【六六一―一】

鴈陣

鴈在蘆花浅水隈、數行慣戰勢崔嵬。
功成不處鳥雲陣、萬里衡陽歸去來。雪

鴈は蘆花《ろか》浅水《せんすい》の隈《くま》に在って、
數行、戰に慣れて、勢い崔嵬《さいかい》。
功成って、鳥雲《ちょううん》の陣に處《お》らず、
萬里《ばんり》の衡陽《こうよう》、歸去來《かえりなんいざ》。

○鳥雲陣＝『六韜』鳥雲之陣。

【六六一―二】

報道漢家謀有帷、鴈兄慣戰亦如斯。
秋風沙上成群處、鳥似張涼〔良〕一陣時。存

報じて道う、漢家《かんけ》、謀《はかりごと》は帷《とばり》に有りと、
鴈兄《がんひん》、戰に慣れて、亦た斯《かく》の如し。
秋風沙上、群を成す處、
鳥は似たり、張良《ちょうりょう》一陣の時に。

【六六一―三】

啣蘆寂々向秋風、出塞軍行西又東。
料識群鳥定驚起、平沙陣上月如弓。喜

蘆を啣《くわ》え、寂々《じゃくじゃく》として、秋風に向かう、

塞を出づる軍行、西又た東。
料り識る、群鳥、定めて驚起《きょうき》せん、
平沙陣上《へいしゃじんじょう》、月、弓の如し。

【六六一—四】

昨夜叫群鴻鴈兒、此聲恰似凱歌聲。
羽蟲若有亞夫意、淺水蘆花亦柳營。元

昨夜、群に叫ぶ、鴻鴈兒《こうがんひん》、
此の聲、恰も凱歌《がいか》の聲に似たり。
羽蟲《うちゆう》、若し亞夫《あふ》の意有らば、
淺水《せんすい》の蘆花《ろか》も、亦た柳營《りゆうえい》。

○亞夫＝漢の将軍、周亞夫が細柳に軍を駐めたこと。柳營。

【六六一—五】

昨夜成群蘆葦叢、鴈兒慣戰要論功。
凱歌歸去知何處、栖老空壕寒雨中。尊

昨夜、群を成す、蘆葦叢《ろいそう》、
鴈兒《がんひん》、戰に慣れて、功を論ぜんと要す。
凱歌《がいか》、歸り去る、知んぬ何れの處ぞ、
栖み老ゆ、空壕《くうごう》、寒雨《かんう》の中。

【六六二—一】

明皇遊月宮
一段風光月亦香、素娥奏曲伴明皇。
官遊偏愛廣寒桂、忘却驪宮紅海棠。雪叟

一段の風光、月も亦た香る、
素娥《そが》、曲を奏して、明皇《めいこう》に伴う。
官遊《かんゆう》、偏えに廣寒《こうかん》の桂を愛し、
驪宮《りきゆう》の紅海棠《こうかいどう》を忘却《ぼうきやく》す。

○明皇遊月宮＝玄宗が道士の羅公遠に伴われて月宮に遊び、そこで聞いた霓裳羽衣の曲を寫し歸ったという。○素娥＝月宮の仙女、常娥。色白いので素娥という。○驪宮紅海棠＝楊貴妃。

【六六二—二】

明皇遊月思無他、聽得霓裳一曲歌。

若與嫦娥約天上、驪宮妃子恨應多。怡公
明皇《めいこう》、月に遊んで、思い他無し、
聴き得たり、霓裳《げいしょう》一曲の歌。
若し嫦娥《こうが》と天上《てんじょう》に約せば、
驪宮《りきゅう》の妃子《ひし》、恨み應《まさ》に多かるべし。

【六六二一—三】
三郎今夜事遊時、風掃浮雲娥影宜。
身在廣寒明月裏、開元治亂不曾知。喜公
三郎《さんろう》、今夜、遊を事とする時、
風、浮雲《ふうん》を掃って、娥影《がえい》宜し。
身は廣寒《こうかん》の明月《めいげつ》の裏に在って、
開元《かいげん》の治亂《ちらん》、曾て知らず。

【六六二一—四】
伴月明皇情不些、廣寒宮裡寄生涯。
羽衣一曲莫吹盡、今夜官遊愛桂花。
月に伴う明皇《めいこう》、情些《いささ》かならず、
廣寒宮裡《こうかんきゅうり》、生涯《しょうがい》を寄す。
羽衣《うい》の一曲、吹き盡くすこと莫かれ、
今夜、官遊《かんゆう》、桂花《けいか》を愛す。

【六六二一—五】
今夜明皇有所思、廣寒宮裡住多時。
霓裳一曲金耶石、問着嫦娥總不知。
今夜、明皇《めいこう》、所思有り、
廣寒宮裡《こうかんきゅうり》、住すること多時。
霓裳《げいしょう》の一曲、金か石か、
嫦娥《こうが》に問着《もんじゃく》すれども、總に知らず。

【六六二一—六】原本八三丁
萬里無涯月亦涼、羽衣曲調不尋常。
明皇何事遊黄漢、只合終身在李唐。
萬里《ばんり》涯無し、月も亦た涼し、

羽衣《うい》の曲調《きよくちよう》、尋常《よのつね》ならず。
明皇《めいこう》、何事ぞ黄漢《こうかん》に遊ぶ、
只だ合《まさ》に身を終うるまで李唐《りとう》に在るべし。

【六六二―七】

月到中秋點不挨、明皇愛看興佳哉。
學得□□〔霓裳〕羽衣曲、舞破開元天下來。

月、中秋に到って、點として挨せず、
明皇《めいこう》、愛し看る、興佳きかな。
霓裳《げいしょう》羽衣《うい》の曲を學び得て、
開元《かいげん》の天下を、舞破《ぶは》し來たる。

○舞破＝『翰林五鳳集』に「舞破半巖雲一痕」「羽衣共保八千春」。

【六六二―八】

月白風清夜未闌、明皇愛看倚欄干。
官遊且喜浮雲盡、八萬廣寒玉一團。

月白く風清く、夜未だ闌《たけなわ》ならざるに、
明皇《めいこう》、愛し看て、欄干《らんかん》に倚る。
官遊《かんゆう》、且喜《しやき》すらくは、浮雲《ふうん》の盡きることを、
八萬の廣寒《こうかん》、玉一團《ぎよくいちだん》。

【六六三―一】

鼻祖忌之拙偈一篇、攀舊例云。遠孫比丘紹立燒香九拜
笑倒西來鼻祖翁、九年面壁要論功。
等閑吹落少林月、昨夜樓□一笛風。

笑倒《しようとう》す、西來《せいらい》の鼻祖翁《びそおう》、
九年面壁《めんぺき》、功を論ぜんことを要す。
等閑《なおざり》に吹き落とす、少林の月、
昨夜、樓□一笛の風。

【六六三―二】

令孫令子仰禪翁、列祖門中第一功。
達磨拈花與人看、扶桑支竺起香風。　和　存

令孫令子《れいそんれいし》、禪翁《ぜんおう》を仰ぐ、

列祖門中、第一功《だいいちこう》。
達磨《だるま》、花を拈じて、人に與えて看せしむ、
扶桑支竺《ふそうしじく》、香風《こうふう》を起こす。

【六六三―三】

的々西來缺齒翁、少林面壁策何功。
祖庭秋晩無消息、直指單傳落葉風。喜

的々西來《てきてきせいらい》、缺齒翁《けつしおう》、
少林面壁《めんぺき》、何の功をか策《た》つ。
祖庭秋晩《そていしゅうばん》、消息《しょうそく》無し、
直指單傳《じきしたんでん》、落葉《らくよう》の風。

【六六三―四】

工夫枉用老師翁、面壁九年蓋代功。
德色道香不吹盡、久昌々也桂花風。

工夫《くふう》、枉《むだ》に用ゆ、老師翁《ろうしおう》、
面壁《めんぺき》九年、蓋代《がいだい》の功。
德色道香《とくしょくどうこう》、吹き盡くさず、
久昌々也《きゅうしょうしょうや》、桂花《けいか》の風。

【六六四―一】

避寒香

不識梅花風雪飛、靜焚香灶避寒威。
今宵和暖薫爐底、一縷沈烟身上衣。雪

梅花《ばいか》、風雪《ふうせつ》に飛ぶを識らず、
靜かに香灶《こうしゅ》を焚いて、寒威《かんい》を避く。
今宵《こんしょう》、和暖《わだん》、薫爐底《くんろてい》、
一縷《いちる》の沈烟《じんえん》、身上の衣。

○避寒香＝『述異記』上、「辟寒香は、丹々國より出だす所。漢の武帝の時に入貢す。大寒に至る毎に、室に於て之を焚く、暖氣翕然として外より入って、人皆な衣を減ず」。また『開元天寶遺事』「辟寒犀」に、「開元二年の冬至、交趾國より犀一枚を進む。色黄にして金の如し。使者請うて金盤を以て殿中に置けば、温温然として暖氣有って人に襲《つ》く。上、其の故を問う。使者對《こた》えて曰く、此れ辟寒犀なり。頃《このごろ》、隋の文帝の時より本國に曾て一枚を進めて直に今日に至る、と。上、甚だ悅んで、厚く之に賜う」。

【六六四—二】

帳中今夜避寒時、相遇温談慰嬾涯。
寄語一銖爲梅炷、前村深雪未開枝。怡

帳中、今夜、寒を避くる時、
相遇うて温談《おんだん》、嬾涯《らんがい》を慰む。
寄語《きご》す、一銖《いっしゅ》、梅が爲に炷《た》け、
前村の深雪、未だ開かざる枝。

○一銖＝一銖香。

【六六四—三】

一穗黄雲達［遶］几時、半聞占得避寒來。
爐薫今夜爲誰炷、只憶梅花雪裡枝。存

一穗《いっすい》の黄雲《こううん》、几《つくえ》を遶る時、
半ば聞いて、避寒《ひかん》を占め得來たる。
爐薫《ろくん》、今夜、誰が爲にか炷く、
只だ憶う、梅花雪裡《ばいかせつり》の枝。

○遶几＝『翰林五鳳集』宜竹「辟寒香」に「一痕遶几避寒烟」。

【六六四—四】

金爐香燼避寒時、夜雨同參聽始奇。
一炷烟中坐來暖、梅花風雪不曾知。喜

金爐《きんろ》に香を燼《た》いて、寒を避くる時、
夜雨《やう》、同參《どうさん》、聽いて始めて奇なり。
一炷《いっしゅ》の烟中、坐來《ざらい》、暖かし、
梅花風雪《ばいかふうせつ》、曾て知らず。

【六六四—五】

梅花枝上雪寒時、閑對薫爐欲避之。
一炷沈烟帳中暖、佳人莫詠孟郊詩。純

梅花枝上《ばいかしじょう》、雪寒き時、
閑に薫爐《くんろ》に對して、之を避けんと欲す。

一炷《いつしゅ》の沈烟《じんえん》、帳中暖かし、
佳人《かじん》、孟郊《もうこう》が詩を詠ずること莫かれ。

○孟郊詩＝孟郊「苦寒吟」、「天寒色青蒼、北風叫枯桑。厚冰無裂文、短日有冷光。敲石不得火、壯陰奪正陽。苦調竟何言、凍吟成此章」。その詩風を「寒乞」という。

【六六四―六】

風雪吹時閑意濃、避寒終夜倚薫籠。
我生憶被寒梅妬、一炷烟中不識冬。　源

風雪《ふうせつ》吹く時、閑意《かんい》、濃《こまや》かなり、
寒を避けて、夜を終うるまで、薫籠《くんろう》に倚る。
我が生、憶うに寒梅《かんばい》に妬まれん、
一炷烟中《いっしゅえんちゅう》、冬を識らず。

【六六四―七】

沈材焼盡思無邪、閑對薫爐暖意加。
一穂黄雲避寒處、不知風雪到梅花。

沈材《じんざい》、焼き盡くして、思い邪《よこしま》無し、
閑に薫爐《くんろ》に對して、暖意《だんい》加う。
一穂《いっすい》の黄雲《こううん》、寒を避くる處、
知らず、風雪《ふうせつ》の梅花《ばいか》に到るかを。

【六六五―一】

冬日牡丹

牡丹紅富小欄前、冬日回春色轉鮮。
不識趙衰化姚魏、一枝可愛六花天。　淳巖

牡丹《ぼたん》、紅は富む、小欄の前、
冬日《とうじつ》、春を回して、色、轉《うた》た鮮かなり。
識らず、趙衰《ちょうすい》、姚魏《ようぎ》と化すか、
一枝《いっし》、愛す可し、六花《りくか》の天。

○趙衰＝冬のこと。『春秋左氏傳』文公七年、「趙衰、冬日之日也。趙盾、夏日之日也」。○姚魏＝姚黄魏紫。牡丹のこと。

【六六五—二】

冬日々温春色加、牡丹開処洛陽涯。
花王亦習孔工［子］意、六出堆中富不奢。

冬日《とうじつ》、日温かにして、春色加う、
牡丹《ぼたん》開く處、洛陽《らくよう》の涯。
花王《かおう》も亦た孔子《こうし》の意を習う、
六出堆中《りくしゅつたいちゅう》、富んで奢らず。

○富不奢＝『論語』學而に「貧而不諂、富而不驕」。

【六六五—三】

冬帝温和及牡丹、一枝擎玉々欄干。
趙衰日被花王奪、自此人間衣可寒。

冬帝《とうてい》の温和《おんわ》、牡丹《ぼたん》に及ぶ、
一枝《いっし》、玉を擎《ささ》ぐ、玉欄干《ぎょくらんかん》。
趙衰《ちょうすい》、日びに花王《かおう》に奪われ、
此より人間《じんかん》、衣寒かる可し。

【六六五—四】

六花推［堆］裡漏春濃、院落牡丹各日叢。
疑是東風二三月、一寒生觜鶴翎紅。

六花堆裡《りくかたいり》、春を漏らして濃《こまや》かなり、
院落《いんらく》の牡丹《ぼたん》、各日の叢。
疑うらくは是れ東風《とうふう》二三月、
一寒、觜を生ず、鶴翎紅《かくれいこう》。

○鶴翎紅＝牡丹の名。歐陽脩『洛陽牡丹記』。

【六六六—一】

雪内牡丹
一枝似與六花約、不待洛陽△［城］裏春。怡

一枝、六花《りくか》と約するに似たり、
待たず、洛陽城裏の春を。

【六六六—二】

牡丹枝上雪深時、獨倚欄干欲掃之。

六花堆中捲簾看、花其白地一西施。喜
牡丹《ぼたん》枝上《しじょう》、雪深き時、
獨り欄干《らんかん》に倚って、之を掃かんと欲す。
六花《りくか》堆中《たいちゅう》、簾を捲いて看れば、
花は其れ白地《はくち》の一西施《いちせいし》。

【六六六—三】

幾度詩人掃雪遊、牡丹院落好風流。
六花吹滿洛陽面、欲發姚紅不自由。存
幾度か、詩人、雪を掃いて遊ぶ、
牡丹《ぼたん》院落《いんらく》、好風流《こうふうりゅう》。
六花《りくか》、洛陽《らくよう》の面に吹き滿ちて、
姚紅《ようこう》を發《ひら》かんと欲するも、自由ならず。

【六六六—四】

冬日河圖春色加、牡丹開處洛陽涯。
一枝《いっし》忽慣仲尼意、風雪堆中富不奢。
冬日《とうじつ》の河圖《かと》、春色加う、
牡丹《ぼたん》開く處、洛陽《らくよう》の涯。
一枝忽ち慣るる、仲尼《ちゅうじ》の意、
風雪《ふうせつ》堆中《たいちゅう》、富んで奢らず。

○富不奢＝『論語』、前出［六六五—二］。

【六六七—一】

觀音擔雪

痴人談道曾擔雪、一縷懸肩大白衣。快川
痴人《ちじん》、談《かた》って道う、曾て雪を擔うと、
一縷《いちる》、肩に懸く、大白衣《だいびゃくえ》。

○痴人＝「傭他痴聖人、擔雪共塡井」。

【六六七—二】

不綰春風楊柳髮、兩肩擔雪上梅岑。同
綰《わが》ねず、春風楊柳《しゅんぷうようりゅう》の髮を、

兩肩《りようけん》に雪を擔って、梅岑《ばいれい》に上る。

【六六七―三】

世界瓊瑤心白耶、兩肩雪冷淡生涯。

江南外△擔頭物、更上梅岑挾六花。怡

世界瓊瑤《せかいけいよう》、心は白なるか、

兩肩《りようけん》の雪は冷やかなり、淡生涯《たんしようがい》。

江南外△、擔頭《たんとう》の物、

更に梅岑《ばいれい》に上って、六花《りくか》を挾む。

○江南外擔頭物＝伯顏「度梅關」詩に「擔頭不帶江南物、只插梅華一兩枝」。

【六六七―四】

凍殺全身妙觀世、兩肩聳處雪乾坤。

看々大士神通力、六出擔來遊普門。存

全身を凍殺《とうさつ》す、妙觀世《みようかんぜ》、

兩肩《りようけん》聳ゆる處、雪の乾坤《けんこん》。

看よ看よ、大士が神通力《じんずうりき》、

六出《りくしゆつ》、擔い來たって、普門《ふもん》に遊ぶ。

【六六七―五】

慈眼神通老索多、兩肩雪白看如何。

擔頭不帶翠楊柳、只挾六花上補陀。喜

慈眼《じげん》の神通《じんずう》、老索多《ろうさくた》、

兩肩《りようけん》、雪は白し、如何とか看る。

擔頭《たんとう》、翠楊柳《すいようりゆう》を帶びず、

只だ六花《りくか》を挾んで、補陀《ほだ》に上る。

○索多＝薩埵。

【六六七―六】

整々斜々擔去時、觀音寺裡雪生涯。

一心只被六花觸、凍損全身也不知。

整々斜々《せいせいしやしや》、擔い去る時、

觀音寺裡《かんのんじり》、雪の生涯《しようがい》。

一心、只だ六花《りくか》に觸れられて、
全身を凍損《とうそん》するも、也《ま》た知らず。

○整々斜々＝黄山谷「詠雪」詩、「夜聽疎疎還密密、曉看整整復斜斜」。

【六六八】

雪後看梅

一心映雪思無邪、疎影暗香吟興加。
曉看窓前兩般意、六花堆裡見梅花。

一心、雪に映えて、思い邪《よこしま》無し、
疎影暗香《そえいあんこう》、吟興《ぎんきょう》加う。
曉に窓前《そうぜん》に看る、兩般《りょうはん》の意、
六花《りくか》堆裡《たいり》、梅花《ばいか》を見る。

【六六九―一】

三年忌頌

張起文瀾起辨波、僧中八世一東坡。
三年笛裏關山月、喚作燒香無譜歌。悅岡[崗]

文瀾《ぶんらん》を張起《ちょうき》し、辨波《べんは》を起こす、
僧中八世、一東坡《いちとうば》。
三年の笛裏《てきり》、關山《かんざん》の月、
喚んで燒香無譜《しょうこうむふ》の歌と作す。

【六六九―二】

昔日先師不敢我、々儂亦不敢先師。
三年笛裏海南月、暗寫愁腸寄與誰。桃隱

昔日《そのかみ》、先師、我を敢えてせず、
我儂《がのう》も亦た先師を敢えてせず。
三年の笛裏《てきり》、海南《かいなん》の月、
暗に愁腸《しゅうちょう》を寫して、誰にか寄與せん。

○以下、亂丁。

【六七〇】原本八四丁

借事於寇恂、岐山々下、和雪月過一年。吾多幸耳。莞爾。公應其需無他。予忻然曰、天壤之間、何樂加之。雖明皇

不可及。杜牧耶圓澤耶。託三生於三春。公莫廢其情。詩以隷于左。蓋賜和爲榮者也。淳巖見寄長公
分得驪山宮樹秋、々風一夜事風流。連枝比鳥〔翼〕指花約、若背東君死不休。

事を寇恂《こうじゅん》に借って、岐山《きざん》々下に雪月《せつげつ》に和して一年を過ごす。吾が多幸なるのみ。莞爾《かんじ》。公、其の需めに應じて他無し。予、忻然《きんぜん》として曰く、天《てん》壤《じょう》の間に何の樂か之に加えん。明皇《めいこう》なりと雖も及ぶ可からず。杜牧《とぼく》か圓澤《えんたく》か。三生《さんしょう》を三春に託す。公、其の情を廢すること莫かれ。詩以て左に隷す。蓋《けだ》し和を賜わば、榮と爲さん者なり。淳巖、長公に寄せらる。

驪山宮樹《りざんきゅうじゅ》の秋を分かち得て、
秋風、一夜、風流《ふうりゅう》を事とす。
連枝比翼《れんしひよく》、花を指して約す、
若し東君《とうくん》に背かば、死しても休せじ。

○前を欠く。
○借事於寇恂＝『蒙求』「寇恂借一」。光武帝に随っていた寇恂を、一年だけこの地に拝借したいと百姓が武帝に願い出たこと。○杜牧耶＝杜牧三生、官を辞したのちの杜牧が、鬱鬱として志を得ず、揚州に落拓し、好んで青楼通いをして遊びをし、風流の名をほしいままにしたこと。○圓澤耶＝李源、圓澤の三生石の話。『宋高僧伝』巻二十、圓觀章。

【六七一―一】

謝之詩
逢人莫道問陶令、野草皆劉菊獨寒。

人に逢わば、陶令《とうれい》に問うと道うこと莫かれ、
野草、皆な劉、菊のみ獨り寒し。

○野草皆劉＝菊にあらざる野草ばかり。劉は劉寄奴。菊科の薬草、おとぎり草。寄奴は、南宋の高祖、劉裕の幼名。はじめ劉裕が、この草を採って病を治したことによって、この名がある。

【六七一―二】

謝一宮殿

夢耶非夢侍君王、掣電一歡亦斷腸。
只有五雲天下月、閨中夜々晴分光。南化

夢か夢に非ざるか、君王に侍す、
掣電《せいでん》の一歡《いっかん》、亦た斷腸《だんちょう》。
只だ五雲のみ有り、天下の月
閨中《けいちゅう》、夜々晴れて光を分かつ。

○掣電一歡＝つかのまの逢瀬。

【六七一―三】
楓未緋兮菊未開、何圖雲客自天來。
大明若是無私照、月不到江南野梅。同

楓、未だ緋ならず、菊、未だ開かず、
何ぞ圖らん、雲客《うんかく》、天より來たらんとは。
大明、若し是れ私照《ししょう》無くんば、
月、江南《こうなん》の野梅《やばい》に到らじ。

○雲客＝月卿雲客。貴賓をいう。

【六七一―四】
謝近衛殿　□七代
君歸江左風流盡、從今起予者白鷗。同

君、江左に歸って、風流《ふうりゅう》盡く、
今より予を起こす者は白鷗《はくおう》。

○起予者＝『論語』八佾、前出［六〇五―五］。

【六七一―五】
對談一燈下、忘却懶生涯。
今夜岐陽雪、明朝洛社花。
滿上洛之時、花溪ニテ謝之詩　南化

一燈下に對談《たいだん》して、懶生涯《らんしょうがい》を忘却《ぼうきゃく》す。
今夜、岐陽《きよう》の雪、明朝、洛社《らくしゃ》の花。

【六七一―六】
春之夕、遠公雅丈、辱被問予安否。抃舞有餘。綴野詩一章、以謝來意之萬一云。伏乞笑擲。梗而合爪。

共話山雲月尚斜、春宵好忘却殘涯。
離情又是一重恨、寵紫恩紅錦上花。

春の夕、遠公雅丈《おんこうがじょう》、辱くも予が安否を問わるる。抃舞《べんぶ》餘り有り、野詩一章を綴って、以て來意の萬一を謝すと云う、伏して乞う、笑って擲《なげう》て。梗《こう》而合爪《じがっそう》。

共に山雲を話《かた》って、月尚お斜めなり、
春宵《しゅんしょう》、好《よ》し殘涯《ざんがい》を忘却《ぼうきゃく》するに。
離情《りじょう》、又た是れ一重の恨み、
寵紫恩紅《ちょうしおんこう》、錦上の花。

○梗而＝梗は挭に通じ用いる。大略。○合爪＝合掌。

【六七一―七】

他日怪君盟似違、料知讒口可言非。
雪埋梅蘂雲埋月、天上人間無恙稀。　横川

他日、怪しむ、君盟《くんめい》、違《たが》うに似んことを、
料り知る、讒口《ざんく》、非を言う可けんと。
雪、梅蘂《ばいずい》を埋め、雲、月を埋む、
天上人間《てんじょうじんかん》、恙無《つつがな》きは稀《まれ》なり。

○本録になし。

【六七一―八】

越有西施唐遺妃、如君標格古來稀。
或風或雨或明月、不拜玉顏帶涙歸。

越《えつ》に西施《せいし》、唐《とう》に遺妃《いひ》有り、
君が如き標格《ひょうかく》、古來稀《まれ》なり。
或いは風、或いは雨、或いは明月《めいげつ》、
玉顔《ぎょくがん》を拜せずんば、涙を帶びて歸らん。

○遺妃＝楊貴妃。『翰林五鳳集』に月翁の「海棠花下弄笛遺妃」の詩題あり。

【六七一―九】

扣繡摩耶掩柴戸、聲々蹈斷暮樓鐘。

扣繍《こうしゅう》する摩耶《まや》、柴戸《さいこ》を掩う、
聲々《せいせい》、蹈斷《とうだん》す、暮樓《ぼろう》の鐘。

○扣繍＝刺繍。

【六七一―一〇】

請君若洒天瓢水、一洗人間苦熱僧。傑山

君に請う、若し天瓢《てんぴょう》の水を洒《そそ》がば、
人間《じんかん》の苦熱《くねつ》、僧を一洗せん。

○天瓢水＝唐の李靖、龍宮に入り、龍女から雨器の小瓶を貰った。水一滴を馬の垂らせば、地上では三尺の大水となると教えられ、故郷の上で旱の苦患無きようにと、覚えず三十滴を連下したところ、地上は三丈もの大洪水となった。『玄恠録』。

【六七一―一一】

有約再盟開戸待、縱然隔萬里山河。太年

再盟《さいめい》の約有り、戸を開いて待つ、
縱然《たと》い萬里《ばんり》の山河《せんが》を隔つとも。

【六七二―一】

歳旦

臨濟門底好主人、元正啓祚物咸新。
東風二十四春外、一喝花開天下春。東菴

臨濟門底《りんざいもんてい》、好《よ》し主人たるに、
元正啓祚《がんしょうけいそ》、物咸《み》な新たなり。
東風《とうふう》、二十四春の外、
一喝《いっかつ》、花開いて、天下春なり。

【六七二―二】

大衆三元共詣神、蓬丘雲霽曙光新。
慇懃默禱花知否、長護吾宗億萬春。仁甫

大衆、三元に共に詣す、
蓬丘《ほうきゅう》、雲霽《は》れて、曙光《しょこう》新たなり。
慇懃《いんぎん》に默禱《もくとう》す、花知るや否《いな》や、
長《とこし》えに吾が宗を護れ、億萬春《おくまんしゅん》。

【六七二―三】

新年無處不香風、囲繞旃檀詹[薝]蔔叢。
安國牡丹添色好、陽山花亦洛陽紅。九□

新年、處として香風《こうふう》ならざるは無し、
囲繞《いにょう》す、旃檀《せんだん》、薝蔔叢《せんぷくそう》。
安國《あんこく》の牡丹《ぼたん》、色を添えて好《よ》し、
陽山《ようざん》の花も亦た洛陽紅《らくようこう》。

○安國牡丹、陽山花＝伊勢の景陽山安國寺。開祖虎關。『翰林五鳳集』に虎關の「陽山花塢　景陽十境」がある。

【六七三】

送行

賦禪詩一章、餞策彥老禪之南遊、花園大休叟宗休
斯老全機截衆流、南遊何日大刀頭。
海門風定鯨波穩、一葉舟中四百洲[州]。

禪詩一章を賦し、策彥老禪《さくげんろうぜん》の南遊《なんゆう》に餞《はなむけ》す。花園大休叟宗休

斯《こ》の老《ろう》の全機《ぜんき》、衆流《しゅる》を截る、
南遊《なんゆう》、何れの日にか、大刀頭《だいとうとう》。
海門《かいもん》、風定まって鯨波《げいは》穩かならん、
一葉舟中《いちようしゅうちゅう》、四百州。

○『見桃録』「此老禪機截衆流、南遊何日大刀頭。海門風定鯨波穩、一葉舟中四百州」。

【六七四―一】

戀之詩

工夫不至蒲團上、一夜阿僧祇劫長。

工夫《くふう》、蒲團《ふとん》上に至らず、
一夜、阿僧祇劫《あそうぎこう》のごとく長し。

【六七四―二】

君看一夜淤泥水、不是清波月亦沈。雪叟

君看よ、一夜の淤泥水《おでいすい》、
是れ清波《せいは》ならず、月も亦た沈まん。

【六七四—三】
今宵君若許同宿、白髪殘僧月下門。
今宵《こんしよう》、君、若し同宿を許さば、
白髪《はくはつ》の殘僧《ざんそう》、月下の門。
【六七四—四】
萬牛何動美人意、和月和花扨不來。
萬牛も、何ぞ美人の意を動かさん、
月に和し花に和して、扨《ひ》けども來たらず。
【六七五—一】
謝之詩
折花聊欲謝恩義、殘菊秋荒梅未春。時節十月希菴
花を折って、聊か恩義を謝せんと欲す、
殘菊《ざんぎく》秋は荒れ、梅未だ春ならず。
○折花＝『太平御覽』巻九七〇、梅に「荊州記に曰く、陸凱、范曄と相い善し。江南より梅花一枝を寄せて長安に詣して曄に與う、兼ねて詩を贈って曰く、花を折って駅使に逢う、隴頭の人に寄與す、江南、有る所無し、聊か一枝の春を贈る」。
【六七五—二】
少年筆下花先發、不待東風二月春。
少年、筆下、花、先に發《ひら》く、
東風《とうふう》二月の春を待たず。
○筆下花先發＝筆下生花。詩文が素晴らしいこと。
【六七六】
漢帝
漢帝若如君無賴、四翁未必出商山。
漢帝《かんてい》、若し君の如く無賴《ぶらい》ならば、
四翁、未だ必ずしも商山《しようざん》を出でじ。
○四翁＝商山四皓。秦末の世乱を避けて商山に隠れた、鬚眉の白い四老人。東園公、夏黄公、綺里季、甪里先生。高祖は皇太

子を避けて、趙王の如意を重んじようとしていた。ときに張良が四皓を迎えて皇太子の補佐役にした。

【六七七―一】

戀之詩

一生恨作江湖客、月亦不清花不香。

一生の恨み、江湖《ごうこ》の客と作って、
月も亦た清からず、花も香しからざらん。

【六七七―二】

多情白髪君何弄、四老安劉呂望周。

多情白髪《たじょうはくはつ》、君、何ぞ弄せん、
四老は劉を安んじ、呂望《りょぼう》は周。

○四老安劉＝四老は商山四皓。「安劉」は、劉氏の漢室を安泰にする。白居易の「商山廟」詩に「臥逃秦亂起安劉」。○呂望周＝呂望すなわち太公望呂尚が周の文王の師となったこと。

【六七七―三】

夢醒枕上無人語、只聽曉天鐘一聲。

夢、枕上《ちんじょう》に醒《さ》めて、人の語る無し、
只だ聽く、曉天《ぎょうてん》の鐘一聲《いっせい》。

【六七七―四】

來過只應風雨好、履聲拽月有人知。

來過《らいか》、只だ應《まさ》に風雨に好かるべし、
履聲《りせい》、月に拽けば、人の知る有らん。

【六七八】

天生此漢殺風景、肩挾梅花一兩枝。雲叟《ママ》百日負薪時ノ賀頌

天、此の漢を生ず、殺風景《さつぷうけい》、
肩に梅花《ばいか》を挾《さしばさ》め、一兩枝《いちりょうし》。

【六七九】
籃子盛來瞻部州、山川草木亦甘柔。
春皇似助調羹手、柳絮風前洒柳頭。東嶽典座賀頌春國
籃子《らんす》に瞻部州《せんぶしゅう》を盛り來たる、
山川草木《さんせんそうもく》も、亦た甘柔《かんじゅう》。
春皇《しゅんおう》、調羹《ちょうこう》の手を助くるに似たり、
柳絮《りゅうじょ》、風前、柳頭に洒《そそ》ぐ。
○調羹手＝典座ゆえにこの語をいう。○甘柔＝新柔。若葉。

【六八〇】原本八五丁
這肥曲[典]座作家漢、接待方來喜展眉。
盛出炎天梅蘂雪、柳頭邊事箇齋詩。高安大□へ
這《こ》の肥典座《てんぞ》、作家《さっけ》の漢、
方來《ほうらい》を接待して、喜んで眉を展ぶ。
盛り出だす、炎天梅蘂《えんてんばいずい》の雪、
柳頭邊《りゅうとうへん》の事、箇齋《かんさい》が詩。
○箇齋詩＝雪裡芭蕉摩詰畫、炎天梅蕊箇齋詩。

【六八一】
虛空擎出黄金鉢、中有風花雪月詩。
虛空《こくう》、擎《ささ》げ出だす、黄金の鉢、
中に風花雪月《ふうかせつげつ》の詩有り。

【六八二】
只非銀椀裏盛雪、月與梅花禪與詩。
只だ銀椀裏《ぎんわんり》に雪を盛るのみに非ず、
月と梅花《ばいか》と、禪と詩と。

【六八三】
渭叟常清禪定門秉炬之法語　岐秀和尚
提起钁柄云、清平世界本分郷、豈有塵勞忘[妄]想傷[塲]。秋色鷲人涅槃菊、不斷時節乃重陽。
新物故渭叟常清禪定門、夫以、面上春暖、胸裏秋涼。偕老已過、同穴已過、本婦以後、依彼妻女。成佛也得、生

天也得、孝子之中、有此僧郎。死生有命、自己脱躰、離合弃情、親族斷腸。即今入坐禪宗、作坐禪觀。似司馬頭陀窺百丈祖意。平居在念佛界、離念佛定。如典午先生嫌十八賢行。意氣奔流度刄、心肝生鐵渾鋼。本躰不生々、活中死々中活。
法身無相々、長者短々者長。是非得失已盡、苦樂逆順共忘。
渭叟常清禪定門、秉炬の法語岐秀和尚
钁柄《かくへい》を提起《ていき》して云く、清平世界《せかい》、本分の郷、豈に塵勞妄想《じんろうもうぞう》の場有らんや、秋色、人を驚かす、涅槃《ねはん》の菊、斯《こ》の時節《じせつ》にあらずんば、乃ち重陽《ちょうよう》。新物故《しんぶつこ》、渭叟常清禪定門、夫《そ》れ以《おもん》みれば、面上は春暖《しゅんだん》、胸裏《きょうり》は秋涼《しゅうりょう》。偕老《かいろう》已に過ぎ、同穴《どうけつ》已に過ぐ。本婦以後、彼の妻女に依る。成佛《じょうぶつ》も也《ま》た得たり、生天《しょうてん》も也《ま》た得たり。孝子の中に、此の僧郎有り。死生は命有り、自己脱躰、離合弃情、親族、腸《はらわた》を斷つ。即今、坐禪宗に入って、坐禪の觀を作す。司馬頭陀《しばずだ》が百丈祖の意を窺うに似たり。平居、念佛界に在って、念佛定を離る。典午《てんご》先生が十八賢の行を嫌うが如し。意氣、奔流《ほんりゅう》度《ど》刄《じん》、心肝《しんかん》、生鐵渾鋼《さんてつこんこう》。本躰不生の生、活中に死し、死中に活す。法身《ほっしん》無相《むそう》の相、長者は短、短者は長。是非得失、已に盡き、苦樂逆順《くらくぎゃくじゅん》、共に忘ず。

○典午先生嫌十八賢行＝「典午先生」は陶淵明。司馬氏の晉の時代に出た先生との意。
「十八賢」は廬山白蓮社の十八高士。陶淵明がはじめ白蓮社に加わらなかったこと。『堯山堂外紀』に「陶潛が紀に曰く、廬山の釋慧遠、社を東林に結ぶ、秘書丞謝靈運、山後に於いて二池を鑿り白蓮を植えて呼んで蓮社と曰う。潛、慧遠と素《もと》より方外の交わりをなす。而も蓮社の列に與らず。一日、慧遠に過《よぎ》る。甫《はじ》めて寺に及ぶ。鐘聲を聞いて覺えず顰容、遽かに命じて駕を返す」。
○亂丁、［六九二］へつづくか。

【六八四―一】
囲爐話舊
夕陽掃葉費寒哦、舊友聚頭情尚多。
一夜温談東海變、三更是陸五更波。大蟲

夕陽《せきよう》に葉を掃いて、寒哦《かんが》を費す、
舊友《きゆうゆう》、頭《こうべ》を聚む、情、尚お多し。
一夜の温談《おんだん》、東海《とうかい》變ず、
三更は是れ陸、五更は波。

【六八四—二】

社友囲爐對受空、曾遊入夢舊談叢。
寒哦燒葉宿楓字、昨日綠陰今落紅。同

社友、爐を囲んで、受空に對す、
曾遊《ぞうゆう》、夢に入る、舊談叢《きゆうだんそう》。
寒哦《かんが》、葉を燒いて、楓字に宿る、
昨日は綠陰《りよくいん》、今は落紅《らくこう》。

○曾遊＝かつて訪れたことがあること。『文明本節用集』「ゾウユウ」。

【六八五】

扇面　雪裡芭蕉

竹凍梅癭[癯]一着輸、芭蕉葉上雪模糊。
東風不便王摩詰、滴作蕭々雨夜圖。月翁

竹凍梅癯《ちくとうばいく》も、一着輸《いちじやくま》けん、
芭蕉葉上《ばしようようじよう》、雪模糊《もこ》たり。
東風《とうふう》を便とせず、王摩詰《おうまきつ》、
滴《した》でて、蕭々《しようしよう》たる雨夜の圖と作《な》る。

○横川景三『補菴京華新集』に「扇面雪裏芭蕉」、同じもの。

【六八六】

芭蕉樹下琴書鬟女

髻鬘雲亂茜裙紅、半篆殘香數□[扣]桐。
郎在天涯無一字、芭蕉葉上又秋風。同

髻鬘雲亂《けいまんうんらん》、茜裙《せんくん》紅なり、
半篆《はんてん》の殘香《ざんこう》、數《しば》しば桐を扣《たた》く。
郎は天涯《てんがい》に在って、一字も無し、
芭蕉葉上《ばしようようじよう》、又た秋風。

○『翰林五鳳集』にあり、月翁作。○扣桐＝琴をひく。○半篆殘香＝香煙を香篆、煙篆という。

【六八七】

牡丹宴

花在李唐春不遍、薛〔薛〕王沈醉壽王醒。清叔

花は李唐《りとう》に在って、春は遍からず、
薛王《せつおう》は沈醉《ちんすい》して、壽王《じゅおう》は醒《さ》む。

○天恩寺舊藏『葛藤集』、「牡丹院落午冥冥、鴆毒宴安風露馨。花在李唐春不遍、薛王沈醉壽王醒」。○薛王沈醉壽王醒＝『錦繡段』、李商隱の「龍池」詩、「龍池賜酒敞雲屛、羯鼓聲高衆樂停。夜半宴歸宮漏永、薛王沈醉壽王醒」。第三四句、『由的抄』に釋して「薛王、名ハ業、玄宗ノ弟ナリ……壽王ハ玄宗ノ子。……言ハ、夜半時分ニ御酒宴モヤミテ、各オノ私宅ヘカヘラルルニ、薛王ハ酒ニ醉ルレドモ、壽王ハ楊貴妃ヲトラレタル遺恨ニテ、酒モノマレズ、獨リサメテ居ラルルゾ」と。『十九史』に「……楊太眞《ようたいしん》を以て貴妃と爲す。……上の子壽王の妃と爲ること十年。上、其の美なるを見て、自ら其の意をして乞うて女官と爲らしむ。且つ壽王の爲に別に娶って之れを納る。遂に寵を專らにす」。

【六八八―一】

若僧歸國之時、或人送知音ノ方文詩也

龔啓、今朝貴僧欲慰離情愁懷、尋二月晩梅鶯路雪殘。故幽香無此地矣。嗚呼、何以寄此情乎。傍有一愁人出來云、何綴卑詞不慰他離情哉。予雖爲慚愧、應愁人之諫、致一場笑具者也。御一覽八裂〔後八裂〕後、付與丙丁童子、萬幸々々。

春院蕭條獨臥躬、從斯無意愛群紅。
請君莫恨別離事、月有雲兮花有風。良公

若僧歸國の時、或る人、知音の方へ送る文詩なり

龔啓《きょうけい》、今朝、貴僧、離情愁懷《りじょうしゅうかい》を慰めんと欲して、二月の晩梅《ばんばい》を鶯路雪殘《おうろせつざん》に尋ぬ。故に幽香《ゆうこう》、此の地に無し。嗚呼《ああ》、何を以てか此の情を寄せんや。傍に一愁人《しゅうじん》有り、出で來たって云う、何ぞ卑詞《ひし》を綴って他の離情《りじょう》を慰めざるか、と。予、慚愧《ざんき》を爲すと雖も、愁人《しゅうじん》の諫に應じて、一場《いちじょう》の笑具《しょうぐ》を致す者なり。御一覽の後、八裂して丙丁童子《へいていどうじ》に付與せば、萬幸《ばんこう》々々。

春院蕭條《しょうじょう》として、獨り躬《み》を臥す、
斯《これ》よりは、群紅《ぐんこう》を愛《め》づる意無し。
請う君、別離《べつり》の事を恨むこと莫かれ、
月に雲有り、花に風有り。

○鶯路雪殘＝『翰林五鳳集』に「鶯路殘雪」の題あり。

【六八八―二】

欽答。珍書到着、披而見之、則中有四七好文章。誦焉則言々如金玉、句々似錦綉矣。寔以忘滿襟離思者也。予雖爲慚顏、不和之則彌天罪犯也。不顧散才、漫綴禁章者一篇、益［衍字］前篇以慰離別愁懷、後篇以謝文章妙絶云。伏乞一覽八裂。

何時又過慰斯躬、別涙未乾顏色紅。
君亦恨兮吾亦恨、滿襟離思柳條風。

欽答。珍書到着、披《ひら》いて之を見れば、則ち中に四七の好文章有り。焉《これ》を誦すれば、則ち言々、金玉の如く、句々、錦綉《きんしゅう》に似たり。寔《まこと》に以て滿襟《まんきん》の離思《りし》を忘ずる者なり。予、慚顏《ざんがん》を爲すと雖も、之に和せずんば、則ち彌天《みてん》の罪犯《ざいぼん》なり。散才《さんさい》を顧みず、漫《みだ》りに禁章《きんしょう》を綴る者一篇、前篇は以て離別の愁懷《しゅうかい》を慰め、後篇は以て文章の妙絶《みょうぜつ》を謝すと云う。伏して乞う、一覽して八裂せんことを。

何れの時か、又た過って、斯《こ》の躬《み》を慰めん、
別涙《べつるい》、未だ乾かず、顏色紅《がんしょく》なり。
君も亦た恨み、吾も亦た恨む、
滿襟《まんきん》の離思《りし》、柳條《りゅうじょう》の風。

【六八八―三】原本八六丁

涙雨未乾別後躬、更無意詠七言紅。
殘生憶是被花笑、一首和篇鴉臭風。喜

涙雨《るいう》未だ乾かず、別後の躬《み》、
更に七言の紅を詠ずる意無し。
殘生《ざんせい》、憶うに是れ花に笑われん、
一首の和篇、鴉臭《あしゅう》の風。

【六八八―四】

月移梅影不關躬、別惜[恨]燈前雙涙紅。
従此春閨無人問、柴門吹斷落花風。叔

月、梅影を移して、躬《み》に關せず、
別恨《べつこん》、燈前《とうぜん》、雙涙《そうるい》紅なり。
此より、春閨《しゅんけい》に人の問う無し、
柴門《さいもん》、吹き斷つ、落花《らっか》の風。

【六八八―五】

爰有佳衲子、厥名曰良公。岑寂之餘作詩、見寄于喜公雅藏之吟机下。予尋其故爲慰別后情也矣。密而衲[納]之。或時奪却而見之、紙尾有四七文章。披而見之、則句々如精金、言々似美玉、蘇新也黄奇也。誰敢不褒讃乎哉。予亦不和之、則風流之罪也。不顧樗材、漫綴狂斐一章、續風之字韻、式呈上良公雅伯之蒲右下云。唾擲。
獨向花前惱此躬、任他淺紫與深紅。
春閨別後難成夢、一夜吹醒簾外風。

爰《ここ》に佳衲子《かのつす》有り、厥《そ》の名を良公と曰う。岑寂《しんせき》の餘、詩を作って、喜公雅藏《がぞう》の吟机下《ぎんきか》に寄せらる。予、其の故を尋ねて、爲に別后の情を慰む。密にして之を納む。或る時、奪却《だつきゃく》して之を見るに、紙尾に四七の文章有り。披いて之を見れば、則ち句々精金《せいきん》の如く、言々美玉に似たり、蘇新《そしん》なり黄奇《こうき》なり。誰か敢えて褒讃《ほうさん》せざらんや。予も亦た之に和せずんば、則ち風流《ふうりゅう》の罪なり。樗材《ちょさい》を顧みず、漫《みだ》りに狂斐《きょうひ》一章を綴って、風の字の韻を續《つ》いで、式《もっ》て良公雅伯《がはく》の蒲右下《ほゆうか》に呈上すると云う。唾擲《だてき》せられよ。

獨り花前に向かって、此の躬《み》を惱む、
任他《さもあらば》あれ、淺紫《せんし》と深紅《しんこう》と。
春閨《しゅんけい》、別れて後、夢を成し難し、
一夜、吹き醒《さ》ます、簾外《れんがい》の風。

○蘇新也黄奇也＝蘇東坡の「新」と黄庭堅の「奇」。

【六八九】

艾虎

意足不求爪牙似、一莖草也墨梅花。雪叟

意足って、爪牙《そうげ》に似るを求めず、
一莖草《いっきょうそう》も也《ま》た墨梅花《ぼくばいか》。

○艾虎＝端午の節句に供える、ヨモギで作った虎。○墨梅花＝陳簡齋「墨梅」詩、「意足不求顏色似」。

【六九〇―一】

垂絲菊

垂絲菊綻露香漙、一把綿々吹雪寒。
楊柳精神託花否、東籬搭在玉欄干。高山

垂絲菊《すいしぎく》綻んで、露香漙《ろこうたん》たり、
一把《いっぱ》、綿々として、雪を吹いて寒し。
楊柳《ようりゅう》の精神、花に託するや否《いな》や、
東籬《とうり》、搭在《とうざい》す玉欄干《ぎょくらんかん》。

○漙＝露の多いさま。○搭在玉欄干＝一把柳絲收不得、和風搭在玉欄干。

【六九〇―二】

五柳連枝菊一籬、計知花亦有垂絲。
任他青女染秋色、陶令終無墨子悲。南化

五柳《ごりゅう》、枝を連ねる、菊一籬《きくいちり》、
計り知る、花も亦た垂絲《すいし》有ることを。
任他《さもあらば》あれ、青女《せいじょ》の秋色を染《そ》むることを、
陶令《とうれい》、終《つい》に墨子《ぼくし》の悲しみ無し。

○五柳＝陶淵明の居。○青女＝霜。○陶令＝陶淵明。○墨子悲＝『蒙求』「墨子悲絲」。墨子悲染とも。絲がさまざまな色に染められて變わるのを悲しんだ。

【六九〇―三】

菊有垂絲秋一笆、深紅淺紫麗於霞。
寒衣倩蝶兒補△、密把金針莫度花。穆菴

菊に垂絲《すいし》有り、秋一笆《は》、
深紅淺紫《しんこうせんし》、霞より麗し。
寒衣《かんい》、蝶兒《ちょうじ》を倩《やと》って補△。
密に金針《きんしん》を把《と》って、花に度《わた》すこと莫かれ。

○密把金針莫度花＝鴛鴦繡出從君看、莫把金針度與人。

【六九〇―四】

秋風吹亂三千丈、花若無香白髮翁。

秋風吹き亂す、三千丈、
花若し香無くんば、白髮《はくはつ》の翁。

【六九〇―五】

向花中若論黃黑、陶令吟魂墨子悲。

花中に向かって、若し黄黒を論ぜば、
陶令《とうれい》の吟魂《ぎんこん》、墨子《ぼくし》の悲しみ。

○墨子悲＝前出［六九〇―二］。

【六九一】

紹巴、策彥和上、綿帽子ヲ進上ノ歌ヲヨミ、相忝〔添〕ヲクラル、和韻

幸今絮帽上花顛、臘月春天易地然。
從此寒嵐侵不□、□□□□暖如綿。策彥

幸いに今、絮帽《じょぼう》、花顛《かてん》に上る、
臘月《ろうげつ》春天、地を易《か》うるも然り。
此より寒嵐、侵不□、
□□□□、暖かきこと綿の如し。

【六九二】

奈落迦即是兜率陀、説什麼鑊□□〔湯爐〕炭。
刹那須即是僧祇劫、説什麼石火電光。
十世古今空索々、萬像〔象〕森羅露堂々。
更有△〔一〕則語、共禪定門商量者也。作钁頭鋤地勢云、
白璧埋來黃壤外、岐陽微雪淺於霜。喝一喝。

奈落迦《ならくか》、即ち是れ兜率陀《とそつだ》、

什麼《なん》の鑊湯爐炭《かくとうろたん》とか說かん。
刹那須《せつなしゅ》、即ち是れ僧祇劫《そうぎこう》、
什麼《なん》の石火電光とか說かん。
十世古今、空索々《くうさくさく》、萬象森羅《ばんしょうしんら》、露堂々《ろどうどう》。
更に一則の語有り、禪定門と共に商量《しょうりょう》せん。鑊《かく》頭《とう》もて地を鋤く勢いを作して云く、
白壁《はくへき》埋め來たる、黃壤《こうじょう》の外、
岐陽《きよう》の微雪《びせつ》、霜より淺し。喝一喝《かついっかつ》。

○前を欠く。［六八三］「渭叟常清禪定門秉炬之法語」のつづきか。

【六九三】

謹奉録呈、一夜十題者三十五章、於寶泰和尚猊床下。伏乞風斤。

○この部分、前後とのつながりが不分明。

【六九四—一】

入室芙蓉

年少芙蓉老作家、秋江風物變毘耶。
無端入得維摩室、下第花爲及第花。閔

年少の芙蓉《ふよう》、老作家《ろうさっけ》、
秋江《しゅうこう》の風物、毘耶《びや》に變ず。
端無《はしな》くも入得《にっとく》す、維摩《ゆいま》の室、
下第《げだい》の花、及第《きゅうだい》の花と爲る。

【六九四—二】

芙蓉入室起宗風、草木叢林活路通。
天地同根只此是、一枝映水兩枝紅。琉

芙蓉《ふよう》入室して、宗風《しゅうふう》を起こす、
草木叢林《そうもくそうりん》、活路《かつろ》通ず。
天地同根、只だ此れ是れ、
一枝《いっし》、水に映じて、兩枝《りょうし》紅なり。

【六九五】

只似血盆初日開、同參八月一枝梅。

參尋秋日善知織〔識〕、離却從前四智來。佐

只だ血盆《けつぼん》に似たり、初日の開、

同參《どうさん》たり、八月一枝《いっし》の梅に。

秋日の善知識《ぜんちしき》に參尋《さんじん》し、

從前《じゅうぜん》の四智を離却《りきゃく》し來たる。

○初日開＝初日芙蓉。後出［一〇一五—一］。

【六九六】

笑峯號

木人拍手阿呵々、鷲嶺傳虚老釋迦。

要看拈華端的處、千紅萬紫碧嵯峨。珍

木人、手を拍って、阿呵々《あかか》、

鷲嶺《じゅれい》に虚を傳う、老釋迦《ろうしゃか》。

拈華《ねんげ》の端的《たんてき》の處を看んと要せば、

千紅萬紫《せんこうばんし》、碧嵯峨《へきさが》。

【六九七】

氷雪破顏梅一枝、嵯峨涵影虎溪涯。

過橋拍手遠陶陸、十二青螺月似眉。閲

氷雪《ひょうせつ》に破顏《はがん》す、梅一枝《いっし》、

嵯峨《さが》、影を涵《ひた》す、虎溪《こけい》の涯。

橋を過ぎて、手を拍つ、遠陶陸《えんとうりく》、

十二青螺《せいら》、月、眉に似たり。

○遠陶陸＝虎溪三笑。慧遠、陶淵明、陸修靜。

【六九八】

拈華付屬總痴頑、清淨法身雲外山。

金色頭陀落第二、威音劫外碧孱顏。佐

拈華《ねんげ》の付屬《ふしょく》、總に痴頑《ちがん》、

清淨法身《しょうじょうほっしん》、雲外の山。

金色《こんじき》の頭陀《ずだ》も、第二に落つ、

威音劫外《いおんこうがい》、碧孱顏《へきせんがん》。

【六九九―一】

宗師如金翅擘海

飛騰鼓翼叫金翅、宇宙空來老義存。

四海龍僧〔象〕無所避、洪波浩渺一時乾。佐

飛騰《ひとう》し翼を鼓して、金翅《こんじ》と叫ぶ、

宇宙《うちゆう》、空じ來たる、老義存《ろうぎそん》。

四海《しかい》の龍象《りゆうぞう》、避くるに所無し、

洪波浩渺《こうはこうびよう》、一時に乾く。

【六九九―二】原本八七丁

凜々威風四百洲、呼爲金翅我宗猷。

看々擘破滄溟處、大小龍王暗縮頭。閔

凜々《りんりん》たる威風《いふう》、四百洲、

呼んで金翅《こんじ》と爲す、我が宗猷《そうゆう》。

看よ看よ、滄溟《そうめい》を擘破《ひつぱ》する處、

大小の龍王も、暗に頭《こうべ》を縮む。

【六九九―三】

雪峯意氣太無端、金翅展開毛骨寒。

這老威風如擘海、請看陸地激波瀾。

雪峯《せつぽう》の意氣、太《はなは》だ端無《はしな》し、

金翅展開《こんじてんかい》して、毛骨《もうこつ》寒し。

這《こ》の老《ろう》の威風《いふう》、海を擘《つんざ》くが如し、

請う看よ、陸地《りくち》に波瀾《はらん》を激するを。

【七〇〇―一】

羅漢樹

巖房風冷絶埃塵、羅漢樹頭添瘦辰。

葉々婆娑如悴鬢、現天台五百應眞。珍

巖房《がんぼう》、風冷やかに、埃塵《あいじん》を絶す、

羅漢樹頭《らかんじゆとう》、瘦《そう》を添うる辰。

葉々《ようよう》、婆娑《ばしや》として、悴鬢《すいびん》の如く、

天台《てんだい》の五百應眞《おうしん》を現ず。

【七〇〇―二】

五百托根那一樹、大阿羅漢在叢林。孫枝子葉隨因果、憐殺二乘孤調心。閔

五百、根を托す、那一樹《ないちじゅ》、大阿羅漢《だいあらかん》、叢林《そうりん》に在り。孫枝子葉《そんししよう》、因果《いんが》に隨う、憐殺《れんさつ》す、二乘の孤調心。

○孤調心＝不審。孤調心か。二乘を貶して疥癩野干という。野干は狐。

【七〇〇―三】

突兀山中羅漢樹、白雲縷々補衣稜。霜辛雪苦雙肩瘦、不屑天台五百僧。佐

突兀《とっこつ》たり、山中の羅漢樹《らかんじゅ》、白雲縷々《るる》として、衣稜《いりょう》を補す。霜辛雪苦《そうしんせっく》、雙肩《そうけん》瘦す、天台《てんだい》の五百僧を屑《もののかず》ともせず。

【七〇一―一】

臨濟一隻箭

隻箭離絃滅却宗、明々的々孰當鋒。義玄錯認返回勢、射透鐵關千萬重。閔

隻箭《せきせん》、絃を離れて、宗を滅却《めつきゃく》す、明々的々《めいめいてきてき》、孰《たれ》か鋒《ほこさき》に當たらん。義玄《ぎげん》、錯って認む、返回《へんかい》の勢い、鐵關千萬重《てつかんせんばんじゅう》を射透《しゃとう》す。

【七〇一―二】

機鋒轉處孰論功、釬鏌發光北斗中。射倒威音那畔垜、何須少室九年弓。佐

機鋒《きほう》、轉ずる處、孰《たれ》か功を論ぜん、釬鏌《かんばく》、光を發つ、北斗《ほくと》の中。威音那畔《いおんなはん》の垜《あずち》を射倒《しゃとう》するに、

何ぞ少室《しようしつ》九年の弓を須いん。

【七〇一—三】

活機發處弩千鈞、洛浦當陽解轉身。
隻箭看々疾於電、後來射殺幾多人。

活機《かつき》、發する處、弩千鈞《どせんきん》、
洛浦《らくほ》、當陽《とうよう》に轉身《てんしん》を解《よ》くす。
隻箭《せきせん》、看よ看よ、電《いなずま》より疾《はや》し、
後來《こうらい》、幾多の人をか射殺す。

【七〇二—一】

僧歸夜船月
一葉轉〔輕〕浮波上閑、愛看佳月野僧還。
孤舟今夜兩般景、半載清光半好山。瑞

一葉輕く浮かんで、波上閑なり、
佳月を愛し看て、野僧《やそう》還る。
孤舟《こしゆう》、今夜、兩般《りようはん》の景、
半ばは清光を載せ、半ばは山を好む。

【七〇二—二】

佳境金山水國幽、殘僧歸處月悠々。
誰知一葉扁舟大、載得洞庭千里秋。閔

佳境《かきよう》金山、水國《すいこく》幽なり、
殘僧《ざんそう》歸る處、月悠々《ゆうゆう》。
誰か知る、一葉の扁舟《へんしゆう》の大いさに、
洞庭千里《どうていせんり》の秋を載せ得ることを。

【七〇二—三】

好事閑僧棹夜船、要看波底月花鮮。
歸□□□〔帆興盡〕金山曉、數杵華鯨是杜鵑。佐

好事の閑僧《かんそう》、夜船《やせん》に棹《さお》さして、
波底《はてい》、月花《げつか》の鮮かなるを看んと要す。
歸帆《きはん》、興は盡く、金山の曉、
數杵《すうしよ》の華鯨《かげい》、是れ杜鵑《とけん》。

○天恩寺舊藏『葛藤集』剛室の「僧歸夜船月」に、「好事閑僧棹夜船、要看波底月華鮮。歸帆興盡金山曉、數杵華鯨是杜鵑」。○興盡歸＝『蒙求』に「子猷尋戴」。前出［七八―三］。

【七〇三】

上巳聽鵑

上巳何圖聽子規、若夫康節暗攢眉。
今朝不讀桃花賦、只讀少陵再拜詩。　南化

上巳《じょうし》、何ぞ圖らん、子規《しき》を聽かんとは、
若し夫れ康節《こうせつ》ならば、暗に眉を攢《あつ》めん。
今朝、桃花《とうか》の賦を讀まず、
只だ少陵再拜《しょうりょうさいはい》の詩を讀む。

○康節＝邵雍は、天津橋上で杜鵑を聽いて、天下の亂れを豫知した。『邵氏聞見前録』巻十九、「治平の間、客と散歩して、天津橋上に杜鵑の聲を聞く。慘然として樂しまず。客、其の故を問うに、則ち曰く、洛陽には舊と杜鵑無し、今始めて至って、主とする所有り。客曰く、何ぞや。康節先生曰く、三五年ならずして、上は南士を用て相と爲す、多く南人を引いて、專ら變更を努めん、天下此より多事ならん、と。客曰く、杜鵑を聞いて、何を以てか此を知る。康節先生曰く、天下將に治まらんとするときは、地氣北よりして南せん、將に亂れんとするときは、南よりして北せん。今南方の地氣至れり。禽鳥飛類は、氣を得るの先なる者なり。……」。
○少陵再拜詩＝杜甫「杜鵑」、前出［六〇七―五］。

【七〇四―一】

請太田道觀贋釣齋詩　五山衆へ

禪河教海引鯨手、春雨如絲秋月鈎。　横川

禪河《ぜんが》教海《きょうかい》、鯨を引くの手《しゅ》、
春雨は絲の如く、秋月は鈎。

【七〇四―二】

畫角滄浪歌袖手、一竿烟雨趙昌花。　鸞岡［關東衆］

畫角滄浪《がかくそうろう》、歌袖《かしゅう》の手、
一竿の烟雨《えんう》も、趙昌《ちょうしょう》の花。

○趙昌花＝前出［一五二］。

【七〇五】

清願寺參詣之時之詩

千手大悲不看盡、欄干上者洛陽山。鸞岡

千手大悲《せんじゅだいひ》、看盡くさず、

欄干《らんかん》の上は、洛陽《らくよう》の山。

【七〇六】

松下移榻

青松其下氣如秋、意足不求消暑樓。

此地好移陶令榻、乾坤無處避炎劉。江心

青松《せいしょう》、其の下は、氣、秋の如し、

意足って、消暑樓《しょうしょろう》を求めず。

此の地、好《よ》し陶令《とうれい》の榻《とう》を移すに、

乾坤《けんこん》、處として炎劉《えんりゅう》を避くる無し。

○この詩、『翰林五鳳集』にあり。○消暑樓＝前出［六六〇―一］。

○陶令榻＝陶淵明「時運」詩に「清琴橫床、濁酒半壺」。○炎劉＝漢家。

【七〇七】

鐵牛

作家爐鞴也奇快、鑄出春風黑牡丹。妙高寺信藏主

作家《さっけ》の爐鞴《ろはい》、也《ま》た奇快《きかい》、

鑄出《いい》だす、春風《しゅんぷう》の黑牡丹《こくぼたん》。

○黑牡丹＝牛の異名。

【七〇八】

默室號

開口元來不舌根、維摩老子坐當軒。

驚奔滿〔殊〕首金獅子、霹靂聲轟方丈門。快川

口を開くは元來《がんらい》、舌根《ぜっこん》にあらず、

維摩老子《ゆいまろうし》、當軒《とうけん》に坐す。

滿殊《まんじゅ》の金獅子《きんしし》を驚奔《きょうほん》して、

霹靂《へきれき》の聲は轟く、方丈《ほうじょう》の門。

○開口＝開口不在舌頭上。

【七〇九―一】
人中蓮花
吾道開權顯實時、人間自有白蓮也。
閻浮八萬淤泥水、三世如來花一枝。南化

吾れ開權顯實《かいごんけんじつ》を道う時、
人間《じんかん》、自ずから白蓮《びやくれん》有り。
閻浮《えんぶ》八萬、淤泥《おでい》の水、
三世《さんぜ》の如來《にょらい》、花一枝《いっし》。

【七〇九―二】
天上人間老釋迦、白毫光發白蓮花。
一回自獻然燈佛、道德成根智慧花。同

天上人間《てんじょうじんかん》、老釋迦《ろうしやか》、
白毫《びやくごう》の光は發す、白蓮花《びやくれんげ》。
一回、然燈佛《ねんとうぶつ》に獻げてより、
道德、根を成す、智慧の花。

【七一〇】
雪嶺和上、悟溪和上へ參得時、投機頌
夜深月在珊瑚樹、自性元來業識圓〔團〕。

夜深けて、月は珊瑚樹《さんごじゅ》に在り、
自性《じしょう》、元來《がんらい》、業識團《ごっしきだん》。

【七一一】
紅葉化龍
殘僧袖手夕陽影、不落溪邊登禹門。五山僧作

殘僧《ざんそう》、手を袖《そで》にす、夕陽《せきよう》の影、
溪邊《けいへん》に落ちず、禹門《うもん》を登る。

○殘僧袖手＝鄭谷「慈恩偶題」の「溪辺掃葉夕陽僧」をふまえ、手を袖にして葉を掃かない、という。

【七一二】原本八八丁
雪裏出獵
梅花薰徹瓊塵底、認作麝香先引弓。驢雪

梅花《ばいか》薫徹《くんてつ》す、瓊塵底《けいじんてい》、
認めて麝香《じやこう》と作す先に弓を引く。

【七一三】
麝香菊
虞人引弩却留手、咲道秋風籬落花。清叔
虞人《ぐじん》、弩《ど》を引き、却って手を留め、
咲《わら》って道う、秋風籬落《りらく》の花と。
○虞人＝山澤を守る役人。李公渡「麝香」詩、「山麝逃風遠谷藏、一山行過四山香。臍堂自養千鈞弩、枉恐虞人鼻孔長」。『錦繡段』收。

【七一四―一】
竹裡海棠
淵材五恨消其一、花亦風吹細々香。大輝
淵材《えんざい》が五恨《ごこん》、其の一は消ゆ、
花も亦た風吹けば、細々と香る。
○淵材五恨＝『冷齋夜話』彭淵材五恨、「第一恨、鰣魚多骨。第二恨、金橘大酸。第三恨、蓴菜性冷。第四恨、海棠無香。第五恨、曾子固不能作詩。聞者大笑。而淵才瞠目曰、諸子果輕易吾論也」。

【七一四―二】
春來只恐花無睡、中有琅玕碎玉聲。同
春來《しゆんらい》、只だ恐る、花に睡り無からんことを、
中に琅玕碎玉《ろうかんさいぎよく》の聲有り。
○碎玉聲＝王元之の「黄州竹樓記」に、「冬は密雪に宜しく、碎玉の聲有り」。

【七一五】
偈以送澄公藏主還郷　便面
參得宗門向上機、東關萬里勢如飛。
老禪有恨風顚漢、不捋虎鬚擺手歸。虎哉
宗門向上《こうじよう》の機に參得《さんとく》して、
東關萬里《とうかんばんり》、勢い飛ぶが如し。
老禪《ろうぜん》、恨み有り、風顚漢《ふうてんかん》、

虎鬚《こしゅ》を捋《な》でず、手を擺《ふる》って歸ることを。

【七一六】

牧雲

新村氏之幽素、寄紙求厥齋扁。
將牧雲二字貽之。仍而贅拙偈爲證云、
若免國王水草間、孤峯眠穩自安間〔閑〕。道人能養心牛看、萬里蓬萊身裡山。
天正十有九仲春日　懶齋渉筆

新村氏の幽素《ゆうそ》、紙を寄せて厥《そ》の齋扁《さいへん》を求む。牧雲《ぼくうん》の二字を將って之に貽る。仍って拙偈を贅して證と爲すと云う、

若し國王の水草の間を免れば、
孤峯《こほう》、眠り穩やかにして、自ずから安閑《あんかん》。
道人《どうにん》、能く心牛《しんぎゅう》を養い看よ、
萬里《ばんり》の蓬萊《ほうらい》、身裡《しんり》の山。
天正十有九仲春日、懶齋渉筆《らんさいしょうひつ》

○幽素＝幽寂。ここは幽齋。○國王水草＝南泉の語、「擬向溪東牧、不免食他國王水草」。

【七一七】

壽域保三今作空、感時可惜少年叢。
花而不□□無嘆、吹落秋風七月楓。〔三歲ニテ死下火〕雪

壽域《じゅいき》、三を保つも、今、空と作《な》る、
時に感ず、惜しむ可し少年叢《しょうねんそう》、
花而不□□無嘆、
吹き落とす、秋風、七月の楓。

【七一八】

阿鼻無間遊戲城〔場〕、果然今日化他方。
廣漢五百丈之桂、斫作眞〔沒〕前物後香。

阿鼻無間《あびむげん》、遊戲《ゆげ》の場、
果然《かぜん》、今日、他方《たほう》に化す。
廣漢《こうかん》五百丈の桂、

斫って、眞前没後《しんぜんもつご》の香と作す。

○前出［三二三—一］。

【七一九—一】

賣藥修琴

當時買藥萬金輕、何日素琴於耳盈。

處士修之亦堪笑、離鸞別鶴在泉聲。　瑞

當時《そのかみ》、藥を買えば、萬金《まんきん》も輕し、

何れの日にか、素琴《そきん》、耳に盈《み》てん。

處士《しよし》、之を修するも、亦た笑うに堪えたり、

離鸞別鶴《りらんべつかく》、泉聲《せんせい》に在り。

○賣藥修琴＝處士が山中で採った藥を街で賣り、こわれた琴を修理する。許渾「送宋處士歸山」詩に、「賣藥修琴歸去遲、山風吹盡桂花枝。世間甲子須臾事、逢著仙人莫看碁」。○離鸞別鶴＝離鸞別鳳とも。配偶が別れ別れになっていることをいうが、ここでは、琴曲の「雙鳳離鸞」のこと。

【七一九—二】

高山流水恨千般、賣藥修琴對月彈。

何用醫人又醫國、絶絃結得七還丹。　閟

高山流水《こうざんりゆうすい》、恨み千般《せんぱん》、

藥を賣って琴を修し、月に對して彈ず。

何ぞ人を醫し、又た國を醫すことを用いん、

絶絃《ぜつげん》、結び得たり、七還《しちげん》の丹。

○高山流水＝ともに琴曲の名。

【七一九—三】

賣藥朝來入市鄽、修琴東去夕陽天。

笑他不識淵明趣、一曲勞聲繼絶絃。　珍

藥を賣らんと、朝來《ちようらい》、市鄽《してん》に入る、

琴を修して、東に去る、夕陽《せきよう》の天。

笑う、他、淵明《えんめい》の趣を識らざることを、

一曲、聲を勞して、絶絃《ぜつげん》を繼ぐ。

○淵明趣＝陶淵明の沒絃琴。

【七二〇―一】

讀范石湖菊譜

五湖烟景滿籬東、花譜裁成幾許功。
彭澤愛看西子菊、鴟夷可怪辟陽公〔侯〕。

五湖《ごこ》の烟景《えんけい》、籬東に滿つ、
花譜《かふ》、裁し成す、幾許《いくばく》の功ぞ。
彭澤《ほうたく》、愛し看る、西子《せいし》の菊、
鴟夷《しい》、怪しむ可し、辟陽侯《へきようこう》。

○范石湖＝范成大。○彭澤＝彭澤の令だった陶淵明。○鴟夷＝范蠡。○辟陽侯＝審食其。呂妃に寵愛された大臣。

【七二〇―二】

黄花入譜更新奇、三徑就荒秋露滋。
范氏似知陶令趣、讀來典午一篇辭。閔

黄花《こうか》、譜に入って、更に新奇、
三徑《さんけい》、荒《こう》に就き、秋露《しゅうろ》滋る。
范氏《はんし》、陶令《とうれい》の趣を知るに似たり、
讀み來たる、典午《てんご》一篇の辭。

○典午＝『錦繡段』、僧一初「墨菊」に、「陶家舊本徧林丘、埜草無端亦姓劉。典午山河無寸土、籬邊分得一枝秋」。由的抄に、「一二句。……淵明ハ晉ノ司馬氏ノ臣ナリシニ、宋ノ劉裕、晉ノ世ヲ奪イテ劉氏ニナッタヲ愁イテ、二姓ニ仕エズト云ッテ隱遁シタゾ。……言ハ、陶淵明ガ家ノ菊、山林ニアマネク有ルナリ。シカルニ野草ハ皆アヂキナク、劉氏ニ從ウゾ。……三四句。典午ハ、晉ノ氏司馬ナレバ、午《ムマ》ヲ典《ツカサド》ルト言ウゾ。言ハ、司馬氏ノ山河ハ一寸ノ土地モナク、皆、劉宋ノ物ニナリタリ。只、籬邊一枝ノ菊バカリ、劉宋ニ付サズ、晉ノ地ヲトドメテ、宋トワカチタゾ。淵明ガ愛シタル菊ナレバ如此云リ」。

【七二〇―三】

黄菊吹香風露浮、石湖製譜思悠々。
東籬今入宋入〔人〕句、三徑黄花別置秋。珍

黄菊《こうきく》、香を吹いて、風露《ふうろ》浮かぶ、

石湖《せきこ》、譜を製して、思い悠々《ゆうゆう》。
東籬《とうり》、今、宋人の句に入る、
三徑《さんけい》の黄花《こうか》、別に秋を置く。

【七二一―一】

題坡仙泛〔潁〕隷圖

畫船泛潁鬢鬖髿、頃刻分身奈意何。
猶向水中如寄耳、一東坡作百東坡。瑞

畫船《がせん》、潁《えい》に泛んで、鬢鬖髿《びんさんさ》たり、
頃刻《けいこく》に身を分かつ、意を奈何《いかん》せん。
猶お水中に向かって、耳を寄するが如し、
一東坡《とうば》、百東坡《ひゃくとうば》と作《な》る。

○『翰林五鳳集』月舟の「讀東坡泛潁詩」に、「畫船泛潁鬢皤々、萬頃風波如世波。四海一身無處著、不須散作百東坡」。

○蘇軾「泛潁」詩に、「我性喜臨水、得潁意甚奇。到官十日來、九日河之湄。吏民笑相語、使君老而癡。使君實不癡、流水有令姿。遶郡十餘里、不駛亦不遲。上流直而清、下流曲而漪。畫船俯明鏡、笑問汝爲誰。忽然生鱗甲、亂我鬚與眉。散爲百東坡、頃刻復在茲。此豈水薄相、與我相娯嬉。聲色與臭味、顚倒眩小兒。等是兒戲物、水中少磷緇。趙陳兩歐陽、同參天人師。觀妙各有得、共賦泛潁詩」。

【七二一―二】

輕舟泛潁日經過、水鏡移〔映〕眉情更多。
千億放翁猶未化、一身散作百東坡。珍

輕舟《けいしゅう》、潁《えい》に泛べて、日び經過す、
水鏡、眉を映して、情更に多し。
千億の放翁《ほうおう》、猶お未だ化さず、
一身、散って百東坡《ひゃくとうば》と作《な》る。

【七二一―三】

日々河邊樂事多、天生喜水老東坡。
維〔縦〕然清潁散爲百、只是一場春夢婆。佐

日々、河邊《かへん》に樂事多し、
天生、水を喜ぶ、老東坡《ろうとうば》。

縦然《たと》い清潁《せいえい》に散って百と爲るも、
只だ是れ、一場《いちじょう》の春夢婆《しゅんむば》。

○春夢婆＝蘇軾、「被酒獨行遍至子云威徽先覺四黎之舍」詩に「投梭毎困東鄰女、換扇惟逢春夢婆」。のち、富貴榮華も變幻して定めなきことを春夢婆という。

【七二二—一】

水底見山　得花一字

秋來葉落顯山丫[阿]、自是千峯水底加。
重疊孱顏浸影去、清漪踏處似菱花。瑞

秋來《しゅうらい》、葉落ちて山阿《さんあ》顯わる、
是より千峯《せんぽう》、水底に加わる。
重疊《ちょうじょう》たる孱顏《せんがん》、影を浸し去って、
清漪《せいい》、踏む處、菱花《りょうか》に似たり。

【七二二—二】原本八九丁

智仁惟背老袈裟、愛水愛山詩興加。
陣々清風綠萍破、沃青一點趙昌花。閔

智仁、惟背老袈裟、
水を愛し山を愛して、詩興《しきょう》加う。
陣々《じんじん》たる清風《せいふう》、綠萍《りょくひん》破す、
青を沃《ひた》す一點《いってん》、趙昌《ちょうしょう》の花。

○惟背＝不審。違背か。○愛水愛山＝『論語』雍也、「知者樂水、仁者樂山」。○趙昌花＝前出［一五二］。

【七二二—三】

立盡黄昏楚水涯、浮萍斷處興相加。
皆山浸影霜紅色、醉眼看爲二月花。佐

立ち盡くす、黄昏《こうこん》、楚水《そすい》の涯、
浮萍《ふひん》、斷ゆる處、興相加《あいくわ》う。
皆山、影を浸す、霜紅《そうこう》の色、
醉眼《すいがん》に看て、二月の花と爲す。

○皆山＝不審。

【七二三】

寂翁宗眞禪定門秉炬
以火把打一圓相云
曰眞曰假本來圓、五十七年容易遷。
昨夜夢醒後消息、朔風鳴竹法身邊。
夫以、寂翁｜｜門、内持晩節、外謝塵縁。生死即涅槃、花猶風雨後。涅槃即生死、松只雪□先。清寥々、白的々。了々々、玄々々。畋獵漁捕諸惡津儀、隨機受用時、莫活捉生擒。眞俗凡聖、五無間業。信手拈來處、全是直指單傳。畢竟、轉身自在之處、聽取丙丁童子敷宣。擲下火把云、紅爐焰裏一朶蓮。喝一喝江南叟唱焉
寂翁宗眞禪定門秉炬

火把《かは》を以て一圓相《いちえんそう》を打して云く
眞と曰い假《け》と曰うも、本來圓かなり、
五十七年、容易に遷る。
昨夜、夢醒《さ》めて後の消息《しょうそく》、
朔風《さくふう》、竹を鳴らす、法身邊《ほっしんへん》。

夫《そ》れ以《おもん》みれば、寂翁｜｜門、内、晩節を持し、外、塵縁《じんえん》を謝す。生死即涅槃《しょうじそくねはん》、花は猶お風雨の後。涅槃即生死《ねはんそくしょうじ》、松は只だ雪□の先。清寥々《せいりょうりょう》、白《はく》的々《てきてき》。了々々《りょうりょうりょう》、玄々々《げんげんげん》。畋獵漁捕《でんりょうぎょほ》、諸惡津儀《しょあくりつぎ》、機に隨って受用する時、生擒《せいきん》を活捉《かっそく》すること莫かれ。眞俗凡聖《しんぞくぼんしょう》、五無間業《むげんごう》。手に信《まか》せて拈じ來たる處、全く是れ直指單傳《じきしたんでん》。畢竟《ひっきょう》、轉身自在《てんしんじざい》の處、丙丁童子《へいていどうじ》が敷宣《ふせん》するを聽取《ちょうしゅ》せよ。火把《かは》を擲下《てきげ》して云く、紅爐焰裏《こうろえんり》、一朶《いちだ》の蓮。喝一喝《かついっかつ》。江南叟、焉《これ》を唱う。

○畋獵漁捕諸惡律儀＝『法華經』安樂行品。

【七二四】

圓覺了義經曰、始知衆生本來成佛、生死涅槃猶如作夢矣。
只這昨夢、畢竟是甚境□[界]。
新圓寂光浦宗明菴主、過去久遠劫、威音那畔、已是千佛之一數也。非迷倒衆生、迷己逐物故、有生有死、有善有

惡。轉一機於格外、則萬法圓融、一理齊平。謂之於猶如昨夢。菴主如此信受、如此奉行。鑊湯爐炭、刀山劍樹、絶點純清。更打偈充送行云

元來無明何似生、塵々刹々涅槃城。

閻浮八十年間夢、七月呼醒鵙一聲。咄。希菴和尚

圓覺了義經《えんがくりょうぎきょう》に曰く、始めて知る、衆生《しゅじょう》本來成《じょう》佛《ぶつ》、生死涅槃《しょうじねはん》猶お昨夢《さくむ》の如し、と。只だ這《こ》の昨夢《さくむ》、畢竟《ひっきょう》是れ甚《なん》の境界《きょうがい》ぞ。新圓寂光浦宗明菴主、過去久遠劫《かこくおんごう》、威音那畔《いおんなはん》、已に是れ千佛の一數なり。迷倒《めいとう》の衆生《しゅじょう》に非ず、己に迷うて物を逐うが故に、生有り死有り、善有り惡有り。一機《いっき》を格外《かくがい》に轉ずるときは則ち萬法圓融《まんぽうえんゆう》、一理齊平《いちりせいへい》。之を謂うに猶如昨夢《ゆうにょさくむ》に於いてす。菴主《あんじゅ》、此の如く信受し、此の如く奉行せば、鑊湯爐炭《かくとうろたん》、刀山劍樹《とうざんけんじゅ》、絶點純清《ぜってんじゅんせい》ならん。更に偈を打して送行に充つと云う、

元來無明《がんらいむみょう》、何似生《かじせい》、

塵々刹々《じんじんせつせつ》、涅槃城《ねはんじょう》。

閻浮《えんぶ》八十年間の夢、

七月呼び醒《さ》ます、鵙一聲《げきいっせい》。咄《とつ》。

○天恩寺舊藏『葛藤集』にあり。

【七二五】

永祿壬戌之秋九月念九蓂、龍源堂上老△〔師〕江□□〔南大〕和尚示滅於瑞雲之正寢。湖海之士、識與不識、莫爲之不哀慟矣。如予者三十年□□〔以來〕結襪不淺。慟哭者豈在海衆之下□〔乎〕哉。訃音落耳、則不候駕而拜趨于塔下之次、綴拙偈呈上眞前、以需定中點頭、且助諸徒餘哀云。伏乞昭鑒。憐加忓納。

玄蜜〔密〕九拜

平生東海一禪翁、八十虛堂德爵同、

將謂神龍移窟去、瑞雲依舊在山中。

永祿壬戌之秋九月念九蓂、龍源堂上老師、江南大和尚、滅を瑞雲《ずいうん》の正寢《しょうしん》に示す。湖海《こかい》の士、識る

と識らざると、之が爲に哀慟《あいどう》せざるは莫し。予が如き者、三十年以來、結襪《けっべつ》淺からず。慟哭《どうこく》する者、豈に海衆《かいしゅう》の下に在らんや。訃音《ふいん》、耳に落ちるときは則ち駕を候《ま》たずして塔下に拜趨《はいすう》する次いで、拙偈を綴って眞前《しんぜん》に呈上して、以て定中《じょうちゅう》の點頭《てんとう》を需む。且つ諸徒の餘哀《よあい》を助くと云う。伏して乞う昭鑒《しょうかん》。憐加忏納。玄密九拜

平生《へいぜい》、東海《とうかい》の一禪翁《ぜんおう》、

八十虛堂《きどう》と德爵《とくしゃく》同じ。

將《まさ》に謂《おも》えり、神龍《しんりゅう》、窟に移り去ると、

瑞雲《ずいうん》、舊《きゅう》に依《よ》って山中に在り。

○天恩寺舊藏『葛藤集』にあり。

永祿壬戌之秋九月念九蓂、龍源堂上老師江南大和尚、示滅於瑞雲之正寢。湖海之士、識與不識、莫爲之不哀慟矣。如予者、三十年來、結襪不淺、慟哭者、豈在海衆之下乎哉。訃音落耳、則不俟駕而拜趨于塔下之次、綴拙偈呈上眞前、以需定中點頭、且奉助諸徒余哀云。伏乞昭鑑。

平生東海一禪翁、八十虛堂德爵同。

將謂神龍移窟去、瑞雲依舊在山中。希菴。

○憐加忏納＝不審。

【七二六】

謹言上、邇來信亦不通、書亦不達。起居相思而不忘而已。承聞、法山一住、安泰言行、珍□[重]。天下叢林、吾門光賁莫如焉。秋初夏末、打退鼓法旆[回法旆]歸赴尾陽。々々雲山改觀。又是吾宗欣幸也。至祝不盡。孤拙比年東奧漂泊、一日無席暖。以茲去歲指信之古寺、千里特來者、只[呈]舊面也。雖然爲大和尚未呈之。違滅、々々。何日何時呈此面去。華路之淸話、蓬嶋之曾遊、欣[傾]耳聞之乎哉。行人倉卒匾々百不云一、此等奈達所希也。恐々。南呂－－

謹んで言上す。邇來《じらい》、信も亦た通ぜず、書も亦た達せず。起居《ききょ》、相思うて忘れざるのみ。承わり聞く、法山一住、安泰言行と。珍重《ちんちょう》。天下の叢林《そうりん》、吾が門の光賁《こうひ》、焉《これ》に如《し》くは莫《な》し。秋初夏末、退鼓《たいく》を打って法旆《ほうはい》を回して尾陽《びよう》に赴く。尾陽《びよう》の雲山《うんざん》、觀《みもの》を改む。又た是れ吾が宗の欣幸《きんこう》なり。至祝不《ししゅくふ》

盡《じん》。孤拙《こせつ》、比年、東奥《とうおう》に漂泊《ひょうはく》、一日も席の暖まる無し。茲を以て、去歳、信の古寺を指して、千里、特に來たるは、舊面《きゅうめん》を呈するなり。然りと雖も、大和尚の爲に未だ之を呈さず。違滅《いめつ》々々。何れ日何れの時にか、此の面を呈し去らん。華路《かろ》の清話、蓬嶋《ほうとう》の曾遊《ぞうゆう》、耳を傾けて之を聞かんかな。行人、倉卒區々《そうそつくく》、百に一も云わず。此等、所希に達するを奈《いかん》せん。恐々。南呂《なんりょ》ーー

○違滅＝違反。○曾遊＝かつて訪れたことがあること。前出［六八四―二］。○南呂＝陰暦八月。

【七二七】

進上政秀寺侍者閣下　宗販

謹啓上。去年十月歸山之次、東光淹留、不拜慈顏。思之千里。特賜一書、未呈回章。又一封拜之。重々厚恩、重々敗闕。蓋惠林僻地之所致也。全非怠慢、枉賜憐察。府中自然相應之儀、示諭所希。來秋耶來年春耶、歸國之時必詣閣下、東語西話、可罄底蘊。此旨奏達。恐ーーー白。

季春初九

謹啓上。去年十月、歸山の次いで、東光に淹留《おんりゅう》、慈顏を拜さず。之を思うこと千里。特に一書を賜わり、未だ回章を呈さず。又た一封、之を拜す。重々の厚恩《こうおん》、重々敗闕《はいけつ》す。蓋し惠林《えりん》の僻地の致す所なり。全く怠慢に非ず、枉《ま》げて憐察《れんさつ》を賜う。府中、自然《じねん》相應の儀、所希を示諭せらる。來秋か來年の春か、歸國の時、必ず閣下《かっか》に詣して東語西話、底蘊《ていうん》を罄《つ》くす可し。此の旨奏達。恐ーーー白。季春初九

【七二八】原本九〇丁

進上開善寺侍ーー

謹奉畣。如示誨、新年之瑞氣、雖二月已破、日々好日、時々好時。伏以尊躰億福。就中御再住、雲山改觀者也。吾門之光華、蔑以加焉。黄鸝拜贈、聊擬萬歳香云。御開堂之砌、陪法筵不聽獅子吼、千載之遺憾也。將亦策彥西

堂御參會之外、雅長羨殺々々。下國之砌、裁短牘而付于
龍安稜藏主。達否之由、高會之時一語、多幸々々。亦後
大心之件々、有□[名]無實。慈亮々々。此旨尊聽、恐惶敬白
二月初三蓂
進之妙心寺侍ーー尊報　玄密判

【七二九】

進上開善寺侍ーー
謹んで啚《こた》え奉る。示誨《じかい》の如く、新年の瑞氣《ずいき》、二月已に破すると雖も、日々好日、時々好時。伏して以みれば、尊躰億福《そんたいおくふく》。中に就いて、御再住、雲山《うんざん》、觀《みもの》を改むる者なり。吾が門の光華、以て焉《これ》に加うる蔑《な》し。黃鸝《こうり》拜贈、聊か萬歲香《ばんざいこう》に擬すと云う。御開堂の砌《みぎり》、法筵《ほうえん》に陪して獅子吼《ししく》を聽かざるは、千載の遺憾《いかん》なり。將た亦た策彥《さくげん》西堂御參會の外、雅長、羨殺《せんさつ》々々。下國の砌《みぎり》、短牘《たんとく》を裁して龍安稜藏主に付す。達否の由、高會の時、一語あらば多幸々々。亦た後大心の件々、有名無實。慈《じ》亮《りょう》々々。此の旨尊聽《そんちょう》、恐惶敬白《きょうこうけいはく》
二月初三蓂
進之妙心寺侍ーー尊報　玄密判

【七三〇】

[年頭] 謹言上、人日梅已落矣。元宵燈未點之。於此二中間、喚何物作新年頭佛法乎哉。不如向老和上祝百吉千祥。仍太守年頂[頭]祝儀、如嘉例、悠々可令啓之。高會之次、乍恐可然樣尊語所希也。此便風信幾府第出仕、依時宜□□申上度由候条、一封傳與。之等御披露。恐惶　開善寺
立春後二蓂　宗販判

[年頭] 謹んで言上、人日の梅、已に落ちぬ。元宵の燈、未だ之を點ぜず。此の二中間に於いて、何物を喚んでか新年頭の佛法と作《な》さん。如かず、老和上に向かって、百吉千祥を祝さんには。仍ち太守年頭の祝儀、嘉例の如く、悠々《ゆうゆう》と之を啓さしむ

る可し。高會の次いで、恐れ乍ら、然る可き様に尊語希う所なり。此の便風、信幾が府第出仕、時宜に依って□申し上げ度き由に候条、一封傳與す。之等を御披露。恐惶《きょうこう》　開善寺
立春後二蓂、宗販判

【七三一】

進上長禪寺侍――

青天白日層落々、百億須彌立下風。塔婆頌仁甫

青天白日《せいてんはくじつ》、層落々《そうらくらく》、
百億の須彌《しゅみ》も下風《あふう》に立つ。

【七三二】

殘菊

節後黄花□□□、猶淵明詩興勝重、
曉庭依舊遶籬看、三徑秋容一徑香。

節後黄花□□□、
猶淵明詩興勝重、
曉庭《ぎょうてい》、舊《きゅう》に依《よ》って、籬を遶って看る、
三徑《さんけい》の秋容《しゅうよう》、一徑香る。

○二句、不審。

【七三三―一】

關山二百年忌　八月　於安國寺　九天

報恩一炷江南物、八月梅花烏鉢香。

報恩《ほうおん》の一炷《いっしゅ》、江南《こうなん》の物、
八月の梅花《ばいか》、烏鉢《うはつ》香し。

【七三三―二】

景陽秋色關山月、異代同調桂子香。和也

景陽《けいよう》の秋色、關山《かんざん》の月、
異代同調《いだいどうちょう》、桂子《けいし》香し。

【七三三―三】

二百餘年安國夢、秋風桂子覺猶香。同

二百餘年、安國の夢、
秋風桂子《けいし》、猶お香しきことを覺ゆ。

【七三四】

塔婆頌

人生六十暫須臾、萬事夢醒離有無。
六月炎天梅蘂綻、拈成一箇木浮屠。雪□

人生六十、暫く須臾《しゆゆ》、
萬事《ばんじ》、夢醒《さ》めて、有無を離る。
六月炎天《えんてん》、梅蘂《ばいずい》綻ぶ、
拈じて一箇の木浮屠《ぼくふと》と成す。

【七三五】

眞前以擬報恩之一句。伏乞靈鑒。雪叟宗三合十〔坊主之年忌十七〕

袈裟滴涙吊先師、十七年回閃電遲。
六月炎天梅蘂綻、報恩一句簡齋詩。

袈裟《けさ》に涙を滴《した》でて、先師を吊す、
十七年回、閃電《せんでん》遲し。
六月炎天《えんてん》、梅蘂《ばいずい》綻ぶ、
報恩《ほうおん》の一句、簡齋《かんさい》の詩。

【七三六―一】

塔婆頌

無限孝心子細呈、塔婆銘也太分明。
悲華經卷新飜譯、聞麼琅々流水聲。

限り無き孝心《こうしん》、子細《しさい》に呈す、
塔婆銘《とうばめい》や、太《はなは》だ分明《ふんみょう》。
悲華《ひか》の經卷《きょうがん》、新飜譯《しんほんやく》、
聞くや、琅々たる流水《りゅうすい》の聲。

【七三六―二】

同

二十三回飛鳥過、星移物換看如何。

孝心片々暗香動、八月梅花一塔婆。〔八月女人〕

二十三回、飛鳥《ひちょう》過ぐ、

星移り物換る、如何とか看る。

孝心《こうしん》片々、暗香《あんこう》動く、

八月の梅花《ばいか》、一塔婆《とうば》。

○物換星移＝王勃の「滕王閣序」に、「物換星移幾度秋」。

【七三七―一】

下火

這女丈夫高着眼、涅槃生死夢醒時。

夜來忽彼〔被〕秋風觸、吹落芙蓉露一枝。〔八月女用之〕

這《こ》の女丈夫《じょじょうぶ》、高く眼を着けよ、

涅槃生死《ねはんしょうじ》、夢醒《さ》むる時。

夜來《やらい》、忽ち秋風に觸れられ、

吹き落とす、芙蓉《ふよう》の露一枝《いっし》。

【七三七―二】

同

都盧大地安居地、生死涅槃路不迷。

五十四年一場夢、松風呼醒夕陽西。〔九月中用之〕

都盧大地《とろだいち》、安居《あんご》の地、

生死涅槃《しょうじねはん》、路迷わず。

五十四年、一場《いちじょう》の夢、

松風《しょうふう》、呼び醒《さ》ます、夕陽《せきよう》の西。

【七三八―一】

新捐館、玉山龍公大禪定門、春山華公大禪定門、英叟智雄禪定門

今茲天午春之季、禍起蕭牆、同死戰場者、三即一也。蓋夫爲子同死者、孝心至也。爲臣同死者、忠義之至也。誰不感嘆乎。數日先、輿其屍到洛。見者無□〔不〕落膽矣。龍公

自先考以來、潤色我關山國師之宗門者、實過雲門之□〔廣〕主劉王、黃檗之裴相。仍集現前尊衆、諷經一上之次、住持比丘打一篇貫華、以當吊古戰場文云。
合世君臣父子家、不圖共入阿蘭耶。
士峯四十由旬雪、吹作長安一日花。南化
新捐館、玉山龍公大禪定門、春山華公大禪定門、英叟智雄禪定門

今茲《ことし》天午春の季、禍、蕭牆《しょうしょう》に起こって、同じく戰場に死する者、三即一なり。蓋《けだ》し夫れ子と爲って同じく死する者は孝心《こうしん》の至りなり、臣と爲って同じく死する者は忠義の至りなり。誰か感嘆せざらんや。數日先、其の屍を輿《こし》にして洛に到る。見る者落膽《らくたん》せざるは無し。龍公、先考より以來、我が關山《かんざん》國師の宗門を潤色《じゅんしょく》する者、實に雲門《うんもん》の廣《こう》主劉王《しゅりゅうおう》、黃檗《おうばく》の裴相《はいしょう》に過ぎたり。仍って現前の尊衆を集め、諷經《ふぎん》一上の次いで、住持比丘《びく》、一篇の貫華《かんげ》を打して、以て古戰場を吊する文に當つと云う。

合世《かっせ》の君臣《くんしん》、父子家、
圖らずも、共に阿蘭耶《あらんや》に入る。
士峯《しほう》四十由旬《ゆじゅん》の雪、
吹いて長安《ちょうあん》一日の花と作す。

○玉山龍公大禪定門＝武田勝頼。○阿蘭那＝閑寂處、遠離處。

【七三八―二】原本九一丁

謹依尊韻　龍安月航

甲州府君武田勝頼公、累代武名家、而常覆三軍、驕敵臨戰、則山川震眩、勢崩雷電、餘勇橫八區、侵奪鄰郡、翦屠方伯、荼毒里民、連年暴露矣。右相府幸執天下權也。賜鉞殿陛、抗義兵指揮用諸將、則機奪項劉、籌過韓光。特能持恩賞柄矣。因茲敵壘不攻皆降。故以甲府師大敗績矣。主將副將授首、則投於洛陽、高懸獄門。見者聞者傷心慘□〔目〕。吁嗟、古亦有如是耶。洛今有心乎哉。載之於板輿、彩〔移〕於西京妙心寺、瘞祖□〔塔〕艮隅立祠廟布奠。平生崇關山國師佛法之因緣也乎。住持南化和尚有寶偈。愚也舊識

也、豈無涕従乎。依尊韻野偈以充吊義〔儀〕矣云。龍安月航和尚、
斯公累代武名家、敗績時耶又命耶。
剣樹業風摧折了、關山月下結空〔華〕△。

謹んで尊韻《そんいん》に依る　龍安月航

甲州府君、武田勝頼公は累代《るいだい》の武名の家にして、常に三軍を覆し、敵を驕《あなど》って戰に臨むときは、則ち山川震眩《さんせんしんげん》し、勢い雷電《らいでん》を崩し、餘勇《よゆう》、八區に横《ほしいまま》にし、鄰郡を侵奪《しんだつ》し、方伯《ほうはく》を翦屠《せんと》し、里民を荼毒《だどく》し、連年暴露す。右相府、幸いに天下の權を執る。鉞《えつ》を殿陛《でんぺい》に賜い、義兵を抗《あ》げて指揮して、諸将を用うるときは則ち機、項劉《こうりゅう》を奪い、籌《はかりごと》、韓光《かんこう》に過ぐ。特に能く恩賞の柄を持す。茲に因って、敵壘攻めずして皆な降る。故に以て、甲府の師、大いに敗績《はいせき》す。主將副將、首を授け、則ち洛《らく》陽《よう》に投じて、高く獄門に懸く。見る者聞く者、傷心惨目。吁嗟、古も亦た是の如き有るか。洛、今、心有るか。之を板輿《はんよ》に載せて、西京妙心寺に移し、祖塔の艮隅に瘞《うず》み、祠廟《しびょう》を立てて奠を布く。平生《へいぜい》、關山《かんざん》國師の佛法を崇める因縁《いんねん》なるか。住持南化和尚、寶偈《ほうげ》有り。愚や舊識《きゅうしき》なり、豈に涕《なみだ》に従《そえもの》無からんや。尊韻《そんいん》に依って野偈《やげ》、以て吊儀に充つと云う。龍安月航和尚

斯《こ》の公、累代《るいだい》の武名の家、
敗績《はいせき》、時なるか、又た命なるか。
剣樹《けんじゅ》の業風《ごっぷう》、摧折《さいせつ》し了って、
關山月下《かんざんげつか》、空華《くうげ》を結ぶ。

○抗義兵＝抗兵は、兵をあげる。○涕従＝前出〔一―三〕、また〔三七七〕に「豈に涕《なみだ》に従《ソヘモノ》無からんや」。

【七三八―三】

謹依尊韻　三友院直指和尚
敗軍将授首完家、三段同時鈍莫耶。
骨瘞朽兮名不朽、業風遺恨盡豪〔華〕□。

敗軍の將、完家に授首《じゆしゆ》す、
三段同時、鈍莫耶《どんばくや》。
骨は瘞《うず》めば朽ちるも、名は朽ちず、
業風《ごつぷう》、恨みを遺し、豪華を盡くす。

○完家＝不審。

【七三八―四】

同　養花軒伯蒲座元

累代功勳依漢家、胡爲諸葛失權耶。
君臣祠廟活埋了、數箇黄鶯咄落花。

累代《るいだい》の功勳《こうくん》、漢家《かんけ》に依る、
胡爲《なんそれ》ぞ、諸葛《しよかつ》、權を失うや。
君臣《くんしん》の祠廟《しびよう》、活埋《かつまい》し了る、
數箇の黄鶯《こうおう》、花を咄落《とつらく》す。

【七三九】

來亦無心歸亦好、孤雲倦鳥一閑僧。［大体［休］、太原へ送行、京ヨリスルカへ御歸寺之時］

來たるも亦た無心、歸るも亦た好《よ》し、
孤雲《こうん》、倦鳥《けんちよう》、一閑僧《いちかんそう》。

○『見桃録』にあり、ただし「送功嶽座元歸駿陽」とする。○倦鳥＝陶淵明「帰去来辞」に「雲、心無くして以て岫を出で、鳥、飛ぶに倦んで還るを知る」。

【七四〇―一】

探梅

曉風殘月吟笻痩、行盡江南數十程。文葢

曉風《ぎようふう》の殘月《ざんげつ》、吟笻《ぎんきよう》痩す、
行き盡くす、江南《こうなん》の數十程。

【七四〇―二】

前村昨夜堯天下、何處深林花許由。

前村昨夜、堯《ぎよう》の天下、
何れの處の深林か、花の許由《きよゆう》。

【七四二】

〔截〕説斷人間是與非、即今格外轉全機。

闢門不鎖涅槃路、帶得梅花風雪歸。〔名ハ道説　極月〕

人間《じんかん》の是と非とを截斷《せつだん》して、

即今、格外《かくがい》に全機《ぜんき》を轉ず。

闢門《かんもん》鎖さず、涅槃《ねはん》の路、

梅花《ばいか》を帶び得て、風雪《ふうせつ》に歸る。

【七四二―一】

點眼

金蓮座上定點眼、妙樂界中阿閦尊。

點破須彌筆頭眼、三千日月暗昏々。□山

金蓮座上、乾坤《けんこん》を定む、

妙樂界中《みょうらくかいちゅう》、阿閦尊《あしゅくそん》。

點破《てんぱ》す、須彌《しゅみ》筆頭《ひっとう》の眼、

三千日月、暗昏々《あんこんこん》。

【七四二―二】

一躰眼睛雙日月、黒漫々也黒漫々。春□

一躰の眼睛《がんぜい》、雙日月《そうじつげつ》、

黒漫々也《こくまんまんや》、黒漫々《こくまんまん》。

【七四三―一】

王母宴瑶池圖

仙凡一種紅桃雨、醉裏乾坤日月遲。妙興寺盛嶽

仙凡《せんぼん》一種、紅桃《こうとう》の雨、

醉裏《すいり》の乾坤《けんこん》、日月遲し。

○天恩寺舊藏『葛藤集』にあり。○王母宴瑶池＝周の穆王が崑崙に遊び、瑶池で西王母に會した。『列子』周穆王、「賓于西王母、觴于瑶池之上」。

【七四三―二】

君知一醉三千歳、坐上春風桃核盃。清叔

君知る、一醉三千歳《いっすいさんぜんさい》、

坐上の春風《しゆんぷう》、桃核《とうかく》の盃。

○天恩寺舊藏『葛藤集』にあり。

【七四四】

奏得南薫五絃曲、雨中〔羽蟲〕亦謂舜何人。夏蟬詩

奏で得たり、南薫《なんくん》五絃の曲、

羽蟲《うちゆう》も亦た謂う、舜何人《しゆんなんぴと》ぞと。

○『翰林五鳳集』、三益の「新蟬」に「晩鶯啼送九旬春。又有蟬聲報夏新。奏得南薫五絃曲。羽蟲亦道舜何人」。○羽蟲亦謂＝『錦繡段』、李梅亭の「蟬」詩に、「露は枯腸に滿ち、蛻して頓《とん》に輕し、山林、那んぞ不平の鳴有らん。薫絃、寂寞として人の續《つ》ぐ無し、故らに清風を揖して頌聲を作す」と。抄に「……三四ノ句。薫絃ハ、舜ノ故事ナリ。昔シ舜、琴ヲ彈ジテ南風ノ曲ヲ歌ハレタリ。舜ノ後ハ薫絃モ再ビ續イテ彈ズル人ナシ。只ダ此ノ蟬ガ清風ヲアツメテ雅頌ノ聲ヲナスゾ。薫絃ハ、カウバシキ絃ナリ。一説ニハ薫風ノ心ナリ。薫風モ南風モ同ジ事ナリ。薫風ノ吹ク時ノ絃ナレバ薫絃ト云ウ。……」という。○舜何人＝『孟子』勝文公上、「世子、楚より反り、復た孟子を見る。孟子曰く、世子よ、吾が言うを疑うか。夫れ道は一なるのみ。成覵、齊の景公に謂いて曰く、彼も丈夫なり、我も丈夫なり、吾何ぞ彼を畏れんやと。顏淵曰く、舜何人ぞ、予れ何人。爲す有る者も、亦た是の若し」と。

【七四五】

一枝欲送雪吹斷、野村亦不道無梅。

雪裏送梅詩　雅首座

一枝《いつし》、送らんと欲するも、雪、吹き斷つ、

野村《やそん》も亦た梅無しとは道わず。

○天恩寺舊藏『葛藤集』、漸公〔瑞龍〕の「雪時寄雅公」に、「欲寄一枝雪吹斷、野村亦不道無梅」。

【七四六】

每日禁花雖滿紙、未曾聽有野梅名。上林召花

每日、禁花《きんか》、紙に滿つると雖も、

未だ曾て野梅《やばい》の名有るを聽かず。

【七四七】

麒麟楦矣々々。却羞被沙鷗冷眼看。南溟自贊

麒麟楦《きりんけん》、麒麟楦《きりんけん》。
却って羞ず、沙鷗《しやおう》に冷眼《れいがん》に看らるることを。

○天恩寺舊藏『葛藤集』、南溟紹化の頂相自贊、「蓬壺雖小、泰枕置安、烟霞痼疾、風月肺肝。黒竹篦、臨機打白拈賊、紫金襴、可惜飾赤肉團、麒麟楦兮麒麟楦、却被沙鷗冷眼看。咄」。○麒麟楦＝楦麒麟とも。うわべを飾った無能の人物。楦は（靴）型。

【七四八―一】原本九二丁

清樽素瑟宜先賞、明夜陰晴未可知。［十四○寒］

清樽《せいそん》素瑟《そしつ》、宜しく先ず賞すべし、
明夜の陰晴《いんせい》、未だ知る可からず。

○これより以下、諸書の抄出。
○『錦繡段』、孫明復の「八月十四夜」に、「銀漢無聲露暗垂、玉蟾初上欲圓時。清樽素瑟宜先賞、明夜陰晴未可知」。

【七四八―二】

若耶溪上雲門寺、青鞋布韈自是始。［坡］

若耶溪上《じやくやけいじよう》、雲門寺《うんもんじ》、
青鞋布韈《せいあいふべつ》、是より始まる。

○杜甫の「奉先劉少府新畫山水障歌」に、「若耶溪、雲門寺。吾獨胡爲在泥滓。青鞋布韈從此始」。

【七四八―三】

鵑

西△［川］有杜鵑、東川無杜鵑。
涪萬無杜△［鵑］、雲安有杜鵑。詩林廣記
雲安有杜鵑、我昔遊錦城、□［結］廬錦水邊。南一作又萬、杜子美十七。

西川《せいせん》に杜鵑《とけん》有り、東川《とうせん》に杜鵑《とけん》無し。
涪萬《ほうまん》に杜鵑《とけん》無く、雲安《うんあん》に杜鵑《とけん》有り。
我れ昔、錦城《きんじよう》に遊び、廬を錦水邊《きんすいへん》に結ぶ。

○杜甫の「杜鵑」詩に、「西川有杜鵑、東川無杜鵑、涪萬無杜鵑、雲安有杜鵑。我昔遊錦城。結廬錦水邊。有竹一頃餘」。

【七四八―四】

景帝母王皇、夢日入懐、以七月七日生武帝於猗蘭殿。事文。

景帝の母王皇、日を夢みて入懐、七月七日を以て、武帝を猗蘭殿《いらんでん》に於いて生む。

【七四八―五】

雞壇

越人毎相交、作壇祭以白犬丹鶏、盟曰、卿若乗車、我戴笠、□［他］日相逢下車揖、我若歩行、君乗馬、後日相逢馬當下。韻府。

越人、相交わる毎に、壇を作って、祭るに白犬丹《はっけんたん》鶏《けい》を以てし、盟《ちか》って曰く、卿、若し車に乗らば、我れ笠を戴かん。他日、相逢わば、車を下りて揖す。我れ若し歩行せば、君は馬に乗らん。後日、相逢わば、馬より當に下るべし。

○『風土記』に「越俗率朴、初與人交、封土壇、祭以白犬丹鶏、盟曰、君乗車、我戴笠、他日相逢下車揖。君擔簦、我跨馬、他日相逢、爲君下」。

【七四八―六】

△［馬］援伏波、飯薏苡、□［禦］瘴傳神良。能除五溪毒、不救讒言傷。讒言風雨過、瘴癘久亦亡。兩俱不足治、但愛□［草］木長。坡十後。馬援征五溪蠻、以薏苡能辟瘴而食之。其後載數車還。有讒之者以所載皆文章蠙珠也。

馬援伏波《ばえんふくは》、薏苡《よくい》を飯《くら》って、瘴《しょう》を禦《ふせ》ぎ、神良と傳う。能く五溪の毒を除けども、讒言《ざんげん》の傷は救わず。讒言《ざんげん》は風雨の過ぎるごとし、瘴癘《しょうれい》も久しくし亦た亡ず。兩《ふた》つながら俱《とも》に治するに足らず、但だ愛す、草木の長ずるを。馬援《ばえん》、五溪の蠻を征す。薏《よく》苡《い》、能く瘴を辟くるを以て之を食す。其の後、數車に載せて還る。之を讒《ざん》する者有り、載する所は皆な文章蠙珠《ひんしゅ》なりというを以てす。

○蘇軾「薏苡」詩に、「伏波飯薏苡、禦瘴傳神良。能除五溪毒、不救讒言傷。讒言風雨過、瘴癘久亦亡。兩俱不足治、但愛草木長。……」。○この話、『蒙求』馬援薏苡。

【七四八―七】

長庚與北斗、錯落綴冠纓。坡廿三。

曹子建與陳琳書云、披翠雲爲□〔纓〕、戴北斗以爲冠。

長庚《ちょうこう》と北斗《ほくと》と、錯って落ちて、冠纓《かんえい》を綴る。

曹子建《そうしけん》が陳琳《ちんりん》に與うる書に云く、翠雲《すいうん》を披して纓と爲し、北斗《ほくと》を戴いて以て冠と爲す。

○長庚＝宵の明星。金星。○坡廿三＝蘇軾「次韻程正輔遊碧落洞」詩、「長庚與北斗、錯落綴冠纓」。

【七四八―八】

瑠璃枕上凹。

瑠璃枕上《るりちんじょう》、凹《おう》なり。

○『人天眼目』「琉璃枕上凹、瑪瑙盤中凸」。

【七四八―九】

三尺筠蛇口帶腥。傳。

三尺の筠蛇《いんだ》、口、腥《なまぐさき》を帶ぶ。

○『貞和集』、遯菴宗演の「大慧竹篦子」に「三尺筠蛇口帶腥、曾呑英特十三人。塵蒙四壁籠燈黑、老尾焦黄眼正瞋」。

【七四八―一〇】

君王又〔文〕眞王韓信下齊城。假王以鎭之。漢王曰、大丈夫△△△〔定諸侯〕、當〔即〕爲△△△〔眞王耳〕。何以假爲。

君王、文眞王、韓信、齊城に下る。假王を以て之を鎭す。漢王曰く、大丈夫《だいじょうぶ》の諸侯を定むるや、即ち眞王と爲るのみ、何ぞ假を以て爲さん。

○『史記』淮陰侯列傳、「漢王亦悟、因復罵曰、大丈夫定諸侯、即爲眞王耳、何以假爲」。

【七四八―一一】

一夜好風潮信早。

一夜好風、潮信《ちょうしん》早し。

○潮信＝満ち引きの時。転じて、定めた期約。

【七四八―一二】

雪鷺霜鷗。

【七四八―一三】

熠燿宵行誇［矜］照火。谷

熠燿《しゅうしゅう》、宵行、照火を矜《ほこ》る。

○黄山谷「演雅」詩、「熠燿宵行矜照火」。熠燿は螢の異名。

【七四八―一四】

掣電一歡何足恃。坡一

掣電《せいでん》の一歡《いっかん》、何ぞ恃むに足らん。

○蘇軾「將至筠、先寄遲適遠三猶子」詩、「我爲乃翁留十日、掣電一歡何足恃。惟當火急作新詩、一醉兩翁勝酒美」。

【七四八―一五】

周穆王時、西王母來敷碧蒲席［蓆］、黄□［莞］之薦。大成

周穆王《ぼくおう》の時、西王母《せいおうぼ》、來たって、碧蒲《へきほ》の蓆、黄莞《こうかん》の薦《しきもの》を敷く。

○『拾遺記』三、周穆王、「西王母乘翠鳳之輦而來、……曳丹玉之履、敷碧蒲蓆、黄莞之薦」。

【七四八―一六】

楊國忠貴妃從祖兄也。百寶欄種牡丹以寶カサル。築氷山夏是倚。或人曰□［如］泰山。楊云、我氷山易消。

楊國忠《ようこくちゅう》は貴妃《きひ》の從祖兄なり。百寶欄に牡丹《ぼたん》を種えて以て寶《カザ》る。氷山を築いて、夏は是れ倚る。或る人曰く、泰山《たいざん》の如し。楊云く、我が氷山、消し易し。

○『開元天寶遺事』「依氷山」に、「爾が輩以謂《おも》えり、楊公が勢い倚靠《よ》れば泰山の如しと。吾が見る所を以てするに、乃ち氷山なり」。権勢の恃むばからざることを氷山に喩う。

【七四八―一七】

生涯能幾何、常在羈旅中。杜

生涯《しょうがい》能く幾何《いくばく》ぞ、常に羈旅《きりょ》の中に在り。

○杜甫「遺興」詩の二。

【七四八―一八】

雨洗妍々淨、風吹細々香。

雨洗って妍々として淨く、
風吹いて細々として香る。

○『句雙葛藤鈔』「雨洗娟娟淨、風吹細細香」。

【七四八―一九】

旋看蠟鳳戯僧處。注、僧處採蠟珠爲鳳凰云々

旋《や》や看る、蠟鳳《ろうほう》、僧虔《そうけん》に戯るを。注、僧虔に蠟珠《ろうしゅ》を採って鳳凰《ほうおう》と爲す云々。

○蘇軾「次韻子由使契丹至涿州見寄」四首の四に「旋看蠟鳳戯僧虔」。

【七四九】

聯句説

胡苕溪漁隱先生、引雪浪齋日記云、聯句古無此法、自退之斬新開闢、余觀謝宣城集聯句七篇、陶靖節集聯句一篇、杜工部集聯句一篇。諸□[公]已先爲之。至退之亦是沿襲其舊。若言聯句自退之斬新開闢、則非也。□[又]許彦周詩話云、聯句之盛、退之東野李正封也。又東坡云、余幼時里人程建□[用]、楊咨、家弟子由、會草舍中、大雨、聯句六言。程云、庭松偃蓋如醉。楊云、夏雨凄涼似秋。余云、有客高吟擁鼻。子由云、無人共喫饅頭。坐皆絶倒也。又景祐中、蘇才翁、蘇子美、送梁子熙、有四言聯云、悽吟哀號、酸入四鄰、駕風鞭霆、以脱凡鱗。山谷跋之云、才翁子美文章豪健痛快如此、潘陸不足呑也。又海南離[鍊]師白玉蟾集中、有仄聯、五字共用仄、有平聯、五字共用平。又有戯聯、

也題聯。已見韓吏部之集矣。呂氏童蒙家訓云、王荊公共東坡見古硯、作集句聯。荊公曰、巧匠斵山骨。坡不能對、逡巡而去。今見聯之數體、五言則所常用、而其中之仄也平也戲也之三、只乘逸興而用、無常用焉、又六言聯四言聯集句聯其體已並轡而馳、高才雄文之所爲也、詩話小説之中、未看記其規矩繩墨之者。哀哉、所學所見不廣大、蓋有之矣。我未見之也、但本邦之老古錐、爲童蒙有云。聯句破題之五字第二置仄、是爲正體。第二置平、是爲偏體。勤避一二之聲、又名四一之聲。或乾坤、或時候、或氣形、或體藝、或起財、或食服、或光彩、或數量、或複用等、若其門類、隔六句八句用之。句法同去避之。前面十句、春夏之氣象、則不雜秋冬冷涼。佗皆効之也。於句中不可用同韵之字。押而後隔十句用之。五十韻之中、態字二、而虛字二三、亦可也。今名多則點鬼簿乎、處名多則輿地志乎。夫佛語之烏鉢羅等、禪語之赤肉團等、莫森々、莫紛々。梵以梵對之、漢以漢對之、倭以倭對之。若至折角諸訛之處、則有私通車馬。豈敢一隅。疊字故事、忌其繁多也。隔句謂之扇對。對則五十韵中、不過二處三處。過三處則爲甚矣。江湖兄弟之高筵、莫觸今上蓮府、及開山尊宿、賓主、年少等之諱。若觸之則爲白盲也。能守布置爲最。是大略也。且又至句之工拙、而梨花李花白、桃花杏花之紅、不可不辨。四書五經之語、能錬而用之、則靈丹之一粒、點鐵而成金。不錬而用之、則大倉紅腐無滋味。吁、老古錐之言、如斯。謹録以爲聯句説。梅花無盡藏漆桶萬里書之。

胡苕溪《コチウけい》、漁隱先生《キヨインセンシヤウ》の雪浪齋の日記《ジツき》を引いて云く、聯句、古《イニシヘ》此の法無し、退之《たいし》より斬新開闢《サンシンかいヒヤク》す。余《ワレ》、謝宣城《シヤセンシヤウ》が集に聯句七篇《ヘン》、陶靖節《タウセイセツ》が集に聯句一篇、杜工部《トコウフ》が集に聯句一篇を観る。諸公、已に先に之を至と爲す。退之も亦た是れ其の舊を沿《エン》襲《シユウ》す。若し聯句、退之より斬新開闢《サンシンかいびやく》すと言わば、則ち非なり。又た、許彦周《キヨケンしゆう》が詩話に云く、聯句の盛《サカ》んなること、退之、東野、李正封《リセイホウ》なり。又た東坡《とうば》云く、余《ヨ》、幼《ヨウチナツ》し時、里人程建用《りじんテイケンよう》、楊咨《ようシ》、家弟子由《かテイしゆう》、草舍《そうシヤ》の中に會《クワイ》す。大いに雨ふる。聯句六言。程が云く、庭松、蓋《ガイ》を偃《ノベフ》すこと酔《ヨ》えるが如し。楊が云く、夏雨《かう》、凄涼《せいりよう》として秋に似たり。余が云く、客有り高吟して鼻を擁《ヨウ》す。子由《しゆう》が云く、人の共に饅頭《まんじゆう》を喫する無し。坐、皆な絶倒す。又た景祐中に、蘇才翁、蘇子美、梁子熙《リヤウしキ》に送る四言聯有り、云く、悽吟哀號《セイぎんアイごう》、酸《サン》、四隣《しりん》に入る、風に駕し霆《テイ》に鞭って、以て凡鱗《ぼんりん》を脱す。山谷《さんこく》、之を跋《バツ》す。云く、才翁子美、文章の豪健《カウケン》、痛快《ツウクワイ》なること此の如し、潘陸《ハンリク》も呑むに足らずと。又た、海南《かいなん》の錬師《れんし》白玉蟾《はくぎよくセン》が集中に仄《ソク》聯有り、五字共に仄《ソク》を用《モチ》う、平聯有り、五字共に平を用う。又た戯《ケ》聯有り。也《ま》た題聯、已に韓吏部《カンりぶ》が集に見えたり。呂氏が童蒙家訓《どうモウカキン》に云く、王荊《ケイ》公、東坡《とうば》と共に古硯を見て、集句聯《シツクレン》を作る。荊公曰く、巧匠《キヤウシヤウ》、山骨《さんこつ》を斲《ケツ》る。坡、對するに能わず、逡巡《シユンジユン》として去る。今、聯の數體を見る。五言は則ち常に用うる所、而れども其の中の仄や、平や、戯やの三つ、只だ逸興《イツケウ》に乗じて用ゆ、常に用ゆること無し。又た六言聯、四言聯、集《シツ》句聯、其の體《テイ》、已に轡《クツワ》を並《ナラ》べて馳《ハ》す。高才雄文《ユウフン》の爲す所なり。詩話小説の中に、未だ其の規矩縄墨《キクシヨウボク》を記す者を看ず。哀《カナ》しいかな、學ぶ所の所見、廣大ならずして、蓋《ケダ》し之有ることを。我れ未だ之を見ず。但だ本邦の老古錐《ラウコスイ》、童蒙《どうもう》の爲に云えること有り。聯句破題の五字の第二に仄《ソク》を置く、是を正體《テイ》と爲す。第二に平を置く、是を偏體《ヘンテイ》と爲す。勤めて一二の聲を避く、又た四一の聲と名づく。或いは乾坤《けんこん》、或いは時候、或いは氣形、或いは體藝、或いは起財、或いは食服、或いは光彩、或いは數量、或いは複用等、各おの其の門類《ルイ》、六句八句を隔《ヘダ》てて之を用う。句法同を去って之を避く。前面の十句、春夏の氣象《キザウ》は、則ち秋冬の冷凉に雜《マジ》わらず。佗《タ》皆な之に効《ナラ》え。句中に於いて同韵の字を用う可からず。押《アウ》して後に十句を隔《ヘタ》てて之を用う。五十韻の中、態《タイ》字二《フタ》つ、虚字二三《フタツみツ》、亦た可なり。今、名多き則《とき》んば點鬼簿《テンキボ》か、處の名多き則《とき》んば輿地志《ヨチシ》か。夫れ佛語の烏鉢《ウハッ》羅等《ラトウ》、禪語の赤肉團等《しやくにくタントウ》、森々《シンシン》たること莫かれ、紛々《フンフン》たること莫かれ。梵《ボン》は梵を以て之に對《ツイ》す、漢は漢を以て之に對す、倭は倭を以て之に對す。若し折角諸訛《かくコウグワ》の處に至っては、則ち私《ワタクシ》に車馬を通ずること有り。豈《ア》に敢えて一隅ならんや。疊《チウ》字、故事、其の繁多《ハンタ》なることを忌む。隔句《キヤツく》、之を扇對《せんツイ》と謂う。對する則《とき》んば、五十韵の中に二處三處に過ぎず。三處に過《ス》ぐる則《とき》んば、甚《ハナハダ》しと爲す。江《ごう》湖兄弟《こケイテイ》の高筵《エン》、今上蓮《レン》府、及び開山尊宿、賓主《ひんじゆ》、年少等の諱《イミナ》に觸《フ》るること莫かれ。若し之に觸るる則《とき》んば、白盲《ハクマウ》と爲し、能く布置《フチ》するを守って最《モット》もと爲す。是れ大略《リヤク》なり。且つ又た至句の工拙、而《シカ》も梨花李花《りかりか》の白、桃花杏花《とうかきようか》の紅、辨ぜずんばある可からず。四書五經の語、能く錬《ヨネ》って之を用うる則《とき》んば、靈丹《れいたん》の一粒、鐵に點じて金と成す。錬《ネ》らずして之を用うる則《とき》んば、大倉《だいサウ》の紅腐《こうフ》、滋味《じみ》無し。吁《アア》、老古錐《ろうこスイ》の言《イエルコト》、斯《カク》の如し。謹《ツツシ》んで録《ロク》して、以て聯句の説と爲す。梅花無盡藏漆桶萬里、之を書す。

○萬里集九の『梅花無盡藏』六に出るが、異同あり。○紅腐＝古くなって赤くなった米。『漢書』賈捐之傳、「大倉之粟、紅腐而不可食」。

【七五〇】原本九三丁

歳暮話舊

一夜寒窓剪燭談、梅邊風雪舊同參。
人生易老只須樂、屈指明年四十三。チンイン

一夜、寒窓《かんそう》に燭を剪《き》って談ず、
梅邊《ばいへん》の風雪《ふうせつ》、舊同參《きゆうどうさん》。
人生、老い易し、只だ須らく樂しむべし、
指を屈すれば、明年は四十三。

【七五一】

説禪模様

マツ出陣ノ句云ナカラ出、マエ卓マテ、ツヽトイキ、燒香。ソノツイテ、坐具ヲ展ナカラ、法席ノ句□〔ヲ〕唱。坐具ヲ展了、三拜。ソノヽチ文問。是ハ私ノヲホエ也。

一、出陣ノ句、出林猛虎皷嗔牙。法席ノ句、學人上禪床、請和尚示一句。古德以八境界示徒、如何是柳楊、如何是褒貶、ーー與奪。入陣ノ句

一、宗門有古曲、有少林一曲、有雲門一曲、有關山一曲、且又有太平曲、云々

一、雲門有三句。如何是函蓋乾坤、截斷衆流句、隨波逐浪句。出陣ノ句、叱々々。法席ノ句、鈍鐵入爐鞴、請師鉗鎚。入陣ノ句、法戰場中奏凱歸。

一、如來禪、祖師禪、和尚禪。△世尊成道、梅花成道、和尚成道

【七五二】

擊竹悟道

墮薪錯兮安心錯、々々菴前抱節君。君ハ竹ノ名。

墮薪《だしん》も錯《しゃく》、安心《あんじん》も錯《しゃく》、
錯錯《しゃくしゃく》、菴前の抱節君《ほうせつくん》。

○抱節君＝竹の異名。蘇軾「此君庵」詩、「寄語庵前抱節君、與相到處合相親」。

【七五三】

馬怨靈　此頌ミナノク

芳草渡頭非汝土、四蹄飛去涅槃山。希菴

芳草渡頭《ほうそうととう》、汝が土《ど》に非ず、
四蹄《してい》飛び去る、涅槃《ねはん》の山。

【七五四】

瀟湘八景圖

畫圖始覺瀟湘好、殘月斜懸夜雨時。橫川

畫圖《がと》、始めて覺ゆ、瀟湘《しょうしょう》の好《よ》きことを、
殘月《ざんげつ》斜めに懸く、夜雨《やう》の時。

○『翰林五鳳集』橫川「瀟湘八景同幅圖」に「一景爲稀況八之、垂鬚

佛後又言詩。畫圖初覺瀟湘好、秋月斜懸夜雨時」。

【七五五】

團扇鳳凰

七年夜雨無人畫、老去同參一柄風。鐵山

七年の夜雨《やう》、人の畫く無し、
老い去って、同參《どうさん》は一柄《いっぺい》の風。

○老去同參＝『錦繡段』、陸游「聽雨戲作」詩二の一、「老去同參唯夜雨」。

【七五六―一】

樵漁問答圖

終無及一語人世、渠問江湖我答山。

終《つい》に一語の人世に及ぶ無し、
渠《かれ》は江湖《ごうこ》を問い、我は山を答う。

○『中華若木詩抄』、村菴の「漁樵問答」、「罷釣息薪相對閑、白雲谷口碧溪灣。終無一語及人世、渠問江湖我答山」。

【七五六―二】

投竿擲斧語何事、盡是山雲海月情。鐵山

竿を投げ斧を擲《なげう》って、何事をか語る、
盡く是れ、山雲海月《さんうんかいげつ》の情。

【七五七】**原本九四丁**

九月一日小參。

幾時苦熱念西風、九月西風驚落葉、光陰如此、諸禪德成得甚麼邊事。吾林際門庭、更有甚麼事。人々具足箇々圓成。惜乎、自信不及、自棄自怠、一刹那間、頭童齒豁、噬臍無及。是誰咎耶。有者道、我是後生衲子參禪時未到。豈不見、俱胝豎指、童子十二歲悟去。仰山十四、得體耽源處。趙州在南泉、十七八歲解破家散宅去。有者道、我老矣無力參禪。豈不見、六祖會下有法達禪師、垂百歲、始悟道大慧竹篦下。有大悲閑長、老年八十四、豁然大悟。有者道、我預寺院劇務無遑參禪。豈不見、雪峯存禪師、初出閩嶺之日、自買笊籬木杓、誓向諸書爲飯頭飯、三登投子九到洞山、泊在德山多年。皆作典座而勞苦。他爲千五百人善知識。示衆云、一千五百人布衲子、従杓木頭邊舀將來。又不見、楊岐會監寺、挾紙衾出入庫司三十年、陸沈於金穀、遂續得林際正脈。到今碧落之碑無贋本。又不見、五祖演禪師、在白雲爲磨頭、納糠麩錢三百貫於常住了。受第一座請、續得楊岐正宗。昔日如此、而今何時。祖庭秋晩、可嘆可悲。大濟禪師創開此山。豈爲著數百閑漢也乎。苟得一箇半箇、定中必點頭矣。維昔齒其席下者、一々龍驤虎驟、今山中見有諸塔、黄梅、龍濟、慈明諸祖師。妙喜老漢、大龜、臥龍、輝東諸師兄、皆預其會、親喫痛棒底人也。自余不幸早世者、亦不遑勝計。噫、嗚嗟乎、彼此男兒大丈夫、何不各自努力耶哉。咄。駕與青龍不解騎。謹白大衆、自點檢看。前大德東陽老衲於瑞泉精舍書之

九月一日小參《しょうさん》。

幾時か熱に苦しんで西風を念う、九月西風、落葉《らくよう》に驚く。看よ、光陰《こういん》此の如し。諸禪德《しょぜんとく》、甚麼邊《いんもへん》の事をか成し得たる。吾が林際《りんざい》の門庭《もんてい》、更に甚麼《なん》の事か有る。人々具足《にんにんぐそく》、箇々圓成《ここえんじょう》。惜しいかな、自信不及《じしんふぎゅう》にして、自ら棄て自ら怠ることを。一刹《せつ》那《な》の間、頭は童《わらわ》に齒豁《まばら》にして、臍《ほぞ》を噬《か》むとも及ぶこと無けん。是れ誰が咎《とが》ぞや。

有る者は道う、我れは是れ後生《こうせい》の衲子《のっす》、參禪《さんぜん》するに時未だ到らずと。豈に見ずや、倶胝《ぐてい》、指を竪つれば、童子《どうじ》十二歳にして悟り去る、仰山《きょうざん》十四歳にして、體を耽源《たんげん》の處に得たり、趙州《じょうしゅう》は南泉《なんせん》に在って、十七八歳にして破家散宅《はけさんたく》を解し去る。

有る者は道う、我れ老いたり、參禪《さんぜん》するに力無しと。豈に見ずや、六祖の會下《えか》に法達禪師というもの有り、百歳に垂なんとして始めて悟道《ごどう》す、大慧《だいえ》の竹篦下《しっぺいか》に大悲《だいひ》の閑長老《かんちょうろう》有り、年八十四にして、豁然《かつねん》として大悟《たいご》することを。

有る者は道う、我れ寺院の劇務に預って、參請《さんしょう》するに遑《いとま》無しと。豈に見ずや、雪峯《せっぽう》の存禪師、初めて閩嶺《びんれい》を出づるの日、自ら笊籬《そうり》木杓《ぼくしゃく》を買っ

て、誓って諸方に向かって飯頭《はんじゅう》と爲る。三たび投子《とうす》に登り九たび洞山《とうざん》に到る。洎《およ》び徳山《とくさん》に在ること多年、皆な典座《てんぞ》と作って勞苦す。他、千五百人の善知識《ぜんちしき》と爲って、衆に示して曰く、一千五百人の布衲子《ふのつす》、杓頭邊《しゃくとうへん》より舀《く》み將ち來たると。又た見ずや、楊岐《ようぎ》の會監寺《かんす》、紙衾《しきん》を挾んで、庫司に出入すること三十年、金穀《きんこく》に陸沈《りくちん》して、遂に臨濟《りんざい》の正脉《しょうみゃく》を續《つ》ぎ得ることを。今に到って、碧落《へきらく》の碑に贋本《がんぽん》無し。又た見ずや、五祖の演禪師、白雲に在って磨頭《まとう》と爲って、糠麩錢《こうふせん》三百貫を常住《じょうじゅう》に納れ了り、第一座の請を受け、楊岐《ようぎ》の正宗《しょうじゅう》を續《つ》ぎ得たり。

昔日《そのかみ》、此の如し、而今《にこん》、何れの時ぞ。祖庭秋晩《そていしゅうばん》、嘆ず可く悲しむ可し。

大濟禪師、此の山を創開す、豈に數百の閑漢を著《つ》けんが爲にせんや。苟も一箇半箇を得ば、定中《じょうちゅう》に必ず點頭《てんとう》せん。維昔《コレむかシ》、其の席下に齒《ヨハイ》する者、一一、龍のごとくに驤り、虎のごとくに翳る。今、山中に諸塔有るを見る。黄梅《おうばい》、龍濟《りょうさい》、慈明《じみょう》の諸祖師、妙喜老漢《みょうきろうかん》、大龜《だいき》、臥龍《がりゅう》、輝東《きとう》の諸師兄《すひん》、皆な其の會に預って、親しく痛棒《つうぼう》を喫する底《てい》の人なり。自餘、不幸にして早世せる者、亦た勝《あ》げて計う可からず。噫、嗚嗟、彼此《ひし》、男兒大丈夫《だいじょうぶ》、何ぞ各自に努力《どりょく》せざるや。咄《とつ》。青龍を駕與《かよ》すれども、騎ることを解せず。

○東陽英朝の『少林無孔笛』にあり。

【七五八―一】

小雨晴人日

佳辰雨晴小欄干、無限春風吹不乾。

檐外朦朧雲半掩、含章梅似霧中看。雪叟

佳辰《かしん》、雨晴る、小欄干《しょうらんかん》、
限り無き春風《しゅんぷう》、吹けども乾かず。
檐外《えんがい》、朦朧《もうろう》として雲半ば掩う、

含章《がんしよう》の梅、霧中に看るに似たり。

○含章＝『金陵志』に「宋の武帝の女、壽陽公主、人日、含章殿簷下に臥す。梅花額上に落ち、五出の花を成す。之を拂えども去らず。梅花妝と號す。宮人皆な之を效う」。

【七五八―二】

終日難晴七葉辰、蕭々滴盡洗纖塵。

梅花吹落朦朧雨、紅濕含章檐下春。怡

終日、晴れ難し、七葉の辰、

蕭々《しようしよう》として滴《した》で盡くし、纖塵《せんじん》を洗う。

梅花《ばいか》、吹き落とす、朦朧《もうろう》たる雨、

紅濕《こうしつ》、含章檐下《がんしようえんか》の春。

【七五八―三】

沛然小雨畫簾聲、七葉靈辰猶未晴。

春色朦朧紅濕處、含章梅亦錦官城。存

沛然《はいぜん》たる小雨、畫簾《がれん》の聲、

七葉の靈辰《れいしん》、猶お未だ晴れず。

春色朦朧《もうろう》、紅濕《こうしつ》の處、

含章《がんしよう》の梅も亦た錦官城《きんかんじよう》。

○七葉靈辰＝人日。正月七日。

【七五八―四】

春色朦朧吹又香、壽陽此日臥含章。

簾前何恨損梅雨、落作佳人點額粧。喜

春色朦朧《もうろう》、吹いて又た香る、

壽陽《じゆよう》、此の日、含章《がんしよう》に臥す。

簾前《れんぜん》、何の恨みぞ、梅を損する雨、

落ちて佳人《かじん》が點額《てんがく》の粧《よそおい》と作《な》る。

【七五八―五】

點滴四檐吹未乾、偶逢佳節奈餘寒。

簾前雨亦摸稜手、人日陰晴持兩端。源

點滴《てんてき》、四檐《しえん》、吹いて未だ乾かず、

偶《たま》たま佳節《かせつ》に逢うも、餘寒《よかん》を奈《いかん》せん。
簾前《れんぜん》の雨も亦た、摸稜《もりよう》の手、
人日、陰晴《いんせい》、兩端《りようたん》を持す。

○摸稜手＝前出［一五三―二］。

【七五八―六】

七葉靈辰小雨天、雪清風暖倚窓前。
朦朧春色催花否、漠々陰雲斷復連。

七葉の靈辰《れいしん》、小雨の天、
雪清く、風暖かにして、窓前《そうぜん》に倚る。
朦朧《もうろう》たる春色、花を催すや否《いな》や、
漠々《ばくばく》たる陰雲《いんうん》、斷えて復た連なる。

【七五九】

凍蝶
十日［月］多寒蝶亦愁、誰家殘夢茲遲留。
梅花雪晴小籬落、影似不蜻蜓自由。横川

十月多寒、蝶も亦た愁う、
誰が家の殘夢《ざんむ》ぞ、茲《ここ》に遲留《ちりゆう》す。
梅花《ばいか》、雪晴る、小籬落《りらく》、
影は蜻蜓《せいてい》の自由ならざるに似たり。

○『翰林五鳳集』「十月多寒蝶也愁。誰家殘夢此遲留。梅花雪晴小籬落。影似蜻蜓不自由」。

【七六〇】

送行
此節至雲安地、杜宇聲々苦進。孝心送行策彦へ

此の節、雲安《うんあん》の地に至る、
杜宇《とう》、聲々《せいせい》、進むに苦しむ。

【七六一】

待鵑
彷彿去年聽杜鵑、暮雲深擁蜀山邊。
一聲定可夜來雨、窓掩長松獨不眠。大休

彷彿《ほうふつ》たり、去年杜鵑《とけん》を聽くに、
暮雲《ぼうん》、深く擁す、蜀山《しょくざん》の邊。
一聲《いっせい》、定めて、夜來《やらい》、雨なる可し、
窓長松《ちょうしょう》を掩って、獨り眠らず。

○『見桃録』「待杜鵑」に、三句を「一聲定可曉天雨」に作る。

【七六二】

扇贊

臨濟正宗師祥眼〔詩正〕、驢邊不滅蜀山青。清叔

臨濟正宗《りんざいしょうじゅう》、詩の正眼、
驢邊《ろへん》に滅せず、蜀山《しょくざん》の青。

○天恩寺舊藏『葛藤集』、清叔の「杜甫騎驢圖」に、「治亂開元醉裏僧、［二句目欠］。臨濟正宗詩正眼、驢邊不滅蜀山青」。

【七六三―一】原本九五丁

歲旦

官柳野梅金玉多、輝前富貴看如何。
春王世界弘農也、一曲黃鶯得寶歌。淳巖

官柳野梅《かんりゅうやばい》、金玉《きんぎょく》多し、
前に輝く富貴《ふうき》、如何と看る。
春王《しゅんおう》の世界《せかい》、弘農《こうのう》なり、
一曲黃鶯《こうおう》、得寶歌《とくほうか》。

○弘農、得寶歌＝得寶歌は、唐の樂曲の名。「得寶弘農野、弘農得寶耶。潭裏船車鬧、揚州銅器多。三郎當殿坐、看唱得寶歌」。蘇軾の「讀開元天寶遺事」三首の二に「潭裏舟船百倍多、廣陵銅器越溪羅。三郎官爵如泥土、爭唱弘農得寶歌」。蘇軾「讀開元天寶遺事」三首の二に、「三郎官爵如泥土、爭唱弘農得寶歌」。

【七六三―二】

洛陽城裡太平春、外有將軍定要津。
花陣若攀漢朝例、官梅御柳上麒麟。南化

洛陽城裡《らくようじょうり》、太平《たいへい》の春、
外に將軍《しょうぐん》有って、要津《ようしん》を定む。
花陣《かじん》、若し漢朝《かんちょう》の例を攀《よ》ぢば、

官梅御柳《かんばいぎょりゅう》、麒麟《きりん》に上らん。

○花陣＝花くらべ。○上麒麟＝上麒麟閣。麒麟閣は、前漢の武帝が築いた高殿で、宣帝の時に十一人の功臣の像が描かれた。功臣のことをいう縁語。

【七六三―三】

東皇一氣［機］普天下、雨露新思［恩］花柳濃。
從此吾門春日永、瑞雲吹起萬年松。丈林

東皇《とうこう》の一氣、天下に普ねし、
雨露の新恩、花柳濃《かりゅうこまや》かなり。
此より吾が門、春日永し、
瑞雲《ずいうん》、吹き起こす、萬年の松。

【七六三―四】

新年佛法太平瑞、珍重嵩呼辺［萬］歲三。
梅自住持杏檀越、都盧大地活伽藍。堪堂

新年の佛法、太平《たいへい》の瑞、
珍重《ちんちょう》す、嵩呼《すうこ》、萬歲三《ばんざいさん》。
梅は自ら住持し、杏は檀越《だんのつ》、
都盧大地《とろだいち》、活伽藍《かつがらん》。

【七六三―五】

醉裡乾坤亦漢家、山呼萬歲一盃春。
梨梅桃杏吾檀越、門葉宗枝日轉新。鐵堂

醉裏《すいり》の乾坤《けんこん》、亦た漢家《かんけ》、
山、萬歲《ばんざい》と呼ぶ、一盃《いっぱい》の春。
梨梅桃杏《りばいとうきょう》、吾が檀越《だんのつ》、
門葉宗枝《もんようしゅうし》、日びに轉《うた》た新たなり。

【七六四―一】

有力檀那歸信辰、祖門建立日猶新。
靈山一席也奇快、巻取九州及［四］海春。乾岫

有力《うりき》の檀那《だんな》、歸信《きしん》の辰、
祖門建立《こんりゅう》、日びに猶お新たなり。

霊山《りようぜん》の一席、也《ま》た奇快《きかい》、
九州四海《しかい》の春を巻取す。

【七六四―二】

得東皇第一機辰、天下江山萬物新。
聖代祇今多雨露、優曇現瑞百花春。和策甫

東皇《とうこう》の第一機《だいいっき》を得る辰、
天下の江山《こうざん》、萬物新たなり。
聖代《せいだい》、祇今《しこん》、雨露多し、
優曇《うどん》瑞を現ず、百花《ひやつか》の春。

【七六五】

春風着力可吹送、天上何遲奉勅梅。出世メサレテノ年
澤彦

春風《しゆんぷう》に力を着て、吹き送る可し、
天上《てんじよう》、何ぞ遲き、奉勅の梅。

【七六六】

縱使天書召未起、白雲深處芋魁香。

縱使《たと》い天書もて召すも、未だ起たず、
白雲深き處、芋魁《うかい》香し。

○芋魁香＝懶瓚和尚。

【七六七】

拄杖花開太平日、春風着力試吹看。南

拄杖《しゆじよう》花開く、太平《たいへい》の日、
春風《しゆんぷう》に力を着て、試みに吹き看よ。

【七六八―一】

麒麟出現鳳凰來、聖代祇今祝禁墀。
天下花時天下穩、新年瑞氣太平基。雪叟

麒麟《きりん》出現し、鳳凰《ほうおう》來たる、
聖代《せいだい》、祇今《しこん》、禁墀《きんち》を祝す。

天下花の時、天下穏る、
新年の瑞氣《ずいき》、太平《たいへい》の基。

【七六八―二】

瞻仰吾翁接四來、新年佛法祝瑤墀。
牡丹花發簾前紫、德色道香瑞世基。怡

瞻仰《せんぎょう》す、吾が翁、四來《しらい》を接するを、
新年の佛法、瑤墀《ようち》を祝す。
牡丹《ぼたん》花發《ひら》く、簾前《れんぜん》の紫、
德色道香《とくしょくどうこう》、瑞世《ずいせい》の基。

【七六八―三】

僧中天子瞻仰來、佛法新年歸玉墀。
主丈花開太平日、雲門氣宇是玉基。存

僧中の天子、瞻仰《せんぎょう》し來たる、
佛法新年、玉墀《ぎょくち》に歸す。
主丈《しゅじょう》花開く、太平《たいへい》の日、
雲門《うんもん》の氣宇《きう》、是れ玉基《ぎょくき》。

○雲門氣宇＝雲門天子、氣宇王の如し。

【七六八―四】

瞻仰春王行令來、今朝隨例祝丹墀。
山門百箇長松樹、子葉孫枝萬世基。喜

瞻仰《せんぎょう》す、春王《しゅんおう》、令を行じ來たるを、
今朝、例に隨って丹墀《たんち》を祝す。
山門、百箇の長松樹《ちょうしょうじゅ》、
子葉孫枝《しようそんし》、萬世の基。

【七六八―五】

四來雲衲賀正來、萬歲三呼祝九墀。
聖代祇今增瑞氣、鳳翔麟現是皇基。□

四來《しらい》の雲衲《うんのう》、正を賀し來たる、
萬歲三呼《ばんざいさんこ》、九墀《きゅうち》を祝す。
聖代祇今《せいだいしこん》、瑞氣《ずいき》を增す、

鳳翔《かけ》り麟現ず、是れ皇基《こうき》。

【七六八―六】
四海禪徒祝聖來、新年佛法屬金墀。祖園春色百花發、雲門臨濟同一基。江

四海《しかい》の禪徒《ぜんと》、祝聖《しゆくしん》し來たる、
新年の佛法、金墀《きんち》に屬す。
祖園の春色、百花發《ひやつかひら》く、
雲門臨濟《うんもんりんざい》、同一基。

【七六八―七】
舊歳已過新歳來、十分春色牡丹墀。太平祥瑞不吹盡、珍重師翁道德基。□

舊歳已に過ぎ、新歳來たる、
十分の春色、牡丹墀《ぼたんち》。
太平《たいへい》の祥瑞《しようずい》、吹き盡くさず、
珍重《ちんちよう》す、師翁《しおう》が道德の基。

【七六九】
別後十年見一書、子陵光武本同居。江湖更有兩條路、君作雲龍我古魚〔故漁〕。送東谷へ　東菴

別後十年、一書を見る、
子陵光武《しりようこうぶ》、本と同居。
江湖《ごうこ》、更に兩條の路有り、
君は雲龍《うんりゆう》と作り、我は故漁《こぎよ》。
○子陵光武本同居＝『錦繡段』、僧橘州の「釣臺圖」詩、「帝は已に龍飛し我は故《もと》の漁《すなどり》、乾坤等しく是れ一蘧廬」。

【七七〇】
富士峯圖
富士山高日本東、雪巓突兀勢撐空。天台四萬八千丈、若在吾邦立下風。九淵

富士山は高し、日本の東、
雪巓《せつてん》、突兀《とつこつ》として、勢い空を撐《ささ》う。

天台《てんだい》、四萬八千丈なるも、
若し吾が邦に在らば、下風《あふう》に立たん。
○『翰林五鳳集』、雪嶺の「富士峯圖」詩に同じ。

【七七一】
桃花茶
兩地風光供一啜、武陵紅雨建溪春
兩地の風光、一啜《てつ》に供う、
武陵《ぶりょう》の紅雨、建溪《けんけい》の春。

【七七二】
谷留潤月花［横谷口トナヲス］
百二秦關惟斯谷、風吹不透十三紅。鐵山
百二の秦關《しんかん》、惟《こ》れ斯《こ》の谷、
風吹き透らず、十三紅《じゅうさんこう》。
○十三紅＝前出［五八―一六］。

【七七三】
臥鐘
當時高掛景陽宮、似聽花鯨吼半空。
樓閣幾年風雨破、五更聲鎖綠苔中。村菴
當時《そのかみ》、高く掛く、景陽宮《けいようきゅう》、
花鯨《かげい》の半空に吼うるを聽くに似たり。
樓閣《ろうかく》幾年ぞ、風雨破る、
五更、聲は鎖す、綠苔《りょくたい》の中。
○『翰林五鳳集』、村菴の「臥鐘」、「昔時高掛景陽宮、……」。

【七七四】
詩
鄉人若問我行理［履］、落木風兮煨芋烟。南化故鄉ヲクラル、
鄉人、若し我が行履《あんり》を問わば、
落木の風、芋を煨《や》く烟。

【七七五】

策彦辭世

截斷四苦兼百非、□轉全機十虛空。
八面來也越祖位、□□□中掃[拂]袖歸。

四苦と百非とを截斷《せつだん》して、
全機《ぜんき》を□轉す、十虛空《じっこくう》。
八面來也《はちめんらいや》、祖位を越す、
□□□中、袖を拂って歸る。

【七七六】

梅船

下載香風吹送處、漁人錦綉帶香歸。

下載《あさい》の香風《こうふう》、吹き送る處、
漁人、錦綉《きんしゅう》に香を帶びて歸る。

【七七七】

莫向湘瀟回棹去、此花不背與騷盟。

湘瀟《しょうしょう》に向かって、棹《さお》を回し去る莫かれ、
此の花背かず、騷盟《そうめい》に與らず。

○與騷盟＝屈原の『楚辭』「離騷」ではいくつもの花が詠われるが、そこに梅は含まれていないことをいう。古人「梅」詩に、「三閭（屈原のこと）に語無きは古今の恨み、十月、花有り、天地の心」。趙君寶詩に、「靈均（屈原のこと）、敢えて題品を輕んぜず、誰か道う、離騷に梅を忘却せると」。また、周衡之の「讀騷」詩に、「靈均の忠憤、平らぐ能わず、芳蘭、杜若の情を寫出す。底事ぞ、楚煙湘雨の外、梅華は騷盟に與かるを肯えてせざる」。このテーマは五山でもしきりに詠われた。『翰林五鳳集』巻六の虎關の詩に「梅發便看本不辜、吟我何事費模書、離騷花譜非全籍、要捕楚人披索疎」、又た三益の詩に「氷雪破顏吹暗香、笑他桃李逐春忙、三閭昔日豈無語、恐是離騷誤芋羊」など。和諺にも、「楚辭に梅なく萬葉に菊なし」といえり。また後水尾帝御詠に「ならのはの擇みにもれし菊に花、殘れる梅の恨みやはある」といえるも、この消息。

【七七八】

詩[試]筆和

人如王勃地藤[滕]閣、筆力朝飛南浦雲。鐵山

人は王勃《おうぼつ》の如く、地は滕閣《とうかく》、
筆力、朝に飛ぶ、南浦《なんぽ》の雲。

○王勃の「滕王閣序」に、「人傑地靈」、「畫棟朝飛南浦雲」。

【七七九】

聞聲悟道

破蒲團上無閑夢、開眼看來豐嶺霜。
夢中栩々供諸有、多少工夫百八聲。

破蒲團《はぶとん》上、閑夢《かんむ》無し、
眼を開いて看來たれば、豐嶺《ほうれい》の霜。
夢中、栩々《くく》として諸有《しょう》に供う、
多少の工夫《くふう》、百八聲。

○豐嶺霜＝霜が降ればそれに感應して鳴るという豐山の鐘。『山海經』中山經、「豐山有九鐘焉、是知霜鳴る」。戴叔倫「聽霜鐘」詩に「寥亮來豐嶺、分明辨古鐘。應霜如自擊、中節每相從」。『句雙葛藤鈔』「豐山九鐘不撞鳴、作家禪客不喚來」。

【七八〇】

人生七十明難保、花若有心今夜開。江南　除夜詩

人生七十、明、保ち難し、
花に若し心有らば、今夜開かん。

○『梵網経』「今日雖存明亦難保」。明は明日。

【七八一】原本九六丁

梅詩

有香有影有遺恨、不見逋仙五百年。處仲藏主

香有り、影有り、遺恨《いこん》有り、
見ずや、逋仙《ほせん》が五百年。

【七八二】

春日晩興

一枝吹落暮天雪、欲宿黄鶯興盡歸般若喜

一枝《いっし》、吹き落す、暮天の雪、

宿せんと欲する黄鶯《こうおう》、興盡きて歸る。

○興盡歸＝『蒙求』に「子猷尋戴」。前出［七八一―三］。

【七八三】

桃花菊

曾聞愛菊是陶家、怪得武陵紅雨加。

典午山河歸宋後、換名匿跡入斯花。雪嶺

曾て聞く、菊を愛するは是れ陶家《とうけ》と、

怪しみ得たり、武陵《ぶりょう》の紅雨の加うることを。

典午《てんご》の山河《せんが》、宋に歸して後、

名を換え跡を匿して、斯《こ》の花に入る。

○典午山河＝『錦繡段』、僧一初「墨菊」。前出［七二〇―二］。

【七八四】

三千日月一籬上、不識人間秦晉移。勝巖

三千の日月、一籬《いちり》の上、

識らず、人間《じんかん》、秦晉《しんしん》移ることを。

○秦晉移＝『桃花源記』。前出［六二一］。

【七八五】

扇面

喬松徑暖雲間寺、杜宇一聲僧自閑。天隱

喬松《きょうしょう》、徑《みち》暖かなり、雲間の寺、

杜宇《とう》一聲《いっせい》、僧、自ずから閑なり。

【七八六】

暮雨

尋常只慣茅簷漏、又取蒲團別處移。

尋常《よのつね》、只だ茅簷《ぼうえん》の漏るるに慣れ、

又た蒲團《ふとん》を取って、別處に移る。

【七八七】

莫摘花、｜｜ハ則借［惜］春鳥也。北山集之詩桑字帝王仙李家、金鈴高綴護紅霞。
芳魂化作人間鳥、猶叫春山莫摘花。　月翁

桑字は帝王、仙は李家、
金鈴《きんれい》、高く綴って、紅霞《こうか》を護る。
芳魂《ほうこん》、化して、人間《じんかん》の鳥と作《な》る、
猶お春山に叫ぶ、花を摘むこと莫かれと。

○莫摘花＝惜春鳥、「花を摘むこと莫かれ」と鳴くという。○『翰林五鳳集』「桑字帝王仙李家。小鈴曾綴護紅霞。芳魂化作人間鳥。猶叫春山莫摘花」。○桑字帝王＝玄宗のころ。桑字を分解すれば十が四つと八、すなわち四十八。蜀に幸した明年が四十八年になることをいう。○仙李家＝謫仙といわれた李白。○金鈴＝鳥から花を護るための鈴。『開元天寳遺事』花上金鈴。前出［一三三二］。

【七八八】

讀山谷帳中香譜
昔日江南出寳薰、誰頒[頌]香火避塵氛。
豈圖五代興亡後、睡鴨春閑一穗雲。　雪嶺

昔日《そのかみ》、江南《こうなん》に寳薰《ほうくん》を出だす、
誰か香火を頌して、塵氛《じんふん》を避く。
豈に圖らんや、五代興亡《こうぼう》の後、
睡鴨《すいおう》、春閑にして、一穗《いっすい》の雲。

○『翰林五鳳集』、雪嶺の「讀山谷帳中香」、「當日江南出寳薰、誰頌黄九避塵氛。豈圖五代興亡後、睡鴨春閑一穗雲」とあり、そこでは「黄九」に「無花イ」と傍注がある。

【七八九】

射鴨堂
可惜文章扛鼎手、短簑烟雨一桃弓。

惜しむ可し、文章扛鼎《こうてい》の手《しゅ》、
短簑烟雨《たんさえんう》、一桃弓《とうきゅう》。

○桃弓射鴨＝隱士の閑逸なる生活の譬喩。蘇軾「讀孟郊詩」に「桃弓射鴨罷、獨速短蓑舞」。

【七九〇】

十月菊

九月空過十月來、籬邊怪看一枝開。欲修花史無同傳、留得秋容待早梅。雪嶺

九月空しく過ぎて、十月來たる、
籬邊《りへん》、怪しみ看る、一枝《いっし》開くかと、
花史を修せんと欲するも、同傳無し、
秋容《しゅうよう》を留め得て、早梅《そうばい》を待つ。

○『翰林五鳳集』、雪嶺「十月菊」に「九月空過十月來、籬邊怪看一枝開。欲修花史無同傳、留得秋容待早梅」。花園大学図書館蔵今津文庫本（写本）では「同傳」を「同伴」に作る。

【七九一】

梅之詩

花自白梅人白髪、不簑不笠雪中歸。横

花は自ずから白梅、人は白髪《はくはつ》、
簑《みの》せず笠《かさ》せず、雪中を歸る。

○横川景三『補菴京華新集』、「山房見花」に、春遊何處往敲扉、古寺雲深在翠微。花自白櫻人白髪、不簑不笠雪中歸」。梅ではなく櫻になっている。

【七九二】

臥鐘

樓閣何時風雨破、五更聲鎖綠苔中。横

樓閣《ろうかく》、何れの時か、風雨に破られん、
五更、聲は鎖す、綠苔《りょくたい》の中。

【七九三】

蝶詩

毎向東風憐薄命、一不生〔生不〕得近梅花。横

東風《とうふう》に向かう毎に薄命《はくめい》を憐れむ、
一生、梅花《ばいか》に近づくことを得ざるを。

○『錦繡段』に、鄭碩の『梅』詩「紛紛蜂蝶莫教知、竹外疎花一兩枝。待得枝頭春爛熳、便如詩到晩唐時」と。『由的抄』にこの第一句の「莫教知」の「莫」字を、「禁止《なかれ》」とする説と、それとは別に「無《なし》」とす

る説とを紹介し、後説によれば「總ジテ蝶ハ梅ニ近ヅカヌト云リ」とし、さらに『詩格』十、一蝶の詩の「一生不得近梅花」、また、陸放翁の「我生也似梅花淡、燕未歸來蝶未知」とあるを引いて「是ヲ以テ見レバ、莫ヲ無ト云ウモイハレアリ」としている。○希世靈彦詩に「思君未見身如蝶、不近梅花過一生」。○『翰林五鳳集』に「蝶魂爭得近梅花」「飛蟲出處非無意、欲近梅花春小時」「枕邊莫怪蝶來暮、欲近梅花凍不飛」「夢裡神游可無蝶。一生親得近梅花」などある。

【七九四】

待紅葉

莊椿結實待楓意、一夜霜遲秋八千。□同

莊椿《そうちん》、實を結んで、楓を待つ意、
一夜、霜は遲し、秋八千。

○莊椿＝『莊子』逍遙游「上古、大椿なる者有り。八千歳を以て春と爲し、八千歳を秋と爲す」。

【七九五】

題若衣吹笛

高樓笛擧羽衣曲、只有愁人識此聲。玉□

高樓《こうろう》、笛は擧す、羽衣《うい》の曲、
只だ愁人《しゅうじん》のみ有って、此の聲を識る。

【七九六】

雪夜讀易

埋却乾坤無一掛〔卦〕、夜深明月出河圖。才□

乾坤《けんこん》を埋却《まいきゃく》して、一卦も無し、
夜深けて、明月《めいげつ》、河圖《かと》を出づ。

【七九七】

初秋聽砧

自今近報漢宮夕、一二三聲吹〔次〕第高。心□

今より近く報ず、漢宮《かんきゅう》の夕、
一二三聲、次第《しだい》に高し。

○近報漢宮夕＝『三體詩』、韓翃歟の「同題仙遊觀」に「砧聲近報漢宮秋」。

【七九八】

明月

中秋三五砕心雨、一段今宵月在光。江南

中秋三五、心を砕く雨、
一段と、今宵《こんしょう》、月は光に在り。

【七九九】

雪夜訪僧

凍鶏未泊〔拍〕凍鐘頭、柳〔折〕竹聲中扣寺門。天桂

凍鶏《とうけい》、未だ拍たず、凍鐘《とうしょう》の頭、
折竹聲中《せっちくせいちゅう》、寺門を扣《たた》く。

○前出「六二九」に天桂の「隣鶏未拍凍鐘臥、折竹聲中扣寺門」というものあり。

【八〇〇】

夜雨聽鵑

風雨蕭々孤客枕、一聲凍得涙千行。

風雨、蕭々《しょうしょう》たり、孤客《こかく》の枕、
一聲《いっせい》、凍り得たり、涙千行。

【八〇一】

妙言下火

八州聽々還郷曲、杜宇聲高殘月枝。了□

八州、聴け聴け、還郷《かんきょう》の曲、
杜宇《とう》、聲は高し、殘月《ざんげつ》の枝。

【八〇二】

鴈來紅

縦使無聲飛去△、半庭草葉隔山烟。一外

縦使《たと》い聲無くして、飛去△、
半庭の草葉、山烟を隔つ。

○鴈來紅＝葉鶏頭。希世靈彦の「窓前鴈來紅」に「無花有葉染猩々、生在窓前只數莖、鴈漸來時紅欲遍、不教閑草得虚名」

【八〇三】

古寺尋花

林下逢僧先寄語、去年何處早開枝。同

林下に僧に逢い、先ずは語を寄す、
去年、何れの處か早開《そうかい》の枝ぞと。

【八〇四】

若僧送行

一聲杜宇松風寺、離思滿襟山月高。

一聲《いっせい》の杜宇《とう》、松風《しょうふう》の寺、
離思《りし》、襟に滿ちて、山月高し。

【八〇五】

葉雨

滿山秋色焚香聽、老去同參黄落聲。一外

滿山《まんざん》の秋色、香を焚いて聽く、
老い去って、同參《どうさん》は黄落《こうらく》の聲。

○老去同參＝『錦繡段』、陸游「聽雨戲作」詩二の一、「老去同參唯夜雨」。

【八〇六】

螢火

一夜如燒籬下草、吹無烟氣掃無灰。

一夜、籬下の草を燒くが如し、
吹くに烟氣無く、掃くに灰無し。

【八〇七】

雪山瞿曇

峯頭風惡蓬頭痩、破七條寒六出花。湛堂

峯頭《ほうとう》、風惡しく、蓬頭《ほうとう》痩す、
破《は》七條《しちじょう》は寒し、六出《りくしゅつ》の花。

【八〇八】

探梅

曉風殘月吟笻痩、行盡江南數十程。南□

暁風《ぎょうふう》の殘月《ざんげつ》、吟笻《ぎんきょう》瘦す、
行き盡くす、江南《こうなん》の數十程。
○前出［七四〇—一］に同じ。

【八〇九】［欄外］
錦鱗滞水
縱禹門三月跳浪、雪峯網子百千重。南溟
縱《たと》い禹門《うもん》、三月、浪を跳ぶも、
雪峯《せっぽう》の網子《もうす》、百千重。

【八一〇】
松鷗
飛來報道舊栖鶴、松有風波借一枝。江南
飛び來たって、舊栖《きゅうせい》の鶴に報じて道う、
松に風波有り、一枝《いっし》を借せと。

【八一一】
老らくの、こんとしりなハ、門たて丶、なしとこたへて、
ありさ□□□を
老年若識欲來日、鎖着柴門寂不聲。
老年、若し來んと欲する日を識らば、
柴門を鎖着《さじゃく》して、寂として聲あらず。

【八一二】
臈［臘］月逢立春
寒意欲春花説慍［温］、黄鶯一曲五弦琴。
寒意《かんい》、春ならんと欲して、花、温を説く、
黄鶯《こうおう》一曲、五弦の琴。

【八一三】
待鵑
一聲定可曉來雨、窓掩長松獨不眠。大休
一聲《いっせい》、定めて曉來《ぎょうらい》、雨なる可し、

窓、長松《ちょうしょう》を掩うて、獨り眠らず。
○『見桃録』にあり。前出［七六一］。

【八一四】原本九七丁
睡鷗
江南若比邯鄲國、一夜閑鷗五十年。
江南《こうなん》、若し邯鄲國《かんたんこく》に比さば、
一夜、閑鷗《かんおう》、五十年。
○邯鄲、五十年＝盧生邯鄲夢五十年榮。

【八一五】
富士山
天台萬八千餘丈、若在吾邦立下風。雪
天台《てんだい》の萬八千餘丈も、
若し吾が邦に在らば、下風《あふう》に立たん。
○前出［七七〇］、九淵「富士峯圖」「天台四萬八千丈、若在吾邦立下風」。

【八一六】［欄外］
富士見之詩　柴屋處ニテ　大休
［年來柴屋ヲキ、ヲヨヒ、相看セウスト、ヲモワレタレハ、十七年サキ死去セラレタト云時之詩］
老入東關爲看山、主人去十七年間。
松門柴屋依然有、只恨聽名不對顏。
老いて東關《とうかん》に入るは、山を看んが爲なり、
主人去って、十七年間。
松門に柴屋《さいおく》、依然《いぜん》として有り、
只だ恨む、名を聽いて對顏《たいがん》せざりしことを。
○『見桃録』に「柴屋居士十七年忌」として出る。

【八一七】
落花院陀羅尼
落成八萬多羅葉、一陣春風紅釋迦。格外

落成《らくせい》す、八萬多羅葉《はちまんたらよう》、
一陣の春風《しゅんぷう》、紅釋迦《こうしゃか》。

【八一八】

定僧止々不須説、桃李春風自在吹。久堂

定僧《じょうそう》、止みね止みね、説くを須いざれ、
桃李《とうり》春風《しゅんぷう》、自在《じざい》に吹く。

【八一九】

楊妃菊

明皇若有恨應大、戯蝶遊蜂逢着花。高

明皇《めいこう》、若し恨み有らば、應《まさ》に大なるべし、
戯蝶遊蜂《ぎちょうゆうほう》、花に逢着《ほうじゃく》す。

○前出「五〇八」「酔楊妃菊」。

【八二〇】

題花牽牛

菴前菴後穎川水、似巣父遁堯宇時。江南

菴前菴後、穎川《えいせん》の水、
巣父《そうほ》が堯宇《ぎょうう》を遁れる時に似たり。

○巣父遁堯＝『高士伝』、「許由、潁水の陽に耕す。堯、召して九州の長に為さんとす。由、之れを聞くを欲せず、耳を潁水の浜に洗う。時に巣父、犢を牽いて之れを飲ましめんと欲す。由の耳を洗うを見て、我が犢の口を汚さんと曰って、犢を上流に牽いて之れに飲ましむ」。

【八二一】

梅關

和靖去後無人扣、空閉黄昏月影寒。大蟲

和靖《わせい》、去って後、人の扣《たた》く無し、
空しく閉じて、黄昏《こうこん》、月影寒し。

【八二二】

八景

山市漁村互往來、歸帆落鴈曉鐘催。

洞庭月作瀟湘雨、釀出江天雪後梅。愚□

山市漁村、互いに往來《おうらい》す、
歸帆落鴈《きはんらくがん》、曉鐘《ぎょうしょう》催す。
洞庭《どうてい》の月、瀟湘《しょうしょう》の雨と作って、
釀《かも》し出だす、江天《ごうてん》雪後の梅。

【八二三—一】

梅花燈

梅兄誰肯比凡桃、燈影達枝標格高。
花到屈原有遺恨、餘光挑莫照離騷。淳

梅兄《ばいけい》、誰か肯えて凡桃《ぼんとう》に比せん、
燈影《とうえい》、枝に達して、標格《ひょうかく》高し。
花、屈原《くつげん》に到って遺恨《いこん》有り、
餘光挑《よこうかか》ぐるも、離騷《りそう》を照らすこと莫し。

○有遺恨＝「離騷」に梅花が載らぬこと。

【八二三—二】

一樹梅花月上初、暗香浮動掛燈疎。
放翁千億若相遂、可照巣中萬卷書。

一樹の梅花《ばいか》、月の上る初め、
暗香浮動《あんこうふどう》、燈に掛かって疎なり。
放翁《ほうおう》の千億、若し相遂わば、
巣中萬卷《ばんかん》の書を照らす可し。

○一樹梅花＝『錦繡段』陸務觀の「梅」詩、「聞説梅花拆曉風、雪堆遍滿四山中。何方可化身千億、一樹梅花一放翁」。○巣中＝不審。胸中か。

【八二三—三】

梅花開處二三更、挑起一燈勝短檠。
猶有屈原忘却恨、餘光不肯支騷盟。

梅花《ばいか》開く處、二三更、
一燈を挑起《ちょうき》して、短檠《たんけい》に勝る。
猶お屈原《くつげん》が忘却《ぼうきゃく》せる恨み有り、

餘光《よこう》、肯えて騷盟《そうめい》を支えず。

○屈原忘却恨＝「離騷」に梅花が載らぬこと。○支騷盟＝「支」字、不審。「与」か、ならば「肯えて騷盟に与《くみ》せず」。

【八二三―四】

一樹梅花燈色奇、詩人相對照生涯。
匡衡若識放翁意、千億分身近此枝。

一樹の梅花《ばいか》、燈色奇なり、
詩人相對して、生涯《しょうがい》を照らす。
匡衡《きょうこう》、若し放翁《ほうおう》の意を識らば、
千億の分身、此の枝に近からん。

○匡衡＝『蒙求』匡衡鑿壁。

【八二四】

長生殿
四紀〔維〕乾坤自太平、長生只合保長生。
何圖比翼分飛去、塵晴江南數十程。雪

四維乾坤《しゆいけんこん》、自ずから太平《たいへい》、
長生《ちょうせい》、只だ合《まさ》に長生《ちょうせい》を保つべし。
何ぞ圖らん、比翼《ひよく》分かれて飛び去らんとは、
塵晴《じんせい》、江南《こうなん》の數十程。

○塵晴＝『翰林五鳳集』、九鼎の「謝安東西巖圖」に、「五湖塵晴雪侵簪」。

【八二五】

焼雪
一盞清茶焼雪煎、春光先自石爐邊。
六花吹作蘆花看、影似江村漁屋烟。南

一盞《いっさん》の清茶《せいちゃ》、雪を焼いて煎る、
春光、先ず石爐邊《せきろへん》よりす。
六花《りくか》吹いて、蘆花《ろか》の看を作す、
影は似たり、江村漁屋《ごうそんぎょおく》の烟に。

【八二六―一】

試穎　純貞柳拜

吟賦新詩遊雅場、硯池氷解得春光。
朝來借借東風力、筆下花開字々香。雪叟

新詩を吟じ賦し、雅場《がじよう》に遊ぶ、
硯池《けんち》、氷解けて、春光を得たり。
朝來《ちようらい》、東風《とうふう》の力を借らずして、
筆下、花開いて、字々香し。

○筆下花開＝筆下生花。詩文が素晴らしいこと。

【八二六―二】

和氣靄然遊戲場、新年學業普傳光。
他時奉勅梅花友、天下春從御苑香。□

和氣、靄然《あいねん》たり、遊戲《ゆげ》の場、
新年の學業、普傳光。
他時《たじ》、勅を奉ぜん、梅花《ばいか》の友、
天下、春は御苑よりして香し。

○普傳光＝不審。

【八二六―三】

遊戲平生典籍場、日新學業惜年光。
佳人依讀梅花譜、玉案珠簾送暗香。

遊戲《ゆげ》す、平生《へいぜい》、典籍の場、
日新學業、年光を惜しむ。
佳人《かじん》、梅花譜《ばいかふ》を讀むに依って、
玉案珠簾《ぎよくあんしゆれん》、暗香《あんこう》を送る。

【八二六―四】

新歲試毫桃李場、紅遊紫會弄風光。
書窓一夜兩般意、月有清陰花有香。

新歲、毫《ふで》を試む、桃李《とうり》の場、
紅遊紫會《こうゆうしえ》、風光を弄す。
書窓、一夜、兩般《りようはん》の意、

月に清陰《せいいん》有り、花に香有り。

【八二六—五】

幷試筆序

一首和篇笑一場、君詩似玉淨生光。
十分春色不吹盡、侍者梅花四海香。

貞公侍吏者、定光山下之雛僧也。壯歳志于學、或時對韓[寒]檠、或時映孫雪、厥學業可謂勤。平生與予修同郷好、花朝月夕、一往乎一來乎、無不結社盟。今茲天未春之孟、有試毚之一絶。見之則句々如精金、言々似美玉。加之、其筆力也得右軍骨髓、厥文章也學少陵工巧、寔絶代々奇妙也。誰敢不褒讃乎哉。同社之英侶、簇詩花摘言葉、見和之。如予者、口含荊棘、不知所以裁、徒送日而已。傍有管城子來責曰、何綴樗材不押香一字矣。予曰、蒹葭玉樹之交、古亦攸人謗、雖然默止則風流罪不淺。應管城子命、次芳韻式呈上芸窓下。伏希莞爾。怡

一首の和篇、笑一場《しょういちじょう》、
君が詩、玉の淨くして光を生ずるに似たり、
十分の春色、吹き盡くさず、
侍者梅花《じしゃばいか》、四海《しかい》に香し。

貞公侍吏は定光山下《じょうこうさんか》の雛僧《すうそう》なり。壯歳にして學に志し、或る時は寒檠《かんけい》に對し、或る時は孫雪《そんせつ》に映ず。厥《そ》の學業、謂っつ可し勤めたりと。平生《へいぜい》、予と同郷の好《よしみ》を修し、花の朝に月の夕に、一往一來、社盟《しゃめい》を結ばざること無し。今茲《ことし》天未の春の孟、試毚の一絶有り。之を見れば則ち句々精金《せいきん》の如く、言々美玉に似たり。加之《しかのみならず》、其の筆力たるや右《ゆう》軍《ぐん》の骨髓《こつずい》を得、厥《そ》の文章たるや少陵《しょうりょう》の工巧を學ぶ。寔《まこと》に代々の奇妙を絶す。誰か敢えて褒讃《ほうさん》せざらんや。同社の英侶、詩花を簇《むら》がらし言葉を摘んで、之に和せらる。予の如きは、口、荊棘《けいきょく》を含み、裁する所以を知らず、徒らに日を送るのみ。傍に管城子《かんじょうし》有り來たって責めて曰く、何ぞ樗材《ちょさい》を綴って香の一字を押さえざる、と。予曰く、蒹葭《けんか》玉樹《ぎょくじゅ》の交わり、古も亦た人の謗する攸《ところ》、然りと

雖も、默止《もくし》するときは則ち風流《ふうりゅう》の罪淺からず。管城子《かんじょうし》の命に應じて、芳韻を次いで式《もっ》て芸窓下《うんそうか》に呈上す。伏して希わくは、莞爾《かんじ》。怡

○試娩＝意不通。顯か翰か毫。

【八二六―六】

蓬島之英産、貞公侍吏者、定光山下之一僧雛也。頃掛于錫三之松山、而花之朝、朝々于花而爲花荒、月之夕、夕々於月而爲月荒。一吟一詠、玉風流名、玉風流質者也。今茲天未雞旦、有試翰佳作。其詩□如金翅擘海、香象渡河。其書法也、似渴驥《かっき》挟[扶]石、渴驥飲泉。出少陵於新歳乎。抑亦現徐嶠[於]□今時乎。見者目眩心蕩、誰敢不嘉尚乎哉。諸彥競而和之。予亦同郷好不淺、漫綴野章、續香之字韻云。伏乞電覽。

蓬島《ほうとう》の英産、貞公侍吏は定光山下《じょうこうさんか》の一僧雛《そうすう》なり。頃《さきごろ》、錫《しゃく》を三の松山に掛けて、花の朝、朝々、花に花荒《かこう》を爲し、月の夕、夕々、月に月荒《げっこう》を爲す。一吟一詠《いちぎんいちえい》、風流《ふうりゅう》の名を玉にし、風流《ふうりゅう》の質を玉にする者なり。今茲《ことし》天未の雞旦《けいたん》、試翰《しかん》の佳作有り。其の詩□なること金翅《こんじ》の海を擘《つんざ》き、香象《こうぞう》の河を渡るが如し。其の書法たるや、怒猊《どげい》、石を抉り、渴驥《かっき》、泉を飲むに似たり。少陵《しょうりょう》を新歳に出だすものか、抑《そもそ》も亦た徐嶠を今時に現ずるものか。見る者、目眩み心蕩す、誰か敢えて嘉尚《かしょう》せざらんや。諸彥《しょげん》競って之に和す。予も亦た同郷の好《よしみ》淺からず、漫《みだ》りに野章を綴って、香の字の韻を續《つ》ぐと云う。伏して乞う電覽《でんらん》。

○于花而爲花荒、於月而爲月荒＝『欠伸稿』「寒山」贊に「國清寺裏箇風狂、春是花荒秋月荒」。「荒」は、おぼれる、ふける。○怒猊抉石、渴驥奔泉＝書法の骨力雄健で、筆勢が奔馳するさま。

【八二七】

夏鶯

心與山川共一般、夏鶯千囀耳猶酸。

朝來幾弄薔薇去、鳥亦東山可謝安。珍
心と山川《さんせん》と、共に一般、
夏鶯千囀《かおうせんてん》、耳、猶お酸《す》し。
朝來《ちょうらい》、幾たびか、薔薇《そうび》を弄し去って、
鳥も亦た、東山の謝安《しゃあん》なる可し。

○東山謝安＝東山の薔薇洞で風流を盡くした謝安。

【八二八―一】

夏鶯弄薔薇

准陣唯因鶴啼破、綿蠻宿穏謝安花。雪庭
准陣、唯だ鶴の啼破《ていは》するに因って、
綿蠻《めんばん》、宿は穏かなり、謝安《しゃあん》の花。

○准陣＝不審。

【八二八―二】

滿院薔薇看者情、□頭雨過引黄鶯。
綿蠻一曲近聽好、終日花前不借［惜］聲。
滿院《まんいん》の薔薇《そうび》、看る者の情、
□頭、雨過ぎて、黄鶯《こうおう》を引く。
綿蠻《めんばん》一曲、近く聽けば好《よ》し、
終日、花前に聲を惜しまず。

○近聽好＝『寒山詩』「微風吹幽松、近聽聲愈好」。○不惜聲＝『三體詩』劉禹錫「春日閑坐」に「鶯到垂楊不惜聲」。

【八二八―三】

綿蠻一曲弄薔薇、淡抹濃粧色轉緋。
終日夏鶯愛花否、千聲僉曰古來稀。
綿蠻《めんばん》一曲、薔薇《そうび》を弄す、
淡抹濃粧《たんまつのうしょう》、色轉《うた》た緋なり。
終日、夏鶯《かおう》、花を愛するや否《いな》や、
千聲、僉《み》な曰う、古來稀《まれ》なりと。

【八二八―四】

薔薇満架麗於霞、乍就黄鸝佳色加。
憶昔東山謝公妓、幽魂成鳥弄斯花。南溟

薔薇《そうび》満架《まんか》、霞よりも麗し、
乍ち黄鸝《こうり》に就いて、佳色《かしょく》加う。
憶う昔、東山謝公《しゃこう》の妓、
幽魂《ゆうこん》、鳥と成って斯《こ》の花を弄せしことを。

○この詩、前出[五八〇―一]に同じ。

【八二九】

歳旦

○「歳旦」とあるが、以下は歳旦偈ではなく追悼の偈である。よって亂丁なるべし。

【八三〇―一】原本九八丁

□□□□□□□、□鵑枝上雨聲哀。
威風凜々今猶在、化作活龍蓬嶋梅。中首座

□□□□□□□、
□鵑枝上《しじょう》、雨聲《うせい》哀し。
威風凜々《いふうりんりん》とし、今猶お在り、
化して活龍《かつりゅう》と作《な》る、蓬嶋《ほうとう》の梅。

【八三〇―二】

□□□□□□□、□芒慣見歎而哀。
師翁面目炎天雪、五逆兒孫錯拜梅。芸ーー

□□□□□□□、
□芒、見るに慣る、歎いて哀しむ。
師翁《しおう》の面目《めんもく》、炎天《えんてん》の雪、
五逆《ごぎゃく》の兒孫《じそん》、錯って梅を拝す。

【八三〇―三】

□□□□□□□、森羅萬象叫添哀。
等閑吹起關山月、一曲還郷奏落梅。

□□□□□□□、

森羅萬象《しんらばんしょう》、叫んで哀を添う。
等閑《なおざり》に吹き起こす、關山《かんざん》の月、
一曲の還郷《かんきょう》、落梅《らくばい》を奏す。

【八三〇―四】

□□□□□慶年、祖翁遷化怨而哀。
一溪雲矣盧能鉢、別々傳心庾嶺梅。信ーー

□□□□□慶年、
祖翁遷化《そおうせんげ》す、怨んで哀しむ。
一溪の雲、盧能《ろのう》の鉢、
別々、心を傳う、庾嶺《ゆれい》の梅。

【八三〇―五】

背觸竹篦一禪翁、他方遷化痛而哀。
忽知毒用蠻烟毒、八十風光衡又梅。安ーー

竹篦《しっぺい》に背觸《はいそく》す、一禪翁《ぜんおう》、
他方《たほう》に化を遷す、痛みて哀しむ。
忽ち毒の用を知る、蠻烟《ばんえん》の毒、
八十風光、衡又た梅。

【八三〇―六】

雨晴影堂人不見、杜鵑聲裡訃音哀。
先師公案有誰會、後代兒孫傳法梅。甫ーー

雨晴れて、影堂《えいどう》、人見えず、
杜鵑聲裡《とけんせいり》、訃音《ふいん》哀し。
先師の公案《こうあん》、誰有ってか會《え》す、
後代の兒孫《じそん》、傳法《でんぽう》の梅。

【八三〇―七】

四海禪徒高着眼、存亡慣見有何哀。
祖師心印不曾滅、正法魏然的々梅。呂ーー

四海《しかい》の禪徒《ぜんと》、高く眼を着けよ、
存亡、見るに慣る、何の哀か有らん。
祖師の心印《しんいん》、曾て滅せず、

正法《しょうぼう》魏然《ぎぜん》たり、的々《てきてき》の梅。

【八三〇―八】

四來毳衲從訃音、五月中旬已助哀。
激起西源一滴水、昇天昨夜化龍梅。現ーー

四來《しらい》の毳衲《ぜいのう》、訃音《ふいん》に従う、
五月中旬、已に哀を助く。
激起《げきき》す、西源《せいげん》の一滴水《いってきすい》、
昇天して、昨夜、龍と化す梅。

【八三〇―九】

十洲三島一禪翁、滅示洛陽餘厥哀。
莫道先師遷化去、蓬來[萊]月白御園梅。弗ーー

十洲三島《じっしゅうさんとう》、一禪翁《ぜんおう》、
滅を洛陽《らくよう》に示す、厥《そ》の哀を餘す。
道うこと莫かれ、先師遷化《せんげ》し去ると、
蓬萊《ほうらい》月は白し、御園《ぎょえん》の梅。

【八三〇―一〇】

昨夜眞前鐵腸碎、杜宇千聲勞助哀。
曉見先師行道處、殘燈影淡一枝梅。喜ーー

昨夜、眞前《しんぜん》に鐵腸《てっちょう》碎く、
杜宇《とう》千聲、勞して哀を助く。
曉に見る、先師が行道の處、
殘燈《ざんとう》影は淡し、一枝《いっし》の梅。

【八三一】

法兄普濟英宗禪師、月航大和尚戢化□□□□奉追悼之、
以拙偈矣。伏乞昭鑑。劣弟宗暾九拜　東菴
寂滅海深秋一涯、孤帆高戴月航□。
□□□□□□□、傾盡愁腸説向誰。

法兄《ほうひん》普濟英宗禪師、月航大和尚、化を戢《おさ》む□□□
□之を追悼《ついとう》し奉るに、拙偈を以てす。伏して乞う
昭鑑《しょうかん》。劣弟宗暾九拜　東菴
寂滅海《じゃくめつかい》は深し、秋一涯《いちがい》、

孤帆《こはん》高く戴く、月航の□、
□□□□□□□、
愁　腸《しゅうちょう》を傾け盡くして、誰に向かってか説く。

【八三二】

本光堂頭普濟英宗禪師□□□□□□□□□□□、丁法系者、豈無奔輪朽索之咲乎。謹依長□□□□□□□□□□□祭文。宓乞昭鑑。南化玄九拜
□□遷化佗方辭、洛涯春秋九十□。
□□□□□□□、縱有風光又爲誰。

本光堂頭《どうちょう》普濟英宗禪師、□□□□□□□□□□□、法系に丁《あた》る者、豈に奔輪朽索《ほんりんきゅうさく》の咲《わら》い無からんや。謹依長□□□□□□□□□□□祭文。宓《ふ》して乞う、昭鑑《しょうかん》。南化玄九拜
□□化を遷して、佗方《たほう》に辭す、
洛涯《らくがい》の春秋《しゅんじゅう》九十□、
□□□□□□□、
縱《たと》い風光有るも、又た誰の爲ならん。

○奔輪朽索＝『書經』五子之歌「朽索以馭六馬」。甚だ困難で極めて危険な喩。

【八三三】

前住妙心特賜普濟英宗大禪□□□□□□□□□□旬、一日於籌室中、俄然戢化矣。嗚呼、人天四衆苦海□□□□□□々々。越靈雲堂上大禪佛、作悼偈見示。法兄大□□□□□□、奉依尊韻賦一祇夜、以聊打香供、且以供。克家伯蒲大和尚高覽矣。扶起先師已墜風之忱云。慈悲改正。仰冀眞慈定中點頭。宗晏稽首百拜　清叔
迅雷霹靂隔天涯、百世師翁共仰之。正法瞎驢滅非滅、宗風何道嗣阿誰。
私云、本寺妙心ニテ、此書様大略本歟ト、ヒハンニテソロ

前住妙心特賜普濟英宗大禪□□□□□□□□□□旬、一日、籌室《ちゅうしつ》の中に於いて、俄然《がぜん》として化を戢《おさ》む。嗚呼《ああ》、人天四衆《にんでんししゅう》、苦海□□□□□□々々。

越《ここ》に靈雲《れいうん》堂上大禪佛、悼偈《とうげ》を作って示さる。法兄《ほうひん》大□□□□□□、尊韻《そんいん》に依り奉って一祇夜《ぎや》を賦して、以て聊か香供と打し、且つ以て供う。克家《こつけ》伯蒲大和尚、高覽せられよ。先師已墜《いつい》の風の忱《まこと》を扶起《ふき》すと云う。慈悲改正。仰ぎ冀わくは、眞慈《しんじ》定中《じょうちゅう》に點頭《てんとう》せられんことを。宗晏稽首百拝　清叔

迅雷霹靂《じんらいへきれき》、天涯を隔つ、
百世の師翁《しおう》、共に之を仰ぐ。
正法《しょうぼう》、瞎驢《かつろ》、滅か滅に非ざるか、
宗風《しゅうふう》何の道ぞ、阿誰《あた》にか嗣ぐ。

【八三四】

策甫母

老師慈母宗貞大姉、頃臥病床。于時天夘秋之仲、俄然而附木。□□□□□、陪祠塲十日之後。聞訃音驚駭之餘、叨賦悼偈一篇、□□□□□□。以伏希慈斤。陽山瑞恕九拜忠嶽

□□□□□□□、□堂秋冷隔天涯。
夜深夢覺人不見、月在海南説向誰。

老師《ろうし》が慈母《じぼ》宗貞大姉、頃《さきごろ》、病床に臥す。時に天夘秋の仲、俄然《がぜん》として附木す。□□□□□、祠塲《しじょう》に陪すること十日の後、訃音《ふいん》を聞いて驚駭《きょうがい》の餘、叨《みだ》りに悼偈《とうげ》一篇を賦して、以て□□□□□□。伏して希わくは慈斤《じきん》。陽山瑞恕九拝　忠嶽

□□□□□□□、
□堂、秋冷かにして、天涯《てんがい》を隔つ。
夜深けて、夢覺むれば、人見えず、
月は海南《かいなん》に在り、誰に向かってか説く。

【八三五―一】原本九九丁

看々吾宗太盛辰、雲門臨濟百花新。
松風説法恁麼聽、不道無禪億萬春。瑤林

看よ看よ、吾が宗、太《はなは》だ盛んなる辰、

雲門臨濟《うんもんりんざい》、百花《ひやつか》新たなり。
松風《しようふう》の説法《せつぽう》、恁麽《いんも》に聴く、
禪無しとは道わず、億萬春《おくまんしゆん》。

【八三五―二】

高仰此師行道辰、宗風吹起德輝新。
待看紫詔朝啣鳳、瑞世烏曇今日春。　和　雪叟

高く仰ぐ、此の師、行道の辰、
宗風《しゆうふう》吹き起こして、德輝《とくき》新たなり。
待ち看ん、紫詔《ししよう》、朝に啣《くわ》うる鳳を、
瑞世《ずいせい》の烏曇《うどん》、今日の春。

【八三五―三】

七尺烏藤領衆辰、禮紅樂緑日彌新。
香風不盡千年寺、觀世梅花幾度春。

七尺の烏藤《うとう》、衆を領する辰、
禮紅樂緑《れいこうがくりよく》、日び彌《いよ》いよ新たなり。

香風《こうふう》盡きず、千年の寺、
觀世《かんぜ》の梅花《ばいか》、幾度の春。

【八三五―四】

四海香風從是起、牡丹吐蘂潤年春。　栢

四海《しかい》の香風《こうふう》、是より起こる、
牡丹《ぼたん》、蘂を吐く、潤年《じゆんねん》の春。

【八三五―五】

祗今聖代祝靈辰、瞻仰師翁道德新。
無限香風不吹盡、東皇天下百花春。

祗今聖代《しこんせいだい》、祝靈《しゆくれい》の辰、
瞻仰《せんぎよう》す、師翁《しおう》の道德、新たなるを。
限り無き香風《こうふう》、吹き盡くさず、
東皇《とうこう》の天下、百花《ひやつか》の春。

【八三五—六】
法王法令日猶新、山門有△小松樹、
子葉孫枝春又春。

法王の法令、日に猶お新たなり、
山門に△有り、小松樹《しょうしょうじゅ》、
子葉孫枝《しようそんし》、春又た春。

【八三五—七】
春風得意觀音力、一夜挽回天下春。岐
春風《しゅんぷう》に意を得たり、觀音力《かんのんりき》、
一夜に挽回《ばんかい》す、天下の春。

【八三六】
是不罵天竹篦下、春風打着十三紅。器哉
是れ罵天《ばてん》が竹篦《しっぺい》下にあらず、
春風打着《しゅんぷうたじゃく》す、十三紅《じゅうさんこう》。

○罵天竹篦下＝大慧が泉州洋嶼の雲門菴で、一夏にして十三人を發明させたこと。前出［二五三—一］。○十三紅＝前出［五八—一六］。

【八三七】
［贋］鴈釣齋
萬里滄浪欲袖手、一竿烟雨趙昌花。玉隱
萬里《ばんり》の滄浪《そうろう》、手を袖にせんと欲す、
一竿の烟雨《えんう》、趙昌《ちょうしょう》の花。

○贋釣齋＝萬里集九『梅花無盡藏』の「笑齋詩序」に、「廼翁玉隱師、嘗作贋釣齋詩云、畫角滄浪歌袖手、一竿煙雨趙昌花。寔江西詩派之體、而膾炙萬口矣」。○趙昌花＝前出［一五二］。

【八三八】
有人扇贊ヲタノミモウストキ、シンシヤクノ詩。
玉軸卷回君莫嗔、十年疎懶硯吹塵。
江湖手熟釣竿雨、若弄文章鷗笑人。同
玉軸《ぎょくじく》、卷いて回す、君、嗔ること莫かれ、

十年、疎懶《そらん》にして、硯に塵を吹く。
江湖《ごうこ》、手は熟す、釣竿《ちょうかん》の雨、
若し文章を弄せば、鷗、人を笑わん。

【八三九】
含笑桃花
不言不笑三千歳、一箭春風射雉人。

言わず笑わず、三千歳《さんぜんさい》、
一箭《いっせん》の春風《しゅんぷう》、雉を射る人。

○不言不笑、射雉＝『春秋左氏傳』昭公二十八年、「昔、賈の大夫悪《みにく》し。妻を娶って美なり。三年、言わず笑わず。御して以て皐に如き、雉を射て之を獲たり。其の妻始めて笑って言う。賈の大夫曰く、才は之れ以て已む可からず。我れ射ること能わずんば、女《なんじ》遂に言わず笑わざるか」。

【八四〇】
鷺鷥菊詩
不抜一毛爲劉裕、孤芳皎潔本朝心。［指晉之本朝］盛嶽

一毛を抜かず、劉裕《りゅうゆう》と爲る、
孤芳皎潔《こほうこうけつ》たり、本朝の心。

○天恩寺舊藏『葛藤集』にあり。○不抜一毛＝きわめて吝なること。鷺鷥の題ゆえに「不抜一毛」とはいう。『孟子』盡心上に「楊子は我が爲にするを取る、一毛を抜いて天下を利することも爲さず」。○劉裕＝小字は寄奴。劉寄奴草のこと。劉寄奴を菊に比べて詠う。

【八四一】
送行　希菴
臨行忽改坡仙句、人在牛欄西又西。［坡句、人在牛欄西又西］

行に臨んで、忽ち改む坡仙《ばせん》が句、
人、牛欄《ぎゅうらん》に在って、西又た西。

○坡句、人在牛欄西又西＝これは誤り、正しくは「家在牛欄西復西」。

【八四二】
寄少年
有約不來思萬重、燈前擁被獨聽松。

春霄一刻頭應白、月落層樓花外鐘。太

約有るも來たらず、思い萬重《ばんじゆう》、
燈前《とうぜん》に被を擁して、獨り松を聽く。
春霄《しゆんしよう》一刻、頭應《まさ》に白かるべし、
月は落つ層樓、花外の鐘。

【八四三】

王謝堂前名空有、晩風燕傍柳院飛。〔此句ハ、空ト云字ソクニスル、テホン也。扇ノ賛、柳ニ燕ノ有ニナサレソロ〕惟高

王謝堂前《おうしやどうぜん》、名空しく有り、
晩風《ばんぷう》、燕は柳院《りゆういん》に傍うて飛ぶ。

○王謝堂前＝王謝堂は晋の王垣之と謝安を祀る堂。劉禹錫の「烏衣巷」詩に「舊來王謝堂前燕、飛入尋常百姓家」。

【八四四】

菊之殘者一朶、折以投贈怡公禪兄之吟榻下云。伏乞莞爾半雪合爪。

笑我對花題惡詩、幾回吟斷小東籬。
送君節後折殘菊、報道秋香猶未衰。

菊の殘る者一朶《いちだ》、折って以て怡公禪兄が吟榻《ぎんとう》下に投贈すと云う。伏して乞う、莞爾《かんじ》。半雪合爪《がつそう》

笑え、我れ花に對して惡詩を題するを、
幾回か吟斷《ぎんだん》す、小東籬《とうり》、
君に送る、節後《せつご》、折殘《せつざん》の菊、
報じて道う、秋香、猶お未だ衰えずと。

【八四五】

謝賜虛扇〔唐〕

千里持來恩意重、雲門扇子立宗猷。
扶桑國裡無炎熱、一柄風涼四百州。南化

千里持ち來たって、恩意重し、
雲門《うんもん》の扇子《せんす》、宗猷《そうゆう》を立す。
扶桑國裡《ふそうこくり》、炎熱《えんねつ》無し、

一柄《いっぺい》、風は涼し、四百州。

【八四六】

白面扇子

雪耶非雪未分明、銀世界中風自清。

一柄素紈所何似、樂天姓氏謫仙名。

雪か雪に非ざるか、未だ分明《ふんみよう》ならず、

銀世界《ぎんせかい》の中、風自ずから清し。

一柄《いっぺい》の素紈《そがん》、何に似たる所ぞ、

樂天《らくてん》の姓氏《せいし》、謫仙《たくせん》の名。

○樂天姓氏謫仙名＝白樂天、李白。

【八四七】

不須烏鵲媒牛女、一葦航之河漢波。七夕無雲　策彦

須いず、烏鵲《うじやく》が牛女《ぎゆうじよ》を媒《なかだち》することを、

一葦《いちい》、之を航《ふなわたり》す、河漢《かかん》の波。

○烏鵲橋＝七月七日、牽牛と織女が逢うときに、烏鵲がその羽根で天にかける橋。

【八四八】

張繼去來無宿客、舊時山谷舊時鐘。楓橋　同

張繼《ちようけい》去來して、宿客無し、

舊時《きゆうじ》の山谷、舊時《きゆうじ》の鐘。

○張繼「楓橋夜泊」「月落烏啼霜滿天。江楓漁火對愁眠。姑蘇城外寒山寺、夜半鐘聲到客船」。

【八四九】

若殷家教圖傳說、明朝我亦畫瀟湘。夢雨　南化

若殷家教圖傳說、

明朝、我も亦た瀟湘《しようしよう》を畫かん。

○若殷家教圖傳說＝未詳。○夢雨＝朦朧たる細雨。

【八五〇―一】

雨後移菊苗

手種菊苗鋤雨殘、東籬々下寄生難。

一枝影瘦春寒後、恰似野僧居未安。江心

手づから菊苗《きくびょう》を種え、雨殘《うざん》を鋤く、

東籬々下《とうりりか》、生を寄するに難し。

一枝《いっし》影は瘦す、春寒《しゅんかん》の後、

恰も似たり、野僧《やそう》居するも未だ安からざるに。

【八五〇―二】

春深三徑菊猶荒、雨後移來欲續芳。

意足不求花發日、一籬風露乃重陽。同

春深けて、三徑《さんけい》の菊猶お荒る、

雨後、移し來たって芳を續《つ》がんと欲す。

意足りて花の發《ひら》く日を求めず、

一籬《いちり》の風露《ふうろ》、乃ち重陽《ちょうよう》。

【八五一】

謝重陽人惠菊枕

可人囊枕露香浮、佳節相逢共勝遊。

三嶋十洲黒甜裏、醒來半日菊籬秋。德雲

人に可《よ》し、囊枕《のうちん》、露香《ろこう》浮かぶ、

佳節《かせつ》に相逢い、共に勝遊《しょうゆう》。

三嶋十洲《さんとうじっしゅう》、黒甜《こくてん》の裏《うち》、

醒《さ》め來たって、半日、菊籬《きくり》の秋。

○菊枕＝乾燥した菊の花弁を入れた枕。

【八五二】

梅卵

萬木不知胎濕化、江南花產白鷗巢。

萬木、知らず、胎濕化《たいしつけ》なることを、

江南《こうなん》、花は白鷗《はくおう》の巣に產す。

【八五三―一】

焼香聽雪

簾外雪飛三四更、焼香寂爾到心清。

團蒲坐久薫爐底、一夜同參折竹聲。　鐵山

簾外《れんがい》、雪は飛ぶ、三四更、

香を焼けば、寂爾《じやくじ》として心の清らかなるに到る。

團蒲《だんぷ》、坐すること久し、薫爐底《くんろてい》、

一夜同參《どうさん》、竹を折る聲。

【八五三―二】

他時聽雨坐松堂、一穗黄雲曲几傍。

積雪忽驚檐板墮、爲梅又爇避寒香。　雪嶺

他時《たじ》、雨を聽いて松堂に坐す、

一穗《いつすい》の黄雲《こううん》、曲几《きよくき》の傍。

積雪《せきせつ》、忽ち驚く、檐板より墮つるに、

梅の爲に又た避寒香《ひかんこう》を爇《た》く。

【八五三―三】

密々疎々吹滿城、焼香臥聽二三更。

畫簾有雨我何要、一夜同參風雪聲。　淳巖

密々疎々《みつみつそそ》、吹いて城に滿つ、

香を焼《た》き、臥して聽く、二三更。

畫簾《がれん》雨有り、我れ何か要せん、

一夜同參《どうさん》、風雪《ふうせつ》の聲。

【八五四】原本一〇〇丁

傅霖

坡老應消盾日憂、惟霖先自傅巖幽。

猶餘霈澤闊［潤］商鼎、滴到芭蕉聽不休。　南溟

坡老《ばろう》、應《まさ》に盾日《じゆんじつ》の憂いを消すべし、

惟《こ》れ霖《あめ》は先ず傅巖《ふがん》の幽よりす。

猶お霈澤《はいたく》を餘して、商鼎《しようてい》を潤し、

滴《した》でて芭蕉《ばしよう》に到って、聽けども休《や》まず。

○傅霖＝傅説霖。久旱ののちに降る甘雨のこと。殷の傅説《ふえつ》の故事。『書經』説命上、「若歳大旱、用汝作霖雨」。○盾日＝夏日のこと。趙盾、趙盾日とも。蘇軾詩、「久苦趙盾日、欣逢傅説霖」。『春秋左氏傳』文公七年、「趙衰、冬日之日也。趙盾、夏日之日也」。○霈澤＝大雨、めぐみ。

【八五五】

宮鶯

綿蠻出谷弄聲加、四海祇今歸聖涯。
鳥亦春來受其賜、金衣新染上林霞。　仁峯

綿蠻《めんばん》、谷を出で、聲を弄して加う、
四海祇今《しかいしこん》、聖涯《せいがい》に歸す。
鳥も亦た春來《しゅんらい》、其の賜を受く、
金衣《きんね》新たに染む、上林の霞。

【八五六】

梅杖

爲續横斜疎影句、吟中支拄[拄杖]到黄昏。　仁峯

横斜疎影《おうしゃそえい》の句を續《つ》がん爲に、
吟中、杖を拄《つ》いて、黄昏《こうこん》に到る。

【八五七―一】

金籠蟋蟀

聽取金籠蟋蟀聲、明妃飲氣又呑聲。
嘤々鳴斷驪宮曉、變作漁陽鼙鼓聲。　雪叟

聽取《ちょうしゅ》せよ、金籠《きんろう》の蟋蟀《しつしゅつ》の聲、
明妃《めいひ》も氣を飲み、又た聲を呑む。
嘤々《ようよう》として鳴き斷つ、驪宮《りきゅう》の曉、
變じて漁陽鼙鼓《ぎょようへいく》の聲と作《な》る。

○金籠蟋蟀＝『開元天寶遺事』「金籠蟋蟀」に、「秋時に至る毎に宮中の妃妾の輩、皆な小金籠を以て蟋蟀を捉えて、籠中に閉《とじこ》めて之を枕函の畔に置いて、夜、其の聲を聽く。庶民の家も亦た皆な之に效う」。○漁陽鼙鼓＝漁陽は皷曲の名。攻め皷。白居易「長恨歌」「漁陽鞞鼓動地來、驚破霓裳羽衣曲」。叛旗を翻して馬嵬に攻めて來る安禄山。

【八五七―二】

妃妾回頭夕照收、金籠蟋蟀幾悲秋。
若無比翼連枝約、喞々聲中暗結愁。

妃妾《ひしょう》、頭《こうべ》を回らせば、夕照收まる、
金籠《きんろう》の蟋蟀《しつしゅつ》、幾たびか秋を悲しむ。
若し比翼連枝《ひよくれんし》の約無くんば、
喞々《しつしつ》たる聲中《せいちゅう》、暗に愁いを結ばん。

○比翼連枝＝白居易「長恨歌」「在天願作比翼鳥、在地願爲連理枝」。

【八五七―三】

宮殿貴妃欹耳時、金籠蟋蟀促吟來。
曉風殘月唐天下、喞々聲中聽始奇。

宮殿の貴妃《きひ》、耳を欹《そばだ》つる時、
金籠《きんろう》の蟋蟀《しつしゅつ》、吟を促し來たる。
曉風《ぎょうふう》の殘月《ざんげつ》、唐の天下、
喞々《しつしつ》たる聲中《せいちゅう》、聽いて始めて奇なり。

【八五八】

梅化龍

禹門亦是花門戸、三級金鱗萬朶紅。　笑山

禹門《うもん》も亦た是れ、花の門戸《もんこ》、
三級の金鱗《きんりん》、萬朶《まんだ》紅なり。

【八五九―一】

桃花菊

秋風籬落々紅雨、悟道淵明亦見桃。

秋風籬落《りらく》、落紅《らくこう》の雨、
悟道《ごどう》の淵明《えんめい》も、亦た桃を見ん。

【八五九―二】

同又

三千日月一籬上、不識人間晉成秦。

三千の日月、一籬《いちり》の上、
識らず、人間《じんかん》、晉《しん》の秦《しん》と成ることを。

○晉成秦＝『桃花源記』。前出［六二一］。

【八六〇】

葉雨

千山落木一層樓、長夜漫々滴碎愁。
蜀道漏天無信耳、檐聲猶有月西流。　妙高寺普菴

千山の落木、一層の樓、
長夜、漫々《まんまん》として、滴《しずく》、愁いを碎く。
蜀道漏天《しょくどうろうてん》、信ずる無きのみ、
檐聲《えんせい》、猶お月の西に流るる有り。

○天恩寺舊藏『葛藤集』に「千山落木一層樓、長夜漫漫滴碎愁。蜀謂漏天無信耳、擔聲猶在月西流。葉雨。種德菴」。○蜀道漏天＝「漏天」は、天が漏れる。雨ばかりのこと、またその地方。蜀は多雨の地。蜀犬吠日の禅語あり。

【八六一―一】

佛誕生

九龍一口若吞却、不掛趙州狗子牙。　快川

九龍、一口《いっく》に、若し吞却《どんきやく》せば、
趙州《じょうしゅう》が狗子《くし》の牙には掛からじ。

【八六一―二】

忽中紅心調達失、竺乾猛將落花風。　和栢堂

忽《も》し紅心《こうしん》に中《あ》たらば、調達《ちょうだつ》も失せん、
竺乾《じくけん》の猛將《もうしょう》も、落花《らっか》の風。

○調達＝提婆達多。幼きとき悉多太子らと弓を射て遊んだ話。『佛本行經』。

【八六一―三】

藍園産出楊妃佛、獨與魔軍只壽王。　和

藍園《らんえん》に産出す、楊妃佛《ようひぶつ》、
獨り魔軍《まぐん》と與《くみ》するは、只だ壽王《じゅおう》のみ。

○楊妃佛＝前出［五五］。○壽王＝『錦繡段』、李商隱の「龍池」詩、「龍池賜酒蔽雲屏、羯鼓聲高衆樂停。夜半宴歸宮漏永、薛王沈醉壽王醒」。第三四句、『由的抄』に釋して「薛王、名ハ業、玄宗ノ弟

ナリ……壽王ハ玄宗ノ子。……言ハ、夜半時分ニ御酒宴モヤミテ、各オノ私宅ヘカヘラルルニ、薛王ハ酒ニ醉ルレドモ、壽王ハ楊貴妃ヲトラレタル遺恨ニテ、酒モノマレズ、獨リサメテ居ラルルゾ」と。『十九史』に「……楊太眞を以て貴妃と爲す。……上の子壽王の妃と爲ること十年。上、其の美なるを見て、自ら其の意をして乞うて女官と爲らしむ。且つ壽王の爲に別に娶って之れを納る。遂に寵を専らにす」。

【八六二―一】

立秋後七夕會友社

一葉西風昨日吹、又驚天上迫秋期。
長庚殘月數諸友、孰與雙星會合遲。

一葉の西風、昨日吹いて、
又た驚く、天上《てんじょう》の秋期に迫るを。
長庚《ちょうこう》の殘月《ざんげつ》、諸友を數う、
雙星《そうせい》の會合《かいごう》するの遲きに孰與《いずれ》ぞ。

○横川『補菴京華前集』にあり。

【八六二―二】

鬢星

七夕亂來過七年、秋風此會豈非天。
文星影落三千丈、洛社耆英兩鬢邊。

七夕、亂れ來たって七年を過ぐ、
秋風、此の會《え》、豈に天に非ずや。
文星、影は落つ、三千丈、
洛社《らくしゃ》の耆英《きえい》、兩鬢《りょうびん》の邊。

○横川『補菴京華前集』にあり。

【八六三】

綉芙蓉

美人拈線倚香幃、熟看芙蓉弄曙暉。
花有東風未聞恨、一枝綉作上春衣。　横川

美人、線を拈って、香幃《こうい》に倚る、
熟《つら》つら看る、芙蓉《ふよう》、曙暉《しょき》を弄するを。

花に東風《とうふう》有り、未だ恨みを聞かず、
一枝《いっし》、綉《しゅう》し作《な》す、上春の衣。

○横川の本録に見えず。

【八六四】

畫贊

船窓有待漁翁意、雲若吹晴載月歸。漁人船窓ヨリ、ソラヲ看處有

船窓《せんそう》に待つ有り、漁翁《ぎょおう》の意、
雲、若し吹き晴らせば、月を載せて歸らん。

【八六五】

大智寺入院開山香語

雲黄割取消鐵樹、拈成一炷鶻崙香。鐵松

雲黄割取して、鐵樹《てつじゅ》を消し、
拈じて一炷鶻崙《いっしゅこつろん》の香と成す。

【八六六】

瑞泉寺開山香語

爐中一滴梅檀水、漲起蓬萊三萬波。東菴

爐中一滴《ろちゅういってき》、梅檀水《せんだんすい》、
漲起《ちょうき》す、蓬萊《ほうらい》三萬の波。

【八六七—一】

上園見花

霜松雪竹可寒、願送官梅一朶春。南化

霜松雪竹《そうしょうせっちく》、可寒、
願わくは官梅一朶《いちだ》の春を送らん。

○可寒＝ここに一字を欠く。

【八六七—二】

紅白正空金闕宴、春光可不到人間。

紅白、正に空ず、金闕《きんけつ》の宴、

春光、可《あ》に人間《じんかん》に到らざらんや。

【八六八―一】原本一〇一丁

佛涅槃之拙偈一篇、書以便于爐薫云。遠孫比丘紹立九拜
春暗人天涙雨中、感時恨別梵王宮。
夜來吹滅梅花佛、百萬魔軍一陣風。

佛涅槃《ぶつねはん》の拙偈一篇、書して以て爐薫《ろくん》に便すと云う
遠孫比丘紹立九拜
春は暗し、人天《にんでん》、涙雨《るいう》の中、
時に感じ、別かれを恨む、梵王宮《ぼんおうきゅう》。
夜來《やらい》、吹滅《すいめつ》す、梅花佛《ばいかぶつ》、
百萬の魔軍《まぐん》、一陣の風。

【八六八―二】

説生説滅刹那中、哭一場聲逼梵宮。
涙雨濺花春二月、鶴林吹折五更風。芸

生と説き滅と説く、刹那《せつな》の中、
哭一場《こくいちじょう》の聲、梵宮《ぼんきゅう》に逼る。
涙雨《るいう》、花に濺《そそ》ぐ、春二月、
鶴林《かくりん》、吹き折る、五更の風。

【八六八―三】

阿難慟哭鶴林中、説滅唱生古梵宮。
昨夜西方美人去、離愁別恨柳條風。存

阿難《あなん》、慟哭《どうこく》す、鶴林《かくりん》の中、
滅と説き生と唱う、古梵宮《こぼんきゅう》。
昨夜、西方の美人去る、
離愁別恨《りしゅうべつこん》、柳條《りゅうじょう》の風。

【八六八―四】

丈六金身泥曰中、無端歡喜惡魔宮。
人天百萬強休哭、月亦陰晴花亦風。會

丈六《じょうろく》の金身《こんじん》、泥曰《ないわつ》の中、
端無《はしな》くも歡喜《かんき》す、惡魔宮《あくまきゅう》。

人天《にんでん》百萬、強いて哭するを休《や》めよ、
月も亦た陰晴《いんせい》、花も亦た風。

【八六八—五】

八十年間一夢中、覺來二月涅槃宮。
涅槃宮裏回頭看、鶴樹花飛昨夜風。喜

八十年間、一夢の中、
覺め來たる、二月の涅槃宮《ねはんきゅう》。
涅槃宮裏《ねはんきゅうり》、頭《こうべ》を回らして看よ、
鶴樹《かくじゅ》、花は飛ぶ、昨夜の風。

【八六八—六】

袈裟滴涙在斯中、百萬人天競法宮。
鶴樹林間春二月、梅花吹落涅槃風。

袈裟《けさ》に涙を滴《した》で、斯《こ》の中に在り、
百萬の人天《にんでん》、法宮に競う。
鶴樹林間《かくじゅりんかん》、春二月、
梅花《ばいか》、吹き落とす、涅槃《ねはん》の風。

【八六九】

春霜

誰歟先我採花去、殘月半橋人跡多。三益

誰ぞ、我に先んじて、花を採り去るは、
殘月《ざんげつ》の半橋《はんきょう》、人跡《じんせき》多し。

【八七〇】

春湖睡鷗

春風波上若相比、鳥有陳摶花海棠。

春風《しゅんぷう》波上、若し相比せば、
鳥に陳摶《ちんたん》有り、花に海棠《かいどう》。

○陳摶＝希夷先生。武當山九室巖に隱れ仙道を修める。のち華山に移居。周の世宗に召されたが受けず、太平興國中、入朝して太宗に重んぜられた。一睡百日、五年興亡を知らずに眠っていた。『陳摶睡圖』。『宋史』四五七、『五朝名臣言行録』一〇、『宋人軼事彙編』一六二一。

【八七一】

夢牡丹

欲賜沈香亭半紫、夜來鐘亦護花鈴。

沈香亭《ちんこうてい》に賜わらんと欲して、半ば紫、
夜來《やらい》の鐘も亦た、護花鈴《ごかれい》。

○沈香亭＝『野客叢書』巻之十、「花睡足」に「楊貴妃外傳に、明皇、沈香亭に登り、太眞を召す。時に太眞卯酒し、酔うて未だ醒めず。侍兒扶けて至らしむ。明皇曰く、是れ豈に妃子が酔わんや、海棠の未だ睡り足らざるのみ。故に東坡が海棠に詩に、只恐夜深花睡去、故燒高燭照紅妝と曰うは此の事を用うるなり。

○護花鈴＝花を荒す鳥を追いはらうために、木に掛ける鈴。『開元天寶遺事』上、「天寶初め、寧王、日びに侍して聲樂を好んで、風流蘊藉なること、諸王も如かず。春時に至って後園の中に於て、紅絲を結んで繩と爲し、密に金鈴を綴って花梢の上に繫ぎ、烏鵲の翔《かけ》り集う有る毎に、則ち園吏をして鈴の索を掣《ひ》いて以て之を驚かしむ。蓋《けだ》し花を惜しむに故なり。諸宮、皆な之れに效う」。

【八七二】

睡鷗

江南野水邯鄲國、一夜閑鷗五十年。

江南《こうなん》の野水《やすい》、邯鄲國《かんたんこく》、
一夜、閑鷗《かんおう》、五十年。

○前出［八一四］。

【八七三―一】

冬山如睡

冬山睡熟映斜陽、春夏秋情今則亡。
嶺後寒松吹不醒、翠微臥雪黒甜鄉。雪叟

冬山、睡り熟して、斜陽《しやよう》に映ゆ、
春夏秋《はるなつあき》の情、今は則ち亡《な》し。
嶺後の寒松《かんしよう》、吹けども醒《さ》めず、
翠微《すいび》、雪に臥す、黒甜《こくてん》の鄉。

【八七三―二】

凍雨霏々欲雪辰、冬山睡熟此情親。
孱顔若是比人物、華有陳摶唐太眞。喜

凍《とう》雨《う》、霏々《ひひ》として、雪ふらんと欲する辰、
冬山、睡り熟す、此の情親し。
孱顔《せんがん》、若し是れ人物に比さば、
華《か》に陳摶《ちんたん》有り、唐《とう》に太眞《たいしん》。

○陳摶＝一睡百日。前出［八七〇］。○太眞＝睡海棠。『冷齋夜話』詩出本處、「東坡作海棠詩曰、只恐夜深花睡去、更焼銀燭照紅粧事。見太眞外傳。曰、上皇登沈香亭、詔太眞妃子。妃于時卯、酔未醒。命力士従侍兒、扶掖而至。妃子酔顔、殘粧鬢亂、釵横不能再拜。上皇笑曰、是豈妃子醉、眞海棠睡未足耳」。

【八七三―三】

萬壑千峯睡尚清、寒窓今夜月明々。
翠微若結襄王夢、雪亦巫山雲雨情。甫

萬壑千峯《まんがくせんぽう》、睡り尚お清し、
寒窓《かんそう》今夜、月明々《めいめい》。
翠微《すいび》、若し襄王《じょうおう》の夢を結ばば、
雪も亦た巫山雲雨《ふざんうんう》の情。

○襄王夢＝劉希夷「公子行」に、「傾國傾城漢武帝、爲雲爲雨楚襄王。古來容光人所羨、況復今日遙相見」。○巫山雲雨情＝巫山高唐観の神女と懐王との、夢の中での交情。懐王は襄王の父。宋玉、「高唐賦」。

【八七三―四】

薄暮捲簾風雪疎、冬山如睡醒遽々。
千峯晝閑若成寢、忽被世人△［呼］宰予。

薄暮《はくぼ》、簾を捲いて、風雪《ふうせつ》疎なり、
冬山、睡るが如し、醒《さ》めて遽々《きょきょ》たり。
千峯《せんぽう》、晝閑にして、若し寢を成さば、
忽ち世人に宰予《さいよ》と呼ばれん。

○遽々＝驚動するさま。○成寢＝睡りに入ること。杜甫詩「天寒無成寢、無夢寄歸魂」。○宰予＝晝寢を孔子から嚴しく叱責され

た弟子。『論語』公冶長。前出[四六四]。

【八七四】

楓脂香

一炷夜深金鴨睡、呉江秋色帳中烟。

一炷《いっしゅ》、夜は深けて、金鴨《きんおう》睡る、
呉江《ごこう》の秋色、帳中の烟。

○楓脂香＝『金樓子』志怪、「楓脂千歳爲琥珀」。○金鴨＝金でできた鴨型の香爐。

【八七五】

陽公首座、元日所賜之章、開則合浦還珠、雲山改觀者也。
欲和之、滿勿[口]生棘。雖然綴卑語以謝之。厥詞云、
桃芥[花]依舊、制三千歳頽齡
梅柳渡江、生九十春和氣
幸逢元正日、共賀太平時
夫、
陽公首座法社棟梁禪河橋筏
比牡丹於關西孔子樂綠禮紅
擬烏鉢於河北臨才宗枝門葉
盡善盡美惟德惟馨
唯我獨尊靈山會上苷蔗氏
頤神妙術金剛屈[窟]前藥草肥
元是英雄人僉曰標格友
無名氏我生如寄孤陋寡聞
十年辛苦伴滄浪唱漁家傲
三尺杖頭挑日月續佛燈光
謹綴散材長祝壽算

陽公首座《しゅそ》、元日に賜わる所の章、開けば則ち合浦《かっぽ》に珠を還し、雲山《うんざん》、觀《みもの》を改むる者なり。之に和せんと欲するも、滿口《まんく》に棘《いばら》を生ず。然りと雖も、卑語を綴って以て之に謝す。厥《そ》の詞に云く、
桃花《とうか》、舊《きゅう》に依《よ》って、三千歳《さんぜんさい》の頽齡《たいれい》を制す、
梅柳《ばいりゅう》、江を渡り、九十春の和氣を生ず。
幸いに元正日に逢い、共に太平《たいへい》の時を賀す。

夫れ、陽公首座《しゅそ》は、法社の棟梁《とうりょう》、禪河《ぜんが》の橋筏《きょうばつ》。
牡丹《ぼたん》を關西《かんぜい》の孔子《こうし》に比す、樂綠禮紅《がくりょくれいこう》、
烏鉢《うはつ》を河北《かほく》の臨才《りんざい》に擬す、宗枝門葉《しゅうしもんよう》。
善を盡くし美を盡くす、惟《こ》れ德惟《こ》れ馨る。
唯我獨尊《ゆいがどくそん》、靈山會上《りょうぜんえじょう》の苷蔗《かんしょ》氏。
頤神《いしん》の妙術《みょうじゅつ》、金剛窟前《こんごうくつぜん》、藥草《やくそう》肥ゆ。
元と是れ英雄《えいゆう》の人、僉《み》な曰う、標格《ひょうかく》の友なりと。
無名氏、我が生、寄するが如し、孤陋寡聞《ころうかぶん》、
十年の辛苦、滄浪《そうろう》に伴い、漁家傲《ぎょかごう》を唱う。
三尺の杖頭《じょうとう》、日月を挑《かか》げ、佛燈光《ぶっとうこう》を續《つ》ぐ、
謹んで散材《さんざい》を綴って、長《とこし》えに壽算《じゅさん》を祝す。

○滿刎生棘＝「久不言詩口生棘」などという。滿刎を滿口に改める。「滿口含霜」とも。○桃芥＝意不通。桃苍（花）か。「三千花三千實」などという。王母の桃。○漁家傲＝詞碑の名。

【八七六】原本一〇二丁

鶏旦　磧公

烏有子稽顙上覆〔烏有子、我カ身ヲ卑下ナリ〕
喜公侍丈閣下、式祝遠大、其詞曰
鶯歌蝶舞〔蒙頭隔句コレナリ、コノ隔句ハ、ソノ時節ヲ云句ナリ〕
牡丹着十三紅〔蒙頭ヨリ后ハ、隔句ハ、三對ニスグベカラズ、筆□ナイ者カ、四對ヤナントカイタハ、ヨロメイテ、ワルイ〕
雪盡氷消〔輕隔句ト云ハコノ事ソ、上四六字、下ノ六字、コレ四六ノ本ナリ〕
嬾〔嫩〕桂吹二株緑
結句、蓋當宗猷興日〔コノ句ハ、四番メノ句ヲウケテ云。結句ト云ハ、前ヲムスブ句ナリ、コレニヨッテ、結句ト云ナリ〕
又視王道盛時〔コノ句ハ二番メノ句ヲウケテ云ナリ〕
共惟侍史閣下〔八字ノ頌コレナリ、二番メノ字、平ナレハ仄ヲツケ、仄ナレハ平ヲツク、コレ、カタノ聲ナリ〕
學而有功、交則取信
宗福樓上具看山眼〔隔句師承、或行實、師承トハ、ボウズノ事ヲ云ナリ、行實ト云ハ、タノ人ノ事ヲ云ナリ〕
匪是尋常雛僧
小圭寮中發製雷〔電〕機〔コノ句ハ、侍者ノ故ノ事ナリ、ソレニヨッテ、

カクノコトク、カクナリ。長句ト云ハ、八字ノ句コレナリ、長句ヲハ、二對ニテハ、カクヘシ、三對カクハ非ナリ〕
僉曰風流侍者
〔和句〕
聯句馳韓孟域〔和句ト云ハ、前後ヲカネテ云句ナリ〕
論詩窺李杜牆
龍章乎鳳章乎、雲近蓬萊常五色〔杜句〕
人瑞也天瑞也、風搖松竹是歡聲〔谷句〕
〔和句〕
有本者如斯〔コノ和句、ナウテモ大事ナシ〕
依仁而莫去
〔自敍〕
獨床雨冷〔自敍ト云ハ、吾カ事ヲ云ナリ、緊句ナント、云カ、コノ事ナリ、四言一對ヲ緊句ト云ソ〕
蟄戸春遲
平生蒲團工夫〔此隔句ハ自敍ト、ムカイ事ヲ以テ對スル句ナリ、コノ句ハ則自敍ナリ〕
圖君餘慶
他日華園及第〔コノ句スナワチ、ムカイノ事ナリ、コノ句則祝語ニシテ、ヲクノ祝語ナケレドモヨシ。重隔句ト云ハコレナリ、上六字、下四字、前ヲ四六トカケハ、後ヲ六四トカイタカ、ナリヨシ〕
許我同門
〔祝語〕
以待以斯、至祝至禱　謹啓

烏有子、稽顙《けいそう》して上覆す、
喜公侍丈閣下《かっか》、式《もっ》て遠大を祝す。其の詞に曰く、
鶯歌い蝶舞い、牡丹《ぼたん》、十三紅《じゅうさんこう》を着く。雪盡き氷消え、嫩桂《どんけい》、二株の緑を吹く。蓋《けだ》し宗猷《そうゆう》興こる日に當たって、又た王道の盛時を視る。共しく惟みれば、侍史閣下《じしかっか》、學んで功有り、交わるときは則ち信を取る。宗福樓上に看山の眼を具す。是れ尋《よの》常《つね》の雛僧《すうそう》に匪《あら》ず。小圭寮中に掣電の機を發す。僉《み》な曰う、風流侍者《ふうりゅうじしゃ》と。句を聯ねては韓孟《かんもう》の域に馳す、詩を論じては李杜《りと》が牆を窺う。龍章《りゅうしょう》か鳳《ほう》章《しょう》か。雲、蓬萊《ほうらい》に近くして常に五色。人瑞なり

天瑞なり。風、松竹を搖らす、是れ歡聲《かんせい》。本有る者は斯《かく》の如し、仁に依って去ること莫《な》し。獨床、雨は冷かなり、蟄戸《ちっこ》、春は遲し。平生《へいぜい》、蒲團《ふとん》に工夫《ふう》、君が餘慶《よけい》を圖る。他日、華園に及第《きゅうだい》、我が同門と許さん。以て待つに斯《これ》を以てす。至祝至禱《ししゅくしとう》。

謹啓

【八七七—一】

杖頭挑日月頌

杖頭日月光燦爛、咄這患盲耳處看。
八萬廣寒脚痕下、黑粼皺地白漫々。

杖頭《じょうとう》の日月、光燦爛《さんらん》、
咄《とつ》、這《こ》の患盲《げんもう》、耳處《にしょ》に看よ。
八萬の廣寒《こうかん》、脚痕下《きゃっこんか》、
黑粼皺地《こくりんしゅんち》、白漫々《はくまんまん》。

【八七七—二】

三尺杖頭高挑月、衲僧門下別生涯。
烏藤開口叫希有、五百丈花在一枝。

三尺の杖頭《じょうとう》、高く月を挑《かか》ぐ、
衲僧《のうそう》門下、別生涯《べつしょうがい》。
烏藤《うとう》、口を開いて、希有《けう》と叫ぶ、
五百丈の花、一枝《いっし》に在り。

【八七八—一】

讀村寺清規頌

元是清規文字禪、咲他村寺錯流傳。
卷藏百丈山頭月、誰在茅菴暮雨前。

元と是れ清規《しんぎ》、文字禪《もじぜん》、
咲《わら》う、他の村寺、錯って流傳《るでん》するを。
卷き藏む、百丈山頭《ひゃくじょうさんとう》の月、
誰か茅菴暮雨《ぼうあんぼう》の前に在る。

【八七八―二】

樂花禮葉擁茅菴、百丈叢林落二三。
悉學規行矩歩、一莖草上活伽藍

樂《がく》花《か》禮《れい》葉《よう》、茅を擁する菴、
百《ひゃく》丈《じょう》の叢林《そうりん》も、二三に落つ。
悉學規行矩歩、
一莖草《いっきょうそう》上、活伽藍《かつがらん》

○悉學規行矩歩＝一字欠。「規行矩歩」は規矩を墨守すること。

【八七九―一】

月下敲門
奈此柴門月色奇、半敲來矣半擁［推］來。
今宵一字其誰定、天下詩人無退之。

奈《いかん》せん、此の柴門《さいもん》、月色《げっしょく》奇なるを、
半ばは敲き來たり、半ばは推し來たる。
今宵《こんしょう》、一字、其れ誰か定む、
天下の詩人、之を退くる無し。

【八七九―二】

月下敲門情最宜、江村片雨吹情時。
忽聽剝喙黄昏后、今斷一吟雙涙詩。

月下に門を敲く、情、最も宜し、
江村《ごうそん》の片雨《へんう》、情を吹く時。
忽ち剝喙《はくたく》を聽く、黄昏《こうこん》の后、
今、一吟《いちぎん》を斷ず、雙涙《そうるい》の詩。

○剝喙＝（訪問者の）足音、または戸を叩く音。

【八八〇―一】

題安土山
石壁嵯峨三百盡、野僧只恨不窮巓。
玉樓金殿秀雲上、碧瓦朱甍輝日邊。南

石壁、嵯峨《さが》たり、三百盡く、
野僧《やそう》只だ恨む、巓《いただき》を窮めざることを。

玉樓金殿《ぎよくろうきんでん》、秀雲《しゆううん》の上、
碧瓦朱甍《へきがしゆこう》、輝日の邊。

【八八〇―二】

帝釋梵王疑在地、夜魔〔摩〕兜率怪離天。
山名安土太平兆、武軍〔運〕先知億萬年。化

帝釋梵王《たいしやくぼんおう》、地に在るかと疑う、
夜摩兜率《やまとそつ》、天を離るるかと怪しむ。
山の名は安土、太平《たいへい》の兆《きざし》、
武運、先に知る、億萬年。

【八八一―一】原本一〇三丁

上苑看花

上苑花開擁紫宸、幾人連袂惱吟身。
霜松雪竹寒應重、願贈官梅一朶春。南化

上苑《じようえん》、花開いて、紫宸《ししん》を擁す、
幾人か、袂を連ねて、吟身《ぎんしん》を惱ます。
霜松雪竹《そうしようせつちく》、寒、應《まさ》に重かるべし、
願わくは、官梅一朶《かんばいいちだ》の春を贈らんことを。

【八八一―二】

朝衣天下裏春風、花開御園物色濃。
野鳥不來宮樹上、鳳凰含盡一春紅。

朝衣《ちようい》、天下、春風《しゆんぷう》を裹《つつ》む、
花開いて、御園《ぎよえん》、物色《もつしよく》濃《こまや》かなり。
野鳥は來たらず、宮樹《きゆうじゆ》の上、
鳳凰《ほうおう》、含み盡くす、一春紅《いちしゆんこう》。

【八八二―一】

破蒲團

試坐毘盧頂上看、大千揑聚一蒲團。
可憐長慶稜禪客、二十年間認定盤。梅心

試みに毘盧頂上《びるちようじよう》に坐し看よ、
大千を揑聚《ねつじゆ》す、一蒲團《ふとん》。

憐れむ可し、長慶《ちょうけい》の稜禪客《りょうぜんかく》、
二十年間、定盤《じょうばん》を認むることを。

【八八二―二】

雪峯門下老禪徒、二十年間七箇蒲。雪
敢保稜兄猶未徹、成勞坐久鈍工夫。

雪峯《せっぽう》門下の老禪徒《ろうぜんと》、
二十年間、七箇の蒲。
敢えて保す、稜兄《りょうひん》猶お未だ徹せざることを、
成勞坐久《じょうろうざきゅう》、鈍工夫《どんくふう》。

【八八三】

昨夜看梅　送行和
三月桃花是吾馬、佳山萬里戴月歸。淳巖

三月の桃花《とうか》、是れ吾が馬、
佳山萬里《かざんばんり》、月を戴いて歸る。

○桃花是吾馬＝赤ばんだ葦毛の馬を桃花馬という。杜審言「戲贈趙使君美人」詩、「紅粉青娥映楚雲、桃花馬上石榴裙」。

【八八四―一】

姑射肌耶素娥面、殘粧猶作舊時看。喝食落髮之時　雪叟

姑射《こや》の肌か、素娥《そが》の面か、
殘粧《ざんしょう》、猶お舊時《きゅうじ》の看を作す。

○姑射肌＝姑射山にいる神人。『莊子』逍遥遊、「藐姑射の山に神人有りて居す。肌膚は冰雪の若く、淖約として處子の若し」。處子は處女。○素娥面＝月宮の仙女、常娥。色白きゆえに素娥という。

【八八四―二】

思看昨夜嬋娟影、今有風流樹下僧。清叔

思い看る、昨夜の嬋娟《せんけん》の影を、
今有り、風流《ふうりゅう》、樹下の僧。

○樹下僧＝黄山谷「出禮部試院王才元惠梅花」詩、「舊時愛菊陶彭澤、今作梅花樹下僧」。

【八八五―一】

叔槳棹[悼]和

趙州八十正行脚、庭栢蒼然鬱々然。清叔

趙州《じょうしゅう》八十、正に行脚《あんぎゃ》す、
庭栢《ていはく》、蒼然《そうぜん》たり、鬱々然《うつうつぜん》たり。

【八八五―二】

不生滅處示生滅、葉落花開錯果然。同

生滅せざる處に生滅を示す、
葉落ち花開く、錯《しゃく》、果然《かぜん》。

【八八六―一】

永明一湖水

四海龍僧[象]來近前、一湖水也永明禪。
請看宗鏡波瀾闊、疑是銀河落九天。雪

四海《しかい》の龍象《りゅうぞう》、來たって近前《きんぜん》す、
一湖水《いちこすい》や、永明《ようめい》の禪。
請う看よ、宗鏡《すきょう》の波瀾《はらん》の闊《ひろ》きことを、
疑うらくは是れ銀河《ぎんが》の九天より落つるかと。

○永明一湖水＝『宗鏡録』百巻を著わした永明延壽が住した永明寺(浄慈寺)門前にある西湖。

【八八六―二】

水出高源大有餘、永明宗旨看何如。
一湖若激禹門浪、四海禪徒點額魚。喜

水、高源より出でて、大いに餘り有り、
永明《ようめい》の宗旨《しゅうし》、何如《いかん》とか看る。
一湖《いちこ》、若し禹門《うもん》の浪を激せば、
四海《しかい》の禪徒《ぜんと》、點額《てんがく》の魚ならん。

【八八六―三】

四海龍僧[象]着眼看、永明意旨激波瀾。
宗風吹起一湖水、流作禪門終不乾。□

四海《しかい》の龍象《りゅうぞう》、眼を着けて看よ、

永明《ようめい》の意旨、波瀾《はらん》を激す。
宗風《しゅうふう》吹き起こす、一湖水《いちこすい》、
流れて禪門と作って、終《つい》に乾かず。

【八八六—四】

流遠源深更不乾、門前湖水恁麼看。
永明宗旨大[太]奇快、激起禪河萬丈□[瀾]。

流れは遠く源は深く、更に乾かず、
門前の湖水《こすい》、恁麼《いんも》に看る。
永明《ようめい》の宗旨《しゅうし》、太《はなは》だ奇快《きかい》、
禪河《ぜんが》を激起《げきき》す、萬丈《ばんじょう》の瀾。

【八八七—一】

佛生
明眼衲僧笑點頭、周行七歩覓來[蹤]由。
江南野水香湯也、浴出如來一白鷗。雪

明眼《みょうげん》の衲僧《のうそう》、笑って點頭《てんとう》、
周行《しゅうこう》七歩、蹤由《しょうゆ》を覓む。
江南《こうなん》の野水《やすい》、香湯《こうとう》なり、
如來《にょらい》を浴し出だす、一白鷗《はくおう》。

【八八七—二】

七歩周行半路頭、藍園昨夜覓來由。
江南野水一盆水、中有法身清淨鷗。存

七歩周行《しゅうこう》、半路頭《はんろとう》、
藍園《らんえん》、昨夜、來由を覓む。
江南《こうなん》の野水《やすい》、一盆の水、
中に法身《ほっしん》有り、清淨《しょうじょう》の鷗。

【八八七—三】

七歩周行一脚頭、指天指地有何由。
即今浴出獨尊佛、清淨法身湖水鷗。喜

七歩周行《しゅうこう》、一脚頭《きゃくとう》、
天を指し地を指す、何の由か有る。

即今、浴し出だす、獨尊佛《どくそんぶつ》、
清淨法身《しょうじょうほっしん》、湖水《こすい》の鷗。

【八八七—四】

藍園産出這黄頭、七歩周行得自由。
別々浴來那一佛、容清春水五湖鷗。

藍園《らんえん》に産出す、這《こ》の黄頭《おうず》、
七歩周行《しゅうこう》、自由を得たり。
別々、浴し來たる、那一佛《ないちぶつ》、
容は清し、春水五湖《ごこ》の鷗。

【八八八—一】

菖蒲鳳凰

風蒲獵々水生涯、化作鳳凰祥瑞加。
意足不求羽毛似、靈根柔葉墨梅花。 雪叟

風蒲《ふうほ》、獵々《りょうりょう》たり、水の生涯《しょうがい》、
化して鳳凰《ほうおう》と作って、祥瑞《しょうずい》加う。
意足りて求めず、羽毛《うもう》に似たり、
靈根柔葉《れいこんじゅうよう》、墨梅花《ぼくばいか》。

○風蒲＝「蒲」には複義があり、ガマ、菖蒲、カワヤナギをいう。室町禅林文芸では、いまここの詩題に「菖蒲鳳凰」とあるように菖蒲をいうことが多い。鳳凰はここではトンボをいう。○風蒲獵々＝道潛の「臨平道中」に、「風蒲獵々として、輕柔を弄す、立たんと欲する蜻蜓、自由ならず」。○意足不求、墨梅花＝陳簡齋「墨梅」詩、「意足不求顏色似」。

【八八八—二】

端五菖蒲一鳳凰、太平瑞氣不尋常。
靈根忽被涼風觸、葉々如飛又似翔。

端五《たんご》の菖蒲《しょうぶ》、一鳳凰《ほうおう》、
太平《たいへい》の瑞氣《ずいき》、尋常《よのつね》ならず。
靈根《れいこん》、忽ち涼風《りょうふう》に觸れられ、
葉々《ようよう》飛ぶが如く、又た翔《かけ》るに似たり。

【八八八—三】

飄然狀與鳳凰同、雨後菖蒲獵々風。
柔葉靈根丹光〔鳳〕𤞟、太平瑞在一叢中。

飄然《ひょうぜん》たり、狀は鳳凰《ほうおう》と同じ、
雨後の菖蒲《しょうぶ》、獵々《りょうりょう》たる風。
柔葉靈根《じゅうようれいこん》、丹鳳の𤞟《つばさ》、
太平の瑞は、一叢《いっそう》の中に在り。

【八八八—四】

鳳在菖蒲瑞氣呈、祇今聖代祝昇平。
舞風柔葉所何似、錯被人呼靈鳥名。存

鳳は菖蒲《しょうぶ》に在って、瑞氣《ずいき》呈す、
祇今聖代《しこんせいだい》、昇平《しょうへい》を祝す。
風に舞う柔葉《じゅうよう》、何の似たる所ぞ、
錯って人に靈鳥《れいちょう》の名で呼ばる。

【八八八—五】

靈鳥古聞今見之、蒲菖生處鳳來儀。
碧梧翠竹多風雨、飛借蜻蜓欲立枝。純

靈鳥《れいちょう》、古に聞き、今之を見る、
蒲菖《ほしょう》生ずる處、鳳の来儀《らいぎ》。
碧梧翠竹《へきごすいちく》、風雨多し、
飛ぶに蜻蜓《せいてい》が立たんと欲する枝を借る。

○蜻蜓欲立枝＝風に搖れる菖蒲に止まろうとする蜻蜓を歌う詩題が「風蒲蜻蜓」。參寥子（道潛）の「臨平道中」に、「風蒲獵々として、輕柔を弄す、立たんと欲する蜻蜓、自由ならず」。

【八八八—六】

九苞千仭鳳凰兒、飛到菖蒲刷羽儀。
劍葉風尖栖不穩、靈禽好去碧梧枝。喜

九苞《きゅうほう》、千仭《せんじん》、鳳凰兒《ほうおうじ》、
飛んで菖蒲《しょうぶ》に到って、羽儀《うぎ》を刷《ととの》う。
劍葉《けんよう》風尖《するど》く、栖むに穩かならず、

靈禽《れいきん》、好《よ》し去れ、碧梧《へきご》の枝に。
○九苞＝鳳凰の九色の羽。

【八八八―七】
羽族文章更不常、靈禽栖處數莖長。
風蒲獵々所何似、千仭高翔一鳳凰。
羽族《うぞく》の文章、更に常ならず、
靈禽《れいきん》栖む處、數莖長《すうきよう》ず。
風蒲《ふうほ》獵々《りようりよう》たり、何に似たる所ぞ、
千仭《せんじん》高く翔《かけ》る、一鳳凰《ほうおう》。

【八八九】
春漲
一雨過時高幾許、掛猿枝擊[繫]往來舟。
一雨過ぐる時、高きこと幾許《いくばく》ぞ、
猿を掛くる枝に、往來《おうらい》の舟を繫ぐ。

○『翰林五鳳集』天隱「春潮」に「春潮挾月氣如秋。擘岸東風晩未收。一雨過時高幾尺。掛猿枝繫往來舟」。○掛猿枝＝蘇軾「書李世南所畫秋景」に「人間斤斧日創夷、誰見龍蛇百尺姿。不是溪山成獨往、何人解作掛猿枝」。

【八九〇】
移松苗
公能可讀五千卷、萬嶽風濤初寸苗。
公、能く五千卷を讀む可くも、
萬嶽《まんがく》の風濤《ふうとう》、初めは寸苗《すんびょう》。

【八九一】
常樂鳥
有鳥々々叫常樂、巍然刷波羅蜜翼。
一鳴四十有餘年、縱叫説得説不得。
鳥有り、鳥有り、常樂《じょうらく》と叫ぶ、
巍然《ぎぜん》として、波羅蜜《はらみつ》の翼を刷《ととの》う。
一鳴《いちめい》、四十有餘年、

縦《たと》い説き得たりと叫ぶも、説き得ず。

【八九二】

花時過隣寺

猶餘孟母三遷志、百萬賣隣只爲花。

猶お孟母三遷《もうぼさんせん》の志を餘す、

百萬に隣を賣るは、只だ花の爲なり。

○百萬賣隣＝『南史』呂僧珍傳、「百萬買宅、千萬買隣」。

【八九三】原本一〇四丁

太平雀

鵇短三年不得鳴、今朝九萬試鵬程。

此聲一々非凡鳥、天上聽驚天下驚。

鵇短くして、三年鳴くことを得ず、

今朝、九萬に鵬程《ほうてい》を試む。

此の聲、一々、凡鳥《ぼんちょう》に非ず、

天上《てんじょう》も聽いて驚き、天下も驚く。

○萬里集九『梅花無盡藏』にあり、自註に「于時臺駕（義政）降相國方丈、觀一堂頌。余始入社。横川、桃源、爲同年」。

【八九四】

紙燭吹滅

庭前芙蓉捧木筆、屋後松風奏琴瑟。

這是觀音入理門、一二三四五六七。

庭前《ていぜん》の芙蓉《ふよう》、木筆を捧ぐ、

屋後《おくご》の松風《しょうふう》、琴瑟《きんしつ》を奏《かな》づ。

這《これ》は是れ觀音《かんのん》入理の門、

一二三四五六七。

【八九五―一】

重陽海棠

今又重陽易地佳、海棠聞昔出唐家。

々々春晩無人愛、却伴秋風隱逸花。淳巖

今又た重陽《ちょうよう》、地を易《か》うるも佳《よ》し、

海棠《かいどう》は聞く、昔、唐家《とうけ》に出づると。
唐家《とうけ》、春晩《おく》れて人の愛する無く、
却って秋風、隠逸《いんいつ》の花を伴う。

【八九五―二】

秋日海棠春色加、重陽佳節是吾家。
満城風雨東君手、染出西川第一花。同

秋日の海棠《かいどう》、春色加う、
重陽《ちょうよう》の佳節《かせつ》、是れ吾が家。
満城《まんじょう》の風雨、東君《とうくん》の手《しゅ》、
染め出だす、西川《せいせん》の第一花《だいいっか》。

○西川第一花＝海棠。『翰林五鳳集』天隠「海棠鸚鵡」詩に、「海棠鸚鵡竝名齊、花出西川鳥隴西」。

【八九五―三】

西風吹處即重陽、又看春光在海棠。
銀燭不焼花若睡、一燈菊亦照紅粧。同

西風吹く處、即ち重陽《ちょうよう》、
又た看る、春光の海棠《かいどう》に在ることを。
銀燭《ぎんしょく》焼《た》かず、花睡るが若し、
一燈の菊も亦た紅粧《こうしょう》を照らす。

○花若睡＝睡海棠。楊貴妃。前出［八七三―二］『冷齋夜話』。

【八九六―一】

海棠夕陽

紅海棠粧紫禁闈、不濃不淡映斜暉。
西飛白日傍花影、恰似明皇約貴妃。雪叟

紅海棠《こうかいどう》の粧《よそお》い、紫禁《しきん》の闈《い》、
濃からず淡からず、斜暉《しゃき》に映ず。
西飛《せいひ》する白日《はくじつ》、花影《かえい》を傍《そ》う、
恰も似たり、明皇《めいこう》が貴妃《きひ》と約するに。

【八九六―二】

雨後海棠春一枝、紅粧只有未開時。

沈香亭畔斜陽暮、花亦楊妃傾國姿。芸

雨後の海棠《かいどう》、春一枝《いっし》、
紅妝《こうしょう》は、只だ未だ開かざる時に有り。
沈香亭《ちんこうてい》の畔《ほとり》、斜陽《しゃよう》暮る、
花も亦た楊妃《ようひ》が傾國《けいこく》の姿。

【八九六―三】

滿院海棠看者情、夕陽吟盡事詩評。
寸莚緩打寺樓下、若報斯花睡可驚。會

滿院《まんいん》の海棠《かいどう》、看る者の情、
夕陽《せきよう》に吟じ盡くして、詩評を事とす。
寸莚《すんえん》、緩《ゆる》かに打て、寺樓《じろう》の下、
若し斯《こ》の花に報ぜば、睡り驚《さ》む可し。

○寸莚＝小さい撞木。五山の用語。天隱「寒鐘」に「姑蘇城外古招提。風送寒鯨夢欲迷。知是道人呵手打。寸莚聲帶曙霜低」。『句雙葛藤鈔』「萬石鐘爲寸莚音不起（萬石の鐘は寸莚の爲に音を起てず）」

【八九六―四】

一枝海棠和夕輝、紅妝僉曰古來稀。
傾西日影驪宮晚、笑向春風花貴妃。存

一枝《いっし》の海棠《かいどう》、夕に和して輝く、
紅妝《こうしょう》、僉《み》な曰う、古來稀《まれ》なりと。
西に傾く日影、驪宮《りきゅう》の晩、
笑って春風《しゅんぷう》に向かう、花の貴妃《きひ》。

【八九六―五】

坐愛蜀花催勝遊、一吟未盡夕陽收。
晚風吹亂海棠線、高掛青天擊日不。喜

坐《そぞ》ろに蜀花《しょくか》を愛して、勝遊《しょうゆう》を催す、
一吟《いちぎん》、未だ盡きざるに、夕陽《せきよう》收む。
晚風《ばんぷう》、吹き亂す、海棠線、
高く青天《せいてん》に掛けて、日を擊つや不《いな》や。

○海棠線＝線字、不審。

【八九六―六】
碧沙〔紗〕窓外日斜時、海棠紅妝看始奇。
一片東風吹雨後、夕陽掛在未開枝。
碧紗窓外《へきしやそうがい》、日斜めなる時、
海棠《かいどう》の紅妝《こうしよう》、看て始めて奇なり。
一片《いつぺん》の東風《とうふう》、雨を吹いて後、
夕陽《せきよう》、未だ開かざる枝に掛在《かざい》す。

【八九六―七】
春去柴門人不見、暮樓鐘皷落花風。
［春再來セントテ不來人ノ方ヘノ詩］南化
春去って、柴門《さいもん》、人見えず、
暮樓《ぼろう》の鐘皷《しようく》、落花《らつか》の風。

【八九七―一】
河漢微雲
曳々容々斷復連、微雲吹掩鵲橋邊。
女牛今夜待晴意、一刻黄河五百年。雪
曳々容々《えいえいようよう》、斷えては復た連なる、
微雲《びうん》吹き掩う、鵲橋《じやくきよう》の邊。
女牛《じよぎゆう》、今夜、晴を待つ意、
一刻、黄河《こうが》五百年。

【八九七―二】
銀河天晴失生光、交會未修情不常。
一片微雲愁萬斛、牛郎亦是楚襄王。
銀河《ぎんが》天晴れて、失生光、
交會《こうかい》、未だ修めず、情、常ならず。
一片《いつぺん》の微雲《びうん》、愁い萬斛《まんごく》、
牛郎《ぎゆうろう》も亦た是れ、楚の襄王《じようおう》。

○失生光＝不審。○楚襄王＝劉希夷「公子行」に、「爲雲爲雨楚襄王」。

【八九七―三】

千里佳期情豈休、星々影暗奈交遊。存
鵲橋忽被微雲掩、欲渡牽牛不自由。

千里の佳期《かき》、情、豈に休《や》まんや、
星々、影は暗し、交遊を奈《いかん》せん。
鵲橋《じゃくきょう》、忽ち微雲《びうん》に掩わる、
渡らんと欲するも、牽牛《けんぎゅう》、自由ならず。

【八九七―四】

銀漢今宵未弄晴、牛郎幾度惱斯生。
二星若比李楊約、一片微雲安祿丘。喜

銀漢《ぎんかん》、今宵《こんしょう》、未だ晴を弄さず、
牛郎《ぎゅうろう》、幾度か斯《こ》の生を惱む。
二星、若し李楊《りよう》の約に比さば、
一片《いっぺん》の微雲《びうん》、安祿《あんろく》の丘。

○弄晴＝晴天に乘じて樂しむ。○李楊＝玄宗（李隆基）と楊貴妃。
○安祿丘＝安祿山の叛亂が追いついた馬嵬の地。

【八九七―五】

二星今夜奈同遊、膚寸斜懸河漢秋。
料識牛郎有遺恨、微雲亦是辟陽侯。

二星、今夜、同遊を奈《いかん》せん、
膚寸《ふすん》、斜めに懸く、河漢《かかん》の秋。
料り識る、牛郎《ぎゅうろう》、遺恨《いこん》有るらん、
微雲《びうん》も亦た是れ、辟陽侯《へきようこう》。

○膚寸＝雨が降り出す前に集まった切れ切れの雲。○辟陽侯＝漢の審食其。前出［七二〇―一］。

【八九七―六】

隔歳佳期交未修、銀河影暗摘星樓。
清風有意可吹掃、一片微雲牛女愁。

隔歳《かくさい》の佳期《かき》、交わり未だ修めず、
銀河《ぎんが》、影は暗し、摘星樓《てきせいろう》。

清風《せいふう》、意有って吹き掃う可し、
一片《いっぺん》の微雲《びうん》、牛女《ぎゅうじょ》の愁いを。

○摘星樓＝商の紂王が建てたという傳説の、極めて高い樓。

【八九八―一】

滿船載月

今夜橫船蘆葦叢、月明載得望秋空。
廣寒世界一帆上、掛待滄波萬里風。雪叟

今夜、船を橫たう、蘆葦叢《ろいそう》、
月明、載せ得て、秋空を望む。
廣寒《こうかん》の世界《せかい》、一帆《いっぱん》の上、
掛けて待つ、滄波萬里《そうはばんり》の風を。

【八九八―二】

可賞中秋三五辰、滿船載月點無塵。
篷窓今夜餘光籠、唯駐江湖歸去人。純

賞す可し、中秋三五の辰、
滿船《まんせん》に月を載せて、點として塵無し。
篷窓《ほうそう》、今夜、餘光《よこう》籠め、
唯だ江湖《ごうこ》に歸り去る人を駐《とど》む。

【八九八―三】

滿船載月屬篙工、無限秋光蘆葦叢。
今夜瀟湘江水畔、歸帆輕颺桂花風。存

滿船《まんせん》に月を載するは、篙工《こうこう》に屬す、
限り無き秋光、蘆葦叢《ろいそう》。
今夜、瀟湘《しょうしょう》江水の畔《ほとり》、
歸帆《きはん》輕く颺《あ》ぐ、桂花《けいか》の風。

【八九八―四】

月在船窓開處輝、皆言此景古來稀。
片帆高掛五湖上、八萬廣寒載得歸。榮

月は船窓《せんそう》の開く處に在って輝く、
皆な言う、此の景、古來稀《まれ》なりと。

片帆《へんぱん》高く掛く、五湖《ごこ》の上、
八萬の廣寒《こうかん》、載せ得て歸る。

【八九八―五】

一段風光月正明、滿船載得片帆輕。
廣寒雲散天如畫、今夜篷窓不夜城。喜

一段の風光、月、正に明らかなり、
滿船《まんせん》に載せ得て、片帆《へんぱん》輕し。
廣寒《こうかん》、雲散じて、天、畫の如し、
今夜、篷窓《ほうそう》は不夜《ふや》城《じょう》。

【八九八―六】

四海風閑波亦平、滿船載月最多情。
廣寒八萬三千戸、移作篷窓一夜明。繁

四海《しかい》、風閑かにして、波も亦た平、
滿船《まんせん》に月を載す、最も多情《たじょう》。
廣寒《こうかん》の八萬三千戸、
移して篷窓《ほうそう》一夜の明と作す。

○廣寒八萬三千戸＝後出[八九九―一]の、『酉陽雜俎』修月斧の註。そこでは八萬二千戸となっているが、室町禪林ではみな八萬三千という。

【八九八―七】

船泛蘆花淺水波、秋風載月夜如何。
懶漁情亂篷窓曉、忽擲釣竿約素娥。元

船、蘆花《ろか》に泛《うか》ぶ、淺水《せんすい》の波、
秋風、月を載す、夜如何《いかん》。
漁するに懶《ものう》く情亂る、篷窓《ほうそう》の曉、
忽ち釣竿《ちょうかん》を擲《なげう》って、素娥《そが》と約す。

【八九八―八】

夜靜水清蘆荻洲、滿船載月思悠々。
風帆掛處姮娥影、萬里無雲三五秋。

夜靜かに、水清らかなり、蘆荻洲《ろてきしゅう》、

満船《まんせん》に月を載せて、思い悠々《ゆうゆう》。
風帆《ふうはん》掛くる處、姮娥《こうが》の影、
萬里《ばんり》雲無し、三五の秋。

【八九九—一】

修月斧

斧斤修月尚磨光、今夜秋風桂子香。
八萬廣寒運柯看、五湖四海鏡中粧。巨首座

斧斤《ふきん》もて月を修し、尚お光を磨す、
今夜、秋風、桂子《けいし》の香。
八萬の廣寒《こうかん》、柯を運《めぐ》らし看よ、
五湖四海《ごこしかい》、鏡中の粧《よそおい》。

○修月斧＝『酉陽雑俎』巻一、「唐大和中、鄭仁本が表弟《いとこ》、姓名は記さず、常に一《ひと》りの王秀才なるものと與《とも》に嵩山《すうざん》に游ぶ。蘿を捫《つか》み澗を越え、境、極めて幽敻なり。忽ち歸路を迷《みうしな》い、將に暮れなんとし、之く所を知らず。徙倚する間、忽ち叢中の鼾の聲を覺ゆ。榛《やぶ》を披《ひら》いて之れを窺うに、一人の布衣を見る。衣、甚だ潔白なり。一襆物に枕し、方に眠り熟せり。即ち之れを呼んで曰く、某、偶《たま》たま此の徑《みち》に入って路を迷《みうしな》えり、君、向《さき》の官道を知るや。其の人、首《こうべ》を擧げて略《ほ》ぼ視て、應ぜずして復た寢ぬる。又た再三、之れを呼ぶ。乃ち起きて坐し、顧みて曰く、此に來たれ。二人、因って之に就いて、且らく其の所自《みのうえ》を問う。其の人、笑って曰く、君知るや、月は七寶の合成せるを。月勢、丸の如し、其の影は、日び其の凸處を爍するなり。常に八萬二千戸有って之を修す。予も即ち一數なり。因って襆を開くに、斤鑿の數事、玉屑飯の兩裹有り。二人に授與して曰く、此を分かち食え。長生するに足らずと雖も、一生、疾無かる可し。乃ち二人を起して一支徑《ほそみち》を指して曰く、但だ此に由らば、自ずから官道に合せん。言い已って見えず」。

【八九九—二】

誰識廣寒添苦辛、秋風萬里運雲斤。
採三千丈桂成堊、天上嫦娥亦郢人。清菴

誰か識る、廣寒《こうかん》に苦辛を添うことを、
秋風萬里《ばんり》、雲斤《うんきん》を運《めぐ》らす。
三千丈の桂を採って堊《あ》と成す、
天上《てんじょう》の嫦娥《こうが》、亦た郢人《えいひと》。

○郢人＝『莊子』徐無鬼の郢匠。「郢人運斤」。

【九〇〇】

錦綉芙蓉

年少芙蓉情不些、詩人終日一吟加。
思應風物無斯興、枝々綉出錦城花。

年少の芙蓉《ふよう》、情些《いささ》かならず、
詩人、終日、一吟《いちぎん》加う。
思う、應《まさ》に風物に斯《こ》の興無かるべし、
枝々《しし》綉出《しゅうしゅつ》す、錦城《きんじょう》の花。

【九〇一】

諸葛菜

輟耕一起自南陽、移得蔓菁行處湘。
天下江山三國鼎、和羹併俗奉劉郎。横川

耕を輟《や》め、一たび南陽《なんよう》より起こる、
蔓菁《まんせい》を移し得て、行いて湘に處す。
天下の江山《こうざん》、三國の鼎《かなえ》、
羹に和し、俗を併せて、劉郎《りゅうろう》に奉る。

○横川『小補集』にあり。○諸葛菜＝カブラ。

【九〇二―一】

羯鼓催花

催花羯鼓響宮庭、妃子三郎相共聽。
一撃鼕々紅爛熳、此聲變作雨霖鈴。雪

花を催す羯鼓《かっこ》、宮庭に響く、
妃子三郎《ひしさんろう》、相共に聴く。
一撃鼕々《とうとう》、紅《くれない》、爛熳《らんまん》、
此の聲、變じて雨霖鈴《うりんれい》と作《な》る。

○雨霖鈴＝雨霖鈴曲。玄宗が馬嵬で楊貴妃を誅したのち、蜀の桟道で雨音と馬鈴の和するを聞いて、貴妃を偲んで作ったもの。『明皇別録』。○羯鼓催花＝前出[四三六]。

【九〇二—二】

萬木隨檛春色加、明皇羯鼓響唐家。
鼕々聲裏兩般意、纔見桃花又杏花。純

萬木隨檛、春色加う、
明皇《めいこう》の羯鼓《かつく》、唐家《とうけ》に響く。
鼕々《とうとう》たる聲裏《せいり》、兩般《りょうはん》の意、
纔《わず》かに桃花《とうか》を見、又た杏花《きょうか》。

○萬木隨檛＝檛はつえ、むち。不審。

【九〇二—三】

聽得明皇羯鼓聲、猶添春色九重城。
鼕々縱是催花去、一陣東風安祿兵。存

明皇《めいこう》羯鼓《かつく》の聲を聽き得て、
猶お春色を添う、九重《きゅうちょう》の城。
鼕々《とうとう》、縱《たと》い是れ花を催し去るも、
一陣の東風《とうふう》、安祿《あんろく》の兵。

【九〇二—四】原本一〇五丁

三郎羯鼓欲催之、枝上餘寒花較遲。
寄語鼕々休急打、海棠春在未開時。壽

三郎《さんろう》の羯鼓《かつく》、之を催さんと欲す、
枝上《しじょう》の餘寒《よかん》、花較《や》や遲し。
寄語《きご》す、鼕々《とうとう》、急に打つことを休《や》めよ、
海棠《かいどう》の春は、未だ開かざる時に在り。

○花較遲＝杜甫「人日」詩、「冰雪鶯難至、春寒花較遲」。○春在未開時＝劉禹錫「拋球樂詞」「春早見花枝、朝朝恨發遲。及看花落後、卻憶未開時」。

【九〇二—五】

羯鼓催花春色濃、官遊到處起香風。
鼕々聲渡驪宮曉、樹々枝頭一點紅。需

羯鼓《かつく》、花を催して、春色、濃やかなり、
官遊《かんゆう》、到る處に香風《こうふう》を起こす。
鼕々《とうとう》、聲は渡る、驪宮《りきゅう》の曉、

樹々枝頭《しとう》、一點《いってん》の紅。

【九〇二―六】

當達々當聽始驚、禁園桃杏共多情。
催花縱奏春光好、終作漁陽鼙鼓聲。昌

當達達當《とうたつたつとう》、聽いて始めて驚く、
禁園《きんえん》の桃杏《とうきょう》、共に多情《たじょう》。
花を催して、縱《ほしい》ままに春光好《しゅんこうこう》を奏するも、
終《つい》には漁陽鼙鼓《ぎょようへいく》の聲と作《な》る。

○春光好＝曲の名。前出［四三六］。○漁陽鼙鼓＝白居易「長恨歌」「漁陽鞞鼓動地來、驚破霓裳羽衣曲」。馬嵬に攻めて來る安禄山。

【九〇二―七】

催花羯鼓最多情、萬紫千紅聽始驚。
一擊聲中捲簾看、枝葉春色九重城。

花を催す羯鼓《かつく》、最も多情《たじょう》、
萬紫千紅《ばんしせんこう》、聽いて始めて驚く。
一擊聲中《せいちゅう》、簾を捲いて看よ、
枝葉《しよう》の春色、九重《きゅうちょう》の城。

【九〇三―一】

櫻雪

樹頭樹底雪生涯、爛熳櫻開佳境加。
誤道詩人曾不出、春風吹落玉雲花。存

樹頭樹底《じゅとうじゅてい》、雪の生涯《しょうがい》、
爛熳《らんまん》と櫻開いて、佳境《かきょう》加う。
誤って道う、詩人曾て出でずと、
春風《しゅんぷう》、吹き落とす、玉雲《ぎょくうん》の花。

○玉雲＝建長寺玉雲菴。櫻の名所。前出［四三〇―一］。

【九〇三―二】

櫻雪霏々佳興加、吟遊終日思無邪。
疎簾看倦詩人眼、誤作春風金谷花。喜

櫻雪《おうせつ》、霏々《ひひ》として、佳興《かきょう》加う、

吟遊《ぎんゆう》、終日、思い邪《よこしま》無し。
疎簾《それん》、看倦《みあ》く、詩人の眼、
誤って春風《しゅんぷう》、金谷《きんこく》の花と作す。

○金谷花＝花前對酌をいうか。『翰林五鳳集』、九鼎「花前對酌圖」に、「金谷花前廿四人、至今青史嘆望塵。兩髯對飲香雲底、況亦交情似酒醇」。茂彦「讀春夜宴桃李園序」に、「生涯爛醉樂其樂、老去無心金谷花」。金谷は、石崇がつくった園の名。賓客をここに集めて大飲して詩を作らしめ、成らぬ者には罰杯として三斗を飲ませた。「金谷酒數」。

【九〇三―三】

櫻雪飛時事勝遊、一吟一詠一風流。
玉雲景與剡溪似、若有子猷可泛舟。シユ

櫻雪《おうせつ》、飛ぶ時、勝遊《しょうゆう》を事とす、
一吟一詠《いちぎんいちえい》、一風流《いちふうりゅう》。
玉雲《ぎょくうん》の景は、剡溪《えんけい》と似たり、
若し子猷《しゆう》有らば、舟を泛ぶ可し。

○剡溪、子猷＝『蒙求』「子猷尋戴」。前出［七八―三］。

【九〇四】

杜甫春遊圖

杜陵終日促遊時、此地至今看始奇。
爛熳春光不吹盡、浣花溪裡送生涯。

杜陵《とりょう》、終日、遊を促す時、
此の地、今に至るも、看て始めて奇なり。
爛熳《らんまん》たる春光、吹き盡くさず、
浣花溪裡《かんかけいり》、生涯《しょうがい》を送る。

○浣花溪＝成都の杜甫草堂のあったところ。濯錦江《たくきんこう》とも。

【九〇五―一】

荷香如沈水

水沈吹送捲荷風、避得塵埃在此中。
雨似香烟花亦暗、西湖十里一薫籠。雪

水沈《すいちん》、吹き送る、捲荷《けんか》の風、

塵埃《じんあい》を避け得て、此の中に在り。
雨は香烟《こうえん》に似、花も亦た暗し、
西湖《せいこ》十里、一薫籠《くんろう》。

○花亦暗＝『三體詩』、石召「送人歸山」、「花暗竹房春」。

【九〇五―二】

池塘流水捲荷生、氣等薫籠情又情。
瀉下清香晩涼雨、打花聲似畫簾聲。存

池塘《ちとう》の流水《りゅうすい》、捲荷《けんか》生ず、
氣、薫籠《くんろう》に等し、情又た情。
清香《せいこう》を瀉ぎ下す、晩涼《ばんりょう》の雨、
花を打つ聲は似たり、畫簾《がれん》の聲に。

○畫簾聲＝『錦繡段』、陸游「聽雨戲作」詩二の一、「焚香臥聽畫簾聲」。

【九〇五―三】

無限清香西又東、荷花十里水沈烘。
一枝忽被微風觸、吹入江南繞帳中。喜

限り無き清香《せいこう》、西又た東す、
荷花《かか》十里、水沈烘《すいちんこう》。
一枝《いっし》、忽ち微風《びふう》に觸れられて、
吹いて江南《こうなん》に入り、帳中を繞る。

○吹入江南繞帳中＝黄山谷の「江南の帳中香を恵まるる者有り、戯れに六言を答う」詩。

【九〇五―四】

和雨新荷風露加、吹成沈水思無邪。
寶薫近自西湖出、未必江南□[有]此花。全代

雨に和して、新荷《しんか》、風露《ふうろ》加う、
吹いて沈水《じんすい》と成って、思い邪《よこしま》無し。
寶薫《ほうくん》、近ごろ西湖《せいこ》より出づ、
未だ必ずしも江南《こうなん》に此の花有らず。

【九〇五―五】

新荷帶露在君家、氣似水沈忽避邪。
翡翠閑居認香□、黃雲一穗趙昌花。玄□

新荷《しんか》、露を帶びて、君が家に在り、
氣は水沈《すいちん》に似て、忽ち邪を避く。
翡翠《ひすい》、閑居《かんきょ》して、認香□、
黃雲一穗《こううんいっすい》、趙昌《ちょうしょう》の花。

○趙昌花＝前出［一五二］。

【九〇五―六】

往到池邊雨亦涼、捲荷帶露不尋常。
鑑湖花氣照風底、認作江南一炷香。

往いて池邊《ちへん》に到って、雨も亦た涼し、
捲荷《けんか》、露を帶びて、尋常《よのつね》ならず。
鑑湖《かんこ》の花氣《かき》、風を照らす底《てい》、
認めて江南一炷《こうなんいっしゅ》の香と作す。

【九〇六】

立春前三日待鶯
待春意似待坡老、一曲綿蠻李節推。

春を待つ意は、坡老《ばろう》を待つに似たり、
一曲綿蠻《めんばん》、李節推《りせっすい》。

○前出［五一七］に同じ。蘇東坡の「富陽の新城に往いて、李節推先に行くこと三日、風水洞に留まって待たる」詩。

【九〇七】

遙認招提到翠微、有僧強道不如歸。
梅花過後難投宿、門外流鶯雨濕衣。寄松壽主盟借宿詩
俊麟

遙かに招提《しょうだい》を認めて、翠微《すいび》に到る、
僧有り、強いて道う、歸らんには如かずと。
梅花《ばいか》、過ぎて後、宿を投じ難し、
門外の流鶯《りゅうおう》、雨、衣を濕す。

【九〇八】
上林苑召衣
毎日禁花雖紙滿、未△〔曾〕聽野梅有名。
毎日、禁花《きんか》、紙に満ると雖も、
未だ曾て聴かず、野梅《やばい》の名有るを。
○前出[七四六]に、「毎日禁花雖滿紙、未曾聽有野梅名」。

【九〇九】
不信惟△〔看〕八九月、紛々黄葉滿山川。
信ぜずんば、惟《た》だ八九月を看よ、
紛々《ふんぷん》たる黄葉《こうよう》、山川《さんせん》に満つ。
○『五燈會元』巻十六、佛恵章、「不信但看八九月、紛紛黄葉滿山川」。

【九一〇】
丈夫膝下有黄金
丈夫膝下《しっか》に黄金有り。

【九一一】
德山屋裡貝〔販〕揚州、臨濟堂前開飯店。
德山《とくさん》、屋裡《おくり》に揚州《ようしゅう》を販《う》る、
臨濟《りんざい》、堂前に飯店《はんてん》を開く。
○『中峯和尚廣録』寄此道監寺。

【九一二】
明皇貴妃私語圖
醉侍君王夜未終、長生殿上月朦朧。
在天比翼總虚語、墓草秋荒日本東。横川
酔うて君王に侍す、夜未だ終らず、
長生殿《ちょうせいでん》上、月朦朧《もうろう》。
天に在っては比翼《ひよく》と、總に虚語《きょご》、
墓草《ぼそう》、秋は荒る、日本の東。

○横川景三『補菴京華前集』に出る。

【九一三―一】

長生私語圖

妃子明皇私語聲、言猶在耳二三更。雪叟
若知蜀道蒙塵意、不結驪宮比翼盟。

妃《ひ》子《し》明皇《めいこう》、私語《しご》の聲、
言、猶お耳に在り、二三更。
若し蜀道蒙塵《しょくどうもうじん》の意を知らば、
驪宮《りきゅう》に、比翼《ひよく》の盟をば結ばじ。

○蒙塵＝前出［四七八］。

【九一三―二】

長生私語最多情、妃子明皇共結盟。存
治亂開元何足恃、地枝天鳥槿花榮。

長生《ちょうせい》の私語《しご》、最も多情《たじょう》、
妃《ひ》子《し》明皇《めいこう》、共に盟を結ぶ。
治亂《ちらん》の開元《かいげん》、何ぞ恃《たの》むに足らん、
地《ち》枝《し》天鳥《てんちょう》も、槿花《きんか》の榮。

【九一三―三】

長生私語思無邪、今夜三郎情最加。喜
妃子終成馬嵬骨、地枝天鳥趙昌花。

長生《ちょうせい》の私語《しご》、思い邪《よこしま》無し、
今夜、三郎《さんろう》、情最も加う。
妃《ひ》子《し》、終《つい》に馬嵬《ばかい》の骨と成る、
地《ち》枝《し》天鳥《てんちょう》も、趙昌《ちょうしょう》の花。

○趙昌花＝前出［一五二］。

【九一三―四】

長生私語此情親、沉又雙星交會辰。全
縱結連枝比翼約、楊妃終是馬嵬塵。

長生《ちょうせい》の私語《しご》、此の情親し、
況んや又た、雙星《そうせい》の交會《こうかい》する辰をや。

縦《たと》い連枝比翼《れんしひよく》の約を結ぶも、
楊妃《ようひ》、終《つい》には是れ馬嵬《ばかい》の塵。

【九一三―五】

交會何唯一夕休、深宮私語思悠々。
天長地久欲相約、連理芭蕉不耐秋。元代

交會《こうかい》、何ぞ唯だ一夕に休《や》まんや、
深宮の私語《しご》、思い悠々《ゆうゆう》。
天長地久《てんちょうちきゅう》、相約さんと欲するも、
連理《れんり》の芭蕉《ばしょう》、秋に耐えず。

○芭蕉不耐秋＝『三體詩』竇鞏「訪隱者不遇」、「欲題名字知相訪、
又恐芭蕉不耐秋」。

【九一三―六】

妃子三郎相共云、連枝比翼豈應分。
此盟縱變不遺恨、牛女争奈河漢雲。昌

妃子三郎《ひしさんろう》、相共に云う、
連枝比翼《れんしひよく》、豈に分に應ぜんや。
此の盟、縦《たと》い變ずるも、恨みを遺さず、
牛女《ぎゅうじょ》、河漢《かかん》の雲を争奈《いかん》せん。

【九一三―七】

連枝比翼共相親、今夜長生私語辰。
忽結交盟二星夕、何圖終作馬嵬塵。

連枝比翼《れんしひよく》、共に相親し、
今夜、長生《ちょうせい》に私語《しご》する辰。
忽ち交盟《こうめい》を結ぶ、二星の夕、
何ぞ圖らん、終《つい》に馬嵬《ばかい》の塵に作らんとは。

【九一四―一】

牡丹菊

潤年一種牡丹菊、右袒春風左袒秋。今人續翠乎

潤年《じゅんねん》、一種の牡丹菊《ぼたんきく》、
春風《しゅんぷう》に右袒《うたん》し、秋には左袒《さたん》。

○續翠＝江西龍派。○潤年、牡丹＝前出［五八─一六］紅十三。

【九一四─二】

菊有佳名謂牡丹、春秋風物露漙々。

黄花若即花王位、隱逸淵明白眼看。雪叟

菊に佳名有り、牡丹《ぼたん》と謂う、
春秋《しゅんじゅう》の風物、露漙々《たんたん》たり。
黄花《こうか》、若し花王《かおう》の位に即《つ》かば、
隱逸《いんいつ》の淵明《えんめい》も、白眼《はくがん》もて看ん。

【九一四─三】

戲蝶遊蜂兩樣看、牡丹耶菊露漙々。

淵明若慣國忠躰、此一東籬百寶欄。代

戲蝶遊蜂《ぎちょうゆうほう》、兩様《りょうよう》の看、
牡丹《ぼたん》か菊か、露漙々《たんたん》たり。
淵明《えんめい》、若し國忠《こくちゅう》の躰に慣れたれば、
此の一東籬《とうり》、百寶欄《ひゃっぽうらん》。

○前出［七四八─一六］に、「楊國忠、貴妃從祖兄也。百寶欄種牡丹以寶カサル」。

【九一四─四】

幷看秋興與春光、菊有牡丹風露香。

冒雨皆開一籬畔、黄花色上更添黄。代

幷《あわ》せ看る、秋興と春光とを、
菊に牡丹《ぼたん》有って、風露《ふうろ》香し。
雨を冒して皆な開く、一籬《いちり》の畔《ほとり》、
黄花《こうか》色上、更に黄を添う。

【九一四─五】

牡丹菊綻露香新、愛看陶翁情最親。

一雨重陽花兩樣、晉籬秋色浴園春。存

牡丹菊《ぼたんきく》綻びて、露香《ろこう》新たなり、
愛し看る陶翁《とうおう》、情最も親し。
一雨、重陽《ちょうよう》の花は兩様《りょうよう》、

晋籬《しんり》の秋色、浴園の春。

【九一四―六】

菊有牡丹佳色加、重陽愛看小籬笆。

姚黄魏紫春過後、又託秋風隱逸花。需

菊に牡丹《ぼたん》有って、佳色《かしよく》加う、

重陽《ちようよう》、愛し看る小籬笆《りは》。

姚黄魏紫《ようこうぎし》、春過ぎて後、

又た秋風に託す、隱逸《いんいつ》の花。

【九一四―七】

節到重陽佳興加、牡丹菊綻滿陶家。

一籬秋色所何似、認作春風姚魏花。喜

節《せつ》、重陽《ちようよう》に到って、佳興《かきよう》加う、

牡丹菊《ぼたんきく》綻びて、陶家《とうけ》に滿つ。

一籬《いちり》の秋色、何に似たる所ぞ、

認めて春風《しゆんぷう》姚魏《ようぎ》の花と作す。

【九一四―八】

牡丹菊綻事豪奢、秋日何圖春色加。

吹露一枝兩般意、晋籬花亦洛陽花。

牡丹菊《ぼたんきく》綻びて、豪奢《ごうしや》を事とす、

秋日、何ぞ圖らん、春色の加わるを。

露を吹く一枝《いつし》、兩般《りようはん》の意、

晋籬《しんり》の花も亦た、洛陽《らくよう》の花。

○事豪奢＝羅鄴「牡丹」詩に「落盡春紅始見花、花時比屋事豪奢」。

○晋籬花＝陶淵明の愛した菊。

【九一五―一】原本一〇六丁

西施桃

上巳桃開西子村、淡粧濃抹自嬋媛。

昔年何事亡呉意、終日問花終不言。臣首座

上巳《じようし》、桃開く、西子《せいし》の村、

淡粧濃抹《たんしようのうまつ》、自ずから嬋媛《せんえん》。

昔年《そのかみ》、何事ぞ呉を亡ぼすの意、
終日、花に問うも、終《つい》に言わず。

○嬋媛＝嬋娟に同じ。あでやかで美しい。

【九一五―二】

蟠桃依舊有妍姿、粉淡紅嬌醉設[西]施。
王母全身應范蠡、三千歳花一娥眉。

蟠桃《はんとう》、舊《きゅう》に依《よ》って妍姿《けんし》有り、
粉淡紅嬌《ふんたんこうきょう》、醉西施《すいせいし》。
王母《おうぼ》、全身應《まさ》に范蠡《はんれい》なるべし、
三千歳《さんぜんさい》の花、一娥眉《がび》。

○醉西施＝李白「烏棲曲」、「姑蘇臺上烏棲時、呉王宮裏醉西施」。
○范蠡＝美女の西施送り込んで、夫差を籠絡した。

【九一五―三】

西子粧成桃綻辰、巳上風色日猶新。
逢花一刻三千歳、粉淡紅嬌王母春。

西子《せいし》、粧《よそおい》成って、桃の綻ぶ辰、
巳上《じじょう》の風色《ふうしょく》、日びに猶お新たなり。
花に逢えば、一刻三千歳《さんぜんさい》、
粉淡紅嬌《ふんたんこうきょう》、王母《おうぼ》の春。

【九一五―四】

春呉風色滿仙家、桃有西施錦有霞。
昔日吟懷棄如土、黄金只合鑄斯花。

春呉の風色《ふうしょく》、仙家《せんけ》に滿つ、
桃に西施《せいし》有り、錦に霞有り。
昔日《そのかみ》、吟懷《ぎんかい》、棄てて土の如し、
黄金、只だ合《まさ》に斯《こ》の花を鑄《い》るべし。

【九一五―五】

上巳新開先子[西]桃、五湖煙景禹門濤。
此花若落朱君手、王母笑中可有刀。

上巳《じょうし》、新たに開く、西子の桃、

五湖《ごこ》の烟景《えんけい》、禹門《うもん》の濤。
此の花、若し朱君《しゅくん》が手に落ちなば、
王母《おうぼ》が笑中に刀有る可し。

○朱君＝陶朱公。越王句踐の臣、范蠡。

【九一六―一】

囲爐話舊
避寒腸底似回春、今夜囲爐話舊辰。
品字柴頭煨正暖、忽催交會共相親。

寒を避くる腸底《ちょうてい》、春を回すに似たり、
今夜、爐を囲んで、舊を話《かた》る辰。
品字《ひんじ》の柴頭《さいとう》、煨《や》いて正に暖かなり、
忽ち交會《こうえ》を催して、共に相親しむ。

【九一六―二】

烏銀莫照白頭雪、二十年前面上花。仁甫

烏銀《うぎん》、白頭《はくとう》の雪を照らすこと莫かれ、
二十年前、面上の花。

○烏銀＝炭の異名。

【九一六―三】

一爐柴火勝烏銀、話舊相逢主與賓。
僉曰今宵浴梅鼎、暗香只似去年春。雪叟

一爐の柴火《さいか》、烏銀《うぎん》に勝る、
舊を話《かた》って相逢う、主と賓と。
僉《み》な曰う、今宵《こんしょう》、梅鼎《ばいてい》に浴すと、
暗香《あんこう》、只だ似たり、去年の春に。

【九一六―四】

爐邊話盡故人翁、品字柴頭煨未窮。
老矣憶曾吟榻畔、茶烟輕颺鬢絲風。存

爐邊《ろへん》に話《かた》り盡くす、故人翁《こじんおう》、
品字《ひんじ》の柴頭《さいとう》、煨《や》いて未だ窮まらず。
老いたり、憶う曾て榻畔《とうはん》に吟ぜしことを、

茶烟輕く颺《あ》ぐ、鬢絲《びんし》の風。

【九一六―五】

爐邊話舊慰殘涯、不識今宵風雪吹。
林寺焼柴問梅友、去年何處早開枝。　甫

爐邊《ろへん》に舊を話《かた》って、殘涯《ざんがい》を慰む、
識らず、今宵《こんしょう》、風雪《ふうせつ》の吹くかを。
林寺、柴を焼いて、梅友に問う、
去年、何れの處か早開《そうかい》の枝と。

【九一六―六】

交友囲爐慰此生、相逢感舊二三更。
烏銀焼盡話何事、昨日今朝一夜情。　需

友と交わり、爐を囲んで、此の生を慰む、
相逢うて、舊《きゅう》に感ず、二三更。
烏銀《うぎん》焼き盡くして、何事をか話《かた》る、
昨日今朝、一夜の情。

【九一六―七】

海月山雲情未遒、爐邊今夜話曾遊。
逢煨品字共相愧、昨日少年今白頭。　喜

海月山雲《かいげつさんうん》、情未だ遒《せま》らず、
爐邊《ろへん》、今夜、曾遊《ぞうゆう》を話《かた》る。
逢うて品字《ひんじ》を煨《や》いて、共に相愧づ、
昨日は少年、今は白頭《はくとう》。

○曾遊＝かつて遊んだこと。前出［六八四―二］。

【九一六―八】

交友今宵話舊辰、寒爐愧我乏烏銀。
焼枯縦到五更月、三日不逢情不親。　代

友と交わり、今宵《こんしょう》、舊を話《かた》る辰、
寒爐《かんろ》、我れ烏銀《うぎん》に乏しきことを愧づ。
枯《こ》を焼いて、縦《たと》い五更の月に到るも、
三日逢わざれば、情親しからず。

【九一六―九】

人世興亡皆換遷、今宵話舊坐爐邊。

枯腸欲盡從前事、又把柴頭吹不燃。同

人世の興亡《こうぼう》、皆な換わり遷る、

今宵《こんしょう》、舊を話《かた》って、爐邊《ろへん》に坐す。

枯腸《こちょう》、從前《じゅうぜん》の事を盡くさんと欲す、

又た柴頭《さいとう》を把《と》って、吹けども燃えず。

【九一六―一〇】

好子〔箇〕風流今有誰、燒枯共話晩唐詩。

郊寒島瘦一爐上、撥火閑論昔日詩。同

好箇《こうこ》の風流《ふうりゅう》、今誰か有る、

枯《こ》を燒いて、晩唐《ばんとう》の詩を共に話《かた》る。

郊寒島瘦《こうかんとうそう》、一爐の上、

火を撥って、昔日《そのかみ》の詩を閑かに論ず。

○郊寒島瘦＝孟郊の詩風は寒乞、賈島は枯瘦。前出［七九］。

【九一七―一】

招之物

寄語岐山々下鳳、一鳴早作杜鵑聲。希菴

寄語《きご》す、岐山《きざん》山下の鳳、

一鳴《いちめい》、早く杜鵑《とけん》の聲を作《な》せ。

【九一七―二】

同

七百叢林春不老、爲花爲柳一湖仙。希菴へ自五山來

七百叢林《そうりん》、春老いず、

花の爲にし、柳の爲にす、一湖仙《こせん》。

○爲花爲柳＝『翰林五鳳集』、村菴「清明」詩、「咫尺青雲前席夜、爲花爲柳問詩神」。

【九一八】

東坡笠屐圖

莫恨儋州打衣雨、元豐宰相亦鐘山。

恨むこと莫かれ、儋州《たんしゅう》、衣を打つ雨を、
元豊《げんぽう》の宰相《さいしょう》も、亦た鐘山《しょうざん》。

○恵鳳『竹居清事』、「戴笠東坡賛」に、「一生身在是非間、唯使文章千古刪。莫憾儋州打衣雨、元豊宰相亦鐘山」。

【九一九】

尋花

林下逢僧先寄語、去年何處早開枝。古人歟

林下に僧に逢い、先ず語を寄す、
去年何れの處か、早開《そうかい》の枝と。

○前出「八〇三」。

【九二〇】

山居

慣焼山中只落葉、明朝薪待五更風。

焼くに慣れたり、山中は只だ落葉《らくよう》のみ、
明朝の薪は、五更の風を待たん。

【九二一】

探梅

畫雲莊上殘花咲、此地去年先漏春。

畫雲莊上、殘花《ざんか》咲く、
此の地、去年、先に春を漏らす。

【九二二】

水底梅影

水底縱横昏月影、一枝花作百東坡。

水底縱横《じゅうおう》、昏月《こんげつ》の影、
一枝《いっし》の花、百東坡《とうば》と作《な》る。

○百東坡＝蘇軾「泛潁」詩。前出「七二一―一」。

【九二三】

白鷗春睡圖

春風波上若相比、人有陳摶花海堂[棠]。

春風《しゅんぷう》波上、若し相比さば、
人に陳摶《ちんたん》有り、花に海棠《かいどう》。

【九二四】

雪詩

乾坤和氏一團玉、何處秦王十五城。

乾坤《けんこん》は和氏《かし》が一團《いちだん》の玉、
何れの處か、秦王《しんおう》が十五城なる。

○和氏一團玉＝和氏連城璧と。『史記』八一、藺相如傳。

【九二五】

歸鴈背花

功成身退是天道、紅陣平來何不歸。

功成って身退くは、是れ天道、
紅陣、平らげ來たって、何ぞ歸らざる。

【九二六】

白櫻吹雪

三公不換此風景、花亦嚴陵一釣竿。

三公に換えず、此の風景、
花も亦た嚴陵《げんりよう》が一釣竿《ちょうかん》。

○三公不換、嚴陵一釣竿＝『錦繡段』、戴復古「子陵釣台」詩の一二句「萬事無心一釣竿、三公不換此江山」。

【九二七】

蓮筆

雨過池亭香始動、獲麟一句晩涼風。速傳

雨、池亭《ちてい》を過ぎて、香始めて動く、
獲麟《かくりん》の一句、晩涼《ばんりよう》の風。

○天恩寺舊藏『葛藤集』、晏の作に、「昨夜池亭香始動、獲麟一句晩涼風」。○獲麟一句＝孔子が獲麟の一句で絶筆したこと。絶筆の意。

【九二八】
兄弟出家、偏參別時ノ詩
世間縱具羅籠手、莫忘鶺鴒原上情。
世間、縱《たと》い羅籠《らろう》の手を具すも、
忘るること莫かれ、鶺鴒原上《せきれいげんじょう》の情。
○鶺鴒原上情＝『詩經』小雅「常棣」詩に「脊令、原に在り、兄弟、難を急にす」。

【九二九】
慧林ヨリ鐵山ヘノ詩、招物
縱分臨濟大龍榻、莫忘慧林祥鳳巢。
縱《たと》い臨濟大龍《りんざいだいりゅう》の榻《とう》を分かつも、
忘るること莫かれ、慧林祥鳳《えりんしょうほう》の巣。
○天恩寺舊藏『葛藤集』策彥の「送鐵山皈鄉」に「本是同門舊淡交、明朝此去絶推敲。雖分臨濟大龍榻、莫忘惠林禪鳳巣」。

【九三〇】
寄唐人
終日相逢話大明、三千六百里歸程。
々々若有秋風便、一葉舟中載我行。策彥
終日相逢うて、大明を話《かた》る、
三千六百里の歸程《きてい》。
歸程《きてい》、若し秋風の便有らば、
一葉舟中、我を載せて行け。

【九三一―一】
東坡讀春菜詩
東坡春菜自曾題、玉膾金虀味可齊。
和暖先生掇芳辣、九州四海一蔬畦。雪
東坡《とうば》、春菜《しゅんさい》、自ら曾て題す、
玉膾金虀《ぎょくかいきんせい》、味わい齊《ひと》しかる可し。
和暖《わだん》、先生、芳辣《ほうらつ》を掇《と》る、
九州四海《きゅうしゅうしかい》、一蔬畦《そけい》。

○蘇軾「春菜」詩、「蔓菁宿根已生葉、韭芽戴土拳如蕨。爛蒸香薺白魚肥、碎點青蒿凉餅滑。宿酒初消春睡起、細履幽畦掇芳辣。茵陳甘菊不負渠、鱠縷堆盤纖手抹。北方苦寒今未已、雪底波稜如鐵甲。豈如吾蜀富冬蔬、霜葉露芽寒更茁。久抛菘葛猶細事、苦筍江豚那忍説。明年投劾徑須歸、莫待齒搖幷髪脱」。○玉膾金虀＝うまいナマスとあえもの。○蔬畦＝菜畑。

【九三一―二】

坡老題詩吟味加、青々春菜遶籬笆。
先生憶被黄鶯笑、只摘野蔬辜負花。代

坡老《ばろう》、詩を題して、吟味《ぎんみ》加う、
青々たる春菜《しゅんさい》、籬笆《りは》を遶る。
先生、憶うに、黄鶯《こうおう》に笑われん、
只だ野蔬《やそ》を摘んで、花に辜負《こぶ》せば。

【九三一―三】

春菜題詩渉後園、東坡遺愛至今存。
檐前且喜夜來雨、雪底波稜長宿根。

春菜《しゅんさい》、詩を題して、後園《こうえん》に渉る、
東坡《とうば》の遺愛《いあい》、今に至るまで存す。
檐前《えんぜん》、且喜《しゃき》すらくは、夜來《やらい》の雨、
雪底《せってい》の波稜《はりょう》、長く根を宿さん。

○波稜＝ほうれん草。蘇軾詩。

【九三二―一】

桃花馬

一鞭避亂春風轡、背上乾坤秦外枝。

一鞭、亂を避く、春風《しゅんぷう》の轡《くつわ》、
背上《はいじょう》の乾坤《けんこん》、秦外《しんがい》の枝。

○桃花馬＝赤ばんだ葦毛の馬。杜審言「戯贈趙使君美人」詩、「紅粉青娥映楚雲、桃花馬上石榴裙」。○秦外枝＝避秦、陶潜『桃花源記』「先世、秦時の乱を避けて……」。

【九三二―二】

馬有桃花騎得看、巳場節過景吹殘。

落紅如雨春風路、輕把玄都置一鞍。雪
馬に桃花《とうか》有り、騎り得て看よ、
巳場《しじよう》の節過ぎて、景吹き殘す。
落紅《らくこう》、雨の如し、春風《しゆんぷう》の路、
輕く玄都《げんと》を把《と》って、一鞍を置く。

○玄都＝前出［二四八］、劉禹錫「戲贈看花君子」詩に、「玄都観裏、桃千樹」。

【九三二―三】

恰似追風出渥洼、河陽桃綻奪紅霞。
春騣猶有妍姿在、人道潘翁託此花。存
恰かも似たり、追風《ついふう》の渥洼《あくあい》を出づるに、
河陽《かよう》の桃は綻び、紅霞《こうか》を奪う。
春騣《しゆんそう》、猶お妍姿《けんし》の有る在り、
人は道わん、潘翁《ばんおう》、此の花に託すと。

○潘翁＝潘嶽。『世説新語』「潘嶽妙有姿容、好神情」。駿馬を美男子の潘嶽に比することは、蘇軾「書韓幹二馬」詩に「馬中嶽湛有妍姿」。「嶽湛」は、美男の潘嶽と夏侯湛。惟肖得巌「浴馬圖」詩に、「桃花毛色洗彌好、嶽湛妍姿果不誣」。

【九三二―四】

非驑非駱又非驪、桃得春風弄馬蹄。
潘嶽妍姿託花處、紅波月白禹門西。甫
驑《りゆう》に非ず、駱《らく》に非ず、又た驪《り》に非ず、
桃、春風《しゆんぷう》を得て、馬蹄《ばてい》を弄す。
潘嶽《はんがく》の妍姿《けんし》、花に託する處、
紅波《こうは》月は白し、禹門《うもん》の西。

【九三二―五】

騣々桃馬出仙家、紅點白毛色轉加。需
冀北宛西無此興、春風背上武陵花。
冀北宛西《きほくえんせい》、此の興無し、
春風背上《しゆんぷうはいじよう》、武陵《ぶりよう》の花。

駸々《しんしん》たる桃馬《とうば》、仙家《せんけ》を出づ、
紅點白毛《こうてんはくもう》、色轉《うた》た加う。
○冀北宛西＝名馬の産地。冀州の北と大宛。

【九三二―六】

一匹桃花千里行、春風得意馬蹄輕。
粉容香骨所何似、錯被人呼龍種名。喜

一匹の桃花《とうか》、千里を行く、
春風《しゅんぷう》に意を得て、馬蹄《ばてい》輕し。
粉容香骨《ふんようこうこつ》、何に似たる所ぞ、
錯って人に龍種《りゅうしゅ》の名を呼ばる。
○春風得意馬蹄輕＝孟郊の「登科後」詩に、「春風に意を得て、馬蹄疾し、一日に看盡くす、長安の花」。○粉容香骨＝ともに美人の形容。○龍種＝駿馬。龍駒。

【九三二―七】

上巳桃開花亦奇、化成八駿出瑤池。
遊人不用着鞭去、千里追風紅兩枝。

上巳《じょうし》、桃開いて、花も亦た奇なり、
化して八駿《はっしゅん》と成って、瑤池《ようち》を出づ。
遊人《ゆうじん》、鞭を着くることを用いずして去る、
千里追風《せんりついふう》、紅兩枝《りょうし》。
○八駿＝周の穆王が所持した八頭の名馬。その名は、絶地、翻羽、奔霄、越影、踰輝、超光、騰霧、挾翼。○千里追風＝ともに名馬の名。

【九三三―一】

輕羅落手略欲凉、披得全身白雪香。
人到端陽苦炎熱、杜陵襟宇贊公房。
香羅（疊）雪　天桂

輕羅《けいら》、手に落ちて、略《ほ》ぼ涼しからんと欲す、
披し得て、全身、白雪《はくせつ》の香。
人、端陽《たんよう》に到って、炎熱《えんねつ》に苦しむ、
杜陵《とりょう》の襟宇《きんう》、贊公《さんこう》の房。

○端陽＝端午。○杜陵＝次項註、杜甫の「端午日賜衣」。○贊公房＝贊公は杜甫と交流のあった僧。杜甫「大雲寺贊公房」四の一で「公に近づけば白雪の如し、執熱の煩、何ぞ有らん」。

【九三三―二】

香羅疊雪

香羅消暑杜陵家、六出重々織出耶。
吹面不寒肌不濕、宮衣雪亦趙昌花。雪叟

香羅《こうら》、暑を消す、杜陵《とりょう》の家、
六出《りくしゅつ》、重々に織り出だすか。
面に吹いて寒からず、肌濕らず、
宮衣《きゅうえ》の雪も亦た、趙昌《ちょうしょう》の花。

○香羅疊雪＝杜甫「端午日賜衣」に「宮衣亦有名、端午被恩榮。細葛含風軟、香羅疊雪輕。自天題處濕、當暑著來清。意内稱長短、終身荷聖情」。○趙昌花＝前出［一五二］。

【九三三―三】

披得暮風羅雪香、忠心臣甫値端陽。
胸襟只慣温公政、六出花飛五月涼。存

暮風《ぼふう》を披し得たり、羅雪《らせつ》の香、
忠心《ちゅうしん》の臣甫《しんぽ》、端陽《たんよう》に値《あ》う。
胸襟《きょうきん》、只だ温公《おんこう》の政《まつりごと》に慣る、
六出《りくしゅつ》の花飛んで、五月涼やかなり。

【九三三―四】

香羅疊々雪翩々、忽被恩榮侍御筵。
輕洒六花無熱惱、杜陵襟宇四禪天。甫

香羅《こうら》疊々《じょうじょう》、雪翩々《へんぺん》、
忽《ゆるが》せに恩榮《おんえい》を被って、御筵に侍す。
輕く六花《りくか》を洒《そそ》いで、熱惱《ねつのう》無し、
杜陵《とりょう》の襟宇《きんう》、四禪天《しぜんてん》。

【九三三―五】

香羅疊雪興無窮、忽被恩榮涼意濃。
此日少陵不知暑、宮衣吹斷六花風。喜

香羅《こうら》、雪を疊んで、興、窮まり無し、
忽《ゆるが》せに恩榮《おんえい》を被って、涼意《りょうい》、濃《こまや》かなり。
此の日、少陵《しょうりょう》暑さを知らず、
宮衣《きゅうえ》、吹き斷つ、六花《りくか》の風。

【九三三―六】

忽被恩榮逢節佳、雪羅披得思無邪。
坐來五月不知暑、臣甫衣襟整復斜。

忽《ゆるが》せに恩榮《おんえい》を被って、節佳《せっか》に逢う、
雪羅《せつら》披し得て、思い邪《よこしま》無し。
坐來《ざらい》、五月、暑さを知らず、
臣甫《しんほ》の衣襟《えきん》、整復《せいま》た斜《しゃ》。

○整復斜＝黄山谷「詠雪奉呈廣平公」に「夜聽疎々還密々、曉看整々復斜々」。

【九三三―七】

疊雪香羅古亦稀、杜陵賜處侍宸闈。
恩榮只在六花上、忽着涼衣抛暑衣。繁

雪を疊む香羅《こうら》、古も亦た稀《まれ》なり、
杜陵《とりょう》の賜う處、宸闈《しんい》に侍《じ》す。
恩榮《おんえい》、只だ六花《りくか》の上に在り、
忽《ゆるが》せに涼衣《りょうえ》を着けて、暑衣《しょえ》を抛《なげう》つ。

【九三三―八】

疊雪香羅當暑清、自涼錦里老先生。
工夫多少宮衣上、六出團々識得成。文

雪を疊む香羅《こうら》、暑に當たって清らかなり、
自ずから涼し、錦里《きんり》の老先生。
工夫《くふう》多少ぞ、宮衣《きゅうえ》の上、
六出團々《りくしゅつだんだん》、成るを識得《しきとく》す。

○錦里老先生＝杜甫の住んだ成都を錦里という。

【九三四―一】原本一〇七丁

午枕市聲

枕邊午過夕陽傾、紫韻紅音鬧市平。
五月回春牡丹洛、夢魂覺聽賣花聲。雪

枕邊《ちんぺん》、午《ひる》過ぎて、夕陽《せきよう》傾く、
紫韻紅音《しいんこういん》、鬧市《にょうし》平らかなり。
五月、春を回す、牡丹《ぼたん》の洛、
夢魂《むこん》、覺めて聽く、花を賣る聲。

○午枕市聲＝黄山谷「仁亭」詩に、「市聲鼛午枕、常以此心觀」。○紫韻紅音＝『中華若木詩抄』、村菴の「賣花聲」詩に、「紅音紫韻語高低、春色於人價不齊」。

【九三四―二】

成市門前耳尚讙、枕頭當午思千般。
夢中只慣仲尼戒、臥在一鄽居不安。存

市を成す門前、耳、尚お讙《かまびす》し、
枕頭《ちんとう》、當午《とうご》、思い千般《せんばん》。
夢中、只だ慣れたり、仲尼《ちゅうじ》の戒《いましめ》、
一鄽《いってん》に臥在《がざい》して、居、安からず。

○仲尼戒＝晝寢をした宰予を孔子が嚴しく叱責したこと。『論語』公冶長。前出［四六四］。

【九三四―三】

玉案珠簾堪枕書、市喧午頃黒甜餘。
監鄽若攀仲尼例、言語聲中戒宰予。甫

玉案珠簾《ぎょくあんしゅれん》、書を枕するに堪えたり、
市喧《しけん》、午頃《ごけい》、黒甜《こくてん》の餘。
監鄽、若し仲尼《ちゅうじ》の例に攀《よ》づれば、
言語聲中《せいちゅう》、宰予《さいよ》を戒しむ。

○監鄽＝不審。

【九三四―四】

午窓支枕日西傾、鬧々鄽中睡始驚。
一夢醒來嚼牙聽、漢家雍齒市人聲。喜

午窓《ごそう》、枕を支え、日、西に傾く、
鬧々《にょうにょう》たる鄽中《てんちゅう》、睡り始めて驚《さ》む。

一夢、醒《さ》め來たって、牙《げ》を嚙《か》んで聽く、
漢家雍齒《かんけようし》、市人の聲。

○漢家雍齒＝『蒙求』雍齒封侯。漢の高祖がまず憎むところの雍齒を封じておいて諸将を鎮撫したこと。

【九三四—五】

門外市聲喧枕頭、名奔利走更何求。
一塲夢覺來聽△、商賈高歌賣酒樓。代

門外の市聲《しせい》、枕頭《ちんとう》に喧し、
名奔利走《みようほんりそう》、更に何をか求めん。
一塲《いちじよう》の夢は覺め、來聽△、
商賈《しようこ》、高く歌う、賣酒樓《ばいしゆろう》。

【九三四—六】

枕上眠安到午時、市聲喧亦不曾知。
殘僧高臥瀟湘寺、山外晴嵐和夢吹。同

枕上《ちんじよう》、眠り安らかに、午時に到る、
市聲《しせい》の喧しきも、亦た曾て知らず。
殘僧《ざんそう》、高臥《こうが》す、瀟湘《しようしよう》の寺、
山外の晴嵐《せいらん》、夢に和して吹く。

【九三四—七】

午枕市聲夢覺初、回頭猶聽似轟車。
買松風價有人問、高謂千金驚宰予。岐

午枕《ごちん》の市聲《しせい》、夢覺むるの初め、
頭《こうべ》を回らせば、猶お聽く、轟車《ごうしや》に似たるを。
松風《しようふう》を買う價《あたい》、人有って問わば、
高く千金《せんきん》と謂って、宰予《さいよ》を驚かさん。

【九三四—八】

市聲響渡各西東、窓下枕書一夢中。
高價十分有誰論、覺來簾外酒旗風。

市聲《しせい》、響き渡って、各おの西東す、
窓下《そうか》、書を枕にす、一夢の中。

高價《こうげ》十分、誰有ってか論ぜん、
覺め來たれば、簾外《れんがい》、酒旗《しゅき》の風。

【九三四―九】

門外市耶心水耶、枕書自午到昏鴉。
春來猶有風情在、和夢聞人賣杏花。　横川

門外は市《いちまち》なるか、心は水なるか、
書を枕にして、午《ひる》より昏鴉《こんあ》に到る。
春來《しゅんらい》、猶お風情の有る在り、
夢に和して、人の杏花《きょうか》を賣るを聞く。

○横川景三『補菴京華前集』にあり。○門外市耶心水耶＝「心水」は、萬象《ばんしょう》を映し出すこと水のごとき心。景徐周麟の「招玉府東明侍者」詩に、「莫怪青春似素秋、和花和月起離愁、我門雖市我心水、爲想湖邊人駐舟」。

【九三五―一】

范蠡泛湖圖

曾獻西施忽滅呉、扁舟歸去稱陶朱。
子孫誰續滄浪志、髮白淳熙老石湖。　天隱

曾て西施《せいし》を獻じて、忽ち呉を滅ぼす、
扁舟《へんしゅう》、歸り去って、陶朱《とうしゅ》と稱す。
子孫、誰か滄浪《そうろう》の志を續《つ》ぐ、
髮白き淳熙《じゅんき》、老石湖《ろうせきこ》。

○『蒙求』「范蠡泛湖」。范蠡《はんれい》は越王の勾踐に仕えて呉を亡ぼした後、名を変えて江湖に遊んだ。○陶朱＝范蠡の變名。○老石湖＝范成大、石湖居士。

【九三五―二】

呉戈越甲事紛々、策似先生古未聞。
戴得捧心臺畔月、一帆掛入五湖雲。　桂林

呉戈越甲《ごかえつこう》、事紛々《じふんぷん》、
策、先生に似たるは、古にも未だ聞かず。
捧心《ほうしん》を戴せ得たり、臺畔《だいはん》の月、
一帆《いっぱん》掛けて、五湖《ごこ》の雲に入る。

○呉戈越甲＝呉と越との戦い。○戴得捧心臺畔月＝「捧心」は西施のこと。三四句、西施が范蠡に随って去ったという傳説。『通俗編』故事、「范蠡載西施」。

【九三五―三】

五湖烟水綠涵天、月白蘆花秋滿船。呉越興亡雙鬢雪、功名不敢到鷗邊。仲芳

五湖《ごこ》の烟水《えんすい》、綠、天を涵《ひた》す、
月は白し蘆花《ろか》、秋、船に滿つ。
呉越《ごえつ》の興亡《こうぼう》、雙鬢《そうびん》の雪、
功名《こうみよう》も敢えて鷗邊《おうへん》に到らず。

○惟肖得巖の『東海璚花集』にあり。

【九三五―四】

扁舟輕泛五湖邊、范蠡生涯易地然。呉越興亡不曾管、功成身退白鷗前。雪叟

扁舟《へんしゆう》輕く泛ぶ、五湖《ごこ》の邊、
范蠡《はんれい》の生涯《しようがい》、地を易《か》うるも然り。
呉越《ごえつ》の興亡《こうぼう》、曾て管せず、
功成って身は退く、白鷗《はくおう》の前。

【九三五―五】

范蠡乘舟情不常、五湖歸去映滄浪。大夫憶被白鷗笑、呉越平來兩鬢霜。キ

范蠡《はんれい》、舟に乘って、情、常ならず、
五湖《ごこ》に歸り去って、滄浪《そうろう》に映ず。
大夫、憶う、白鷗《はくおう》に笑わるることを、
呉越《ごえつ》、平らげ來たって、兩鬢《りようびん》の霜。

【九三五―六】

天下興亡鬢亦斑、老來好向五湖還。扁舟一棹兩般意、半載呉山半越山。代

天下の興亡《こうぼう》、鬢《びん》も亦た斑《まだら》、
老來《ろうらい》、好《よ》し五湖《ごこ》に向かって還るに。

扁舟一棹《へんしゅういっとう》、兩般《りょうはん》の意、
半ばは呉山《ござん》を載せ、半ばは越山《えつざん》。

【九三五―七】

功成好向五湖遊、呉越興亡老即休。
縱築姑蘇三百丈、不如波上一扁舟。同

功成って、好《よ》し五湖《ごこ》に向かって遊ぶに、
呉越《ごえつ》の興亡《こうぼう》、老いて即ち休《きゅう》す。
縱《たと》い姑蘇《こそ》の三百丈を築くも、
如《し》かず、波上の一扁舟《へんしゅう》には。

【九三五―八】

范蠡何重論戰功、々成身退五湖東。
興亡不管風波穩、呉越乾坤一舸中。同

范蠡《はんれい》、何ぞ重ねて、戰功を論ぜん、
功成って身は退く、五湖《ごこ》の東。
興亡《こうぼう》を管せず、風波穩かなり、
呉越《ごえつ》の乾坤《けんこん》、一舸の中。

【九三五―九】

皆言烟景古來稀、范蠡浮湖洗是非。
曾獻西施功第一、片帆高掛破呉歸。

皆な言う、烟景《えんけい》、古來稀《まれ》なりと、
范蠡《はんれい》、湖に浮かんで是非を洗う。
曾て西施《せいし》を獻ず、功第一《こうだいいち》、
片帆《へんぱん》、高く掛け、呉を破して歸る。

【九三六】

漁父聽琴圖

寒流石上入松風、聽得成琴獨釣翁。
雨暗滄江人不見、絃聲却在櫓聲中。南化

寒流石上《かんりゅうせきじょう》、松風《しょうふう》に入る、
聽き得て琴と成す、獨釣翁《どくちょうおう》。
雨暗き滄江《そうこう》、人見えず、

絃聲《げんせい》、却って櫓聲《ろせい》の中に在り。

【九三七―一】

金井梧桐

一樹梧桐金井欄、清陰月轉轆轤寒。
宮娥緩放青絲索、上有孤鸞栖不安。邵菴

一樹の梧桐《ごとう》、金井欄《きんせいらん》、
清陰《せいいん》、月轉じて、轆轤《ろくろ》寒し。
宮娥《きゆうが》、緩《ゆる》やかに放つ、青絲の索、
上に孤鸞《こらん》有って、栖みて安らかならず。

○『翰林五鳳集』では「一樹梧桐金井欄、清陰月轉轆轤寒。宮娥緩引清絲索、上有孤鸞棲未安」。

【九三七―二】

秋風吹度雨絲々、宮井梧桐葉落時。
［玉］王甃半傾金索斷、轆轤掛在鳳凰枝。雪叟

秋風、吹き度《わた》って、雨絲々《しし》、
宮井《きゆうせい》の梧桐《ごとう》、葉の落つる時。
玉甃《ぎよくしゆう》半ば傾き、金索《きんさく》斷つ、
轆轤《ろくろ》、掛けて鳳凰《ほうおう》の枝に在り。

【九三七―三】

金井泉寒玉甃清、梧桐驚落轆轤聲。
宮娥肩重銀瓶水、可羨秋風一葉輕。代

金井《きんせい》、泉は寒く、玉甃《ぎよくしゆう》清らかなり、
梧桐《ごとう》、驚落《きようらく》す、轆轤《ろくろ》の聲。
宮娥《きゆうが》、肩は重し、銀瓶《ぎんへい》の水、
羨む可し、秋風一葉の輕きことを。

【九三七―四】

僉曰如新斯夜何、井梧殘月影婆娑。
秋風定被宮娥妬、手裡銀瓶□露多。代

僉《み》な曰う、斯《こ》の良夜《りようや》を如何せんと、
井梧《せいご》の殘月《ざんげつ》、影婆娑《ばしや》たり。

秋風、定めて宮娥《きゆうが》に妬まれん、
手裡《しゆり》の銀瓶《ぎんぺい》、□露多し。

【九三七―五】

倚欄月暗二三更、覆井桐陰天未晴。
落葉却疑吹作雨、轆轤索濕引無聲。代

欄に倚れば、月は暗し、二三更、
井を覆う桐陰《とういん》、天未だ晴れず。
落葉《らくよう》、却って疑う、吹いて雨と作《な》るかと、
轆轤《ろくろ》の索は濕り、引けども聲無し。

【九三七―六】

井梧枝上起秋風、一夜吹凉西又東。
覽鳳凰栖不穩、轆轤聲在葉聲中。私

井梧枝上《せいごしじよう》、秋風を起こす、
一夜、凉を吹いて、西又た東す。
覽鳳凰栖不穩、
轆轤《ろくろ》の聲は葉聲《ようせい》の中に在り。

○覽鳳凰栖不穩＝一字欠。「覽」字は覓か。

【九三八―一】

秋日海棠

燭縱不燒花不睡、掖垣梧葉雨聲多。横川

燭縱《たと》い燒《た》かずとも、花睡らず、
掖垣《えきかん》の梧葉《ごよう》、雨聲《うせい》多し。

○横川景三『小補集』、「海棠院落奈秋何、春色惱人紅一窠。燭縱不燒花不睡、掖垣梧葉雨聲多」。

【九三八―二】

治亂開元如此耶、海棠秋晩李唐家。
落梧吹作馬嵬雨、打殺驪山宮樹花。雪叟

治亂《ちらん》の開元《かいげん》も、此の如きか、
海棠秋晩《かいどうしゆうばん》、李唐家《りとうけ》。
落梧《らくご》、吹いて、馬嵬《ばかい》の雨と作り、

驪山宮樹《りざんきゅうじゅ》の花を打殺《たさつ》す。

○李唐家＝唐朝のこと。その始祖は李姓。

【九三八―三】

深院風清秋半移、又誇春色海棠枝。
落梧吹送驪宮雨、花亦楊妃浴後姿。同後

深院、風清く、秋半ば移るも、
又た春色を誇る、海棠《かいどう》の枝。
落梧《らくご》、吹き送る、驪宮《りきゅう》の雨、
花も亦た楊妃《ようひ》が浴後《よくご》の姿。

○楊妃浴後姿＝白居易「長恨歌」に「温泉水滑洗凝脂。侍児扶起嬌無力」。

【九三八―四】

人向西風易白頭、海棠花綻百忘憂。
雨聲爲菊聽雖喜、又恐川紅不耐秋。恪首座ソウリン衆

人、西風に向かって、白頭《はくとう》に易《か》う、
海棠《かいどう》、花綻びて、百、憂いを忘る。
雨聲《うせい》、菊の爲にするを聴いて喜ぶと雖も、
又た恐る、川紅《せんこう》の秋に耐えざることを。

○川紅＝海棠の異名。

【九三八―五】

李唐偏愛海棠傾、又向秋風看者情。
花有楊妃睡初醒、漁陽鼙鼓落梧聲。喜

李唐《りとう》、偏えに愛して、海棠《かいどう》に傾く、
又た秋風に向かって、看る者の情。
花に楊妃《ようひ》有り、睡り初めて醒《さ》む、
漁陽《ぎょよう》の鼙鼓《へいく》、梧を落とす聲。

○花有楊妃睡初醒＝睡海棠。前出［八七三―二］『冷齋夜話』。○漁陽鼙鼓＝「漁陽」は鼓曲の名。攻め鼓。白居易「長恨歌」「漁陽鞞鼓動地來、驚破霓裳羽衣曲」。叛旗を翻して馬嵬に攻めて來る安禄山。

【九三八―六】

偏愛海棠情不些、謂春耶矣謂秋耶。

枝頭忽被西風觸、縦化神仙薄命花。代

偏えに海棠《かいどう》を愛して、情、些《いささ》かならず、

春を謂うか、秋を謂うか。

枝頭《しとう》、忽ち西風に觸れられて、

縦《たと》い神仙《しんせん》に化すとも、薄命《はくめい》の花。

【九三八―七】

深院海棠春又秋、夜遊秉燭好風流。

芙蓉在右菊莫左、花縦無香豈可羞。代

深院の海棠《かいどう》、春又た秋、

夜遊《やゆう》、燭を秉《と》る、好風流《こうふうりゆう》。

芙蓉《ふよう》は右に在って、菊、左に莫《な》し、

花、縦《たと》い香無くとも、豈に羞ず可けんや。

【九三八―八】

海棠妝淡太眞宮、春雨秋風一様紅。

花亦今宵不須睡、三郎耳諳撃梧桐。代

海棠《かいどう》、妝《よそお》い淡し、太眞宮《たいしんきゆう》、

春雨秋風、一様に紅なり。

花も亦た今宵《こんしよう》、睡ることを須いず、

三郎《さんろう》の耳譜《じふ》、梧桐《ごとう》を撃つ。

○三郎耳譜＝『錦繡段』、馮叔獻の「明皇撃梧桐圖」、「三郎の耳譜、華奴を趂《お》う、風調才情、信《まこと》に餘り有り」。「耳譜」は、耳がよく音律に通じていること。

【九三八―九】

海棠紅綻夕陽斜、秋日何圖春色加。

若向西風修洛社、少年司馬只此花。和

海棠《かいどう》、紅綻びて、夕陽《せきよう》斜めなり、

秋日、何ぞ圖らん、春色加うるとは。

若し西風に向かって、洛社《らくしや》を修せば、

少年司馬《しば》、只だ此の花。

○少年司馬＝『翰林五鳳集』、惟高の「春初紅會」に「洛社耆英不負公。春初修會品評紅。少年司馬牡丹外。醉面桃花有此翁」。策彥の「和叔浩青年」に「耆英會在洛西長、復覩少年司馬光」など。

【九三九―一】

人日逢雨

此人此日兩相宜、美景非常雨亦奇。

梅落村々烟濕處、依俙猶記老坡詩。雪嶺

此の人、此の日、兩《ふた》つながら相宜し、

美景《びけい》、常に非ず、雨も亦た奇なり。

梅は落つ、村々烟濕《えんしつ》の處、

依俙《いき》たり、猶お老坡《ろうば》が詩を記するに。

○『翰林五鳳集』に収める。○老坡詩＝「若把西湖比西子、淡粧濃抹總相宜」。○烟濕＝蘇軾「新年」五首の一に「煙濕落梅村」。

【九三九―二】

人日逢雪

鶊雪新年易地然、人辰此日落梅邊。

六花遮掩春風路、欲出黃鶯馬不前。淳巖

鶊雪《ろうせつ》新年、地を易《か》うるも然り、

人辰《じんしん》、此の日、梅の落つる邊。

六花《りくか》、春風《しゅんぷう》の路を遮掩《しゃえん》し、

黃鶯《こうおう》を出さんと欲するも、馬前《すす》まず。

【九三九―三】

此日人辰此景加、村々烟濕雪斜々。

天公亦恐減春色、一夜落梅添六花。同

此の日人辰《じんしん》、此の景加う、

村々烟濕《えんしつ》、雪斜々《しゃしゃ》。

天公も亦た春色を減ぜんことを恐る、

一夜、梅を落として、六花《りくか》に添う。

○人辰＝人日。正月七日。

【九三九―四】

春雪霏々吹又吹、此人此日罕逢之。
黄鶯只在六花上、凍損毛衣也不知。喜

春雪、霏々《ひひ》として、吹いて又た吹く、
此の人、此の日、之に逢うこと罕《まれ》なり。
黄鶯《こうおう》、只だ六花《りくか》の上に在って、
毛衣《もうい》を凍損《とうそん》するも也《ま》た知らず。

【九三九―五】

今日對梅晴不些、含章檐下雪生涯。
佳人若在應頭白、點額粧成六出花。郁

今日、梅に對するも、晴るること些《いささ》かならず、
含章檐下《がんしようえんか》、雪の生涯《しようがい》。
佳人《かじん》、若し在らば、應《まさ》に頭白かるべし、
點額《てんがく》、粧《よそお》い成す、六出《りくしゅつ》の花。

○含章檐下＝壽陽公主の梅花妝。前出［五六四―一］。

【九四〇―一】

中秋無月
不識月明何處傳、中秋雨暗小窓前。
浮雲一片還堪恨、掩萬丈光三五天。和

識らず、月明、何れの處にか傳う、
中秋、雨は暗し、小窓の前。
浮雲一片《ふうんいっぺん》、還って恨むに堪えたり、
萬丈《ばんじょう》の光を掩う、三五の天。

【九四〇―二】

詩人見月不登樓、聽雨燈前空白頭。
又得曹劉三五夜、暗中摸索洞庭秋。淳巖

詩人、月を見て、樓に登らず、
雨を聴いて、燈前《とうぜん》に空しく白頭《はくとう》。
又た曹劉《そうりゅう》を得たり、三五の夜、
暗中に摸索《もさく》す、洞庭《どうてい》の秋。

○曹劉＝曹操と劉備ではなく、曹植と劉楨。その二人の詩體を曹劉體という（『滄浪詩話』）。「暗中摸索」もそれに係る表現。『隋唐佳話』「許敬宗性輕、見人多忘之。或謂其不聰。曰、卿自難識。若是曹劉沈謝、暗中摸索著亦可識」。

【九四〇―三】

簾幕蕭々天未晴、中秋無月二三更。
雨聲滴作元規恨、失却南樓一夜明。存

簾幕《れんばく》、蕭々《しょうしょう》として、天未だ晴れず、
中秋無月《むげつ》、二三更。
雨聲《うせい》、滴《した》でて、元規《げんき》が恨みと作り、
南樓《なんろう》、一夜の明を失却。

○元規＝晉の庾亮が、南樓で觀月したこと。『世説新語』容止、「庾太尉在武昌。秋夜氣佳景清。佐吏殷浩王胡之之徒、登南樓理詠。音調始遒、聞函道中有屐聲甚厲。定是庾公。俄而率左右十許人歩來。諸賢欲起避之。公徐云、諸君少住、老子於此處興復不淺。因便據胡床、與諸人詠謔、竟坐甚得任樂。後王逸少下、與丞相言及此事。丞相曰、地規爾時風範、不得炒小頹。右軍答曰、唯丘壑獨存」。

【九四〇―四】

雨滴南樓雲暗天、月明不至玉欄前。
黄河清否待晴意、一刻秋宵五百年。昌

雨、南樓《なんろう》に滴《した》でて、雲暗天、
月明、玉欄《ぎょくらん》の前に至らず。
黄河《こうが》、清めるや否《いな》やと、晴を待つの意、
一刻秋宵《しゅうしょう》、五百年。

【九四一】原本一〇八丁

謹依
尊韻
説生説滅是斯
百萬人天涙似
樹樹林間春
鶴樹林間春二
涅槃梅綻暗香

○下部が欠けている。

【九四二】原本一〇九丁

大凡夢中傳法之事跡、天神受衣記、具載之。慧日國師之説也。或人曰、至人無夢。由是觀之、頗似妄説。予曰、不然。夫夢之爲夢也、昔黄帝華胥之夢也、高宗板築之夢也、孔夫子周公之夢、謝靈運池塘蘆〔芳〕草之夢。加之、古佛夢中成道而爲説夢、經文不見世尊阿難之十夢。吾祖師門下、亦兜率天宮有説法之夢、會聖巖前有俊鷹之夢。其比古來惟多。豈曰至人無夢乎。國師之説眞實不虛。今茲春王正月、吾山瑞松禪翁、遊菅君之夢境、而賦詩。寔感鬼神之一詠也。予亦拙和二章、更説夢中夢。蓋前篇以賀翁之遠大、後篇以慶翁之瑞世。請可原之。祝々。

徳香猶與暗香新、自在天神姑射神。
更入徑雲祥瑞別、老松保得萬年春。
四萬三千雪月新、倭歌神也漢詩神。
松風一夜説何事、傳法梅花瑞世春。
花園現住云胡道人

大凡《およ》そ、夢中傳法《でんぽう》の事跡は天神受衣記に具《つぶ》さに之を載す。慧日《えにち》國師の説なり。或る人曰く、至人《しじん》、夢無しと。是に由って之を觀れば、頗る妄説に似たり、と。予が曰く、然らず。夫れ夢の夢たるや、昔、黄帝に華胥《かしょ》の夢、高宗に板築《はんちく》の夢、孔夫子《こうふうし》に周公《しゅうこう》の夢あり、謝靈運《しゃれいうん》が池塘芳草《ちとうほうそう》の夢あり。加之《しかのみならず》、古佛、夢中に成道《じょうどう》して、夢を説くことを爲す。經文に見ずや、世尊阿難《せそんあなん》の十夢を。吾が祖師門下も亦た兜率天宮《とそってんきゅう》に法を説く夢有り、會聖巖前に俊鷹《しゅんよう》の夢あり。其の比《タグイ》、古來惟《こ》れ多し。豈に至人夢無しと曰わんや。國師の説、眞實にして虛ならず。
今茲《ことし》春王《しゅんおう》の正月、吾が山の瑞松禪翁《ずいしょうぜんおう》、菅君《かんくん》の夢境に遊んで詩を賦す。寔《まこと》に鬼神《きじん》を感ぜしむる一詠《いちえい》なり。予も亦た拙和二章、更に夢中の夢を説く。蓋《けだ》し前篇は以て翁の遠大を賀し、後篇は以て翁の瑞世《ずいせい》を慶す。請う、之を原《ユメト》く可し。祝々。

徳香《とくこう》、猶お暗香《あんこう》と與《とも》に新たなり、
自在天神《じざいてんじん》、姑射《こや》の神。
更に徑雲《けいうん》に入って、祥瑞《しょうずい》別なり、
老松《ろうしょう》、保ち得たり、萬年の春。
四萬三千、雪月《せつげつ》新たなり、
倭歌《わか》の神、漢詩の神。
松風《しょうふう》、一夜、何事をか説く、
傳法《でんぽう》の梅花《ばいか》、瑞世《ずいせい》の春。

○黄帝華胥之夢＝『列子』黄帝に「晝寢して夢に華胥の國に游ぶ。……空に乘ること實を履むが如く、虚に寢ねて牀に處るが若し」。
○高宗板築之夢＝高宗が夢で良弼となる傅説《ふえつ》を得たこと。『尚書』序に「高宗夢得説、使百工營求諸野、得諸傅岩」。
○孔夫子周公之夢＝『論語』述而、「子曰く、甚だしいかな、吾れの衰えたる。久しいかな、吾れ復た夢に周公を見ざること」。
○謝靈運池塘芳草之夢＝『南史』謝惠連傳、「年十歳にして能く文を屬す。族兄靈運、之を嘉賞して云く、篇章有る毎に、惠連に對して輒ち佳語を得たり。嘗て永嘉《ようか》の西堂に於て、詩を思うに、竟日就《な》らず。忽ち夢に惠連を見て、即ち池塘に春草を生ずるを得、大いに似て工と爲す」。
○世尊阿難之十夢＝舍衞王が十種の夢、阿難尊者の七夢。
○會聖巖前有俊鷹之夢＝『普燈録』巻二、投子青禪師章、「一夕、青色の俊鶻を畜うと夢む。吉徴と爲す。旦に屆って、師來たる」。『五家正宗贊』投子青禪師章、「浮山に會聖巖に謁す。山、俊鷹を得て之を畜うを夢む。既にして覺めて、師至る」。
○姑射神＝『莊子』逍遥遊、「藐姑射の山に神人有りて居す。肌膚は氷雪の若く、淖約として處子の若し」。
○四萬三千＝『見桃録』「渡唐天神像」に「四萬三千首錦嚢」。

【九四三】

夫天神爲神也、生菅氏、家出本朝者、其來（歴）久矣。神一夕在宰府、異巾奇幅、夢到承天長老、求師資之禮。長老指俾參烏頭氏△[子]△[無準]禪師。即夢中入龍淵室内、直受衣傳法。神插手梅花、肘懸小袋者、太著明也。爾來立祠於北野、稱大威德天。々之德大哉。本朝緇素、無貴無賤、禱爾于神祇。禱爾者、約緇則爲護法神、約素則福祿之神。加之、一吟一詠、倭歌之道、漢詩之道、無不靈驗。然其祠也宮闕崇麗、如夜摩兜率天落。遮前者千里梅、擁後者、一夜松。々説無常法、梅呈面目眞。吁至矣盡矣、吾山瑞松翁一日詣神有佳作。句々如金、言々似玉。詞韻之妙、格律之高、實可感鬼神。蓋翁之於松也、萬年瑞松也、神之於松也、一夜靈松也。然則一夜之靈松、萬年瑞松、其揆一也。翁豈不貴神之徳乎、神豈不感翁之詩乎。太可嘉尚矣。仍俾[卑]語一篇、奉塵尊韵、以呈猊床下。慈斤。

始識烏頭佛法新、參得今日詣菅神。

龍淵室内老龍瑞、松有閑雲梅有春。玄朴九拜

夫れ天神の神たるや、菅氏に生まる。家、本朝に出づる者、其の來歴久し。神、一夕、宰府に在って、異巾奇幅にして、夢に承天長老《じょうてんちょうろう》に到って、師資の禮を求む。長老《ちょうろう》、指して烏頭《うず》子《し》無準《ぶしゅん》禪師に參ぜしむ。即ち夢中に龍淵室内《りようえんしつない》に入って、直に衣を受け傳法《でんぽう》す。神、手に梅花《ばいか》を插み、肘に小袋を懸くる者、太《はなは》だ著明なり。爾來《しかつしよりこのかた》、祠を北野に立て、大威徳天と稱す。天の徳、大なるかな。本朝の緇素《しそ》、貴と無く賤と無く、爾《これ》を神祇に禱る、爾を禱る者、緇《し》に約するときは則ち護法《ごほう》

神《じん》と爲り、素《そ》に約するときは則ち福祿神《ふくろくじん》となる。加之《しかのみならず》、一吟一詠《いちぎんいちえい》、倭歌《わか》の道、漢詩の道、靈驗《れいげん》あらざるは無し。然して、其の祠たるや、宮闕《きゅうけつ》崇麗、夜摩兜率天《やまとそつてん》の落つるが如し。前を遮る者は千里梅《せんりばい》、後を擁する者は一夜松《いちやしょう》。松は無常の法を説き、梅は面目《めんもく》の眞を呈す。吁、至れり、盡くせり。


吾が山の瑞松《ずいしょう》翁、一日、神に詣して佳作有り。句々金の如く、言々玉に似たり。詞韻《しいん》の妙、格律の高き、實に鬼神《きじん》を感ぜしむ可し。蓋《けだ》し翁の松に於けるや、萬年の瑞松《ずいしょう》なり、神の松に於けるや、一夜の靈松《れいしょう》なり。然る則《とき》んば、一夜の靈松《れいしょう》、萬年の瑞松《ずいしょう》、其の揆は一なり。翁、豈に神の德を貴ばざらんや。神、豈に翁の詩を感ぜざらんや。太《はなは》だ嘉尚《かしょう》す可し。仍って卑語一篇、尊韵《そんいん》を塵し奉って、以て猊床下《げいしょうか》に呈す。慈斤《じきん》。

始めて識る、烏頭《うず》の佛法新たなることを、

參得《さんとく》す、今日、菅神《かんしん》に詣す。
龍淵室内《りょうえんしつない》、老龍の瑞、
松に閑雲《かんうん》有り、梅に春有り。

【九四四―一】

讀杜工部天河詩
吟落天河蘸大唐、杜陵一夜髩滄浪。
微雲終作草堂雨、似蔽文章萬丈光。淳巖

天河《てんが》を吟じ落として、大唐を蘸《ひた》す、
杜陵《とりょう》、一夜、髩滄浪《びんそうろう》。
微雲《びうん》、終《つい》に草堂《そうどう》の雨と作って、
文章萬丈《ばんじょう》の光を蔽《おお》うに似たり。

○杜工部天河詩＝杜甫「天河」詩、「常時任顯晦、秋至轉分明。縱被微雲掩、終能永夜清。含星動雙闕、伴月落邊城。牛女年年渡、何曾風浪生」。

【九四四―二】

一首千金河漢詩、杜陵吟盡老殘涯。
先生憶被二星笑、茅屋秋風白髪姿。永

一首千金《せんきん》、河漢《かかん》の詩、
杜陵《とりょう》、吟じ盡くす、老殘涯《ろうざんがい》。
先生、憶うに、二星に笑われん、
茅屋《ぼうおく》、秋風、白髪《はくはつ》の姿。

【九四四―三】

杜陵才調更無倫、銀漢詩成句々新。
莫恨女牛片雲掩、草堂風雨亦容身。昌

杜陵《とりょう》の才調《さいちょう》、更に倫《たぐい》無し、
銀漢《ぎんかん》、詩成って、句々新たなり。
恨むこと莫かれ、女牛《じょぎゅう》、片雲《へんうん》の掩うを、
草堂《そうどう》の風雨、亦た身を容る。

【九四四―四】

烏鵲橋邊詩更工、幾回吟斷浣花翁。
波瀾萬丈河漢闊、都入先生一句中。某

烏鵲橋邊《うじやくきようへん》、詩更に工《たくみ》なり、
幾回か吟斷《ぎんだん》す、浣花翁《かんかおう》。
波瀾萬丈《はらんばんじよう》、河漢闊《かかんひろ》し、
都《す》べて、先生が一句の中に入る。

○浣花翁＝杜甫。

【九四五―一】

忠嶽和尚送仙翁謝

歳々鬪草星夕天、喜君賜我一枝蓮。

使哉年少至哉德、海國香風海外傳。　策甫

歳々、草を鬪《きそ》う、星夕《せいせき》の天、
喜ぶ、君が我に一枝《いつし》の蓮を賜うことを。
使《つかい》なるかな、年少、至れるかな德、
海國《かいこく》の香風《こうふう》、海外より傳う。

○仙翁＝仙翁花。室町禅林で流行った贈答花。芳澤勝弘「仙翁花―室町文化の余光」（『禪文化』一八五號～一八七號）。

○使哉＝使乎。使いを褒めていう語。『論語』憲問、「蘧伯玉使人於孔子。孔子與之坐而問焉。曰、夫子何爲。對曰、夫子欲寡其過、而未能也。使者出。子曰、使乎、使乎」。

【九四五―二】

賦仙翁花需和［七夕］

秋風却似坐春風、折送一枝露香紅。

何用別尋蓬嶋去、花中亦自有仙翁。　淳巖

秋風、却って春風《しゆんぷう》に坐するに似たり、
折って送る、一枝《いつし》の露香紅《ろこうこう》。
何ぞ用いん、別に蓬嶋《ほうとう》を尋ね去ることを、
花中にも亦た自ずから仙翁《せんのう》有り。

【九四五―三】

遮莫山林黄落風、神仙染出白與紅。

一朝露作千朝藥、花亦蓬萊不老翁。　和昌

遮莫《さもあらば》あれ、山林黄落《こうらく》の風を、
神仙《しんせん》、染め出だす、白と紅と。

一朝の露、千朝の薬と作《な》る、
花も亦た、蓬萊《ほうらい》の不老翁《ふろうおう》。

【九四五―四】

昨夜窓前索々風、曉來輕拆〔折〕一枝紅。
逢花先欲問名字、笑道仙家舊主翁。

昨夜、窓前《そうぜん》、索々《さくさく》たる風、
曉來《ぎょうらい》、輕く折る、一枝《いっし》の紅。
花に逢うて先ず名字《みょうじ》を問わんと欲せば、
笑って道う、仙家《せんけ》の舊主翁《きゅうしゅおう》と。

【九四六】

答白紙書〔格外ヨリ、白紙書ニ頭巾字ヲ相ソヘ、送ラル、時謝〕
千里同風君子門、一封白紙却生痕。
欲宣此義無人會、雪裡芭蕉叫浣盆。淳巖

千里同風《せんりどうふう》、君子の門、
一封の白紙、却って痕《あと》を生ず。
此の義を宣べんと欲するも、人の會《え》する無し、
雪裡《せつり》の芭蕉《ばしょう》、浣盆《かんぼん》と叫ぶ。

○千里同風＝『五灯會元』巻七、玄沙章、「師一日、僧を遣って書を送って雪峰に上る。峰、開緘するに、白紙三幅を見る。僧に問う、會《え》すや。曰く、不會。峰曰く、道うことを見ずや、君子は千里同風と。僧、回って擧似す。師曰く、山頭の老漢、蹉過するも也《ま》た知らず」。○浣盆＝『方語』「浣盆浣盆」に「我れ伱を識得す」。

【九四七】

謝頭巾地
回避一寒温問長、子瞻新樣不可當。
烏紗若比纏頭錦、巾上乾坤亦大唐。同

一寒を回避して、温問《おんもん》長ず、
子瞻《しせん》の新樣《しんよう》も、當たる可からず。
烏紗《うしゃ》、若し纏頭《てんとう》の錦に比さば、
巾上《きんじょう》の乾坤《けんこん》、亦た大唐。

○子瞻新様＝蘇軾「謝人恵雲巾方舃」二首の一に、「轉覺周家新様俗、未容陶令舊名傳」。雲巾は帽子、方舃は沓。

【九四八】原本一一〇丁

有人讀歌其和韵アリ　散人大咲子拜和　岐首座

夫志談味之郷者、大山北構、長江西流、脩竹滿林、鬱々葱々、而氣佳哉。中有一君子、横槊賦歌。固一世之雄也。頃日詠和歌寄瑞阜之長公侍史。々々之眞友牛面翁、依其雅篇之末字見和之。其歌也、其詩也、隋侯照乘之珠、趙國連城之璧也。吁盛哉。予雖不敏、不獲默止、裁狂斐一章、聊有憶彼君子而已。蓋同牛翁之高韵者也、爾云。

何夕相逢共一臺、人如明月照塵埃。
清光吾得不應見、吟取和歌斯可哉。

夫れ談味《だんみ》の郷を志す者、大山、北に構えて、長江、西に流る。脩竹滿林《しゅうちくまんりん》、鬱々葱々《うつうつそうそう》として、氣佳《よ》きかな。中に一君子有り、槊《ほこ》を横たえて歌を賦す。固《まこと》に一世の雄なり。頃日《さきごろ》、和歌を詠じて、瑞阜《ずいふ》の長公侍史《じし》に寄す。侍史《じし》の眞友、牛面翁、其の雅篇の末字に依って之に和せらる。其の歌たるや、其の詩たるや、隋侯《ずいこう》が照乘《しょうじょう》の珠、趙國《ちょうこく》が連城《れんじょう》の璧なり。吁、盛んなるかな。予、不敏なりと雖も、默止《もくし》することを獲ず、狂斐《きょうひ》一章を裁して、聊か彼の君子を憶うこと有るのみ。蓋《けだ》し牛翁の高韵と同じき者なりと、爾《し》か云う。

何れの夕にか、相逢うて、一臺を共にせん、
人、明月《めいげつ》の塵埃《じんあい》を照らすが如し。
清光、吾れ得て、應《まさ》に見ざるべし、
和歌を吟取す、斯れ可ならん哉。

○横槊賦歌＝元稹「杜君墓誌銘敍」に、「曹氏父子、鞍馬間爲文。往往、横槊賦詩」。

【九四九―一】

寄東菴和上　南化

渇望四海一禪翁、地角天涯西又東。
欲話此情無相識、孤峯風雨草菴中。

渇望《かつぼう》す、四海《しかい》の一禪翁《ぜんおう》、
地角天涯《ちかくてんがい》、西又た東。
此の情を話《かた》らんと欲するも、相識《そうしき》無し、
孤峯《こほう》、風雨、草菴の中。

【九四九—二】

秘鍵潛通你祖翁、鑄崑崙鐵海之東。
未曾擊碎添光彩、滿把驪珠四七中。和東菴

秘鍵《ひけん》、潛かに通ず、你祖翁《にそおう》、
崑崙鐵《こんろんてつ》を鑄《い》る、海の東。
未だ曾て擊碎《げきさい》せず、光彩を添う、
滿把《まんは》の驪珠《りしゅ》、四七の中。

【九四九—三】

非但天台山上翁、曹源一滴水朝東。
佗時必賜國師號、光大吾宗祖道中。

但だ天台山上《てんだいさんじょう》の翁のみに非ず、
曹源《そうげん》の一滴水《いってきすい》、東に朝《ちょう》す。
佗時、必ず國師號を賜わって、
吾が宗祖道の中に光大ならん。

【九四九—四】

禪翁前世杜陵翁、麾日浣花溪水東。
截斷衆流三句躰、儒門不隔釋門中。

禪翁《ぜんおう》が前世は、杜陵翁《とりょうおう》、
日を浣花溪水《かんかけいすい》の東に麾《さしまね》く。
衆流《しゅる》を截斷《せつだん》す、三句の躰、
儒門《じゅもん》、釋門《しゃくもん》の中を隔てず。

○麾日＝楚の魯陽公が、德望にこたえて、太陽を招きかえした話。『淮南子』覽冥訓、「魯陽公、韓と難を構え、戰い酣にして日暮る。戈を援《ひ》いて之を麾く。日、之が爲に反ること三舍」。

【九四九—五】

我以四生思問翁、濕其西矣卯其東。
圖南化處無人識、九萬風高六合中。

我れ四生を以て、翁に思問《しもん》す、
濕《しつ》は其れ西、卵《らん》は其れ東。
南を圖《はか》って化《け》する處、人の識る無し、
九萬、風は高し、六合《りくごう》の中。

○圖南＝『莊子』逍遥遊、大鵬の南冥。

【九四九―六】

作家禪將老師翁、林際花開是塢東。
更整三玄戈甲看、依然劉季在關中。

作家《さつけ》の禪將《ぜんしよう》、老師翁《ろうしおう》、
林際《りんざい》の花開く、是れ塢東《うとう》。
更に三玄《さんげん》の戈甲《かこう》を整え看よ、
依然《いぜん》として、劉季《りゆうき》、關中《かんちゆう》に在り。

○劉季在關中＝劉季は漢の高祖劉邦。關中の主となった。『虎穴録』に「臨濟關中劉季」。

【九四九―七】

僕去歳之冬、以小偈一篇、呈上定光堂頭大和尚之法座下、以當故舊書。是歳秋之孟、和其偈者五絶、副韓雲孟龍一鱗、見投予之虚白堂下。吁以崑山玉抵鵲者乎。僕又次前韻者五篇、謝厚意萬乙。伏乞改削。南化

何日相逢作兩翁、倚欄遠望白雲東。
孤舟輕載蓬萊月、願入弱波三萬中。

僕、去歳の冬、小偈一篇を以て、定光堂頭《じようこうどうちよう》大和尚の法座下に呈上して、以て故舊の書に當つ。是の歳の秋の孟、其の偈に和する者五絶、韓雲孟《かんうんもう》龍《りゆう》の一鱗に副《そ》えて、予が虚白堂下《きよはくどうか》に投ぜらる。吁、崑山《こんざん》の玉を以て鵲を抵《う》つ者か。僕、又た前韻を次ぐ者五篇、厚意の萬乙《まんいつ》を謝す。伏して乞う改削。

何れの日にか、相逢うて、兩翁と作らん、
欄に倚って、遠く望む、白雲の東。
孤舟《こしゆう》、輕く載す、蓬萊《ほうらい》の月、

願わくは、弱波《じゃくは》三萬の中に入らん。

○韓雲孟龍＝韓愈の文と孟郊の詩。また、雲と龍とは相呼應するもの。韓愈「醉留東野」詩、「我願身爲雲、東野變爲龍」。東野は孟郊。○以崑山玉抵鵲＝崑山下以玉抵鳥。玉を産する崑山では、鳥を撃ち落とすのに玉を投げる。○弱波三萬＝遠く離れていること。前出[一〇五]。

【九四九―八】

溪邊送老浣花翁、望斷江雲渭樹東。
天地謫仙醉和尚、三千日月一盃中。

溪邊《けいへん》に老を送る、浣花翁《かんかおう》、
江雲を望み斷つ、渭樹《いじゅ》の東。
天地の謫仙《たくせん》、醉和尚《すいおしょう》、
三千日月、一盃《いっぱい》の中。

○浣花翁＝杜甫。

【九四九―九】

咲殺諸方藞苴翁、不來西矣不行東。
人間留偈定光佛、翻入琅函那卷中。

咲殺《しょうさつ》す、諸方の藞苴翁《らしょおう》、
西より來たらず、東へも行かず。
人間《じんかん》に偈を留む、定光佛《じょうこうぶつ》、
翻《かえ》って琅函《ろうかん》の那《な》の卷中に入る。

【九四九―一〇】

大哉天地主人翁、竺土西兮震旦東。
這老達磨兄弟也、扶桑六十七條中。

大なる哉、天地の主人翁《しゅじんおう》、
竺土《じくど》は西、震旦《しんたん》は東。
這《こ》の老達磨《ろうだるま》の兄弟《ひんでい》や、
扶桑《ふそう》六十七條の中。

○扶桑六十七條＝未詳。『采覧異言』三に「日本は乃ち海内の一大島、…今六十六州有り、各おの国主有り」。

【九四九―一二】

吁我無心田舍翁、從來更不辨西東。
眠雲竹屋茅堂上、臥月蒲團紙帳中。

吁《ああ》、我が無心の田舍翁《でんしやおう》、
從來、更に西東を辨ぜず。
雲に眠る、竹屋茅堂《ちくおくぼうどう》の上、
月に臥す、蒲團紙帳《ふとんしちよう》の中。

【九五〇―一】

桃花菊
春色猶兼秋色宜、桃花今託菊花時。
仙源不遠風霜國、胡蝶一飛秦外枝。淳巖

春色、猶お兼ぬ、秋色の宜しきを、
桃花《とうか》、今、菊花《きくか》に託する時。
仙源《せんげん》は遠からず、風霜《ふうそう》の國、
胡蝶《こちよう》、一飛す、秦外《しんがい》の枝。

○風霜國＝『翰林五鳳集』、天隱「次韻夏菊」に、「夢魂欲入風霜國、自採斯花作枕眠」。○秦外枝＝前出［六二一一］。陶潛『桃花源記』。

【九五〇―二】

何事秋風菊一笆、桃紅染出寄生涯。
劉郎曾被左遷後、隱逸終爲陶令花。代

何事ぞ、秋風、菊一笆《は》、
桃紅《とうこう》、染め出だして、生涯《しようがい》を寄す。
劉郎《りゆうろう》、曾て左遷《させん》されて後、
隱逸《いんいつ》、終《つい》に陶令《とうれい》の花と爲る。

○劉郎＝劉禹錫の「元和十一年、朗州より召されて京に至る、戯れに看花の君子に贈る」詩に、「紫陌紅塵、面を払うて来たる、人の花を看て回ると道わざる無し。玄都観裏、桃千樹、尽く是れ劉郎が去って後に栽ゆ」。また、劉禹錫の「再び玄都観に遊ぶ詩、幷びに引」による。「余、貞元二十一年、屯田員外郎と為る時、此の観に未だ花有らず。是の歳出でて連州に牧たり。尋いで朗州司馬に貶せらる。居ること十年、召されて京師《けいし》に至る。人々《にんにん》皆な言う、道士有って手ずから仙桃を植ゆ、満観、紅霞《こうか》の如しと。

遂に前篇有り、以て一時の事を志す。旋て又た牧に出だされて、今に十有四年、復た主客郎中と為って、重ねて玄都観に遊ぶ。蕩然として復た一樹無し。唯だ兔葵燕麥《ときえんばく》、春風に動揺するのみ。因って再び三十八字を題して、以て後遊を俟つ。時に大和二年三月。百畝庭中、半ばは是れ苔、桃花淨尽くして菜花開く。桃を種えし道士、何處にか帰れる、前度の劉郎、今又た来たる」。ただし、「前度劉郎」の劉郎とは、劉禹錫ではなく、東漢の劉晨のこととする説もあり。『神仙記』に「劉晨と阮肇、天台に入って藥を採る。遠くゆいて返るを得ず。十三日を經て饑ゆ。遥かに山上を望むに桃樹子の熟せる有り。遂に険を躋み葛に援り其の下に至る。噉うこと數枚。饑は止み體は充ち、下山せんと欲す。杯を以て水を取らんとするに、蕪菁の葉の流れ下るを見る。甚だ鮮妍なり。復た一杯の流れ下る有り。胡麻飯有り。乃ち相い謂いて曰く、此れ人に近からん。遂に山を渡るに、一大溪に出づ。溪邊に二女子有り、色、甚だ美なり。二人を見て盃を持し、便ち笑って曰く、劉阮の二郎、杯を捉向し來たれ。劉、阮、驚く。二女、遂に忻然《きんぜん》として舊相識の如し。曰く、來たること何ぞ晩きや。因って邀え家に還る。南東の二壁に各おの絳《あか》い羅帳有り、帳角に鈴を懸け、上に金銀の交錯せる有り。各おの數侍婢有って使令す。其の饌に胡麻飯、山羊脯、牛肉有り、甚だ美《うま》し。食し畢って酒を行《つ》ぐ。俄《にわ》かに群女有って桃子を持たらす。笑って曰く、汝壻の來たるを賀す、酒酣して樂を作さん。夜後、各おの一帳宿に就く。婉態、殊絶なり。十日に至って還らんことを求むるも、苦《ねんご》ろに留めらるること半年。氣候草木《そうもく》、常に是れ春時にして、百鳥啼鳴す。更に郷を懐い、歸思甚だ苦なり。女、遂に相送って、還路を指示す。郷邑、零落し、已十世なり」。また『幽明録』にも出るが、ほぼ同じ話(『藝文類聚』巻七、天台山に引く)。この後、二人は再び天台山を訪ねたが、何の跡形もなかったという。のちに「前度劉郎」は、再び訪問することを言うに用いる。

○陶令花＝菊。

【九五〇―三】

小桃菊綻色猶加、秋日回春陶令家。
野草皆雖姓劉祐〔裕〕、武陵花祖晉籬花。昌

小桃菊《しょうとうぎく》、綻びて、色猶お加う、
秋日に春を回す、陶令《とうれい》の家。
野草、皆な姓は劉裕《りゅうゆう》なりと雖も、
武陵《ぶりょう》の花は、晉籬《しんり》の花を祖とす。

○野草皆雖姓劉裕＝劉裕は劉寄奴。前出［四五七］。野草の寄奴を菊に比べる。○晉籬＝陶淵明の菊。

【九五〇―四】

菊有小桃佳色加、秋風愛見一春霞。
玄都從此舊彭澤、紅雨吹添籬落花。存

菊に小桃有り、佳色《かしょく》加う、
秋風、愛し見る、一春霞《しゅんか》。
玄都《げんと》、此より舊《もと》の彭澤《ほうたく》、
紅雨、吹き添う、籬落《りらく》の花。

○玄都＝玄都觀。劉禹錫「戲贈看花君子」詩に、「玄都観裏、桃千樹」。○彭澤＝彭澤の令だった陶淵明。

【九五〇―五】

今又春光看始奇、桃花菊綻兩相宜。
武陵不隔東籬下、紅雨吹添秋一枝。

今又た春光、看て始めて奇なり、
桃花菊《とうかきく》綻びて、兩《ふた》つながら相宜し。
武陵《ぶりょう》、東籬《とうり》の下を隔てず、
紅雨、吹き添う、秋一枝《いっし》。

【九五一】

美濃國千代野カ池ニテ有人、歌ヲ讀、ソレヲキ、、蔭涼ノ和韻。

ナニキ、シ、ムカシノ人ノ、アト、ヘハ、千代ノシルシヤ、池ノ玉ミヅ

繇有一古刹、山曰集雲、寺曰松見。自始尼比丘攸住持也。中頃有千代野者。一生以汲水摘菜爲業。適得夜之間、就于老尼欲効坐禪儀式、竟不可得也。只於空閨中徒費死工夫而已。一日當汲門前池水桶底遽脱、滿身被水。忽然有省。古德指悟處、謂如桶底脱相似、夫是謂之乎。邇來指池謂千代野池、呼彼寺爲名刹。貴賤競到彼、汲池水修菩提、一洗人間五濁矣。今傳承。
昨有一騷人、到松見池畔觀念古今、詠倭歌一首。回後書以風使〔便〕投于余、被覓歌之和。余視之則詞翰幷美奇而快也。

想夫騒人一平生難波松芳野花、往來于懷之風塵表之一英物也。到此境界、定家々隆斫額望、赤人々丸拱手立。寔濁世烏鉢華也。余攸恨者、聞其名未見其面而已。仍歌之末章水之一字和者二篇。前篇以賀歌意妙處、後篇以成會面基本、云爾。伏乞一覧八裂。梅山野衲風瓢之書焉。

松風裏寺永鍾美、傳聞騒人昨來此。
濁世烏曇詠歌心、朗於月矣清於水。
未見面兼會面似、倭歌一詠洗吾耳。
他時若囲對談爐、折脚鐺移半瓶水。

繇《はる》かに一古刹有り、山を集雲と曰い寺を松見と曰う。始めより尼比丘《にびく》の住持する攸《ところ》なり。中頃、千代野という者有り。一生、水を汲み菜を摘むを以て業と爲す。適《たま》たま夜の間《ヒマ》を得て、老尼に就いて坐禪の儀式を効《なら》わんと欲するも、竟《つい》に得可からず。只だ空閨の中に於いて徒らに死工夫《しくふう》を費すのみ。一日、門前の池水を汲むに當たって、桶底遽《にわ》かに脱して、滿身水を被《かぶ》る。忽然《こつねん》として省《せい》有り。

古徳の悟處《ごしょ》を指して、桶底の脱する如くに相似たりと謂う、夫れ是れ之を謂うか。邇來《じらい》、池を指して千代野が池と謂い、彼の寺を呼んで名刹と爲す。貴賤競って彼《かしこ》に到り、池水を汲んで菩提《ぼだい》を修し、人間《じんかん》の五濁《ごじょく》を一洗す。今に傳承す。

昨《きのう》、一騒人《そうじん》有り、松見の池の畔《ほとり》に到って古今を觀念し、倭歌《わか》一首を詠ず。回って後、書して風便《ふうびん》を以て余に投じ、歌の和を覓める。余、之を視る則《とき》んば、詞翰幷びに美奇にして快なり。想うに夫れ騒人《そうじん》、一平生《へいぜい》、難波の松、芳野の花、懷に往《おう》來《らい》するの風、塵表《じんぴょう》の一英物なり。此の境界《きょうがい》に到っては、定家、定隆も額を斫《き》って望み、赤人、人丸も手を拱《こま》ねて立たん。寔《まこと》に濁世《じょくせ》の烏鉢華《うはつげ》なり。余が恨む攸《ところ》の者は、其の名を聞くも未だ其の面を見ざるのみ。仍って歌の末章、水の一字に和する者二篇。前篇は以て歌意の妙處《みょうしょ》を賀す、後篇は以て會面の基本と成すと、爾《しか》云う。伏して乞う、一覧八裂。梅山野衲、風瓢之書□。
松風《しょうふう》、寺を褁《つつ》み、永えに美を鍾《あつ》む、
傳え聞く、騒人《そうじん》、昨《きのう》、此に來たると。
濁世《じょくせ》の烏曇《うどん》、詠歌の心、
月よりも朗らかに、水よりも清し。
未だ面を見ざるも會面を兼ぬるに似たり、
倭歌一詠《わかいちえい》、吾が耳を洗う。
他時《たじ》、若し對談《たいだん》の爐を囲まば、
折脚鐺《せつきゃくしょう》に半瓶《はんびょう》の水を移さん。

【九五二】原本一一一丁

凡顧草木之有花、猶如人之屬文章。々々者心之色也、花亦草木之心。々形於色者也。先是有一好事人、氏松島、字景見。以事適北山。々々有尼寺、其名曰松見。々々有妓女千代野、供晨炊課夜績之外、只知有這事掛在胸襟。晨炊之爲資者、寺門外有小池。丁汲池水、忽然省。廼以卅一字、呈悟得底。景見公一日於此地、感事跡、見詠和歌。寔文雅風流之士也。隣刹梅山翁亦有和。歴數日、客一手持將來示。予注目視焉。歌之玄妙也、勝於古今千首詠和之清絶也、過於陽關三疊曲。吁至矣盡矣。客近前曰、三疊得聞、請奏一曲可矣。予曰、倭歌之道、可宜貴介公子、不干衲僧門下事。況吾宗不立文字、爭下觜於其間焉。客無語低頭退。恁麼時節、管城子脱帽曰、不然、甘蔗氏於竺乾四十九年、于此干彼、説一代時教、皆以歌章也。齴齵氏於本朝有富緒河之歌。加之、使得十二時趙州之歌、永嘉之證道歌、其來惟夥、不可無和。予竟逼其理、和者二曲。桑間乎濮上乎。可慙所恨、其人雖稔于名、暗于素。蓋見其所作知其爲人、則先所謂草木之心形於花、人之心形於文章者、以此可知矣。然景見公之於松見、以氏之松加字之見、則松見也。孔李通家好不淺者乎。予一曲探取松見之二字、則是亦有通家好者乎。一即三々即一。他日若相見消道話、詩也歌也、與吾道一以貫之。曾子云、我亦云情隷于詩。

曾聞風騒本在彼、不意他時傳到此。
和歌浦波湧出詞、其流淩似有源水。粟山下不芥子漫稿
歌之三昧禪一理、花發詞林根心地。

會處從來無處藏、青松見月影映水。

凡そ草木《そうもく》の花有るを顧るに、猶お人の文章を屬《つづ》るが如し。文章は心の色なり、花も亦た草木《そうもく》の心、心、色に形《あら》わるる者なり。是れより先、一好事の人有り、氏は松島、字は景見。事を以て北山に適《ゆ》く。北山に尼寺有り、其の名、松見と曰う。松見に妓女千代野有り、晨炊《しんすい》を供し夜績《やせき》を課するの外、只だ這《こ》の事《じ》の有ることを知って、胸襟《きょうきん》に掛在《かざい》す。晨炊《しんすい》の資たる者、寺の門外に小池有り。池水を汲むに丁《あた》って、忽然《こつねん》と省す。廼《すなわ》ち卅一字を以て、悟得底《ごとくてい》を呈す。景見公、一日、此の地に於いて、事跡に感じて和歌を詠ぜらる。寔《まこと》に文雅風流《ふうりゅう》の士なり。隣刹の梅山翁も亦た和する有り。數日を歴て、客、一手に持し將ち來たって示す。予、目を注《ツ》けて焉《これ》を視るに、歌の玄妙《げんみょう》たるや、古今千首詠に勝れり、和の清絶たるや、陽關三疊曲に過ぎたり。吁《ああ》、至れり盡くせり。客、近前《きんぜん》して曰く、三疊は得て聞きつべし、請う一曲を奏せば可ならん。予曰く、倭歌《わか》の道は貴介公子《きかいこうし》に宜ぶる可くして、衲僧《のうそう》門下の事に干わらず。況んや吾が宗は不立文字、爭でか觜を其の間に下さんや。客、無語《むご》低頭《ていとう》して退く。恁麼《いんも》の時節《じせつ》、管城子《かんじょうし》、帽を脱いで曰く、然らず、甘蔗《かんしょ》氏、竺乾《じくけん》に於いて四十九年、此に彼に、一代時教を説けるは皆な歌章を以てなり。齴齵《げんぐ》氏、本朝に於いて富緒河《とみヲがわ》の歌有り。加之《しかのみならず》、十二時を使い得たる趙州《じょうしゅう》の歌、永嘉《ようか》の證道歌《しょうどうか》、其より來《このかた》惟れ夥《おお》し、和無くんばある可からず。予、竟《つい》に其の理に逼られ、和する者二曲。桑間《そうかん》か濮上《ぼくじょう》か。慙ず可し、恨む所は、其の人、名に稔《ウ》むと雖も素《ソ》に暗し。蓋《けだ》し其の作る所を見て其の人たることを知る則《とき》んば、先に所謂《いわゆ》る草木《そうもく》の心、花に形《あら》われ、人の心、文章に形《あら》わる者、此を以て知る可し。然して景見公の松見に於けるや、氏の松を以て字の見に加うる則《とき》んば松見なり。孔李通家《こうりつうけ》の好《よし》み、浅からざる者か。予が一曲、松見の二字に探取する則《とき》んば、是れ亦た通家の好《よしみ》有る者か。一即三、三即一。他日、若し相見《しょうけん》して道話を消せば、詩や歌や、吾が道と一以て之を貫す。曾子云く、我も亦た云わん、情、詩に隷すと。

曾て聞く、風騒《ふうそう》、本と彼《かしこ》に在りと、
意《おも》わざりき、他時《たじ》、傳えて此に到らんとは。
和歌の浦波《うらなみ》、詞を湧出し、
其の流れ浚として源水有るに似たり。
歌の三昧《さんまい》、禪と一理、
花は詞林を發き、根は心地。
會處《えしょ》、從來、處として藏す無し、
青松《せいしょう》に月を見れば、影、水に映る。

○齴齵氏＝欠歯の達磨。○孔李通家＝通家は父祖の代から親しくしている家柄のこと。河南尹だった李膺は名声が高く訪問者が多かったので、当代のすぐれた人物か、代々の付き合いある人しか通さなかった。孔融は李膺の人物を見たいと思って訪問し、門番に「私は李君とは代々つきあいのある家の子孫です」といい、取り次いでもらった。李膺は「君の御先祖はかつて私どもとつきがあったのか」と問うた。孔融は「先祖の孔子はあなたの御先祖と徳義を同じくした友人。だから私とあなたは何代もの通家です」と答えた。一座の者はみごとな返答に感嘆した（『後漢書』巻七十、孔融列傳）。

【九五三】

達磨逢聖徳太子之歌也、返歌也
斑鳩殿《イカルカヤ》、富緒河《トミヲ》カ、タヘハコソ、
我アフ君ノ、ミナハハスレメ
聖徳太子歌
支那テルヤ、片岡山ノ飯ニウヘテ、
フセ△［ル］旅人、アワレヲヤナシ

【九五四】

神護山中有一假山。三峯九江、水遶山囲。可謂、禪床上之一奇觀也。昔蘇長公畜異石於壺中、名曰九華山。杜季

〔揚〕楊得拳石於案間、擬作五老峯。吁、石之爛班、松之屈曲、古今其愛一也。好事風流、大品主翁、一日入山中、詠假山以倭歌。山主即以漢詩見和之。不獲默止、予亦走筆同其韻云。 玄朴九拜 歌和韵
二十八與三十一、漢語倭言興更濃。
此日僧房無俗事、假山添緑萬年松。

神護山中に一假山《かさん》有り。三峯九江、水遶り山囲む。謂っつ可し、禪床上の一奇観なりと。昔、蘇長公《そちょうこう》、異石を壺中に畜えて、名づけて九華山《きゅうかざん》と曰う。杜《と》季揚《きよう》、拳石《けんせき》を案間《あんかん》に得て、擬して五老峯《ごろうほう》と作す。吁《ああ》、石の爛班《らんはん》、松の屈曲《くつきょく》、古今其の愛は一なり。好事風流《ふうりゅう》、大品主翁、一日、山中に入って、假《か》山《さん》を詠ずるに倭歌《わか》を以てす。山主、即ち漢詩を以て之に和せらる。默止《もくし》することを獲ず、予も亦た筆を走らせて其の韻を同じうすと云う。
二十八と三十一と、
漢語倭言《かんごわげん》、興、更に濃やかなり。
此の日、僧房《そうぼう》、俗事無し、
假山《かさん》、緑を添う、萬年松《まんねんしょう》。

【九五五―一】

錦綉桃花
錦綉桃花和雨時、巳場佳節好題詩。
武陵景與西川似、十様掛成春一枝。 圭

錦綉《きんしゅう》の桃花《とうか》、雨に和する時、
巳場《しじょう》の佳節《かせつ》、好《よ》し詩を題するに。
武陵《ぶりょう》の景、西川《せいせん》と似たり、
十様《じゅうよう》、掛け成す、春一枝《いっし》。

○十様＝十様錦。『句雙葛藤鈔』「西川十様錦、添花也猶鮮」。

【九五五―二】

錦綉桃紅詩興加、吟身疑是在仙家。
天公不費金針巧、春雨絲々織此花。 雪叟

錦綉《きんしゅう》の桃紅《とうこう》、詩興《しきょう》加う、

吟身《ぎんしん》、疑うらくは是れ仙家《せんけ》に在るか。
天公、金針《きんしん》の巧を費さず、
春雨絲々《しし》、此の花を織る。

【九五五―三】

織得枝頭映小窓、巳辰風景捻無雙。
桃花吹浪水紋動、平陸漫成濯錦紅。格

枝頭《しとう》を織り得て、小窓に映ゆ、
巳辰《ししん》の風景、捻に無雙《むそう》。
桃花《とうか》、浪を吹いて、水紋動く、
平陸《へいりく》に漫《みだ》りに成す、濯錦《たくきん》の紅。

【九五五―四】

錦綉桃開紅未乾、巳塲風景雨吹殘。
武陵春色所何似、花亦回文蘇若蘭。キ

錦綉《きんしゅう》の桃開いて、紅未だ乾かず、
巳塲《しじょう》の風景、雨吹き殘す。
武陵《ぶりょう》の春色、何に似たる所ぞ、
花も亦た回文《かいぶん》、蘇若蘭《そじゃくらん》。

○回文蘇若蘭＝蘇蕙は前秦の竇滔の妻。滔が苻堅に仕えて襄陽の長官となった時に、妾を連れて妻を伴わなかったの怨み、回文の璇璣圖を織って夫に送り、仲を戻した故事。

【九五五―五】

是匪薔薇匪海棠、桃花錦綉映春光。
一枝織就武陵上、憶得買臣歸故郷。良

是れ薔薇《そうび》に匪《あら》ず、海棠《かいどう》に匪《あら》ず、
桃花《とうか》の錦綉《きんしゅう》、春光に映ず。
一枝《いっし》、織り就《な》す、武陵《ぶりょう》の上、
憶得《おくとく》す、買臣《ばいしん》の故郷に歸るを。

○買臣歸故郷＝朱買臣。『蒙求』買妻恥醮、「上、謂いて曰く、富貴にして故郷に帰らざれば、繡を衣て夜行くが如し。今子、何如。買臣、頓首して謝す」。

【九五五—六】

不識天工耶女工、桃飜錦綉暮春風。
武陵溪上向花道、情似楓林霜後紅。代

識らず、天工か女工か、
桃、錦綉《きんしゅう》を飜す、暮春《ぼしゅん》の風。
武陵溪上《ぶりょうけいじょう》、花に向かって道う、
情は楓林霜後《ふうりんそうご》の紅に似たり、と。

【九五五—七】

上巳桃紅映御簾、枝頭濯錦雨纖々。
若裁白紵花應恨、公子風流強莫嫌。代

上巳《じょうし》の桃紅《とうこう》、御簾《ぎょれん》に映ゆ、
枝頭《しとう》の濯錦《たくきん》、雨纖々《せんせん》。
若し白紵《はくちょ》を裁せば、花、應《まさ》に恨むべし、
公子《こうし》の風流《ふうりゅう》、強いて嫌うこと莫かれ。

○白紵、公子風流＝『錦繡段』、雍陶の「公子行」に、「公子の風流、錦綉を嫌う、新たに白紵を裁して、春衣と作す」。白紵は、白い麻の衣。

【九五五—八】［欄外］

錦綉桃花看始奇、吟遊終日節佳時。和

錦綉《きんしゅう》の桃花《とうか》、看て始めて奇なり、
吟遊《ぎんゆう》、終日、節佳《せっか》の時。

【九五五—九】［欄外］

女工妙處春風手、密渡金針紅兩枝。和

女工の妙處《みょうしょ》、春風《しゅんぷう》の手、
密に金針《きんしん》を渡す、紅兩枝《こうりょうし》。

【九五六—一】

今雨會舊雨人
始知天意且慳晴、舊雨來人今雨迎。
只爲交情無楚越、一歡不換四檐聲。雪嶺

始めて知る、天意、且つ晴を慳《おし》むことを、
舊、雨ふって來たる人、今、雨ふって迎う。
只だ交情の爲には、楚越《そえつ》無し、
一歡《いっかん》、四檐《しえん》の聲に換えず。

○この詩、『翰林五鳳集』に載る。○今雨會舊雨人＝舊雨は舊友に音通。「舊雨今雨」ともいう。杜甫「秋述」詩、「秋、杜子臥病長安旅次、多雨生魚、青苔及榻、常時車馬之客、舊雨來、今雨不來」。「舊雨來、今雨不來」は、「舊、雨ふるも來たるに、今、雨ふれば來たらず」と訓む。

【九五六―二】

今日重過舊雨門、不辭嘉會此頻繁。
堦前可愛綠苔道、來往又添新履痕。同

今日、重ねて過ぐ、舊雨《きゅうう》の門、
嘉會《かかい》を辭さず、此に頻繁《ひんぱん》。
堦前《かいぜん》、愛す可し、綠苔《りょくたい》の道、
來往《らいおう》、又た添う、新たなる履痕《りこん》。

○『翰林五鳳集』、心田「今雨故人居」。

【九五六―三】

逢舊雨故人

一雨燈前再對床、昔遊入夢十年強。
空堦餘滴秋如語、君髮猶青吾鬢黃。横川

一雨、燈前《とうぜん》、再び床を對す、
昔、遊んで夢に入る、十年強。
空堦《くうかい》の餘滴《よてき》、秋語るが如し、
君が髮は猶青し、吾が鬢《びん》は黃。

○横川『小補集』にあり。

【九五七―一】

寒燈

今宵村校雪飛時、獨對寒燈學習之。
凍損吟身吾不識、一檠淡影孟郊詩。雪叟

今宵《こんしょう》、村校《そんこう》、雪の飛ぶ時、

獨り寒燈《かんとう》に對して、學んで之を習う。
吟身《ぎんしん》を凍損《とうそん》するも、吾れ識らず、
一檠《いっけい》の淡影《たんえい》、孟郊《もうこう》の詩。

○村校＝『翰林五鳳集』に「村校夜雨」「村校夜雪」の題あり。

【九五七―二】

雪慮〔膚〕氷懐何以融、寒燈挑盡半窓中。
儒生恰似子騫意、一點藜烟蘆絮風。同

雪膚《せっぷ》氷懐《ひょうかい》、何を以てか融かん、
寒燈《かんとう》挑《かか》げ盡くす、半窓《はんそう》の中。
儒生《じゅせい》、恰も子騫《しけん》の意に似たり、
一點《いってん》の藜烟《れいえん》、蘆絮《ろじょ》の風。

○子騫＝『蒙求』閔損衣單。

【九五八―一】

琴星　七夕

窓前月下奏琴看、今夜星々數點殘。
疑把銀河置絃上、一天牛女落欄干。同

窓前《そうぜん》、月下、琴を奏し看ん、
今夜、星々、數點殘る。
疑うらくは、銀河《ぎんが》を把《と》って絃上に置けるか、
一天の牛女《ぎゅうじょ》、欄干《らんかん》に落つ。

【九五八―二】

琴上星殘情更濃、昔年有約已相逢。
織娥難作銀河夢、二十五絃半夜鐘。甫

琴上、星殘って、情更に濃やかなり、
昔年《そのかみ》、約有って、已に相逢う。
織娥《しょくが》、銀河《ぎんが》の夢を作し難し、
二十五絃、半夜の鐘。

【九五九―一】原本一一二丁

四壁蟲聲

四壁聽蟲白髮新、傍人應不笑家貧。

嘤々啼斷茅檐曉、覺懶秋閨夢裡身。雪叟

四壁に蟲を聴いて、白髪《はくはつ》新たなり、
傍人《ぼうじん》、應《まさ》に家貧《かひん》を笑わざるべし。
嘤々《ようよう》として啼斷《ていだん》す、茅檐《ぼうえん》の曉、
覺むれば懶《ものう》し、秋閨《しゅうけい》、夢裡《むり》の身。

○四壁蟲聲＝歐陽永叔「秋聲賦」に、「但だ四壁の蟲聲の唧々《しっしっ》として、予が歎息を助くるが如きを聞くのみ」。

【九五九―二】

四壁聽蟲攢兩眉、閨中一夜鬢絲々。
欲知無限傷秋意、盡在暗蛬催織時。同

四壁に蟲を聴いて、兩眉を攢《あつ》む、
閨中《けいちゅう》、一夜、鬢絲々《びんしし》。
限り無き傷秋《しょうしゅう》の意を知らんと欲せば、
盡く暗蛬《あんきょう》の織《しょく》を催す時に在り。

【九六〇―一】

舊雨故人

舊雨故人吟履痕、緑苔堦上至今存。
遶簷點滴寂寥夕、若是非君誰扣門。

舊雨《きゅうう》、故人、吟履《ぎんり》の痕《あと》、
緑苔堦上《りょくたいかいじょう》、今に至って存す。
簷《のき》を遶る點滴《てんてき》、寂寥《せきりょう》の夕、
若し是れ君に非ずんば、誰か門を扣かん。

○舊雨故人＝前出［九五六―二］「今雨會舊雨人」。

【九六〇―二】

舊雨故人今雨遊、相逢一笑忘千愁。
檐聲語盡彭城昔、客作子瞻吾子由。雪叟

舊雨《きゅうう》、故人、今、雨ふるも遊ぶ、
相い逢うて一笑すれば、千愁《せんしゅう》を忘る。
檐聲《えんせい》、語り盡くす、彭城《ほうじょう》の昔、

客は子瞻《しせん》と作り、吾は子由《しゆう》。

○今雨遊＝杜甫「秋述」詩の「今、雨ふれば來たらず」の逆。○彭城昔＝蘇子瞻と子由の兄弟が彭城に相會して、夜雨の中で語りあったこと。後出［九六六―一］「彭城夜雨情」。

【九六〇―三】

蕭々舊雨鬢皚々、逆旅殘僧今又來。
猶爲打湘瀟夜話、歸心一片楚辭梅。與

蕭《しょうしょう》々たる舊雨《きゅうう》、鬢皚《びんがいがい》々、
逆旅《げきりょ》の殘僧《ざんそう》、今又た來たる。
猶お湘瀟《しょうしょう》の夜話《やわ》を打さん爲なり、
歸心一片《きしんいっぺん》、楚辭《そじ》の梅。

○楚辭梅＝屈原の『楚辭』「離騷」ではいくつもの花が詠われるが、そこに梅は含まれていないことをいう。前出［七七七］。ただし、ここでの「楚辭梅」は單に「ない」という意味。『滑稽詩文』、策彦の「寄喝食」に「胸天の雲霧、楚辭の梅」。

【九六〇―四】

曾遊語盡慰愁腸、舊雨故人情豈常。
々遇久朋猶不忘、四檐點滴聽同床。圭

曾遊《ぞうゆう》、語り盡くして、愁腸《しゅうちょう》を慰む、
舊雨《きゅうう》、故人、情、豈に常ならんや。
常に久朋と遇い、猶お忘れず、
四檐《しえん》の點滴《てんてき》、同床に聽く。

○曾遊＝前出［六八四―二］。

【九六〇―五】

蕭然舊雨故人情、交會時々事細評。
點滴聲中傾盡語、相逢意似孔兼程。永

蕭然《しょうぜん》たる舊雨《きゅうう》、故人の情、
交會《こうかい》して、時々に細評《さいひょう》を事とす。
點滴聲中《てんてきせいちゅう》、語を傾け盡くす、
相逢う意は、孔《こう》と程《てい》とに似たり。

○舊雨故人＝前出［九五六—一］。○似孔兼程＝『蒙求』程孔傾蓋。孔子が、途次、程子に遭い、一見故人のごとく親しく話したこと。

【九六〇—六】

舊雨來人幾許情、燈前一夜結交盟。
縱留佳客欲談古、點滴聲中杜宇聲。甫

舊、雨ふって來たる人、幾許《いくばく》の情、
燈前《とうぜん》、一夜、交盟《こうめい》を結ぶ。
縱《たと》い佳客《かきゃく》を留めて古を談ぜんと欲するも、
點滴聲《てんてきせいちゅう》中、杜宇《とう》の聲。

【九六〇—七】

待得今逢舊雨朋、記君曾又記吾曾。
四檐點滴十年事、話盡燈前白髮僧。昌

待ち得たり、今、舊雨《きゅうう》の朋に逢うを、
君が曾《むかし》を記し、又た吾が曾《むかし》を記す。
四檐《しえん》の點滴《てんてき》、十年の事、
話《かた》り盡くす、燈前《とうぜん》、白髮《はくはつ》の僧。

○記吾曾＝蘇東坡の「太白山下、早に行く、横渠鎮に至って、崇寿院の壁に書す」詩に、「再遊、應に眷眷たるべし、聊か亦た吾が曾を記す」。この二句、『四河入海』に「今此寺ヘマイルガ、他日我再遊セバ、僧タチモ、モトキタル軾デアルト、ヲボシメシテ、念比ニサセラレテ、聊記吾曾ト云ゾ」と。

【九六〇—八】
老去同參情不常、窓前舊雨夜浪々。
茅簷聲中逢君語、憶得蘇瞻曾對床。イ
老い去って、同參《どうさん》、情常ならず、
窓前《そうぜん》、舊雨《きゅうう》、夜、浪々《ろうろう》。
茅簷聲《ぼうえんせいちゅう》中、君に逢って語れば、
憶得《おくとく》す、蘇瞻《そせん》が曾て床を對せしことを。

【九六〇—九】

舊雨來人情不窮、對床閑話草菴中。
曾遊再記七年夜、老去同參一放翁。良

舊、雨ふって來たる人、情窮まらず、
床を對して閑話す、草菴の中。
曾遊《ぞうゆう》、再び記す、七年の夜、
老い去って、同參《どうさん》、一放翁《ほうおう》。

○曾遊＝前出［六八四―二］。○一放翁＝『錦繡段』陸務観の「梅」詩、「一樹梅花一放翁」。○舊雨來人＝前出［九五六―一］。

【九六一―一】

招涼珠

珠在燕王消暑樓、黃金不換小飀飀。
吾家舅々老和尚、明月掌中涼似秋。　横川

珠は燕王《えんおう》の消暑樓《しょうしょろう》に在り、
黃金に換えず、小にして飀飀《しゅうりゅう》。
吾が家の舅々《きゅうきゅう》、老和尚、
明月《めいげつ》は掌中《しょうちゅう》、秋よりも涼し。

○招涼珠＝前出［六六〇―一］。○横川『補菴京華新集』にあり、「會等持」とある。○招涼珠＝前出［六六〇―一］。○飀飀＝風の音。
○舅々＝おじ。

【九六一―二】

夏天消暑興彌佳、珠謂招涼四海皆。
忽挽微風荷葉露、昭王若在卷而懷。　雪叟

夏天に暑を消して、興彌《いよ》いよ佳し、
珠を招涼《しょうりょう》と謂う、四海《しかい》皆な。
忽ち微風《びふう》を挽く、荷葉《かよう》の露、
昭王《しょうおう》、若し在《まし》まさば、巻いて懷にせん。

【九六一―三】

珠有招涼慰白頭、炎塵掃盡思悠々。
昭王愛見雖消暑、料識秋來不耐愁。　圭

珠に招涼《しょうりょう》有り、白頭《はくとう》を慰む、
炎塵《えんじん》、掃い盡くして、思い悠々《ゆうゆう》。
昭王《しょうおう》、愛し見て、暑を消すと雖も、
料り識る、秋來《しゅうらい》、愁いに耐えざることを。

【九六一―四】

無價寶珠招寒凉、炎塵一掃一昭王。
夜明消暑縱過夏、却恨秋來鬢有霜。良

無價《むげ》の寶珠《ほうじゅ》、寒凉《かんりょう》を招く、
炎塵一掃《えんじんいっそう》す、一昭王《いちしょうおう》。
夜明《やめい》、暑を消して、縦《たと》い夏を過ごすも、
却って恨む、秋來《しゅうらい》、鬢《びん》に霜有ることを。

【九六一―五】

終日涼風吹又吹、明珠待價點無玼。
一心只在夜光上、溽暑侵入亦不知。甫

終日、涼風《りょうふう》、吹いて又た吹く、
明珠《めいしゅ》、價《あたい》を待つ、點として玼《きず》無し。
一心、只だ夜光《やこう》の上に在り、
溽暑《じょくしょ》、侵し入るも、亦た知らず。

【九六一―六】

珠有招凉白似鷳、矮檐消暑此生閑。
明々一顆萬牛力、挽得清風滿世間。キ

珠に招凉《しょうりょう》有り、白きこと鷳《かん》に似たり、
矮檐《わいえん》に暑を消して、此の生、閑なり。
明々《めいめい》たり、一顆《いっか》、萬牛の力、
清風《せいふう》を挽き得て、世間に滿つ。

【九六一―七】

明珠猶潔玉人工、盛夏招凉殘雨中。
料識昭王可消暑、磨來殿閣自清風。代

明珠《めいしゅ》、猶お潔し、玉人の工、
盛夏、涼を招く、殘雨《ざんう》の中。
料り識る、昭王《しょうおう》、暑を消す可し、
磨し來たれば、殿閣《でんかく》、自ずから清風《せいふう》。

【九六一―八】

美珠燦爛色猶濃、終日招涼掃鬱胸。
却思夜明有遺恨、只宜夏矣不宜冬。　叔

美珠、燦爛《さんらん》として色猶お濃《こまや》かなり、
終日、涼を招いて、鬱胸《うつきょう》を掃く。
却って思う、夜明《やめい》に遺恨《いこん》有らん、
只だ夏に宜しく、冬には宜しからず。

【九六一―九】

珠在燕家希世春、清風挽得忽涼人。
昭王磨出無瑕纇、能避炎蒸點不盡。

珠は燕家《えんけ》に在り、希世《きせい》の春、
清風《せいふう》、挽き得て、忽ち人を涼しからしむ。
昭王《しょうおう》、磨き出だして、瑕纇《かるい》無し、
能く炎蒸《えんじょう》を避けて、點として盡きず。

【九六二―一】

盆裏梅花

盆裡梅花野水湾、風光春日興猶閑。
林君所憩半窓下、直把西湖置假山。　智公

盆裡《ぼんり》の梅花《ばいか》、野水《やすい》の湾、
風光、春日、興猶お閑。
林君《りんくん》の憩う所、半窓《はんそう》の下、
直に西湖《せいこ》を把《と》って、假山《かさん》に置く。

○林君＝林逋。

【九六二―二】

聞説盆梅拆曉風、野僧詩思興無窮。
西湖十里好春色、都在窓前一朶中。　琉公

聞《き》説くならく、盆梅《ぼんばい》、曉風《ぎょうふう》を拆くと、
野僧《やそう》の詩思《しし》、興窮まり無し。
西湖《せいこ》十里、好春色《こうしゅんしょく》、

都《す》べて窓前一朶《そうぜんいちだ》の中に在り。

【九六二一—三】

盆裏愛梅忘白頭、暗香度處思悠々。
春風萬里堯天下、三尺方池藏許由。徹公

盆裏《ぼんり》に梅を愛して、白頭《はくとう》を忘る、
暗香度《あんこうわた》る處、思い悠々《ゆうゆう》。
春風萬里《しゅんぷうばんり》、堯の天下、
三尺の方池、許由《きょゆう》を藏す。

【九六二一—四】

盆裡梅花香正濃、假山春色勝千紅。
遊蜂戲蝶曾無近、枝上乾坤三尺中。慧公

盆裡《ぼんり》の梅花《ばいか》、香り正に濃《こまや》かなり、
假山《かさん》の春色、千紅《せんこう》に勝る。
遊蜂戲蝶《ゆうほうぎちょう》、曾て近づく無し、
枝上《しじょう》の乾坤《けんこん》、三尺の中。

○遊蜂戲蝶曾無近＝『聯頌詩格』十、一蝶の詩の「一生不得近梅花」、また、陸放翁の「我生也似梅花淡、燕未歸來蝶未知」。

【九六二一—五】

盆裡梅花慰老辰、横斜昏月興猶新。
西湖萬里半窓下、一朶清香別置春。遠公

盆裡《ぼんり》の梅花《ばいか》、老を慰むる辰、
横斜昏月《おうしゃこんげつ》、興猶お新たなり。
西湖萬里《せいこばんり》、半窓《はんそう》の下、
一朶《いちだ》の清香《せいこう》、別に春を置く。

【九六二一—六】

盆中移得雪生涯、疎影横斜一任吹。
忽把西湖供坐咲、黄鶯争宿去年枝。微公

盆中、移し得たり、雪の生涯《しょうがい》、
疎影横斜《そえいおうしゃ》、吹くに一任す。
忽《ゆるが》せに西湖《せいこ》を把《と》って、坐咲《ざしょう》に供す、

黄鶯《こうおう》、争でか去年の枝に宿らん。

【九六二―七】

盆裡梅開春色加、吟身終日思無邪。
一枝坐愛半窓下、疑到西湖處士家。琉公

盆裡《ぼんり》、梅開いて、春色加う、
吟身《ぎんしん》、終日、思い邪《よこしま》無し。
一枝《いっし》、坐《そぞ》ろに愛す、半窓《はんそう》の下、
疑うらくは、西湖處士《せいこしょし》の家に到るかと。

【九六二―八】

盆裏梅花色不常、殘僧愛見興尤長。
任他風雪折庭竹、三尺方池別暗香。慧公

盆裏《ぼんり》の梅花《ばいか》、色常ならず、
殘僧《ざんそう》、愛し見る、興尤も長ず。
任他《さもあらば》あれ、風雪《ふうせつ》、庭竹を折ることを、
三尺の方池、別に暗香《あんこう》。

【九六二―九】

盆裡梅花點不塵、暗香渡處惱吟身。
清池三尺江南水、疎影横斜別是春。多公

盆裡《ぼんり》の梅花《ばいか》、點として塵せず、
暗香《あんこう》渡る處、吟身《ぎんしん》を惱ます。
清池《せいち》三尺、江南《こうなん》の水、
疎影横斜《そえいおうしゃ》、別に是れ春。

【九六二―一〇】

盆裡春光情最多、梅花移得更無他。
西湖三萬半窓下、若有林君如恨何。弗

盆裡《ぼんり》の春光、情最も多し、
梅花《ばいか》、移し得て、更に他無し。
西湖《せいこ》三萬、半窓《はんそう》の下、
若し林君《りんくん》有らば、恨みを如何せん。

【九六二―一一】

盆梅之詩、全篇清香白三絶、至矣盡矣。漫點十有四首、就中稱萃者二首。可謂林君香影一聯詩矣。

盆梅《ぼんばい》の詩、全篇清香、白三絶《さんぜつ》、至れり盡くせり。漫《みだ》りに點するもの十有四首、中に就いて萃と稱する者二首。謂っつ可し、林君《りんくん》の香影《こうえい》、一聯の詩なりと。

【九六三―一】

月下敲門

奈此柴門月色奇、半敲來矣半推來。今宵一字共誰定、天下詩人無退之。南化

此の柴門《さいもん》、月色《げっしょく》の奇なるを奈《いかん》せん、半ばは敲き來たり、半ばは推し來たる。今宵《こんしょう》の一字、誰と共にか定めん、天下の詩人に、退之《たいし》無し。

○半敲來矣半推來＝推敲の故事。『三體詩』賈島「題李疑幽居」詩、「鳥宿池中樹、僧敲月下門」。推か敲かと、苦吟していた賈島が、韓退之の裁定によって一字を決したこと。

【九六三―二】

月到中秋分外明、柴門立盡轉多情。推敲難定蹇驢上、誤被人呼吟佛名。湖南

月、中秋に到って、分外に明らかなり、柴門《さいもん》に立ち盡くして、轉《うた》た多情《たじょう》。推敲《すいこう》、定め難し、蹇驢《けんろ》の上、誤って人に吟佛《ぎんぶつ》の名を呼ばる。

○吟佛＝賈島を、賈吟佛、賈島佛と稱する。

【九六四】

楓橋

楓橋未斷僅遺蹤、人物難逢境易逢。張繼去來無宿客、舊時山答舊時鐘。策彥

楓橋《ふうきょう》、未だ斷たず、僅かに蹤を遺す、
人物、逢い難きも、境には逢い易し。
張繼《ちょうけい》、去來して、宿客無し、
舊時《きゅうじ》の山は答う、舊時《きゅうじ》の鐘。

○この詩、また後出[九八七]。○楓橋＝『三體詩』張繼「楓橋夜泊」詩、「月落烏啼霜滿天、江楓漁火對愁眠。姑蘇城外寒山寺、夜半鐘聲到客船」。

【九六五―一】

新綠勝花

紅芳淡薄樹陰濃、感物華移老凍儂。
迦葉猶居萬花下、壓春鵑綠亦鶏峯。　仁峯

紅芳《こうほう》は淡薄《たんぱく》、樹陰《じゅいん》は濃《こまや》かなり、
物華《ぶつか》の移るに感ず、老凍儂《ろうとうのう》。
迦葉《かしょう》、猶お居す、萬花の下、
春を壓する鵑綠《けんりょく》、亦た鶏峯《けいほう》。

○紅芳＝春の赤い花。夏の樹陰に對す。○物華＝（四季折々の）風景。○鵑綠＝この語、未見。『增注聯珠詩格』趙戇庵「傷春」詩に、「杜鵑不與春爲地、啼綠一城黄柳枝（杜鵑は春の與に地を爲さず、啼綠す、一城黄柳の枝）」。注に「杜鵑は春に地を爲すことを許さずして、黄柳の枝に向かって啼く。變じて綠と爲るときは則ち其の物を感じ春を傷むこと深し。蓋《けだ》し柳黄にして綠に變ず。乃ち是れ春去って夏至る。故に、春の與に地を爲さずと云う」。「爲地」は「爲之地」とも。根據をあたえること。

【九六五―二】

欲愛夏山披鬱襟、花情猶淺綠情深。
千紅萬紫皆東醜、淡極西妍一樹陰。　雪叟

夏山《かさん》を愛でんと欲して、鬱襟《うつきん》を披く、
花情《かじょう》は猶お淺きも、綠情《りょくじょう》は深し。
千紅萬紫《せんこうばんし》も、皆な東醜《とうしゅう》、
淡を極む西妍《せいけん》、一樹の陰。

○東醜、西妍＝東醜西美というに同じ。『翰林五鳳集』瑞溪「次韻蕙童試筆」に「繡髮佳人白髮前。未應東醜倚西妍」。

【九六六―一】

芭蕉夜雨圖

記得彭城夜雨情、芭蕉索々入詩鳴。

〔倏〕倐然窓葉莫吹破、明日可題來客名。　仁峯

記得《きとく》す、彭城《ほうじょう》、夜雨《やう》の情、

芭蕉《ばしょう》、索々《さくさく》として、詩に入って鳴る。

倐然《しゅくぜん》として、窓葉《そうよう》、吹き破ること莫かれ、

明日、題す可し、來客の名を。

○彭城夜雨情＝蘇子瞻と子由の兄弟が彭城に相會して、夜雨の中で語りあったこと。「對牀風雨」「風雨對床」「風雨連床」という。親しき者どうしが久別ののち再會し、ともに心を傾けて交談歡樂するをいう。

蘇軾の「辛丑十一月十九日、既に子由と鄭州西門の外に別かる、馬上に詩一篇を賦して之に寄する」詩に、「……但だ恐る歳月の去ること飄忽、寒燈相い對して、疇昔を記するを。夜雨、何時か蕭瑟を聽かん。君は知る、此の意の忘る可からざるを。愼んで苦《ねんご》ろに高官の職を愛する勿かれ。〔自注〕嘗て夜雨對牀の言有り、故に爾か云う」。

『王直方詩話』に、「東坡、子由と懷遠の驛に在り。嘗て韋蘇州の詩を讀み、〈寧知風雨夜、復此對牀眠〉の句に至る。惻然として之に感じて、乃ち相い約して早退し、共に間居の樂しみと爲す。故に鄭に在って子由と別かるるに云う、〈寒燈相い對して疇昔を記す。夜雨、何時か蕭瑟を聽かん〉と。又た初秋、子由は坡と彭城《ほうじょう》に相い從って詩を賦して云う、〈娯しみ喜ぶ、牀を對して舊約を尋ぬるを、知らず飄泊して彭城に在りと〉と。子由は虜に使し、神水の館に在って詩を賦して云う、〈夜雨從來、榻に對して眠る、茲の行萬里《ばんり》、湖天を隔つ〉と。坡は御史の獄に在って云う有り、〈他年夜雨、濁り傷神〉と。東府に在って云う有り、〈牀を對して定めて悠々たり、夜雨、今は蕭瑟〉と。其の同じき轉對に云う有り、〈牀を對して貪り聽く、連宵の雨〉と。又た曰く、〈牀を對して連夜の雨を作らんと欲す〉。又た曰く、〈牀を對す老兄弟《ろうひんでい》、夜雨、竹屋に鳴く〉と。此は其の兄弟《ひんでい》が賦する所なり。退休の約、謂っつ可し、之を忘るるに日無しと。然れども竟《つい》に其の約を成す能わず。其の意は趙遥堂詩の敍に見ゆと云う」。○倐然＝不審。倏然か。

【九六六―二】　原本一一三丁

芭蕉風冷鬢皤々、檐雨燈前奈老何。

道不耐秋捻虚語、今宵葉□滴聲多。　雪叟

芭蕉《ばしょう》、風は冷し、鬢皤々《びんはは》、
檐雨《えんう》、燈前《とうぜん》、老を奈何《いかん》せん。
秋に耐えずと道うも、捴に虚語《きょご》、
今宵《こんしょう》、葉□、滴聲《てきせい》多し。

○不耐秋＝『三體詩』竇鞏「訪隱者不遇」、「欲題名字知相訪、又恐芭蕉不耐秋」。

【九六六―二】

雨洒芭蕉雪數莖、白頭堪聽到殘更。
縱摩詰得丹青妙、爭畫蕭々打葉聲。賢

雨、芭蕉《ばしょう》に洒《そそ》ぐ、雪數莖、
白頭、聽くに堪えたり、殘更に到る。
縱《たと》い摩詰《まきつ》、丹青《たんせい》の妙を得るも、
爭でか畫かん、蕭々と葉を打つ聲を。

○雪數莖＝不審。

【九六七―一】

萬年歡

萬年歡也萬年華、更向關山飜月華。
達磨大師殺風景、不將一曲寫梅花。仁峯

萬年歡《まんねんかん》や、萬年の華、
更に關山《かんざん》に向かって月華を飜す。
達磨《だるま》大師、殺風景《さっぷうけい》、
一曲を將って梅花《ばいか》を寫さず。

【九六七―二】

不比陽春白雪聲、萬年歡也是歡聲。
嘹々吹起誰家曲、飜作三呼嵩嶽聲。雪叟

陽春白雪《ようしゅんはくせつ》の聲に比さず、
萬年歡《まんねんかん》、也《ま》た是れ歡聲《かんせい》。
嘹々《りょうりょう》として、誰が家の曲をか吹き起こす、
飜じて作す、三呼嵩嶽《さんこすうがく》の聲。

○陽春白雪＝至高の曲名。

【九六七―三】

唱萬年歡起我宗、陽春早入少林冬。
吹殘一曲無人會、唯有祝融峯頂松。郁

萬年歡《まんねんかん》を唱えて、我が宗を起こす、
陽春《ようしゅん》、早く少林の冬に入る。
吹き殘す一曲、人の會《え》する無し、
唯だ祝融峯頂《しゅくゆうほうちょう》の松のみ有り。

【九六八―一】

旅檐聽雨

昔日蘇家弟與兄、對床喜聽宿彭城。
今宵蕭索旅檐下、孤客爭禁點滴聲。仁峯

昔日《そのかみ》、蘇家《そけ》の弟と兄と、
床を對して聽くを喜んで、彭城《ほうじょう》に宿す。
今宵《こんしょう》、蕭索《しょうさく》たり、旅檐《りょえん》の下、
孤客《こかく》、爭でか點滴《てんてき》の聲を禁ぜん。

○蘇家弟與兄＝夜雨對床。蘇軾が弟の子由と再會して語り合ったこと。前出［九六六―一］「彭城夜雨情」。

【九六八―二】

身似宣尼席不温、今宵獨閉雨中門。
蕭々滴盡五更枕、鐵作行人也斷魂。雪叟

身は宣尼《せんに》に似て、席温まらず、
今宵《こんしょう》、獨り閉ず、雨中の門。
蕭々《しょうしょう》として滴《した》で盡くす、五更の枕、
鐵作《てつさ》の行人も、也《ま》た斷魂《だんこん》。

○宣尼席不温＝韓愈「爭臣論」「孔席不暇暖」。

【九六八―三】

五十天涯客異州、雨聲添得白頭秋。
四檐點滴知多少、不洗［堪］思郷一夜愁。郁

五十、天涯《てんがい》、異州《いしゅう》に客たり、

雨聲《うせい》、添え得たり、白頭《はくとう》、秋なるを。
四檐《しえん》の點滴《てんてき》、知んぬ多少ぞ、
思郷《しきょう》に堪えず、一夜の愁。

【九六九―一】

太平一曲

太平天子樂無窮、歌吹海中容此躬。

學得霓裳羽衣曲、開元宇宙廣寒宮。 玉岫

太平《たいへい》の天子、樂、窮まり無し、
歌吹海中《かすいかいちゅう》に、此の躬《み》を容れんと欲す。
霓裳羽衣《げいしょううい》の曲を學び得て、
開元《かいげん》の宇宙《うちゅう》、廣寒宮《こうかんきゅう》。

○霓裳羽衣曲＝玄宗が道士の羅公遠に伴われて月宮に遊び、そこで聞いた霓裳羽衣の曲を写し歸ったという。

【九六九―二】

風流天子出扶桑、處々春光囑盛唐。

續得開元太平曲、遷喬黄鳥李三郎。 南室

風流《ふうりゅう》の天子、扶桑《ふそう》に出づ、
處々の春光、盛唐《せいとう》に囑す。
續《つ》ぎ得たり、開元太平《かいげんたいへい》の曲、
遷喬《せんきょう》の黄鳥《こうちょう》、李三郎《りさんろう》。

○李三郎＝玄宗皇帝。

【九六九―三】

舞殿歌臺共落成、春皇祥瑞過時平。

條風塊雨花天下、聽得黄鸝第一聲。 雪叟

舞殿《ぶでん》歌臺《かだい》、共に落成《らくせい》し、
春皇《しゅんおう》の祥瑞《しょうずい》、時平《じへい》に過ぐ。
條風塊雨《じょうふうかいう》、花の天下、
聽き得たり、黄鸝《こうり》の第一聲《だいいっせい》。

○條風塊雨＝樹の枝を揺らすほどではない、ほどよい風。土塊を壊さぬ程度の雨。「風不鳴條、雨不破塊」。

【九六九—四】

繡嶺宮前歌太平、聽時海晏又河清。
新鶯枝々唐天下、獨唱開元一曲聲。瑤林

繡嶺宮前《しゅうれいきゅうぜん》、太平《たいへい》を歌う、
聽く時、海晏《かいあん》又た河清《かせい》。
新鶯《しんおう》、枝々《しし》、唐の天下、
獨り唱う、開元《かいげん》一曲の聲。

○繡嶺宮＝華清宮。

【九七〇—一】

説夢瞿曇

饒舌瞿曇亦靈運、夢中説夢妙難思。
五千文字譯來看、盡是池塘芳草詩。紹立

饒舌《じょうぜつ》の瞿曇《くどん》も、亦た靈運《れいうん》、
夢中に夢を説く、妙難思《みょうなんし》。
五千の文字、譯し來たれ看ん、
盡く是れ池塘芳草《ちとうほうそう》の詩。

○池塘芳草詩＝前出［九四二］。

【九七〇—二】

靈山説夢誑河沙、是正法耶邪法耶。
縱使黃頭談實相、覺來簾外趙昌花。圭

靈山《りょうぜん》に夢を説いて、河沙《がしゃ》を誑《たぶらか》す、
是れ正法《しょうぼう》か、邪法か。
縱使《たと》い黃頭《おうず》、實相《じっそう》を談ずるも、
覺め來たれば、簾外《れんがい》、趙昌《ちょうしょう》の花。

○趙昌花＝前出［一五二］。

【九七〇—三】

四十九年皆説夢、法身清淨老黃頭。
靈山會上江南境、此臥如來一睡鷗。永

四十九年、皆な夢を説く、

法身清淨《ほっしんしょうじょう》、老黄頭《ろうおうず》。
靈山會上《りょうぜんえじょう》、江南《こうなん》の境、
此の臥如來《がにょらい》、一睡鷗《すいおう》。

【九七〇―四】

説夢瞿曇寐語時、多羅八萬渉多岐。
靈山密付邯鄲枕、三七華嚴黍一炊。　播

夢を説く瞿曇《くどん》、寐語《みご》する時、
多羅《たら》八萬、多岐《たき》に渉る。
靈山《りょうぜん》の密付《みっぷ》も、邯鄲《かんたん》の枕、
三七の華嚴《けごん》も、黍《しょ》の一炊《いっすい》。

【九七〇―五】

四十九年皆夢經、説虚説實太叮嚀。
靈山一會言猶耳、屋後松風枕上聽。　印代

四十九年、皆な夢經《むきょう》、
虚と説き實と説いて、太《はなは》だ叮嚀《ていねい》。
靈山《りょうぜん》の一會《いちえ》、言猶お耳にあり、
屋後《おくご》の松風《しょうふう》、枕上《ちんじょう》に聽く。

【九七〇―六】

這老瞿曇多口漢、夢經説夢更饒譫。
衆生迷倒可難救、五竺乾坤一黒甜。　孝代

這《こ》の老瞿曇《ろうくどん》、多口《たく》の漢、
夢經《むきょう》に夢を説いて、更に譫《せん》を饒《あま》す。
衆生迷倒《しゅじょうめいとう》し、救うこと難かる可し、
五竺《ごじく》の乾坤《けんこん》、一黒甜《いちこくてん》。

【九七〇―七】

萬劫餘殃從此始、瞿曇説夢汚心田。
靈山一會邯鄲國、三七華嚴五十年。　可

萬劫《まんごう》の餘殃《よおう》、此より始まる、
瞿曇《くどん》、夢を説いて、心田《しんでん》を汚す。
靈山《りょうぜん》の一會《いちえ》、邯鄲國《かんたんこく》、

三七華嚴《けごん》、五十年。

【九七〇―八】

這老瞿曇甚若愚、夢中説夢鈍工夫。
縱言玄妙果何用、萬事覺來一字無。不

這《こ》の老瞿曇《ろうくどん》、甚だ愚《ぐ》の若し、
夢中に夢を説く、鈍工夫《どんくふう》。
縱《たと》い玄妙《げんみょう》と言うも、果たして何の用ぞ、
萬事《ばんじ》、覺め來たれば、一字も無し。

【九七〇―九】

夢中説夢紫金容、只學虚頭錯點胸。
萬事覺來抛卷聽、波旬一黨五更鐘。齊

夢中に夢を説く、紫金容《しこんよう》、
只だ虚頭《きょとう》を學んで、錯って點胸《てんきょう》す。
萬事《ばんじ》、覺め來たれば、卷を抛って聽く、
波旬《はじゅん》の一黨《いっとう》、五更の鐘。

【九七〇―一〇】

百萬人天聽々々、靈山説夢費言端。
黄頭縱使饒諂語、夜半鐘聲是一韓。慰

百萬の人天《にんでん》、聽け聽け聽け、
靈山《りょうぜん》、夢を説いて、言端《ごんたん》を費す。
黄頭《おうず》、縱使《たと》い諂語《せんご》を饒《あま》すも、
夜半《やはん》の鐘聲《しょうせい》、是れ一韓《いっかん》。

○一韓＝一韓摧佛。前出［二九五―一］。

【九七〇―一一】

夢中説夢紫磨身、四十九年捴不眞。
欲詩池塘芳草句、曉鐘亦是惡波旬。良

夢中に夢を説く、紫磨身《しましん》、
四十九年、捴に眞ならず。
池塘芳草《ちとうほうそう》の句を詩せんと欲す、
曉鐘《ぎょうしょう》も亦た是れ惡波旬《あくはじゅん》。

【九七〇—一二】

夜來説夢紫金身、八萬多羅眼裡塵。
唯我獨尊睡初醒、鐘聲亦是惡波旬。甫

夜來《やらい》、夢を説く、紫金身《しこんじん》、
八萬の多羅《たら》も、眼裡《がんり》の塵。
唯我獨尊《ゆいがどくそん》、睡り初めて醒《さ》む、
鐘聲《しょうせい》も亦た是れ惡波旬《あくはじゅん》。

【九七〇—一三】

一夢説殘靈鷲峯、五千根葉幾重々。
黑甜鄉裏黄金佛、向上鉗鎚半夜鐘。喜

一夢、説き殘す、靈鷲峯《りょうじゅほう》、
五千の根葉《ばいよう》、幾重々。
黑甜鄉裏《こくてんきょうり》、黄金佛《おうごんぶつ》、
向上《こうじょう》の鉗鎚《けんつい》、半夜の鐘。

【九七〇—一四】

箇老瞿曇饒譫語、禺中説夢覺蘧々。
妙之一字木其朽、錯向靈山作宰予。慧

箇の老瞿曇《ろうくどん》、譫語《せんご》を饒《あま》す、
禺中《ぐうちゅう》、夢を説いて、覺めて蘧々《きょきょ》。
妙の一字も、木は其れ朽、
錯って靈山《りょうぜん》に向かって、宰予《さいよ》と作《な》る。

○禺中＝巳の刻、午前九、十時。日禺中。○木其朽、宰予＝。『論語』公冶長、「宰予、晝、寢す。子曰、朽木は雕る可からず。糞土の牆は朽《ぬ》る可からず。予に於いては何ぞ誅《せ》めん」。

【九七〇—一五】

昔年迦葉錯承當、説夢瞿曇萬劫殃。
無限曉風吹不醒、靈山會上黑甜鄉。私

昔年《そのかみ》、迦葉《かしょう》、錯って承當《じょうとう》す、
夢を説く瞿曇《くどん》、萬劫《まんごう》の殃《わざわい》。
限り無き曉風《ぎょうふう》、吹けども醒《さ》めず、

靈山會上《りょうぜんえじょう》、黑甜《こくてん》の郷。

【九七二】

龍安紹首座、曾以音聲三昧、夫名鳴于天下。龍山眞龍老人亦以音聲鳴于時。一發妙音則聳動龍山衆聽、超越魚山梵音。蓋能續首座餘音者也。吾龍澤山中慰藏局、隨侍老人去年尚。是故略商略音聲三昧。可謂首座的孫、大雅遺韻也。栢侍者一夕在傍告曰、予雖不敏、有志于聲明、隨藏局欲學而習之、而終不許可之。遺恨爾。粤感厥志深、書而以示諭于藏局曰、先德僉以爲人爲先矣。時々教而不怠、得遣侍者知音聲有曲節、則以爲々人一端耶。請思之。
呈慰藏局澤皐鷗齋叟

龍安の紹首座《しゅそ》、曾て音聲三昧《おんじょうさんまい》を以て、夫れ名、天下に鳴る。龍山《りゅうざん》の眞龍《しんりゅう》老人も亦た音聲《おんじょう》を以て時に鳴る。一たび妙音《みょうおん》を發するときは、則ち龍山《りゅうざん》の衆聽を聳動《しょうどう》し、魚山《ぎょざん》の梵音《ぼんおん》を超越《ちょうおつ》す。蓋《けだ》し能く首座《しゅそ》の餘音を續《つ》ぐ者なり。吾が龍澤山中の慰藏局、老人に隨侍し去ること年尚し。是の故に、略《ほ》ぼ音聲三昧《おんじょうさんまい》を商略《しょうりゃく》す。謂っつ可し、首座《しゅそ》の的孫《てきそん》、大雅《たいが》の遺韻《ゆいいん》なりと。栢侍者《じしゃ》、一夕、傍に在って告げて曰く、予、不敏なりと雖も、聲明《しょうみょう》に志有り、藏局に隨って學んで之を習わんと欲するも、終《つい》に之を許可せず。遺恨《いこん》なるのみ。粤《ここ》に厥《そ》の志深きを感じ、書して以て藏局に示諭して曰く、先德、僉《み》な爲人《いにん》を以て先と爲す。時々に教えて怠らず。侍者《じしゃ》を遣して音聲《おんじょう》に曲節《きょくせつ》有るを知ることを得ば、則ち以て爲人《いにん》の一端と爲らんか。請う之を思え。慰藏局に呈す。澤皐鷗齋叟

【九七三―一】

古槐夕陽

獨見庭槐日影移、汾陽舊宅轉堪悲。
暮蟬吟罷樹陰暗、照似黐鴉楓葉時。雪叟

獨り庭槐《ていかい》に日影の移るを見る、

汾陽《ふんによう》の舊宅《きゆうたく》、轉《うた》た悲しむに堪えたり。
暮蟬《ぼぜん》、吟じ罷んで、樹陰《じゆいん》暗し、
照らして飜鴉《はんあ》楓葉《ふうよう》の時に似たり。

○郭子儀の故宅をうたったもの。『三體詩』、趙嘏「經汾陽舊宅」詩、「門前不改舊山河、破虜曾輕馬伏波。今日獨經歌舞地、古槐疎冷夕陽多」。また、張籍の「法雄寺東樓」に「汾陽舊宅今爲寺、猶有當時歌舞樓。四十年來車馬絶、古槐深巷暮蟬愁」。○飜鴉楓葉＝景徐周麟「楓林暮鴉」に「滿林楓葉欲翻鴉」。同、「竹外丹楓」に「翻鴉楓葉日將晡」。横川景三「楓上鳳凰」に「霜葉翻鴉多夕陽」。雪嶺「楓林暮雨」に「不見翻鴉映夕陽」。梅陽「楓林夕陽」に「翻鴉亂點繡屛風」。

【九七二―二】

閑詠古槐情不庸、夕陽收處綠陰濃。
邇〔遮〕莫閣下吟蟬噪、緩撃道人落日鐘。圭

閑に古槐《こかい》を詠じて、情、庸ならず、
夕陽《せきよう》の收まる處、綠陰《りよくいん》濃《こまや》かなり。
遮莫《さもあらば》あれ、閣下《かつか》、吟蟬《ぎんぜん》の噪しきこと、
緩《ゆる》やかに撃て道人《どうにん》、落日の鐘。

【九七二―三】

古槐深菴夕陽傾、愛綠歸歟寄此生。
人境俱亡歌舞地、暮蟬獨作舊時聲。良

古槐《こかい》の深菴《しんあん》、夕陽《せきよう》傾く、
綠を愛でて歸らんか、此の生を寄せん。
人境俱亡《にんきようぎぼう》、歌舞《かぶ》の地、
暮蟬《ぼぜん》、獨り舊時《きゆうじ》の聲を作す。

【九七二―四】

槐葉影疎誰舊栖、瓊樓半廢夕陽低。
亂蟬亦是感前事、枝上聲愁落日西。弗

槐葉《かいよう》、影は疎なり、誰が舊栖《きゆうせい》ぞ、
瓊樓《けいろう》、半ば廢れ、夕陽《せきよう》低《た》る。
亂蟬《らんぜん》も亦た是れ、前事を感ず、
枝上《しじよう》の聲は愁う、落日の西。

【九七二―五】

古槐高處綠成陰、愛到夕陽情轉深。
鬱々蔥々人不見、邇〔遮〕莫閣廢暮蟬吟。　播

古槐《こかい》高き處、綠、陰を成す、
愛でて夕陽《せきよう》に到って、情、轉《うた》た深し。
鬱々蔥々《うつうつそうそう》、人見えず、
遮莫《さもあらば》あれ、閣廢れて、暮蟬《ぼぜん》吟ずること。

【九七二―六】

古槐疎冷夕陽沈、此景乘涼慰我心。
日暮獨經歌舞地、枝頭高處一蟬吟。　齊

古槐《こかい》、疎冷《それい》、夕陽《せきよう》沈む、
此の景、涼に乘じて、我が心を慰む。
日暮れて、獨り歌舞《かぶ》の地を經れば、
枝頭《しとう》高き處、一蟬吟ず。

【九七二―七】

四海涼風從此瓢、古槐疎令〔冷〕夕陽凋。
暮蟬吟斷枝頭靜、一點斜輝照寂寥。　遷

四海《しかい》の涼風《りようふう》、此の瓢よりす、
古槐《こかい》、疎冷《それい》、夕陽凋《せきようおとろ》う。
暮蟬《ぼぜん》、吟斷《ぎんだん》して、枝頭《しとう》靜かなり、
一點《いってん》の斜輝《しやき》、寂寥《せきりよう》を照らす。

【九七二―八】　原本一一四丁

古槐影裡夕陽僧、老去同參唯瘦藤。
縱向樹陰消暑好、西飛白日繫無繩。　紹代

古槐影裡《こかいえいり》、夕陽《せきよう》の僧、
老い去って、同參《どうさん》は唯だ瘦藤《そうとう》。
縱《たと》い樹陰《じゆいん》に向かって、暑を消して好からんも、
西飛《せいひ》する白日《はくじつ》、繫ぐに繩無し。

【九七二―九】

汾陽宅廢思前程、槐有夕輝看者情。
獨向樹陰休感舊、世皆半照［點］槿花榮。　長代

汾陽《ふんよう》宅廢れて、前程《ぜんてい》を思う、
槐《かい》に夕輝《せきき》有り、看る者の情。
獨り樹陰《じゆいん》に向かって、舊《きゆう》に感ずることを休《や》めよ、
世は皆な半點、槿花《きんか》の榮。

○半點槿花榮＝竇鞏「尋道者所隱不遇」詩、「籬外涓涓澗水流、槿花半點夕陽收。欲題名字知相訪、又恐芭蕉不奈秋」。

【九七二―一〇】

吹綠古槐青轉青、夕陽影落映窓欞。
一枝高處無蟬宿、林寺晚鐘花上鈴。　喜

綠を吹く古槐《こかい》、青轉《うた》た青し、
夕陽《せきよう》、影落ちて、窓欞《そうれい》に映ゆ。
一枝《いつし》高き處、蟬の宿る無し、
林寺の晚鐘《ばんしよう》、花上の鈴。

【九七二―一一】

暫愛古槐情不他、綠陰深處夕陽多。
暮鐘緩打西樓下、若有于棼如夢何。

暫らく古槐《こかい》を愛でて、情、他ならず、
綠陰《りよくいん》深き處、夕陽《せきよう》多し。
暮鐘《ぼしよう》、緩《ゆる》やかに打て、西樓《せいろう》の下、
若し于棼《うふん》有らば、夢を如何《いかん》。

○于棼＝淳于棼。李公佐の小説『南柯大守伝』に拠る。淳于棼が槐樹の下で見た、槐安國での、二十年の富貴栄華の夢。

【九七三―一】

竹邊聽雨

掃却炎塵聽始閑、儵［倏］然一雨竹林間。
範公耳畔壺公術、也足軒邊縮蜀山。　清菴

炎塵《えんじん》を掃却して、聽いて始めて閑なり、

倏然《しゅくぜん》たる一雨、竹林の間。
範公《はんこう》が耳の畔《ほとり》、壺公《ここう》の術、
也足軒邊《やそくけんへん》、縚蜀山。

○黄山谷「也足軒に題す」の序に「簡州の景德寺の覚範道人、竹を所居の東軒に種う。使君楊夢晛、其の軒に題して也足と曰う。古人の所謂ゆる、但だ歳寒の心有らば、両三竿も也《ま》た足れりを取る者なり」。○縚＝くみひも。意不通。

【九七三―二】

細雨蕭々洒竹林、近聴愈好此時心。
渭川畝與廬山夜、両地風光共一吟。南淵

細雨《さいう》蕭々《しょうしょう》、竹林に洒《そそ》ぐ、
近く聴けば愈《いよ》いよ好《よ》し、此の時の心。
渭川《いせん》の畝《ほ》と廬山《ろざん》の夜と、
両地の風光、共に一吟《いちぎん》。

○近聴愈好＝『寒山詩』「微風吹幽松、近聴聲愈好」。○廬山夜＝白居易「宿東林寺」、「索落廬山夜、風雪宿東林」。

【九七三―三】

魯〔廬〕遠市朝翠竹邊、生涯聴雨避炎天。
從斯可愛瀟湘夜、阮籍阮咸易地然。東山

廬《いおり》は市朝《しちょう》より遠し、翠竹邊《すいちくへん》、
生涯《しょうがい》、雨を聴いて、炎天《えんてん》を避く。
斯より愛す可し、瀟湘《しょうしょう》の夜、
阮籍阮咸《げんせきげんかん》、地を易《か》うるも然り。

○『三體詩』許渾「送隠者」詩、「自古雲林遠市朝」。○阮籍阮咸＝竹林七賢の二人。

【九七三―四】

細雨斜風水竹濃、幽齋支枕耳相從。
蕭々若激禹門浪、渭子湘孫化作龍。

細雨斜風《さいうしゃふう》、水竹濃《こまや》かなり、
幽齋《ゆうさい》に枕を支え、耳相い従う。
蕭々《しょうしょう》、若し禹門《うもん》の浪を激せば、

渭子《いし》湘孫《しょうそん》、化して龍と作《な》る。

○幽齋支枕＝『錦繍段』、陸游「聽雨戲作」詩二の二、「支枕幽齋聽始奇」。○渭子湘孫＝竹。

【九七三―五】

竹邊通夜雨聽奇、造次於詩顚沛詩。
若採蜀天移渭水、陰晴數日兩相宜。

竹邊《ちくへん》、夜を通じて、雨、聽いて奇なり、
造次《ぞうじ》も詩に於いてし、顚沛《てんぱい》も詩。
若し蜀天《しょくてん》を採って渭水《いすい》に移さば、
陰晴《いんせい》數日、兩《ふた》つながら相宜し。

○造次於詩顚沛詩＝『論語』里仁、「造次必於是、顚沛必於是」。○蜀天＝蜀は多雨の地。雨ばかりのことを「漏天」という。

【九七三―六】

聽雨竹邊興尚然、清風吹渡半窓前。
此君院裏先欹枕、疑是渭川有蜀天。智公

雨を竹邊《ちくへん》に聽いて、興、尚お然《しか》り、
清風《せいふう》、吹き渡る、半窓《はんそう》の前。
此君《しくん》、院裏《いんり》、先に枕を欹《そばだ》つ、
疑うらくは是れ、渭川《いせん》に蜀天《しょくてん》有るか。

【九七四―一】

拄杖頭文殊

直把五臺懸拄杖、掌中蒸飯白雲深。
化龍若是起波瀾、無限艮男遭陸沈。遷

直に五臺《ごだい》を把《と》って、拄杖《しゅじょう》に懸く、
掌中《しょうちゅう》、飯を蒸して、白雲深し。
龍と化して、若し是れ波瀾《はらん》を起こさば、
限り無き艮男《こんなん》、陸沈《りくちん》せられん。

○艮男＝文殊のこと。艮男は少男、小男。つまり童子のこと。「普賢は長男、文殊は小男（童子）」という。

【九七四—二】

百億文殊一掌握、杖頭信手驀拈來。
金毛獅子落其二、倒跨烏藤上五臺。同

百億の文殊《もんじゅ》、一掌握《しょうあく》、
杖頭《じょうとう》、手に信《まか》せて、驀《まく》に拈じ來たる。
金毛《きんもう》の獅子《しし》も、其の二に落ちん、
倒《さかし》まに烏藤《うとう》に跨って、五臺《ごだい》に上る。

【九七四—三】

百億文殊忽現來、烏藤拈起老闍梨。
禪床角上化龍去、一口幷呑七佛師。永

百億の文殊《もんじゅ》、忽ち現じ來たる、
烏藤《うとう》、拈起《ねんき》す、老闍梨《ろうじゃり》。
禪床角上《ぜんしょうかくじょう》、龍と化し去って、
一口《いっく》に、七佛の師を幷呑《へいどん》す。

【九七四—四】

打殺文殊百億來、烏藤七尺勢崔嵬。
化龍毒氣難回避、只合終身在五臺。浙

文殊《もんじゅ》を打殺《たさつ》して、百億にし來たる、
烏藤《うとう》七尺、勢い崔嵬《さいかい》。
龍と化して、毒氣《どくき》、回避し難し、
只だ合《まさ》に身を終うるまで五臺《ごだい》に在るべし。

【九七四—五】

信手拈來黒面翁、文殊現處起威風。
烏藤七尺獅子座、百億分身掌握中。可

手に信《まか》せて拈じ來たる、黒面翁《こくめんおう》、
文殊《もんじゅ》現ずる處、威風《いふう》を起こす。
烏藤《うとう》七尺、獅子座《ししざ》、
百億の分身、掌握《しょうあく》の中。

○黒面翁＝拄杖。

【九七四―六】

拈來拄杖與人看、百億文殊一握中。
七尺烏藤化龍去、無端呑却叱牛翁。齊

拄杖《しゅじょう》を拈じ來たって、人に與えて看せしむ、
百億の文殊《もんじゅ》、一握の中。
七尺の烏藤《うとう》、龍と化し去って、
端無《はしな》くも、叱牛翁《しつぎゅうおう》を呑却《どんきゃく》す。

【九七四―七】

一條拄杖活機關、打倒文殊驀可攀。
看々分身百億處、雲門手裡置臺山。永

一條《いちじょう》の拄杖《しゅじょう》、活機關《かつきかん》、
文殊《もんじゅ》を打倒して、驀《まく》に攀《よ》づ可し。
看よ看よ、分身百億の處、
雲門《うんもん》の手裡《しゅり》に、臺山《だいさん》を置く。

【九七四―八】

信手拈來行令時、杖頭文殊命懸絲。
無端被打倒韶老、駕與子獅不解騎。喜

手に信《まか》せて拈じ來たって、令を行ずる時、
杖頭《じょうとう》の文殊《もんじゅ》、命、懸絲《けんし》。
端無《はしな》くも、韶老《しょうろう》に打倒せられ、
子獅《しし》を駕與《かよ》するも、騎ることを解《よ》くせず。

【九七四―九】

文殊出現黑粼皴、直下拈來看々親。
辣手雲門若行令、五臺山上一微塵。良

文殊《もんじゅ》出現、黑粼皴《こくりんしゅん》、
直下《じきげ》に拈じ來たって、看よ看よ、親なるを。
辣手《らっしゅ》の雲門《うんもん》、若し令を行ぜば、
五臺山上《ごだいさんじょう》、一微塵《みじん》。

【九七四―一〇】

文殊百億一時現、從此枝頭不可攀。
七尺烏藤獅子座、衲僧掌内握臺山。慰

文殊《もんじゅ》百億、一時に現ず、
此より、枝頭《しとう》、攀《よ》づ可からず。
七尺の烏藤《うとう》、獅子座《ししざ》、
衲僧掌内《のうそうしょうない》に、臺山《だいさん》を握る。

【九七四―一一】

文殊境界活機關、現拄杖頭丈室間。
直下拈來與人看、雲門一握五臺山。喜

文殊《もんじゅ》の境界《きょうがい》、活機關《かっきかん》、
拄杖頭《しゅじょうとう》に丈室《じょうしつ》の間を現ず。
直下《じきげ》に拈じ來たって、人に與えて看せしむ、
雲門《うんもん》、五臺山《ごだいさん》を一握《いちあく》にす。

【九七四―一二】

曾現文殊黑面翁、禪床角上子獅叢。
即今跳出五臺去、却入雲門掌握中。私

曾て文殊《もんじゅ》を現ず、黑面翁《こくめんおう》、
禪床角《ぜんしょうかく》上、子獅叢《ししそう》。
即今、五臺《ごだい》を跳出《ちょうしゅつ》し去って、
却って雲門《うんもん》の掌握《しょうあく》中に入る。

【九七四―一三】

天下衲僧拈出來、杖頭文首〔殊〕也奇哉。
禪床角上乾坤闊、七尺烏藤現五臺。

天下の衲僧《のうそう》、拈出し來たれ、
杖頭《じょうとう》の文殊《もんじゅ》、也《ま》た奇なる哉。
禪床角上《ぜんしょうかく》、乾坤闊《けんこんひろ》し、
七尺の烏藤《うとう》、五臺《ごだい》に現ず。

【九七五—一】

芭蕉名字

蕉有姓名古又今、訪人不遇思彌深。
忽於葉上若題去、我亦秋來竇鞏心。弗

蕉《しょう》に姓名有り、古又た今、
人を訪ねて、遇わざれば、思い彌《いよ》いよ深し。
忽ち葉上《ようじょう》に若し題し去らば、
我も亦た秋來《しゅうらい》、竇鞏《とうきょう》の心。

○竇鞏心＝竇鞏「尋道者所隱不遇」詩、「籬外涓涓澗水流、槿花半點夕陽收。欲題名字知相訪、又恐芭蕉不奈秋」。

【九七五—二】

一夜芭蕉憂不常、況知名字鬢成霜。
而今葉上若題去、自是時人看斷腸。叔

一夜、芭蕉《ばしょう》、憂い常ならず、
況んや名字《みょうじ》を知って、鬢《びん》、霜と成るをや。
而今《にこん》、葉上《ようじょう》に若し題し去らば、
自ずから是れ時人《じじん》看て斷腸《だんちょう》せん。

【九七五—三】

窓外芭蕉名字殘、秋風不破舊時看。
料知葉上故人訪、姓氏題來墨未乾。浙

窓外《そうがい》の芭蕉《ばしょう》、名字《みょうじ》殘る、
秋風、破らず、舊時《きゅうじ》の看。
料り知る、葉上《ようじょう》、故人の訪うことを、
姓氏《せいし》、題し來たって、墨未だ乾かず。

【九七五—四】

名字題來情不常、芭蕉葉上轉凄涼。
縱題姓氏多愁雨、鐵作詩人亦斷腸。甫

名字《みょうじ》、題し來たって、情、常ならず、
芭蕉葉上《ばしょうようじょう》、轉《うた》た凄涼《せいりょう》。
縱《たと》い姓氏《せいし》を題するも、愁雨《しゅうう》多し、

鐵作《てつさ》の詩人も、亦た斷腸《だんちょう》。

【九七五―五】

一夜芭蕉聽白頭、縱題名字不勝秋。
而今葉上撿來看、草聖眞書共記愁。　慧

一夜、芭蕉《ばしょう》、聽いて白頭《はくとう》、
縱《たと》い名字《みょうじ》を題するも、秋に勝えず。
而今《にこん》、葉上《ようじょう》に撿し來たり看よ、
草聖《そうせい》、眞書《しんしょ》、共に愁いを記す。

○草聖＝草書の達人（の書）。○眞書＝楷書。

【九七六―一】

寒松

出澗寒松聲更幽、亂山高下凍雲浮。
萬年枝被六花掩、來上子規不自由。

澗を出づる寒松《かんしょう》、聲、更に幽なり、
亂山高下《らんざんこうげ》、凍雲《とううん》浮かぶ。
萬年の枝、六花《りくか》に掩わる、
來たって上る子規《しき》、自由ならず。

○六花＝雪。○來上子規＝沙門靈一の「山中」詩、「庭前有箇長松樹、夜半子規來上啼」。

【九七六―二】

松帶寒雲太瘦來、曉風聲冷月西頽。
一株臥壑三冬夜、老去同參雪後梅。　雪叟

松、寒雲《かんうん》を帶びて、太《はなは》だ瘦せ來たる、
曉風《ぎょうふう》、聲冷かに、月西に頽《かたむ》く。
一株、壑《たに》に臥す、三冬《さんとう》の夜、
老い去って、同參《どうさん》は雪後の梅。

○月西頽＝潘岳「寡婦賦」に「歳云暮兮日西頽」。

【九七六―三】

終宵擁被欲聽之、澗壑風聲凍不吹。
來上子規羽毛冷、一冬雪白萬年枝。　仙君

終宵《しゅうしょう》、被《ひ》を擁して、之を聽かんと欲す、
澗壑《かんがく》の風聲《ふうせい》、凍って吹かず。
來たって上る子規《しき》、羽毛《うもう》冷かならん、
一冬、雪は白し、萬年の枝。

【九七六―四】

無限一寒十八公、夜來雪滿△山中。
曾栖孤鶴子騫意、絶壑蒼髯蘆絮風。甫

限り無き一寒、十八公《じゅうはちこう》、
夜來《やらい》、雪は滿つ、△山中。
曾て栖む孤鶴《こかく》、子騫《しけん》の意、
絶壑《ぜつがく》の蒼髯《そうぜん》、蘆絮《ろじょ》の風。

○十八公＝松の析字。○子騫意＝閔子騫。『蒙求』閔損衣單、「……所生子以綿絮衣之、損以蘆花絮。……損泣啓父曰、母在一子寒、母去三子單」。

【九七六―五】

一夜寒松聽不聲、料知風雪惱斯生。愈
蒼官若有綈袍賜、錯被人呼范叔名。

一夜、寒松《かんしょう》、聽けども聲あらず、
料り知る、風雪《ふうせつ》、斯《こ》の生を惱まさんことを。
蒼官《そうかん》、若し綈袍《ていほう》の賜有らば、
錯って人に范叔《はんしゅく》の名を呼ばれん。

○蒼官＝松の擬人化。○綈袍＝肌着。○范叔＝『史記』范睢傳、「須賈曰く、今、叔は何をか事とす。范睢曰く、臣、人の為に庸賃す。須賈、意に之を哀れんで、留めて與に坐し飲食せしめて曰く、范叔、一寒、此の如きか、と。乃ち其の一綈袍を取って以て之を賜う」。

【九七六―六】

出壑寒松雪霽初、風聲十里響幽居。
一株涵影澗溪水、石上髯龍氷下魚。育

壑《たに》を出づる寒松《かんしょう》、雪霽《は》るる初め、

風聲《ふうせい》十里、幽居《ゆうきょ》に響く。
一株、影を涵《ひた》す、澗溪《かんけい》の水、
石上《せきじょう》の髯龍《ぜんりゅう》、氷下《ひょうか》の魚。

○髯龍＝龍髯とも。松の異名。○冰下魚＝『二十四孝』の王祥。母のために、體温で氷を解かして魚をとった。

【九七六―七】

老松臥壑歳寒姿、薄暮凍雲欲雲[雪]時。
十里風聲聞愈好、蒼官吟盡孟郊詩。薄

老松《ろうしょう》、壑に臥す、歳寒《さいかん》の姿、
薄暮《はくぼ》、凍雲《とううん》、雪にならんと欲する時。
十里の風聲《ふうせい》、聞けば愈《いよ》いよ好《よ》し、
蒼官《そうかん》、吟じ盡くす、孟郊《もうこう》の詩。

○孟郊詩＝その詩風を「寒乞」という。

【九七六―八】

十里清風聲更幽、松經寒苦四時稠。
萬山埋盡夜來雪、出壑髯龍不自由。芳代

十里の清風《せいふう》、聲更に幽なり、
松、寒苦《かんく》を經て、四時に稠《しげ》る。
萬山、埋め盡くす、夜來《やらい》の雪、
壑《たに》を出づる髯龍《ぜんりゅう》、自由ならず。

【九七六―九】

一夜多寒猶未輕、青松投老奈斯生。
三冬只在耶溪上、十里風聲出雪聲。慧

一夜、多寒、猶お未だ輕からず、
青松《せいしょう》に老を投ずるも、斯《こ》の生を奈《いかん》せん。
三冬《さんとう》、只だ耶溪《やけい》の上に在り、
十里の風聲《ふうせい》、雪を出づる聲。

【九七七】

杜甫騎驢圖　自贊自畫

渺々蜀江風色攤、不騎官馬只騎驢。

人生七十吟髭雪、日短乾坤一腐儒。一休

渺《びょうびょう》々たる蜀江《しょくこう》、風色《ふうしょく》瓙《や》す、
官馬《かんば》に騎らず、只だ驢に騎る。
人生七十、吟髭《ぎんし》の雪、
日は短し、乾坤《けんこん》の一腐儒《ふじゅ》。

【九七八―一】

迦葉心燈

看々金色老頭多、錯以心燈昧自他。
萬劫餘殃吹不滅、證龜成鼈阿難陀。鐵山

看よ看よ、金色《こんじき》の老頭多《ろうずだ》、
錯って心燈《しんとう》を以て、自他を昧《くら》ます。
萬劫《まんごう》の餘殃《よおう》、吹けども滅せず、
龜《き》を證して鼈《べつ》と成す、阿難陀《あなんだ》。

【九七八―二】

凛々風寒迦葉門、心燈未滅耀乾坤。
金襴傳外續何焔、問着梨花咲不言。同

凛々《りんりん》として、風は寒し、迦葉《かしょう》の門、
心燈《しんとう》、未だ滅せず、乾坤《けんこん》に耀く。
金襴《きんらん》を傳うる外、何の焔をか續《つ》ぐ、
梨花《りか》に問着《もんじゃく》するも、咲《わら》って言わず。

【九七九―一】原本一一五丁

虚堂聞天河詩有省

杜老詩連累息耕、等閑警發作麼生。
是非已落牛郎耳、挽下天河洗不清。南溟

杜老《とろう》の詩、息耕《そっこう》を連累《れんるい》し、
等閑《なおざり》に警發《けいはつ》するは、作麼生《そもさん》。
是非、已に牛郎《ぎゅうろう》の耳に落つ、
天河《てんが》を挽き下して、洗うも清からず。

○虚堂聞天河詩有省＝前出［一九七］。『虚堂録』。

【九七九—二】

錯借天河那一滴、着花東海鐵崑崙。同大休

錯《しゃく》、天河《てんが》の那一滴《ないってき》を借りて、

花を着く、東海《とうかい》の鐵崑崙《てつこんろん》。

○『見桃録』に見えず。

【九八〇—一】

桑下春蔬

桑下春遊興不恒、菜蔬有味是無能。

畦邊摘綠將過日、又恐人呼三宿僧。慰

桑下《そうか》の春遊《しゅんゆう》、興、恒ならず、

菜蔬《さいそ》、味有るも、是れ能無し。

畦邊《けいへん》、綠を摘んで、將に日を過ごさんとす、

又た恐る、人に三宿《さんしゅく》の僧と呼ばれんことを。

○三宿僧＝僧は三夜續けて宿って恩惠を受けるをよしとしない。

『後漢書』襄楷傳「浮屠不三宿桑下」。「桑下」は、晉の趙盾が首山の

桑樹の下にいた餓人に食を與えた「桑下餓人」の故事。『春秋左氏傳』宣公二年。

【九八〇—二】

一箇筠籃手自攜、挽春蔬盡日傾西。

重來莫恐摘無處、處々東風綠滿畦。干

一箇の筠籃《いんらん》、手づから自ら攜え、

春蔬《しゅんそ》を挽き盡くして、日、西に傾く。

重ねて來たるに、摘むに處無きを恐るること莫かれ、

處々、東風《とうふう》、綠、畦に滿つ。

【九八〇—三】

挽蔬桑下興尤濃、白髮殘僧春意融。

恰是似忘三宿戒、摘來摘去綠畦中。愈

蔬《そ》を桑下《そうか》に挽《ひ》く、興、尤も濃《こまや》かなり、

白髮《はくはつ》の殘僧《ざんそう》、春意《しゅんい》融す。

恰かも是れ三宿《さんしゆく》の戒を忘るるに似たり、
摘み來たり摘み去る、綠畦《りよくけい》の中。

○挽蔬＝『翰林五鳳集』に題あり。

【九八〇—四】

桑下春蔬擎寸莖、小籃攜處更多情。
園丁摘綠戀三宿、錯被人呼坡老名。才

桑下《そうか》の春蔬《しゆんそ》、寸莖《すんきよう》を擎《ささ》ぐ、
小籃《しようらん》攜うる處、更に多情《たじよう》。
園丁《えんてい》、綠を摘んで、三宿《さんしゆく》を戀う、
錯って人に坡老《ばろう》の名を呼ばれん。

【九八〇—五】

桑下向春蔬甲馨、朝培夕沃任園丁。
野僧想像調羹熟、扶木日温露葉青。雪叟

桑下《そうか》、春に向《なん》なんとして、蔬甲《そこう》馨る、
朝に培《つちか》い夕に沃《そそ》ぐは、園丁《えんてい》に任す。
野僧《やそう》は想い像《や》る、調羹《ちようこう》の熟するを、
扶木《ふぼく》、日温かにして、露葉《ろよう》青し。

○蔬甲＝蔬菜の芽。○扶木＝扶桑。

【九八〇—六】

桑下寒蔬猶未生、畦霜半解漸春情。
樹頭日暖破青甲、摘作東坡玉糝羹。同

桑下《そうか》、寒くして、蔬、猶お未だ生えず、
畦霜《けいそう》、半ば解けて、漸く春情《しゆんじよう》。
樹頭《じゆとう》、日暖かにして、青甲《せいこう》を破す、
摘んで東坡《とうば》が玉糝羹《ぎよくさんこう》と作す。

○青甲＝木の芽。○東坡玉糝羹＝山芋の粥。蘇軾「過子忽出新意、以山芋作玉糝羹、色香味皆奇絶。……」詩。

【九八〇—七】

讀花間集
幾度窓前巻又舒、讀花間集惜三餘。

向鶯先問梅耶杏、紅白記來一架書。雪叟
幾度か窓前《そうぜん》に、巻いて又た舒《の》べ、
花間集《かかんしゅう》を讀んで、三餘《さんよ》を惜しむ。
鶯に向かって先に問わん、梅か杏か、
紅白、記し來たる、一架の書。

【九八〇―八】

花間小集記春光、終日觀書不幾行。
千紫萬紅欲攤盡、昏鐘已是舞山香。同代

花間の小集、春光を記す、
終日、書を觀るも、幾行もあらず。
千紫萬紅《せんしばんこう》、攤《ひら》き盡くさんと欲するも、
昏鐘《こんしょう》、已に是れ、舞山香《ぶざんこう》。

○舞山香＝前出［五〇］。

【九八一―一】

花下彈琴

老去孤琴無舊知、感時花下鬢絲々。
人猶昨日〔非〕紅今是、奏向春風憶子期。鐵山

老い去って、孤琴《こきん》、舊知《きゅうち》無し、
時に感じて、花下、鬢絲々《びんしし》。
人は猶お昨非《さくひ》、紅は今是《こんぜ》、
春風《しゅんぷう》に向かって奏し、子期《しき》を憶う。

【九八一―二】

殘僧花下鬢如霜、一曲感時淚萬行。
欲奏春光留好景、曉風何事舞山香。同

殘僧《ざんそう》、花下、鬢《びん》、霜の如し、
一曲、時に感じて、淚萬行。
春光に奏して、好景を留めんと欲するに、
曉風《ぎょうふう》、何事ぞ、舞山香《ぶざんこう》。

○舞山香＝前出［五〇］。

【九八一―三】
上有黄鸝添一曲、湘瀟歸鴈鷓鴣香。天桂
上に黄鸝《こうり》有って、一曲を添う、
湘瀟《しょうしょう》の歸鴈《きがん》、鷓鴣《しゃここう》香。

【九八二】
明皇報道春光好、終作祿山鼙鼓聲。羯鼓樓　策彦　春光好、人間好、何モ曲名也。
明皇《めいこう》、春光好《しゅんこうこう》と、報じ道うも、
終《つい》には、祿山《ろくざん》が鼙鼓《へいく》の聲を作す。
○春光好＝曲の名。前出[四三六]。

【九八三】
板筑遺賢難入夢、花中絃管掖垣西。禁中聞鶯　梅室［安國寺僧］
板筑《はんちく》の遺賢《いけん》、夢に入り難し、
花中の絃管《げんかん》、掖垣《えきかん》の西。
○板筑遺賢＝賢臣傅説。板築は、牆垣や城壁を築くのに必要な板と杵。『説苑』の雜言に、「傅説は壌土を負い、板築を釋いて、立って天子を佐くるに、則ち其れ武丁に遇うなり」。

【九八四】
鳥語花中管絃
非竹非絲安在哉、一聲啼鳥奏將來。夕陽花舞春風袂、欲倩提壺勸酒盃。横川
竹に非ず絲に非ず、安くにか在らんや、
一聲《いっせい》の啼鳥《ていちょう》、奏で將ち來たる。
夕陽《せきよう》、花は舞う、春風《しゅんぷう》の袂、
提壺《ていこ》を倩《やと》って、酒盃《しゅはい》を勸めんと欲す。
○『翰林五鳳集』にあり。○非竹非絲＝笛でもなく絃でもない。
○提壺＝提壺鳥、提胡蘆とも。提胡蘆は鳴き聲からとった名。「胡盧提《トックリ》げてこい」の意。歐陽脩『啼鳥』詩に「獨有花上提胡蘆、勸我沽酒花前醉」。

【九八五―一】

花中管絃

絃管畫催情在花、春遊終日慰生涯。
子期去後無人聽、枝上鶯聲亦伯牙。

絃管《げんかん》、畫催す、情は花に在り、
春遊《しゅんゆう》、終日、生涯《しょうがい》を慰む。
子期《しき》去って後、人の聽く無し、
枝上《しじょう》の鶯聲《おうせい》も、亦た伯牙《はくが》。

【九八五―二】

半憶明皇半太眞、管絃畫促弄花人。
琴聲若有金鈴響、高掛枝頭能護春。雪叟

半ばは明皇《めいこう》を憶い、半ばは太眞《たいしん》、
管絃《かんげん》、畫促す、花を弄する人。
琴聲《きんせい》、若し金鈴《きんれい》の響き有らば、
高く枝頭《しとう》に掛けて、能く春を護らん。

○金鈴＝鳥から花を護るための鈴。『開元天寶遺事』花上金鈴。前出［一三三二］。

【九八五―三】

寄語緩吹簾外風、管絃畫促掖花中。
陽春堪奏還堪恨、纔見開紅又落紅。仙君代

寄語《きご》す、緩《ゆる》やかに吹け、簾外《れんがい》の風、
管絃《かんげん》、畫促す、掖花《えきか》の中。
陽春《ようしゅん》、奏するに堪え、還《ま》た恨むに堪えたり、
纔《わず》かに紅を開くを見れば、又た落紅《らくこう》。

○陽春＝至高の曲。

【九八五―四】

萬紅千紫詠來辰、花裏管絃聽始新。
到此伯牙應袖手、枝頭鳥語自陽春。圭

萬紅千紫《ばんこうせんし》、詠じ來たる辰、
花裏《かり》の管絃《かんげん》、聽いて始めて新たなり。

此に到っては、伯牙《はくが》も應《まさ》に手を袖にすべし、
枝頭《しとう》の鳥語《ちょうご》、自ずから陽春《ようしゅん》。

【九八五―五】

終日弄花香滿衣、管絃奏處夕陽微。
春風枝上黄鸝囀、彷彿琴聲一度飛。 永

終日、花を弄して、香、衣に滿つ、
管絃《かんげん》、奏する處、夕陽《せきよう》微なり。
春風枝上《しゅんぷうしじょう》、黄鸝《こうり》囀《さえず》る、
彷彿《ほうふつ》たり、琴聲一度に飛ぶに。

【九八五―六】

妃子明皇情轉情、掖園花下以絃鳴。
一聲鳥語聽雖好、又恐海堂[棠]春睡驚。 良

妃子明皇《ひしめいこう》、情轉《うた》た情、
掖園花下《えきえんかか》、絃を以て鳴る。
一聲《いっせい》の鳥語《ちょうご》、聽いて好《よ》しと雖も、
又た恐る、海棠《かいどう》の春睡《しゅんすい》を驚かさんことを。

【九八五―七】

花中深處興尤長、閑聽管絃到夕陽。
鳥語雖奇紅欲落、聲々已是舞山香。 弗

花中深き處、興、尤も長ず、
閑に管絃《かんげん》を聽いて、夕陽《せきよう》に到る。
鳥語《ちょうご》、奇なりと雖も、紅、落ちんと欲す、
聲々《せいせい》、已に是れ舞山香《ぶざんこう》。

○舞山香＝前出[五〇]。

【九八五―八】

驚起驪宮睡海棠、花中絃管奏春光。
鈿蟬金鴈無斯曲、枝上黄鶯聲亦香。 喜

驚起《きょうき》す、驪宮《りきゅう》の睡海棠《すいかいどう》、
花中の絃管《げんかん》、春光を奏す。
鈿蟬金鴈《でんせんきんがん》、斯《こ》の曲無し、

枝上《しじょう》の黄鶯《こうおう》、聲も亦た香し。

○鈿蟬金鴈＝ともに歌妓の名。『三體詩』、温庭筠「贈彈箏人」詩に「天寶年中事玉皇、曾將新曲教寧王。鈿蟬金雁皆零落、一曲伊州涙萬行」。

【九八五―九】

花院日温春晝長、管絃緩度不尋常。
黄鶯枝上休高奏、下有紅妝睡海棠。慰

花院《かいん》、日温かにして、春晝《しゅんちゅう》長し、
管絃《かんげん》、緩《ゆる》やかに度《わた》って、尋常《よのつね》ならず。
黄鶯枝上《こうおうしじょう》、高く奏するを休《や》めよ、
下に紅妝《こうしょう》の睡海棠《すいかいどう》有り。

【九八五―一〇】

枝北枝南香暗浮、花中絃管亦風流。
春遊盡日共彈曲、貪看群紅忘却愁。孝代

枝北枝南《しほくしなん》、香暗浮かぶ、
花中の絃管《げんかん》、亦た風流《ふうりゅう》。
春遊《しゅんゆう》、盡日《じんじつ》、共に曲を彈じ、
群紅《ぐんこう》を貪り看て、愁いを忘却《ぼうきゃく》す。

【九八五―一一】

絃管晝催情最親、疎簾深戸映花人。
高歌一曲欲相奏、又恐群紅不耐春。長代

絃管《げんかん》、晝催して、情最も親し、
疎簾深戸《それんしんこ》、花に映える人。
高歌一曲、相奏せんと欲するも、
又た恐る、群紅《ぐんこう》の春に耐えざることを。

【九八五―一二】

千紫萬紅花滿溪、管絃聲裏日傾西。
春衣投宿杜陵夜、一曲夢醒胡蝶迷。芳代

千紫萬紅《せんしばんこう》、花、溪に滿つ、
管絃聲裏《かんげんせいり》、日、西に傾く。

春衣、宿を投ず、杜陵《とりよう》の夜、
一曲、夢醒《さ》めて、胡蝶《こちよう》迷う。

○杜陵夜＝『三體詩』韓翃「贈張千牛」詩、「蓬萊闕下是天家、上路新回白鼻騧。急管晝催平樂酒、春衣夜宿杜陵花」。

【九八六―一】

焼香聴雪

焼香臥聴畫簾中、帳下佳人情不窮。
折竹聲寒一爐底、沈烟輕颺六花風。甫

香を焼いて、臥して聴く、畫簾《がれん》の中、
帳下《ちょうか》の佳人《かじん》、情窮まらず。
折竹《せっちく》の聲は寒し、一爐底《いちろてい》、
沈烟《じんえん》、輕く颺《あ》ぐ、六花《りくか》の風。

【九八六―二】

曲几暁香點不埃、終宵聴雪月西頽。
老僧持□爐薫上、折竹聲中先保梅。イ

曲几《きょくき》、暁香《ぎょうこう》、點として埃せず、
終宵《しゅうしょう》、雪を聴いて、月、西に頽つ。
老僧持□、爐薫《ろくん》上、
折竹聲中《せっちくせいちゅう》、先ず梅を保す。

【九八六―三】

聴雪團蒲慰懶生、閑焼沈水二三更。
爐薫一炷多和氣、遮莫窓前折竹聲。ハン

雪を聴く團蒲《だんふ》、懶生《らんせい》を慰む、
閑に沈水《じんすい》を焼く、二三更。
爐薫一炷《ろくんいっしゅ》、和氣多し、
遮莫《さもあらば》あれ、窓前《そうぜん》、折竹《せっちく》の聲。

【九八六―四】

聴雪窓前心亦清、閑焼香炷慰殘生。
疎々密々薫爐底、老去同參折竹聲。昌

雪を窓前《そうぜん》に聴いて、心も亦た清し、

閑に香炷《こうしゅ》を焼いて、殘生《ざんせい》を慰む。
疎々《そそ》密々《みつみつ》、薫爐底《くんろてい》、
老い去って、同參《どうさん》は折竹《せっちく》の聲。

【九八六―五】

終夜燒香聽雪時、團蒲坐久五更移。
疎[々]△聲裡薫爐煖、凍損梅花亦不知。浙

夜を終うるまで、香を焼いて、雪を聴く時、
團蒲《だんぷ》、坐すること久し、五更移る。
疎々《そそ》たる聲裡《せいり》、薫爐《くんろ》煖かなり、
梅花《ばいか》を凍損《とうそん》するも、亦た知らず。

○疎々＝『江湖風月集』、虚堂「聽雪」詩、「疎々密々透松櫺」。

【九八六―六】

聽雪終宵對博山、佳人燒盡鷓鴣班。
疎々吹渡薫爐畔、折竹聲中偸一閑。永

雪を聴いて、終宵《しゅうしょう》、博山《はくざん》に對す、
佳人《かじん》、焼き盡くす、鷓鴣班《しゃこはん》。
疎々《そそ》として吹き渡る、薫爐《くんろ》の畔《ほとり》、
折竹聲中《せっちくせいちゅう》、一閑《いっかん》を偸《ぬす》む。

【九八六―七】

一縷沈烟夜已闌、殘僧聽雪坐蒲團。
疎々聲靜帳中曉、燒爲梅花欲避寒。キ

一縷《いちる》の沈烟《じんえん》、夜、已に闌、
殘僧《ざんそう》、雪を聴いて、蒲團《ふとん》に坐す。
疎々《そそ》たる聲は靜かなり、帳中の曉、
梅花《ばいか》の爲に焼いて、寒を避けんと欲す。

【九八六―八】

今宵聽雪倚薫籠、白髮殘僧閑意濃。
一炷烟中數竿折、虚簷聲冷六花風。

今宵《こんしょう》、雪を聴いて、薫籠《くんろう》に倚る、
白髮《はくはつ》の殘僧《ざんそう》、閑意《かんい》濃《こまや》かなり。

一炷《いつしゅ》の烟中、數竿折る、
虚簷《きょえん》、聲冷かなり、六花《りくか》の風。

【九八七】

楓橋　策彦渡唐之時

楓橋未斷僅遺蹤、人物難逢境易逢。
張繼去來無宿客、舊時山答舊時鐘。

楓橋《ふうきょう》、未だ斷えず、僅かに蹤を遺す、
人物は逢い難く、境は逢い易し。
張繼《ちょうけい》、去來して、宿客無し、
舊時《きゅうじ》の山は答う、舊時《きゅうじ》の鐘。

○この詩、前出「九六四」に同じ。

【九八八―一】

東坡端午游眞如圖

七端午別鬢添絲、往到筠州更失期。
兄弟古稀佳節會、山東九日少王維。雪嶺

七端午《しちたんご》の別れ、鬢《びん》、絲を添う、
往いて筠州《いんしゅう》に到って、更に期を失す。
兄弟《ひんでい》、古稀《こき》の佳節《かせつ》に會《え》す、
山東の九日、王維《おうい》を少《か》く。

○『翰林五鳳集』に載る。○東坡端午游眞如圖＝蘇軾「端午遊眞如」詩、「一與子由別、却數七端午。身隨彩絲繫、心與昌歜苦。今年匹馬來、佳節日夜數。兒童喜我至、典衣具鷄黍。水餠既懷鄉、飯筒仍愍楚。謂言必一醉、快作西川語。寧知是官身、糟掬困熏煮。獨攜三子出、古刹訪禪祖。高談付梁羅、詩律到阿虎。歸來一調笑、慰此長齟齬」。○山東九日少王維＝『三體詩』王維「九日懷山東兄弟」に、「獨在異鄉爲異客、每逢佳節倍思親。遙知兄弟登高處、遍插茱萸少一人」。

【九八八―二】

一別子由年七遷、端陽鬢白老坡仙。
莫言身若綵絲繫、往到眞如共榻眠。

子由《しゆう》に一別《いちべつ》して、年七たび遷る、
端陽《たんよう》、鬢《びん》は白し、老坡仙《ろうばせん》。

言うこと莫かれ、身は綵絲《さいし》に繫ぐが若しと、
往いて眞如《しんにょ》に到って、榻を共にして眠らん。

○綵絲繫＝綵絲繫虎。端午の飾り。刺繡した虎を色絲でつないだ魔除け。

【九八九―一】原本一一六丁

王母宴瑤池圖

黃竹墟西九醞觴、蒼姬天子尚荒亡。
雲璈未了紅桃雨、徐偃兵戈□〔八〕駿忙。　燈前夜話

黃竹墟《こうちくきょ》の西、九醞《きゅううん》の觴《さかずき》、
蒼姬《そうき》の天子、尚お荒亡《こうぼう》。
雲璈《うんごう》、未だ了ぜざるに、紅桃《こうとう》の雨、
徐偃《じょえん》の兵戈《へいか》、八駿《はっしゅん》忙し。

○『翰林五鳳集』九鼎「王母宴瑶池圖」に「黃竹墟西九醞觴、蒼姬天子尚荒亡。雲璈未了紅桃雨、徐偃兵戈八駿忙」。○王母宴瑤池圖＝崑崙山の瑤池で穆王が西王母にあったこと。『列子』周穆王、「賓于西王母、觴于瑤池之上」。○黃竹＝穆王が行ったという傳說の地名。穆王の詩に「我徂黃竹」（『穆天子傳』）。○九醞＝九たび釀した酒。○蒼姬＝周王朝。○雲璈＝樂器の名。○徐偃＝穆王のときに王を僭唱した。○八駿＝穆王が所持した八頭の駿馬。

【九八九―二】

昔日緱娥〔姬〕促宴時、蒼姬天子會瑤池。
一心只在蟠桃上、徐偃兵戈醉不知。

昔日《そのかみ》、緱姬《こうき》、宴を促す時、
蒼姬《そうき》の天子、瑤池《ようち》に會《え》す。
一心は、只だ蟠桃《はんとう》上に在り、
徐偃《じょえん》の兵戈《へいか》、醉うて知らず。

○緱姬＝西王母。その姓が緱であることは『墉城集仙録』緱仙姑（『太平廣記』巻七十）に「西王母姓緱。乃姑之祖也」。ただし「緱娥」という例は未見。『翰林五鳳集』蘭坡の「三母獻桃圖」に「蟠桃結實幾春風。吹入緱姬仙掌中」とあるによって訂す。

【九八九―三】

曾宴瑤池欲慰生、蒼姬天子不昇平。

蟠桃吹盡無由酌、一陣春風徐偃兵。良

曾て瑤池《ようち》に宴して、生を慰めんと欲す、
蒼姫《そうき》の天子、昇平《しょうへい》せず。
蟠桃《はんとう》、吹き盡くして、酌むに由無し、
一陣の春風《しゅんぷう》、徐偃《じょえん》の兵。

【九八九―四】

西母蟠桃奪晩霞、瑤池春宴思無邪。
穆王不管蒼周亂、共卷雲璈唯酌花。キ

西母の蟠桃《はんとう》、晩霞《ばんか》を奪う、
瑤池《ようち》の春宴《しゅんえん》、思い邪《よこしま》無し。
穆王《ぼくおう》は管せず、蒼周《そうしゅう》の亂を、
共に雲璈《うんごう》を卷いて、唯だ花に酌む。

○奪晩霞＝『三體詩』唐彥謙「曲江春望」に「杏艷桃嬌奪晩霞」。

【九八九―五】

王母宴遊春一樽、瑤池風景至今存。
擧杯欲問蒼周古、千歲蟠桃笑不言。

王母《おうぼ》の宴遊《えんゆう》、春一樽《そん》、
瑤池《ようち》の風景、今に至って存す。
杯を擧《こ》して、問わんと欲す、蒼周《そうしゅう》の古、
千歲の蟠桃《はんとう》、笑って言わず。

【九九〇―一】

松間看櫻

見櫻松下慰生涯、寄語殘僧心白耶。
近聽蒼友[官]聲有色、微風吹雪出斯花。良

櫻を松下に見て、生涯《しょうがい》を慰む、
語を殘僧《ざんそう》に寄す、心白きやと。
近く聽けば、蒼官《そうかん》、聲に色有り、
微風《びふう》、雪を吹いて、斯《こ》の花を出だす。

○心白耶＝『五燈會元』卷、商那和修尊者章、「得優波毱多以爲給侍。因問毱多曰、汝年幾耶。答曰、我年十七。者曰、汝身十七、性十七耶。答曰、師髮已白、爲髮白耶、心白耶。者曰、我但髮白、

非心白耳。毱多曰、我身十七、非性十七也。尊者知是法器」。

【九九〇—二】

山寺櫻開春色加、松間愛看思無邪。
等差難定蒼官畔、花似雪耶雪似花。琉

山寺、櫻開いて、春色加う、
松間、愛し看て、思い邪《よこしま》無し。
等差《とうさ》、定め難し、蒼官《そうかん》の畔《ほとり》、
花、雪に似たるか、雪、花に似たるか。

【九九〇—三】

松間閑處世塵稀、暫見白櫻下翠微。
十里風聲吹雪去、人々襟袖帶花歸。昌

松間の閑處《かんしょ》、世塵稀《せじんまれ》なり、
暫く見る、白櫻下《はくおうか》の翠微《すいび》。
十里の風聲《ふうせい》、雪を吹き去って、
人々《にんにん》、襟袖《きんしゅう》に花を帶びて歸る。

【九九〇—四】

松間寂々到斜陽、終日看櫻興不常。
此地留花欲吟盡、風聲十里舞山香。喜

松間寂々《じゃくじゃく》、斜陽《しゃよう》に到る、
日を終うるまで、櫻を看て、興、常ならず。
此の地、花を留めて、吟じ盡くさんと欲す、
風聲《ふうせい》十里、舞山香《ぶざんこう》。

○舞山香＝前出［五〇］。

【九九〇—五】

櫻見松間到翠微、風聲十里滿吟衣。
飛花若似剡溪雪、枝上白鷗興盡歸。ハン

櫻を松間に見て、翠微《すいび》に到る、
風聲《ふうせい》十里、吟衣《ぎんえ》に滿つ。
飛花《ひか》、若し剡溪《えんけい》の雪に似たらば、
枝上《しじょう》の白鷗《はくおう》、興盡きて歸らん。

○興盡歸＝『蒙求』「子猷尋戴」。前出[七八―三]。

【九九一―一】

淵明聽杜鵑

杜宇飛邊月一痕、曉來懶聽臥陶軒。

聲々喚醒北窓枕、鐵作先生也斷魂。雪叟

杜宇《とう》、飛ぶ邊、月一痕《いっこん》、

曉來《ぎょうらい》、聽くに懶《ものう》く、陶軒《とうけん》に臥す。

聲々《せいせい》、喚び醒《さ》ます、北窓《ほくそう》の枕、

鐵作《てっさ》の先生も、也《ま》た斷魂《だんこん》。

○臥陶軒＝黄山谷「臥陶軒」詩、「陶公白頭臥、宇宙一北窓」。

【九九一―二】

杜宇呼名落月西、淵明醉夢覺猶迷。

長松夜半依風冷、五柳枝頭來上啼。仙君

杜宇《とう》、名を呼んで、落月は西、

淵明《えんめい》、醉夢《すいむ》から覺めて、猶お迷う。

長松《ちょうしょう》、夜半《やはん》、風に依って冷かなり、

五柳枝頭《ごりゅうしとう》、來たり上って啼く。

【九九一―三】

今夜淵明情更情、杜鵑啼處月西傾。

先生高臥北窓下、老去同參蜀魄聲。圭

今夜、淵明《えんめい》、情更に情、

杜鵑《とけん》、啼く處、月、西に傾く。

先生、高臥《こうが》す、北窓《ほくそう》の下、

老い去って、同參《どうさん》は蜀魄《しょくはく》の聲。

【九九一―四】

四山月白五更天、高臥淵明聽杜鵑。

獨向長松欲相睡、聲々喚醒北窓前。永

四山、月は白し、五更の天、

高臥《こうが》する淵明《えんめい》、杜鵑《とけん》を聽く。

獨り長松《ちょうしょう》に向かって、相睡らんと欲するも、聲々《せいせい》、喚び醒《さ》ます、北窓《ほくそう》の前。

【九九一―五】

杜宇呼名陶令家、夜來聞得惱殘涯。

千聲報道卜居去、典午山河如潰瓜。喜

杜宇《とう》、名を呼ぶ、陶令《とうれい》の家、

夜來《やらい》、聞き得て、殘涯《ざんがい》を惱ます。

千聲、報じて道う、卜居《ぼくきょ》し去されと、

典午《てんご》の山河《せんが》、瓜を潰すが如し。

○典午山河＝『錦繡段』、僧一初「墨菊」。前出［七二〇―二］。○潰瓜＝天下の大亂。

【九九一―六】

只有淵明支枕頭、杜鵑亦是勸歸不。

聲々啼血前山去、栗里黃昏獨自愁。祐代

只だ淵明《えんめい》のみ有って、枕頭《ちんとう》を支う、

杜鵑《とけん》も亦た是れ、歸ることを勸むるや不《いな》や。

聲々《せいせい》、血に啼いて、前山に去る、

栗里《りつり》、黃昏《こうこん》、獨り自ずから愁う。

○栗里＝陶淵明の舊居のあった彭澤縣のこと。

【九九二】［欄外］

孫忙　燈前夜語

【九九三―一】

東坡端午遊眞如圖

往到眞如轉忘歸、端陽坡老濕吟衣。

名藍佳境綠蒲雨、一洗先生萬事非。雪叟

往いて眞如《しんにょ》に到って、轉《うた》た歸ることを忘る、

端陽《たんよう》の坡老《ばろう》、吟衣《ぎんえ》を濕す。

名藍《めいらん》の佳境《かきょう》、綠蒲《りょくほ》の雨、

一洗す、先生が萬事《ばんじ》の非。

○東坡端午游眞如圖＝蘇軾「端午遊眞如」詩。前出［九八八―一］。

【九九三―二】

七世坡翁一白頭、端陽數別懶於秋。

毎逢佳節無餘事、老去胸襟憶子由。良

七世の坡翁《ばおう》、一白頭《はくとう》、

端陽《たんよう》、別れを數えて、秋に懶《ものう》し。

佳節《かせつ》に逢う毎に、餘事無し、

老い去って、胸襟《きょうきん》、子由《しゆう》を憶う。

【九九三―三】

坡仙語盡七年曾、往到眞如逢舊朋。

今憶子由佳節會、離愁鬢白水雲僧。甫

坡仙《ばせん》、語り盡くす、七年の曾《むかし》、

往いて眞如《しんにょ》に到って、舊朋《きゅうほう》に逢う。

今憶う、子由《しゆう》と佳節《かせつ》に會うことを、

離愁《りしゅう》、鬢《びん》は白し、水雲の僧。

【九九三―四】

數七端陽一白頭、眞如至處憶同遊。

謫仙斯日可多恨、獨酌菖蒲少子由。樹

七端陽《しちたんよう》を數う、一白頭《はくとう》、

眞如《しんにょ》、至る處に、同遊《どうゆう》を憶う。

謫仙《たくせん》、斯《こ》の日、恨み多かる可し、

獨り菖蒲《しょうぶ》を酌んで、子由《しゆう》を少《か》く。

○少子由＝王維の「九月九日、山東の兄弟を懷う」詩に、「獨り異郷に在って異客と爲る、佳節に逢う毎に倍《ます》ます親しきを思う。遙かに知る、兄弟、高に登る處、遍く茱萸《しゅゆ》を插して一人を少《か》くらん」。

【九九三―五】

往遊古刹欲窺禪、偶遇端陽蘇謫仙。

赤壁玉堂無此興、風蒲吹綠寺門前。浙

往いて古刹《こさつ》に遊んで、禪を窺わんと欲す、

偶《たま》たま端陽《たんよう》に遇う、蘇謫仙《そたくせん》。

赤壁玉堂《せきへききぎよくどう》、此の興無し、
風蒲《ふうほ》、緑を吹く、寺門の前。

【九九三―六】

往到眞如及夕曛、端陽坡老樂欣々。
訪僧賞節論何事、只是先生七世文。代祐

往いて眞如《しんによ》に到って、夕曛《せきくん》に及ぶ、
端陽《たんよう》の坡老《ばろう》、樂欣々《らくきんきん》。
僧を訪ない節《せつ》を賞し、何事をか論ず、
只だ是れ、先生、七世の文。

【九九三―七】

數七端陽一別間、眞如坡老鬢斑々。
因過僧院賞佳節、又得先生半日閑。喜

七端陽《しちたんよう》を數う、一別《いちべつ》の間、
眞如《しんによ》の坡老《ばろう》、鬢斑々《びんはんぱん》。
因みに僧院に過ぎり、佳節《かせつ》を賞す、
又た得たり、先生、半日の閑。

【九九三―八】

白髪東坡端午遊、眞如投老百忘憂。
先生有恨節佳日、往到精藍憶子由。

白髪《はくはつ》の東坡《とうば》、端午《たんご》の遊、
眞如《しんによ》に老を投じて、百、憂いを忘る。
先生、恨み有り、節佳《せつか》の日、
往いて精藍《せいらん》に到って、子由《しゆう》を憶う。

【九九四―一】

稚竹可人

腸斷竿々雪壓時、愛看稚竹倚籓籬。
報云子母能相保、風雨明朝杜宇枝。仁峯

腸《はらわた》は斷つ、竿々、雪の壓《お》す時、
愛し看る、稚竹《ちちく》の籓籬《はんり》に倚るを。
報じて云う、子母、能く相い保て、

風雨、明朝、杜宇《とう》の枝。

【九九四―二】

可人稚竹兩三枝、暑退涼生有所思。
雨洗娟々風亦好、此君瀟洒少年姿。雪叟

人に可《よ》し、稚竹《ちちく》の兩三枝、
暑退き涼生じて、所思有り。
雨洗って、娟々《けんけん》として、風も亦た好《よ》し、
此君《しくん》、瀟洒《しょうしゃ》たり、少年の姿。

【九九四―三】

可人稚竹四簷間、夏日乘涼又得閑。
渭子湘孫養來悔、窓前遙隔故郷山。良

人に可《よ》し、稚竹《ちちく》、四簷《しえん》の間、
夏日、涼に乘じて、又た閑を得たり。
渭子湘孫《いししょうそん》、養い來たって悔ゆ、
窓前《そうぜん》、遙かに故郷の山を隔つことを。

【九九四―四】

稚竹可人涼色濃、風飜翠袖夕陽春。
子猷若有定應畏、傍母此君皆化龍。ハン

稚竹《ちちく》、人に可《よ》し、涼色濃《こまや》かなり、
風、翠袖《すいしゅう》を飜し、夕陽春《せきよううすづ》く。
子猷《しゆう》、若し有らば、定めて應《まさ》に畏るべし、
母に傍う、此の君、皆な龍と化す。

○子猷＝『晉書』列伝、五十、王徽之伝に「徽之、字は子猷。……嘗て空宅中に寄居す。便ち竹を種えしむ。或もの其の故を問う。徽之、但だ嘯詠して竹を指して曰く、何ぞ一日も此の君無かる可けんや、と」。

【九九四―五】

稚竹可人翠袖飄、風吹雨洗自清標。
湘孫渭子宜相養、百丈喬松初寸苗。キ

稚竹《ちちく》、人に可《よ》し、翠袖《すいしゅう》飄る、
風吹き雨洗って、自ずから清標《せいひょう》。

湘孫《しょうそん》渭子《いし》、宜しく相養うべし、
百丈《ひゃくじょう》の喬松《きょうしょう》も、初めは寸苗《すんびょう》。

【九九四―六】

終朝愛看避炎塵、稚竹乗涼猶可人。
細々風吹暮簷下、此君傍母數莖新。オ

終朝《しゅうちょう》、愛し看て、炎塵《えんじん》を避く、
稚竹《ちちく》、涼に乗じて、猶お人に可《よ》し。
細々として、風は吹く、暮簷《ぼえん》の下、
此の君、母に傍うて、數莖《すうきょう》新たなり。

【九九四―七】

翠袖可人愜素聞、風搖稚竹是歡欣。
嫩涼度處寄生好、老去同參唯此君。ホン

翠袖《すいしゅう》、人に可《よ》し、素聞《そぶん》に愜《かな》う、
風、稚竹《ちちく》を搖らす、是れ歡欣《かんきん》。
嫩涼《どんりょう》、度《わた》る處、生を寄するに好《よ》し、
老い去って、同參《どうさん》は唯だ此の君。

【九九四―八】

稚竹可人眞友于、終朝愛看撚吟鬚。
新梢養得此君好、造次於吾顚沛吾。存代

稚竹《ちちく》、人に可《よ》し、眞の友于《ゆうう》、
終朝《しゅうちょう》、愛し看て、吟鬚《ぎんしゅ》を撚《ひね》る。
新梢《しんしょう》、養い得たり、此君《しくん》の好《よ》きを、
造次《ぞうじ》も吾に於いてし、顚沛《てんぱい》も吾。

○友于＝兄弟。『論語』爲政「孝乎惟孝、友于兄弟」。○造次、顚沛＝『論語』里仁「造次必於是、顚沛必於是」。

【九九四―九】

稚竹可人細々香、風前愛見不尋常。
因瀟洒遇此君話、又得浮生半日涼。叔

稚竹《ちちく》、人に可《よ》し、細々と香る、
風前、愛し見る、尋常《よのつね》ならず。

蕭洒《しょうしゃ》、此の君に遇って話《かた》るに因って、
又た得たり、浮生《ふせい》半日の涼。

【九九四—一〇】
葉々和風亂似雲、可人稚竹挽南薫。
隱林愛見新梢綠、老去同參唯此君。長代

葉々《ようよう》、風に和して、亂るること雲に似たり、
人に可《よ》し、稚竹《ちちく》、南薫《なんくん》を挽く。
隱林、愛し見る、新梢《しんしょう》の綠、
老い去って、同參《どうさん》は唯だ此の君のみ。

【九九四—一一】
可人稚竹不尋常、窓外風吹細々香。
渭子湘孫今養得、寒時宜雪熱時涼。昌

人に可《よ》し、稚竹《ちちく》、尋常《よのつね》ならず、
窓外《そうがい》、風吹いて、細々と香る。
渭子湘孫《いししょうそん》、今、養い得たり、
寒時は雪に宜しく、熱時は涼。

【九九四—一二】
共是老成梅與松、可人稚竹獨清容。
移炎漢置淇園否、吹綠新梢亦魯恭。印代

共に是れ老成《ろうせい》す、梅と松と、
人に可《よ》し、稚竹《ちちく》、獨り清容《せいよう》。
炎漢《えんかん》を移して、淇園《きえん》に置くや否《いな》や、
綠を吹く新梢《しんしょう》も、亦た魯恭《ろきょう》。

○炎漢＝漢の別稱。漢は火德を以て王となった。○淇園＝黄山谷「次韻文潛同游王舍人園」詩に「移竹淇園下、買花洛水陽」。○亦魯恭＝黄山谷「送鄭彦能宣德知福昌縣」詩に「魯恭卓茂可人否」。

【九九五—一】
夏鶯弄薔薇
滿院薔薇色轉濃、夏鶯啼處雨濛々。
弄花意似故人意、一曲綿蠻亦謝公。

満院《まんいん》の薔薇《そうび》、色轉《うた》た濃《こまや》かなり、
夏鶯《かおう》、啼く處、雨濛々《もうもう》。
花を弄する意は、故人の意に似たり、
一曲綿蠻《めんばん》、亦た謝公《しやこう》。

○謝公＝謝安が東山の薔薇洞で風流を盡くしたこと。

【九九五―二】

滿架薔薇佳色加、夏鶯弄得思無邪。
綿蠻亦効謝公意、逢着東山無力花。甫

滿架《まんか》の薔薇《そうび》、佳色加《かしよく》う、
夏鶯《かおう》、弄し得て、思い邪《よこしま》無し。
綿蠻《めんばん》も亦た、謝公《しやこう》の意に効う、
逢着《ほうじやく》す、東山の無力の花。

○無力花＝薔薇が雨に打たれるさまを言う。『翰林五鳳集』梅陽「謝安薔薇洞圖」に「晩従誤爲蒼生起、無力花成洞裡塵」。

【九九五―三】

一曲夏鶯千囀時、夏鶯洞靜聽猶奇。
黄公亦慣謝公愛、來繞東山無力枝。愈

一曲、夏鶯《かおう》、千囀《せんてん》する時、
夏鶯《かおう》、洞靜かにして、聽いて猶お奇なり。
黄公《こうこう》も亦た、謝公《しやこう》の愛に慣う、
來たって繞る、東山無力の枝。

○黄公＝鶯。

【九九五―四】

滿架薔薇吹露濃、夏鶯乍弄興無窮。
聲々囀處東山愛、一曲綿蠻亦謝公。本

滿架《まんか》の薔薇《そうび》、露を吹いて濃《こまや》かなり、
夏鶯《かおう》、乍《たちま》ち弄して、興窮まり無し。
聲々《せいせい》、囀《さえず》る處、東山の愛、
一曲綿蠻《めんばん》、亦た謝公《しやこう》。

【九九五―五】

只有黄鶯投宿耶、薔薇洞裏日西斜。
綿蠻亦効謝公意、啼向東山弄此花。淅

只だ黄鶯《こうおう》のみ有って、宿を投ずるや、
薔薇洞裏《そうびとうり》、日西に斜めなり。
綿蠻《めんばん》も亦た、謝公《しゃこう》の意に効う、
東山に向かって啼き、此の花を弄す。

【九九五―六】

千囀夏鶯情不些、夏鶯弄處露香加。
却疑安石化爲鳥、飛宿東山滿架花。キ

千囀《せんてん》の夏鶯《かおう》、情些《いささ》かならず、
夏鶯《かおう》、弄する處、露香《ろこう》加う。
却って疑う、安石《あんせき》、化して鳥と爲るかと、
飛んで東山に宿す、滿架《まんか》の花。

○安石＝謝安の字。

【九九五―七】

滿院薔薇香未衰、夏鶯千囀住多時。
梅花春過宿無處、啼向東山借一枝。キ

滿院《まんいん》の薔薇《そうび》、香未だ衰えず、
夏鶯千囀《かおうせんてん》、住すること多時。
梅花《ばいか》、春過ぎて、宿するに處無し、
東山に向かって啼き、一枝《いっし》を借る。

【九九五―八】原本一一七丁

千囀聲中日已斜、薔薇洞裏寄生涯。
晩來投宿東山下、花慕鳥耶鳥慕花。恕

千囀聲中《せんてんせいちゅう》、日已に斜め、
薔薇洞裏《そうびとうり》、生涯《しょうがい》を寄す。
晩來《ばんらい》、宿を投ず、東山の下、
花、鳥を慕うか、鳥、花を慕うか。

【九九五―九】

滿院薔薇佳色新、夏鶯弄處點無塵。
架頭當晝花如錦、鳥亦還郷朱買臣。永

滿院《まんいん》の薔薇《そうび》、佳色《かしよく》新たなり、
夏鶯《かおう》弄する處、點として塵無し。
架頭《かとう》、當に晝花、錦の如くなるべし、
鳥も亦た還郷《かんきょう》の朱買臣《しゆばいしん》。

○還郷朱買臣＝『蒙求』「買妻恥醮」、「上、謂いて曰く、富貴にして故郷に帰らざれば、繍を衣て夜行くが如し。今、子、何如。買臣頓首して謝す」。

【九九五―一〇】

吹雨薔薇麗似霞、夏鶯獨弄色猶加。
謝公去後無人愛、千囀聲中空落花。ハン

雨を吹いて、薔薇《そうび》、麗しきこと霞に似たり、
夏鶯《かおう》、獨り弄して、色猶お加う。
謝公《しやこう》、去って後、人の愛する無し、
千囀聲中《せんてんせいちゆう》、空しく落花《らっか》。

【九九五―一一】

夏鶯弄處露香加、滿院薔薇紅似霞。
一曲宜聽却遺恨、綿蠻啼落謝公花。良

夏鶯《かおう》、弄する處、露香《ろこう》加う、
滿院《まんいん》の薔薇《そうび》、紅、霞に似たり。
一曲宜しく聽くべくも、却って恨みを遺す、
綿蠻《めんばん》、啼落《ていらく》す、謝公《しやこう》の花。

【九九五―一二】

一曲綿蠻情不些、薔薇弄處露香加。
金衣公子風流謝、逢着東山澗底花。、

一曲綿蠻《めんばん》、情些《いささ》かならず、
薔薇《そうび》弄する處、露香《ろこう》加う。
金衣《きんね》の公子《こうし》、風流《ふうりゆう》の謝《しや》、
逢着《ほうじやく》す、東山澗底《かんてい》の花。

○金衣公子＝『開元天寶遺事』「金衣公子」に、「明皇、毎《つね》に禁苑の中に於いて黄鶯を見て、常に之を呼んで金衣公子と爲す」。

【九九五―一三】

夏鶯弄處興尤長、雨後薔薇情不常。
終日花前聽雖好、綿蠻一曲舞山香。

夏鶯《かおう》、弄する處、興尤も長し、
雨後の薔薇《そうび》、情常ならず。
終日、花前に聽くは好《よ》きと雖も、
綿蠻《めんばん》一曲、舞山香《ぶざんこう》。

○舞山香＝前出［五〇］。

【九九六―一】

逢傅説霖

逢傅説霖得一歡、微涼吹渡小欄干。
言猶在耳殷天下、點滴聲中聽不酸。

傅説《ふえつ》の霖《あめ》に逢って、一歡《いっかん》を得たり、
微涼《びりょう》、吹き渡る、小欄干《しょうらんかん》。
言、猶お耳に在り、殷の天下、
點滴聲中《てんてきせいちゅう》、聽いて酸《す》からず。

○傅説霖＝久旱ののちに降る甘雨。前出［八五四］。

【九九六―二】

早［旱］則爲霖四海清、英雄傅説立功名。
吹涼一滴萬軍力、盾日張威亦弱兵。雪叟

旱《ひでり》するときは則ち霖《あめ》と爲って、四海《しかい》清し、
英雄《えいゆう》の傅説《ふえつ》、功名《こうみょう》を立つ。
涼を吹く一滴《いってき》、萬軍の力、
盾日《じゅんじつ》、威を張るも、亦た弱兵。

【九九六―三】

逢傅説霖情不常、晩來暑退亦無方。
蕭々吹後潤商鼎、散作人間一滴涼。永

傅説《ふえつ》の霖《あめ》に逢って、情、常ならず、

晩來《ばんらい》、暑退いて、亦た無方。
蕭《しょうしょう》々と吹いて後、商鼎《しょうてい》を潤す、
散っては、人間一滴《じんかんいってき》の涼と作《な》る。

【九九六―四】

避暑傅巖冷似商、窓前霖雨夜浪々。
簷前入夢無熱惱、板築遺賢一滴涼。良

暑を避く傅巖《ふがん》、冷かなること商に似たり、
窓前《そうぜん》の霖雨《りんう》、夜浪々《ろうろう》。
簷前《えんぜん》、夢に入って、熱惱《ねつのう》無し、
板築《はんちく》の遺賢《いけん》、一滴《いってき》の涼。

○板筑遺賢＝賢臣傳説。前出［九八三］。

【九九六―五】

霖雨霏々轉沛然、涼生暑退傅巖前。
晩來若洒天瓢水、一滴無私遺野賢。喜

霖雨《りんう》、霏々《ひひ》として、轉《うた》た沛然《はいぜん》、
涼生じ暑退く、傅巖《ふがん》の前。
晩來《ばんらい》、若し天瓢《てんぴょう》の水を洒《そそ》がば、
一滴《いってき》も私無し、野賢《やけん》を遺す。

【九九六―六】

遺賢在野不曾藏、早〔旱〕則爲霖濺帝郷。
一滴聲中得良弼、高宗殘夢覺猶涼。代孝

遺賢《いけん》、野に在って、曾て藏さず、
旱《ひでり》するときは則ち霖《あめ》と爲って、帝郷《ていきょう》に濺《そそ》ぐ。
一滴聲中《いってきせいちゅう》、良弼《りょうひつ》を得たり、
高宗《こうそう》の殘夢《ざんむ》、覺めて猶お涼し。

【九九六―七】

傅霖終日濺窓紗、渇望蘇來情不些。
一滴聲中紅暑去、鹽梅已變作涼花。代長

傅霖《ふりん》、終日、窓紗《そうしゃ》に濺《そそ》ぐ、
渇望《かつぼう》、蘇し來たって、情些《いささ》かならず。

一滴聲中《いってきせいちゅう》、紅暑《こうしょ》去る、
鹽梅《あんばい》、已に變じて涼花《りょうか》と作《な》る。

○鹽梅＝杜甫「昔遊」詩「傅説已鹽梅」。

【九九六―八】

涼自傅巖吹又吹、人間溽暑不曾知。代印
高僧良弼今求得、一滴時々夢見之。

涼は傅巖《ふがん》よりし、吹いて又た吹く、
人間《じんかん》の溽暑《じょくしょ》、曾て知らず。
高僧の良弼《りょうひつ》、今、求め得たり、
一滴《いってき》、時々に之を夢見る。

【九九六―九】

忽遇傅霖消暑時、張威盾日［趙盾威日］我何知。
遺賢若洒天瓢水、一滴人間不得私。甫

忽ち傅霖《ふりん》に遇って、暑を消する時、
趙盾威日《ちょうじゅんいにち》、我れ何ぞ知らん。

遺賢《いけん》、若し天瓢《てんぴょう》の水を洒《そそ》がば、
一滴《いってき》も、人間《じんかん》に私に得ず。

○趙盾威日＝夏の陽。前出［八五四］。

【九九七―一】

酒星　七夕

半醉半醒三四更、酒星點處謫仙情。
縱浮連理盃中去、莫忘牽牛織女盟。

半ばは醉い半ばは醒《さ》む、三四更、
酒星《しゅせい》點ずる處、謫仙《たくせん》の情。
縱《たと》い連理《れんり》の盃中に浮かび去るも、
忘るること莫かれ、牽牛織女《けんぎゅうしょくじょ》の盟。

○酒星＝酒をとかさどる星。李白「月下獨酌」詩に「天若不愛酒、酒星不在天」。○連理盃＝結婚の時に夫婦が酌み交わす盃。

【九九七―二】

數點星流酒半醺、宴遊對酌坐宵分。

欲涵織女牽牛影、盃上紅霞河漢雲。鷗雲

數點、星流れて、酒半ば醺す、
宴遊對酌《えんゆうたいしゃく》、宵分に坐す。
織女牽牛《しょくじょけんぎゅう》の影を涵《ひた》さんと欲す、
盃上の紅霞《こうか》、河漢《かかん》の雲。

○宵分＝夜分、夜半。

【九九七―三】

遙隔銀河恩亦疎、縱催遊宴意何如。
牛郎落在一盃上、織女佳期萬里餘。仙君

遙か銀河《ぎんが》を隔てて、恩も亦た疎なり、
縱《たと》い遊宴《ゆうえん》を催すも、意何如《いかん》。
牛郎《ぎゅうろう》、落在《らくざい》す、一盃《いっぱい》の上、
織女《しょくじょ》、佳期《かき》、萬里《ばんり》餘す。

【九九七―四】

對酌二星設宴來、銀河月白作良媒。
女牛亦約謫仙否、不渡鵲橋入鵡盃。良

對酌《たいしゃく》する二星、宴を設け來たる、
銀河《ぎんが》、月は白し、良媒《りょうばい》と作《な》る。
女牛《じょぎゅう》も亦た謫仙《たくせん》と約すや否《いな》や、
鵲橋《じゃくきょう》を渡らず、鵡盃《むはい》に入る。

○鵡盃＝鸚鵡盃。

【九九七―五】

今宵天上雨濛々、數點酒星恨不窮。
河漢忽因被雲掩、女牛易地一盃中。喜

今宵《こんしょう》、天上《てんじょう》、雨濛々《もうもう》、
數點の酒星《しゅせい》、恨み窮まらず。
河漢《かかん》、忽ち雲に掩わるるに因って、
女牛《じょぎゅう》、地を易《か》う、一盃《いっぱい》の中。

【九九七―六】

乾坤只有酒星名、一斗百篇從此成。

今夜辭天降塵土、長安市上李長庚。愈

乾坤《けんこん》、只だ酒星《しゅせい》の名有り、
一斗百篇、此より成る。
今夜、天を辭して、塵土《じんど》に降る、
長安《ちょうあん》市上、李長庚《りちょうこう》。

○李長庚＝李白のこと。長庚星（宵の明星）は大伯星。李白の母、身ごもった時、この星が懐に入る夢をみて李白を生んだ。よって、李白、字を大伯、また李長庚とも呼ぶ。

【九九七―七】

鵲橋今夜酌烏程、鴆毒宴安結會盟。
半醉半醒何所似、女牛亦是李長庚。智

鵲橋《じゃくきょう》、今夜、烏程《うてい》を酌む、
鴆毒《ちんどく》の宴、安んぞ會盟《かいめい》を結ばんや。
半ばは酔い、半ばは醒《さ》む、何に似たる所ぞ、
女牛《じょぎゅう》も亦た是れ、李長庚《りちょうこう》。

○烏程＝酒の名。

【九九七―八】

擧盃既醉奈盟何、設宴二星情轉多。
今夜成橋水邊鳥、不須烏鵲渡銀河。本

盃を擧げて既に酔う、盟を奈何《いかん》せん、
宴を設くる二星、情轉《うた》た多し。
今夜、橋水邊《きょうすいへん》の鳥と成る、
須いず、烏鵲《うじゃく》、銀河《ぎんが》に渡ることを。

【九九七―九】

數點酒星催會時、宴遊乘興慰生涯。
詩人今夜傾盃看、中有牽牛織女姿。長

數點の酒星《しゅせい》、會を催す時、
宴遊《えんゆう》、興に乗じて、生涯《しょうがい》を慰む。
詩人、今夜、盃を傾けて看よ、
中に牽牛織女《けんぎゅうしょくじょ》の姿有り。

【九九七―一〇】

今夜酒星情最濃、會遊對酌思無窮。
移銀河置若村盃、數點光芒一盞中。昌

今夜、酒星《しゆせい》、情最も濃《こまや》かなり、
會遊對酌《かいゆうたいしやく》、思い窮まり無し。
銀河《ぎんが》を移して、若村《じやくそん》の盃に置く、
數點の光芒《こうぼう》、一盞《いつさん》の中。

〇若村盃＝若村は酒の隱語。上若、下若とも。『東坡集註』「湖州に若溪有り、南岸を上若と曰い、北を下若と曰う。人、下若水を取って酒を釀す、極美なり。俗に下若酒と稱す。『欠伸稿』「雅會乘興、則釀泉傾若村盃」。

【九九七―一一】

數點酒星興最宜、宴遊催處欲斟之。
女牛只在一盃上、河漢微雲總不知。印

數點の酒星《しゆせい》、興、最も宜し、
宴遊《えんゆう》、催す處、之を斟《く》まんと欲す。
女牛《じよぎゆう》、只だ一盃《いつぱい》の上に在るも、
河漢《かかん》は微雲《びうん》、總に知らず。

【九九八―一】

松聲入夢

青松出壑嫩凉濃、吹入夢中情不窮。
身在祝融峯頂上、覺來簾外一枝風。愈

青松《せいしよう》、壑《たに》を出でて、嫩凉《どんりよう》濃《こまや》かなり、
吹いて夢中に入って、情窮まらず。
身は祝融《しゆくゆう》峯の頂上《ちようじよう》に在って、
覺え來たる、簾外一枝《れんがいいつし》の風。

【九九八―二】

獨臥巖房情不常、幽松聲度黑甜鄕。
千溪萬嶽逍遥枕、十里清風覺尚凉。才

獨り巖房《がんぼう》に臥して、情常ならず、
幽松《ゆうしよう》の聲は度《わた》る、黑甜《こくてん》の鄕。

千溪萬嶽《せんけいまんがく》、逍遥《しょうよう》の枕、
十里の清風《せいふう》、覺むるも尚お涼し。

【九九八―三】
終夜巖房夢不閑、松聲吹度碧孱顏。
微風近聽愈雖好、却恨枕頭無泰山。慰
終夜、巖房《がんぼう》、夢閑ならず、
松聲《しょうせい》、吹き度《わた》る、碧孱顏《へきぜんがん》。
微風《びふう》、近く聽けば愈《いよ》いよ好《よ》しと雖も、
却って恨む、枕頭《ちんとう》、泰山《たいざん》に無きことを。

○近聽愈好＝『寒山詩』「微風吹幽松、近聽聲愈好」。

【九九八―四】

疑是松聲滴晴泉、夜來入夢不須眠。
幽齋支枕聽彌好、十里清風五十絃。本
疑うらくは是れ、松聲《しょうせい》、晴泉《せいせん》に滴《した》づるか、
夜來《やらい》、夢に入って、眠ることを須いず。

幽齋《ゆうさい》に枕を支え、聽けば彌《いよ》いよ好《よ》し、
十里の清風《せいふう》、五十絃。

○幽齋支枕＝『錦繡段』、陸游「聽雨戲作」詩二の二、「支枕幽齋聽始奇」。

【九九八―五】

聲々入夢一株松、支枕幽齋聽始慵。
今夜共君欲相睡、清風十里曉樓鐘。琉
聲々《せいせい》、夢に入る、一株の松、
枕を幽齋《ゆうさい》に支え、聽いて始めて慵し。
今夜、君と共に、相睡らんと欲す、
清風《せいふう》十里、曉の樓鐘《ろうしょう》。

【九九八―六】

松聲入夢意清凄、月在融峯西又西。
獨臥山房睡初醒、髯龍已是五更雞。甫
松聲《しょうせい》、夢に入って、意、清凄《せいせい》、

月は融峯《ゆうほう》に在って、西又た西。
獨り山房《さんぼう》に臥して、睡り初めて醒《さ》む、
髯龍《ぜんりゆう》、已に是れ五更の雞。
○髯龍＝龍髯とも。松の異名。龍の口ひげに見立てた。

【九九九―一】

雨中怨秋
帳下怨秋拭涙痕、終朝獨閉雨中門。
蕭々滴盡芭蕉館、鐵作愁人也斷魂。

帳下、秋を怨んで、涙を拭う痕《あと》、
終朝《しゆうちよう》、獨り閉ざす、雨中の門。
蕭々《しようしよう》と滴《した》で盡くす、芭蕉《ばしよう》の館、
鐵作《てつさ》の愁人《しゆうじん》も、也《ま》た斷魂《だんこん》。

【九九九―二】

風雨蕭々秋夜長、孤閨有怨涙千行。
簷聲未斷君恩斷、白髪宮娃蟋蟀床。雪叟

風雨、蕭々《しようしよう》として、秋夜長し、
孤閨《こけい》、怨み有り、涙千行。
簷聲《えんせい》、未だ斷えざるに、君恩《くんおん》は斷つ、
白髪《はくはつ》の宮娃《きゆうあ》、蟋蟀《しつしゆつ》の床。

【九九九―三】

怨秋不寢白頭翁、支枕茅齋積雨中。
檐滴終宵勞抱獨、滿襟離思落梧風。仙君

秋を怨んで寢《い》ねず、白頭翁《はくとうおう》、
枕を茅齋《ぼうさい》に支う、積雨《せきう》の中。
檐滴《えんてき》、終宵《しゆうしよう》、抱獨《ほうどく》に勞す、
滿襟《まんきん》の離思《りし》、梧を落とす風。
○抱獨＝『漢語大詞典』に「獨行自得」の意と。黄山谷詩、「吾友陳師道、抱獨門掃軌」。陶淵明「自我抱茲獨、僶俛四十年」。

【九九九―四】

蕭々雨滴畫簾中、終夜怨秋白髪翁。

支枕幽齋聽愈懶、虚簷聲冷落梧風。永

蕭《しょうしょう》々として雨は滴《した》づ、畫簾《がれん》の中、
終夜、秋を怨む、白髪《はくはつ》の翁。
枕を幽齋《ゆうさい》に支え、聽けば愈《いよ》いよ懶《ものう》し、
虚簷《きょえん》、聲冷やかなり、梧を落とす風。

○支枕幽齋＝『錦繡段』、陸游「聽雨戲作」詩二の二、「支枕幽齋聽始奇」。

【九九九―五】

蕭々秋雨二三更、支枕幽齋惱此生。
一夜添愁四簷外、空堦餘滴落梧聲。良

蕭《しょうしょう》々たる、秋雨、二三更、
枕を幽齋《ゆうさい》に支え、此の生を惱ます。
一夜、愁いを添う、四簷《しえん》の外、
空堦《くうかい》の餘滴《よてき》、梧を落とす聲。

【九九九―六】

獨臥怨秋惱此生、茅齋雨冷二三更。
蕭々聲裡若悲去、錯被人呼宋玉名。キ

獨り臥して秋を怨み、此の生を惱ます、
茅齋《ぼうさい》、雨冷やかなり、二三更。
蕭《しょうしょう》々たる聲裡《せいり》、若し悲しみ去らば、
錯って人に宋玉《そうぎょく》の名を呼ばれん。

○宋玉＝屈原の弟子。屈原の死を悲しみ、その魂を招き寄せようとして「招魂」を作った。

【九九九―七】

獨聽雨聲欲促哦、秋來白髪意如何。
遶簷點滴言猶在、只向西風感慨多。愈

獨り雨聲《うせい》を聽いて、哦《が》を促さんと欲するも、
秋來《しゅうらい》、白髪《はくはつ》、意如何。
簷《のき》を遶る點滴《てんてき》、言猶お在り、

只だ西風に向かって、感慨《かんがい》多し。

【九九九―八】

漏屋怨秋惱懶涯、蕭々風雨鬢絲々。
簷聲滴盡崇孤枕、吾亦終宵宋玉悲。　智

漏屋《ろうおく》、秋を怨んで、懶涯《らんがい》を惱ます、
蕭々《しょうしょう》たる風雨、鬢絲々《びんしし》。
簷聲《えんせい》、滴《した》で盡くして、孤枕を崇《たか》くす、
吾れも亦た、終宵《しゅうしょう》、宋玉《そうぎょく》の悲しみ。

○崇孤枕＝『翰林五鳳集』宜竹の「春雨留客」詩に「芳草池邊偏崇枕」。

【一〇〇〇】

辭家遠客愴秋風、千里寒雲接斷篷。
日暮隔山投古寺、鐘聲何處雨濛々。　詩格　楊憑

家を辭する遠客、秋風を愴しむ、
千里の寒雲《かんうん》、斷篷《だんほう》に接す。
日暮れて、山を隔てて、古寺に投ず、
鐘聲《しょうせい》、何れの處ぞ、雨濛々《もうもう》。

○詩格＝『聯頌詩格』楊憑「雨中愁秋」。

【一〇〇一―一】

垂絲菊

隱免〔逸〕淵明愛見之、垂絲菊綻節佳時。
一籬秋色所何似、花有春風楊柳姿。

隱逸《いんいつ》の淵明《えんめい》も、之を愛し見る、
垂絲菊《すいしぎく》綻ぶ、節佳《せっか》の時。
一籬《いちり》の秋色、何に似たる所ぞ、
花に春風《しゅんぷう》有り、楊柳《ようりゅう》の姿。

【一〇〇一―二】

菊到重陽風露香、垂絲吹亂小籬傍。
黃花自有宮娥巧、和雨猶添一線長。　雪叟

菊、重陽《ちょうよう》に到って、風露《ふうろ》香し、
垂絲《すいし》、吹き亂る、小籬《しょうり》の傍。

黄花《こうか》、自ずから宮娥《きゆうが》の巧有り、
雨に和して、猶お一線の長を添う。

【一〇〇一―三】

菊謂垂絲古亦稀、秋風吹亂雨霏々。
東籬花有花王位、似把金針補衮衣。仙君

菊を垂絲《すいし》と謂うは、古も亦た稀《まれ》なり、
秋風、吹き亂して、雨霏々《ひひ》たり。
東籬《とうり》の花に、花王《かおう》の位有り、
金針《きんしん》を把《と》って、衮衣《こんい》を補するに似たり。

【一〇〇一―四】

戲蝶遊蜂共愛之、佳辰菊綻有垂絲。
籬邊疑是欄干上、吹亂黄花楊柳姿。甫

戲蝶遊蜂《ぎちようゆうほう》、共に之を愛す、
佳辰《かしん》、菊綻びて、垂絲《すいし》有り。
籬邊《りへん》、疑うらくは是れ欄干《らんかん》の上、
黄花《こうか》を吹き亂して、楊柳《ようりゆう》の姿なるか。

○欄干上、楊柳姿＝徐仲雅「宮詞」に「一把柳絲收不得、和風搭在玉欄干」。

【一〇〇一―五】

菊有垂絲情不疎、深紅淺紫看何如。
此花若落漁翁手、戲蝶遊蜂一釣魚。弗

菊に垂絲《すいし》有り、情、疎ならず、
深紅淺紫《しんくせんし》、何如《いかん》とか看る。
此の花、若し漁翁《ぎよおう》の手に落ちなば、
戲蝶遊蜂《ぎちようゆうほう》も、一釣魚《ちようぎよ》。

【一〇〇一―六】

三徑風光節到時、枝々菊綻有垂絲。
一籬秋色兩般意、陶令愛之墨子悲。才

三徑《さんけい》の風光、節到る時、
枝々《しし》、菊綻びて、垂絲《すいし》有り。

一籬《いちり》の秋色、両般《りようはん》の意、
陶令《とうれい》は之を愛し、墨子《ぼくし》は悲しむ。

○墨子悲＝『蒙求』「墨子悲絲」。前出〔六九〇―二〕。

【一〇〇一―七】

菊有垂絲露一籬、詩人愛看節佳時。
秋風吹亂花耶柳、問着淵明總不知。隆

菊に垂絲《すいし》有り、露一籬《いちり》、
詩人、愛し看る、節佳《せつか》の時。
秋風、吹き亂す、花か柳か、
淵明《えんめい》に問着《もんじやく》するも、總に知らず。

【一〇〇一―八】

菊有垂絲香滿衣、詩僧愛見思依々。
黄花亦慣蜘蛛巧、網住遊蜂不許飛。琉

菊に垂絲《すいし》有り、香、衣に滿つ、
詩僧《しそう》、愛し見て、思い依々《いい》。
黄花《こうか》も亦た、蜘蛛《ちちゆ》の巧《こう》に慣らう、
遊蜂《ゆうほう》を網住《もうじゆう》して、飛ぶを許さず。

【一〇〇二―一】原本一一八丁

凍鷄

隣鷄聲斷睡彌濃、凍損繡翎茅屋中。
寒夜不歌我何恨、尋常擁被聽松風。愈

隣鶏《りんけい》、聲斷えて、睡り彌《いよ》いよ濃《こまや》かなり、
繡翎《しゆうれい》を凍損《とうそん》せん、茅屋《ぼうおく》の中。
寒夜、歌わざる、我れ何ぞ恨まん、
尋常《よのつね》、被を擁して松風《しようふう》を聽く。

○擁被聽松風＝黄山谷「題曲肱亭」「晨鷄催不起、擁被聽松風」。

【一〇〇二―二】

積雪翩々茅屋中、凍雞未報五更風。
舊塒寒重廢鳴去、謀計樂天日課空。勝

積雪翩々《せきせつへんぺん》、茅屋《ぼうおく》の中、

凍雞《とうけい》、未だ報ぜず、五更の風。
舊時《きゅうじ》、寒重なって、鳴を廢し去る、
計を謀る樂天《らくてん》、日課空し。

【一〇〇二―三】

一片雪飛三四更、凍雞未拍廢其鳴。
朱羽亦畏歳寒重、欹枕曉來聽不聲。甫

一片《いっぺん》、雪は飛ぶ、三四更、
凍雞《とうけい》、未だ拍たず、其の鳴を廢す。
朱羽《しゅう》も亦た畏る、歳寒《さいかん》の重きを、
枕を欹《そばだ》てて、曉來《ぎょうらい》、聽けども聲あらず。

【一〇〇二―四】

凍鷄未報夜將終、殘月斜明茅店中。
巽羽亦齊范雎意、一寒如此五更風。、

凍鷄《とうけい》、未だ報ぜず、夜將に終らんとす、
殘月《ざんげつ》、斜めに明らかなり、茅店《ぼうてん》の中。
巽羽《そんう》も亦た范雎《はんしょ》の意に齊し、
一寒、此の如し、五更の風。

○巽羽＝鷄のこと。○范雎意＝「范叔、一寒、此の如きか」。前出［九七六―五］。

【一〇〇二―五】

寒透毛衣將耐憐、凍雞不拍小樓前。
雪花疑是作黃葉、巽羽止啼殘夜天。キ

寒、毛衣《もうい》に透って、將に憐れむに耐うべし、
凍雞《とうけい》、拍たず、小樓の前。
雪花《せっか》、疑うらくは是れ黃葉《こうよう》と作《な》らん、
巽羽《そんう》、啼を止む、殘夜《ざんや》の天。

【一〇〇二―六】

六出霏々未弄晴、隣鷄已凍二三更。
雪埋茅店寒如此、鳥亦今宵范叔情。、

六出《りくしゅつ》、霏々《ひひ》として、未だ晴を弄さず、

隣鶏《りんけい》、已に凍る、二三更。
雪、茅店《ぼうてん》を埋めて、寒、此の如し、
鳥も亦た今宵《こんしょう》、范叔《はんしゅく》の情。

○弄晴＝晴天に乗じて樂しむ。

【一〇〇三—一】

竹窓聽雪

竹窓聽雪慰殘生、密々疎々情更情。
寒夜不眠徒側耳、滿天六出折竿聲。祝

竹窓《ちくそう》に雪を聽いて、殘生《ざんせい》を慰む、
密々疎々《みつみつそそ》、情更に情。
寒夜、眠れず、徒らに耳を側《そばだ》つ、
滿天の六出《りくしゅつ》、竿を折る聲。

○密々疎々＝黄山谷「詠雪」詩「夜聽疎疎還密密」。

【一〇〇三—二】

窓竹疎々白髪寒、殘僧聽雪坐蒲團。
夜來遮莫數竿折、西嶺千秋子細看。才

窓竹《そうちく》、疎々《そそ》として、白髪《はくはつ》寒し、
殘僧《ざんそう》、雪を聽いて、蒲團《ふとん》に坐す。
夜來《やらい》、遮莫《さもあらば》あれ、數竿折ることを、
西嶺千秋《せいれいせんしゅう》、子細《しさい》に看よ。

○西嶺千秋＝杜甫の「絶句」四首の三の「窓含西嶺千秋雪、門泊東呉萬里船」。

【一〇〇三—三】

聽雪竹窓情轉情、蒲團坐久到三更。
六花風冷虛檐下、一夜千竿白髪聲。、

雪を竹窓《ちくそう》に聽いて、情轉《うた》た情、
蒲團《ふとん》、坐すること久しく、三更に到る。
六花《りくか》、風冷かなり、虛檐《きょえん》の下、
一夜、千竿《せんかん》、白髪《はくはつ》の聲。

【一〇〇三―四】

聽雪寒哦興尚濃、梅花未覺竹窓冬。
曉來喜得數竿折、定是明朝對士峯。勝

雪を聽いて寒哦《かんが》す、興、尚お濃《こまや》かなり、
梅花《ばいか》、未だ覺めず、竹窓《ちくそう》の冬。
曉來《ぎょうらい》、喜び得たり、數竿折るるを、
定めて是れ、明朝は士峯《しほう》に對せん。

【一〇〇三―五】

投宿山房脩竹窠、窓前聽雪鬢皤々。
千竿縱折不遺恨、來夜月明定可多。キ

宿を山房《さんぼう》に投ず、脩竹《しゅうちく》の窠、
窓前《そうぜん》、雪を聽いて、鬢皤々《びんはは》。
千竿《せんかん》、縱《たと》い折るるも、恨みを遺さず、
來夜、月明、定めて多かる可し。

【一〇〇三―六】

雪冷山房脩竹窠、窓前聽得鬢皤々。
梅花凍損千竿折、密々聲中遺恨多。キ

雪冷かなり、山房《さんぼう》、脩竹《しゅうちく》の窠《か》、
窓前《そうぜん》、聽き得て、鬢皤々《びんはは》。
梅花凍損《ばいかとうそん》し、千竿《せんかん》折る、
密々聲中《みつみつせいちゅう》、遺恨《いこん》多し。

【一〇〇三―七】

今宵聽雪竹窓中、白髮殘僧思不窮。
若是子猷攢眉去、一竿吹折六花風。愈

今宵《こんしょう》、雪を聽く、竹窓《ちくそう》の中、
白髮《はくはつ》の殘僧《ざんそう》、思い窮まらず。
若し是れ子猷《しゆう》ならば、眉を攢《あつ》めて去らん、
一竿、吹き折る、六花《りくか》の風。

○子猷＝王徽之（字は子猷）「何ぞ一日も此の君無かる可けんや」。

前出［九九四—四］。

【一〇〇四—一】

蔬園梅

蔬圃梅開春色加、吟遊終日思無邪。
野僧若有逋仙意、不摘翠莖偏愛花。

蔬圃《そほ》、梅開いて、春色加う、
吟遊《ぎんゆう》、終日、思い邪《よこしま》無し。
野僧《やそう》、若し逋仙《ほせん》の意有らば、
翠莖《すいけい》を摘まず、偏えに花を愛す。

【一〇〇四—二】

蔬菜春寒梅有氷、々肌玉骨痩稜々。
園丁摘去愧生野、瀟洒弄花樹下僧。雪叟

蔬菜春寒《そさいしゅんかん》、梅に氷有り、
氷肌玉骨《ひょうきぎょっこつ》、痩せて稜々《りょうりょう》。
園丁《えんてい》、摘み去って、生、野《や》なるを愧ず、
瀟洒《しょうしゃ》なり、花を弄する樹下の僧。

○生野＝次項、また後出［一〇二三—三］にも。「性野」に同じか。野暮、不風流。『翰林五鳳集』江心「賦梅花」に「若し梅を言わずんば詩を野了す」。

【一〇〇四—三】

興似西湖處士家、影疎蔬圃小横斜。
殘僧生野培青甲、縱把鋤犂莫背花。仙

興は西湖處士《せいこしょし》の家に似たり、
影疎《えいそ》の蔬圃《そほ》、小横斜《おうしゃ》。
殘僧《ざんそう》、生、野なり、青甲《せいこう》を培《つちか》う、
縦《たと》い鋤犂《じょり》を把《と》るも、花に背くこと莫かれ。

○青甲＝木の芽。

【一〇〇四—四】

蔬圃梅寒春未和、枝南枝北雪皤々。
畦丁若是摘花去、投宿黄鶯遺恨多。一

蔬圃《そほ》、梅は寒し、春未だ和かならず、
枝南枝北《しなんしほく》、雪皤々《はは》。
畦丁《けいてい》、若し是れ花を摘み去らば、
宿を投ずる黄鶯《こうおう》、遺恨《いこん》多からん。

【一〇〇四―五】

蔬圃梅寒惟徳衰、未融玉骨又氷肌。
春風吹映満畦緑、花似仲尼居九夷。　長代

蔬圃《そほ》、梅は寒し、惟《こ》れ徳衰う、
未だ融せず、玉骨《ぎょっこつ》又た氷肌《ひょうき》。
春風《しゅんぷう》、吹き映ゆ、畦に満つ緑、
花は似たり、仲尼《ちゅうじ》の九夷《きゅうい》に居するに。

〇仲尼居九夷＝野蛮で下卑な所でも君子（梅）が住めば、よくなる。『論語』子罕「子、九夷に居らんと欲す。或ひと曰く、陋なり、之を如何せん、と。子曰く、君子、之に居らば、何の陋か之れ有らん」。

【一〇〇四―六】

蔬圃梅開香満衣、春遊回首夕陽微。
園丁只恐損花去、不摘霜芽袖手帰。　玖代

蔬圃《そほ》、梅開いて、香、衣に満つ、
春遊《しゅんゆう》、首《こうべ》を回らせば、夕陽《せきよう》微なり。
園丁《えんてい》、只だ恐る、花を損じ去らんことを、
霜芽《そうが》を摘まず、手を袖にして帰れ。

【一〇〇四―七】

蔬圃青兮梅自紅、兩般春色映東風。
蒹葭依玉亦如此、花在霜芽露葉中。　祐代

蔬圃《そほ》は青に、梅は自ずから紅、
兩般《りょうはん》の春色、東風《とうふう》に映ゆ。
蒹葭《けんか》、玉に依るも亦た此の如し、
花は霜芽露葉《そうがろよう》の中に在り。

〇蒹葭依玉＝蒹葭依玉樹＝貴い親戚の威勢を借りること。蒹葭はオギとアシで自己を、玉樹は貴い親戚をいう。

【一〇〇五―一】

松下讀書　鐵山和尚會下ニテ

松下讀書聽晩籟、樹頭拜日識靈方。陸放翁集

松下に書を讀み、晩籟《ばんらい》を聽く、
樹頭《じゆとう》、日を拜して靈方《れいほう》を識る。

【一〇〇五―二】

青松繞屋晩涼生、萬卷堆中功已成。
文教而今能及物、枝頭鶴亦魯論聲。三益

青松《せいしよう》、屋を繞って、晩涼《ばんりよう》生ず、
萬卷堆中《ばんかんたいちゆう》、功、已に成る。
文教《ぶんきよう》、而今《にこん》、能く物に及ぶ、
枝頭《しとう》の鶴も亦た、魯論《ろろん》の聲。

○『翰林五鳳集』にあり。○魯論＝『論語』

【一〇〇五―三】

萬斛新涼松有陰、讀書不覺日西沈。
汗牛充棟功成後、十里風聲蘇翰林。、

萬斛《まんごく》の新涼《しんりよう》、松に陰有り、
書を讀んで、日、西に沈むを覺えず。
汗牛充棟《かんぎゆうじゆうとう》、功成って後、
十里の風聲《ふうせい》、蘇翰林《そかんりん》。

○『翰林五鳳集』にあり。

【一〇〇五―四】

讀書松下少年叢、終夜唔咿西又東。
月落燈枯莫由學、不如擁被聽清風。堅

書を松下に讀む、少年叢《しようねんそう》、
夜を終うるまで、唔咿《ごい》、西又た東。
月落ち燈枯れ、學ぶに由莫し、
如かず、被を擁して、清風《せいふう》を聽かんには。

○擁被聽清風＝黄山谷「題曲肱亭」「晨鶏催不起、擁被聽松風」。

【一〇〇五―五】

涼風夜度月明微、松下讀書忘是非。
來上子規有遺恨、唔咿聲裡不如歸。甫

涼風《りようふう》、夜度《わた》って、月明、微なり、
松下に書を讀んで、是非を忘る。
來たって上る子規《しき》に、遺恨《いこん》有り、
唔咿聲裡《ごいせいり》、歸らんには如かず。

○來上子規＝沙門靈一「山中」詩、「庭前有箇長松樹、夜半子規來上啼」。

【一〇〇五―六】

萬卷讀殘到夕輝、遷隣松下思依々。
燈花吹落唔咿斷、澗嶽清風孟母機。キ

萬卷《ばんかん》、讀み殘して、夕輝《せきき》に到る、
隣を松下に遷して、思い依々《いい》。
燈花、吹き落ちて、唔咿《ごい》斷つ、
澗嶽《かんがく》の清風《せいふう》、孟母《もうぼ》の機。

○孟母機＝松下移床は、さながら孟母三遷。

【一〇〇五―七】

床有殘書日欲低、松間寂寞思凄々。
腐儒此夕莫收卷、月白風清萬嶽西。イ

床に殘書《ざんしよ》有り、日、低《た》れんと欲す、
松間寂寞《せきばく》、思い凄々《せいせい》。
腐儒《ふじゆ》、此の夕、卷を收むること莫かれ、
月白く風は清し、萬嶽《まんがく》の西。

【一〇〇五―八】

盡日讀書忘世艱［難］、松間寂々此江山。
唔咿高響莫驚睡、上有白鷗得一閑。樹

盡日《じんじつ》、書を讀んで、世難《せいなん》を忘る、
松間寂々《じやくじやく》、此の江山《こうざん》。

唔咿《ごい》、高く響く、睡りを驚かすこと莫かれ、
上に白鷗《はくおう》有って、一閑《いっかん》を得たり。

【一〇〇五―九】

獨攤陳篇意不迷、松間寂寞思凄々。
夜來時習青燈外、月白風清十里西。陸

獨り陳篇《ちんへん》を攤《ひら》いて、意迷わず、
松間寂寞《せきばく》、思い凄々《せいせい》。
夜來《やらい》、時に習う、青燈《せいとう》の外、
月白く風は清し、十里の西。

○陳篇＝『詩經』陳風の月出篇のこと。○時習＝『論語』學而、「學而時習之、不亦説乎」。

【一〇〇五―一〇】

松下移床學不疎、寸陰時習五車書。
風前收卷欲眠去、上有白鷗來起予。而

松下に床を移して、學、疎ならず、
寸陰《すんいん》、時に習う、五車《ごしゃ》の書。
風前、卷を收めて、眠り去らんと欲す、
上に白鷗《はくおう》有り、來たって予を起こす。

【一〇〇五―一一】

松下讀書到夕陽、清風十里綠陰涼。
獨挑燈火閑攤卷、枝上白鷗壁後匡。熏

松下に書を讀んで、夕陽《せきよう》に到る、
清風《せいふう》十里、綠陰《りょくいん》涼し。
獨り燈火を挑《かか》げて、閑に卷を攤《ひら》く、
枝上《しじょう》の白鷗《はくおう》、壁後《へきご》の匡《きょう》。

○壁後匡＝『蒙求』匡衡鑿壁。

【一〇〇五―一二】

松下移床惜月諸、晩來吹落讀殘書。
微風散帙學時習、枝上白鷗亦蠹魚。忠

松下に床を移して、月諸《げっしょ》を惜しむ、

晩來《ばんらい》、吹き落とす、讀殘《どくざん》の書。
微風《びふう》、帙《ちつ》を散ず、學んで時に習う、
枝上《しじょう》の白鷗《はくおう》、亦た蠹魚《とぎょ》。

【一〇〇五―一三】

終日讀書白髮躬、青々松下思無窮。
微涼入巻聲彌好、三萬牙籤十里風。慧

終日、書を讀む、白髮《はくはつ》の躬《み》、
青々たる松下、思い窮まり無し。
微涼《びりょう》、巻に入って、聲、彌《いよ》いよ好《よ》し、
三萬の牙籤《げせん》、十里の風。

【一〇〇五―一四】

今宵松下轉多情、閑讀殘書月亦清。
十里風前學時習、腐儒恰似慕淵明。本

今宵《こんしょう》、松下、轉《うた》た多情《たじょう》、
閑に殘書《ざんしょ》を讀めば、月も亦た清し。
十里風前、學んで時に習う、
腐儒《ふじゅ》、恰かも似たり、淵明《えんめい》を慕うに。

【一〇〇六―一】

山寺殘花

片々殘花西又東、山中古寺興難窮。
巖房春暮無人到、老去同參葉底紅。陸

片々たる殘花《ざんか》、西又た東、
山中の古寺、興、窮まり難し。
巖房《がんぼう》、春暮れて、人の到る無し、
老い去って、同參《どうさん》は葉底《ようてい》の紅。

【一〇〇六―二】

山寺春苑閑打談、看花出洞舊同參。
千紅吹盡有遺愛、嵐際猶藏十二三。遠

山寺の春苑《しゅんえん》、閑に談を打す、
花を看て洞を出づ、舊同參《きゅうどうさん》。

千紅《せんこう》、吹き盡くして、遺愛《いあい》有り、
嵐際《らんさい》、猶お藏す、十二三。

○猶藏十二三＝黄山谷「謝楊履道送銀茄」四首の三「畦丁收盡垂露寶、葉底猶藏十二三」。

【一〇〇六—三】

殘花坐愛思重々、山寺春荒興不濃。
樹底覓紅欲吹盡、巖房春急暮樓鐘。收

殘花《ざんか》、坐《そぞ》ろに愛して、思い重々、
山寺、春荒れて、興、濃《こまや》かならず。
樹底《じゅてい》に紅を覓めて、吹き盡くさんと欲す、
巖房《がんぼう》、春は急なり、暮樓《ぼろう》の鐘。

【一〇〇六—四】

獨坐山房恐曉風、殘花欲落鬢鬖々。
巖栖春晩無人至、老去同參葉底紅。末

獨り山房《さんぼう》に坐して、曉風《ぎょうふう》を恐る、
殘花《ざんか》、落ちんと欲す、鬢《びん》鬖々。
巖栖《がんせい》、春晩《く》れて、人の至る無し、
老い去って、同參《どうさん》は葉底《ようてい》の紅。

【一〇〇六—五】

山堂日靜事團蒲、坐愛殘花白髮軀。
只向巖房多感慨、十分春色九分無。遠

山堂《さんどう》、日靜かにして、團蒲《だんぷ》を事とす、
坐《そぞ》ろに殘花《ざんか》を愛す、白髮《はくはつ》の軀。
只だ巖房《がんぼう》に向かって、感慨《かんがい》多し、
十分の春色、九分は無し。

【一〇〇六—六】

佳人山寺沒吟身、閑愛殘花詩興頻。
老去巖房我何愧、柴門留得一枝春。薰

佳人《かじん》、山寺に吟身《ぎんしん》を沒す、
閑に殘花《ざんか》を愛でて、詩興《しきょう》頻り。

老い去って、巖房《がんぼう》、我れ何ぞ愧じん、
柴門《さいもん》、留め得たり、一枝《いっし》の春。

【一〇〇六―七】

獨坐山房思不窮、殘花香動午簾風。
柴門春暮無來客、老去同參一點紅。而

獨り山房《さんぼう》に坐して、思い窮まらず、
殘花《ざんか》、香は動く、午簾《ごれん》の風。
柴門《さいもん》、春暮れて、來客無し、
老い去って、同參《どうさん》は一點《いってん》の紅。

【一〇〇七―一】

竹窓聽雪

年老心閑無世縁、竹窓聽雪五更天。
任他簾外數竿折、只爲梅花猶未眠。陸

年老いて心閑に、世縁無し、
竹窓《ちくそう》に雪を聴く、五更の天。
任他《さもあらば》あれ、簾外《れんがい》の數竿折るるを、
只だ梅花《ばいか》の爲に、猶お未だ眠らず。

【一〇〇七―二】原本一一九丁

脩竹窓前一老生、閑聽飛雪到心清。
夜來夢覺捲簾見、翠袖佳人白髮聲。呂

脩竹《しゅうちく》、窓前《そうぜん》、一老生《ろうせい》、
閑に飛雪を聴いて、心清に到る。
夜來《やらい》、夢覺めて、簾を捲いて見る、
翠袖《すいしゅう》の佳人《かじん》、白髮《はくはつ》の聲。

○翠袖佳人＝竹の擬人化。

【一〇〇七―三】

恰似歐陽有品題、竹窓聽雪到晨雞。
佳人翠袖寒如此、獨向燈前憶剡溪。遠

恰も似たり、歐陽《おうよう》に品題《ひんだい》有るに、
竹窓《ちくそう》、雪を聴いて、晨雞《しんけい》に到る。

佳人《かじん》の翠袖《すいしゅう》、寒、此の如し、
獨り燈前《とうぜん》に向かって、剡溪《えんけい》を憶う。

○剡溪＝『蒙求』子猷訪戴。前出［七八—三］。

【一〇〇七—四】

折竹窓間失睡眠、細聽吹雪五更天。
疎々密々坡翁畫、添得玉堂雲霧前。徹

竹を折る窓間《そうかん》、睡眠《すいみん》を失す、
細かに吹雪《すいせつ》を聴く、五更の天。
疎々密々《そそみつみつ》、坡翁《ばおう》の畫、
添え得たり、玉堂雲霧《ぎょくどううんむ》の前。

○坡翁畫、玉堂雲霧＝『中華若木集』江西「東坡戴笠圖」「戴笠褰裳禿鬢雙、夢中不覺落蠻邦。牛欄西畔溟濛雨、醉眼玉堂雲霧窗」。

【一〇〇七—五】

好雪紛々三四更、竹窓支枕到心清。
工夫蒲破數竿下、一夜同參六出聲。呂

好雪紛々《こうせつふんぷん》、三四更、
竹窓《ちくそう》に枕を支え、心清に到る。
工夫《くふう》、蒲は破る、數竿の下、
一夜、同參《どうさん》は六出《りくしゅつ》の聲。

【一〇〇七—六】

白髪殘僧居不安、竹窓聽雪奈衣單。
疎々高枕破茅曉、料識佳人翠袖寒。乍

白髪《はくはつ》の殘僧《ざんそう》、居、安らかならず、
竹窓《ちくそう》に雪を聴く、衣單《えたん》を奈《いかん》せん。
疎々《そそ》、枕を高うす、破茅《はぼう》の曉、
料り識る、佳人《かじん》の翠袖《すいしゅう》、寒からんことを。

【一〇〇七—七】

脩竹窓前老比丘、曉來聽雪得風流。
明朝自起捲簾見、翠袖佳人定白頭。、

脩竹《しゅうちく》、窓前《そうぜん》、老比丘《ろうびく》、

暁來《ぎょうらい》、雪を聽いて、風流《ふうりゅう》を得たり。
明朝、自ら起って、簾を捲いて見れば、
翠袖《すいしゅう》の佳人《かじん》、定めて白頭《はくとう》ならん。

【一〇〇七—八】

竹窓聽雪惱吟哦、七十殘生奈老何。
莫恨僧房數竿折、夜來從此月明多。昌

竹窓《ちくそう》に雪を聽いて、吟哦《ぎんが》を惱ます、
七十の殘生《ざんせい》、老を奈何《いかん》せん。
恨むこと莫かれ、僧房《そうぼう》、數竿折るるを、
夜來《やらい》、此より、月明多からん。

【一〇〇七—九】

竹窓聽雪之題詠、僉[簽]貼、句々洛雪布瓊瑰者也。就中、管城侯點頭者、九首之内、鋪几[淨几]淨無瑕者二絶矣。嗚呼、幸是三餘冬、勤夜讀以到重吟。恐是勝孫三者乎。

竹窓聽雪《ちくそうちょうせつ》の題詠、簽貼《せんちょう》、句々、洛雪《らくせつ》、瓊瑰《けいかい》を布《し》く者なり。中に就いて、管城侯《かんじょうこう》、點頭《てんとう》する者九首の内、淨几《じょうき》に鋪《つら》ねて瑕《きず》無き者二絶。嗚呼《ああ》、幸いに是れ三餘《さんよ》の冬、夜を勤めて讀んで以て重吟に到る。恐らくは是れ勝孫三者乎。

○勝孫三者＝未詳。

【一〇〇八—一】

薩天錫問梅

閑遶南枝吟不孤、尋春天錫喚林逋。
前村早晩化工賜、分我清香玉一株。栢

閑に南枝《なんし》を遶って、吟、孤ならず、
春を尋ぬる天錫《てんしゃく》、林逋《りんぽ》を喚ぶ。
前村、早晩《そうばん》、化工《かこう》の賜《たまもの》、
我に清香《せいこう》、玉一株を分かて。

○薩天錫＝薩都剌、元代の詩人。字は天錫、號は直齋。

【一〇〇八―二】

問梅終日路區々、天錫尋春攜杖癯。
獨遶南枝猶不忘、去年此地喚林逋。智

梅を問うて、終日、路區々《くく》、
天錫《てんしゃく》、春を尋ねて、杖を攜えて癯《や》す。
獨り南枝《なんし》を遶って、猶お忘れず、
去年、此の地に林逋《りんぽ》を喚ぶ。

【一〇〇八―三】

問梅于雪過江湖、此薩姓人吟枝[杖]癯。
終日尋花今不忘、元朝天下喚林逋。弗

梅を雪に問うて、江湖《ごうこ》を過ぐ、
此の薩姓《さっせい》の人、吟杖癯《ぎんじょうや》す。
終日、花を尋ねて、今も忘れず、
元朝の天下に、林逋《りんぽ》を喚ぶ。

【一〇〇八―四】

天錫春來興更濃、問梅心事潔詩胸。
枝南枝北知何處、定是吟魂一夜松。良

天錫《てんしゃく》、春來《しゅんらい》、興、更に濃《こまや》かなり、
梅に心事を問うて、潔《いさぎよ》し詩胸《しきょう》。
枝南枝北《しなんしほく》、知んぬ何れの處ぞ、
定めて是れ、吟魂《ぎんこん》、一夜の松。

【一〇〇九―一】

溪聲入夢

白髪殘僧夢亦迷、溪聲暗響思凄々。
巖房今夜欲安枕、睡駭柴門流水西。慰

白髪《はくはつ》の殘僧《ざんそう》、夢にも亦た迷う、
溪聲《けいせい》、暗に響いて、思い凄々《せいせい》。
巖房《がんぼう》、今夜、枕に安んぜんと欲するも、
睡りは駭《さ》む、柴門《さいもん》、流水《りゅうすい》の西。

【一〇〇九―二】

獨臥巖房夢不閑、溪聲漲落碧孱顔。收
寒流石上正堪睡、何夜枕頭置泰山。

獨り巖房《がんぼう》に臥して、夢、閑ならず、
溪聲《けいせい》、漲り落つ、碧孱顔《へきせんがん》。
寒流石上《かんりゅうせきじょう》、正に睡りに堪えん、
何れの夜か、枕頭《ちんとう》を泰山《たいざん》に置かん。

【一〇〇九―三】

月白風清興更濃、溪聲入夢思重々。
山房支枕睡初醒、雨後寒流半夜鐘。陸

月白く風は清く、興、更に濃《こまや》かなり、
溪聲《けいせい》、夢に入って、思い重々。
山房《さんぼう》、枕を支えて、睡り初めて醒《さ》む、
雨後の寒流《かんりゅう》、半夜の鐘。

【一〇〇九―四】

廣舌溪聲入夢慵、殘僧鬢冷思重々。
如今枕上睡初醒、雨後寒流半夜鐘。末

廣舌《こうぜつ》の溪聲《けいせい》、夢に入って慵《ものう》し、
殘僧《ざんそう》、鬢《びん》冷かに、思い重々。
如今《にょこん》、枕上《ちんじょう》、睡り初めて醒《さ》む、
雨後の寒流《かんりゅう》、半夜の鐘。

【一〇〇九―五】

溪聲入夢思依々、寂々山房人至稀。
深鎖柴門欲眠去、寒流一枕覺猶非。才

溪聲《けいせい》、夢に入って、思い依々《いい》、
寂々《じゃくじゃく》たる山房《さんぼう》、人の至ること稀《まれ》なり。
深く柴門《さいもん》を鎖して、眠り去らんと欲するも、
寒流《かんりゅう》一枕、覺めて猶お非なり。

【一〇〇九―六】

臥聴渓聲冷似秋、一宵入夢更多愁。
巌房閑處欲安睡、又恐寒流到枕頭。忠

臥して渓聲《けいせい》を聴けば、秋よりも冷かなり、
一宵、夢に入って、更に愁い多し。
巌房《がんぼう》の閑處《かんしょ》、安らかに睡らんと欲するも、
又た恐る、寒流《かんりゅう》の枕頭《ちんとう》に到ることを。

【一〇〇九―七】

半巌筧溜二三升、入夢渓聲冷似氷。
深閑[閉]柴門欲眠去、寒流枕高夕陽僧。薫

半巌《はんがん》の筧《かけい》に溜《したた》る、二三升、
夢に入る渓聲《けいせい》、氷よりも冷かなり。
深く柴門《さいもん》を閉して、眠り去らんと欲す、
寒流《かんりゅう》、枕は高し、夕陽《せきよう》の僧。

【一〇〇九―八】

禪餘吟藁點汚者十首之内、楚一首聊困工夫者乎。每詩未稔耳。最苦吟將得老杜所藏之詩律之重寶者也。豈不見哉、賈閬仙云、兩句三年得、一吟雙涙流。又孟東野云、夜吟曉不休、苦吟鬼神愁、云々。詩話云、蓋未有苦吟而む好詩者也。嗚呼夫是思□□

禪餘《ぜんよ》、吟藁點汚《ぎんこうてんお》する者十首の内、楚一首、聊か工《く》夫《ふう》に困する者か。每詩、未だ稔ぜざるのみ。最も苦吟《くぎん》、將に老杜《ろうと》が藏する所の詩律の重寶に得る者なり。豈に見ずや、賈閬仙《かろうせん》が云く、兩句三年にして得る、一吟《いちぎん》、雙涙《そうるい》流ると。又た孟東野《もうとうや》云く、夜吟、曉《あ》けて休《や》まず、苦吟《くぎん》、鬼神《きじん》愁う、云々と。詩話に云く、蓋《けだ》し未だ苦吟《くぎん》有らずしては、好詩無き者なりと。嗚呼《ああ》、夫れ是思□。

○賈閬仙＝賈浪仙とも。賈島、字は浪仙、一に閬仙に作る。賈島「題詩後」に「二句三年得、一吟雙涙流。知音如不賞、歸臥故山秋」。

【一〇一〇—一】

読薩天錫涼書詩

滿院秋涼西又東、檢書天錫思無窮。
清風萬斛半窓下、吹入牙籤竹簡中。

滿院《まんいん》の秋涼《しゅうりょう》、西又た東、
書を檢する天錫《てんしゃく》、思い窮まり無し。
清風萬斛《せいふうまんごく》、半窓《はんそう》の下、
吹いて、牙籤竹簡《げせんちくかん》の中に入る。

○薩天錫＝薩都剌、元代の詩人。前出［一〇〇八—一］。

【一〇一〇—二】

牙籤吹散太參差、天錫吟魂思不些。
一陣清風三萬軸、錯遣人喚鄴侯家。芸

牙籤《げせん》、吹き散じて、太《はなは》だ參差《しんさ》、
天錫《てんしゃく》の吟魂《ぎんこん》、思い些《いささ》かならず。
一陣の清風《せいふう》、三萬軸、
錯って人に鄴侯《ぎょうこう》の家と喚ばる。

○鄴侯三萬軸＝韓愈の「諸葛覺が隋州に往きて書を讀むを送る」詩、「鄴侯の家、書多し、插架するもの三萬軸。一一、牙籤を懸く、新たなるは、手未だ觸れざるが若し」。唐の李泌の父、鄴侯李承休は藏書二萬餘卷を有したという。『困學紀聞』攷史。

【一〇一〇—三】

窓下涼書見始奇、薩公終日慰殘涯。
牙籤竹簡經耶史、問著清風捻不知。甫

窓下《そうか》に書を涼《さら》す、見て始めて奇なり、
薩公《さっこう》、終日、殘涯《ざんがい》を慰む。
牙籤竹簡《げせんちくかん》、經《けい》か史《し》か、
清風《せいふう》に問着《もんじゃく》するも、捻に知らず。

【一〇一〇—四】

天錫涼書情不常、紅經紫史字々香。
牙籤三萬秦燔後、纔見風烟亦斷腸。佐

天錫《てんしやく》書を涼《さら》す、情常ならず、
紅經紫史《こうきようしし》、字々香る。
牙籤《げせん》三萬、秦燔《や》いて後、
纔《わず》かに風烟《ふうえん》を見る、亦た斷腸《だんちよう》。

【二〇一〇—五】

天錫檢書慰此躬、秋涼吹度半窓中。
牙籤縱亂吾何管、一夜同參松有風。キ

天錫《てんしやく》書を檢して、此の躬《み》を慰む、
秋涼《しゆうりよう》、吹き度《わた》る、半窓《はんそう》の中。
牙籤《げせん》、縱《たと》い亂るるも、吾れ何ぞ管せん、
一夜、同參《どうさん》、松に風有り。

【二〇一〇—六】

群書涼得夕陽殘、天錫賦詩吟意寒。
滿院牙籤三萬軸、清風一等不勞攤。イ

群書涼《ぐんしよさら》し得て、夕陽《せきよう》殘る、
天錫《てんしやく》、詩を賦して、吟意《ぎんい》寒し。
滿院《まんいん》の牙籤《げせん》、三萬軸、
清風《せいふう》、一等に攤《ひら》くを勞せず。

【二〇一〇—七】

滿院涼書吟味濃、題詩天錫思重々。
牙籤吹散聲彌好、萬卷清風一夜松。陸

滿院《まんいん》、書を涼《さら》す、吟味《ぎんみ》濃《こまや》かなり、
詩を題して、天錫《てんしやく》、思い重々。
牙籤《げせん》、吹き散ず、聲、彌《いよ》いよ好《よ》し、
萬卷《ばんかん》の清風《せいふう》、一夜の松。

【二〇一〇—八】

天錫涼書涼意濃、牙籤竹簡亂橫縱。
就床吹落六千軸、十里清風一夜松。而

天錫《てんしやく》、書を涼《さら》す、涼意濃《りよういこまや》かなり、
牙籤竹簡《げせんちくかん》、亂れて橫縱《おうじゆう》。

床に就いて、吹き落とす六千軸、
十里の清風《せいふう》、一夜の松。

【一〇一〇―九】

滿院群書記得奇、凉來薩姓慰生涯。
元朝天下清風國、三萬牙籤一任吹。本

滿院《まんいん》の群書《ぐんしょ》、記し得て奇なり、
涼《さら》し來たって、薩姓《さっせい》、生涯《しょうがい》を慰む。
元朝の天下、清風國《せいふうこく》、
三萬の牙籤《げせん》、吹くに一任す。

【一〇一一―一】

七夕層氷

比翼固盟烏鵲橋、層氷會合自逍遙。
天孫縱有春風力、未必銀河一夜消。芸

比翼《ひよく》、固く盟《ちか》う、烏鵲橋《うじゃくきょう》、
層氷《ぞうひょう》の會合《かいごう》、自ずから逍遥《しょうよう》。
天孫《てんそん》、縱《たと》い春風《しゅんぷう》の力有るも、
未だ必ずしも、銀河《ぎんが》、一夜に消えず。

○層氷＝『翰林五鳳集』驢雪「銀河瀉下雪耶冰」。

【一〇一一―二】

數點殘星照寂寥、層氷開宴此秋宵。
偃溪水與銀河水、兩地張流烏鵲橋。甫

數點の殘星《ざんせい》、寂寥《せきりょう》を照らす、
層氷《ぞうひょう》に宴を開く、此の秋宵《しゅうしょう》。
偃溪《えんけい》の水と銀河《ぎんが》の水と、
兩地、張って流る、烏鵲橋《うじゃくきょう》。

○偃溪＝玄沙云、還聞偃溪水聲麼。

【一〇一一―三】

層氷開宴忽修盟、烏鵲橋邊永夜清。
河漢若無偃溪鎖、雙星隔涙到天明。佐

層氷《ぞうひょう》に宴を開いて、忽ち盟を修す、
烏鵲橋邊《うじゃくきょうへん》、永夜《えいや》清し。
河漢《かかん》、若し偃溪《えんけい》の鎖す無くんば、
雙星《そうせい》、隔涙《きゃくるい》、天明に到らん。

【一〇一一―四】

織女今宵情奈何、層氷開宴興尤多。
寒流似與牛郎便、不鎖偃溪鎖絳河。喜

織女《しょくじょ》、今宵《こんしょう》、情奈何《いかん》、
層氷《ぞうひょう》に宴を開く、興尤も多し。
寒流《かんりゅう》、牛郎《ぎゅうろう》の便と似る、
偃溪《えんけい》を鎖さず、絳河《こうが》を鎖す。

○不鎖偃溪＝佛眼遠禪師の上堂「雪埋庭栢、氷鎖偃溪」。○絳河＝銀河。

【一〇一一―五】

綺席初開天上秋、層氷促宴會牽牛。
偃溪一滴若相似、無限銀河鎖不流。末

綺席《きせき》、初めて開く、天上《てんじょう》の秋、
層氷《ぞうひょう》、宴を促して、牽牛《けんぎゅう》と會す。
偃溪《えんけい》の一滴《いってき》、若し相似たらば、
限り無き銀河《ぎんが》、鎖して流れじ。

【一〇一一―六】

七夕層氷遍碧虚、鵲橋盟冷思無餘。
牽牛若似王祥意、忽入銀河求鯉魚。陸

七夕の層氷《ぞうひょう》、碧虚に遍し、
鵲橋《じゃくきょう》の盟は冷かなり、思い餘り無し。
牽牛《けんぎゅう》、若し王祥《おうしょう》の意に似たらば、
忽ち銀河《ぎんが》に入って、鯉魚《りぎょ》を求めん。

○王祥＝『二十四孝』の王祥。母のために、體温で氷を解かして魚をとった。

【一〇一一—七】

烏鵲橋邊月已傾、層氷漸薄惱斯生。
偃溪解作銀河水、今夜難成牛女盟。　忠

烏鵲橋邊《うじやくきようへん》、月已に傾く、
層氷《そうひよう》、漸く薄く、斯《こ》の生を惱ます。
偃溪《えんけい》、解いて銀河《ぎんが》の水と作すも、
今夜、成し難し、牛女《ぎゆうじよ》の盟。

【一〇一一—八】

牛女宴氷烏鵲橋、社盟難作過終宵。
銀河鎖着無由涙、縦偃溪消恨不消。　昌

牛女《ぎゆうじよ》、氷に宴す、烏鵲橋《うじやくきよう》、
社盟《しやめい》、作《な》し難し、終宵《しゆうしよう》を過ぐ。
銀河《ぎんが》鎖着《さじやく》す、涙するに由無し、
縦《たと》い偃溪《えんけい》消するも、恨みは消えず。

【一〇一一—九】

天上固盟奈此宵、宴氷開席恨猶消。
銀河連底若深鎖、牛女何期烏鵲橋。　熏

天上《てんじよう》、固く盟《ちか》うも、此の宵を奈《いかん》せん、
宴氷開席《えんぴようかいせき》、恨み猶お消ゆ。
銀河《ぎんが》、底に連なって、若し深く鎖さば、
牛女《ぎゆうじよ》、何ぞ烏鵲橋《うじやくきよう》を期せん。

【一〇一二—一】

題松扇　即席

凉館悲秋思不窮、閑題松扇白頭躬。
婕妤捐後無人擧、空拂舊房十里風。　熏

凉館《りようかん》、秋を悲しんで、思い窮まらず、
閑に松扇《しようせん》を題す、白頭《はくとう》の躬《み》。
婕妤《しようよ》、捐《す》てて後、人の擧《こ》する無し、
空しく舊房《きゆうぼう》を拂う、十里の風。

○婕妤＝漢の班婕妤は君寵を失って、團扇の詩を作った。婕妤怨。秋扇。

【一〇一二—二】

松扇吹涼西又東、殘僧消夏興無窮。
柴門深閉聽彌好、萬壑清風一柄中。慰

松扇《しょうせん》、涼を吹いて、西又た東、
殘僧《ざんそう》、夏を消して、興窮まり無し。
柴門《さいもん》、深く閉ざして、聽けば彌《いよ》いよ好《よ》し、
萬壑《まんがく》の清風《せいふう》、一柄《いっぺい》の中。

【一〇一二—三】

團扇有松慰此躬、微涼度處興無窮。
炎蒸惡客我何管、萬壑清風一柄中。樹

團扇《だんせん》に松有り、此の躬《み》を慰む、
微涼《びりょう》、度《わた》る處、興窮まり無し。
炎蒸《えんじょう》の惡客《あくきゃく》、我れ何ぞ管せん、
萬壑《まんがく》の清風《せいふう》、一柄《いっぺい》の中。

【一〇一二—四】

小扇題松惱此生、乘涼坐愛得心清。
婕妤若有可多恨、十里風聲畫不成。□

小扇《しょうせん》、松を題して、此の生を惱ます、
涼に乘じて、坐《そぞ》ろに愛して、心清を得たり。
婕妤《しょうよ》、若し有らば、恨み多かる可し、
十里の風聲《ふうせい》、畫けども成らず。

【一〇一二—五】

松扇家々情更情、涼生暑退慰吾生。
秋風縦至不曾棄、老去同參十里聲。喜

松扇《しょうせん》、家々、情更に情、
涼生じ暑退いて、吾が生を慰む。
秋風、縦《たと》い至るも、曾て棄てず、
老い去って、同參《どうさん》は十里の聲。

【一〇一二—六】原本一二〇丁

緑扇松涼以夏鳴、炎天六月價連城。
莫言一掬輕羅小、中有清風十里聲。而

緑扇《りよくせん》の松は涼し、夏を以て鳴る、
炎天《えんてん》六月、價連城《あたいれんじよう》。
言うこと莫かれ、一掬《いつきく》の輕羅《けいら》小なりと、
中に清風《せいふう》十里の聲有り。

【一〇一二—七】

矮屋炎天涼意濃、拈來松扇慰斯躬。
流螢多夜無由避、萬壑聲高一柄風。末

矮屋《わいおく》、炎天《えんてん》、涼意濃《りよういこまや》かなり、
松扇《しようせん》を拈じ來たって、斯《こ》の躬《み》を慰む。
流螢《りゆうけい》多き夜、避くるに由無し、
萬壑《まんがく》、聲は高し、一柄《いつぺい》の風。

○流螢＝『三體詩』杜牧「秋夕」に「輕羅小扇撲流螢」。

【一〇一二—八】

不起座之詩稿、題松扇者一貼、無脛以到懶翁案間。可謂招涼珠矣。於矮屋半簾下、拭目閲之、聊洗煩襟者也。漫點、十有二首之内、楚批共兩首耳哉。

不起座《ふきざ》の詩稿、松扇《しようせん》と題する者一貼、脛《すね》無くして以て懶翁《らんおう》が案間《あんかん》に到る。謂っつ可し、招涼珠《しようりようしゆ》なりと。矮屋半簾《わいおくはんれん》の下に於いて、目を拭って之を閲し、聊か煩襟《はんきん》を洗う者なり。漫《みだ》りに點す、十有二首の内、楚批《そひ》共に兩首なるのみ。

○無脛以到＝詩文が流行すること。○楚批＝刈楚批點。楚《すわえ》を刈り、批點をつける。詩を批評して朱墨で點をつけること。

【一〇一三—一】

新居移竹

山房若比漢天下、翠袖佳人王莽心。

山房《さんぼう》、若し漢の天下に比さば、

翠袖《すいしゅう》の佳人《かじん》は、王莽《おうもう》の心。

○翠袖佳人王莽心＝漢の帝位の簒奪した王莽のように、翠袖佳人(竹)が山房の主人となった。

【一〇一三―二】

是我新居移竹辰、煩襟洗盡點無塵。
三年受用功成後、萬事千竿一老身。

是れ我が新居、竹を移す辰、
煩襟《はんきん》、洗い盡くして、點として塵無し。
三年の受用、功成って後、
萬事《ばんじ》、千竿《せんかん》、一老身。

○千竿一老身＝『三體詩』嚴維「歳初喜皇甫侍御至」詩「明朝別後門還掩、脩竹千竿一老身」。

【一〇一三―三】

白髪殘僧情不酸、新居移竹報平安。
渭川千畒半窓下、老去同參唯一竿。碩

白髪《はくはつ》の殘僧《ざんそう》、情酸《す》からず、
新居、竹を移して、平安を報ず。
渭川《いせん》の千畒《せんぼ》、半窓《はんそう》の下、
老い去って、同參《どうさん》は唯だ一竿。

【一〇一三―四】

新居移竹暫盤桓、細々風吹吟骨寒。
矮屋炎天不曾管、一竿添得兩三竿。

新居、竹を移して、暫らく盤桓《ばんかん》、
細々として風吹いて、吟骨《ぎんこつ》寒し。
矮屋《わいおく》、炎天《えんてん》、曾て管せず、
一竿、添え得たり、兩三竿。

【一〇一三―五】

移竹新居興亦新、風枝涼動掃炎塵。
渭川千畒栽來後、一把茅簷得四隣。而

竹を移す新居、興、亦た新たなり、

風枝《ふうし》、涼動いて、炎塵《えんじん》を掃う。
渭川《いせん》の千畝《せんぼ》、栽え來たって後、
一把茅簷《いっぱぼうえん》、四隣《しりん》を得たり。

【一〇一三—六】
移竹新居寄此生、嬾〔嫩〕凉度處太多情。
數竿種後還應恨、他夜窓前礙月明。、
竹を移す新居、此の生を寄す、
嫩涼《どんりょう》、度《わた》る處、太《はなは》だ多情《たじょう》。
數竿、種えて後、還って應《まさ》に恨むべし、
他夜《たや》、窓前《そうぜん》、月明を礙《さ》えんことを。

【一〇一三—七】
投老竹間忘白頭、新居種得思悠々。
渭川千畝小窓下、種向清風懷子猷。忠
老を竹間に投じて、白頭《はくとう》を忘る、
新居、種え得て、思い悠々《ゆうゆう》。
渭川《いせん》の千畝《せんぼ》、小窓の下、
種《う》えて清風《せいふう》に向かって、子猷《しゆう》を懷う。
○子猷＝王徽之（字は子猷）「何ぞ一日も此の君無かる可けんや」。
前出［九九四—四］。

【一〇一三—八】
翠竹移來心自清、新居閑處慰殘生。
湘孫縱有苗而秀、又恐窓前礙月明。喜
翠竹《すいちく》、移し來たって、心自ずから清し、
新居の閑處《かんしょ》、殘生《ざんせい》を慰む。
湘孫《しょうそん》、縱《たと》い有るも、苗にして秀でず、
又た恐る、窓前《そうぜん》、月明を礙《さ》えんことを。

【一〇一三—九】
新居攸卜對孱顔、翠竹移來興愈閑。
窓外忽栽還有恨、數竿遥隔故郷山。慰
新居、卜《ぼく》する攸《ところ》、孱顔《せんがん》に對す、

翠竹《すいちく》、移し來たって、興、愈《いよ》いよ閑。
窓外《そうがい》、忽《ゆるが》せに栽えて、還って恨み有り、
數竿、遥かに隔つ、故郷の山。

【一〇一三―一〇】

移竹新居寄此生、殘僧愛看最多情。
數竿種△半窓下、今夜同參涼雨聲。由

竹を移す新居、此の生を寄す、
殘僧《ざんそう》、愛し看て、最も多情《たじょう》。
數竿種△、半窓《はんそう》の下、
今夜、同參《どうさん》は涼雨《りょうう》の聲。

【一〇一三―一一】

新居移竹之集稿一貼、點汚者十首。誠題嶮而無由進詩歩者乎。意句共不穩耳。嗚呼朂旃哉、々々々。

新居移竹の集稿一貼、點汚《てんお》する者十首。誠に題、嶮にして詩歩を進むるに由無き者か。意句共に穩かならざるのみ。嗚呼《ああ》、旃《これ》を朂《つと》めんかな、旃《これ》を朂《つと》めんかな。

【一〇一四―一】

畫薔薇

丹青妙手寫來辰、入畫薔薇色轉新。
莫向東山尋美景、筆頭別置四時春。陸

丹青《たんせい》の妙手《みょうしゅ》、寫し來たる辰、
畫に入る薔薇《そうび》、色轉《うた》た新たなり。
東山に向かって、美景《びけい》を尋ぬること莫かれ、
筆頭《ひっとう》、別に置く、四時の春。

【一〇一四―二】

滿院薔薇春一涯、畫工功就思無邪。
筆端寫出架頭錦、未必西川有此花。遠

滿院《まんいん》の薔薇《そうび》、春一涯《いちがい》、
畫工《がこう》、功就《な》って、思い邪《よこしま》無し。

筆端《ひつたん》、寫し出だす、架頭《かとう》の錦、
未だ必ずしも、西川《せいせん》に此の花有らず。

○天恩寺舊藏『葛藤集』「夏鶯弄薔薇」に「東山花似西川錦、誤聽黄鶯作杜鵑」。

【一〇一四―三】

圖畫薔薇色更濃、筆端貎〔邈〕得思無窮。
謝公常不恐風雨、滿架花開一軸中。徹

薔薇《そうび》を圖畫《とが》して、色更に濃《こまや》かなり、
筆端《ひつたん》に邈得《ばくとく》して、思い窮まり無し。
謝公《しやこう》、常に風雨を恐れず、
滿架《まんか》の花は開く、一軸の中。

【一〇一四―四】

畫有薔薇色轉濃、殘生坐愛樂無窮。
謝公莫道滅春却、滿架花開一軸中。佐

畫に薔薇《そうび》有って、色轉《うた》た濃《こまや》かなり、
殘生《ざんせい》、坐《そぞ》ろに愛して、樂しみ窮まり無し。
謝公《しやこう》、道うこと莫かれ、春を滅却《げんきやく》すと、
滿架《まんか》の花は開く、一軸の中。

【一〇一四―五】

一朶薔薇色轉加、畫工寫得慰生涯。
夏鶯子〔千〕囀無由弄、滿架清香落墨花。徹

一朶《いちだ》の薔薇《そうび》、色轉《うた》た加う、
畫工《がこう》、寫し得て、生涯《しようがい》を慰む。
夏鶯千囀《かおうせんてん》、弄するに由無し、
滿架《まんか》の清香《せいこう》、落墨《らくぼく》の花。

【一〇一四―六】

圖畫薔薇情更情、謝安風致太分明。
丹青縱有架頭景、猶缺夏鶯千囀聲。廣

薔薇《そうび》を圖畫《とが》して、情更に情、
謝安《しやあん》の風致《ふうち》、太《はなは》だ分明《ふんみよう》。

丹青《たんせい》、縦《たと》い架頭《かとう》の景有るも、
猶お缺く、夏鶯千囀《かおうせんてん》の聲。

【一〇一四―七】

滿架薔薇點不塵、丹青妙處畫成辰。
夏鶯千囀無由弄、寫入毫端別是春。遠

滿架《まんか》の薔薇《そうび》、點として塵せず、
丹青《たんせい》の妙處《みょうしょ》、畫成る辰。
夏鶯千囀《かおうせんてん》、弄するに由無し、
寫して毫端《ごうたん》に入って、別に是れ春。

【一〇一四―八】

畫薔薇詩稿一貼、點汚者十一首之內、批二楚三。句々玉而照懶翁几案者也。夫詩載道之器而然亦非專門學。仍衰墮之餘、因循空渉日耳。一日管城子閱之云、嗚呼、諸子何吾臨濟下、而不得詩悟。々々必通禪、能煉用、則到盛唐第一義、可具正法眼者乎。豈不言哉、論詩如論禪。々道唯在妙悟、詩道亦在妙悟矣。請各々勗而以思旃哉々々々。

畫薔薇《がそうび》の詩稿一貼、點汚《てんお》する者十一首の內、批二楚三。句々玉にして、懶翁《らんおう》が几案《きあん》を照らす者なり。夫れ詩は道《どう》を載する器《うつわ》にして、然《しか》も亦た專門の學に非ず。仍って衰墮《すいだ》の餘、因循《いんじゅん》として空しく日を渉るのみ。一日、管城子《かんじょうし》、之を閱して云く、嗚呼《ああ》、諸子、何ぞ吾が臨濟《りんざい》下にして、詩悟を得ざる。詩悟は必ず禪に通ず、能く煉り用うるときは、則ち盛唐《せいとう》の第一義《だいいちぎ》に到り、正法眼《しょうぼうげん》を具す可き者か。豈に言わずや、論詩は論禪の如しと。禪道は唯だ妙悟に在り、詩道も亦た妙悟に在り。請う各々勗《つと》めて以て、旃《これ》を思え、旃《これ》を思え。

○論詩如論禪＝嚴羽『滄浪詩話』。

【一〇一五―一】

初日芙蓉

初發芙蓉情更情、秋來坐愛慰斯生。
一枝忽賜五言紫、吟被人呼靈運名。

初發《しょはつ》の芙蓉《ふよう》、情更に情、
秋來《しゅうらい》、坐《そぞ》ろに愛して、斯《こ》の生を慰む。
一枝《いっし》、忽ち賜う、五言の紫《し》、
吟《ぎん》、人に靈運《れいうん》の名で呼ばれん。

○初日芙蓉＝初發芙蓉とも。最初に發いた芙蓉のこと。また、詩詞に清新の氣が溢れていることにも譬える。宋、葉夢得の『石林詩話』巻中、「王荊公居鍾山。秀老數相往來、尤愛重之。每見於詩、所謂、公詩何以解人愁、初日芙蓉映碧流。未惜元劉爭獨歩、不妨陶謝與同游」。

【一〇一五—二】

如面芙蓉惱白頭、風裁露染思悠々。
西施今在秋江上、花亦呉王一國愁。芸

面の如き芙蓉《ふよう》、白頭《はくとう》を惱ます、
風裁露染、思い悠々《ゆうゆう》。
西施《せいし》、今、秋江《しゅうこう》の上に在り、
花も亦た呉王《ごおう》、一國を愁う。

○如面芙蓉＝白居易「長恨歌」「太液芙蓉未央柳、芙蓉如面柳如眉」。
○風裁露染＝不審。「風裁、露に染む」か。

【一〇一五—三】

蓉上露從今夜皤、見來初日興猶多。
一枝既雨楊妃涙、吹作秋江萬丈波。堅

蓉上《ようじょう》の露、今夜より皤《しろ》し、
見來たれば、初日の興、猶お多し。
一枝《いっし》、既に雨ふらす、楊妃《ようひ》の涙、
吹いて秋江《しゅうこう》、萬丈《ばんじょう》の波と作す。

【一〇一五—四】

初日芙蓉露白涼、朝來坐愛到殘陽。
秋江只作岷江否、映水一枝亦濫觴。甫

初日の芙蓉《ふよう》、露白く涼し、
朝來《ちょうらい》、坐《そぞ》ろに愛して、殘陽《ざんよう》に到る。
秋江《しゅうこう》、只だ岷江《びんこう》と作《な》すや否《いな》や、

水に映ずる一枝《いっし》、亦た濫觴《らんしょう》。

○岷江、濫觴＝『孔子家語』三恕「夫れ江は始め岷山より出ず。其の源、以て觴を濫かぶ可し」。

【一〇一五―五】

初日芙蓉色轉加、殘生坐愛慰生涯。
一枝映水秋江上、無限清香及菊花。佐

初日の芙蓉《ふよう》、色轉《うた》た加う、
殘生《ざんせい》、坐《そぞ》ろに愛して、生涯《しょうがい》を慰む。
一枝《いっし》、水に映ず、秋江《しゅうこう》の上、
限り無き清香《せいこう》、菊花《きくか》に及ぶ。

【一〇一五―六】

初日芙蓉情不些、朝來愛看慰殘涯。
吟身先欲問靈運、花似詩耶詩似花。喜

初日の芙蓉《ふよう》、情、些《いささ》かならず、
朝來《ちょうらい》、愛し看て、殘涯《ざんがい》を慰む。
吟身《ぎんしん》、先ずは靈運《れいうん》に問わんと欲す、
花、詩に似たるか、詩、花に似たるかと。

【一〇一五―七】

初日芙蓉解語時、宮娥坐愛慰生涯。
一枝露白□江上、花亦楊妃浴後姿。末

初日の芙蓉《ふよう》、語を解する時、
宮娥《きゅうが》、坐《そぞ》ろに愛して、生涯《しょうがい》を慰む。
一枝《いっし》、露は白し、□江上、
花も亦た楊妃《ようひ》が浴後《よくご》の姿。

○楊妃浴後姿＝白居易「長恨歌」に「温泉水滑洗凝脂。侍兒扶起嬌無力」。

【一〇一五―八】

芙蓉生處水之涯、初日紅濃映謝家。
吟向秋江可無限、五言詩熟一枝花。イ

芙蓉《ふよう》生ずる處、水の涯、

初日の紅濃《こまや》かに、謝家《しゃけ》に映ず。
秋江《しゅうこう》に吟向して、限り無かる可し、
五言の詩は熟す、一枝の花。

【一〇一六—一】

大咲菊

大咲菊開三咲同、東籬秋色古人風。
花之隱逸不曾畫、只有淵明欠遠公。芸

大咲菊《たいしょうぎく》開いて、三咲《さんしょう》に同じ、
東籬《とうり》の秋色、古人の風。
花の隱逸《いんいつ》、曾て畫かず、
只だ淵明《えんめい》のみ有って、遠公《おんこう》を欠く。

【一〇一六—二】

雨餘菊綻出重陽、咲向秋風吹露香。
花亦朝來褒似〔姒〕面、驪山擧燧晉籬霜。佐

雨餘《うよ》、菊綻びて、重陽《ちょうよう》に出づ、
秋風に向かって咲《わら》い、露を吹いて香し。
花も亦た朝來《ちょうらい》、褒姒《ほうじ》の面、
驪山《りざん》に燧《のろし》を擧ぐ、晉籬《しんり》の霜。

○褒姒面、驪山擧燧＝『錦繡段』陳澗の「明妃曲」に「驪山擧燧依褒姒」。周の幽王は滅多に笑わぬ愛妾の褒姒を喜ばせるため、何もないときに烽火を挙げていたが、本番に至って烽火を擧げたところ諸侯は集まらず、驪山に身を滅ぼした。○晉籬＝陶淵明の菊。

【一〇一六—三】

閑看大咲思悠々、妖艷菊英吹露稠。
自是花顔西子靨、呉王宮裡一籬秋。末

閑に大咲《たいしょう》を看て、思い悠々《ゆうゆう》、
妖艷《ようえん》の菊英《きくえい》、露を吹いて稠《こまや》かなり。
自ずから是れ、花顔《かがん》も西子《せいし》の靨《えくぼ》、
呉王宮裡《ごおうきゅうり》、一籬《いちり》の秋。

【一〇一六—四】

大咲菊開冒雨時、淵明坐愛慰生涯。

虎溪移在東籬否、橋上三人秋一枝。熏
大咲菊《たいしようぎく》、開いて雨を冒す時、
淵明《えんめい》、坐《そぞ》ろに愛して、生涯《しようがい》を慰む。
虎溪《こけい》、移して東籬《とうり》に在りや否《いな》や、
橋上《きようじよう》の三人、秋一枝《いっし》。

【一〇一六―五】

大咲菊開慰寂寥、籬邊吹露自逍遥。
虎溪風色一枝上、花亦淵明似過橋。才
大咲菊《たいしようぎく》、開いて、寂寥《せきりよう》を慰む、
籬邊《りへん》、露を吹いて、自ずから逍遥《しようよう》。
虎溪《こけい》の風色《ふうしよく》、一枝《いっし》の上、
花も亦た、淵明《えんめい》が橋を過《よぎ》るに似たり。

【一〇一七―一】

八景　可惜畫工欠其二、暮鐘夜雨聽無聲。策彦
惜しむ可し、畫工《がこう》、其の二を欠くことを、
暮鐘夜雨《ぼしようやう》、聽けども聲無し。

【一〇一七―二】

遠浦歸帆
孤舟兩客何事話、暗識先占明日風。同
孤舟《こしゆう》の兩客、何事をか話《かた》る、
暗に識る、先に明日の風を占うことを。

【一〇一七―三】

漁村夕照
人魚倶忘無餘事、月落沙村西又西。同
人魚倶《とも》に忘じて、餘事無し、
月、沙村《しやそん》に落つ、西又た西。

【一〇一八―一】

寒鷗
蘆華蕭々野水傍、羽毛帶雪到斜陽。

浮生鳥亦孟郊意、閑向江南憶晩唐。
蘆華《ろか》、蕭々《しょうしょう》たり、野水《やすい》の傍、
羽毛《うもう》、雪を帯びて、斜陽《しゃよう》に到る。
浮生《ふせい》の鳥も亦た、孟郊《もうこう》の意、
閑に江南《こうなん》に向かって、晩唐《ばんとう》を憶う。

○孟郊意＝その詩風を「寒乞」という。

【一〇一八―二】

白髪重來湖寺前、蘆花被冷不成眠。
江南野水風波惡、老去同參只子騫。芸
白髪《はくはつ》重ね來たる、湖寺《こじ》の前、
蘆花《ろか》の被は冷やかにして、眠りを成さず。
江南《こうなん》の野水《やすい》、風波惡し、
老い去って、同參《どうさん》は只だ子騫《しけん》。

○蘆花被＝『翰林五鳳集』にこの題で三詩あり。○子騫＝閔子騫。『蒙求』閔損衣單、「……所生子以綿絮衣之、損以蘆花絮。……損泣啓父曰、母在一子寒、母去三子單」。

【一〇一八―三】原本一二丁

凍損毛衣捻不知、葦間投宿寄殘涯。
江南野水晩唐躰、鳥亦孟郊一首詩。甫
毛衣《もうい》を凍損《とうそん》するも、捻に知らず、
葦間《いかん》に宿を投じて、殘涯《ざんがい》を寄す。
江南《こうなん》の野水《やすい》、晩唐《ばんとう》の躰、
鳥も亦た孟郊《もうこう》が一首の詩。

【一〇一八―四】

羽毛凍損惱漚盟、野水江南夢未成。
雪覆千山花世界、今宵松上錯春聲。佐
羽毛凍損《うもうとうそん》して、漚盟《おうめい》を惱ます、
野水《やすい》の江南《こうなん》、夢未だ成らず。
雪、千山を覆う、花世界《はなせかい》、
今宵《こんしょう》、松上、錯って春聲《しゅんせい》。

○漚盟＝鷗を漚鳥という。

【一〇一八—五】

凍雨霏々晴又陰、毛衣半濕海雲深。
江村雪似晩唐景、撲摝［漉］聲高東野吟。キ

凍雨霏々《とううひひ》たり、晴れて又た陰る、
毛衣《もうい》、半ば濕って、海雲《かいうん》深し。
江村《ごうそん》の雪は、晩唐《ばんとう》の景に似たり、
撲漉《ぼくろく》の聲は高し、東野《とうや》の吟。

○撲漉＝撲鹿とも。翼を鳴らす音。○東野＝孟郊。

【一〇一八—六】

撲摝［漉］聲中雪滿天、夜來風冷不須眠。
若將松上比蘆葦、鳥亦嚴冬閔子騫。樹

撲漉聲中《ぼくろくせいちゅう》、雪、天に滿つ、
夜來《やらい》、風冷やかにして、眠るを須いず。
若し松上を將って蘆葦《ろい》に比さば、
鳥も亦た嚴冬《げんとう》の閔子騫《びんしけん》。

○閔子騫＝『蒙求』閔損衣單。前出［六〇二—五］。

【一〇一八—七】

凍損翅翎堪眠辰、涪翁吟骨白頭身。
松間霜冷葦間雪、早晩江南野水春。廣

翅翎《しれい》を凍損《とうそん》して、眠りに堪うる辰、
涪翁《ほうおう》の吟骨《ぎんこつ》、白頭《はくとう》の身。
松間、霜冷かなり、葦間《いかん》の雪、
早晩《そうばん》、江南野水《こうなんやすい》の春。

○涪翁吟骨＝黄山谷「次韻楊明叔見餞」十首の十「夢作白鷗去、江南水如天」。

【一〇一八—八】

忽立蒹葭思萬般、遠波欲凍惱心肝。
一閑有恨三冬底、雪擁江南睡不安。慧

忽《ゆるが》せに蒹葭《けんか》に立って、思い萬般《ばんぱん》、

遠波、凍らんと欲して、心肝《しんかん》を悩ます。
一閑《いっかん》、恨み有り、三冬底《さんとうてい》、
雪、江南《こうなん》を擁して、睡り安らかならず。

○遠波＝煙波か。

【一〇一八―九】

凍損羽毛落木初、葦間吹雪却疎々。
江南野水風霜惡、鳥亦今宵氷下魚。才

羽毛《うもう》を凍損《とうそん》す、落木《らくぼく》の初め、
葦間《いかん》、雪を吹いて、却って疎々《そそ》。
江南《こうなん》の野水《やすい》、風霜《ふうそう》惡し、
鳥も亦た今宵《こんしょう》は、氷下《ひょうか》の魚。

○落木初＝蘇軾「發廣州」「蒲澗疎鐘外、黄灣落木初」。落木は落葉。

【一〇一九】

癸未二月、有少年來、而請随侍余、學而時習之。余教外別傳之宗師也、不識文字。賦禪詩一章、以揶揄之。［私云、揶揄トハ、テヲソバダテ、シンシヤクスル心］

豈作君師君莫嗔、五經六籍不關身。
若教季少被花咲、絶學無爲閑道人。虎哉

癸未二月、少年有り來たって、余に随侍して、學んで時に之を習わんことを請う。余は教外別傳《きょうげべつでん》の宗師なり、文字を識らず。禪詩一章を賦して、以て之を揶揄《やゆ》す。

豈に君が師と作らんや、君、嗔ること莫かれ、
五經六籍《ごけいりくせき》、身に關せず。
若し季少《ねんしょう》に教えば、花に咲《わら》われん、
絶學無爲《ぜつがくむい》の閑道人《かんどうにん》。

【一〇二〇】

寸土寸金官税重、諸宗何處立吾宗。
無由縮地前朝寺、月落長安半夜鐘。於妙心檢地之時。虎哉

寸土寸金、官税重し、

諸宗、何れの處にか、吾が宗を立せん。
由無く地を縮む、前朝《ぜんちょう》の寺、
月、長安《ちょうあん》に落つ、半夜の鐘。

○前朝寺＝『三體詩』、司空曙「經廢寶慶寺」詩に「黄葉前朝寺、無僧寒殿開」。

【一〇二一―一】

夜雨撥寒灰

蕭々夜雨惱斯生、坐撥寒灰三四更。
一把茅檐一爐底、煨柴懶聽畫簷聲。

蕭々《しょうしょう》たる夜雨《やう》、斯《こ》の生を惱ます、
坐《そぞ》ろに寒灰《かんかい》を撥す、三四更。
一把茅檐《いっぱぼうえん》、一爐底《いちろてい》、
柴を煨《や》いて、聽くに懶《ものう》し、畫簷《がえん》の聲。

【一〇二一―二】

夜雨同參半束薪、寒灰撥盡惱斯身。
紅爐滴作袁安雪、白髪殘僧僵□[于]人。芸

夜雨《やう》、同參《どうさん》は半束の薪、
寒灰《かんかい》、撥い盡くして、斯《こ》の身を惱ます。
紅爐《こうろ》、滴《した》でて袁安《えんあん》の雪と作《な》る、
白髪《はくはつ》の殘僧《ざんそう》、僵《ふ》して人の于《ため》にす。

○袁安雪＝袁安臥雪。「洛陽、大いに雪ふり、地に積もること丈餘。洛陽の令、出でて巡り、人皆な雪を除けて出づるを見る。袁安の處に至るに、雪深くして路を見ず。或いは安已に死せるかと謂えり。令、人に命じて雪を除けて戸を出だすに、安の僵臥するを見る。問う「何ぞ以て出でざる」。安曰く「大いに雪ふり、人皆な餓ゆ。人の于《ため》に宜しからず」と。令、以て賢と為し、舉して孝廉と為す」。『後漢書』袁安傳。○僵□人＝□、原本では「以」字にも見えるが、右の袁安傳によって「于」とした。西胤「袁安洛雪」に「餓殍、溝に塡ちて、雪未だ除かず。人の于《ため》にす、應《まさ》に門閭に傍うを愧ずべし」。

【一〇二一―三】

夜來雨冷畫簾中、坐撥寒灰白髪翁。

點滴懶聽一爐底、淡烟輕颸五更風。甫
夜來《やらい》、雨冷かなり、畫簾《がれん》の中、
坐《そぞ》ろに寒灰《かんかい》を撥す、白髪翁《はくはつおう》。
點滴《てんてき》、聽くに懶《ものう》し、一爐底《いちろてい》、
淡烟《たんえん》、輕く颸《あ》ぐ、五更の風。

【一〇二一―四】

坐探寒灰閑打談、夜央聽雨鬢毿々。
柴頭煨盡檐聲滴、蟄戸一宵祇劫三。佐
坐《そぞ》ろに寒灰《かんかい》を探して、閑に談を打す、
夜央《なか》ば雨を聽いて、鬢毿々《びんさんさん》。
柴頭《さいとう》、煨《や》き盡くして、檐聲滴《えんせいした》づ、
蟄戸《ちつこ》一宵、祇劫三《ぎこうさん》。

○祇劫三＝三祇劫の倒置。

【一〇二一―五】

夜々蕭然聽雨齋、寒灰撥盡懶生涯。
檐聲滴凍無人問、老去同參榾柮柴。キ
夜々、蕭然《しようぜん》たり、雨を聽く齋、
寒灰《かんかい》、撥い盡くす、懶生涯《らんしようがい》。
檐聲滴凍《えんせいてきとう》、人の問う無し、
老い去って、同參《どうさん》は榾柮柴《こつとつさい》。

【一〇二一―六】

夜雨蕭然不耐眠、寒灰撥盡對燈前。
四檐聲冷松堂曉、早晩一爐柴火烟。樹
夜雨《やう》、蕭然《しようぜん》として、眠るに耐えず、
寒灰《かんかい》、撥い盡くして、燈前《とうぜん》に對す。
四檐《しえん》、聲冷かなり、松堂の曉、
早晩《そうばん》一爐、柴火《さいか》の烟。

【一〇二二―一】

寒夜聽雨

老去胸襟涙萬行、獨聽寒雨鬢蒼々。

蕭々聲冷幽齋枕、鐵鑄放翁也斷腸。碩

老い去って、胸襟《きようきん》、涙萬行、
獨り寒雨《かんう》を聽いて、鬢蒼々《びんそうそう》。
蕭々《しようしよう》たる聲は冷かなり、幽齋《ゆうさい》の枕、
鐵鑄《てつちゆう》の放翁《ほうおう》も、也《ま》た斷腸《だんちよう》。

○放翁＝陸游。『錦繡段』、陸游「聽雨戯作」詩二の一、「少年交友盡豪英、妙理時時得細評。老去同參唯夜雨、焚香臥聽畫簾聲」。

【一〇二二―二】

雨晴寒更吹未晴、蒲團坐久到心清。
殘僧夢冷把茅曉、老去同參白髮聲。廣

雨晴れて、寒更《かんこう》、吹いて未だ晴れず、
蒲團《ふとん》、坐すること久し、心清に到る。
殘僧《ざんそう》、夢冷かなり、把茅《はぼう》の曉、
老い去って、同參《どうさん》は白髮《はくはつ》の聲。

【一〇二二―三】

寒夜情酸一白頭、燈前聽雨暗生愁。
簷聲成雪五更盡、老去同參唯子猷。佐

寒夜、情は酸《す》し、一白頭《はくとう》、
燈前《とうぜん》、雨を聽いて、暗に愁いを生ず。
簷聲《えんせい》、雪と成って、五更盡く、
老い去って、同參《どうさん》は唯だ子猷《しゆう》。

○子猷＝王徽之（字は子猷）「何ぞ一日も此の君無かる可けんや」。前出［九九四―四］。

【一〇二二―四】

寒夜柴門閑［閉］不開、枕頭聽雨鐵心摧。
簷聲滴盡半成雪、又恐明朝凍損梅。キ

寒夜、柴門《さいもん》、閉じて開かず、
枕頭《ちんとう》、雨を聽いて、鐵心《てつしん》も摧《くじ》く。
簷聲《えんせい》、滴《した》で盡くして、半ば雪と成る、

又た恐る、明朝、梅を凍損《とうそん》せんことを。

【一〇二二―五】

蕭々夜雨聴初慵、白髪寒僧思萬重。
蟄戸深鎖欲安枕、四檐點滴々更鐘。

蕭々《しょうしょう》たる夜雨《やう》、聴いて初めて慵《ものう》し、
白髪《はくはつ》の寒僧《かんそう》、思い萬重《ばんじゅう》。
蟄戸《ちつこ》深く鎖して、枕に安んぜんと欲するも、
四檐《しえん》の點滴《てんてき》、滴《した》でて更に鐘。

【一〇二二―六】

今夜柴門閉不開、蕭條寒雨鐵膓摧。
四檐聲冷山房曉、白髪殘僧司馬灰。慰

今夜、柴門《さいもん》、閉じて開かず、
蕭條《しょうじょう》たる寒雨《かんう》、鐵膓摧《てつちょうくじ》く。
四檐《しえん》、聲冷かなり、山房《さんぼう》の曉、
白髪《はくはつ》の殘僧《ざんそう》、司馬《しば》の灰。

○司馬灰＝黄山谷「宿舊彭澤懷陶令」に「司馬寒如灰、禮樂卯金刀」。兩足院本に「司馬ハ亡ビテ、薪ノ盡キテ灰バカリニナリタ様ナゾ。天下ノ禮樂、劉氏ニ歸ルゾ。劉字ハ、卯金刀ゾ」。

【一〇二二―七】

一雨十年三四更、寒爐掃盡惱殘生。
孟郊吟骨言猶耳、簷挾詩聲枕滴聲。芸

一雨十年、三四更、
寒爐《かんろ》、掃い盡くして、殘生《ざんせい》を惱ます。
孟郊《もうこう》の吟骨《ぎんこつ》、言、猶お耳にあり、
簷《のき》、詩聲《しせい》を挾み、枕は滴聲《てきせい》。

【一〇二二―八】

聽雨幽齋慰此生、蒲團坐穩到寒更。
檐聲一滴明朝雪、白髪殘僧梅有情。末

雨を聽く幽齋《ゆうさい》、此の生を慰む、
蒲團《ふとん》、坐して穩かなり、寒更《かんこう》に到る。

檐聲《えんせい》一滴《いってき》、明朝の雪、
白髪《はくはつ》の殘僧《ざんそう》、梅に情有り。

【一〇二二―九】

寒夜聽雨之一貼、點汚者十有三首之内、刈楚者三首、稱批者一首矣。鑑

寒夜聽雨《かんやちょうう》の一貼、點汚《てんお》する者十有三首の内、楚を刈る者三首、批と稱する者一首。

【一〇二三―一】

杖頭梅［人日］

投老歸歟白髪身、杖頭梅綻點無塵。
西湖十里不行盡、挑月一枝別置春。

老を投じて歸らんか、白髪《はくはつ》の身、
杖頭《じょうとう》、梅綻びて、點として塵無し。
西湖《せいこ》十里、行き盡くさず、
月を挑《かか》ぐる一枝《いっし》、別に春を置く。

【一〇二三―二】

莫道天寒花稍遲、杖頭梅發引黄鸝。
横斜疎影遠攜去、手裡春風一恁[任]吹。芸

道うこと莫かれ、天寒《てんかん》、花稍《や》遲しと、
杖頭《じょうとう》、梅發いて、黄鸝《こうり》を引く。
横斜疎影《おうしゃそえい》、遠く攜え去って、
手裡《しゅり》の春風《しゅんぷう》、吹くに一任す。

【一〇二三―三】

偶伴寒梅情不常、一枝杖痩鬢蒼々。
老來攜去愧生野、花自壽陽公主粧。佐

偶《たま》たま寒梅《かんばい》を伴って、情、常ならず、
一枝《いっし》の杖は痩せ、鬢蒼々《びんそうそう》。
老來、攜え去って、生、野《や》なるを愧ず、
花は自ずから壽陽公主《じゅようこうしゅ》の粧《よそおい》。

○生野＝前出［一〇〇四―二］。野暮、不風流。○壽陽公主粧＝

壽陽公主の梅花妝。前出［五六四―二］。

【一〇二三―四】

杖頭梅發更無倫、終日愛看慰此身。
寄語林君莫攜去、黃鶯欲宿一枝春。キ

杖頭《じょうとう》、梅發いて、更に倫《たぐい》無し、
日を終うるまで、愛し看て、此の身を慰む。
林君《りんくん》に寄語《きご》す、攜え去ること莫かれ、
黃鶯《こうおう》、宿らんと欲す、一枝《いっし》の春。

【一〇二三―五】

一朶梅開萬國春、杖頭挑處點無塵。
殘僧老去莫攜去、若到江南花咲人。碩

一朶《いちだ》の梅開いて、萬國《ばんこく》春なり、
杖頭《じょうとう》に挑《かか》ぐる處、點として塵無し。
殘僧《ざんそう》、老い去って、攜え去ること莫かれ、
若し江南《こうなん》に到らば、花、人を咲《わら》わん。

【一〇二三―六】

有杖梅開意不迷、生涯扶老出幽栖。
擔肩未倦日將暮、行盡江南野水西。慧

杖有り、梅開いて、意迷わず、
生涯《しょうがい》、老を扶けて、幽栖《ゆうせい》を出づ。
肩に擔って未だ倦《う》まず、日、將に暮れなんとす、
行き盡くす、江南《こうなん》、野水《やすい》の西。

○行盡江南野水西＝岑參「春夢」に「枕上片時、春夢の中、行き盡くす江南、數千里」。

【一〇二三―七】

白髮殘僧情轉情、杖頭梅發暗香清。
春來花亦新扶老、咲指江南寄此生。甫

白髮《はくはつ》の殘僧《ざんそう》、情轉《うた》た情、
杖頭《じょうとう》、梅、暗香《あんこう》を發して清し。
春來《しゅんらい》、花も亦た新たに老を扶く、

咲《わら》って江南《こうなん》を指して、此の生を寄す。

【一〇二四―一】

曲江細柳

曲江流裡思悠々、細柳愛看事宴遊。
引得黄鶯水濱上、烟絲千尺一風流。

曲江流裡《きょくこうりゅうり》、思い悠々《ゆうゆう》、
細柳《さいりゅう》、愛し看て、宴遊《えんゆう》を事とす。
引き得たり、黄鶯《こうおう》、水濱《すいひん》の上、
烟絲《えんし》千尺、一風流《ふうりゅう》。

○曲江細柳＝唐貞元六年二月一日、百僚を曲江に集めて賜った宴。

【一〇二四―二】

一曲樽前醉不醒、江邊逢柳共忘形。
流觴對酌宴遊地、葉々於人先眼青。雪叟

一曲、樽前《そんぜん》、醉うて醒《さ》めず、
江邊《こうへん》に柳に逢い、共に形を忘ず。
流觴對酌《りゅうしょうたいしゃく》、宴遊《えんゆう》の地、
葉々《ようよう》、人に於て、先ず眼青し。

○葉々於人先眼青＝張君量「客中春日」に「細柳於人先眼青」。

【一〇二四―三】

細柳絲々情不些、曲江愛看慰生涯。
流觴酌盡夕陽暮、葉々深藏三四鴉。仙代

細柳絲々《さいりゅうしし》、情些《いささ》かならず、
曲江《きょくこう》、愛し看て、生涯《しょうがい》を慰む。
流觴《りゅうしょう》、酌み盡くして、夕陽《せきよう》暮れる、
葉々《ようよう》、深く藏す、三四鴉《あ》。

【一〇二四―四】

美景良辰催宴時、柳條輕動曲江池。
千絲萬縷隨風處、影落流觴吹又吹。同

美景《びけい》の良辰《りょうしん》、宴を催す時、
柳條《りゅうじょう》、輕く動く、曲江《きょくこう》の池。

千絲萬縷《せんしばんる》、風に隨う處、
影、流觴《りゅうしょう》に落ちて、吹いて又た吹く。

【一〇二四―五】

曲水隨風細柳搖、愛看交友各高標。
流觴宴罷若相別、定是河邊可綰條。同

曲水、風に隨って、細柳《さいりゅう》搖れる、
愛し看る、交友、各おの高標《こうひょう》なるを。
流觴《りゅうしょう》の宴罷って、若し相別かれれば、
定めて是れ、河邊《かへん》に條を綰《わが》ぬ可し。

【一〇二四―六】

曲江江畔避塵時、細柳青々和雨宜。
佳節風流脩禊去、又思張緒少年姿。同

曲江江畔《きょくこうこうはん》、塵を避くる時、
細柳《さいりゅう》、青々として、雨に和して宜し。
佳節《かせつ》の風流《ふうりゅう》、禊《みそぎ》を脩し去って、
又た思う、張緒《ちょうしょ》少年の姿を。

○張緒＝南齊の人。字は思曼。寡默にして清雅。柳のように風流と評された。靈和柳ともいう。『南史』巻三十一、張緒傳（張裕傳の附）に、「獻蜀柳數株。……武帝以植於太昌靈和殿前、常賞玩咨嗟曰、此楊柳風流可愛、似張緒當年時。其見賞愛如此」。

【一〇二五―一】

細葛含風

端陽佳節被恩光、細葛含風情不常。
忽賜宮衣天五月、掃滌濁〔溽〕暑着來涼。

端陽《たんよう》の佳節《かせつ》、恩光《おんこう》を被《こうむ》る、
細葛《さいかつ》、風を含んで、情、常ならず。
忽ち宮衣《きゅうえ》を賜う、天五月、
溽暑《じょくしょ》を掃滌《そうでき》し、着け來たって涼し。

○細葛含風＝杜甫「端午日賜衣」詩、「宮衣亦有名、端午被恩榮。細葛含風軟、香羅疊雪輕。自天題處濕、當暑著來清。意內稱長短、終身荷聖情」。前出［五八七―一］「讀杜甫端午賜衣詩」。

【一〇二五―二】

細葛含風端午調、恩榮老杜意悠々。

宮衣披得涼如水、七十殘生一洗愁。　末

細葛《さいかつ》、風を含む、端午《たんご》の調、

恩榮《おんえい》、老杜《ろうと》、意悠々《ゆうゆう》。

宮衣《きゅうえ》、披し得て、涼しきこと水の如し、

七十の殘生《ざんせい》、愁いを一洗す。

【一〇二五―三】

細葛含風情不酸、杜陵今日得初歡。

宮衣當暑愈雖好、又恐草堂秋夜寒。　淳

細葛《さいかつ》、風を含んで、情、酸《す》からず、

杜陵《とりよう》、今日、初歡《しよかん》を得たり。

宮衣《きゅうえ》、暑に當たって、愈《いよ》いよ好《よ》しと雖も、

又た恐る、草堂《そうどう》、秋夜に寒きことを。

【一〇二五―四】

細葛含風涼自來、賞心樂事節佳哉。

宮衣披處更無暑、小扇輕羅醉後盃。　勝

細葛《さいかつ》、風を含んで、涼、自ずから來たる、

賞心樂事《しょうしんらくじ》、節、佳きかな。

宮衣《きゅうえ》、披する處、更に暑さ無し、

小扇輕羅《しょうせんけいら》、醉後《すいご》の盃《はい》。

【一〇二六―一】

流水經卷

經卷流傳水一涯、皆言現在大仙師。

説虚八萬多羅藏、飜作許渾千首詩。　雪叟

經卷《きょうがん》流傳《るでん》す、水一涯《みずいちがい》、

皆な言う、現に大仙師《だいせんし》在《ましま》すと。

虚を説く、八萬の多羅藏《たらぞう》、

飜して許渾《きよこん》千首詩と作す。

○許渾千首詩＝許渾の詩は、水に關わるものが多いところから
「許渾千首濕（水）」と評される。

【一〇二六―二】原本一二三丁

不借瞿曇廣舌頭、五千經卷水悠々。
西湖餘滴靈山説、百萬人天一白鷗。仙代

瞿曇《くどん》の廣舌頭《こうぜつとう》を借らず、
五千の經卷《きょうがん》、水悠々《ゆうゆう》。
西湖《せいこ》の餘滴《よてき》、靈山《りょうぜん》の説、
百萬の人天《にんでん》、一白鷗《はくおう》。

【一〇二六―三】

飜經流水聽如何、萬劫餘殃七軸波。
胡説亂談言在耳、壬公第一富樓那。奚代

飜經《ほんきょう》の流水《りゅうすい》、如何とか聽く、
萬劫《まんごう》の餘殃《よおう》、七軸の波。
胡説亂談《こせつらんだん》、言、耳に在り、
壬公《じんこう》、第一《だいいち》の富樓那《ふるな》。

○壬公＝みずのえのきみ。水の擬人化。

【一〇二七―一】

寄忠納言殿三首
八國破唯成一城、更知相府智謀明。
黄門亦繪凌烟好、疋馬上標天下名。南化

八國破れて、唯だ一城と成る、
更に知る、相府《しょうふ》に智謀《ちぼう》明らかなることを。
黄門《こうもん》も亦た、凌烟《りょうえん》に繪《えが》かれれば好《よ》し、
疋馬《ひつば》の上に標《しる》す、天下の名。

○凌烟＝唐の太宗が勳臣二十四人の像を描かしめた樓閣。凌烟閣勳臣。

【一〇二七―二】

爲學文韜專武韜、忠臣一々萬人豪。
士峯雪白青雲上、若比君名々却高。

爲に文韜《ぶんとう》を學び、武韜《ぶとう》を專らにす、
忠臣、一々、萬人の豪。
士峯《しほう》の雪は白し、青雲の上、
若し君が名に比さば、名却って高からん。

○爲學文韜專武韜＝文韜、武韜は『六韜』の篇名。

【一〇二七―三】

日々東夷解辮來、北條亦果豎降旗。
富士雪幷多子月、料君横槊可題詩。

日々、東夷《とうい》、辮《べん》を解き來たる、
北條も亦た果たして、降旗《こうき》を豎《た》つ。
富士の雪に、多子《たご》の月を幷《あわ》す、
料るに、君は槊《ほこ》を横たえて詩を題す可し。

○多子月＝田子の月か。○横槊可題詩＝横槊賦詩。魏の曹操が戰場で悠々と詩を作ったこと。蘇軾「前赤壁賦」に「槊《ほこ》を横たえて詩を賦す、固《まこと》に一世の雄なり」。

【一〇二八―一】

冬日海棠

冬日凭欄歌采薇、海棠院落雪霏々。
太平天子遭逢再、顓帝回春花貴妃。策甫

冬日《とうじつ》、欄に凭《よ》って、采薇《さいび》を歌う、
海棠《かいどう》の院落《いんらく》、雪霏々《ひひ》たり。
太平天子《たいへいてんし》、遭い逢うこと再び、
顓帝《せんてい》、春を回す、花の貴妃《きひ》。

○歌采薇＝采薇歌。首陽山で餓死した伯夷、叔齊の歌。

【一〇二八―二】

合領華清宮裡春、冬天何事色猶新。
高燒銀燭雪中看、花亦睡醒楊太眞。源

合《まさ》に華清宮裡《かせいきゅうり》の春を領すべきに、
冬天、何事ぞ、色、猶お新たなる。
高く銀燭《ぎんしょく》を燒いて、雪中に看よ、

花も亦た睡りから醒《さ》む、楊太眞《ようたいしん》。

○高焼銀燭＝蘇軾「海棠詩」に、「東風嫋嫋泛崇光、香霧空蒙月轉廊。只恐夜深花睡去、故焼高燭照紅妝」。

【一〇二八―三】

冬日海棠春色奇、嬌紅美艶不論時。寒更雨雪温湯水、洗出楊妃一睡姿。済

冬日《とうじつ》の海棠《かいどう》、春色奇なり、
嬌紅美艶《きょうこうびえん》、時を論ぜず。
寒更《かんこう》の雨雪、温湯《おんとう》の水、
洗い出だす、楊妃《ようひ》一睡の姿。

【一〇二八―四】

騒人改觀海棠城、冬日花呼妃子名。梅柳未春氷雪底、紅粧一睡惱詩情。代琳

騒人《そうじん》、觀《みもの》を改む、海棠城《かいどうじょう》、
冬日《とうじつ》の花、妃子《ひし》の名を呼ぶ。
梅柳《ばいりゅう》、未だ春ならず、氷雪底《ひょうせってい》、
紅粧《こうしょう》一睡、詩情《しじょう》を惱ます。

【一〇二九】

大津浦逢雨戯作　八句　南化

旅宿蕭然不得眠、斷腸風雨暗湖天。大津浦浪扣漁戸、三井寺鐘到客船。處々樓臺皆對月、重々殿閣盡凌烟。紅塵堆裏紅塵外、閑伴白鷗似忘年。

旅宿《りょしゅく》、蕭然《しょうぜん》として、眠ること得ず、
腸《はらわた》を斷つ風雨、暗き湖天。
大津浦《おおつうら》の浪、漁戸《ぎょこ》を扣く、
三井寺《みいでら》の鐘、客船《きゃくせん》に到る。
處々の樓臺《ろうだい》、皆な月に對す、
重々たる殿閣《でんかく》、盡く凌烟《りょうえん》。
紅塵堆裏《こうじんたいり》、紅塵《こうじん》の外、
閑に白鷗《はくおう》を伴って、年を忘ずるに似たり。

○凌烟＝前出[一二四—四]。

【一〇三〇】

片田浦逢風戯作　同

風送孤帆志賀松、忽然雲起叡山峯。
漁翁夜拽片田網、旅客暁聴三井鐘。
宿霧朦朧月色淡、烟波漂渺曙光濃。
船舷靠杖渡江去、蘆葉亂無行路蹤。

風、孤帆《こはん》を送る、志賀《しが》の松、
忽然《こつねん》として、雲起こる、叡山《えいざん》の峯。
漁翁《ぎょおう》、夜に拽く、片田《かたた》の網、
旅客《りょかく》、暁に聴く、三井《みい》の鐘。
宿霧《しゅくむ》、朦朧《もうろう》として、月色《げっしょく》淡し、
烟波《えんぱ》、漂渺《ひょうびょう》として、曙光濃《しょこうこまや》かなり。
船舷《せんげん》、杖を靠《よせか》けて、江を渡り去れば、
蘆葉《ろよう》亂れて、行路《こうろ》の蹤無し。

○片田＝堅田。

【一〇三一—一】

自琉球國進貢之書［唐紙一重出之］
承聞日本六十餘州、拝望下塵、歸服幕下。加之及高麗南蠻、亦偃威風。天下太平、櫜弓撫四夷之謂乎。吾遠島淺陋小國、雖難及一禮、島津義久公使大慈寺西院和尚、蒙仰之條、差上天龍桃菴和尚、明朝之塗物當國之土宜輕薄之進物、録于別楮、爲遂一禮也。恐怕不宣
萬暦十七年仲夏廿有七日琉球國王［方印］
謹上日本國關白殿下
註文［唐紙一枚上ニヒト、リニ書之］
一、金耳盞壱个同金臺壱个金大足盞貳个金八角小足盞貳个銀八角小足盞貳个銀酒臺壱个唐盞箔瑑貳个壱飾附下居菓子盆壱對酒臺下居壱个［是マデ一行］
一、焼酒貳甕一、玉貫瓶貳對一、櫁子壱个一、中央卓壱个一、石屏壱對一、食籠貳對
一、玉簾貳對一洞螺貳間一、高菓子盆［同ニ三膳共、沈金御器、四入壱束厨子五十揲子五十同沈金］
一、菓子盆壱束一、唐盤貳束一白布招端一、芭蕉布一、

太平布右如件
萬暦十七年仲夏廿有七日琉球國［方印書札ノ印ト同］
謹上日本關白殿下

承り聞く、日本六十餘州、下塵を拜望して、幕下《ばっか》に歸服《きふく》す。加之《しかのみならず》、高麗南蠻《こうらいなんばん》に及んでも、亦た威風に偃《ノベフ》す。天下太平、弓を櫜《ユミブクロニ》して、四夷《しい》を撫《ブ》すの謂か。吾が遠島、淺陋《せんろう》の小國、一禮に及び難しと雖も、島津義久公、大慈寺西院和尚を使して、仰せを蒙るの條、天龍桃菴和尚を差し上げ、明朝の塗物《ぬりもの》、當國の土宜《どぎ》、輕薄《けいはく》の進物、別楮《べっちょ》に録して、一禮を遂げんが爲なり。恐怕不宣。
萬暦十七年仲夏廿有七日琉球國王［方印］
謹上　日本國關白殿下

【一〇三一―二】

註文［唐紙一枚　上ニヒト、ヲリニ書之］
一金耳盞［壱ケ］同金臺［壱ケ］金大足盞［貳ケ］金八角小足盞［貳ケ］銀八角小足盞［貳ケ］銀酒臺［壱ケ］唐盞箔琢［貳ケ］壱飾附下居菓子盆［壱對］酒臺下居［壱ケ］［是マテ一行］
一燒酒［貳甕］一玉貫瓶［貳對］一擔子［壱ケ］一中央卓［壱ケ］一石屛［壱對］一食籠［貳對］一玉簾［貳對］一洞螺［貳束］一高菓子盆［同二三膳共沈金、御器四入壱束、厨子五十、楪子五十、同沈金］一菓子盆［壱束］一唐盤［貳束］一白布招瑞一芭蕉布一太平布　右如件
萬暦十七年仲夏廿有七日　琉球國［方印］［書札ノ印ト同］
謹上　日本國關白殿下

【一〇三二】原本一二三丁

自本朝關白殿［豊富朝臣秀吉、被遣琉球之返翰　紙ハ大高檀紙］
玉章披閲、再三薰讀。如同殿閣聽芳言。抑本朝六十餘州、撫兆民施慈慧、而國家平均、如安盤石也。頃又有□觀轉□之志、故欲弘政化於異域者素望也。茲先得貴國使節遠方奇物、而頗以歡悦矣。凡物以遠至爲珍、以罕見爲奇者、夫是謂乎。自今以往、其地雖隔千里、深報交義、則以異邦作四海一家之情者也。餘蘊分付天龍桃菴東堂島津義久傳説也。恐惶不宣。
天正十八年龍集庚寅仲春二十八日

琉球國主關白［御朱印］
朝鮮國王李昭奉書
日本國王殿下
動靜佳勝遠傳

玉章《ぎょくしょう》披閲《ひえつ》、再三薫讀《さいさんくんどく》。殿閣《でんかく》を同じうして芳言を聴くが如し。抑《そもそ》も、本朝六十餘州、兆民を撫し慈慧を施して、國家平均、盤石《ばんじゃく》に安《お》くが如し。頃《コノゴロ》、又た□觀□知の志有り。故に政化を異域に弘めんと欲する者、素望なり。茲に先ず貴國の使節、遠方の奇物を得て、頗る以て歡悦す。凡そ物の遠く至るを以て珍と爲し、罕《まれ》に見るを以て奇と爲す者、夫れ是を謂うか。今より以往《いおう》、其の地、千里を隔つと雖も、深く交義を報ずる則《とき》んば、異邦を以て四海《しかい》一家の情を作す者なり。餘は、天龍桃菴東堂、島津義久の傳説に分付して藴む。恐《きょう》惶《こう》不宣。

【一〇三三】

大王、一統六十餘州、雖欲速講信修睦、以敦隣好、恐道路湮晦、使臣行李有淹滯之憂歟。是以多年思而止矣。今令與［至此一行書之］貴价、遣黄元吉金城一許箴之三使、以致賀辭。自今以往、隣好出于他上。幸甚。仍不腆土宜、録在別幅。庶幾［至此一行書之］笑留。餘順序珍嗇。不宣。
萬暦十八年三月日
朝鮮國王　李昭
別幅　從朝鮮國之進物
良馬［貳匹］大鷹子［拾五連］鞍子［貳面］諸縁具里麻布［蔘拾匹］白綿紬［伍拾匹］白苧布［同］青斜皮［拾張］人蔘［壹百斤］豹皮心兒虎皮邊猠皮裏阿多介臺坐、豹皮［貳拾伍張］虎皮［貳拾伍張］彩花席［拾張］紅綿紬［拾匹］清蜜［拾壹壺］、白米［貳伯硯］海松子［陸硯］
敕正

大王、六十餘州を一統、速かに信を講じて睦を修して、以て隣好を敦《アツ》うせんと欲すると雖も、道路湮晦《インかい》にして、使臣の行李《こうり》、淹滞《エンタイ》の憂い有らんことを恐れんか。是を以て、多年、思うて止む。今令、貴价に與って、黄元吉、金城一、許箴の三使を遣わして、以て賀辭を致す。今より以往《いおう》、隣好、他の上《カミ》に出でん。幸甚。仍って不腆《テン》の土宜《どぎ》、録して別幅に在り。庶幾《コイねが》わくは、笑留したまえ。餘は順序珍嗇《ちんショク》。不宣。

【一〇三四】

［自本朝御返翰］

日本國　關白　秀吉［御朱印］奉書

朝鮮國王　閣下

鴈書薫讀、巻舒再三、抑本朝雖爲六十餘州、比年諸國分離亂國綱廢、世亂而不聽朝政。故予不勝感激。三四年之間、伐叛臣討賊徒、及異域遠島、悉歸掌握。竊按予事跡、鄙陋小臣也。雖然予當于托胎之時、慈母夢日輪入懐中。相士曰、光所及無不照。臨壯年必八表聞仁風、四海蒙威名者、其何疑乎。依有此奇異、作敵心者、自然摧滅、戰則無不勝、攻則無不取。既天下大治撫育百姓、憐愍孤獨。故民富財足、土貢萬倍千古矣。本朝開闢以來、朝廷盛事、洛陽壯麗、莫如此日也。夫人生于世也、雖歴長生、古來不滿百年焉。鬱々久居此于。不屑國家之隔山海之遠、一超直入大明國、易吾朝風俗於四百州、施帝都政化於億萬斯年者、在方寸中。貴國先驅而入朝。依有遠慮無近憂者乎。遠邦小島在海中者、後進輩者不可作許容也。予入大明之日、將士卒臨軍營、則可修隣盟也。予願無他。只顯佳名於三國而已。古物如目録。領納珍重。保嗇不宣。

天正拾八年仲春冬日

日本國關白秀吉［御朱印］

鴈書薫讀《がんしょくんどく》、巻舒《けんじょ》再三。抑《そもそ》も本朝六十餘州なりと雖も、比年、諸國分離、亂國綱廢、世亂にして朝政を聴かず。故に、予、感激するに勝《た》えず。三四年の間、叛《ボン》臣を伐し賊徒《ぞくと》を討ち、異域遠島に及ぶまで、悉く掌握《しょうあく》に歸す。竊《ヒソ》かに予が事跡を按ずるに、鄙陋《ひろう》の小臣なり。然りと雖も、予、托胎《たくたい》の時に當たって、慈母《じぼ》、日輪の懷中《かいちゅう》に入るを夢む。相士《そうし》が曰く、光、所として及んで照らさざるは無し。壯年に臨んで、必ずや八表、仁風を聞き、四《し》海《かい》、威名《いめい》を蒙る者、其れ何ぞ疑わん。此の奇異有るに依って、敵心を作す者、自然《じねん》に摧滅《さいめつ》、戰う則《とき》んば勝たざるということ無く、攻むる則《とき》んば取らざるということ無し。既に天下大いに治まり、百《はく》姓《せい》を撫育《ぶいく》し、孤獨を憐愍《れんびん》す。故に民富み財足り、土貢、千古に萬倍す。本朝開闢《かいびゃく》以來、朝廷の盛《せい》事《じ》、洛陽《らくよう》の壯麗、此の日の如きは莫し。夫れ人の世に生まるるや、長生《ちょうせい》を歴ると雖も、古來、百年に滿たず。鬱々《うつうつ》として久しく此に居す。國家の山海を隔つるの遠きを屑《もののかず》ともせず、一超に大明國に直入し、吾が朝の風俗を四百州に易《か》うらん、帝都の政化を億萬斯年《おくまんしねん》に施さん者《コト》、方寸中に在り。貴國、先驅として入朝す。遠慮有るに依って、近憂無き者か。遠邦の小島、海中に在る者、後《ヲソ》く進む輩《ともがラ》は、許容を作す可からず。予、大明に入るの日、士卒を將《ヒキ》いて軍營に臨む則《とき》んば、隣盟《りんめい》を修《ヲサ》む可し。予が願い他無し。只だ佳名を三國に顯わさんのみ。古物、目録の如し。領納《りょうのう》、珍重《ちんちょう》。保《ほ》嗇《しょく》不宣《ふせん》。

【一〇三五—一】原本一一二四丁

鶯聲出花

臙[艶]紫幼[妖]紅春滿城、綿蠻曲勝女媧笙。
天公織作開花錦、只裹黃鶯不裹聲。五山衆歟

艶紫妖紅《えんしようこう》、春、城に滿つ、
綿蠻《めんばん》の曲、女媧《じょか》の笙《しょう》に勝る。
天公、織り作す、開花の錦、
只だ黃鶯《こうおう》を裹《つつ》んで、聲を裹《つつ》まず。

○女媧笙＝女媧氏は笙簧（笙笛の下）を作った。『史記』三皇紀。

【一〇三五—二】

千囀出花接貴遊、今[金]衣公子自風流。
眼聲耳色視聴好、紫韻紅音黄栗留。策甫

千囀《せんてん》、花を出でて、貴遊《きゆう》を接す、
金衣《きんね》の公子《こうし》、自ずから風流《ふうりゅう》。
眼聲《げんしょう》耳色《にしき》、視聴《しちょう》して好《よ》し、
紫韻紅音《しいんこういん》、黄栗留《こうりつりゅう》。

○黄栗留＝からうぐいす。

【一〇三五—三】

桃李春風花發辰、好音嬌舌囀黄鸝。
綿蠻一曲着心聴、高出千紅萬紫枝。源

桃李《とうり》、春風《しゅんぷう》に花發《ひら》く辰、
好音嬌舌《こういんきょうぜつ》、囀《さえず》る黄鸝《こうり》。
綿蠻《めんばん》の一曲、心を着けて聴け、
高く出づ、千紅萬紫《せんこうばんし》の枝。

【一〇三五—四】

鶯聲出處百花濃、春色風温情更鐘[鍾]。
若把深紅比澗壑、黄公吟亦似青松。案

鶯聲《おうせい》の出づる處、百花濃《ひゃっかこまや》かなり、
春色、風温かに、情更に鍾《あつ》む。
若し深紅《しんこう》を把《と》って、澗壑《かんがく》に比さば、
黄公《こうこう》の吟も、亦た青松《せいしょう》に似ん。

【一〇三六—一】

聴三月初三鵑

三月初三聞杜鵑、却疑身是在西川。
太平公主榮遊節、望帝春魂慕漢宣。策甫

三月初三、杜鵑《とけん》を聞き、
却って疑う、身は是れ西川《せいせん》に在るかと。
太平《たいへい》の公主《こうしゅ》、榮遊《えいゆう》の節、
望帝《ぼうてい》の春魂《しゅんこん》、漢宣《かんせん》を慕う。

○望帝＝蜀王杜宇は望帝と號す、死後、化して杜鵑となったという。『太平寰宇記』。

杜鵑啼入碧桃陰、三月初三驚客心。
此日思蘭亭褉事、一聲望帝作來禽。源

【一〇三六―二】

杜鵑《とけん》、啼いて入る、碧桃《へきとう》の陰、
三月初三、客心を驚かす。
此の日、蘭亭《らんてい》の褉事《けいじ》を思う、
一聲《いっせい》、望帝《ぼうてい》、禽《とり》と作り來たる。

【一〇三六―三】

蜀魂啼來春色濃、巳塲桃發小欄東。
今朝逢遇黄河約、杜宇一聲三日紅。叔

蜀魂《しょくこん》、啼き來たって、春色濃《こまや》かなり、
巳塲《しじょう》、桃發《ひら》く、小欄の東。
今朝、逢い遇うは、黄河《こうが》の約、
杜宇《とう》一聲《いっせい》、三日の紅。

○黄河約＝帯礪之約。泰山が砥石のように平らに、黄河が帯のように細くなって變らぬ約誓。

【一〇三六―四】

何圖三月初三夜、枕上聽鵑愁暗加。
易地燕山武陵曉、聲々啼血染桃花。案

何ぞ圖らん、三月初三の夜、
枕上《ちんじょう》に鵑を聴いて、愁い暗に加えんとは。
地を易《か》う、燕山《えんざん》と武陵《ぶりょう》の曉、
聲々《せいせい》、血に啼いて、桃花《とうか》を染む。

【一〇三六―五】

三月初三歸思頻、杜鵑終夜惱行人。
一聲啼血巳塲上、染出桃花萬朶春。温

三月初三、歸思《きし》、頻りなり、
杜鵑《とけん》、夜を終うるまで、行人を惱ます。

一聲啼血《いつせいていけつ》、巳塲《しじよう》の上、
桃花《とうか》を染め出だして、萬朶《まんだ》の春。

【一〇三七―一】

楓鏡

葉々染霜秋色濃、孤鸞舞處戰西風。
呉江波靜菱花面、移影醉顔難老紅。　策甫

葉々《ようよう》、霜に染みて、秋色濃《こまや》かなり、
孤鸞《こらん》舞う處、西風に戰く。
呉江《ごこう》、波靜かなり、菱花《りようか》の面、
影を移す、醉顔《すいがん》の難老紅《なんろうこう》。

○難老紅＝不老長壽の花。

【一〇三七―二】

樹々染霜秋色奇、菱花拂拭水之涯。
呉江萬里當臺瑩、波應影移紅葉枝。　栢

樹々、霜に染みて、秋色奇なり、
菱花《りようか》、拂拭《ふつしよく》す、水の涯。
呉江《ごこう》、萬里《ばんり》、臺に當たって瑩《あきら》かなり、
波、影に應じて移る、紅葉《こうよう》の枝。

【一〇三七―三】

菱花臺上脱塵寰、錦綺涵波霜後山。
不老秘方信明句、呉江秋色保紅顔。　濟

菱花臺上《りようかだいじよう》、塵寰《じんかん》を脱す、
錦綺《きんき》、波に涵《ひた》す、霜後《そうご》の山。
不老《ふろう》の秘方《ひほう》、信明の句、
呉江《ごこう》の秋色、紅顔《こうがん》を保つ。

【一〇三七―四】

非作良媒到御溝、磨懸臺上自風流。
玉匳秘得枝頭錦、未秘呉江有此秋。　金

良媒《りようばい》と作って、御溝《ぎよこう》に到るに非ず、
磨して臺上《だいじよう》に懸くれば、自ずから風流《ふうりゆう》。

玉匳《ぎょくれん》に枝頭《しとう》の錦を秘し得るも、
未だ秘さず、呉江《ごこう》に此の秋有るを。

○良媒到御溝＝御溝流葉。詩句を書いた葉を、御溝（禁苑を流れる溝）に流して、外で待つ人に戀情を傳える話。『陔餘叢考』御溝流葉。○玉匳＝鏡奩。鏡箱。○呉江＝楓の名所。『貞和集』雲峰文悦「碧雲藏主遊呉」に「楓落呉江動客愁」。

【一〇三七―五】

霜楓鏡裡色尤奇、萬里秋光妝不涯。碧
若把呉江比湖水、滿林紅葉亦西施。

霜楓鏡裡《そうふうきょうり》、色尤も奇なり、
萬里《ばんり》の秋光、妝《よそお》うて涯あらず。
若し呉江《ごこう》を把《と》って、湖水《こすい》に比さば、
滿林《まんりん》の紅葉《こうよう》も、亦た西施《せいし》。

【一〇三八―一】

夜雨待鵑

風水洞邊聽來［未］通、空山彷彿滴聲濃。
鵑如李氏△［待］坡老、三日不眠過雨中。傑山

風水洞邊《ふうすいどうへん》、聽けども未だ通ぜず、
空山《くうざん》、彷彿《ほうふつ》たり、滴聲《てきせい》、濃《こまや》かなるに。
鵑は李氏《りし》の坡老《ばろう》を待つが如し、
三日眠らず、雨中を過ぐ。

○李氏待坡老＝蘇東坡の「富陽の新城に往いて、李節推先に行くこと三日、風水洞に留まって待たる」詩。

【一〇三八―二】

宿客待鵑祇劫餘、旅程一夜雨疎々。
曉檐點滴梁園否、望帝春心末至如。案

宿客《しゅくきゃく》、鵑を待つこと、祇劫《ぎこう》餘り、
旅程《りょてい》、一夜、雨疎々《そそ》。
曉檐《ぎょうえん》の點滴《てんてき》、梁園《りょうえん》なるや否《いな》や、
望帝《ぼうてい》の春心、末に至るの如《じょ》。

○末至如＝末至相如の略。前出［六三七―五］。謝惠運の「雪賦」

に「相如、末に至って、客の右に居る」。

【一〇三八―三】

歸心萬里惱生涯、夜雨待鵑愁暗加。

點滴蕭々三會曉、喚名一鳥亦龍華。　策

歸心《きしん》、萬里《ばんり》、生涯《しょうがい》を惱ます、

夜雨《やう》、鵑を待って、愁い暗に加う。

點滴《てんてき》、蕭々《しょうしょう》として、三會《さんね》の曉、

喚んで一鳥と名づくも、亦た龍華《りゅうげ》。

○三會、龍華＝弥勒下生の世を龍華三會という、また龍華下生曉、弥勒下生曉ともいう。

【一〇三九―一】

松間聽濤

聽到松間情不疎、風濤吹處慰吟餘。

禹門滿耳蒼官畔、來上杜鵑點額魚。

聽いて松間に到って、情疎ならず、

風濤《ふうとう》吹く處、吟餘《ぎんよ》を慰む。

禹門《うもん》、耳に滿つ、蒼官《そうかん》の畔《ほとり》、

來たって上れ、杜鵑《とけん》、點額《てんがく》の魚。

○來上杜鵑＝沙門靈一の「山中」詩に、「庭前有箇長松樹、夜半子規來上啼」。

【一〇三九―二】

清風十里激松間、愈好聽奇澗壑山。

高枕斯聲不江上、乾濤吹起老蒼顏。　傑山

清風《せいふう》十里、松間に激す、

愈《いよ》いよ好《よ》し、聽けば奇なり、澗壑《かんがく》の山。

枕を高くす、斯《こ》の聲、江上にあらざれば、

乾濤《けんとう》、吹き起こす、老蒼顏《ろうそうがん》。

○乾濤＝五山文学の語。本物ではない仮の濤。三句で「不江上」という所以。「乾」は「名義だけの」という意。

【一〇三九—三】

被觸清風一枕驚、松間颯々起濤泓。
近聽愈好蔭凉樹、上有江南十里聲。 岫喝

清風《せいふう》に觸れられて、一枕驚く、
松間、颯々《さつさつ》として、濤を起こす泓《ふち》。
近く聽けば、愈《いよ》いよ好《よ》し、蔭凉樹《いんりようじゆ》、
上に江南《こうなん》有り、十里の聲。

〇近聽愈好＝『寒山詩』「微風吹幽松、近聽聲愈好」。

【一〇三九—四】

寂々如今聽始清、松間濤起不曾平。
晴風吹落一株上、錯被人呼萬派聲。 案

寂々《じやくじやく》、如今《によこん》、聽いて始めて清し、
松間に濤《なみ》起こって、曾て平らかならず。
晴風吹き落とす、一株の上、
錯って人に萬派《まんぱ》の聲と呼ばる。

【一〇四〇—一】

荷葉雨聲

花底聲疎葉底多、不堪秋滿若耶阿。
采蓮女子撐舟聽、今夜鴛鴦如夢何。 江西

花底《かてい》の聲は疎にして、葉底《ようてい》は多し、
秋、若耶《じやくや》の阿《くま》に滿つるに堪えず。
采蓮《さいれん》の女子、舟に撐《さおさ》して聽く、
今夜、鴛鴦《えんおう》、夢を如何せん。

〇南江宗沅の『漁菴小藁』荷葉雨聲に、「花底聲疎葉底多、不堪秋滿越溪阿、采蓮女子撐舟聽、今夜鴛鴦如夢何」。

【一〇四〇—二】

葉底挽涼欲雨蓮、堪聽點滴若耶邊。
荷香忽被微風觸、翡翠閑居作漏天。 傑山

葉底《ようてい》、涼を挽いて、蓮に雨ふらんと欲す、
聽くに堪う、點滴《てんてき》、若耶《じやくや》の邊。

荷香《かこう》、忽ち微風《びふう》に觸れられて、
翡翠《ひすい》、閑居《かんきょ》して、漏天《ろうてん》と作《な》る。

【一〇四〇―三】

聽到五更深興長、巻荷蘂上雨聲涼。

鴛鴦此夜曾無夢、點滴暗齋雙井塘。案

聽いて五更に到って、深興長ず、
巻荷蘂上《けんかずいじょう》、雨聲《うせい》涼やかなり。
鴛鴦《えんおう》、此の夜、曾て夢無し、
點滴《てんてき》の暗齋《あんさい》、雙井《そうせい》の塘《つつみ》。

【一〇四〇―四】

荷葉通宵慰我思、雨聲點々渉多岐。

焼香臥聽半池上、老去同參出水枝。普

荷葉《かよう》、通宵《つうしょう》、我が思いを慰む、
雨聲《うせい》點々、多岐《たき》に渉る。
香を焼いて、臥して聽く、半池の上、
老い去って、同參《どうさん》は出水《しゅつすい》の枝。

【一〇四一】原本一二五丁

這香
三十三年一炷烟、上穿碧落下黄泉。

春風吹起香供養、二月梅花六月天。

器世界南贍部洲、大日本國三川州渥美郡高足郷、三寶弟子功徳主家久、今茲文禄四年乙未來六月二十蓂、正値迂戈慶善禪定門三十三白遠諱之辰。預於春二月二十蓂、莊嚴道場集緇徒、修白業隔宿修禮圓通懺摩一座、謹命現前苾蒭衆、異口同音諷誦大佛頂萬行無上神咒之次、命煨芋僧琨上坐、焼這妙兜樓、供養本師釋迦如來、當忌之教主虚空藏菩薩、諸佛諸天、傳燈列祖、大小神祇、冥官凡鱗等。專所鳩修因、以奉爲禪定門。憑此薰力、誘引三界群類、成等正覺、倶坐寶蓮者、此也彼也必然。

共惟迂戈慶善禪定門、自然圓備、由來兼全。

靈苗彌榮、植坤徳而爲正信之根本。

孫枝競秀、起家風而吹香氣之蘭茎。

論機論境、有實有權。

得遊戯三昧於圓通門、好箇眞消息。
分自由獨立於金剛慧、安穩意泰然。
流通眼處、流通耳處。落在左邊、落在右邊。
上品上生、下品下生、八萬四千門方便。
即心即佛、非心非佛、三百六十會因緣。
承當自己境界、把定物外山川。
色身法身智慧身、菩提煩惱歩々寶所。
戒力定力解脱力、天堂地獄塵々本田。
覺々々、了々々。妙々々、玄々々。
六趣群類、脱得五濁樊籠。斬釘截鐵。
一切衆生、出離三界火宅。捨罤忘筌。
大無大小無小、得不得傳不傳、
恁麼時、禪定門應此香供、降臨靈筵、永出蓋纒。看々、
靈光昭々輝前。
山僧因齋慶讃、旃覆蔭後昆底之那一句、重言宣。
海檀沈穗香風起、騰茂飛英億萬年。一喝
這《こ》の香、
三十三年、一炷《いっしゅ》の烟、

上、碧落《へきらく》を穿ち、下は黄泉《こうせん》。
春風《しゅんぷう》吹き起こす、香供養《こうくよう》、
二月の梅花《ばいか》、六月の天。
器世界南贍部洲、大日本國三川州渥美郡高足郷、三寶《さんぼう》の弟子、功德主家久、今茲《ことし》文禄四年乙未來六月二十蓂、正に迂犮慶善禪定門、三十三白遠諱の辰に値う。預め春二月二十蓂に於いて、道場を莊嚴《しょうごん》し緇徒を集め、白業を修して隔宿、圓通懺《えんずうせん》摩《ま》を修禮するもの一座、謹んで現前の苾蒭衆《びっしゅしゅう》に命じて、異口同音に大佛頂萬行無上神咒《むじょうしんじゅ》を諷誦《ふうじゅ》せしむる次いで、煨芋《わいう》の僧、琨上坐に命じて、這《こ》の妙兜樓《みょうとろ》を焼いて、本師釋迦《しゃか》如來、當忌の教主虚空藏菩薩、諸佛諸天、傳燈の列祖、大小の神祇、冥官凡鱗等に供養せしむ。專ら鳩《あつ》むる所の修因、以て禪定門の爲にし奉る。此の薰力に憑って、三界《さんがい》の群類を誘引し、等正覺を成じ、倶《とも》に寶蓮に坐する者、此も彼も必ず然らん。

共しく惟みれば、迂友慶善禪定門、自然《じねん》に圓備し、
由來兼ねて全し。
靈苗《れいびょう》彌《いよ》いよ榮ゆ、
坤徳《こんとく》を植えて、正信の根本と爲す。
孫枝《そんし》競って秀づ、
家風《かふう》を起こして香氣の蘭荃《らんせん》を吹く。
機を論じ境を論ず、實有り權有り。
遊戯三昧《ゆげさんまい》を圓通門《えんずうもん》に得、好箇《こうこ》の眞消息《しんしょうそく》。
自由獨立を金剛慧《こんごうえ》に分かつ、
安穩《あんのん》の意、泰然《たいぜん》たり。
眼處《げんしょ》に流通《るづう》し、耳處《にしょ》に流通《るづう》す。
左邊《さへん》に落在《らくざい》し、右邊《うへん》に落在《らくざい》す。
上品上生《じょうぼんじょうしょう》、下品下生《げぼんげしょう》、八萬四千門の方便。
即心即佛《そくしんそくぶつ》、非心非佛《ひしんひぶつ》、三百六十會の因緣《いんねん》。
自己の境界《きょうがい》を承當《じょうとう》し、物外《もつがい》の山川《さんせん》を把定《はじょう》す。
色身法身智慧身《しきしんほっしんちえしん》、菩提煩惱《ぼだいぼんのう》、歩々寶所《ほうしょ》なり。
戒力定力解脱力《かいりきじょうりきげだつりき》、天堂地獄《てんどうじごく》、塵々《じんじん》本田なり。

覺々、了々々。妙々々、玄々々。

六趣《ろくしゅ》の群類《ぐんるい》、五濁《ごじょく》の樊籠《はんろう》を脱得《だっとく》す。

釘を斬り鐵を截る。

一切の衆生、三界《さんがい》の火宅《かたく》を出離す。

罤《てい》を捨て筌《せん》を忘る。

大に大無く、小に小無し、得不得《とくふとく》、傳不傳《でんふでん》、
恁麼《いんも》の時、禪定門、此の香供《こうぐ》に應じて靈筵《れいえん》に降臨《こうりん》し、永く葢纏《がいてん》を出でん。看よ看よ、靈光昭々として前に輝く。

山僧《さんぞう》、齋に因って慶讃《けいさん》し、旃《これ》に後昆《こうこん》を覆蔭《ふいん》する底《てい》の那一句《ないっく》、重ねて言宣《ごんせん》せん。

海壇《かいだん》の沈穗《じんすい》、香風《こうふう》起こり、
騰茂飛英《とうもひえい》、億萬年。一喝《いっかつ》

【一〇四二】

塔婆頌
孝意傾來無異緣、慈恩以報卅三年。

山自湘潭雲盡出、虚空藏裡鶻崙甎。

孝意、傾け來たって、異縁無し、慈恩、以て報ず、卌三年。

山は湘潭《しょうたん》よりし、雲盡く出づ、虚空藏裡《こくうぞうり》、鶻崙《こつろん》の甎《かわら》。

【一〇四三】原本一二六丁

悅堂妙喜大姉下火　瑤林

無喜無憂滅爲樂、天眞自性主人公。

鐘聲喚醒閻浮夢、七十餘齡大脱空。

以惟某具衝天氣、明見性功。

行正憶念、善修其心。得靜處坐靜處。

聞微妙法、便成正覺。入圓通悟圓通。

盡善盡美、克始克終。

點鐵成金、生也恁麼、清風掃明月。

點金成鐵死也恁麼、明月掃清風。

明皓々白的々、玉玲々碧瓏々。

於爰説甚煩惱菩提、禪不禪道不道。

又是論甚天堂地獄、別不別同不同。

碎衣珠劈金鎖、出窠臼脱羅籠。

這箇是大姉平生受用不盡消息子、更有轉身那一句、即今如何至窮。

擧火把

看々不借栽培力、火裡蓮花色轉紅。拋火ーー（把、喝一）

喝

悅堂妙喜大姉下火　瑤林

喜も無く憂も無し、滅を樂と爲す、天眞自性《てんしんじしょう》、主人公。

鐘聲《しょうせい》、喚び醒《さ》ます、閻浮《えんぶ》の夢、七十餘齡、大脱空《だいだつくう》。

以惟《おもん》みれば、某、衝天《しょうてん》の氣を具し、見性《けんしょう》の功を明かす。

正憶の念を行じ、善く其の心を修す。

靜處を得、靜處に坐す。

微妙《みみょう》の法を聞き、便ち正覺《しょうがく》を成ず。

圓通《えんずう》に入り、圓通《えんずう》を悟る。
善を盡くし美を盡し、
始めを克《よ》くし終りを克《よ》くす。
鐵を點じて金と成す、生も也《ま》た恁麼《いんも》、
金を點じて鐵と成す、死も也《ま》た恁麼《いんも》、
清風《せいふう》、明月《めいげつ》を掃う。
明月《めいげつ》、清風《せいふう》を掃う。
明皓々《めいこうこう》、白的々《はくてきてき》、玉玲々《ぎょくれいれい》、碧瓏々《へきろうろう》。
爰《ここ》に於いて、甚《なん》の煩惱菩提《ぼんのうぼだい》とか説かん、
禪、禪ならず、道、道ならず。
又た是れ甚《なん》の天堂地獄《てんどうじごく》をか論ぜん、
別、別ならず、同、同ならず。
衣珠《えしゅ》を碎き、金鎖《きんさ》を劈《つんざ》き、
窠臼《かきゅう》を出で、羅籠《らろう》を脱す。
這箇《しゃこ》は是れ大姉が平生受用不盡《へいぜいじゅようふじん》の消息子《しょうそくす》、更に轉身《てんしん》の那一句《ないっく》有り、即今如何が至窮《しきゅう》せん。火把《かは》を擧《こ》して、

看よ看よ、栽培《さいばい》の力を借らず、
火裡《かり》の蓮花《れんげ》、色轉《うた》た紅なり。火把《かは》を抛って、喝一喝。

【一〇四四―一】 原本一二七丁

徳菴七年　七月ヲ二月取越
業債猶思七回忌、袈裟滴涙繞荒墳。
香風薫徹三千界、二月晩梅一穂雲。

業債《ごっさい》、猶お思う、七回忌、
袈裟《けさ》、涙を滴《した》でて、荒墳《こうふん》を繞《めぐ》る。
香風《こうふう》、薫徹《くんてつ》す、三千界、
二月の晩梅《ばんばい》、一穂《いっすい》の雲。

【一〇四四―二】

閃電猶遲七回忌、侍眞前處更堪哀。
不論時節紅爐雪、吐出江南五月梅。仲山七年忌　五月四月取越

閃電《せんでん》も猶お遲し、七回忌、
眞前《しんぜん》に侍《じ》する處、更に哀しむに堪えたり。
時節《じせつ》を論ぜず、紅爐《こうろ》の雪、
吐出《としゅつ》す、江南《こうなん》五月の梅。
仲山七年忌五月四月取越

【一〇四五—一】原本一三一丁

策彦慧林寺御越之時送行
景濂吟在瞻望外、公若賦詩山倍高。五山ノ衆
景濂《けいれん》が吟《ぎん》は、瞻望《せんぼう》の外に在り、
公、若し詩を賦さば、山、高きを倍《ばい》せん。五山ノ衆
○景濂吟＝前出〔六一四—一〕、宋濂の富士山詩。

【一〇四五—二】

送行
多年晨夕侍吾來、吟盡京花雪月梅。
只恨讀書群玉府、妙聲點入小蓬萊。
多年、晨夕《しんせき》、吾に侍し來たって、
京花を吟じ盡くす、雪月梅《せつげつばい》。
只だ恨む、書を群玉府《ぐんぎょくふ》に讀んで、
妙聲《みょうせい》、點じて小蓬萊《しょうほうらい》に入ることを。

【一〇四五—三】

同
此客背花已俶裝、天涯一別涙千行。
歸來高臥故山月、夢我平生虛白堂。南化
此の客、花に背いて已に俶裝《しゅくそう》す、
天涯一別《てんがいいちべつ》、涙千行。
歸來《きらい》、故山の月に高臥《こうが》して、
我が平生《へいぜい》の虛白堂《きよはくどう》を夢みよ。

【一〇四五—四】

和韻

正法芙蓉時再現、深紅千紫自依々。
來年更有新條在、待看擔頭帶月歸。岐

正法《しょうぼう》の芙蓉《ふよう》、時に再び現ず、
深紅千紫《しんこうせんし》、自ずから依々《いい》。
來年、更に新條《しんじょう》の在る有り、
待ち看ん、擔頭《たんとう》に月を帶びて歸るを。

【一〇四五—五】

同

可話風花雪月胸、歸心一片下孤峯。
明朝別後起予者、禪板蒲團曉寺鐘。

風花雪月《ふうかせつげつ》の胸を話《かた》る可し、
歸心一片《きしんいっぺん》、孤峯《こほう》を下る。
明朝、別かれて後、予を起こす者は、
禪板蒲團《ぜんぱんふとん》、曉寺《ぎょうじ》の鐘。

○起予者＝『論語』八佾、前出［六〇五—五］。

【一〇四五—六】

凍柳無絲難繫別、等閑立盡洛橋霜。策彥、寛室へ送行

凍柳《とうりゅう》、絲無し、別かれを繫ぎ難し、
等閑《なおざり》に立ち盡くす、洛橋《らくきょう》の霜。

【一〇四五—七】

歸舟早載西湖月、呈我梅花面目眞。大休、策彥へ送行

歸舟《きしゅう》、早《すで》に西湖《せいこ》の月を載せて、
我に梅花《ばいか》の面目眞《めんもくしん》を呈す。

【一〇四五—八】

世間萬事花成綠、遮莫行人舊約違。速傳、越中正藏主へ送行

世間萬事《ばんじ》、花も綠と成る、
遮莫《さもあらば》あれ、行人《こうじん》、舊約《きゅうやく》に違うを。

【一〇四五―九】

折柳橋邊涙濕衣、離城心友又應稀。
此郎若到雲安地、杜宇聲々苦勸歸。熙春、策彦へ渡唐之
時送行

柳を折って、橋邊《きょうへん》、涙、衣を濕す、
城を離るる心友《しんゆう》、又た應《まさ》に稀《まれ》なるべし。
此の郎、若し雲安《うんあん》の地に到らば、
杜宇《とう》聲々《せいせい》、苦《ねんご》ろに歸ることを勸めん。

○離城心友又應稀＝姚合「送崔約下第歸揚州」詩に「離城此合亦應稀」。

【一〇四五―一〇】

茅鞋欆笠草袈裟、曉出長安殘月家。
堪怪此行先節去、淵明元不背黄花。十洲へ大休

茅鞋欆笠《ぼうあいそうりゅう》、草袈裟《そうけさ》、
曉に出づ、長安殘月《ちょうあんざんげつ》の家。
怪しむに堪えたり、此の行、節に先んじて去るを、
淵明《えんめい》は元より黄花《こうか》に背かず。

【一〇四五―一一】

臨書忽改坡仙句、又在牛欄西又西。
雪月風花無友攜、謫居還羨問諸黎。希菴

書に臨んで、忽ち坡仙《ばせん》が句を改む、
又た牛欄《ぎゅうらん》に在って、西又た西。
雪月風花《せつげつふうか》、友の攜うる無し、
謫居《たっきょ》、還って羨む、諸黎《しょり》を問うを。

○蘇軾「被酒獨行、遍至子雲、威徽先覺四黎之舍」詩三首の一に「醒半醉問諸黎、竹刺藤梢歩歩迷。但尋牛矢覓歸路、家在牛欄西復西」。「諸黎」は、少数民族の黎人。

【一〇四五―一二】

合話風花雪月胸、歸心一片下孤峯。
明朝別後起予者、禪板蒲團曉寺鐘。滿工送行南化

合《まさ》に風花雪月《ふうかせつげつ》の胸を話《かた》るべし、
歸心一片《きしんいっぺん》、孤峯《こほう》を下る。
明朝別かれて後、予を起こす者は、
禪板蒲團《ぜんぱんふとん》、曉寺《ぎょうじ》の鐘。

○この詩、前出[一〇四五—五]に同じ。

【一〇四五—一三】

一回參楚地花還、滿袖清香向上禪。
別來誰又參隨者、蘿月松風拂子邊。心聞送行同

一回、楚地《そち》の花に參じて還らば、
滿袖《まんしゅう》の清香《せいこう》、向上《こうじょう》の禪。
別來《べつらい》、誰か又た參隨《さんずい》する者、
蘿月松風《らげつしょうふう》、拂子邊《ほっすへん》。

○楚地花＝蘇軾「僧」詩、「笠重呉山雪、鞋香楚地花」。

【一〇四五—一四】

未及歲寒辭我還、石爐燒葉合談禪。
野性獨醒把茅裡、柳絲亂意在君邊。和韻建章 [一二チガウ]

未だ歲寒《さいかん》に及ばざるに、我を辭して還る、
石爐《せきろ》、葉を燒いて、合《まさ》に禪を談ずべし。
野性《やせい》、獨り醒《さ》む、把茅《はぼう》の裡《うち》、
柳絲《りゅうし》亂る、意は君が邊に在り。

【一〇四五—一五】

記否江南好景光、鷗波穩處野梅香。
鐵腸滴碎三年別、千里同參夜雨床。[江南ニテ同參送] 雪叟
大蟲

記するや否《いな》や、江南《こうなん》の好景光《こうけいこう》、
鷗波《おうは》、穩やかなる處、野梅《やばい》香し。
鐵腸《てっちょう》も滴《した》で碎く、三年の別かれ、
千里の同參《どうさん》、夜雨《やう》の床。

【一〇四五—一六】

奎首座餞歸郷 [奥州之人]

秋風分袂已歸家、一別人無問老涯。
一望三千里雲水、烏藤亦道拕〔摘〕楊花。南化

秋風に袂を分かって、已に家に歸る、
一別《いちべつ》、人の老涯《ろうがい》を問う無し。
一望、三千里の雲水、
烏藤《うとう》も亦た道う、摘楊花《てきようか》と。

【一〇四五―一七】

見盡山〔作〕家中作家、歸郷萬里去天涯。
佳期別在御園裡、一現烏曇瑞世花。和東菴

作家《さつけ》中の作家《さつけ》を見盡くして、
歸郷《ききよう》、萬里《ばんり》、天涯《てんがい》に去る。
佳期《かき》、別に御園《ぎよえん》の裡《うち》に在り、
一たび現ず、烏曇瑞世《うどんずいせい》の花。

【一〇四五―一八】

九州祝首座送行

這漢傾頭參我禪、霜辛雪苦已三年。
歸程雖遠有何恙、萬里秋風月一船。南化

這《こ》の漢、頭《こうべ》を傾けて、我が禪に參ず、
霜辛雪苦《そうしんせつく》、已に三年。
歸程《きてい》、遠しと雖も、何の恙《うれい》か有らん、
萬里《ばんり》の秋風、月一船。

【一〇四五―一九】

昨日迎人今送人、橋邊惜別白頭新。
家山雖好莫歸住、爭背長安花一春。□首座へ送行詩　南化

昨日、人を迎えて、今、人を送る、
橋邊《きようへん》に別かれを惜しんで、白頭《はくとう》新たなり。
家山好《よ》しと雖も、歸住《きじゆう》すること莫かれ、
爭でか背かん、長安《ちようあん》の花一春。

○家山雖好＝「長安雖好不如在家」の逆。

【一〇四六】原本一三二丁

馬ノナイラ薬
人身一分
木香二分
白じゆツ二分
せんもう一分
かんたう二分
ひう□う二分
けいしん二分
ぶくりう二分
こせう二分
くしん壱兩
香くうや二分
カイシル之事
ヤキミソクリ二ツボ程
ニコリサケ汁一ツ
ヤキシヲ茶一服程
同又

一、山も〻のかわ
一、うつ木のあをはこ
一、ふくりう三分
一、さいかちのくろやき二して
一、すきのわかゑくろやきにして
カイシル上のことし
いづれもすり合、酒ヲバあた〻めかうべし

○馬ノナイラ薬＝馬の内羅薬。内臓病の薬。

【一〇四七】原本一三三丁

那須荘福原郷太田原村
湯前御寳前鐘
大檀那丹之黨太田原備前守鑄出之、至祝至禱之次、子葉茂而抽免桂、孫枝高而串龍華。其銘曰、
新鐘聲裡、凡情忽焉。黑暗昏月、白日青天。寸莚打得、以奴因縁。彌勒不後、釋迦争先。靠涅槃杖、載般若船。
脱者赤土、透破黄泉。
虚空有響、擧揚□□。鑄出應事、超色無邊。所用心地、

如耕福田。一切群類、十力融圓。模著太子、最叫大仙。
舜若開眼、金剛聳肩。清霜早識、法雨常連。豊山隱々、
化城平々。犀鯨爲吼、吉祥已然。祈奉祝延、聖壽無疆。
雲巖六十二世桃林契悟謹題
本願江州住善薩戒尼妙心
大工掃部入道道金
那須荘福原郷太田原村、湯前御寶前鐘。

大檀那《だいだんな》、丹の黨、太田原備前守、之を鑄出《いい》だす。至祝至禱《ししゅくしとう》の次いで、子葉《しよう》茂って、兔桂《とけい》を抽《ぬき》んで、孫枝《そんし》高くして龍華《りゅうげ》を串せんことを。其の銘に曰く、新鐘聲裡《しんしょうせいり》、凡情忽焉《ぼんじょうこつえん》。黑暗昏《こくあんこん》の月、白日青天《はくじつせいてん》。寸筳《すんえん》打し得て、奴因縁を以てす。彌勒《みろく》、後ならず、釋迦《しゃか》争でか先んぜん。涅槃《ねはん》の杖を靠《よせか》けて、般若《はんにゃ》の船に載す。者《こ》の赤土を脱し、黄泉《こうせん》に透破す。虚《こ》空《くう》、響き有り、擧揚□□。鑄出應事、超色無邊《むへん》。所用の心地、福田を耕すが如し。一切の群類、十力融圓。模著太子、最叫大仙。舜若《しゅんにゃ》、開眼し、金剛《こんごう》、肩を聳かす。清霜早く識り、法雨《ほうう》常に連なる。豊山に隱々たり、化城《けじょう》に平々たり。犀鯨、吼を爲して、吉祥《きっしょう》已に然り。祈奉祝延、聖壽無疆。

○以奴因縁＝不審。○擧揚□□＝この字なし。○模著太子、最叫太子＝不審。○豊山隱々＝前出[七七九]「豊嶺霜」。

【一〇四八】

嘯月表德

□□菴主盟者、少時甘臨濟活脱禪味、披伽梨。長後、得雲門異類中行、着儒服。□□[僧非]僧俗非俗。可謂、絶學無爲閑道人矣。一日就于山野、見需表德之號。應需號□[嘯]月。乃代主盟作書以表道德云。夫清風明月者、造物之無盡藏也。取之無□□不盡。快哉、嘯月吟風慰心王矣。但不同范鎭之長嘯却胡騎、豈類坡仙之□□動山嶽。唯不煩他、却又忘我、漂々然遺興而已。我無心望月、々亦無心照。譬諸鴈無遺蹤之意、水無沈影之心、忽瞥轉則無心本有心、々々本無心、法々圓融、事々無碍焉。且又見清光、則無純盈無純虧、不常出不常入、不增不減之表顯也。翫

之又不可乎。傍有童蒙出云、無月時如何。謂之、咦、居吾爲汝言。貪看天上有相月、全不識胸中圓成月。出則照破大千、入則掛着方寸、應物現形、遮光不得。凡眼豈可及正眼。常見之便長嘯云、一段風光有誰爭。嗚呼、樂只哉々々々。

旹天文二十四年夷則中澣日

范鎮秦始皇臣下也。胡國ヨリ秦ニヨスル范ー長嘯賦ト云ヲ書テヤル。胡國陣ヲ引也。是則謀略也。

□□菴主盟《しゆめい》は、少《わか》かっし時、臨濟活脱《りんざいかつだつ》の禪味《ぜんみ》を甘って、伽梨《ぎやり》を披《ひ》す。長じて後、雲門《うんもん》の異類中《いるいちゆう》行《ぎよう》を得て、儒服《じゆふく》を着《ちやく》す。僧にして僧に非ず、俗にして俗に非ず。謂っつ可し、絶學無爲《ぜつがくむい》の閑道人《かんどうにん》なりと。一日、山野《さんや》に就いて、表德《ひようとく》の號を需めらる。需めに應じて、嘯月《しようげつ》と號す。乃ち主盟《しゆめい》に代わって書を作り、以て道德を表わすと云う。

夫れ清風明月《せいふうめいげつ》は造物《ぞうもつ》の無盡藏《むじんぞう》なり。取之無□□不盡、快なるかな、月に嘯《うそぶ》き風に吟じ、心王を慰めんに。但だ范鎮《はんちん》が長嘯《ちようしよう》して胡騎《こき》を却《しりぞ》くるに同じからず、豈に坡仙《ばせん》が□□動山嶽に類せんや。唯だ他を煩わさず、却って又た我を忘じて、漂々然《ひようひようぜん》として興を遣るのみ。我れ無心にして月を望めば、月も亦た無心にして照らす。諸《これ》を鴈に蹤を遺すの意無く、水に影を沈むる心無きに譬う。忽ち瞥轉《べつてん》するときは、則ち無心本《も》と有心、有心本《も》と無心、法々圓融《ほうほうえんゆう》、事々無碍《じじむげ》なり。且つ又た清光を見るときは、則ち純盈《じゆんえい》も無く純虧《じゆんき》も無く、常《じよう》出《しゆつ》にあらず常入《じようにゆう》にあらず、不增不滅《ふぞうふげん》の表顯《ひようけん》なり。之を翫するも又た可ならざらんか。傍らに童《どう》蒙《もう》有り、出でて云く、月無き時は如何。之を謂いて、咦《い》、居れ、吾れ汝が爲に言わん。天上《てんじよう》の有《う》相《そう》の月を貪り看れば、全く胸中《きようちゆう》に圓成《えんじよう》する月を識らず。出づるときは則ち大千を照破《しようは》し、入るときは則ち方寸に掛着《かじやく》して、物に應じて形を現し、光を遮ること得ず。凡眼《ぼんがん》、豈に正眼《しようげん》に及ぶ可けんや。常に之を見ば、便ち長嘯《ちょうしょう》して云く、一段の風光、誰有ってか争わん。嗚呼《ああ》、樂只《らくし》なる哉、樂只《らくし》なる哉。

旹天文二十四年夷則中澣日

[范鎮秦始皇臣下也。胡國ヨリ秦ニヨスル范ｰ長嘯賦ト云ヲ書テヤル。胡國陣ヲ引也。是則謀略也。]

○居吾爲汝言＝『禮記』樂記、「居吾語汝」。『論語』陽貨「居吾語女（居れ、吾れ女に語らん）」。○樂只＝たのしい。只は助字。

【一〇四九】原本一三四丁

□□□□策甫和上中風御煩之時、醫師へ謝之詩

□□師釋迦牟尼世尊者、療三界貪嗔痴病之大醫王也。一大藏經五千四十八卷、盡□[是]療病之醫方也。所以者何。大般若經説云、揔持猶妙藥能療衆惑病、亦如天甘□[露]、服者常安樂矣。□故知四十九年之説、治病醫方。此故古又云、華嚴經如治國之法、養性之藥、般若教[經]如定亂之將、治病之藥。于越、我大檀越遠江州太守、特所被愛賞之大醫、其名號受菴。所傳換骨靈方頤神妙術、所施藥之靈驗、不可勝計。山僧去冬臘月廿三之曉、俄然而天寒人寒、針頭削鐵、不覺全身被凍損、而手脚一時蟄、則雖到天明不得出寢室。大醫即來、賜一包之藥。服則手足一時平愈、而其翌日一心即安樂也。胗左右脈云、病已愈。歡抃有餘。受父母所生之肉身、在人世之間、不知養性之方者、不孝之第一乎。可貴可敬。可親者醫術之妙也。一日不可無知醫方。特吾禪門、廬山慧日雅禪師著禪本草、湛堂準作炮炙論佐之。臨濟云、出家兒且要學道、祇如山僧、往日曾向毘尼中留心、亦曾於經論尋討後、方知是濟世藥表顯之説、遂乃一時抛却、即訪道參禪、後遇大善知識、方乃道眼分明云々。臨濟一喝如鳥啄菫毒。可以殺人、亦能活人云々。與麼則三世諸佛皆大醫、歴代之祖師皆大醫。況又荷擔佛祖的々相承之大法者、敢不長養聖胎哉。想夫受菴藥籠之底、秘在數株之藥王樹者乎。照見人之心肝五臟事、如看掌中物而已。也奇快々々々。仍叨賦廿八字一章、投受菴老人玉床下、以奉謝靈方妙術之萬乙云。厥詞曰、

傳得長生不老方、頤神妙術勝扁倉。
人蔘甘草活人手、便是洛中司馬光。

[1049]

惟時文祿第二暦龍集孟春吉辰、策甫宗勝誌之〔印二ツ〕

□□師釋迦牟尼世尊《しやかむにせそん》は、三界《さんがい》の貪嗔痴《どんじんち》の病を療ずる大醫王《だいいおう》なり。一大藏經五千四十八巻、盡く是れ療病《りようびよう》の醫方《いほう》なり。所以《ゆえん》は何ぞ。大般若經《だいはんにやきよう》に説いて云く、捴持《そうじ》は猶お妙藥《みようやく》のごとし、能く衆惑《しゆうわく》の病を療ず、亦た天の甘露《かんろ》の如し、服する者、常に安樂《あんらく》なりと。□故に知る、四十九年の説、治病《ちびよう》の醫方《いほう》なることを。此の故に、古に又た云う、華《け》嚴經《ごんきよう》は治國《ちこく》の法の如し、養性《ようじよう》の藥なり、般若《はんにや》經《きよう》は亂を定むる將の如し、治病の藥なりと。越《ここにお》いて、我が大檀越《だいだんのつ》遠江州太守、特に愛賞せらるる所の大醫《だいい》、其の名を受菴《じゆあん》と號す。傳うる所の換骨《かんこつ》の靈方《れいほう》、頤神《いしん》の妙術《みようじゆつ》、施す所の藥の靈驗《れいげん》、勝《あ》げて計う可からず。

山僧《さんぞう》、去冬臘月《きよとうろうげつ》廿三の曉、俄然《がぜん》として天寒人寒《てんかんじんかん》、針頭《しんとう》に鐵を削り、覺えず全身、凍損《とうそん》せられて、手脚一時に蟄《ちつ》するときは、則ち天明に到ると雖も、寢室を出づることを得ず。大醫《だいい》、即ち來たって、一包の藥を賜う。服する則《とき》んば、手足、一時に平《へい》愈《ゆ》して、其の翌日、一心即ち安樂《あんらく》なり。左右の脈を胗《み》て云く、病已に愈《い》ゆ、と。歡抃《かんべん》餘り有り。父母所生の肉身を受けて、人世に在る間、養性《ようじよう》の方を知らざるは、不孝の第一ならんか。貴ぶ可し、敬う可し。親しむ可き者は醫術の妙なり。一日も醫方を知ること無かる可からず。特に吾が禪門は、廬山慧日《ろざんえにち》の雅禪師、禪本草《ぜんほんぞう》を著わし、湛堂《たんどう》の準は炮灸論《ほうきゆうろん》を作って之を佐《たす》く。臨濟《りんざい》云く、出家兒《しゆつけじ》は且つ道を學ぶことを要す。祗《た》だ山僧《さんぞう》の如きんば、往日《そのかみ》、曾て毘尼《びに》中に向かって心を留め、亦た曾て經論に於いて尋討《じんとう》の後、方めて知る、是れ濟世《さいせい》の藥、表顯《ひようけん》の説なりと。遂に乃ち一時に抛却《ほうきやく》して、即ち訪道參禪《ほうどうさんぜん》。後、大善知識《だいぜんちしき》に遇って、方めて乃ち道眼分明《どうげんふんみよう》なり、と云々。臨濟《りんざい》の一喝《いつかつ》は、鳥の堇毒《きんどく》を啄《ついば》むが如し。以て人を殺す可く、亦た能く人を活す、云々。與麽《よも》ならば、則ち三世《さんぜ》の諸佛は皆な大醫《だいい》、歴代の祖師は皆な大醫《だいい》なり。況んや又た佛祖的々相承《ぶっそてきてきそうしょう》の大法を荷擔《かたん》する者、敢《なん》ぞ長《ちょう》養聖胎《ようしょうたい》せざらんや。想うに夫れ、受菴、藥籠《やくろう》の底に、數株の藥王樹《やくおうじゅ》を秘在《ひざい》する者か。人の心肝五臓《しんかんごぞう》の事を照らし見ること、掌中《しょうちゅう》の物を看るが如きのみ。也《ま》た奇快《きかい》、也《ま》た奇快《きかい》。仍って叨《みだ》りに廿八字一章を賦して、受菴老人が玉床下《ぎょくしょうか》に投じて、以て靈方妙術《れいほうみょうじゅつ》の萬乙《まんいつ》を謝し奉ると云う。厥《そ》の詞に曰く、

長生不老《ちょうせいふろう》の方を傳え得て、
頤神《いしん》の妙術《みょうじゅつ》、扁倉《へんそう》に勝る。
人蔘甘草《にんじんかんぞう》、活人《かつにん》の手《しゅ》、
便ち是れ、洛中《らくちゅう》の司馬光《しばこう》なり。

○司馬光＝『見桃録』「程明道嘗曰、君實（司馬光）之言、如人蔘甘草」。

【一〇五〇】原本一三五丁

謹啓。乾岫老和尚戢化、千里之外、風送訃音入。吾門外竹八裂七哀、不覺泪濕袈裟角。明日是廿七月諱資始。諷經一上、坐〔衍字〕可消炷拜。首座々々、欲報老師恩、今春三月之中、被轉住於花園第一座。々元紅開發、則人僉曰眞實報恩者。請思之。策彦大和尚賴居隣邦。定枉高駕可脱左驂。此攸投一書供尊覽爲幸。恐惶敬白。

孟陬廿六日

拜進流公首座禪師猊側

謹啓。乾岫《けんしゅう》老和尚、化を戢《おさ》む。千里の外、風、訃音《ふいん》を送り入る。吾が門外の竹、八裂七哀、覺えず、泪、袈裟角《けさかく》を濕す。明日は是れ廿七、月諱、資《と》って始む。諷經《ふぎん》一上、炷拜《しゅはい》を消す可し、首座首座《しゅそ》、老師《ろうし》の恩に報いんと欲して、今春三月の中、花園《かえん》第一座に轉住せらる。座元《ぞげん》、紅開發するときは、則ち人僉《み》な曰う、眞實に恩を報ずる者なりと。請う之を思え。策彦《さくげん》大和尚、賴《さいわ》いに隣邦《りんぽう》に居す。

定めて高駕《こうか》を枉《ま》げて、左驂《ささん》を脱せらる可し。此攸《ここ》に一書を投じ、尊覧に供せらるれば幸いと為す。
恐惶敬白《きょうこうけいはく》
孟陬廿六日
拝進□公首座禪師猊側

○脱左驂＝蘇軾「李憲仲哀詞」に「誰能脱左驂、大事不可緩」。「左驂」は、馬車のそえ馬。これを馬車からはずして供物にする。『四河入海』に「左驂ヲ脱テ、莽ヲ助ク」とある。

【一〇五一】

香薷散
一、センダン葉ヲテコニシテ、如常可呑、ハラ熱ニハ、クズ湯ニテ□〔可〕呑。ハラヒヱも鹽湯ニテ可呑。
一、胸蟲薬
センダン根ヲ、手一ソクニキリ、米ヲ七粒ソヘ、天目ニ一はい半入、八分めニセンジ、可呑。

【一〇五二】原本一三七丁

當寺たはこ作候田畝町歩高之儀
□□年去ル午之年迄、臺畝歩作來
□候、今度被仰出候ニ付、當未之年
□先年之半分、拾五歩作可申候、以上
三州渥美郡大津村　太平寺末　同村大雲庵
元禄十六癸未年二月十日
御勘定所衆中

あとがき

愛知県豊橋市の妙心寺派太平寺に架蔵される写本『雪叟詩集』は、太平寺に住した雪叟紹立およびその周辺の禅僧の詩文集である。全篇が雪叟紹立の詩というわけではない。この雪叟紹立和尚については、杳としてその消息は分からず、序文に彦坂宗丘和尚が書かれたていどの情報しか伝わらない。法系は左のとおりである。

雪江宗深—特芳禪傑—大休宗休—東菴宗暾—雪叟紹立——

『雪叟詩集』の内容は、室町時代後期から安土桃山時代にわたる、主として妙心寺派の僧による詩、法語、古則に対する著語、文、書簡などである。写本の筆跡は一筆ではなく、数人の手によって書かれたものである。本書の表紙には「自筆」と記されているが、雪叟和尚の自筆とは認めがたい。

一般に写本には書写の誤りが見られるのだが、『雪叟詩集』ほど誤写の多い写本は、管見ながら未だほかに見たことがない。誤写の一部を列挙すれば左のとおりである。傍点部分が誤りで、（ ）内が正しいものである。

手談（手段）、林才瞎（林才喝）、累卵基（累卵危）、狗子鼻巴書梵字（狗子尾巴書梵字）、嗣法衲子（四方衲子）、窓前折竹故郷山（窓前雪竹故郷山）、青山幾度遍黄山（青山幾度變黄山）、波浪（坡老）、氈毬（氈裘）、張涼（張良）、四海龍僧（四海龍象）、

説断（截断）、師祥眼（詩正眼）、詩筆（試筆）、今衣公子（金衣公子）、巨靈（己靈）、
韓檠（寒檠）、般詞（繁詞）

右はほんの一例であるが、ほとんど意味が通じなくなるような誤記である。いったいどうしてこのようなレベルの低い誤写が生ずるのであろうかと、当初は訝しく思ったのであるが、よく見れば、大部分が同音による誤記であることが分かる。これはどうしたわけであろう。おそらくは詩会などにおいて耳で聞いて暗記したものを、のちになって言葉に書きとどめたためではないかと思われる。目で見て写す場合には、このような誤りは起こりえないであろう。一般的に、提唱本への書き入れも、講義の場で即席に書き入れるのではなく、耳で聞き覚えたことを、後になって極細字で書き入れるのである。この時代に情報の書写がどのように行われていたのかを窺うことのできる資料であるともいえよう。

『雪叟詩集』に収められた詩文の内容は多岐にわたるが、その記載の一部が共通する別の写本資料がある。愛知県額田郡額田町、妙心寺派の天恩寺にかつて蔵されていた『葛藤集』である。この原本は現在は某個人の所蔵となっているが、その精密な謄写本が東京大学史料編纂所に架蔵されていて閲覧することができる。この『葛藤集』の内容も、室町時代後期から安土桃山時代にわたる、主として妙心寺派の僧の詩文である。不特定多数の者による詩文集であり、誰の作とも特定できない、このような写本が『葛藤集』（葛藤は言句を抑下した表現）と名付けられるのであるが、『雪叟詩集』もまた『葛藤集』と命名されてもよいような内容となっている。

『雪叟詩集』の主要部分は和韻と、詩題ごとの連作・競作である。そこに見えるのは、きわめて高度なテクニックを駆使した詩作であり、まさに「五山文学」そのものである。禅宗史の上では五山に対して、大徳寺と妙心寺は画然と区別され「林下」と呼ばれる。しかしながら、室町禅林文芸という観点からすれば、五山と林下の別はなく、等しく「五山文学」的な文芸活動を行っていたのである。『雪叟詩集』は天恩寺旧蔵の『葛藤集』とともに、この時代の妙心寺僧がどのような文芸活動を行っていたかを知るための好資料である。

当初、彦坂宗丘和尚から、訓読だけでよいとのご指示をいただいていたのだが、右のような誤写を正し、その根拠を明らかにするには若干の注が必要となった。また本書にしか見えないような珍しい表現もあり、それにも注は必要だろうと考えた。もっと注をつけるべきであるが、いよいよ浩瀚なものとなってしまうので、極力ひかえた次第である。

よい鍛錬の機会を与えていただいた彦坂宗丘和尚に深甚の感謝を申し上げる。また、校正などについては瀧瀬尚純師の労をわずらわせた。あわせて御礼申し上げる。

平成二十七年九月

芳澤勝弘

索　引

配列はもっとも一般的と思われる音順にした
和訓の場合（例：大津）は訓読みでも再出した

【人名・寺名】

あ

い

う

え

く

け

こ

さ

し

しゅう

しゅん

しょ・しょう

しん

す

せ

せつ

せん

ち

て

と

な

【詩題・項目】

き・く

け

こ

ち

つ

て

と

とう

【注釋語彙】

◎編著者略歴◎

芳澤勝弘（よしざわ・かつひろ）

1945年長野県生．同志社大学卒業．財団法人禅文化研究所主幹，花園大学国際禅学研究所教授（副所長）を歴任して，現在は国際禅学研究所顧問．専攻・禅学．

著書

『諸録俗語解』（編注，禅文化研究所，1999）
『白隠禅師法語全集』全14巻（訳注，禅文化研究所，1999～2003）
『江湖風月集訳注』（編注，禅文化研究所，2003）
『通玄和尚語録』訓注，上・下（共編注，禅文化研究所，2004）
『白隠―禅画の世界』（中公新書，2005）
『白隠禅師の不思議な世界』（ウェッジ，2008）
『白隠禅画墨蹟』（二玄社，2009）
The Religious Art of Zen Master Hakuin (Counterpoint Press, 2009)
『江月宗玩　欠伸稿訳注　乾』（思文閣出版，2009）
『悟渓宗頓　虎穴録訳注』（思文閣出版，2009）
『江月宗玩　欠伸稿訳注　坤』（思文閣出版，2010）

雪叟紹立《せっそうじょうりゅう》　雪叟詩集訓注《せっそうししゅうくんちゅう》

2015（平成27）年11月３日　発行

定価：本体15,000円（税別）

編著者　芳澤勝弘
発行者　田中　大
発行所　株式会社　思文閣出版
〒605-0089 京都市東山区元町355
電話 075-751-1781（代表）

印刷
製本　株式会社 図書印刷 同朋舎

ISBN978-4-7842-1801-1　C3015